Von Josef Nyáry erschienen bei BASTEI-LÜBBE:

25 227 Die Vinland-Saga
11 779 Und sie schufen ein Reich
12 050 Lugal

JOSEF NYÁRY
NIMRODS LETZTE JAGD

BASTEI-LÜBBE-TASCHENBUCH
Band 12194

© 1984 Edition Meyster in der F. A. Herbig
Verlagsbuchhandlung GmbH, München
Lizenzausgabe: Gustav Lübbe Verlag GmbH,
Bergisch Gladbach
Printed in Germany Juli 1994
Einbandgestaltung: BAYER-EYNCK
Satz: hanseatenSatz-bremen, Bremen
Druck und Bindung: Ebner Ulm
ISBN 3-404-12194-5

Der Preis dieses Bandes versteht sich einschließlich
der gesetzlichen Mehrwertsteuer.

Inhalt

Erinys
9

Tisiphone
269

Nemesis
545

*» Weh Assur, dem Stock meines Zorns!
Es ist der Knüppel
in meiner wütenden Hand! «*

Jesaja 10,5

ERINYS

I Der Areopag

Seid mir gegrüßt, ihr Herrscher des Areopag, Richter der Taten von Göttern und Menschen! Hier, wo der Nordwind tost, der Bote aus der Heimat eurer urzeitlichen Ahnen, hier, wo die Schlucht der rächenden Erinnerung in dunkler Erdentiefe klafft, stehe ich auf dem Stein der Gewalt – vor euch und vor Periander auf dem Fels der Unversöhnlichkeit.

Du, Periander, Fürst Korinths, forderst vor diesem Blutgericht Vergeltung für den Tod deines Vetters, des Tyrannen Thrasybulos von Milet. Der Mann, den du des Mordes beschuldigst, war mein Gefährte. Ich stieg statt seiner diesen Sühneberg empor.

Ich, Dagon, den man den letzten Assyrer nennt, werde euch über Thrasybulos Aufklärung geben – und über einen zweiten Todesfall, der Griechenland erschüttert hat.

Auf der Jagd nach Rache zog ich durch die Länder der Welt. Ich überwand wogende Wasser und weglose Wüsten, fand meinen Pfad durch Fels und Firn, wanderte durch die Wälder der Wildnis und eilte durch ewiges Eis. Niemals vergaß ich meine Pflicht, doch meine Hände blieben nicht rein: Ich klagte an und wurde selbst zum Mörder. Ich zog als Richter aus und kehrte als Schuldiger heim.

Ich übte Vergeltung und lernte Vergeben.

Viel Rätselhaftes ist dabei geschehen: Ich stritt mit den stärksten Kriegern der Welt und sprach mit den mächtigsten Herrschern. Ich stand am Nabel der Welt. Die Göttin des Zeitstroms schenkte mir ihre Liebe.

Meine Gefährten und ich kämpften mit Erde und Luft, Feuer und Wasser. Wir lauschten den rasenden Mündern und erfuhren so endlich den Sinn allen Lebens.

Hört nun meinen Bericht, Richter des Areopag, die ihr schon seit den ältesten Zeiten Urteile sprecht! Euer Kriegsgott Ares gestand hier den Mord an Poseidons Sohn — wie könnte da ich, ein Sterblicher, schweigen! Orestes, der seine Mutter erschlug, um seinen Vater zu rächen, verließ euch als freier Mann — wie könnte da ich, ein Schuldbefleckter, an eurer Gerechtigkeit zweifeln! Drakon und Solon erneuerten eure Gesetze — wie könnte da ich, ein Fremder, eurer Weisheit mißtrauen!

Darum werde ich nichts verfälschen oder verschweigen. Ich will auch von Taten berichten, die euch sündhaft und lästerlich, ruchlos und verwerflich erscheinen mögen. Ihr sollt alles hören, damit ihr alles versteht. Hört mir nun zu und unterbrecht mich nicht!

Nimm meine Augen, Erinys, wenn ich jetzt von Ereignissen zeuge, die ich nicht sah! Reiße mir die Zunge heraus, Tisiphone, wenn ich sie zu einer Lüge mißbrauche! Verbrenne meine Seele, Nemesis, wenn ich etwas verschweige! Nicht um mein Ansehen geht es mir, sondern allein um das Recht meiner Gefährten.

II Das Ischtarfest

Viele Jahrhunderte lang zitterten Asiens Völker vor der gewaltigen Macht der Assyrer. Denn vor den Kriegern Assurs erlag jeder Feind, vor ihren eisernen Wagen zerstob jedes Heer, vor ihren hohen Belagerungstürmen zerbarst jede Mauer.

Eines Tages jedoch verbanden sich alle Völker im Kreis zum Widerstand gegen die Weltmacht vom Pfeilstrom, dem Idiglat, der von den Griechen Tigris genannt wird: Die Meder aus den salzigen Steppen des Ostens, die Babylonier aus dem fruchtbaren Eden im Süden, die Aramäer aus den sonnendurchglühten Wüsten des Westens und die Urartäer aus den eisbedeckten Bergen des Nordens. Die unermeßliche Flut ihrer Scharen brandete gegen die Burgen Assurs, und schließlich erlagen die stolzen Assyrer den Feinden, wie wohl auch Skorpione im Heerzug der wimmelnden Ameisen untergehen.

Nach der Vernichtung des gewaltigen Reiches gab es für die Überlebenden nirgends in Asien Asyl. Wenigen nur gelang die Flucht nach Ägypten. Ich aber segelte mit meinen letzten Getreuen nach Jatnan, das wie ein aufgespanntes Ochsenfell im Westmeer liegt und bei den Griechen Zypern heißt.

An der östlichen Küste dieses fruchtbaren Eilands kaufte ich Land und siedelte dort mit anderen Flüchtlingen aus dem vergangenen Reich. Den Schatz der Assyrer verbarg ich in einer Höhle. Nadin, mein einziger Sohn, wuchs mutterlos auf.

Nur zweimal in zwei Jahrzehnten kehrte die alte Kampfeslust wieder:

Zehn Jahre nach Assyriens Fall zog ich für einen Sold von siebzig Talenten Silber mit jonischen Auswanderern aus Phokaia nordwärts an die von Fichten begrünte Küste des phrygischen Meeres, das auch das Schwarze genannt wird. Dort lebten die Phokaier vom Fischfang, rodeten Wälder und handelten Flachs von den Bewohnern des kieferndunklen Kolchis ein. Ich schützte die niedrigen Mauern der neuen Stadt, die nach dem Führer der Argonauten

»Jasion« hieß, zwei Jahre lang gegen die Skythen, die diesen Teil Asiens seit jeher plündernd durchstreifen.

Im Jahr darauf ersuchten mich die Bürger Kalchedons am Bosporos um Hilfe gegen die Bebryken. Die Männer dieses Volkes sind für ihre harten Hände berühmt. Ich forderte den Fürsten der Feinde zum Faustkampf und tötete ihn.

Später befreite ich auch die Siedler von Tyras am Höhenufer der nördlichen Steppe und von Sesamos an Paphlagoniens felsenreicher Küste von ihren Feinden. Mit Gold und Silber beladen kehrte mein Schiff nach Zypern zurück.

Sechs Jahre später, als die Insel unter einer Dürre litt, zog ich erneut für Lohn in den Krieg. Ich nahm die reichen Geschenke des Rats von Kyrene an und focht für die libyschen Silphion-Sammler gegen die ledergepanzerten Ritter der Wüste. Das Silphionkraut kann sechzig verschiedene Krankheiten heilen. Darum wird der Saft seiner Wurzel mit Gold aufgewogen. Kyrene verdankt seinen Reichtum allein diesem wundersamen Gewächs. Doch wenn die Reiter des Sandmeers bis vor die Stadtmauern schweifen, können die Bürger Kyrenes das kostbare Kraut nicht mehr sammeln. Dann muß die Stadt darben, und Hunger bläht die Bäuche der Kinder. Die weißhäutigen Krieger der Wüste kennen keine Furcht. Sie wichen erst, als ich im Schutz der Nacht durch ihre Reihen drang und ihre Brunnen mit den Kadavern von Ziegen verdarb, wie es mich einst die erfahrenen Ausbilder an der assyrischen Kriegsschule lehrten.

Im Auftrag Athens zerstörte ich später Seeräuberburgen auf Kreta. Für die Kerkyrer im Westen Achäas bekriegte ich die mit Fellen behängten Waldleute von Taulantien, und auch das Meer des Sonnenuntergangs blieb mir nicht fremd: für euböisches Gold vertrieb ich kymische Freibeuter von jenen Felsen und Strudeln, die man seit alters her Skylla und Charybdis nennt.

In Zypern errichteten kundige Hände von meinem Sold gedeckte Zisternen, Schöpfräder und Bewässerungsgräben, damit das Gartenland auch in der Sommerhitze seine Kraft und Fruchtbarkeit bewahrte.

Danach genoß ich ein friedliches Leben. Ich zählte die Tage nicht mehr, sondern trank zuviel Wein und gab mich der Wollust hin. Meine Muskeln wurden schwach, meine Gedanken träge.

Meinen Sohn sandte ich, als ihm der erste Bart wuchs, an die berühmten Schulen Milets, damit er dort vom Geheimnis der Schöpfung, von Menschen und Tieren, von Himmel und Erde, Leben und Tod, von der Vergangenheit und von der Zukunft erfahre. Denn Nadin sollte nicht ein Krieger werden wie ich, sondern ein Lehrer und Lenker der letzten Assyrer.

Das Land am Tigris, das einst meine Heimat war und das jetzt fremden Herren gehorchte, sah ich nicht wieder.

Am zweiten Tag des Frühlingsmonats Nisan, an dem im Stromland das Fest der Göttin Ischtar gefeiert wird, wachte ich nach durchzechter Nacht erst mittags auf. Ich putzte meine Zähne mit Salbei, reinigte meinen Rachen mit dem belebenden Saft der Minze und badete dann in heißem Wasser mit Hopfen- und Quendelöl. Mein griechischer Diener Venes schüttete mir einen Korb mit den duftenden Blüten von Wohlgemut und Kalaminthe über das Haupt. Ägyptische Bademädchen schlugen meine Haut sanft mit Büscheln aus Lavendel. Dann hüllten sie mich in ein assyrisches Kleid aus blauglänzender Seide. Sie bliesen in mein Haar, damit es schneller trockne, umwanden meine Stirn mit einem Kranz aus Rosmarin und steckten mir den Schmuckring an den Finger, den ich vor langer Zeit aus der Hand Sinschar-Ischkuns des Stolzen empfangen hatte.

Danach durchquerte ich den von Säulengängen umgebenen Innenhof meines Hauses. Drei silberne Springbrunnen kühlten dort zwischen Balsamsträuchern die Luft. Seerosen schwammen in ihren Wassern, und Blüten von Goldlack begleiteten meinen Pfad.

Zwischen zwei Säulen aus Marmor von den Kykladen betrat ich die aus Ziegeln gemauerte Halle, in der ich meine Gäste empfing. An ihren Wänden hatten Maler vom Tigris die stolzesten Tage in der Geschichte Assyriens verzeichnet. Gemälde aus Farben von seltenen Pflanzen und kostbaren Steinen, aufgetragen auf weißen Gips, erzählten von der großen Zeit des Reichs. Sie schilderten den ersten Sieg über Babylon durch Tukulti-Ninurta vor zwanzig Menschenaltern. Sie berichteten von der Verwüstung Urartus durch Sargon den Zweiten, der vor hundertzwanzig Jahren siegreich durch die Schneegebirge zog. Und sie erinnerten an den kühnen Stoß des adlergleichen Asarhaddon gegen Ägypten in den Tagen unserer Väter. Kunstvolle Bilder aus bunter, geschmolzener Erde berichteten von Assurbanipals Feldzug nach Nubien. Und sie kündeten auch vom letzten Sieg der Assyrer, damals vor dreißig Jahren, als der stolze Sinschar-Ischkun am Euphrat die Babylonier schlug und ich des Königs Linke deckte.

Auf dem Fußboden aber erinnerten Mosaike aus bunten Steinen an Glück und Glanz Assyriens in seinen kurzen friedlichen Zeiten: die Ernte der süßen Datteln und die Jagd auf Hirsch und Reh, die fromme Wanderung der Gläubigen zum Tempel und die Schönheit der Priesterinnen in Ischtars Dienst.

Durch die mit Elfenbeinschnitzereien verzierten Fenster schweifte der Blick auf Wälder von efeuumrankten Eichen, zierlichen Zypressen und lebensstarken Linden. Dazwischen blühten Beete von Rosen und Tulpen, Goldwurz und Hyazinthen. Die rotgelbe Taglilie wetteiferte an

Schönheit mit der weißblühenden Winterlevkoje, der schwertförmige Siegwurz an Größe mit dem brusthohen Rittersporn.

In ihren Gärten ernteten meine geschickten Gefährten Äpfel und Birnen, Kirschen und Mandeln. Sie pflegten Zimtbäume aus Persien und Dattelpalmen aus Akkad, arkadische Ziegenbarteichen und Feigenbäume vom Nil. All diese Gewächse machten unser Land so prächtig wie die hängenden Gärten von Babel. Ich blickte auf Gärten, Wälder und Weinberge wie auf eine zweite Hochsteppe Eden, und mein Herz erfreute sich daran.

Zu meinen Gästen zählten griechische Händler aus dem nahen Hafen Salamis und ägyptische Kaufleute aus der weiter südlich gelegenen uralten Stadt Amathus. Ebenso kamen phönizische Seefahrer aus allen Häfen am Zederngebirge zum Fest, und auch churritische Kunstschmiede, die sich mit ihren Gold- und Silberschätzen vor den Medern aus Kilikien gerettet hatten. Ich begrüßte jonische Sänger, die in den Ländern des Westens von allen die berühmtesten sind. Und ich umarmte akkadische Priester, die den Kult von Kutha kannten, der zu den ältesten des Stromlands zählt. Alle meine Gäste gehörten zum Bund der immergeliebten Ischtar. Sie folgten fromm den heiligen Geboten der göttlichen Gebärerin. Zwar hatte ich nach Assurs Sturz den Glauben an alle Götter verloren. Das Ischtarfest aber achtete ich, weil es alljährlich die letzten Gefährten und Freunde Assyriens vereinte.

Meine ägyptischen Dienerinnen reichten den Besuchern zum Empfang je acht Sorten Weizen- und Gerstenbier, das nur am Nil so wohlschmeckend gebraut wird. Denn die Ägypter nehmen dazu nicht einfach die Körner dieser Getreide, sondern ein daraus gebackenes Brot, das sie im Wasser einweichen. Je älter die Gefäße sind, in die man die Säfte seiht, desto besser mundet das Getränk. Außerdem standen Weine aus Trauben, Datteln und Honig bereit. Dazu flossen sieben Sorten Milch von Kuh und Stute, gedickt nach Art der nördlichen Nomaden, und — für klug gewordene Gäste — der ausgepreßte Saft der Granatfrucht. Er war zum Segen gealterter Körper mit Bohnenkraut und Alant versetzt. Denn der Saft dieser Wurzel, die nach dem Glauben der Griechen einst aus den Tränen der schönen Helena wuchs, stärkt den Magen. Das Bohnenkraut jedoch ist Priapus geweiht.

Junge, hochgewachsene Tänzerinnen schmückten die Gäste mit zierlichen und wohlduftenden Kränzen. Die Frauen und Mädchen erhielten Gewinde aus Myrthenkelchen. Denn auch auf Zypern glauben die Griechen, daß der Saft dieser Pflanze die Schönheit bewahrt. Den Männern ließ ich Kränze aus rundlichem Dill und bärtigem Safran, wolligem Meiran und glückbringendem Eppich, weißlichem Bergbitterkraut und haarigem Thymian reichen — alles Gewächse, deren Düfte den Atem des Zechers erfrischen.

Von Mittag an waren die Stunden des Festes dem Wiedersehen und dem Genuß vertrauter Gespräche gewidmet. Immer wieder schallten fröhliche Rufe durch meinen Garten, wenn Neuankömmlinge zu uns traten und Männer einander erkannten, die sich ein Jahr oder länger nicht mehr gesehen hatten. Dann mochte für den Augenblick wohl Schwermut ihre Herzen erfüllen, geboren aus Erinnerungen an längst vergangene Zeiten. Stets aber eilten schnell andere Jünger Ischtars herbei und mahnten, den Freudentag der Göttin nicht durch Trübsinn zu entweihen.

Als die Sonne zu sinken begann, verstummten die Gäste nach heiligem Brauch, dem Lob des Lebens zu lauschen.

Als erster erhob ein junger, goldhaariger Sänger aus Rhodos die Stimme. Er kündete mit den Versen Hesiods von den vergangenen Zeiten und der Geschichte des Menschengeschlechts, dessen einst goldene Tage nun schon so lange der Vergangenheit angehörten. »Jetzt herrscht die eherne Zeit«, so lauteten die Worte des Hirten vom Helikonberg, »weder bei Tag noch bei Nacht finden die Menschen Ruhe vor Mühsal und Leid. Es gilt das Recht der Fäuste. Der eine verheert des anderen Heim. Wer die Wahrhaftigkeit liebt, wird verachtet, und der Gute gilt für geringer als der gemeine Verbrecher. Sitte und Scham schwinden dahin, Mißgunst folgt nun den Menschen an alle Orte. Ehrgefühl und gerechte Vergeltung aber sind von der Erde enteilt und in den Himmel geflüchtet. So bleibt den Sterblichen nur das Elend, und keine Hilfe winkt gegen das Unheil.«

Als der Mann von der Roseninsel geendet hatte, fingen die Zuhörer an, Ischtar laut um Erlösung zu bitten. »Lasse uns nicht in ewiger Nacht versinken, Mutter des Lebens!« rief ein starkknochiger Phryger aus Tarsos, die Hände zum dunklen Himmel gestreckt. Ein kahlköpfiger Aramäer vom Fluß Arantu, der auf Griechisch Orontes heißt, bat: »Du heilige Erzeugerin der Wesen, befreie uns aus Nergals Klauen!« Und eine reichgekleidete Jebusiterin aus Megiddo flehte: »Gieße gnädig die Fluten des Lichts über uns, du Schöpferin des Seins, auf daß das Leben nicht nur in die Fluren, sondern auch in unsere Schöße zurückkehrt!«

Danach trat ein dunkelhäutiger Sänger aus Kusch vor die gläubige Menge, ein Bürger Ägyptens, wo man die Herrscherin aller Himmel unter dem Namen Hathor verehrt. Das Lied, das er sang, erklingt schon seit tausend Jahren überall dort, wo die Ägypter dem Sinn von Leben und Tod nachzuspüren versuchen. »Folge deinem Herzen, solange du lebst!« hieß seine Botschaft. »Lege Myrrhen auf dein Haupt und kleide dich in feines Leinen. Salbe dich mit den echten Wundern der Gottesdinge. Vermehre dein Gutes, laß dein Herz nicht ermatten, folge deinem

Herzen und deinem Vergnügen. Verrichte deine Sache auf Erden und quäle dein Herz nicht, bis jener Tag des Wehgeschreis zu dir kommt! Der mit dem ruhenden Herzen, Osiris, erhört keinen Schrei. Die Klage rettet niemanden aus der Unterwelt. Darum feiere den frohen Tag und werde seiner nicht müde! Siehe, niemandem ist vergönnt, seine Habe mit sich zu nehmen. Siehe, keiner, der fortgegangen ist, kehrte zurück!«

Laut, mit emporgehobenen Kelchen, priesen die Gäste den schwarzen Sänger. »Niemals wollen wir dich durch Schwäche und Schwermut betrügen, Ischtar!« rief ein schwarzbärtiger Gebaliter. Ein grauköpfiger Sidonier betete: »Laß uns den Tod niemals fürchten, Herrin, denn nur dann kann uns das Leben gehören!« Und eine goldhaarige Fürstentochter aus Kappadokien flehte: »Steige zu uns herab, Göttin der Fruchtbarkeit, damit wir dir unsere Treue beweisen!«

Von allen Seiten des Gartens erklangen nun bittende Rufe und heilige Schwüre. Dann aber verstummte die Schar der Zuhörer wieder, und unter einem mächtigen Ölbaum erhob sich Adar, der große Akkader, der älteste Sänger des Stromlands. Er sang aus dem ersten der heiligen Lieder, der nun schon zweitausend Jahre alten Hymne des Helden Gilgamesch, der zu zwei Dritteln göttlich war und dennoch die Unsterblichkeit verfehlte.

»Das Leben, das du suchst, wirst du nicht finden«, lauteten diese Verse, »denn als die Götter den Menschen erschufen, haben sie ihm den Tod bestimmt. Darum sei voll dein Bauch! Tag und Nacht vergnüge dich! Täglich mach' ein Freudenfest, tanze jede Stunde! Genieße den Händedruck deines Sohnes. Deine Gattin aber soll sich in deiner Umarmung vergnügen ...«

Da jubelten alle Zuhörer auf. »Laß uns deine Liebe kosten, Himmelskönigin«, rief ein scharfnasiger Tyrer in heiligem Wahn. Ein hünenhafter Churriter sank auf die Knie und gelobte verzückt: »Allen anderen Göttern schwöre ich ab um deinetwillen, Herrin der beiden Geschlechter!« Und während nun überall in dem Garten Fackeln entflammten, faßten sich Männer und Frauen freudig an Schultern und Hüften und schworen der Fruchtbarkeit bringenden Göttin Gehorsam und unverbrüchliche Treue.

Danach erklang der Ton einer bronzenen Scheibe. Das heilige Festspiel begann. Die schöne Serenit, Assurs letzte Ischtarpriesterin, leitete es. Sie war eine Tochter der Sebanit, deren Leichnam vor nun schon fast dreißig Jahren auf Sinschar-Ischkuns Scheiterhaufen zu Ninive verbrannte — damals, als die neue Hauptstadt des Reichs unterging. Priester hatten Sebanits neugeborene Tochter gerettet und aufgezogen. Denn in ihr lebten Adel und Weisheit von Ahnen, deren Reihe bis in die Tage der Weltschöpfung reichte.

Seit Assyriens Zerstörung lebte Serenit in einem Tempel an Zyperns nordöstlicher Küste. Dort stößt das Land wie ein Finger ins Meer. An seiner Spitze ragen zwei Inseln aus grünblauer Flut. Die nähere, Klides, dient jetzt als Wohnung der Diener des Tempels. Auf der entfernteren aber, dem apfelgrünen Apharis, lebt Serenit allein an Ischtars Altar. Assurs letzte Recken dienen ihr als Wächter. Sie töten jeden, der sich dem Heiligtum unbefugt nähert. Die Eisengepanzerten fürchten sich vor keinem Feind. Denn seit dem Untergang ihrer Heimat bedeutet ihnen das Leben nichts mehr. Sie sehnen sich nach dem Tag, an dem sie in der Unterwelt, dem lichtlosen Arallu, die alten Kampfgefährten wiedersehen dürfen.

Als nun vier dieser eisgrauen Wächter eine mit kostbaren Seidenstoffen umhüllte Sänfte in unseren Garten trugen, erhoben sich die Gäste voller Ehrfurcht. Denn die schöne Serenit galt den letzten Assyrern als lebendes

Ebenbild Ischtars. Wer die Priesterin einmal gesehen hatte, konnte nicht daran zweifeln, daß ihr Liebreiz dem der Göttin näherkam als die Schönheit aller anderen Frauen.

Die Träger setzten die Sänfte ab und schoben den Vorhang beiseite. Die Tempelherrin stieg mit der geschmeidigen Bewegung einer jungen Löwin hervor. Der Schein der im lauen Wind flackernden Fackeln glänzte auf einer Flut von pechschwarzem Haar, das in reichen Wellen über den nackten Leib der Priesterin fiel. Zwei funkelnde Rubine bedeckten die Spitzen ihrer weißschimmernden Brüste. Ein goldener Gürtel umschloß ihre zierlichen Hüften. Zwischen den langen Schenkeln schwangen geflochtene Schnüre mit Perlen und Edelsteinen. Unter schwarzglänzenden Wimpern leuchteten blaue Augen. Sie blickten gebieterisch auf die Gäste, die sich nun voller Demut verneigten.

Meine Diener eilten herbei und brachten den Wächtern Braten und Bier. Mit einem Wink ihrer Hand schickte die Priesterin ihre getreuen Beschützer davon. Die Wächter nickten mir höflich zu und zogen sich dann in den hinteren Teil des Festsaals zurück. Serenit fuhr sich mit der Zunge über die purpurn geschminkten Lippen. Dann begann sie zu sprechen:

»Dir, Dagon, danke ich für deine Gastfreundschaft und deinen Schutz; euch anderen für eure Frömmigkeit. Ischtar schenkt Leben und nimmt es. Ischtar befeuchtet die Felder und läßt sie verdorren. Ischtar macht Herden fruchtbar und liefert sie den Wölfen aus, ganz wie es ihr beliebt. Darum genießt Ischtars Gnade, solange ihre Güte währt, und fürchtet ihren Zorn!«

Wir schwiegen. Nach einer Weile klatschte Serenit in die Hände und rief: »Vor Göttern steht dem Menschen Demut an. Ich sehe, daß kein falscher Stolz in euren Herzen wohnt, und daß in euren Seelen auch kein frevlerischer

Zweifel nistet. So wollen wir der Immergeliebten opfern, damit sie uns ihr Wohlwollen erhält, auch wenn wir Vertriebene sind, Besiegte in fremdem Land.«

Die Gäste erhoben sich wieder. Freude leuchtete auf ihren Gesichtern. Serenit sprach weiter:

»Vor zwei Jahren erinnerten wir in unserem heiligen Spiel an die Erschaffung der Welt und des Menschen, an Assurs Sieg über Sturm und Wasser, über die schreckliche Tiamat und ihre grausigen Helfer. Im vergangenen Jahr verbildlichte unsere Opferhandlung die Siege Assyriens über Hethiter und Babylonier, Meder und Urartäer, Skythen und Kimmerier, Phönizier und Aramäer, Judäer und Ägypter. Dieses Jahr aber wollen wir mit dem Opfer dem Werden jener Gesetze gedenken, die des Menschen Gatter sind, und der Strafen, die nach Ischtars Willen jeden treffen sollen, der gegen Menschen fehlt und gegen Götter sündigt. Folgt mir nun also auf der Straße der Sinne zum Feld der Freude und ins Land der Lust! Werdet nicht müde, der Göttin zu dienen!«

Mit diesen Worten ergriff die Priesterin eine Fackel und schritt in den Teil des Gartens voran, in dem sie alljährlich das Opferfest Ischtars vorzubereiten pflegte. Als ihre Gehilfen warteten dort zahllose Mädchen und junge Frauen, aber auch Knaben und junge Männer aus allen Ländern der Welt. Viele von ihnen waren Waisen, die nach dem Tod ihrer Eltern in Ischtars Dienste getreten waren. Andere stammten von den wohlgefüllten Sklavenmärkten Phöniziens. Manche berufliche Diener und Dienerinnen der Liebe aus babylonischen Lusthäusern hatten die Heimat verlassen, um ihre Fertigkeiten bei diesem Fest in den Dienst Ischtars zu stellen. Tempelmädchen und Hierodulen aus Heiligtümern Kleinasiens hatten sich vor der Wut der Barbaren nach Zypern gerettet und in den Dienst der apharischen Göttin gestellt. Viele waren auch Opfer von

Räubern der See, oft junge Leute von vornehmer Herkunft. Serenit hatte sie freigekauft und in ihrem Tempel zum Glauben an Ischtar bekehrt – nicht, wie viele phönizische Priester, mit Drohungen oder gar Schlägen, sondern allein mit dem Reiz ihres Körpers, dem kein Mensch zu widerstehen vermochte.

Beim Opferspiel um die Erschaffung der Welt vor zwei Jahren hatte die Priesterin Mädchen und Knaben mit Stoffen und Fellen als Ungeheuer verkleidet und dann die Gäste zum frommen Kampf gegen Tiamats Schreckensgeschöpfe gerufen. Zum Weihespiel um die Eroberungen Assyriens im folgenden Jahr hüllte die schöne Serenit Jünglinge und junge Frauen in lederne Rüstungen und bewaffnete sie mit hölzernen Schwertern. Die Dienerinnen und Diener, die als Hethiter, Meder und Babylonier auftraten, wehrten sich eine Weile mit drohenden Blicken und prahlenden Worten in fremden Sprachen. Dann aber, auf Serenits Wink, ließen sie ihre Waffen sinken und unterwarfen sich voller Demut den frommen Ischtarverehrern, die sich nun nach Herzenslust an den kriegerisch gewandeten Körpern der Besiegten erfreuten.

Für unser einundzwanzigstes Ischtarfest seit Assyriens Untergang aber hatte die Priesterin eine Opferhandlung erdacht, die alle bisherigen Weihespiele an Vielfalt weit übertraf. Denn diesmal sollte jeder Opferdiener einen anderen Befehl der Göttin befolgen, und wie das geschah, war in sorgsam durch Stoffbahnen voneinander getrennten Nischen des Gartens zu sehen.

In der ersten ruhte ein großes kaukasisches Mädchen nackt auf einer hölzernen Liege. Die Hände und Füße der Sklavin waren mit Stricken an vier starke Bäume gebunden, so daß sie sich nicht zu bewegen vermochte. So stellte sie die Todesart des Vierteilens dar, wie sie bei den Steppenvölkern des Nordens vollzogen wird. Dort spannt man die Glieder Verurteilter zwischen vier kräftige Hengste und treibt die Tiere dann in verschiedene Richtungen fort. Die Opfernden näherten sich dieser Ischtardienerin manchmal allein, manchmal jedoch auch zu zweien, so daß die hochgewachsene Kaukasierin nicht Herrin ihres Schoßes noch ihres Mundes bleiben konnte.

In der nächsten Nische kniete ein braunes Mädchen bäuchlings auf einem Stamm, die zierlichen Hände auf den schmalen Rücken gefesselt. Diese Dienerin Ischtars spielte den Besuchern die Strafe des Ertränkens vor, die man bei den Völkern der östlichen Küsten auf besonders grausame Weise vollzieht: Dort läßt man die Schuldigen nämlich gebunden auf Stämmen ins Meer hinausreiten, wo sie sich dann verzweifelt bemühen, den Halt auf dem Holz nicht zu verlieren — bis ihre Kräfte schließlich erlahmen und eine Welle sie ins Verderben reißt. Auch die Wehrlosigkeit dieses Mädchens wurde von Ischtars gläubiger Schar sogleich zu frommen Taten der Wollust genutzt.

In einer weiteren Nische schaukelten Mädchen und Knaben sanft an den Ästen einer schirmenden Eiche. Sie versinnbildlichten auf diese Weise den Brauch, Feinde zu pfählen. Denn die Ischtar-Verehrer konnten nun unter die Spielenden treten und sich mit einem der nackten, schwebenden Körper vereinen.

Andere Dienerinnen der Göttin lagen auf hölzerne Ringe geflochten, die sich an einer im Boden verankerten Achse drehten. Sie stellten die Strafe des Räderns dar, wie sie besonders die Hethiter schätzen. In Wirklichkeit werden den Menschen dabei die Knochen in Armen und Beinen zerstoßen, damit man sie den Speichen besser anpassen kann. Doch der Ischtardienst war ein Kult der Liebe, und so geschah auch diesen Mädchen nichts Schlimmes: Die Felgen des Rads wiesen zwei Lücken auf, so daß die Gäste ihr Opfer ebensogut zwischen den Schenkeln wie zwischen den Lippen der Mädchen zu verrichten vermochten.

Die meisten Besucher aber opferten bei jenen jungen Frauen, die Serenit nach Art der Tyrsener zu Paaren hatte binden lassen. Bei diesem Volk auf den Inseln des Westmeers werden Verbrecher bestraft, indem man sie mit Leichen zusammenschnürt, Gesicht an Gesicht, Brust an Brust, Leib an Leib, so daß die Lebenden mit den Toten verfaulen. Anders als bei den Tyrsenern waren Serenits Dienerinnen aber nicht Kopf an Kopf zusammengeknüpft, sondern gerade umgekehrt, so daß eine jede mit ihren Wangen an den Lenden der anderen lag. Da sah man hellblonde, elfenbeinweiße Lyderinnen an biegsame, ebenholzfarbene Nubierinnen geschmiegt. Zierliche ockerhäutige Frauen Ägyptens mit blauschwarzen Locken ruhten an milchhellen Hüften rothaariger Babylonierinnen. Blutjunge Tocharerinnen mit safranfarbener Haut und apfelförmigen Brüsten lehnten sich zwischen die sehnigen Schenkel schwarzäugiger Libyerinnen, so daß die Besucher auf vierfache Weise Wollust empfinden konnten.

In allen Winkeln des heiligen Gartens brachten meine Gäste nun mit der Hilfe der Diener und Dienerinnen ihre Gaben dar. Der Eifer der Gläubigen ging so weit, daß manche hochgestellte Frau bald die Fesseln einer Dienerin löste und sich statt ihrer selbst zum Opferdienst binden ließ. Serenit eilte dabei voran: Erst fügte sie sich mit der goldhaarigen Fürstentochter aus Kappadokien, die nach dem Lied des Kuschiters so flehentlich um Ischtars Segen gebeten hatte, zu einem Paar zusammen. Später sah ich in einer anderen Nische den hellen, geschmeidigen Leib der schönen Priesterin zwischen die starken Körper zweier Nubier gespannt, so wie eine Sehne die Hörner des Bogens verbindet.

Als der Stern des Bärenhüters den höchsten Himmel erklomm und ich, trunken vom Wein, im Schatten einer Platane ruhte, kam Serenit endlich zu mir. Schlangengleich drang ihre Zunge in meinen Mund. Ihre schlanke, kühle Hand erforschte meine Bereitwilligkeit. Sie koste mich mit vollen Lippen, dann glitt sie auf meine Hüften. Sie bewegte sich dabei so geschickt, daß nur ein leises Klirren ihrer Perlenschnüre unser Opfer verriet. Nach kurzer Zeit erreichten wir zugleich die höchsten Weihen Ischtars. Dann nahm sie mich bei der Hand, und wir kehrten in den Kreis der anderen Besucher zurück.

Wie nun auch immer mehr andere Gäste entwichen wir der nächtlichen Kühle bald in die mit Buchenscheiten geheizte Halle. Da stand plötzlich mein griechischer Hausverwalter vor mir. Er stammte aus Phlygonium in Phokis und war durch seine Treue und Kraft zum Führer der Diener berufen wie ein Molosser zum Führer der Hunde bei einer Jagd. Seine klobigen Hände hielten eine hölzerne Truhe.

Der Anblick des Kastens verscheuchte die Schwäche aus meinen Sinnen, so wie die Sonne die Schwaden des Nebels vertreibt. »Was ist das, Venes?« fragte ich. »Was bringst du da?«

Der Grieche starrte mich schweigend an. Dann senkte er den Blick. Ich folgte seinen Augen und erkannte etwas, das mich frösteln machte: die kunstvollen Eisenbeschläge der Truhe verrieten, daß sie an keinem anderen Ort gefertigt worden sein konnten als in Ekbatana, der Hauptstadt der Meder.

Ich brach die hölzerne Sicherung des aus Bronze gegossenen Riegels auf und öffnete langsam den Deckel. Serenits Finger krallten sich in meinen Arm. Da rief ich: »Bei Ischtar! Sollen mich medische Zauberer schrecken? Mögen sie sehen, wie ein Assyrer sie verachtet!«

Mit diesen Worten stieß ich den Deckel auf. Als ich sah, was der Kasten enthielt, wallte Blut vor meinen Augen. Ich spürte die Kälte des Todes in meinen Händen und die sieben ehernen Sohlen des Weltenzerstampfers auf meiner Brust. Mein Körper erstarrte, ich konnte den Blick nicht lösen, und in meinem Gehirn begann ein Feuer zu lodern, das die Bahnen meiner Gedanken zerschmolz. Es war, als ob eine Axt die Stränge meiner Sinne zerhieb, als ob wilde Wasser die Brücke meiner Vernunft mit sich rissen, als ob sich plötzlich ein Berg auf alle Quellen meiner Empfindungen schob. So wie ein schwerbeladener Wagen vom hohen Berge herabrollt und schließlich an steinerner Mauer zerbricht, so barst nach rasender Reise im Wirbel unbegreiflicher Gefühle schließlich das ganze Gefäß meines Geistes. Denn in der Truhe entdeckte ich das Haupt meines Sohnes.

Sie hatten es nach Art der Ägypter kunstvoll mit Salzen und Harzen erhalten. Nadins Augen starrten leer; zwischen verzerrten Lippen leuchteten blutige Zähne. Auf die Stirn des Toten aber war das böse, unheilige, schreckenerregende Zeichen der doppelköpfigen Echse gebrannt, deren beide Häupter Vayu und Dahak heißen.

Es gab nur einen Mann auf der Welt, der dieses Siegel benutzte; ich kannte ihn wohl: er war mein Feind seit Beginn meines Lebens, der grausamste Herrscher der Welt, der bei allen Menschen verhaßte Schlächter, den die Griechen Kyaxares nennen und der Mediens König war: Huwaksatara.

III   Der Traum

So wie ein Blitz, wenn er den nächtlichen Himmel erhellt hat, danach noch schwärzeres Dunkel zurückläßt, so stieß das schreckliche Erkennen meinen Geist in tiefste Finsternis. Verloren taumelte mein Verstand hinab in die Reiche des Wahns, so wie ein welkes Blatt von einem Baum am Bergrand in Schluchten und Höhlen verschwindet. Doch selbst in den Eingeweiden der Erde herrscht nicht eine solche Düsternis wie in jener Leere, in der nun meine gepeinigte Seele versank.

Als ich wieder erwachte, schmeckte ich Ziegenmilch auf den Lippen und roch den Duft von brennenden Scheiten. Vor meinen Augen aber erschien ein Gesicht, wie ich es nie zuvor gesehen hatte. Es war das Antlitz einer Frau, die mir jung und alt, traumhaft und wirklich, menschlich und göttlich zugleich erschien. Ihre lächelnden Lippen waren noch voll, ihre Wangen noch straff, ihre Augenränder noch frei von Falten. In ihrem Blick aber leuchtete uralte Weisheit, und ihre Stimme schien aus einer Welt jenseits der Wolken zu kommen, als sie zu mir sagte:

»So bist du endlich erwacht, Dagon von Zypern! Oder hörst du dich lieber den letzten Assyrer genannt? Fürchte dich nicht! Wenn dir auch manches fremd erscheinen muß, was du hier siehst, so darfst du doch darauf vertrauen, daß du hier sicher bist.«

Ich schluckte. Dann versuchte ich mühsam, Worte zu formen und fragte:

»Wer bist du, Weib? Bist du ein Mensch, eine Göttin oder eine Dämonin? Bist du am Ende die gerechte

Geschtinanna selbst, die unbetrügbare Schreiberin, die in Nergals lichtlosem Arallu die Listen der Toten verwaltet?«

In meinem Kopf zuckte ein Schmerz, als sei darin Raizoth, der Dämon des Wundfiebers, eingeschlossen und suche nun mit seinem eisernen Hammer ein Loch durch das Dach meines Schädels zu schlagen. Die Fremde lächelte und gab zur Antwort:

»Blicke dich doch einmal um, du furchtloser Krieger vom Tigris! Siehst du vielleicht noch andere Tote, wie sie sich wohl in der Unterwelt drängen? Führe ich einen Griffel? Bist du nur noch ein Schatten und spürst keinen Schmerz? Hier, trink! Pythios gab mir die Kraft, dein Leben zu retten und die erlöschende Flamme deines gequälten Geistes wieder zu wecken. Er helfe meinen Händen nun auch, dich vollständig zu heilen!«

Unwillig erwiderte ich: »Mir bangt nicht vor Toten noch vor Gespenstern. Und wäre ich jetzt in der Unterwelt, würde ich das nur deshalb bedauern, weil ich dann keine Rache mehr nehmen könnte — am Mörder meines Sohnes und allen, die sonst noch Schuld an Nadins Tod tragen. Du kannst diesem Pythios also sagen, daß ich ihm dankbar bin, wer immer er auch sein mag!«

Die Fremde lächelte wieder und hielt mir eine Schale mit einer seltsamen Flüssigkeit an den Mund. Der Trank rann wie Öl in meine Kehle. Dann sprach die seltsame Frau:

»Morpheus wird dich bald wieder umfangen, Dagon. Doch diesmal wird es nicht ein Schlaf sein, der dem Tod ähnelt, sondern einer, aus dem neues Leben erwacht. Die Götter haben dir noch nicht das Ende bestimmt. Gewiß wirst du nach ihrem Willen noch viele Taten vollbringen.«

»Wer bist du?« fragte ich wieder. »Willst du mir nicht deinen Namen verraten? Wenn du nicht zu jenen gehörst, die diesen Mord begingen, werde ich dir nichts tun. Bist du aber schuldig, kann dich auch dein Pythios nicht retten!«

Die Fremde gab mir einen prüfenden Blick. Dann schob sie ein weiteres Kissen unter mein Haupt, so daß meine Augen durch den ganzen Raum schweifen konnten. Die Wände waren aus roh behauenen Quadern gefertigt. Den Boden bedeckten farbige Fliesen, auf denen fremdartige Schriftzeichen standen. Felle bildeten Brücken vom Lager zur Tür und auch zu einem offenen Herd, in dem ein Holzfeuer brannte. Darüber hing an einem ehernen Dreifuß ein prächtiger Kupferkessel. Standbilder fremder Gottheiten zierten die Wände. So schlicht dieses Zimmer auch schien, es strahlte Macht und Würde aus.

»Wer bist du?« fragte ich zum dritten Mal. Als ich erneut keine Antwort erhielt, wurde ich zornig und rief:

»Dann sage mir doch wenigstens, wo ich mich hier befinde, Weib des Pythios! Hat man mich vielleicht zum Heiligtum Ischtars gebracht? Bist du am Ende eine von Serenits Dienerinnen? Oder weile ich in Salamis, vielleicht im Haus eines kundigen Arztes? Sage mir endlich, was ich zu wissen begehre! Denn ich bin kein besonders geduldiger Mensch, und im Augenblick fehlt mir der Sinn für kindische Ratespiele!«

Die Fremde lächelte, legte mir eine kühle Hand auf die Stirn und sagte mit sanfter Stimme:

»Quäle dich nicht mit zu vielen Fragen, Dagon! Denn wenn ich die Scherben deines Verstandes auch wieder zusammenzufügen vermochte, so ist das Gefäß doch noch sehr zerbrechlich. Wir müssen uns hüten, es allzu schnell wieder zu füllen. Soviel kann ich dir aber verraten, ehe dich der Trank aus Mandragora wieder ins Land der Ruhe führt: Du bist nicht an einem Ort, an dem dir Menschen etwas zufügen können, und auch nicht an einem Platz, an dem dir der Zorn übelwollender Gottheiten droht. Du bist hier sicher vor jeder Rache, geschützt vor jeder Gefahr, und niemand kann dir hier Schaden zufügen, nicht einmal du selbst. Denn du befindest dich im Mittelpunkt der Erdenscheibe, am Nabel der Welt, dem heiligsten Tempel der Menschheit. Du ruhst an jenem Ort, der Himmel und Erde verbindet, Götter und Menschen vereint, Zukunft und fernste Vergangenheit unzertrennlich verknüpft. Du bist in Delphi, dem heiligen Platz, den Phoebus Apoll einst dem grausigen Drachen Python entriß. Seither heißt der Gott hier Pythios. Aber wir nennen ihn ebenso Loxias, den Dunklen, weil seine verkündenden Worte dem beschränkten Menschengeist oft rätselhaft bleiben. Manche verehren unseren Herrn auch unter dem Namen Delios oder Kynthios, weil er am Fuß des Berges Kynthos auf der Insel Delos geboren wurde. Mit seinem silbernen Bogen ist er der Fernhintreffer, als Paion führt er die Krieger in die Schlacht, als Lykoktonos vertreibt er die Wölfe, als Archegetaes gründet er Städte, als Agyieus beschirmt er sie, als Musagetaes fördert er die schönen Künste. Ja, unser Gott hat viele Namen. Ich aber bin Apollos höchste Priesterin, sein Auge, sein Ohr und sein Mund, durch den er den Willen des Himmels verkündet. Die Menschen nennen mich Pythia.«

»Delphi?« fragte ich staunend. »Liegt dieser Ort nicht in den Ländern der Griechen? Mein Diener Venes, ein Phoker, hat mir davon erzählt, auch von Apoll – nur den Namen Pythios kannte ich nicht. Ich hörte von Venes, daß die Griechen auf keine Wahrsagung stärker vertrauen als auf den Spruch des Orakels von Delphi. Doch wußte ich nicht, daß man hier auch Kranke heilt. Hat Venes mich zu dir gebracht?«

»Wie könnte Pythios die Seelen der Menschen gesundpflegen, wenn er nicht auch Macht über die Krankheiten ihrer Körper besäße?« antwortete die Priesterin. »Ist es doch stets viel leichter, den Schmerz aus Gliedmaßen und Gedärmen zu vertreiben als aus dem gequälten oder gebrochenen Geist! Dennoch wirst du bei uns selten Kranke finden, denn wir nehmen nur wenige auf. Den Leiden von Völkern und Reichen gilt unsere Pflicht, nicht den Beschwerden einzelner Menschen. Ja, Venes war es, der dich zu mir brachte und dir dadurch das Leben erhielt. Ein Traum hatte ihm verraten, daß deine Rettung allein in den Händen Apolls lag und nur in Delphi erreicht werden könne. Dein Diener ist bereits nach Zypern zurückgekehrt, um deinen Besitz zu verwalten, der seinen Herrn nun schon seit einem Monat entbehrt.«

»Das kann nicht sein«, rief ich voller Mißtrauen, »ist es mir doch, als wäre es gestern gewesen, da ich das Schreckliche sah!«

»Zweifle nicht!« sagte die Priesterin. »Seit dich die Hand einer grausamen Gottheit dem Leben und Licht zu entreißen versuchte, sind schon vier Wochen vergangen, in denen du wie ein Tier gelebt hast und keines menschlichen Gedankens fähig warst. Fünf Tage lang betete Venes zu Zeus und Hera, Apoll und Athene, auch zu Aphrodite, die bei euch Ischtar genannt wird, und Ares, dem Gott des Krieges. Aber keiner von ihnen erhöhte das Flehen deines Getreuen. Auch deine Priesterin wußte keinen Rat. Denn Aphrodite schwieg auf alle ihre Opfer und Gebete. Bist du ein Feind der Götter? Trägst du Schuld auf deiner Seele? Einer der Himmlischen aber scheint dir wohlgesonnen zu sein. Ich nährte dich mit den Kräutern, die Cheiron, der Fürst der Kentauren, einst fand, nach allen Regeln, die Podaleiros uns lehrte, und auch mit der Hilfe Askleps, des Arztes der Götter. Bald wirst du wieder gesund sein.«

»Ich werde diesem Apoll oder Phoebus und all deinen anderen Göttern die reichsten Opfer darbringen«, versetzte ich, »wenn sie ihre Macht dazu verwenden, daß ich bald wieder auf den Beinen stehe. Meine Pläne dulden keinen Aufschub. Sage das diesen Olympischen, denen du dienst, und auch allen anderen Göttern, die hier vielleicht noch wohnen!«

Die Priesterin blickte mich mitleidig an und antwortete: »Venes hat mir nicht verschwiegen, was der Grund für deine schwere Krankheit ist. Nicht aus Neugier fragte ich ihn, sondern um dein Leben zu retten. Denn selbst der kundigste Arzt vermag einem Menschen nur dann zu helfen, wenn er den Grund seines Leidens erfährt. Ich weiß, wie dir jetzt zumute sein muß. Doch zur Gesundung gehört auch die Aussicht auf Glück. Vielleicht hat dich dein Schicksal nach Delphi gesandt, damit du hier erfährst, was dir die Zukunft bringen soll? Wenn du es wünschst, will ich versuchen, Phoebus danach zu befragen.«

Ich packte ihr Gewand und sagte barsch: »Wohlan, beginne, Priesterin! Nimm von dem Gold, das Venes sicherlich als Lohn für meine Pflege hinterließ. Laß es deinen Göttern an nichts fehlen! Und dann geschwind heraus mit deinem Orakel! Wisse allerdings, daß mich kein Götterspruch von meinem Weg abbringen wird, mag der Mummenschanz auch noch so eindrucksvoll sein und die Vernebelung auch noch so schweflig.«

»Lästere nicht!« rief die Priesterin erschrocken, »und treibe die Rosse der Rache nicht zu ungeduldig an! Schon mancher ist durch Hast und Eile zu Tode gekommen, bevor er sein Ziel erreichte. Ruhe dich aus und warte! Überdies muß ich erst noch viel mehr von dir wissen, ehe ich Phoebus befragen darf. Nun, wir werden ein anderes Mal darüber sprechen.«

Müdigkeit kroch in meine Glieder. Der starke Trank begann seine Wirkung zu tun. Ich fragte: »Wann willst du mir denn enthüllen, was deine Götter über meine Zukunft wissen? Und wie lange wird es dauern, bis ich wieder ein Schwert zu führen und einen Speer zu schleudern vermag?«

Die Priesterin löste sanft meine Hand vom Saum ihres leinenen Kleides und antwortete:

»Gehe erst in dich und denke sorgfältig nach, damit du nichts vergißt, was für den Gott von Wichtigkeit wäre! Phoebus schaut in die Herzen der Menschen. Er erkennt jede Lüge und jedes Verschweigen. Sei also auf der Hut! Auch wenn du einem fremden Land entstammst und fremden Göttern dienst, könntest du vor Apollos Rache nicht fliehen, würdest du dich selbst hinter den Grenzen der Erde verbergen.«

Mit diesen Worten erhob sie sich. »Nein, gehe noch nicht!« rief ich und griff nach ihr. Doch ihre Augen drangen in meine, ihre Hände vollführten ein seltsames Zeichen, und ich schlief ein.

Der Mond ging auf. Farbiges Licht fiel wie ein gewaltiger Vorhang vom Himmel. Die Wolken verwandelten sich in Gesichter von Menschen, denen ich vor langer Zeit begegnet war. Da wußte ich, daß ich träumte. Aber so sehr ich mich auch mit den Kräften meines gequälten Verstandes zur Wehr setzen wollte, ich konnte den Gebilden und Gespinsten nicht entfliehen. Denn eine rätselvolle Macht versperrte meinem Geist den Rückweg in das Erwachen. So schaute ich, was ich lieber vergessen hätte.

Ich sah mich als Säugling im Arm meiner Mutter, die selber fast noch ein Kind war. Der Wind der Steppe spielte in ihrem dunklen Haar. Als sie mich an ihre Brust drückte, sah ich unter dem Stoff ihres Kleides das Zeichen des Sonnenrads auf ihrer Haut, das zauberkräftige Göttermal, das allen Menschen des Nordens als Heilsbringer gilt. Dann trat mein Vater Tugdamme aus seinem Zelt, in schwarzes Eisen gepanzert. Stark wie ein Riese der Vorzeit wog er das stählerne Schwert Taskupiman in seiner Hand, dessen Name »Das Schreien der Kehle« bedeutet. Auf dem rotblonden Haupt meines Vaters glänzte die Krone Kimmeriens, die nun schon seit so langer Zeit zerbrochen auf dem Grund des reißenden Pyramos liegt. Um den großen Tugdamme scharten sich die letzten Recken unseres Stammes, die Heldenblüte des Volkes, das einst die Steppen am Nordrand des Schwarzmeers beherrschte.

Mein Großvater Sisynnes stand an Rang den Fürsten von Skythien und Lydien nicht nach. Aber sein Sohn Tugdamme, den die Griechen Lygdamis nannten, erhob seine Augen zur jüngsten Tochter des Königs von Medien, Phraortes, an dessen Hof er als Gastfreund weilte. Da entbrannte der Herrscher in grausamen Zorn und ließ dem kimmerischen Prinzen zur Strafe das rechte Auge ausstechen. Dann banden die Meder Tugdamme auf ein Pferd und trieben das Tier mit dem vor Schmerz bewußtlosen Reiter nach Norden. Als der Prinz wieder zu sich kam, kehrte er um. Nachts schlich er in den Palast des Meders, tötete sieben Wächter, fesselte die Prinzessin und führte sie gefangen davon. Tugdamme entkam, weil ein Schneebrett seine Verfolger erstickte. Im Weizenland Taurien machte er die schöne Mederin zu seiner Frau und meiner Mutter.

Aber nach dieser Tat zürnte der Himmel Tugdamme und seinem Volk. Eine schreckliche Dürre befiel unser Land. Seuchen töteten unsere Herden, und Kimmeriens Kinder starben in immer größerer Zahl. Unseren schlimmsten Feinden jedoch, den Skythen, sandten die Götter Regen und Reichtum, so daß sie immer mächtiger wurden. Am Ende verbanden sie sich mit den Medern, um uns zu vernichten.

Von seinen Freunden verlassen, und von seinen Feinden besiegt, verlor unser Volk seine Heimat. Wir nahmen den

Weg, den früher schon mancher andere Stamm der Kimmerier gezogen war: am Schwarzmeer entlang nach Süden. Auf den vereisten Pfaden der Himmelsmauer, die man in Griechenland Kaukasos nennt, verloren die Verfolger unsere Spur. Dann zogen wir nach Westen. Mein Großvater starb beim Sturm auf das reiche Ephesos. Mein Vater eroberte und verbrannte die Stadt. Griechen und Lyder eilten herbei, um die Artemisburg zu rächen. Sie übertrafen unsere Krieger an Zahl wie die Kiesel der Welt die Edelsteine.

Wir flohen nach Osten. Dort aber warteten andere Völker auf uns, die uns haßten: in Pelze gehüllte Pisidier und mit Langschwertern bewaffnete Lykaonen. Verzweifelt zogen wir durch die Gebirge, Männer, Frauen und Kinder auf kleinen, struppigen Pferden, winzige Tropfen in einem Meer von Feinden, aber stolz wie Adler und tapfer wie Leoparden.

Niemals vergaßen die Helden Kimmeriens, daß sie einst über Tauriens Weizenfelder gewandert waren, zahlreich wie Sterne am Himmel. Jenseits des Kaukasos aber, in den engen Schluchten des turmhohen Taurusgebirges, kämpften die Letzten meines Stammes wie ein von übermächtigen Jägern verfolgtes Rudel hungriger Wölfe.

Schweißnaß wälzte ich mich auf meinem Lager, doch es gelang mir nicht, dem Traum zu entfliehen. Wieder fühlte ich lähmenden Hunger wie einst, als meine Mutter und auch die anderen Frauen zu schwach waren, weiterzureiten, und von den Kriegern in einer Höhle verborgen wurden. Die Männer wollten inzwischen ein Dorf in der Nähe ausplündern. Wieder ergriff mich Entsetzen wie einst, als vor dem kleinen Versteck plötzlich skythische Reiter erschienen und die Kimmerier erschlugen. Meine Mutter hoben sie auf ein Pferd, denn sie war noch immer eine Prinzessin. Mich aber rissen sie aus ihren Armen. Sie warfen mich in eine Schlucht, um mich mit Pfeilen zu erschießen. Eines der Geschosse bohrte sich durch meine rechte Wange. Heute noch sieht man dort eine seltsam gezackte Narbe.

Ein Mann, der mit den Skythen ritt, aber aus Babylonien stammte, rettete mir das Leben: Er sagte den Mördern, sie sollten mich den Tieren des Waldes zur Beute lassen, und die Krieger hörten auf ihn. Als sie davonritten, knüpfte der Babylonier ein rotes Band an einen Busch. Jetzt, im Traum, sah ich es wieder hoch über meinem Kopf flattern. Wieder fühlte ich Todesangst wie einst, als ich versuchte, die steile, eisige Felswand zu erklimmen, um meinen Vater zu finden. Und wieder empfand ich Erleichterung wie damals, als mein Vater das rote Band endlich entdeckte und mich an seinem Fangseil emporzog.

Tausend verzweifelte Fragen stellte er mir. Doch ich war erst vier Jahre alt und wußte nicht einmal, wie die Prinzessin hieß, die meine Mutter war. Mein Vater sprach niemals wieder von ihr. Die letzten Getreuen, die ihm nach Kilikien folgten, wagten nicht, den Namen meiner Mutter zu nennen, aus Furcht, mein Vater könnte sie hören. Als kleines Kind, das ich war, verlor ich bald auch die Erinnerung an ihr Gesicht. Niemals aber vergaß ich das Sonnenrad auf ihrer Brust. Fast fünfzig Jahre sind seitdem vergangen.

Über Assyrien herrschte zu dieser Zeit Assurbanipal der Löwe. Er sandte Truppen nach Westen, um die Grenzländer des Reichs vor den Kimmeriern zu schützen. Skythen und Meder dienten ihm als Vasallen. Sie ritten dem Heer als Kundschafter voran. Als ich sieben Jahre alt war, kam es am reißenden Pyramos in Kilikien zum Kampf. Die letzten Kimmerier waren allein. Niemand stand ihnen bei. Sie starben wie Helden. Doch auch die Assyrer kämpften wie ehrliche Krieger. Träumend sah ich nun die Tapfersten ein zweites Mal fallen. Ein Wurfstein traf meinen Vater mitten im Fluß. Besinnungslos sank er ins Wasser. Ich lief zu ihm, doch die medischen Reiter stießen mich spottend beiseite.

Der assyrische Feldherr Sadannu wollte die Gefangenen schonen, denn das Reich benötigte jeden tüchtigen Krieger, um seine Feinde im Umkreis niederzuhalten. Aber Sadannu kannte die Tücke der Meder noch nicht. Er ließ sie mitsamt den Skythen als Bewacher der Gefangenen zurück und eilte selbst nach dem heiligen Harran, um dort auf neue Befehle des Königs zu warten.

Als die Assyrer abgezogen waren, packten die Meder meinen Vater und spießten ihn auf einen Pfahl. Aber Tugdamme gab ihnen selbst noch im Sterben einen Beweis seines Heldentums. Denn seinen Lippen entrang sich kein Schrei des Schmerzes. Seine Peiniger konnten von ihm viele Stunden lang Flüche und Schimpfworte hören.

Als die Mittagssonne am heißesten brannte, zogen die Meder und Skythen sich schläfrig unter schattige Buchen zurück. Da schlich ich zu meinem Vater und reichte ihm eine Kelle mit Wasser empor. Er dankte mir, trank und starb.

Als er tot war, packte mich eine grobe Faust, und einer der Skythen schrie mich an:

»Du kleine Ratte! Weißt du nicht, daß Gepfählte beim ersten Schluck Wasser sterben und man sie daher dürsten lassen muß, wenn man sie nicht vorzeitig erlösen will? Du hast uns um unser Vergnügen gebracht! Das sollst du mir büßen!«

Zornig zog er seinen Dolch. Im Traum sah ich sein wildes, von schmutzigen gelben Haaren bedecktes Gesicht wieder dicht vor mir und vermeinte, wie damals, den stinkenden Atem des Skythen zu riechen. Schon röchelte ich unter dem Druck seiner knochigen Finger. Da aber erschien zum zweitenmal in meinem Leben und in diesem

Traum der kahlköpfige, bronzehäutige Babylonier. Er sagte: »Laß den Knaben in Frieden, Gauratar, wenn du nicht selbst gepfählt werden willst! Der König hat mich beauftragt, das Kind unversehrt zu ihm zu bringen.«

IV Die Gefährten

Und so geschah es. Den Rest meiner Kindheit verbrachte ich im Haus eines Leibwächters nahe dem Königspalast. Als Elfjähriger wurde ich in die Kriegerschule von Ninive aufgenommen. Dort lernten Söhne vornehmer Assyrer, aber auch Erben befreundeter oder besiegter Fürsten aus allen Ländern, das edle Handwerk der Waffen. Wir wuchsen auf wie junge Löwen. Mit siebzehn zog ich zum erstenmal in eine Schlacht.

Der Mond meines Traums begann plötzlich zu wachsen, bis er zu einer glühenden Sonne geriet. Sie brannte heiß wie damals am Euphrat, als Sinschar-Ischkun der Stolze in Ninive herrschte und Babylon sich erhob. Der untreue Nabopolasser führte sein Heer den brausenden Balikh empor, der unter den Mauern von Harran entlangfließt. Dort, an der heiligen Stadt des Mondgottes, trafen wir auf die Chaldäer und schlugen sie in die Flucht. Ich war stark und kannte keine Furcht. Ich tötete viele Feinde. Der stolze Sinschar-Ischkun, der Herr der vier Weltgegenden, schenkte mir einen Ring. Er verlieh mir den Titel »Pfeil Nimrods« und nahm mich in seine Leibgarde auf.

Aber die Feinde wurden bald immer frecher. Noch im selben Jahr zogen die Babylonier den Tigris hinauf. Sie besiegten unsere Grenztruppen am Kleinen Zab und besaßen die Kühnheit, die alte Hauptstadt Assur zu belagern.

Wieder sammelte Sinschar-Ischkun sein Heer und zog kampfesdurstig gegen den Feind. Wir trieben die Chaldäer fort, so wie ein Windstoß die Spreu vom Dreschplatz fegt. Es war eine große, glorreiche Zeit. Meine Gefährten und ich waren wie junge Adler. Niemals, niemals hätten wir geglaubt, daß es so enden würde.

Von nun an waren es viele Schlachten, deren Bilder im Traum vor mir vorüberzogen. Zwei Jahre nach der Befreiung Assurs von den Chaldäern brach auch Huwaksatara, der Sohn des Phraortes und neue Herrscher der Meder, den Schwur, der ihn als Lehensmann an Assyrien band. Wir hatten nicht gewußt, daß sich seine Männer in der steinernen, schneereichen Öde des Ostens plötzlich vermehrt hatten wie die Heuschrecken in der Wüste. Unsere Stellung auf der kahlen Hochebene jenseits der himmelhoch ragenden Zinnen des Zagrosgebirges brach wie ein Haus aus morschen Balken zusammen. Denn jedem unserer Männer standen dort mehr als hundert Feinde entgegen. Dennoch warf keiner unter den Kriegern Assurs den Schild auf den Rücken. Uras! Ich kam zu spät, ihn zu retten. Die Leiche des tapferen Urartäers, den ich von allen Gefährten in meiner Jugend am meisten geliebt hatte, lag verstümmelt und geschändet im Geröll eines namenlosen Berges. Uras! Wie haben die Götter uns damals getäuscht! Und wir haben ihren Priestern vertraut und geglaubt, Assyrien würde leben, solange Blut und Mut in seinen Kriegern sei. Jeder von uns kämpfte am Schluß wie ein einsamer Wolf gegen ein Rudel tollwütiger Hunde. Für jeden Feind, den wir erschlugen, sprangen drei neue empor.

Wieder sah ich das narbenzerfurchte Gesicht Sinschums des Steinernen vor mir, meines Erziehers auf der Kriegerschule zu Ninive, der uns einst lehrte, was Assyriens Verpflichtung war.

Seit undenkbaren Zeiten, sagte der Steinerne uns, zogen die Völker über die Erde wie Wellen über einen ewig gleichen Strand. In ihrer Jugend brachen sie sich kraftvoll und ungestüm eine Bahn. In ihrer Lebensmitte herrschten sie machtvoll über das Land, das die Götter ihnen zumaßen. Müde, mit schwindender Kraft, wichen sie schließlich im Alter von ihrer Scholle, bis sie am Ende im Meer des Vergessens versanken.

Auch allen Völkern, die heute leben, ist dieses Schicksal gewiß, mögen ihnen auch noch so gewaltige Reiche gehören.

Doch in der kurzen Spanne zwischen Werden und Vergehen, sprach Sinschum, ist jedem Volk eine Aufgabe zugeteilt.

Die ältesten unter den Menschen, die Schwarzköpfigen von Sumer, waren wie ein Lehrer, der kleinen Kindern die Pflichten und Gaben des Lebens erklärt. Sie zeigten den jüngeren Völkern, wie man die Felder bebaut und aus getrocknetem Lehm ganze Städte errichtet.

Das Volk der Ägypter ist wie ein Weiser, dessen äonenalte Augen kein Trugbild mehr täuscht. An den Ufern des Nil wurden einst die ersten Gebete der menschlichen Rasse zu Stein.

Das Volk der Phönizier ist wie ein Kaufmann, der sich zum Handel selbst auf fernste Märkte wagt. Die Schiffsherrn von der Zedernküste durchstoßen die Nebel des Nordens ebenso furchtlos wie die Hitzeschleier des Südens.

Das Volk der Hethiter war wie ein kunstreicher Schmied, der aus den Erzen der Erde verfertigt, was Menschen Leben und Tod bringt: mit ehernen Sicheln schnitten sie Korn, mit ehernen Schwertern mähten sie Menschen.

Das Volk von Juda ist wie ein Seher, der das Geheimnis der Schöpfung enträtselt, wenn andere blind sind, und der für Wahrheiten kämpft, die alle anderen leugnen. Darum haben die Judäer unter den anderen Völkern zu leiden.

Das Volk der Kimmerier war wie ein Jäger, der auf der Spur des Wildes tief in unbekannte Wälder dringt, bis er den Rückweg nicht mehr findet. Viele dieser Männer aus dem Norden folgten ihrer Beutelust. Unter fremden Sonnen bleicht ihr Gebein.

Das Volk der Skythen ist wie ein Wegelagerer. Mordend durchziehen die Reiter der Steppe seit jeher die Welt. Diese Hyänen des Nordens ziehen ihren Feinden die Kopfhäute ab und hängen die blutigen Siegeszeichen an ihre Zügel. Manchmal brechen die Skythen ihren Gegnern das Rückgrat und lassen die Hilflosen dann in der Steppe liegen, so daß die Schwerverletzten, die oft noch stundenlang atmen, bei lebendigem Leib von Bussarden und Schakalen gefressen werden.

Das Volk der Meder ist wie ein Hirte, der seine Herden über alle Fluren treibt, gleich wem sie gehören. Kein Wort und auch kein Zaun vermochte die Wanderer aus dem Inneren Asiens zu hemmen.

Das Volk von Babylon ist wie ein Tempelsklave, der sich vor Götterbildern den Besuchern hingibt. Die aber Babel besaßen, zahlten dafür stets einen hohen Preis.

Das Volk der Assyrer aber war wie ein König, vor dem sich alle anderen Völker verneigten; wie ein Richter, der den Gehorsam belohnte und die Aufsässigkeit bestrafte; wie ein Wächter, der die Guten beschützte und die Schlechten vertrieb.

So war das Volk Assurs der Herrscher unter den Völkern, nach himmlischem Willen, aber aus eigenem Recht.

So sprach der steinerne Sinschum, der dann vor Assur fiel. Die alte Hauptstadt war verloren. Aber noch einmal stellten wir uns. Wir verbesserten unseren Nachrichtendienst. Ich wurde sein Vorsteher, »Ohr des Königs« genannt. Von allen Grenzposten des Reichs empfing ich die Berichte der Spitzel und die Aufzeichnungen von Verhören der Kriegsgefangenen und Überläufer. Meine Aufgabe war es, diese Meldungen miteinander zu vergleichen, sie auszuwerten, zusammenzufassen und dann dem König Bericht zu erstatten.

Doch es war schon zu spät: Zwei Jahre nach dem Untergang Assurs schlossen uns die Meder und Chaldäer in Ninive ein. Viele von uns waren gefallen. Zu den letzten zehn Heerführern zählte auch ich. In fünf von ihnen floß Assyrerblut, vier aber stammten, wie ich, aus der Fremde. Ihre Gesichter erschienen nun wieder vor meinen träumenden Augen:

Myron, den Mann aus Milet, hatte eine unglückliche Liebe nach Osten verschlagen. Mit Wissen begabt wie kein zweiter, führte er die Mannschaften an den mächtigen Schleudern auf Ninives Wällen.

Nach ihm erblickte ich Mago, den Tyrer, Sohn eines reichen Kaufmanns. Alles Gold seines Vaters hielt ihn nicht in der Heimat zurück, als ihn das Abenteuer lockte. Ninives Mädchen priesen seine Schönheit. Assyriens Feinden aber bangte vor seinem Pfeil, denn er traf besser all selbst die Skythen und Meder. So wurde Mago der Führer der Bogenschützen.

Reguël war der dritte, der listige Midianiter aus der arabischen Wüste. Seine eigenen Brüder hatten ihn als Sklave verkauft, als er zwölf Jahre alt war. Seinem Herrn, einem assyrischen Händler, rettete Reguël bei einem Überfall syrischer Räuber am Fluß Orontes das Leben. Denn der junge Wüstenkrieger vermochte mit seiner Schleuder weiter und besser zu treffen, als die überraschten Feinde mit ihren Speeren. Der Assyrer brachte seinen Retter in die Kriegerschule nach Ninive, damit Reguëls Fähigkeiten dem Reich zugute kommen sollten. Zehn

Jahre später führte der Midianiter die assyrischen Schleuderer an.

Als letzter aber erschien mir in diesem Traum der königliche Krieger, der schon alt schien, als wir noch jung waren, und der uns überragte wie ein Löwe die Leoparden. Jener riesige Recke, dessen eherne Kugel die Helme und Schädel der Feinde zerschlug, so wie ein Mühlstein die Körner von Weizen und Gerste zerreibt: der eisenblütige Arnuwan.

Und wieder sah ich das schöne Gesicht einer Frau, doch diesmal war es von Haß und Abscheu verzerrt. An Ninives letztem Tag sammelte Sinschar-Ischkun der Stolze seine Heerführer auf den höchsten Zinnen der mächtigen Burg. Alle konnten dort sehen, daß es keine Hoffnung auf Rettung mehr gab. Denn auf den Mauern der Stadt standen nur noch sehr wenige Männer. Die Scharen der Feinde jedoch reichten bis zum Ende des Himmels. Den fünf assyrischen Truppenführern gab der König seine Kinder. Uns Fremden aber vertraute der Stolze die Schätze seines Reichs an. Er selbst wollte in seiner Königsstadt sterben.

Nachts stiegen wir über die Mauern und brachen durch den Ring unserer Feinde. Die fünf Assyrer eilten nach Norden, aber nur einer kam durch: Er rettete Assur-Uballit, den ältesten Prinzen, nach dem heiligen Harran. Arnuwan, Myron, Mago, Reguël und ich aber wählten den Osten, wo die Meder auf einen Ausbruch am wenigsten gefaßt waren. Lautlos töteten wir die vordersten Posten der Feinde. Dann legten wir deren Rüstungen an, schafften den Schatz der Assyrer über die Mauern und fuhren in einem Wagen unbehelligt durchs Lager der Meder davon.

Als der Morgen graute, kündete eine mächtige Rauchwolke in der Ferne, daß Ninive gefallen war. Der sterbende Sinschar-Ischkun hielt mit eigener Hand die Fackel an seinen Scheiterhaufen, auf dem er mit seinen Nebenfrauen und Dienern verbrannte. Die Königin aber floh vor den Flammen, um sich der Gnade der Eroberer anzuvertrauen. Die Meder zogen ihr die Schleppe über den Kopf und stellten sie in ihrer Blöße zur Schau. Alle Assyrer wurden erschlagen, ihre Frauen und Töchter geschändet, ihre Häuser geplündert und zerstört.

Uns hielten die Meder für Boten des Königs, die seine Beute heim nach Ekbatana schaffen sollten. Darum wurden wir nicht behelligt. Aber inmitten des riesigen Heerhaufens kamen wir nur sehr langsam voran. Immer wieder tauchten neue Scharen auf, um sich der Plünderung Ninives anzuschließen. Die Krieger jedoch, die schon ihren Teil zusammengerafft hatten, schlugen unsere Richtung ein, um ihren Raub in Sicherheit zu bringen. Als sie uns lachend und scherzend von ihren Taten in der eroberten Hauptstadt erzählten, brannte Haß in unseren Herzen, und wir ballten heimlich die Fäuste.

Drei Tagesreisen östlich von Ninive fuhren wir an einer Ansammlung kostbarer Zelte vorüber, die einem Prinzen oder wenigstens einem Feldherrn der Meder gehören mochten. Da schlug Myron vor, wir sollten einige vornehme Feinde ergreifen, um sie später vielleicht gegen einige gefangene Gefährten austauschen zu können. Wir schlichen uns durch die Reihen der Posten, töteten einige und überwältigten dann die Schläfer.

Als wir sie fesselten und knebelten, merkten wir, daß unsere Opfer lauter Frauen waren, die aus dem Haus eines hohen Heerführers stammen mußten. Wer ihr Herr war, verrieten sie uns nicht. Wir fuhren mit ihnen nach Norden davon, gelangten an das Gebirge und wandten uns schließlich nach Westen. In einem Wäldchen am brausenden Balikh bewachte ich nachts die gefangenen Frauen, während meine Gefährten im nächsten Dorf nach Nahrungsmittel suchten. Ich trank zuviel Wein und trauerte über den Untergang meiner Heimat. Die schönste der gefesselten Fürstinnen spottete über mein Leid. Sie jubelte über Assyriens Ende und verhöhnte unsere toten Krieger. Da schmeckte ich Blut. Ich schlug die Gefangene in das Gesicht. Als sie noch immer nicht schwieg, siegte der Zorn über meinen Verstand und ich fügte ihr zu, was ihre Landsleute unseren Frauen in Ninive angetan hatten.

Hinterher schämte ich mich, so wie ich mich nun auch im Traum wieder schämte, als ich die katzengrauen Augen der Mederfürstin vor mir sah. Später vermied ich es, dieser Frau noch einmal zu begegnen. Wir brachten unsere Beute nach dem heiligen Harran. Dort stand der Kronprinz mit den letzten Kriegern Assurs.

Doch die Meder griffen Harran nicht an. Sie wollten erst ihre Beute genießen, die alles überstieg, was es bis dahin auf der Welt zu rauben gegeben hatte. Ihr König Huwaksatara aber nannte sich seither der Bruder von Sonne und Mond.

Wir lieferten den Schatz und die Gefangenen bei unserem neuen Führer ab, der sich danach zum Herrscher krönen ließ. Die Mederin mit den grauen Augen sah ich nicht wieder. Ich fragte auch nicht nach ihrem Namen oder dem ihres Herrn.

Assur-Uballits Palastverwalter tauschte die Frauen nach einem Jahr gegen zwei assyrische Prinzen und sieben Fürsten von Ninive aus. Als das geschehen war, trat Myron in mein Zelt, legte mir einen Säugling in den Arm und sprach: »Den kleinen Schreihals hier ließ eine der Mederinnen zurück. Sie sagte, das Kind solle seinem Erzeuger übergeben werden. Nun, von uns war keiner mit diesen Frauen allein — nur du, damals, am brausenden Balikh. Fühlst du dein Vaterherz schlagen?«

Ich trat mit den Füßen nach ihm, aber der Grieche

flüchtete lachend und spottete: »Nun weißt du wenigstens, wer dir im Alter den Brei rühren wird!«

Ich gab den Knaben in die Obhut einer treuen Sklavin und sandte beide nach Zypern. Wir alle wußten, daß es nicht mehr lange dauern konnte, bis auch der letzte Rest Assyriens vom Erdboden verschwunden war.

Dieser Knabe war mein einziger Sohn.

Wir konnten das heilige Harran nicht halten und wichen über den Euphrat zurück. Necho, der Pharao, sandte uns Hilfe. Er ahnte wohl, welch furchtbarer neuer Feind dem Nilreich in Asien erwuchs, und hoffte, wir würden diesen Gegner mit seiner Hilfe noch eine Weile aufhalten können.

Doch als Necho erkannte, wie wenige wir waren, begann der Pharao ein Doppelspiel. Mit seinen höchsten Heerführern schritt Assur-Uballit zu einem Gastmahl des obersten Feldherrn Ägyptens, des schurkischen Aphres. Nur unser Riese Arnuwan blieb zurück, um den Schatz zu bewachen. Im Festzelt fielen Nubier über uns her und legten alle Assyrer in Fesseln.

Assur-Uballit, den letzten König des Reichs, sahen wir niemals wieder. Dem Griechen Myron verdankten wir unser Leben und unsere Freiheit. Ihm als einzigem gelang es, seine Bande zu lösen. Dann überfiel der Mileter einen der Wächter, tötete den Ägypter mit dessen Dolch und schnitt schnell unsere Fesseln durch. Danach eilten wir zu Arnuwan, luden den Schatz der Assyrer in einen Kahn, steuerten den Fluß hinab und verbargen das Gold und Geschmeide im Sumpf unter einer dickstämmigen Weide.

Als wir zurückkehrten, kämpften die letzten Assyrer allein.

Die Ägypter waren abgerückt. Wir zogen die Schwerter und fochten bis tief in die Nacht. Alle assyrischen Prinzen und Fürstensöhne fielen. Bald waren wir nur noch tausend, dann hundert, dann fünfzig. In der Dunkelheit lösten wir uns vom Feind. Manche von unseren Männern wurden in den folgenden Tagen von medischen Reitern eingeholt und niedergemacht. Arnuwan, Myron, Mago, Reguël und ich aber schlugen uns zur Küste durch.

Im Traum hörte ich noch einmal die Worte, mit denen wir uns trennten. Alle wollten in ihre Heimat zurückkehren, nur ich besaß kein Zuhause mehr. Darum sagten die Freunde zu mir, ich solle den Schatz eines Tages bergen und für die Assyrer verwahren. Wir gelobten, immer für einander einzustehen. Dann trennten wir uns.

Mit ein paar Dutzend Kriegern und vielen schon vorher aus Harran geflohenen Männern, Frauen und Kindern setzte ich nach Zypern über. Dort fristeten die letzten Assyrer ihr Dasein wie lebende Tote. Wie konnte ein Reich, das einst die ganze Welt beherrschte, zehn Jahre später ganz verschwunden sein?

Drei Jahre nach Harrans Fall betrat ich noch einmal den Boden der alten Kämpfe. Das war, als Pharao Necho zum Euphrat zog, um sich Nebukadnezar zu stellen, dem Kronprinzen und neuen Helden Babylons. Ich folgte dem Heer der Ägypter mit ein paar treuen Männern als Söldner. Am Euphrat verließen wir heimlich den Pharao, bargen den Schatz und brachten ihn auf einem Ochsenkarren zur Küste zurück. Dort, in Arwad, hörte ich, daß Necho bei Karkemisch geschlagen worden war und Nebukadnezar nun ungehindert durch Syrien zog. Unser Schiff hatte kaum den Hafen verlassen, als auf den Hügeln im Osten der Stadt schon die ersten chaldäischen Späher erschienen.

Auf Zypern kaufte ich Land und schuf den letzten Helden Assurs eine Heimat. Manchmal verließ ich die Insel, um Waffentaten zu vollbringen, wie es die Aufgabe eines Kriegers ist. Meinen Sohn aber sandte ich später zu jenem

Mileter, auf dessen Armen ich den kleinen Nadin einst zum erstenmal gesehen hatte: Myron.

Das gleißende Licht der Sonne wurde wieder zum milden Schein eines Mondes. Der farbige Vorhang verblaßte, und in den Wolken erschien das ernste Gesicht der Priesterin. Wieder vollführten die Hände der Pythia seltsame Zeichen. Von da an schlief ich ohne Traum.

V Das Orakel

Lange vor Anbruch des Tages wachte ich auf. Am östlichen Rand des Himmels zeigte sich ein fahler Streifen. Ich erhob mich von meinem Lager, legte ein kurzes Gewand aus Schafwolle an und trat vor das Haus. Nach meinem fiebrigen Traum umfing mich die Kühle des Morgens wie ein erfrischendes Bad von Minze. Tief sog ich die reine Bergluft Delphis in meine Lungen. Dann fiel mein Blick auf einen Stapel von Buchenstämmen. In einem Hackklotz steckte eine Axt. Ich packte sie und begann, die Hölzer zu handlichen Scheiten zu schlagen.

An einem Fenster des gegenüberliegenden Hauses, in dem die Diener der Priester wohnten, zeigte sich bald das Gesicht eines alten Mannes mit weißem Bart und buschigen Brauen. Er rief, ich solle einhalten, aber ich achtete nicht auf ihn. Als ich in Schweiß geraten war, hieb ich das Beil in einen mächtigen Balken. Dann eilte ich barfuß in schnellem Lauf über die saftige Wiese zur Quelle Kastalia und erfrischte mich dort im eiskalten Wasser des kleinen Teichs. Schließlich kehrte ich in meine Kammer zurück, hängte mich mit den Fingerspitzen an den aus Eichenbrettern geschnitzten Türstock und zog meinen Körper so oft in die Höhe, bis meine Arme zu zittern begannen.

Als ich mich wieder herabließ, schaute ich in das ergrimmte Gesicht eines dürren, hochaufgeschossenen Griechen in einem weißen Leinengewand. Neben ihm standen zwei kleinere Männer. Dahinter entdeckte ich jenen weißbärtigen Diener, der mich vom Holzhacken hatte abhalten wollen. Alle vier starrten mich finster an, und der größte von ihnen sagte verdrießlich:

»Weißt du denn nicht, daß du noch längst nicht als genesen gelten kannst? Marsch, auf dein Lager! Hülle dich in deine Decken und wage es nicht, dein Bett ein zweites Mal ohne ärztliche Weisung zu verlassen!«

Ich lächelte freundlich und antwortete: »Verzeiht, hochedle Meister der Gesundheit, daß ich es am schuldigen Gehorsam fehlen ließ. Noch weniger wird euch jedoch mein Verhalten behagen, wenn ihr euch nicht sogleich an eure Salbentöpfe schert, ihr Darmbohrer und Furunkelfürsten! Wenn ihr glaubt, daß euer Amt euch ein Recht gibt, erwachsene Männer wie Kinder zu gängeln, dann seid ihr falsch beraten. Packt euch fort, bevor mich Zorn übermannt!«

Die Ärzte wichen furchtsam zurück. Der Diener aber krakeelte mit hoher Stimme: »Lästerer! Die besten Köpfe von Delphi retteten dir das Leben, und du hast nur Undank für sie! So magst du denn auch selber sehen, von wem du gesunden Haferbrei und nahrhafte Gerstengrütze erhältst!«

Ich griff nach dem Topf in seinen Händen und schleuderte ihn in die Luft. Nach kurzem Flug prallte das Tongefäß gegen die Mauer des nächsten Gebäudes. Sein klebriger Inhalt rann unansehnlich herab. Die Männer starrten mich fassungslos an. Ich packte den Diener am Bart und befahl:

»Wirf den Hafer vor die Pferde! Gib die Grütze diesen Greisen hier! Mir aber bringe, was eure Wächter zu speisen pflegen — Fleisch und Bier herbei, sonst reiße ich dir die Ohren ab!«

Der Alte stand wie versteinert vor mir. Ich ging einen Schritt auf ihn zu. Da wandte sich der Diener eilends um und hastete zu seinem Haus zurück. Die Ärzte machten sich unter zornigem Murmeln davon. Ich aber badete meine Brust in den Strahlen der Morgensonne und freute mich meines wiedergewonnenen Lebens.

Nach einer Weile kehrte der Alte zurück. Er trug eine Ochsenrippe, die vom Vorabend übriggeblieben war, und zwei Krüge Bier. Staunend sah er zu, wie ich mich mit gierigen Bissen und Schlucken stärkte. Dann wusch ich die Hände in einer Schüssel und fragte den Alten:

»Wo ist die Waffenkammer? Keine Angst, ich will Delphi weder umzingeln noch erobern. Es ist jedoch schon lange her, seit ich zum letzten Mal ein scharfes Eisen singen ließ, und ich habe das Gefühl, ein wenig Übung könnte sich lohnen.«

Der Diener mochte mir das Waffenlager nicht verraten, aber er lief davon und kam wenig später mit einem ehernen Schwert und einem Schild aus Ochsenhaut zurück. Ich nahm das Leder an meinen linken Arm, packte mit der Rechten die Klinge und ließ sie ein paarmal prüfend durch die Luft sausen. Dann schritt ich zu einem Eichbaum und trennte mit schnellen Hieben die unteren Äste von seinem Stamm, so daß sie zu beiden Seiten fielen wie Kornhalme unter der Sichel des Schnitters. Der Diener schaute staunend zu. Während ich focht, fragte ich ihn:

»Wer ist der Stärkste der Wächter? Gibt es hier einen kräftigen Ringer? Wer bleibt beim Faustkampf am häufigsten Sieger? Suche diese Männer auf und sprich mit ihnen. Wenn sie mir helfen wollen, die eingerosteten Gelenke zu bewegen, wie es den Bedürfnissen eines Kriegers entspricht, so will ich jedem von ihnen zwei Kupferstücke schenken!«

Der Diener eilte davon. Kaum war er verschwunden, als ich das Schwert im harten Eichenholz verbog, denn es war eine schlechte und billige Klinge.

Ich warf die unbrauchbare Waffe fort und suchte nach einer besseren. Dabei gelangte ich an den Tempel des Gottes von Delphi. Das ganz aus Hölzern erbaute und mit großen bronzenen Platten verkleidete Heiligtum erhob sich auf einem Sockel aus Stein am Fuß eines kleinen Hügels. Marmorne Standbilder Apolls bewachten den Eingang. Die Tore waren schon geöffnet. Ich schritt eine kleine Treppe empor und gelangte in einen Vorraum. Er war mit Geschenken und Weihegaben in solcher Menge gefüllt, daß ich für eine Weile den Zweck meiner Suche vergaß.

Da standen mächtige Truhen aus hellem Zypressenholz, reich mit Silber und Bronze beschlagen, und kunstvoll geschmiedete Dreifüße aus gehärtetem Stahl. Bauchige Kelche aus fein gehämmertem Kupfer wechselten mit schimmernden Bechern aus rotem Gold, an denen Edelsteine funkelten. Zierliche Kästen aus geschnitztem Elfenbein enthielten Perlen und Diamanten. In schmucken Schränken aus sorgsam poliertem Bernstein glitzerten Barren wertvoller Metalle. Von langen hölzernen Stangen hingen prächtige Festgewänder aus Purpur und Seide herab. Zwar konnten die Schätze von Delphi sich nicht mit den ungeheuren Reichtümern messen, die einstmals die Kammern der Könige Ninives füllten; dennoch beeindruckte mich ihre Pracht. Am meisten aber verwunderte mich, daß sich kein Wächter sehen ließ.

Als ich durch die Halle schritt und hier eine aus Alabaster gefeilte Amphore, dort einen Harnisch aus Stahl und Elektron begutachtete, gelangte ich auch an einen hüfthohen Würfel aus rostigem Eisen. Er ruhte auf einem Fuß aus behauenen Zedernbalken und war mit seltsamen Zeichen verziert. Aus dem ehernen Block ragte der goldene Griff eines Schwertes.

Der Knauf der Klinge besaß die Gestalt eines Greifen, wie er den Völkern des Nordens und Ostens seit jeher als Bote der Himmlischen gilt. Blaue Saphire gleißten in seinen Adleraugen, grüne Smaragde schimmerten an seinen Federn; an seinen Löwenklauen leuchteten Rubine rot wie Blut. Als ich den Griff der Waffe umfaßte, spürte ich plötzlich ein leichtes Beben, und mir schien, als ob der Greif sich bewegte. Das Gold lag in meiner Hand, als sei das Schwert für mich geschaffen, und da mir weder vor griechischen Göttern noch sonst einem Zauber bangte, versuchte ich, die Klinge aus dem Erz zu ziehen.

Erst widerstand mir das rostbefleckte Metall. Doch als ich meinen Fuß auf einen der Zedernbalken stützte, ließ die Kraft des Eisens langsam nach. Ein singender Laut ertönte, und aus dem mattschwarzen Block löste sich eine Klinge, wie sie wohl seit Jahrhunderten nicht mehr geschmiedet worden war.

Das Schwert besaß die Form eines Schilfblatts und maß nahezu drei Fuß. Es war damit fast um die Hälfte länger als die üblichen Schlagwaffen unserer Zeit. Die seltsame Waffe wog schwer und lag doch leicht in meiner Hand. Denn ihr Gewicht war so gleichmäßig zwischen dem Knauf und der Spitze verteilt wie die Schalen an der Waage der Gerechtigkeit.

Ich dachte sogleich, daß dieses Schwert aus jener fernen Zeit stammen mußte, als das Geheimnis des Eisens allein den schneegewohnten Chalybern bekannt war — lange bevor die Hethiter und schließlich auch alle anderen Völker es raubten. In dieser Zeit hatten Schmiede, so hieß es in alten Legenden, für eine solche Waffe oft viele Jahre ihres

Lebens gegeben. Unter immerwährenden Gebeten hatten sie das Eisen in ihren Öfen geschmolzen, danach im Blut reiner Tiere, manchmal jedoch auch im Blut besonders tapferer Menschen gehärtet. Dann hatten sie das Metall mit heiligen Hämmern zur Klinge geformt, später wieder zu feinen Spänen gefeilt, von neuem im Feuer verflüssigt, nochmals gehärtet, bis das Eisen so lauter schien wie Gold. Dieses Erz nannten sie Stahl. Kein Stein, kein Rost und auch kein anderes Metall konnte einer solchen Waffe schaden.

Doch die Schmiede der Urzeit sind tot, und mit ihnen sank auch ihr göttliches Wissen ins Grab. Die Klingen jener Zeit wurden noch für den Kampf Mann gegen Mann geschmiedet. Die kurzen Schlagwaffen von heute aber taugen eher für das namenlose Massengefecht dicht zusammengedrängter Kriegerscharen. Man taucht sie in Wasser, und darum zerspringen sie oft schon bei einem Hieb gegen hartes Holz.

Vorsichtig hob ich die kostbare Klinge empor. Ein Sonnenstrahl brach sich am breiten Rücken der Waffe. Da ertönte plötzlich ein wütender Schrei. Als ich mich umwandte, sah ich vier Wächter, die mich mit zornigen Mienen umringten.

Die Kleider der Männer waren schlecht geordnet, ihre Rüstungen nur mangelhaft befestigt und ihre Bärte zerzaust. In ihren Augenwinkeln klebten noch die Körner des Schlafs, und ihr Atem roch nach schlechtem Wein. Ihr Führer, ein von Pockennarben entstellter Hüne, blickte mich drohend an und begann zu schelten:

»Was fällt dir ein, Fremdling, die heiligen Räume Apolls durch Diebstahl zu entweihen? Wahrlich, die Ärzte hatten recht! Du bist ein Mensch, dem man nicht trauen kann. Gib mir die Waffe und folge uns, damit wir an dir die gerechte Strafe vollziehen!«

Ich lächelte und versetzte: »Wenn dieses Schwert dem Gott gehört, so will ich ihn gern um Verzeihung bitten. Steckt er hier irgendwo? Sagt ihm, er möge erscheinen, damit ich ihm Abbitte leiste. Einen Dieb aber lasse ich mich nicht nennen, schon gar nicht von so armseligen Strolchen.«

Der Pockennarbige stieß einen wütenden Schrei aus, hob seine Lanze und drang auf mich ein. Ich packte das Schwert fester und schlug zu. Die kostbare Klinge folgte meinem Willen, so wie ein geübter Jagdhund dem Wunsch seines Meisters gehorcht. Sie traf die Waffe des Wächters mit solcher Gewalt, daß der Schaft der Lanze zerbrach.

Entgeistert blickte der Hüne auf die Überreste. Nun hoben auch die anderen Wächter die Spieße und stürmten auf mich ein. Da rief plötzlich eine helle Stimme:

»Bei Pythios, die Waffen nieder! Wer wagt es, geweihten Boden mit Blut beflecken zu wollen? Zurück, bevor euch Apollos Zorn trifft!«

Die Wächter gehorchten sogleich. Auch ich ließ die Klinge sinken. Dann öffnete sich eine Gasse in den Reihen meiner Gegner, und die Pythia trat auf mich zu.

Der Blick der Priesterin war milde wie in der Stunde meines Erwachens und zugleich traurig wie in meinem Traum. Aber ich las in ihren Augen auch Furcht und Bestürzung. Ich gab ihr ein beruhigendes Zeichen. Sie nickte, wandte sich den Wächtern zu und sprach weiter:

»Seht ihr denn nicht, daß dieser Fremdling in der Hand des Gottes steht? Vermeßt euch nicht, Apollos Pläne zu durchkreuzen, die für euch ewig undurchschaubar bleiben werden!«

»Der Fremde hat das Schwert des Sarpedon entweiht!« rief der pockennarbige Wächter erbittert, »die kostbare Klinge, die nach dem Willen Apolls für immer hier im Eisen stecken soll. So hatte es Phoebus doch einstmals befohlen!«

»Für immer?« fragte die Pythia. »Was weißt denn du davon, Sostrates? Bist du der alten Schriften kundig? Vielleicht verkündest du demnächst des Gottes Wort, ich will dafür dann gern den Wachdienst übernehmen!«

Der Hüne schwieg beschämt. Die anderen Wächter blickten einander unsicher an. Die Priesterin fuhr fort:

»Wer sollte Sarpedons Schwert und Geschichte denn besser kennen als ich, die ich Apollos höchste Dienerin bin? War es denn nicht mein Herr, der einst den Leichnam Sarpedons auf Trojas blutbedeckten Fluren barg? War es denn nicht mein Herr, der den toten Lykier dann durch die Luft in seine Heimat trug? Und als Achills Sohn Pyrrhus später Trojas Schätze nach Thessalien brachte, war es nicht wiederum mein Herr, der ihm befahl, die Wehr und Wappnung Sarpedons in Delphi abzugeben? ›Die Klinge dem, dem sie am besten dient‹, so lautete des Phoebus Spruch. Erkennt ihr nicht, daß unser Gott heute einen neuen Helden erkor? Holt ihm nun auch den Panzer!«

Gehorsam traten zwei Wächter an mir vorbei und brachten einen aus Gold und Silber geschmiedeten Harnisch. Als ich ihn anlegte, schien er wie nach meinen Maßen gefertigt. Die Priesterin blickte mich nachdenklich an und befahl:

»Reinige deinen Körper und heilige dich! Am nächsten Mondwechsel sollst du vor mir in der Orakelgrotte erscheinen.«

Um die Pythia nicht zu kränken, verschwieg ich meine Zweifel an den Fähigkeiten von Menschen, Stimmen von Göttern zu hören. Statt dessen erwiderte ich: »Sagtest du nicht, daß du erst noch mehr von mir wissen mußt, ehe dein Gott nach meinem Schicksal befragt werden darf?«

Die Priesterin lächelte, legte mir sanft die Hand auf den

Arm und führte mich aus dem Tempel. Als wir allein waren, sagte sie mit gespieltem Vorwurf:

»Willst du am Ende gar behaupten, du habest nicht gemerkt, wie ich dich letzte Nacht befragte? Daß du nach meinem Willen träumtest, was dir im Leben widerfuhr, und ich dabei in deinem Geist weilte? Du brauchst dich doch nicht zu verstellen! Ich bin auf deiner Seite, du mißtrauischer Assyrer! Ich griff zu diesem nur wenigen Menschen bekannten Mittel, um deinen Schmerz möglichst gering zu halten. Denn einem Träumenden drückt die Erinnerung längst nicht so nachhaltig auf die Seele wie einem Wachen. Und du hast viel Kummervolles erlebt — mehr als die meisten anderen Menschen, die ich kenne.«

In den folgenden Tagen übte ich meinen Körper nach der Sitte des Kriegers. Jeden Morgen stärkte ich die Muskeln meiner Beine durch lange Läufe bis zu den steilen Gipfeln der phädriadischen Berge. Auf dem Rückweg schritt ich, während ich lockernde Übungen betrieb, durch saftige Wiesen mit tiefblauem Ragwurz und zahlreichen anderen Orchideen, die in Delphi besser gedeihen als an jedem anderen Ort. Wenn die Sonne aufging, warteten am Gymnasion schon die kräftigsten Wächter auf mich. Ich schlug manches Nasenbein ein, dessen Besitzer ich stets großzügig entschädigte.

Vormittags kämpften wir dann mit hölzernen Schwertern. Die Mittagssonne sah mich beim Baden in der kastalischen Quelle. Danach ließ ich mich von den Ärzten massieren, die ihren Frieden mit mir gemacht hatten. Denn wie alle Meister der Heilkunst brachten sie für die Bedürfnisse ihres Patienten um so mehr Verständnis auf, je schneller sie sich dadurch die Taschen füllen konnten. Nachmittags pflegte ich mich mit dem Sarpedonschwert an den Eichen zu üben. Nach einem weiteren schnellen Lauf warf ich Speere und Lanzen, die mir die Wächter geliehen hatten. Abends fällte ich Bäume und hackte sie in Stücke.

So vergingen sechs Tage. Am Abend des siebten badete ich in der Quelle Kastalia und kleidete mich in ein feines Leinengewand. Dann opferte ich einen Widder im Tempel Apolls, um den stets hungrigen Priestern Genüge zu tun, und schritt zum Ort des Orakels am Fuß der phädriadischen Felswand.

Die Wächter am Eingang wagten es nicht, mir das Schwert abzunehmen. Als ich an ihnen vorbeitrat, drang plötzlich beißender Qualm in meine Augen, und ich vermochte einige Zeit nichts zu erkennen. Erst nach einer Weile gewöhnte ich mich an das schwache, flackernde Licht und sah, daß ich mich in einer riesigen Höhle befand. Ihr Dach wölbte sich so hoch, daß es sich dem Widerschein des Altarfeuers gänzlich entzog und das Auge nur düstere Schwärze erblickte. An den Wänden erhoben sich Standbilder hoher olympischer Götter. In der Mitte der Grotte entdeckte ich die Halbkugel Omphalos, den heiligen Stein, der nach griechischem Glauben den Nabel der Erde verkörpert.

Ich wußte aus Erzählungen meines Dieners Venes, daß sich an diesem Ort nach frommen Sagen einst die beiden Adler trafen, die Zeus von den zwei entgegengesetzten Enden der Erde ausgesandt hatte, um den Mittelpunkt der Weltenscheibe festzulegen. Ich wunderte mich, daß dieses uralte Kultmal nicht von Gold und Silber, sondern nur von einem Netzwerk aus Wolle bedeckt war. Vor dem Omphalos erblickte ich den Opferplatz Phoebus Apolls. Quer durch den Boden zog sich ein gewaltiger Riß. Seine Tiefe war nicht zu ergründen, so daß es schien, als reiche er in den tiefsten Bauch der Erde hinab.

Die Pythia thronte hoch über den Priestern auf ihrem heiligen Stuhl, dessen drei Füße den Spalt im Boden des

Heiligtums überbrückten. Die heiligen Dämpfe aus Gäas Schoß wallten wie Nebelschleier um den Sitz. Die Augen der Pythia waren geschlossen. Ihre Lippen bewegten sich in unhörbaren Gebeten. Immer dichter stieg das geheiligte Gewölk aus der Rinde der Erde empor. Schon nach wenigen Augenblicken spürte ich, wie seine Kraft meine Sinne durchdrang. Den Gläubigen schärft der Duft aus den Eingeweiden der Erde die Seelen; er öffnet ihre Herzen für jede himmlische Weisung. Auf mich Zweifelnden aber wirkten die schweflichen Wolken wie Wein, der den Verstand betäubt und das Vergessen weckt.

Die Priester des Heiligtums standen in sieben Reihen rings um die Pythia und ihren Thron. Alle trugen lange Gewänder aus kostbarem Byssus. Murmelnd beschworen die heiligen Männer den kündenden Gott, und ihre Andacht enthob sie dem Raum und der Zeit. An den Wänden der Höhle warteten die Gesandten der griechischen Stämme, die von weit her gekommen waren, den Spruch ihres Gottes zu hören und seinen Rat für ihre Fürsten zu erbitten.

Nach einer Weile wandte sich der älteste Priester zu mir, legte mir seine knochige Hand auf den Arm und sagte mit leiser Stimme: »Nun also ist es an dir, Apoll zu befragen. Tritt in den Kreis der Zuversicht! Wir werden für dich beten. Wenn wir geendet haben, sollst du mit lauter Stimme sagen, was du zu wissen wünschst. Die Pythia ist bereit, die Antwort des Gottes zu hören.«

Ich folgte ihm an den schaurigen Spalt und stellte mich dort in einen Ring aus Steinen mit geheimnisvollen Zeichen. Die Priester faßten einander an den Händen und murmelten halblaut Gebete, die ich nicht verstand. Denn die heiligen Männer lobten ihren Gott in einer Sprache, die älter als Griechenland war: in der Sprache jener Zeit, als Phoebus noch der Gott der Hörner hieß und aus dem

Osten kam, die Küsten und Inseln des Ägäischen Meers zu erobern.

Nach einer Weile verstummten die Priester, nahmen auch mich bei den Händen und blickten mich auffordernd an. Ich schaute zu der Priesterin empor und beschloß, meine Frage zu stellen.

Im Zweistromland werden die Siegel von Königen stets nur den höchsten Heerführern und den obersten Verwaltern der Paläste gezeigt. Die Herrscher halten den Kreis der Wissenden klein, weil sie nicht wollen, daß zu viele Menschen von diesen Zeichen Kenntnis erhalten und dadurch vielleicht in Versuchung geraten, sie nachzuahmen. Selbst Serenit, die Priesterin Ischtars auf Zypern, kannte Huwaksataras Zeichen mit dem doppelköpfigen Drachen nicht. Noch viel weniger als sie konnte Venes, mein griechischer Diener, wissen, wer meinen Sohn getötet hatte. Darum schien es mir leicht, das Orakel von Delphi zu prüfen. Ich blickte zu der Pythia empor und fragte:

»Wer ist es, Gott von Delphi, dem meine Rache gelten muß, und wo soll ich ihn finden?«

Ein kühler Hauch wehte durch die riesige Höhle. Die schwefligen Schwaden drangen noch dichter empor, und alle Priester verharrten in tiefem Schweigen. Dann hob die Pythia das Haupt. Ihre Augen öffneten sich und starrten zur dunklen Decke. Ein Seufzer entrang sich ihrer Brust. Dann sprach die Seherin mit seltsam veränderter Stimme:

»Wer deinen Sohn erschlug,
die Krone Mediens trug.«

Der Kopf der Pythia sank wieder auf ihre Brust. Ihre Augen schlossen sich, und sie saß so bewegungslos auf ihrem Thron, als sei sie aus Stein gehauen. Mir aber stockte der Atem, denn nun konnte ich nicht mehr daran zweifeln, daß die Priesterin wirklich göttlichen Wissens teilhaftig war.

Aufgeregt packte ich darum von neuem die Hände der beiden Priester, die mir zu Seiten standen, und rief aus, was mich seit jener Unglücksnacht auf Zypern am meisten bewegte: »Sage mir, Phoebus: Wird mir die Rache gelingen?«

Die Priester starrten mich verwundert an und versuchten, sich meinem Griff zu entziehen. Ihr Ältester eilte herbei, beruhigte sie und sagte zu mir: »Eigentlich ist es hier nicht gestattet, dem Gott mehr als eine Frage zu stellen. Aber da du ein Fremdling bist, wollen wir eine Ausnahme machen.«

»Die Pythia hat mir versprochen, ich solle hier alles erfahren, was ich zu wissen begehre«, antwortete ich. »Hindere mich also nicht!«

Da fegte plötzlich ein Windstoß durch das Gewölbe, so daß die Gesandten der Griechen erschrocken zu flüstern begannen. Ich hielt die Hände der jüngeren Priester eisern umklammert. Ängstlich begannen sie, wieder Gebete zu sagen, während die Schwaden noch schneller aus der geheiligten Erdspalte stiegen. So verging eine lange Zeit. Dann hob die Pythia wieder den Kopf, öffnete ihre Augen, blickte in himmlische Fernen und sprach, jetzt mit lauterer Stimme als zuvor:

»Die Tat, sie kann nur dann geschehen,
wenn vier Gefährten mit dir gehen.
Die Rache für den Samen trifft
den Baum dann, wo die Wurzel ist.«

Freude durchglühte mich nun, so wie ein Herd den Wanderer im Winter wärmt. Ich ließ die beiden Priester los, hob meine Hände zu der Pythia empor und sagte dankbar: »Nie werde ich den Tag vergessen, Priesterin, an dem dein Gott mir solchen Trost verhieß. Ich will ihm reiche Opfer bringen.«

Dann aber spürte ich plötzlich neue Besorgnis. Denn wenn ich glauben sollte, daß Apoll mir Gutes prophezeite, dann mußte ich auch davon überzeugt sein, daß er ein Gott und nicht nur Namensgeber eines Schwindels war. Wie aber konnte dieser Phoebus leben, wenn Assur tot war? Sollte der Gott der Griechen am Ende stärker sein als selbst der Himmelsbeherrscher vom Tigris? Neue Zweifel bedrängten mich. Da ergriff ich die Arme der beiden Priester von neuem und rief: »Wirst du denn damit einverstanden sein, Künder von Delphi, wenn ich an dem Mörder und seinem Haus die Rache vollziehe?«

Da erhob sich in der Höhle plötzlich ein wütender Sturm. Erschrocken versuchten die Priester sich loszureißen. Ihr Ältester faßte mich an beiden Schultern und wollte mich zum Ausgang schieben. Ich aber schüttelte ihn ab, so wie ein Stier eine lästige Fliege verscheucht. Dann packte ich den Alten beim Bart, hielt ihm das Sarpedonschwert an die Kehle und fuhr fort: »Und wie, Phoebus, denken Griechenlands andere Götter, deren Bilder ich hier versammelt sehe? Werden sie mich für meine Tat loben oder verfluchen?«

Der alte Priester ächzte. Der Sturm warf den Qualm so dicht heran, daß ich kaum noch etwas zu sehen vermochte. Der Boden begann zu schwanken. Die Priester und Gesandten schrien erschrocken auf. Die Pythia aber verharrte schweigend auf ihrem Stuhl, und ihr Gesicht verriet kein Zeichen der Besorgnis.

Diesmal verging noch längere Zeit als bei der vorigen Frage, und ich befürchtete schon, ich würde keine Antwort mehr erhalten. Schließlich hob die Pythia zum drittenmal das Haupt. Wieder neigte sie ihr Antlitz unsichtbaren Sternen entgegen. Dann sagte sie:

»Wenn du dein Rachewerk vollendet nennst,
verstummen alle Götter, die du kennst.«

Ich steckte mein Schwert wieder an meine Hüfte. Der alte Priester sank aus meinem Griff zu Boden und wurde von seinen Gefährten ins Freie geschafft. Ich blickte die Pythia an. Die Augen der Priesterin waren noch immer geschlossen. Ein trauriges Lächeln erschien auf ihrem Gesicht. Der Qualm biß mir in die Augen. Noch immer wankte die Erde unter meinen Füßen. Ich drehte mich um und stolperte hinaus.

Am nächsten Morgen suchte ich den ältesten Priester auf und bot ihm dreißig Minen zum Dank für das Orakel. Er aber lehnte das Geschenk mit finsterer Miene ab. Das erstaunte mich sehr, denn so vielen verschiedenen Göttern die heiligen Männer in allen Ländern auch dienen, in einem sind sie sich doch gleich, und das ist die Gier nach dem Gold. Ich fragte ihn, ob ich die Pythia noch einmal aufsuchen dürfe, doch er verwehrte es mir. Er sagte, die Priesterin sei zu schwach, um Gäste zu empfangen. Ich solle noch einige Tage warten. Er machte mir schwere Vorwürfe wegen meiner unerlaubten dritten Frage, die seine Herrin sehr viel Kraft gekostet hätte.

Aber es sollte noch einige Zeit vergehen, bis ich erfuhr, daß die Pythia nach dieser Nacht nicht mehr erwacht war.

VI Der Thalassokrat

Gegen Mittag verließ ich Delphi. Die Worte des Orakels und Sarpedons Schwert wiesen mir den Weg. Ich wanderte nordwärts über die Berge, um an der lokrischen Küste ein

Schiff aufzutreiben, das mich vielleicht nach Milet bringen konnte. Dort hoffte ich Myron zu finden, den ersten der vier Gefährten, mit denen ich mein Rachewerk vollbringen wollte.

Den goldenen Greif an meinem Schwert verbarg ich unter Binden aus Stoff, denn ich wünschte keinen Streit. Auch in den Schenken bezahlte ich nicht mit Gold, sondern nur mit abgewetzten Kupferstücken, die ich in Delphi eingetauscht hatte. Doch in der Mittagsrast setzten sich fünf Männer zu mir, die bereit waren, auch für Metall von geringerem Wert zu morden. Zwei Stunden später lauerten sie mir mit Keulen und Stöcken in einem Hohlweg auf. Ich mußte zwei von ihnen erschlagen, ehe die anderen flohen.

Im kallidronischen Bergland, hoch über der See, verfolgte mich später ein Rudel von Wölfen. Ich wartete, bis sie herangekommen waren, tötete dann das Leittier und ließ es zum Fraß für seine Gefährten zurück. Danach erreichte ich ohne weiteren Zwischenfall den kleinen Hafen Knemides am melischen Meer. Ein Fischerboot brachte mich ostwärts nach Chalkis, der großen Stadt auf der quellreichen Insel Euböa. Dort bestieg ich ein Handelsschiff nach Milet, der größten Stadt des westlichen Asiens.

In meinen Augen ist Milet ein einziges Elysion der Krämer. Nirgendwo sonst werden die Menschen so sehr nach ihrem Vermögen und so wenig nach ihren Verdiensten gemessen wie dort. Zwar gibt es auch noch andere Gemeinwesen, in denen das Gold mehr gilt als der Geist und die Größe eines Mannes allein von seinem Geld abhängt. Milet aber ist die einzige Stadt, in der man nicht einmal fragt, auf welche Art ein Mann zu diesem Geld gekommen ist. Darum genießt dort ein reicher Betrüger ein höheres Ansehen als ein verarmter Gerechter.

So ist dieser einst von ruhmreichen Helden gegründete Hafen zu einer Burg von Betrügern und Beutelschneidern herabgesunken, die freilich so tun, als sei ihre Verschlagenheit in Wirklichkeit höchste Vernunft und die Ehrlichkeit anderer Menschen in Wahrheit nichts als Dummheit.

Auch gebärden sich die Krämer gern als Hüter der Wissenschaften und Künste. Doch dabei handeln sie nicht etwa so, daß sie die Männer des Geistes ganz ohne Bedingungen unterstützten. Sondern sie versuchen, die Arbeitskraft dieser Köpfe zu kaufen, damit diese ihre Fähigkeiten zum Lob und Nutzen ihrer Auftraggeber verwenden: vor allem bei der Entwicklung von Schreib- und Rechenkünsten, wie man sie in den Handelshäusern benötigt.

Wer Milet von hoher See her ansteuert, sieht zuerst ein von Pinien bestandenes Vorgebirge, das weit ins Meer hinausragt und wie eine Sichel geformt ist. Auf ihm steht ein zehnmal mannshoher Tempel; er ist der Göttin der Weisheit, Athene, geweiht. Noch heiliger aber, so sagte mir der Kapitän meines Schiffes, halten die Einwohner von Milet Apoll und Poseidon. Dem Meeresgott gehört ein uralter Altar an der niedrigsten Stelle des Vorgebirges.

Dort, an der Löwenbucht, soll Sarpedon die Stadt gegründet haben, bevor er nach Lykien zog. Die Seeleute auf meinem Frachter erzählten, der Fürst sei ein Sohn des Göttervaters und der Phönizierin Europe gewesen, die Zeus in Gestalt eines Stiers nach Kreta entführt habe.

Mehr als dieser haarsträubende Unsinn beeindruckte mich, daß Milets Tochterstädte in sämtlichen Teilen der Welt zahlreicher sind als die Gründungen aller anderen Griechengemeinden. Ich erfuhr, daß zu Milets achtzig Ablegern auch das junge Naukratis im Delta gehörte, Ägyptens größte Handelsstadt, die ich schon bald mit eigenen Augen sehen sollte.

In langsamer Fahrt überquerte mein Frachter die eherne Kette, mit der die Mileter den schmalsten Teil der Löwenbucht absperren konnten. Am sandigen Ufer warteten Handelsschiffe aus Arwad und Ägypten, Kreta und Kolchis, Lemnos und Libyen, dem zinnreichen Tarschisch, dem Weizenland Taurien und vielen anderen Teilen der Welt auf Ware. Am Rand der Bucht lagerten mächtige Ballen von Wolle, und ich lernte, daß es vor allem die vielen zehntausend Schafe im Hinterland von Milet waren, denen die Stadt ihren Reichtum verdankte.

Auf allen Straßen drängte sich eine vielsprachige Menge bei Märkten und anderen Handelsgeschäften.

An vielen Plätzen befanden sich Bäder und große Bedürfnisanstalten mit breiten, bequemen Sitzen aus Marmor, damit sich Reisende erleichtern und erfrischen konnten. In den Seitengassen aber reihten sich, wie in den meisten Hafenstädten, zahllose Schenken aneinander. In ihren Fenstern zeigten Dirnen die bloßen Brüste, und Lustknaben griffen aus offenen Türen den dort vorübergehenden Männern schamlos an das Geschlecht, um ihre Sinnenfreude zu wecken.

Die Straßen waren oft mehr als drei Doppelschritte breit und an den Rändern mit steinernen Platten belegt, damit die Fußgänger nicht im Kot waten mußten. An vielen Ekken konnten die Wanderer ihren Durst in steinernen Brunnenhäusern löschen, deren größtes drei Stockwerke besaß. Die Häuser der Vornehmen ragten oft doppelt so hoch empor. Die Reichen tafelten an Tischen aus Zitronenholz, badeten in Wannen aus Kalkstein und standen in ihrer Prunksucht vornehmen Chaldäern oder Phöniziern kaum nach.

In einem Gasthaus nahe dem Hafen, das »Zur räudigen Robbe« hieß, fragte ich nach einem Zimmer. Der Wirt, ein schwarzbärtiger Fettwanst, schenkte mir keine Beachtung. Denn er war damit beschäftigt, drei karischen Lastträgern Wein einzugießen. Narben von Ketten an seinen Armen verrieten den einstigen Rudersklaven. Ich packte ihn am Ohr und drückte seine Nase auf den Tisch.

Die Karer ließen ihre Becher stehen und drangen auf mich ein. Dem ersten von ihnen trat ich tief in den Leib, so daß er sich am Boden krümmte. Dem Hieb des zweiten wich ich aus und schlug ihm dann die Faust auf die Kehle, worauf er röchelnd niederstürzte. Den dritten trug der Schwung seines Angriffs an mir vorbei. Ich gab ihm einen kräftigen Stoß, und er prallte mit dem Schädel gegen einen Pfosten. Dann zog ich den Wirt an den Haaren und fragte:

»Verzeih' mir meine Ungeduld, du edler Meister der Gastfreundschaft! Kann ich bei dir ein Zimmer bekommen?«

Der Wirt würgte und hustete. Ich klopfte ihm hilfreich auf den Rücken. Die drei Karer kamen mühsam wieder auf die Füße. Einer von ihnen pochte mir auf die Schulter und sagte in schlechtem Griechisch: »Warum bist du denn gleich so wütend, Fremder? Der Wirt kann dich nicht verstehen. Er ist von Geburt an taub!«

Ein wenig verlegen, ließ ich den Unglücklichen los. In diesem Moment öffnete sich eine Tür zu den hinteren Räumen, und eine junge Frau von ungewöhnlich reizvoller Gestalt trat auf mich zu. Ich freute mich am Anblick ihrer feingeschnittenen Züge und ihres schwarzen, wohl eben erst gekämmten Haars, der sanften Bräune ihrer weichen Haut und der schönen Form ihrer schlanken Hände und fragte: »Bist du die Tochter des Wirts? Oder am Ende die Wirtin selbst? Sage mir: Habt ihr noch einen Platz für einen müden Wanderer, der sich nach den Erquickungen des Leibes sehnt?«

Die junge Frau blickte mich mit heruntergezogenen Brauen an und fragte: »Was fällt dir ein, hier solchen Lärm zu machen, Fremder! Jetzt willst du wohl in deinem Übermut mir noch die Schenkel auseinanderzwängen!

Verlasse sofort dieses Haus, bevor ich meine drei karischen Freunde hier bitte, dich in die Gosse zu werfen!«

Die Karer hoben abwehrend die Hände. Ich aber sagte: »Verzeihe mir! Alles, was ich mir wünsche, ist ein ruhiges Zimmer für die Nacht.«

Die drei Karer nickten heftig. Ich reichte dem Mädchen ein Goldstück. Prüfend biß die schöne Mileterin auf das Metall, hielt es dann nahe ans Auge, tauschte einen Blick mit ihrem Vater und sagte am Ende: »Nun, wenn deine Reue so echt ist wie dieses Gold, so sollst du uns willkommen sein. Trinke einen Krug Wein. Ich will dir eine Kammer richten.«

Damit verschwand sie. Der älteste der drei Karer hob mir den Krug entgegen und sagte: »Du bist ein wackerer Kämpfer, Fremder. Wir wurden noch nicht oft besiegt. Willst du uns nicht deinen Namen verraten?«

Ich trank ihm höflich zu und antwortete: »Ich heiße Ariston und bin ein Seemann aus Naukratis. Könnt ihr mir vielleicht helfen? Ich suche hier einen Mann namens Myron. Wißt ihr, wo ich ihn finde?«

Die Karer starrten mich an. »Myron?« fragte der Älteste nach einer Weile. »Dieser Name ist in Milet nicht so selten, wie du wohl meinst. Kannst du deinen Freund nicht etwas näher beschreiben?«

»Er ist nur wenig kleiner als ich und wohl ein paar Jahre älter«, gab ich zur Antwort. »Er ist ein Krieger, aber zugleich ein Gelehrter, der viel von den Geheimnissen der Welt versteht. Er lebte lange Zeit im Ausland.«

Die Karer schauten einander an. Dann erklärte der Älteste: »Nein, an einen solchen Mann kann ich mich nicht erinnern. Doch willst du nicht beim Stadthaus nach ihm fragen?«

Ich dankte den Karern, bestellte noch drei Krüge Wein für sie und gab dem stummen Wirt ein Zeichen, daß er zu essen bringen solle. Dann erhob sich der jüngste der drei, entschuldigte sich und ging zum Abtritt hinaus.

Nach einer Weile stand ich auf und stellte mich hinter die Tür, die zur Straße führte. Die beiden anderen Karer schauten mich verwundert an. Ich winkte ihnen freundlich zu. Dann öffnete sich die Tür und der jüngste der drei kehrte zurück, gefolgt von einem Trupp der städtischen Wache.

Ich ließ die vier Bewaffneten vorüber, packte dann den mit der schönsten Rüstung, drückte ihm mit der Linken die Kehle zu, zog ihm das Schwert aus der Scheide und sprach: »Die Waffen weg! Schnell! Sage deinen Männern, sie sollen sich ergeben, sonst bist du tot!«

Der Hauptmann röchelte und stieß halberstickt einen Befehl hervor. Seine Männer gehorchten sofort. Ich setzte den Wachführer wieder auf die Füße und fragte: »Was führt die Wächter dieser Stadt zu einem Mann, der niemandem etwas zuleide tut und hier nur einen alten Freund besuchen möchte?«

Der Hauptmann fuhr sich mit der Hand über die Kehle und erwiderte: »Wir kamen nicht, um dir ein Unrecht zuzufügen. Uns ist jedoch befohlen, daß wir jeden, der nach Myron fragt, sogleich zu Thrasybulos bringen sollen.«

»Wer ist das?« fragte ich, »ein Freund von Myron?«

»Das kann man wohl kaum behaupten«, antwortete der Wächter. »Es sei denn, man nennt den Hund den Gefährten des Wolfs und die Katze die liebe Vertraute der Ratte. Myron wurde als Verräter aus Milet vertrieben. Thrasybulos aber sitzt dem Rat der Ältesten vor, die wir Thalassokraten nennen, weil sie über das Meer zwischen Asien und Griechenland herrschen. Er wird nicht übel staunen, wenn er uns ohne Waffen sieht, dich aber mit einem Schwert, mit dem man einen Stier in Scheiben schneiden könnte.«

»Nun«, schwindelte ich, »besonders gute Freunde waren Myron und ich eigentlich nicht. Ich suche ihn, um endlich zu erhalten, was er mir schuldet. Lasse uns also zu deinem Thrasybulos gehen, und nehmt getrost eure Waffen mit. Ich fürchte mich nicht mehr, nachdem ich nun weiß, daß dieser Galgenstrick Myron nicht nur mich, sondern sogar seine eigene Heimat verriet.«

Der Hauptmann gürtete sich wieder mit seinem Schwert. Der Wirt, seine Tochter und die drei Karer starrten mich entgeistert an. Ich sagte: »Ist mein Zimmer schon fertig? Ich komme bald zurück.«

Wir gingen am Heiligtum des Poseidon vorüber, kreuzten dann den nördlichen Versammlungsplatz, wandten uns endlich nach rechts und erreichten vor den berühmten Thermen das ganz aus Marmor errichtete Prytaneum, das Stadthaus Milets. Zwei steinerne Löwen bewachten den Eingang. Durch einen düsteren Gang gelangten wir in eine riesige Halle mit übermannshohen, verschließbaren Fenstern. An ihren Wänden plätscherten kleine Brunnen. An der Decke fächelten große Wedel, nach Art der Ägypter aus Palmenzweigen geflochten und von vier schwarzhäutigen Sklaven an langen Seilen gezogen, kühlenden Wind in den riesigen Saal.

Thrasybulos ruhte auf einem mit farbigen Kissen bedeckten Sitz. Er trug ein weites Leinengewand über der ungeheuren Fülle seines tonnenförmigen Leibes. Sein hölzerner Stuhl bog sich bedrohlich unter seinem Gewicht. Um seinen feisten Nacken hatte der Herrscher Milets feuchte Tücher gewickelt. Seine fleischigen Hände glitten träge über einen Tisch mit gewaltigen Stapeln von tönernen Tafeln und Schriftrollen aus Papyrus.

Auf langen Bänken an den Wänden warteten Boten auf den Befehl ihres Herrn. Zu seinen Füßen saßen sechs Schreiber, denn Thrasybulos vermochte ein halbes Dutzend Briefe zugleich abzufassen. Kostbar gekleidete Diener scheuchten mit den abgeschnittenen Schweifen lydischer Rosse die Fliegen von dem kahlen Haupt des Thalassokraten. Zierliche Mädchen in kurzen, bis zu den Hüften geschlitzten Gewändern brachten stets neue Behälter mit Wasser, Säften von Früchten und Eis, um den Durst ihres schwitzenden Meisters zu löschen. Dieses geschäftige Treiben vollzog sich in völliger Stille. Denn die Sklaven des Thrasybulos empfanden große Furcht vor ihrem Herrn.

Als der Hauptmann seinen Schritt vor dem Tisch des Staatslenkers verhielt, blickte der Thalassokrat überrascht auf. Dann lehnte sich Thrasybulos ächzend in seinen Sessel zurück und musterte mich mit einem abschätzigen Blick. Wie immer, wenn ich Gefahren ahnte, begann die gezackte Narbe an meiner Wange zu brennen. Schließlich hob Thrasybulos die Hand und fragte mit der fetten Stimme eines gewohnheitsmäßigen Prassers:

»Mit welcher Nichtigkeit störst du mich denn jetzt wieder, Ephoros? Was hast du da eingefangen? Wenn dieser Fremde Schuld auf sich lud, so kette ihn doch an eine Ruderbank! Im Gefängnis haben wir schon genügend Mäuler zu füttern. Treffe doch selbst einmal eine Entscheidung! Ich kann mich nicht um jede Kleinigkeit kümmern.«

Der Hauptmann schien an die Ungeduld seines Herrschers gewöhnt, denn er antwortete ungerührt: »Diese Kleinigkeit wird dir gewiß nicht unwichtig erscheinen. Es handelt sich hier nämlich um einen Bekannten von Myron.«

Der fette Mann stieß ein verärgertes Grunzen hervor und trat einer jungen Sklavin, die unter seinem Tisch kniete und ihm die Zehennägel schnitt, bösartig gegen die Brust. »Dirne!« schimpfte er. »Willst du mich ermorden?« Zornig rieb er den schmerzenden Fuß. Die Sklavin warf sich vor ihrem Herrn nieder. Thrasybulos aber schenkte ihr keinen verzeihenden Blick, sondern herrschte sie an: »Verschwinde und schicke mir eine andere, die mit der Schere besser umgehen kann!«

Ich setzte mich auf eine Bank und sagte: »Ich danke dir, hochedler Ratsherr Milets, daß du mich batest, meine Beine auszuruhen. Denn ich habe einen sehr langen Weg hinter mir. Nun fehlt mir nur noch ein erfrischender Trunk. Denn meine Kehle ist staubig und meine Zunge klebt mir am Gaumen wie eine Fliege am Harz des verwundeten Baumes!«

Thrasybulos starrte mich finster an. Dann sagte er:

»Ich verfüge leider nicht über die Zeit, dich persönlich zu lehren, wie man sich vor einem Thalassokraten benimmt. Zu diesem Zweck beschäftigen wir erprobte Fachleute in unseren Verliesen. Doch dazu später. Ich habe nur drei Fragen. Antworte schnell, wenn du dir noch eine Hoffnung auf meine Gnade erhalten willst. Also: Wer bist du? Woher kennst du Myron? Und was willst du von ihm?«

Ich beugte mich ein wenig vor, nahm einen Krug vom Tisch und löschte meinen Durst. Erst nach geraumer Weile setzte ich das Gefäß wieder ab und erklärte:

»Deine Getränke munden wohl, mein Freund. Die Götter mögen dir deine Güte in reichem Maße vergelten. Ich bin Ariston, ein Seemann aus Naukratis. Dort würfelte ich einst mit Myron, diesem Gauner. Er verlor sein Schiff. Doch noch bevor ich die Siegesbeute in Besitz nehmen konnte, lichtete dieser Betrüger den Anker und segelte lachend davon. Ich verfluchte ihn bei allen Göttern sämtlicher Teile der Welt. Dann entsann ich mich, daß er mir tags zuvor beim Spiel berichtet hatte, er stamme aus Milet. So fuhr ich hierher, um ihn an seine Pflicht zu gemahnen. Spielschulden sind bekanntlich Ehrenschulden.«

Der Thalassokrat lauschte mit halbgeschlossenen Lidern. Er vertraute mehr seinen Ohren als seinen Augen, wenn er die Lüge von der Wahrheit trennen wollte. Denn nur wenige Menschen beherrschen die Kunst, in einer gefährlichen Lage die Unwahrheit zu erzählen, ohne daß sich dabei ihre Stimme verändert.

Nach einer Weile räusperte sich der Mileter, blickte mich durchdringend an und sagte zu seinen Wächtern, Schreibern und Boten: »Hinaus mit euch! Ephoros, warte draußen, bis ich dich rufe.«

Der Hauptmann hob abwehrend die Hände und sagte: »Aber er hat ein Schwert...«

Sein Herr unterbrach ihn ungeduldig: »Wenn ich einen Rat brauche, der meine Sicherheit betrifft, so werde ich zuallerletzt jemanden fragen, der mir Fremde hereinschleppt, ohne ihnen wenigstens zuvor die Waffen abzunehmen!«

Ephoros wurde rot, drehte sich um und lief mit schnellen Schritten hinaus, gefolgt von den anderen Wächtern und Dienern des Thalassokraten. Thrasybulos erhob sich, reichte mir einen neuen Krug und sagte:

»Geschmeiß! Ich bin nur von Narren und Tagdieben umgeben. Doch das ist nun einmal der Preis der Macht. Dem Löwen folgen Geier und Hyänen, den Stier umschwirrt der Fliegenschwarm. Ich hoffe nur, die Götter erhalten mir meine Geduld. Wo waren wir stehengeblieben? Ach ja: bei deiner Suche nach Myron. Nun, hier wirst du ihn nicht finden, du wackerer Seemann.«

Der Thalassokrat lächelte ein wenig. Dann fuhr er fort: »Myron ist nämlich schon vor Monaten über Nacht aus dem schönen Milet verschwunden.«

»Verschwunden?« fragte ich, »wohin denn?«

Der Grieche faltete gemütlich die Hände über dem gewölbten Bauch. »Nach Naukratis«, antwortete er. »Nach der hochgeschätzten Stadt deiner Herkunft, Ariston, falls du wirklich so heißt. Was ich bezweifle.«

»So etwas!« rief ich empört. »Ist es denn die Möglichkeit, daß dieser Kerl in meiner Heimat verweilt, während ich ihn in der Fremde verfolge?«

Thrasybulos grinste. »Myron ist eine Landratte«, meinte er dann. »Schon in der Badewanne wird er seekrank. Eine Schande für Milet. Ein Schiff hat er nie besessen.«

Das Lächeln verschwand aus dem feisten Gesicht des Thalassokraten. Er beugte sich vor, gab mir einen durchdringenden Blick und fuhr fort:

»Was meinst du denn, warum ich meine Diener fortgeschickt habe! Willst du dein kindisches Versteckspiel nicht endlich beenden? Wir sollten unsere Zeit sinnvoller nutzen. Du bist kein Grieche, erst recht kein Ägypter und auch kein Phönizier. Kommst du etwa von Kyaxares? Oder von meinem vertrauten Freund, dem Oberhofmeister von Ekbatana, Balsar, den man den Buckligen nennt? Wenn dein Herrscher mit uns Abmachungen treffen möchte, so sind wir gern dazu bereit — sofern sie unsere Beziehungen zu Lydien nicht belasten. Du weißt ja wohl, daß König Alyattes in Sardes mein Schwiegersohn ist.«

Er blickte mich erneut prüfend an, dann sagte er plötzlich auf Akkadisch: »Aber obwohl Alyattes nun schon so lange mit Kyaxares im Streit liegt, steht unser Hafen den Händlern der Meder und ihrer Verbündeten weiterhin offen.«

Der Thalassokrat verstummte und schaute mich abwartend an. Nach einer Weile antwortete ich, nun ebenfalls in der Sprache der Krieger und Kaufleute Mesopotamiens: »Du irrst dich. Ich bin kein Meder.«

»Dann mußt du ein Bote der Babylonier sein«, sagte Thrasybulos schnell. »Deine Zunge verrät dich. Denn so spricht nur jemand, der in der Mundart Akkads aufgewachsen ist. Nun, dein Herr Nebukadnezar weiß doch ganz genau, daß alle babylonischen Waren im Hafen Milets seit jeher willkommen sind. Sucht er am Ende Bundesgenossen für einen Krieg gegen Kyaxares? Milet ist unabhängig. Wir wollen nicht gezwungen sein, unsere Schiffe und Kriegsleute zu einem anderen Zweck einzusetzen als zur Verteidigung unserer eigenen Stadt. Aber vielleicht kann ich dir helfen, Gehör beim König von Lydien zu finden. Alyattes sucht Hilfe, seit Mediens Reiter ihre Rosse im salzreichen Halys tränken.«

Ich schwieg. Der Thalassokrat kratzte sich nachdenklich am Kinn. »Ich wußte gleich, daß du kein gewöhnlicher Seemann bist«, sagte er dann. »Auch traust du meinen Dienern wohl ebensowenig wie ich. Deine Vorsicht war lobenswert – jetzt ist sie überflüssig. Mir kannst du vertrauen. Also: Was hast du mit Myron zu tun?«

Ich antwortete: »Du weißt gewiß recht gut, daß Myron im Osten weilte, als Assyrien unterging. Mehr darf ich jetzt nicht sagen. Du kannst dir wohl denken, daß ich nicht allein auf eine so lange und gefahrvolle Reise geschickt wurde. Ich muß mich erst mit meinen Gefährten beraten. Morgen um die gleiche Stunde werde ich wieder bei dir erscheinen. Dann sollst du alles erfahren, was du zu wissen begehrst.«

Thrasybulos nickte lächelnd und sagte: »Ihr Babylonier seid vorsichtige Leute, und ausgekochte Schlitzohren dazu. Nun, ich werde mich in Geduld fassen. Darf ich dich in unser Gästehaus geleiten? Dort kannst du alle Annehmlichkeiten genießen, die man sich nach einer langen Seefahrt wünscht.«

»Sollen auch meine Gefährten dort wohnen?« versetzte ich spöttisch. »Dann hast du uns bequem unter Aufsicht, und deine Männer müssen nicht nachts um fremde Häuser schleichen. Mich kennst du nun zwar, und ich werde deinen Spionen hier nicht entkommen. Meine Gefährten aber wollen in der Zwischenzeit möglichst ungestört prüfen, wieviel ein Geheimvertrag wert ist, der es einer fremden Kriegsflotte erlaubt, Milets Hafeneinrichtungen zu benutzen.«

Thrasybulos lachte herzlich. »Gut, gut«, sagte er dann versöhnlich, »ich habe verstanden. Man soll euch nicht behelligen. Ich werde Ephoros befehlen, auch dich nicht zu verfolgen.«

Ich dankte ihm, verneigte mich und verließ das Gebäude, während der Thalassokrat nach seinen anderen Untergebenen rief.

Als ich durch eine Gasse kam, an der die hölzernen Gebäude der Stadtsklaven standen, entdeckte ich vor einer niedrigen Mauer plötzlich das junge Mädchen, das von Thrasybulos so bösartig getreten worden war. Als unsere Blicke sich trafen, schlug die Sklavin die Augen nieder und eilte davon.

Ich näherte mich wie von ungefähr der Stelle, an der sie gestanden hatte, schaute zur Sonne empor, schirmte mit der linken Hand meine Augen, hielt mich mit der Rechten am Mauerrand fest, fühlte dort einen tönernen Scherben und barg ihn in meinem Gewand. Dann setzte ich meinen Weg fort.

Im Gedränge des nächsten Gemüsemarkts warf ich einen Blick auf meinen Fund. Auf dem gebrannten Ton stand, unter einem dreifach gezackten Pfeil, in griechischen Lettern geschrieben: »Thales. Athenes Tempel.«

VII Der Philosoph

Ich kehrte zur Löwenbucht zurück, trat wieder in das Gasthaus »Zur räudigen Robbe« und hörte von der nun sehr freundlichen Tochter des Wirts, daß inzwischen ein sehr schönes Zimmer auf mich warte. Die Karer waren verschwunden. Ich trank einen Becher Wein. Dann wanderte ich zum Poseidonaltar, vorbei an geschäftigen Wollfärbereien, in denen kundige Tuchmacher kostbaren Purpurstoff wirkten. Schließlich wandte ich mich von neuem zum Nordmarkt, immer durch dichtes Menschengewühl, das sich dort vor und in den fast achtzig mehrstöckigen Läden der Kaufleute ballte.

Die Späher des Thalassokraten wußten sich sehr geschickt zu verbergen. Der eine, ein alter, langhaariger Schwarzbart in schmutziger Kutte, hatte sich als Holzträger verkleidet und schleppte ein Bündel Buchenscheite mit sich herum. Der andere, ein blonder, beleibter Jüngling im hellen Leinengewand eines Zöllners, führte den bronzenen Stab zur Prüfung der Waren und gab sich den Anschein, als schlendere er nach beendetem Dienst müßig über die Märkte. Ich ging nun mal schneller, mal langsamer; mal überquerte ich eben noch vor einem Fuhrwerk die Straße, dann wieder verhielt ich den Schritt hinter dikken Baumstämmen und Säulen. Einmal durchschritt ich die Zuhörerschar eines Sängers, der die Werke des Dichters Homer vortrug, von Schauspielern unterstützt, die den Inhalt seiner Worte durch Mienenspiel und Bewegungen erhellten. Denn die Sprache der Verse war schon so alt, daß sie von den meisten Hellenen kaum noch verstanden wurde. Ich drängte mich auch durch die Menschenmenge in den Brunnenhäusern. Doch immer, wenn ich die Verfolger abgeschüttelt zu haben glaubte, fühlte ich plötzlich wieder die stechenden Augen des Schwarzbarts oder den hellen Blick des Blonden auf mir.

Darum lief ich schließlich durch das latmische Tor und wandte mich zum nördlichen Ufer der Löwenbucht, die in der Form eines Trinkhorns ins Land hineinragt. An den hintersten Häusern, zwischen Strandnelken und Disteln, stieg ich in ein Ruderboot, gab seinem Besitzer ein Kupferstück und befahl ihm, mich an die Südseite überzusetzen. Da kein anderes Fahrzeug in der Nähe lag, eilten meine Verfolger davon, um die andere Hafenseite zu Fuß zu erreichen. Ich wartete, bis sie verschwunden waren. Dann hieß ich den Fischer umkehren und mischte mich in eine Menschenmenge, die zu den Thermen hinaufzog. Dort zahlte ich ein Kupferstück Eintritt, kaufte ein neues Gewand und verließ das Badehaus dann durch einen Nebenausgang, der in einen großen Garten führte. Dahinter erhob sich der Tempel Athenes, der Göttin der Weisheit.

Frösche quakten in der Ferne, Störche zogen über die Bucht. Auf einer Wiese voller Lilien, auf denen Schmetterlinge und Libellen saßen, wanderte ich, durch Bäume und Büsche vor Beobachtern geschützt, zum hinteren Teil des Heiligtums, von dem der Blick weit auf das Meer hinausschweift. Für fromme Besucher standen dort am Rand eines kleinen Tals, das sich wie eine Schüssel rundete, steinerne Bänke bereit. Bis auf eine waren sie leer; auf dieser aber saßen zwei Männer, in die Betrachtung der untergehenden Sonne versunken.

Der ältere von ihnen, ein dicknasiger Graubart mit breiter Brust und gedrungenen Gliedern, sah mir fröhlich entgegen. Einen Herzschlag lang dachte ich schon, es handele sich vielleicht um einen Schwachkopf, der sich am Anblick jedes Fremden belustigt. Dann aber begegnete ich seinem Blick und ahnte darin Weisheit, wie sie nur wenigen Menschen geschenkt ist. In seinen Augen las ich tiefe Kenntnis vom Wandel der Welt seit ihrem Werden und zugleich wunderbares Wissen um das, was erst noch geschehen sollte. In seiner Miene spiegelte sich die Gelassenheit eines Gelehrten, der gewohnt ist, sich dem Alltäglichen zu entrücken. Sein Antlitz ließ aber auch den Mut eines Mannes erkennen, der keinen Menschen fürchtet und den Krieg so gut kennt wie den Frieden.

Sein Gefährte stand noch in jungen Jahren und zeigte Wachsamkeit und Ernst. Sein Blick glich dem eines Adlers, sein Kinn verriet Kühnheit, sein Mund Selbstbeherrschung, und seine Stirn zeugte von großen geistigen Kräften. So außergewöhnlich erschienen mir die beiden Männer, daß ich nicht zögerte, meine Begegnung mit ihnen als schicksalhaft anzusehen. Darum trat ich ohne Umschweife auf sie zu und sagte:

»Thales am Tempel Athenes – ein Mädchen, ein Scherben von Ton, darauf das Zeichen Apollos. Myron diente ihm selbst noch im fernen Assyrien. Habt ihr eine Antwort für mich?«

Die beiden Männer musterten mich schweigend. Dann sagte der Ältere freundlich: »Ich bin Thales. Jedermann kennt mich, du aber wußtest nicht, wer ich bin. Auch sprichst du unsere Sprache nicht wie der Sohn einer griechischen Mutter. Woher kommst du, was ist dein Begehr?«

Ich ließ mich auf der nächsten Bank nieder und antwortete: »Thrasybulos kennt mich als Ariston, Seefahrer aus Naukratis. Seit er erfuhr, daß ich um Myrons willen hierher reise, läßt er mich heimlich verfolgen. Ein Mädchen gab mir den Rat, dich aufzusuchen. Weißt du, wo Myron ist?«

Der Graubart streckte die Hand aus. Ich gab ihm den Scherben. Der Jüngere warf einen Blick auf die Schrift und sagte: »Arsinoë! Was ist ihr zugestoßen?«

»Als ich mit dem Thalassokrates sprach, verletzte diese Jungfrau ihn am Fuß«, erzählte ich. »Sie hatte sich wohl erschrocken, als sie plötzlich Myrons Namen hörte. Später ließ sie mich diese Botschaft finden.« Ich berichtete, was weiter geschehen war. Dann sagte ich: »Der Thalassokrat scheint Myron zu fürchten. Was ist geschehen?«

Der Jüngere der beiden Männer blickte mich mißtrauisch an und antwortete:

»Bevor wir dir Aufklärung geben, müssen wir erst noch mehr von dir wissen. Wer sagt uns denn, daß du nicht selbst von Thrasybulos kommst? Nachdem wir seine hiesigen Spitzel und Zuträger sämtlich kennen, hat er vielleicht ein paar neue Späher und Aushorcher aus Korinth kommen lassen, von seinem Freund Periander!«

Ich gab zur Antwort: »Wie soll ich euch beweisen, daß ich Myrons Freund bin? Vielleicht mit diesem Pfeil dort auf dem Scherben. Ich kenne es wohl, das Zeichen Apolls. Myron sprach oft von diesem Gott, wenn wir ins Feldlager zogen. Aber warum er ihn mehr als alle anderen Himmelsbeherrscher verehrte, das wußte von allen Gefährten nur ich allein. Denn einmal, nach einem Sieg über Elam, besuchten Myron und ich bei Susa ein Lusthaus. Aber als wir den Mädchen beilagen, kehrten die Elamiter plötzlich zurück und fielen über uns her. Wir wehrten uns, nackt, wie wir waren, mit Stühlen und kamen nur knapp mit dem Leben davon. Dabei sah ich, daß Myron auf seiner Männlichkeit das Bild eines seltsamen Pfeils trug. Als wir in Sicherheit waren, fragte ich ihn danach. Er wollte sich erst um eine Auskunft drücken, denn es war ihm äußerst peinlich, darauf zu antworten. Dann aber erzählte er: ›Das ist ein großes Geheimnis, und wenn du es jemals verrätst, Dagon, mache ich dich mit dem Messer zur Frau! Höre: Als ich noch ziemlich jung war, zog ich mit den Miletern einmal gegen den König von Lydien. Dabei traf mich ein Pfeil so unglücklich am Unterleib, daß ich danach keiner Frau mehr beiwohnen konnte. Darum betete ich im Heiligtum von Didyma, das nur drei Wegstunden von meiner Heimat entfernt liegt, zu Phoebus Apoll, dem göttlichen Fernhintreffer. Er kündete mir in einem Orakelspruch, ich würde die Wirkung des Pfeils durch einen zweiten Pfeil überwinden. Die Priester erklärten mir diese Verheißung und sandten mich zu einer Tempeldienerin. Diese fertigte dann mit Nadel und Farbstoff das Bild auf meiner Männlichkeit an. Und wirklich hat der Zauber sogleich geholfen, denn die Dienerin war mit ihrer Arbeit kaum fertig, als ich sie schon beschlief.‹«

Der Jüngere der beiden Männer schaute mich verdutzt an. Thales aber begann schallend zu lachen, erlitt dabei einen Hustenanfall, ächzte, stöhnte und sagte schließlich: »Da hast du deinen Beweis, Anaximander! Nein, diese Geschichte klingt zu echt, als daß sie ein Thrasybulos erfinden könnte.«

Dann wurde er ernst. »Nun, Dagon«, sprach er, »ich will dir sagen, was du zu wissen begehrst. Es ist, im Gegensatz zu deiner, keine lustige Erzählung. Als die Lyder Milet mit Krieg überzogen, gehörte Myron zu den Tapfersten im kleinen Heer der Stadt. Thrasybulos aber, für seine Tatkraft und Umsicht berühmt, führte den Befehl. Ach, hätten wir damals geahnt, wie bald er seine Macht mißbrauchen würde! Du, Anaximander, warst noch nicht geboren. Myron verliebte sich in die Tochter unseres Feldherrn. Sie hieß Damalis und war sein einziges Kind. Myron bat Thrasybulos um ihre Hand, und der Feldherr verweigerte sie dem treuen Gefährten nicht. Doch als der Friede geschlossen wurde, brach Thrasybulos sein Wort und gab Damalis seinen einstigen Gegner Alyattes zur Frau. Dann schwang er sich, von seinem ehemaligen Feind unterstützt, zum Alleinherrscher auf. So wurde die schöne Damalis Prinzessin und später Königin Lydiens. Myron aber verließ Milet. Lange Zeit hörten wir nichts mehr von ihm.«

Thales verstummte und blickte der Sonne nach, die langsam in die Wogen des Ozeans tauchte. Dann seufzte er und sprach weiter:

»Vor zwanzig Jahren kehrte Myron zurück. Er siedelte auf dem Gebirge. Immer war es sein Ziel, Thrasybulos zu vertreiben. Aber die Macht des Tyrannen bröckelte nicht. Denn die Mehrzahl der Männer Milets schert sich wenig um Freiheit und Recht, solange sie gute Geschäfte macht. Und der Handel blüht, seit wir den Schimpf auf uns nehmen, Lydien Tribute zu zahlen, und dadurch unseren Küsten die ehrlose Ruhe der Knechtschaft erkaufen. Darum suchte Myron am Ende Hilfe bei anderen Mächten des Ostens. Er wollte Verbündete finden, die uns helfen konnten, das Joch der Tyrannei abzuschütteln. Darum fuhr er vor vier Monaten nach Ägypten. Wenn du zum Nil reist, wirst du ihn finden.«

Ich schwieg. Das feurige Auge des Himmels begann, in eine Flut von Tränen zu sinken, und in den Bergen hüllte sich der Tag ins graue Leichentuch der Dämmerung. Da fragte ich:

»Wißt ihr vielleicht auch etwas über einen Freund Myrons, einen noch jungen Mann mit Namen Nadin aus Zypern? Ich bin sein Vater.«

Die beiden Weisen wechselten einen Blick. Dann erwiderte Thales: »Dein Sohn kam vor zwei Jahren nach Milet, nicht wahr? Er zählte zu unseren begabtesten Schülern. Myron war wie ein Vater zu ihm. Aber seit etwa vier Monaten haben wir Nadin nicht mehr gesehen. Vielleicht hat Myron ihn mit nach Ägypten genommen? Wenn du ihn finden willst, solltest du nach Naukratis reisen. Ich wollte Myron eine Botschaft schicken. Kannst du sie mit dir nehmen? So kommt sie sicherlich schneller ans Ziel als mit einem dieser unzuverlässigen Händler. Warte, ich will sogleich schreiben.«

Thales erhob sich und ging in den Tempel. Ich fragte den Jüngeren indessen: »Wer ist das Mädchen, das mir den Tonscherben gab?«

»Als Myron abgereist war«, antwortete Anaximander, »ließ der Tyrann die Dienerinnen und Diener unseres Gefährten verhören. Er wollte erfahren, was Myron gegen ihn plante. Doch das Gesinde wußte von nichts. Denn niemand vermag ein Geheimnis besser zu hüten als Myron. Später wurden seine Dienstboten unter die Sklaven der Stadt eingereiht, die in Wirklichkeit nur Thrasybulos dienen, aber aus den Kassen Milets verköstigt und gekleidet werden.«

Anaximander seufzte. Nach einer Weile fuhr er fort: »Arsinoë war Myrons Liebling. Sie führte seine Aufzeichnungen, denn sie gehört zu den wenigen Frauen, die sich auf den Umgang mit Lettern und Zahlen verstehen. Zu ihrem Glück konnte sie diese Fähigkeiten später vor Thrasybulos verbergen. Hätte der Tyrann jemals davon erfahren, wäre sie wohl so lange gefoltert worden, bis sie alles aus Myrons Briefen verraten hätte.«

»Dann hat sich dieses Mädchen um meinetwillen in große Gefahr begeben«, sagte ich. »Die Götter mögen Arsinoë beschützen.«

»Ich bin froh«, erklärte Anaximander, »daß du die Späher abgeschüttelt hast. Thales und ich müssen den Tyrannen nicht fürchten. Sich ungerecht an Männern zu vergreifen, die ganz Griechenland kennt, würde selbst Thrasybulos nicht wagen. Aber wenn er erfährt, daß du uns aufgesucht hast, kann es leicht sein, daß er den Schnitt an seiner Zehe mit Myrons Namen und deinem Weg zu uns in Verbindung bringt. Denn er ist schlau wie eine Schlange.«

Ich verspürte den Wunsch, den besorgten Mann zu beruhigen. Da ich von Myron wußte, wie abergläubisch die Griechen sind, sagte ich:

»Solches Unrecht darf nicht geschehen. Die Götter werden es verhüten. Helios, dessen glühender Wagen dort drüben im Meer versinkt, und auch Selene, deren Sichel hier hinten am Bergrand erstrahlt, mögen meine Bitte hören und an Zeus, den Göttervater, leiten.«

»Die Götter?« wiederholte Thales belustigt. Er war unbemerkt wieder zu uns getreten und reichte mir eine sorgsam verschnürte Rolle. »Glaubst du denn selbst, was du da erzählst? Bisher hast du auf mich den Eindruck eines vernünftigen Menschen gemacht.«

»Wie meinst du das?« fragte ich überrascht.

Anaximander rief verstimmt: »Wenn du Unsinn reden willst, Fremder, dann suche dir eine andere Zuhörerschaft! Wir sind keine Narren, die wie die Bauern des Marktes die Possen von Schwindlern und Zauberkünstlern begaffen. Sondern wir wollen als ernsthafte Männer den Geheimnissen der Natur mit Mitteln des klaren Verstandes nachspüren!«

»So haltet ihr Sonne und Mond nicht für Götter?« fragte ich. »Myron hat mir doch berichtet, daß diesen Himmelsgebilden seit alters die höchste Verehrung der Griechen zuteil wird!«

Anaximander blickte erbost zu Thales. Der Graubart legte dem Jüngling väterlich eine Hand auf den Arm und erklärte: »Nicht er war unser Schüler, sondern sein Sohn!« Dann wandte der Weise sich zu mir und fragte:

»Und du, Dagon? Glaubst du noch an Assur mit den sieben ehernen Sohlen? Ja, vor langer Zeit galten Sonne und Mond allen Griechen als heilig, und wohl auch die Sterne, Morgen- und Abendröte, Winde und Wolken, Berge und Bäume, Ströme und Seen. Unsere Vorfahren dachten noch, daß eine junge Lyderin namens Arachne einst einen Wettstreit am Webstuhl gegen Athene verlor und in eine Spinne verwandelt wurde. Sollen wir nun glauben, daß jenes kleine Tier, das dort im Busch die Netze webt, von einer Jungfrau abstamme? Jeder aufgeklärte Mensch von heute weiß, daß das nur ein Märchen ist, entstanden in einer Zeit, als die Menschen noch keine Erkenntnis besaßen.«

Thales lehnte sich etwas zurück und fuhr fort: »Wie diese Erkenntnis wuchs, will ich dir an einem Beispiel erklären: Die Griechen der Urzeit glaubten, die Götter wohnten auf dem Olymp, einem sehr hohen Berg in Thessalien. Als aber einige Hirten den Gipfel bestiegen und dort weder Zeus noch Athene und auch keine Schüsseln mit Nektar vorfanden, wurde offenbar, daß etwas an dieser Götterlehre nicht stimmte. Daraufhin lehrten die Priester, daß der Olymp in Wahrheit kein wirklicher Berg sei, sondern der Himmel selbst, unbesteigbar und unerreichbar für sterbliche Menschen.«

Der Philosoph unterbrach sich, blickte mich prüfend an und fuhr fort:

»Willst du ein weiteres Beispiel hören? Unsere Vorväter glaubten noch, der Atlas, ein Berg in Arkadien, stütze das Himmelsgewölbe. Vor dreihundert Jahren drangen zwei Arkader zum Gipfel vor. Sie stellten fest, daß er sich in keiner Weise von anderen Bergspitzen unterschied. Da erklärten die Priester plötzlich, der wirkliche Atlas liege gar nicht in Arkadien, sondern im Westen Libyens. Sie wissen natürlich ganz genau, daß nur wenige Griechen an einen so fernen Ort reisen werden, um die Echtheit dieser Behauptung zu prüfen. So haben die Priester versucht, das Bild der Welt immer wieder zu flicken. Wir aber wollen es nun von Grund auf erneuern.«

Thales verstummte, schaute nachdenklich auf die Berge hinter uns und fuhr fort:

»Hast du schon einmal genau hingesehen, wie sich das Licht des Mondes verändert, je nachdem, wo er am Himmel steht? Es schwankt genauso wie der rote Glanz, der manchmal auf einem schneereichen Berggipfel liegt, wenn die Sonne eben untergegangen ist. Ein Mann am Fuß des Gebirges ist gewiß leicht versucht, den Schein für göttlichen Zauber zu halten. Aber auch dieses Licht stammt von der Sonne. Wenn man sie auch im Tal nicht mehr sieht, erreichen doch ihre Strahlen noch lange den Gipfel. Ebenso borgt auch der Mond seinen Schein vom Tagesgestirn. Denn auch er ist nichts anderes als nur ein Brocken von Stein. Wer auf dem Mond lebte, könnte von dort die Sonne noch sehen, wenn sie auf unserer Erde längst untergegangen ist. Und auch die Sonne selbst ist keineswegs ein von Feuer umhüllter Wagen, sondern nichts als ein Stück Glut, das durch die Leere des Himmels schwebt. Diese Glut wird von Kräften gehalten, die ich noch nicht enträtseln konnte. Aber sie muß Gesetzen gehorchen, die für jedermann leicht zu verstehen sind. Man kann zum Beispiel die Zeit ihres Aufgangs so sicher berechnen wie auch die Zeit ihres Sinkens. Manche Gelehrte verstehen sich sogar schon auf die Kunst, Finsternisse vorauszusagen, wie sie seit den ältesten Zeiten beobachtet werden.«

»Du meinst, wenn es am Tage Nacht wird?« fragte ich staunend. Thales lächelte, dann sprach er weiter:

»Wenn kein Licht mehr vom Himmel dringt, glauben die meisten Menschen, die Sonne sei von einem gewaltigen Drachen verschlungen worden. In Wirklichkeit wird das Licht vom Mond verdunkelt, der manchmal zwischen Erde und Sonne gerät. Ist dir schon einmal aufgefallen, daß Sonne und Mond für unser Auge fast die gleiche Größe besitzen? Wenn sich der Mond vor die Sonne schiebt, dann wirkt das so ähnlich, wie wenn man einen Schirm vor eine Lampe stellt: Obwohl ihr Licht noch immer brennt, wird es im Zimmer dunkel. Was schaust du mich denn so ungläubig an? Merke dir diesen Tag! Im nächsten Jahr, am Fest der Reinigung des Apollos von Delphi, wird sich in Griechenland und Kleinasien die Sonne verfinstern. Dann wirst du an mich denken.«

Ich hob die Hand und erklärte: »Ich wollte euch etwas vormachen, weil ich die Griechen für leichtgläubig hielt. In Wirklichkeit denke ich ähnlich wie ihr. Früher betete ich Assur an. Doch sein Reich ist vergangen. Und wenn selbst der Mächtigste unter den Göttern besiegt werden konnte — zu wem soll man dann noch beten?«

Ich seufzte, dann fuhr ich fort: »Für mich ist der Himmel leer. Hinter seiner Bläue verbirgt sich nichts als unendliche Öde. Bäume bestehen aus Holz, Flüsse aus Wasser, Berge aus totem Gestein, nichts davon ist göttlich. Wenn es jemals Himmelswesen gab, so sind sie längst gestorben.«

Thales blickte mich mitleidig an, und auch Anaximander verlor ein wenig von seiner Strenge. Dann sagte der ältere der Philosophen:

»Großer Kummer spricht aus dir, Dagon. Du scheinst ein Mann zu sein, dem das Schicksal viel Schweres bescherte. Gibt es doch kaum etwas Schlimmeres für einen Menschen, als wenn er keinen Sinn mehr im Leben sieht. Ja, ich weiß, wovon ich rede: Auch ich habe diese entsetzliche Leere gefühlt, als ich am Glauben der Väter zu zweifeln begann. Ach, wie viele Jahre sind seitdem vergangen! Aber du irrst, wenn du meinst, ich hielte den Himmel für leer und die Welt vielleicht gar für ein Werk ohne Plan. Kann es denn wirklich so sein, daß der Nil nur aus Zufall alljährlich zur gleichen Zeit über die Ufer tritt und fruchtbare Erde aufs Land schwemmt? Nein, das geschieht, weil jedes Jahr Wolken vom Ozean Wasser ins Innere Libyens tragen. Wer aber lenkt diese Luftgebilde? So ist es mit vielen Dingen. Schau dir unsere Welt genau an, dann siehst du überall die Spur einer ordnenden, leitenden und schöpferischen Kraft.«

Als ich das hörte, formten sich seltsame, ungewohnte Gedanken in mir. Wenn die alten Götter nur in den Köpfen der Menschen und in den Lügen der Priester bestanden, so dachte ich, dann hing das Geschick dieser Götter allein von der Macht jener Menschen ab, die sie verehrten. So mußte mit den Assyrern auch Assur vergehen. Wenn es jedoch einen wirklichen Schöpfergott gab, der Himmel und Erde beherrschte – wie konnte man ihn erkennen, wie mußte man ihn nennen und auf welche Weise sollte man ihn verehren? Ich bebte unter der plötzlichen Ahnung einer unfaßbaren und unerklärlichen Macht, die alles überstieg, was sich ein Mensch vorzustellen vermochte. Doch viel zu schnell verschwand das unfertige, flüchtige Bild vor meinem inneren Auge. Ich schaute zu den beiden Männern, die mich die ganze Zeit über unverwandt angeblickt hatten, und sprach:

»Wahrlich, eure Worte wühlen Wogen im See meiner Seele auf. Ich weiß nicht, wie ich ihrer Herr werden soll. Sagt mir daher: Habt ihr euren Schöpfergott denn schon einmal gesehen? In welcher Gestalt erscheint er euch, und wie ist sein Name?«

Thales lächelte und nickte Anaximander zu. Der jüngere der Philosophen faßte mich prüfend ins Auge und antwortete:

»Nein, Dagon, so einfach ist diese Macht nicht zu begreifen. Sie ist kein Zeus, der in den Köpfen von Menschen nach Vorbildern mächtiger Herrscher und Helden entstand. Und der als ›Göttervater‹ den gleichen Lastern lebte, die Menschen verboten sind: Mord, Ehebruch und

Vergewaltigung, Diebstahl, Entführung, Blutschande und Raub. Kann denn ein Gott ein solches Zerrbild seiner eigenen Geschöpfe sein? Dann wäre wohl die Welt ein wirrer Witz, ein Scherz des Schicksals, eine elende Entartung der Ewigkeit. In Wirklichkeit jedoch ist unser All ein Wunder, das alle menschliche Vorstellungskraft übersteigt.«

Anaximander verstummte, und Thales ergriff nun wieder das Wort: »Das gilt auch für die Kraft, die diese Welt seit ihrem Anbeginn regiert«, sagte er. »Vor Landsleuten reden wir nicht gern von ihr. Denn wenn uns Thrasybulos nachweisen könnte, daß wir die griechischen Götter mißachten, könnte er uns damit in große Gefahr bringen. Vor dir aber kann ich sagen, was ich wirklich empfinde: Für mich gibt es nur eine einzige, ewige Macht, die seit Urzeiten besteht und ohne Ende herrschen wird. Sie ist allgegenwärtig und wirkt im größten wie auch im kleinsten Teil dieser Welt. Sie ist der Träger allen Lebens, aus ihr entwickeln sich alle Dinge.«

Anaximander nickte heftig und fügte hinzu: »Nur in einem stimme ich mit meinem Lehrer nicht überein: Thales glaubt, daß es das Wasser sei, in dem sich diese Schöpferkraft zeigt und aus dem alle anderen Stoffe entstehen. Ich aber meine, daß diese Kraft etwas Unendliches ist – etwas Leichteres als Luft, etwas Flüssigeres als Wasser. Zwar bin auch ich wie Thales davon überzeugt, daß alles Leben aus dem Wasser kam und auch der Mensch folglich einst wie ein Fisch geformt war. Aber wie kann ein Stoff als Grundlage alles Seienden gelten, der selber schwindet? Sieh dich doch um – die Welt trocknet aus, auch das Meer vor Milet weicht immer weiter zurück. Wahrscheinlich sind die Elemente doch nur verschiedene Formen derselben göttlichen Macht, deren wirkliches Wesen wir nicht einmal ahnen. Eines glauben wir jedoch zu wissen: diese Kraft ist unendlich und unvergänglich. Alles andere aber, was du auf dieser Welt siehst, wird eines Tages wieder verschwinden: Mauern und andere Werke von Menschenhand, aber auch Länder und Meere, schließlich selbst Sonne und Sterne. Denn das Gesetz der Schöpfung heißt: Was entstand, muß auch wieder vergehen.«

Die Tiefe dieser Gedanken machte mich schwindeln. Mein Geist suchte nach einem Griff, um sich in der ungeheuren Weite dieser Einsicht nicht zu verlieren. Unwichtig kam mir nun alles vor, was ich erlebt und erlitten hatte. Mein menschliches Leid erschien mir klein vor der Größe der Schöpfung, und ich empfand mein Wollen als unvollkommen angesichts der ordnenden Macht, der so viele Schicksale unterlagen. Thales schien meine Gedanken zu lesen. Er sagte mit leiser Stimme:

»Verzweifle nicht, Dagon! Das letzte Geheimnis der Schöpfung öffnet sich keinem menschlichen Geist. Denn diese Gabe ist den Sterblichen nicht beschieden. So bleibt es schließlich doch eine Sache des Glaubens. Tue, was dir richtig erscheint! Menschen sind von Natur aus gut. Ihr innerstes Wollen entspricht dem Grundsatz der Welt: Ordnung ist gut, Unordnung aber böse. Nur in der Harmonie können die Völker gedeihen. Im Chaos aber wird der Mensch zum Tier. Wir sind nicht die hilflosen Opfer eines blinden Schicksals, wie es uns die Priester glauben machen wollen, damit uns Furcht vor ihren Götzen befalle. Wir sind auch nicht die Gespenster eines vom Zufall verwalteten Alptraums. Nein, auch in uns lebt göttliche Macht. Wir müssen sie nur stets aufs neue entdecken und dürfen sie niemals mißbrauchen. Nicht Götter, Menschen lenken die Welt. Darum komme ihr Tun auch den Menschen zugute! Niemand denke nur an sich selbst. Jeder behalte stets das Wohl der Gemeinschaft im Auge! In jedem Menschen, groß oder klein, reich oder arm, klug oder dumm, lebt ein unbeirrbares Gefühl für Gut und Böse. Darum öffne dein

Herz und prüfe dich. Erkenne dich selbst! Dann wirst du das Richtige tun.«

In der folgenden Zeit habe ich viele Male an diese Worte gedacht. Doch ich fand nicht immer die Kraft, die Weisung zu befolgen. Wenn mich der Zorn übermannte, handelte ich blind und ohne vernünftige Überlegung, griff zur Gewalt und tat Unrecht. In der Nacht nach meiner Begegnung mit Thales und Anaximander jedoch blieb ich kühl und bedacht, während ich vier Menschen das Leben entriß.

VIII Der Drachenberg

Als der Stern Ischtars aufflammte, verließ ich die beiden Weisen. Sorgfältig nutzte ich jede Deckung. Doch schon nach wenigen Schritten hörte ich plötzlich ein Rascheln. Da wußte ich, daß ich beobachtet wurde. Nun war es an mir, das Leben Arsinoës zu bewahren, des Mädchens, das mir soviel Vertrauen entgegengebracht hatte.

Ich zog das Sarpedonschwert und schlich an einen Tamariskenstrauch. Als ich die vordersten Zweige erreichte, gerieten sie in Bewegung, und aus dem Gebüsch trat Ephoros hervor.

Das Schwert in meiner Hand und mein Blick verrieten dem Hauptmann, daß ich kam, um ihn zu töten. Ohne zu zögern, griff er mich an.

Er focht geschickt und tapfer. Doch selbst mit einer besseren Waffe hätte er keine Aussicht gehabt, den Kampf zu überleben. Denn kein anderes Volk hat die Kunst, einem Mann Stahl in die Därme zu stoßen, zu solcher Meisterschaft entwickelt wie die Assyrer. Die königlichen Fechtlehrer bewegten die Klingen so schnell, daß sie wie Blitze durch die Luft zu fahren schienen, und kannten mehr Kniffe als alle anderen Kämpfer der Welt.

Ephoros hielt nur wenige Herzschläge stand. Ich duckte mich unter einem seiner viel zu hastig geführten Hiebe und stieß dem Mileter das Schwert zwischen Panzer und Leibgurt in die linke Weiche.

Der Hauptmann brach in die Knie, preßte die Hand auf die Wunde, aus der sein Leben verrann, und starrte mich ungläubig an.

Ich fragte ihn: »Wie hast du mich gefunden? Ich glaubte, ich hätte die Späher deines Gebieters schon an der Löwenbucht abgeschüttelt!«

Der Mileter lächelte grimmig und starb.

Ich reinigte mein Schwert an seinem Gewand. Dann drückte ich ihm die Augen zu. Ephoros war als Krieger gefallen. Ich wollte nicht, daß ihn streunende Hunde anfraßen. Darum trug ich den Toten zum Eingang des Badehauses. Dort nahm ich ihm den Siegelring ab, steckte das Schmuckstück an meinen Finger, verbarg mich hinter einem Baum und überließ es dem nächsten Fußgänger, den toten Hauptmann zu finden.

Als das geschehen war, kehrte ich in die Thermen zurück, nahm ein Bad, kleidete mich ein zweites Mal neu und schritt zum Hafen.

Dort fand ich einen einäugigen Kaufmann aus Chios, der sein Schiff beladen hatte und am nächsten Morgen auslaufen wollte. Ich zeigte ihm den Ring und befahl:

»Ich bin Ephoros, der Hauptmann der Wache, und mit einem wichtigen Auftrag nach Zypern entsandt. Sorge dafür, daß dein Boot morgen früh auch wirklich fahrbereit ist und deine betrunkenen Seeleute nicht Mast und Ruder verwechseln, wenn ich dir nicht die Haut in Streifen abziehen soll!«

Der Chier nickte hastig, denn er empfand große Achtung vor allen Trägern amtlicher Macht.

Dann ging ich zur »Räudigen Robbe«. Am Fenster sah ich die karischen Lastträger sitzen. Als sie mich bemerkten, sprangen sie auf. Ich aber sagte beruhigend:

»Ich braucht euch nicht zu sorgen, Gefährten! Ich habe mit eurem Thrasybulos Freundschaft geschlossen und bin euch dankbar, daß ihr mir seine Bekanntschaft vermittelt habt. Trinkt also mit mir!«

Die Karer hoben zögernd ihre Krüge und blickten mich mißtrauisch an. Dann aber taten sie mir höflich Bescheid, und der stumme Wirt schloß sich ihnen an. Nach einer Weile brachte seine Tochter fettes Bratenfleisch, dann wieder Mengen von Wein, bis ich mich mühsam erhob, wie ein Bezechter rülpste und mit beschwerter Zunge sprach:

»Genug, ihr gastfreundlichen Griechen, mir quillt der Rebensaft schon aus den Ohren! Wollt ihr mich denn betrunken machen wie einen Satyr? Es geht nichts mehr in diesen Bauch, möge Dionysos mir verzeihen! Wir Männer Ägyptens sind an Bier gewöhnt, der Wein vernebelt uns zu schnell die Sinne.«

Dabei kniff ich der Wirtstochter in den Schenkel, wie es Betrunkene tun, wenn sie sich im Rausch für unwiderstehlich halten. Der Wirt und das Mädchen tauschten Blicke. Ich schritt die hölzerne Stiege empor und entschwand in mein Zimmer.

Drinnen prüfte ich sorgfältig Riegel, Wände, Boden, Decke und Fensterläden. Dann legte ich mich auf mein Lager und wartete. Nach kurzer Zeit klopfte es leise an meine Tür. Ich rührte mich nicht, bis sich das Klopfen verstärkte. Dann zerwühlte ich mein Haar, schob den Riegel zurück und sagte, als ich die Wirtstochter sah: »Ach, du bist es, schöne Mileterin! Was wünschst du? Ich habe bereits geschlafen.«

»Ein Trank wird dich munter machen«, antwortete die junge Frau, drängte sich herein und schob schnell die Tür wieder zu. In ihren Händen hielt sie zwei Krüge mit Wein. Sie reichte mir einen, nahm selbst den zweiten und fragte: »Willst du denn gar nichts von den Vergnügungen kosten, die man im schönen Milet für jeden Fremdling bereithält? Trinke mit mir, dann eilt Dionysos Eros zu Hilfe!«

Ich lächelte fröhlich, schwankte ein wenig und blies die Backen auf. Dann nahm ich den Krug und sank auf mein Lager. Die junge Frau löste nun schnell die Schnallen ihres Gewandes und preßte ihren schlanken Leib an den meinen.

Während sich unsere Lippen vereinten, vertauschte ich heimlich die Krüge. Dann tranken wir. Schon wenige Herzschläge später fiel die Mileterin in tiefen Schlaf. Ich zog eine wollene Decke über den zierlichen Körper, bis er gänzlich verhüllt war, nahm mein Schwert in die Hand, schob den Riegel zurück und stellte mich an die Wand.

Es dauerte nicht lange, da öffnete sich die Tür. Doch niemand trat ein. Erst nach einer geraumen Weile flüsterte eine Stimme: »Daphne? Hat dein Mohnsaft den wilden Mann beruhigt?«

Ein leises Lachen ertönte. Dann trat der hagere Schwarzbart ins Zimmer, gefolgt von dem blonden Jüngling, der immer noch den Stock des Zöllners trug. Als sie zum Bett traten, schlug ich die Tür zu.

Die beiden Männer fuhren herum wie Vipern im Schatten des Adlers. Der Schwarzbart warf ein Messer nach mir. Ich duckte mich, und die scharfe Klinge prallte gegen die Wand. Der Blonde schwang ein Schwert. Doch ehe er zuschlagen konnte, hatte die Sarpedonklinge sein Haupt vom Rumpf getrennt. Nur einen Herzschlag später starb auch der Schwarzbart unter meinem Hieb.

Durch den Lärm erwachte die Tochter des Wirts. Als sie

das Blut sah, begann sie zu schreien. Die Karer polterten die Treppe empor. Ich riß den Fensterladen auf, sprang auf die Straße und eilte zu dem Gebäude der städtischen Sklaven.

Dort lag ich hinter einer Hecke und wartete, bis der Himmelsrand sich erhellte. Im ersten Licht des neuen Tages schlich ich wie ein Dieb durch das Haus, bis ich den Saal gefunden hatte, in dem die Sklavinnen schliefen.

Arsinoë ruhte auf einem Lager aus Fellen. Ihr rotblondes Haar lag lockig auf ihrer Brust. Ich preßte meine Hand auf ihren Mund. Sie erwachte, starrte mich aus hellblauen Augen an und versuchte zu schreien. Ich beugte mich an ihr Ohr und flüsterte: »Still! Ich bin ein Freund. Du mußt fliehen!«

Ehe ich geendet hatte, griff Arsinoë unter ihr Kissen und zog ein scharfes Messer hervor. Ich wehrte ihre Hand mit leichter Mühe ab, entwand ihr die Waffe und herrschte sie an: »Hast du den Verstand verloren? Folge mir, wir haben jetzt keine Zeit zu langen Erläuterungen!«

Die Sklavin blickte mich zweifelnd an. Dann aber nickte sie gehorsam, und ich ließ sie frei. Sie streifte ein kurzes Leinengewand über das Hemd, das sie trug. Ich prüfte inzwischen die Waffe genauer und sah, daß es ein medisches Wurfmesser war.

Als wir das Gebäude verlassen hatten und durch die Kühle des Morgens zum Hafen hinuntereilten, fragte ich die junge Griechin: »Woher stammt diese Waffe? Sie ist nicht in Milet gefertigt worden.«

Arsinoë zögerte ein wenig, dann erwiderte sie: »Myron gab mir das Messer, als er uns verließ. Er sagte, es wohne ein Zauber darin, der mich stets beschützen würde. Seit wann kennst du ihn? In welchem Krieg seid ihr euch begegnet?«

»Davon werde ich später berichten«, gab ich zur Antwort. »Jetzt gilt es, das Leben zu retten. Am Hafen wartet ein Schiff auf uns. Wir müssen es vor Sonnenaufgang erreichen!«

Schweigend eilte sie neben mir durch die Gassen, so wie ein Lamm in einer vor Angst ausbrechenden Herde dem Leitwidder folgt.

Hinter dem großen Poseidonaltar erblickten wir endlich die Mauern des Hafens. Der einäugige Chier lief aufgeregt hin und her. Als er mich erkannte, verhielt er, stutzte und rief: »Zu zweit wollt ihr reisen? Davon hast du mir nichts gesagt!«

Ich antwortete: »Wer will denn eine so lange Seefahrt ganz ohne Kurzweil verbringen? Höchstens doch nur ein armer Sklave, dem seine Ketten die Freuden des Lebens verwehren. Oder ein gieriger Handelsschiffer, der seine Lust allein im Zählen von Goldstücken findet!« Da lachte der Schiffer, half uns an Bord und legte ohne Verzögerung ab.

Der Himmel über den Bergen im Osten färbte sich rot, als wir die Einfahrt der Bucht erreichten und an die Sperrkette kamen, die dort zwischen zwei gewaltigen steinernen Löwen das Wasser durchzieht. Der Schiffer rief laut zum Zollhaus hinüber:

»Archilochos, Frachter aus Chios. He, ihr Schnarchsäkke! Öffnet den Hafen, ich habe Durchfahrt bezahlt! Schaut unter A auf eure Liste, ich hab's eilig!«

Ich reichte Arsinoë eine Decke. Sie hüllte sich fröstelnd hinein und fragte leise: »Wohin fahren wir? Weshalb müssen wir fliehen?«

»Weil wir verraten worden sind«, antwortete ich. »Thrasybulos ließ mich heimlich verfolgen. Hier an der Löwenbucht entkam ich seinen Spähern. Dennoch hat mich Ephoros, der Hauptmann der Wache, später mit Thales und Anaximander belauscht. Wie konnte er mich finden? Doch nur, wenn er und damit auch sein Herr den Grund für dein Erschrecken bei meinem Eintreten kannten. Sie wissen auch von deiner Verbindung zu Thales und Anaximander. Den beiden Weisen wird nichts geschehen. Du aber schwebst in größter Gefahr: Es gibt keinen Zweifel, daß der Thalassokrat längst weiß, wie wichtig du für Myron warst! Thrasybulos stellte sich dumm, weil er wohl hoffte, du würdest leichtsinnig werden und unbewußt andere Anhänger Myrons verraten. Das gleiche erwartete er wohl von mir. Heute nacht aber mußte ich drei seiner Männer erschlagen. Wenn Thrasybulos mich fängt, wird er uns grausam töten. Nimm dein Messer zurück! Es ist besser, von eigener Hand zu sterben, als so einem Feind ausgeliefert zu sein — zumal, wenn man so hübsch ist wie du.«

Arsinoë steckte die Waffe in ihren Gürtel und sagte: »Auch mir schien es manchmal, als habe Thrasybulos mich durchschaut. Aber ich wollte nicht fliehen, solange ich eine Gelegenheit sah, von seinen Plänen zu erfahren.«

Ich wollte sie fragen, ob sie meinen Sohn gekannt habe. Aber ich wurde von dem einäugigen Schiffer gestört. Archilochos schleuderte einen Stein an die Wand des Zollhauses und brüllte:

»Sollen wir etwa am Meeresgrund anwachsen, während ihr euch in euren Betten wälzt? Los, setzt eure Beine in Bewegung und gebt uns den Weg frei! Zeit ist Geld!«

»Nicht so eilig, du Schaumpisser!« grollte nun die verschlafene Stimme eines Hafenwächters. »Siehst du nicht das Schiff dort draußen, das unseren Hafen anlaufen will? Du denkst wohl, ich ziehe die Kette zweimal rauf und runter? Nur damit du deinen Gläubigern schneller entkommst, die sich wohl bald hier versammeln werden, wenn sie erst merken, wie du ihnen wieder das Fell über die Ohren gezogen hast!«

Ich legte beschützend den Arm um Arsinoës Schultern und fragte: »Wohin schickst du ihm deine Berichte?«

Die junge Mileterin blickte mich nachdenklich an. »Du meinst, Nachrichten an Myron?« sagte sie, um Zeit zu gewinnen. Das andere Schiff kam rasch näher. Rasselnd sank die Kette von den Löwenstandbildern ins Wasser, und unsere Seeleute ruderten los.

»Ich habe von Myron schon einige Zeit nichts mehr gehört«, sprach die Griechin bedächtig. Ich suchte nach Worten, um ihr Mißtrauen zu zerstreuen. Dabei hätte ich mich besser fragen sollen, was den Führer des anderen Schiffs dazu veranlassen konnte, die Nacht hindurch zu segeln. Doch daran dachte ich nicht. Das war ein Fehler.

Plötzlich vernahm ich ein Sausen, dann einen dumpfen Schlag, und Arsinoë brach in meinen Armen zusammen.

An der Bordwand des anderen Schiffes, eines Schnellseglers aus Korinth, der jetzt nur noch zwanzig Faden entfernt war, entdeckte ich den pockennarbigen Sostrates, den Wächter von Delphi, mit einem böotischen Bogen.

Sein erster Pfeil hatte mich verfehlt und statt dessen die schöne Arsinoë durchbohrt. Sein zweites Geschoß fuhr knapp neben mir in den Mast, weil ich mich eben noch rechtzeitig duckte.

Ich ließ das sterbende Mädchen zu Boden gleiten und hörte Sostrates mit zorniger Stimme rufen: »Stelle dich, du Mörder! Die Pythia ist tot, weil du gefrevelt hast!«

Ich riß das Messer aus dem Gürtel des Mädchens, erhob mich und rief voller Zorn: »Mögen deine Götter zwischen deiner und meiner Toten entscheiden!«

Schnell legte Sostrates den dritten Pfeil auf die Sehne. Ich aber schleuderte Myrons medische Waffe und traf den Mörder des Mädchens mitten in die Brust. Sostrates taumelte, stieß einen Schrei aus und stürzte vornüber ins Meer.

Ich bettete Arsinoës Haupt in meine Armbeuge und sagte: »Gibt es noch etwas, das Myron von dir wissen soll? Schnell, du hast nicht mehr lange zu leben!«

Die junge Mileterin lächelte traurig und antwortete: »Sage Myron, daß ich stets die seine war.« Dann starb sie, und der erste Strahl der Sonne fiel auf ihr Gesicht.

Inzwischen hatte sich der Händler aus Chios von seinem Entsetzen erholt. Er rüttelte mich an der Schulter und schrie: »Wer bist du? Ich habe keine Lust, mir deinetwegen den Kopf abschlagen zu lassen!«

Ich zog das Sarpedonschwert, hielt es ihm an die Kehle und antwortete: »Wenn du es vorziehst, durch diese Klinge zu sterben, so mögen deine Leute ihre Ruder senken. Wenn du aber noch eine Weile leben möchtest, dann setze deine Fahrt fort! So wirst du dich möglicherweise noch vieler schöner Jahre erfreuen, auch wenn du auf Besuche in Milet künftig wohl besser verzichtest.«

Der Schiffsherr knurrte und gab mir einen bösen Blick. Die Wächter am Zollhaus hoben die Lanzen und riefen, wir sollten anhalten. Der Chier aber befahl seinen Ruderern:

»Legt euch in die Riemen, Männer! Wenn die Mileter uns erwischen, halten sie uns vielleicht gar noch für Mitverschwörer dieses Verrückten und machen aus uns Bettvorleger für ihre Thalassokraten!«

Der Schnellsegler folgte uns nicht, sondern lief in den Hafen ein. Die Seeleute des Korinthers wollten wohl nicht für den Toten streiten, ohne erst in Milet nach den Gründen des Kampfes zu forschen. Die Wächter vom Zollhaus ließen die Ketten jedoch auf dem Hafengrund liegen und eilten zur Anlegestelle, um mit dem Eigner des Schiffes zu sprechen.

Ich ließ die Chier nur eine halbe Stunde lang rudern. Dann steuerte ich das kleine Fahrzeug ans Ufer, stieg an Land, gab dem Schiffer zwei Silberstücke und sagte:

»Das ist für diese Fahrt und für die Gefahr, in die ich euch brachte. Glaubt mir, mich trifft daran keine Schuld. Wendet euch nun nach Westen und segelt nach Patmos! Dort werden euch die Mileter nicht suchen. Sie wissen nämlich, daß ich nach Ägypten muß. Dem Mädchen aber gebt ein Seemannsgrab nach phönizischer Sitte. Denn ich will nicht, daß sich Thrasybulos an einer Toten für die Taten von Lebenden rächt.«

Der Einäugige blickte mich mißmutig an und versetzte: »Wenn ich meine Geschäftstätigkeit dereinst vielleicht auf das heimliche Fortschaffen von gesuchten Verbrechern ausdehnen will, werde ich mich gern an dich erinnern. Denn dir habe ich meine erste Erfahrung in solchen Angelegenheiten zu verdanken. Vorläufig aber möchte ich mein Geld noch eine Zeit nach der Weise ehrlicher Menschen verdienen. Wenn ich deinem Befehl gehorche, so nur aus Mitgefühl für dieses arme Mädchen.«

Als der Chier hinter dem Rand des Himmels verschwand, tauchten zwei Kriegsschiffe auf. In schneller Fahrt umrundeten sie das Vorgebirge, auf dem ich stand, und bogen dann nach Südosten. Beruhigt wanderte ich zwei Tage lang über das Land, bis ich das stark befestigte Halikarnassos erreichte.

In diesem Hafen bestieg ich ein Lastschiff, dessen Besitzer nach dem zyprischen Salamis segeln wollte. Er stammte von der Insel Hydra, die dem Griechenvolk tüchtige Seeleute schenkt. Sein Boot hatte Wein und Öl in Amphoren, dazu auch Mandeln in großen Krügen geladen. Auf Äskulaps fruchtbarer Insel Kos nahm der Hydrer dreißig Mühlsteine an Bord. Dann fuhren wir zwischen der Roseninsel und dem asiatischen Festland aufs offene Meer.

Kurz hinter Rhodos tritt Lykien als mächtiges Vorland weit in die See hinaus. Wie Schultern von Stieren schieben sich dort die gewaltigen Enkel der Hochberge Asiens über die grünen Küstengestade. Auf ihren Graten leuchtet selbst noch im Sommer der Firn gewaltiger Gletscher, und ihre Gipfel zerreißen die Wolken. All diese Berge erscheinen wie Brüder, einer jedoch überragt die anderen wie ein Stier die Kälber. Dieser Gigant aus Gäas Schoß wird schon seit undenkbarer Zeit der Drachenberg genannt.

Zu seinen Füßen liegt Myra, ein Griechen und Phöniziern verhaßter Ort. Als ich meinen Schiffer dorthin steuern ließ, sah er mich verwundert an und fragte:

»Was willst du in diesem elenden Hafen, Herr, der du doch gewiß in großen Geschäften reist? In Myra leben nur Bettler und Sklaven. Sie nähren sich von Unschlitt und trinken verdorbenen Wein. Willst du dort deine Zeit vergeuden? Reise mit uns nach Zypern, damit man mir später nicht vorwirft, ich hätte einen so edlen Gast an dieser unwirtlichen Küste gelassen!«

Ich lächelte und versetzte: »Mache dir keine Sorgen! Nicht Myra ist mein Ziel, sondern der Drachenberg, der sich dort zwischen den anderen Gipfeln wie eine Säule erhebt.«

Bei dieser Antwort wandelte sich das Erstaunen des Schiffers in blankes Entsetzen. Er fiel auf die Planken, umfaßte mein Knie und begann mich inständig zu bitten:

»Nein, Fremder! Laß ab von diesem Plan! Willst du die Götter versuchen? Oftmals hörte ich schon von tapferen Männern, die diesen Schreckensberg besteigen wollten, doch keiner kehrte wieder!«

Ich trat einen Schritt zurück und fragte: »Wer sollte mich hindern, den Gipfel zu erklimmen? Ich kenne diese Landschaft nicht, aber im Osten von Asien sah ich schon sehr viel höhere Berge.«

Der Hydrer hob seine Hände bittend empor und drängte: »Bleib auf dem Schiff, du Sucher des Unglücks! Begib dich nicht mutwillig in Gefahr! Du bist gewiß ein Mann von Tapferkeit. Wenn auch das Haar an deinen Schläfen schon graut, weißt du dich doch sicherlich wacker zu wehren. Auf dem Drachenberg aber erwarten dich keine irdischen Feinde. Welches menschliche Geschöpf vermöchte in dieser Eiswelt zu leben? Dennoch sieht man nachts vom Gipfel große Feuer leuchten. Nur Dämonen können solche Brände entfachen. Man erzählt sich, daß auf dem Drachenberg die letzten der Giganten wohnen — die Überlebenden jener schrecklichen Rasse, die einst den Blitzen des Himmelsbeherrschers entkamen.«

Ich gab ihm fünf Kupferstücke und sprach: »Ich hoffe, dieses Geld dämpft deine Furcht, bis du mich dort an Land gesetzt hast. Wenn du mir nicht auf der Stelle gehorchst, schleppe ich dich zur Strafe mit ins Gebirge hinauf!«

Der Schiffer erhob sich zitternd, trat zum Heck seines Seglers und packte das Ruder. Als sich das Boot zur Küste drehte, schrien die anderen Griechen erschrocken auf. Ich zog mein Schwert, stellte mich unter sie und sagte:

»Genug gewinselt, ihr närrischen Männer! Sind eure Götter denn so schwach, daß ihr ihnen so wenig vertraut? Ich gehe in Myra an Land. Ihr aber mögt dann segeln, wohin es euch zieht.«

Die Seeleute verstummten. Der Schiffsführer aber steuerte nicht in den Hafen hinein, sondern lenkte sein Fahrzeug an einen felsigen Vorsprung. Als ich an Land sprang, streckte er drei Finger seiner Rechten nach mir aus und steuerte seinen Frachter hastig wieder aufs Meer.

Der Hafen von Myra bestand aus einer Ansammlung elender Hütten, die halb im Sumpf einer kleinen Flußmündung standen. Schmutzige Kinder in Lumpen spielten mit Treibholz und Knochen. Raubvogelnasige Frauen und schiefgesichtige Männer starrten mir nach, als ich den stinkenden Pfuhl durchquerte und durch einen völlig verwilderten Hain von Ölbäumen und Illexeichen zur Stadt schritt.

Auch in diesem Flecken, gut eine halbe Stunde vom Meeresufer entfernt, wohnte nur Abschaum des Menschengeschlechts. Düstere Blicke begleiteten mich durch die kotigen Straßen. In den meisten anderen Städten wird jeder Fremde sogleich von Händlern bestürmt, hier aber schien man nicht neugierig auf Nachrichten aus der Welt. Die Männer kannten weder Stolz noch Ehre, denn sie fragten mich weder nach meinem Weg, wie es die Vorsicht jedem wachsamen Bürger gebietet, noch trugen sie mir ihre Gastfreundschaft an. Wenn ich an ihnen vorüberschritt, wandten sie sich ab. Standen sie mir aber im Weg und schritt ich forsch auf sie zu, dann trotteten sie zur Seite, als fürchteten sie, ich könnte sie versehentlich berühren. Sie kamen mir wie Sträflinge vor, die nach langen Jahren auf Ruderbänken nach Hause zurückgekehrt sind und sich scheuen, mit anderen über ihr Schicksal zu sprechen. Wenn ich mich aber plötzlich umdrehte, merkte ich, daß sie mir folgten. Auf ihren Gesichtern erschien dabei ein Ausdruck von Verschlagenheit.

Als ich den Platz in der Mitte des Ortes erreichte, kamen mir plötzlich Fremde entgegen, so daß ich auf einmal umringt war. Ich legte meine Rechte warnend an den Schwertgriff. Dann merkte ich, daß die Bewohner von Myra mit allen Zeichen der Angst vor den anderen Männern zurückwichen. Ich faßte die Neuankömmlinge schärfer ins Auge und stellte erschüttert fest, daß es auf dieser Erde keine Mißgeburt geben konnte, die nicht in dieser Schar vertreten war.

Manche der Fremden trugen auf ihren Schultern Schädel so groß wie Melonen. Anderen fehlten die Ohren und Nasen, wiederum andere reckten drei Arme von sich. Vielen wuchs der Rücken krumm, so daß die Stirn sich zu den

Knien neigte. Andere zogen ein kurzes Bein nach oder besaßen an jeder Hand nur einen einzigen Finger. Ich sah Männer, deren Beine kürzer waren als ihre Arme, und andere, die sich nach Art von Krabben seitwärts bewegten. Einer besaß zwei Köpfe: einen größeren, in dessen Augen Leben wohnte, und einen kleineren, der stets zu schlafen schien. Noch viele andere scheußliche Beispiele von mißlungenen Menschen schritten heran. An ihrer Spitze stolzierte ein Zwerg in einem purpurnen Mantel. Mit einiger Mühe erklomm der Kleine den Rand eines Brunnens. Von dort rief er den Myrern mit herrischer Miene entgegen:

»In den Staub mit euch, Sklaven! Huldigt mir, wie es sich Knechten geziemt!«

Verwundert sah ich, daß die Männer von Myra widerspruchslos gehorchten. Sie sanken auf die Knie und warfen sich dann mit den Gesichtern auf die Erde. Befriedigt zog der Zwerg nun eine Papyrosrolle aus seinem Ärmel und las mit hoher Stimme:

»Das alles sollt ihr Sklaven heute liefern: Zwei Fässer Wein, drei Zicklein, ein Schwein, vier Töpfe Honig, zwölf Decken, sechs Krüge mit Fett und sieben Kotylen mit Öl, vier Ballen Heu, zehn Koinien Weizen und ebensoviel Gerste. Dazu vier Amphoren Bier und 20 Schüsseln mit Nüssen.«

Als der Kleine geendet hatte, blickte er auf und verfolgte mit höhnischem Lächeln, wie die verängstigten Bürger sogleich in ihre Vorratshäuser eilten. Dann aber fiel sein Blick auf mich, und er fistelte zornig:

»Du wagst es, unehrerbietig stehenzubleiben, während sich alle anderen höflich verneigen? Bist du ein Fremder, der gute Sitten nicht kennt? Vorwärts, auf den Bauch, damit mein Zorn nicht gegen dich entflamme! Sonst will ich deinen Trotz mit Peitschenhieben brechen!«

Einige Männer aus Myra, die neben und hinter mir lagen, raunten mir zu: »Gehorche dem Schrecklichen! Hast du kein Mitleid mit uns? Freilich, du bist ja ein Fremder und kannst bald weiterziehen. Wir aber müssen hier bleiben und sind dann schutzlos dem Verderben ausgeliefert, das du auf uns herabbeschwörst!«

»Vielleicht kann ich euch helfen«, antwortete ich.

»Nein«, heulten sie, »das kann niemand! Das sind doch die Boten der Riesen vom Berg, denen ja nicht einmal das größte Heer gewachsen wäre! Wirf dich in den Staub, wenn du uns retten willst!«

Aber ich achtete nicht auf sie, sondern schritt auf den Brunnen zu, pflückte den überraschten Zwerg von der Mauer und sagte, während ich ihn ein wenig schüttelte:

»Für einen so kleinen Mann hast du ein sehr großes Maul. Ich bin begierig, zu erfahren, worauf sich solcher Hochmut gründet!«

Der Zwerg begann, wütend zu kreischen. Die Krüppel, die ihm folgten, traten auf mich zu. Aber als ich mein Schwert zog, wichen sie furchtsam zurück. Ich befahl ihnen: »Auf, nehmt den Tribut, den zu holen eure Herren euch sandten! Ich werde euch begleiten.«

Zu dem Zwerg aber sagte ich: »Wenn du jetzt nicht sofort schweigst, so stopfe ich dir einen Lappen in den Schlund, dessen Geschmack du nicht wieder vergißt.«

Die Krüppel luden sich die Körbe, Krüge und die anderen Behälter auf und wanderten nordwärts davon. Ich folgte ihnen, die Linke am Kragen des Zwerges, der mißmutig vor mir herschritt. Die Männer von Myra starrten uns mit bitteren Mienen nach.

Schon nach kurzer Strecke erreichte unser Zug den Fuß einer steilen Felswand. Eine gewaltige Treppe führte dann empor. Die Krüppel erkletterten sie erstaunlich behende. Sie kannten jeden Schritt ihres Wegs, und mir schien, als hindere sie nur meine Gegenwart daran, ausgelassen zu scherzen. Oben durchquerten wir schöne Wiesen voll Arnika und Asphodelen, aber auch Wälder von Eichen und Buchen, durch die sich reißende Bäche ergossen. Am grauen Felsen wie Rücken von Elefanten wichen die Laubbäume niedrigen Lärchen und Kiefern. Schließlich erreichten wir eine Schlucht, die wie mit einer göttlichen Axt ins Gebirge gehauen schien. An ihren Wänden klafften die Öffnungen zahlloser Höhlen. In ihnen lebten die Krüppel mit ihren Frauen und Kindern, von denen viele ebenso verwachsen waren wie ihre Väter. Andere aber sahen aus wie Nachkommen gewöhnlicher Eltern und manche waren schön wie Fürstensöhne.

Als uns die Kinder entdeckten, eilten sie von allen Seiten herbei. Dann aber sahen sie mein Schwert und blieben eingeschüchtert stehen. Am Ende bildeten sie eine Gasse, durch die wir schritten, bis wir ans Ende des Tales gelangten.

Dort führte eine schwankende Brücke aus Stämmen und Seilen über einen Felsspalt von schwindelerregender Tiefe. Hinter ihr sperrte, wie von Titanenhänden errichtet, eine gewaltige Mauer den Weg. Die Steine an ihrem Fuß übertrafen an Größe sogar die Quadern der Pyramiden Ägyptens. Doch auf den Zinnen erschien keine Wache, und ungehindert zogen wir weiter.

In einem lichten Hain aus Pinien und Föhren wand sich der Zwerg aus meinem Griff und eilte an die Spitze. Ich ließ es geschehen, folgte ihm aber dichtauf. Als unser Weg sich zwischen zwei Felsen verengte, begann der kleine Mann plötzlich zu laufen. Ich packte ihn am Genick und hielt ihn als Deckung vor meine Brust. Einen Herzschlag später fuhren vor meinen Füßen zwei mächtige Speere in den Boden.

Wir blieben stehen. Der Zwerg schrie ein paar Worte einer unbekannten Sprache durch den Wald. Dann bewegten sich einige Bäume, und auf dem Kamm des Berges sah ich zwei hochgewachsene Männer stehen. Sie trugen Felle von Löwen und Leoparden, breite Gürtel aus Leder, Ketten aus Zähnen von Ebern und Krallen von Adlern. Ihre hellen Haare fielen lockig auf die Schultern. Ihre Bärte reichten ihnen bis zur Brust, und ihre Hände umfaßten Lanzen wie Maste von Booten. Da wußte ich, daß ich vor Männern meines Gefährten aus alten assyrischen Tagen stand und rief: »Arnuwan! Bist du hier? Zeige dich! Ich bin es, Dagon!«

Die beiden Hünen stiegen herab, musterten mich und zeigten auf meinen Mund. Ich sagte noch einmal: »Arnuwan!« Da waren sie sicher, mich richtig verstanden zu haben. Sie warfen einen prüfenden Blick auf mein Schwert, rammten die Lanzen tief in das lose Geröll und streckten mir dann zum Zeichen des Friedens die leeren Hände entgegen.

Der Zwerg schaute ihnen verwundert zu. Dann aber begann er, mit seinen kurzen Armen zu fuchteln, und redete mit schriller Stimme auf die beiden Riesen ein. Die Männer hörten ihm aber nicht lange zu, sondern begannen schon bald zu lachen. Dann schnitt der Ältere dem kleinen Mann mit einer schroffen Handbewegung das Wort ab und gab ihm einen strengen Befehl. Der Zwerg verstummte, warf mir einen zornigen Blick zu, sammelte seine Träger und machte sich auf den Rückweg.

Die beiden Männer winkten mir, ihnen zu folgen. Ich kletterte hinter ihnen eine gewaltige Felswand empor, auf deren Bändern und Simsen schon Schnee lag. An ihrer oberen Kante begann ein Feld von körnigem Firn, und nach einer Weile gewährte ich einen gewaltigen Bau aus behauenen Steinen, der sich dicht unter den Gipfel des Drachenbergs schmiegte. Türme, Erker, Wehrplatten, Bogenpforten und Hürden schützten die Mauern. Zedern, dick wie marmorne Säulen, stützten Quergänge und Brücken. Bohlen, stark wie die Planken der großen Schiffe von Gebal und an den Kanten mit Eisen beschlagen, bildeten das zweiflüglige Tor. Viele kleinere Häuser, Scheunen, Schuppen und Ställe schlossen sich an, so daß es war, als ducke sich eine ganze Stadt unter ein einziges Dach.

Auf einem runden, offenen Vorwerk, von dem man weit ins Land blicken konnte, brannte ein rauchendes Feuer. Davor saß ein Mann mit eisgrauem Haar. Als er mich sah, beschattete er mit der Hand seine Augen, schaute mich ungläubig an, trat auf mich zu und packte mich dann mit gewaltigen Pranken.

»Dagon!« brüllte er, »Dagon! Beim Nabel der göttlichen Hure, hast du mich endlich gefunden? Wahrlich, ich habe immer gewußt, daß wir uns wiedersehen würden. Komme ans Feuer! Krüge herbei! Sei unser Gast und teile unsere Einsamkeit!«

So fand ich Arnuwan, den Herrn der Riesen.

IX Das Sarpedonschwert

Kurze Zeit später saß ich mit dem Gefährten nackt in einem winzigen, niedrigen Raum. Bretter aus Fichten und Tannen bedeckten die Wände, und in der Mitte glühte ein eiserner Ofen. Mit einer Zange nahm Arnuwan Steine vom Feuer, legte sie in eine Schüssel und begoß sie mit Wasser, so daß der Dampf in dichten Schwaden durch das Zimmer drang und wir noch stärker schwitzten als zuvor. »So wird der Körper am besten von allen verdorbenen Säften befreit«, sagte der König von Luwien. »Alle Völker aus dem Norden kennen diese Kunst, den Leib gesund zu halten. Fühlst du, wie deine Haut sich öffnet und das Feuer mit dem Atem tief in deinen Brustkorb dringt? Es rottet darin die Krankheiten aus, sowie ein Bauer mit seiner Fackel das Unkraut des Feldes verbrennt. Du wirst dich bald wie neugeboren fühlen.«

Ich blickte ihn an und antwortete: »Wahrlich, seit wir uns damals trennten, vor zwanzig Jahren am brausenden Balikh, bist du nicht einen Tag älter geworden, und deine Kraft scheint ungebrochen wie dein Sinn. In deinen Adern rollt flüssiges Eisen. Du siehst aus, als würdest du ewig leben.«

Arnuwan schaute nachdenklich in das Feuer des Ofens und antwortete: »Nein, mein Gefährte. Mein Blut ist dunkler als deins, denn ich gehöre zur ältesten Rasse der Welt. Doch die Unsterblichkeit bleibt uns genauso verweigert wie euch. Eines Tages werde auch ich den Mann ohne Wiederkehr sehen.«

Der Riese verstummte und streckte mir seine gewaltige Rechte entgegen. Sie fühlte sich an wie rissiger Fels, auf den Sonne scheint.

»Noch pulst Kraft in meinen Adern«, fuhr Arnuwan fort, »und ich führe das Schwert noch immer wie in meinen jüngeren Tagen. So wird es wohl noch lange sein – aber nicht ewig. Eines Tages sterbe auch ich. Ebenso wird mein Volk vergehen. Nur selten noch steigen wir Riesen hinab in die Täler der Menschen. Die unreine Luft des Tieflands raubt uns die Kraft. Das weichliche Leben in den großen Städten, im Überfluß all jener fruchtbaren Länder, läßt uns erschlaffen. Nur hier auf unseren Bergen sind wir vor dieser Gefahr geschützt. Hier oben liegt unser Reich, das sich von Luwien bis in die Länder des Lotos erstreckt. Über die Gipfel und Grate der höchsten Gebirge wandern wir durch alle Länder bis auf den Scheitel der Welt, ohne je einen Menschen zu sehen. Wir bahnen uns einen Weg zwischen Himmel und Erde, auf den uns niemand zu folgen vermag. Bären und Wölfe sind unsere Nachbarn, die Adler des Himmels bewachen unsere Tore, der Regenbogen liegt uns zu Füßen und keine Wolke trübt uns das Sonnenlicht. Ja, wir sind frei auf unseren Bergen, frei von den Zänken dieser kleinen Welt, frei auch von den Verlockungen der Fülle, die doch stets nur zur Schwäche leitet und am Ende in die Knechtschaft führt.«

Der Riese hieb mir klatschend auf die Schulter, so daß ich fast vornüber fiel und meine Haut sich rötlich färbte, und fügte hinzu: »Aber es ist ein rauhes Leben, das wir hier führen.« Damit erhob er sich, stieß eine Tür auf und rannte hinaus in die schneidende Kälte. Vor Wohlgefühl brüllend, wälzte Arnuwan den gewaltigen Körper im Schnee und warf schließlich große Eisklumpen nach mir. »Raus mit dir, Dagon!« schrie er mit dröhnender Stimme.

Wir rannten wie Kinder durch die vor Kälte klirrende Luft, ließen zahlreiche Abdrücke unserer Leiber im Schnee und flüchteten dann wieder zurück in das Zimmer des Schwitzens, in dem es jetzt merklich kühler war. Dort wuschen wir uns mit Wasser aus dem Bottich und hüllten uns schließlich in große wollene Tücher.

»Übrigens«, fragte der Riese, »wer hat dir eigentlich die Nase gebrochen?«

»Ein Faustkämpfer der Bebryken am Schwarzen Meer«, gab ich zur Antwort. »Diese Leute sind für ihre Kunst, mit bloßen Händen zu fechten, zu Recht berühmt.«

Arnuwan nickte. Nach einer Weile kleideten wir uns an und traten in einen Saal, in dem ein Feuer aus Buchenholz brannte. Wir setzten uns in seine Nähe, so daß die Hitze wohlig über unsere Körper strahlte, und stärkten uns an dem gebratenen Rippenstück eines Keilers, nach luwischer Art mit Thymian und Knoblauch gewürzt. Dazu tranken wir Bier aus Brot und Honig.

Arnuwans Töchter, hochgewachsene Mädchen mit kräftigen Armen und flachsblondem Haar, warteten uns auf, bis wir die fettigen Hände in einer Kupferschüssel gesäubert hatten. Dann zogen sich die Mädchen zurück. Der König stocherte eine Weile im Feuer, lehnte sich dann in einen aus dicken Balken gezimmerten Stuhl mit Fellen von Bären und Leoparden und sagte nach einer Weile:

»Ich habe oft an dich gedacht, Dagon, wenn ich im Winter hier saß und auf das weite, weiße Land blickte. Du weißt, mir ist kein Sohn geboren, denn die Götter wünschen nicht, daß unser Volk noch lange auf der Erde wohnt. Wir passen wohl nicht mehr in ihren Plan. Darum meine ich, daß du dann alles erben sollst. Denn ich empfinde für dich wie ein Vater für seinen Sohn. Aber auch du bist alt geworden. Wie viele Jahre zählst du jetzt? Gewiß weit mehr als vierzig! Dein Haar ist grau geworden, und dein Gesicht zeigt Spuren großen Kummers. Was ist geschehen? Wohin führt dein Weg?«

»Nach Osten«, gab ich zur Antwort, »zu einem Mann, dessen Blut ich vergießen muß. Es ist der König der Meder, der grausame Huwaksatara.«

Arnuwan starrte mich an. Dann packte er einen bronzenen Krug, stärkte sich mit einem kräftigen Schluck und setzte erst nach einer ganzen Weile schweratmend wieder ab.

»Beim Ei der argäischen Schlange!« rief der Luwier dann. »Entweder ist dir im Schnee der Verstand eingefroren oder dein Hirn ist beim Schwitzen verdampft! Ich habe dich wohl nicht richtig verstanden? Du willst den schrecklichen Huwaksatara erlegen, den Sohn der Sonnengottheit selbst, den keine Menschenhand versehren kann? Weißt du denn nicht, daß dem Meder bei seiner Geburt vorhergesagt wurde, daß er sein Leben einzig und allein durch jene Macht verlieren könne, die es ihm auch gegeben hat?«

»Aberglaube!« entgegnete ich. »Haben wir denn nicht einst auch zu Assur gebetet und gemeint, sein mit sieben eisernen Sohlen beschwerter Fuß werde alle unsere Feinde zerstampfen? Huwaksataras Blut gehört mir, auch wenn ich gegen Mediens Götter kämpfen muß!«

»Selbst wenn die Worte der Magier an Huwaksataras Wiege erlogen waren«, beharrte Arnuwan, »was du da vorhast, ist reiner Wahnsinn! Haben wir diese Meder nicht schon zur Genüge kennengelernt? Selbst als wir zwei noch jünger und die Assyrer die mächtigsten Krieger der Erde waren, konnten wir Huwaksatara und seinen Horden nicht widerstehen. Hast du das etwa vergessen? Weißt du denn nicht, daß diese Meder Fremde gewöhnlich erschlagen, wenn sie sich ihrer Königsstadt ohne Erlaubnis nähern? Meder sind grausam und treulos, aber auch stark und so klug wie Dämonen. Der schlaueste und schlimmste unter ihnen aber ist Huwaksatara, der Alte, den der göttliche Greif in seinem steinernen Schnabel zermalmen möge! Seine dämonengleiche Gemahlin, die Königin Kassandane, hat nach dem Untergang Harrans so schrecklich unter den gefangenen Assyrern gehaust, daß man sie seither die Blutige nennt. Und erst die Xrafstra, die medischen Nachtkämpfer! Wie willst du allein gegen diese Mörder bestehen?«

»Als einzelner kann ich nichts tun«, gab ich zu, »aber im Kreise meiner Gefährten wird mir die Rache gelingen. So hat es mir ein Orakel der Griechen verkündet, vor einigen Tagen in Delphi.«

»So«, sagte Arnuwan, »ein Orakel der Griechen. Beim Geier Tawannas! Nun lasse mich raten: Welche Gefährten hat dieser Götterspruch denn genannt? Kam unter ihnen auch ein alter Mann vor, der einst die assyrischen Vorkämpfer führte?«

»Dein Name wurde nicht genannt«, sagte ich, »dennoch

kann ich mein Ziel nur erreichen, wenn du mir hilfst. ›Die Tat, sie kann nur dann geschehen, wenn vier Gefährten mit dir gehen‹, so lautete das Orakel. Und nach dem, was ich in Delphi erlebte und erfuhr, können damit keine anderen Männer gemeint sein als Myron, Mago, Reguël und du.«

Dann erzählte ich ihm vom Tod meines Sohnes. Arnuwan blickte mich mitleidsvoll an. Als ich geendet hatte, schwieg der Luwier lange Zeit, und seine Augen glommen im Dunkeln wie glühende Kohlen. »Wieder hinab«, sagte er dann mit seltsamer Stimme, »wieder hinab!«

Sein Blick machte mich schaudern. Der Riese sprach weiter: »Deshalb bist du also gekommen. Ich sagte dir ja schon, daß wir nur noch selten in die Täler steigen und lieber fern von anderen Menschen leben. Das Tiefland tötet uns. Selbst ich kann seinen Dunst nicht auf Dauer ertragen. Assyrien bildete einst, wie heute Lydien, das stärkste Bollwerk gegen die medische Macht. Und wenn das Heer der Gelbbärtigen eines Tages nach Kleinasien zieht, werden auch wir am Ende erliegen. Das zu verhindern, zog ich zum Tigris und kämpfte für den assyrischen König. Ich weiß nicht, wie viele Jahre meines Lebens mich das gekostet hat. Nun aber braucht mich mein eigenes Volk. Beim Glied Hadammus, der göttlichen Amphibie! Wahrlich, du stellst mich vor eine schwere Wahl: Soll ich nun Frauen und Töchter verlassen und meine Lebenszeit für eine Freundschaft verringern? Oder soll ich dir die Treue versagen und damit vielleicht deinen Tod verschulden? Was verlangst du von mir!«

»Wenn es uns gelingt Huwaksatara zu töten«, wandte ich ein, »werden wir damit den Marsch der Meder für lange Zeit hemmen, vielleicht gar für immer verhindern. Denn sein Sohn Istewegu ist feige und schwach. Wer weiß, vielleicht zerbricht mit dem Tod seines Vaters auch endlich das Bündnis mit Babel, und die Meder finden plötzlich Feinde an ihrer südlichen Flanke, so daß sie es nicht mehr wagen, weiter nach Westen zu drängen. Es ist eine wirre Welt; das kommt uns vielleicht nun einmal zugute.«

Arnuwan schwieg. Nach einer Weile erwiderte er: »Du hast recht, schlauer Dagon, die Welt ist verworren. Das liegt vor allem daran, daß Anstand und Ehre, Treue und Tapferkeit kaum mehr gelten. Früher wußte jeder Mann, wie der andere handeln würde, denn alle lebten nach dem gleichen Gebot. Heute aber kümmern sich so viele Menschen nicht mehr um die überlieferten Werte, daß man sich selbst seines Nachbarn nicht mehr sicher sein kann und daher stets auf alles gefaßt sein muß. Laß mich den tagbringenden Tarhu befragen! Noch heute nacht will ich ihm opfern, damit ich erfahre, was ich nun tun soll. Du bist mein Freund und liebster Gefährte. Doch mein Gehorsam hat meinen Göttern zu gelten.«

Ich stand auf, umfaßte die Handgelenke des Riesen und sagte: »Nichts anderes wollte ich hören, Gefährte. Ich werde mich dem Urteil deines Gottes fügen. Lasse mich ebenfalls opfern, damit ich ihn gnädig stimme! Denn ohne dich kann ich nicht erreichen, was ich am meisten ersehne: Rache zu nehmen an jenem Mann, der meinen Sohn erschlug.«

Damit zog ich mich in meine Kammer zurück, legte mich auf ein Lager aus Häuten von Schafen und sank bald in Schlaf.

Kurz vor Mitternacht weckte mich ein Klopfen. Ich stand auf, gürtete mich mit meinem Schwert und trat vor das Tor.

Haushohe Flammen loderten auf dem Gipfel. Viele hundert Bewohner des Drachenbergs standen im Kreis um das heilige Feuer. Ich schritt durch den Schnee auf sie zu. Die Kälte stach wie mit Nadeln in meine Haut, und der Frost weißte meine Haare.

Arnuwan stand auf der untersten Stufe eines breiten Altars aus unbehauenen Steinen. Von den Schultern meines Gefährten wehte ein schwerer Umhang aus kostbarstem Purpur, geschmückt mit Gemmen aus Amethyst und Achat. Auf seinem Haupt trug der König die Krone des Berglands, die wie ein Turm aus rotem Gold geschmiedet war. In seiner Rechten hielt Arnuwan den alarodischen Stab, das Herrschaftszeichen des Reichs vom Drachenberg; an seiner Spitze gleißte die silberne Sichel des Mondes. Die Linke des luwischen Königs umfaßte das wie ein Kelch geformte Sinnbild der Sonne.

Neben dem König erhoben sich Standbilder der alarodischen Himmelsbeherrscher: Erst sah ich den roten Ruwa und seine Gattin Ruwata, Götter in der Gestalt von Hirschen, Beschützer der Jäger, Verfolger der Frevler des Waldes. Der pfeilschnelle Pirwa, der Schöpfer der Pferde, zu dem viele Reiter der Nordsteppen beten, stand neben der lilienweißen Lelwani, der Göttin des Todes, in deren Hand ich das Blutzeichen sah.

Über all diesen Himmlischen thronten Tawanna, die leopardengestaltige Herrin der Wildflur, und Tarhu, genannt der Tagbringende. Ihn rief Arnuwan an. Obwohl ich die Worte der luwischen Sprache nicht kannte, verstand ich, was mein Gefährte als König und Hoherpriester der Luwier erflehte.

Auch alle Männer und Frauen der Festversammlung begannen nun laut den Namen des Gottes zu nennen. Zwei junge Mädchen bewegten die Saiten einer mannshohen Harfe, deren Töne sich mit dem Geheul des Windes vermischten. Dann lösten sich Männer mit Lanzen und Schwertern aus der Gemeinschaft der Frommen, legten ihre Waffen zu Boden und tanzten über den Klingen. Während sie sich mit wilden Schreien immer höher in die Lüfte schnellten, schnitt Arnuwan zwei Stieren und acht Widdern die Kehlen durch und sprengte das Blut der Tiere an den Altar. Auch Bier und Wein, Kuchen und Kleiemehl wurden geopfert. Der König zerrieb das Gebäck und schleuderte die Krümel wie auch das Mehl und die Flüssigkeiten so in den Wind, daß sich die Gaben über den ganzen Berggipfel verteilten. Dabei betete er mit lauter Stimme.

Dann ergriff Arnuwan eine Waage aus Tamariskenholz und füllte die eine Schale mit Gold und Silber, Kupfer und Zinn, Eisen und Blei, das man dazu benutzt, Gift aus Geschwüren zu ziehen. In die andere Schüssel legte der König blutstillenden Jaspis und Lapislazuli, der die Schwermut verdrängt, auch Diorit, Sarder und Alabaster, bis sich die wertvollsten Erze und Steine des hohen Gebirges gleichmäßig zum Zauber vereinten.

Hände schoben mich nun plötzlich vorwärts, bis ich neben Arnuwan stand. Der warf einen verwunderten Blick auf mein umwickeltes Schwert. Schließlich reichte mir der König zwei Krüge mit Honig und Öl und bedeutete mir, die heiligen Tropfen auf beide Schalen zu gießen. Ich tat es. Danach bedeckte der Luwier die Gaben mit einem leinenen Tuch und betete wieder.

Da begannen plötzlich die Sterne zu flimmern, und Wolkenfetzen huschten über den nächtlichen Himmel. Der König reichte mir ein Lamm. Ich nahm ein steinernes Opfermesser, tötete das Tier und gab es den Dienern, die es zerteilten. Arnuwan breitete vor dem Altar die Arme aus und rief: »Nun, tagbringender Tarhu, gib uns dein Zeichen!«

Die Diener legten die Stücke der Opfer auf ein Gestell vor dem Feuer, damit der Duft des gebratenen Fleisches den Gott gnädig stimme. Als ich ihnen dabei half, tropften, ohne daß ich es merkte, Talg und Fett auf die Binden am Griff meines Schwertes. Plötzlich trieb ein Windstoß

Flammen auf uns zu, und das Leinen begann zu brennen. Ich riß es herab, der goldene Greif wurde sichtbar, und plötzlich legte sich ein wundersamer Schein um das Gold.

Es schien, als hielte man eine Fackel unter den Greif. Doch brannte das Feuer nicht rötlich und heiß, sondern bläulich und kalt, und als ich die Flammen berührte, fühlte ich keinen Schmerz.

Die Menge schrie auf. Mehrere Male erklang der Ruf »Sarpa-Eddin!«. Arnuwan trat überrascht auf mich zu, nahm mein Schwert, hob es mit großer Ehrfurcht empor und redete dann mit hallender Stimme zu den versammelten Luwiern. Dann gab er mir die Klinge zurück, sprach ein Dankgebet und opferte auch den anderen Göttern.

Bis in den frühen Morgen dauerte die heilige Handlung. Erst als der Himmel verblaßte und alles Holz zu Asche verbrannt war, verließen wir den Kreis der Götterbilder und kehrten in die Burg zurück.

Dort schlief ich beruhigt, bis die Sonne hoch am Himmel stand. Denn nun wußte ich, daß mir der stärkste der Gefährten auf meinen Rachezug folgen würde und daß damit die erste Bedingung, die mir der delphische Götterspruch stellte, erfüllt war.

X Der Aufbruch

Zur Mittagsstunde suchte ich Arnuwan auf. Der König der Luwier lagerte neben dem Feuer des Vorwerks. Als ich mich neben ihn setzte, reichte er mir einen Krug, legte mir seine Hand auf die Schulter und sagte:

»Du sollst nun alles über dein Schwert erfahren. Letzte Nacht, vor unseren Göttern, wollte ich nicht davon sprechen. Aber ein Traum verriet mir, daß du ein Recht darauf hast, alles zu hören. Als unser Stamm vor zehntausend Jahren den Lapislazuliberg, die Quelle der Menschheit, verließ, folgten wir weichenden Gletschern als erste Beherrscher der Erde. Wie klares Wasser flossen wir über das Land. Wir lebten im Einklang mit Pflanzen und Tieren. Aber dann wurden andere Völker geboren. Sie bauten Mauern, Häuser und Städte. Weil wir unser Leben nicht ändern wollten, wichen wir in die Berge zurück. Dort wohnten wir viele Jahrhunderte lang ungestört. Immer, wenn ein fremdes Heer dem Drachenberg zu nahe kam, stiegen unsere Fürsten hinab, den Feind zu vernichten. Die Luwier waren nicht nur viel stärker als alle anderen Krieger, sie führten auch immer die besseren Waffen, denn diese stammten noch von den ältesten Schmieden. So zog einst auch Sarpa-Eddin, mein Ahnherr, den man in Griechenland Sarpedon nennt und deshalb oft mit einem Helden der Kreter aus älteren Zeiten verwechselt, zu Tal. Troja, damals die mächtigste Burg im westlichen Asien, wurde von wilden Völkern berannt. Sie hießen Achäer oder Danaer und waren Vorfahren der heutigen Griechen. Sarpa-Eddin sorgte sich, bei einem allzu leichten Sieg könnten diese Achäer am Ende ganz Asien überrennen und uns gefährlich werden.«

Arnuwan nahm seine Rechte von meiner Schulter, trank aus dem Bierkrug und sprach dann weiter:

»Darum zerschlug Sarpa-Eddin — er gründete einst Milet als Hafen für seine karischen Knechte — die Reihen der Feinde und fügte ihnen große Verluste zu. Aber die Übermacht der Achäer war groß. Ein Krieger namens Patroklos traf meinen tapferen Ahnherrn mit einem Speer. Die wenigen Luwier bei Sarpa-Eddin erschraken über das Unglück so sehr, daß sie wie Steine erstarrten und sich fast ohne Gegenwehr erschlagen ließen, statt Leichnam und

Waffen des Königs zu retten. So fiel Sarpa-Eddins Schwert in die Hände der Achäer, die es in ihr bedeutendstes Heiligtum brachten.«

Der Herrscher von Luwien verstummte. Die Trauer von Jahrhunderten umflorte sein edles Gesicht. Nach einer Weile seufzte er tief und fuhr fort:

»Niemals zuvor und auch später nie wieder ist eine von unseren Waffen je in die Gewalt von Feinden geraten. Die Götter zürnten uns wegen dieses Verlusts. Sie ließen uns wissen, daß es nur ein einziges Mittel gebe, den Himmel zu versöhnen: Wir mußten Sarpa-Eddins Schwert zurückgewinnen — doch so, wie wir es einst verloren hatten: ohne Kampf gegen seine Besitzer und dennoch aus eigenem Verdienst. Wir wußten aber nicht, wie das geschehen sollte. Viele Jahre lang warteten wir auf ein Zeichen. Letzte Nacht, scheint mir, wurde uns endlich ein Hinweis zuteil.«

Ich nahm das Schwert von der Hüfte, reichte es dem Riesen und sprach:

»Auch ich empfing durch diese Waffe einen Schicksalswink: Hätte ich dieses Schwert nicht in Delphi durch Zufall gefunden, wäre mir kaum ein Orakel beschieden gewesen. Und diesen Spruch eines fremdes Gottes glaube ich vor allem deshalb, weil mir die Klinge des Sarpa-Eddin denselben Weg wies: nach Milet und zu dir. Jetzt aber ist sein Zweck für mich erfüllt. Nimm also die Waffe des Ahnherrn zurück!«

Arnuwan berührte mit seiner Rechten den goldenen Greif. Dann aber zog er die Hand schnell wieder zurück und erklärte: »Nein, Dagon, das darf ich nicht tun. Denn es entspricht nicht dem göttlichen Willen. Zwar gibst du mir das Schwert ohne Kampf — aber ich habe es noch nicht verdient. Erst wenn ich geholfen habe, dein Rachewerk zu erfüllen, will ich es nehmen.«

Am Nachmittag zog Arnuwan in die nördlichen Berge,

um sich auf die Reise ins Tiefland vorzubereiten. Vier Tage später kehrte er zurück und holte die Waffen, die ich aus Assyrien kannte: die Kette mit der gewichtigen eisernen Kugel, die jeden Panzer zerschlug, und das eherne, doppelt geschliffene Beil, das durch die stärksten Brünnen wie durch Butter schnitt. Ich band das Wehrgehenk mit dem Sarpedonschwert um die Hüfte. Wir luden uns Bündel mit Decken, lydischen Münzen und Lebensmitteln auf. Dann stiegen wir über flirrende Felder aus Firn nach Myra hinab.

Als wir die steinerne Mauer erreichten, rasteten wir, und ich fragte: »Wer sind die Krüppel in der Schlucht da vorn? Sie sehen aus wie arme und verachtete Geschöpfe. In Myra aber gebärdeten sie sich wie Herren.«

»Sie sind unsere Sklaven«, antwortete der König. »Wir halten sie uns, damit wir nicht selbst in das Tal steigen müssen. Außerdem scheint es mir nur gerecht, wenn diese arme Leute nicht immer nur von glücklicheren Menschen ausgelacht und verspottet werden, sondern auch einmal Macht ausüben dürfen. Mit den Bewohnern von Myra brauchst du kein Mitleid zu empfinden. Menschen, die aus freiem Willen in Knechtschaft leben, haben es nicht besser verdient. Und so sehr diese Leute auch unter der luwischen Herrschaft jammern und stöhnen, wissen sie doch recht gut, daß es ihnen viel besser ergeht als den Untertanen anderer Völker. Denn wir plagen sie nicht, sondern erheben nur einen Tribut. Dafür steht Myra unter unserem Schutz. Kein feindliches Schiff wird es wagen, den Hafen zu überfallen.«

»Der hydrische Kauffahrer«, erzählte ich, »der mich von Halikarnassos herbrachte, wollte in Myra nicht einmal anlegen. Ich mußte von dem fahrenden Schiff auf das Gestade springen, soviel Furcht hatte er vor den Dämonen und anderen Ungeheuern auf dem Drachenberg.«

»Diesen Namen haben wir selbst erdacht«, lächelte Arnuwan, »um den Menschen in den Tälern Angst zu machen. So können wir in Frieden leben. Denn heute zählen wir nicht mehr genügend Männer, um die große Mauer und auch die anderen Pfade zu überwachen, die in die Höhe führen. Drachen lebten hier nie. Aber ehe wir in dieses Land zogen, nisteten auf diesen Gipfeln manchmal die Greife vom Lapislazuliberg, der Himmel und Erde verbindet. Darum wählten wir diese göttlichen Wesen zum Wappen unseres Stammes, lange bevor der Schmied Sarpa-Eddins den Greif am Griff des Schwertes goß.«

Als wir an die Küste kamen, hörten wir schon von weitem lautes Geschrei. Die Bewohner des Hafens bedrängten ein Handelsschiff, das ungewöhnlich tief im Wasser lag. Es hatte wohl auf See ein Riff gestreift und war wegen dieses Schadens gezwungen, den sonst gemiedenen Ankerplatz anzulaufen. Die Seeleute schlugen mit Rudern und Stangen beherzt auf die Angreifer ein. In ihrer Mitte hörte ich den Schiffsherrn schreien: »Packt euch fort, ihr Rattengesindel! Wollt ihr Sumpfmolche wohl eure dreckigen Flossen von meinem schönen Schiff lassen? Wartet, ich werde euch lehren, ehrliche Leute zu überfallen, ihr stinkendes Kotgeschmeiß!«

Als ich das hörte, verhielt ich den Schritt. Arnuwan fragte: »Kennst du die Stimme?«

»Ja«, sagte ich. »Es ist Archilochos, auf dessen Planken ich Milet verließ. Wir wollen dem Chier helfen und auf seinem Schiff reisen.«

»Das Schwert kannst du stecken lassen«, versetzte der Luwier, »es ist für solche Gegner zu schade.« Dann stellte sich Arnuwan auf den vordersten Hügel über dem Strand und stieß seinen grollenden Kampfschrei hervor.

Sogleich warfen alle Männer von Myra die Sicheln und Dreschflegel fort und rannten in hastiger Flucht nach allen

Seiten davon. Wir aber schritten zu den Chiern, die uns staunend entgegensahen.

Als wir das Schiff schon fast erreicht hatten, sprang Archilochos in den Sand, lief auf uns zu, musterte mich von Kopf bis Fuß und rief:

»So sieht man sich also wieder! Du bist nicht nur selbst ein tüchtiger Krieger, sondern besitzt auch noch einen Beschützer, wie man ihn sich nur wünschen kann. Mit seinem bloßen Anblick hat er diese Schlammfresser verjagt wie ein Adler mit seinem Schatten die Hasen.«

Arnuwan reichte dem Schiffer sein Bündel, unter dessen Last der überraschte Archilochos fast in die Knie brach, und befahl: »Auf, du Wanderer der Woge! Dichte das Leck ab und steuere dann dein Schiff schnell wieder auf See! Wir haben viel vor und wollen nicht den ganzen Tag mit Schwatzen vertrödeln.«

Schon eine knappe Stunde später lenkte der Chier den Frachter wieder vom Ufer fort. Kurz vor Sonnenuntergang stellte Archilochos dann einen von seinen Männern ans Ruder, winkte uns zum Vordersteven und zog aus einer Kiste drei Krüge mit kühlem Samoswein hervor. Er reichte uns zwei, nahm selbst den dritten und berichtete dann:

»Du brachtest mir Glück, Meister des Messers! Als wir nach Patmos kamen, wartete dort schon ein völlig verzweifelter Kaufmann mit leicht verderblicher Ware. Es handelte sich um zwölf Ballen gefärbter Wolle, die unter freiem Himmel schnell verbleicht und ihren Wert verliert. Der Hafen besitzt keine Speicher, und das Schiff seines Partners war nicht gekommen. So tauschte er die bunte Ware zu einem sehr günstigen Preis gegen meine miletischen Töpfe, die nicht so schnell verrotten können. Leider lief ich dann vor Myra auf einen Felsen. Mit tönernen Krügen an Bord wäre ich weitergesegelt. Mit Wolle aber kann man kein Wasser im Laderaum lassen. Also steuerte ich diesen

Verbrecherhort an. Ich stehe tief in eurer Schuld. Dabei weiß ich noch nicht einmal eure Namen!«

»Ich bin Dagon und komme aus Zypern«, erklärte ich. Doch der Chier hörte nicht zu, sondern glotzte mit aufgerissenen Augen Arnuwan an. Dieser leerte nämlich gerade mit einem Zug seinen Weinkrug, als sei dieser nicht größer als der bemalte Becher eines Kindes.

»Ich heiße Dagon und komme aus Zypern«, wiederholte ich, als sich Archilochos mir wieder zugewandt hatte, »mein Gefährte ist Arnuwan, König der Luwier, der auch den Bürgern von Myra befiehlt.«

»Das habe ich gesehen«, erwiderte Archilochos. Er gab dem Riesen einen neuen Krug und trank uns dann gesittet zu. »Ich bin Archilochos aus Chios«, sprach er dann feierlich, »stets zu Diensten, Gefährten!«

Ich blickte ihn freundlich an und erklärte: »Wir müssen nach Zypern.«

Der Chier verschluckte sich, hustete und gab zur Antwort: »Nach Zypern fahre ich nicht, sondern nach Side in Pamphylien. Dorthin will ich euch gern bringen. Seid meine Gäste!«

Arnuwan legte dem Schiffsherrn freundschaftlich die Hand auf die Schulter, beugte sich zu ihm herab und erklärte: »Du hast meinen Freund nicht richtig verstanden, Mann des Meeres: Nicht nach Side, sondern nach Zypern geht unsere Reise.«

»Aber dort ist es doch viel zu gefährlich!« antwortete der Einäugige ungeduldig. »Schon an dieser Küste hier kann man Freibeutern begegnen. Aber vor Zypern wimmeln die Seeräuber auf dem Meer wie Maden auf fauligem Fleisch. Nur zwischen Gebal und Ägypten wütet diese Pest noch schlimmer!«

Ich sah, wie Arnuwans Hand ihren Druck auf die schmalen Schultern des Chiers verstärkte. »Nur Mut«, sprach der König von Luwien. »Verzage nicht, du kluger Kenner der Klippen! Wir werden dir helfen.«

»Helfen?« stieß Archilochos schweißgebadet hervor. Vergeblich versuchte er, sich aus dem Griff des Luwiers zu winden. »Helfen?« ächzte er schließlich hilflos. »Wie denn? Schon viele tapfere Männer, treue Gefährten von mir, fielen diesen Mördern der Meere zum Opfer. Ja, wenn euch zehn oder zwanzig Schwerbewaffnete folgten, ließe ich mit mir reden. Aber wie wollt denn ihr zwei gegen die Wölfe der Wogen bestehen!«

»Das überlasse uns«, gab ich zur Antwort, »wir werden uns um alle Seeräuber kümmern.«

Archilochos stöhnte. Arnuwan preßte mit stählernen Fingern die Schulter des Chiers und meinte: »Zyperns Luft ist sehr gesund. Es gibt dort auch Mädchen und Wein.« Die Knochen des Einäugigen knackten bedrohlich.

»Genug!« rief Archilochos schließlich. »Ihr habt mich überredet. Ach, warum mußtest du in Milet ausgerechnet mein armes kleines Schiff erwählen! Oh, meine armen, ungeborenen Kinder! Nie werdet ihr das Licht der Welt erblicken.«

Arnuwan löste seinen Griff. Der Mann aus Chios holte tief Luft und stärkte sich dann mit einem Schluck aus dem Krug. Dann richtete er sich plötzlich auf, starrte zur Küste, deutete auf einen Felsen und rief: »Da sind sie schon, die Schakale der See! Nun stehe Poseidon uns bei!«

Die Chier schauten entsetzt in die Richtung, die ihr Anführer zeigte, und brachen in lautes Wehklagen aus. Denn hinter dem Vorsprung eines Gebirges schob sich mit schwellenden Segeln ein Schiff von ansehnlicher Größe hervor. Es schien mehr als doppelt so lang wie das unsere. An jeder Seite tauchten acht Ruder ins Meer.

Archilochos eilte zum Ruder, warf es herum und befahl: »Macht euch bereit, auf die Felsen zu springen! Das ist unsere einzige Rettung!«

Arnuwan aber war ihm gefolgt, riß ihm das Steuer aus der Hand, richtete unseren Frachter wieder auf Kurs und sprach mit seiner tiefen Stimme: »Wir haben keine Zeit, Haschen zu spielen. Wenn diese Leute uns aufhalten wollen, müssen sie sich die Folgen selbst zuschreiben.«

Archilochos starrte den Luwier verwundert an. Dann lief er zu mir und rief verzweifelt: »Haben die Götter euch Unrat ins Hirn geschüttet? Wißt ihr denn nicht, daß diese Räuber keinen Lebenden verschonen? Die meisten Männer erschlagen sie gleich und werfen sie über Bord. Andere ketten sie an die Ruderbank. Wenn die Kräfte dieser Unglücklichen erschöpft sind, werden sie mitleidlos ertränkt. Wir müssen alle sterben!«

»Du hast recht«, versetzte ich, »uns allen kommt einmal der Tag, an dem wir diese schöne Welt verlassen müssen. Doch heute ist uns nicht danach zumute, und mit diesen Strolchen werden wir schon fertig.«

»Ich weiß, ihr seid tüchtige Krieger«, sagte der Einäugige. »Doch diese Seeräuber kämpfen anders als jene Sumpfratten in Myra!« Er zuckte entsagungsvoll mit den Achseln. »Nun denn«, meinte er schließlich schicksalsergeben, »so könnt ihr uns wenigstens zeigen, was ihr gemeint habt, als ihr sagtet, ihr wolltet uns vor den Seeräubern beschützen. Wappnet euch! Wir werden an eurer Seite fechten.«

Damit ergriff der Chier ein Ruder und schwenkte es drohend über den Kopf. Die Seeräuber, kaum noch zweihundert Schritte entfernt, wunderten sich wohl, weil wir nicht flohen, und ruderten etwas langsamer. Ich nahm dem Schiffsherrn das hölzerne Schlagwerkzeug ab, führte den Widerstrebenden an das Heck zu den anderen Seeleuten und befahl: »Haltet euch zurück! Das Tilgen von Ungeziefer sollte man Fachleuten überlassen.«

Arnuwan beugte sich über sein Gepäck, holte die eherne Kugel hervor und band sich die Kette ans rechte Handgelenk. Ich zog prüfend die Klinge des Sarpedonschwerts durch die Luft. Archilochos sah uns aufgeregt zu. Nach einer Weile konnte er sich nicht mehr halten und platzte heraus: »Wo sind eure Schilde?«

»Wir decken uns nicht«, erläuterte Arnuwan, »wir hauen nur drauf.«

Archilochos verstummte. Die anderen Chier verfolgten mit aufgerissenen Augen, wie das Seeräuberschiff längsseits kam. Hinter der Bordwand standen rund zwanzig bis an die Zähne bewaffnete Männer, größtenteils Kilikier mit Stierhörnern an den Helmen, aber auch Isaurier mit ledernen Panzern. Ihr Anführer, ein fast sechs Fuß großer Phryger, rief uns in schlechtem Griechisch zu: »Ergebt euch!«

»Wir ergeben uns«, erwiderte ich.

Arnuwan saß auf der niedrigen Bordwand und nickte.

Der Phryger sprang auf unser Schiff, gefolgt von vier Kriegern, und trat auf uns zu. »Was habt ihr geladen?« fragte er dann, »Gold? Her damit. Vielleicht lasse ich euch dann am Leben!«

Ungeduldig trat er Arnuwan gegen das Bein. Der Luwier lächelte, aber es war kein freundliches Lächeln. Dann erhob sich der König. Der Phryger wich erschrocken zurück. Er war nicht gewohnt, daß ihn ein anderer Mann um Haupteslänge überragte. Abwehrend streckte der Seeräuber meinem Gefährten das Schwert entgegen. Arnuwan aber packte den Fechtarm des Gegners mit seiner Linken und hieb dem Räuber dann die rechte Faust so mächtig auf den Helm, daß der bronzene Kopfschutz des Phrygers über Stirn und Ohren rutschte und der Angreifer betäubt zu Boden sank.

Dann hob der Riese den leblosen Körper empor, warf

ihn gegen die anderen Krieger und sprang mit einem wilden Schlachtruf auf das Räuberschiff.

Da wir uns ohne Fluchtversuch einholen ließen, hatten die Piraten geglaubt, leichtes Spiel zu haben, und keine Rüstungen angelegt. Arnuwans Kugel prallte gegen ungeschützte Köpfe und Knochen. Ich aber hieb mein Schwert in blankes Fleisch, und bald sprangen unsere Gegner in Todesangst über Bord.

Mühsam begannen die Geschlagenen, zur Küste zu schwimmen. Arnuwan aber entdeckte ein großes Weinfaß an Deck, schlug mit der bloßen Faust den Deckel ein, trank aus der hohlen Hand und erklärte: »Das ist das einzige Erzeugnis des Tieflands, an dem ich nichts Schlechtes finden kann.«

Wir befreiten die Ruderslaven von ihren Ketten. Dann sprach ich zu Archilochos: »Du siehst, wir haben nun selber ein Schiff und müssen deine Gastfreundschaft nicht länger in Anspruch nehmen. Dann also gute Fahrt!«

»Nein, wartet! Nicht so schnell!« entgegnete Archilochos. »Ich habe meinen Plan geändert. Ich weiß jetzt, daß mir Glück auf Zypern winkt. In eurer Gesellschaft fürchte ich weder Piraten noch Seeungeheuer noch sonst etwas, das aus den Wellen hervorkrauchen mag!«

»Gut und schön«, erklärte ich. »Doch in Wahrheit führt unser Weg weit über Zypern hinaus. Wir wollen nur kurz auf der Insel verweilen. Dann aber geht die Fahrt nach Ägypten.«

»Zypern! Ägypten! Kolchis! Karthago!« rief der Seefahrer überschwenglich, »selbst zu den Säulen des Herakles bringe ich euch. Was ist denn schon dabei? Naukratis, wir kommen!«

XI Der Nilgraben

Am Abend des nächsten Tages hob sich vor unserem Blick die schaumumspülte Insel Zypern aus dem Meer, durch Frühlingsregen frisch begrünt und vom Glanz einer milden Sonne vergoldet. Wir segelten auf beiden Schiffen an der von steilen Felsen gesäumten Nordküste entlang, bis wir nach Klides kamen, der Insel der Himmelskönigin Ischtar.

Ich berichtete der schönen Serenit von dem Orakel des Gottes von Delphi und von meiner Suche nach Myron. Am Ende sprach ich zu ihr:

»Du siehst, ich kann Nadin nur rächen, wenn es mir gelingt, meine vier alten Gefährten aus den assyrischen Tagen um mich zu versammeln. Arnuwan war der erste. Nun wollen wir nach Naukratis fahren. Wenn wir Myron gefunden haben, setzen wir uns auf Reguëls Spur. Gleichzeitig will ich einen Boten zu Mago senden. Du aber, Serenit, sollst die Felder und Gärten der letzten Assyrer verwalten, bis ich zurückgekehrt bin.«

Die Priesterin blickte mich mitleidig an und sagte traurig: »Ach, Dagon! Sollst du jetzt wieder nach Osten ziehen, in die schrecklichen Länder, in denen Mediens Mörderbrut haust? Doch Ischtar schätzt nur Männer, die ihrer Pflicht gedenken. Feiglinge läßt die Göttin auf trockener Steppe verdursten. Daß Arnuwan mit dir geht, tröstet mein Herz.«

»Ich danke dir«, sprach der König von Luwien. »Bete zu deiner Göttin, daß es uns vergönnt sein möge, Myron, Mago und Reguël zu finden. Wer sich mit Leuten wie Huwaksatara einlassen will, kann jede Menge göttlichen Beistand gebrauchen.«

Als die anderen schliefen, fuhr ich mit einem Boot zu einer Höhle, deren Eingang unter dem Meer lag. Nur ein geübter Taucher konnte durch die enge Öffnung schwimmen. Im Inneren der Grotte herrschte Finsternis. Doch durch das Wasser drang ein schwacher bläulicher Schein, der es mir ermöglichte, den Weg zu meinem Versteck zu finden. Ich wälzte einen großen Stein zur Seite und stieg in einen kleinen Schacht. Auf seinem Grund öffnete sich ein seitlicher Stollen. Darin ruhte der Schatz der Reiches.

Zuoberst lag der Helm Sinschar-Ischkuns des Stolzen. Neben ihm funkelte das mit Rubinen besetzte Halsband der liebreichen Semiramis. Der goldene Ring Hammurabis, den König Tukulti-Ninurta aus Babylon raubte, gleißte in seinem Alabasterbehälter hell wie der rote Mardukstern. Zuhinterst funkelte der mit Diamanten besetzte Goldpfeil Ninurtas, des weltbeherrschenden Jägers, der einst Ninive gründete und bei den Griechen Nimrod heißt.

Zwischen diesen kostbaren Kleinodien breiteten sich Halsbänder mit Türkisen aus den Gebirgen Sinais und Armreife aus dem Elfenbein Kuschs. Silberner Nasenschmuck der Beduinen, Perlenschnüre vom Ufer des südlichen Meeres, rote Korallen aus Telmun und gleißende Kristalle von den kalkigen Klippen der Kossäer türmten sich zu großen Haufen. Ringe aus Silber und Gold, Edelsteine lagen zwischen Tausenden in Lydien geschlagener Münzen. Ich war damals wohl ein dutzendmal durch die Felsen geschwommen, um den Hort in Sicherheit zu bringen. Diesmal wollte ich nur einige Mittel für unsere Reise besorgen. Ich nahm einige Goldstücke, dazu ein paar Saphire und zwei Dutzend silberne Ringe. Dann kehrte ich auf die Insel zurück.

Am nächsten Vormittag tauschte ich bei einem tyrischen Wechsler in Salamis einen Edelstein gegen zwei Säkke Kupferstücke ein, wie sie in aller Welt als Zahlungsmittel dienen. Dabei fragte ich den Geldhändler: »Hast du vielleicht wieder etwas von meinem Freund Mago gehört, wackerer Hiram? Weilt er noch immer im Westmeer, in dieser geheimnisvollen Stadt Karthago? Mein Herz begehrt, ihn wiederzusehen. Aus welcher Stadt fahren denn die schnellsten Schiffe nach dem Sonnenuntergang?«

»Aus Tyrus natürlich«, antwortete Hiram stolz. »Waren es nicht meine Väter, die als erste nach Libyens Küste vorstießen? Aber du kannst dir die Reise sparen: Vor zwei Tagen erfuhr ich, daß vor kurzem Nachricht über eine Flotte kam, die auf Befehl des Pharao ganz Libyen umsegelt haben soll. Mago war einer ihrer Führer. Man hielt diese Reise geheim. Darum glaubte selbst ich, sie gehe nur nach Karthago.«

Meine Narbe begann zu brennen. Aufgeregt packte ich Hiram am Ärmel und fragte: »Ist mein Gefährte noch am Leben? Heraus mit der Sprache, du alter Ziegenbock! Was ist geschehen?«

Der Phönizier schüttelte meine Hand ab und antwortete: »Was soll ich denn erzählen, wo ich doch selbst kaum noch etwas erfahre, nachdem ich auf diese Insel verschlagen bin. Hier kann man höchstens hören, daß wieder so ein paar geldgierige griechische Kleintyrannen die Zölle erhöhen oder daß unter Kilikiens Kühen eine Klauenseuche ausgebrochen ist. Vom wirklichen Weltgeschehen weiß man hier ja so gut wie nichts. Soviel kann ich dir aber verraten: nur ein einziges Schiff kehrte von dieser Reise zurück, und zwar ein Dreiruderer unter Magos Befehl. Ich bin darüber genauso glücklich wie du. Denn wie du wohl vergessen hast, ist Mago mein Vetter sechsten Grades und außerdem der Ehemann Isebels, meiner unglücklichen Base. Sie lebt nun schon seit Jahren, als hätte sie ein Keuschheitsgelübde abgelegt!«

Ich sagte: »Wir wollen nicht über Mago richten. Jeder

von uns hat schließlich seine Eigenheiten. Liegen nicht in deinem Laden Tafeln mit verschiedenen Wechselkursen bereit? Lasse uns nun zu den Tatsachen kommen. Aus dir etwas herauszubekommen ist schwieriger, als eine Greisin zu schwängern!«

Arnuwan lachte. Hiram versetzte gekränkt: »Nun gut. Wenn ihr Barbaren meine Gabe, spannend zu erzählen, nicht zu würdigen wißt, will ich das Ganze also in nüchterner und platter Weise schildern. Es wäre ja alles nicht so schlimm gewesen, wenn Mago nur nicht behauptet hätte, bei seiner Fahrt sei die Sonne eine geraume Zeit lang nördlich von seinem Schiff auf- und untergegangen. Wer sollte eine so plumpe Lüge wohl glauben! Sonne und Süden sind gleichbedeutende Worte seit der Erschaffung der Welt! Natürlich schöpfte der Pharao sogleich Verdacht. Nur weiß Hophra noch nicht, ob Mago sich mit Absicht verstellt oder ob sein Verstand verwirrt ist. Immerhin war mein Vetter drei Jahre auf See.«

Ich wechselte einen Blick mit dem Luwier. »Wo befindet sich Mago denn nun?« fragte ich dann. Hiram antwortete:

»Das kann ich nicht mit Sicherheit sagen. Ich vermute, daß Mago sogleich nach Saïs gebracht wurde, wo der Pharao wohnt. Mehr weiß ich nicht.«

Ich dankte Hiram und gelobte ihm, auf Mago einzuwirken, damit er künftig bei Isebel bleibe. Hinterher spottete Arnuwan:

»Du hast dich den Sitten der Händler gut angepaßt, daß du dem Mann so etwas versprichst, wo du doch in Wirklichkeit nichts anderes planst, als seinen Vetter so schnell wie möglich auf eine neue Kriegsfahrt zu entführen!«

Wir gingen zu unseren Schiffen und ließen Archilochos rufen. Als der einäugige Schiffsführer erschien, erklärte ich ihm:

»Ich sehe, du bist schon emsig dabei, deine Wolle zu leichtern. Es ist wohl am besten, wenn du gleich das ganze Boot verkaufst. Denn für die Fahrt zum Nil benutzen wir das Piratenschiff. Siehst du das Haus dort drüben? Dort findest du einen Tyrer mit Namen Hiram. Er wird dir für dein Boot einen angemessenen Preis bezahlen, wenn du ihm sagst, daß ich dich schicke.«

Der Chier gehorchte. Ich bestieg mit Arnuwan eine gemietete Kutsche und ließ uns zu meinem Anwesen fahren. Venes trat mir überrascht entgegen. In seinen Augen schimmerten Tränen der Freude. Ich sagte zu ihm:

»Ich stehe tief in deiner Schuld. In Delphi wurde ich nicht nur gerettet, sondern erfuhr auch von meiner Bestimmung. Verwalte mein Haus, solange ich abwesend bin. Wenn du in Schwierigkeiten gerätst, die du nicht allein bewältigen kannst, so wende dich an die Priesterin von Apharis!«

Die Augen des Phokers leuchteten stolz, als ich seine Handgelenke umfaßte. Er führte mich zu einem kleinen Hügel unter Zypressen, wo er das Haupt meines toten Sohnes bestattet hatte. Im Licht der abendlichen Sonne erneuerte ich meinen Racheschwur.

Der Morgen sah uns auf der Fahrt zum Hafen. Der einäugige Archilochos hatte einige neue Seeleute angeheuert, die den Nil und die ägyptischen Meere gut kannten. Noch vor der Mittagsstunde sank Salamis hinter uns ins Meer. Wir hielten uns nicht, wie die meisten Frachter, dicht unter der Küste Phöniziens, sondern segelten über die offene See nach Süden. Dabei begegneten wir zwei Seeräuberschiffen, denen wir aber leicht entkamen, denn ihre Fahrzeuge waren längst nicht so schnell wie das unsere. Vier Tage später erreichten wir die kanobische Mündung des Nils.

Naukratis liegt am zweiten Nilarm von Westen. Er fließt

am See Mareotis ins Meer und ist nach einem griechischen Steuermann namens Kanobos benannt. Dieser soll in grauer Vorzeit den Spartaner Menelaos und dessen Gemahlin Helena nach dem Trojanischen Krieg zum Nil gebracht haben.

Der Hafen entsprach ganz unserer Erwartung von einer Stadt, deren Name »die Schiffsmächtige« bedeutet. So weit das Auge reicht, erstrecken sich dort Anlegeplätze und Lagerhäuser. Überall sieht man Niederlassungen sämtlicher griechischer Stämme, dahinter die großen Häuser der Handelsgesellschaften, schließlich auch Heiligtümer aller olympischen Götter und, wie üblich, Herbergen, Weinschenken und Hurenhäuser. Ballen mit gestreiften Fellen, Bündel von Straußenfedern und Stoßzähnen von Elefanten, Körbe mit Früchten des Deltas, Säcke voll Korn und gefesselte Sklaven mit schwarzer Haut warteten auf die Weiterfahrt an die Küsten des Ostens und Nordens. Von dort aber kamen wollene Stoffe für die Ägypter. Denn die Bewohner des Nillands sind so empfindlich, daß sie trotz der Hitze in ihrer Heimat nie ohne Leibbinde schlafen. Häufigstes Handelsgut aber war Holz, an dem die Ägypter seit jeher besonders arm sind.

Der ganze Verkehr der Hellenen mit den Untertanen des Pharaos vollzog sich in dieser Stadt. In den anderen Orten Ägyptens aber durften sich Griechen nicht sehen lassen. Wenn eines ihrer Schiffe in einer anderen Nilmündung als der kanobischen aufgebracht wurde, konnte der Besitzer sein Leben nur retten, wenn er die heiligsten Eide schwor, sich verirrt zu haben.

Als wir am Ufer festmachten, entdeckte Arnuwan in der Menge der schwarzen und braunen Lastträger nubischer und ägyptischer Herkunft auch zwei hellhäutige Männer. Sie legten ganz in der Nähe mächtige Bohlen von Zedernholz auf hohe Stapel. »Mal sehen, ob die beiden

Kerle Griechisch verstehen«, meinte der Luwier, sprang mit einem gewaltigen Satz auf den Strand und drängte sich durch die geschäftige Menge, wie sich ein wilder hyrkanischer Widder den Weg durch eine Herde mysischer Zwergschafe bahnt.

Als Arnuwan die beiden schwitzenden Männer erreichte, sagte er höflich auf Griechisch zu ihnen: »Ich grüße euch, ihr wackeren Helden der Hebekunst! Könnt ihr mir eine Auskunft geben? Ich suche einen Mileter namens Myron, der mein Freund war, wenn auch schon vor langer Zeit.«

Die beiden Griechen fanden es nicht der Mühe wert, sich nach dem Luwier umzudrehen, sondern wuchteten schnaufend einen baumdicken Balken auf ihre Schultern. Dann ächzte der Größere der beiden: »Siehst du denn nicht, daß wir hier Schwerstarbeit leisten? Frage jemand anderes, wir haben keine Zeit zu einem Plauderstündchen!«

Er hatte den Satz kaum geendet, als ihm der Balken entglitt, doch nicht nach unten, sondern zu seinem Erstaunen nach oben. Denn Arnuwan packte das Holz mit seinen mächtigen Händen, als sei es nur ein dürrer Stecken, hielt es den Arbeitern über die Köpfe und fragte: »Ist euch nun leichter? Widmet mir jetzt ein wenig von eurer kostbaren Zeit!«

Die beiden Männer starrten den Riesen mit offenen Mündern an. Dann faßte sich der Kleinere, schluckte ein paarmal und sagte schließlich mit krächzender Stimme: »Bist du Herakles? Nie sah ich solche Menschenkraft!«

»Ich bin ein Gefährte eines gewissen Myron«, versetzte der Luwier, »aber die erste Frage in dieser Unterhaltung kam nicht von euch, sondern von mir. Und ich bin dafür, daß ihr mir jetzt eine Antwort zukommen laßt.«

Nun konnte auch der Größere wieder sprechen. »Myron weilt im Osten, in der Gegend von Bubastis«, sagte er. »Sofern du den Baumeister meinst. Er kam vor vier Monaten aus Milet. Soviel ich weiß, steht er im Dienst des Pharao. Denn Hophra will endlich den Graben vom Nil zum Schilfmeer vollenden, den einst sein Großvater Necho begann und der schon hunderttausend Menschenleben kostete.«

»Ich danke euch«, sagte Arnuwan und warf den riesigen Balken mit Schwung auf den Stapel, so daß er dort mit Donnergetöse gegen die anderen Bohlen prallte.

Die beiden Männer zuckten zusammen. Arnuwan schlug ihnen auf die Schultern, daß sie in die Knie gingen, und schritt gemächlich zu unserem Schiff zurück.

»Sie verstehen Griechisch«, berichtete er.

»Ich habe es vernommen«, antwortete ich. »Wie aber kommen wir nach Bubastis?«

»Mit dem Schiff wollen wir es lieber nicht wagen«, meinte der Luwier. »Mir scheint, wir werden in Ägypten genügend Ärger bekommen, auch ohne daß wir die Handelsgesetze verletzen. Lasse uns lieber Pferde und Wagen anschaffen.«

Wir teilten Archilochos mit, daß wir die Reise zu Land fortsetzen wollten. Der Chier ergriff meine Handgelenke und murmelte voller Mißtrauen:

»Lange wird es nicht dauern, bis wir uns wiedersehen, das spüre ich in meinem salzigen Harn. Denn ich bin ein Seemann, und drohende Gefahren zu erahnen gehört zu meinem Beruf!«

Am Rand des Hafens hielt ein wohlbeleibter Mileter Pferde und Wagen feil. Wir erstanden vier kräftige Hengste. Dann eilte Arnuwan auf einen schmucken Jagdwagen zu. Das mit roter Farbe bemalte Gefährt war nach Art der Ägypter entworfen, die sich mit nur einer Achse begnügen. Die Assyrer fuhren dagegen meist auf vierrädrigen

Wagen, wie es dem schweren Gelände des Nordens auch angemessener scheint.

Mit sichtlichem Wohlgefallen betrachtete der Luwier das schöne, leichte Fahrzeug, das für die Gazellenhatz auf sandigem Geläuf gebaut war. »Das ist der meine!« rief er. »Was soll er kosten?«

»Du bist zu schwer für diese Art von Wagen«, wandte ich ein, »suche dir lieber ein haltbareres Gefährt aus, das die Belastung verträgt!«

»Ach was«, antwortete Arnuwan unduldsam. »Aus dir spricht doch nur der Neid. Du wirst doch hoffentlich nicht so weit gehen wollen, mich etwa als dick zu bezeichnen?!«

»Keineswegs«, versicherte ich, »dennoch wäre es besser, wenn...«

»Na also!« versetzte der Riese und trat mit Schwung auf den Wagen, dessen Achse sogleich zerbrach.

»Der schöne Zweispänner!« jammerte der Mileter, »er war für einen Prinzen gebaut! Ihr müßt mir den Schaden ersetzen!«

»Nur ruhig«, erwiderte Arnuwan, »die Farbe hat mir ohnehin nicht gefallen. Die Kiste war ja bemalt wie eine von den Sänften, in denen phönizische Huren auf Kundenfang gehen! Habt ihr nicht etwas Gediegeneres?«

Der fette Mileter streifte zwischen seinen Fahrzeugen umher wie ein Wucherer, der sich gezwungen sieht, seinen Besitz zu verschenken. Arnuwan erspähte ein kunstvoll gefertigtes Fahrzeug aus Bronze, stellte vorsichtig den linken Fuß darauf, zog den rechten nach und rief schließlich strahlend, während sich die Achse bereits beängstigend bog: »Siehst du? Die hält! Die andere war nur aus schlechtem Metall. Ich nehme diesen hier!«

Erst nach einer guten Weile gelang es mir, den Luwier zum Kauf eines Vierspänners zu überreden, der für die Beförderung von wenigstens vier gepanzerten Kriegern geeignet war. Arnuwan gab dem Mileter vierzehn Silberstükke. »Nicht so wenig, daß er mit Bitterkeit an uns denkt, aber auch nicht so viel, daß er sich noch recht lange an uns erinnert«, erklärte der Luwier dazu. Ich aber sagte: »Wer dich einmal sah, Freund, vergißt dich sein Lebtag nicht mehr.«

Wir fuhren an Saïs vorbei und überquerten auf einem Floß den bolbitischen Nil. Dann reisten wir durch den Gau des Göttlichen Kalbes. Zwei Tage später gingen wir bei Sebennytos auf einer anderen Fähre über den phatnitischen Flußarm und kamen in den Gau des Gezählten Stieres. Das Land wird dort flach wie ein Tisch. Am vierten Morgen unserer Fahrt aber, zwei Stunden vor Bubastis, warfen sich Dünen und Höhenzüge auf. Auf dem letzten und größten von ihnen bot sich unseren Augen ein unvergeßliches Bild.

Vor uns erstreckte sich mindestens dreißig Stadien weit eine Ebene. Durch ihre Mitte zog sich das wenigstens sieben Doppelschritt breite, trockene Bett eines künstlichen Flusses, das zehn Ellen tief in felsiges Geröll gegraben war. An dieser riesigen Narbe der Erde werkten so viele Menschen, daß es schien, als sei das Land mit Ameisen bedeckt. Es mußten wenigstens zweihunderttausend Hände sein, die in diesem Boden wühlten. Große Geräte aus Holz und Metall hoben die schwereren Lasten. Schmiede pumpten Luft in ihre Essen, um die verbogenen Hacken und Beile zu richten. Bäcker schoben Brote in ihre Öfen, um die hungrigen Bäuche der wimmelnden Arbeiterschaft zu füllen. Zimmerer schnitten Balken zurecht, mit denen sie rutschende Hänge abstützten. Fuhrleute brachten behauene Steine zum Einfassen sandiger Stellen. Unter den meist völlig nackten Arbeitern erblickten wir Sklaven aus allen Völkern, vor allem Schwarzhäutige aus dem Süden. Die meisten aber waren Ägypter, Bauern und ihre Söhne, die von den Pharaonen seit jeher zur Fronarbeit gezwungen werden. Sie erhalten dafür am Tag zwei Brote und einen Krug Bier und müssen sogar ihr eigenes Werkzeug mitbringen.

Bei jeder Gruppe von Arbeitern stand ein Wächter, der alle, die in ihrem Eifer nachließen, mit einer Peitsche aus Nilpferdhaut schlug. Um einige Zelte lagerte eine Abteilung des Heeres mit Streitwagenkämpfern, die jeden Flüchtling verfolgten und niedermachten. Wir rollten den Abhang hinunter und fuhren auf einem schlecht befestigten Weg zu dem Graben. Unterwegs kamen wir an einem kräftigen, gut genährten Aufseher vorbei, der einen alten, ausgemergelten Mann mit großer Ausdauer peitschte.

Als ich das sah, zog ich die Zügel an. Arnuwan aber sagte: »Überlasse das mir! Du verlierst immer gleich die Beherrschung und könntest eine Gewalttat begehen.«

Dann stieg der Luwier vom Wagen, trat von hinten an den Wächter heran und tippte ihm auf die Schulter.

Der Aufseher fuhr herum, starrte auf die Brust des Riesen, legte dann den Kopf in den Nacken, blickte den König von Luwien ungläubig an und schnappte: »Was fällt dir ein? Störe mich nicht bei meiner Arbeit!«

Arnuwan hieb ihm ohne ein weiteres Wort die Faust auf den Schädel, so daß der Folterknecht zusammenbrach. Dann zog er dem Liegenden einige Male die Peitsche über. Der Wächter brüllte vor Schmerzen.

»Wo finden wir Myron?« fragte der Luwier.

Der Aufseher deutete zitternd auf das zweite Zelt. Es hob sich groß und prachtvoll über den Sand der Wüste, bedeckt von bunten Bahnen aus edlen Stoffen, aber doch um vieles ärmlicher als das vorderste Zelt, das uns wie die Unterkunft eines Königs erschien, denn es maß in der Länge wenigstens zweihundert Faden.

Arnuwan brach die Peitsche entzwei, versetzte dem

Aufseher einen verächtlichen Tritt und schwang sich wieder auf unseren Wagen. Als wir am ersten Zelt vorüberrollten, sahen wir dort einige hundert sauber gekleidete, wohlbewaffnete Krieger. Viele von ihnen trugen Narben, wie sie der Stolz des mutigen Mannes sind, keiner aber litt unter Geschwüren oder einem der anderen vielen Gebrechen, wie sie in einem Heer sonst alltäglich sind. Darum sagte ich zu dem Luwier: »Hier scheint eine ganz besonders tüchtige Truppe bereitzustehen, Gefährte. Sei vorsichtig!«

Der Riese nickte. Als wir zum zweiten Zelt kamen, stieg er gelassen vom Wagen. Vor dem Eingang hoben zwei hochgewachsene Nubier die langen Lanzen. Arnuwan streckte die Hand aus, um die Wächter beiseite zu schieben. Schnell rief ich seinen Namen. Er wandte sich um, winkte mir zu, ließ seine Hand wieder sinken und brüllte dann: »Myron! Bist du da drinnen? Heraus mit dir! In welches Wüstenloch hast du dich verkrochen?«

»Bei Baal«, antwortete eine erstaunte Stimme, »das kann nur Arnuwan sein, der verlauste Bär aus den Bergen des Frostes!«

Ein Mann trat aus dem Eingang und beschattete mit der Hand die vom Licht geblendeten Augen. Arnuwan starrte ihn verwundert an, dann drehte er sich um und blickte verdutzt zu mir. Schließlich stießen wir gleichzeitig ein Gebrüll aus, daß die nubischen Wachen erschrocken zusammenzuckten.

Der Mann aus dem Zelt war Mago.

XII Das Wiedersehen

Wir umarmten einander und führten zu dritt einen Tanz auf, der an askolische Feste gemahnte, wenn Knaben nach der Weinlese auf mit Öl bestrichenen Schläuchen umherhüpfen. Die nubischen Wächter schauten uns voller Verwunderung zu. Als wir wieder zu Atem gekommen waren, führte uns Mago in das Zelt. Es war mit kunstreich geschreinerten Möbeln aus Holz und Elfenbein angefüllt. Auf einem länglichen Tisch sahen wir eine Zeichnung der Landschaft vom Nil bis zum Schilfmeer. Daneben standen eine bronzene Wasseruhr, auf der die vierundzwanzig Stundengötter abgebildet waren, und ein mit bunter Tusche auf weißem Papyros gemaltes Verzeichnis der Tage.

Mago reichte uns kühlen Wein in goldenen Bechern. Wir tranken einander zu, und der Phönizier fragte: »Was hast du mit deiner Nase gemacht? Bist du mit einem Elefanten zusammengestoßen?«

»Nein, mit einer Bebrykenfaust«, antwortete ich. »Wahrlich, dich hätte ich hier nicht vermutet. Dein Vetter Hiram berichtete mir, daß du den Zorn des Pharaos auf dich ludst. Und dieser neigt doch wohl kaum dazu, Leute, auf die er nicht gut zu sprechen ist, mit kühlem Wein aus goldenen Gefäßen zu verwöhnen!«

»Da hast du recht«, versetzte Mago, und ein Lächeln zerteilte sein von der Sonne verbranntes Gesicht. »Hophra hätte mich am liebsten an die heiligen Krokodile des zahnreichen Sobek verfüttert. Denn er glaubt, ich hätte ihn belogen und wolle ihn hintergehen. Bei der Umsegelung Libyens stand die Sonne zeitweilig im Norden. Als ich das dem Pharao erzählte, schrien seine Priester gleich, ich lästere die Götter. Dabei habe ich es doch mit eigenen Augen gesehen.«

»Vielleicht hat dir der süße Wein das Hirn vernebelt, so daß du mit getrübten Sinnen die Himmelsrichtungen nicht mehr erkennen konntest«, vermutete Arnuwan.

»Libyen ist nicht ein Land, in dem man sich dem Trunk ergibt«, erklärte der Tyrer. »Denn dort brennt die Sonne mit solcher Hitze vom Himmel, daß einem schon nach wenigen Schlucken Wein der Schweiß in Strömen herabläuft und man glaubt, daß einem der Schädel platzt.«

Durstig packte der Phönizier seinen Becher, hob ihn an den Mund und zog einen mächtigen Schluck in die Kehle. Arnuwan tat es ihm gleich. Mago fuhr fort:

»Gleich nach den Winterstürmen segelten wir auf dem Schilfmeer nach Süden und an den Küsten der Nubier und der Äthiopier entlang. Nach zwei Monden erreichten wir Punt, wo es den besten Weihrauch gibt. Seine Farbe reicht vom wolkigen Gelb des Bernsteins bis zum mondlichtblassen Grün der Jade. Außerdem findet man dort Mesdenit. Die Ägypterinnen zerstoßen diesen Stoff zu Pulver und machen sich Augensalbe daraus, die nicht nur der Schönheit, sondern auch dem Schutz vor Sonne und Krankheiten dient. Auch Gold und Myrrhen gibt es in Punt, dazu Edelsteine und prächtige Felle von seltenen Tieren, dem Mantelaffen und dem Kamelleopard. Überhaupt ist dieses Land an schönen Dingen sehr reich. Nur seine Weiber gefielen mir nicht. Die Frauen von Punt können auf ihrem Steiß einen Becher herumtragen, ohne auch nur einen einzigen Tropfen zu verschütten.«

Arnuwan fragte: »Hast du das auch mit eigenen Augen gesehen?«

»Ja. Und auch noch manches andere, du Hinterwäldler«, versetzte Mago. »Es gibt auf der Welt noch andere Länder als deine Reifriesenwelt, wo man dem Gott des

Rückstands huldigt und jeden neuen Einfall sogleich mit der Keule erschlägt! Im Herbst packte uns ein gewaltiger Wind aus Nordosten und trieb uns die Küste von Libyen entlang. Im Winter stand die Sonne genau über uns. Wir zogen die Schiffe an Land, säten Weizen aus und warteten auf den Frühling. Dabei erkrankten viele von unseren Männern an einer Seuche, gegen die wir kein Mittel fanden. Die Unglücklichen schliefen ein und wachten nicht mehr auf. Wir mußten mehr als sechzig Seeleute begraben und eines von unseren Schiffen zurücklassen. Als wir weiterfuhren, stand uns die Sonne plötzlich im Rücken, also nördlich von uns, ob ihr mir glaubt oder nicht. Hinter dem Delta eines Flusses, der nicht weniger Wasser führt als der Nil, segelten wir an einer schier endlosen Insel vorüber. Als der Sommer kam, folgten wir der endlich weichenden Küste nach Westen. Wir segelten an Libyens südlichem Ende entlang, und dabei stand uns die Sonne zur Rechten. Das Land wurde von seltsamen Menschen bevölkert: trotz der großen Hitze waren sie von Kopf bis Fuß in dichte Felle gehüllt.«

Arnuwan lachte und sagte: »Willst du uns zum Narren halten? Wenn du auch das dem Pharao erzählt hast, wundert es mich nicht, daß Hophra dich für einen Lügner hält, der sein wirkliches Wissen für sich behalten und für die eigenen Geschäfte nutzen will.«

»Ich sage die Wahrheit«, beharrte Mago. »Diese haarigen Wesen stanken derartig, daß ich schon glaubte, ich sei aus Versehen nach Luwien geraten!«

Arnuwan verschluckte sich und begann zu husten. Bevor er sich aber erzürnen konnte, fuhr Mago fort:

»Ich sah dort noch viele andere Tiere, die man sonst nur aus Fabeln kennt: den Greif, den die Ägypter Achech nennen; die geflügelte Gazelle; eine Löwin mit Falkenkopf, die Sag heißt; eine vierfüßige Schlange mit dem Schädel eines Panthers. Bald danach bogen wir wieder nach Norden, der Sonne entgegen. An der Mündung eines wasserreichen Stroms, der Fische so groß wie Stiere beherbergt, brachten wir den zweiten Winter zu.«

Arnuwan gab dem Phönizier wieder zweifelnde Blicke. Doch Mago fuhr unbeirrt fort:

»Als wir im nächsten Frühjahr die Steinanker hoben, segelten wir an einem Berg vorbei, der Tag und Nacht in hellen Flammen stand. An seinem Fuß zwang uns das Land ein zweites Mal nach Westen, und wir fuhren unter der Sonne hindurch. Als wir endlich wieder nordwärts steuern konnten, lag das Tagesgestirn in unserem Rücken, und alles war wie zuvor. Außer mir haben nur zwanzig Seeleute die Fahrt überlebt. Als sie erfuhren, daß mich der Pharao gefangennehmen ließ, zerstreuten sie sich in alle Winde. Darum wird diese erste Fahrt um Libyens Küsten wohl bald vergessen sein, wenn ich mir nicht die Mühe mache, einen ausführlichen Bericht zu schreiben.«

»Aber wie kommst du hierher?« fragte ich. »Wußte Myron von deiner Rückkehr?«

»Du kennst ja den Griechen«, erwiderte Mago. »Er besitzt Freunde an allen Fürstenhöfen der Welt. Der Pharao will die Arbeit seines Großvaters Necho zu Ende führen und einen künstlichen Wasserweg vom Nil zum Schilfmeer graben lassen. Zu Nechos Zeiten scheiterte das Werk am Wind, der jede Nacht die Rinne mit Sand zuschüttete. Da seine Baumeister keinen Rat wußten, gab Necho seinen Plan auf. Hophra ließ nun Myron kommen. Habt ihr das prächtige Zelt an der Spitze unseres Lagers gesehen? Dort wohnt der Pharao. Er ist aus Saïs angereist, um den Fortgang der Arbeiten selbst zu verfolgen. Mich brachte der Pharao mit. Als Myron davon hörte, bat er Hophra, mich in seine Obhut zu geben. Der König Ägyptens bewundert die Fähigkeiten des Griechen über die Maßen.«

»Ägypter haben die Pyramiden errichtet«, wandte Arnuwan ein. »Steht auf der Welt ein einziges Bauwerk, das bedeutender wäre? Wozu brauchen die Männer vom Nil einen Griechen?«

»Früher waren die Nilleute Meister darin, zahllose Hände planvoll zusammenzufügen«, entgegnete Mago, »doch heute fehlt es den Ägyptern sowohl an Kraft der Waffen als auch des Verstandes. Sie sind ein sterbendes Volk. Der adlergleiche Asarhaddon hat ihnen das Rückgrat gebrochen, als er den Nil bis nach Theben hinaufzog. Die Babylonier stehen tief in Syrien. Im Westen bedrohen die Libyer das Land, im Süden die Nubier und auf dem Sinai die Beduinen. Die Pharaonen können ihr Reich nur mit fremder Hilfe retten. Warum sonst holten sie so viele griechische Händler ins Land, füllten sie ihre Heere mit Söldnern von allen Inseln des Meeres und schickten Phönizier, also Seeleute Asiens aus, um Libyen zu erforschen?«

»Wenn das so ist, verstehe ich, daß Myron dich aus dem Kerker zu holen vermochte«, sagte ich.

»Sein Einfluß allein hätte wohl nicht ausgereicht«, erklärte Mago, »aber zum Glück kam unser Gefährte auf einen glorreichen Einfall: Er log dem Pharao etwas vor, das noch verrückter klang als meine Wahrheit. Ihr werdet es nicht glauben: Myron behauptete schlicht und einfach, die Erde sei keine Scheibe, sondern wie ein Apfel geformt. Also nicht flach, sondern rund! Könnt ihr euch so etwas vorstellen? Auch Sonne, Mond und Sterne seien wie kleine Kugeln, und alle flögen sie um die Erde herum. Ich lag in Fesseln vor dem Thron im Staub und traute meinen Ohren nicht. Dann zog Myron einen Apfel und ein paar Nüsse aus der Tasche und ließ sie umeinander kreisen. Ich hätte am liebsten laut gelacht. Die Priester müssen Myron für völlig wahnsinnig gehalten haben.«

Mago kicherte, trank wieder Wein, fuhr sich mit der

Hand über den schwarzen, sorgsam gestutzten Bart und berichtete weiter:

»Wenn man aber ernst nahm, was Myron faselte, gab es für meine Behauptung eine gar nicht so dumme Erklärung: für eine Laus, die oben auf dem Stiel des Apfels hockt, scheint eine Sonne, die um den Bauch der Frucht kreist, immer von unten, also von Süden her – ganz gleich, wohin die Laus sich dreht. Hängt das Tier aber am unteren Ende des Apfels, kommt das Licht der Sonne immer von oben, also von Norden. Klingt sehr einleuchtend, nicht? Nur sind wir Menschen nun mal keine Läuse, die an der Decke laufen können. Aber daran dachte der Pharao nicht. Denn Myron führte als Zeugen für seine Behauptung zwei angebliche Wundermänner aus seiner Heimat Milet an: einen gewissen Thales und dessen Schüler Anaximander. Ich habe keine Ahnung, ob diese Leute wirklich an einen solchen Unsinn glauben – jedenfalls gelang Myrons List. Denn Hophra achtet diesen Thales sehr hoch, weil dieser vor Jahren einmal die Höhe der Pyramiden bestimmt haben soll. Fragt mich aber nicht, wie der Kerl das herausgekriegt hat!«

»Das war ganz einfach«, sagte in diesem Augenblick eine muntere, kräftige Stimme vom Eingang des Zeltes her. »Thales steckte einen Stock in die Erde, maß die Länge seines Schattens und verglich sie dann mit dem Schatten der Pyramide. Sonnenstrahlen fallen stets gleichlaufend nebeneinander zur Erde.«

Wir fuhren herum und erblickten Myron. Arnuwan und ich sprangen auf, Myron aber rief lächelnd: »Bleibt mir vom Leib! Ich bin durstig, und der mareotische Wein schmeckt besser als eure falschen Freudentränen!«

Wir lachten und tranken einander zu. Die beiden Nubier steckten verwundert die Köpfe herein. Myron, ungehalten über die Störung, bewarf die Wächter mit Kuchen und Feigen. Dann erzählte der Grieche:

»Wie viele Jahre haben wir uns nicht mehr gesehen! Ach, das Leben rinnt davon wie Sand aus der Hand eines spielenden Kindes. Aber was hast du mit deiner Nase gemacht, Dagon? Du siehst aus, als wäre eine der Säulen von Karnak auf dein Gesicht gefallen!«

»Daran ist ein Bebryke schuld«, erwiderte ich. »Doch laß uns von Wichtigerem reden. Denn mich hat großes Unglück getroffen. Aber ehe ich dir und Mago davon berichte, sage mir erst: Arbeitest du hier für dich oder für deine Heimat? Und welche Aussicht hast du, dein Ziel zu erreichen? Ich bin gekommen, dich und Mago um einen Dienst zu bitten, der dich in ein fernes Land führen wird.«

Mago schaute mich überrascht an. Myron versetzte lächelnd:

»Vor Reisen in die Fremde bangte mir noch nie, das weißt du wohl aus unseren alten Tagen. Nun aber bin ich ans Nilland gebunden. Mago hat euch gewiß berichtet, daß ich einen Graben durch die Wüste stecken soll, in dem das Wasser aus dem Nil ins Schilfmeer fließt. Keine leichte Aufgabe! Erst vergangene Nacht zerstörte ein Regensturm alle Böschungen südlich von Pithom. Aber diese Schäden werden wir bald wieder ausgebessert haben. Stehen doch für unser Werk nicht weniger als einhunderttausend Männer bereit! In zwei Jahren hoffe ich fertig zu sein. Wir werden den Sand südlich umgehen und uns statt dessen durch Felsgeröll graben. Dabei gehen zwar sehr viele Knochen und Arbeitsgeräte entzwei. Aber man braucht nicht jeden Tag neue Sandberge fortzuschaffen, die der beständige Wind allnächtlich herbeiweht.«

Mago sagte: »Ist er nicht schlau, unser Myron? Nur vom Geld versteht er nichts. Zwei Goldstücke zahlt ihm der Pharao jeden Tag, und dazu darf er dieses Zelt bewohnen.

Fliegendreck! An einem einzigen Schiff, das mit Korn vom Weizenland Taurien nach Tyrus fährt, verdient man zehnmal so viel.«

»So wie dein Vetter auf Zypern«, höhnte Arnuwan, »der schmierige Wechsler und Leutebetrüger! Wahrlich, in Assyrien hast du anders geredet.«

»Damals war ich noch jung und dumm«, versetzte Mago grinsend. »Ich habe mich geändert. Du nicht.«

Myron warf ein: »Ich brauche nicht nur Geld, um mein Ziel zu erreichen. Doch nun zu dir, Dagon: Was hat dich nach Ägypten verschlagen? Wurde es dir auf Zypern zu langweilig? Dein Sohn sagte mir doch noch vor zwei Monden, du fühltest dich dort wohl!«

Da überkam mich der Schmerz, und Tränen schossen mir in die Augen. Arnuwan legte mir tröstend die Hand auf die Schulter. Myron und Mago schauten mich verwundert an. Als ich mich wieder gefaßt hatte, sprach ich:

»Ach, Myron und Mago, ihr seht den Unglücklichsten unter den Menschen! Nadin ist tot — dahingerafft von der Hand eines Mörders. Ich lebe nur noch, um ihn zu rächen. Ihr, meine treuen Gefährten, sollt mir dabei zur Seite stehen.«

Danach erzählte ich ihnen, was ich beim Ischtarfest und in Delphi erlebt hatte. Aber als ich die Worte Apolls wiederholte, schauten mich Myron und Mago längst nicht so freundschaftlich an, wie ich gehofft hatte, sondern sie wandten die Augen ab und blickten zu Boden.

Mago sagte schließlich als erster: »Ich bin dein treuer Gefährte. Wir zogen gemeinsam in viele Schlachten. Aber ich habe jetzt mehr als drei Jahre fern von meinen Lieben verbracht. Außerdem: Der Pharao entließ mich nur aus dem Gefängnis, weil Myron für mich bürgt. Und hast du dir die Sache gut überlegt? Du weißt doch, daß Huwaksatara durch Menschenhand nicht verletzt werden kann!«

»Ich aber«, meinte Myron, »kann dieses Land jetzt nicht verlassen, wenn ich nicht all meine Pläne aufgeben will. Du weißt doch, was in Milet geschah! Ich will den Tyrannen vertreiben, damit die Menschen meiner Heimat wieder in Frieden und Freiheit leben.«

Arnuwan wollte sich zornig erheben, aber ich hielt den Riesen zurück und erwiderte:

»Ich kenne die Lage in deiner Stadt, Myron, und verstehe eure Sorgen. Hier ist übrigens ein Brief von deinem Freund Thales. Er bat mich, ihn dir zu überbringen.«

Ich reichte Myron die Papyrosrolle. Er wog sie in der Hand und sagte: »Ich werde sie später lesen. Hat Thrasybulos unsere Verschwörung entdeckt?«

»Ich glaube nicht«, antwortete ich. Dann erzählte ich alles, was ich in Milet erlebt hatte. Als ich Myron von Arsinoës Tod berichtete, seufzte er tief und rief:

»Arsinoë! Ich liebte sie, und sie hielt mir die Treue. Dank, Dagon, daß du sie rächtest. Thrasybulos! Die Zeit meiner Rache rückt jeden Tag näher!«

Dann legte der Grieche mir seine Hand auf den Arm und fragte traurig:

»Kannst du denn nicht verstehen, daß jetzt auch ich Vergeltung üben muß? An dem Tyrannen, der mir das Liebste nahm? Und der noch immer meine Heimat unterdrückt?« Er hatte sich wieder gefaßt, erhob sich und lief mit großen Schritten durch das weitgespannte Zelt. »Thrasybulos!« rief er wieder. »Wahrlich, wie recht hatte Thales, als er den Rat beschwor, diesem Mann nicht allein den Befehl über unser Heer zu erteilen! Aber die klugen Herren wollten ja nicht hören!«

Er beruhigte sich ein wenig, setzte sich wieder in seinen mit Leopardenfellen gepolsterten Sessel und fuhr dann fort:

»Vor einem Jahr erst sandte Periander, der Tyrann von

Korinth, Boten zu Thrasybulos und bat ihn um einen Rat, wie er sich am besten an der Macht halten könne. Soweit ist es schon, daß die Unterdrücker griechischer Städte den Herrn von Milet als ihren Meister betrachten! Was aber tat Thrasybulos? Er führte die Gesandten an ein Getreidefeld, zog sein Schwert und hieb die höchsten Ähren ab, bis sich keine mehr über den Durchschnitt reckte. Dann sagte der Tyrann zu den Korinthern: ›So soll es euer Herr mit den besten Köpfen seiner Stadt machen!‹ Thales, der weiseste unter den Menschen, muß seinen Freiheitswillen wie auch seinen wahren Glauben verbergen, damit ihn nicht das Schwert des Henkers trifft. Anaximander droht die gleiche Gefahr. Ach, wenn es mir nur gelingt, den Wasserweg so schnell fertigzustellen, daß Hophra mir zum Lohn Ägyptens Flotte zur Befreiung meiner Heimat leiht!«

»Heimat«, sprach Mago bitter, »sage deinem Pharao, er soll mich endlich nach Tyrus zurückkehren lassen! Ich habe ihm nichts verschwiegen. Ich habe auch keine Schätze beiseite gebracht.«

So klagten beide, bis ich Mitleid mit ihnen empfand. Am Ende lagen wir uns in den Armen. Wir tranken Wein bis spät in die Nacht und sprachen von unserer Zeit in Assur, von unseren Kämpfen und Siegen, so wie es unter Kriegern üblich ist. Trauer verbindet besser als Freude, und jeder von uns trug eine Wunde im Herzen.

Spät in der Nacht bereiteten Diener ein Lager, für jeden in einem anderen Raum des vielwandigen Zeltes. Als wir zur Ruhe gingen, nahm Arnuwan mich beiseite und sprach: »Selbst wenn weder Myron noch Mago uns folgen — ich ziehe mit dir, wohin du auch gehst.«

Ich dankte dem Riesen, aber mein Herz blieb voll Schwermut, und ich lag lange Zeit wach.

Als mich endlich der Schlaf erlöste, träumte ich einen seltsamen Traum: Ich sah fünf Adler mit silbernen Schwingen und goldenem Brustgefieder über hohen Klippen schweben. Plötzlich verwandelte sich einer der Vögel in eine Viper und stürzte zu Boden. Die anderen Aare verfolgten die Schlange und kämpften mit ihr. Ich war einer von ihnen. Die Natter wehrte sich und biß mir in die Schulter. Ich schlug mit meinem Schnabel nach ihrem Kopf, aber sie hielt mich mit ihren scharfen Zähnen gepackt und rüttelte mich, als wolle sie mir die Schwingen ausreißen. Schweißgebadet wachte ich auf und spürte eine harte Hand auf meinem Oberarm.

»Steh' auf, Dagon«, sagte Myron zu mir, »ich habe es mir überlegt. Ich werde dir folgen. Deine Rache soll die meine sein.«

XIII Der Pharao

Ich vertrieb die Schwäche des Schlafs aus meinen Sinnen, richtete mich auf und sagte: »Myron! Du bist es! Ich hatte einen schweren Traum. Fünf Adler flogen über einen Felsen, da wurde einer von ihnen plötzlich zur Schlange. Ich rang mit ihr, und sie verbiß sich in meine Schulter...«

»Du auch?« fragte eine tiefe Stimme. Arnuwan war erwacht und aus seinem Raum an mein Lager getreten. »Wie seltsam! Ich träumte ebenfalls von den fünf Vögeln. Was soll das bedeuten?«

Myron blickte uns sonderbar an. Nach einer Weile sprach er: »Das muß ein Götterzeichen sein. Denn auch mir sind diese Adler erschienen. Laßt uns sogleich zu Mago gehen!«

Wir eilten in das Gemach des Phöniziers und weckten ihn. Myron ergriff als erster das Wort und erklärte:

»Hophra will heute nach Saïs zurückkehren. Daher müssen wir schnellstens handeln. Heute nacht verriet mir ein Traum, daß es ein großes Unrecht wäre, wollte ich Dagon den Freundesdienst verweigern. Ich habe einen schweren Fehler gemacht. Höre, Mago: Wir alle träumten von fünf Adlern. Plötzlich wurde einer von ihnen zu einer Schlange, und die anderen Vögel begannen mit dem Gewürm zu kämpfen. Das kann nur bedeuten, daß es der Himmel als Verrat ansehen wird, wenn einer von uns Dagon die Gefolgschaft verweigert. Davor wollen die Götter uns warnen. Ich möchte nicht zur Schlange werden.«

Wir schwiegen. Myron blickte uns der Reihe nach an und fuhr fort:

»Jetzt sehe ich ein, daß ich zu sehr an meinen Haß dachte. Die ältere Pflicht muß Vorrang genießen. Darum habe ich beschlossen, meine Pläne zurückzustellen und Dagon zur Seite zu stehen, bis er sein Ziel erreicht hat.«

Dankbar umfaßte ich die Handgelenke des Mileters. Myrons Antlitz leuchtete auf, und wir umarmten uns schweigend.

Mago schwieg unbehaglich. Als wir ihn anschauten, blickte er uns betreten an, öffnete schließlich den Mund und erklärte: »Ja doch! Auch ich träumte diesen Traum.«

Der Luwier sprach mit tiefer Ehrfurcht: »Ein Wunder ist geschehen. Die Götter selbst stehen uns bei.«

Mago musterte uns mißmutig und versetzte: »Also gut! Was bleibt mir anderes übrig! Wenn Myron sich jetzt davonmacht, kann ich in Hophras Kerker verfaulen. Da mag ich lieber nach Medien marschieren. Dann sterbe ich wenigstens an der frischen Luft.«

Arnuwan hieb dem Phönizier krachend auf die Schulter und rief: »Wohlgesprochen, Gefährte! Nun sind wir vier, und auch Reguël soll uns nicht entwischen. Laßt uns sogleich die Wagen anspannen!«

»Nein«, wehrte Myron ab. »Wenn Dagons Werk vollendet ist, will ich zum Pharao zurückkehren. Darum darf ich ihn jetzt nicht ohne seine Zustimmung verlassen. Aber ich habe schon einen Plan: Ich werde mit Dagon zu Hophra gehen und dem Pharao sagen, daß wir wüßten, wo das Gold Assyriens liegt. Dann bitte ich Hophra, mir Urlaub zu gewähren, damit ich den Schatz für ihn heben kann. Ich werde versprechen, alles Gold und Silber dem Pharao zu übergeben. Wenn ich Thrasybulos mit Hophras Hilfe vertrieben habe, will ich euch reichlich entschädigen. Seid ihr damit einverstanden?«

Wir nickten. Die Morgendämmerung drang in das Zelt. Myron legte ein Festgewand an und reichte auch mir Kleidungsstücke, wie sie bei Hof üblich sind. Wir wuschen uns und bestäubten uns nach ägyptischem Brauch mit wohlriechenden Essenzen. Arnuwan verzog das Gesicht, als er den starken Duft roch.

Das Zelt des Pharaos hob sich zehn Ellen über den Boden der Wüste und wurde von sechshundert Masten getragen. Der Hauptmann der Wache ließ uns von vier kuschitischen Lanzenträgern begleiten. Wir schritten durch eine hölzerne Pforte in den umzäunten Innenhof. Unter dem aus bunten Stoffen gewebten Dach eines Vorbaus saßen schon viele hohe Würdenträger des Reichs.

Verstohlen griff ich in den ledernen Beutel auf meiner Brust, holte einen prächtigen Topas hervor und drückte ihn Myron in die Hand. Der Mileter trat wie von ungefähr an den »Vorsteher der Geheimnisse des Morgengemachs« heran und steckte ihm das Geschenk zu. Der Höfling nickte und winkte uns zwischen schweren Vorhängen durch einen mit Löwenfellen ausgelegten Gang in einen kleinen Raum mit vergoldeten Stühlen. Dort legte er einen Finger an die Lippen und verschwand.

Myron raunte mir zu: »Das ist Hophras Empfangsraum

für geheime Gespräche. Sobald der Pharao erwacht ist, werden wir ihn sehen.«

In diesem Moment ging die Sonne auf, und der »Vorsteher der Morgenhymne« ließ seine Stimme erschallen. Der heilige Weckruf erklang in hohen, langgezogenen Tönen und drang durch das ganze Zelt. »Du erwachst friedlich«, lauteten seine Worte. »Schönes Erwachen in Leben, Heil und Gesundheit Seiner Herrlichkeit!«

Nach diesem Gruß vernahmen wir Stimmen von Männern und Frauen, die sangen: »Deine Augen dringen in jeden Leib, denn du bist wie Rê, der mit den Strahlen schaut. Aber du erleuchtest Ägypten mehr als die Sonne. Du läßt das weite Land grünen, mehr als ein hoher Nil. Du speist alle, die dich geleiten, und ernährst jeden, der deinem Weg folgt.«

Dann lobten Männer und Frauen abwechselnd: »Du großer König über Millionen Waffen, die anderen Herrscher der Welt sind gegen dich nur gewöhnliches Volk! Du Deich, der du den Strom eindämmst, du kühler Schatten, der vor Hitze schützt! Du großer König über ein Bollwerk mit Mauern, du bist der Zufluchtsort, der alle Plünderer fernhält! Du Fels, der Unwetter vertreibt! Du Schwert, das die Feinde von unseren Grenzen verjagt!«

So ging es eine ganze Weile fort. Dann eilten auf dem Gang mehrere Höflinge vorbei. Sie trugen ein Stierhorn und viele Tiegel und Schüsseln aus Alabaster, gefüllt mit Pasten und Ölen aus Sinai und Punt. Der »Oberste der Salben aus dem königlichen Schatzhaus« führte sie. Andere Diener trugen Spiegel aus blankgeputztem Stahl und Kämme aus geschnitztem Elfenbein, denn sie waren die Unter- und Oberhaarmacher des Königs. Den Schluß bildete der »Vorsteher des Badezimmers«. Als die Diener verschwunden waren, begann im Schlafgemach des Pharaos ein Plätschern und Prusten, Trippeln und Treiben wie in einem Haus voller Frauen, und Myron sagte leise zu mir:

»Sind sie nicht Kinder, diese Ägypter? In den Töpfen mischen sie Fett von sechs Tieren: Löwe, Nilpferd, Krokodil, Katze, Schlange und Steinbock. Das läßt sich der Pharao allmorgendlich auf der Kopfhaut verreiben, weil er glaubt, daß es gegen Haarausfall hilft!«

»Und was war in dem Stierhorn?« fragte ich.

Myron lächelte und flüsterte: »Blut von einem schwarzen Kalb, das in Öl gekocht wurde. Hophras Haarmacher haben ihm erzählt, das sei das allerbeste Mittel gegen eine Glatze. Dabei ist der Pharao eben sechzehn geworden. Aber auch Frauen pflegen sich ja die Haut schon dann mit Eifer zu salben, wenn sie der zusätzlichen Fette noch gar nicht bedarf. Hier in Ägypten reiben sie sich am liebsten mit Honig ein, in dem ein Eselszahn zerstoßen ist. Manchmal lassen sie auch einen Eselshuf mit Dattelkernen und Hundepfoten zu Pomade kochen. Nilpferdsamen, Gazellenkot – es gibt nichts Scheußliches, was sich diese Verrückten hier nicht in die Haare schmieren.«

Er verstummte, denn soeben hasteten der »Hüter der königlichen Kronen« und der »Bildner der beiden Zauberreiche« vorüber, gefolgt vom »Vorsteher der Königsbinde«. Ihre Diener hielten hölzerne Kästen in ihren Händen, in denen sich der Kopfschmuck des Pharaos befand. Der Chor sang inzwischen:

»Du öffnest die Tore der Mauern, die einstmals verriegelt waren. Du machst die Herzen Deiner Diener fest mit einem einzigen Blick. Der Umkreis des Meeres ruht in Deiner Faust, und Deine Majestät steigt empor wie der göttliche Falke.«

»Nun ist es aber genug«, brummte Myron. Da wurde plötzlich die vordere Teppichwand unseres kleinen Gemachs fortgezogen, und wir erblickten im größten Raum des vielmastigen Zeltes den Herrscher Ägyptens auf seinem Thron.

Der Sitz des Pharaos erhob sich auf einem Würfel aus edlen, mit Goldstaub bemalten Hölzern. Vier schlanke Säulen trugen ein blaues Byssusdach, dessen Saum zwei Reihen Schlangenköpfe zierten. An den Seiten breiteten sich Schwingen aus wie an der Brust eines riesigen Vogels. Auf der Vorderseite, zu Füßen des Pharaos, waren die Namen der Feinde zu lesen, die er unterworfen hatte. Neben dem Thron stand der »Vorsteher der Geheimnisse des Morgengemachs«.

Wir verneigten uns, wie es die Sitte gebot. Hophra nickte uns zu und lud uns mit einem Wink auf Teppiche zu seinen Füßen.

Der Pharao trug die Augenbrauen geschoren, zum Zeichen der Trauer um seine Lieblingskatze, die am Tag zuvor gestorben war. Sein Kopf wirkte ein wenig groß für die schmalen Schultern, und seine Arme und Beine erschienen mir zierlich wie die einer Frau. Er trug rosenrote Seidenhandschuhe, wie es der Sitte entsprach. Denn vornehme Ägypter halten es für unschicklich, Fremden, zumal Ausländern, die nackten Hände zu zeigen. Allerdings wird die Pflicht, bei Hof mit Handschuhen zu erscheinen, am Nil längst nicht so streng erfüllt wie vor dem medischen Thron zu Ekbatana.

Hophra wirkte auf mich ein wenig verweichlicht, doch seine Augen verrieten Wachsamkeit und einen scharfen Geist. Mit heller Jünglingsstimme sprach er:

»Ich grüße dich, Mann aus Milet, der du dich meines Wohlwollens erfreust. Draußen vor meinem Zelt harren Hunderte hoher Herren aus dem gesamten Reich. Da du von mir verlangst, diese bewährten Stützen des Throns deinetwegen warten zu lassen, mußt du etwas sehr Wichtiges mitzuteilen haben.«

Myron setzte nach höfischem Brauch zu einer längeren Lobpreisung an: »Du gleichst Amon in allen Zügen, König der beiden Länder des Nils«, sprach er mit feierlicher Stimme. »Alles, was dein Herz sich wünscht, geschieht. Was immer aus deinem Mund ertönt, gleicht den ewigen Worten des Horus. Wenn du zum Wasser sprichst ›Geh auf den Berg!‹, so fließt der Ozean in die Höhe. Der Thron deiner Zunge ist ein Tempel der Wahrheit, Amon selbst sitzt auf deiner Lippe, der du dem Küken im Ei den Atem erhältst und selbst dem Sohn des Wurms das Leben...«

»Genug«, rief der Pharao lächelnd und mit erhobenen Händen, »ich werde später noch genügend solche Reden hören.« Dann wechselte er ins Akkadische und befahl:

»Berichte mir lieber, was dich zu mir führt, und zwar in der Sprache des Stromlands. Denn ich ahne, daß es um geheime Dinge geht, wenn du so eilig zu mir kommst. Wen hast du da bei dir? Er scheint ein tüchtiger Krieger zu sein. Wie ist sein Name, und wie kam er zu der gebrochenen Nase?«

»Dieser Mann heißt Dagon«, antwortete Myron. »Er ist mein ältester und bester Freund. Viele Male fochten wir Seite an Seite. Die Nase brach ihm ein Fürst der Bebryken, eines sehr wilden Volkes im Norden von Asien, die für ihre Faustkämpfer berühmt sind.«

»Du meinst, dort schlagen sich die Fürsten mit Fäusten?« versetzte der Pharao spöttisch. »Wie barbarisch! Dann müssen dort die Herrscher ja allesamt aussehen wie Verbrecher, an denen die Prügelstrafe vollzogen wurde! Auch dein Freund macht keinen besonders vertrauenerweckenden Eindruck. Bist du denn sicher, daß er nicht auf der Flucht ist? Vielleicht vor Häschern, die ihm auf den Fersen sind?«

Ich faßte den König ins Auge und sagte: »Der Völkerfürst urteile nicht nach dem äußeren Schein! Die Herzen der Menschen werden erst vor Osiris gewogen.«

Myron fiel hastig ein: »Dagon lud niemals ein Verbrechen auf seine Seele. Götter und Menschen achten ihn; der Schild seiner Ehre glänzt unbefleckt. Auch lebt er fromm und gottesfürchtig, ist dazu redlich und treu – kurz: ein Gefährte, wie man ihn sich nur wünschen kann.«

Der Pharao blickte Myron belustigt an und tätschelte mit der Rechten ein seidenes Kissen. Meine Narbe begann zu brennen. Myron sprach weiter:

»Ich habe dir stets treu gedient, großer König. Niemals mißachtete ich auch nur ein einziges deiner Worte. Niemals schonte ich mich bei dem Versuch, jedem deiner Wünsche zu willfahren. Darum sieh mich gnädig an! Denn wir sind gekommen, um einen Gefallen von dir zu erbitten – einen Gefallen, von dem wir glauben, daß du Freude an ihm haben wirst!«

Hophra lächelte wieder und lehnte sich ein wenig zurück. Myron fuhr fort:

»Wie du weißt, gehörte ich vor vielen Jahren zu den letzten Heerführern Assurs. Als Fremder kämpfte ich für Sinschar-Ischkun den Stolzen, als sei ich ein Sohn seines Landes. Gleiches galt auch für meine Gefährten: Dagon, den du hier neben mir siehst, und Mago, den Anführer deiner Flotte, den du in deiner Güte meiner Obhut anvertrautest.«

Hophra beugte sich überrascht vor und blickte uns mißtrauisch an. »Auch der Phönizier hat für Assyrien gekämpft?« fragte er dann. »Warum erzählst du mir das erst heute?«

»Weil ich warten wollte, bis wir alle drei versammelt sind«, antwortete Myron rasch. »Denn was wir dir jetzt vorzuschlagen haben, können wir drei nur gemeinsam vollbringen.«

»Und was«, fragte der Pharao lauernd, »gedenkt ihr nun für mich zu tun?«

Myron holte tief Luft und erklärte: »In den Aufzeichnungen deiner göttlichen Ahnen hast du gewiß gelesen, daß sie zwar in der Vorzeit Gegner der Assyrer waren, später aber deren gnädige Freunde. Sandte dein Großvater Necho nicht einst sein Heer zum großen Strom, dem Euphrat, um meinem letzten Gebieter, dem Prinzen Assur-Uballit, im Kampf gegen seine Feinde zu helfen? Aber die Götter waren gegen uns. Als es zu Ende ging, verbargen wir drei den Schatz des Reichs am brausenden Balikh. Jeder von uns nahm den dritten Teil und vergrub ihn, so daß wir das Gold nur gemeinsam wiederfinden können.«

Hophra blickte Myron nachdenklich an. »Und was, Mileter«, fragte er, »verlangst du nun von mir?«

Myron fuhr sich mit der Zunge über die Lippen und antwortete: »Wenn mein Wunsch dir unbillig erscheint, so laß uns tun, als hätte ich ihn niemals ausgesprochen! Du weißt, wie sehr ich mich danach sehne, meiner Heimat die Freiheit wiederzugeben. Dieses Ziel kann ich nur mit deiner Hilfe erreichen. Um mir dein Wohlwollen zu erwerben, kam ich zu dir. Mit dem Schatz Assyriens könntest du deine Krieger noch besser bewaffnen, deine Schiffe vermehren, deine Belagerungstürme erhöhen und deine Steinschleudern verstärken, bis dir kein Feind zu widerstehen vermag. Darum gewähre mir acht Wochen Urlaub, damit ich mit meinen Gefährten zum brausenden Balikh ziehe und dir das Gold Assyriens hole! Zum Dank begehre ich nichts weiter als nur so viele Schiffe deiner Flotte, wie ich benötige, um Milet von dem Tyrannen zu befreien.«

Hophra musterte meinen Gefährten und dann auch mich. Sein Blick verursachte mir Unbehagen. Dann stützte der Pharao seine Rechte bequem auf ein seidenes Kissen und sagte:

»Du verlangst sehr viel Vertrauen, Mann aus Milet. Wer bürgt mir dafür, daß du den Schatz nicht für dich selbst behältst?«

Myron erwiderte: »Wenn wir dich um den Schatz betrügen wollten, göttlicher Pharao, so würden wir dir besser nichts von ihm erzählen. Ich bräuchte doch nur den Graben zu Ende zu bringen. Dann würdest du mich in Gnaden entlassen, und ich könnte mit den Gefährten in aller Ruhe zum brausenden Balikh ziehen.«

Der Pharao lächelte. Dann sprach er: »Vielleicht habt ihr plötzlich Eile, das Gold zu bergen, weil einer von euch in Gefahr ist? Mago zum Beispiel, über dessen Schicksal ich noch nicht entschieden habe! Wer weiß auch, was dein Gefährte Dagon vor mir verbirgt!«

Myron hob seine Rechte und erklärte: »Ich bin bereit, für Dagon und Mago die Hand in ein Kohlebecken zu legen. Niemals werde ich den Gehorsam vergessen, den ich dir schulde. Der Schatz der Assyrer gehört dir allein, denn du bist der Erbe des Krieges gegen die Meder und Babylonier. Ninives Gold soll dir helfen, Assurs alte Feinde zu vernichten.«

Als der Grieche geendet hatte, schoß plötzlich ein blitzender Gegenstand durch den Raum und fuhr mit einem dumpfen Laut auf den aus Wolle gewirkten Teppich zu unseren Füßen.

Der Pharao legte die Rechte, die diesen Wurf ausgeführt hatte, auf die Lehne seines Throns und schaute uns durchdringend an. Ungläubig starrte Myron auf den Boden. Auch ich traute meinen Augen kaum. Denn auf dem Stoff lag ein medisches Messer, und Hophras Blick ließ keinen Zweifel daran, daß diese Waffe zuletzt in der Brust eines delphischen Wächters gesteckt hatte.

XIV Das Abkommen

Die Nubier umringten uns und hoben ihre klafterlangen Lanzen. Der »Vorsteher der Geheimnisse« blickte erschrocken auf Myron herab. Hophra schalt mit zorniger Stimme:

»Sind denn die Griechen nicht die in die Fremde verirrten Kinder Ägyptens? War euer Vorfahr Danaos denn nicht ein Sprößling der herrlichen Isis, die an den Stränden der Ägäis Demeter heißt? Wurde nicht selbst der Kerberos mit den drei Köpfen, den euer Herakles einst aus dem Hades holte, ursprünglich aus Ägypten zu euch gesandt, um eure Unterwelt zu behüten? Beten wir nicht zu denselben Göttern, auch wenn ihr sie anders nennt als wir? Euer Zeus ist unser Amon, unser Horus euer Apoll! Dennoch wagst du es, einen Fremdling vor meinen Thron zu bringen, der durch seine Untat ganz Griechenland in Empörung versetzte!«

Myron wollte etwas bemerken, doch der Pharao schrie: »Schweige!« Dann blickte Hophra mit zornig gerunzelter Stirn auf mich herab und fuhr fort:

»Mein hehrer Ahn Necho, der glorreiche Sieger über die Syrer und die Judäer, der unbezwingbare Beschützer der Städte Phöniziens und Palästinas, der unvergleichliche Neuerer, der den großen Graben erdachte, den ich nun zu bauen bestrebt bin — wem hat dieser göttliche Pharao nach seinen Siegen denn seine kostbare Rüstung geweiht? Hängt sie nicht im Tempel Apolls zu Didyma bei Milet? Wer die hellenischen Götter beleidigt, der lästert auch die von Ägypten!«

Ich hielt seinem strengen Blick stand. Myron sagte bedachtsam: »Ich wußte nichts davon, Herr.«

Hophras Augen bohrten sich in die meinen. Nach einer Weile wandte er sich zu dem Mileter und sprach:

»Hast du denn wirklich nichts von dem Verbrechen vernommen, das dein Gefährte in Delphi beging? Gestern erst kam ein Bote Perianders zu mir. Du kennst ihn wohl, den Fürsten von Korinth, den mit Ägypten schon seit so langer Zeit die innigste Freundschaft verbindet. Heißt sein Neffe nicht Psammetich, nach meinem göttlichen Vater? Als mächtigster unter den Fürsten von Hellas ist Periander zugleich der Schutzherr des delphischen Tempels, den dieser Mann hier entweiht hat!«

»Ich kann es nicht glauben«, erwiderte Myron. »Dagon war immer der gottesfürchtigste meiner Gefährten. Den Herrschern fremder Himmel erwies er stets ebensoviel Ehrerbietung wie den Göttern seiner assyrischen Heimat.«

»Nennst du es ehrerbietig«, fragte der junge Pharao scharf, »wenn sich ein Mann vermißt, die heiligsten Gesetze eines Tempels zu verletzen? Wegen dieses Frevels ließ Apollo grollend die Erde erbeben, so daß vom Dach der heiligen Höhle schwere Steine hinunterstürzten. Einer von ihnen traf die Pythia, zur Strafe wohl, weil sie die Sünde nicht verhindert hatte.«

Myron schaute mich fragend an. Der Pharao sprach weiter:

»Apollodorus, der älteste Priester von Delphi, hatte von der Pythia erfahren, was diesen Knecht Assurs nach Delphi zog. Nach dem Unglück schickte er einen Wächter namens Sostrates zu Periander. Der Fürst von Korinth ahnte die Hintergründe und sandte den Delphier sogleich mit dem schnellsten Handelsschiff zu seinem Freund Thrasybulos nach Milet. Am Hafen dieser Stadt traf der Bote auf deinen Gefährten, Myron. Als er ihn festnehmen wollte, tötete ihn der Assyrer mit einem Messer.

Wächter des Thrasybulos fanden die Leiche später am Strand. Der Fürst von Milet sandte das Messer mit einem Boten zu Periander. Er ließ dem Korinther ausrichten, der Mörder sei nach Ägypten entflohen, um sich dort bei einem Gefährten aus alter assyrischer Zeit zu verbergen.«

Myron schaute dem Pharao in die Augen und antwortete: »Ich wußte, daß sich in Delphi ein Unglück ereignet hatte. Doch Dagon trifft daran keine Schuld . . .«

»Wer weiß denn«, unterbrach ich den Gefährten, »für welche Sünden Apollo das Heiligtum wirklich bestrafte? Ich handelte im Einverständnis mit der Pythia. In Milet aber habe ich nicht gemordet, sondern ein Mädchen gerächt, das der Delphier Sostrates heimtückisch erschoß.«

»Sie war die Geliebte meines Herzens«, fügte Myron hinzu.

Hophra sah meinen Gefährten unwillig an und versetzte: »Dennoch hast du mich belogen, als du vom Schatz Assyriens faseltest. Kam der Assyrer nicht nur deshalb nach Ägypten, um dich zu einem Rachefeldzug gegen den König der Meder zu laden?«

»Ja«, gab Myron ohne Zögern zu. »Doch davon wollte ich dir erst erzählen, wenn ich dein Einverständnis besaß, mich auf die Suche nach dem Schatz von Assur zu machen. Ich fürchtete, du würdest es mir verbieten, meinem Gefährten zu helfen.«

Ich bewunderte die Glattzüngigkeit des Griechen. Hophras Mißtrauen schien jedoch noch nicht besänftigt. Der Pharao musterte Myron mit zweifelnden Blicken und fragte:

»Warum sprachst du dann nur von drei Freunden, die diesen Schatz suchen wollen? Ich weiß aus Delphi, daß nicht drei, sondern fünf Männer ausziehen müssen, wenn der Sohn des Assyrers gerächt werden soll. Gehört außer

Mago und dir auch jener Riese, der heute nacht in deinem Zelt schlief, zu diesen Gefährten?«

Myron erwiderte: »Ja, großer König. Aber er hat mit dem Schatz nichts zu tun. Er kämpfte damals auf unserer Seite, kehrte jedoch in seine Heimat zurück, ehe wir das Gold von Ninive vergruben. Der Fünfte in unserem Bund soll ein Mann aus der östlichen Wüste werden.«

»Etwa ein Beduine? Ein Sandbefahrer«, fragte Hophra unmutig. »Einer von jenen Schasu, die sich in der Trokkenzeit an den Nil schleichen und meine Dörfer brandschatzen?«

»Nein, König«, antwortete Myron schnell. »Er stammt aus Midian. Sein Name ist Reguël. Zu Zeiten deiner Väter bewachte er eure Türkisbergwerke auf Sinai. Dort hoffen wir ihn jetzt zu finden.«

»Reguël?« fragte der Pharao. »So heißt einer der schlimmsten Räuber an unseren östlichen Grenzen!«

»Der Name kommt in der Wüste häufiger vor«, beschwichtigte Myron.

»So viel nimmst du auf dich, nur um den Sohn des Assyrers zu rächen«, fragte Hophra ungläubig. »Sagte mir Solon vor einem Jahr nicht voller Stolz, daß er in Athen die Blutrache abgeschafft habe? Und daß sich nun auch die anderen griechischen Städte beeilen, diesen barbarischen Brauch zu verbieten und die Bestrafung von Verbrechern den von den Göttern eingesetzten Herrschern zu überlassen? Wie es bei uns schon seit Beginn der Zeiten üblich war? Freilich, dein Gefährte ist weder Ägypter noch Grieche, sondern Assyrer. Aber auch im Stromland darf man erlittenes Unrecht nicht selber vergelten. Auch dort straft der König, und zwar schon seit Hammurabi!«

»Der Auftrag, Rache zu nehmen, kam von Apollo selbst«, entgegnete Myron schlau. »Wie sollen wir uns seinem Wunsch widersetzen?«

Der Pharao schwieg eine Weile; schließlich sprach er: »Dann soll Phoebus entscheiden. Wenn sich der Gott vor meinen Augen für dich erklärt, will ich dir glauben.«

Ich blickte besorgt zu Myron. Aber zu meinem Erstaunen antwortete der Mileter erfreut: »Ich danke dir, daß du mein Schicksal in die Hand des Gottes legst. Ja, Horus-Apollo soll richten. Das aber kann nur in Naukratis geschehen, wo sein Tempel steht. Willst du mit uns in diese Stadt reisen, um die Entscheidung des Gottes zu sehen?«

»Ich kenne den Tempel«, versetzte der Pharao. »Seine Mauern sind mit Zedernholz verkleidet, sein Tor erhebt sich sechs Manneslängen empor. Wenn sich der Mond zum nächsten Mal rundet, will ich vor diesem Tempel stehen.«

»Wir werden auf dich warten«, sagte Myron schnell. »Du sprachst von der schweren Tür. Sobald du vor den Mauern erscheinst, will ich Apollo bitten, das Tor mit seiner eigenen Hand zu öffnen. Das soll das Zeichen dafür sein, daß wir in seiner Gnade stehen.«

»Ihr hattet Glück, daß wir Akkadisch sprachen, das meine Diener nicht beherrschen«, erwiderte der Pharao. »Denn hätten sie auch nur ein einziges eurer Worte verstanden, hätte ich euch längst umbringen lassen müssen, um meine Würde zu wahren. Denn welcher König dürfte sich so dreist belügen lassen? Doch wenn Apollo euch hilft, will ich euch verzeihen.«

»Ich danke dir, göttlicher Pharao«, seufzte Myron erleichtert. »Ich habe mir niemals erlaubt, an deinem Gerechtigkeitssinn zu zweifeln. In Naukratis siehst du uns wieder.«

»Dich ganz gewiß«, rief der Pharao und wechselte plötzlich in die ägyptische Sprache. »Denn du bist verhaftet und wirst meinen Hof nicht verlassen, bis diese Sache geklärt ist.«

Ich spannte meine Muskeln, um den Wächtern, die uns umringten, zu entkommen. Doch Myron hielt mich zurück und sagte laut: »Dem Gerechten bangt nicht vor der Nähe seines Herrn.«

Der junge Pharao winkte einem Schreiber und erklärte: »Vorhin warst du bereit, für diesen Mann die Hand in ein Kohlebecken zu halten, Grieche. Nun, ich will deinen Wunsch erfüllen. Doch sollen dich nicht Flammen plagen, sondern Zweifel. Darum lege ich dein Leben in die Hand deines Gefährten. Der Assyrer soll mit dem Riesen und dem Phönizier sogleich zum Sinai enteilen. Kehrt er nicht wieder, so ist des Mileters Leben verwirkt. Hilft ihm jedoch der falkenäugige Horus, den Beduinen Reguël aufzustöbern und zu uns nach Naukratis zu bringen, so wollen wir dort gemeinsam Apollos Urteil erwarten. Öffnen sich vor mir die Tore durch göttliche Hand, so lasse ich die Fremden ziehen. Bleiben sie aber geschlossen, so müssen die Fremden sterben.«

XV Der Überfall

Die Nubier ergriffen Myron und trieben mich mit ihren Lanzen zurück. Der Grieche gab mir mit den Augen einen Wink. Ich gehorchte und eilte davon.

Mago und Arnuwan saßen an einem üppig gedeckten Frühstückstisch mit geschmorten Tauben und gekochten Wachteleiern, Broten aus Zeretgetreide mit Honig und süßen, gedünsteten Feigen. Als sie erfuhren, was geschehen war, blieben ihnen die Bissen im Halse stecken. Weder der Luwier noch der Phönizier wollten so recht daran glauben, daß der Mileter wirklich die Hilfe Apollos herbeiflehen konnte. Mago war es schließlich, der sagte: »Myron wird schon einen Ausweg finden. Hophra ließ seine Entscheidung aufschreiben, weil er glaubt, er könne dadurch leichter widerstehen, wenn der Grieche ihn bittend bedrängt. Doch unser Gefährte ist ja nicht dumm. Und zwei Wochen sind eine lange Zeit.«

Arnuwan fiel ihm ins Wort: »Vierzehn Tage sind schnell vergangen, wenn man einen Mann in einer Wüste suchen muß, die über zwei Erdteile reicht! Wer weiß, wo Reguël jetzt steckt.«

»Der Pharao erzählte uns von einem Räuber dieses Namens, der auf dem Sinai sein Unwesen treibt«, berichtete ich.

Mago und Arnuwan wechselten einen Blick. »Das ist er!« riefen beide wie aus einem Mund.

»Aber wie wollen wir den Gefährten finden?« fragte Arnuwan dann. »In den Gebirgen des Sinai können sich Räuber verstecken wie Spucke im Schaum des Bieres.«

»Nun«, sprach Mago mit der Miene eines Mannes, der die Lösung eines Rätsels weiß, an dem alle anderen verzweifeln, »wenn wir Reguël nicht aufspüren können, sollten wir dafür sorgen, daß er uns findet.«

»Wie meinst du das?« fragte der Luwier. »Selbst wenn er auf irgendeine Weise erführe, was hier geschehen ist – glaubst du, daß das, was wir ihm anzubieten haben, seinen Ohren sehr verlockend klingt? Er ist gewiß nicht lebensmüde!«

Der Tyrer säuberte mit einem Span den Nagel seines linken Zeigefingers und versetzte: »Wer sagt denn, daß er von uns wissen muß? Er soll nur von einem kleinen, schlecht bewachten Handelszug vernehmen, der mit Gold und Silber nach dem Osten reist.«

»Mago hat recht«, sagte ich, »Räuber verfügen gewöhnlich über bezahlte Lauscher in allen großen Herbergen am Weg. Aus welcher Stadt brechen die meisten Handelszüge nach den Ländern der Araber auf?«

»Gleich hier aus Bubastis«, antwortete Mago. »Drüben am Himmelsrand seht ihr das trockene Land, das Gosen genannt wird. Sein westlicher Teil gehört noch zum Gau des Unversehrten Zepters. Von dort kommt man in nur zwei Tagesmärschen zum Schilfmeer. Dahinter beginnt Sinai. Die meisten Karawanen ziehen auf der längeren Strecke nach Süden durch die Gebirge. Denn dort gibt es jeden Tag Wasser, und viele ägyptische Wachhäuser schützen die Straße. Mutige Kaufleute aber bevorzugen einen viel kürzeren Weg durch die Wüste. Dort findet man auf einer Strecke von mehr als vier Tagen nicht einen einzigen Brunnen. Außerdem lauern dort Räuber. Dafür aber braucht man nach Midian nicht dreizehn, sondern nur sieben Tage.«

»Dann wollen wir«, sagte ich, »heute noch überall in Bubastis erzählen, daß wir mit Gold und Silber durch die Wüste fahren, um bei den Midianitern Weihrauch einzuhandeln. Wenn Reguël davon erfährt, wird er nicht widerstehen können.«

Arnuwan wiegte bedenklich den Kopf und versetzte: »Und dann erklären wir ihm mit schlichten, ergreifenden Worten, daß er seinen Hals wagen soll, um Myron bei Hophra herauszuhauen? Ausgerechnet Reguël, ein Räuber der Wüste? Wenn die Ägypter ihn erwischen, erschlagen sie ihn, ehe er ›Asasel‹ sagen kann.«

»Was für ein Ding?« erkundigte sich der Phönizier.

»Asasel«, wiederholte Arnuwan. »Weißt du das denn nicht mehr? Das ist doch dieser Dämon, den Reguël bei jeder Gelegenheit anrief. Viele Wüstenvölker belegen einmal im Jahr einen Ziegenbock mit diesem Namen und jagen ihn dann in die Wüste hinaus, damit das Tier die Sünden des Stammes mit sich davontragen soll. Doch ich vergaß: du als Phönizier pflegst deine Sünden ja nicht zu bereuen, sondern dich ganz im Gegenteil jeden Tag tiefer im Laster zu suhlen, du verlotterter Molch!«

Mago entgegnete gelassen: »Unser wilder Wüstenhäuptling wird sich nicht vor einem kleinen Wagnis scheuen, wenn man ihm sagt, daß es jetzt einen Freund zu retten gilt. Noch dazu einen, der hoch in der Gunst des Pharao steht.«

»Steht? Stand, meinst du vielleicht«, schnaubte der Luwier. »Der Grieche ist eigentlich schon tot. Und wenn nicht ein Wunder geschieht, wird uns der Pharao alle mit Myron ins Gras beißen lassen. Was meinst du wohl, was Reguël dazu sagt!«

»Wir werden ihm nicht gleich alles verraten«, sprach Mago, »wir lügen ihm erst etwas vor.«

Wir nahmen unsere Waffen und unser Gepäck, stiegen auf den vierspännigen Wagen und rollten nach Süden davon. Ungefähr nach zwei Stunden gelangten wir unter das Tor von Bubastis. Dort trafen wir eben rechtzeitig ein, um einen seltsamen Festzug zu sehen.

Bubastis zählt zu den volkreichsten Städten des Landes. Seine Mauern beherbergen sogar mehr Einwohner als Milet und Korinth, aber doch weniger, als einst in Ninive lebten, und nur einen Bruchteil der Bevölkerung von Babylon. Die Stadt ist einer Göttin geweiht, die bei den Griechen Artemis heißt und über das Waidwerk gebietet. Ihre ägyptischen Anbeter nennen sie Bastet und glauben, daß sie die Gestalt einer Katze besitze. Deshalb verehren sie jedes von diesen kratzenden und manchmal fauchenden Tieren, als sei es selbst eine Gottheit. Wenn bei ihnen ein Feuer ausbricht, retten sie erst ihre Katzen und dann ihre Frauen. Und wenn eines dieser Tiere irgendwo in Ägypten verendet, so bringt man seinen Leichnam zum Heiligtum nach Bubastis. Dort balsamiert man ihn ein und legt ihn in eine der mächtigen Kammern, die sich unter dem Tempel erstrecken. So finden diese Tiere in Ägypten ein besseres Begräbnis als anderswo die Menschen.

Die Griechen kennen Artemis als keusche Göttin und jungfräuliche Schwester Apolls. Ihr Eifer gilt dem edlen Wild und nicht der schnöden Lust. Aktäon, der sie beim Baden belauschte, büßte dafür mit dem Leben: er wurde in einen Hirsch verwandelt und von seiner eigenen Hundemeute zerrissen. Ägyptens Bastet dagegen fordert die Freuden der Sinne. Mehrere Male im Jahr versammelt sich ihr zu Ehren eine vielköpfige Festgemeinde aus allen Städten und Dörfern des Nillands, um eine ganze Nacht der Völlerei und Wollust zu frönen. Die Menschen fahren in blumengeschmückten Nachen aus Schilf auf allen Flußarmen des Deltas herbei und sammeln sich an der Mauer des Hafens. Die Priester spielen auf siebensaitigen Harfen. Die männlichen Festgäste schlagen die Laute und blasen auf asiatischen Flöten. Sehr viele Krieger aus dem königlichen Heer, die für dieses Fest Urlaub erhalten, stoßen in ihre Trompeten. Manche führen auch die Pauke mit. Die Frauen aber lärmen mit Trommeln und Klappern, so daß man in dem Getöse kaum noch das eigene Wort versteht.

Als wir näherkamen, rafften die schönen Ägypterinnen ihre Gewänder empor und bedeuteten uns mit den Fingern, zu welchem Zweck sie nach Bubastis gekommen waren. Sie benahmen sich dabei noch leichtfertiger als selbst die Dienerinnen des Dionysos. Wenn einer von den Männern nicht aufmerksam war und diesen Frauen zu nahe kam, packten sie ihn ohne Umstände zwischen den Beinen und forderten, er solle ihnen seine Männlichkeit beweisen. Weigerte er sich, so warfen sie ihn kurzerhand in das Wasser. Wenn er ihnen aber willfahrte, gaben sie nicht eher Ruhe, bis er ganz entkräftet war. Selbst die jüngsten Mädchen, die in anderen Ländern noch unter dem Schutz der Sitte zu stehen pflegen, ahmten diesen Brauch mit großer Freude nach.

Alle Ägypter schleppten große Schläuche mit Wein, aus denen sie unmäßig tranken. Man sah die Männer an den Ufern wie Tote liegen. Längerer Schlaf war keinem von ihnen vergönnt, denn Mädchen und Frauen machten Jagd auf die hilflosen Zecher und müden Liebhaber. Sie streiften den Reglosen fröhlich die leichten Gewänder empor und übten sich dann in der Kunst, mit küssenden Lippen und streichelnden Fingern aus den erschlafften Bogen neue Pfeile zu locken.

Magos Augen glänzten, als er das sah. Arnuwan aber legte ihm freundschaftlich den Arm um die Schultern und achtete darauf, daß der Gefährte sich nicht davonschlich.

Viele Zehntausend Menschen schoben sich an diesem Tag in einem feierlichen Zug vom Hafen über eine drei Stadien lange und acht Ellen breite Straße in die Stadt. Da die Frauen uns als Ausländer erkannten, ließen sie uns in Frieden. Es hielt sie wohl auch eine Scheu vor Arnuwan zurück, der die Menge der kleinwüchsigen Ägypter um fast zwei Haupteslängen überragte.

Am Ende der Straße senkte sich unser Weg zu dem zwölf Ellen langen Heiligtum hinab. Einstmals hatte es sich hoch über die Stadt erhoben. Aber seit dieser uralten Zeit waren die Häuser in der Umgebung des Tempels höher und höher gewachsen, so daß ihre Bewohner jetzt auf das aus Zedernholz gebaute Dach des Opferplatzes hinabblicken konnten. Von dort führten schmale Straßen auf den Markt, auf dem sich wenigstens zweihunderttausend Menschen aus dem ganzen Land zusammendrängten. In fast allen Häusern inmitten der Stadt öffneten sich zu ebener Erde Schenken und Speisehäuser. In den schmalen Seitengassen hockten käufliche Mädchen vor ihren Stiegen, prächtig mit Perlen und goldenen Ketten geschmückt. Sie gaben sich an diesem Tag zu Ehren der Göttin kostenlos hin.

Zweimal wandt sich Mago aus Arnuwans Griff. Jedesmal aber holte der Luwier ihn wieder ein und schleppte dann den zappelnden Phönizier zu mir zurück. Dabei machte der Riese dem Tyrer herbe Vorhaltungen, bis Mago unmutig rief:

»Du hast leicht reden, Eisenwanst! Dir sind wohl alle Triebe längst eingefroren. Ich aber weilte drei Jahre auf See, und das unter hitziger Sonne. Seit ich in die bewohnte Welt zurückgekehrt bin, war ich im Kerker Ägyptens gefangen, wo sich nur Mäuse paaren!«

Wir fragten nach dem Viertel der Karawansereien. Dort mischten sich besonders viele Männer in asiatischer Tracht in die Menge. Sie kamen als Händler und Hirten, oft aber auch als Söldner aus Syrien und Palästina, manchmal sogar aus Elam und Babylon. Alle nahmen den Weg über Land, im Gegensatz zu den Phöniziern und Griechen, die sich lieber dem Meer anvertrauen.

In einer Herberge warfen wir die Angel aus. Allen, die zuhörten, erzählten wir stolz, daß wir mit Gold nach Midian ziehen wollten, um am Weihrauchhandel zu verdienen. »Den Räubern muß man nur die Stirn bieten«, prahlte ich dabei, »dann fliehen sie wie Schakale.«

Die Ägypter, zu denen ich solcherart sprach, betrachteten mich wie einen Wahnsinnigen. Die Asiaten stießen einander in die Seiten und spotteten grinsend: »Recht so, Nordmann! Bald wird dir der ganze Osthandel gehören!«

Kurz nach Mitternacht, als wir die wichtigsten vierzehn Herbergen hinter uns hatten, entdeckte ich in einer Schankstube endlich den Mann, bei dem ich sicher war, daß er für Reguël kundschaften ging. Denn als wir wieder unsere Geschichte erzählten, saß er plötzlich am Tisch. Er nannte sich Kedar. Sein Bart wuchs räudig zwischen einer krummen Nase und einem schiefen Mund hervor. Sein einziges Auge blickte uns verschlagen an. Eindringlich empfahl er uns, die südliche Straße zu meiden und lieber auf der kürzeren Nordstrecke nach dem alten Hafen Ezion-Geber zu fahren. Er schilderte die wichtigsten Wegzeichen und erklärte dann:

»Bei so vielen Wagenspuren könnt ihr euch gar nicht verirren. Achtet nur auf den Berg Oryx, dessen Gipfel sich wie das Horn einer Säbelantilope biegt. Dort könnt ihr in Sicherheit lagern. Ganz in der Nähe steht nämlich der Tempel eines Gottes, den die Wüstenräuber fürchten.«

Ich dankte dem Schwarzbart. Als ich seine Ratschläge auf einem Stück Papyros vermerkte, konnte er sich kaum das Lachen verbeißen. Danach zeigte er plötzlich Eile, wünschte uns den Segen der Götter und hastete mit zufriedener Miene davon. Ich folgte ihm und beobachtete wie er zwei Straßen weiter eine scheckige Stute bestieg und schnell nach Osten davonritt.

Am nächsten Morgen kauften wir auf dem Markt von Bubastis einige Ballen mit Leinenstoffen, dazu aus Nilpferdhaut geschusterte Sandalen und bronzene Angelhaken, wie sie in den Ländern des Ostens besonders begehrt sind. Dazu erwarben wir zahlreiche Brote, einige Kiepen getrockneten Fisch und kleine Körbe mit Feigen und anderen Früchten, Kufen mit Wein und Wasser, sorgsam verschlossene Krüge mit Bier und schließlich zwei Ochsenkarren mit je vier Zugtieren.

Mago und ich lenkten das erste Gespann, Arnuwan folgte uns auf dem zweiten. So fuhren wir mittags zum Osttor hinaus.

Zwei Tage später erreichten wir das Schilfmeer. Ein

Breitschiff aus Akazienholz setzte uns über, unweit jener Stelle, an der, wie ich später erfuhr, sechshundert Jahre zuvor die Vorfahren der Judäer vor den Ägyptern geflohen waren. Das Wasser erreicht dort oft nur eine Tiefe von weniger als zwei Ellen, so daß man bei Ebbe und starken, ablandigen Winden manchmal den trockenen Grund sehen kann.

Mit uns fuhren zahlreiche Händler über das Schilfmeer. Am östlichen Ufer sammelten sie sich zu kleinen Zügen und bogen sogleich nach Süden. Denn sie vertrauten auf die Krieger des Königs, der tief im Gebirge zahlreiche Bergwerke besitzt. Wir aber fuhren der Sonne entgegen, und niemand folgte uns.

Drei Tage lang rollten unsere Wagen durch weithin offenes Land. Am vierten Morgen wuchsen Berge empor. Auf ihren Kämmen entdeckten wir Reiter. Sogleich verlangsamten wir die Fahrt, legten die Waffen bereit und hielten auf ein Wäldchen aus verdorrten Tamarisken zu, als ob wir dort rasten wollten. Daraufhin versuchten die Fremden, acht verwegen aussehende Männer, uns den Weg abzuschneiden. Sie trugen lange, weiße Gewänder, um sich vor der Sonne zu schützen, und gegen den Staub Tücher vor den Gesichtern. Als sie uns erreichten, hoben sie Speere, zogen auch Schwerter und stießen gellende Kriegsrufe aus.

Daraufhin hielten wir an. Mago und ich stiegen vom Wagen. Arnuwan blieb auf dem Kutschbock sitzen, die eiserne Kugel zu seinen Füßen. Die Fremden merkten, daß wir nicht zu fliehen versuchten, ließen die Waffen sinken und fielen in langsamen Trab. Schließlich umringten sie uns, wie ein Rudel Hyänen sich um den waidwunden Gazellenbock schart.

Ihr Führer, ein breitschultriger Beduine mit fahler Haut und wulstigen Lippen, sagte in schlechtem Ägyptisch zu uns: »Ergebt euch und laßt eure Waffen fallen, wenn ihr das Leben retten wollt!«

Wir blickten uns um, konnten aber nirgends das Gesicht entdecken, das wir suchten. »Reguël ist ein alter Fuchs«, murmelte Mago zwischen den Zähnen, »er hat wahrscheinlich erst die jungen Leute vorgeschickt und wartet irgendwo in den Felsen, ob ihm nicht eine Falle gestellt wird. Bei der Verteilung der Beute tritt er gewiß in Erscheinung.«

Die Krieger nahmen unsere Wagen näher in Augenschein. Als sie den Wein entdeckten, lachten sie fröhlich. Einer von ihnen, ein Jüngling von kaum sechzehn Jahren, stieß Arnuwan das stumpfe Ende seiner Lanze in den Bauch und herrschte ihn an: »Los, du fetter Krämersack, gib uns vom Saft der Trauben, denn in der Wüste trinkt er sich besonders gut.«

Arnuwan langte seufzend nach hinten und hob mit einer Hand das schwerste Weinfaß empor. Die Beduinen fuhren ein wenig zurück, als sie das sahen.

Der Luwier nahm einen Becher, füllte ihn schweigend und reichte ihn dann dem jungen Räuber. Der Beduine blickte stolz auf seine Gefährten, trank und gab das Gefäß dann prahlerisch an die anderen weiter. »Seht ihr, wie der Dicke zittert?« fragte er dabei.

Mago trat einen Schritt vor, hob beide Hände und rief: »Wir ergeben uns, ihr tapferen Krieger. Wir beben vor eurer Macht. Tut uns bitte nichts zuleide!«

Der Anführer reckte sich geschmeichelt im Sattel, gab uns einen drohenden Blick und versetzte: »Ihr dummen Böcke! Hat man euch nicht vor Tobel, dem Herrn der Wüste, gewarnt?«

»Doch, sehr«, erwiderte Mago. »Überall in Ägypten nennt man deinen Namen mit Furcht. Mütter erschrecken die Kinder damit.«

Die Räuber hatten Arnuwans Becher inzwischen geleert. Der Jüngling ritt wieder zum Kutschbock heran, berührte den Luwier erneut mit der Lanze und forderte: »Los, nicht so müde! Uns klebt die Zunge am Gaumen!«

Seine Kumpane lachten beifällig. Ihr Anführer blickte uns spöttisch an und sagte: »So reich ihr seid, so feige seid ihr wohl auch. Wer seine Habe nicht festhalten kann, muß sie dem Stärkeren überlassen. So lautet das Gesetz der Wüste. Also, fort von den Wagen, ihr Kröten! Vielleicht bin ich mit der Beute zufrieden und lasse euch gnädig am Leben!«

»Wie es beliebt, hoher Herr«, antwortete der Phönizier. »Nun aber rufe endlich Reguël herbei, der sicherlich schon auf dein Zeichen wartet. Wir wollen auch ihm gern unsere Aufwartung machen.«

Der Räuber erstarrte. Dann zog er sein Schwert, schwenkte es drohend über dem Kopf und schrie voller Zorn: »Du stinkender Schleim aus dem Schlund eines Krokodils! Du wagst es, vor meinen Ohren den Namen dieser verlausten Mißgeburt einer von Fäulnis zerfressenen Ratte zu nennen? Ich wollte Gnade walten lassen – nun aber werden wir euch die feigen Wänste zerschlitzen!«

Arnuwan, der den Becher soeben ein zweites Mal füllte, hielt inne, als er das hörte. Ungeduldig stach der Jüngling mit seiner Lanze nach ihm. Mago aber sagte verblüfft: »Wie? Zählt ihr denn nicht zu Reguëls tapferer Schar? Seid ihr denn nicht seine Gefährten? Dann haben wir uns geirrt. Seid uns nicht böse, aber unter diesen Umständen ergeben wir uns natürlich nicht!«

XVI Der Oryxberg

Der Mann, der sich Tobel nannte, stieß ein drohendes Knurren aus, spornte sein Pferd und schlug zu. Doch bevor seine Klinge Mago erreichte, schlüpfte der Tyrer unter dem Bauch des Reittiers hindurch und stieß den Beduinen von der anderen Seite aus dem Sattel, so daß der Räuber wie ein Sack vor meine Füße fiel. Ich trat ihm kräftig in den Bauch und entriß ihm das Schwert.

Arnuwan erhob sich zu voller Größe, packte die Lanze des Jünglings, der ihn wie versteinert anstarrte, brach sie entzwei und warf die Reste achtlos hinter sich. Dann griff er den Räuber mit einer Hand am Genick und zog ihn aus dem Sattel.

Der Luwier hielt den Beduinen mit ausgestrecktem Arm in der Luft, so daß der Räuber vier Fuß hoch über dem Boden schwebte, und fragte: »Nanntest du mich dick?«

Der Jüngling zappelte und wand sich. Arnuwan versetzte ihm zwei krachende Backpfeifen. Dann öffnete der Riese die Finger seiner Faust, so daß der junge Mann bewußtlos auf den Boden prallte.

Ehe sich die anderen Räuber von ihrer Überraschung erholten, schwang der Luwier seine Eisenkugel im Kreis, so daß die Beduinen links und rechts vor seinem Wagen niedersanken wie Garben aus gebündeltem Stroh in einem herbstlichen Sturm. Wenn sie von ihren Pferden stürzten, nahmen Mago und ich sie in Empfang. Nach kürzester Zeit wälzten sich die Beduinen ächzend und stöhnend im Sand.

Ich zog ihren Anführer an den Haaren hoch und erklärte: »Du siehst, auch unsere Geduld hat Grenzen. Wo finden wir Reguël?«

Der Räuber keuchte und schnaufte.

Arnuwan bat: »Laß mich einmal fragen!«

Die Augen des Räubers traten aus ihren Höhlen. »Nein«, stieß er hervor. »Ihr findet Reguël am Oryxberg. Am Horn der Säbelantilope!«

Ich ließ los. Er fiel wie ein leerer Sack in den Staub. Dann lenkten wir unsere Fuhrwerke aus dem Tamariskenwäldchen und strebten, die sinkende Sonne im Rücken, nach Osten.

Die Zeit wurde allmählich knapp. Ich dachte an Myron, der in Naukratis unsere Rückkehr herbeisehnen mochte. Wieder durchquerten wir ein Gebirge. Stunde um Stunde verstrich. Mago saß in bedrücktem Schweigen neben mir.

Als die Dunkelheit hereinbrach, sahen wir endlich den Oryxberg in der Ferne und hielten sogleich auf ihn zu. An seiner Flanke stellten wir unsere Wagen nebeneinander und zündeten ein Feuer an. Dann warteten wir. Aber alle Geräusche, die wir von Zeit zu Zeit hörten, stammten vom Wind. Schließlich zog sich Arnuwan in den Schutz eines Felsens zurück. Ich folgte ihm. Mago übernahm die erste Wache.

Mitternacht war eben vorüber, da ertönte hinter den dornigen Büschen plötzlich ein Raunen und Rascheln, Schaben und Scharren, das ein im Nachtkampf geschultes Ohr unmöglich überhören konnte. Ich streckte die Hand aus und wollte Arnuwan wecken, aber der Riese hielt längst seine Waffe bereit.

Mago erhob sich, stellte sich mit ausgebreiteten Armen vor unser Feuer und rief in die Nacht: »Ich ergebe mich! Ich ergebe mich!«

Schatten bewegten sich in der Schwärze. Dann traten

sechs dunkle Gestalten hervor. Sie trugen Mäntel aus schwarzer Wolle und Umhänge aus Antilopenfell. Mit ihnen kam Kedar, der Kundschafter aus Bubastis. Höhnisch zeigte er mit dem Finger auf Mago. Dann rief er den Genossen etwas zu, worauf alle in schallendes Gelächter ausbrachen.

Arnuwan und ich blieben sitzen. Mago sagte zu den Fremden: »Seht euch nur alles schön an, liebe Räuber. Kostbare Waren bringe ich euch, dazu auch Wein in großer Menge. Aber das alles bekommt ihr erst, wenn ich endlich meinen Gefährten Reguël wieder umarmen kann, der sich in dieser Gegend herumtreiben soll. Oder zählt etwa auch ihr nicht zu seiner tüchtigen Schar von zünftigen Gaunern und Halsabschneidern?«

Die Räuber starrten den Phönizier verwundert an. Kedar öffnete den Mund, um etwas zu sagen. Doch bevor er seine Gedanken aussprechen konnte, rief eine kräftige Stimme vom hohen Felsen herab:

»Mago! Du tyrischer Tintenfischfresser! Hat denn dein Vater die Schande seines ehrbaren Hauses noch immer nicht ertränkt? Was lockt einen Salzwassersäufer wie dich in unsere Wüste?«

Einige Steine rollten herab. Wenige Herzschläge später trat Reguël in das Licht unseres Feuers. Er trug einen fußlangen Mantel aus schwarzem Ziegenhaar. Sein volles Haar entbehrte jeder grauen Strähne und fiel ungebändigt auf beide Schultern herab. Auch sein ungeschnittener Bart kräuselte sich noch in funkelnder Schwärze. Als er auf Mago zuschritt, glichen die beiden Männer einander wie Brüder — nur trug Mago den Bart eitel gestutzt und kürzte sich jede Woche die Locken.

»Reguël«, rief der Tyrer voller Herzlichkeit, »wie viele Jahre haben wir uns nicht gesehen!«

»Von mir aus hätten es ruhig noch ein paar mehr werden können, du Ausgeburt eines phönizischen Abwassergrabens«, versetzte der Midianiter. »Wie hast du mich gefunden?«

Mago grinste. Reguël wandte sich blitzschnell nach rechts und hieb dem schieflippigen Kedar, der ahnungslos neben ihm stand, die zur Faust geballte Linke in den Leib. Der Kundschafter knickte ein wie ein Schaf, dem man die Sehnen der Läufe durchschneidet. »Du bist so dumm, daß dich die Schweine beißen!« wütete sein Herr, ging um den Knienden herum und trat ihm dann von hinten zwischen die Beine, so daß der Beduine brüllend in den Staub fiel.

Die anderen Männer erstarrten. Reguël schrie sie an: »Bei Asasel, wenn das nun nicht mein alter Gefährte, sondern ein Gesetzeswächter des Pharao wäre? Mit einer Schar tüchtiger Krieger, hinter den Felsen versteckt? Dann wärt ihr ihm alle sechs in die Falle gegangen, Schnarchsäcke, die ihr seid!«

Mago sagte beschwichtigend: »Nicht doch, mein Freund, sei nicht so streng mit deinen Gefährten! Wir wußten auch ohne Kedar, daß du in dieser Wüste deine Wegzölle erhebst. Gewißheit erhielten wir von deinem Nachbarn, einem gewissen Tobel, den wir einen halben Tagesmarsch von hier trafen.«

»Was? Tobel hat mich verraten?« knirschte der Midianiter. »Bei Asasel, das sieht ihm ähnlich, diesem verfaulten Hundekadaver!«

»Du kennst diesen Kerl«, fragte Mago.

»Er ist mein Bruder!« antwortete Reguël. »Deshalb ist er mir besonders verhaßt.«

»Ich verstehe«, sagte Mago. »Schöner Bruder, der sein eigen Fleisch und Blut verrät. Nun aber laß dich endlich an die Brust drücken, Freund aus vergangenen Tagen!«

Mit diesen Worten trat er auf den Gefährten zu. Reguël

aber hielt sich den Tyrer mißtrauisch mit seiner Linken vom Leib und versetzte:

»Ach was! Schließlich haßt Tobel mich nur so sehr wie ich ihn. Ich hätte an seiner Stelle nicht anders gehandelt. Aber in diesem Monat bin ich an der Reihe, die Handelszüge im Norden zu überfallen. Er darf nur im Süden plündern. Erst nach dem nächsten Mondwechsel tauschen wir. So hat es unser Vater befohlen!«

»Gehen denn die Geschäfte so schlecht?« fragte Mago. »Ich dachte, der Handel zwischen dem Nil und dem Zweistromland blüht wie nie zuvor!«

»Du weißt doch ganz genau«, antwortete der Midianiter, »daß ihr Phönizier durch immer größere Schiffe schon fast den gesamten Warenverkehr vom Land aufs Meer hinausgezogen habt. Bei Asasels schmiedeeisernem Schamhaar! Was suchst du hier überhaupt? Baut ihr jetzt auch Boote für Sand? Von allen Menschen hätte ich dich am wenigsten hier erwartet.«

»Nicht mich«, fragte ich und trat zum Feuer, so daß Reguël mein Gesicht sehen konnte. Der Beduine prallte zurück, streckte seine Linke wie zur Abwehr aus und rief entgeistert:

»Dagon! Du bist noch am Leben? Bei Asasels stählernem Schweif! Seit Harran habe ich nichts mehr von dir gehört.«

Ich breitete die Arme aus. Reguël aber wich zurück und sprach voller Mißtrauen: »Bist du's auch wirklich? Dein plötzliches Erscheinen verwundert mich noch viel mehr als das Auftauchen Magos in dieser Öde. Wahrlich, wenn ich eure Gaunergesichter so vor mir sehe, wüßte ich nicht, was mich jetzt noch verblüffen könnte.«

»Nein?« fragte Arnuwan aus dem Dunkel. Reguël fuhr herum und spähte ins Schwarze. Als der Luwier zum Feuer trat, klappte dem Midianiter der Kiefer herab.

Arnuwan sagte freundlich: »Schließe den Mund, mein Gefährte, ehe die Schwalben herbeifliegen, darin zu nisten!«

»Arnuwan!« rief Reguël endlich. »Bei Asasels mit Blei gefülltem Beutel! Lebe ich noch in der Gegenwart oder kehrte mein Verstand in die Vergangenheit zurück?«

Er schluckte ein paarmal, faßte sich dann und sprach schweratmend zu mir: »Wie hast du es geschafft, den Alten aus seinen Bergen zu locken?«

»Mit einem Schwert«, antwortete ich. »Aber das ist eine lange Geschichte!«

Reguël schaute uns der Reihe nach an und sagte langsam: »Jetzt kann ich mir auch denken, was jener Traum bedeuten sollte, den mir die Götter vor neun Tagen sandten...«

»Warte«, unterbrach ihn der Luwier, »laß mich raten: Kamen darin fünf Adler vor, von denen sich einer in eine Schlange verwandelte?«

Reguël starrte den Riesen ungläubig an. »Allerdings«, flüsterte er heiser. »Bei Asasels bronzenem Begattungsbolzen! Wie hast du das erraten?«

Mago erklärte: »Ganz einfach: wir alle haben vor drei Nächten das gleiche geträumt: Arnuwan, Dagon, ich und auch Myron.«

»Myron?« rief Reguël. »Bei Asasels blechernen Brunftkugeln! Ist er etwa ebenfalls hier? Was habt ihr vor?«

Mago lächelte freundlich und sagte: »Als du im Schlaf fünf Adler sahst, hast du vermutlich an deine fünf Frauen gedacht. Oder beschläfst du inzwischen schon zehn? Diesmal aber geht es nicht um fette Weiber, sondern um fünf Gefährten, die einander die Treue halten sollen. Wir sind gekommen, weil wir den alten Schwur vom brausenden Balikh erfüllen wollen. Du weißt wohl noch, was wir uns damals gelobten! Dagon braucht unsere Hilfe, um mit uns das Blut seines Sohnes zu rächen.«

»Müssen wir das mit trockenen Kehlen besprechen?« mischte sich Arnuwan ein. »Setzt euch, ich hole Wein! Deinen bösen Räubern, Reguël, kannst du sagen, daß sie alles behalten dürfen, was unsere Wagen enthalten. Nachdem wir dich gefunden haben, bedürfen wir dieser Krämerwaren nicht mehr. Gib uns statt dessen Pferde, wir müssen schnell nach Ägypten!«

»Ihr wollt zum Nil«, fragte Reguël nun mit allen Anzeichen des Entsetzens, »und ich soll mit euch ziehen? Bei Asasels zweifach verschweißtem Zapfen, wißt ihr denn nicht, daß die Ägypter mich unverzüglich auf einen Pfahl spießen werden?«

Mago sagte rasch: »Der Pharao hat dir, wie auch uns, freies Geleit zugesichert. Denn er liebt Myron sehr. Er ließ sein Wort von einem Schreiber festhalten, so daß er es nicht widerrufen kann.«

»Schreiber«, stieß Reguël verächtlich hervor, »erst der Gebrauch der Schrift hat die Menschen vergeßlich gemacht! Früher, als ein Manneswort noch etwas galt . . .« Er verstummte und faßte mich näher ins Auge. »Was hast du eigentlich mit deiner Nase gemacht?« fragte er dann.

Ungeduldig erwiderte ich: »Das war ein Bebrykenschwein! Ist das denn wichtig? Wir müssen uns schnell entschließen! Ein Gott in einem fernen Land erklärte mir, daß ich mein Rachewerk nur mit Hilfe meiner vier Gefährten aus Assyrien vollbringen kann. Wir ziehen gegen den Herrscher der Meder, den grausamen Huwaksatara!«

Reguël starrte mich an. Dann sagte er bitter: »Ich hatte gehofft, dich unter glücklicheren Umständen wiederzusehen. Nun fühle ich mich wie ein nutzloser Strauch, der einem Wanderer im Weg steht. Einst hätte ich es als die größte Ehre empfunden, wieder mit euch in den Kampf zu ziehen. Aber ich bin ein schartiges Schwert, das seinen Träger gefährdet, statt ihn zu schützen. Seht, welchen Krüppel ihr um Hilfe bittet!«

Mit einem Ruck riß sich der Midianiter den schwarzen Ziegenhaarmantel vom Leib. Dort, wo sein rechter Arm hätte sein sollen, baumelte nur noch ein Stumpf.

XVII Das Wunder

Reguël zog sich den Mantel wieder über die Schultern. Arnuwan und Mago blickten ihn betroffen an. Dann fragte der Luwier: »Wie konnte das geschehen, Gefährte?«

Der Midianiter setzte sich mit gekreuzten Beinen in den Sand, musterte uns und erwiderte: »Fühlt ihr nun mit mir? Denn danach sehne ich mich ganz besonders: Mitleid in den Augen von Männern zu lesen, die gesünder sind als ich!«

Wir schwiegen betreten. Reguël fuhr fort: »Aber nachdem ihr so großmütig seid, Anteilnahme an mir und meinem Unglück zu bekunden, will ich euch die Geschichte nicht vorenthalten. Bei Aschtaroth war es, nördlich von hier, im büffelreichen Gebirge Baschan. Ich ritt allein, auf dem Weg nach Damaskus. Ich wollte dort das Lösegeld für einen Kaufmann... doch das gehört nicht hierher. Unvorsichtigerweise ritt ich durch eine enge Schlucht. Plötzlich sperrten mir fremde Krieger den Weg und nahmen mich gefangen. Sie waren blond wie die Kämpfer des Nordens, aber sie trugen chaldäische Waffen. Es handelte sich wohl um Kundschafter König Nebukadnezars. Sie fragten mich nach allen Wegen aus, die durch die Wüste nach Ägypten führen. Ich sagte ihnen, was sie wissen wollten. Denn was schert es einen Midianiter, wenn Babylonier gegen das Nilland ziehen? Nachdem ich ihnen alles erklärt hatte, bat ich sie, mich freizulassen. Sie aber lachten nur. Ihr Anführer schlug vier Pflöcke in die Erde. Dann fesselten sie mich auf den Boden und ließen mich zurück, den wilden Tieren zum Fraß.«

Reguël griff sich in die Achselhöhle, zog eine Laus hervor, zerdrückte sie geschickt zwischen den Nägeln von Daumen und Zeigefinger und fuhr dann fort:

»In der Nacht schlich eine Hyäne herbei. Sie biß in meinen rechten Arm. Habt ihr schon einmal den Kiefer von so einem Raubtier gesehen? Es zermalmt damit dickere Knochen als selbst ein Löwe. Der Schmerz verlieh mir Kräfte, die ich in mir nicht vermutet hätte. Ich zerriß den Lederriemen, der meine Linke hielt, packte die Hyäne am Hals und biß ihr die Gurgel durch. Dann band ich den verletzten Arm ab und schleppte mich nach Damaskus. Sechs Tage lag ich dort in tiefer Bewußtlosigkeit. Als ich erwachte, entdeckte ich, daß mir wohlmeinende Ärzte den Oberarm abgesägt hatten. Sie sagten, der Knochen sei zu stark zersplittert gewesen. Auch habe sich das Fleisch schon schwarz gefärbt. So kehrte ich mit nur noch einem Arm nach Hause zurück, jedoch nicht ohne das Lösegeld.«

Ich räusperte mich und sprach: »Ich weiß nicht, was ich sagen soll, mein Gefährte . . .«

»Na, dann halte doch den Schnabel!« versetzte Reguël. »Was ist das hier überhaupt für eine Trauergemeinde? Hast du nicht vorhin dein Maul aufgerissen und uns versprochen, Wein zu holen, Arnuwan? Beeile dich, damit wir noch etwas zu schlucken bekommen, ehe die Dämmerung graut!«

Arnuwan hob ein Faß in die Höhe und füllte den Wein in vier Humpen. Wir tranken mit durstigen Zügen. Schweratmend setzten wir ab. Dann sagte Mago:

»So, Reguël, wir haben deine Erzählung gehört. Bevor du jetzt in Selbstmitleid versinkst, will ich dir berichten, daß ich noch andere Leute kenne, die ein Unglück erlitten haben. Hätte man dir den Schweif gestutzt, würde ich mit dir weinen. Aber so? Was hindert dich, uns zu begleiten? Aus unserer Zeit in Assur weiß ich, daß du die Schleuder mit der Linken führst.«

Reguël blickte den Tyrer finster an und zog wieder einen kräftigen Schluck in die Kehle. Arnuwan sprach:

»Du zögerst wohl, weil du nicht weißt, was unserem Gefährten Dagon widerfuhr. Andernfalls wäre sein Zorn schon längst auch der deine, und der Wunsch nach Rache glühte in deiner Brust ebenso heiß.«

Reguël blickte mich abwartend an. Dann rief er seinen Männern ein paar Worte zu. Sie stiegen auf ihre Pferde und ritten davon. Vier Stadien entfernt entflammten sie ein Feuer und lagerten sich.

Wir füllten unsere Becher nach. Dann berichtete ich dem Midianiter vom Frühlingsfest Ischtars auf Zypern und von dem Orakel in Delphi, von meiner Fahrt nach Milet, nach Luwien und nach Ägypten.

Als ich von Myron erzählte, fiel mir Mago ins Wort und erklärte:

»Davon weiß ich mehr als du, darum überlasse mir den Rest! Myron steht an Hophras Hof so hoch, daß ihm keiner der anderen Ratgeber widerspricht und der Pharao alles tut, was unser Freund empfiehlt. Dennoch will Myron auf Wohlleben und Ehren verzichten, um uns zu folgen. Wenn dieser Grieche aber seinen Palast und seine schneehäutigen Sklavinnen aufgibt, um wieviel leichter, Reguël, kannst du dann deine Ziegenhaarzelte und deine stinkenden Hammelhirten verlassen!«

Reguël sagte mißtrauisch: »Du bist mir schon seit alters als Lügner bekannt. Überhaupt soll man keinem Phönizier trauen, denn diesen fließt der Betrug mit der Milch ihrer Mütter ins Blut.«

»Im Gegensatz zu den ehrbaren Recken der Wüste«, höhnte der Tyrer, »die sich den Handelszügen ja nur aus Notwehr in den Weg stellen. Weil sie fürchten müssen, daß diese bösen, bösen Kaufleute ihnen sonst noch das letzte Stück Schafdung abschwindeln, um damit ihr Lagerfeuer zu speisen.«

»Gut, gut«, erwiderte Reguël, »wir wollen einander nicht länger wie Knaben beschimpfen. Wenn Myron ein so bedeutender Mann ist – wie kommt es, daß der Pharao ihn gehen läßt? Die Mächtigen dieser Erde trennen sich doch sonst nur ungern von ihren wenigen Freunden.«

»Allerdings«, erwiderte Mago. »Doch Myron hat dem Pharao versprochen, daß er sogleich zurückkehrt, wenn die Rachetat vollzogen ist. Außerdem gelobte er, Hophra den Schatz Assyriens zu überbringen.«

»Den Schatz?« entfuhr es Reguël. Er starrte mich verwundert an. »Aber wir haben doch damals vereinbart, daß Dagon ihn in Sicherheit bringen soll. Ist das etwa noch nicht geschehen?«

»Gewiß«, versetzte Mago mit verschmitztem Lächeln, »doch wie ich unseren Gefährten kenne, wird er uns nicht verraten, wo das Gold jetzt steckt – jedenfalls so lange nicht, bis wir ihm geholfen haben, das Blut seines Sohnes zu rächen.«

Reguël blickte mich an. »Stimmt das?« fragte er. »Hast du so wenig Vertrauen zu uns?«

Ich antwortete: »Ich bin nicht gekommen, um über Gold zu reden. Mag es nehmen, wer will. Wenn ihr mit mir nach Medien zieht, könnt ihr danach mit dem Erbe Assyriens verfahren, wie es euch immer beliebt. Lasse dir doch daraus eine neue Rechte gießen!«

Arnuwan fiel beschwichtigend ein: »Nicht doch, Dagon! Verüble es dem Gefährten nicht, daß er das Wagnis scheut, auch noch den anderen Arm zu verlieren.«

Ich befühlte meine Narbe und sprach: »Verzeih mir, Reguël. Ich wollte dich nicht kränken. Ja, auch ich weiß, wie eine Wunde schmerzt. Schon als kleines Kind wurde ich von einem Mederpfeil durchbohrt. Und hätte mir nicht der Himmel geholfen, dann wäre ich schon als Achtjähriger auf einen Pfahl gespießt worden. Ich erinnere mich noch sehr gut, welche Ängste ich damals ausstehen mußte, als mich dieser stinkende Skythe Gauratar umbringen wollte!«

»Wie hieß dieser Mann?« fragte Reguël erregt.

»Gauratar«, wiederholte ich, »warum?«

»Gauratar!« stieß Reguël hervor. In seiner Stimme lag soviel Haß, daß Arnuwan und Mago verblüfft die Becher sinken ließen. »Ein Skythe, sagst du«, fragte der Beduine, »aber in babylonischen Waffen!«

»Dann war es Gauratar, der dich der grausamen Hyäne überließ?« fragte ich auf das höchste erstaunt. »Warum hast du das nicht gleich gesagt?«

»Es schien mir nicht so wichtig«, gab Reguël zur Antwort. »Ich ahnte ja nicht, daß dir dieser Name etwas bedeutet! Außerdem glaubte ich bis eben, es seien Söldner im Dienste Nebukadnezars gewesen, die mich im büffelreichen Baschan überfielen.«

»Vielleicht«, meinte Mago, »gehört dieser Gauratar zu jenen Spähern im medischen Dienst, die ständig die fernsten Länder durchstreifen und prüfen, ob diese schon reif sind, der Gier ihres Königs zum Opfer zu fallen!«

»Ja«, stimmte ich zu. »So wie er einst für die Assyrer durch Kilikien ritt, zog er nun vielleicht mit den Chaldäern nach Judäa, immer das Auge und Ohr seines Herrn Huwaksatara!«

»So muß es wohl gewesen sein«, sprach Reguël düster.

»Gauratar! Die Ratten sollen deine Augen fressen! Ihr zieht gegen Huwaksatara? Ich werde an eurer Seite fechten, auch wenn ich nur noch einen Arm besitze. So aber, wie ich dir, Dagon, beistehe, deinen Feind zu vernichten, sollst auch du mir helfen, den meinen zu töten. Das schwöre mir!«

Ich erhob mich und trat zu Reguël, der auf die Füße sprang und mir den Humpen entgegenstreckte. Auch Mago und Arnuwan eilten herbei. Klingend stießen wir unsere Becher gegeneinander. Der Schall drang weit in das nächtliche Land. »Rache für Dagon, Rache für mich!« rief der Beduine, und wir umarmten einander wie Brüder.

Dann tranken wir, bis der Wein unsere Bärte benetzte.

Wir ruhten nur wenige Stunden. Im ersten Licht der Morgendämmerung pfiff Reguël seine Gefährten herbei und nahm ihre Pferde. Drei davon ließ er mit Brot, gebratenem Fleisch und Wassersäcken beladen. Den anderen banden die Beduinen Lederdecken auf die Rücken.

Dann hieß der Midianiter seine Leute auf die Wagen steigen. »Lebt von der Beute, bis ich zurückgekehrt bin«, befahl er, »es wird nicht länger als sechs Monate dauern.«

Wir bestiegen unsere Pferde und ritten in schnellem Trab nach Westen. Denn um Myron zu retten, blieben uns nur noch drei Tage.

Darum zögerten wir nicht, Gewalt anzuwenden, wenn etwas unsere Reise hemmte — sehr zur Verwunderung Reguëls, der den wahren Grund unserer Eile nicht kannte.

Am Nachmittag des zweiten Tages brach Arnuwans Reittier zusammen. Auch unsere anderen Pferde schienen erschöpft. Zum Glück sahen wir in der Nähe ein Wachhaus des Pharao. Vor den Augen des verblüfften Beduinen, der um die ägyptischen Posten stets einen großen Bogen zu schlagen gewohnt war, eilte der Luwier schnurstracks auf die Holzhütte zu. Dann trat der Riese die Tür ein, schlug vier bewaffneten Kriegern die Köpfe zusammen und raubte ihnen die Streitwagen samt ihrer Pferde.

Später, als wir die schmalste Stelle des Schilfmeers erreichten, lag das Fährschiff am anderen Ufer vor Anker. Sein Besitzer bedeutete uns durch Zeichen, er wolle erst noch auf einen Handelszug aus der anderen Richtung warten. Da schwamm der Luwier durch den Meeresarm. Sein Anblick erschreckte den Schiffer so sehr, daß er selbst zum Ruder griff, um das schwere Fahrzeug mit Hilfe der Sklaven über das Wasser zu treiben.

Am Abend des dritten Tages erreichten wir endlich Naukratis. Alle Straßen der Stadt wurden von Kriegern bewacht. Unter den Griechen herrschte große Erregung. Wir eilten zum Apollotempel, der sich auf einem künstlichen Hügel erhob. Schon von weitem sahen wir, daß das Tor des Heiligtums geschlossen war. Angst schlich in mein Herz. »Wir kommen zu spät!« rief Mago mir zu.

»Zu spät zu was«, fragte Reguël.

»Egal!« schrie Arnuwan, anzusehen wie der Kriegsgott selbst. »Wenn Myron schon in der Unterwelt weilt, soll er nicht sagen können, wir hätten ihn im Stich gelassen!«

»Im Stich gelassen?« brüllte Reguël. »Was ist denn hier eigentlich los?«

Wir bogen um die letzten Häuser vor dem Tempel und sahen, daß der weite Vorplatz mit Menschen gefüllt war wie ein Pferch mit Schafen. In seiner Mitte erhob sich ein Bauwerk aus Holz, und darauf stand der Thron des Pharao. Als Hophra uns erblickte, rief er seinen Kriegern einen Befehl zu. Arnuwan hielt die Pferde, wir anderen eilten zum König.

»Da sind wir, göttlicher Pharao«, keuchte Mago,

»hoffentlich nicht zu spät! Wir haben unseren fünften Gefährten gefunden.«

»Am Tag des Mondwechsels«, erwiderte Hophra, »so lautete mein Befehl. Das göttliche Gestirn rundet sich heute nacht. Ich pflege mein Wort zu halten. Die Lüge und den Betrug überlasse ich den Phöniziern.«

Dann blickte der König mit gerunzelten Brauen auf Reguël und ergänzte: »Und auch den Schasu der Wüste!«

»Unser Gefährte ist kein Schasu, sondern ein Midianiter«, beeilte sich Mago zu sagen. »Nun aber lasse uns wissen: Ist das Wunder Apolls schon geschehen?«

»Wie ihr seht, sind die Tore des Tempels noch immer geschlossen«, gab Hophra mit grimmigem Lächeln zur Antwort. »Und das, obwohl euer Freund schon seit zwei Stunden betet. Vielleicht wird seine Inbrunst von meinen Kriegern beeinträchtigt? Aber ich bin nun einmal kein vertrauensseliger Mensch.«

Wir folgten seinem Blick. Zu beiden Seiten des Tempeltors standen je fünfzig Krieger. Sie achteten darauf, daß keine unbefugte Hand die schweren Flügel aus dikken Zedernbohlen berührte.

Mago bat: »Laß uns zu unserem Gefährten gehen, hochedler Pharao, damit wir ihn beim Beten unterstützen. Der Gott wünscht uns gewiß alle zugleich an seinem Altar, ehe er uns eine Gnade erweist.«

Der Pharao kräuselte spöttisch die Lippen und sprach: »Glaubst du denn wirklich, daß der Himmelsherr der Griechen, der Hüter der Gerechtigkeit und Wahrheit, seine Huld einer solchen Bande von Schwindlern erweist? Doch wenn ich nachher über euch zu Gericht sitze, will ich mir nicht vorwerfen lassen, ich hätte euch etwas verweigert, was dazu beitragen konnte, das erhoffte Wunder doch noch zu bewirken.«

»Zu Gericht sitzen?« erkundigte sich Reguël verständnislos.

»Still«, mahnte ich. Zwei Krieger des Pharao hoben drohend die Lanzen. Mago erklärte dem Midianiter: »Wir haben freies Geleit. Doch vorher müssen wir noch eine kleine Bedingung erfüllen!«

»Eine Bedingung?« schnaubte Reguël ohne Rücksicht auf unsere gefährliche Lage. Der Pharao lächelte und gab den Wächtern einen Wink. Sie traten zurück, hielten aber die Lanzen bereit.

»Eine Bedingung?«, wiederholte Reguël wütend. »Bei Asasel, was denn für eine Bedingung?«

Hophra hatte Mühe, seine Heiterkeit zu verbergen. Mago schielte vorsichtig zum Pharao. Dann raunte er Reguël zu: »Die Bedingung ist, daß uns Apoll ein Zeichen gibt. Die Tore dieses Tempels müssen sich durch seine Hand öffnen.«

Reguël konnte sich nicht mehr beherrschen. »Bei Asasels vierfach vernieteter Vorhaut«, tobte er, »seid ihr denn alle des Wahnsinns? Warum habt ihr mir das verschwiegen?«

»Weil«, antwortete Mago wahrheitsgemäß, »du sonst auf keinen Fall mitgekommen wärst.«

Reguël stieß ein tiefes Knurren aus und packte den Phönizier an der Kehle. Ich warf mich zwischen die beiden. Die Krieger des Pharao stießen sich in die Seiten und brüllten vor Lachen.

Nach einer Weile sprach Hophra: »Genug! Ich bin euch dankbar, daß ihr mich und meine Männer ein wenig erheitert. Wie werden wir uns erst vergnügen, wenn ihr nachher vor diesem Tempel auf niedlichen Holzpfählen steckt!«

Er winkte seinen Kriegern. Ein Dutzend schwerbewaffneter Ägypter gab uns das Geleit. Durch einen Seiteneingang traten wir in das Innere der ganz aus gebrannten Steinen errichteten Halle. Auch sie war von einer dichtgedrängten Menschenmenge gefüllt. Mehr als hundert ägyptische Krieger bewachten das Haupttor von innen. Am hinteren Ende des Heiligtums erhob sich ein ganz aus Bronze gegossener Altar. Vor ihm stand Myron, die Hände zum Gebet erhoben. Als er uns bemerkte, schritt er auf uns zu. Er umarmte uns und besonders Reguël, der ihn aber zornig zurückstieß. Dann fragte der Grieche:

»Wo wart ihr so lange? Habt ihr euch etwa mit einer käuflichen Dirne belustigt, während ich hier voller Angst eurer harrte? Oder waren eure Sinne noch vom Wein vernebelt, während mir der Angstschweiß durch die Brauen tropfte? Jetzt aber kräftig gebetet, damit das Wunder beginnen kann!«

Reguël war über Myrons Zuversicht so erstaunt, daß er nichts zu entgegnen wußte. Der Grieche entflammte nun auf der bronzenen Platte ein mächtiges Feuer, dessen Rauch sich durch das ganze Heiligtum verbreitete. Dann rief er mit hallender Stimme:

»Höre uns, göttlicher Fernhintreffer, der du den Drachen Python erlegtest und Gäas Schoß für die Menschen gewannst! Schenke uns Licht!«

Dabei sah er uns befehlend an. Gehorsam hoben wir die Hände zum Himmel. Auch alle Griechen taten uns gleich. Myron warf Weihrauch in das Feuer. Ein betäubender Duft zog durch die heilige Halle. Plötzlich entstand hinter uns Bewegung. Arnuwan drängte sich durch die Menge. Er reichte uns drei Schwerter. Myron betete indessen:

»Nimm unsere Opfergabe, Phoebus, der du die Herzen der Menschen erforschst und ihre Gedanken im Innersten kennst! Zeige dich deinen Getreuen gnädig und schenke uns deine Klarheit!«

»Wenn es nicht klappt«, raunte uns Arnuwan zu, »dann heraus mit den Schwertern und feste drauf. Hier stehen mindestens zehntausend Griechen. In diesem Gewühl werden wir dem Pharao und seinen Kriegern schon auf irgendeine Weise entkommen!«

Die Weihrauchschwaden quollen immer dichter, und der Qualm des Feuers ließ unsere Augen tränen. Wieder hob Myron die Hände, und diesmal rief er noch viel lauter als zuvor:

»Höre unser Flehen, Apoll, du Künder allen Geschehens! Dir gehören Gegenwart und Zukunft. Du allein gebietest über das Recht. Schenke uns nun deine Wahrheit!«

Atemlos schwieg die Menge. Nur das Prasseln des Feuers war zu hören. Arnuwan stieß den Atem durch seine Nase. Reguël raunte mir zu: »Ich wußte gar nicht, daß dieser Grieche so fromm ist!«

Die Ägypter blickten einander belustigt an. Ich suchte Myrons Blick, um ihm ein Zeichen zu geben, daß wir inzwischen bewaffnet waren. Er aber schaute unverwandt auf das Tor, als wollte er es mit der Kraft seines Denkens bewegen.

Da ertönte plötzlich vom Eingang des Tempels her ein so entsetzliches Knirschen, daß alle Griechen erschrocken aufschrien und die ägyptischen Krieger furchtsam zurückzuweichen begannen. Der schreckliche Ton erscholl immer lauter. Und dann sahen unsere Augen, wie sich die mehr als fünf Spannen dicken Flügel des Tores bewegten. Mit einem schleifenden Geräusch schwangen sie auseinander. Hinter ihnen erblickten wir im Licht des letzten Sonnenstrahls auf seinem Thron den Pharao, der das Wunder mit weit aufgerissenen Augen bestaunte.

XVIII   Die Erklärung

Die Griechen jubelten laut, als sie die Macht ihres Gottes auf diese eindrucksvolle Art bewiesen sahen. Auch die Ägypter zeigten Ehrfurcht und Frömmigkeit. Hophra erhob sich von seinem Thron, stieg auf den hölzernen Stufen herab, schritt durch die Menge der Gläubigen zu dem Tempel und trat schließlich durch das geöffnete Tor, begleitet von seinen Ratgebern, Höflingen, Priestern, Wächtern und Dienern. Die Hellenen verneigten sich vor seiner Herrlichkeit. Hophra ließ dem Tempelvorsteher zum Zeichen seiner besonderen Gnade ein Geschenk in Höhe von achtzig Talenten in Gold überreichen. Dann betete der Pharao und brachte zwölf weiße Stiere, zweihundert Zicklein und zweihundert Lämmer als Brandopfer dar.

Während der heiligen Handlung wurde es dunkel. Diener steckten viele hundert Fackeln aus harzreichem Kien in die bronzenen Ringe an den Tempelwänden. Auf dem Vorplatz entzündeten sie große tönerne Lampen mit Öl, auf dem ein Docht aus Fasern schwamm. Andere Helfer zerteilten die toten Tiere. Dann rochen Priester am Blut und erklärten die Tiere für rein. Nun wurden die Keulen, Rippenstücke und Nieren auf Roste an dem großen Feuer gelegt, so daß bald Bratenduft den ganzen Tempel durchzog. Nach griechischer Sitte blieben dem Gott Fett und Unschlitt. Das Fleisch aber aßen die Griechen selbst und boten davon auch den Ägyptern an.

Während die fromme Gemeinschaft speiste, rief König Hophra Apoll viele Male bei seinem ägyptischen Namen Horus und bat ihn um Hilfe und um seinen Schutz. So wie der Phoebus der Griechen den Drachen Python erschlug und dadurch das Böse bezwang, so überwand Horus einst Seth, den drachenköpfigen Gott des Hasses. So wie Apollo als Sohn des Zeus zwischen Göttern und der Menschenwelt vermittelt, so hilft auch Horus seinen Verehrern, das Gottgefällige zu tun. Und so wie Phoebus in der Gestalt der Sonnenscheibe verehrt wird, so ist der strahlende Tagesstern auch dem Horus heilig. Während Hophra den Gott voller Inbrunst anrief, befahl uns ein Diener des Pharao, am nächsten Morgen vor dem Thron zu erscheinen. Dabei drückte er Myron das medische Wurfmesser in die Hand.

Als der König den Tempel wieder verließ, löschte Myron das Feuer auf dem Altar, streckte wieder die Arme aus und betete laut. Griechen und Ägypter taten es ihm gleich.

Noch ehe Hophra die Sänfte erreichte, die ihn zu seinem Zelt bringen sollte, preschte plötzlich ein leichter Streitwagen heran. Der Lenker sprang von der noch rollenden Achse, warf sich vor dem Pharao in den Staub und reichte ihm eine Papyrosrolle. Der König brach das Siegel und begann zu lesen. Da fuhr sein Kopf herum, und mit ihm verharrten auch alle anderen Menschen im Tempel und auf dem Platz in atemlosem Schweigen. Denn zum zweiten Mal ertönte nun jenes entsetzliche Knirschen, und wieder war es, als ob die unsichtbare Hand eines Gottes das Zedernholztor bewegte, bis es sich am Ende mit einem dumpfen Laut wieder schloß.

Da jubelten die Griechen von neuem. Ausgelassen feierten sie noch lange mit Opferfleisch, Brot und Wein.

Wir mieteten uns in der Herberge ein und setzten uns mit großen Krügen Bier auf das Dach. Dann berichteten wir von unseren Taten, tranken einander zu und erneuerten unseren Schwur. Als die Lampen verlöschten, leuchteten uns die Sterne wie einst in den Feldlagern der Assyrer. Rot erstrahlte der Sockel des Riesen, blau leuchteten der Tausendstern und des Orion linker Fuß. Weiß funkelten Sothis und Arjestern am Rand des Himmels. Auch die Lichter des Wassers waren zu sehen. Wehmut zog in unsere Herzen, als wir der Erschlagenen gedachten, die einst an unserer Seite fochten.

Nach vielen Krügen Bier wurde Reguël plötzlich ausfallend und beschuldigte Myron, er habe durch leichtfertige Prahlerei vor dem Thron des Pharao unser Leben gefährdet. Mago wollte den Midianiter besänftigen, doch der Einarmige brüllte erbost:

»Du mußt ganz still sein, du tyrisches Stück Hundekot! Ach, ich bin selber schuld. Einem Phönizier zu vertrauen! Bei Asasel, wie konntet ihr einem alten Mann nur einen solchen Schrecken einjagen!«

Nach dieser Rede knickten ihm die Knie ein. Arnuwan packte ihn eben noch rechtzeitig am Gewand, richtete den Beduinen wieder auf und erklärte: »Immerhin, der Gott der Griechen hat Myrons Versprechen erfüllt. Wahrlich, ich hätte nie geglaubt, daß außer dem tagbringenden Tarhu noch andere Himmelsbeherrscher solche Wunder vollbringen können.«

Myron grinste. Mago seufzte: »Es wurde aber auch höchste Zeit. Ich dachte schon, wir müßten fechten statt beten.«

Myron sagte bedenklich: »Bei so vielen Kriegern wäre wohl kaum einer von uns mit dem Leben davongekommen.«

»Viele Krieger«, lallte Reguël. Arnuwan ließ den Midianiter vorsichtig auf eine Bettstatt gleiten. Zu Häupten des Liegenden sah ich die Köpfe des bärtigen Bes und des nilpferddicken Thoëris, die nach dem Glauben der Ägypter den Schlaf bewachen. Reguël schloß jedoch noch nicht die Augen, sondern murmelte mit schwerer Zunge: »Viele, viele Krieger! Noch nie sah ich im Delta so viele.«

»Der Beduine hat recht«, stellte Mago fest. »Irgendetwas stimmt hier nicht.«

Dann legten sich die Gefährten zur Ruhe. Ich wartete, bis sie eingeschlafen waren. Dann weckte ich Myron und sagte leise:

»Du weißt, daß ich nie besonders fromm war. Mit dem Untergang des Reichs verlor ich den Glauben an alle Götter. Auch deine Freunde Thales und Anaximander in Milet verachten das Geschwätz der Priester. Also heraus mit der Sprache – wie hast du das mit dem Tor geschafft?«

Myron schaute mich belustigt an. Der Schein des Mondes spiegelte sich in seinen blauen Augen. »Ich dachte mir schon, daß du dich nicht mit solchem Blendwerk täuschen läßt«, antwortete der Grieche. »Du bist, wie ich, ein Mensch, der lieber den eigenen Sinnen als den wirren Träumen besessener Götzendiener vertraut. Was du im Tempel sahst, war nicht die Gnadentat eines Gottes, sondern ein Werk der Wissenschaft. Hat Anaximander dir von den Kräften der Lüfte erzählt? Einem gewöhnlichen Menschen erscheint der Raum um uns leer. In Wirklichkeit aber birgt er gewaltige Macht: Wenn die Luft von einem Wind bewegt wird, treibt sie Schiffe über das Meer. Ein Sturm entwurzelt sogar Bäume und zerstört Häuser.«

»Du hast das Tor durch Wind geöffnet?« fragte ich ungläubig.

»Nein, nicht durch Wind«, erwiderte Myron, »durch Luft und mit Hitze. Hast du schon einmal im Winter auf einem Berg über Nacht Wasser in einem tönernen Krug stehen lassen? Wenn das Gefäß bis zum Rande gefüllt war, findest du es am nächsten Morgen zerbrochen. Nimmst du dann aber den Klumpen von Eis aus seinem

Innern, schmilzt ihn über einem Feuer und schüttest das Wasser danach in einen anderen Krug, dann reicht es wieder genau bis zum Rand und läuft nicht über. Die Ursache für diese Merkwürdigkeit liegt darin, daß sich das Wasser ausdehnt, wenn es gefriert, und wieder schrumpft, wenn es taut. Mit der Luft aber verhält es sich umgekehrt: Wenn man sie stark erhitzt, dehnt sie sich aus, und zwar mit gewaltiger Stärke.«

»Und diese Kraft reicht aus, um ein so schweres Tor zu öffnen?« fragte ich staunend. »Wahrlich, schon als du für die Assyrer die größten Steinschleudern bautest, bewunderte ich dein Wissen um die Geheimnisse der Natur. Aber daß du sogar die Luft zu lenken vermagst, übertrifft alles, was ich je hörte.«

Myron lächelte und erklärte:

»Zuerst entfernte ich den steinernen Opferplatz und schmiedete statt dessen einen neuen Altar aus Bronze. Seine Platten fügte ich so dicht zusammen, daß durch seine Fugen nicht das kleinste Quentchen Luft entweichen kann. Aus diesem Kasten führt ein bronzenes Rohr nach unten in einen mit Wasser gefüllten Behälter. Als ich das große Feuer entfachte, erhitzte sich die Luft im Altar und drang mit Macht durch das Rohr. Dadurch wurde das Wasser aus dem Behälter gedrückt. Es floß in einen großen Kessel. Dieser wurde dadurch schwerer. Schließlich sank er nach unten und zog dabei an zwei starken Seilen, die über zwei Spindeln liefen. Das erste Tau öffnete die Tür, das andere hob ein Gegengewicht.«

Der Grieche nahm die Hände zu Hilfe, um seine Erklärung zu veranschaulichen, und fuhr fort: »Als das Feuer wieder erlosch, zog sich die Luft in den Altar zurück. Das Wasser drängte nach, der Kessel leerte sich, das Gegengewicht sank herab, und die Tür wurde wieder geschlossen.«

»Wie konntest du diese Erfindung in so kurzer Zeit in die Tat umsetzen?« fragte ich.

»Zu meinem Glück vermochte ich den Pharao zu überzeugen, daß lange Gebete vorausgehen müssen, wenn man Apoll zu einer Gnadentat bewegen will«, antwortete der Mileter. »Schließlich erlaubte mir Hophra, am Tempel zu wohnen und jeden Tag viele Stunden in ihm zu verbringen. Einige Dutzend Krieger bewachten das Heiligtum. Ich schickte ihnen Tag und Nacht Wein und Weiber in die Zelte. Wie Maulwürfe krochen wir unter der Erde herum. Die Steinmetze und Bauarbeiter meinten, wir wollten eine neue Wasserleitung legen.«

Myron kicherte belustigt. Dann sprach er weiter:

»Nur Hagion, der Vorsteher des Tempels, weiß, wie unser Werk zustande kam. Er wird uns nicht verraten. Wie ich ihn kenne, gedenkt er das Wunder eines Tages zu wiederholen – wenn er neues Gold braucht.«

»Für seine Götter«, lächelte ich.

»Götter«, wiederholte der Grieche spöttisch. »Bärtige Kerle über den Wolken, die mit Blitzen schmeißen, wenn sie wütend sind! Die ihre Väter entmannen und ihre Kinder auffressen! Nein, Dagon: Für mich sind die Götter der Väter schon lange tot; sie starben, als der Mensch den Geist erwarb und das Dunkel der Welt mit dem Feuer seines Verstandes erhellte.«

»Aber es gibt auch kluge Gelehrte«, wandte ich ein, »die das Vorhandensein von Göttern nicht in Abrede stellen. Sie sagen, daß die Priester mit ihren Legenden zwar viel Aberglauben verbreiten, aber die heiligen Geschichten einen wahren Kern enthalten.«

»Die Götter sind tot!« brummte Myron unwirsch, »nichts macht sie wieder lebendig. Erst recht gibt es für uns kein Leben nach dem Tode! Hast du nicht schon genügend Leichen gesehen? Auch solche, von denen man nur noch Gerippe fand? Oder andere, die zu Asche verbrannten? Wie sollen diese Körper durch eine Unterwelt wandeln? Ja, ich weiß, die Priester reden immer von der Seele. Doch wenn du einem Feind die Brust durchbohrtest – hast du dann auch nur ein einziges Mal die Seele davonschweben sehen? Das sind doch nur Märchen für Bauern und alte Weiber.«

Am nächsten Morgen legten wir neue Gewänder an, stiegen in von Hophra gesandte hölzerne Sänften und ließen uns von den Sklaven zum Pharao tragen. Das sechshundertmastige Zelt war am Rand der Stadt in einem Hain von Mandelbäumen aufgeschlagen. Diesmal wurden wir in den großen Empfangsraum geführt, der für die öffentlichen Unterredungen des Königs bestimmt war. Myron trat als erster ein, gefolgt von Arnuwan, Mago und mir. Reguël hielt sich mit mißtrauischer Miene am Ende unseres Zuges. Hophra kam uns entgegen, faßte uns an den Händen, führte uns an kleine Tische und lud uns ein, mit ihm zu speisen.

Um den Pharao saßen die höchsten Würdenträger des Reichs: Zuvorderst der »Leiter der Großen von Oberägypten und Unterägypten«, der als höchster Diener das Recht und den Glauben im Nilland bewahrte. Hinter ihm kam Amasis, der Fürst von Theben und »Oberste der Beschützer der Reiche«. Neben dem Feldherrn saßen der »Vorsteher der Kornspeicher«, der »Oberste Verwalter der Hauptstadt« sowie die höchsten Richter und Ratgeber, unter denen sich auch der Leibarzt des Herrschers befand. Er wurde zu seiner Ehre »Wärter des königlichen Afters« genannt.

Sklaven trugen zwölf Sorten Fleisch in verschiedenen Soßen, fünf Arten Geflügel, gedünstet, gekocht und gebraten, mehr als zwei Dutzend verschiedene Brote, Kuchen und Obst herbei, darunter besondere Trauben und

Feigen aus Syrien. Denn die Ägypter glauben, daß diese besser schmecken als alle Früchte vom Nil. Überhaupt herrscht in Ägypten die Mode, daß man Erzeugnisse aus fernen Ländern höher schätzt als Waren aus eigenem Land, obwohl der Boden am Nil doch viel reicher gesegnet ist als alle Äcker der Syrer. Doch hierin unterscheiden sich die Ägypter in keiner Weise von anderen Völkern, die nur das schätzen, was in der Ferne liegt, und das Gute in ihrer Nähe verschmähen.

Lotosblumen schmückten unsere Tische. Auch unsere Becher und Krüge waren festlich bekränzt, und jede der über Holzkohlenfeuer gebratenen Gänse, die uns zum Schluß des Mahls vorgelegt wurden, trug im Schnabel einen Türkis. Junge, nur mit einem Gürtel bekleidete Mädchen bogen vor unseren Augen anmutig ihre geschmeidigen Körper und schlugen im Takt der Musik schmale Stäbe gegeneinander. Andere Tänzerinnen schwangen Schellentrommeln und klapperten mit in den Händen verborgenen Hölzern, während sie ihre jugendlichen Brüste über unsere Tische reckten. Denn beim Frühstück des Pharao durfte es an keiner Sinnesfreude fehlen.

Myron nahm den Ehrenplatz zur Rechten des Königs ein. An seine Linke aber hatte Hophra den Luwier gesetzt. Als der Pharao von Arnuwans Rang erfuhr, erwies er ihm sogar die Höflichkeit, ihn mit »mein königlicher Bruder« anzureden. So sehr schien der Herrscher Ägyptens bestrebt, uns seine Gunst zu erweisen.

Hophra zeigte dabei beste Laune und sang fröhlich Scherzlieder mit, von denen eins mit den Worten begann: »Der Trunkene ist wie ein Schiff mit zerbrochenem Ruder, das nach keiner Seite hin gehorcht. Er fällt hin und beschmiert sich wie ein Krokodil...« Schmalhüftige Jungfrauen bekränzten uns dabei mit Mäusekraut und streichelten unsere Schenkel, um unser Wohlgefallen an ihren nackten, ölglänzenden Gliedern zu wecken. Denn sie wußten, daß Männer sich nicht nur abends, sondern auch besonders morgens nach der lustvollen Vereinigung sehnen.

Nach einer Weile aber wurde der Pharao ernst, sandte die Musikanten und Mädchen fort und sagte zu Myron:

»Horus selbst hat die Wahrheit deiner Worte bezeugt, Mann aus Milet. Deine Ehre bleibt unbefleckt. Wann werdet ihr nach Norden ziehen, den Racheschwur eures Freundes fromm zu erfüllen?«

»Sobald du es uns erlaubst, Erhabenheit Ägyptens«, erwiderte der Mileter. »Wenn wir aber das schuldige Blut mit Hilfe des Horus vergossen haben, will ich sogleich wiederkehren. Denn ich begehre mit deiner Hilfe noch einen anderen Mörder zu töten.«

»Ich weiß«, versetzte Hophra lächelnd. »Der Vorsteher meines Schatzhauses hat mir bereits gemeldet, daß er schon einen neuen Raum mauern läßt, um das Gold der Assyrer darin zu verwahren.« Dann wandte sich der Pharao zu uns und fragte: »Wirst dann auch du, König von Luwien, gegen Milet ziehen? Und auch die anderen, Dagon, Mago und Reguël?«

Wir verneigten uns, als der König unsere Namen nannte. Arnuwan antwortete: »Ich weiß noch nicht, was meine Götter befehlen. Wir werden uns entscheiden, wenn die Zeit dafür reif ist.«

Hophra blickte uns der Reihe nach an und sagte: »Ihr seid mutige Männer und werdet von Horus geliebt. Dennoch strebt ihr Unmögliches an, und ich sorge mich sehr um euch. Habt ihr denn nicht gehört, daß das Judäerland, ganz Palästina, ja selbst Syriens Süden von den Chaldäern besetzt ist? Nebukadnezar, der sich den Völkerwürger nennen läßt, hat die Grenzen seines Reichs bis zum Jordan vorgeschoben. Schon seit zehn Monden stürmen seine Scharen gegen Palästinas letzte freie Festung auf dem Zionberg. Fällt sie, ergießt sich die Springflut bald auch wieder gegen Ägyptens Gestade!«

Der Pharao nippte an einem goldenen Kelch und fuhr fort:

»Darum hat Feldherr Amasis mein Heer bei Migdol versammelt. Alle Krieger des Reichs, selbst die von den nubischen Grenzen, sind in das Delta geeilt, um den Völkerwürger abzuwehren. Jerusalem ist eingeschlossen. Das Heer des Landverwüsters steht am Meer und in der Wüste. Kein Wanderer kann sich hindurchschleichen, ohne daß ihn die Chaldäer ergreifen. Und deine Stadt, Mago, hilft den asiatischen Horden auch noch! Tyros, Sidon und alle anderen Häfen Phöniziens liefern Nebukadnezar Holz für Belagerungstürme und Schleudern, dazu auch Nahrung für seine Scharen und schließlich Gold für seine Kriegskasse!«

Mago schwieg bedrückt. Reguël aber murrte: »Bei Asasel! Was haben wir mit den Judäern zu schaffen? Sollen die Babylonier ihnen die Köpfe einschlagen, was kümmert es uns? Wir wollen nicht Nebukadnezar, sondern Huwaksatara erlegen. Das aber muß in Medien geschehen!«

Hophra lächelte und versetzte: »Beruhige deine Leber, Mann aus Midian! Ich habe nicht vor, euch an eurer Rache zu hindern, sondern ich will euch sogar dabei helfen. Horus-Apollos gestrige Tat hat mir die Augen geöffnet. Ich will euch künftig ein Gefährte sein!«

Myron starrte den König ungläubig an. Mago und Reguël blieben die Bissen im Halse stecken, und ich begann meine brennende Narbe zu reiben. Auch auf den Mienen der Ägypter zeigte sich Verwunderung. Der Pharao fuhr fort:

»Amasis, der mein Vertrauen genießt wie kein anderer

Feldherr der Reiche, will sich mit unserem Heer an der Wüste zur Verteidigung einrichten. Ich aber sage: Warte nicht auf den Angriff des Gegners, sondern trage den Krieg zum Feind, damit nicht das eigene, sondern das fremde Land verwüstet werde!«

Ich sah mich nach dem thebanischen Heerführer um. Als unsere Blicke sich trafen, las ich in seinen Augen Unwillen. Dann aber schloß er schnell die Lider, und als er sie wieder öffnete, schaute er unverwandt auf den König. Hophra fuhr mit erhobener Stimme fort:

»Schritten nicht auch meine Ahnen nach Asien, um dort das Feuer auszutreten, bevor es auf Ägypten übergriff? Zog nicht schon Thutmosis der Dritte zum Euphrat? Kämpfte der große Ramses nicht bei Kadesch im Orontestal mit den Hethitern? Vernichtete nicht Scheschonk einst die Unbotmäßigen in Palästina? Auch mein Großvater Necho stand dort im Feld. So wie meine Väter will nun auch ich dem Syrerland das Siegel meines Fußes aufdrücken und das grimmige Ungeheuer aus den babylonischen Sümpfen für immer von dort vertreiben. So ebne ich den Weg für eure Rache. Findet euch in meinem Heerlager im palmenschattigen Pelusion ein! Ehe der Mond vom Himmel verschwunden ist, bricht unser Heer in die Ostländer auf. Dann sollt ihr fünf an meiner Seite fahren!«

XIX Das Heerlager

Wir kehrten in die Herberge zurück, lagerten uns unter schattigen Palmen und hielten Rat. Reguël sagte: »Bei Asasel! Habt ihr den Feldherrn Amasis gesehen? Es heißt, daß er alle Fremden haßt. Angeblich wünscht er, daß im Heer des Pharao nur noch Ägypter kämpfen sollen, so wie früher, und keine Söldner.«

»Das kann er haben«, brummte Mago, »ich war schon nicht davon begeistert, mit euch nach Medien ziehen zu sollen. Noch viel weniger Lust verspüre ich, mir die Knochen von Babyloniern zerhauen zu lassen.«

Arnuwan sprach mit seiner tiefen Stimme: »Ihr seid wie Knaben, die sich über ihren Lehrer ereifern, aber seinem Willen nicht zu trotzen wagen. Was zwingt uns denn, dem Wunsch des Pharao zu folgen? Steigen wir auf unsere Wagen und fahren wir munter davon! Noch sind wir freie Männer.«

»Das tun wir besser nicht«, versetzte Myron, »Hophra wäre mit Recht empört, wenn wir auf so schnöde Art die Freundeshand ausschlügen, die er uns vor allen Würdenträgern reichte! Amasis aber könnte dann glauben, wir wollten den Plan des Feldzugs an Nebukadnezar verraten. Wenn wir jetzt heimlich abreisen, wird uns der Feldherr gewiß verfolgen und festnehmen lassen. Denkt daran: Ich muß wieder ins Nilland zurück.«

Reguël meldete sich zu Wort. »Ich will nur eins wissen«, sagte er. »Wie wollen wir es eigentlich machen? Habt ihr schon einen Plan?«

»Wir müssen warten, was sich vor Jerusalem ergibt«, belehrte ihn Mago.

»Was schert mich denn Jerusalem«, schnaubte der Midianiter. »Ich rede von Huwaksatara! Ich möchte jetzt endlich wissen, wie ihr an ihn herankommen wollt.«

»Es war ein Fehler, Hophra anzuvertrauen, was wir im Schilde führen«, sagte ich. »Ja, Myron, ich weiß, er wußte davon schon von Periander und außerdem blieb uns in dieser gefährlichen Lage nichts anderes übrig. Doch Huwaksatara besitzt Kundschafter an allen Höfen. Darum müssen wir damit rechnen, verraten zu werden. Der Pharao mag uns freundlich gesinnt sein, doch er verfolgt natürlich die Ziele Ägyptens. Amasis aber mißtraut uns. Seid also vor den beiden auf der Hut. Auch die Babylonier verfügen über sehr tüchtige Späher und Lauscher. Wenn Nebukadnezar erfährt, daß wir den Schatz Assyriens heben wollen, wird er uns entweder heimlich nachstellen oder uns gefangennehmen lassen. Von jetzt an sind wir ein von Löwen, Hyänen und Wölfen gejagtes Wild.«

Diesmal ließen wir uns viel Zeit, das Delta zu durchqueren. Erst nach vier Tagen rollten wir auf unserem Wagen durch die Straßen des palmenschattigen Pelusion. Man nennt diese Stadt das Tor Ägyptens, denn dort haben die assyrischen Könige erstmals den Boden des Nillands betreten. Darum wurden die Burg und der Hafen später von Necho sehr stark befestigt.

Als wir der Stadtmauer nahten, sahen wir überall sehr viele Krieger, meist Griechen und Karer, aber auch Libyer, Phönizier und Kuschiten. Die rein ägyptischen Heeresteile standen unter Amasis südlich in Migdol. Wir meldeten uns beim Zahlmeister der ägyptischen Wache, einem kleinwüchsigen, dürren Kahlkopf. Als er unsere Namen hörte, rollte er einen Papyros auf und sagte anmaßend:

»Geruht ihr nun endlich zu erscheinen, ihr müden Rekken des Nordlands? Schon seit zwei Tagen warten wir auf euch. Habt ihr im Bier gelegen oder euch etwa mit unseren Töchtern vergessen, während wir hier schwitzen, um das Vaterland zu retten? Nun, mein Freund Morok, den man den Schädelspalter nennt, wird eure abgeschlafften Glieder schnell mit neuem Leben erfüllen!«

Er hatte kaum ausgesprochen, als aus dem Nebenraum ein wenigstens sechs Fuß großer nubischer Hüne mit einer gewaltigen Nilpferdpeitsche trat. Er musterte uns streng, dann beugte er sich zu dem kleinen Schreiber hinab und fragte: »Was gibt's denn?«

»Diese Söldner haben ihrer Einberufung zwei Tage zu spät Folge geleistet«, antwortete der Zahlmeister, »sie glauben wohl, wir haben uns hier zum fröhlichen Erntetanz versammelt.«

»Wenn das so ist«, versetzte der Nubier, »lasse ich sie die Peitsche kosten, damit ihr unbotmäßiges Verhalten nicht die Zucht des gesamten Heeres gefährdet.«

»Wenn du uns geißeln willst«, versetzte Myron, »so tue es mit Worten. Jede Berührung mit Nilpferdhaut aber ist uns vom Arzt untersagt. Denn wir Nordländer sind dafür viel zu empfindlich.«

Als der nubische Riese das hörte, stieß er ein wütendes Grunzen aus, hob seine Waffe und wollte Myron schlagen. Da schnellte Arnuwans mächtige Pranke hervor und hielt das Handgelenk des Schwarzen fest. Der Zuchtmeister schrie zornig auf und hieb dem Luwier die linke Faust mit aller Kraft in die Magengrube. Arnuwan aber verzog keine Miene, so daß es war, als habe ihn nur ein Knabe getroffen. Dann drehte er dem Nubier den Arm auf den Rücken, bis der Knochen aus dem Gelenk zu springen drohte. Grollend sprach er dabei: »Ich bitte mir mehr Achtung aus für Männer, die mit dem Pharao bei Gänsebraten saßen, während ihr Sklaven euer Fladenbrot gemümmelt habt.«

Damit drosch Arnuwan seinem Gegner die Faust auf den kahlen Schädel, so daß der Nubier in die Hocke fuhr.

»Ihr kommt vom Hofe?« stieß Morok hervor. »Bei Seth, das ist natürlich etwas anderes! Warum hast du das nicht gleich gesagt, Asosi!« Der Nubier kam wieder hoch, wandt sich aus Arnuwans Griff, packte den Schreiber am Genick und schüttelte ihn wie einen Hund. Dann blickte

Morok auf den Papyrus. »Da steht es doch!« wütete er. »Diese Leute sollen in den Zelten der königlichen Gefährten untergebracht werden. Sie sind Ehrengäste des Pharao. Du Narr! Fast hätte ich mich an einem von ihnen vergriffen!«

Wir lächelten und folgten ihm zu unserem Lager. Dort pflegten wir unsere Waffen und Rüstungen. Denn wenn das Leben von einem bronzenen Panzer und einer ehernen Klinge abhängt, will ein Krieger weder Rost noch Risse sehen.

Am Nachmittag gähnte Mago und sagte: »Ich ziehe mich jetzt zu einem Schläfchen zurück.«

Wir anderen übten uns auf dem Fechtplatz mit Schwertern und Beilen, schleuderten auch schwere Lanzen und Steine und rangen schließlich miteinander, bis wir in Schweiß gerieten. Myron und ich stürzten uns zugleich auf Arnuwan und rissen ihn glücklich zu Boden. Aber wir konnten den Luwier nicht halten, und die Ägypter staunten über die Kräfte des Riesen.

Mit noch größerer Verblüffung beobachteten die Krieger jedoch den einarmigen Midianiter. Denn Reguël traf mit seiner Schleuder entferntere Ziele als die Ägypter mit ihren Pfeilen.

Am Abend kehrten wir in die Zelte zurück, wuschen uns und kleideten uns an, um in die Stadt zu fahren. Mago war nirgends zu finden. Reguël ließ einen Wagen anschirren. Als wir ihm erklärten, wir wollten lieber ein wenig wandern, sagte er unwirsch: »Wandern? Tut das meinen Füßen nicht an! Ich bin ein Sohn der Wüste. Das einzige, was bei uns freiwillig wandert, sind die Dünen!«

Nach einiger Zeit rollten wir an einer kleinen Schenke vorbei. Da zog Reguël plötzlich die Zügel an. »Hört ihr denn nicht?« fragte er. Wir lauschten dem Gewirr der Stimmen, die aus dem kleinen Haus drangen, und schließlich erkannten auch wir, daß die lauteste von ihnen Mago gehörte.

Schnell lenkten wir unseren Wagen unter ein Fenster und horchten. Wir vernahmen so viele Rufe des Staunens und Zweifelns, daß wir die Worte des Tyrers kaum zu verstehen vermochten. Seine Zuhörerschaft schien ausschließlich aus Frauen zu bestehen. Als wir vorsichtig durch die hölzernen Läden spähten, sahen wir den Phönizier auf einem wahren Berg von Kissen lagern, umringt von nicht weniger als sieben Dirnen sämtlicher Haut- und Haarfarben. Sie saßen und lagen nackt neben ihm, so daß seine Hände ungehindert auf ihren geheimsten Körperstellen umherschweifen konnten. »Riesige Schlange«, hörten wir ihn dabei sagen, »wenigstens dreißig Ellen lang... Leib mit Gold überzogen... Augen aus Lapislazuli... nahm mich in den Mund... Myrrhen, Tschepholz, Elefantenzähne... Windhunde und Meerkatzen... Pharao außer sich... ganz große Augen...«

Reguël konnte sich nicht länger halten und rief durch das Fenster hinein: »Bei Asasels rostfreiem Rammsporn, glaubt diesem Lügenbeutel kein Wort, meine Täubchen! Denn er ist ein Tyrer, und bei den Phöniziern wird, wie ihr wohl wißt, ein winziger Wurm schnell zum feuerspeienden Drachen und ein ganz gewöhnlicher Kiesel des Baches zu einem Klumpen von lauterem Gold.«

Mago errötete, als er uns sah, und sagte zu seinen kichernden Zuhörerinnen: »Das sind meine tapferen Gefährten, die mir auf diese gefährliche Seereise folgten. Leider haben die Gefahren ihre Sinne verwirrt, so daß sie nun nicht mehr wahrhaben wollen, was wir erlebten. Ich muß gehen, diese Armen zu begleiten. Denn ich wage nicht, sie mit verdunkeltem Verstand allein durch die Straßen streifen zu lassen.«

Mit diesen Worten streute er einige Kupferstücke auf

den Tisch und eilte hinaus. Mißmutig kletterte er auf unser Fahrzeug und klagte: »Ihr hättet mich fast in eine peinliche Lage gebracht! Wolltet ihr etwa, daß mich diese ehrbaren Jungfrauen für einen Aufschneider halten?«

Wir fuhren zur größten Herberge, um uns dort ein wenig umzuhören. Die Gaststube war mit Unterführern aus dem Hauptlager des Heeres gefüllt. Diese erfahrensten Krieger Ägyptens und ihre käuflichen Weiber blickten uns äußerst unfreundlich entgegen. Unter ihnen saß Morok. Er tat, als kenne er uns nicht. Wir verhielten uns ruhig und bescheiden, und bald wandten sich die Ägypter wieder ihrer Unterhaltung zu.

Nach den Anstrengungen des Nachmittags aßen wir nur mäßig und achteten auch beim Trinken auf unsere Gesundheit. Als der Wirt uns stolz erklärte, er habe für sein Bier einen tiefen Keller gegraben, um es kühlzuhalten, brummte Arnuwan: »In dieser Affenhitze schadet die Kälte nur. Wärme mein Bier lieber ein wenig an, ich bin kein junger Mann mehr und muß meinen Magen schonen.«

Die Ägypter, die das hörten, lächelten spöttisch. Myron fragte: »Hast du Kummer mit deinem Gedärm, mein Gefährte? Ich streue immer einige Krümel Kalmusblätter in den Becher. Das schützt vor Krämpfen und Entzündungen der inneren Teile.«

»Und wohl auch noch ein wenig Porst und Schwindelbeere«, fügte Mago launig hinzu, »damit du schneller betrunken wirst!«

»Unsinn«, versetzte Myron ernsthaft. »Höchstens ab und zu ein bißchen Schöllkraut oder Bitterklee, um die Verdauung zu fördern.«

Die Ägypter stießen einander an, und einer von ihnen höhnte: »Mit solchen Leuten sollen wir den Krieg gewinnen!«

Morok hielt den Zeigefinger an die Lippen und mahnte seine Kampfgenossen: »Still! Das sind Gastfreunde des Pharao!« Aber die anderen lästerten weiter. Sie gefielen sich darin, über unser Alter und unsere angeblich schwache Gesundheit zu spotten.

Myron ließ sich davon nicht stören und erklärte: »Dir aber, Reguël, würde ich zu Mastix oder Olibanum raten, denn diese Mittel helfen gut bei Gicht und Gliederschmerzen!«

»Gicht und Gliederschmerzen«, prustete einer der Unterführer, »hoffentlich müssen wir diese Grauesel nicht auf Bahren in die Schlacht schleppen!«

Die anderen Ägypter lachten schallend. Reguël tat, als ob er nichts gehört hätte, und erklärte: »Mastix schlägt bei mir schon lange nicht mehr an. Das einzige, was wirklich hilft, ist Blauer Eisenhut. Aber man muß damit äußerst vorsichtig umgehen, das Zeug ist sehr giftig.«

»Blauer Eisenhut!« grölte ein hochgewachsener Taniter, den sein Abzeichen als Keulenträger und Befehlshaber über sechs Krieger auswies. »Ich kenne nur einen einzigen Eisenhut, und den trägt man in der Schlacht!«

Seine Gefährten brüllten vor Lachen. Morok mahnte sie leise: »Seid doch friedlich! Ihr kennt diese Männer doch gar nicht!«

»Hast du etwa Angst vor diesen Schlappschwänzen, Nubier«, fragte der Keulenträger. »Dann setze dich an ihren Tisch! Vielleicht verraten sie dir ein Mittel, das gegen Aftersausen hilft.«

Die Krieger wollten sich nun vor Lachen schier ausschütten. Auch ihre Huren kreischten vor Vergnügen.

Reguël sah sich trotz des Lärms nicht nach ihnen um, sondern fuhr fort: »Aber wenn es um die Verdauung geht, gibt es nichts Besseres als Meisterwurz und Wermut, vielleicht noch Gundelrebe, das könnt ihr mir glauben.«

»Es sei denn, es ist schon zu einer Kolik gekommen«, wandte Arnuwan ein, »dann ist man mit Quendel am besten bedient.«

Die Stimmen der Ägypter wurden immer lauter. »Eine Kolik«, rief ein untersetzter Wagenkämpfer und schlug sich in gespielter Verzweiflung gegen die Stirn. Ein anderer, der nur ein Auge besaß, legte den Arm um eine halbnackte Dirne und prahlte: »Wahrlich, ich trage die Spur einer schweren Verwundung, doch gegen diese Salbader fühle ich mich wie ein junger Gott!«

»Stärkt nicht auch Hopfen die Kräfte des Magens?« fragte ich Myron. Der Grieche antwortete: »Nein, der hilft nur, den Harn zu treiben, genauso wie die Bärentraube.«

»Den Harn zu treiben«, grölte der Einäugige. »Wozu braucht ihr das? Beim Anblick des ersten Feindes pißt ihr euch doch ohnehin in die Gewänder!«

Seine Gefährten erheiterten sich so sehr, daß ihnen schon erste Lachtränen kamen. Morok aber sprach mit beschwörender Stimme: »Seid nicht so ungastlich zu den Gefährten. Sie sollen doch an unserer Seite gegen die Babylonier kämpfen!«

»Kämpfen?« schrie der Keulenträger verächtlich. »Diese alten Knaben, die sich hier ihren Schlummertrunk holen, haben doch keinen Mumm in den Knochen!« Er wankte zu unserem Tisch, griff über Arnuwans Schulter und packte den Humpen des Riesen.

Ich fürchtete schon, der Luwier würde den Frechling wie eine Wanze zerquetschen. Arnuwan aber bestand diese Probe seiner Geduld. Er kratzte sich das schüttere Haar und blickte mich fragend an. Ich gab ihm ein Zeichen, den Mann gewähren zu lassen.

Der Keulenträger trank den Becher geräuschvoll aus, stellte ihn dann mit lautem Knall auf die hölzerne Platte zurück und grinste den Gefährten triumphierend zu. »Die kämpfen nicht wie wir Ägypter«, erklärte er dabei mit schon beschwerter Zunge. »Die sind ja sogar zu feige, ihr Bier zu verteidigen. Wie sollen wir dann hoffen, sie würden für ein fremdes Land ihr Leben in die Schanze schlagen?«

Myron versuchte ein weiteres Mal, die Lage zu beruhigen, indem er laut erklärte: »Übrigens, falls euch einmal die Zähne schmerzen, empfehle ich Strahlblütenkraut. Und gegen Atemnot hilft Wasserfenchel.«

Mago wollte ihn unterstützen, indem er hinzufügte: »Meine Großmutter erzählte mir, daß Schlehenblütensaft das Blut von allen Krankheiten reinigt, vor allem bei Fieber.«

Nun aber erhob sich der Einäugige, schüttelte Moroks Hände ab, torkelte auf uns zu und zog dabei seine halbnackte Beischläferin hinter sich her. »Blut«, grunzte der Ägypter und blies Mago seinen übelriechenden Atem ins Gesicht, »habt ihr denn wirklich Blut in den Adern, ihr alten Säcke? Wahrlich, mein Freund Pneb hat recht, wenn er euch allesamt der Feigheit zeiht! Nicht einmal euer angewärmtes Bier wolltet ihr retten, so sehr hält euch die Furcht gepackt. Wir aber kämpfen wie Löwen. Denn wir wissen, was wir zu verteidigen haben, nicht wahr, meine kleine Gazelle?«

Er schob dem Phönizier die dicke Vettel entgegen und lallte: »Nämlich die edlen Frauen Ägyptens! Die sind es doch, für die wir unser Leben wagen! Zeig' ihm, wie schön du bist, mein Vögelchen! Wir wollen sehen, ob sich unter seinem Saum noch Leben regt!«

Die Dirne lachte grell und entblößte ihre hängenden Brüste. Mago rieb sich den Bart und blickte mich ratsuchend an. Auch Reguëls Blick ruhte auf mir. Ein Dutzendführer schwankte auf den Midianiter zu, packte ihn an den Haaren und sagte: »Du bist zu ungepflegt, verdammter Beduine. Wir werden dir die Locken stutzen, bis du glatt bist wie der Mond!«

Ich sah nun ein, daß es keine Möglichkeit gab, dem Streit mit den Ägyptern zu entgehen. Ich hoffte nur, meine Gefährten würden klug genug sein, niemanden zu töten.

»Sind unsere Ägypterinnen nicht die schönsten aller Frauen«, schrie der Einäugige den Phönizier an, »verbeuge dich gefälligst vor meiner edlen Gefährtin und preise ihre Schönheit! Wenn deine Zunge beredt genug lobt, bleiben deine Knochen vielleicht heil!«

Ich zwinkerte Mago zu. Arnuwan begann zu schmunzeln.

»Los, du verfluchte Tyrerratte!« schrie der Einäugige wieder. »Was sagst du zu meiner Braut?«

Die Ägypter musterten uns gespannt. Mago lehnte sich ein wenig zurück und antwortete in aller Ruhe:

»Du hast nur noch ein Auge, lieber Freund. Deshalb kannst du vermutlich nicht in vollem Maß würdigen, welchen Eindruck deine Gefährtin auf jeden echten Mann machen muß. Ich aber, der ich mich glücklicherweise noch im Besitz beider Sehäpfel befinde, will dir nun gerne verraten: Als ich vorhin hereinkam und diese Gazelle neben dir sah, sagte mein linkes Auge zu meinem rechten: ›Scheiße!‹«

Der Ägypter glotzte Mago fassungslos an. Arnuwan packte den kräftigen Keulenträger, der ihm das Bier weggetrunken hatte, am Nacken und zog ihn so heftig herab, daß der Krieger mit der Nase auf die Tischplatte prallte. Schmerzerfüllt brüllte der Ägypter auf und schlug um sich, doch aus dem eisernen Griff des Luwiers gab es kein Entrinnen.

Reguël hielt dem Dutzendführer den linken Fuß hinter

die Ferse und trat ihm dann mit dem rechten gegen das Knie, so daß sein Gegner zu Boden stürzte. Ehe sich der Überraschte aufraffen konnte, spürte er den Dolch des Beduinen an der Kehle.

Mago fuhr dem Einäugigen blitzschnell mit der Hand unter den Rock, zog das Geschlecht des Ägypters hervor und hielt ihm den Dolch an den Leib. »Nur eine kleine Bewegung«, sagte der Tyrer lächelnd zu seinem Opfer, »und du wirst künftig pissen wie ein Weib.«

Der Wirt bückte sich hinter seinen Schanktisch und zog eine Keule hervor. Myron schleuderte sein Medermesser. Es fuhr zwischen Kragen und Kehle des Schenks in einen Balken. Der Wirt wagte sich nicht mehr zu rühren.

Ich zog das Sarpedonschwert. Arnuwan drehte sein Opfer herum, bis der Keulenträger auf dem Rücken lag. Einen Herzschlag später klaffte das Kleid des Ägypters, von meiner Klinge zerschlitzt, an seiner Vorderseite auf und enthüllte einen behaarten Bauch, dessen Haut unverletzt war.

Das alles geschah in geringerer Zeit, als ein Herz braucht, um zweimal zu schlagen. Die Krieger des Pharao starrten mit offenen Mündern auf uns. »Ich hatte euch gewarnt«, seufzte Morok. »Mit diesen Männern ist nicht zu spaßen!«

Ich nickte Arnuwan zu. Der Riese erhob sich, tätschelte im Vorbeigehen den kahlen Schädel des Nubiers, trat an den längsten Tisch unserer Gegner und räumte dort das Geschirr beiseite. Becher und Schüsseln drückte er den staunenden Ägyptern in die Hände. Als die hölzerne Platte geleert war, stellte sich Arnuwan in die Mitte, hob seine Faust und hieb sie mit solcher Gewalt auf den Tisch, daß die hölzernen Planken zerbrachen und das gesamte Gestell krachend zusammenstürzte.

Einer der ernüchterten Ägypter sprach in die Stille hinein: »Jetzt, Morok, kann ich mir auch denken, wem du deine Beule verdankst!«

Ich sagte ruhig: »Ihr hättet uns in Frieden lassen sollen, Krieger des Pharao. Wären wir so streitlustig wie ihr, dann würden eure Gefährten hier jetzt mit gebrochenen und zerschnittenen Hälsen zu Osiris in die Unterwelt fahren!«

Die Ägypter schwiegen. Ich blickte zu Mago und Reguël. Grinsend ließen die beiden ihre Gefangenen frei. Wir steckten unsere Waffen wieder in die Gewänder und schritten zur Tür.

Myron gab dem schweißnassen Wirt einen Klaps auf die Schulter und zog sein Wurfmesser aus dem Holz.

Ich wollte die Tür öffnen, da flog sie plötzlich nach innen auf. Zwei Dutzend schwerbewaffnete Krieger des Pharao stürmten herein. Sie hielten uns die langen Lanzen vor die Brust.

Wir wichen langsam zur Wand. Reguël sagte mit einem giftigen Blick auf Mago: »Das haben wir jetzt davon! Sonst lügst du doch den lieben langen Tag — warum mußtest du dann diesem versoffenen Einäugigen unbedingt die Wahrheit sagen!«

XX Der Auftrag

Arnuwan griff nach der eisernen Kugel an seiner Hüfte. Ich faßte den Griff meines Schwertes. Myron, Mago und Reguël blickten uns unruhig an. Hinter den Kriegern trat ein noch sehr junger Ägypter hervor. Er trug eine golden und silbern verzierte Rüstung aus Bronze und eine Löckchenperücke, wie sie bei Hof Mode war. Der Jüngling musterte uns voller Verachtung. Dann sprach er mit heller Stimme:

»Hier also treibt ihr euch herum, ihr unbeschnittenen Abkömmlinge niederer Völker! Wahrlich, die Priester des Rê haben recht, wenn sie behaupten, daß nur die Ägypter vom Himmel erschaffen wurden, alle anderen Menschen jedoch von Dämonen. Ihr suchtet Streit mit unseren Männern? Das werdet ihr büßen!«

Ich blickte auf den Jüngling herab und antwortete: »Nicht wir haben Unfrieden gestiftet, sondern die Krieger des Königs. Wir lassen uns nicht wie Sklaven behandeln.«

Der anmaßende Ägypter runzelte zornig die Brauen und öffnete schon den Mund, da sagte Myron versöhnlich:

»Meine Freunde kommen von weit her und leben erst seit ein paar Tagen im Nilland. Sie haben wohl die Scherze deiner Männer nicht so recht verstanden, Fürst. Das hätte für uns ein böses Ende nehmen können, wenn du uns nicht gerettet hättest!«

Der Jüngling blickte den Mileter fragend an: »Du kennst mich?«

Myron verneigte sich höfisch und erwiderte mit gespielter Bewunderung: »Wie sollte ich nicht den tapferen Psammetich kennen, den Sohn des in der ganzen Welt berühmten Feldherrn Amasis? Bis nach Milet drang der Ruhm deines machtvollen Vaters. Ebenso hörte ich dort auch den hallenden Klang deines Namens, den du nach einem göttlichen König erhieltest, aber dank deiner tapferen Taten auch selbst schon mit Größe erfülltest!«

Der Jüngling blickte Myron geschmeichelt an und versetzte: »Du scheinst tatsächlich ein Mann zu sein, der unsere Erhabenheit besser zu schätzen vermag als diese Barbaren. Ich werde deshalb Gnade walten lassen — es sei denn, einer meiner Krieger erhebt gegen euch Klage.«

Er blickte fragend im Kreis. Unsere Gegner schwiegen. Morok erklärte mit einem Seitenblick auf den Luwier: »Nein, Fürst, wir nehmen den Fremden den Irrtum nicht übel und werden uns gern mit ihnen versöhnen. Wollen wir doch miteinander gegen die Babylonier ziehen!«

Arnuwan nickte dem Nubier freundschaftlich zu. Myron raunte auf Akkadisch: »Es ist immer dasselbe mit diesen Stutzern – ein paar Schmeicheleien, und sie sind zufrieden. Warum wollt ihr ihnen denn immer gleich die Schädel zertrümmern? Das macht doch nur noch mehr Ungelegenheiten.«

Der junge Psammetich hob die Hand und befahl: »So folgt mir denn, Griechen und andere Fremde! Denn ich bin gesandt, euch zu holen. Der Pharao erwartet euch. Schon morgen brechen wir nach Palästina auf!«

»Schon morgen?« fragte Myron erstaunt. »Der Mond rundet sich doch erst in zwei Tagen!«

»Mein Vater wird die Vorhut führen«, antwortete der Ägypter. »Ihr aber sollt ihn begleiten.«

Kurze Zeit später trafen wir im ägyptischen Hauptlager ein. Hophra blickte uns von seinem schnellen Streitwagen entgegen. Die Wände des leichten, auf zwei sechsspeichigen Rädern rollenden Fahrzeugs waren mit dünnem Leder bespannt. Prachtvolle Malereien prangten darauf. Sie zeigten Hophra als Horus, wie er die Feinde der Reiche zertrat. Die meisten der Besiegten trugen die langen asiatischen Bärte, obwohl die Ägypter doch zuletzt so viele Schlachten gegen die Reiche des Ostens verloren. Doch wie zum Trotz gegen diese Wahrheit hatte der Künstler, von dessen Hand das Prunkgefährt stammte, selbst auf den Radnägeln gefangene Chaldäer abgebildet.

Die Riemen des Geschirrs waren purpurn gefärbt, die beiden Rosse mit bunten Federbüschen geschmückt. Elfenbeintafeln zeigten den Namen des Wagens: »Amon verleiht ihm den Sieg.« Die Pferde hießen »Windverfolger« und »Wildblickender Löwe«.

Der Zweispänner war für sandige Böden geschaffen. Und für einen Lenker, der den Vorteil großer Geschwindigkeit wünschte. Einen Zusammenprall mit anderen Fahrzeugen mußte man in diesen leichten Streitwagen vermeiden. Ein einziger assyrischer Panzerwagen hätte ein Dutzend solcher zerbrechlicher Fahrzeuge niedergewalzt, so wie ein Stier ein Rudel kläffender Köter zertrampelt.

Hophra blickte liebevoll auf Psammetich. Neben dem Pharao stand der Feldherr Amasis. Als der Jüngling Bericht erstattet hatte, starrte sein Vater uns grimmig an.

Hophra hieb dem Heerführer lachend auf die Schultern und sagte: »Da siehst du es mal wieder: Wenn es zum Schlagen kommt, nehmen es diese sogenannten Barbaren selbst mit der Auslese deiner ägyptischen Kriegsleute auf!«

Amasis entblößte mit grimmigem Lächeln zwei Reihen schlechter Zähne, wie sie bei vornehmen Ägyptern die Regel sind. Denn für die hochgeborenen Bürger des Landes wird besonders feines Mehl gemahlen. Zu diesem Zweck fügen die Frauen den Getreidekörnern stets ein wenig Sand bei, der den Zähnen natürlich stark schadet. Dennoch käme kein Edelmann vom Nil auf den Gedanken, Brot aus dem groben Mehl einfacher Leute zu essen.

Der Pharao ging uns unter ein Zeltdach voran, in dessen Schatten fellbespannte Sitze standen. Wir lagerten uns, nahmen gekühlten, mit Wasser vermischten Wein in Empfang und tranken auf einen glücklichen Feldzug. Dann erklärte Hophra:

»Übermorgen werde ich mich mit dem Heer auf den Horusweg nach Palästina begeben. Der Marsch wird wohl zehn Tage dauern. Zuerst will ich nach Gaza ziehen.

Wenn die Chaldäer uns bemerken, werden sie die Belagerung von Jerusalem aufheben und sich uns stellen. Dann hängt es von den Judäern ab, ob wir den Völkerwürger und seinen schlauen Feldherrn Nergal-Sarezer zwischen unseren Stellungen und der Stadt wie eine Traube in einer Kelter zerquetschen. Weichen die Babylonier aber dem Kampf mit uns aus, so werde ich ihnen den Stützpunkt im fischreichen Japho entreißen, das schon Thutmosis einst erobert hat. Kennt ihr die Geschichte? Der Pharao ließ fünfhundert Krieger in Körbe und Krüge packen und von Händlern in die Stadt bringen. Nachts verließen die Ägypter ihre Verstecke, hieben die Wachen nieder und öffneten schließlich von innen die Tore.«

»Die Fürsten dieser Stadt müssen ziemliche Trottel gewesen sein«, ließ sich Reguël zweifelnd vernehmen, »mit einer so plumpen List könnte man heute ja nicht einmal Kinder täuschen!«

»Nun, den Fürsten von Japho hatte Thutmosis schon vorher unschädlich gemacht«, erzählte der Pharao lächelnd. »Es gibt bei uns sogar ein Lied darüber.« Der Pharao lehnte sich zurück und begann fröhlich zu singen:

»Der dumme Syrer kommt ins Zelt.
Zu handeln mit dem Herrn der Welt.
Thutmosis lädt ihn fürstlich ein.
Und macht ihn trunken dann mit Wein.
Voll Übermut spricht dann der Syrer:
›Man sagt, Thutmosis, Völkerführer,
Daß deine Keule soviel wiegt,
Als sei sie einem Gott gefügt.
Beweise mir, daß dem so sei!‹
Thutmosis sprach: ›Ich bin so frei.‹
Er ließ die große Keule bringen,
Begann, sie in der Luft zu schwingen,

Und schlug dem Syrer auf das Haupt.
Man weiß nicht: hat der's dann geglaubt?«

Wir lachten. Hophra fuhr fort:
»Wenn wir Japho erobern wollen, müssen die Judäer uns den Rücken decken, damit wir nicht von unseren Nachschubwegen abgeschnitten werden. Darum möchte ich, daß ihr euch mit Amasis nach Norden begebt. Ihr seid des Akkadischen mächtig, ihr seid auch mit dem Land und mit der Kriegführung der Babylonier vertraut. Vielleicht könnt ihr euch nach Jerusalem schleichen und den Judäern Nachricht bringen, daß Ägypten sie nicht vergessen hat. Und daß ich sie aus den Händen ihrer Feinde befreien werde. Seid jedoch vorsichtig! Teilt euch auf! Wenn ihr den Babyloniern alle zugleich in die Hände fallt, kann niemand mehr Dagons Rache vollziehen — und den Schatz Assyriens zu mir in Sicherheit bringen.«

Am nächsten Morgen fuhren wir mit Amasis durch die Wüste. Der Feldherr führte eine Heeresabteilung von tausend Männern auf fünfhundert Wagen. Reguël und ich rollten an seiner Seite, Arnuwan folgte uns, Myron und Mago fuhren am Schluß. Über dem Land lag die Hitze wie eine wollene Decke. Auf Reguëls Rat träufelten wir uns von Zeit zu Zeit Salzwasser in die Ohren, um nicht zu ermatten.

Horusweg nennt man am Nil jene alte Heerstraße, die an der Küste Asiens entlangführt. Die Griechen nennen sie »Weg des Meeres«. Am ersten Tag erreichten wir Rhinokolura, ein kleines Dorf an einem ausgetrockneten Fluß, den man als »Bach Ägyptens« bezeichnet. Am zweiten Tag fuhren wir über Rapha nach Gaza.

Von dort aus spähten wir sechs Tage lang die Umgebung aus. Die Städte Askalon im einstigen Philisterland, Bet-Schemesch in der Schefela und Beerscheba in der

Wüste Negev waren von großen Abteilungen der Babylonier besetzt. Mit diesen Posten wollte sich der Völkerwürger gegen Überraschungen schützen.

Nabu-Kudurri-Usur der Zweite, dessen Name »Gott schütze den Erbsohn« bedeutet und den die Griechen Nebukadnezar nennen, herrschte damals schon seit achtzehn Jahren über das Land der zwei Ströme. Sein Heer zählte mehr Köpfe als selbst die Ähren auf Edens Feldern. Die Rüstungen seiner Krieger funkelten zahlreich wie Sterne am Himmel des Südens. Die Lanzen ragten aus ihren Händen empor wie ein kaukasischer Wald.

Myron und Mago fanden heraus, daß Nebukadnezar mit seinem Hof vier Tagesreisen nördlich in der Rabenstadt Ribla lagerte. Vor Jerusalem führte Nergal-Sarezer den Befehl, der Oberhofmeister des Königs und Fürst von Sin-Magir. Der Feldherr trug seinen Namen nach dem Gott des Krieges und des Todes. Er bedeutete: »Nergal, schütze den König!«

Ich stieß mit Reguël nach dem ziegelumwallten Lachisch und dem turmbewehrten Aseka vor, zwei Städten, die noch von den Judäern gehalten wurden. Dann rollte ich zum Toten Meer. Arnuwan ging auf Kundfahrt in das Küstenland und spähte bis nach dem fischreichen Japho. Die ägyptischen Kundschafter wagten sich auf Schleichwegen bis an den Jordan. Überall beobachteten wir große Verbände der Babylonier. Dazu kamen zahlreiche Bundesgenossen aus vielen syrischen Ländern und Städten. Aber auch Krieger aus dem kleesatten Kuë im Norden, aus Elam im Osten, aus dem von Dünen beschatteten Duma in der arabischen Wüste und den phönizischen Städten folgten dem babylonischen Heer, so daß es schien, als hätten sich alle Völker Asiens vereint, den Zionberg zu erstürmen.

Jerusalem und die Judäer waren bei ihren Nachbarn

verhaßt, weil sie als einzige Einwohner Syriens weder an Baal noch an Ischtar glaubten, sondern einen eigenen Gott verehrten, den sie überdies für mächtiger erachteten als alle anderen Himmelsbeherrscher der Welt. Sie nannten ihn Jahwe oder Elohim, Zebaoth oder El-Eliyon, Adoni oder Schaddai, oft auch den »Herrn der Heere« und manchmal nur »Gott Israels« und hatten noch viele andere Namen für ihn.

Die ersten Könige dieses Volkes sollen vom Grenzbach Ägyptens bis zum großen Strom, dem Euphrat, geherrscht haben. Ihre Nachfolger aber zerstritten sich untereinander und teilten das Reich in zwei Länder auf. Weil sie begannen, außer Jahwe noch andere Götter anzubeten, entzog ihr Herr ihnen seine Gnade und ließ es zu, daß sie von anderen Völkern besiegt wurden.

Vor anderthalb Jahrhunderten zertrümmerte Assyriens großer König Tiglatpileser das nördliche Reich und führte die Bewohner Israels in die Verbannung. Das südliche Juda wurde erst vor zehn Jahren besiegt. Der Völkerwürger schleppte die Schätze des großen Tempels davon, zusammen mit König Jojachin und vielen vornehmen Bürgern, die seitdem an Babylons Wassern in der Gefangenschaft weilten. Nur weil Judäas neuer König Zidkija dem König der Babylonier ewige Treue gelobte, entkam die Stadt am Zion der völligen Vernichtung. Neun Jahre später aber brach Zidkija den Schwur, und die Heerscharen der Chaldäer griffen Jerusalem an, um es erneut zu zerstören, diesmal für immer.

Die heutige Hauptstadt Judäas hieß in der alten Zeit Ophel, dann Salem, dann Jebus. Uns Assyrern war sie als »Burg von Ursalim« bekannt. Die Syrer nennen sie Shalim, die Babylonier »Stadt von Iahudu«, die Ägypter Rushalimum. Die Einheimischen aber sagen auch »Ariel« und »Burg Davids«, »Stadt Gottes« oder einfach

»Die Stadt«. Die Burg erhebt sich auf schroffen Felsen, an deren höchster Spitze das Heiligtum des judäischen Gottes hervorragt. Nach Süden und Osten hin schützen hohe Felsen an den Rändern steiler Schluchten die Stadt. Nach Norden fällt der Berg sanfter ab. Dort liegt die verwundbare Stelle der zweitausendjährigen Feste.

Bald verrieten Staubwolken im Süden, daß der Pharao mit seinem Heer die Wüste überwunden und das Fruchtland betreten hatte. Doch noch bevor wir Hophra zu Gesicht bekamen, ließ uns der Feldherr Amasis rufen. Als wir zu seinem Zelt schritten, eilte ein königlicher Melder heraus, schwang sich auf einen Streitwagen und raste davon. Amasis hielt uns eine Papyrosrolle entgegen, musterte uns mit ernstem Blick und sagte:

»Seine Erhabenheit, der Pharao, grüßt euch durch meinen Mund. Ich bin beauftragt, euch seinen Befehl zu übermitteln. Die Zeit drängt. Schweigt über alles, was ihr jetzt erfahrt! Jedes Wort kann unserer Sache schaden!«

Amasis blickte uns der Reihe nach an. Dann fuhr er fort:

»Der Feldzugsplan des Pharao kann nur gelingen, wenn die Judäer uns zu Hilfe eilen. Meine Nachrichten aber sagen, daß auf die Einwohner Jerusalems kein Verlaß ist. Diese Judäer sind Dummköpfe. Sie hören lieber auf das verzückte Gestammel von Wahrsagern, als auf den vernünftigen Rat ihres Herrschers. Aber obwohl das so ist, hat König Zidkija die unbotmäßigen Seher keineswegs heimlich beiseite geschafft und zum Schweigen gebracht, wie es wohl jeder verantwortungsvolle Staatslenker für richtig halten würde. Sondern er ließ die Wirrköpfe immer weiter schwatzen. Jetzt zahlt Zidkija für seine Langmut mit dem stückweisen Verlust seiner Macht. Denn inzwischen haben schon so viele seiner Untertanen die Drohreden jener Propheten vernommen, daß der König diese Unglückskünder nicht mehr mundtot machen kann, ohne einen Aufstand befürchten zu müssen. Diese Judäer sind nämlich ein äußerst heißblütiges Volk und lassen sich in Glaubensdingen von keiner Macht schrecken. Darum hat der Pharao beschlossen, König Zidkija zu helfen. Auf ägyptische Art, wie es in einer so gefährlichen Lage sinnvoll scheint.«

»Was versteht man derzeit unter ägyptischer Art?« fragte Mago. »Lüge, Täuschung, Folter oder Mord?«

»Der Jäger«, versetzte Amasis kühl, »erlegt nicht den streifenden Wolf, wenn er sein Kommen mit Trommeln und Klappern verkündet. Der Adler wird des Fuchses nicht habhaft, wenn er ihn erst viele Male flatternd umkreist. Nein – solches Raubzeug fängt man nur, wenn man genauso verschlagen ist wie die Gejagten.«

»Genug«, sprach Myron, »wir ziehen ja nicht zum ersten Mal in den Krieg. Wir sollen also etwas vollbringen, das selbst der König dieser Stadt nicht zu tun wagt. Etwas, mit dem wir den Zorn aller Judäer auf uns ziehen. Etwas, in das deine Krieger auf keinen Fall verwickelt werden dürfen. Was ist es?«

Amasis winkte uns in den hinteren Teil seines Zeltes. Dort lagen vor Jahren erbeutete babylonische Waffen, Schilde und Rüstungen in großer Zahl.

»Sucht euch etwas Passendes aus«, befahl der Feldherr. »Heute nacht sollt ihr verkleidet durch den Belagerungsring der Chaldäer schlüpfen. Schleicht zur östlichen Mauer, dorthin, wo das Wassertor steht! An dieser Stelle wächst eine uralte Terebinthe. Unsere judäischen Verbündeten in Aseka und Lachisch haben ihren Landsleuten in Jerusalem Feuerzeichen gegeben, daß heute nach Mitternacht fünf Fremde an der Stadtmauer warten, gleich unterhalb des Tempels. Die Wachen des Königs werden euch ein Seil hinabwerfen, an dem ihr euch emporziehen könnt. Übermorgen kehrt ihr dann auf die gleiche Weise zurück.«

»Wir alle sollen gehen?« fragte Myron mißtrauisch. »Sagte der Pharao nicht, wir sollten uns stets teilen?«

»Befehl ist Befehl!« antwortete Amasis barsch und streckte uns die Papyrosrolle entgegen, »überzeugt euch selbst, wenn ihr des Lesens kundig seid! Zwei oder drei Leute genügen nicht für das, was wir planen.«

Myron ergriff die Rolle, öffnete sie und gab sie wortlos an mich weiter. »Du hast recht«, sagte ich schließlich, »der Pharao hat seine Meinung geändert. Was sollen wir in der Stadt seiner Freunde tun?«

Amasis zwang sich zu einem Lächeln und antwortete: »Ich hätte lieber einige meiner eigenen Krieger mit diesem wichtigen Auftrag betraut. Denn diese stehen für ihren Feldherr mit ihrem Leben ein, während ihr nur Söldner seid. Aber meine sonnenverbrannten Ägypter lassen sich nicht so recht als chaldäische Söldner verkleiden. Außerdem sprechen sie nicht Akkadisch. Also müssen wir Landfremde nehmen, wie ihr es seid. Die Aufgabe wird Männern eures Schlages nicht sonderlich schwierig erscheinen.«

»Wir können das erst beurteilen«, sagte Mago, »wenn du uns endlich verrätst, wen wir erschlagen sollen!«

Amasis nickte. »Einer der schlimmsten Quertreiber gegen die Absichten König Zidkijas«, sagte der Feldherr, »ist ein selbsternannter Prophet, der jeden Morgen im Thronsaal erscheint, um den Herrscher über seine neuesten Alpträume zu unterrichten. Er behauptet, die Babylonier seien von diesem Gott Jahwe gesandt, um die Judäer für ihre Sünden zu strafen. Darum sei es sinnlos, sich gegen Nebukadnezar zu wehren. Man solle sich den Chaldäern lieber ergeben. Stellt euch das vor! Tretet als Unterhändler der Babylonier auf. Ihr wißt ja, daß Nebukadnezars Gesandtschaften stets aus fünf Boten bestehen, je einem als Auge, Ohr, Nase, Zunge und Hand, wie es den alten Bräuchen des Stromlands entspricht. Wenn dieser Wahrsager morgen wieder seine Ammenmärchen erzählt, sollt ihr ihm folgen. Er wird euch vertrauen. An einer günstigen Stelle ergreift ihr ihn und stürzt ihn über die Mauer hinab. Von diesen abergläubischen Judäern wagt es keiner, Hand an den Mann zu legen. Euch aber bangt wohl nicht vor seinem Gott! Danach sollt ihr unseren Plan in allen Einzelheiten mit König Zidkija besprechen, damit er uns auch wirklich zu Hilfe eilt, wenn wir das Lager des Völkerwürgers mit unseren Scharen berennen!«

Myron und ich tauschten einen Blick. Reguël und Mago gingen gelassen zu dem babylonischen Kriegsgerät und suchten sich Waffen aus. Arnuwan aber sagte:

»Wir sind keine Mörderbande, Feldherr! Wenn es der Pharao wünscht, werden wir diesen Seher entführen und dir übergeben. Aber wir töten keinen wehrlosen Mann.«

»Ich wußte nicht, daß diese rauhe Schale soviel Gemüt verbirgt«, spöttelte Amasis. »Aber von mir aus! Nur: Entkommen darf er euch nicht!«

»Ich nehme den Papyros mit«, sagte ich. »So können wir uns leichter ausweisen, falls es nottut. Wie heißt denn nun dieser Freund Babyloniens? Und was weißt du noch von ihm?«

Amasis lächelte. »Nicht viel«, erwiderte er. »Ich bin ein Mann des Schwertes, nicht der Schrift. Das aber kann ich euch sagen: Dieser Mann spricht mit den Zungen von Geistern und mit den Lippen von Dämonen. Manchmal klingt seine Rede süß wie Honigseim, dann wieder schneidet sie so scharf wie eine Eisenklinge. Man kennt ihn überall in Judäa, und seine Anhänger sagen, niemand wisse mehr als er. Sein Name ist Jeremia.«

XXI DER PROPHET

Jerusalem ist trotz des großen Namens eine kleine Stadt. Die hohen Wälle umringen kaum hundert Morgen, auf denen damals fünfzehntausend Menschen lebten. Und doch galt diese Burg seit jeher als Schlüssel von Palästina. Denn nur wer auf dem Zion herrscht, ist des Landes sicher.

Die Mauern der Festung ragten zwölf Manneslängen empor und besaßen eine Breite von fünfzehn Ellen. Als größtes Wunder der Stadt galt der tief in den Kalkstein gehauene Gang, der das Wasser der Quelle Gihon unter den Verteidigungswerken hindurch in den Teich Siloah lenkte. So mußten die Belagerten nicht dürsten.

Den großen Tempel hatten Baumeister und Steinmetze aus Tyros im Auftrag eines judäischen Königs namens Salomo errichtet. Er übertrifft alle anderen syrischen Bethäuser, bleibt aber weit hinter den Heiligtümern von Ninive oder Babel zurück.

Die Wände des Jahwe-Tempels waren aus Zedernbalken gefügt. Vor dem Eingang standen zwei mächtige Säulen, Yachin und Boaz genannt. Die beiden Cherubim im Allerheiligsten des Tempels, zwei geflügelte Wächter nach Art von Sphingen, erinnerten an die Paläste Phöniziens.

Amasis geleitete uns unter starker Bedeckung nach dem steingepflasterten Mizpa, einer uralten heiligen Stätte nördlich Jerusalems. In einem Olivenhain ließen wir unsere Wagen zurück und vergruben unsere Waffen. Dann steckten wir die babylonischen Schwerter in unsere Gürtel und ritten durch die Reihen der Chaldäer. Wenn wir babylonischen Kriegern begegneten, sprachen wir sie auf Akkadisch an und klagten lebhaft über die schlechte Verfassung des Landes, in dem kaum noch etwas zu holen sei. Die Krieger Nebukadnezars hielten uns daher für Troßverwalter.

Nach einer Weile gelangten wir auf einen Berg, der seit alters her »Schädelstätte« heißt, oder, wie die Judäer sagen, »Golgatha«. Auf der nördlichen Mauer der Stadt standen die Verteidiger mit ihren Schleudern, Bogen oder Speeren. Unablässig eilten sie auf den Zinnen ihrer Festung hin und her und spähten nach einem Feind, dem sie das Lebenslicht ausblasen konnten. Das Heer der Babylonier umfaßte mehr als hunderttausend Mann. Sie berannten die Festung, wie Wespen einen Krug Honig umschwirren, legten hier Sturmleitern an, warfen dort Zughaken über die Zinnen und polterten wieder woanders mit Zedernbalken gegen die Tore.

Um sich vor dem Hagel der feindlichen Geschosse zu schützen, hatten die Belagerer den ganzen Kamm des Hügels aufgegraben und aus seinem Erdreich hohe Wälle aufgetürmt, die sie unablässig immer weiter gegen die Mauern vorantrieben. An vier verschiedenen Stellen schütteten die Babylonier mit Erde aus Körben gewaltige Sturmrampen auf, auf denen sie bis an die Mauerkronen vorzudringen gedachten. Gegen drei Pforten ließen die Chaldäer unablässig Rammböcke dröhnen.

Auch viele andere Belagerungsgeräte entdeckten wir, darunter einige, die wir noch nie gesehen hatten. Denn auf keinem Gebiet zeigt sich der menschliche Erfindungsgeist so beweglich wie auf dem Feld des Krieges.

Als es dunkel geworden war, umwickelten wir unsere Waffen mit Tüchern und schlichen durch die Zelte und Hütten der Babylonier hinter den Erdwällen auf die Stadtmauer zu. Sorgfältig jede Deckung nutzend, arbeiteten wir uns an der nordöstlichen Seite des Tempelbergs vor, bis wir in das Tal Kidron gelangten. Immer wieder verhielten wir, so wie ein Rudel Löwen, das einen fetten Ochsen beschleicht.

Als wir das Tor und die Terebinthe erreichten, richtete ich mich auf und spähte an der fugenlosen Mauer empor. Oben erschien ein dunkler Kopf. Dann glitt mit einem leisen Scharren eine hölzerne Leiter herab. Rasch stiegen wir hinauf, ein wenig erstaunt darüber, wie leicht es war, in die belagerte Stadt einzudringen. Denn keiner der babylonischen Posten schien auf diesen Teil der Befestigungen zu achten.

Auf der Mauerkrone warteten dreißig schwerbewaffnete Leibwächter König Zidkijas. Ihr Anführer geleitete uns über hölzerne Treppen in den Innenhof hinab und sagte dann auf Akkadisch: »Ich bin Jischmael und soll euch unverzüglich zu meinem Herrn bringen.«

Wir folgten dem Jüngling. Von Wachen umringt, gelangten wir durch einige düstere Gänge in einen Saal, in dem nur winzige Öllampen brannten. Denn in der belagerten Stadt herrschte großer Mangel an allen Dingen.

Es war so dunkel, daß wir den König Judäas auf seinem Thron anfangs gar nicht bemerkten. Erst als sich unsere Augen an das schwache Licht gewöhnten, wurden seine Umrisse deutlich. Zidkija lehnte, in einen Mantel aus dunkler Wolle gehüllt, auf seinem Sitz und starrte uns unbewegt an. Er trug weder eine Krone noch ein anderes Zeichen der Herrscherwürde, ja nicht einmal eine Waffe. Ich trat auf ihn zu, verneigte mich und sagte leise auf Akkadisch:

»Wir bringen dir Nachricht vom Pharao, König. Er läßt dir sagen, daß du nicht verzweifeln sollst. Schon steht sein Heer in Gaza und ordnet sich dort für den Angriff. Bald kann es schlagen. Dann sollt ihr einen

Ausfall machen, damit wir die Chaldäer in die Zange nehmen können.«

Zidkija schwieg. Erst nach einer ganzen Weile sagte er düster:

»Ich danke dir, Fremder, und ebenso deinen Gefährten. Ach, wir Judäer sind die unglücklichsten Menschen unter der Sonne! Warum lassen unsere Nachbarn uns nicht in Frieden leben? Haben wir sie beraubt, bestohlen oder gar erschlagen? Haben wir ihre Götter beleidigt oder ihre Jungfrauen entehrt? Nein, wir haben stets bewiesen, daß wir nichts anderes wollen, als unsere Herden zu hüten und unsere Äcker zu pflügen. Sie aber wollen uns zu Sklaven machen, und jetzt wird es ihnen wohl auch gelingen, nachdem sich unser Gott von uns abgewandt hat.«

Arnuwan sagte kühl: »Ich verstehe deinen Schmerz, Gebieter Judäas. Doch erhebe nicht die Totenklage um etwas, das lebt! Noch sind die Feinde nicht in deine Burg gestürmt. Und wenn der Pharao zu seinem Wort steht, werden wir Nebukadnezar von hier vertreiben!«

»Dazu ist allerdings erforderlich«, sprach Myron, »daß dein gesamtes Volk fest zu dir steht. Was ist mit diesem Priester Jeremia? Wir werden ihn verstummen lassen, damit seine Worte nicht eure Willenskraft schwächen.«

Zidkija richtete sich ein wenig auf und erklärte:

»Glaubt ihr wirklich, daß uns das Schicksal noch einmal verschont? Gott Israels, ich würde reiche Opfer bringen! Auch alle Kultpfähle fremder Götzen will ich umhauen lassen. Aber die Hoffnung, die ihr jetzt in mir weckt, macht in ein paar Stunden mein Feind Jeremia wieder zuschanden! Ätzend sprüht es aus seinem Mund, und seine Worte brennen wie glühende Kohlen!«

»Wir werden dir diesen Mann vom Hals schaffen, König«, gab ich zur Antwort. »Zeige ihn uns, sobald er den Palast betritt. Du sollst ihn dann nicht wiedersehen.«

»Nein«, murmelte der König angstvoll. »Nehmt ihn gefangen, doch tötet ihn nicht! Wer weiß, vielleicht spricht Gott wirklich durch ihn!«

»Was denn«, warf Mago ungeduldig ein. »Sollen wir den Wahrsager nun zum Schweigen bringen oder nicht?«

Zidkija wandt sich auf seinem Sitz hin und her. »Wenn er verstummen soll, nun, dann soll er verstummen«, sagte der König schließlich, »doch ich bin es nicht, der das befiehlt. Wenn ihr ihn tötet, komme sein Blut auf euer Haupt und nicht auf meines.«

»Wir werden ihn nicht töten«, erklärte Arnuwan, »sondern den Ägyptern ausliefern, damit du endlich Ruhe findest und dein Volk zum Angriff auf den Völkerwürger versammeln kannst.«

Zidkija blickte uns der Reihe nach an und wiederholte: »Handelt, wie es euch der Pharao befiehlt. Ich will euch reich belohnen. Aber laßt mich eure Absicht nicht kennen, damit sie nicht mein Gewissen belaste. Denn uns Judäern ist nicht erlaubt, einen Stammesbruder zu töten, nur weil er anderer Meinung ist.«

Mago versetzte grob: »Soweit ich es beurteilen kann, geht es hier nicht um Meinungsverschiedenheiten, sondern um Verrat! Dein ungetreuer Untertan Jeremia verfolgt doch kein anderes Ziel, als diese Stadt und ihre Bewohner den Babyloniern auszuliefern. Als König ist es deine Pflicht, ihn daran zu hindern, notfalls mit Gewalt!«

»Ach, ihr versteht die Judäer nicht«, seufzte der König. »Selbst ich, der ich hier König bin, herrsche doch nur über Zinsen und Zölle. Die Herzen der Menschen aber besitzt der Allmächtige. Ich bin nur ein Sandkorn unter seiner Sohle. Wenn Jahwe durch den Mund des Jeremia redet, wie soll ich dann widersprechen? Auch die anderen Judäer werden gehorchen.«

Zidkija warf einen Blick auf unseren jungen Begleiter

und fuhr dann fort: »Freilich, auf Jischmael und die Getreuen aus meiner Leibwache konnte ich mich stets verlassen. Aber der Rest meines Volkes würde mein Blut von den Hunden auflecken lassen, wollte ich Jeremia ermorden. Nein, so etwas kann nur durch euch geschehen. Ihr müßt danach aber sogleich verschwinden, sonst reißen euch die Judäer in Stücke!«

Ich sagte: »Schon mancher hat einen Gott angebetet, der dann plötzlich verschwunden war. Wer weiß, vielleicht versinkt auch dieser Jahwe bald in der Vergessenheit, wenn du erst seine Diener ausgerottet hast. Doch das ist deine Sache. Wir sollen uns hier nur um Jeremia kümmern. Wenn er morgen vor dir erscheint, stelle uns als babylonische Gesandte vor. Erzähle ihm, wir wollten über einen Waffenstillstand verhandeln. Du läßt diesen sogenannten Propheten eine Weile reden. Dann spielst du den Ärgerlichen und wirfst ihn ins Gefängnis. Das Weitere überlasse uns. Wenn wir diesen Eiferer aus deinem Wachhaus befreien, wird er uns arglos folgen, wohin wir ihn auch immer bringen. Er mag dann fern am Nil das Brot eines ruhigen Alters verzehren, so daß dich dein Gewissen nicht zu quälen braucht!«

Danach legten wir uns in einem der kleinen und nicht sehr bequemen Zimmer des Königspalastes zur Ruhe. Vor Sonnenaufgang erhoben wir uns und traten in den Thronsaal, wo schon eine große Menge von Judäern des Propheten harrte.

Der Führer der Leibwache, Jischmael, winkte uns an einen Platz, von dem wir die Geschehnisse gut überblicken konnten. Dann flüsterte er uns auf Akkadisch zu: »Wartet hier, bis ihr vom König ein Zeichen erhaltet.«

Er hatte kaum zu Ende gesprochen, da geriet die Menschenmenge plötzlich in Bewegung. Zwischen den Versammelten öffnete sich eine Gasse. An ihrem Ende gewahrten wir die Gestalt eines hageren, alten Mannes. Sein Bart und Haupthaar leuchteten so weiß wie der Schnee auf den Zinnen des Zagros. Ein härenes Gewand bedeckte den Leib des Propheten. Seine knochige Rechte umfaßte einen hölzernen Stab, dessen ehernes Ende bei jedem Schritt mit hallendem Klang auf den Steinboden schlug.

König Zidkija starrte dem Alten von seinem Thronsitz entgegen. Er trug das purpurne Herrschergewand und die goldene Krone Judäas. An seinen schwarzbehaarten Händen blitzten goldene Ringe. »Was führt dich schon wieder zu mir, unseliger Mahner«, rief der Herrscher. »Hast du dich noch nicht genug an unserer Not erfreut?«

Mago und Reguël verstanden die Sprache Judäas und übersetzten uns flüsternd. Der heilige Mann stand mit hoch erhobenem Haupt vor dem Thron und maß den König mit funkelnden Blicken. Trotz der vielen bewaffneten Wächter, die ihn mit finsteren Mienen umringten, schien der Prophet keine Furcht zu empfinden. Auch wankte und bebte er nicht, wie andere betagte Menschen, wenn sie unter der Hinfälligkeit des Leibes zu leiden beginnen. Den Stab schien Jeremia nicht wie eine Stütze, sondern wie eine Waffe führen zu wollen. Er richtete die Eisenspitze auf Zidkija und sprach:

»Jeden Morgen wirst du mich sehen, König, solange du diese Krone trägst. Ich werde nicht schweigen, bis sich das Wort des Herrn an dir erfüllt hat. Denn so spricht Gott in seinem glühenden Zorn: ›Die Waffen, mit denen ihr nun auf der Mauer gegen den König von Babylon kämpft, wende ich in eurer Hand, so daß sie sich gegen euch richtet. Die Mauern Jerusalems reiße ich ein. Ich helfe euren Feinden in das Herz der Stadt. Ich selbst, euer Gott, will gegen euch kämpfen, mit Grimm und großem Groll. Alle Bewohner Jerusalems, Menschen und Tiere, werde ich schlagen mit Hunger, Pest und scharfem Schwert. Das Verhängnis soll euch aufsuchen wie ein gereizter Löwe aus dem Dickicht des Jordan. Denn ich habe die Vernichtung dieser ungetreuen Stadt beschlossen. Ich will mich an ihrem Untergang weiden. Danach aber werde ich König Zidkija, auch seine Söhne und Verwandten, schließlich auch seine Krieger, Diener und alle anderen Untertanen, die das Unheil überlebten, an Nebukadnezar ausliefern, der mein Werkzeug ist. Ja, ich mache Babel zum Hammer der Welt. Ich gebe die Judäer in die Macht derer, die ihnen nach dem Leben trachten.‹ So spricht der Herr.«

Der heilige Mann verstummte. Die Last seiner furchtbaren Drohung lag wie die Wolke eines Gewitters über dem düsteren Saal.

Zidkija blickte den Alten haßerfüllt an. »Dein Herz ist das Herz einer Frau in den Wehen«, sagte der König nach einer Weile. »Schon manches Mal in der Geschichte unseres ruhmreichen Volkes hat uns der Zorn Gottes verfolgt, weil wir vom Weg abwichen. Doch wenn die Not am größten war, schrien die Israeliten zum Herrn, und jedesmal erbarmte sich Gott seiner Kinder und rettete sie aus der Hand ihrer Feinde. Warum sollte er uns die Gnade, die er unseren Vätern doch immer wieder erwies, nun plötzlich verweigern?«

Zornig stieß Jeremia den Stab auf den Boden. Der Ton durchfuhr den Saal wie der Knall einer Peitsche. Dann sprach der Prophet:

»Niemals zuvor wurde in Judäa so schwer gesündigt. Die Geduld des Herrn kennt Grenzen! Ziehe einmal durch Jerusalems Straßen und schaue, ob du dort auch nur einen einzigen Gerechten findest! Zeigen deine Diener Treue, fühlen sie im Herzen Reue? Nein, ihre Stirn ist härter als Stein. So sehr sie der Herr deswegen schon schlug, sie lassen von ihren Sünden nicht ab. Sie verleugnen den Herrn, hören auf falsche Propheten, werfen sich vor selbstgemachten Götzen aus totem Holz und Felsgestein nieder, backen sogar Opferkuchen mit dem Bild der Himmelskönigin. Dieses Volk hat ein störrisches, trotziges Herz! Darum wird der Herr das Land zur Wüste machen, zu einer Wohnstatt für Schakale. Euch aber wird er vom Erdboden nehmen, so wie ein Hirte sein Gewand ablaust!«

Unter den Männern Judäas wurden nun Rufe des Zorns und der Empörung laut. Jischmael rief erbost:

»Falle in dein eigenes Gespei, du Lügner! Freilich, manche von uns haben sich gegen die Gottesgebote vergangen. Aber deswegen sind wir doch nicht ein Volk von Verbrechern! Unsere Stadt ist die Wohnung des Allmächtigen, der einst zu König David sprach: ›Dein Sohn soll mir hier ein Haus erbauen!‹ Du falscher Prophet willst uns nur schwach und mutlos machen!«

Der Alte blickte dem Leibwächter ruhig ins Auge und antwortete mit erhobener Stimme:

»Hast du nicht an derselben Stelle gestanden wie heute, als ein wirklich falscher Prophet, Hananja mit Namen, den gleichen Vorwurf gegen mich erhob? Damals sagte er voraus, innerhalb von zwei Jahren würde alles, was Nebukadnezar hier raubte, zurückgebracht werden: alle Schätze und Reichtümer, ja sogar alle Verschleppten, selbst deinen Vorgänger, König Jojachin. Aber ging dieser Spruch in Erfüllung? Nein, nichts dergleichen geschah, obwohl seit den Worten Hananjas schon mehr als sechs Jahre verstrichen. Ich aber sprach damals zu diesem falschen Propheten: ›Noch in diesem Jahr wirst du sterben, denn du hast Auflehnung gegen den Herrn gepredigt.‹ Sieben Monate später war Hananja tot. So wird es auch dir ergehen, Jischmael, wenn du nicht deine Zunge hütest!«

Auf den harten Gesichtern der Krieger Judäas erschienen plötzlich Zeichen der Furcht. Selbst ich fühlte mich auf einmal seltsam beklommen, so machtvoll klangen die Prophetenworte. König Zidkija beugte sich vor und fragte:

»Was also sollen wir deiner Meinung nach tun, Jeremia? Soll ich das Schicksal dieser Stadt, des Tempels und der Söhne Israels wirklich diesem Raubtier anvertrauen, das alles verschlingt?«

Wieder stieß der Prophet seinen Stock auf den marmornen Boden. »So stark deine Waffen sind, König«, rief er mit zornig zerfurchter Stirn, »so schwach ist dein Glaube! Wenn Gott es wollte, könnte er dann die Heerscharen Nebukadnezars nicht mit einem Blick seiner Augen zerstreuen? So wie er damals hundertfünfundachtzigtausend Krieger Sanheribs, des Königs der Assyrer, erschlug, durch die Hand seines Engels, in einer einzigen Nacht? Gottes Macht ist allgewaltig, niemand kann ihr widerstehen! Wenn er sich aber nun gegen euch richtet: Wie sollen ihm dann selbst die stärksten Mauern widerstehen? Es ist der Wille des Herrn, daß diese Stadt vernichtet werden soll. Ausgeliefert wird sie der Hand des Königs von Babel, und dieser wird sie verbrennen. Wer aber von euch hinausgeht und sich den Chaldäern ergibt, der wird sein Leben wie ein Beutestück retten. So spricht der Herr.«

Noch ehe der Prophet geendet hatte, brach ein Sturm des Widerspruchs und der Empörung los. Viele judäische Krieger zogen die Schwerter und machten Anstalten, sich auf den Alten zu stürzen. Jeremia aber stand vor ihnen wie ein Fels und schien ihren Haß nicht zu fürchten, so sehr war er von den Worten und von der Macht seines Gottes durchdrungen.

Jischmael trat auf den Propheten zu und schrie ihm ins Gesicht:

»Zum Verrat also forderst du uns nun auf. Wir sollen kampflos im Stich lassen, was wir von unseren Vätern ererbten? Nur auf das Wort eines Schwätzers hin, der seine wirren Angstgebilde für erhabene Erleuchtung hält und sein ungewaschenes Maul für Gottes glorreichen Kündermund? Wahrlich, schützte dich nicht dein Alter, so würde ich dir jetzt die Falschheit mit der flachen Klinge aus dem Leibe prügeln!«

Jeremia wich dem Blick des Rasenden nicht aus, sondern gab gelassen zur Antwort: »In den Block habt ihr mich schon gespannt, in eine Zisterne geworfen, in das Gefängnis gesperrt. Gott wird mich auch vor deinem Schwert bewahren. Denn sein Wille ist es, der hier auf Erden geschieht, und nicht der eure. Wenn der Allmächtige bestimmt, daß ich hier sterben soll, so will ich mich nicht widersetzen!«

Mit diesen Worten beugte der Prophet sein Haupt, entblößte seinen Nacken und sagte mit ruhiger Stimme: »Schlag zu, Jischmael, wenn du erfahren willst, ob der Herr Israels meinen Tod beschlossen hat.«

Jischmael packte sein Schwert mit beiden Händen, doch ein scharfer Ruf des Königs gebot ihm Einhalt.

Leichenblaß saß Zidkija auf seinem Thron. In seinen tiefen Augenhöhlen glommen geisterhafte Funken, und sein Gesicht schien in diesen wenigen Augenblicken um Jahre gealtert. Er verließ seinen Sitz und schritt durch die weichende Menge der Höflinge auf den Propheten zu. In atemloser Stille maßen die beiden ungleichen Männer einander mit Blicken. Am Ende war es Zidkija, der nicht standhalten konnte. Er wandte den Kopf, da traf sein Auge auf das meine. Neues Leben kehrte in sein Antlitz zurück, und er rief hastig aus:

»Nun, Jeremia, deine Traumgespinste haben uns zutiefst beeindruckt, und ich gedenke sie später im Kreis meiner Ratgeber eingehend zu besprechen. Warum aber hast du uns, der du doch sonst alles weißt, oder wenigstens zu wissen vorgibst, verschwiegen, daß deine babylonischen Freunde schon in der Stadt weilen?«

Der Prophet drehte sich um und schaute uns überrascht an. Ich trat einen Schritt vor und erklärte: »König Nebukadnezar hat uns geschickt, um dir zu sagen...«

Weiter kam ich nicht, denn meine Worte gingen im Toben und Schreien der Krieger unter. Viele hundert Hände griffen nach uns. Jischmael und seine Wachen warfen sich schnell zwischen uns und die Judäer.

»Ja«, rief König Zidkija, »es sind Gesandte des Völkerwürgers, die heute nacht zu mir kamen, um mir einen Waffenstillstand vorzuschlagen. Vielleicht kamen diese Boten auch, um Jeremia ein Geschenk zu überbringen, nachdem er sich so sehr für Babels Sache eingesetzt hat?«

In diesem Augenblick eilte ein Bote von einem der Türme herbei, auf denen die Judäer Tag und Nacht die Feuerzeichen ihrer Landsleute aus Aseka und Lachisch beobachteten. Der Melder, ein Jüngling von kaum vierzehn Jahren, warf sich vor König Zidkija zu Boden und stammelte in höchster Erregung: »Die Ägypter, Herr, die Ägypter! Sie sind wirklich gekommen! Sie haben Japho genommen und greifen jetzt auf den Melonenfeldern bei Aphek den Troß der Babylonier an! Die Flotte des Pharao ist gegen Tyros und Sidon gefahren! Das Heer der Chaldäer zieht sich bereits zurück. Das ist die Rettung! Gelobt sei der Name des Herrn!«

Arnuwan packte sofort Magos Arme, ich aber preßte dem Tyrer die Hand auf den Mund, bis er sich wieder beruhigt hatte. Alle Judäer schrien vor Freude und priesen ihren Gott. Den Propheten aber überschütteten sie mit Schmähungen und Hohn. Der König rief in den Tumult:

»Nun verstehe ich auch, warum mir Nebukadnezar so

günstige Bedingungen für die Übergabe der Stadt anbieten ließ! Der Löwe wollte wohl noch schnell die Beute schlagen, bevor diese merkte, daß seine Krallen stumpf sind. Und Jeremia sollte ihm dabei helfen!«

Bei diesen Worten gerieten alle Judäer in heftige Wut. Viele von ihnen begannen zu rufen: »Tötet den falschen Propheten, und die Chaldäer dazu!«

Myron und Reguël blickten mich sorgenvoll an. Arnuwan tastete nach seiner Waffe. Auch ich machte mich darauf gefaßt, mein Leben mit dem Schwert verteidigen zu müssen. Denn ich wußte nicht mehr, ob der König noch immer ein Schauspiel vor seinen Untertanen vollführte, wie er es mit uns abgesprochen hatte, oder ob er den Plan nun zu ändern gedachte, zu Jeremias und unseren Lasten.

XXII Die Verheissung

Zidkija schritt auf uns zu und hob seine Hand, bis die zornigen Schreie allmählich verebbten. »Nein!« rief der Herrscher Jerusalems dann. »Ich werde das heilige Gastrecht nicht brechen. Die Babylonier sollen sogar ihre Waffen behalten, damit sie erkennen, wie wenig uns vor ihnen bangt. Wir werden sie jedoch in sicheren Gewahrsam nehmen. Und Jeremia dazu, damit keiner mehr in der Stadt umherläuft und Unruhe stiftet. Sie werden sich im Wachhaus viel zu erzählen haben! Wir anderen aber wollen tun, was unsere Pflicht gebietet: Vorwärts, auf die Mauern! Macht euch zu einem Ausfall bereit! Mit Gottes Hilfe und Ägyptens Macht wird es uns gelingen, den Völkerwürger aus Judäa zu vertreiben!«

Beleidigungen und Verwünschungen prasselten von allen Seiten auf uns herein. Jischmael und seine Wächter nahmen den Propheten und uns in die Mitte und führten uns aus dem Saal.

Über einen kleinen Hof gelangten wir in das Gefängnis, das aus einem fensterlosen Raum bestand. Auf der gestampften Erde standen roh gezimmerte Tische und Bänke aus Eichenholz. Mit großer Sorgfalt verschloß der junge Wächter die aus fingerdicken Eisenstäben gefertigte Tür, durch die ein wenig Tageslicht in das Gefängnis drang. Dabei flüsterte er uns auf Akkadisch zu:

»Habt keine Furcht! Der König hält sein Wort. Er muß jetzt erst einmal den Zorn des Volkes steigern, damit es ihm bereitwillig vor die Mauern Jerusalems folgt. Dann wollen wir gemeinsam mit dem Pharao die Babylonier in Stücke hauen!«

Als Jischmael verschwunden war, stieß Mago wütend hervor: »Gemeinsam mit dem Pharao! Diesem verfluchten Lügner und Betrüger! Jetzt weiß ich auch, warum er uns so eilig nach Palästina entsandte! Wir sollten nicht bemerken, daß die Flotte der Ägypter aus Pelusion gegen meine Heimat fuhr!«

Myron versetzte kühl: »Hat dich das wirklich überrascht? Der Pharao sagte doch, daß die Phönizier den Babyloniern Nachschub liefern! Auch ich als Feldherr hätte diese Häfen angegriffen, um den Feind zu schwächen. Das gebietet doch die Vernunft!«

»Ja, du!« eiferte sich Mago. »Du bist ja auch dazu bereit, auf ägyptischen Schiffen gegen deine eigene Heimat zu fahren. Nur um dort Leuten zu helfen, die das wahrscheinlich noch nicht einmal wünschen.«

Der Tyrer wandte sich heftig atmend zu mir und fuhr fort: »Ich hoffe nur, Dagon, daß du von mir jetzt nicht mehr verlangst, zum Nil zurückzukehren und Hophra artig den Schatz Assyriens zu überreichen, nachdem er meine Heimatstadt zu Asche brennen ließ!«

»Gemach«, beschwichtigte ihn Arnuwan. »So schnell läßt Tyros sich nicht erobern. Man soll erst weinen, wenn die Leichenfeuer brennen.«

»Selbst wenn Hophras Verrat nicht zum Ziel führt«, knirschte Mago, »fühle ich mich jetzt an keinen Eid mehr gebunden. Weder an meinen eigenen noch an jenen, den Myron dem Pharao schwor. Weder werde ich zurück zum Heer Ägyptens ziehen, noch Dagon auf seinem Rachefeldzug folgen. Denn jetzt ist es meine Pflicht, der Vaterstadt zu helfen!«

»Wenn sich die Meldung von dem Überfall als wahr erweist«, sagte ich, »wollen wir dich nach Tyros begleiten. Meine Rache mag dann warten, bis wir dir geholfen haben, das drohende Unheil von deiner Heimat zu wenden.«

»So sei es«, bekräftigte Arnuwan. Auch Myron und Reguël nickten.

Mago beruhigte sich ein wenig. Kurze Zeit später brachten uns Diener des Königs Wein und ein nahrhaftes Linsengericht. Wir stärkten und erfrischten uns und boten auch dem Seher an. Jeremia aber wollte nichts essen, sondern er klagte:

»Ach, warum geht es den Gottlosen wohl, dürfen die Frevler feiern, genießen Abtrünnige alles in Fülle? Wie lange noch soll das Land vertrocknen, das Gras auf allen Weiden verdorren, nur weil die Söhne Israels in Sünde leben? Selbst meine Brüder handelten treulos an mir, und ihre Zornesschreie gellen in meinen Ohren.«

Reguël übersetzte uns leise. Der alte Mann dauerte mich. Ich trat zu der Bank, auf der er sich ausgestreckt hatte, und sprach:

»Nimm es den Menschen, die dich verfolgen, nicht

übel, Prophet. Sie handeln doch nur aus Angst, die ihre Sinne verwirrt. Wer aber noch bei klarem Verstand ist, der wird unschwer erkennen, daß deine Vorhersagen eintreffen werden. Denn gegen unser gewaltiges Heer kann sich eure kleine Stadt höchstens noch einige Tage halten, so tapfer ihre Bewohner auch fechten.«

Mago und Reguël dolmetschten meine Worte. Doch Jeremia wollte sich nicht beruhigen lassen. Er rief:

»Ach, ich Unglücklichster unter den Menschen! Solange diese Stadt noch steht, muß ich in ihr als ein Verfemter leben, dem niemand glaubt. Die Richtigkeit meiner Weissagung aber wird sich erst dann erweisen, wenn auf dem Berg von Zion niemand mehr lebt, der daraus eine Lehre ziehen könnte.«

Der alte Mann begann zu weinen. Ich legte ihm tröstend die Hand auf die Schulter und sagte:

»Gräme dich nicht, Jeremia. Das Schicksal ist grausam, aber gerecht. Ich weiß nicht viel von deinem Gott. Doch wo es Macht gibt, darf man auch auf Gnade hoffen. Du selbst hast ja gesagt, daß nicht alle Judäer sterben müssen, sondern daß die, die sich den Babyloniern ergeben, mit dem Leben davonkommen werden.«

Der Alte aber weinte nun immer lauter. Nun kam auch Arnuwan, um ihn zu trösten. Nach einer Weile sprach Jeremia voll tiefem seelischen Leid:

»Du hast mich ergriffen und überwältigt, Herr, so wie ein Löwe das Schaf besiegt. Wie konnte ich mich denn wehren? Nun bin ich zum Gespött geworden. Jeder verhöhnt mich. Manchmal dachte ich, es wäre klüger zu schweigen, und deine Offenbarungen den Menschen nicht mehr zu verkünden. Doch dann war mir jedesmal so, als loderte ein Feuer in meinen Gebeinen. So sehr ich mich auch mühte, den Schmerz zu ertragen, ich war zu schwach und gab nach, und deine Worte flossen aus meinem Mund. Verflucht der Tag, da ich geboren wurde!«

Auch Mago war ergriffen, als er das hörte. Der Tyrer dachte wohl an seine eigene Stadt. »Wenn dein Gott so grausam ist«, sagte er zu dem Propheten, »dann schwöre ihm doch ab und suche dir einen neuen! Die Welt ist voller Götter! Allein wir Phönizier heben die Hände zu Melkart und Baal, Anat, Aschera, Mot und Adonis. Oder liegen dir unsere Städte und Tempel zu weit entfernt? Nun, so beten eure Nachbarn, die Ammoniter, zu Milkom, und die Moabiter zu Kamosch. Und die Philister, die einst vom Norden her an eure Küsten zogen« – hier gab mir der Phönizier einen boshaften Seitenblick – »opfern noch immer Dagon, dem Dunklen, der nachts kleine Kinder erschreckt. Es ist doch ganz gleich, welchen Gott man anbetet, sofern man dabei nur die Augen zumacht und ganz fest an den Erfolg glaubt!«

Der Alte hörte auf zu weinen, richtete sich auf und funkelte Mago ärgerlich an. »Götter nennst du diese Holz- und Steingebilde?« fragte er empört. »Ich, Jeremia, vom Herrn erwählt, soll der Gnade des einzigen Gottes entbehren, um einem toten Götzenbild zu huldigen? Jetzt, da der Herr das menschliche Getreide worfelt, soll ich plötzlich so werden wie meine Brüder? Wenn du nur einen Hauch von der Allmacht meines Gottes spürtest, würdest du lieber deine Zunge verdorren lassen, statt mir einen solchen Vorschlag zu machen!«

»Was ist denn so Besonderes an eurem Gott?« versetzte Mago gekränkt. »Besonders stark scheint er nicht zu sein, wenn seine Anbeter hier von ihren Feinden so heftig bedrängt werden können!«

»Wenn der Gott Israels es wollte«, antwortete Jeremia, »könnte er mit seinem kleinen Finger alle Krieger der Welt zugleich übermannen. Selbst Mond und Sterne verhalten den Lauf, wenn der Herr es wünscht. Das Wasser fließt den Berg hinauf, die Menschen werden jünger und nicht älter, die Trauben fallen vom Boden zur Rebe zurück und Tag und Nacht tauschen die Zeiten!«

Auch Myron gesellte sich nun zu uns. »Glaubt ihr etwa, was der Alte faselt?« fragte der Grieche spöttisch. »In diesem Land wimmelt es von Propheten. Sie drängen sich an die Ohren der Völker wie Würmer ans Aas! Hundertfünfundachtzigtausend Assyrer, von einem Dämon oder Engel oder sonst einem Ungeheuer erschlagen! Davon hätten wir in unseren Büchern doch mal lesen müssen, damals auf der Kriegsschule von Ninive, nicht wahr? Dort aber steht lediglich, daß Sanherib der Prächtige dieses Gottesreich der Judäer unter einem König Hiskia vor ungefähr einhundertzwanzig Jahren zerstörte und sein Gebiet an die Edlen von Ekion, Askalon, Asdod und Gaza verteilte. Mit diesem alten Schwätzer vergeudet ihr nur eure Zeit.«

»Wenn schon«, entgegnete ich. »Wir haben im Augenblick nichts Besseres zu tun. Ich möchte gern etwas mehr von dieser seltsamen Gottheit erfahren, die den Feinden ihrer Diener hilft.«

Reguël sagte: »Wir Midianiter sind mit den Judäern verwandt. Unsere beiden Völker führen sich auf einen Kriegsmann namens Abraham zurück. Lasse mich den Propheten befragen, ob er davon etwas weiß.«

Er sagte einige Worte zu Jeremia. Der Alte starrte den Midianiter überrascht an. Dann aber begann er, so schnell viele Worte zu sprechen, daß ihm Reguël kaum zu folgen vermochte.

Viele Stunden lang erzählte uns nun der alte Prophet von seinem Gott, und es war mir, als lenkte uns in dieser Zeit ein höherer Wille, als griffe eine unfaßliche Hand in unsere Herzen, als öffnete sich vor unserem inneren Auge ein Tor zur Ewigkeit. So machtvoll waren die Worte des alten Propheten, daß wir nicht merkten, wie schnell die Zeit verrann, daß wir Trank und Speise vergaßen und keine Müdigkeit empfanden. Es war, als habe ein mächtiger Zauber uns aller Sorgen und Bedürfnisse enthoben und unseren Geist gereinigt, durch eine Reise in eine andere Welt und eine andere Zeit. Wir dachten nicht mehr an Zidkija und sein Bemühen, auch nicht an die Chaldäer und Ägypter. Selbst meine Rache vergaß ich.

Der Alte begann in den ältesten Tagen der Welt. Er schilderte uns, wie Jahwe den Menschen aus einem Klumpen Lehm erschuf. Die Nachfahren dieses Adam sündigten sehr und wurden deshalb von ihrem Schöpfer in einer weltweiten Sintflut ertränkt. Nur eine einzige Sippe durfte sich retten. Ihr Vater, Noah genannt, hatte sich auf den Befehl dieses Gottes eine hölzerne Arche erbaut. Von seinen Söhnen, behauptete Jeremia, stammen alle Menschen ab. Einer von ihnen, der Abraham hieß, schloß mit dem allmächtigen Gott für sich und seine Nachkommen einen ewigen Bund. Jahwe versprach ihnen alles Land zwischen dem Grenzbach Ägyptens und dem Euphrat. Sie sollten dafür den anderen Göttern abschwören. Als Zeichen des Bundes wurde vereinbart, daß sich die Männer dieses auserwählten Volkes beschneiden ließen.

Später, so schilderte Jeremia, seien die Nachfahren Abrahams nach Ägypten gewandert, dort aber unterdrückt worden, bis ihr Anführer Moses sie wieder befreite. Unter den Königen David und Salomon gründeten die Judäer danach in Syrien wirklich ein mächtiges Reich. Später aber brachen immer mehr Söhne Israels den geheiligten Schwur ihrer Väter und fielen von ihrem Gott ab. Darum wurden sie mit viel Unheil bestraft. Sie verloren ihre Macht und fielen schließlich anderen Herrschern zur Beute.

Das alles erzählte uns Jeremia, und er erläuterte uns die Geschichte mit so vielen treffenden Beispielen, daß ich die Lehre nie wieder vergaß.

Als der Prophet mit seinem Bericht schließlich in der Gegenwart angelangt war, schwand das Tageslicht hinter der eisernen Tür. Lange Zeit schwiegen wir. Endlich sprach Myron zweifelnd:

»In dieser Glaubenslehre mischen sich alle Mythen und Märchen des Stromlands, als suche ein Säugling aus Kieseln ein Haus zu erbauen. Thales von Milet, der in meinen Augen mehr Wissen als alle anderen Menschen besitzt, lehrt schon seit vielen Jahren, daß die ganze Welt von einer einzigen Macht beherrscht wird. Sie hat alles erschaffen, sie erhält uns am Leben. Diese Macht ist so groß, daß Sonne und Mond ihr gehorchen, und wiederum so klein, daß sie sich noch in einem Wassertropfen findet. Doch besitzt diese Macht weder ein Antlitz noch eine Stimme. Weder stellt sie Gebote auf, noch bestraft sie deren Verletzung. Daran glaube ich, denn ich traue allein meinen Augen, und diese haben bisher weder eine Seele noch einen Engel oder Teufel gesehen.«

»Du armer Mensch«, erwiderte der Prophet. »Mit Wissenschaft willst du enträtseln, was dem Glauben vorbehalten ist? Nur im Herzen kann es sich erweisen, ob wir es verdienen, Gottes Ebenbilder zu sein. Wenn sich der Herr uns täglich offenbarte und den Menschen alle Entscheidungen vorschriebe — was unterschiede uns dann von den Tieren? Nein, aus freiem Willen sollen wir dem Herrn folgen, und dazu verhilft uns allein Vertrauen.«

»Heute früh«, spöttelte Mago, »schien dieser Glaube aber schon ziemlich verrostet!«

»Der Mensch ist schwach und unvollkommen«, gab Jeremia zu. »Doch das bedeutet nicht, daß er der Schwäche nachgeben darf. Nein, er soll sie im Gegenteil sein ganzes Leben lang immer wieder bekämpfen.«

»Wenn du wirklich in die Zukunft blicken kannst«, bat ich, »so sage uns, was du siehst!«

Der alte Prophet schaute mich nachdenklich an. Dann begann er von neuem zu reden, und er erzählte, bis der Mond am Himmel stand. Das Schicksal vieler Länder und Städte, Fürsten und Feldherrn zählte er auf. Doch davon will ich an anderer Stelle berichten. Denn seine Worte stimmten auf seltsame Art mit den Weissagungen anderer Propheten überein, die wir später und in weit entfernten Ländern treffen sollten.

Zum Schluß sprach der alte Seher mit weit geöffneten Augen:

»Es werden Tage kommen, da erfüllt der Herr das Wort des Heils, das er einst über David sprach. Dann wird dem Königshaus von Juda ein neuer Sproß erblühen, der wieder Recht im Land schafft. An diesem Tag werden die Söhne Israels gerettet und dürfen wieder in Jerusalem wohnen. Dann wird Gott sein Gesetz den Menschen in die Herzen schreiben, und sie werden aus Liebe gehorchen, nicht mehr aus Furcht.«

Ich erschauerte vor der Macht dieser Worte und fragte: »Wer aber soll der Mann sein, der euch mit Gottes Hilfe rettet?«

Jeremia schaute mich an. Forschend drang der Blick seiner Augen in mich, und ich ahnte darin Geheimnisse, die tiefer waren als das Meer und älter als die Erde. Auch die Gefährten schwiegen. Dann sagte der alte Prophet:

»Dieser Sproß wird ein Mann sein, der die Ermatteten labt und die Verschmachtenden tränkt, allein mit der Kraft und Gewalt seiner Worte. Glaubt ihr mir nicht? Ich bin nicht als einziger dazu berufen, diese Verheißungen zu verkünden. Solltet ihr jemals nach Babylon kommen, so geht zu Ezechiel am Graben von Kebar. Denn wenn Jerusalem gefallen ist, wird dieser Mann der Wächter Israels und Judas sein. Fragt ihn!«

Arnuwan sagte: »Dieser Prophet ist ein heiliger Mann. Wir wollen unsere Hände nicht an ihm beflecken. Weder Ägypter noch Babylonier sollen ihn haben. Denn er gehört an diesen Ort, an dem sein Gott für immer lebt.«

Wir blickten Arnuwan verwundert an. Denn es war, als habe der Luwier unsere geheimsten Gedanken erraten. Arnuwan fuhr fort:

»Ich werde dem tagbringenden Tarhu die Treue nicht brechen. Doch ist mein Gott ja nicht so eifersüchtig wie der Herr der Judäer. Tarhu duldet es, wenn Luwier neben ihm noch andere Himmelshoheiten verehren. Ja, ich glaube, daß der Gott dieses Mannes lebt, und daß alles geschehen wird, was der Prophet verkündet.«

Myron schaute den Riesen an und versetzte mit leisem Spott: »Wenn das so ist — warum befragt ihr den Alten dann nicht, ob unser Rachewerk gelingen wird? Gewiß kann er uns auch darüber etwas sagen, wenn ihr nur gebannt genug zuhört!«

Ich schilderte dem alten Propheten unseren Plan, sagte ihm aber nicht, wer wir in Wirklichkeit waren und wessen Blut wir zu vergießen wünschten. Jeremia schien müde und erschöpft. Als er meine Frage verstanden hatte, blickte er mich sinnend an und antwortete mit leiser Stimme:

»So spricht der Herr: ›Die Rache ist mein!‹ Maßt euch nicht an, was Gott gebührt! Denn allzuoft wird menschliche Gerechtigkeit von Haß und Eigensucht verfälscht. Dann tötet man nicht mehr, um Recht zu üben, sondern nur noch, um sich zu rächen. Laßt ab von diesem Plan! Auf eurem Vorhaben ruht kein Segen.«

Arnuwan senkte enttäuscht den Kopf. »Sind denn wir

Menschen«, fragte der Luwier, »für deinen Gott nur hilflose Kinder?«

»Bittet Gott um Hilfe«, erwiderte der Judäer. »Vertraut auf seine Gerechtigkeit! Ordnet euch seinem Willen unter, was immer auch geschieht! Ohne den Herrn gelingt nichts.«

Myron versetzte: »Dein Jahwe, Prophet, ist auch nicht anders gewirkt als Zeus oder Baal oder Assur: Eifernd und eigensüchtig, wie er nur von Menschen erdacht werden konnte. Ein in die Größe eines Giganten gesteigertes Zerrbild menschlicher Fehler. Nein! Solche Götter gibt es nicht. Denn was die Welt erschuf, kann unter Menschlichem nicht leiden, kann sich von Freude, Stolz und Liebe, Haß und Rachsucht, Eigennutz und Zorn nicht leiten lassen! Denn diese sind doch allesamt nur irdische Gefühle. Vor der Ewigkeit gelten sie nichts.«

In diesem Augenblick vernahmen wir vor unserem Gefängnis laute Rufe. Der Prophet erhob sich sogleich und spähte suchend durch die Gitterstäbe. Wenig später hörten wir die Stimme Jischmaels. Der Führer der königlichen Leibwache öffnete rasch das Gitter, ergriff Jeremia am Arm und zog ihn hinaus. Als wir ihm folgen wollten, schob der Judäer schnell den Riegel wieder vor, zwinkerte uns zu und sagte dann zu dem alten Propheten:

»Deine Freunde, die Chaldäer, sind geflohen, und Jerusalem ist wieder frei. Darum hat der König in seiner Güte beschlossen, dich nicht mehr länger in Haft zu halten, alter Mann. Du magst dich nunmehr wenden, wohin du willst. Ich aber rate dir: Verschwinde heute noch aus der Stadt! Denn du hast dir durch deinen Verrat viele Feinde gemacht. Dein Leben ist hier nicht mehr sicher. Ja, auch ich hasse dich und würde dich am liebsten erschlagen, hielte mich nicht das strenge Verbot deines Wohltäters und Beschützers Zidkija zurück.«

Der alte Prophet maß den jungen Krieger voller Verachtung und antwortete:

»Ich werde noch in Jerusalem wohnen, wenn du in der Verbannung dein Brot auf Menschenkot bäckst! Ich sehe dich in einer Ammoniterhöhle kauern, ängstlich und mit schamvoll verhülltem Gesicht, den Skorpionen ein Nachbar und den Gerechten ein Feind, enterbt und entehrt!«

Jischmael lachte höhnisch, stieß den Propheten vor die Brust und rief: »Spute dich! Denn die Feigsten deiner Freunde streben schon dem Euphrat zu! Nergal-Sarezer flieht wie ein verängstigter Wildesel vor den Ägyptern. Und morgen früh treten auch unsere Scharen hinaus, um den Feind zu hetzen, wo immer er sich noch in Syrien blicken läßt!«

Jeremia grüßte uns mit einem Nicken, wandte sich um und schritt hinaus. Jischmael aber raunte uns zu: »Seid unbesorgt, meine Freunde. Unsere List hat gewirkt. Beim ersten Licht des neuen Tages führt Zidkija das Heer Judäas dem Pharao zu Hilfe. Bis dahin, das versteht ihr wohl, müßt ihr noch unsere Gäste bleiben. Es soll euch an nichts fehlen.«

Als er verschwunden war, schwiegen wir eine Weile. Dann sagte Mago: »Das ist eine Überraschung, was? Ein Glück, daß wir beschlossen haben, den Propheten zu verschonen. Sonst hätten wir uns jetzt wohl mit einem Haufen von dreißig oder mehr bewaffneten Wächtern herumschlagen müssen. Nun sind wir ihn los.«

»Wer weiß«, versetzte Reguël, »ich habe so eine Ahnung, daß wir dem alten Mann schon bald erneut begegnen werden.«

»Vielleicht in Damaskus?« vermutete Myron. »Wir müssen ja durch diese Stadt, wenn wir nach Ekbatana ziehen.«

»Vielleicht aber auch in Tyros«, sprach Mago. »Denn

wenn meine Landsleute dort, wie ich hoffe, den Überfall der Ägypter abgewehrt haben, gibt es keinen besseren Zufluchtsort für einen Freund der Chaldäer.«

»Vielleicht aber auch in Babylon selbst«, sagte ich. »Ich überlege seit einiger Zeit, ob es nicht das Klügste wäre, sich unverzüglich an den Euphrat zu begeben. Wo anders könnte man Nachrichten über Huwaksatara besser in Erfahrung bringen als bei seinen einstigen Bündnisgenossen?«

Nur kurze Zeit verging, dann hörten wir auf dem Wachhof wieder das Trampeln von eiligen Füßen. Melder liefen hin und her. Krieger hasteten zu ihren Waffen, und die Wachen auf den Mauern wurden verstärkt. In dem Trubel schien man uns vergessen zu haben. Auch erschienen keine Diener, um uns Speisen oder Getränke zu reichen.

Schließlich erhob sich Arnuwan und gab der Tür einen prüfenden Tritt, so daß ihr lautes Scheppern weithin hallte. Danach ergriff er mit seiner Rechten zwei von den eisernen Stäben und bog sie zusammen, als wären sie nur aus Wolle gewirkt. »Langsam verliere ich die Geduld«, brummte der Luwier dabei. »Nicht nur, weil dieses Gemach kaum als eines Königs würdig bezeichnet zu werden verdient, sondern weil ich Durst und Hunger verspüre. Überdies bin ich ein Mensch, dem es in der Gefangenschaft nicht sonderlich behagt. Auch wenn es sich um eine selbstgewählte handelt. Diese Tür wird uns jedenfalls nicht hindern, wenn es uns zu gehen beliebt.« Er blickte mich fragend an. »Wie lange«, fragte er dann, »wollen wir uns noch am Spiel dieses Königs beteiligen?«

Reguël trat neben ihn, kniff plötzlich die Augen zusammen und rief: »Ich hatte recht. Wir werden Jeremia wiedersehen. Aber das wird nicht in Damaskus, auch nicht in Tyros und schon gar nicht in Babel geschehen. Sondern hier in Jerusalem, und zwar genau jetzt.«

Er hatte kaum geendet, da trieben judäische Wächter den Midianiter mit eisernen Lanzen vom Gitter zurück, öffneten es und stießen den Propheten herein. Dem alten Mann drang Blut aus vielen Wunden. Als er zu Boden fiel, verlor er das Bewußtsein.

Reguël sprang auf die Wächter zu, die rasch den Riegel vorschoben. »Warum habt ihr den Alten so roh behandelt?« schrie der Midianiter erbost. »Gebt uns wenigstens frisches Wasser, damit wir seine Wunden säubern können! Auch wir selbst könnten einen Trunk vertragen!«

Als Antwort wurde Reguël plötzlich von einem kalten Guß durchnäßt. Wir hörten, wie ein leerer Eimer zu Boden fiel. Dann vernahmen wir Jischmaels Stimme: »Da habt ihr euer Wasser«, schrie der Judäer, »es war euer letztes, verräterische Ägypter!«

»Bei Asasels gepanzertem Gemächt!« fluchte der Einarmige. »Was ist in dich gefahren, Judäer? Bist du von Sinnen?«

Doch Jischmael schrie: »Habt ihr geglaubt, uns täuschen zu können? Wolltet ihr uns aus unseren Mauern locken und dann den Babyloniern in die Hände spielen? Wahrlich, weise war König Zidkija, als er beschloß, euch als Faustpfand zu behalten! Der Pharao ist abgezogen, das Heer der Chaldäer aber kehrte zurück und liegt schon wieder vor Jerusalem. Der Herr Israels wird uns beschützen. Ihr aber werdet morgen für den Verrat der Ägypter gesteinigt!«

XXIII   Die Flucht

Wir versorgten Jeremias Wunden, so gut wir konnten. Dann sagte ich zu den Gefährten: »Hört mir alle zu! Arnuwan hatte recht. Es war ein Fehler, untätig zu verharren, um dieses Spiel zu Ende zu bringen. Nun haben wir verloren. Rollen wir also die Würfel neu! Bevor der Mond aufgeht, wollen wir Jerusalem verlassen. Den Propheten nehmen wir mit. Er hat in seiner Heimat ja doch nur den Tod zu erwarten.«

Während wir darüber sprachen, hörten wir plötzlich vom Eingang ein Flüstern. Reguël schlich vorsichtig zur Tür. Nach einer Weile kehrte der Beduine zurück und erklärte:

»Arnuwan hat Pech. Er darf uns heute seine Stärke nicht beweisen. Draußen warten zwei Gefährten Jeremias. Sie wollen uns den Riegel öffnen. Sie behaupten, das wäre leiser, als die Tür einzutreten. Sie wollen auch gar nicht glauben, daß ein Mensch dazu imstande sein könnte.«

»Laßt sie in dem Glauben«, sagte Myron mit einem Blick auf Arnuwan, der enttäuscht die Achseln zuckte.

Ich faßte Jeremia an der Schulter und rüttelte ihn wach. Bald schlug er die Augen auf. »Wo bin ich«, stieß er hervor, »was ist geschehen?«

»Du bist wieder im Gefängnis. Erkennst du uns nicht?« fragte Mago. »Komm, erhebe dich! Deine judäischen Freunde sind eingetroffen, um dich zu befreien!«

Zu unserer Überraschung gehorchte der alte Prophet jedoch nicht, sondern streckte abwehrend die Hand aus und antwortete: »Nein! Ich gehe nicht vom Berg des

Herrn! Ich kehre meiner Heimat nicht den Rücken, sondern ich will in Jerusalem bleiben, bis der Herr meine Tage zählt und sagt: ›Es sind genug gewesen!‹«

Reguël eilte wieder zur Tür. »Er will nicht«, flüsterte er den Wartenden zu, »ich verstehe das nicht. Vorhin ist er doch freiwillig aus dem Gefängnis geschritten. Was hat jetzt seinen Sinn verkehrt?«

»Wir wissen es nicht«, flüsterte einer der Fremden. »Laßt uns erst einmal diesen Riegel öffnen!«

Wir hörten kratzende Geräusche. Arnuwan sagte: »Ich kann es kaum erwarten, den Sternenhimmel zu sehen.« Dabei lehnte er sich ein wenig gegen die Tür, so daß sich der Rahmen verbog.

Myron hielt den Riesen zurück: »Vorsichtig! Laß das«, flüsterte der Mileter. »Wenn du gegen die Pforte trittst und sie auf den Steinboden fällt, gibt es ein Getöse, daß man es bis nach Babylon hört! Es wäre doch unnütz, wenn wir uns jetzt hier noch mit diesen verbohrten Judäern herumschlagen müßten!«

Ein leises Klirren ertönte. Dann öffnete sich die Eisentür. Unsere beiden Befreier eilten zu ihrem Herrn, der liebevoll die Arme um sie schlang.

»Ebed-Melech! Baruch! Meine Getreuen«, sprach der Alte, »in der Stunde der Not kann ich doch stets auf euch zählen!«

»Erhebe dich und folge uns«, bat Baruch. »Wir wollen dich zu deinen Verwandten ins Land Benjamin führen.«

»Nein«, antwortete der Prophet mit leiser, doch gebieterischer Stimme. »Noch vor ein paar Stunden wollte ich meine Heimat verlassen. Ja, ich stand schon am Benjamintor. Dort aber erfuhr ich, daß es der Herr in seiner Weisheit anders wünscht. Denn die Wachen des Königs nahmen mich fest und brachten mich in das Gefängnis zurück. Nun kenne ich meine Bestimmung: In diesem

Wachhaus soll ich in Einsamkeit warten, bis sich der Spruch des Herrn über Jerusalem erfüllt. Dann werde ich befreit. Die mich aber jetzt quälen, werden dann selbst Gefangene sein.«

Wir erwarteten, daß die Judäer nun mit noch größerer Eindringlichkeit versuchten, den alten Mann zu überreden. Doch zu unserem Erstaunen ließen sie von ihm ab, warfen sich demütig zu Boden, und Baruch sprach: »Der Wille des Herrn soll geschehen.«

Da erkannten wir, daß kein Volk auf der Erde inbrünstiger an seinen Gott glaubt als die Judäer.

Ich sagte zu meinen Gefährten: »Wir wollen einzeln von hier verschwinden, damit uns niemand bemerkt. Sonst bringen wir nur unsere Befreier in Gefahr.«

Arnuwan sprach: »Es wäre wohl zu leichtsinnig, wollten wir nun gemeinsam die Reihen der Babylonier durchbrechen. Denn sie werden jetzt wohl besser aufpassen als zuvor. Einzeln wird es uns leichter gelingen, aus dieser Stadt zu entkommen. Treffen wir uns in dem Olivenhain wieder, wo wir vorgestern unsere Wagen verließen!«

»Gehe du als erster«, schlug ich vor. »Myron und Mago sollen dir folgen, dann Reguël und ich.«

So geschah es. Arnuwan nahm das Seil, das die beiden jungen Judäer mitgebracht hatten, band es an eine der Zinnen und ließ sich hinab. Der Mond ging auf, doch zum Glück verdunkelte eine Wolke sein Licht. Myron und Mago glitten hinter dem Luwier in die Tiefe. Baruch und der Kuschiter Ebed-Melech küßten den alten Propheten und wollten sich nun ebenfalls davonmachen. Da ergriff Reguël den dunkelhäutigen Mann und redete auf ihn ein. Der Kuschiter wehrte sich, doch Reguël ließ ihn nicht los, sondern zerrte Ebed-Melech hinter sich in eines der Häuser.

Ich blickte fragend zu Baruch. Der Judäer starrte mich

entgeistert an. Ich packte ihn am Ärmel, und wir eilten den beiden anderen nach.

Die Öllampen in dem Gebäude, das an unser Gefängnis grenzte, waren fast niedergebrannt und spendeten nur noch spärliches Licht. Wir spähten in einige unverschlossene Räume und sahen in jedem sehr viele Diener, Schreiber und Wächter des Königshofs schlummern. Vor dem letzten und größten Gemach aber stand, mit vor Angst geweiteten Augen, Ebed-Melech, der Kuschiter. Er hielt mit ausgestrecktem Arm eine harzig rauchende Fackel. Ihr Licht drang in das Zimmer, ohne daß er selbst von dort gesehen werden konnte. Als wir näherkamen, hielt der Kuschiter seinen Gefährten Baruch zurück und flüsterte ihm etwas ins Ohr. Ich aber trat in den Raum. Dort erblickte ich ein Bild, das ich mein Lebtag nicht vergessen werde.

Denn dieses Zimmer enthielt nur ein einziges Lager. Auf ihm ruhte Jischmael. Über dem Führer der Wachen stand Reguël mit gespreizten Beinen. Der einarmige Midianiter klemmte sich den Saum seines Gewands unter das Kinn, hielt mit der Linken ein Schwert an die Kehle des Wächters und schlug dann auf dem Schlafenden sein Wasser ab.

Jischmael erwachte sogleich. Als er erkannte, was ihm geschah, wollte er schreien. Dann aber spürte er die Klinge an seiner Kehle. Haßerfüllt starrte er den Midianiter an, der aus der Höhe zu ihm sagte:

»Du hast uns kein Wasser gegönnt, du Geizhals, und wolltest dabei noch witzig erscheinen. Nun kriegst du alles zurück, was ich dir schulde!«

Danach hieb Reguël dem hoffärtigen Judäer die Klinge so kräftig über den Kopf, daß der Benetzte sogleich das Bewußtsein verlor. Dann fesselte und knebelte der Midianiter den Betäubten mit seiner einzigen Hand so geschickt, daß ich die Knoten nicht zu prüfen brauchte, sprang von der Lagerstatt herab und brummte befriedigt: »Bei Asasels kupfernem Liebeskolben! Ich bin ein Mann der Wüste, und dort treibt man mit Wasser keine Scherze!«

Unbemerkt verließen wir das Gebäude. Baruch und Ebed-Melech entschwanden in das Innere der Stadt. Wir aber liefen zur Zinne. Reguël ließ sich als erster hinab. Ich folgte ihm. Hinter der Terebinthe hörte ich ein Geräusch. Vorsichtig verhielt ich und wandte mich um, konnte aber niemanden entdecken.

Langsamer als zuvor schlich ich nun einige Faden weiter durch eine Lücke des Erdwalls, den die Chaldäer an dieser Stelle besonders hoch aufgeschüttet hatten. Da fiel auf einmal ein Netz über mich. Mehr als zehn Krieger zogen mich mit kräftigen Händen zu Boden, sowie Fischer einen Delphin übermannen, der sich in eine seichte Lagune verirrt hat.

Ich rief nicht um Hilfe, denn ich wollte Reguël nicht in die Falle locken. Die Krieger stellten mich auf die Füße und fesselten mich an einen Belagerungsturm. Dann zogen sie sich plötzlich zurück, und hinter dem Erdwall trat langsam ein hochgewachsener Mann in einem dunklen Mantel hervor.

Seine Gestalt erschien mir vertraut, doch ich konnte mich nicht erinnern, wo ich ihn gesehen hatte. Dann aber gab die Wolke das strahlende Licht des Nachtgestirns frei. Es fiel auf das Antlitz des Fremden, und ich erkannte ihn: Es war niemand anderes als jener kahlköpfige Chaldäer, der mir als Kind im turmhohen Taurosgebirge und am reißenden Pyramos zweimal das Leben gerettet hatte.

XXIV Die Warnung

Der Babylonier trat bis auf Armeslänge an mich heran. Sein bartloses, ebenmäßiges Antlitz wirkte noch gar nicht so alt, doch seine Augen spiegelten die Weisheit vieler Jahre. Der forschende Blick des Chaldäers schien in mein Innerstes zu dringen. Sein Mund lächelte freundlich, als er zu mir sprach:

»Ich grüße dich, Dagon, Löwe von Assur und Nachkomme großer kimmerischer Helden! Sorge dich nicht um dein Leben. Dir wird nichts geschehen. War ich dir doch schon in deiner Kindheit ein Freund und Beschützer, auch wenn du davon vielleicht nichts mehr weißt. Damals im Taurus und in Kilikien habe ich dir das Leben gerettet. Zweimal bewahrte ich dich davor, daß dich der Skythe Gauratar in die Unterwelt sandte!«

»Gauratar«, entfuhr es mir. »Wo ist er? Mein Blut schreit nach dem seinen!«

»Beruhige dich«, erwiderte der Chaldäer. »Der Skythe wohnt jetzt weit von hier, im schwarzen Arachot hinten in Asien, dort, wo die Steppe der pfeilkundigen Paktyer über steile Klüfte in das Tiefland Indiens fällt. Gauratar herrscht dort über den östlichen Teil des medischen Großreichs, das jetzt schon mehr Länder und Völker umfaßt als jemals ein anderes Machtgebilde zuvor. Ja, der Skythe steht hoch in der Gunst seines Herrn, des grausamen Huwaksatara, der ihn auch bald in seiner Burg besuchen wird.«

Ich verbarg meine Überraschung, denn ich wollte nicht, daß auch der Babylonier von meinem Haß gegen Huwaksatara erfuhr. Darum senkte ich meine Stimme und sagte:

»Ja, ich erinnere mich. Schon damals wuchs kein Haar auf deinem Haupt, und in der Schar der gelbbärtigen Meder botest du einen besonderen Anblick. Damals war ich noch zu klein, um dir zu danken. Jetzt will ich diese Schuld begleichen. Den Göttern liege dein Wohl am Herzen! Deinen Söhnen sei eine große Zukunft beschieden! Nun aber sage mir, wer du bist. Warum ließest du mich ergreifen und fesseln?«

Der Babylonier lächelte wieder und sprach: »Ich bin nur ein niederer Sklave, ein unterwürfiger Diener, der in beständiger Treue versucht, dem Herrscher der Erde, Nebukadnezar, mit seinem Rücken ein Schemel der Füße zu sein. Man nennt mich Nergal-Sarezer aus dem Fürstengeschlecht von Sin-Magir.«

Ich atmete tief, als ich auf diese Weise erfuhr, daß ich einem der klügsten und mächtigsten Heerführer der Weltenscheibe gegenüberstand. Ich bewunderte die kraftvolle, stolze Erscheinung des Feldherrn, die in so krassem Widerspruch zu seinen demütigen Worten stand. Und ich empfand tiefe Achtung vor seiner Weisheit, denn er galt einst als bester Freund Sinschums des Steinernen, meines alten Lehrers auf der Kriegsschule zu Ninive. Viele sagten sogar, in Wirklichkeit habe nicht Nebukadnezar, sondern der Fürst von Sin-Magir als oberster Feldherr aller Chaldäer die siegreichen Schlachten gegen die Pharaonen Ägyptens geschlagen.

»Du kannst meine Fesseln unbesorgt lösen«, sagte ich daher zu dem Chaldäer. »Ich will dich weder angreifen noch versuchen, zu fliehen, sondern ich werde dich erst verlassen, wenn du es wünschst. Denn ich begehre von ganzem Herzen, mit dir über alles zu reden, was seit dem Ende Assyriens im Stromland geschah. Ich glaube, daß du manches Rätsel lösen kannst, das mich bedrückt.«

Nergal-Sarezer antwortete ernst: »Dazu reicht unsere

Zeit nicht. Deine Gefährten dürfen nichts von unserer Begegnung wissen, aus Gründen, die du gleich erfahren sollst. Ich habe dieses Treffen nämlich herbeigeführt, weil ich dir etwas Wichtiges zu sagen habe. Vorher will ich dich allerdings einiges fragen. Vertraue mir! Denn als ein Mann, der sich schon seit so vielen Jahren um dein Wohlergehen sorgt, verdiene ich keine Lügen. Ja, damals, als Assyrien und Babylon noch Verbündete waren, diente ich Assurbanipal dem Starken. Er war es, der mir einst befahl, dich nach dem Tod deines Vaters zu ihm zu bringen. Warum er das tat und woher er dich kannte, habe ich niemals erfahren. Als treuer Sklave fragte ich nicht danach, sondern ich führte aus, was mir aufgetragen war. Später, als sich die beiden Reiche des Stromlands entzweiten und die Assyrer gegen Babylon Kriege zu führen begannen, kehrte ich in meine Heimat zurück. Aber niemals habe ich gegen meine assyrischen Freunde, denen ich einstmals die Treue gelobte, die Waffen erhoben. Du siehst, ich bin ein Mann von Ehre, dem man trauen darf.«

Ich nickte. »Ich hätte nicht anders gehandelt«, sagte ich dann. »Daß du dich damals für deine Heimat entschiedst, kann dir wohl kein Assyrer verübeln, sei es ein Lebender oder ein Toter.«

Erneut zerteilte ein Lächeln das Antlitz Nergal-Sarezers. Dann blickte der Babylonier mir wieder durchdringend ins Auge und sagte:

»Nicht ohne Grund erhob dich Sinschar-Ischkun der Stolze zu einem der höchsten Heerführer mit dem Titel: ›Löwe von Assur‹. Die Falten um deinen Mund, die Narben und deine gebrochene Nase verraten mir, daß du kein müßiges Leben geführt hast.«

»In der Tat«, versetzte ich, »in all den Jahren sind Scherze und fröhliche Spiele selten gewesen. Denn meine Tage bestanden aus Kämpfen und meine Nächte aus Sorgen.« Daß ich aber lange Zeit untätig und lasterhaft gelebt hatte, verschwieg ich, denn ich schämte mich dafür.

Der Fürst von Sin-Magir blickte mich prüfend an und fuhr fort: »Vor kurzer Zeit meldeten meine Späher, sie hätten am Hof des Pharao einige seltsame Männer gesehen – Nordleute, doch keine Meder und auch keine Lyder. Sie hätten Akkadisch gesprochen, aber auch Griechisch. Ich hätte nicht gedacht, daß du dich noch einmal mit den Ägyptern einlassen würdest, nachdem sie euch beim heiligen Harran so schändlich verrieten!«

»Das ist schon lange her«, entgegnete ich unbehaglich. »Soll Hophra für die Taten seines Ahnherrn büßen?«

»So«, sagte Nergal-Sarezer, »nachtragend bist du also nicht? Das wundert mich. Bisher dachte ich, daß Nordleute die Rache stets als ganz besondere Pflicht empfinden.«

»Mir ist von den Ägyptern nichts Böses angetan worden«, erwiderte ich, »und Assyrien war zu dieser Zeit schon vergangen. Sein letzter Herrscher starb ohne Erben. Darum ist diese Rachepflicht erloschen.«

»So siehst du das also«, antwortete der Chaldäer. »Das überrascht mich ein wenig. Doch ich verfolge keineswegs die Absicht, dich gegen Hophra und Ägypten aufzuwiegeln. Obwohl ich dir etwas verraten muß, das dich sehr wohl dazu bewegen könnte, die Krieger vom Nil tödlich zu hassen.«

»Ich kann es mir denken«, erwiderte ich. »Die Ägypter haben mich an euch verraten. Wie sonst hättest du mich ergreifen können! Sind auch meine Gefährten in eurer Gewalt?«

»Nein«, sagte der Fürst von Sin-Magir. »An ihnen lag mir nichts. Allerdings hätten meine Männer vorhin ihr Netz aus Versehen fast über den Luwier geworfen, und ich möchte bezweifeln, ob dann zehn Männer ausgereicht hätten, den Riesen niederzuhalten.«

»Wer hat mich verraten?« fragte ich. »Hophra? Ja, der Pharao muß es gewesen sein. Er hinterging ja auch Mago, indem er ihm den geplanten Feldzug gegen die Häfen Phöniziens verschwieg.«

»Ja, der Pharao gab den Befehl zum Angriff auf Tyros«, berichtete der Chaldäer. »Aber verraten hat er euch nicht. Denn euer Auftrag, in das belagerte Jerusalem zu dringen und von dort den Seher Jeremia zu entführen, wurde nicht von Hophra erteilt.«

Überrascht sagte ich: »Aber ich las doch selbst das Schreiben und sah das Zeichen des Königs auf einer Rolle Papyros, die ich noch jetzt bei mir trage. In meinem Ärmel kannst du sie finden!«

Der Fürst von Sin-Magir streckte die Hand aus, zog das Schriftstück aus meinem Gewand, las es im hellen Licht des Mondes, lächelte dann und hielt mir den Papyros vor die Augen. »Du hast schon zu lange nicht mehr mit den Geschäften bei Hofe zu tun«, meinte er dann. »Deshalb fehlt es dir an Übung, eine Fälschung zu erkennen. Freilich, die Kunst, ein Herrscherzeichen nachzuahmen, ist in den letzten Jahren zu hoher Blüte gelangt. Amasis jedenfalls beherrscht sie zur Vollkommenheit.«

»Also hat der Feldherr uns in diese Falle laufen lassen?« fragte ich. »Freilich, Amasis haßt alle Fremden. Doch was verbindet ihn mit den Chaldäern, die doch die größten Feinde seines Landes sind?«

Nergal-Sarezer antwortete: »Dadurch, daß er euch verriet, hoffte er zwei Fliegen mit einer Klappe zu schlagen: Er wollte euch aus der Umgebung des Pharao entfernen, weil er wohl fürchtete, Hophra würde bald mehr auf euch hören als auf ihn. Außerdem wünschte er Jeremia aus Jerusalem fort, damit die Judäer uns auch in Zukunft Widerstand leisten und unser Heer noch möglichst lange daran hindern, von neuem nach Ägypten vorzustoßen.«

Der Fürst von Sin-Magir blickte sich vorsichtig um. Dann erzählte er weiter: »Darum sorgte Amasis dafür, daß uns ein Melder der Ägypter in die Hände fiel. Der Mann war stumm. Er trug einen Papyros bei sich, und auch dieser war gefälscht. Auf ihm standen eure Namen mit der Nachricht, daß ihr am nächsten Tag versuchen wolltet, zur Königsburg Zidkijas vorzudringen. Es fehlte auch nicht an einer genauen Beschreibung des Orts und der Zeit, da ihr die Mauer emporklettern solltet.«

Der Babylonier lächelte fein und klopfte mir freundschaftlich auf die Schulter: »Das hat der Feldherr von Ägypten fein gesponnen, wie«, sagte er fröhlich. »Er ahnte jedoch nicht, wie nahe wir uns stehen!«

Danach löste Nergal-Sarezer meine Fesseln und fuhr fort:

»Als ich deinen Namen las, Dagon, wußte ich, was ich zu tun hatte. Hast du dich nicht gewundert, wie leicht es euch fiel, unsere Posten zu überlisten? Oder hältst du die Chaldäer inzwischen für derart unaufmerksame Krieger? Wir haben euch beobachtet, jedoch nicht eingegriffen. Ich wollte erst erfahren, was in Jerusalem geschehen würde. Auch dort befehligen wir, wie du dir wohl denken kannst, Kundschafter in Fülle. Eurem Verhalten entnahm ich, daß du nichts von mir wußtest. Sonst hättest du den Seher Jeremia doch gewiß nach mir gefragt! Als ich erkannte, daß ihr Jerusalem bald wieder verlassen würdet, legte ich um die ganze Stadt alle dreihundert Schritte zehn Männer in einen Hinterhalt. Sicher ist sicher! Ich aber hielt mich an der Terebinthe versteckt. Der Fuchs verläßt das Gehege der Hühner meist auf dem Weg, auf dem er es betrat!«

»Selbst im Wachhaus König Zidkijas konntest du uns belauschen lassen?« fragte ich erstaunt.

Der Fürst von Sin-Magir lächelte wieder: »Wenn ich manchmal sogar erfahre, was im Schlafgemach des Pharao gesprochen wird«, erwiderte er, »wie soll mir dann verborgen bleiben, was in einem gewöhnlichen Wachhaus Judäas geschieht? Im übrigen gilt umgekehrt das gleiche: Was Nebukadnezar in Ribla beredet, kommt Amasis oft schon drei Tage später zu Ohren. Auch ich bin in meinem Zelt nicht vor Verrätern sicher. Ja, Gold verblendet die Menschen! Darum sind wir hier allein. Nun wollen wir vom Schatz Assyriens reden.«

»Also darum geht es dir«, sagte ich. »Wahrlich, deine Lauscher müssen größere Ohren besitzen als selbst die nachtlebenden Füchse der Wüste! Ja, wir sind nach Syrien gekommen, um den Schatz zu heben. Denn mein Gefährte Myron hofft, sich damit soviel Gunst zu kaufen, daß er mit Hophras Flotte seine Heimatstadt befreien kann.«

»Das Gold Assurs gehört den Kriegern Babels«, erklärte der Fürst von Sin-Magir entschieden. »Denn Nebukadnezar war es, der Assyriens letzten Herrscher bezwang. Ihm gebührt daher diese Beute, nicht den Ägyptern, die damals davonliefen wie die Hasen des Feldes vor einem niederstoßenden Adler! Auch jetzt sind sie ja vor unseren Scharen wieder geflohen, kaum daß wir schlachtbereit auf den Melonenfeldern von Aphek erschienen! Hophra hoffte wohl auf die Judäer. Offenbar weiß er noch nicht, was uns bereits sattsam bekannt ist: Jedem, der darauf wartet, daß sich die Bewohner Jerusalems auch nur ein einziges Mal einig werden, dem wächst ein langer, grauer Bart! Aber nun sage mir: Wo habt ihr damals das Gold versteckt?«

Ich zögerte ein wenig, dann gab ich zur Antwort: »Ich darf dir das Geheimnis nicht verraten, bevor ich mit den Gefährten gesprochen habe.«

»Das sehe ich ein«, erwiderte Nergal-Sarezer. »Es ehrt dich, daß du die Ansprüche deiner Freunde verteidigst. Ich bin mir aber nicht sicher, ob sie solche Treue verdienen!«

Verwundert starrte ich den Fürsten an. Plötzlich begann meine Narbe zu brennen. Ich mühte mich, die Wogen meiner Gedanken zu glätten, die wie im Strudel eines Wildbachs durcheinanderstürzten. Einen Herzschlag lang hoffte ich, Nergal-Sarezer habe seine Bemerkung anders gemeint, als sie in meinen Ohren klang. Aber der Blick des Babyloniers blieb fest.

»Du glaubst mir wohl nicht?« sprach er mit ruhiger Stimme. »Doch es ist so, wie ich sage. Ich werde es dir beweisen.«

Mit diesem Wort drückte mir Nergal-Sarezer den Griff meines Schwertes in die Hand, hielt dessen Spitze an seinen Hals, schaute mir in die Augen und sagte:

»Wenn du denkst, daß ich lüge, so stoße mir diesen Stahl durch die Kehle! Ich fürchte mich nicht. Denn ich spreche die Wahrheit. Nur um dir das zu sagen, kam ich an diesen Ort. Ja, du denkst, ihr fünf Gefährten seid wie Finger einer Hand. Ich aber weiß: Einer von euch ist ein Verräter.«

TISIPHONE

I Der Verrat

Ich senkte das Schwert, schob es ins Wehrgehenk zurück und sagte: »Wie käme ich dazu, meinen Lebensretter zu töten! Dennoch: Ich kann nicht glauben, was du sagst. Meine Gefährten und ich waren wie Äste desselben Baumes, Glieder desselben Leibes, Rippen derselben Brust.«

Der Babylonier blickte mich voller Mitgefühl an. »Hast du noch nie darüber nachgedacht«, fragte er, »wie die Ägypter Assurs letzten König in die Falle locken konnten? Nebukadnezar glaubte damals an ein Zusammenspiel zwischen Necho und Huwaksatara. Denn bis heute kreuzte der König der Meder mit den Pharaonen kein einziges Mal die Waffen. Um die Verbindungen des verräterischen Feldherrn Aphres auszuforschen, setzte mich Nebukadnezar als Untersuchungsbeauftragten ein.«

Der Fürst von Sin-Magir verstummte. Mit herrischer Handbewegung verscheuchte er drei seiner Krieger, die hinter dem Erdwall aufgetaucht waren, um nach ihrem Herrn zu sehen. Dann erzählte er weiter:

»Viele Monde lang befragte ich Späher und Kundschafter, auch alle Anführer unseres Heeres und viele assyrische und ägyptische Gefangene. Dann stieß ich auf eine Spur. In einem Lager am Tigris traf ich einen Urartäer aus Assur-Uballits Heer. Der Söldner war in den letzten Stunden der Schlacht bei Harran verwundet worden und hatte deshalb nicht mehr fliehen können. Er berichtete mir, der letzte Herrscher Assyriens sei von einem seiner ausländischen Heerführer ans Messer geliefert worden. Die Geschichte ging so: Ägyptens schurkischer Feldherr Aphres pflegte mit einem schönen Jüngling aus Saïs zu schlafen. Eines Nachts erhielt Aphres überraschend Besuch von einem der wichtigsten Söldner Assur-Uballits. Der Gast teilte dem Ägypter mit, daß er im Auftrag Huwaksataras komme. Der König der Meder wolle, so sagte er, den Krieg beenden und schlage vor, den König von Assyrien zu ermorden. Dann würden die Meder den Kampf einstellen, und die Ägypter hätten es nur noch mit den Chaldäern zu tun. Der verräterische Söldner riet dem ägyptischen Feldherrn, König Assur-Uballit zu einem Festmahl zu laden und dort zu erdolchen. Der Jüngling aus Saïs, der dieses Gespräch belauschte, plauderte danach in den Armen eines anderen Liebhabers alles aus – eben jenes Urartäers, den ich später am Tigris traf.«

Ich schüttelte den Kopf. »Deine Geschichte klingt wenig glaubhaft«, zweifelte ich.

»Findest du?« erwiderte Nergal-Sarezer. »Warum hätte der Urartäer so etwas erfinden sollen? Er wurde nicht gefoltert, sondern sprach aus freien Stücken zu mir. Später kämpfte er tapfer im chaldäischen Heer. Einige Jahre später fiel er am Euphrat. Er hieß Argistes.«

»Argistes«, entfuhr es mir. »Sein Bruder war Uras, der größte Held von Urartu, einst mein vertrautester Freund!«

»Der junge Ägypter wollte Argistes eben den Namen des untreuen Heerführers nennen«, schilderte Nergal-Sarezer, »da riefen die Hörner zum Kampf. Nebukadnezar griff an, und Assurs letzte Krieger eilten zu den Waffen. Der junge Ägypter wurde in dieser Schlacht getötet.«

Der Fürst von Sin-Magir blickte mich nachdenklich an. Dann fuhr er fort: »Jeder von deinen Gefährten, Dagon, kann Assurs letzten König verraten haben. Jeder von ihnen kann noch heute Huwaksataras heimlicher Helfer sein.«

»Außer Arnuwan«, entgegnete ich. »Der Luwier nahm an dem Gastmahl bei den Ägyptern nicht teil.«

»Arnuwan kann während des Anschlags den Schatz bewacht haben, um sicherzustellen, daß er später in die richtigen Hände geriet«, widersprach der Chaldäer.

»Der Luwier hütete das Gold«, bestätigte ich. »Aber danach brachte er den Schatz mit uns in Sicherheit.«

»Vielleicht nur deshalb«, versetzte der Fürst von Sin-Magir, »weil er nicht mit eurer schnellen Rückkehr rechnen konnte und sich folglich Zeit ließ — bis es zu spät war. Soviel ich erfuhr, sollten damals alle Heerführer Assurs mit ihrem König sterben.«

»Du hast recht«, gab ich widerwillig zu. »Weit ist es mit den Menschen gekommen, wenn selbst treue Kampfgefährten plötzlich zu Verbrechern werden.«

»Auch du selbst könntest Assur-Uballit verraten haben«, sprach Nergal-Sarezer ungerührt weiter, »doch daran glaube ich nicht. Denn dann würdest du jetzt versuchen, das Gold allein zu bergen.«

Meine Gedanken wirbelten umher wie dürre Blätter im herbstlichen Sturm. Nergal-Sarezer fuhr fort:

»Ich weiß allerdings nicht, ob dich dein Feind von damals nun noch ein weiteres Mal zu verraten gedenkt. Vielleicht bereut er die Tat von einst. Eines aber steht außer Zweifel: Wenn der Verräter erkennt, daß er Gefahr läuft, entlarvt zu werden, wird er nicht zögern, dich zu töten.«

Ich fühlte mich elend, als ich das hörte, und fluchte über Götter und Menschen. Ich dachte auch an den Traum von den Adlern und der Schlange — nicht vor künftigem Verrat, wie wir alle dachten, hatte er uns warnen sollen, sondern auf bereits geschehene Untreue aufmerksam machen wollen. Als ich mich wieder gefaßt hatte, fragte ich den Chaldäer:

»Was soll ich nun tun? Wem kann ich jetzt noch vertrauen?«

»Sage keinem deiner Gefährten, daß du von dem Verrat weißt«, riet der Fürst von Sin-Magir. »Solange sich der Verbrecher in Sicherheit wiegt, wird er nichts unternehmen. Erzähle niemandem, daß du mich hier trafst, sonst schöpft der Verräter am Ende Verdacht.«

»Ich will daran denken«, versprach ich. »Wie kann ich dir danken?«

»Gib mir den Anteil des Verräters an eurem Schatz«, antwortete der Fürst von Sin-Magir. »Das wird für mein Alter genügen.«

»So soll es geschehen«, versprach ich. »Nun sage mir noch eines: Wie kann ich den ungetreuen Gefährten entlarven?«

Nergal-Sarezer zuckte die Achseln. »Das weiß ich auch nicht«, bekannte er. »Es wird nicht leicht sein, ihn aus dem Versteck zu locken. An deiner Stelle würde ich bei passender Gelegenheit über den Schatz sprechen. Du hast ihn doch gewiß längst gehoben und woanders verborgen, nicht wahr? Erzähle das deinen Freunden! Schwindle ihnen vor, du trügst an deinem Körper einen Plan mit der genauen Lage des Goldes! Vielleicht versucht der Verräter dann, dich aus dem Weg zu räumen. Denn aus welchem Grund sollte er dich begleiten, wenn nicht aus Gier nach dem Gold?«

Ich spürte die Versuchung, dem Fürsten von der Ermordung meines Sohnes zu berichten. Aber ich hielt mich zurück und sagte statt dessen:

»Jetzt ist es noch zu früh, das Schicksal so herauszufordern. Ich will erst warten, ob sich der Verräter nicht selbst entlarvt, ehe ich mein Leben wage. Dir aber danke ich dafür, daß du mir die Augen geöffnet hast. Wer weiß, vielleicht hast du mich damit schon zum dritten Mal gerettet.«

»Dennoch bist du unaufrichtig zu mir«, tadelte der Babylonier. »Denn du verschweigst mir euer wirkliches Ziel: Huwaksatara, den König der Meder, zu töten. Dachtest du wirklich, du könntest das am Hof des Pharao verkünden, ohne daß ich davon erfuhr?«

Ich gab keine Antwort. Nach einer Weile begann der Feldherr zu lächeln und sagte: »Belügen willst du mich nicht – die Wahrheit aber darfst du nicht verraten, weil dich der Eid an die Gefährten bindet. Assyrer standen stets zu ihrem Wort. Du hältst diesen Männern die Treue, obwohl dich einer von ihnen schimpflich verriet.«

Ich schluckte und sagte: »Es tut mir leid. Ich kann nicht anders. Verstehst du das nicht? Du bist doch ein Krieger wie ich!«

»Ja«, sagte der Babylonier. »Nun gut, schweige von eurem Plan! Eines aber sollst du wissen: Wann immer ich euch helfen kann, werde ich es tun.«

Dankbar erwiderte ich: »Babels Götter mögen dir deine Güte und Selbstlosigkeit vergelten. Du bist wie ein älterer Bruder zu mir. Auch ich will stets für dich tun, was in meinen Kräften steht.«

»Der Himmel möge dich beschützen«, sprach Nergal-Sarezer. Wir umarmten und küßten einander nach babylonischer Sitte. Dann gab der Feldherr seinen Männern ein Zeichen. Zwei von ihnen geleiteten mich zu einem Wachfeuer am Nordrand des chaldäischen Lagers. Dann schritt ich eilig in die Nacht davon.

»Wer hat uns im heiligen Harran verraten«, dachte ich auf meinem einsamen Weg. »Mago? Aber warum? Besaß er nicht Gold genug? Allerdings lag dem Tyrer stets besonders an guten Beziehungen zu den Ägyptern. Oder war es Myron? Er konnte darauf hoffen, daß Huwaksatara ihm half, Milet zu befreien — aber doch wohl nur um den Preis, daß statt Thrasybulos letztlich die Meder über die Handelsstadt herrschten. Oder Reguël? Ja, der Midianiter liebte das Gold mehr als wir alle. Aber wäre er nach erfolgreichem Anschlag nicht eher in Huwaksataras Dienste getreten, statt sich im Sinai zwischen Ägyptern und Babyloniern als Räuber durchs Leben zu schlagen?«

Und Arnuwan? »Nein«, dachte ich, »der Luwier ist über menschliche Schwäche erhaben. Aber galt seine Pflicht nicht zuallererst seinem schwindenden Volk? War ihm vielleicht an einer festen Verbindung zu Huwaksatara, dem neuen Herrn Asiens, gelegen? Oder hatte Nergal-Sarezer gelogen? Doch warum sollte der Feldherr das tun?«

So grübelte ich noch, als ich im Morgengrauen den Olivenhain bei Mizpa erreichte. Während ich auf die gedrungenen Ölbäume zuschritt, fragte ich mich, ob mir das Schicksal jetzt vielleicht einen Wink geben würde. Wem von den Gefährten würde ich zuerst begegnen? Würde es am Ende der Verräter sein?

Mago trat mir in den Weg. »Rasch, rasch!« rief der Tyrer mit besorgter Miene. Reguël raste mit einem Fuhrwerk herbei. Er hatte es, wie ich später erfuhr, im babylonischen Lager gestohlen, um uns die Heimreise zu erleichtern. Arnuwan kniete am Boden bei einer reglosen Gestalt. Erst jetzt erkannte ich: es war Myron, der dort lag.

Der Luwier blickte auf und erklärte: »Ein Pfeil steckt in seinem Rücken. So wie es aussieht, hat Myron nur noch kurze Zeit zu leben.«

II Die Rast

Mago reichte Arnuwan einige Büschel Schafgarbe und riß einen Streifen von seinem Gewand. Der Luwier zog den Pfeil aus der Wunde. Bläulich verfärbtes Blut quoll hervor. Arnuwan fluchte und beugte sich über die Schulter des Freundes. Mit vorsichtig geschürzten Lippen saugte der Riese die Wunde aus und spie den Inhalt seines Mundes ins Gras. »Dachte ich es mir doch!« stieß er dabei zornig hervor. »Der Pfeil war vergiftet. Gewiß das Geschoß eines Skythen! Lauern diese Hunde denn überall?«

Als die Blutung zu versiegen begann, zögerte Arnuwan nicht, die Wunde mit dem Messer zu erweitern. Erst als er glaubte, den letzten erreichbaren Tropfen des Giftes aus Myrons Körper gesogen zu haben, drückte er die Schafgarbe in das offene Fleisch und band Magos leinenen Streifen darüber. Dann gruben wir unsere Waffen aus, luden den bewußtlosen Griechen auf Reguëls Wagen und brachten ihn zu einem einsamen Hof, dessen Besitzer vor den Babyloniern geflohen war.

Dort reinigte der Luwier die Haut an Myrons linkem Schulterblatt sorgsam mit rotem Wein. Ich tränkte inzwischen Tücher nach Art assyrischer Ärzte mit Wachs, Fett, Dattelwein, gekochtem Korn und Honig. Als ich die Binden um Myrons Wunde wickeln wollte, hielt mich Reguël zurück. Der Beduine lief aus dem Zimmer, kratzte grünen Belag vom Ledergeschirr seines Fuhrwerks und schmierte die eklige Masse auf Myrons Verletzung. »Das hilft gegen Fieber und jede Entzündung«, erklärte der Midianiter. Dann verband ich den Griechen.

Zwei bange Nächte vergingen. Abwechselnd bewachten wir den Schlaf des kranken Freundes. Am dritten Tag schlug Myron die Augen auf. Wir häuften Stroh auf den Wagen und betteten den Gefährten bequem auf das Lager. Mago und Reguël nahmen die Zügel, Arnuwan schritt uns voraus. Ich sicherte den Schluß des Zuges. So wanderten wir in zwölf Tagen auf Schleichwegen durch die Gebirge Judäas, Ephraims und Naphthalis nach Tyros.

Als wir den Hafen von einem Vorberg des waldreichen Libanon aus erblickten, eilte Mago auf einem der Pferde voraus, um die besten Ärzte seiner Heimatstadt vorzuwarnen. Wir folgten mit dem langsamen Gefährt. Am Anfang einer gepflasterten Straße warteten schon vier Sklaven Magos mit einer Sänfte auf uns. Wir legten Myron hinein. Die Träger eilten quer durch die Felder zum Landhaus des Phöniziers, das sich unweit der Küste in einem prächtigen Garten befand.

Tyros zählte zu den ältesten Städten der Erde. Seine Bewohner glauben, daß am Gestade ihrer Stadt die Schiffahrt erst erfunden worden sei. Dort, auf dem fruchtbaren Strand am Fuß der Libanonberge, sollen in grauer Vorzeit nämlich zwei Brüder mit Namen Usohos und Hypsuranios gesiedelt haben. Sie waren Urenkel des ersten Menschen, der nach dem Glauben der syrischen Völker auf einem Acker bei Damaskus geformt worden ist.

Eines Tages, so lehren die Tyrer Kinder und Fremde, sei zwischen Usohos und Hypsuranios ein Streit ausgebrochen. Der ältere habe darauf einen Zedernstamm ausgehöhlt und mit diesem einfachen Fahrzeug zwei Inseln erreicht, die dort zwei Stadien vor der Küste lagen. Auf diesen Eilanden habe Usohos dem Feuer und dem Wind zwei Stelen geweiht. Um diese sei dann Tyros gewachsen.

Die Götterlehren Syriens sind reich an Erzählungen über verfeindete Brüder. Die Judäer zum Beispiel behaupten, der erste der Bauern, ein Mann namens Kain, habe einst seinen jüngeren Bruder Abel, den Ahn aller Hirten, erschlagen. Die Kanaanäer wiederum glauben, ihr Lebensgott Baal sei vom zweiten Sproß seiner Eltern, dem Totengott Mot, ermordet worden. Auch die Ägypter kennen ja einen grausamen Kampf zwischen Seth und Osiris, den beiden Söhnen des Erdgottes Geb. Daß solche Sagen gerade in Syrien so häufig sind, liegt wohl daran, daß die Völkerschaften in dieser Gegend allesamt miteinander verwandt sind und sich doch ohne jede Rücksicht beständig bekriegen.

Die Insel, auf der sich die Stadt Tyros erhebt, mißt ungefähr sechshundert Plethren. Sie wird von einer Mauer geschützt, deren Höhe fünfzehn Manneslängen übersteigt. Sie zu Fuß zu umrunden, dauert gut eine halbe Stunde. Dahinter wohnen in friedlicher Zeit rund fünfundzwanzigtausend Menschen. Wenn die Stadt aber belagert wird, drängten sich doppelt so viele Bewohner in ihren Wällen, denn dann fliehen auch alle Menschen des Fruchtlands hinter die starken Verteidigungswerke.

Mago war mit der Sippe Ittobaals, des Königs von Tyros, verschwägert. Die Familie unseres Gefährten zählte zu den reichsten der Stadt. Im Gartenland der Gegenküste, das den Phöniziern Getreide und Gemüse, Früchte und Frischwasser liefert, besitzt Magos Vater ein Haus mit hundert Räumen, auch große Gefilde mit Obstbäumen, Nußsträuchern, Korn und Viehweiden. Den Grundstock seines Reichtums aber bildeten große Arbeitshäuser auf der Insel. Dort stellten Zehntausende von fleißigen Sklaven durchsichtiges Glas nach Art der Ägypter und edle Metallgeräte nach griechischer oder assyrischer Weise her. Die Arbeiter webten auch leichte Stoffe aus Wolle und Flachs. Sie färbten die Tücher mit jenem kostbaren Purpur, der nur den Schnecken der

Phönizierküste abgewonnen werden kann und in aller Welt die höchsten Preise erzielt.

Darum können sich die Tyrer eine große Flotte leisten, die ihre Stadt schon seit Menschengedenken beschützt. Niemandem, nicht einmal dem löwengleichen Pharao Thutmosis und auch nicht dem adlergleichen Asarhaddon, gelang es, diese Burg mit ihren Heeren zu erobern. Denn welcher Krieger könnte in voller Rüstung zwei Stadien weit durch einen fünfzehn Fuß tiefen Meeresarm schwimmen und dann eine hundert Ellen hohe Mauer erklimmen? Zu Schiff aber ist kein Volk den Phöniziern gewachsen.

Auch die Flotte Hophras war vor Tyros gescheitert: Als die Ägypter im Morgengrauen von Süden her auf die Insel zufuhren, zogen sich die phönizischen Dreiruderer rasch in den Meeresarm zwischen der Stadt und der Küste zurück. Auf diese Weise lockten sie die Seekrieger des Nillands in das Schußfeld der Bogenschützen und Steinschleudern auf der Mauer. Nach dem Verlust von elf Schiffen segelten die Ägypter geschlagen von dannen. Einige Tage später gelang es der Flotte des Pharao aber, Tyros' Nachbarstadt Sidon zu nehmen, deren Bewohner weniger beherzt für ihre Freiheit eingetreten waren.

Nach ihrem Sieg über die Ägypter feierten die Phönizier auf allen Plätzen und Straßen von Tyros. In der Stadt herrschte Erregung wie in einem Bienenkorb, den die Frühlingssonne bescheint. Alle Tyrer glaubten, die Krieger Hophras würden nie mehr wiederkehren. Vor den Babyloniern aber fürchteten sich die Phönizier nicht, da diese keine Schiffe besaßen.

Die tyrischen Ärzte, die Myron betreuten, prüften sorgfältig die grün, blau und gelblich verfärbten Ränder der Wunde. Sie fanden das Körpergewebe noch immer geschwollen und von einer Schicht gelben Eiters bedeckt, den sie mit sanften Händen entfernten. Dann strichen sie eine Paste aus Rindertalg, Balsam, dem Samen des Bärlapp, den weißlichen Früchten des Natternkopfkrauts und Zedernholzasche auf Myrons Verletzung und wickelten Binden aus Byssus um seine Schulter. Dann sagte der älteste der phönizischen Heiler, der eulenkluge Abmelech, zu uns:

»Trug euer Freund eine Lederrüstung, als er von dem Pfeil getroffen wurde? Anders kann ich mir kaum erklären, daß er noch lebt. Denn bei dem Gift in seiner Wunde handelt es sich um den Kampfstoff der Sandrasselotter, deren Schleim gefährlicher ist als der Auswurf aller anderen Vipern. Weise Männer Chaldäas haben nach vielen Versuchen an Sklaven ermittelt, daß das Gift einer einzigen Sandrasselotter genügt, um sechs erwachsene Männer oder acht Frauen oder zwölf Kinder zu töten.«

»Myron trug keine Rüstung«, antwortete ich. »Arnuwan sog ihm die Wunde aus.«

»Trotzdem«, beharrte der Arzt. »Wie ihr mir erzählet, sind bis zu diesen Rettungsversuchen zwanzig Minuten vergangen.« Abmelech blickte Myron fachmännisch an und fuhr fort: »Ich würde gern noch andere Heiler holen, um sie dieses Wunder schauen zu lassen. Denn so etwas bekommt man nicht alle Tage zu sehen.«

»Das fehlt mir noch«, fuhr Myron auf. Der Grieche musterte den Arzt voller Grimm. »Danach wollt ihr mich wahrscheinlich ausstopfen lassen und im Tempel Baals zu den anderen Absonderlichkeiten stellen, dem Kind mit den zwei Köpfen und dem sechsfüßigen Kalb. Da habt ihr euch aber verrechnet! Ich bin doch kein preisgekrönter Zuchthammel auf dem Markt, der sich von jedem Fremden begaffen und an die Hoden greifen lassen muß!«

Der würdige Abmelech fuhr ein wenig zurück und versetzte verdrießlich: »Du bist ein undankbarer Kranker.

Aber wer hätte von einem Griechen etwas anderes erwartet! Immerhin mag dich die Tatsache trösten, daß du vor dieser Schlange künftig keine Angst mehr zu haben brauchst. Wer den Biß der Sandrasselotter einmal überlebt hat, dem kann sie nie wieder Schaden zufügen. Sein Blut ist für alle Zeiten gegen die Bösartigkeit dieser Viper gewappnet.«

»Fein«, sagte Myron. »Hoffentlich nehmen die Skythen beim nächsten Mal nicht plötzlich Puffotterngift!«

»Puffotterngift«, belehrte ihn Abmelech, »wirkt bei weitem nicht so gefährlich. Schon Ewil-Marduk, der weiseste Heiler des Stromlandes, schreibt in seiner Lehre der segnenden und der todbringenden Säfte, daß eine Puffotter mit ihren Bissen höchstens drei Menschen umbringen kann.«

»Sehr tröstlich«, versetzte Myron. »Wollen wir nicht auch über Spinnen und Skorpione, Rochen und Feuerquallen sprechen?«

Wir lachten. Die Ärzte zogen sich verstimmt zurück.

Während unser Gefährte allmählich genas, nutzten wir die Zeit, um auszuruhen. Mago ließ sich viele Tage lang kaum sehen, denn er pflegte mit seiner Ehegefährtin die Freude des Wiedersehens. Einmal lud er uns zu einem Gastmahl in seine persönlichen Räume, um uns dort seiner Gemahlin vorzustellen. Doch Isebel empfing uns nicht sehr freundlich. Sie ahnte wohl, daß wir ihr Mago bald wieder entreißen würden.

Als wir uns verabschiedeten, zog mich der Phönizier zur Seite und sagte: »Ich danke dir, daß du von mir nicht etwas verlangst, was zu geben mir unmöglich wäre. Solange die Ägypter Sidon beherrschen, können sie Tyros jederzeit überfallen. Darum muß ich in meiner Heimatstadt bleiben, bis die Gefahr beseitigt ist. Erst wenn Hophras Schiffe zum Nil zurückgekehrt sind, kann ich mit dir nach Medien ziehen.«

»Diese Stadt konnte sich doch auch ohne dich ganz gut wehren«, mischte sich Reguël ein. »Bleibst du wirklich aus Pflichtgefühl hier – oder aus Angst vor deiner Gemahlin?«

Mago wollte den Midianiter packen, aber ich hielt ihn zurück. Reguël fuhr unbeeindruckt fort:

»Warum hebst du vor deiner Gefährtin nicht einfach den Saum, zeigst dich in deiner vollen Pracht und fragst sie dann, ob sie denn nur mit dem Beutel des Kaufmanns zufrieden sein möchte oder nicht auch noch die Lanze des Kriegsmanns begehrt?«

Ich hielt den Tyrer mit aller Kraft fest. Mago antwortete wütend: »So ein geschmackloser Scherz kann nur aus deinem stinkenden Maul kommen, Midianiter, der du das Glück der Einehe nicht kennst. Pflegt doch ihr Beduinen stets mehrere Frauen zugleich zu bespringen, dazu auch deren Schwestern und Tanten, oft genug auch eure eigenen Töchter und wohl auch noch eure Großmütter, blutschänderisches Gesindel, das dort in öder Wüste kreuz und quer rammelt wie eine Horde Karnickel!«

Reguël verneigte sich spöttisch. Allmählich beruhigte Mago sich wieder. Am Ende klopfte der Tyrer mir auf die Schulter. Er schien froh, daß ich nicht versuchte, ihn zu überreden. Ich dachte bei mir: »Lassen wir erst einmal Myron wieder genesen. Vielleicht hat die Zeit bis dahin auch Mago von seiner Sorge um die Heimat geheilt.«

Plötzlich aber setzte sich ein beunruhigender Gedanke in meinem Kopf fest: Was, wenn Mago in Wahrheit gar nicht aus Liebe zu Tyros und seiner Gemahlin zurückbleiben wollte, sondern aus Angst vor Entdeckung? Wenn er jener Verräter war, vor dem mich Nergal-Sarezer gewarnt hatte? Hatte der Phönizier von meinem Treffen mit dem Feldherrn Chaldäas erfahren? Wenn der Tyrer mich umbringen wollte, versuchte er das am besten in seiner Stadt, wo ihn die Macht seiner Sippe schützte und er zudem auf zahlreiche Helfer rechnen durfte, die ich nicht kannte. Darum beschloß ich, den Tyrer auf die Probe zu stellen, aber so, daß die Gefährten es nicht merkten. Denn wenn Mago unschuldig war, sollte der wahre Verräter nach Möglichkeit ahnungslos bleiben und nicht erkennen, daß ich ihm auf der Spur war.

Wenn der Phönizier wirklich der Verbrecher war, dachte ich, so konnte ich ihn nur überführen, wenn ich mich selbst in Gefahr brachte. In eine Lage, in der es scheinen mußte, als befände ich mich völlig in Magos Gewalt.

Arnuwan, Reguël und ich verbrachten viel Zeit in den Straßen von Tyros. Dort drängte sich das Menschengewühl noch enger als in Milet. Myrons Wunde wollte lange nicht heilen, so daß wir fast vier Wochen lang untätig bleiben mußten.

Während dieser Zeit erfuhren wir, daß Jerusalem gefallen war. König Zidkija war mit seinen Söhnen und treuesten Kriegern nachts aus der Stadt geflohen. Bei Jericho aber holten ihn die Babylonier ein. Nergal-Sarezer sandte den Herrscher von Juda nach der Rabenstadt Ribla zu seinem König. Nebukadnezar ließ Zidkijas Söhne niederhauen. Ihre abgeschnittenen Köpfe waren das Letzte, was der unglückliche Fürst der Judäer erblickte, denn gleich darauf wurde Zidkija geblendet. Dann verwandelte Nergal-Sarezer den Zionberg in einen Trümmerhaufen. Alle Bewohner wurden als Sklaven nach Babel geführt. Was mit dem Propheten Jeremia geschah, erfuhren wir nicht.

Als der Mond sich von neuem zu runden begann, ließ sich Mago wieder öfter bei uns sehen. Er machte sich sogar erbötig, uns ein wenig Zerstreuung zu vermitteln, und zwar in einem der unterhaltsamsten Häuser von Tyros. »Ich selbst kann diese Freuden leider nicht mit euch teilen«, fügte Mago hinzu. »Denn wenn mein treues Weib davon erführe, wäre ich an der gesamten Zedernküste meines Lebens nicht mehr sicher. Ihr aber dürft ganz unbeschwert genießen, womit die Töchter Ischtars Fremde verwöhnen, die nicht mit Gold geizen. Natürlich seid ihr meine Gäste. Aus der Zeit vor meiner Heirat besitzt mein Name dort noch einen guten Klang!«

»Das glaube ich wohl«, versetzte Reguël. »Wenn auch die Mädchen, die dich damals beglückten, mittlerweile wohl schon längst als Veteraninnen Ischtars ihr Gnadenbrot verzehren!«

Arnuwan hob die Brauen; ihn gelüstete es nicht nach käuflicher Liebe. Auch mir stand der Sinn nach Rache und nicht nach Vergnügen. Doch um Mago nicht zu kränken, folgten wir dem Tyrer schließlich in die Stadt.

Auf dem Weg zum Haus der Freuden geschah es, daß ein altes Weiblein plötzlich einen Schwächeanfall erlitt und vor unseren Augen zu Boden sank. Arnuwan eilte hilfreich hinzu und fing das Mütterchen mit seinen Armen auf. Nach einigen Augenblicken erholte sich die alte Frau wieder, rappelte sich empor und dankte unserem Gefährten mit bewegten Worten. Ihr Eifer, seine Güte zu vergelten, nahm am Ende solches Ausmaß an, daß sie die Arme um den Riesen schlang, als wolle sie ihn küssen. Der verblüffte Luwier entzog sich dieser Zärtlichkeit durch einen schnellen Schritt zur Seite. Die Alte verbeugte sich noch einmal und ging dann ihres Weges.

Sie kam jedoch nicht weit, denn schon drei Schritte später stolperte sie über Reguëls Bein und fiel der Länge nach zu Boden.

»Bist du von Sinnen?« brauste Arnuwan auf. »Kaum habe ich dieser armen Frau auf die Füße geholfen, beförderst du sie schon wieder in den Kot, und dazu noch auf so gemeine Weise!«

Reguël gab keine Antwort. Mago aber griff der Zeternden in das Gewand und zog dort einen Beutel mit Gold und Silber hervor, den Arnuwan staunend als den seinen erkannte.

Reguël trat der ertappten Diebin ein paarmal kräftig in das Gesäß. Kreischend raffte die Alte die Röcke und rannte davon. Arnuwan aber sagte verblüfft: »Wahrlich, wenn uns hier schon alte Weiber derart an der Nase herumführen, was werden denn dann erst die jungen Mädchen mit uns machen?«

»Das werden wir gleich sehen«, rief der Beduine froh. »Und zwar dort drüben, in dem Haus mit dem Ischtarbild«, verkündete der Tyrer. Als er Arnuwans Zögern bemerkte, fügte Mago eilig hinzu:

»Sei nicht so zimperlich! Es tut dem Krieger wohl, wenn er sich auf Reisen der im Körper angestauten Säfte entledigen kann. Wer nicht von Zeit zu Zeit der Liebe frönt, dem vernebelt die Sehnsucht die Sinne, so daß er im Kampf nichts mehr taugt. Allzu enthaltsame Männer neigen nicht selten zu Unbeherrschtheiten und sind auch für guten Rat nicht empfänglich. Sie verhalten sich trotzig und selbstgerecht, hüten sich schlecht vor Gefahren und übertreiben den Mut wie den Zorn. Wer aber so lebt, wie es dem Mann von der Natur verschrieben ist, der handelt stets verständig und besonnen, nimmt sich die nötige Zeit für die Planung, bleibt bei dem einmal gefaßten Entschluß und trägt am Ende den Sieg davon!«

Die tyrischen Freudenmädchen entwickeln in der Kunst der Liebe ebensoviel Geschicklichkeit wie die Beischläferinnen von Babel und sind darum allen anderen Frauen weit überlegen. Sie trugen durchscheinende Seidengewänder und prächtige Purpurumhänge, stolzierten auf juwelengeschmückten Pantoffeln einher und ließen goldene Fußspangen klirren. Ketten mit kleinen Sonnen und Monden aus edlen Metallen schmückten Nacken und Busen. Ohrgehänge und Armreifen zeugten vom hohen Ertrag ihrer Kunst. Turbane, Schleier und Schals, Kopf- und Umschlagtücher erhöhten den Reiz ihres Anblicks. Kostbare Gürtel umschlossen die Lenden, Spiegel, Täschchen und Riechfläschchen verstärkten den fraulichen Zauber. Fingerringe und Nasenreife lockten die Blicke ihrer Besucher zu Händen, die zum Streicheln bereit, und Lippen, die zum Kosen geöffnet waren. Diese Mädchen waren so schön, daß mancher Mann mehrere Monde im Lusthaus verbrachte, bis sein Vermögen verloren und sein Besitz gepfändet war. Die Tyrerinnen wagen auch das Verbotene und geben ihren Besuchern Genüsse zu kosten, die Männern im Ehebett aus Gründen des Anstands verwehrt bleiben müssen.

Diese spielerische Form der Liebe vermag allerdings nur zu genießen, wer nicht knausert und nicht zuviel fragt. Darum reichte Mago nach der Begrüßung der Herrin des Hauses sogleich sechs Silbermünzen. Die Phönizierin rief nach Bier, Wein und Gebäck und ließ Musikanten holen. Denn wir sollten uns erst eine Weile mit Singen und Scherzen vergnügen und der Sinneslust Zeit lassen, in uns zu reifen.

Der Midianiter war bald in der Fülle des um ihn versammelten Fleisches kaum noch zu sehen. Nur seine Stimme verriet, daß er noch immer unter uns weilte, denn sie pries die eherne Männlichkeit Asasels in höchsten Tönen.

»Besitzt du denn viele Söhne, du wilder Wolf der Wüste?« fragte ihn die jüngste von drei saftigen Phönizierinnen, die er zwischen Fellen und Kissen mit Arm und Beinen umschlang.

»Wahre Horden«, prahlte Reguël. »Ganz Midian wird von ihnen besiedelt. Ihre Zelte stehen so dicht wie die Bäume des Waldes.«

»Man möchte es kaum glauben«, neckte die Bettgefährtin, »daß du schon soviel Heu aufstapeln konntest – mit einer einzigen Forke!«

»Das ist nur eine Frage des Fleißes«, erwiderte der Beduine stolz. »Wie aber steht es bei dir? Lasse mich dein Gras fühlen!«

Die Dirne kreischte und rief: »Doch nicht hier vor deinen Gefährten, du schamloser Wildesel! Wenn du es unbedingt wissen willst: Ich bin kein Bauernmädchen – zwischen meinen Schenkeln ist alles glatt!«

»Das dachte ich mir«, versetzte Reguël, »wo Schlag auf Schlag erfolgt, da wächst kein Halm!«

Mit solchen Scherzen vertrieben wir uns die Zeit. Endlich trafen Musikanten ein. Sie spielten auf Flöten, Lauten und Trommeln. Ein beleibter Tyrer sang dazu ein Lied, das uns erst in Erstaunen, dann aber, mit Ausnahme Magos, in helle Freude versetzte. Es handelte von der abenteuerlichen Seefahrt einiger mutiger Männer im Auftrag ihres Königs. Die wackeren Schiffsleute strandeten nahe dem Rand der Weltenscheibe an einer einsamen Insel, auf der sie allerlei seltsame Lebewesen entdeckten.

Am Anfang schien es ein Lied wie viele andere zu sein. Aufmerksam wurden wir erst, als der Phönizier sang:

»Die Schlange, die Schlange, die machte ihn so bang.
Ihr schuppenreicher Körper war dreißig Ellen lang.«

Mago verstummte und blickte den Dichter mißtrauisch an. Wir tauschten Blicke und lauschten mit plötzlich erwachender Neugier. Der Sänger fuhr fort:

»Die Schuppen, die Schuppen, die waren ganz aus Gold.
Das Aug' aus Lapislazuli betrachtete ihn hold.«

Reguël begann zu grinsen. Arnuwan verschränkte die Arme über dem Bauch und lehnte sich ein wenig zurück. Mago schielte betreten zu uns herüber und fragte: »Wollt ihr nicht allmählich eure Mädchen wählen?«

Wir gaben keine Antwort, sondern hörten dem Sänger zu, der seine Erzählung fortsetzte und mit lauter Stimme die nächsten Verse vortrug:

»Die Echse, die Echse, die nahm ihn in den Mund.
Er sah die spitzen Zähne, er sah den tiefen Schlund.«

»Nun, Mago«, fragte Reguël boshaft, »kommt dir dieses kleine Lied nicht bekannt vor?«

»Ich weiß nicht, was du meinst«, erwiderte der Tyrer leicht schwitzend. »Wollen wir nicht von etwas anderem reden? Was meint ihr — ob es morgen Regen gibt?«

Wir lachten fröhlich. Der Sänger, der den Grund unserer Heiterkeit nicht verstand, fuhr fort:

»Sie trug ihn, sie trug ihn geschwind in ihren Bau.
Dort sagte sie dem Seemann: Antworte mir genau!
Die Insel, die Insel ist Menschen nicht bekannt.
Wie konntest du dann finden dies wundersame Land?«

Mago täuschte ein Gähnen vor und erklärte: »Dieser Knüttelbarde langweilt mich zu Tode. Ich werde ihn auszahlen, damit er endlich verschwindet.«

Reguël kicherte. Arnuwan bat: »Nicht doch, Freund Mago! Mir gefällt das hübsche Lied. Auch bin ich sehr gespannt, wie es nun weitergeht! Kommen vielleicht auch Myrrhen und Tschepholz und Meerkatzen darin vor?«

Mago verstummte. Der Dichter sang weiter:

»Der Schiffer, der Schiffer, der gab die Antwort so:

Mich lenken meine Götter, mich schickt der Pharao!
Im Süden, im Süden, da soll es geben fein
Meerkatzen und viel Myrrhen, Tschepholz und Elfenbein.«

Reguël prustete los. Auch Arnuwan mußte schmunzeln. Mago schaute uns unmutig an und erklärte: »Was habt ihr denn? Ist dieses Lied denn so zum Lachen? Ich vermag daran nichts Heiteres zu entdecken!«

»Warte nur«, erwiderte ich. »Das kommt schon noch.«

Arnuwan lachte dröhnend. Der Sänger verstummte, ließ auch die anderen Musiker innehalten und fragte:

»Kennt ihr dieses Lied etwa schon, edle Herren? Das wäre mir ein großes Rätsel. Denn ich habe die Verse erst in diesen Tagen ersonnen und singe sie heute zum ersten Mal!«

»Nein, wir kennen das Lied noch nicht«, gab Reguël freundlich zur Antwort. »Aber wir können gut raten. Fahre nur fort, du ehrbarer Meister der Dichtkunst!«

Der Sänger gab seinen Begleitern ein Zeichen. Sie ließen die Geräte wieder erklingen, und der Phönizier fuhr fort:

»Die Schätze, die Schätze, die füllten schwer das Schiff.
Nach seinem Dank der Seemann die Ruder schnell ergriff.
Er sagte, er sagte: ›Sollst nicht vergessen sein!
Ich will dir, liebe Schlange, am Nil vier Opfer weih'n!‹
Die Insel, die Insel, blieb hinter ihm zurück.
Noch weiter in den Süden zog ihn nun sein Geschick.«

So ging es eine ganze Zeit weiter, und mit jeder neuen Strophe des Liedes wuchsen unser Vergnügen und Magos Verlegenheit. Aber den Höhepunkt erreichte unser Entzücken erst, als der Sänger den Seehelden wirklich unter der Sonne hindurchfahren ließ und mit wohlgesetzten Worten erzählte:

»Im Norden, im Norden stand nun der Tagesstern.
Ich betete zu Amon, dem großen Himmelsherrn.
Oh Amon, oh Amon, zerreiß' das Zauberband!
Der Gott griff ein. Die Sonne bald wieder südlich stand.«

Der Beduine johlte vor Begeisterung. Der Luwier stieß ein brüllendes Gelächter aus. Ich aber fragte den Sänger, der erneut verstummt war:
»Ein großartiges Epos hast du da ersonnen, edler König der Singkunst! Wahrlich, die Götter haben dich mit der Gabe der Phantasie reich bedacht! Du bist ein begnadeter Dichter.«
»Nicht doch, Herr«, wehrte der Sänger bescheiden ab. »Das ist mir nicht selbst eingefallen, sondern ich habe diese Geschichte vor gar nicht langer Zeit in einer ägyptischen Schenke gehört. Im Nebenzimmer saß ein phönizischer Seemann mit seinen Dirnen. Stellt euch nur vor: Der Kerl war dermaßen betrunken, daß er so tat, als habe er diese haarsträubenden Abenteuer wirklich selbst bestanden!«
»Nicht möglich«, sagte Arnuwan in gespieltem Erstaunen. Mago spitzte die Lippen, um ein Liedchen zu pfeifen. Reguël erstickte fast vor Lachen. Der Sänger fuhr fort:
»Wahrlich, was für ein begnadeter Aufschneider dieser Mann war! Wenn er in meinem Beruf arbeiten würde, könnte er mit solchen Märchen ein Vermögen verdienen.«
Wir lachten wieder. Mago sagte erbost: »Ja, ja, macht

euch nur lustig!« Arnuwan aber antwortete: »Ich weiß nicht, was dir daran mißfällt. Hast du uns vorhin nicht gesagt, wir sollten uns heute kräftig auf deine Kosten vergnügen?«

III Die Probe

Nach einer Weile wirkte der Wein, und ich wurde schläfrig. Als Mago das bemerkte, erhob er sich und erklärte: »Laßt euch von den weisen Händen dieser Jungfrauen pflegen und genießt den Liebreiz ihrer Lenden! Ich werde euer Vergnügen bewachen.«

Damit verließ er unser Gemach. Arnuwan folgte ihm. Reguël zog sich mit seinen beleibten Gefährtinnen über die knarrende Treppe in das obere Stockwerk zurück. Mich gelüstete es nicht nach Mädchen, aber ich fand die Gelegenheit günstig, Mago auf die Probe zu stellen. Daher stellte ich mich schlafend.

Nach einer Weile erschienen drei Sklaven, hoben mich auf eine Sänfte und trugen mich in ein Zimmer mit seidenen Wänden. Dort betteten sie mich auf ein bequemes Lager und gingen davon. Ich verbarg das Sarpedonschwert unter Kissen. Dann traten hinter einem Vorhang ein sehr junges lydisches Mädchen und ein nur wenig älteres Mischblut aus Kusch hervor.

Obwohl die beiden Mädchen sich wie Elfenbein und Ebenholz unterschieden, ähnelten sie doch einander wie Töchter desselben Vaters. Die Lyderin war etwa vierzehn Jahre alt, hochgewachsen und schlank wie eine Erle. Ihr blondes Haar fiel so sanft auf die Schultern herab, wie die Wellen auf Zypern dem Strand der Schaumgeborenen entgegenrollen. Unter zierlich geschwungenen Wimpern blickten mich blaue Augen freimütig an. Ihre schmalen Nasenflügel bebten wie Weiden unter dem Wind, und die Lippen eines stolzen, verwöhnten Mundes gaben mit einem Lächeln weiße, ebenmäßige Zähne frei.

Die ebenholzdunkle Kuschitin mochte höchstens sechzehn Jahre zählen. Halbmondförmige Augenbrauen verliehen ihrem hübschen Gesicht einen Ausdruck von Hochmut, als sie mich fragte: »Welche von uns wünschst du zuerst zu genießen, Gebieter — meine geliebte Schwester oder mich? Aber vielleicht begehrst du, uns beide zugleich zu besitzen!«

Ich tat, als ob ich eben erwacht sei, rieb mir die Augen und beschloß, mich so zu verhalten, als wolle ich wirklich der Fleischeslust frönen. Dann mochte Mago, wenn er der Verräter war, hoffen, mich leicht überraschen zu können. Daher gab ich zur Antwort: »Tut, was ihr wollt.« Dabei spürte ich plötzlich, daß es mir schwerfiel, die Augen offenzuhalten. Mir war, als fülle Blei meine Glieder. Gleichzeitig aber schien in meinem Innern eine unbekannte Kraft zu wachsen, die meinen Willen zu lähmen begann.

Die Kuschitin blickte mich nachdenklich an. Dann wandte sie sich ihrer Schwester zu und begann, das Gewand der Jüngeren an deren langen, schlanken Beinen hochzustreifen. Als sie die Lyderin ganz entblößt hatte, drehte sie den Körper ihrer Schwester zu mir und zwängte mit den Händen deren Schenkel auseinander. Die Lyderin widerstrebte ein wenig. Da schlug ihr die Kuschitin zornig ins Gesicht. Die Jüngere stieß einen leisen Schrei aus, und eine leichte Röte überflog ihr schönes Antlitz. Aber nun wehrte sie sich nicht mehr, sondern ließ es geschehen, daß ihre Schwester vor mir die geheimsten Stellen ihres elfenbeinfarbenen Körpers enthüllte und dabei mit ihrer dunklen Hand den goldenen Flaum der Lenden liebkoste.

Das blonde Mädchen seufzte. Nun streifte ihr die Dunkelhäutige das Gewand über den Kopf, so daß der nackte Leib der Lyderin sich meinem Blick in seiner ganzen Schönheit darbot. Dabei stieß die Kuschitin ein paarmal die Zunge in den Nabel ihrer Schwester und glitt mit dem Gesicht zwischen die apfelförmigen Brüste. Nun streichelte die Lyderin das schwarze Haar der Älteren mit ihren Händen. Diese aber wich aus und reizte mit ihren Lippen die himbeerfarbenen Spitzen des hellen Busens, bis ihre Schwester sich nicht mehr zurückhalten konnte und mit der Hand unter das Gewand der Liebespartnerin griff.

Als sie jedoch die Stelle ertastet hatte, nach der sie sich sehnte, fuhr die katzenhafte Kuschitin verärgert zurück und schlug ihrer Schwester wieder heftig in das Gesicht. Die Lyderin ließ den Kopf sinken, und ihr blondes Haar schien Tränen zu verbergen. Das versetzte mich so in Zorn, daß ich die Kuschitin an ihrem Gewand ergriff und ihr einen heftigen Hieb auf die Wange versetzte. Zu meiner Überraschung wehrte sich die Dunkelhäutige nicht, sondern ließ allen Hochmut fahren, lächelte mich unterwürfig an und ergriff meine Hand. Dann begann sie, an den Fingern, deren Spuren noch ihre Wange zeichneten, heftig zu saugen, während sich unter ihrem Gewand die Spitzen ihrer Brüste abzuzeichnen begannen.

Nach einer Weile beugten die beiden Geschwister sich einträchtig vor und berührten mit den Lippen meine Knie, bis ihre Köpfe nebeneinander unter dem Saum meines Gewandes verschwanden. Entzücken überwogte mich, als Elfenbein und Ebenholz zur gleichen Zeit an den Schluß meiner Schenkel gelangten und ihre Zungen sich an meinem Fleisch trafen. Die beiden Geschwister schienen nun vollständig miteinander versöhnt, denn ihre Lippen vereinten sich, und ich konnte sehen und spüren, wie sie einander küßten und sich abwechselnd die Zungen in die Münder stießen. Dabei geriet mein Fleisch mal in den Mund der Lyderin, mal in den der Kuschitin, denn sie balgten sich um mich wie zwei Zicklein um die Zitze der Mutter. Die Lyderin trug am Ende den Sieg davon, denn sie schnappte mit frechen Lippen nach dem Ohr der Älteren und schlug ihre Zähne hinein. Als die Kuschitin zurückfuhr, ergriff die Schwester endgültig von mir Besitz, so daß die Dunkelhäutige ihr die Eroberung nun nicht mehr streitig machen konnte. Sie gab den Kampf auf. Ihre siegreiche Schwester aber drängte jetzt ihren Körper tröstend gegen die bebenden Lenden der Älteren. Nun ließ die Dunkle ebenfalls ihr Kleid zu Boden gleiten. An ihren knabenhaften Hüften war mit goldenen Riemen ein kunstvoll geschnitztes, mit glattem Tahaschleder überzogenes Baalsglied befestigt. Damit drang sie nun in den Schoß ihrer seufzenden Schwester. Fortan bestimmten die Bewegungen der knabenhaften Kuschitin auch die ständig wachsende Schnelligkeit, mit der die Lyderin mich liebkoste, bis die Flut meines Lebens den Damm meiner Zucht überwand.

Danach verließen sie mich. Ich lehnte mich zurück und spähte durch die fast geschlossenen Lider. Plötzlich trat Mago in den Raum.

Der Tyrer lächelte auf mich herab. Dann zog er einen Dolch aus seinem Gürtel.

Ich machte mich bereit, die Klinge abzuwehren. Aber der Tyrer stieß nicht zu, sondern holte mit der anderen Hand aus der Tasche seines Gewandes ein großes Stück Kuchen hervor. »Willst du noch etwas Hanfgebäck?« fragte er fröhlich und säbelte gemütlich eine Scheibe ab.

Dann blickte er mich zweifelnd an, steckte sich den Kainabosteig selbst in den Mund und erklärte grinsend:

»Du hast wohl schon genug geschlemmt. Gib zu: Du hast gar nicht bemerkt, daß in dem Kuchen Samen jener Pflanze eingebacken war, die alle Sorgen beruhigt und selbst im alten Mann noch Liebeslust weckt.«

»Nein«, gestand ich. »Du hast mich überlistet.«

»Aber nur zu deinem Besten«, lächelte der Tyrer.

Reguël trat hinter ihm ein. »Was ist mit Dagon«, fragte er. »Hat der Kleine zuviel Kuchen genascht?«

Mühsam stellte ich mich auf die Füße und schwankte zur Tür. »Verdammt«, sagte ich, »an Skythenhanf hatte ich gar nicht gedacht. Wann habe ich so etwas auch zuletzt gekostet? In Ninive, glaube ich, und auch dort nur ein einziges Mal. Doch damals aßen wir dieses Zeug nicht, sondern wir verbrannten es und atmeten die Dämpfe ein. Du hättest mich ruhig warnen können, Mago!«

Der Tyrer steckte lächelnd den Dolch in den Gürtel und antwortete: »Dann hättest du das Backwerk ja wohl kaum gekostet. Und dich so um den Reiz der Nacht gebracht. War es wenigstens schön? Oder hast du nur süß geträumt?«

Plötzlich erscholl von unten lautes Getöse. Wir hörten Arnuwan nach uns brüllen. Mago und Reguël eilten die Stiege hinab. Ich packte mein Schwert und folgte ihnen.

Unten, zwischen kreischenden Huren, sahen wir den Luwier mit einem schmächtigen Fremden. Als uns der Neuankömmling das Gesicht zuwandte, bemerkten wir, daß er nur noch ein Auge besaß. Hinter ihm aber stand Myron und sagte:

»Hier also treibt ihr euch herum, ihr ungetreuen Krankenpfleger, während ich einsam das Fieber besiege! Dieser wackere Landsmann aus Ionien, den ich zufällig auf der Straße traf, erzählte mir beiläufig, er habe in diesem

Haus beim Vorbeigehen durch ein Fenster einen einarmigen Beduinen mit drei dicken Weibern erspäht. Sonst hätte ich euch niemals gefunden. Daß ihr euch in solchen Kaschemmen herumtreibt, hätte ich nie gedacht, ihr Trinker und lüsternen Molche! Noch mehr aber überrascht mich, daß Arnuwan diesen wackeren Chier schon kennt.«

»Archilochos!« rief ich. Der Schiffer ergriff meine Handwurzeln. Schnell erzählte ich Myron, Reguël und Mago, wo ich dem Ionier begegnet war. Der Einäugige strahlte und schrie: »Heute ist mein Glückstag. Erst Sidon und dann das hier!«

»Sidon«, fragte Mago beunruhigt, »du kommst aus Sidon? Was ist geschehen?«

»Wißt ihr das denn noch nicht«, erwiderte Archilochos staunend. »Ganz Tyros spricht davon! Freilich, an diesem Ort herrschen andere Vordringlichkeiten.« Er zwinkerte den atemlos lauschenden Mädchen zu und spitzte die Lippen zum Kuß.

Ich packte ihn an der Schulter. »Sei unser Gast«, sagte ich. »Trinke mit uns und erquicke deine Lenden! Vorher aber verrate uns endlich, was du in Sidon erlebt hast!«

Der Chier blickte uns aus seinem Auge der Reihe nach an. »Nebukadnezar eilte den Phöniziern zu Hilfe«, erzählte er dann. »Er zog mit seinem Heer an die Küste. Da gaben die Ägypter auf und segelten davon. Sie müßten inzwischen schon wieder im palmenschattigen Pelusion sein. Jetzt kann der Handel wieder blühen! Sidon ist frei, und auch die Tyrer müssen nicht länger bangen.«

IV Die Rettung

Als Archilochos geendet hatte, jubelten alle Mädchen laut auf, tanzten auf nackten Füßen und klatschten dabei fröhlich in die Hände. Auch die Besitzerin des Hauses zeigte große Freude. Wenn die Kaufleute der Stadt jetzt wieder ungestört mit den anderen Häfen zu handeln vermochten, durften auch Wirte und Freudenmädchen mit höheren Einnahmen rechnen. Denn während sich die Bürger der meisten anderen Länder gerade in Kriegszeiten oft sehr leicht von ihrem Gold trennten, vergraben die Phönizier bei der geringsten Gefahr auch noch das kleinste Kupferstück in ihren Gärten.

Darum ließ die Verwalterin der Verführung sogleich große Weinkrüge füllen, reichte sie dem Chier und uns und lud uns mit bewegten Worten ein, mit ihr und ihren Schutzbefohlenen zu feiern.

Begierig, mehr von dem Seemann zu erfahren, lagerten wir uns im Kreis. Dann schilderte Archilochos in allen Einzelheiten den Angriff der pharaonischen Flotte, die Zeit der Besetzung des Hafens von Sidon, das Vorrücken der Chaldäer gegen die Mauern und schließlich die Flucht der ägyptischen Schiffe nach Süden.

Als er geendet hatte, wiegte Arnuwan das Haupt und sprach:

»Das sind nicht mehr die Ägypter von einst. Ein Fisch stinkt immer vom Kopf. Der große Ramses trotzte einst bei Kadesch einer Übermacht von erzgewappneten Hethitern, unseren alten Vettern, die besser zu kämpfen verstanden als alle anderen Krieger des Tieflands. Hophra aber wich auf den Melonenfeldern von Aphek vor den

Chaldäern, ohne auch nur einen einzigen Schwertstreich zu führen. Und nun hat sich auch die stolze Flotte des Nillands davonjagen lassen wie ein frecher Gassenjunge, dem ein Wächter am Stadttor mit seiner Peitsche nachsetzt. Welch ein Niedergang! So wird aus einem stolzen Volk ein feiges Pack von Sklaven.«

»Diese Ägypter waren doch schon immer Hasenfüße«, meldete sich Reguël. »Auch früher konnten sich die Pharaonen stets nur auf ihre Söldner verlassen: die Libyer, Meerleute, Nubier und Beduinen. Vor allem auf die Beduinen. Denn die Ägypter selbst taugen nur zum niedrigen Handwerk des Landmanns, der Tag für Tag im Schlamm herumkriecht und seine Schlachten gegen Würmer und Wühlmäuse schlägt.«

Ich sagte: »Söldner dienen noch heute im Heer der Ägypter. Libyer, Karer, vor allem Griechen. Man kennt sie als tapfere Krieger. Aber was sollte das Nilland mit Sidon, als die Judäer so schmählich versagten? Hophra tat gut daran, sich zurückzuziehen. Jetzt kommt es für den Pharao darauf an, alle Kräfte zur Verteidigung seines Landes zusammenzufassen.«

»Und für uns«, fügte Mago hinzu, »gilt es jetzt, schnell nach Osten aufzubrechen. Damit wir die Zinnen des Zagros noch übersteigen, ehe der Winter beginnt. Wenn ich schon dieses schöne, warme Land verlassen muß, um meine Sohlen auf steinigen Pfaden zu quälen, so laßt uns wenigstens vermeiden, daß unser Weg dann schon von Schnee und Eis bedeckt wird.«

Dankbar hob ich den Becher und trank dem Phönizier zu. Mago blickte mir in die Augen. Da dachte ich bei mir: Wenn du wirklich ein Verräter bist, Tyrer, so hast du heute eine günstige Gelegenheit verpaßt. Störte es dich vielleicht, daß Reguël und wohl auch Arnuwan stets in der Nähe weilten? Wenn du aber unschuldig bist, werde ich dir bald viel abzubitten haben.

Mago zwinkerte mir fröhlich zu. Die anderen hoben gleichfalls die Becher, und machtvoll dröhnte der alte assyrische Kriegsruf durchs Haus.

»Wahrlich, das Unglück verfolgt mich wie eine Bremse den Stier«, ließ sich da Myron vernehmen. »Kaum hoffe ich nach langem Krankenlager auf ein paar ruhige Tage, müssen wir diese gastliche Stätte schon wieder verlassen. Wie soll ich je aufholen, was ihr mir jetzt im Schlucken und Scherzen voraushabt?«

»Gewiß nicht, indem du immer nur nippst«, gab Reguël zur Antwort und goß sich einen neuen Becher in die Kehle. »Siehst du«, rief der Beduine, »so trinkt man Wein, wenn man ein Mann ist. Das zierliche Geschlürfe aber paßt für Mädchen!«

»Ein wahrer Kenner«, belehrte ihn Myron mit leicht erhobener Stimme, »säuft den Wein nicht wie ein Ochse das Wasser. Erst recht schlürft er ihn nicht. Sondern er beißt ihn, damit sich am Gaumen die volle Würze und fruchtige Fülle des edlen Getränkes entfalte. Siehst du: so!«

Lautlos sog der Mileter nun mit gespitzten Lippen ein artiges Schlückchen aus seinem Becher. Dann ließ Myron den roten Rebensaft ein Weilchen im Mund umherrollen und drückte ihn am Ende geräuschlos die Kehle hinab. »Hast du gesehen«, fragte er dann. »Wahrlich, mich wundert noch heute, wie du am Hof zu Ninive so hoch emporsteigen konntest, bei deinen Umgangsformen.«

»Du trinkst ja wie ein Storch«, erwiderte der Beduine. »Pflegst du auch mit deinen Beischläferinnen stets nur zu schnäbeln?«

Erbost schleuderte Myron den Inhalt seines Bechers auf den Midianiter. Reguël wich dem Schwall geschickt aus und rief: »Welch eigenartiges Benehmen für einen so ausgezeichneten Kenner höfischer Bräuche, wie du es zu sein vorgibst, Myron! Wenn du mich schon edle Sitten lehren willst, so wirf mir doch den Wein in kleinen Tropfen zu, damit ich lernen kann, ihn ebenso zierlich mit den Lippen zu fangen wie du!«

»So etwas kann man nicht lernen«, warf Mago ein. »Es ist den Menschen angeboren. Entweder hat man es, oder man hat es nicht.«

»Bei Asasel«, gab der Midianiter zur Antwort, »ausgerechnet von dir soll ich mir so etwas sagen lassen, du syrische Stinkmorchel? Wie kannst du überhaupt wissen, was bei einer menschlichen Geburt geschieht, nachdem du dich ja durch Einwirkung böser Dämonen im Ausfluß einer Senkgrube formtest!«

Unbeeindruckt erwiderte Mago: »Das ist wie bei deinen Kamelen: Kannst du sie etwa lehren, wie Nachtigallen zu zwitschern? Nein, ganz gewiß nicht! Wann immer sie ihr Maul öffnen, dringt daraus nur garstiger Mißklang hervor. Ähnlich ergeht es auch dir, du mißgestalteter Auswurf eines aussätzigen Abfallsammlers.«

»Asasel soll dich mit glühender Pisse besprenkeln!« wütete der Beduine. »Ich weiß ja selbst, daß meine Sitten einer rauhen Welt entsprechen. Du bist am feisten Busen einer Hafenhure fett geworden. Ich aber mußte meine Mahlzeit schon als Kind mit meiner Schleuder erjagen!«

»Was streitet ihr euch überhaupt«, mischte sich Arnuwan ein. »Das ist, als eifere der Esel mit dem Ochsen, wer der Klügere sei. Genauso auch könnten sich Ratte und Krähe in ihrer Wohlgestalt miteinander vergleichen. Der Sand der Wüste läßt keinen Schönling gedeihen. Im Brodem der Städte jedoch wächst nicht des Menschen Verstand, sondern nur seine Verschlagenheit.«

»Das mag für die Städte der Ostländer gelten«, wehrte sich der Tyrer, »und vielleicht auch für die Städte des Westens, Athen, Korinth und Milet. Auf die phönizischen

Häfen aber trifft das ganz gewiß nicht zu. Wer hat denn zum Beispiel die Kunst erfunden, die hörbaren Laute des Mundes in sichtbare Zeichen zu ritzen und so für immer festzuhalten? Wir Phönizier waren es, damals in Ugarit, schon vor achthundert Jahren!«

»Auch für Milet ist dein Urteil zu streng«, gab nun der Chier Archilochos zu bedenken. »Große Weise wirken dort. Ihr Wort gilt in ganz Griechenland als Lehre. Die Vielzahl der Menschen, mit denen sie leben, hat ihre geistigen Gaben nicht etwa verdorben, sondern ihre Sinne sogar noch weiter geschärft.«

Dann wandte sich Archilochos dem Tyrer zu und fuhr fort: »Bei aller Achtung vor den Phöniziern — die Krone des weisesten Volkes gebührt doch uns Griechen. Die Männer von der Zedernküste schöpfen ihr Wissen nämlich allein aus der Erfahrung, an der sie freilich sehr reich sind. Wir Hellenen aber besitzen Köpfe, deren Gedanken noch niemals zuvor gedacht worden sind. Die Phönizier verwalten Einsichten, wir aber erkennen sie neu.«

Mago öffnete den Mund zu einer scharfen Antwort. Ich winkte ihm zu schweigen, denn ich wünschte keinen Streit. Statt dessen sagte ich zu dem Chier: »Wenn das so ist, Gefährte, dann tut es mir besonders leid, daß du Milet nicht mehr besuchen darfst. Ich hoffe nur, daß du auch andernorts recht leicht und schnell erfährst, was Thales und Anaximander verkünden.«

Der Chier blickte mich voller Stolz an und erklärte: »Ich danke dir, daß du mich deinen Gefährten genannt hast. Sorge dich nicht! Auch in Halikarnassos kann ich sehr gut mit meinen ionischen Landsleuten handeln. Und dort erfahre ich genug von dem, was in Milet geschieht. Nennt man uns Griechen doch schließlich nicht ganz zu Unrecht ein schwatzhaftes Volk. Kennt ihr übrigens das neueste Gerücht? Vor vier Wochen vernahm ich, daß die Mileter zwischen Lydien und Medien vermitteln wollen.«

Als ich das hörte, begann meine Narbe zu brennen. »Vermitteln«, fragte ich überrascht, »zwischen Alyattes und Huwaksatara? Hat der Fürst der Meder nicht geschworen, Sardes dem Erdboden gleichzumachen? Was könnte ein Vermittler diesem Ungeheuer denn anbieten, damit es seine Beute laufen läßt?«

»Zum Beispiel ein hübsches Mädchen«, antwortete der Chier. »Hat denn die Schönheit von Weibern nicht auch schon oft genug Krieg verursacht! Nun will der Herr Milets, Thrasybulos, versuchen, ob Liebreiz nicht auch Frieden stiften kann.«

Ich schaute hinüber zu Myron. Der Grieche starrte den Einäugigen durchdringend an. »Was hat Thrasybulos damit zu tun«, fragte er schließlich, »und welches unglückliche Mädchen soll dem Mederkönig denn geopfert werden?«

»Nicht Huwaksatara ist es, der in Liebe entbrannte, sondern sein Sohn Istewegu«, versetzte der Seemann. »Das schöne Mädchen heißt Aryenis. Sie ist die Tochter des lydischen Königs Alyattes und seiner Gemahlin Damalis, die wiederum Thrasybulos zum Vater hat. Nun will Milets Thalassokrat von seiner Enkelin das Band des Friedens knüpfen lassen.«

Ich sah, wie Myrons Züge sich verhärteten, aber der Grieche schwieg.

Dann berichtete Archilochos voller Stolz, daß er mit Magos Vetter Hiram Partnerschaft geschlossen habe und nun weitaus einträglichere Reisen unternehme als früher. Der Inhalt des Gesprächs beflügelte den Seemann so sehr, daß er seine Zunge immer häufiger im Wein badete. Im Morgengrauen sagten wir ihm Lebewohl, und er schwankte davon.

Am nächsten Tag sammelten wir uns in Magos schattigem Garten. Der Tyrer sandte Wächter aus, um sicherzugehen, daß uns niemand belauschte. Dann sprach er:

»Wenn wir übermorgen aufbrechen wollen, wird es höchste Zeit, daß wir uns beraten. Du, Dagon, hast gewiß schon einen Plan erdacht. Aber bevor du uns deine Befehle erklärst, will ich dir etwas sagen: Wir sind nicht mehr die Krieger von einst. Myron wurde verwundet. Reguël verlor einen Arm. Arnuwan drückt die Luft des Tieflands immer schwerer auf die Lungen. Auch mich hat der Aufenthalt im Gefängnis des Pharao nicht gekräftigt. Dir, Freund Dagon, sieht man noch immer die Spuren des zyprischen Wohllebens an. Unsere Arme und Beine werden nicht mehr von den straffen Muskeln flaumbärtiger Jünglinge bewegt. Dafür aber haben wir die reiche Ernte der Erfahrung in die Scheuern unserer Köpfe eingefahren. Lasse uns also lieber mit List vorgehen als mit roher Gewalt.«

»Was soll das heißen«, brauste der Beduine auf. »Bin ich es wegen meiner kleinen Behinderung etwa nicht wert, an eurer Seite zu fechten? Glaubt ihr vielleicht, ihr müßtet mich in der Schlacht wie einen Säugling behüten, der hilflos nach der Mutter greint? Diesen Medern mit ihren Hosen, denen kein gesunder Furz entweichen kann, bin ich allemal gewachsen.«

»Daß die Meder und ihre Verwandten im Gegensatz zu allen höher gesitteten Völkern Hosen tragen, beeinträchtigt ihre Kampfkraft keineswegs«, versetzte Myron kühl. »Im Gegenteil, diese Mode scheint für Reiter sogar äußerst zweckmäßig zu sein. Wer weiß, vielleicht kommen eines Tages auch die Männer anderer Völker in Hosen daher.«

»Und am Ende wohl auch noch die Frauen«, spottete Mago. »Dann ist es vorbei mit dem listigen Schielen nach bloßen Waden und zierlichen Schenkelbeugen unter verrutschten Säumen!«

»Die Mederinnen tragen ja jetzt schon Hosen«, sprach Myron. »Wahrscheinlich sind ihre Männer deshalb so lüstern auf Krieg. Wenn sie öfter einmal auf weibliche Knie blicken dürften, würden sie wohl häufiger zu Hause bleiben.«

»Ja, Mederinnen reiten in Hosen«, grinste Reguël. »Aber bei der Feldarbeit ziehen sie ihre Beinkleider aus und tragen nur Röcke.«

»Wirklich?« fragte Mago. »Warum denn?«

»Damit«, antwortete Reguël, »die Fliegen nicht ins Gesicht gehen.«

Mago verzog das Gesicht. »Deine Scherze, Beduine«, sprach er, »passen nicht in ein Haus mit fließendem Wasser.«

Reguël lachte. Ich sagte: »In Ekbatana kommen wir wohl kaum an Huwaksatara heran. Wir haben bessere Aussichten, wenn wir dem König auf einem Kriegszug begegnen. Entweder reihen wir uns dann in die Schar seiner Feinde ein und versuchen, ihn im Vorderkampf zu stellen. Oder wir nehmen seinen Sold und schließen uns seinem Heer an. Wer weiß, vielleicht gelingt es einem von uns sogar, in Huwaksataras Wachmannschaft aufgenommen zu werden! Daher habe ich beschlossen, daß wir zuerst nach Babylon reisen. Dort werden wir sicherlich neue Nachrichten über den Aufenthalt des Königs erhalten. Wenn Huwaksatara sich in seiner Hauptstadt befindet, warten wir, bis er mit seinem Heer wieder auszieht. Steht er jedoch im Feldlager, eilen wir sofort dorthin, und müßten wir dazu ganz Asien durchqueren.«

Zwei Tage später rollten wir auf Vierspännern durch das Zederngebirge. An der Spitze fuhren der wegekundige Mago und ich, gefolgt von Reguël und Myron. Arnuwan reiste am Schluß. An jeden Wagen waren zwei Pferde gebunden. Unsere Waffen lagen griffbereit neben den Sitzen.

Über die kleinen Städte Kana und Uma gelangten wir erst nach Kadesch und dann in die einstmals berühmte Stadt Hazor, in der vor Zeiten Könige der Amoriter wohnten. Ihr größter Krieger, Sisera, wurde von einer Judäerin namens Debora besiegt und von deren Landesschwester Jaël auf der Flucht im Schlaf mit einem Zeltpflock durchbohrt. Am Jordan wandten wir uns nordwärts nach jenem weißgipfeligen Gebirge, von dem man bis zur Aue von Damaskus blickt. Bei uns Assyrern hieß dieser Bergstock der südliche Sumir. Von seinen Anwohnern aber wird er seit alters her Hermon genannt.

Obwohl der Erntemonat Teschrit schon begonnen hatte, brannte die Sonne noch immer sehr heiß. Dennoch legten wir unsere Rüstungen an. In einem Tal des Hermongebirges gereichte uns diese Vorsicht zum Vorteil.

Denn als wir dort an einem steilen Abhang vorüberfuhren, hörten wir tief unter uns plötzlich Schreie, ausgestoßen von Männern, die wir an ihrer Sprache sogleich als Skythen erkannten. Sie mußten sich auf der Straße befinden, die sich vor uns in vielen Windungen hinunterschlängelte und schließlich in einer schmalen Schlucht verschwand.

Ohne zu zögern, griff Mago zu seinem Bogen. Hinter uns legte Reguël einen Kiesel in seine Schleuder. Arnuwan packte sein Beil. Myron schüttelte eine Lanze aus Eschenholz in seiner Faust. In den assyrischen Zeiten hatten wir Skythen gejagt, wann immer wir ihrer ansichtig wurden — so wie ein Hirtenhund den Wolf verfolgt, wo er ihn auch wittert.

Am Rand einer kleinen Kluft verbargen wir die Wagen und stiegen über glatte Felsen hinab. Schon wenige Herzschläge später sahen wir durch die Zweige von Pinien und Zypressen ein gutes Dutzend der verhaßten Räuber.

Die Steppenkrieger hatten ihre Pferde hinter einem Hügel angebunden und standen im Schutz von Bäumen und Felsen. Von dort zielten sie mit ihren kurzen Bögen auf einen Feind, der sich in einer kleinen Höhle verschanzt hatte. Vor der Grotte lagen ein zerbrochener Wagen und zwei erschossene Pferde.

Pfeil um Pfeil sandten die Skythen von ihren Sehnen. Doch immer wenn einer der Nordleute seine Deckung verlassen wollte, flog ihm aus der dunklen Grotte sogleich gefährlich ein Geschoß entgegen. Zwei Skythen lagen schon getroffen am Boden, und ich verspürte große Achtung vor dem unbekannten Recken, der sich mit solcher Tapferkeit gegen die Übermacht wehrte.

Arnuwan, als einziger von uns der Skythensprache mächtig, hörte aus den Zurufen der Steppenkrieger heraus, daß sie versuchen wollten, brennende Büsche in die Höhle zu schleudern. Da stieß der Luwier seinen Kampfschrei aus und stürzte sich auf die verblüfften Räuber. Myron und ich folgten dem Riesen. Mago und Reguël zielten indessen vom Hügel herab um die Wette nach unseren Feinden.

Der Tyrer führte den Bogen mit großem Geschick. Seine Geschosse folgten einander so gleichmäßig wie die Atemzüge eines geübten Läufers. Noch mehr Bewunderung aber empfand ich für Reguëls Kunst, Steine mit der Schleuder zu versenden.

Die Skythen zogen ihre kurzen Schwerter und stellten sich uns zum Kampf Mann gegen Mann. Sie trugen, wie üblich, gegürtete Blusen, lange Hosen und weiche Stiefel aus den gegerbten Häuten von Tieren. Unter ihren spitzen Mützen quollen ungeschorene Haare hervor. Ihre kurzen Jacken waren aus den zusammengenähten Kopfhäuten erschlagener Feinde genäht. Die abgehauenen Hände ihrer Opfer dienten ihnen als Deckel für ihre Köcher. Allesamt große, kräftige Krieger, drangen sie voll Mordlust auf uns ein. Selbst vor Arnuwan wichen sie nicht, sondern sie berannten den Riesen wie Hunde den Bären des Waldes.

Myron stach schon im ersten Anlauf zwei Skythen nieder. Ich tötete zwei weitere mit dem Schwert. Als wir nachstießen, gerieten wir zwischen Felsen. Arnuwan focht neben mir. Die anderen Gefährten waren nicht mehr zu sehen. Da beschloß ich, auch den Luwier auf die Probe zu stellen. In einem Handgemenge mit dem größten Skythen wich ich ein wenig zurück. Dann stolperte ich, ließ mich auf den Rücken fallen und schloß die Augen, als habe ich das Bewußtsein verloren.

Der Krieger stieß einen Siegesschrei aus und eilte herbei, mir das Leben zu rauben. Ich spannte meine Muskeln an, um seiner Klinge zu entgehen. Wenn der Luwier der Verräter war, konnte er jetzt meinem Sterben gelassen zusehen und später vor den Gefährten behaupten, zu spät gekommen zu sein.

Durch die halbgeschlossenen Lider sah ich Arnuwan auf uns zueilen. Die rechte Faust schwang die eherne Kugel, die linke hob das schwere Beil. Der Panzer des Riesen war blutbespritzt, und unter seinem Hörnerhelm erglühten rote Augen.

Der Skythe bemerkte den Luwier nicht. Er riß das Schwert empor, um mir den Kopf zu spalten. Arnuwan starrte mich an, und plötzlich war es mir, als ob der Strom der Zeit nur noch halb so schnell flösse. Die Bewegungen der Männer schienen in meinen Augen so langsam wie der Schritt des Elefanten, der sich den Weg über dornige Zweige ertastet. Dann drang ein dumpfer Aufschlag an mein Ohr und im Hals des Skythen steckte ein goldgefiederter Pfeil. Er konnte nur von jenem unbekannten Rekken in der Höhle stammen.

Der Räuber warf die Arme hoch. Blut quoll aus seinem Mund. Er brach in die Knie und stürzte zu meinen Füßen schwer auf den Bauch.

Ich war gerettet, die List schien gelungen. Doch ich empfand keine Freude. Gedanken schossen durch meinen Kopf, wie Stürme durch ein enges Tal brausen. Hatte der Riese von Luwien wirklich zulassen wollen, daß ich erschlagen wurde?

Ich richtete mich langsam auf und schaute Arnuwan in die Augen. Der Luwier erwiderte meinen Blick. Dann grinste er breit und winkte mir mit der Linken zu. Erst jetzt bemerkte ich, daß diese Hand keine Waffe mehr hielt. Schnell blickte ich auf den toten Skythen. Zwischen seinen Schulterblättern steckte Arnuwans Beil.

Ein paar Augenblicke stand der Luwier neben mir. »Was ist los?« fragte er. »Du bist ja ganz benommen! Ruhe dich ein wenig aus. Den Rest schaffen wir auch allein.«

»Nein«, gab ich zur Antwort, »mir geht es so gut wie schon lange nicht mehr.«

Der Riese schaute mich verwundert an. Dann zog er sein Beil aus dem Leichnam des Skythen und warf sich wieder zwischen die Feinde.

Auf der anderen Seite der Felsen schlug sich Myron zu uns durch. Schließlich hielten unsere Gegner nicht mehr stand. Die letzten sechs Steppenkrieger eilten zu ihren Pferden und sprengten davon, geführt von einem rothaarigen Mann mit einer sichelförmigen Narbe quer über der Stirn.

Zornig schrie Arnuwan den Fliehenden die schlimmsten Skythenflüche nach. Dann aber ritten Reguël und Mago auf zweien von unseren Rossen heran. Sie führten noch drei weitere am Zügel. Arnuwan sprang auf den Rücken des größten. Myron packte die Kruppe des zweiten. Als ich mich auf das letzte schwingen wollte, sah ich den Fremden aus der Höhle wanken. Vor dem Eingang brach er in die Knie.

»Reitet ohne mich«, rief ich Myron zu, »ich muß mich um diesen Mann kümmern. Er ist verletzt.«

Myron nickte und jagte davon. Ich eilte durch die Felsen zur Höhle.

Der hochgewachsene Krieger lag mit dem Gesicht im Sand. Er trug einen Helm und eine Lederrüstung. In ihr steckten zwei Pfeile. Sein linkes Bein war seltsam verkrümmt. Die Hände hielten noch immer den Bogen, mit dem er so gut getroffen hatte.

Ich zog die Skythengeschosse vorsichtig heraus. Der Fremde rührte sich nicht, und ich fürchtete schon, zu spät gekommen zu sein. Schnell löste ich das Helmband und zog dem Fremden den Kopfschutz vom Haupt. Unter der silbernen Krempe drang plötzlich eine Flut blonder Locken hervor. Überrascht drehte ich den leblosen Leib auf den Rücken und blickte in das Antlitz einer jungen Frau.

V Die Sauromatin

Ich bettete die Fremde in das Gras eines kleinen Hügels, auf dem sich eine schattige Platane erhob. Dann riß ich einen Streifen von meinem Gewand und tränkte ihn in einem kleinen Teich mit Wasser. Vorsichtig löste ich die Riemen des Panzers, drehte die Verletzte auf die Seite, streifte ihr Hemd in die Höhe und säuberte die Wunde. Sie schien nicht sehr gefährlich, denn ich entdeckte kein

Gift an den Pfeilen, und der Harnisch hatte die Geschosse nur einen Fingerbreit in die Haut dringen lassen. Schon nach kurzer Zeit war die Blutung versiegt. Das Bein aber schien gebrochen. Um es zu strecken und einzurichten, benötigte ich die Hilfe meiner Gefährten. Die aber waren verschwunden.

Darum verband ich die Rückenwunde und streifte der Fremden danach das Hemd wieder über den Leib, darauf bedacht, nicht ihre Schicklichkeit zu verletzen. Dann schob ich weiches Moos unter ihr Haupt und wartete, bis die Kriegerin wieder erwachte.

Der Liebreiz ihres Gesichts schien von edler Herkunft zu zeugen: Ihr fester Mund verriet Entschlossenheit und Kraft, die weiße Stirn erhob sich über stolzen Brauen, die straffen Wangen kündeten von Ausdauer und Selbstzucht, die schmalen Nasenflügel ließen an gekrönte Ahnen denken. Ihr straffer, fester Busen zeigte, daß sie noch nicht Mutter war, und ihre sehnigen Glieder erzählten von vielen Stunden der Übung im Fechten, Jagen und Reiten.

Nach einer Weile schlug die junge Frau die Augen auf. Ich zeigte ihr mein Schwert und warf es hinter mich. Von dieser Geste beruhigt, sagte sie viele Worte in einer unbekannten Sprache zu mir. Dann wechselte sie ins Akkadische und sprach:

»Wer bist du? Du hast mir das Leben gerettet, zusammen mit deinen Gefährten. Sind die verfluchten Skythen tot?«

»Sie sind geflohen«, gab ich zur Antwort. »Meine Gefährten verfolgen sie noch. Du bist mir nichts schuldig. Denn dein Pfeil durchbohrte einen Krieger, der mich mit dem Schwert erschlagen wollte.«

Die Fremde lächelte stolz und versetzte: »Ein guter Schuß, nicht wahr? Dabei stand dieser schmutzige Skythe fast achtzig Schritte von meiner Höhle entfernt.«

»Ein ausgezeichneter Pfeil«, bestätigte ich. »Wer hat dich Schießen gelehrt? Und was ist hier geschehen?«

»Diese skythischen Hunde haben mir aufgelauert«, erzählte die Fremde. Ihre Augen glänzten grün wie Moosachat. »Zu spät erkannte ich den Hinterhalt. Sie erschossen mir die Pferde an der Deichsel. Mein Wagen stürzte um. Ich fiel mit meinem Bein auf einen Felsen. Da erspähte ich diese Höhle. Zwei der Mörder erlegte ich, ehe ihr kamt, später noch einen dritten. Dennoch könnte ich dieses Gebirge ohne euch nicht lebend verlassen. Denn ich fürchte, mein Bein ist gebrochen. Und meine Pferde sind tot.«

Die Fremde preßte die Lippen zusammen, denn sie litt großen Schmerz. Ich lief zu unseren Wagen und holte einen Lederbeutel mit Wasser. Die junge Frau trank. Dann fuhr sie fort:

»Ich entstamme einem Volk, das fern in Asien wohnt. Man nennt uns Sauromaten. Mein Name ist Tomyris. Als Tochter einer Königin wuchs ich mit Jagd und Waffenhandwerk auf. Denn wir Sauromatinnen werden ebenso groß wie unsere Brüder und halten uns für allen Männern ebenbürtig, an Kraft wie an Verstand. Darum fehlt es uns freilich ein wenig an Liebreiz.«

»Du scheinst von mir das Gegenteil hören zu wollen«, erwiderte ich. »Das beruhigt mich. Ich glaubte nämlich schon, daß du auch das Herz eines Mannes besitzt.«

Die Fremde lächelte ein wenig und fuhr fort: »Hast du nicht vorhin meine Wunde versorgt? Ich spürte es wohl, doch stellte ich mich bewußtlos, um es dir leichter zu machen. Denn sonst hättest du meinen Leib wohl kaum so unbefangen entblößt. Auch wenn du schon ein Mann von Jahren bist. Hast du dabei denn nichts von meiner Weiblichkeit gesehen?«

Als sie das sagte, muß mein Gesicht verraten haben,

wie unangenehm mir dieses Gespräch war. Tomyris legte mir schnell die Hand auf den Arm und fuhr fort:

»Das braucht dir doch nicht peinlich zu sein! Ich weiß ja, daß du mich nicht lüstern angestarrt hast, sondern mich nur so lange anblicktest, wie es für die Behandlung notwendig war. Aber soviel solltest du doch erkannt haben, daß ich den Körper einer Frau besitze. Ich kann mich einem Mann hingeben und Kinder gebären. Ja, ich vermag Liebe zu schenken und zu empfangen wie jede andere Frau auf der Welt. Nur die Demut meines Geschlechts teile ich nicht. Niemals wird mich ein Mann unterwerfen.«

»Gut, gut«, erklärte ich. »Niemand hat vor, dir Böses zuzufügen. Auch haben wir uns hier nicht zu einem fröhlichen Beilager eingefunden, um deine Jungfräulichkeit zu genießen.«

Die Fremde blickte mich seltsam an und sprach weiter: »Du willst nun sicher wissen, wie ich in so entfernte Länder kam.«

Ich räusperte mich und erwiderte: »Das hat Zeit. Warte, bis meine Gefährten zurückgekehrt sind. Wir werden hier rasten.«

Mit diesen Worten beugte ich mich über ihr Bein, streifte ihr Gewand in die Höhe und tastete vorsichtig nach dem geborstenen Knochen. Der Atem der Sauromatin ging schneller, und ich ließ wieder los.

Hinter uns brach Mago durch das Unterholz, gefolgt von Reguël. »Ein Skythe ist uns entkommen«, berichtete der Tyrer und sprang von seinem Pferd. »Der Rothaarige mit der Narbe. Myron und Arnuwan wollen ihn weiter verfolgen. Am besten, wir lagern hier.«

Dann verstummte der Tyrer, faßte die Gerettete näher ins Auge und rief: »Aber was ist denn das? Ein Mädchen in der Rüstung eines Kriegers?«

Nun eilte auch der Beduine näher. Neugierig wie alle Wüstenbewohner griff er mit seiner einzigen Hand in die blonden Locken der Sauromatin und sagte: »Bei Asasel! Der Krieger in der Höhle war ein Weib!« Und mit einem boshaften Seitenblick auf den Tyrer fügte der Midianiter hinzu: »Und es trifft mit seinen Pfeilen besser als so mancher Mann!«

Mago schaute Reguël mißmutig an. »Ja«, knurrte er, »ich gebe es ja zu! Ich habe nur einen einzigen Skythen erlegt, du aber drei! Sei es! Dafür war meiner gleich tot. Deine aber haben allesamt noch gezappelt. Einer ist sogar wieder aufgestanden, ehe ihn Myron erstach.«

»Streitet euch nicht«, befahl ich. »Holt mir lieber ein paar starke Schnüre und Stöcke, dazu auch einige Dekken. Diese Kriegerin hier hat sich das Bein gebrochen!«

Als die Verletzte versorgt war, fuhren Mago und Reguël unsere Wagen herab und schlugen auf einer Lichtung das Lager auf. Dann erzählte ich den Gefährten, was die Fremde berichtet hatte. Sogleich fragte der Midianiter:

»Was führt dich in eine so fremde Gegend, Weib? Und warum reist du ganz ohne Begleitung? Wahrlich, ich will mich nicht brüsten, doch ohne uns lägst du jetzt tot am Boden, von skythischen Mördern beraubt und geschändet.«

»Du hast recht«, erwiderte die junge Frau. »Ich kann euch nicht oft genug danken. Ja, ihr habt ein Recht darauf, zu erfahren, was mich an diesen Ort bringt — auch wenn es eine schmerzliche Geschichte ist.«

Dabei trübte sich ihr Blick. Mago sprach voller Mitleid: »Dann wollen wir nicht weiter in dich dringen, edle Fürstin! Nichts liegt uns ferner, als dich zu quälen.« Und zu uns gewandt fuhr er fort: »Laßt dieses arme Kind doch in Frieden. Seht ihr denn nicht, wie sehr es leidet?«

Reguël erwiderte barsch: »Ich laufe nicht gern mit verbundenen Augen durch die Gegend. Diese Frau verdankt uns ihr Leben. Da ist es doch das mindeste, daß wir nun auch erfahren, wie sie in Gefahr geriet!«

»Reguël hat recht«, erklärte ich der Fremden. »Auch wenn es dir nicht leichtfällt: Du mußt uns alles sagen. Denn wir befinden uns selbst in einer schwierigen Lage und wünschen nicht, ein unbekanntes Wagnis einzugehen. Lüge uns also nicht an!«

Die Sauromatin antwortete hastig: »Ich will euch alles erzählen. Mein Land befindet sich sehr weit von hier. Doch ist es nicht so entlegen, daß es vor Feinden sicher wäre. Vor sechs Monden, im Frühling, griffen sie uns an. Wir selbst zählten nur wenige Krieger. Sie fielen über uns her wie Heuschrecken über ein blühendes Feld. Denn unsere Feinde sind zahlreicher als alle anderen Völker. Meine Eltern und die meisten Krieger unseres Landes wurden erschlagen. Wenige kamen mit dem Leben davon — auch ich, obwohl ich den Tod suchte. Eine skythische Streitkeule raubte mir das Bewußtsein. Als ich wieder erwachte, fand ich mich in Fesseln. Die Sieger schleppten mich ins schwarze Arachot. Dort wurden wir als Sklaven verkauft. Ich konnte fliehen, stahl einen Wagen und fuhr davon.«

Überrascht entsann ich mich, daß auch Nergal-Sarezer von diesem Ort gesprochen hatte. Aber ich schwieg, denn die Gefährten sollten nichts von meiner Begegnung mit dem Chaldäer erfahren.

Reguël fragte mißtrauisch: »Warum kehrtest du dann nicht in deine Heimat zurück? Was hast du hier in Syrien zu suchen?«

»Nichts«, versetzte die Fürstentochter. »Ich beabsichtige auch nicht, in diesem Land zu bleiben. Sondern ich möchte nach Libyen reisen. Im Westen dieses Erdteils, so künden alte Legenden, wohnt ein Schwestervolk der Sauromaten, das schon vor zweitausend Jahren dorthin auswanderte. Es zog über das Meer zu einem See, der nach dem Gott Triton benannt ist. In meiner Heimat lebt niemand mehr. Doch dort, am Untergang der Sonne, hoffe ich Verwandte zu finden.«

Wir schwiegen eine Weile. Dann sagte ich: »Ans Reiten darfst du die nächsten sechs Wochen nicht denken. Auch deine Pfeilwunden könnten sich noch entzünden.«

Die junge Sauromatin nickte. Da hörten wir plötzlich ein Poltern und dann die tiefe Stimme des Luwiers: »Dort sitzt ihr also und lagert faul, während wir uns auf der Skythenjagd schinden!«

Wenige Herzschläge später erschien seine Riesengestalt auf der kleinen Lichtung. Was dann folgte, geschah so schnell, daß wir kaum einzugreifen vermochten.

Als die junge Fürstentochter den Luwier sah, stieß sie einen Laut aus, der uns das Blut stocken ließ. Es klang wie das Zischen der Schlange und Fauchen der Katze zugleich, nur ungleich lauter. Schnell wie der Kopf einer Viper fuhr die Hand der Sauromatin unter das Gewand und kehrte mit einem Dolch zurück. Mit verengten Augen, die Zähne wie zum Biß entblößt, streckte sie Arnuwan den scharfen Stahl entgegen.

Der Luwier aber stieß ein tiefes Grollen aus, das uns erschreckte wie ein Wettersturz. Es war, als ob ein Löwe im Wald der Leopardin begegnet, die seine Jungen ermordet hat, um ihre eigenen Kinder zu füttern.

Haß verzerrte die Züge unseres Gefährten. Er hob das Beil und stürmte vorwärts, um die junge Fürstin zu erschlagen. Die wütenden Schreie, die Arnuwan dabei ausstieß, waren kaum zu verstehen. »Mörderin«, brüllte er in maßlosem Zorn, »lebst du noch immer, verfluchte Amazonenbrut!«

VI Die Münze

Ich packte mit der Rechten die Messerhand der Sauromatin, schlang ihr den linken Arm um die Kehle und drückte sie zu Boden. Reguël und Mago aber warfen sich dem Luwier entgegen. Der Tyrer klammerte sich an Arnuwans Arm, um ihn daran zu hindern, sein Beil auf die Fremde niedersausen zu lassen. Reguël prallte mit seinem Körper gegen die Knie des Riesen, der dadurch ins Wanken geriet. Doch wäre es den beiden nicht gelungen, Arnuwan aufzuhalten, wenn nicht in diesem Augenblick Myron erschienen wäre. Der Grieche hob einen Felsbrocken auf und schlug dem Riesen damit von hinten auf den Kopf, so daß der Luwier besinnungslos zu Boden stürzte.

Wir nahmen Arnuwan die Waffen fort und betteten ihn in eine moosige Kuhle. Dann banden wir der Sauromatin, die sich nach Leibeskräften wehrte, die Hände zusammen.

Myron fragte: »Bei Zeus, wie ich als Grieche nun wohl sagen sollte — was ist das für ein Wahnsinnsweib? Wie kommt ihr eigentlich dazu, euch eine solche Wilde anzulachen? Wahrlich, euch kann man keine Minute allein lassen, ohne daß man bei seiner Rückkehr die tollsten Überraschungen erlebt.«

So redete er eine Weile. Ich wartete, bis er sich Luft gemacht hatte. Dann sagte ich: »Wie geht es deiner verletzten Schulter, Gefährte? Tut sie noch immer weh?«

»Nur wenn ich lache«, erwiderte Myron erbost. »Lenke nicht ab! Ich will jetzt sofort wissen, was es mit diesem Weib auf sich hat!«

»Sie nennt sich Tomyris und behauptet, aus einem weit

entfernten Land mit Namen Sauromatien zu stammen«, erklärte ich. »In ihrer Heimat werden die Mädchen des Adels auch in der Jagd und im Waffenhandwerk erzogen.«

»Um ein Messer aus dem Kleid hervorzuzaubern«, versetzte Myron, »bedarf es keiner besonderen Ausbildung. Denn dieses Kunststück beherrscht jede Hafenhure. Wieso laßt ihr euch eigentlich hier mit Beischläferinnen ein, während wir Räubern nachhetzen? Wollt ihr mir endlich verraten, wo ihr dieses Weib aufgelesen habt?«

Reguël rieb sich den wolligen Schädel und fragte: »Verstellst du dich nur oder bist du wirklich so dumm? Du selbst hast diese Frau doch mit uns gegen die Steppenkrieger verteidigt!«

»Wie? In der Höhle war eine Frau«, rief der Grieche entgeistert. »Und die erschossenen Skythen — wollt ihr am Ende sagen, sie hat die beiden umgebracht?«

»Allerdings«, versetzte Mago. »Sie beherrscht den Bogen besser als so mancher Mann.«

»Du mußt es ja wissen«, erwiderte Myron. Er faßte die Gefesselte näher ins Auge und sagte: »Nun, möglich ist es immerhin. Wie bei so mancher Sage, stimmt vielleicht auch bei dem Märchen von den Amazonen wenigstens der Kern. Beiwerk und Ausschmückung sind dann oft schnell hinzugefügt. Sänger verdienen ihr Geld schließlich damit, daß sie von Zeit zu Zeit etwas Neues erzählen. Nicht wahr, Mago? Und auch den Priestern geht es so. Denn was den Frohsinn und die Frömmigkeit verbindet, ist, daß beide keine Langeweile vertragen. Aber wer hätte gedacht, daß ich wirklich einmal eine Amazone zu sehen bekomme!«

Der Grieche holte sich einen Krug Wein von unseren Wagen, kühlte sich den erhitzten Gaumen und fuhr dann fort:

»Als Kind erzählte man mir, daß dieses Frauenvolk dereinst am Schwarzen Meer gesiedelt habe. Zur Fortpflanzung ihres Geschlechts, so hieß es, paarten die Amazonen sich jeden Frühling mit den Gargareern, einfachen Bauern, die am Kaukasos hausen. Wenn sie die Kinder zur Welt gebracht hatten, töteten sie die Knaben oder sandten sie zu ihren Vätern. Die Mädchen aber zogen sie auf. Man sagt sich auch, daß den Amazonen als Kindern die rechte Brust mit glühenden Eisen abgebrannt wird, damit sie später beim Bogenschießen nicht hinderlich sei. Von einer solchen Maßnahme aber vermag ich bei eurer Gefangenen nichts zu entdecken.«

Die Sauromatin funkelte den Griechen wütend an. Mago versetzte: »Ist das alles, was du dir von jener Sage gemerkt hast? Nur, wie die Amazonen mit Männern verkehren und was ihre Brüste betrifft? Es gibt doch wohl kein geileres Gesindel als die Griechen!«

Myron grinste: »In der Legende werden die Amazonen nur wegen ihrer Kraft, nicht aber für ihren Liebreiz gerühmt. Darum erstaunt es mich, daß diese Frau euch schon in ihren Bann gezogen hat. Und daß sie vor allem dir, Mago, den Kopf verdrehte – ausgerechnet dem einzigen Ehemann unter uns, von dem man eigentlich erwarten durfte, daß er sich vor Sehnsucht nach seiner Gemahlin verzehrt.«

»Mit welchem Recht nennst du den Tyrer den einzigen Ehemann unter uns«, meldete sich Reguël zu Wort. »Weißt du nicht, daß ich in Midian nicht weniger als fünf Gefährtinnen mein eigen nenne?«

»Das zählt nicht«, versetzte Mago. »Euch Beduinen bedeuten Frauen ja weniger als Kamele. Was mich nicht wundert, wenn ich die Schönheit der Wüstentöchter mit der eurer Wiederkäuer vergleiche.«

»Laßt diese Späße«, mahnte ich. »Myron soll uns lieber berichten, was er sonst noch von diesem seltsamen Frauenvolk weiß. Ich entsinne mich dunkel, daß mir auch Venes, mein Diener auf Zypern, einstmals von diesen Weibern erzählte. Sprach nicht auch euer Sänger Homer von einer Königin Penthesilea, die vor Troja von Achill getötet wurde? Auch sollen diese Kriegerinnen einst Athen angegriffen haben, zur Zeit des Theseus, wenn ich mich recht entsinne.«

»Ein gebildeter Mensch«, grinste Myron. »Du hast auf Zypern offenbar mehr mit Schriften gekämpft als mit Schwert und Schild. Aber im Ernst: Über die Amazonen erzählt man sich viele Geschichten, und jede verlegt ihre Heimat an einen anderen Ort. Möglicherweise sind sie aus Asien nach Westen gewandert, wie so viele andere Völker zuvor und danach. Dann mochten sie wohl eine Weile am Schwarzen Meer wohnen, später auch in Kleinasien. Ihre Hauptstadt Themiskyra lag angeblich am Fluß Thermodon, nahe bei Kolchis. Später sollen diese kriegerischen Weiber auch nach Lykien gezogen sein, wo sie dem Helden Bellerophontes erlagen.«

»Nach Lykien«, fragte ich, und eine Ahnung beschlich mein Herz. »Dorthin, wo das Volk Arnuwans wohnt?«

»Daß sie auf seine Eisgebirge stiegen, glaube ich kaum«, erklärte Myron. »Wie sollten diese Frauen etwas wagen, wozu sich bisher nicht einmal die Ionier erkühnten, die doch tapferer als alle anderen Völker sind?«

Reguël räusperte sich. Mago begann zu husten. Schnell fuhr Myron fort: »In späteren Jahrhunderten sollen die Amazonen Kriegszüge bis nach Thrakien unternommen haben. Manche behaupten, sie seien mit den Skythen verwandt. Seht euch doch ihre Kleider an!«

Unsere Gefangene wollte etwas sagen, aber ich hob die Hand, und sie blieb stumm. Mago lief in die Höhle. Ein paar Herzschläge später kehrte er zurück. Er trug einen Bogen mit kurzen Hörnern, ein Sichelschwert und einen halbmondförmigen Schild.

»Da seht ihr es«, meinte Myron. »Genauso werden die Waffen der Amazonen in unseren Sagen beschrieben. Selbst Herakles konnte die Männinnen nicht von der Erde vertilgen. Später soll aus diesen Frauen ein großes Volk hervorgegangen sein, das in die Ebenen des Ostens zog. Man nennt sie Sauromaten. Möglich, daß sie die Wahrheit spricht.«

Ich fragte den Griechen: »Hast du jemals davon gehört, daß auch in Libyen Amazonen leben sollen?«

Myron dachte eine Weile nach und erwiderte dann: »Nach meiner Erinnerung war das so: Vor ungefähr fünfhundert Jahren herrschte im Amazonenland eine Königin namens Antiope. Theseus, der Fürst von Athen, entführte sie auf sein Schiff. Die Schwestern der Geraubten folgten dem Helden bis nach Griechenland und belagerten seine Stadt. Aber es gelang den Amazonen nicht, die Festung zu erobern. Daraufhin sollen die wütenden Weiber zahlreiche Inseln verheert haben. Angeblich fuhren sie sogar nach Zypern und gegen Ägypten, bis sie sich in Libyen niederließen. Dort gibt es ein Gewässer, das Tritonsee heißt.«

Der Grieche schaute uns der Reihe nach an, dann seufzte er und schloß: »Es tut mir leid, nicht mit verläßlicheren Auskünften dienen zu können. Doch damals war ich noch ein Kind. Daß man sich bei Berichten über fremde Völkerschaften vornehmlich auf Nachrichten über die Zahl der Krieger, ihre Ausbildung und Bewaffnung, ihre Fahrzeuge und Beweglichkeit, den Zustand ihrer Führung und Versorgung sowie die Beschaffenheit ihres Geländes erkundigt, habe ich erst später bei den Assyrern gelernt.«

»Glaubt ihr mir«, fragte die Sauromatin. »Löst meine Fesseln und gebt mir einen von euren Wagen. In meinem Gürtel ist ein Beutel mit Goldmünzen, die ich meinen Bewachern raubte, ehe ich floh. Ihr sollt sie alle haben, wenn ihr mich am Leben laßt.«

Ich holte die Goldstücke aus dem Versteck und hielt mir eines ans Auge. Da traf mich plötzliche Erkenntnis wie ein Peitschenhieb.

Denn auf der Vorderseite der Münze brannte das unheilverkündende Zeichen der doppelköpfigen Echse, deren Bild seit jenem Tag in Zypern unauslöschlich in mein Gedächtnis eingebrannt war.

VII Das Urteil

Mein Mund wurde trocken, und meine Hände begannen zu zittern, als ich das Mal des Bösen erkannte. Ich trank etwas Wein und sagte zu der Gefangenen:

»Ich für mein Teil will vorerst einmal annehmen, daß du die Wahrheit gesprochen hast. Die Amazonensage ist gewiß nur ein Märchen. Du aber scheinst einem Volk zu entstammen, dessen besondere Form der Erziehung diese Legende entstehen ließ.«

Die junge Frau blickte mich flehend an und bat: »Dann lasse mich frei und gib mir mein Messer zurück! Denn wenn der Luwier wieder zu sich kommt, muß ich um mein Leben kämpfen.«

»Gegen Arnuwan wird dir ein Messer nichts nützen«, erwiderte ich. »Was begründet denn diesen Haß zwischen euch?«

Noch bevor die Sauromatin antworten konnte, verriet

ein tiefes Stöhnen, daß der Luwier erwacht war. Er setzte sich auf und musterte uns mit zusammengekniffenen Augen. Ich sagte zu ihm:

»Verzeih uns, Gefährte. Wir meinten, du wärst nicht mehr Herr deiner Sinne, und wollten verhindern, daß du etwas tatest, was nicht mehr hätte ungeschehen gemacht werden können.«

Mago fügte hinzu: »Wir hätten dir das natürlich lieber mit Worten erklärt. Aber du hättest uns wohl kaum geduldig zugehört.«

Arnuwan knurrte, rieb sich die Schläfen und warf Myron zornige Blicke zu. Der Grieche erklärte ungerührt: »Wir haben uns schließlich nicht auf diese Skythen gestürzt, um ihr verbrecherisches Tun dann selbst fortzusetzen und ein unschuldiges Leben auszulöschen. In der Höhle hatte sich nämlich kein Krieger verschanzt, sondern diese junge Frau!«

»Das macht keinen Unterschied«, grollte der Riese. »Wenn ich meinen Haß zwischen Skythen und Amazonen aufteilen müßte, wüßte ich nicht, wer das größere Ende verdiente. Aber nachdem ihr mich gehindert habt, mein Rachewerk mit heißem Herzen zu vollziehen, will ich es nun kühlen Blutes genießen.«

Ich blickte dem Luwier ins Auge und sagte entschlossen: »Ich habe selbst ein Werk der Rache zu vollbringen. Doch dieses kann nur dann gelingen, wenn wir wie Gerechte handeln. Wir sind nicht befugt, ein Urteil über deinen Anspruch zu fällen. Aber ich wäre dir dankbar, wenn wir wenigstens erfahren dürften, was dich dazu drängt, das Blut dieser Frau zu vergießen.«

Arnuwan schaute mich nachdenklich an. Dann erhob er sich, blickte auf die bebende Sauromatin hinab, bückte sich nach ihren Waffen und hielt den Halbmondschild gegen die Sonne. »Tawanna«, murmelte er. »Thron aus Eisen! Schreckensglanz! Oh, weiße Rosse, Männer mit durchschnittenen Sehnen... Tarhu! Tarhu! Tagbringer, Träger langschäftiger Lanzen, Drachentöter vom Lapislazuliberg! Wem wünschst du die Welt? Wir bahnten deinem Willen den Weg. Liebe war unsere Last, Leid aber ließ uns lachen. Tawanna! Reine Würgerin! Der Kampf soll niemals enden.«

Wir schwiegen. Die Sauromatin wagte kaum zu atmen. Der Luwier musterte uns. Dann ließ er sich auf einen Hügel nieder. Mago holte ihm Wein. Wir alle tranken. Unserer Gefangenen aber gaben wir nichts, damit sie nicht das Gastrecht erwarb und damit Anspruch auf unseren Schutz erheben konnte.

Obwohl wir nach einer Erklärung gierten wie hungrige Hunde nach einem Stück Fleisch, wagte keiner von uns, Arnuwan nochmals zu fragen. Lange Zeit verging, bevor der Luwier wieder sprach. Sein Auge sah in weite Ferne, seine Worte aber vermittelten uns einen Blick auf die Welt, wie sie war, ehe die heutigen Völker entstanden. Andere Götter lenkten damals den Lauf der Geschichte, andere Sterne bestrahlten die Erde, andere Menschen wohnten auf ihr.

»Vor vielen hunderttausend Jahren«, begann der Riese, »wurde die Welt von Wesen bewohnt, die kleiner waren als wir. Sie ähnelten den Tieren, aber sie gingen aufrecht, wußten Feuer zu entfachen und fertigten Waffen aus Stein. Eis bedeckte damals den größten Teil der Erde. Als die Gletscher endlich schmolzen, nahmen die Vormenschen Täler und Ufer, Felder und Haine in Besitz. Diese Erdlinge lebten noch nicht in Stämmen und Völkern. Sie wohnten auch noch nicht in Häusern, sondern sie wanderten jeden Tag, wohin es sie zog. Denn die Erde bot Nahrung in Fülle. Auch kannten diese Wesen weder Berufe noch Macht, auch keinen Unterschied der Geschlechter. Jeder suchte sich seine Nahrung. Jeder auch stand dem anderen bei. Wenn ein Weib ein Kind gebar, konnte es selbst für sich sorgen, so wie auch eine Bärin selbst für sich und ihre Jungen sorgt. Auch wußte man damals noch nicht, daß für die Zeugung von Kindern ein Mann nötig war.«

Arnuwan trank einen Schluck, wischte sich mit dem Handrücken über den Bart und fuhr fort:

»Viele zehntausend Jahre später aber fanden die Menschen, daß es zu mühselig sei, sich die Nahrung jeden Tag an einem anderen Ort zu erwerben. Sie hatten fruchtbare Gefilde entdeckt, in denen alles gedieh. Darum gaben sie das Wandern auf und zogen in feste Häuser. Vor ihnen bauten sie Feldfrüchte an. Um Fleisch essen zu können, mußten einige von ihnen zur Jagd hinaus. Da die Frauen bei den Kindern bleiben mußten, ergab es sich, daß sie das Heim hüteten, während die Männer dem Wild in den Wäldern nachstellten. Darum gehörte das fruchtbare Land bald den Frauen. Die Männer aber sanken zu Dienern derer herab, mit denen sie einst alle Habe geteilt hatten. Weibliche Götter geboten damals der Welt. Tawanna hieß ihre Herrin. Sie ritt auf einem Schimmel und saß, von einem Drachen beschützt, auf einem ehernen Thron. Die Menschen nannten sie die ›Reine Würgerin‹. Weibliche Fürsten besaßen die Macht, weibliche Bauern das Land.«

»Aber das geschah doch alles in grauer Vorzeit«, warf Mago ein. »Wir sind Menschen von heute, für die das nicht mehr gilt.«

Arnuwan antwortete: »Vieles von dem, was wir heute tun, erklärt sich aus dem Verhalten der Ahnen. Und wenn du dort in Tyros noch so vornehm lebst: wie die ersten Menschen besitzt du zwei Augen, zwei Arme, zwei Beine. Noch immer beißt du mit Zähnen, hörst mit Ohren, sprichst mit Kehle und Zunge. Das Standbild des Menschen blieb gleich, nur die Bemalung hat sich verändert. Nun aber hört: Eines Tages waren die Männer mit ihrer minderen Rolle nicht mehr zufrieden. Sie verschworen sich gegen die Frauen. Da schnitten die treulosen Weiber in einer einzigen Nacht allen ihren Gefährten die Beinsehnen durch, so daß die Unglücklichen nicht mehr kämpfen konnten. Dann gingen die Frauen zur Jagd, die Männer aber mußten zu Hause bleiben. Fortan lebten sie in der schändlichsten Unterdrückung.«

Reguël starrte die Gefangene finster an. »Wenn das wirklich so war«, erklärte der Midianiter, »bereue ich es fast, dich gerettet zu haben.«

»Aber die Frauen taten noch mehr«, schilderte Arnuwan weiter. »Sie verstümmelten selbst ihre eigenen Söhne, damit sie ihnen später nicht gefährlich werden konnten. Aufrecht und stolz durchschritten die kriegerischen Weiber die Welt. Die Männer aber schleppten sich im Staub hinterher. Da packte den tagbringenden Tarhu der Grimm. Mit seiner langschäftigen Lanze tötete er den Drachen. Dann band er die Göttin Tawanna mit Fesseln aus den Strahlen des Mondes und machte sie sich zu Willen. Mit seinem Samen empfing sie auch seinen Haß und gab ihn an die Kinder weiter, die sie gebar: Menschen einer neuen Art, die man Alarodier nennt.«

»Ist das nicht der Name deiner Rasse«, fragte ich. »Jetzt verstehe ich dein Handeln.«

»Ja«, erklärte der Riese, »wir Luwier sind die ältesten aller heutigen Menschen. Wir zogen durch alle Länder, trieben unsere Herden in die Felder der Frauen und führten Krieg gegen sie. Als wir sie bezwungen hatten, nahmen wir ihnen die Waffen fort und machten sie uns gefügig. Sie gebaren uns viele Söhne, und alle wuchsen in Freiheit auf. Von allen Weibern, die wir im Auftrag Tarhus bekriegten, konnten uns allein die Amazonen widerstehen. Denn die göttliche Leopardin half ihnen, und der Tagbringende ließ sie gewähren. Er wollte, daß unser Sieg niemals vollständig sei, damit wir in unserem Eifer, ihm zu dienen, nie nachlassen sollten. Darum brennt der alte Haß noch heute in unseren Herzen. Wir haben nicht gelernt zu verzeihen. Ich dachte, mein Ahnherr, Bel-Erphon, habe die Töchter Tawannas endgültig aus Asien vertrieben. Nun aber muß ich erkennen, daß diese Brut noch immer das Sonnenlicht mit uns teilt!«

Als wir das vernommen hatten, schwiegen wir lange Zeit. Mago war es schließlich, der widersprach. »Was kann denn diese junge Frau für die Fehler ihrer Ahnen«, fragte der Tyrer. »Darf man Menschen für etwas bestrafen, das schon so lange zurückliegt?«

Reguël sagte scharf: »Söhne müssen für die Taten ihrer Väter büßen, Töchter für die Sünden ihrer Mütter. So befiehlt es das Gesetz des Blutes. Mögen auch viele Monde und Jahre, selbst Jahrmillionen verstreichen – die Rachepflicht entzieht sich der Vergänglichkeit. Schwarz bleibt schwarz, und Weiß bleibt weiß. Die Gerechtigkeit läßt sich nicht übermalen. Auch rostet, bleicht und schimmelt sie nicht. Sondern sie behält ihren Glanz wie das lautere Gold. Töten wir diese Frau! Die Götter werden es uns lohnen.«

»Sagte der Prophet von Jerusalem aber nicht, daß zwischen Rache und Gerechtigkeit oft ein sehr großer Unterschied besteht?« fragte Myron. »Zumindest sollten wir hören, was diese Frau zu ihrer Rechtfertigung vorbringt.«

»Was schert uns dieser alte Schwätzer«, fuhr Reguël auf. »Wenn wir auch beide den Lenden desselben Ahnherrn entstammen, schätze ich doch weder Jeremias Worte noch seine Weinerlichkeit. Wir Midianiter blieben Wanderer der Wüste. Unsere judäischen Vettern jedoch bauten Städte und sind deshalb jetzt schon fast so verweichlicht wie die Phönizier.«

Ich blickte dem Luwier fest ins Auge und sagte: »Du und Reguël, ihr wollt hier sogleich das Urteil vollstrecken. Myron und Mago dagegen verlangen erst weitere Klärung. Darum liegt es an mir zu entscheiden. Ich aber will, daß diese Frau uns nun sagt, was sie zu ihrer Verteidigung anführen kann. Dann wollen wir schwarze und weiße Kiesel in einen Helm werfen und über ihr Leben entscheiden. Siegen die weißen, liegt das Urteil allein bei mir. Sind die schwarzen zahlreicher, sollst du bestimmen, was mit der Gefangenen geschieht.«

Der Luwier entgegnete ärgerlich: »Weil du das Sarpedonschwert besitzt, will ich mich deinem Vorschlag unterwerfen. Liegen aber nachher drei schwarze Kugeln in meinem Helm, so wird mich weder Mensch noch Gott daran hindern, das Urteil an diesem Ungeheuer zu vollstrecken.«

Ich nickte. Dann gab ich der Sauromatin ein Zeichen. Sie blickte uns der Reihe nach an und stieß dann mit schmerzerfüllter Stimme hervor:

»Ich werde nicht um Gnade bitten. Ihr habt mir das Leben gerettet — nehmt es nun wieder, wenn es euch so beliebt! Aber zuvor will ich euch sagen, wie es in Wirklichkeit war. Ja, ich entstamme einem Volk, in dem die Frauen niemals Eigentum der Männer waren, so wie es heute in der Wüste und wohl auch woanders Sitte ist. Meine Ahninnen besaßen seit den ältesten Tagen stets ihre eigene Habe. Aber um diesen Besitz mußten sie jeden Tag kämpfen. Denn immer wieder kamen Männer, die meinten, ihr fünftes Glied mache sie wertvoller als die Frauen und gebe ihnen besondere Rechte. Niemals aber haben meine Ahnfrauen Männer verstümmelt oder gelähmt, um sie als Sklaven zu halten.«

Sie stockte und fuhr sich über die Augen. Ich sagte: »Sprich weiter!« Die Sauromatin gehorchte, und ihre Stimme klang fest, als sie erklärte:

»Meine Vorfahren verstanden zu kämpfen. Sie kannten keine Furcht. Darum waren sie allen Männern gewachsen. Eines Tages aber erschienen Krieger, die größer waren als alle anderen Feinde zuvor. Sie trugen Helme mit Hörnern. Gegen diese Riesen konnten meine Ahnfrauen nicht bestehen. Sie wurden besiegt und zu Boden geworfen. Dann zwängten die Eroberer den Unterlegenen die Schenkel auseinander, stillten ihre Lust und nahmen sie für immer in Besitz. Nur wenige konnten entkommen. Sie zogen sich in öde Gebirge und eisige Wüsten zurück. Aus jener Zeit stammt unser Haß gegen die Männer mit Hörnern an ihren Helmen, wie sie euer Gefährte aus Luwien trägt. Denn seine Vorfahren haben die meinen getötet, geschändet und zu ihren Sklavinnen gemacht.«

Wir schweigen. Die Sauromatin fuhr fort:

»Ganz allein konnten die freien Frauen nicht überleben. Darum verbanden sie sich am Ende mit Flüchtlingen aus einem skythischen Krieg im Inneren Asiens. Diese Männer lebten in so großer Not, daß sie sich schließlich bereitfanden, die Bedingungen meiner Ahninnen anzunehmen und mit ihnen das Lager zu teilen, ohne die Herrschaft über sie zu verlangen. Alle Kinder aus diesen Ehen wurden im Handwerk der Waffen erzogen, ob sie nun Jungen oder Mädchen waren. Denn nur so konnte sich unser kleines Volk in einem Meer von Feinden behaupten.«

Die junge Frau verstummte mit einem Seufzer. Sie konnte nicht länger verbergen, wie sehr ihr Bein schmerzte. Ich verspürte Bewunderung für ihre Tapferkeit. Doch Reguël erklärte ungerührt:

»Du redest immer von Feinden. Wer war es denn, der euch bekriegte? Handelte es sich um Griechen vom Schwarzen Meer? Oder gar um Kaukasosvölker aus dem kieferndunklen Kolchis, von der Klippenküste Kaspiens oder aus dem kriegsgewohnten Kadusien? Vielleicht gar um die menschenopfernden Marder Hyrkaniens? Oder um sakische Skalpjäger und mordgierige Massageten? Die Steppen und Gebirge Asiens bringen zahllose Völkerschaften hervor. Sie wachsen dort jeden Frühling von neuem, so wie das Gras, auf dem sich ihre Pferde tummeln.«

Ich ahnte, was jetzt kommen würde. Myron, Mago und Reguël aber waren von der Antwort der Gefangenen so überrascht, daß ihnen der Mund offenstand und sie nichts zu sagen wußten. Denn die Sauromatin entgegnete:

»Nein, keinem von diesen Völkern sind wir erlegen. Saken und Massageten bedrängten zwar oft unsere Grenzen, aber wir schlugen sie immer wieder zurück. Von den anderen Stämmen jedoch, die du genannt hast, habe ich noch nie gehört. Nein, sehr viel stärkere Heere waren nötig, um uns Sauromaten zu besiegen: die Meder waren es, gefolgt von ihren Hunden, den Skythen!«

Die Gefährten starrten die Gefangene an. Myrons Gesicht verriet Besorgnis, Magos Züge zeigten Spannung, Reguëls Miene aber abgrundtiefen Haß. Arnuwans Antlitz blieb unverändert. Der Luwier blickte auf die Frau, als könne er den Augenblick nicht mehr erwarten, ihr mit dem Beil das Haupt vom Rumpf zu trennen.

Als sich die anderen von ihrer Überraschung allmählich wieder erholten, fragte ich die Sauromatin: »Sage uns nun ganz offen, wer deine Heimat mit Krieg überzog. War es vielleicht Istewegu, der Kronprinz des medischen Reiches, der oft im Osten weilt, um Ruhm zu erwerben? Oder hat am Ende der Herrscher des Großreiches selbst, der schreckliche Huwaksatara, seine volkreichen Scharen gegen euch geführt?«

»Nein«, gab die Gefangene zur Antwort, »keiner von beiden hat uns überfallen. Wohl aber sandte der Großkönig seine Heere. Der Feldherr, der sie führte, war Huwaksataras getreuester Lehnsknecht, der Fürst des schwarzen Arachot, der sich auch das Auge des Weltherrschers nennt: Gauratar!«

»Gauratar«, entfuhr es Reguël. »Meinst du etwa jenen Skythen, der nun schon seit dreißig Jahren zur Rechten des medischen Throns steht?«

»Du kennst ihn?« fragte unsere Gefangene erstaunt. »Hattest auch du schon einmal mit diesem Verbrecher zu tun?«

»Das kann man wohl sagen«, gab der Midianiter zur Antwort.

»Berichte uns, was dir durch diesen Mann widerfuhr«, drängte Myron. »Zwei von meinen Gefährten wünschen sein Blut zu vergießen.«

Die Sauromatin blickte uns der Reihe nach an. Dann begann sie zu erzählen:

»In der Schlacht wurde ich von einem Streitkolben getroffen. Als ich wieder erwachte, fand ich mich gefesselt auf einem skythischen Wagen. Die Sieger brachten mich nach Arachot in Gauratars Burg. Sie erhebt sich auf einer schwarzen, unersteigbaren Klippe am Rand der bewohnbaren Welt. Zu ihren Füßen erstreckt sich eine sehr volkreiche Stadt, die manchen Handelszug aus dem von breiten Flüssen durchströmten Baktrien, aber auch aus Indien und noch ferneren Ländern beherbergt. Schon in der ersten Nacht wollte Gauratar meine Jungfräulichkeit genießen. Ich wehrte mich. Dennoch hätte er meinen Widerstand wohl gebrochen und mich gegen meinen Willen besessen, wäre er nicht von einem seiner Gefährten gestört worden. Dieser brachte ihm Nachricht, daß ein Fürst aus Indien gekommen sei. Da ließ mich der Skythe gefesselt zurück, um den hohen Gast zu begrüßen. Später, bei einem Gelage, pflegte der Skythe mit allen Gästen und seinen Gefährten das Würfelspiel. Dabei bot mich Gauratar als Einsatz und verlor. Später in der Nacht wurde ich von dem Gewinner, einem reichen sarangischen Ritter, gefesselt aus dem Palast und in ein Stadthaus zu Füßen der Festung geführt. Zu meinem Glück war mein neuer Besitzer offenbar nur Knaben zugetan. Er schaute nämlich nicht auf meine Brust und meine Lenden, sondern nur auf meine Arme und Hände und ließ mich dann an einen Webstuhl ketten.«

Mago hob einen Krug Wein und schaute mich fragend an. Ich schüttelte den Kopf. Die Sauromatin seufzte wieder und fuhr fort:

»Einige Monde vergingen, da lief plötzlich alles Volk von Arachot zusammen, um Huwaksatara, den Herrscher des medischen Großreichs, willkommen zu heißen. Zu einem festlichen Gastmahl auf Gauratars Burg wurde auch mein Besitzer geladen. Der sarangische Ritter kehrte mit zwölf Goldmünzen zurück. Huwaksatara hatte sie ihm als Geschenk für seine Kriegsdienste ausgezahlt. Mein Herr und alle anderen Bewohner des Hauses feierten mit Haoma, dem Saft der Mondpflanze. Bald waren sie davon so berauscht, daß sie nicht mehr auf mich achteten. Am frühen Morgen fand ich eine Feile und öffnete meine Ketten. Dann stahl ich einen Wagen, Pferde, ein Schwert und auch die Goldmünzen und floh. Durch das sandreiche Sagartien und die Kalkklippen der Kossäer kam ich zum Euphrat. Seit meiner Flucht aus Gauratars Reich sind jetzt vier Wochen vergangen.«

Arnuwan musterte die Sauromatin mit düsterer Miene. Ich dachte an mein Gespräch mit Nergal-Sarezer und die

Vorhersage des Babyloniers, daß Huwaksatara nach Osten aufbrechen werde. »Hast du auch etwas darüber gehört«, fragte ich die Gefesselte, »wie lange der König der Meder im schwarzen Arachot bleiben wollte? Und wohin will er von dort ziehen?«

Die Gefangene überlegte eine Weile. Dann antwortete sie:

»Ich glaube, daß die Meder einen Feldzug gegen das Stierland Sogdiana planen. Der breite Strom Oxus bildet die Grenze zwischen den beiden Reichen. Aber vielleicht will der Großkönig auch gegen Indien fahren? Doch für welches Vorhaben sich Huwaksatara auch immer entscheidet: Den Winter über muß er in Arachot bleiben. Schon bei meiner Flucht hatten Eis und Lawinen die Hochgebirgspässe im Osten und Norden unüberwindlich gemacht.«

Sie stöhnte leise vor Schmerz, dann schloß sie: »Nun habe ich alles berichtet, was ich erfuhr und erlebte und dabei weder gelogen noch etwas verschwiegen. Wenn ihr mich tötet, vollendet ihr, was die Meder und Skythen begannen. Gauratar wird euch dankbar sein.«

»Gauratar«, stieß Reguël grimmig hervor. »Bei Asasel, wir werden ihn vom Angesicht der Erde tilgen! Sein Tod wird qualvoll sein. Für immer soll dieses Scheusal im Zwielicht der Zwischenwelt wandeln! Staub soll seine Speise sein und schmutziges Wasser sein Trank!«

Dann wandte sich der Midianiter dem immer noch schweigenden Arnuwan zu und rief: »Her mit dem Helm, Gefährte! Laß uns die Kiesel werfen und sehen, was das Schicksal für diese Frau bereithält.«

Der Luwier zog sogleich seine eherne Sturmhaube. Wir anderen blickten suchend zu Boden, um passende Steine zu finden. Myron warf seinen Kiesel als erster. Als nächster entschied sich Mago, der aus seinem Mitleid kein

Hehl gemacht hatte. Reguël ließ den dritten Stein fallen, ich kam als vierter, der Luwier folgte am Schluß. Dann hielt der Riese den Helm in unsere Mitte und drehte ihn um, so daß die Kiesel in den Sand zu unseren Füßen fielen. Fassungslos starrte Arnuwan auf die Steine. Dann stieß er einen Schrei der Wut und Überraschung aus. Denn vor unseren Augen lagen drei weiße, aber nur zwei schwarze Kiesel.

Die Sauromatin hob den Kopf. Sie schien das Geschehene nicht zu begreifen. Der Luwier sagte zornig zu uns:

»Einer von euch hat seine Meinung plötzlich geändert. Du, Dagon, sollst nun also allein darüber befinden, was mit der Sauromatin geschieht. Ich habe gelobt, mich deinem Wunsch zu fügen. Handele aber klug, damit nicht unsere Freundschaft Schaden nimmt!«

Ich gab ihm einen festen Blick und versetzte: »Ich habe mich bereits entschieden. Wir werden die Gefangene nicht töten, ehe wir ganz genau wissen, ob sie die Wahrheit gesprochen hat. Sie ist schwer verletzt – ließen wir sie in dieser Wildnis zurück, würde sie sterben. Nehmen wir sie nun mit uns! So können wir sicher noch mehr von ihr erfahren. Sie kennt wohl auch den Weg nach Arachot. Das wird uns eine Hilfe sein. Und überdies: vielleicht ist sie der Köder, der Gauratar in unsere Falle lockt.«

VIII Die Prüfung

Mago befreite die Sauromatin von ihren Fesseln und forderte: »Gib mir dein Wort, daß du nicht noch weitere Waffen verbirgst.«

Die Gefangene antwortete: »Durchsucht mich, wenn

ihr wollt!« Da glaubten wir ihr. Arnuwan aber achtete darauf, daß sie nie in seinen Rücken geriet.

Am nächsten Morgen richteten wir auf einem der Wagen ein Krankenlager aus Moos und Grasbüscheln her, breiteten Tücher darüber, zogen wollene Bahnen als Sonnenschutz auf zwei hölzerne Stangen und legten die Sauromatin darunter. Reguël und ich übernahmen die Spitze. Myron und Mago folgten uns mit der Verletzten. Der Luwier bildete, wie stets, den Schluß.

Nachts ließen wir die Gefangene stets ein wenig abseits lagern, damit sie sich nach Art der Frauen pflegen konnte, ohne sich vor unseren Blicken schämen zu müssen.

Hinter Damaskus bogen wir nach Osten und durchquerten das wellige Land. Zehn Tage später erreichten wir den Euphrat. Wir fanden die Furt bei Terqa ohne Mühe. Das Herz wurde uns eng, als wir danach das Kernland des einstigen Reiches durchquerten, das jetzt leer und verödet vor uns lag. Nach drei weiteren Tagen bot sich unseren Augen das Ufer des Tigrisstroms dar. An seinem Strand erstreckten sich die Überreste Assurs, der einstmals stärksten Burg der Erde.

Noch vor einem halben Menschenalter konnte ein Reisender, der dieser Stadt vom Euphrat her nahte, ihre bemalten Zinnen schon aus zwei Stunden Entfernung erkennen. Wer dann die tief in den sandigen Boden gegrabenen Wagenspuren verließ, die weiter nach Ninive führten, kam auf eine mit großen Felsbrocken bedeckte Hochebene. Sie grenzte mit steilen Abstürzen ans Stromtal. Von dort erblickte der Besucher die himmelhoch ragenden Türme und Tempel. Hinter ihnen erhob sich das grüne Gebirge Chanuke, die Sommerfrische der Städter. Ein silbrig glänzender Flußarm des Tigris umringte die fruchtbare Aue. Der große Strom selbst floß östlich an Assur vorbei.

Zwischen diesen beiden Gewässern zog sich eine ganz von Äckern bedeckte Ebene hin, die in ihrem Reichtum der Hochsteppe Eden nicht nachstand: Viele kleine Dörfer und zahllose einzelne Bauerngehöfte beherbergten fleißige Menschen, die dort mit ihren Hacken die Beete der Gärten umgruben und hinter starken Ochsen die flachen Felder pflügten. Überall auf der ertragreichen Flur schützten dichte Hecken den fetten Boden vor dem heißen Wind. Zahllose Schöpfwerke füllten die Gräben und Teiche. Wo die segenspendende Flüssigkeit nicht bis in die Mitte des Ackerlands reichte, standen gemauerte Brunnen, so daß auch in der heißen Jahreszeit stets Überfluß an Wasser herrschte.

Jetzt aber waren die Quellen versiegt, die Gräben versandet, die kostbare Krume verweht. Der Sand der Wüste hatte den schmalen Flußarm verschüttet und danach in breiten Abschnitten die einst so fruchtbare Aue erobert. Still und öde lag die Landschaft im Sonnenglast. Nur wenige elende Hütten duckten sich hinter den Dünen. Wo einstmals satte Ochsen gelbes Korn gedroschen hatten, trieben armselige Hirten Schafe und Ziegen auf karge Weiden von spärlichem Grün. Die Schläfen dieser Männer waren kahl, die Scheitel ihrer Töchter von Schorf bedeckt.

Am rechten Rand des Seitenarms hatte damals, mitten im unfruchtbaren Geröll, ein kunstvoll gestalteter Park mit Bäumen wie Säulen das Festhaus von Assur umgeben. Viele Jahre lang hatten die besten Gärtner Assyriens Pflanzgruben tief in den Sandstein geschlagen und sie mit schwarzer Erde gefüllt, damit darin die Schößlinge von Pappeln und Tamarisken, Eichen, Platanen und Zedern emporsprießen konnten. Zahllose bronzene Hacken und Schaufeln wurden an dem felsigen Boden zuschanden, ehe endlich Wasser aus tiefen Schächten die Wurzeln der

Bäume benetzte und so inmitten der Wüste den göttlichen Hain grünen ließen. Nun lagen die umgehauenen Stämme wie gebleichte Knochen im Sand, und in den Pflanzgruben hausten Füchse und Dachse.

Einst hatte sich die Nordseite Assurs vor dem Wanderer aufgetürmt wie eine Wand. Am linken Rand der Stadt, wo der Fels wie ein Schiffsbug zum Tigris hinabfiel, reckte sich damals der größte Tempel der Erde empor, Ehurschag-Kurkurra, das »Haus des Länderbergs«. Assur selbst, der göttliche Führer des Reichs, wohnte in seinem Innern. Neben ihm ragte die Zikkurat bis in die Wolken, Assurs sternnaher Tempelturm, aus vier Stufen geformt und höher als zweihundert Ellen. Verteidigungswerke mit flachen Dächern krönten den alten Königspalast. Zur Rechten folgten die Zwillingstürme des Doppeltempels. Weiter im Osten verbargen Befestigungswälle die Wohnstadt. Die leuchtend gelben Ziegel folgten den braunen Felsen in zahllosen Windungen, Vorsprüngen, Bögen und Schrägen. Bollwerk, Brustwehren und durchbrochene Geländer krönten den steinernen Ring. Alle Gänge waren mit Zinnen und Schießscharten ausgestattet. Gräben und breite, halbrunde, mit Kalkstein verkleidete Sockel verhinderten den Einsatz von Mauerbrechern. Jetzt aber war die Herrlichkeit der großen Festung in Asche gesunken. Nur riesige Hügel aus Schutt zeigten an, wo einst die göttlichen Gebäude standen. Unter ihnen aber kündeten Klüfte und Spalten vom Fleiß der medischen Erdarbeiter, die sich damals wie Maulwürfe unter die Mauern gewühlt und mit ihren Stollen dann das gesamte Festungswerk zum Einsturz gebracht hatten.

Statt Menschen liefen jetzt nur Eidechsen und Ratten durch die Straßen. Wo einst Adler und Falken genistet hatten, flatterten nur noch Krähen und krächzende Raben umher.

Im Tor der Eisenschmiede hatte einst das Bild des sieggewohnten Salmanassar die Ankömmlinge an Assyriens Gerechtigkeit gemahnt. Nun trieb der Wind den Sand der Wüste durch zerbrochene Bögen. Zerborsten deckten die glasierten Ziegel, die an den Mauern einstmals bunte Bilder formten, nun den Sand zerstörter Straßen. Das Zedernholz der drei riesigen Paare von Torflügeln lag schwärzlich verkohlt unter Staub, der Assur wie ein Leichentuch bedeckte.

Während wir durch die tote Stadt zogen, dachte ein jeder von uns an die Tage, da Assurs Straßen und Plätze noch Tag und Nacht mit Leben erfüllt waren. Mit Menschen, die kämpften und arbeiteten, liebten und haßten, stritten und sich versöhnten, strebten und ruhten, lachten und beteten, ohne zu wissen, daß es keine Zukunft für sie gab. Wo sie einst geschmaust hatten, lag nun Schmutz und Unrat zuhauf. Wo sie damals schliefen, pfiff jetzt der Wind durch zerfallene Wände. Wo sie gefeiert hatten, mischte sich nun die graue Asche des Brandes mit dem weißen Mehl ihrer zermalmten Gebeine. Die Assyrer waren vergangen, zusammen mit den in Stein gehauenen Bildern adlerköpfiger Geister, deren Wachsamkeit die Menschen einst vertrauten.

All die geflügelten Löwen und Stiere! Ihr Zauber bot keinen Schutz. Damals hatten wir gemeint, sie seien unsterblich und unbezwingbar. Aber durch die Beile und Schwerter der Meder und Babylonier lernten wir, daß Bilder von Menschenhand nicht mehr Kraft besitzen als ihre Schöpfer. Wie konnten wir auf Stein und Holz vertrauen, wo wir doch selbst so viele fremde Götter stürzten!

In meinem Herzen dachte ich: Assur! Wie haben wir dich damals verehrt! Weiße Inschriften auf türkisblauem Grund verherrlichten deinen Namen. Schwarz, gelb und dunkelblau erstrahlte einst die Mauer deines Tempels oberhalb des Wegs, auf dem die Schiffer ihre Kähne durch das Tigriswasser treidelten. Jetzt ankern keine Boote mehr an deinem Fels. Der schmale Steig ist zugedeckt vom Kehricht deines Sturzes.

Assur! Auf den Zinnen deiner Feste fühlten wir uns wie die Söhne von Adlern. Dein Geist galt uns als Gesetz, und wir eroberten dir eine Welt. Wie die Gazellen der Wüste drehten wir uns vor dir im Kreis, immer und immer weiter, bis das Land dir bis zum Rand des Himmels untertan war. Wüsten und Wildnis, Berge und Burgen, Flüsse und Feinde hielten uns nicht auf. Wir machten dein Haus zum Nabel der Welt. Doch du warst nur ein Gott für Sieger — nicht aber für die Besiegten.

Assur! Starke, hochrädrige Streitwagen rollten zu deiner Ehre wie Donner über das Land. Das Geschirr deiner Pferde strotzte vor Gold. Kunstvoll bemalt leuchteten Kasten, Deichsel und Schirm. Wenn die Steppe blühte, holten wir dein Götterbild aus dem Winterhaus heim. Das Licht der Frühlingssonne glänzte auf deiner Streitaxt wie rotes Gold, als du geehrt und angebetet zum Götterschiff fuhrst, um auf dem Tigris deiner Stadt zu nahen. Zehntausende füllten die Lüfte mit frommen Gesängen. Blumen bedeckten die Straße des Festes wie farbiger Schnee. Der Reichtum der Welt lag dir zu Füßen. Du aber warst ein Gott der Starken. Den Ohnmächtigen konntest du nicht helfen.

Wir zogen am Tigris nach Süden und lagerten erst, als auch die letzte Ruine Assurs unseren Blicken entzogen war.

Die Sauromatin zeigte große Tapferkeit, denn sie klagte nicht und half sich selbst, so gut sie konnte. Mago versorgte sie überreichlich mit Nahrung, so daß ich zu fürchten begann, der Tyrer könne sich am Ende in Liebesbande verstricken, so wie sich auch ein wehrhafter Käfer manchmal im Netz einer Spinne verfängt.

Mago und Arnuwan hatten in Tyros und am Berg Hermon wie treue Gefährten gehandelt. So mußte entweder der Reguël oder Myron der Verräter sein. Ich beschloß, auch diese beiden Gefährten auf die Probe zu stellen. Vier Tage später, am mittleren Tigris, fand ich eine Gelegenheit dazu.

Bei der alten Festung Upi, die von den Griechen Opis genannt wird, weichen die Ufer des reißenden Stroms zu beiden Seiten weit ins flache Land zurück. An dieser Stelle zieht sich eine Stufe aus festem Fels quer durch das Flußbett. Im Herbst sinkt das Wasser so tief, daß ein Fuhrwerk durch die Furt fahren kann, ohne daß die Wellen seine Bordwand überspülen. Gefahr droht aber von einzelnen Felsen aus grauem Granit, die wie Elefanten aus den Fluten ragen. Zwischen diesen Klippen klaffen oftmals tiefe Klüfte, in denen sich das Wasser strudelnd dreht. Der Sog packt dort den schlechten Schwimmer wie ein Krake den Fisch, preßt ihm die Luft aus den Lungen und zieht ihn für immer in unergründliche Tiefen hinab.

Reguël und ich rollten als erste in das schäumende Wasser. Die Strömung schob so stark gegen unseren Wagen, daß unser Fahrzeug umzustürzen drohte. Unsere Pferde legten sich mit aller Kraft in das Geschirr, um nicht fortgerissen zu werden. Elle um Elle kämpften wir uns durch den Fluß. Nach zwei Dritteln des Weges lagen die grauen Felsbuckel vor uns. Ich wartete, bis Reguël sich nach den Gefährten umdrehte. Dann zog ich heftig an den Zügeln, so daß unser Fahrzeug ins Schwanken geriet, stieß einen lauten Schrei aus und stürzte mich kopfüber ins Wasser.

Das nasse Element umfing mich kalt wie eine Gruft. Ich stieß mich vom Grund ab und schwamm nach oben. Als ich die Wellen durchbrach, stellte ich mich, als sei ich beim Sturz auf einen Felsen geprallt und habe die Besinnung verloren. So trieb ich davon und spähte durch die fast geschlossenen Lider nach dem Beduinen.

Es ist eine schwierige Aufgabe für einen einarmigen Mann, einen Ertrinkenden aus solchen Strudeln zu retten. Auf die Hilfe der anderen war nicht zu rechnen, denn sie standen viel zu weit entfernt. Wenn Reguël der Verräter war, dachte ich, konnte er den Gefährten später berichten, er habe mich im Wasser nicht mehr finden können. War er jedoch mein treuer Gefährte, so würde er, um mich zu retten, sein Leben wagen.

Das war der eine Gedanke, der mich beschäftigte, als ich im Tigris dahintrieb. Der andere hatte mit dem Griechen zu tun: Wenn Reguël mir nachsprang, mußte Myron der Verräter sein.

Immer noch hielt ich den Atem an. Schon drohte mir der Brustkorb zu zerspringen. Da fühlte ich plötzlich einen harten Griff in meinem Haar, und keuchend zog der Beduine mich aus den wirbelnden Fluten empor.

Er legte meinen Kopf auf seine Brust, hielt mein Haar mit seinen Zähnen fest und schwamm dann, auf dem Rücken liegend, dem Ufer entgegen. Dort zog er mich auf den Sand und mühte sich, mir das Wasser aus dem Leib zu drücken. Schließlich begann ich zu ächzen und zu speien, röchelte eine Weile, rieb mir am Ende den Schädel und sagte:

»Ich danke dir, mein Gefährte. Ohne deine Hilfe hätte mich der Strom verschlungen. Das werde ich dir nie vergessen.«

Weit hinter uns sah ich, daß nun die anderen vom Ufer in die Wogen rollten. Reguël und ich warteten ihre Ankunft nicht ab, sondern schlugen an einer windgeschützten Bucht das Lager auf. Als Mago und Myron eintrafen, sprangen sie von ihrem Wagen und eilten zu mir. Myron fragte: »Was war los, Dagon? Wir haben uns große Sorgen gemacht!«

»Ich verlor plötzlich den Halt und stürzte vom Wagen«, gab ich zur Antwort. »Dabei schlug ich mit dem Kopf auf einen Stein und verlor das Bewußtsein. Ohne Reguël triebe ich jetzt wohl wie ein Stück Holz ins Meerland hinab.«

Myron blickte mich merkwürdig an. Dann half er Mago, die Sauromatin vom Wagen zu heben. Sie legten die Gefangene zwischen zwei Ginsterbüschel.

Dann polterte auch Arnuwan ans Ufer. »Ich wußte, daß es heute heiß ist«, rief der Riese, »aber ich ahnte nicht, daß dein Durst dich versuchen lassen würde, gleich den ganzen Tigris auszutrinken!«

»Hoffentlich«, erwiderte ich, »ist für dich genug übriggeblieben.«

Arnuwan hieb mir erfreut auf die Schultern. Dann machte er sich daran, die Pferde auszuschirren. Mago zündete ein Feuer an. Reguël lud Verpflegung von seinem Gefährt. Ich wartete, bis ich einen Blick Myrons auffangen konnte. Dann starrte ich den Griechen finster an und lief in die Büsche, als wollte ich dort meine Notdurft verrichten. Ich dachte, daß Myron, wenn er den Verrat in Harran begangen hatte, nun vielleicht ahnte, daß ich ihm auf der Spur war. Dann glaubte ich, würde der Grieche mir folgen – und versuchen, mich aus dem Weg zu räumen, ehe ich die anderen Gefährten unterrichten konnte.

Nach fünfzig Schritten hörte ich hinter mir das Unterholz knacken. Ich stellte mich an eine Ulme und wartete auf den Verfolger. Eine ganze Weile bewegte sich nichts. Ich legte die Rechte auf mein Schwert. Aus einem Holunderbusch trat der Mileter hervor.

»Was hast du mich denn vorhin so angesehen?« fragte er und spähte hinter sich.

Ich antwortete nicht, sondern musterte ihn voller Verachtung. Der Grieche schaute mich verwundert an. Dann gewahrte ich auf seinem Antlitz den Schrecken plötzlichen Erkennens. Ich spannte meine Muskeln an. Schnell wie der Stoß eines Adlers zuckte Myrons Hand zu dem medischen Messer an seinem Gürtel. Einen Herzschlag später flog der tödliche Stahl durch die Luft auf mich zu.

Ich ließ mich fallen. Doch der Grieche hätte mich auch dann verfehlt, wenn ich unbewegt stehengeblieben wäre.

Denn als ich zu der Waffe blickte, die zitternd in dem weichen Holz der Ulme steckte, erkannte ich, daß der Mileter nicht auf mich gezielt hatte: Der Dolch war in den blaugrau schillernden Leib einer armlangen Uräusschlange gefahren. Ihre Giftzähne drohten nur eine Handbreit von meinem Nacken entfernt.

IX Das Göttertor

Ich zog das Messer aus dem Stamm der Ulme, ließ die tote Schlange zu Boden fallen, zerrieb ihren Kopf mit dem Fuß und sagte: »Ein Meisterwurf, Gefährte!«

»Allerdings«, erwiderte Myron. »Das Vieh nahm eben Maß an deinem Ohr. Du solltest mir öfter so böse Blicke zuwerfen. Dann komme ich vielleicht immer wieder zurecht, dein Leben zu retten. Zum Beispiel, wenn du beim Wasserlassen ausrutschst und dir ein Bein brichst. Oder, wenn du dich bei der Verrichtung der Notdurft an einem giftigen Dorn kratzt. Die Gefahren der Wildnis sind groß für einen Städter, der an die Handreichungen von Dienern gewöhnt ist.«

»Du hast mir das Leben gerettet«, sagte ich.

»Das scheint dich zu wundern«, versetzte Myron.

»Nein, ich bin nur ein wenig durcheinander«, log ich.

»Der Schreck ist mir in die Glieder gefahren. Wie kann ich dir deine Tat lohnen?«

»Ein einfaches Danke genügt«, meinte Myron trocken.

Ich mußte lachen. »Danke!« rief ich und warf dem Griechen das Messer zu. Geschickt fing er es auf und steckte es in seinen Gürtel. Dann drehte Myron mir den Rücken zu und harnte geräuschvoll in den Holunderstrauch.

Ich schloß mich ihm an. Nach einer Weile blickte er über die Schulter zu mir und fragte: »Jetzt aber heraus mit der Sprache! Warum hast du mich so finster angeblickt? Zürnst du mir, weil ich am Hermon gegen dich stimmte und einen schwarzen Stein in Arnuwans Helm warf? Ich tat es nur, weil ich nicht wollte, daß die Fremde uns begleitet. Weiber bringen nur Unglück. Warum läßt du uns Kiesel rollen, wenn du für andere Meinungen kein Verständnis aufbringen kannst?«

»Ich wußte gar nicht, daß du das warst«, antwortete ich. »Ich war vorhin nur in Gedanken versunken. Wenn ich wütend auf dich bin, werde ich es dich schon wissen lassen.«

Myron lächelte. Ich legte ihm die Hand auf die Schulter, und gemeinsam schritten wir zu den Gefährten zurück.

In dieser Nacht lag ich lange wach. Immer wieder grübelte ich darüber nach, wie ich den Verräter entlarven konnte.

Das einfachste wäre gewesen, den Gefährten von meinem Treffen mit Nergal-Sarezer zu berichten und den Verräter auf diese Weise zum Handeln zu zwingen. Was aber, wenn der Babylonier sich irrte oder gelogen hatte? Dann mußte das Mißtrauen meiner Begleiter unsere Freundschaft zerfressen wie schleichendes Gift.

Am nächsten Tag erfuhren wir von arabischen Kaufleuten, daß die Pässe über die Kalkklippen der Kossäer nach Medien zugeschneit waren. Wir beschlossen daher, nun doch erst nach Babel zu reisen. Dann wollten wir dem Tigris folgen, um über die südliche Mauer von Elam in das Innere Asiens zu gelangen. Der Weg führt dort in das gebirgige Parsumaschland, dessen Bewohner von den Griechen Perser genannt werden.

Auf der Höhe des stromumflossenen Sippar überquerten wir auf einer Fähre den Fluß. Dann zogen wir durch das Land zwischen Euphrat und Tigris, die dort einander so nahe kommen, daß ein junger Mann von guter Gesundheit in einem halben Tag zwischen ihnen hin und her laufen kann.

Zwei Tage später rollten unsere Wagen durch das acht Klafter hohe, von sechzig gelben Löwen und fünfhundertfünfundsiebzig heiligen Stieren bewachte Ischtartor nach Babylon hinein.

Keine andere Stadt der Welt kann sich mit Nebukadnezars Königsburg messen, deren Name »Tor der Götter« bedeutet. Mehr als vierhunderttausend Menschen lebten in Babel, geschützt von einer fünfzig Ellen dicken Doppelmauer. Neun eherne Tore führten nach allen Windrichtungen. Wir fuhren auf dem vier Klafter breiten Weg der Götter entlang. Auf den Dächern des Palastes am Anfang der heiligen Straße leuchteten bunte Blumen, sprossen immergrüne Büsche und vielgestaltige Sträucher, ja sogar fruchttragende Bäume empor, üppig von Efeu umrankt, so daß es eine Freude war, sie anzusehen. Nebukadnezar ließ diese »Hängenden Gärten« errichten, nachdem ihm eines Nachts die Königin Semiramis erschienen war. Die Fürstin, die vor zehn Menschenaltern das Stromland beherrschte, forderte ihren Nachfolger auf, nicht immer nur neue Bauten aus Stein zu errichten, sondern auch der grünen Natur einen Platz in der riesigen

Stadt zu bewahren. »Tempel und Paläste verewigen deinen Namen«, sprach die Traumgestalt zum König, »Bäume und Blumen aber verherrlichen die Götter, die diese Welt schufen.«

Schon heute nennt man dieses Wunder in abgelegenen Weltteilen wie Griechenland daher die »Hängenden Gärten der Semiramis« und vergißt dabei ihren eigentlichen Erbauer Nebukadnezar. Genauso wird man wohl in Zukunft denken, der große Turm von Babel sei schon vor Jahrtausenden errichtet worden – vielleicht gar von Nimrod, dem größten König des Stromlands.

Kurz darauf gelangten wir zu einem breiten künstlichen Flußlauf, der die Fluten des Euphrat mitten durch die Riesenstadt führt. Zahllose Boote wimmelten auf dem Wasser, jedes aus einem kreisrunden Holzgerippe gefertigt und mit den eingefetteten Häuten von Tieren bespannt. Die Babylonier nannten sie Gufas. Sie beförderten darauf die Nahrungsmittel, die jeden Tag in unermeßlicher Menge aus allen Dörfern des Stromlands herbeigebracht wurden, um den gefräßigen Bauch von Babel zu füllen.

Die Straßen, auch die kleineren, führten wie an Schnüren gezogen durch die schier endlose Stadt. Sie waren von Häusern gesäumt, von denen selbst die niedrigsten drei Stockwerke besaßen. Große Röhren leiteten trinkbares Wasser herbei und stinkende Abwässer fort. Und als wir den künstlichen Flußlauf auf einer Ziegelbrücke überquerten, erblickten wir auf einem riesigen Platz die Zikkurat Etemenanki, den Turm von Babel.

Das unvergleichliche Bauwerk reckte sich damals bereits vierzig Manneslängen empor und hatte damit schon zwei Drittel seiner geplanten Höhe erreicht. An seinem dreihundert Schritte langen und ebenso breiten Sockel kündete eine Inschrift schon jetzt vom Anspruch seines

Schöpfers Nebukadnezar: »Einen hochragenden Wohnsitz für Marduk, meinen mächtigen Herrn, stelle ich auf die Spitze am Himmel. Etemenanki erhebt sich für ewig.«

Wie Grundwasser in eine Grube sickerte Grimm in mein Herz, als ich diese Botschaft las. Denn ich mußte daran denken, daß Babylon allein vom Aas Assyriens so fett geworden war. Niemals hätten uns die Chaldäer gefährlich werden können, wären ihnen nicht die Meder zu Hilfe geeilt. Und selbst die Horden des Nordens und Ostens hätten wir schließlich besiegt, wären wir nicht von unserem Gott verlassen worden.

So dachte ich und haderte mit dem Schicksal. Auch die Gesichter der Gefährten zeigten Bitterkeit. Die Babylonier aber freuten sich ihres Reichtums, wanderten an geschnitzten Gehstöcken einher, protzten mit aus Speckstein geschnittenen Rollsiegeln an ihren Hälsen und ließen sich ihr Wohlleben ansehen. Feinöl, wie es sonst nur an Königshöfen gereicht wird, füllte die Schüsseln der einfachen Bürger von Babel. Die Steiße der Schafe strotzten vor Fett und die schmauchenden Öfen der Garküchen an allen Straßen starrten vor Schmalz und Schmer, so daß es schien, als ob die Stadt im Blut der Erde schwamm.

Wir wohnten drei Tage in einer Herberge am Südrand von Babel. Dabei erfuhren wir, daß kurz vor unserer Ankunft eine Gesandtschaft Nebukadnezars aus der Rabenstadt Ribla gekommen und nach dem schwarzen Arachot weitergezogen war. Angeblich hatte der babylonische König dem einstigen medischen Bundesgenossen zweitausend Talente Silber dafür angeboten, daß Huwaksatara endlich das heilige Harran übergab.

Am vierten Tag erwarben wir noch ein weiteres Fuhrwerk und füllten es mit Handelsgut an, wie es im Osten besonders begehrt ist. Es handelte sich vor allem um feingewebte Tücher aus Flachs und um Vliese, aber auch um

Erzeugnisse der in der ganzen Welt berühmten Kunsthandwerker Babylons: Schmuck aus Gold und Silber, blattdünn gehämmert und in die feinsten Formen gegossen, dazu prachtvoll geschliffene Vasen aus Alabaster und farbenfroh bemalte Teller aus Ton. Aber auch einfache Arbeitsgeräte wie Hacken und Schaufeln zählten zu unseren Waren. Haltbare Werkzeuge aus Metall sind im Inneren Asiens selten und teuer.

Dann folgten wir dem künstlichen Wasserlauf südwärts. Auf halbem Weg nach der Götterwiege Nippur rollten wir durch ein Dorf. Plötzlich griff Reguël in die Zügel, brachte das Fuhrwerk zum Stehen und sagte zu mir: »Sieh doch mal! Das sind keine Chaldäer. Mir ist, als hätte ich eben judäische Laute vernommen.«

Wir spähten seitwärts zwischen den Bauernhöfen hindurch. An einer Baumgruppe, zweihundert Schritte entfernt, hatte sich eine große Menge von Menschen versammelt. Die Männer trugen ihr Haar ungeschoren und standen für sich allein. Die Weiber und Kinder lagerten gegenüber. In der Mitte sahen wir einen hochgewachsenen Mann.

Reguël fragte einen chaldäischen Krämer, der an der Straße Tonwaren feilbot: »Was ist das denn hier für ein Auflauf, verehrter Landsmann? Keine Bange, wir wollen dir nicht das Geschäft verderben! Wir führen Waren für Ritter in Ekbatana mit uns und nichts für die Wühlmäuse hier, mit denen du deine Geschäfte treibst.«

Der Babylonier blickte auf und grinste: »Ein Mensch, der einem Kaufmann glaubt«, erwiderte er, »gleicht einem Fisch, der einer Angel vertraut. Zieht eures Weges, Genossen! Meine Preise könnt ihr ohnehin nicht unterbieten.«

»Im Ernst«, setzte Reguël nach und hob eine goldene Dolchscheide hoch. »Für medische Fürsten haben wir geladen, nicht für chaldäische Bauern. Nicht Geschäftssinn treibt uns, dich zu fragen, sondern uns plagt nur Neugier.«

Der Babylonier erhob sich und spähte in den zweiten Wagen, den Myron lenkte. Dann erklärte er:

»Nun, wenn ihr wirklich nach Medien reist, will ich euch gern Auskunft geben. Hier leben keine Chaldäer, sondern Verschleppte aus einem fernen Land. Sie nennen sich Judäer. Ein seltsames Völkchen! Sie kennen nur einen einzigen Gott, verkürzen ihren Söhnen das Liebesgerät und verachten das Fleisch aller Schweine. Sie wissen offenbar nicht, wieviel leichter es ist, mit mehreren Göttern zu leben, wieviel Spaß es macht, mit ungestutzter Lanze zu jagen, und wie gut der Speck des Borstenviehs schmeckt.«

Der Chaldäer lachte laut. Dann fuhr er fort:

»Doch diese Eiferer und Glaubensschwärmer sind sehr fleißig. Unsere fetten Böden bearbeiten sie mit der gleichen Hingabe wie vormals Palästinas karge Krume. Darum holen sie hier ein Mehrfaches von dem heraus, was unsere chaldäischen Bauern erzeugen. Das gibt gute Geschäfte. Vielleicht lohnt es sich, wenn ihr an dieser Versammlung teilnehmt. Seht ihr den Alten mit dem weißen Bart, der sich dort drüben auf den Stock aus Buchsbaum stützt? Er ist ein berühmter Wahrsager und kann euch vielleicht die Zukunft entschlüsseln. Dann werdet ihr schon jetzt erfahren, ob ihr die verdammten medischen Hosenfurzer aufs Kreuz legen könnt oder ob sie euch vorher die Hälse abschneiden.«

Da kam mir plötzlich der Gedanke, daß vielleicht eine himmlische Eingebung helfen könnte, das Rätsel um den Verräter zu lösen. »Ein Wahrsager?« fragte ich, »weiß er denn wirklich zu erforschen, was erst noch geschehen soll? Oder schwatzt er nur dummes Zeug, wie jene Sterngucker, die auf den Märkten dummen Leuten Kupfer aus der Tasche locken?«

Der Babylonier schüttelte heftig den Kopf. »Selbst Nebukadnezar hat schon mit dem Alten gesprochen«, erwiderte er dann. »Die Priester behaupten, daß dieser Mann zu sieben großen Propheten gehört, die in diesen Tagen alle zugleich auf unserem Weltturm leben. Das lasen sie aus den Gestirnen am Himmel. Die Priester wissen noch nicht, wer diese Weisen sind und wo sie leben. Dieser Alte aber, meinen sie, gehört zu diesen Verkündern. Sein Name ist Ezechiel.«

X Der Verkünder

Mago und Arnuwan blieben zurück, um unsere Wagen und die Gefangene zu bewachen. Myron, Reguël und ich wanderten durch ein abgeerntetes Getreidefeld zu der Baumgruppe, in deren Schatten die Judäer ihrem Weisen lauschten. Der Prophet stand wie ein König in ihrer Mitte; er maß fast sechs Fuß. Unter seinen weißen, glattgekämmten Haaren blickten Augen wie Kohlen. Scharf wie der Schnabel eines Adlers stieß eine gekrümmte Nase zwischen den vom Wetter gegerbten Wangen hervor. Ein ungestutzter Bart verlängerte sein kühnes Kinn und in seinem Mund blitzten kräftige Zähne, als er zu seinen Landsleuten sprach:

»Am Ende jener sieben Tage hörte ich das Wort des Herrn. Er sprach zu mir: ›Du Menschensohn! Ich teile dich als Wächter deines ganzen Volkes ein. Wenn sich ein Mann aus Israel versündigt und du ihn nicht vor mir warnst, so werde ich den Frevler wegen seiner Verfehlungen töten – von dir aber fordere ich dann Rechenschaft über sein Blut. Wenn du ihn jedoch rechtzeitig warnst und er von seiner Sündhaftigkeit abläßt, so werde ich ihn verschonen, und er hat dir dann sein Leben zu danken!‹«

Die Zuhörer blickten den alten Mann ehrfürchtig an. Auch mich beschlich ein seltsames Gefühl, als ob ich Zeuge großen Geschehens sei. Einen Augenblick lang dachte ich daran, was es für uns bedeuten könnte, wenn diesem Mann wirklich eine besondere Kraft innewohnte.

Als wir die Gruppe erreicht hatten, verneigten wir uns höflich. Der alte Prophet hob grüßend die Hand und fragte: »Schickt euch Nebukadnezar zu mir?«

»Nein«, gab Reguël zur Antwort. »Wir sind keine Chaldäer, sondern phönizische Kaufleute auf einer Reise nach Parsumasch. Durch Zufall vernahmen wir von der gewaltigen Kraft deiner Weissagungen.«

»Nicht ich besitze Kraft, sondern allein der Herr«, erwiderte der Prophet.

Myron zog die Brauen hoch. Ich sprach zu Ezechiel: »Man sagt, du kannst in die Zukunft sehen. Wenn du mir verrätst, was mir bevorsteht, werde ich dich mit Gold und Silber belohnen.«

Der Prophet blickte mich verwundert an. Dann rief er: »Deshalb seid ihr gekommen? Um euch von mir wie von einem Sterndeuter weissagen zu lassen? Mit Gold wollt ihr mich verleiten? Weicht von mir, ihr Versucher!«

»Ich will deinem Gott die reichsten Opfer darbringen«, versprach ich, »wenn er dir die Macht verleiht, in meiner Zukunft zu lesen.«

»Glaubst du, man kann mit dem Allmächtigen feilschen wie mit einem Krämer?« fragte der weise Judäer empört. »Hebt euch von dannen, ehe euch der Zorn des Herrn vertilgt! Ich bin kein Wolkengucker oder Leberschauer und wahrsage auch nicht aus Lindenrinde wie die

Skythen. Gott schenkte mir die Weisheit nicht, damit ich sie für Gold verkaufe!«

Myron mischte sich ein und riet: »Laßt diesen alten Mann lieber in Ruhe. Sonst ruft er noch seine Männer zu Hilfe, und wir müssen unter diesen Leuten vielleicht gar ein Blutbad anrichten! In Jerusalem haben wir doch zur Genüge gesehen, was für Besessene diese Judäer sind! Denkt nur an diesen Jeremia!«

»Jeremia?« fragte Ezechiel und blickte uns verwundert an. Dann stieß er wieder viele judäische Worte hervor. Reguël übersetzte schnell. »Er will wissen, ob wir einem Jeremia begegnet sind«, erklärte der Midianiter. »Und auch, ob der Prophet noch am Leben sei. Was sollen wir ihm sagen?«

»Die Wahrheit«, erwiderte ich. Dann sprach ich zu dem Alten: »Ja, wir trafen Jeremia. König Zidkija und seine Krieger haßten ihn, weil er den Untergang Jerusalems voraussagte. Als wir den Propheten zuletzt sahen, lag er im Wachhaus gefangen. Wir wollten ihn retten. Auch zwei seiner Schüler, Baruch und Ebed-Melech, versuchten ihn zu befreien. Doch Jeremias Glaube war so stark, daß ihn weder der Eifer noch das Erz seiner Feinde schreckten. Was nach dem Untergang Jerusalems mit ihm geschah, wissen wir nicht.«

»Baruch! Ebed-Melech!« entfuhr es dem Verkünder. »An diesen Namen sehe ich, daß ihr nicht lügt.« Ezechiel ließ sich auf einen Baumstamm nieder und lud uns mit einer Handbewegung ein, neben ihm zu sitzen. Dann bat er mit freundlicher Stimme:

»Erzählt mir alles, was ihr in Jerusalem gesehen habt. Zögert nicht und laßt nichts aus! Hier an den Ufern des Grabens von Kebar verzehren wir uns vor Sehnsucht nach Zion und wissen doch nicht, wann uns die Heimkehr winkt.«

Ich empfand Mitleid mit dem Alten und berichtete ihm alles, was wir in Jerusalem erfahren hatten. Von dem Auftrag aber, Jeremia zu entführen, sprachen wir nicht. Auch verriet ich nichts von meinem Treffen mit Nergal-Sarezer. Als ich geendet hatte, sprach Ezechiel zu mir:

»Ich danke dir, Fremder, daß du meinen Wunsch erfülltest. Laß mich nun versuchen, ob ich auch deinem Begehren nachkommen kann! Allerdings ist es nicht meine Aufgabe, das Schicksal einzelner Menschen zu erforschen. Ich erfahre davon nur, wenn es Gott so gefällt. Aber wenn du mir von deinen Plänen berichtest, vermag ich dir vielleicht einen Rat zu erteilen, dem etwas von der Weisheit Gottes innewohnt. Denn ich bewahre seine Lehren in meinem Herzen.«

»Wenn es dir nicht möglich ist, in Erfahrung zu bringen, was deine Gottheit über meine Zukunft weiß«, gab ich zur Antwort, »so will ich mich mit dem begnügen, was dein Glaube lehrt. Höre also, daß ich auszog, das Blut meines Sohnes zu rächen. Ein fremder König ermordete ihn und sandte mir seinen Kopf. Ort und Täter zu nennen, verbietet mir die Pflicht gegenüber meinen Gefährten, die mir bei der Vergeltung beistehen wollen. Denn wenn der Schuldige erführe, daß wir seine Spur verfolgen, fielen wir alle dem Henker anheim. Sieh mein Schweigen daher nicht als Mißtrauen an, sondern als Vorsicht, wie sie dem Krieger wohl ansteht.«

Ezechiel blickte mir lange Zeit forschend ins Gesicht. Nach einer Weile sagte er:

»Um Blut von Menschen zu vergießen, fährst du auf hohem Wagen durch das Land? Ich dachte mir gleich, daß ihr keine Kaufleute seid. Bist du dir deiner Gerechtigkeit sicher? Schon manchen ließ nicht Pflichtgefühl, sondern Haß das Schwert ergreifen. Dann durfte seine Tat nicht mehr als gerechtes Werk der Rache gelten, sondern sie machte ihn zum Mörder. Hüte dich, daß dir nicht Gleiches widerfährt!«

»Ich weiß, wie ihr Judäer denkt«, erwiderte ich. »Auch Jeremia warnte mich vor Sünden bei Vergeltungstaten. Es überrascht mich, gerade bei euch auf solche Bedenken zu stoßen — bei Dienern eines Gottes, der seine Rache selbst an den eigenen Knechten so grausam und unerbittlich vollzieht.«

Der alte Prophet antwortete: »Nimm meine Warnung nicht als Zeichen von Weichheit! Wir Judäer haben mehr ertragen als alle anderen Völker. Schon viele Male läuterte uns der Allmächtige im Schmelztiegel seines Zorns. Wir wurden unter die Völker verstreut. Wir pflügen fremde Erde und essen das Brot der Knechtschaft. Dennoch lassen wir nicht von unserem Gott und dienen ihm weiter, bis er uns eines Tages verzeiht. Gilt dir das als Schwäche und Feigheit? Ich nenne es Stärke und Mut!«

Als Reguël uns diese Worte dolmetschte, schaute Myron den Propheten zweifelnd an. Auch ich fand es nicht leicht verständlich, daß er die Ergebenheit von Zwangsarbeitern mit Worten schmückte, wie sie eher den Helden von Schlachten gebühren. Doch um den alten Mann nicht zu kränken, verschwieg ich ihm meine Gedanken. Statt dessen sprach ich zu ihm:

»Es ist nicht meine Sache, über das Verhalten deines Volkes zu richten. Ich möchte nur wissen, warum du mich vor Werken warnst, wie sie deinem strengen Gott doch eigentlich gefallen müßten.«

»Du hast ganz recht«, antwortete Ezechiel. »Auch wir Judäer kennen die Pflicht zur gerechten Vergeltung. Sie ist in unseren ältesten Lehren enthalten: ›Leben für Leben, Auge für Auge, Zahn für Zahn, Hand für Hand, Fuß für Fuß, Brandmal für Brandmal, Wunde für Wunde, Strieme für Strieme‹ lautet dieses Gesetz. Ist das nicht gerecht? Aber das Anrecht auf Rache erlischt, wenn es dem Willen Gottes nicht entspricht.«

Myron konnte sich nicht länger halten und rief: »Ich glaube, die Not der Gefangenschaft hat deine Sinne verwirrt! Was geht uns dein Götze an? Er herrscht nur über die Judäer. Die anderen Völker kennen ihn nicht, und er hat keine Macht über sie. Noch viel weniger vermag er Menschen zu schaden, die an Götter überhaupt nicht glauben, so wie ich.«

»Armer Mann!« versetzte der alte Prophet. »Ein Leben ohne Glaube bleibt fruchtlos wie ein Feld ohne Saat, ziellos wie ein Roß ohne Reiter, nutzlos wie ein Windlicht ohne Docht! Aber ihr irrt, wenn ihr meint, Gott wünscht sich nur Judäer als Diener! Da es keine anderen Götter gibt, ist Jahwe Herr über alle Völker der Erde.«

Ich gab dem Griechen einen Wink und erklärte: »Solange uns dein Jahwe nicht im Wege steht, mag er herrschen, wo er will. Kannst du mir erklären, wie mein Rachewerk sein Mißfallen finden könnte, wo dieser Gott doch sogar kleinere Vergehen unversöhnlich ahndet?«

»Deine Rede ist anmaßend und voller Hochmut«, antwortete der Prophet. »Aber ich ahne, daß du nicht aus Bosheit, sondern nur aus Unwissenheit so verstockt bist. Höre also: Daß dein Mörder mit dem Tod bestraft werden soll, gilt bei allen Völkern als Gesetz. Wer aber soll diese Strafe vollziehen? Überläßt man es den Menschen, ein Urteil zu fällen, kann es geschehen, daß man den Falschen erschlägt. Des Menschen Verstand ist unvollkommen wie ein einäugiges Schaf: Zur einen Seite erkennt er alles mit Schärfe, zur anderen bleibt er blind. Das Werk des Mörders kann man leicht durchschauen – ein Blick auf den Leichnam des Opfers genügt. Weiß man dann aber auch, wer den Todesstreich führte? Ob er die Bluttat allein oder gemeinsam mit anderen vollbrachte? Was ihn dazu bewog, das Leben des Opfers zu nehmen? Und ob er die Tat inzwischen bereute?«

Unwillig entgegnete ich: »Ich weiß, wer meinen Sohn erschlug. Der Mörder selbst hat dafür gesorgt, daß ich es gleich erfuhr. Ob er allein oder mit Hilfe anderer handelte, hoffe ich bald zu wissen. Dann aber soll jede Hand, an der ein Tropfen vom Blut meines Sohnes klebt, abgehauen werden. Das habe ich geschworen und meine Gefährten mit mir. Die Beweggründe von Mördern kümmern mich nicht, und ihre Reue vermag mich nicht zu erweichen. Auge um Auge, Zahn um Zahn – ja, das gefällt mir. Auch Hammurabi, der einst die alten Gesetze der Stromländer aufschreiben ließ, hat so gedacht.«

»Hammurabi war nur ein Mensch. Wie wir steckte er voller Fehler«, sagte der alte Prophet. »Wie aber sollen Sterbliche, die selbst mit Sünden beladen sind, gerecht über die Verfehlungen anderer richten? Nein, Gott allein gebührt die Entscheidung über Leben und Tod. Wir Menschen dürfen höchstens seine Werkzeuge sein.«

»Ich verstehe nicht«, erwiderte ich. »Soll ich nun etwa zu deinem Gott beten, damit er mir seinen Willen erhellt? Du bist doch sein Prophet!«

»Ja, unser Herr ließ mich schon manches Wunder verkünden«, antwortete Ezechiel. »Aber wie könntet ihr, die ihr doch nicht zu Israels Söhnen zählt, die Bedeutung meiner Gesichte jemals enträtseln? Engel sah ich, mit vier Flügeln, die gingen, wohin der Geist Gottes sie lenkte. Zwischen ihnen brannte ein Feuer. Glühende Blitze zuckten aus seinen Flammen. Die Hüter des Himmels bewegten sich vorwärts und rückwärts zugleich. Sie änderten beim Gehen ihre Richtung nicht. Wie wollt ihr dies Geheimnis je begreifen? Neben ihnen rollten Räder, gefertigt aus grünlichem Chrysolith. Sie liefen zu Seiten der Wesen über die Erde und hoben sich mit den Geflügelten auch gen Himmel, denn der Geist wohnte in ihnen. Vermögt ihr euch das vorzustellen? Die Flügel der Engel rauschten wie Wasserfälle. Zu ihren Häuptern thronte eine Gestalt aus glänzendem Gold, umgeben von einem feurigen Kranz. Ein heller Schein umstrahlte ihr Haupt, so wie der Regenbogen das Himmelsgewölbe umrundet. Ja, ich schaute die Herrlichkeit Gottes – wie aber könnt ihr verstehen?«

»Vielleicht gelingt uns das eher, wenn du von irdischen Dingen berichtest«, versetzte ich. »Von Königen und Kriegen, Städten und Schätzen, Verbrechen und Vergeltung!«

Wieder erschien ein Ausdruck geistigen Schauens auf dem Antlitz des Alten. Dann berichtete er:

»Gott entrückte mich, und ich sah einen Mann ganz aus Bronze. Mit einer Meßlatte und einer leinenen Schnur wandelte er an der Mauer des neuen Tempels entlang und berechnete ihre Länge und Breite. Auch Dächer und Fenster, Pfeiler, Pforten und Palmenschmuck, Schranken, Schwellen, Stufen und Seitenwände, Tore und Opfertische vermaß er. Gott aber sprach zu mir: ›Du Menschensohn, dies ist der Ort, an dem ich meine Füße ausruhen will. Hier werde ich für immer unter den Söhnen Israels wohnen.‹ Seither weiß ich, daß unser Heiligtum auf dem Berg Zion eines Tages wieder aufgebaut werden wird.«

»Ein schöner Traum«, bemerkte Myron. »Und ein Traum wird es bleiben.«

»Unsere Zeit ist knapp bemessen«, sagte ich zu dem Propheten. »Was meint dein Jahwe nun zu meinem Plan? Heraus mit der Sprache!«

Ezechiel blickte mich mahnend an und erklärte: »Ich bezweifle, daß Gott deine Sache für wichtig hält, um mich mit der Eingebung zu erleuchten. Eines aber will ich noch zu bedenken geben: Wenn ein Mann eine Bluttat begeht und dann einen Sohn zeugt – sollen dann seine Häscher etwa nicht nur den Täter, sondern zugleich auch den Sproß seiner Lenden erschlagen? So war es früher im Stromland doch Brauch – findest du das etwa gerecht? Und wenn ein junger Mann zum Mörder wird – soll dann der Henker am Richtplatz zugleich auch den Vater enthaupten, weil er den Täter gezeugt hat? Nein, auch das entspräche nicht meinem Gerechtigkeitssinn. ›Nur wer sündigt, soll sterben‹ – dieser Spruch Gottes allein birgt wirkliche Gerechtigkeit, macht Sühne sinnvoll, wägt Tat und Vergeltung mit gleichem Gewicht.«

»Jeder Schlag wird mit seinesgleichen vergolten«, widersprach ich. »Tauscht man denn Gold gegen Sand, Schafe für Heuschrecken ein? Der Vater, der den Sohn verlor, hat ein Recht darauf, auch dem Mörder den Sproß seiner Lenden zu rauben. So verlangt es das Blutrecht.«

Ezechiel hob die Hand und entgegnete: »Ein Vater und sein Sohn bestehen aus demselben Fleisch. Dennoch darf die Schuld des einen nicht auch für den anderen gelten. Ebenso aber verhält es sich mit einem Mann in der Jugend und im Alter: Die Verbrechen des Jünglings dürfen nicht an dem Greis gerächt werden, der seine Taten bereut hat.«

»Das ist ja ganz etwas Neues«, entfuhr es Reguël. »Sind denn Schuld und Sühne nicht bei allen Völkern untrennbar miteinander verbunden? Ganz gleich, wie viele Jahre nach der Tat vergehen, bis der Richter endlich kommt? Nein, Prophet – gute Werke löschen die bösen nicht aus. Einmal muß jeder Mensch für seine Verbrechen büßen, mag er sich auch noch so lange vor seinen Verfolgern verstecken!«

»So wie der Sohn nicht für die Schuld des Vaters zahlen soll«, gab der Judäer zur Antwort, »so soll der Greis nicht für die Tat des Jünglings einstehen müssen. Denn der Herr sagt: ›Wenn der Schuldige sich von allen Sünden, die er beging, abwendet und nach meinen Geboten zu leben beginnt, so soll er nicht sterben. Umgekehrt aber gilt: Wenn ein Mann ein rechtschaffenes Leben aufgibt, dann soll er dafür den Tod erleiden, und seine guten Taten werden ihm nicht angerechnet.‹ Auch sagt der Herr: ›Ich habe keinen Gefallen am Tod eines Schuldigen — sondern daran, daß er auf seinem Weg umkehrt und am Leben bleibt.‹ Wenn aber Gott so befiehlt — wie können dann wir Menschen anders denken und handeln?«

Myron packte mich am Arm und sagte verächtlich: »Laß diesen alten Mann doch schwatzen! Er kennt Huwaksatara nicht. Sonst würde er nicht im Traum erwarten, daß diese Bestie sich bessert. Und was hätte das auch mit unserem Anspruch auf Rache zu tun? Wir vergeuden hier nur unsere Zeit.«

Ich schüttelte die Hand des Griechen ab und erklärte: »Ich will noch mehr darüber hören. Auch im Irrtum liegt manchmal Erkenntnis, und das Licht der Wahrheit strahlt nirgends heller als vor dem Dunkel der Torheit.«

Reguël fragte: »Soll ich das auch übersetzen?«

»Natürlich nicht!« erwiderte ich. »Es hätte doch keinen Sinn, den alten Mann zu verärgern! Wir wollen ihn statt dessen lieber fragen, wie er sich an unserer Stelle verhalten würde.«

Als der Prophet den Sinn meiner Worte verstanden hatte, schwieg er für eine Weile. Dann blickte er uns der Reihe nach an und sprach:

»Prüft stets, ob ihr im Sinne Gottes handelt! Bedenkt, wie leicht die Menschen irren. Entscheidet nicht vorschnell, handelt ohne Haß und richtet euch nach dem Gesetz. Dann werdet ihr tun, was Gott gutheißt.«

Myron stieß laut den Atem aus, als er das hörte. Auch

ich verspürte ein Gefühl der Befriedigung. Reguëls Blick verriet mir, daß er genauso empfand. Denn an unserem Anspruch auf Huwaksataras und Gauratars Leben war nach keinem Gesetz der Welt auch nur im geringsten zu deuten. Freundlich sagte ich nun:

»So heftig ich dir vorhin widersprach, so dankbar nehme ich nun deine Worte an. Ja, wir wollen so handeln, wie du uns rätst. Denn dein Vorschlag zeugt von großer Weisheit. Sage uns nun aber auch, was du sonst noch in der Zukunft erblickst. Vielleicht enthalten deine Worte noch weitere Hilfen für uns.«

Der alte Prophet nickte uns zu und erklärte: »Gott ließ mich schon manches schauen, was er in künftigen Tagen plant, damit ich meinem Volk davon erzählen soll. Was ich den Söhnen Judas berichtet habe, braucht vor euren Ohren kein Geheimnis bleiben.«

Dann kündete Ezechiel uns von Ereignissen in naher und ferner Zukunft, vom Lauf der Welt und von den Schicksalen der Völker, wie wir es schon im Wachhaus zu Jerusalem von Jeremia vernommen hatten. Wir hörten schweigend zu. Und so vermessen die Worte des alten Mannes uns manchmal erschienen, der doch nur ein Führer von Besiegten war, so spürten wir in seiner Rede doch eine unerklärliche Kraft. Und wieder war mir, als sei ich der Gast eines Großen in der Geschichte des Menschengeschlechts.

Furchtbar klang, was der Prophet den Ländern der Erde und ihren Herrschern verhieß. Vor allem den Nachbarn der Judäer, die sich an der Not Jerusalems geweidet hatten, sagte Ezechiel das Verhängnis voraus: Die Ammoniter zum Beispiel werde Gott den Völkern des Ostens untertan machen. Ihre stolze Hauptstadt Rabba solle vom Kot fremder Kamele zugedeckt werden. Diese Eroberer würden auch Moab die Flanke aufreißen. Edom werde vom Herrn selbst zur trostlosen Wüste gemacht. Noch viele andere Völker, und darunter vornehmlich alte Feinde Assyriens, nannte der Seher beim Namen, bis ich am Ende fröhlich rief:

»Wahrlich, weiser Mann, deine Worte munden süß wie Honigseim und klingen froh wie die Zimbeln des Festes. Wenn mir auch der Glaube fehlt, der Stärke deines Gottes zu vertrauen, erfüllt mich doch schon allein die Vorstellung solchen Geschehens mit Freude. Denn gegen die Länder, die du uns nanntest, habe ich selbst oftmals Kriege geführt, damals, als Heerführer der Assyrer.«

Zu meiner Überraschung blickte mich der alte Prophet bei weitem nicht so freundlich an, wie ich erwartet hatte. Sondern er schaute mir düster ins Auge und sprach:

»Ein Assyrer bist du? Hätte ich das vorher gewußt, so wäre mein Mund verschlossen geblieben. Gab es doch auf der Welt niemals ein schlimmeres Volk als die Knechte Assurs, die der Herr zu unserem Heil vom Angesicht der Erde tilgte!«

»Was redest du da, alter Mann!« sagte ich verwundert. »Kämpften denn wir Assyrer damals nicht gegen die gleichen Völker, die nun auch dein Jahwe vernichten will? Freilich, ich weiß, daß Ninives Könige früher auch gegen Jerusalem zogen. Aber das ist doch schon so lange her! Wandelt sich die Feindschaft alter Gegner nicht später oftmals in Freundschaft, weil jeder die Tapferkeit des anderen zu schätzen gelernt hat? So soll es auch bei uns sein, alter Mann!«

Ezechiel aber blickte mich immer finsterer an und versetzte:

»Von Freundschaft wagst du zu reden, du Erzfeind Israels und der Judäer? Weißt du denn nicht, was Gott von euch sagte, als er unsere Sünden aufzählte und Jerusalem dabei mit einer Ehebrecherin verglich? ›Du hast die bunten Gewänder, die ich dir gab, dazu genommen, um deiner Geilheit zu frönen‹, so sprach der Herr zu der verruchten Stadt. ›Der Ruf deiner Schönheit drang zu allen Völkern. Du aber hast deinen Ruhm mißbraucht und dich zur Dirne gemacht. Jedem, der vorüberging, botest du deinen Leib an, zeigtest du deine Brüste und Scham, warst du am Ende zu Willen!‹ Die Ägypter und die Assyrer aber waren die ersten, die mit Jerusalem Unzucht getrieben haben. Euretwegen hat Gott die Stadt der Vernichtung geweiht. Euretwegen wurden die besten Männer erschlagen und so viele Menschen in die Verbannung geführt. Da soll ich dich nicht hassen?«

»Wo gehobelt wird, fallen Späne«, gab ich zur Antwort. »Wo ist das Heer, in dem es nicht auch schlechte Menschen gibt? Wenn eine Stadt erobert wird, so müssen ihre Frauen sich den Fremden unterwerfen. Das ist nun einmal des Siegers Recht.«

Doch Reguël übersetzte meine Worte nicht, sondern erklärte: »Dieser Prophet meint keine fleischliche Unzucht, sondern eine Untreue des Glaubens: Ihr Gott zürnt ihnen, weil sie sich mit fremden Götzen eingelassen haben. Um ihnen die Verwerflichkeit ihres Treuebruchs besser begreiflich zu machen, griff der Prophet zum Sinnbild ihrer Stadt als Dirne.«

»Dann«, befahl ich dem Beduinen unmutig, »frage ihn doch, was die Assyrer Schlimmeres zu dem Verrat der Judäer an ihrem Gott beitrugen als alle anderen Völker, die er offenbar weniger hassenswert findet als uns. Ja, einstmals wurden die Judäer von den Assyrern besiegt. Aber so ist nun einmal der Lauf der Welt, daß der Löwe selbst den starken Eber überwindet, wenn ihre Wege sich an einem Wildwechsel kreuzen.«

»Wenn du erlaubst«, erklärte Reguël, »sage ich statt

›Eber‹ lieber ›Wolf‹. Mit Schweinen haben diese Leute hier nicht viel im Sinn.«

Ezechiel schaute mich nachdenklich an. Sein erster Zorn schien sich gelegt zu haben. Doch in seiner Stimme klang tiefe Verachtung, als er nun sprach:

»Und darauf bist du stolz, Assyrer? Scheint es dir erstrebenswert, Macht über andere zu erringen und fremden Völkern zu befehlen?«

»Solange Assyrien bestand«, gab ich zur Antwort, »herrschte Frieden im Stromland. Kein Nomadenstamm trieb seine Herden in die Gärten der fleißigen Bauern. Keine auch noch so volkreiche Stadt raubte den streifenden Viehhirten Wasser und Weide. Räuber spießten wir auf Pfähle, Dieben schnitten wir die Hände ab. Gegen Feinde schützten wir unsere Untertanen mit unserem Blut. Wann besaß eine Herde je selbstlosere Hirten?«

Der alte Prophet entgegnete mit bitterem Lachen:

»Hirten! Wenn ich das höre! Mörder und Totschläger wart ihr Assyrer! Euer Ende gereichte der Welt zum Segen. Wer gab euch das Recht, anderen Menschen euren Willen aufzuzwingen, als seien sie nur mindere Geschöpfe? Wer machte euch zu Herren dieser Erde, wenn nicht der bloße Eigennutz, gepaart mit Grausamkeit, Gewalt und Gier?«

Ich schwieg. Ungewohnte Gedanken durchtosten plötzlich meinen Sinn. Einen Augenblick lang dachte ich, Ezechiel habe recht, und die Assyrer seien wirklich über ihre Nachbarn hergefallen wie Marder über die wehrlosen Mäuse. Dann aber sah ich das Antlitz des Uras wieder vor mir, dessen Gebeine auf der Hochebene Mediens verfaulten. Da sagte ich voller Stolz:

»War es nicht unsere Pflicht, andere zu beherrschen? Befiehlt in der Herde nicht stets der stärkste Stier? Führt nicht der höchste Hirsch das Rudel? Richtet sich denn die

Rotte nicht nach dem kräftigsten Keiler ... will sagen, wehrhaftesten Wolf? Altern dann diese Leittiere aber und werden sie schwach, so fallen die anderen über sie her und reißen sie fröhlich in Stücke. Auch wir Assyrer haben diesen Preis bezahlt. Was also wirfst du uns noch vor?«

»Daß ihr den Völkern eine Geißel wart, den Städten ein Erdbeben und den Menschen eine Pest!« antwortete der Prophet voller Zorn. »Mitleidlos habt ihr Assyrer alle abgeschlachtet, die sich gegen euch stellten. Deines Volkes Taten sollen ewig unvergessen sein!«

»Vorhin hast du gesagt: ›Nur wer sündigt, soll sterben‹«, erwiderte ich. »Ich tötete nur im Kampf und setzte dabei selbst mein Leben ein. Wenn es damals euer Gott war, der euch für eure Untreue bestrafen wollte, so handelten wir als sein Werkzeug. Doch ich kam nicht hierher, um mir von dir Verzeihung zu holen. Ebensowenig strebe ich nach der Vergebung deines Jahwe, an den ich nicht glaube. Die Götter sind tot, und über den Wolken weitet sich nur blaue Endlosigkeit und Leere.«

Ezechiel schaute mich nun ein wenig freundlicher an und erklärte:

»Natürlich! Wie kannst du an unseren Gott glauben, wenn du so gut wie nichts von ihm weißt! Aber es freut mich, daß du wenigstens nicht länger denkst, es gebe noch andere Himmelsbeherrscher. Denn so spricht der Herr: ›Ich will die Götzen vernichten.‹ In deinem Herzen ist das bereits geschehen. Wenn du in Zukunft als Gerechter lebst und nicht weiter sündigst, wird dir am Ende vielleicht Erlösung von deinen Sünden zuteil.«

Reguël dolmetschte uns Ezechiels Worte mit tiefem Ernst. Auch mir schienen sie des Nachdenkens wert. Darum fragte ich den Propheten:

»Wie soll das deiner Ansicht nach geschehen? Woran merkt ihr, daß Gott verzeiht? Treibt auch ihr einen Ziegenbock in die Wüste, beladen mit den Sünden der ganzen Gemeinde?«

»Bei Asasel«, sprach Reguël. »Willst du jetzt auch noch den Glauben der Midianiter verhöhnen?« Dann aber übersetzte er meine Worte. Ezechiel schwieg eine Weile. Dann gab er eine Antwort, die ich nicht vergessen werde.

»Es wird so geschehen«, sagte der alte Prophet, »wie es der Herr mir verhieß. ›Für meine Herden setze ich einen Hirten ein. Dieser wird sie weiden und vor den Wölfen des Waldes bewahren. Dann werden sie erkennen, daß ich der Herr bin!‹«

Selbst Myron lächelte nicht mehr. In der beginnenden Dämmerung schienen die Augen des alten Propheten zu glühen. Mit erhobener Stimme sprach er:

»So lautet der Spruch des Herrn: ›Ich segne und beregne die Felder und Fluren, bis sattes Grün das einstige Ödland bedeckt. Die mir vertrauen, leben darin in Frieden. Sie werden weder Schmähungen noch Schwertern ausgesetzt sein. Der von mir Gesandte wird sie beschützen. Dann werden sie wissen, daß ich der Herr bin.‹«

Als er geendet hatte, sagte ich leise:

»Auch Jeremia verhieß dem Judäervolk einen Befreier. Damals dachte ich aber, daß den Verschleppten vielleicht ein gewaltiger, unbesiegbarer Held zu Hilfe eilen würde. Nach deiner Rede aber scheint es, als ob dieser Gottgesandte vornehmlich Werke des Friedens vollbringen solle. Wie kann er sich damit gegen eure mächtigen Feinde behaupten?«

Wieder verging lange Zeit, ehe Ezechiel antwortete: »Die Befreiung, die Gott uns verheißt«, erwiderte der Prophet schließlich, »ist nicht nur eine Erlösung von weltlichen Plagen, sondern Gott will auch unseren Geist den Banden der Schuld und Verleumdung, der Angst und

Verwirrung, des Unglaubens und der Hoffart, der Dummheit, Lüge und Schwäche entreißen. So spricht der Herr: ›Ich befreie sie von aller Sünde. Dann werden sie und ihre Kindeskinder für immer in Sicherheit leben, und mein Friedensbund mit ihnen wird ein ewiger Bund sein!‹«

Damals hielt ich diese Worte nur für den Ausdruck sehnsüchtiger Hoffnung. Denn welche Macht, überlegte ich, sollte stark genug sein, dieses erbärmliche, winzige, wehrlose und entmutigte Volk aus den Händen so mächtiger Feinde wie der Chaldäer zu retten? Später aber sollte ich erkennen, daß der Jahwe der Judäer nicht, wie Assur, nur ein Gott für Sieger war, sondern ein Beschützer der Besiegten, ein Hort der Hilflosen, ein Schild der Schwachen, ein Gnadenquell der Gedemütigten und selbst den Toten ein Trost.

XI Der Plan

Als wir am Abend lagerten, berichtete Reguël Mago und Arnuwan von dem Gespräch mit dem judäischen Propheten. Der Tyrer sagte: »Ihr scheint ja sehr beeindruckt zu sein. Glaubt ihr am Ende wirklich, daß dieser Alte von einem Gott angerührt ist? Laßt euch sagen, daß überall in Syrien sehr viele Verrückte auftreten, die allerhand erstaunliche Dinge verkünden. Man nennt solche Leute ›rasende Münder‹, und ihre Wahrheiten sind so verschieden wie ihre Gestalten. Sie widersprechen einander, streiten und bekämpfen sich, verfolgen ihre Gegner mit eiferndem Haß, lügen und betrügen, daß es jedem ehrlichen Menschen ein Graus ist. Es bedarf schon einer ziemlichen

Arglosigkeit, den Worten solcher verwirrter Geister Glauben zu schenken.«

»Bei Asasels lanzenlangem Liebesnagel, was weißt denn du davon, du tyrischer Leutebetrüger und Zahlenverfälscher«, erwiderte der Midianiter. »Freilich, ihr Phönizier betet allein zu den Göttern des Goldes und glaubt nur, was ihr mit Händen zu greifen vermögt. Wie auch die Kaufleute sonst das Geistige nur im Weinkrug entdecken, Höheres lediglich in ihren Preisen erstreben und ihren Geiz für eine Art Gottesdienst halten. Daß es auch Werte außerhalb der Warenlager gibt, Güter von geistiger Natur, das werdet ihr wohl nie begreifen.«

»Das sagt mir ein Wegelagerer und Witwenmacher wie du«, erboste sich Mago. »Deine Frömmigkeit erschöpft sich doch darin, uns bei jeder Gelegenheit über die Geschlechtsteile deines Götzen zu unterrichten. Mir scheint, dein Glaube gründet sich nicht auf heiliges Wissen, sondern auf sündigen Neid!«

»Was den Zusammenhang zwischen Ansicht und Auge betrifft«, mischte sich Myron ein, »geht es nicht nur den Kaufleuten so, daß sie nichts glauben, was sie nicht selbst gesehen haben. Auch uns Hellenen hat man schon viel zuviel von bärtigen Wolkenschiebern gefaselt. Wissenschaft um die Dinge der Welt erwirbt man sich nur durch den genauen Gebrauch der fünf Sinne. Dieses Göttergerede jedoch gleicht dichtem Qualm, der die Wirklichkeit verschleiert.«

»Diese Entscheidung muß jeder selbst für sich treffen«, erklärte ich. »Gibt es denn nicht auch Menschen, die dieser Sinne entbehren? Der Blinde sieht die Sonne nicht – steht sie nicht trotzdem strahlend am Himmel? Der Taube vernimmt nicht das Grollen des schwarzen Gewitters – donnert es nicht dennoch nach jedem Blitz? Ihr wißt, daß ich seit Assyriens Ende nicht mehr an Götter glaube. Wer von uns aber könnte beweisen, daß es nicht doch einen gibt? Vielleicht ist uns nur ein weiterer Sinn verlorengegangen, einer, der vielleicht im Herzen beheimatet war und dazu diente, unseren Schöpfer zu erkennen!«

»Du drehst dich wie ein ruderloses Schiff im Sturm«, entgegnete Arnuwan. »Das liegt wohl daran, daß du soviel Leid ertragen mußtest. Himmelsbeherrscher, die davon abhängig sind, ob wir Menschen sie erkennen oder nicht! Das klingt ja fast, als hätten nicht Götter die Menschen erschaffen, sondern Menschen die Götter.«

Am nächsten Morgen rollten wir durch die Hochsteppe Eden nach Süden, vorbei an der Götterwiege Nippur und den Ruinen der Geierstadt Lagasch. Auf einem Floß aus luftgefüllten Ziegenbälgen überquerten wir den durch zahlreiche reißende Nebenflüsse mächtig angeschwollenen Tigris. Drei Tage lang führte unser Weg durch Sümpfe und Schwemmland, bis wir den schnellen Strom Uknu erreichten, der von den Griechen Choaspes genannt wird. An seinem Oberlauf fließt er in einer Entfernung von nur einem Tagesmarsch an Ekbatana vorbei. Wir aber wandten uns ostwärts. So erreichten wir den schmalen, nicht oft benutzten Handelsweg, der von Susa nach Parsumasch führt.

Der Krötenfluß Ulai oder Euläus, dem dieser schlechte Pfad folgt, windet sich mitten durch felsige Klüfte, deren Sohlen nur selten ein Strahl der Sonne bescheint. An seiner Quelle beginnt die Hochsteppe, die in das Innere Asiens führt.

Als wir auf dem schier endlosen Grasland die Grenzpfähle von Parsumasch erreichten, sprengte ein Wachtrupp persischer Panzerreiter herbei, Männer jener Abteilung des medischen Heeres, deren Angriffswucht dem vernichtenden Anprall assyrischer Kampfwagen nur wenig nachstand. Selbst bei ihren Vettern in Ekbatana waren die Parsumaschkrieger gefürchtet. Nur die geringe Zahl ihrer Kämpfer hinderte sie daran, sich selbst ein Großreich zusammenzurauben. Wir gaben uns wieder als Kaufleute aus. Die Grenzwächter forderten uns jedoch auf, ihnen in ihre Hauptstadt Anschan zu folgen.

Das wandernde Anschan breitete sich als eine Ansammlung schwarzer Ziegenfellzelte im Tal eines kleinen Flusses aus. Viele zehntausend Schafe weideten zwischen vom Wind zerzausten Zypressen und niedrigen Krüppelkiefern. In ausgedehnten Koppeln tummelten sich Tausende edler Pferde. Am meisten aber überraschte uns der Reichtum der Perser an Kindern. Denn vor jeder Unterkunft tollte wenigstens ein Dutzend Jungen und Mädchen jeglichen Alters.

Es wäre uns zwar ohne Zweifel gelungen, die zwölf gepanzerten Reiter niederzumachen. Aber danach hätten wir uns mit dem gesamten Parsumaschheer herumschlagen müssen. Außerdem trieb mich die Neugier zu erfahren, welchem Umstand wir die besondere Aufmerksamkeit der Perser verdankten.

Vor dem größten Zelt stand ein junger, hochgewachsener Mann mit breiter Brust und blondem Bart. Ein eherner Harnisch umschloß seinen Leib, ein Schafspelz schützte seine Schultern vor der Kälte, seine Füße steckten in geschnürten Stiefeln und seine Rechte hielt eine Wurflanze aus Eschenholz. Wir stiegen von unseren Wagen. Er lächelte uns freundlich zu und sagte in ein wenig holprigem Akkadisch:

»Willkommen in Parsumasch, Kaufleute! Selten nur ziehen fahrende Händler durch unser Land. Noch mehr verwundert mich, daß ihr euch noch so spät im Jahr durch unsere Gebirge wagt. Ganz sicher trieben euch triftige Gründe!«

»So ist es, König«, gab ich höflich zur Antwort, obgleich ich wußte, daß der Perser wohl nur ein Fürst oder Häuptling war. Der Hüne blickte mich aufmerksam an. Dann trat er zu unseren Fahrzeugen und begutachtete unsere Waffen. Als er Arnuwans eherne Kugel erblickte, gab er dem Luwier einen fragenden Blick. Arnuwan nickte. Da hob der Fremde das schwere Gerät empor, ließ es einige Male durch die Luft kreisen und erklärte:

»Wahrlich, dieses Schmuckstück wünschte ich an manchen Schädel! Ihr scheint wohlgerüstet für die Fahrt. Hier, nehmt Brot und Salz! Ihr sollt meine Gastfreunde sein, denn ich begehre mit euch zu reden.«

»Wir vertrauen dem Adel deiner Gesinnung, König«, erwiderte ich, »und nehmen dein Angebot dankbar an.« Arnuwan holte, von den persischen Wächtern mißtrauisch beäugt, aus einer unserer Truhen einen prachtvollen Becher aus Babel, reichte ihn dem Anführer und sprach: »Möge der Wein darin niemals versiegen. Auch ich bin ein König aus schroffem Gebirge und weiß, wie kalt die Nächte in der Höhe sind.«

Die beiden Männer maßen einander mit Blicken. So hoch sich der Perser auch reckte, der Luwier überragte ihn doch wie ein Adler den Falken. Dann hob der Fremde den Becher. Einer seiner Bediensteten eilte mit einem Weinschlauch herbei. Mit geübtem Gelenk verspritzte der Parsumaschherrscher einige Tropfen zu Ehren der Götter. Dann winkte er uns in sein Zelt.

Tomyris, deren Unterschenkel gut heilte, stützte sich auf Mago. Turban und Gewand verhüllten, daß sie eine Frau war. In der geräumigen Behausung des Persers blakte ein Holzkohlenfeuer. Der Rauch entwich durch eine runde Öffnung in dem spitzen Dach. Bärenfelle bedeckten den Boden. Klobige, aber bequeme Möbel aus Eichenholz standen im Kreis. Schwere Kisten und Truhen am Rand bargen kostbares Opfer- und Tafelgerät, dazu erlesene Waffen und Schmuck von mancher Raubfahrt in reichere Länder. Denn so jung das Perservolk damals noch war, hatten seine lanzenbewehrten Reiter ihre hochbeinigen Rosse doch schon im Oxus und Jaxartes, Euphrat und Tigris, im salzreichen Halys und selbst im Indus getränkt.

Wir lagerten uns auf Pelzen und buntgemusterten Kissen, tranken unserem Gastgeber zu und lobten die Schönheit seines Landes. Der Perser wies unsere Worte jedoch mit einem Lächeln zurück und erklärte:

»Nachdem ich eure Waffen sah, hielt ich euch für Krieger. Nun aber machen mich eure Reden in meiner Meinung schwanken. Denn ihr schmeichelt so geschickt, wie es gemeinhin nur listige Händler vermögen. Ich weiß sehr wohl, daß ihr Gegenden entstammt, neben denen mein kleines Reich etwa so prächtig erscheint wie ein Hühnerstall neben dem Palast des Pharao oder ein Floß aus Hammelhäuten neben dem fünfzigrudrigen Prunkschiff Phöniziens. Verschont mich also mit höflichen Lügen! Wir sind hier nicht in einer Schule für Schranzen. Ich bin kein König, sondern nur ein geringer, wenn auch getreuer Knecht meines Herrn, des glorreichen Huwaksatara. In seinem Namen verwalte ich Parsumasch als mein erbliches Lehen. Ich bin Kambyses, Fürst der Perser, und decke mit meinem Schild die Leber des Höchsten, der über die Welt gebietet.«

»Mit der bescheidenen Ausnahme Lydiens, Babylons, Syriens und Ägyptens sowie noch weiterer, weniger wichtiger Länder«, sagte der Luwier trocken. »Macht nichts! Nennt sich doch auch der Pharao noch heute Vater der anderen Herrscher, obwohl er von diesen inzwischen schon regelmäßig verdroschen wird.«

Der Perser lachte. »Wohlgesprochen!« rief er. »Ihr seht, auch ich bin gegen das Geschwätz der Höflinge nicht gefeit. Ja, ich nehme manchmal sogar selbst die Ausdrucksweise dieser Ohrenbläser an, die auf dem Bauch vor Huwaksatara umherkriechen und wie Schnecken schleimen! Ich danke dir, daß deine Worte mich an das gemahnten, was mein erhabener Lehnsherr von mir viel eher erwarten darf: keine gereimten Reden, sondern schallende Schlachtrufe sollen ihm meine Treue bekunden. Nun aber nennt mir eure Namen, auch eure Herkunft und euer Ziel! Berichtet mir zudem von den Ländern, die ihr bereist habt. Neuigkeiten dringen selten in mein Land.«

Ich stellte mich und die Gefährten vor, gab uns dabei jedoch andere Namen und erklärte Arnuwan und mich vorsichtshalber wie Myron zu Griechen. Tomyris bezeichnete ich als den Sohn eines Kaufmanns aus dem Philisterland. Dann erzählte ich dem Perser, daß wir nach Indien ziehen wollten, um von dort Seide, Gewürze und Edelsteine zu holen. Aber Kambyses zeigte sich mit dieser Auskunft nicht zufrieden, sondern erklärte:

»Nicht doch, liebe Gäste! Ich möchte alles viel ausführlicher hören — nicht nur eure Berichte vom Zweistromland, sondern auch alle Nachrichten aus den Gebieten der untergehenden Sonne, aus Syrien und Ägypten!«

Nun berichtete Myron von den Ereignissen am Nil, und Mago schilderte seine Fahrt um Libyens Küsten. Reguël erklärte dem Perser schließlich die Belagerung Jerusalems in allen Einzelheiten. Mir aber blieb am Ende, Kambyses die traurigen Reste von Assur zu schildern. Alle taten wir so, als hätten wir diese Länder als fahrende Händler gesehen und wüßten überdies so manches nur vom Hörensagen. Der Perser nahm alle Nachrichten in sich auf, wie sich ein Schwamm voller Wasser saugt. Als er Myrons Erzählung vernahm, leuchteten seine Augen, und ebenso begierig blickte er, als ich ihm schließlich die Herrlichkeit Babels beschrieb.

»Babylon«, seufzte Kambyses am Ende aus tiefster Brust, »du stolze Stadt inmitten gesegneten Landes! Anders als hier, wo Pferde und Rinder, Schafe und Ziegen nur trockenes Gras und saftlose Flechten zu fressen bekommen! Wohnten wir in der Hochsteppe Eden, strömte die Milch gewiß doppelt so reich aus den Eutern der Stuten! Dann brächten die Schöße der Mutterschafe wohl alle Jahre Zwillingsgeburten hervor, und das Fleisch der Ochsen schmeckte fett wie Sahne! Aber es ist nun einmal im Weltenplan vorgesehen, daß wir Perser in einem so kargen Land hausen sollen, im Sommer von Sonne gebacken, im Winter verweht unter Schnee.«

Dabei blickte der Parsumaschfürst jedoch gar nicht traurig drein, sondern er klatschte fröhlich in die Hände. Und die Diener, die auf dieses Zeichen hin in das Zelt traten, schienen ihren Herrscher Lügen strafen zu wollen. Denn sie trugen in dampfenden Schüsseln knusprig gebratenes Fleisch, dazu gegarte Stücke von Leber und Herz, schließlich auch gedünstete Wurzeln, Möhren und noch andere Gemüsesorten herbei. Auch gossen sie uns saure Stutenmilch in große, silberne Becher, so daß unser Gastmahl bald zum Gelage geriet. Denn in Wirklichkeit wuchsen auf Parsumaschs Weiden keineswegs nur dürre Stengel, karge Halme und trockene Moose, sondern der Boden brachte an vielen Stellen strotzende Gräser, saftigen Klee und zahllose andere Futterpflanzen hervor.

Als wir geschmaust hatten, ließ unser Gastgeber laut die Luft in beiden Richtungen aus seinem Magen entweichen und fragte dann: »Nun also wollt ihr nach Indien fahren. Zieht es euch denn in die nördlichen Teile jenes gewaltigen Erdteils? Etwa nach der Adlerburg Agalassa, wo die zottigen Ochsen der Hochsteppen Asiens täglich die Waren des Ostens hinab in die Tiefländer tragen? Oder möchtet ihr lieber die sonnenverbrannten, meernahen Täler des indischen Südens bereisen, indem ihr vielleicht den Korallenhafen Pattala aufsucht? Dorthin pflegen die schnellen Schiffe der Äthioper die kostbarsten Steine, Gewürze und Stoffe von Taprobane, der noch von keinem Reisenden des Westens betretenen Insel der Menschenfresser, zu bringen.«

»Wir wissen es noch nicht«, gab ich zur Antwort. »Das hängt davon ab, wo wir am leichtesten über die Berge kommen. Noch ein paar Tage, dann sind alle Pässe im Osten verschneit.«

»Wenn ihr nach Süden fahrt«, erklärte Kambyses, »braucht ihr euch nicht zu beeilen. Wollt ihr aber zur Adlerfeste, dann sputet euch! Denn hinter dem kalten Karmanien türmen sich die Hochgebirge wie Wälle auf. Vom Eis ihrer Grate stürzte schon mancher mutige Mann in bodenlose Schluchten. Übrigens würde ich euch nicht einmal im Sommer zu einer Reise in dieses wilde Land raten. Denn in diesen Bergen, auf dem schwarzen Felsen von Arachot, herrscht Gauratar – ein Fürst, so grausam und verschlagen, wie nur ein Skythe sein kann. Wir dienen zwar demselben Herrn, doch wir sind keine Freunde. Am liebsten würde ich nach Osten ziehen und die Skythen mit meinen Panzerreitern für immer von medischem Boden vertreiben! Aber unglücklicherweise steht Gauratar hoch in Huwaksataras Gunst. So sind mir die Hände gebunden.«

Danach begehrte Kambyses wieder von Babylon zu sprechen. Als ich ihm zu Gefallen von neuem den Prunk und die Pracht der Weltstadt am Euphrat in schillernden Farben zu schildern begann, eilte der Perser plötzlich hinaus. Nach wenigen Augenblicken kehrte er mit einem kaum dreijährigen Knaben zurück.

»Das ist Kurasch, mein Erstgeborener«, sagte Kambyses voll Vaterstolz. »Er wird, wenn ich gestorben bin, mein Lehen erben. Höre gut zu, mein Sohn, damit du von den Wundern erfährst, die draußen in der Welt auf unser Perservolk warten.«

Der Knabe nickte ernst und setzte sich nach Kriegerart mit untergeschlagenen Schenkeln vor mich auf ein Kissen. Sein anmutiges Antlitz und seine lebhaften Augen bezeugten die vornehme Abstammung des kleinen Jungen. Kambyses berichtete stolz:

»Mein Geschlecht ward einst von Göttern begründet. Aber auch in den Adern der Mutter meines Sohnes pulst uraltes Blut. Denn sie ist eine Tochter Huwaksataras, dessen Schwiegersohn ich dadurch bin, und eine Schwester Istewegus. Ihr Name ist Mandane. Niemand gleicht ihr an Schönheit und Adel.«

Als ich den jungen Kurasch anschaute, sah ich vor meinem inneren Auge plötzlich das Bild meines Sohnes, und der Gram riß an meiner Seele. Doch bald gewann ich wieder Gewalt über meine Gefühle und lobte:

»Du bist glücklich zu preisen, Kambyses! Schon jetzt macht dein Erbe dir Ehre. Gern will ich deinem Sohn vom Stromland berichten, das er gewiß auch selbst einmal bereisen wird.«

Dann erzählte ich weiter vom Glanz und Glitzer Babylons. Wenn mir einmal die Worte fehlten, sprangen meine Gefährten ein und suchten mich noch zu übertreffen. Bald begannen die hellblauen Augen des Kindes zu leuchten wie die seines Vaters. Manchmal schien es mir fast, als vergäßen die beiden zu atmen, so aufmerksam hörten sie zu. Doch dann geschah plötzlich etwas sehr Merkwürdiges:

Gerade als Myron die neuen Mauern von Babel für nahezu unübersteigbar erklärte, stieß Kurasch auf einmal heftige Laute des Unwillens hervor. Myron streckte die Hand aus, um dem Fürstensohn tröstend die Wange zu tätscheln. Doch der Knabe wehrte sich gegen diese Berührung, und als der Grieche nicht nachließ, packte Kurasch plötzlich den Zeigefinger meines Gefährten und biß mit aller Kraft hinein.

Myron brüllte vor Schmerz und zog seine Hand schnell wieder zurück. Blut tropfte zu Boden. Wir mußten lachen. Am meisten erheiterte sich Kambyses. Er schlug seinem Sohn auf die Schulter und rief:

»Welch ein Glück, daß Griechen und Perser so weit voneinander entfernt leben. Wohnten sie nämlich als Nachbarn nebeneinander, würde es zwischen ihnen wohl nicht lange friedlich zugehen!«

Myron lächelte verbissen und versetzte, wobei er den Namen des Knaben auf griechische Weise aussprach: »Dein Sohn Kyros scheint Hunger auf Hellenenfleisch zu verspüren. Ich habe bisher nicht gewußt, daß wir so köstlich schmecken.«

Spät in der Nacht legten wir uns in drei großen Zelten zur Ruhe. Wenig später rüttelte mich eine Hand aus dem Schlaf, und eine Stimme raunte mir ins Ohr: »Steh auf. Dagon, und folge mir. Leise!«

Es war Kambyses.

Da der Perser meinen Namen kannte, ahnte ich, daß er auch von unserem Vorhaben wußte. Ich ergriff mein Schwert und schlich geduckt ins Freie. Im Mondlicht sah ich, wie Kambyses einen langen Blick auf meine Waffe warf. Dann winkte er mir, ihm zu folgen.

Hinter einigen Büschen zog der Parsumaschfürst mich in eine moosige Kuhle, die uns vor Blicken verbarg. Dann flüsterte er:

»Höre mir zu und stelle keine Fragen! Die Zeit ist knapp, und Huwaksatara hat überall seine Ohren. Nergal-Sarezer, der Feldherr von Babel, sandte mir Kunde von euch und eurem Plan. Zwar war er nicht sicher, ob ihr tatsächlich durch mein kleines Reich reisen würdet. Aber er bat mich, euch auch im Fall, daß wir uns nicht begegneten, zu unterstützen. Denn Nergal-Sarezer weiß, wie sehr ich den König der Meder verachte und daß ich nichts stärker ersehne als Huwaksataras Tod.«

Ich schwieg. Kambyses fuhr fort: »Huwaksatara ist es, der Menschen verschleppt, Gefangene foltert, Verbündeten in den Rücken fällt, Verbrecher beschützt, Bestechliche fördert, freie Bürger versklavt und so das Reich mit Schande bedeckt. Mit welchem Recht auch herrschen die Meder über die Perser? Unser Adel ist ebenso alt, unsere Tapferkeit ebenso groß und unser Recht ebenso heilig wie das der Fürsten von Ekbatana.«

Der Haß in seiner Stimme ließ mich staunen, doch ich enthielt mich jeder Bemerkung. Der Perser sprach weiter: »Vor ein paar Jahren plagte ein schwerer Traum den König der Meder: Huwaksatara sah seine Tochter Mandane zum Abtritt gehen; ihrem Leib entströmte soviel Flüssigkeit, daß der Palast, die ganze Stadt und schließlich das ganze Land überschwemmt wurden und alle Meder ertranken. Besorgt ließ der Herrscher die Magier kommen, um diesen Traum deuten zu lassen. Die heiligen Männer konnten ihm aber nur sagen, daß seine Tochter eine große Gefahr für sein Reich bilde. Auf welche Weise Mandane Medien schaden konnte, wußten die Priester nicht. Huwaksatara liebt seine Tochter. Darum ließ er sie nicht töten. Sicherheitshalber aber entfernte er sie von seinem Hof, indem er sie mir zur Frau gab. Ich vergöttere sie, und sie liebt mich. Darum, und aus Zorn auf ihren Vater, hat sie mir alles erzählt.«

Der Perserfürst spähte vorsichtig über den Rand der kleinen Senke. Dann erklärte er:

»Noch sind wir Perser zu schwach, den Medern die Macht zu entreißen. Huwaksatara nennt sich Herr der Gesamtheit. Ich aber bin nur der Häuptling eines kleinen Stammes von Hirten. Doch das wird nicht immer so bleiben. Hast du die Kinder vor unseren Zelten gesehen? Bald sind die Jungen groß genug, ein Pferd zwischen ihre Schenkel zu zwingen und in der Faust eine Lanze zu führen. Dann werden wir Perser die Welt überfluten wie eine himmelhoch ragende Welle des Meeres. Babel wird unsere Burg, Phönizien unser Hafen, Ägypten unser Vorratshaus sein. Zwar werden bis dahin wohl noch zwanzig, dreißig, vielleicht auch vierzig Jahre vergehen, so daß ich es vermutlich nicht mehr erleben werde, wie Persien den Erdkreis beherrscht. Doch mein Sohn Kurasch – wie nannte ihn dieser Grieche? Kyros? – wird das hohe Ziel erreichen. Niemand kann seinen Anspruch bezweifeln, und auch die Meder müssen sich ihm unterwerfen, ist er doch sowohl vom edelsten persischen als auch vom ältesten medischen Blut.«

Ich bewunderte die Kühnheit seiner Vorausschau und die ungeheure Kraft des Willens, der so große Ziele anzustreben wagte. Kambyses blickte mich durchdringend an und fuhr fort:

»Nun zu euch, Dagon: Ihr wollt den König erschlagen. Du brauchst meine Worte nicht zu bestätigen; leugne aber auch nicht! Denn ich sehe in deinem Blick, wie sehr du den Herrscher von Medien haßt. Ich wünsche euch viel Glück. Doch eure Aussichten sind gering. Huwaksatara läßt keinen fremden Bogen auf Pfeilschußweite an sich heran. Und kein Schwert auf weniger als zwanzig Schritte. Obwohl ihm doch vor langer Zeit geweissagt wurde, nicht Menschen, sondern der Himmel selbst werde sein Leben beenden. Und das werde erst geschehen, wenn seine Völker bereit seien, sich von einem Maulesel beherrschen zu lassen. Was diesen Magiern so alles einfällt! Nun, wie du wohl weißt, besucht Huwaksatara in diesen Tagen Gauratar, den Skythen, in dessen Burg. Wenn ihr gleich morgen nach dem schwarzen Arachot eilt, werdet ihr den König dort wohl noch antreffen. Denn er bereitet einen Kriegszug in den Norden vor, um dort die Anhänger eines Priesters zu töten, den Huwaksataras Magier schon lange mit ihrem Haß verfolgen. Im Frühjahr bricht der König in Arachot auf. Nergal-Sarezer bezeichnete euch als die besten Krieger der Welt. Vielleicht vermögt ihr wirklich mehr als meine Panzerreiter, denen ich es auf Ehre nicht zutrauen würde, eine so schwere Aufgabe zu lösen. Ihr seid fünf; wenn der Himmel will, gelingt es vielleicht einem von euch, nahe genug zum Thron vorzudringen.«

Der Perser verstummte. Ein flüchtiges Lächeln huschte über sein Gesicht. Dann sprach er weiter:

»Ja, ich weiß, du bist viel zu vorsichtig und zu erfahren, um mir darauf zu antworten. Du willst wohl nicht einmal zugeben, daß du wirklich Dagon, der Assyrer, bist! Übrigens: Wer ist denn eigentlich die Frau, die uns mit Männerkleidern täuschen will? In Nergal-Sarezers Botschaft war nur von fünf Leuten die Rede.«

Ich zuckte die Achseln. Kambyses lächelte, legte mir eine schwere, schwielige Hand auf die Schulter und meinte:

»So ist es recht. Viel hören und nichts sagen! Schade, daß ich zu jung war, um mit euch Assyrern die Klingen zu kreuzen. Ihr müßt unerhört tüchtige Krieger gewesen sein. Ich kann euch nur im geheimen unterstützen. Offen darf ich Huwaksatara nicht entgegentreten, wenn ich nicht meine Pläne gefährden will. Nun aber höre meinen Rat: Wenn ihr den König erschlagen habt, dann flieht nicht auf demselben Weg, auf dem ihr kamt. Denn gewiß vermuten die Meder, daß ich mit diesem Anschlag zu schaffen habe, und lassen die Pässe bewachen. Es ist besser, wenn ihr versucht, nach Norden zu entkommen. Rettet euch in das Stierland Sogdiana! Es liegt zwischen dem Oxus und dem Jaxartes. Dort wohnt der Priester, von dem ich erzählte – der erbitterte Feind der Magier und ihres Gottes Mithra. Er ist ein guter Freund von mir, ein weiser Mann, der euch helfen wird. Ihr findet ihn an einem hohen Berg zwischen den beiden Strömen. Sagt ihm, ich hätte euch geschickt. Er ist ein Prophet und weiß mehr über unsere Welt als alle anderen Menschen. Sein Name ist Zarathustra.«

XII　Die Schlucht

Am nächsten Morgen berichtete ich den Gefährten von dem nächtlichen Gespräch. Myron und Mago blickten bedenklich drein. Reguël aber schwor, keiner der zahlreichen Götter des Ostens und erst recht kein Dämon oder sonstiges Zwielichtwesen solle ihn daran hindern, Gauratars Blut zu vergießen. Huwaksatara jedoch, sagte der Midianiter, wolle er uns überlassen. Er vertraue darauf, daß uns das Passende einfallen werde. Arnuwan schließlich erklärte: »Der Himmel hat noch keinen Mann vor meinem Zorn bewahrt, wenn ich nur nahe genug an ihn herankam.«

Zum Abschied reichte Kambyses jedem von uns ein wollenes Band mit seltsamen, heiligen Zeichen. »Dieser Zauber möge euch schützen«, sagte der Perser dazu. »Zeigt Zarathustra diese Fäden! Dann wird er wissen, daß ihr meine Gastfreunde wart. Außerdem will ich euch einen Führer mitgeben, der aber vor Arachot umkehren muß.«

Wir dankten dem Fürsten. Myron sprach lächelnd zum Abschied: »Grüße deinen Sohn von mir, Kambyses! Der Abdruck seiner Zähne wird mich in aller Zukunft an Persiens Stärke gemahnen.«

Der Bote des Parsumaschherrschers, ein Jüngling von kaum achtzehn Jahren, führte uns fast eine Woche lang durch eine von zerklüfteten Bergen gesäumte Hochsteppe mit kargem Bewuchs und Bächen von eiskaltem Wasser. Er sprach nur Persisch. Dennoch schwiegen wir in seiner Nähe von unseren Plänen. Die Sauromatin erholte sich schnell wie eine Katze von ihrer Verletzung. Wir begannen, sie zu bewachen, damit sie weder an eine Waffe noch an ein Pferd gelangen konnte.

Am Abend des neunten Tages raunte Mago mir zu: »Der Junge weiß natürlich längst, daß unser sechster Mann in Wahrheit eine Frau ist. Ich glaube, er ist heftig dabei, sich in Tomyris zu verlieben.«

»Ich wollte mich ohnehin bald von ihm verabschieden«, gab ich zur Antwort und winkte dem Luwier. Arnuwan sagte:

»Ich halte den Perser zwar nicht für einen Verräter. Aber es ist wohl besser, wenn wir uns von ihm trennen. Wir wollen den Jungen nicht töten. Schließlich kann er nichts dafür, daß diese Hexe ihn mit ihrem Liebreiz betört. Sie hofft wohl, mit seiner Hilfe entfliehen zu können. Wahrlich, weder Pfeile noch Pest fordern so viele Opfer wie Weiber, bei denen Schönheit sich mit Schläue paart. Diese Schlangen schließen aller Schlechtigkeit die Tore auf. Sie verführen zu jeder Art von Verfehlung, sind der Feind der Freundschaft und der Tod der Treue.«

»Andererseits«, bemerkte Mago, »gleicht eine schöne, aber dumme Frau einem Nasenring im Rüssel eines Schweines. Sind wir denn Jünglinge wie dieser Perser, daß wir uns wegen dieses Weibes verstricken und einander nicht mehr trauen? Laßt die Gefangene getrost in meiner Obhut. Ich bürge dafür, daß sie unsere Pläne nicht stört.«

Der Riese von Luwien sah den Phönizier abschätzend an und versetzte: »›Ich will deine Beute bewachen‹, versprach der Fuchs dem Wolf, bevor er das Rehkitz heimlich verschlang. Hüte dich, mir ins Gehege zu kommen! Das Leben dieser Frau gehört mir. Dagon hat lediglich den Zeitpunkt zu bestimmen, an dem ich es ihr nehmen darf.«

Zwei Tage später erreichten wir den Rand der Karmanischen Wüste. An der letzten Quelle bedeutete uns der Perser durch Zeichen, wir sollten alle Behälter bis zum Rand füllen. Denn vor uns lägen vier Tagesreisen ohne Wasser. Wir taten so, als wollten wir an diesem Rastplatz lagern. In der Nacht aber brachen wir heimlich auf und stahlen dem schlafenden Jüngling die beiden Ziegenschläuche vom Sattel, so daß er uns nicht mehr zu folgen vermochte, wenn er am Morgen erwachte.

Wer jemals eine Wüste durchquerte, weiß, daß sie nachts stets sehr kalt ist. Der Winter Karmaniens drang uns ins Mark. Stürme fegten den Schnee wie mit riesigen Besen über den erstarrten Sand. Als wir fünf Tage später die Hauptstadt Karmana erreichten, die sich als eine Ansammlung elender Hütten erwies, klebten Eisklumpen in unseren Bärten.

Eine Woche später überquerten wir die schäumenden Bergflüsse Arius und Etymander. Danach gelangten wir wieder in wärmeres Land. Vier Wochen nach unserem Aufbruch im wandernden Anschan, im ersten Wintermonat Kislew, sahen wir im Abendlicht am Rand einer weiten Ebene die schwarze Burg Arachot vor uns aufragen. Sie war von Türmen, Mauern, Wehrgängen und anderen Festungswerken umschlungen wie eine schlafende Fledermaus von ihren Flügeln.

Arachot hieß früher Kufis. Die Stadt wurde vor vielen Jahren von Indern gegründet, die aber dann vor dem Ansturm der Nordvölker wichen. Der weißschäumende Arachotus, der dieses Hochland durchzog, wurde von zahlreichen Bächen gespeist. Die Iraner nannten den Strom deshalb Sarasvati, »die Wasserreiche«. Denn diese Völker halten alle Gewässer für Göttinnen und geben ihnen darum weibliche Namen. Die Zuflüsse rannen von Bergen und Hügeln herab und überspannten die Ebene wie ein aus silbernen Fäden gewirktes Netz. Unseren letzten Lagerplatz vor der Stadt fanden wir an einer kleinen Klamm, die ein besonders heftiger Wildbach durchströmte. Als wir am Rand der Schlucht hielten und unsere Wagen verließen, schwiegen wir erst eine Weile. Dann warfen die Gefährten mir beredte Blicke zu.

»Von diesem Vorsprung aus könnten ein paar gute Schleuderer leicht eine ganze Hundertschaft in Atem halten«, stellte Reguël fest. »Selbst ein Trupp gepanzerter Reiter käme wohl kaum ohne schwere Verluste vorbei. Und über die Felsen hinaufzureiten, scheint mir hier ganz unmöglich zu sein.«

»Noch besser schlösse die Falle, wenn dort drüben noch ein paar Pfeilschützen stünden«, meldete sich der Tyrer und deutete auf einen schroffen Felsen an der gegenüberliegenden Seite. »Dann könnte man die Feinde in der Schlucht aus zwei Richtungen beschießen. Sie müßten zurückweichen oder in Deckung bleiben. Jedenfalls kämen sie nicht ohne blutige Opfer voran.«

Arnuwan beschattete die Augen mit der Hand und bemerkte: »Seht ihr den Weg dort unten am Bach? Zweimal führt eine Brücke über das Wasser. Wird wohl ein Meldepfad sein, der durch die Schlucht nach Norden ins Gebirge führt. Laßt uns die Sache mal näher betrachten!«

Wir rollten weiter bergan, bis große Felstrümmer die

Weiterfahrt unmöglich machten. Immer noch klaffte die Klamm mehr als hundert Ellen tief unter uns. Doch zwei Stadien weiter flachten ihre Ränder langsam ab, und statt steiler Wände säumten sie nur noch sanfte Buckel, die man zu Pferd wohl leicht erklimmen konnte.

»Hier könnte es geschehen«, murmelte ich, als wir das Gelände mit jener Sorgfalt und Genauigkeit erkundet hatten, die wir den Lehrern an der Kriegsschule von Ninive verdankten. Reguëls Augen leuchteten. Mago stieg auf ein Pferd und ritt durch die Kluft auf die andere Seite. Arnuwan kletterte über die Felsen hinab, um die Verhältnisse vom Blickpunkt des Feindes aus zu betrachten. Myron schritt zu dem Bach, der fast am Anfang der Schlucht zwischen zwei engen Felsen hindurchschoß. Dahinter öffnete sich ein zweites, viel breiteres Tal, das in die Flanke eines schneebedeckten Berges reichte. »Mit diesem Wasser«, erklärte der Grieche, als er zurückgekehrt war, »schwemme ich ein ganzes Heer in den Hades.«

Wir lenkten unsere Wagen in den oberen Teil der Schlucht und versteckten sie dort in einem Fichtenwäldchen. Mago befahl der Sauromatin, unser Gepäck zu bewachen und sich nicht von der Stelle zu rühren. Die Gefangene warf einen furchtsamen Blick auf den Luwier und nickte. Wir spannten die Pferde aus und ritten die Tiere zur Weide. Als wir die Stelle erreichten, an der das Wildwasser hervorquoll, hielt ich an und stieg ab. Die vier Gefährten folgten mir. Ich blickte Myron fragend an. Der Grieche lächelte. Wir erklommen einen Felsen, von dessen Spitze wir den größten Teil der Schlucht überblicken konnten. Dort faßte ich den Midianiter ins Auge und sagte streng:

»Wir alle wissen, wie sehr du dich danach sehnst, Gauratar zu töten. Du sollst deine Rache bekommen. Aber zuerst geht es um Huwaksatara. Schwöre mir, daß du meinen Befehlen gehorchst – auch wenn dein Ziel dabei in weite Ferne rücken sollte!«

»Ich werde gehorchen«, gelobte der Beduine. »Bei Asasel! Du bist der Anführer. Dir schulde ich Treue. Doch wenn der Meder erlegt ist, gehört Gauratar mir allein!«

Ich nickte und fuhr fort: »Aber ich will meine Rache nicht aus dem Hinterhalt vollziehen. Huwaksatara soll erfahren, durch wessen Hand er stirbt. Es genügt mir nicht, ihn mit dem Pfeil zu erlegen – ich will in seinen Augen das Erkennen sehen. Erst dann ist das Werk der Vergeltung erfüllt. Wir wollen daher versuchen, unser Wild lebend zu fangen.«

»Für mich gilt das gleiche«, warf Reguël ein. »Bevor ich mit dem Skythen fertig bin, soll er viel von Hyänen und anderen Tieren wissen!«

»Dann hört jetzt meinen Plan«, sagte ich. »Reguël, du kennst deinen Platz schon: Wenn die Meder und Skythen hinter ihrem Fürsten den Hohlweg hinaufreiten, läßt du nur die Anführer und ein paar Männer hindurch. Die anderen hältst du auf, so lange du kannst. Mago, du tust es Reguël mit deinen Pfeilen gleich. Dort drüben, auf der anderen Seite.«

»Das kann eine Weile gelingen«, antwortete der Phönizier. »Aber sobald die Meder erkennen, daß sie nur zwei Männer vor sich haben, brechen sie ohne Rücksicht auf Verluste durch. Dann seid gewappnet! Hier oben, wo es flacher wird, sind die gepanzerten Reiter aus Huwaksataras Leibgarde nicht mehr zu halten.«

»Das laßt meine Sorge sein«, erklärte Myron. »Morgen bauen wir hier einen Damm, der den Wildbach zurückhält. Die Sperre wird so angelegt, daß man sie mit einem Balken schnell einreißen kann. Sobald Huwaksatara vorbeigeritten ist, tosen Wasser und Geröll die Schlucht hinab und spülen Rosse und Reiter davon. Wir aber fahren mit unserer Beute danach in aller Ruhe nach Norden. Arnuwan wird mir helfen.«

»Ich bin bei Huwaksatara, wenn das geschieht«, sagte ich. »Er wird dann wohl nur noch von wenigen Leibwächtern abgeschirmt werden. Wenn das Wasser sein Werk getan hat, kommt mir mit Bogen und Schleuder zu Hilfe!«

»Gut«, sprach der Midianiter. »Wie aber willst du den Meder dazu verleiten, Gauratars Burg zu verlassen und mit seinen Leuten stracks in diese Falle zu reiten?«

»Ich werde ihm sagen, daß ich ihn zu einem Mann führen könne, der einst den Schatz Assyriens vergrub«, gab ich zur Antwort. »Wenn es um Gold geht, traut Huwaksatara keinem seiner Diener. Er wird selbst mit mir kommen, um die Wahrheit meiner Worte zu prüfen.«

»Und wenn Huwaksatara sich gar nicht mehr in Arachot befindet?« fragte Mago.

»Dann«, erwiderte Reguël, »kümmern wir uns um den Skythen. Es wäre doch zu schade, wollten wir die Gunst dieser Gegend ganz ungenutzt lassen.«

»Einverstanden«, erklärte ich. Auch Myron und Arnuwan nickten.

Der Tyrer schaute uns der Reihe nach an und meinte nach einer Weile: »Mit dem Gerede vom Assyrerschatz kannst du Gauratar aber nicht locken, Dagon. Der Skythe hätte doch gar nichts davon, wenn er ihn fände – er müßte das Gold ja doch gleich seinem Lehensherrn übergeben. Darum wird Gauratar sich wohl kaum der Mühe unterziehen, sein Pferd zu besteigen, um mit dir in diese Schlucht zu reiten. Er wird einigen seiner Krieger befehlen, dich zu begleiten. Nein, da mußt du dir schon etwas Besseres einfallen lassen – etwas, dem Gauratar nicht zu widerstehen vermag.«

»Das habe ich bereits«, erklärte ich.

Arnuwan nickte. Myron und Reguël blickten den Phönizier belustigt an.

»Und was hast du dir ausgedacht«, fragte Mago, der noch immer nicht verstand.

Ich warf ihm eine Goldmünze zu. Er fing sie auf und erblickte das Abbild des doppelköpfigen Drachen.

»Deine Freundin, die Sauromatin«, sagte ich, »soll unser Lockvogel sein.«

XIII DER KAMPF

Am nächsten Morgen begannen meine Gefährten mit der Errichtung des kleinen Staudamms. Ich schor mir indessen nach babylonischer Sitte den Bart, wickelte mir einen Turban um den Kopf, um mein blondes Haar zu verstecken, und ritt nach Arachot hinein.

Die Stadt schien klein, doch dicht bevölkert. Fast alle Wohnhäuser schmiegten sich an die schwarze Klippe, die in ihrer Mitte emporragte, so wie ein Baumstumpf zwischen den Kräutern und Pilzen des Waldes hervortritt. Von seinen felsigen Wänden gestützt, türmten sich manche Gebäude zwölf Stockwerke hoch. Sie waren sämtlich aus hölzernen Balken errichtet, deren Zwischenräume Felsbrocken füllten. In engen Gassen, auf stufigen Stiegen, die kein noch so leichter Wagen befahren konnte, drängten sich die in graue und braune Wollmäntel gehüllten Bewohner der Stadt, aber auch Männer aus vielen umliegenden Ländern: Hochgewachsene Parther und mit Äxten bewaffnete Aryer aus dem Norden; breitschultrige Baktrier aus dem von Flüssen durchströmten Nordosten; sakische Skalpjäger und mordgierige Massageten aus den

Steppen im Inneren Asiens; aber auch zierliche Paikanier aus der südlichen Wüste und schwarzhäutige Äthiopen vom Indusstrom. Zwischen den Bürgern und Fremden schritten wachsame Skythen umher.

Auf dem gepflasterten Marktplatz entdeckte ich eine Gruppe akkadischer Gaukler. Ein Mann namens Naram aus Nippur, der Götterwiege, führte den buntgemischten Haufen von Schwert- und Feuerschluckern, Ballwerfern, Tierbändigern und Tänzerinnen an. Der Akkader erzählte mir stolz, daß er drei Tage später am Fürstenhof auftreten werde, bei einem Fest Gauratars zu Mithras Ehren. Leider sei sein Zauberer vor kurzem bei dem geglückten Versuch, ein Schaf in einen Löwen zu verwandeln, von diesem zerrissen worden. »Der Käfig war versehentlich nicht verriegelt«, klagte der Schausteller. Der Unfall sei um so bedauerlicher, weil Meder und Skythen magische Vorführungen lieber als alles andere sähen. Vielleicht mit Ausnahme von Kraftkunststücken, mit denen Naram jedoch ebenfalls nicht mehr aufwarten konnte: Sein berühmter Athlet »Gilgameschs Sohn« sei mit einer Tänzerin aus Babel entflohen.

Ich erklärte dem Gaukler, ich sei ein Kaufmann aus Tyros und in der Kunst der Unterhaltung bewandert. Ich deutete an, daß ich einen Weg wüßte, die beiden Künstler zu ersetzen. Naram zeigte sich begeistert und sicherte mir für jeden Auftritt zwei Goldstücke zu.

»Du irrst dich«, wehrte ich ab. »Nicht ich selbst will Eisen biegen und Steine durch die Lüfte schleudern oder mit Gauratars Leibwächtern ringen! Sondern einer meiner Gefährten wird diese Aufgaben übernehmen. Er ist viel stärker als ich. Und wenn wir Glück haben, finde ich auch noch jemanden, der sich auf Zauberei versteht.«

Am Abend kehrte ich in unser Lager zurück. »So, in drei Tagen also«, sprach Myron kühl. »Bis dahin werden wir den kleinen Damm wohl aufgeschüttet haben.« Arnuwan aber wog nachdenklich seine eherne Kugel in der gewaltigen Hand.

»Ob dieser Naram aus Nippur nicht auch noch einen Schleuderer braucht«, fragte Reguël begierig. »Es macht mir nämlich keine rechte Freude, hier tatenlos herumzusitzen und darauf zu warten, daß andere meine Arbeit erledigen.«

»Es ist wohl besser, wenn dich Gauratar nicht zu Gesicht bekommt«, versetzte ich. »Zumindest, solange er noch in seiner Burg sitzt. Mich wird er gewiß nicht wiedererkennen. Bei dir jedoch bin ich mir keineswegs sicher. Eure Begegnung liegt ja erst ein paar Jahre zurück.«

»Von tatenlosem Herumsitzen aber kann keine Rede sein«, fügte Mago hinzu. »Auf, du faule Wüstenratte! Glaubst wohl, du kannst es dir leichtmachen, während wir anderen schwitzen!«

Mißmutig lud sich der Midianiter einen Korb mit Erde auf die Schultern und schleppte ihn zu dem Staudamm, dessen Fuß schon Gestalt zu gewinnen begann. Myron hatte den Wildbach ein paar hundert Schritt weiter oben durch einen Graben in eine andere Schlucht umgeleitet, so daß wir nun in seinem einstigen Bett trockenen Fußes arbeiten konnten. In der zehn Ellen breiten Kluft war ein Gerüst aus starken Stämmen entstanden. An dieser hölzernen Wand türmte der Luwier mit schwellenden Muskeln gewaltige Felsblöcke übereinander. Myron verstopfte die Lücken mit kleineren Stämmen und kräftigen Ästen. Zum Schluß füllten Mago und Reguël die Hohlräume mit Geröll und Erde auf. Die Sauromatin aber saß an einem Feuer und flocht mit flinken Fingern Körbe aus Weidenruten.

Bald wurde es dunkel. Wir lagerten uns, und Myron hieß uns aus Zweigen Matten flechten, die das Erdreich besser zurückhielten als das lose Gitter der biegsamen Äste. Auch wer gerade Wache hielt, mußte die Arbeit fortsetzen. Schon früh am Morgen trieb uns der Mileter unerbittlich zu neuem Tun, bis Reguël sich den Rücken rieb und erklärte:

»Bei Asasel! Ich glaube, Dagon wolle uns auf einen Kriegszug führen. Nun aber sehe ich, daß wir statt dessen zur Fronarbeit geknechtet sind. Fluch über den Tag, an dem so ein Strohkopf Hacke und Schaufel erfand!«

Als der Damm ein Drittel seiner geplanten Höhe erreicht hatte, schleppten Myron und Arnuwan einen besonders schweren Felsbrocken herbei. In seiner Mitte klaffte eine runde Vertiefung. In dieses Loch stießen die beiden Gefährten nun den geschälten und zugespitzten Stamm einer Tanne. Dann banden sie Holz und Steine mit Seilen zusammen und befestigten den Baum zusätzlich mit Keilen.

»Wenn das Wasser kommt, quillt das Holz und sitzt dann unverrückbar in dem Brocken fest«, erklärte der Grieche dazu. »Drückt dann ein schweres Gewicht auf das andere Ende der Tanne, so wird der Fels aus dem Lager gehebelt. Das Wasser schießt durch die Öffnung und reißt mit seiner ungeheuren Kraft binnen weniger Augenblicke den ganzen Staudamm in Stücke.«

»Und wenn der Damm vorher bricht«, fragte Reguël besorgt.

»Der geht nicht so schnell entzwei«, antwortete der Mileter.

Mago fügte hinzu: »Bei diesem Damm werden dauerhaftere Dinge verwendet als bei euren Zelten, deren Stecken schon umstürzen, wenn ein Hund dagegenpißt.«

»Bei Asasels eisernem Ehestift«, erboste sich der Beduine. »Ihr scheint der Wirkung dieses wunderlichen Werks blind zu vertrauen! Habt ihr schon alles vergessen, was wir in Ninive lernten? Auch Assur wurde für unerschütterlich gehalten, bis medische Wühlgräber dann die Sockel seiner Mauern unterhöhlten. Was gibt euch solche Sicherheit, ihr selbsternannten Wundertäter?«

»Nässe dir nicht gleich das Hemd«, sprach Myron beleidigt. »Freilich, es wäre besser, wir könnten die stählerne Stange entleihen, die du zwischen den Schenkeln deines Dämons vermutest. Allein, ich fürchte, Asasel wird es nicht dulden, daß wir sein Lustgerät mit Beilen behauen.«

Als die Krone des Staudamms mit der Spitze der Felsen abschloß, leiteten wir den Wildbach in sein altes Bett zurück. Am nächsten Morgen dehnte sich vor der Mauer schon ein ansehnlicher See. Myron kletterte am Rand des zwanzig Ellen hohen Bauwerks empor und horchte prüfend, wie sich die Mauer unter dem Druck des Wassers verhielt. Am Ende erklärte der Grieche befriedigt: »Zwei bis drei Tage wird der Damm wohl halten. Überlaufen kann der See nicht, denn wenn die Schlucht ganz gefüllt ist, weicht das Wasser in unseren Graben aus.«

»Gut«, sagte ich. »Dann wollen wir gehen. Mago und Reguël bewachen die Gefangene. Wenn ihr uns kommen seht, bindet ihr die Sauromatin an einen Wagen und haltet euch mit den Waffen auf euren Felsen bereit! Schlaft aber nicht ein – wir spüren kein Verlangen, uns ganz allein mit hundert Panzerreitern zu schlagen!«

Mago antwortete grimmig: »Wenn euch erst einmal meine Pfeile um die Ohren fliegen, werdet ihr schon merken, daß wir wach sind!«

Danach holte Myron aus seiner Truhe einen Beutel hervor und steckte sein Wurfmesser in eine Lederscheide an seinem Nacken. Arnuwan packte Beil und Kugel. Ich gürtete mich mit der Sarpedonklinge. Ohne uns noch einmal umzudrehen, ritten wir davon.

Nach kurzer Zeit erreichten wir den Marktplatz von

Arachot. Der Akkader wartete schon ungeduldig auf uns. »Schnell, schnell!« rief Naram, »das Gastmahl hat bereits begonnen!«

Myron versetzte gelassen: »Solange noch alle Zuschauer schmatzend und rülpsend ihr Essen vertilgen und den Hammelkeulen mehr Beachtung schenken als den Künstlern, mögen andere auftreten – Meister wie ich pflegen erst zum Höhepunkt des Festes zu erscheinen.«

Der dürre, kahlköpfige Akkader fuhr ein wenig zurück, als er das hörte, und meinte verblüfft: »Aber du bist doch kein Mann aus dem Stromland! Dennoch willst du ein Zauberer sein? Gibt es denn auch woanders Menschen mit übernatürlichen Kräften?«

»Du weißt recht gut, daß alle sogenannten Zauberstückchen nichts als Schwindel sind«, erwiderte Myron. Ich fügte hinzu: »Halten wir uns nicht mit Gegenreden auf! In der Burg wirst du schon sehen, was meine Gefährten vermögen.«

Naram warf einen bewundernden Blick auf den Luwier und sprach: »Wenigstens wird dein Kraftmensch uns nicht enttäuschen. Wir wollen ihn unter dem Namen ›Gilgameschs Enkel‹ auftreten lassen. Gauratar hat mir mitgeteilt, daß er für unseren starken Mann einen ganz besonderen Gegner bereithält.«

»Der Unglückliche«, erwiderte ich. »Ist er ein Meder oder Skythe? Oder entstammt er einem der Völker, die hier schon seit längerem ansässig sind?«

»Ich habe keine Ahnung«, gestand der Akkader. »Ehrlich gesagt, ich weiß nicht einmal, ob es sich bei diesem Kämpen überhaupt um einen Menschen handelt. Aber euch scheinen ja selbst Dämonen und Geister nicht schrecken zu können.«

»Du sagst es«, brummte Arnuwan. »Doch nun genug geschwatzt!«

Wir ritten auf einer gepflasterten Straße den schwarzen Burgberg empor. Vor dem Tor der Festung hielten uns vier in graues Erz gewappnete Skythen an. Sie forderten uns auf, die Waffen abzulegen. Naram erklärte ihnen jedoch, daß wir dann unmöglich auftreten konnten. Der Akkader redete sich dabei dermaßen in Wut, daß sich die Wächter gegenseitig grinsend in die Seiten stießen und uns schließlich den Weg freigaben. Hinter dem Durchgang begegneten wir einem Höfling, der sogleich auf Naram zustürzte und sprach: »Da seid ihr ja endlich! Ich wurde geschickt, euch zu holen. Wo habt ihr euch denn so lange herumgetrieben?«

»Also los«, forderte uns Naram auf. »Die Tänzerinnen und Feuerschlucker sind schon am Werk. Sobald sie ihre Darbietung beendet haben, soll unser Zauberer seine Kunststücke zeigen. Der Auftritt des Kraftmenschen folgt, wie gewöhnlich, am Schluß. Doch womit willst eigentlich du, Mann aus Tyros, dessen Namen ich nicht einmal weiß, die Aufmerksamkeit unserer Zuschauer fesseln?«

»Das wird noch nicht verraten«, antwortete ich. »Denn es soll eine Überraschung sein.«

»Hoffentlich eine angenehme«, seufzte der Akkader und reichte uns braune Handschuhe aus Wolle. »Zieht diese Dinger an«, bat er. »Die Meder werden sehr zornig, wenn es jemand wagt, ihrem König die bloßen Finger zu zeigen. Sie halten das nämlich für eine Herabsetzung seiner Würde.«

Wir überquerten den sandigen Burghof und kamen an den ganz aus steinernen Blöcken gemauerten Festsaal. Sein Boden erhob sich drei Manneslängen über der ebenen Erde. Wir stiegen eine steile Treppe empor. Zedernbalken stützten das Dach; sie klafterten wohl dreißig Ellen. Durch die schmalen Fenster drang das schwache

Licht einer winterlichen, von dichten Wolken verhüllten Sonne herein.

Am hinteren Ende des holzgetäfelten Saals saßen rund fünfzig Männer auf Bänken an langen Tischen. Sichtlich gelangweilt schauten sie auf einen schlanken Äthiopen, der sich soeben ein schmales Schwert in den Schlund schob. Halbnackte Tänzerinnen kauerten ängstlich am Boden; ihre Darbietungen hatten die Herren der Meder und Skythen wohl wenig erfreut. Für die akkadischen Feuerschlucker, Ballwerfer, Darsteller lebender Türme und Affenerzieher, die sich im Hintergrund hielten, galt offensichtlich das gleiche.

Ein Blick auf die medischen Fürsten und skythischen Heerführer zeigte, daß sie in der Nacht zuvor ohne Ausnahme große Mengen des berauschenden Haomasaftes zu sich genommen hatten: Ihre Augen schimmerten noch immer glasig, ihre Zungen rollten schwer, und sie vermochten ihre Bewegungen oft kaum zu steuern. Dieser Opfertrank macht Nordmänner und Steppenkrieger doppelt gefährlich. Denn unter der Wirkung der heiligen Flüssigkeit geraten sie oft schon wegen Belanglosigkeiten in rasende Wut. Sie schonen dann weder fremdes Blut noch das eigene Leben.

Das starke Gebräu wird aus dem Saft der Haomapflanze gewonnen, die fern im Innern Asiens auf lichten Berggipfeln wächst. Dieser blattlose Busch kommt auch an den Küsten Griechenlands vor. Er wird dort Ephedra genannt. Haomazweige dürfen nur bei Vollmond gesammelt werden. Denn ihre Feuchtigkeit ist dem Gott des Nachtgestirns geweiht, der bei allen iranischen Völkern unter die höchsten Himmelsbeherrscher gezählt wird. Ihm gebühren von jedem geopferten Tier die Zunge und das linke Auge.

Die Äste ähneln zusammengesteckten Pfeilen. Sie werden von den Mithrapriestern erst mit geweihtem Wasser gewaschen und dann zusammen mit einem Granatapfelzweig zerstampft. Der Mörser, in dem das geschieht, wird vorher mit geistervertreibenden Formeln besprochen. Dann seiht der Priester den Saft unter vielen Gebeten durch ein Sieb aus dem Haar eines heiligen Ochsen. Manche Mithraverehrer meinen, daß zum Haoma auch Stechapfelsaft, Fliegenpilzsud und andere stark betäubende Mittel gehörten. Wer die Wirkung des Zaubertranks kennt, wird solchen Nachrichten leicht Glauben schenken. Was beim Haomabrauen wirklich geschieht, wissen nur die Geweihten. Die aber schweigen.

Dieser heilige Rauschtrank spielt im kultischen Leben der Meder eine wichtige Rolle. Der Mondgott genießt deshalb großes Ansehen in Ekbatana. Doch auf dem höchsten Thron der iranischen Götter sitzt Mithra, der machtgewährende Schöpfer der Menschen, dem dieses Opferfest galt. Vor Zeiten, so künden es fromme Legenden, tötete dieser Himmelsbeherrscher den göttlichen Stier. Mit seiner Linken packte der mächtige Mithra das Tier an den Nüstern, mit der Rechten stieß er ihm die scharfe Sichel in die Flanke. Das Blut des Urstiers fiel als Regen zur Erde. Dadurch sprossen die nährenden Pflanzen. Diese speisten die Tiere, von denen der Mensch lebt.

Darum gedenken Meder und Perser, Skythen, Saken und Massageten und auch alle anderen blonden, blauäugigen Völker des Nordens und Ostens einmal im Jahr dieser Heilstat und feiern den Stiersieg des mächtigen Mithra mit einem reichhaltigen Opfer. Die Frommen finden sich dazu des Nachts in dunklen Höhlen ein. Dabei werden manchmal Zehntausende von Rindern geschlachtet und von den Gläubigen gemeinsam verzehrt. Dabei trinken die Mithraverehrer den Saft der Lebensfeuchte. Wenn ihnen das Haoma zu Kopf steigt, kommt es nicht selten zu grausigen Kämpfen. Frauen aber ist es bei Todesstrafe verboten, an diesen Festen teilzunehmen. Denn Mithra ist allein ein Gott der Männer, der nach der Schlacht die toten Krieger im Himmel empfängt und ihnen dort gemäß den vollbrachten Taten einen Platz an seiner Tafel zuweist.

Das Mithraopfer im schwarzen Arachot mochte beim Morgengrauen geendet haben und sollte wohl am folgenden Abend fortgesetzt werden. Darum hatten sich Meder und Skythen nach kurzer Ruhe wieder versammelt und zu einem Gelage im Festsaal der Burg eingefunden. Als wir eintraten, wandten die übermüdeten Männer die Köpfe nach uns und starrten uns an. Ihre Gesichter waren weiß, ihre Augen blutunterlaufen. Vier Leibwächter hoben die Schilde, als sie unsere Waffen gewahrten. Der Höfling, der uns geleitet hatte, warf sich zu Boden und rief: »Der Magier und der starke Mann sind endlich eingetroffen und bitten demütigst, mit ihren Vorführungen beginnen zu dürfen!«

Statt einer Antwort stießen die Krieger ein lautes Gebrüll aus und hieben mit ihren Fäusten auf den aus Eichenbrettern gehämmerten Tisch. Dann griffen sie in Schmutz und Schmand nach abgenagten Rinderknochen, warfen sie nach dem Akkader und fingen an, Naram wüst zu beschimpfen:

»Werden das etwa ebenfalls so müde Vorträge sein wie das Gehüpfe dieser flachbrüstigen Bergziegen«, fragte ein grauer, wildblickender Skythe, dessen breite Nase schon vom Wein gerötet war.

Ein untersetzter Meder mit über und über von Sommersprossen bedecktem Gesicht hieb seinen Krug auf die speckige Platte, so daß die tönernen Teller und bronzenen Schüsseln laut klirrten, und schalt: »Wie lange willst du uns mit solchen öden Späßen noch den Tag verderben, Akkader?«

Sein Nachbar, ein hünenhafter medischer Tausendschaftsführer, zog sein breites Schwert, trat auf den äthiopischen Schwertschlucker zu und grölte: »Koste doch einmal von diesem Erz, Schwarzhaut! Das wird dich eher sättigen als das Stück Bronze, an dem du jetzt lutschst!«

»Ja«, rief ein hakennasiger skythischer Feldherr mit funkelnden Augen, »geben wir dem hungrigen Kohlenstück reichlich zu essen, damit man uns nicht nachsagt, wir seien geizig!«

Die anderen Meder und Skythen brüllten vor Lachen. Der Sommersprossige und der Tausendschaftsführer setzten nun mit gewaltigen Sprüngen über den Tisch, wobei sie ein paar Töpfe mit Fleisch und Bratensaft zu Boden fegten, und packten den überraschten Äthiopen an beiden Armen.

Der schwarzhäutige Jüngling, in dessen Kehle noch immer das kleine Bronzeschwert steckte, röchelte halberstickt und wehrte sich verzweifelt. Aber die beiden gelbbärtigen Männer hielten ihn wie mit Klammern fest. Die fünfzig Häuptlinge und Heerführer am Tisch und die rund hundert Leibwächter, die hinter ihnen standen, feuerten die beiden Krieger mit lauten Zurufen an. Dann sprang auch der hakennasige Skythe von seinem Stuhl und lief auf den Schwertschlucker zu. Mit einem Ruck riß er dem Unglücklichen die Bronzewaffe aus dem Rachen und warf sie verächtlich zu Boden.

Die Meder und Skythen heulten wie Wölfe, als sie das sahen. »Gebt dieser Schmalbrust richtig zu fressen!« forderte ein stiernackiger medischer Unterfeldherr mit krächzender Stimme. Ein noch sehr junger skythischer Fürstensohn mit einer häßlichen Narbe am Jochbein schrie: »Zeigt ihm, daß reines Eisen besser schmeckt als dieser Mischmasch aus Kupfer und Zinn!«

Auch ohne die medische Sprache erlernt zu haben, verstanden Arnuwan und Myron, was geschehen sollte. Der Grieche nutzte die Gelegenheit, einen der Feuerschlukker am Ärmel zu packen und mit ihm auf den Hof zu verschwinden, wo zwischen gackernden Hühnern die Pferde der Heerführer schnaubten. Ich aber faßte inzwischen die beiden Männer ins Auge, die zu töten ich gekommen war.

Huwaksatara, der König der Meder, thronte auf erhöhtem Stuhl in der Mitte der Tafel. Bis dahin hatte ich ihn nur ein einziges Mal gesehen, bei der Belagerung Assurs, und damals nur aus der Ferne. Seither waren nun dreißig Jahre vergangen. Das graue Haupthaar des Herrschers reichte in häßlichen Strähnen bis auf die Schultern herab. Es schien schon schütter, und sein Scheitel glänzte kahl. Buschige Brauen bedeckten die wasserhellen Augen des Meders unter der faltigen Stirn. Zwischen breiten Backenknochen sprang eine kühne Nase mit scharfem Rücken und schmalen Flügeln hervor.

Während der König den Heerführern zusah, entblößte ein grausames Lächeln von peitschenschnurdünnen Lippen zwei lückenhafte Reihen bräunlich verfärbter Zähne. Huwaksataras fahler Bart hing ungestutzt auf die breite Brust hinab. Ein Überwurf aus Ziegenfell bedeckte seinen Leib, und seine muskelstarken Arme waren über und über mit goldenen Reifen geschmückt. Seine nervigen Hände steckten in Fingerlingen aus schwarzem Leder, so wie auch alle anderen Meder und Skythen, auch ihre Leibwächter, Diener und sämtliche Künstler aus Akkad Handschuhe trugen. Mit festem Griff hielt Huwaksatara die goldene Geißel, die er zum Zeichen seiner Würde trug. In ihre ledernen Riemen hatte man kantige Stücke von Blei eingeflochten, so daß der Hieb dieser Waffe schmerzhaft die Haut des Bestraften zerriß. Auf dem Griff der Peitsche prangte das unheilverkündende Zeichen der doppelköpfigen Echse Vayu-Dahak, die als göttlicher Schutzgeist über das medische Herrscherhaus wachte.

Gauratar saß auf dem Ehrenplatz zur Rechten des Königs. Der Skythenhäuptling trug sein gelbes Haar zu vier Zöpfen geflochten. Sein breitflächiges, grobes Gesicht war von zahllosen Narben verunziert, so daß es zerklüftet erschien wie Sand nach starkem Regen. Schon damals, vor fast fünfzig Jahren, hatte er durch eine platte, gebrochene Nase geatmet. Nun hing auch sein linkes Augenlid herab, wohl als Folge eines Schwerthiebs, der ihm einen Stirnmuskel durchtrennt hatte.

An Gauratars rechter Hand fehlten zwei Finger. Ein graucheckiges Wolfsfell wärmte seine Schultern. Blaue, mit Nadeln in die Haut gestochene Abbilder von Dämonen und Drachen bedeckten die entblößten Oberarme des Skythen. Trotz seines hohen Alters schien Gauratar immer noch soviel Kraft zu besitzen wie damals, als ich ein Kind war und er mich packte, um mich auf den Pfahl zu spießen.

Die zahllosen Verbrechen seines Lebens hatten Gauratars Blutgier nicht gestillt. Als Naram sich vor ihm zu Boden warf und um die Rettung des Schwertschluckers flehte, stieß der Skythe ein tiefes Knurren aus. Dann schleuderte Gauratar dem Akkader eine bronzene Schüssel mit solcher Gewalt an die Stirn, daß der Schausteller bewußtlos niedersank.

Dieser Umstand ersparte Naram einen gräßlichen Anblick. Noch immer umklammerten der medische Tausendschaftsführer und sein sommersprossiger Landsmann den zierlichen Südländer wie mit Zangen. Der hakennasige Skythe packte den armen Schwertschlucker am Haar und riß ihm den Kopf in den Nacken. Der dunkelhäutige Jüngling hielt krampfhaft die Kiefer geschlossen. Der

Nordländer aber nahm seinen Dolch und stieß ihn zwischen die Lippen seines Opfers, die sogleich zu bluten begannen. Dann drehte der Skythe den Griff seiner Waffe, bis die Zähne des Äthiopen brachen und der Jüngling seinen Widerstand aufgeben mußte. Laut brüllten die anderen Heerführer Beifall.

Nun eilte der skythische Fürstensohn mit der Narbe am Jochbein herbei. Er zog dem Tausendschaftsführer das Langschwert aus dem Wehrgehenk und setzte die Spitze der Waffe auf die Zunge des wehrlosen Jünglings. Dann blickte er auf den König.

Der Äthiope rollte verzweifelt die Augen und stieß ein entsetzliches Gurgeln hervor. Zum Scherz legte Huwaksatara die Rechte ans Ohr, als ob er schlecht höre. Alle Heerführer lachten. Dann nickte der König. Sogleich stieß der Skythe dem Opfer die Klinge mit kräftiger Hand in den Hals und ins Gedärm. Ein Blutstrom quoll hervor und färbte Brust und Bauch des Äthiopen rot. »Lasse es dir schmecken!« höhnte Gauratar. Alle Gäste johlten vor Vergnügen.

In den Augen des Luwiers glomm Zorn wie Glut in der Asche, als er das sah. Der Schwarzhäutige wand sich sterbend im Griff der gelbbärtigen Männer. Als er sich nicht mehr bewegte, trugen die Henker ihr Opfer an ein Fenster und schleuderten den toten Jüngling hinaus. Wir hörten, wie sich die Hunde kläffend um den Leichnam balgten.

Die Meder und Skythen lachten wieder, hoben die Krüge und tranken dem Fürstensohn zu. Plötzlich aber fuhren sie alle verwundert herum: Feurige Funken zerplatzten geräuschvoll in der geräumigen Halle; Schwaden von gelblichem Schwefel durchzogen den Saal. Als sich die Wolken wieder verzogen, erblickten wir Myron vor uns, die Arme nach Art der Magier zur Decke erhoben.

Der Grieche hatte das bunte Gewand des Feuerschluckers übergestreift und dazu einen blauen, mit silbernen Fäden durchwirkten Umhang aus den Truhen des Schaustellers über die Schultern geworfen. Er trug einen spitzen Hut und weiße Handschuhe aus Wolle, die seine Finger unnatürlich lang erscheinen ließen. Mit beiden Händen vollführte er seltsame Zauberzeichen und sprach dazu mit hallender Stimme zahllose Worte, die niemand verstand.

Meder und Skythen glotzten Myron an wie Bauern, die einen Fuchsbau ausgraben wollen und statt blinder Welpen ein wehrhaftes Stachelschwein finden. Unser Gefährte fuhr fort, farbige Körner in das kleine Kohlenbecken zu werfen, das der nun fast nackte Feuerschlucker neben ihm hertrug. Der junge Mann rief den Zuschauern in akkadischer Sprache entgegen: »Seht den großen Zauberer Dedisnefru aus dem Land am Nil! Schon Cheops, der einst die Pyramiden erbaute, bestaunte die Wunder, die mein Herr vor seinen Augen vollbrachte!«

Die Meder und Skythen stießen einander an und lachten höhnisch. Doch sie verstummten schnell, als sie sahen, wie Myron Eier aus der Luft zu greifen schien und sie in seinen Ohren verschwinden ließ, um sie danach unter seiner Zunge wieder hervorzuholen. Arnuwan und ich blinzelten einander zu. Wir kannten diese Kniffe aus unserer Zeit in Assyrien zur Genüge. Damals, auf der Kriegsschule, hatte uns der Hellene oft mit solchen Taschenspielereien unterhalten. Die Häuptlinge und Heerführer der Nord- und Ostvölker aber hatten diese Kunststücke offenbar noch nicht oft gesehen. Sie schauten dem angeblichen Wundertäter wie gebannt zu und versuchten zwischen Lachen und Staunen immer wieder, ihm auf die Schliche zu kommen.

Nach der Vorführung mit den Eiern tat Myron, als ob

er in großer Menge Nadeln und spitze Steine verschluckte. Dann spie er plötzlich lydische Münzen hervor.

»Gib mir auch davon, du Geizhals!« schrie der hakennasige Feldherr in gespieltem Zorn. »Gönnst du mir kein Silber, du verdammter Ägypter, so treibe ich mein Pferd in deine Heimat und lasse es den Nil leersaufen!«

Die Kumpane des Skythen grölten. Myron trat auf den Schreier zu, fuhr mit der Hand vor das Gesicht des Hakennasigen und tat, als ob er ihm ein blinkendes Goldstück aus dem Gesichtserker zöge.

Während der Grieche die Meder und Skythen mit seiner Fingerfertigkeit unterhielt, erwachte der Anführer der akkadischen Gaukler stöhnend aus seiner Bewußtlosigkeit. Zwei seiner Schausteller halfen ihm auf die Beine.

Nun zerrte sich Myron ein Band aus dem Mund und wickelte es seinem Helfer um die Hand. Dann lief der Feuerschlucker bis zur entferntesten Wand, ohne daß die Schnur zu Ende ging. Die Meder und Skythen staunten sehr.

Noch viele weitere Kunststücke zeigte der Grieche. Zum Schluß riß er mit einem Ruck eine aus bunten Flikken zusammengesetzte Decke von einem hölzernen Käfig. Hinter den Gittern gackerte ängstlich ein buntgefiederter Hahn.

»Komme zu deinem Meister, dem Herrn über Leben und Tod!« rief der Hellene dem flatternden Federtier zu. »Denn durch dein Ende und deine Wiedergeburt, tapferer Jäger der Würmer, will ich all jene beschämen, die hier noch immer an meiner Zauberkraft zweifeln.«

Einige Meder, die Akkadisch sprachen, dolmetschten ihren Gefährten die Worte des Griechen. Natürlich wollte keiner der Heerführer glauben, daß es einem Menschen gelingen könne, ein Tier zu töten und danach wieder lebendig zu machen. Höhnisches Lachen erschallte von allen Seiten. Der skythische Fürstensohn, der sich ein weiteres Mal hervortun wollte, rief: »Wenn dir dein Vorhaben mißlingt, Ägypter, will ich das gleiche versuchen — aber nicht mit einem Hahn, sondern mit dir!«

Begeistert brüllten Meder und Skythen dem Jüngling Beifall. Myron spielte geschickt den Gekränkten und warf den Lachern mißbilligende Blicke zu. Dann öffnete der Grieche den Käfig und griff nach dem zappelnden Vogel. Der Hahn schlug mit den Flügeln und schrie vor Furcht aus Leibeskräften, als Myron ihn langsam am Tisch der Heerführer entlangtrug.

Der akkadische Feuerschlucker schleppte mit schwellenden Muskeln vom Hof einen Hackstock herbei und stellte ihn in die Mitte der Halle. Dann reichte er Myron ein bronzenes Beil. Der Grieche holte weit aus und schlug das Werkzeug wuchtig auf den Klotz. Mit einem dumpfen Laut drang die Axt in das Holz, so daß an der Schärfe der Schneide kein Zweifel aufkommen konnte.

Die spöttischen Rufe der Meder und Skythen wurden allmählich leiser. Die Heerführer beugten sich aufmerksam vor. Mit allerlei eigentümlichen Worten und Gesten band Myron dem Hahn nun die Füße und Flügel zusammen, bis sich der Vogel nicht mehr rühren konnte. Am Ende wickelte unser Gefährte dem Tier noch einen goldenen Faden um den Schnabel, so daß auch das ängstliche Krähen verstummte. Dann trat der Grieche einen Schritt zurück, blickte beschwörend zur Decke und hob mit der Rechten das Beil.

Einige Zuschauer konnten die Spannung nun kaum mehr ertragen. Sie standen auf, um besser sehen zu können. Huwaksatara und Gauratar starrten mit Mienen, die für einen Mißerfolg nichts Gutes verhießen, auf den Mileter. Myron stieß einen schaurigen Schrei aus. Die Meder und Skythen zuckten zusammen und tasteten nach ihren

Schwertern. Einen Augenblick später sauste das Beil nieder und trennte den Kopf des Hahns vom Rumpf.

Blut schoß aus der Wunde und färbte den Hackstock rot. Niemand zweifelte daran, daß das Tier tot war. Myron ergriff den leblosen Körper, hob ihn empor und trug ihn die Tafel entlang. In der anderen Hand hielt er den abgehauenen Kopf. Aus beiden Teilen des Hahns tropfte Blut auf die hölzerne Platte.

»So weit, so gut«, sprach Gauratar in die Stille. »Wie man jemandem den Kopf abschlägt, wissen wir selbst. Zeige uns nun, wie man ihn wieder ansetzt, wenn nicht dein eigenes Haupt zu Boden rollen soll!«

Die anderen Heerführer ließen laut ihre Zustimmung hören. Myron blickte sie wieder ärgerlich an. Dann wandte sich der Grieche um und schritt zu dem blutigen Hackstock zurück. Dort legte er Kopf und Körper des Vogels links und rechts neben das Beil, zog die Waffe dann aus dem Holz und schwang sie mit geheimnisvoll klingenden Worten von neuem empor.

Die Meder und Skythen schwiegen gebannt. Myrons Linke schnellte in die Luft, und wieder sprühten feurige Funken aus dem Kohlebecken. Noch einmal legte der Grieche das Tier auf dem Holzklotz zurecht, und schon einen Herzschlag später fuhr die Bronzewaffe zum zweiten Mal nieder. Der Klang ihres Aufschlags hallte noch durch den Saal, da ertönte auf einmal ein kräftiges Krähen. Wild mit den Flügeln schlagend, mit wippendem Kamm und weit geöffnetem Schnabel rannte der Hahn durch die Halle, hüpfte auf den Tisch und entschwand durch ein Fenster auf den Hof.

Huwaksatara und Gauratar blickten mit offenen Mündern auf das Geschehen. Auch alle anderen Heerführer staunten. Schließlich sagte der Herrscher der Skythen: »Wahrlich, noch niemals sah ich solchen Zauber. Du scheinst in der Tat ein mächtiger Magier zu sein!«

Arnuwan und ich wechselten einen Blick. Das Antlitz des Riesen blieb ernst, in seinen Augen aber schimmerte versteckter Spott. Denn uns war die List, mit der Myron unsere Feinde getäuscht hatte, schon seit den fröhlichen Festen an der Kriegsschule bestens bekannt: Damals hatte der Grieche neue Schüler dadurch verblüfft, daß er einem Hahn den Kopf unter einem Flügel festband. Dann befestigte er auf dem Hals des Tieres das Haupt eines anderen Vogels, zusammen mit einer Blase voller Blut. Wenn Myron danach mit dem Schwert zuschlug, flog der falsche Kopf davon, der rote Saft spritzte, und das gefesselte Tier lag wie tot da. Dann ließ der Grieche das abgetrennte Haupt im Ärmel verschwinden, löste die Schnüre an Flügel, Beinen und Schnabel und ließ den Vogel krähend seine wundersame Wiederauferstehung feiern.

Gauratar sagte zu Naram, der sich furchtsam bis zum Boden verneigte: »Du kannst dich glücklich preisen, Akkader, daß dein Zauberer meinen König so gut zu unterhalten vermochte. Sonst nämlich wärst du deinem erbärmlichen Schwertschlucker heute noch in die Hölle gefolgt, dorthin, wo sie am meisten stinkt. Wenn nun auch dein Gilgamesch-Ersatz erfüllt, was du uns großmäulig versprachst, will ich dir die Langeweile verzeihen, die deine anderen Gaukler bei meinem Gastmahl zu verbreiten wagten.«

»Wähle einen deiner Krieger, großer Herrscher«, erwiderte Naram zitternd. »Gilgameschs Enkel nimmt es mit jedem auf. Mit Schwertern oder Speeren, mit oder ohne Schild, ganz wie es dir beliebt!«

»Gilgameschs Enkel?« fragte Gauratar belustigt. »Vor drei Tagen sprachst du noch von Gilgameschs

Sohn! Aber das soll mir gleichgültig sein. Von Schwertern und Schilden war jedenfalls nicht die Rede. Ich habe für deinen Kraftprotz keinen menschlichen Gegner bestimmt. Schicke Gilgameschs Enkel in den unteren Hof! Dort wird er seinen Kampfpartner finden. Wir aber wollen vom Wehrgang aus zusehen, wie das Gefecht verläuft!«

Der Gaukler erklärte Arnuwan zögernd die Worte des Skythen. Der Riese von Luwien zuckte die Achseln, schritt durch die westliche Tür auf einen Vorbau und stieg dort auf einer hölzernen Treppe in einen rund sechs Meter tiefen, von steinernen Wänden umgebenen Vorhof hinab.

Der Umfang des Mauerrings maß etwa zweihundert Schritt. Mit seinem östlichen Rand grenzte er an die Halle, an deren Außenwand eine gut vierzig Klafter lange Plattform mit einem Balkengeländer angebracht war. Dort stellten sich die Festgäste mit ihren Leibwächtern auf. Naram und ich fanden am Südende Platz. Als Arnuwan den sandigen Boden erreichte, zogen zwei Krieger die hölzerne Treppe an Seilen empor, so daß dem Luwier der Rückweg abgeschnitten war.

Auf der entgegengesetzten Seite des Platzes, der wohl eigens für solche Tier- und Schaukämpfe angelegt worden war, führte eine breite Rampe aufwärts zu einem vergitterten Tor. An ihrem unteren Ende stand ein mit mächtigen Rädern versehener hölzerner Kasten. Die an seinen Kanten befestigten Taue verrieten, daß man den schweren Behälter von außen durch die Gitterpforte in die Burg gerollt und dann an Stricken die Schräge hinuntergelassen hatte.

Wir erwarteten nun, daß aus dieser Kiste ein Löwe hervorspringen würde, ein Gegner jener Art, wie sie der Luwier einst in Assyrien auf vielen Jagden zu bezwingen pflegte. Arnuwan aber schien nicht den Gestank einer großen Katze zu wittern, sondern den Geruch eines Tieres, das er nicht kannte. Denn anders als wir erwartet hatten, näherte er sich dem hölzernen Kasten mit großer Vorsicht und suchte erst einmal durch seine Ritzen zu spähen.

Als die Meder und Skythen das sahen, fingen sie an, Schmähungen in den Hof hinabzurufen. »Welch feiges Zwergenherz schlägt in diesem ungeschlachten Riesenleib!« rief der junge Fürstensohn. Und der sommersprossige Meder fügte hinzu: »Wovor fürchtest du dich denn eigentlich, Fettwanst? Wenn dir ein Leid geschieht, flickt dich dein Freund, der Zauberer, wieder zusammen, so wie vorhin den Hahn!«

Arnuwan ließ sich von dem Geschrei nicht beirren, sondern handelte weiter mit der gewohnten Vorsicht. Um mehr Bewegungsfreiheit zu erlangen, streifte er sein Obergewand ab. Darunter trug er nur einen Schurz. Sorgsam befestigte er seinen breiten, schwarzledernen Leibgurt und wickelte die Kette um sein rechtes Handgelenk. Das Beil in der Linken, schritt der Luwier dann um die Kiste herum bis zu der vorderen Wand, die ein eherner Riegel versperrte.

»Los, du Gaukler!« schrie der Fürstensohn heiser. »Willst du nicht endlich nachsehen, was auf dich wartet? Bist wohl nur aus Ton!«

Die anderen Heerführer lachten. Gauratar aber rief Naram zu: »Sage dem Dicken, er soll endlich kämpfen, Akkader! Sonst schicke ich dich statt seiner hinab.«

Naram verbeugte sich furchtsam. Aber noch ehe er Arnuwan etwas zurufen konnte, hatte der Luwier den Riegel der Kiste geöffnet. Ein unheimliches Schnauben ertönte. Dann wurde die Tür plötzlich mit einem gewaltigen Schlag aufgesprengt. Dröhnend stürzte sie auf den Sand.

Die Zuschauer verstummten gespannt. In der Stille hörte ich Huwaksatara staunend und voller Vorfreude sagen: »Gauratar! Etwas aus Indien? Großartig! Welch ein Vergnügen!«

»Ja«, gab der Skythe zur Antwort, und sein zerfurchtes Gesicht glühte vor Stolz über das Lob seines Königs. »Ein Fürst der Äthiopen brachte es mir vor drei Monden. Bis heute schwieg ich davon, um dich bei diesem Festmahl damit zu überraschen.«

»Das ist dir gelungen«, sagte Huwaksatara und beugte sich vor.

Arnuwan stand fünfzehn Schritte von der großen Kiste entfernt. In dem Behälter ertönte ein Schnaufen, Schaben und Scharren. Niemals zuvor hatte ich Laute wie diese vernommen. Ich vermochte mir nicht zu denken, was für ein Wesen wir erblicken würden.

Plötzlich schrien die Zuschauer auf. Denn aus dem Dunkel des Käfigs drang eine stumpfe Schnauze hervor. Ein schleifendes Geräusch erklang. Meine Narbe begann zu brennen. Dann schob sich der mächtige Leib eines Ungeheuers ans Licht, wie ich es bis dahin nur aus Fabeln kannte.

Der kraftvolle Körper des Monstrums schien den eines Stieres an Größe und auch an Gewicht um mehr als das Doppelte zu übertreffen. Mächtige Platten bedeckten die Schultern und Keulen, Nacken und Flanken des Tierriesen wie mit einem buckligen Harnisch, der jeder Waffe zu trotzen vermochte. Der langgestreckte Rumpf ruhte auf vier säulenartigen Beinen. Der dünne Schweif des Untiers fuhr wie eine Peitsche durch die Luft. Der überlange Schädel war wie ein gewaltiger Hammer geformt. Auf der Nase ragte ein drei Ellen langes Horn empor wie ein Spieß, der jeden noch so starken Schild durchstoßen konnte.

Wie der fleischgewordene Zorn grausamer Götter erschien mir dieses Geschöpf. Wie ein verirrter Dämon aus der Zwielichtwelt, wie die mordgierige Mißgeburt menschenverachtender Mächte. Nun erkannte ich die Wahrheit jener uralten Legenden, die sich die Jäger des Stromlands flüsternd erzählten: Daß dieses Einhorn vor Zeiten auch an den sumpfigen Ufern des Euphrat und Tigris umhergeschweift sei und dort jahrtausendelang Angst und Entsetzen verbreitet habe, ehe es schließlich für immer in Indiens undurchdringliche Wälder entschwand.

Jede Regung des grauen Giganten wirkte wie eine Drohung, die auch die Nerven des mutigsten Mannes zu lähmen vermochte. Als furchtbarste Eigenschaft dieser gräßlichen Kreatur aber empfand ich die Leichtigkeit, mit der das Panzereinhorn seinen Riesenleib bewegte.

Schnellfüßig trabte das Tier seitlich an seinem Gegner vorbei und glotzte aus winzigen Augen zu uns empor. Seine spitzen Ohren spielten, und die breiten Nüstern sogen schnaufend Luft — das Einhorn vertraute wohl mehr seiner Nase und seinem Gehör als dem Gesichtssinn.

Arnuwan legte sein Beil in den Sand. Gegen solche Panzerung schien es eine nutzlose Waffe. Als er sich wieder aufrichtete, drehte sich plötzlich der Wind. Das Tier bekam die Witterung des Menschen und preschte sogleich mit erhobenem Schwanz auf Arnuwan zu.

Die Meder und Skythen schrien auf. Die Schnauze des Einhorns zog eine tiefe Furche durch den Sand. Der Riese hob seine Kette und ließ die Kugel um seinen Kopf kreisen. Als das todbringende Horn den Hünen schon fast berührte, sprang der Luwier behende zur Seite und schleuderte das Stahlgewicht mit aller Wucht gegen den ungeheuren Schädel.

Ein dumpfer Laut hallte über den Platz. Das Untier

stürmte an seinem Gegner vorbei. Erst nach dreißig Schritten hielt es wieder an.

Arnuwan stand vor dem Panzertier wie ein urzeitlicher Gott. Langsam hob er von neuem die Kette. Mit einem sausenden Geräusch durchzog die Kugel die Luft. Das Einhorn wandte sich um und griff zum zweiten Mal an. Der luwische Riese entkam dem tödlichen Horn diesmal nur knapp. Wieder traf er mit schmetternder Waffe die Schädeldecke des Gegners. Aber das mächtige Wesen schien diese Schläge gar nicht zu spüren. Es stoppte erst an der entgegengesetzten Seite der Kampfbahn, drehte sich, schnaubte und scharrte mit einem Vorderhuf Sand.

Von neuem schwang der Luwier seine Kugel. Das Einhorn schoß mit gesenkter Stirn auf ihn zu. Wieder hallte ein dumpfes Dröhnen zu uns empor, als Arnuwan zum dritten Mal mit seiner Stahlwaffe traf.

»Bei dieser Panzerung völlig zwecklos«, stellte Huwaksatara fest. In der Stimme des Königs schwang geheime Bewunderung für den Mann, der den Kampf mit diesem Ungeheuer wagte. Denn so grausam die Meder auch sind, Mut und Kraft loben sie auch an ihren Feinden.

Diesmal warf sich das Einhorn fast auf der Stelle herum, so daß der Luwier nicht mehr ausweichen konnte. Der breite, hammerförmige Kopf fegte über den Sand und riß dem Riesen die Beine weg. Arnuwan stürzte zu Boden. Die Fürsten und Heerführer schrien begeistert auf. Die Leibwächter hinter ihnen erhoben sich auf die Zehenspitzen, damit ihnen keine Einzelheit des Kampfes entgehe.

Das Einhorn stieß wild nach dem liegenden Mann. Arnuwan packte das tödliche Horn mit der Linken und hielt sich mit aller Kraft daran fest. Das Riesentier schleuderte seinen Gegner wie eine Puppe aus Stroh in die Luft, doch der Luwier ließ nicht los. Mit der Rechten umfaßte er seine Kugel und drosch das Eisen immer wieder mit Urgewalt gegen die Schläfe des grauen Giganten.

Die Zuschauer brüllten sich heiser. Das Einhorn rannte nun über die Kampfbahn und schleifte den Luwier hinter sich her. Arnuwan mußte den Griff schließlich lockern. Er blieb am Ende einer langen Furche liegen. Das Einhorn stürmte weiter und rammte sein Horn mit aller Macht gegen die Wand seines Käfigs. Der massive Kasten aus Eichenbohlen flog zur Seite wie ein Weidenkorb.

»Hoffentlich hält dieses Gittertor etwas aus«, murmelte einer der Meder besorgt. »Wenn dieses Riesenvieh dort durchbricht und durch die Straßen von Arachot tobt...«

»Mache dir keine Sorgen, Arsakes«, beruhigte ihn Gauratar. »Mein indisches Einhorn wird keine getreuen Bürger und Untertanen aufspießen, sondern nur diesen angeblichen Gilgamesch-Sproß.«

Arnuwan hatte sich wieder erhoben. Blut floß aus zahlreichen Schürfwunden an seinen Armen und Beinen. Der luwische Riese wickelte etwas mehr Kette von seiner Schulter und schwang die eherne Kugel nun in einem mehr als vier Ellen durchmessenden Kreis um sein Haupt. Die medischen Leibwächter begannen, mit ihren Schwertern auf die Schilde zu schlagen — Anfeuerung für Arnuwan, dem sie nun den Sieg wünschten. Auch ihre Herren riefen dem Luwier Mut zu und lobten seine Kraft. Dennoch glaubte wohl keiner von ihnen, daß dieses Untier von einem Sterblichen bezwungen werden konnte. Auch Myron warf mir bedenkliche Blicke zu.

Zum vierten Mal raste das Nashorn dem Luwier entgegen. Unser Gefährte rettete sich im letzten Augenblick mit einem schnellen Schritt zur Seite. Wieder traf seine Kugel ihr Ziel. Wiederum aber blieb der gewaltige Schlag ohne Wirkung, und ich erinnerte mich, daß Einhörner in der Sage stets unbesiegbar blieben: Stiere stießen sie wie

Bälle vor sich her, Löwen zertraten sie, Bären stachen sie nieder. Selbst die schrecklichen Flußpferde des Nil mit ihren armlangen Hauern wichen erschreckt vor dem Angriff des Horns, und nicht einmal der Elefant war vor den Stößen dieser Schreckenswaffe sicher: Mit seinen mächtigen Zähnen durchbohrt er dem Einhorn die Schulter, dieses aber schlitzt ihm den Bauch auf, so daß beide Tiere verenden. Darum geht selbst der Elefant dem Streit mit diesem schrecklichen Nachbarn stets aus dem Weg.

Die Meder und Skythen schrien auf, als das graue Ungeheuer Arnuwan zum zweiten Mal zu Boden riß. Der Luwier wand sich auf der Erde, um den Hornstößen zu entgehen. Mit seinen beiden mächtigen Fäusten packte der Hüne ein Hinterbein des Giganten und ließ sich von ihm durch den Sand schleifen, bis er hinter dem Einhorn hervorkam.

Der Tierriese fuhr herum und starrte den zähen Gegner an. Das Einhorn schien zu zögern. Arnuwan holte weit aus und hieb seine Stahlkugel gegen das Horn. Der Aufprall des Eisengewichts riß die Schnauze des Tieres herum.

Das Einhorn senkte den Kopf und griff wieder an. Schneller und schneller schwenkte der Luwier die eherne Waffe. Schneller und schneller schlugen die Meder die Schwerter auf ihre Schilde, so daß man kaum sein eigenes Wort verstehen konnte.

Als Arnuwan das Horn zum zweiten Mal traf, brach ein Stück der Spitze ab. Unter den Medern brauste lauter Jubel auf. Auch von den Skythen war Beifallsgemurmel zu hören, obgleich ihr Häuptling Gauratar immer mißmutiger auf den Kampf blickte.

Das Einhorn schnaubte und prallte mit seinem Bauch gegen den Riesen. Der Luwier kroch auf Händen und

Füßen davon, erhob sich und drosch seine Waffe dem Tierriesen nun zum fünften Mal auf die gepanzerte Stirn.

Das Einhorn blieb stehen und schüttelte schwerfällig den gewaltigen Schädel. Arnuwan eilte zum Käfig, löste dort eines der Taue und wickelte es geschickt um die Hinterläufe des Tieres. Der graue Gigant schnaufte laut, fuhr wieder nach seinem Gegner herum, stolperte dann und stürzte dröhnend zu Boden.

Aus den Kehlen der Meder und Skythen erscholl ein ohrenbetäubendes Brüllen. Das liegende Untier zielte mit seinem Horn vergeblich nach seinem Bezwinger. Arnuwan nahm einen weiteren Strick und fesselte nun auch die Vorderbeine des Einhorns. Am Ende lag der graue Gigant hilflos schnaubend im Sand. Immer wieder hob er den Kopf, um nach dem Luwier zu stoßen.

In den Jubel der Leibwächter sagte der Häuptling der Skythen enttäuscht: »Das Tier verträgt die Kälte nicht. Es mangelte ihm auch an der gewohnten Kost. Wir konnten es ja nur mit Heu füttern, während es sich in Indien am liebsten von saftigem Schilf und strotzenden Blättern ernährt. Dieser angebliche Gilgamesch-Enkel soll mit seinem Leben dafür bezahlen, daß er mir heute die Festesfreude verdarb!«

»Gräme dich nicht, Gauratar«, tröstete Huwaksatara seinen Gastgeber. »Niemals sah ich solch einen Kampf, und dieser Gilgamesch-Nachfahr hat seinen Sieg ehrlich verdient. Warum ihn sinnlos erschlagen? Nimm ihn lieber in deine Heerscharen auf und lasse ihn im Vorderkampf fechten. Dann erfüllt sein Tod wenigstens einen Zweck. Rufe ihn, damit wir seinen richtigen Namen erfahren. Dann wollen wir über sein weiteres Schicksal entscheiden.«

Ich schritt zum König, um für Arnuwan zu dolmetschen und danach anzubringen, was zu sagen ich gekommen war. Huwaksatara und Gauratar blickten mich neugierig an. Aber noch ehe ich meinen Mund öffnen konnte, wurde ich plötzlich beiseite gedrängt. Ein Mann, den seine Kleidung als skythischen Meldereiter auswies, warf sich vor den beiden Fürsten zu Boden.

Gauratar nahm einen Papyros aus der Rechten des Boten, warf einen Blick darauf und reichte dann die Rolle seinem Herrn. Huwaksatara brach das Siegel auf und las.

Der König schien durch den Inhalt der Botschaft in große Erregung versetzt. Denn er fing plötzlich an, in den zischenden Lauten der Skythen zu sprechen und redete mit erhobener Stimme auf Gauratar ein. Ich verstand nur das Wort »Lud«, das mehrmals fiel — so nennen die Reiter der nördlichen Steppe das lydische Reich.

Einer der Leibwächter reichte dem sichtlich erschöpften Boten einen Krug Wein. Der Meldereiter erhob sich und trank. Dabei wandte er mir sein Gesicht zu, und ich erstarrte. Denn sein rotes Haar und die sichelförmige Narbe auf seiner Stirn wies ihn als jenen Skythen aus, der uns am Hermon entkommen war.

Myron und mich in unserer Verkleidung hätte der Krieger wohl nicht so schnell wiedererkannt. Doch als der Skythe den Luwier erspähte, der langsam durch den Sand der Kampfbahn auf uns zuschritt, waren wir verraten. Denn einen Mann wie Arnuwan konnte man unmöglich vergessen.

Der Meldereiter stieß einen lauten Schrei aus und zeigte mit dem Finger aufgeregt nach unten. Myrons Hand fuhr hinter seinen Nacken, doch sein Griff zum Messer kam zu spät. Denn im gleichen Augenblick fuhr dem Skythen ein Pfeil durch die Brust, so daß der rothaarige Krieger vor Huwaksataras und Gauratars Augen zu Boden stürzte und röchelnd verschied.

Aufs äußerste überrascht, starrten wir über die Kampfbahn zum Gitter des Tores. Dahinter sahen wir die Sauromatin mit ihrem Bogen. Sie zog ihren gestickten Kopfbund ab, so daß ihr blondes Haar befreit im Wind zu wehen begann. »Gauratar«, rief sie mit heller Stimme, »sind denn die Würmer an deinem Enkel schon satt?«

Neben Tomyris aber hob Mago nun seine Waffe ans Auge, und ein Rachegeist muß seinen Pfeil durch die Luft gelenkt haben. Denn seine Spitze fuhr jenem Fürstensohn in die Kehle, der dem Äthiopen zuvor so grausam das Schwert in den Schlund gerammt hatte.

XIV Die Falle

Gauratar stieß einen gellenden Schrei aus, als er die Sauromatin erblickte. Seine Bewacher warfen sich über ihn, um ihn mit ihren Leibern zu decken. Aber der Skythe schüttelte die Krieger ab, wie sich ein Eber der Hunde entledigt. Dann rief er seinem König ein paar Worte zu und stürmte durch die Halle auf den großen Hof, wo die Pferde der Heerführer standen.

Mit erhobenen Schwertern und Spießen stürzten sich nun die medischen Leibwächter auf uns. Myron und ich setzten wie flüchtende Hirsche über das Holzgeländer und sprangen in die Tiefe. Zusammen mit Arnuwan eilten wir über den Sand auf das Gittertor zu. Meder und Skythen schleuderten uns Speere nach. Doch so tüchtig die Steppenkrieger auch kämpfen – in der Überraschung handeln sie meist sehr verwirrt und benötigen viel Zeit, ehe sie ihre Maßnahmen planvoll vereinen.

Keuchend eilten wir die steile Rampe empor. Oben warf sich der Luwier mit seinem ganzen Gewicht gegen das Gitter des Tores. Einen Augenblick lang dachte ich an die Frage des Meder Arsakes, ob das Eisen wohl stark genug sei, dem Ansturm des Einhorns zu widerstehen. Arnuwans Anprall hob die geschmiedete Pforte jedenfalls aus den Angeln. Klirrend fiel das Gitter zu Boden. Die Sauromatin spornte ihr Pferd. In großen Sprüngen hetzte das Reittier den steilen Burgberg hinab, und ich bewunderte die Kunst der jungen Frau, sich bei diesem verwegenen Ritt sicher im Sattel zu halten.

Mago rief: »Schnell!« und deutete auf drei Hengste, die er hinter der Mauer angebunden hatte. Der Tyrer sandte Pfeil um Pfeil in die Kampfbahn. Arnuwan riß sein Reittier herum, um die Sauromatin zu verfolgen. Doch der Phönizier schrie: »Nein! Wir müssen zur Schlucht! Sie lockt Gauratar in die Falle!«

Zögernd verhielt der luwische Riese sein Pferd. Mißtrauisch blickte er Mago ins Auge. »Wenn du uns anlügst und diese Frau uns entkommt«, sagte er dann, »wirst du dein Blut für das ihre vergießen. Denn meine Götter und Schwüre sind heilig!«

Mago zuckte die Achseln und ritt in schnellem Galopp nach Norden davon. Wir jagten durch enge Gassen, bis wir das Stadttor erreichten. Niemand versperrte uns den Weg. Die Meder zogen es vor, bei ihrem Herrn zu bleiben, bis die verworrene Lage geklärt war. Die Skythen aber setzten ihrem Fürsten Gauratar nach, der auf seinem Falben die Sauromatin verfolgte. Als wir auf einem Hügel verhielten und nach möglichen Verfolgern ausschauten, sahen wir im Süden eine Staubwolke, die nach einer Weile westwärts zu wandern begann.

»Schnell«, drängte Mago. »Sie führt die Skythen in die Schlucht. Dann müssen wir auf unseren Plätzen sein!«

Arnuwan widersprach nicht mehr. Wir trieben unsere Reittiere an und gelangten an den oberen Ausgang der

Klamm, als die Staubwolke eben das untere Ende erreichte.

Am östlichen Rand der klaffenden Spalte sprang Mago vom Pferd, riß einen Pfeil aus dem Köcher und warf sich hinter einigen Felsenzacken in Deckung, so daß er vom Tal aus nicht gesehen werden konnte.

Auf der westlichen Seite der Schlucht blitzte ein Spiegel auf, der uns verriet, daß auch der Beduine auf dem Posten war. Rufen konnte Reguël nicht mehr, denn schon erschien die Sauromatin am Bach, und nur wenige Schritte hinter ihr ritten die Skythen mit Gauratar an der Spitze.

Myron und Arnuwan eilten auf ihren Pferden nach Norden. Denn wenn es ihnen nicht gelang, den Staudamm zu zerstören, ehe die Skythen die Schlucht durchquerten, hatten wir kaum noch Aussicht, unsere Rache an Gauratar zu vollziehen.

Wie eine von hungrigen Wölfen gehetzte Hündin jagte die Sauromatin nun durch den Bach. Wasser spritzte nach allen Seiten. Das blonde Haar der Reiterin wehte wie eine Fahne im Wind. Dicht hinter ihr hob Gauratar seinen Streitkolben, um der Verfolgten den Kopf zu zertrümmern. Fast auf gleicher Höhe mit ihrem Herrscher ritten zwei skythische Leibwächter. Andere folgten dichtauf.

Als die Krieger unter die Felsen gelangten, auf denen Mago und Reguël lauerten, funkelte plötzlich Metall in der Sonne. Im gleichen Augenblick stürzten die beiden vordersten Reiter hinter Gauratar auf die Erde, der eine vom Pfeil des Phöniziers, der andere vom Stein des Midianiters getroffen.

Tomyris lag auf dem Hals ihres Hengstes, die Finger tief in die Mähne des Schecken gekrallt. Schrill hallten ihre Anfeuerungsschreie die steile Felswand empor, begleitet von Gauratars tiefem, haßerfülltem Gebrüll. Der Skythenherrscher glaubte sein Opfer nun jeden Moment ergreifen zu können. Die Jagdwut hielt ihn so gepackt, daß er den Sturz der beiden Krieger gar nicht zu bemerken schien.

Immer wieder stieß der Fürst die Fersen in die Flanken seines Falben. Die nachfolgenden Krieger konnten den Gestürzten in der engen Schlucht nur mit Mühe ausweichen. Mago und Reguël holten noch einige weitere Skythen aus ihren Sätteln. Rund zwei Dutzend Bogenschützen gingen hinter verstreuten Felsen in Deckung und sandten von dort einen wahren Hagel von Pfeilen zu den Gefährten empor. Die anderen eilten Gauratar nach.

Ich ritt am Rand der Schlucht auf gleicher Höhe wie der Fürst. Mehrere Male machte ich mich bereit, vom Rücken meines Pferdes auf Gauratars Schultern zu springen. Doch immer kam ein störender Baum oder steiniger Vorsprung dazwischen.

Dann hatten die Sauromatin und ihr Verfolger die Stelle erreicht, an der sich unser Staudamm erhob. Tomyris zügelte ihr Pferd und ließ sich aus dem Sattel fallen. Der verblüffte Skythe riß seinen Falben zurück. Das Tier prallte gegen den Schecken der Sauromatin. Tomyris kroch auf Händen und Füßen in ein Gebüsch. Wie ein blutrünstiger Löwe stürzte sich Gauratar auf die Frau. Im gleichen Moment hieb ich ihm einen Stein auf den Schädel. Der Skythenfürst sackte zusammen.

Myron schrie: »Jetzt!« Arnuwan warf sich auf die aus der Staumauer ragende Tanne. Langsam, unendlich langsam sank das Ende des Stammes nach unten.

Ich schleifte Gauratar auf einen Felsen. Myron half der keuchenden Sauromatin hinauf. Wortlos reichte er mir einen Bogen. Schulter an Schulter schossen wir auf die skythischen Reiter, die sich nun auffächerten und in breiter Front auf uns zustürmten.

»Was ist los, Arnuwan?« fragte ich. »Will die Mauer nicht brechen?«

Der Luwier gab keine Antwort, sondern stemmte sich mit gewaltig schwellenden Muskeln gegen den Stamm. Blut rann über seine bloße Haut; er war grausig anzusehen.

Die skythischen Reiter kamen immer näher. Noch wenige Herzschläge, dann mußten ihre Lanzen uns treffen. Myron drückte der Sauromatin sein Wurfmesser in die Hand. Von Reguël und Mago war nichts zu sehen.

Die Panzerreiter hatten den Staudamm schon fast erreicht. Ich gab Tomyris den Bogen und zog die Sarpedonklinge. Myron starrte zu dem Luwier. Arnuwan stieß einen schrecklichen Schrei aus. Die Pferde der Skythen scheuten und bäumten sich auf. Dann zwang der Riese mit schier unglaublicher Kraft das Ende der Tanne zu Boden. Dadurch hob sich der Mittelstein aus seinem Lager. Wasser spritzte hervor. Andere Steine fielen herab, und die Mauer begann an vielen Stellen zugleich zu bröckeln.

»Mach, daß du fortkommst!« schrie Myron dem Luwier zu. Arnuwan sprang mit einem mächtigen Satz auf die Felsen. Einen Wimpernschlag später neigte sich der Damm, und mit entsetzlichem Donnern und Tosen brach eine sechs Klafter hohe Welle aus Wasser und Schlamm über die skythischen Reiter herein.

So wie ein Wildbach nach schneereichem Winter im Frühling das lockere Erdreich davonspült, aber wohl tausendfach stärker, schwemmte das schäumende Wasser nun alles hinweg, was sich auf dem Grund der Schlucht befand. Die gischtende Woge stürmte mit solcher Gewalt zwischen den steilen Wänden entlang, daß Büsche und Bäume entwurzelt, ja selbst große Felsen davongerollt wurden. Die Skythen warfen die Pferde herum, doch selbst die flinkeste Gazelle wäre dem Wüten des Wasserschwalls schwerlich entronnen. Denn die vernichtende Flut raste mit der Schnelligkeit eines Sturmwinds durch die zerklüftete Klamm.

Hell wie der Ruf eines Adlers hallte nun Arnuwans Siegesschrei durch die Schlucht. Plötzlich erklangen Hufschläge. Reguël und Mago eilten herbei. »Die Skythen sind alle tot«, meldete der Phönizier. »Myron! Du bist ein Meister!«

Reguël fügte hinzu: »Bisher dachte ich immer, nur ein Mann der Wüste könne wissen, wie vernichtend Wasser wirken kann. Habt ihr gewußt, daß bei uns mehr Menschen ertrinken als verdursten? Das kommt, weil sie zum Lagern den Schatten der Böschungen trockener Flußtäler nutzen. Entlädt sich dann jedoch in weiter Ferne ein Gewitter, rollt eine tödliche Woge den vorher wasserlosen Graben hinab. Ja, solche Überraschungen hält die Wüste bereit. Du aber, Myron, hast die Natur noch übertroffen!«

»Flechtet meinen Lorbeerkranz später«, antwortete der Hellene. »Sonst fehlt mir der Kopf, ihn zu tragen.«

»Myron hat recht«, sagte ich. »Rasch, auf die Pferde!«

Arnuwan legte Gauratar bäuchlings auf seinen Falben und band ihm Hände und Füße zusammen. Die Sauromatin schaute den Luwier an, aber der Riese gönnte ihr keinen Blick. Reguël nahm die Zügel des aschfarbenen Hengstes, auf dem sein bewußtloser Todfeind lag. »Vorsicht, mein Pferdchen!« rief der Midianiter. »Kostbar ist deine Last!«

Wir ritten den Rest des Tages und die ganze Nacht hindurch nach Norden. Am nächsten Vormittag gerieten wir in einen Schneesturm. Die Flocken verwischten unsere Spuren, hinderten uns jedoch, in das Stierland Sogdiana zu reiten. So blieb uns nur die Flucht nach Osten.

Am folgenden Abend rasteten wir in einer Höhle. Gauratar war längst erwacht, hatte aber bisher geschwiegen. Als Arnuwan den gefesselten Fürsten neben unser Feuer legte, fragte der alte Skythe in medischer Sprache:

»Wer seid ihr? Warum helft ihr dieser Mörderin, die heimtückisch meinen Enkel erstach? Warum hindert ihr mich, das Blut des Gemeuchelten strafend zu rächen, so wie es die Gesetze bei allen ehrbaren Völkern gebieten?«

Ich blickte Mago an. Der Phönizier sagte: »Ja, er hat recht. Tomyris hat Gauratars Enkel getötet. Doch wie das geschah und warum sie uns das so lange verschwieg, soll sie euch selber erzählen.«

»Wozu«, grollte Arnuwan. »Soll sie eine Lüge durch die andere ersetzen? Den Amazonen ist die Wahrheit so fremd wie Grottenmolchen der Himmel. Niemals wird sie uns gestehen, was in Wirklichkeit geschah!«

»Immerhin hat sie euch das Leben gerettet«, verteidigte Mago die Sauromatin. »Ohne Tomyris hätte der Skythe vom Hermon gewiß euer Ende besorgt!«

Myron trat mit Tomyris zu uns in die Höhle. »Reguël hat die erste Wache übernommen«, erklärte der Grieche. Als er hörte, worüber wir sprachen, verstummte er.

»Ungefähr eine Stunde nach eurem Aufbruch«, berichtete Mago, »hörten wir einen Reiter. Er kam aus Nordwesten und nahm den Weg durch die Schlucht. Wir verbargen uns in den Büschen. Es war der Skythe vom Hermon, offenbar mit einer eiligen Botschaft betraut. Reguël und ich erkannten ihn sofort. Auch Tomyris hatte ihn gesehen. Als er verschwunden war, rief sie nach uns. Sie sagte uns, was wir schon wußten: daß dieser skythische Melder nach Arachot reiten und euch dort ganz gewiß wiedererkennen würde. Ich beschloß, ihm zu folgen, um euch zu warnen. Aber Tomyris wandte ein, daß wir dann alle vier gefangen und getötet werden könnten. Nur wenn sie mitkommen würde, dürften wir hoffen, den Medern und Skythen doch noch zu entkommen. Denn Gauratar, so sagte sie, hasse sie aus tiefstem Herzen. Er werde bei ihrem Anblick in blinde Wut geraten, so daß sie ihn leicht in den Hinterhalt locken könne.«

»Kanntest du den Grund für diesen Haß?« fragte ich den Phönizier.

Der Tyrer nickte. »Ja«, erwiderte er. »Ich wußte, daß Tomyris Gauratars Enkel erstach. Wenn du erst alles erfahren hast, wirst du zugeben, daß ich richtig entschied. Reguël riet mir, der Sauromatin zu folgen — damit sie nicht auf den Gedanken komme, zu fliehen und uns hier unserem Schicksal zu überlassen.«

»Das war sehr vernünftig«, ließ sich der Luwier vernehmen. »Außerdem hat es unsere Flucht erleichtert, daß du Pferde mitbrachtest.«

»Ich verstehe dein Mißtrauen nicht«, versetzte der Tyrer. »Hat Tomyris ihr Versprechen nicht gehalten?«

»Es blieb ihr ja kaum etwas anderes übrig«, entgegnete Arnuwan. »Wäre sie nicht in die Felsschlucht geritten, hätten die Skythen sie eingeholt und wie eine räudige Hündin erschlagen. Nicht sie hat uns gerettet, sondern wir haben ihr Leben beschirmt. Hoffentlich müssen wir das nicht eines Tages bereuen!«

»Warum besprecht ihr das alles vor eurem Feind?« rief Tomyris verwundert. »Wißt ihr nicht, daß er Akkadisch versteht?«

»Was soll ihm dieses Wissen schon nutzen?« fragte Reguël vom Eingang her. Reif bedeckte seinen Bart.

Myron erhob sich und sagte: »Jetzt bin wohl ich an der Reihe.«

»Gib auf die Pferde acht«, rief ihm der Midianiter nach. »Vorhin war mir, als hätte ich das Knurren eines Schneeleoparden vernommen.«

Der Mann aus Milet ergriff seine Lanze und trat in die Nacht hinaus. Gauratar fragte wieder:

»Wer seid ihr? Was habt ihr mit mir vor? Wißt ihr denn nicht, daß ich der Herrscher dieses Landes bin? Meine getreuen Krieger werden euch überall hin verfolgen. Niemals könnt ihr ihnen entkommen! Wenn ihr mich aber freilaßt und mir meine Feindin ausliefert, will ich euch allen vergeben, und ihr sollt unbehelligt eures Weges ziehen.«

Reguël lachte. »Wenn ich mit dir fertig bin, Skythe«, sprach er, »wirst du keiner Frau mehr schaden, geschweige denn einem Mann.« Dann wandte sich der Beduine zu mir und fragte: »Hast du herausfinden können, welche Botschaft der Melder zu Gauratar brachte? Wie soll es denn jetzt weitergehen?«

»Der Skythe vom Hermon brachte nicht seinem Fürsten, sondern dem König Nachricht«, gab ich zur Antwort. »Offenbar wichtige Neuigkeiten aus Ekbatana. Huwaksatara schien ziemlich erregt. Ich habe leider nur verstanden, daß es um Lydien geht.«

»Warum besprecht ihr das nicht an einem Ort, wo Gauratar nicht zuhören kann?« fragte Tomyris aufgeregt. »Wie könnt ihr nur so leichtsinnig sein? Unterschätzt den Skythen nicht – auch in Fesseln ist er gefährlich!«

Reguël ging zu dem liegenden Fürsten und trat ihm wuchtig in die Nieren. Der Gefesselte brüllte vor Schmerz. »Alles, was wir bisher besprachen, weiß er schon längst«, meinte der Midianiter verächtlich. »Dort aber, wohin er jetzt bald gehen wird, vermag er niemanden mehr zu versehren.«

»Wer bist du«, ächzte der Skythe. »Was habe ich dir getan, daß du so großen Haß gegen mich hegst? Bist du am Ende gar mit dieser Frau verwandt? Ich habe sie auf einem Feldzug im Kampf überwältigt und darum auf ehrliche Weise Macht über ihr Leben gewonnen. Aber ich tötete sie nicht, wie es mein gutes Recht gewesen wäre. Sondern ich hielt sie gefangen, um sie vielleicht gegen Lösegeld wieder freizulassen. Sie aber dankte meine Güte nicht, sondern lockte meinen Enkel in ihr Bett und brachte ihn dort um. Mit seinen Kleidern entfloh sie. Erwächst mir daraus nicht das Recht auf ihr Blut? Warum verweigert ihr mir die Rache?«

Reguël trat von neuem zu. Gauratar krümmte sich vor Pein. Dann packte der Beduine den Skythen am Haar, riß den Kopf des Gefangenen hoch, starrte ihm in die Augen und sprach mit furchtbarer Stimme: »Weißt du wirklich nicht, wer ich bin? Erinnerst du dich nicht an das büffelreiche Gebirge Baschan, wo ihr einst einen einsamen Wanderer über die Straßen und Wege ins Niltal befragtet? Habt ihr diesen Mann dann nicht den wilden Tieren zum Fraß überlassen? Bei Asasel – wie viele Menschen mußt du schon auf diese Weise ermordet haben, wenn du dich meiner so wenig entsinnst!«

Da flog ein Schatten plötzlichen Erkennens über Gauratars Gesicht. Der Skythe starrte Reguël ungläubig an. »Hätte ich dir doch lieber einen Pfeil durch die Kehle gejagt, statt dich der Gnade der Götter zu überantworten!« knirschte er dann. »Ja, ich erinnere mich! Wahrlich, nun bereue ich, daß ich dich am Leben ließ!«

Reguël schlug dem Skythen die Faust auf den Mund. »Jetzt sprichst du stolze Worte«, stieß der Beduine hervor, »bald wirst du heulen und um Gnade winseln.«

Gauratar richtete sich mühsam auf. »Jeder von euch, der mich aus der Gewalt dieses Mannes befreit«, rief er uns zu, »soll mit mir auf dem Thron von Arachot sitzen. Das Gold meiner Kammern soll ihm gehören und mein ganzes Heer wird zu seiner Ehre ausziehen, wohin er es immer befiehlt. Die schönsten Mädchen meines Landes sollen ihm Tag und Nacht dienen. Ja, auch zu meinem Lehnsherrn Huwaksatara will ich ihn bringen und dafür sorgen, daß mein Befreier als mein Erbe eingesetzt wird. Das alles gelobe ich euch beim machtgewährenden Mithra, dem Menschenschöpfer!«

»Huwaksatara«, sprach Arnuwan grollend. »Der König von Medien wird wohl bald selbst einen Nachfolger brauchen. Wenn du ihn wiedersiehst, werdet ihr beide als kraftlose Schatten durch die Unterwelt wandeln!«

Statt einer Antwort stieß der Skythenfürst ein höhnisches Gelächter aus. »Wie? Ihr vermeßt euch, den mächtigen Huwaksatara umbringen zu wollen?« fragte er dann. »Wißt ihr denn nicht, daß meinem Herrn keine menschliche Hand auch nur den kleinsten Schaden zufügen kann? Mithra selbst wird unseren König einst zu sich auffahren lassen. So haben es Mediens Magier schon an Huwaksataras Wiege verkündet.«

»Lasse mich nur nahe genug an ihn heran«, versetzte Arnuwan. »Dann wird sich erweisen, ob das Schädeldach deines Königs soviel aushält wie die gepanzerte Stirn deines Einhorns.«

Gauratar schwieg. Mago fragte den Midianiter: »Wie willst du weiter mit diesem Verbrecher verfahren? Am besten, du bringst es schnell hinter dich. Ohne ihn reiten wir schneller.«

Reguël aber gab heftig zurück: »Denkst du, ich habe so lange auf meine Vergeltung gewartet, nur um jetzt einmal mit dem Schwert zuzuschlagen? Nein, Tyrer – von jetzt an will ich jeden Tag auskosten, der mich der Rache näherbringt. Gebt mir zwei Wochen Zeit! Du aber, Gauratar, hoffe nicht auf Gnade. Du wirst vergehen wie dein Kot!«

»Überlaßt mich nicht diesem Mann!« rief der Alte. »Rettet mich! Wollt ihr auf solche Reichtümer verzichten, nur um diesen Wahnsinnigen zu erfreuen?« Der Skythe starrte mich an. »Du dort«, sagte er, »kannst du dir vorstellen, wie es sein wird, wenn du als Herr über Arachots schwarze Klippe gebietest? Hilf mir, befreie mich! Meinetwegen behalte die Frau, ich will meiner Rache entsagen – doch laß nicht zu, daß dieser Einarmige mich meuchelt!«

»Er wird dich nicht meucheln, sondern richten«, versetzte ich kühl: »Ich staune, daß du noch jetzt glaubst, du könntest uns mit Gelübden und Goldgeschenken betören. Wenn dich einer von uns tatsächlich befreite und arglos nach Arachot brächte, würdest du ihn dort doch gleich zu Tode foltern lassen! Und selbst wenn du dein Wort halten wolltest – der König könnte keinesfalls dulden, daß jemand das Mithrafest stört und zur Belohnung ein Lehen erhält. Weißt du denn noch immer nicht, wer ich bin? Als ich noch ein Knabe war, hast du mich im turmhohen Taurus aus dem Arm meiner Mutter gerissen und in die Tiefe einer Bergschlucht gestürzt. Erinnerst du dich? Drei Jahre später habt ihr meinen Vater am reißenden Fluß Pyramos gepfählt. Danach wolltest du mich auf die gleiche grausame Weise ermorden. Ich bin Dagon von Assur, zweifach dein Opfer, zweimal nur durch göttliche Fügung deiner Mörderhand entronnen. Wo gibt es so viel Gold, daß ich darüber den Tod meines Vaters vergäße?«

»Dagon!« rief Gauratar. »So bist du also noch am Leben! Höre mir zu! Du darfst mich nicht töten. Denn ich weiß Dinge, die dir sehr nützlich sein könnten!«

Ich wandte mich ab. Denn ich befürchtete, ich könne sonst die Beherrschung verlieren und Reguël bei seiner Rache zuvorkommen.

Heftige Windstöße trieben Myriaden Schneeflocken am Eingang der Grotte vorüber. Ich starrte düster in die Finsternis. Plötzlich spürte ich eine Hand auf meinem Arm. Es war Tomyris.

»Dreimal hat Reguël erklärt, es lohne nicht mehr, vor

Gauratar Geheimnisse zu bewahren«, sagte sie leise, »denn der Skythe werde ohnehin bald in die Unterwelt fahren. Auch ich kenne jetzt euren Plan und weiß, daß ihr Huwaksatara verfolgt. Bedeutet das, daß auch mein Mund sehr bald für immer schweigen wird?«

Ich wandte mich um und blickte ihr in die Augen. Hinter ihr sah ich Arnuwan kommen. Der Luwier schaute mich nachdenklich an. Ich antwortete der Sauromatin: »Noch atmest du. Sei froh! Du hast uns geholfen. Vor Arnuwan aber bedeutet das nichts.«

»Der Luwier liebt dich wie einen Sohn«, flüsterte die Sauromatin. »Bitte ihn um mein Leben – er wird dir deinen Wunsch gewiß erfüllen!«

Arnuwan schwieg. Flehend ergriff Tomyris meine Handgelenke. Dann sank sie vor mir zu Boden und umklammerte meine Knie. Ich stieß sie von mir und sagte grob: »Hast du auf diese Weise Mago überredet? Überschätze nicht meine Geduld! Einmal warst du uns nützlich und wirst es vielleicht noch ein zweites Mal sein. Niemals aber werde ich dulden, daß du zu einer Gefahr für uns wirst.«

XV Der Schwur

In dieser Nacht träumte ich zum ersten Mal von den Propheten, denen ich begegnet war, und von der Zukunft, die sie den Völkern verhießen. Große Städte sah ich in Trümmer sinken und mächtige Reiche hinweggefegt werden wie Spreu vor dem Sturm. Nur noch ein einziges Menschenalter, so sagten mir meine Sinne im Schlaf, sollte vergehen, dann würde nichts auf der Welt mehr so sein wie zuvor. Noch aber ahnte ich nicht, wer es war, dessen Hand so gebietend ins Schicksalsrad griff.

Kurz nach Mitternacht rüttelte Mago mich wach. »Der Stern des Ziegenfischs steht schon am Himmel«, raunte mir der Tyrer zu. »Draußen ist alles ruhig. Der Wind hat sich gelegt. Auch der Schneeleopard scheint verschwunden zu sein. Viel Vergnügen!«

Ich gähnte, legte einen Wolfspelz um die Schultern, nahm mein Schwert und lehnte mich vor der Höhle gegen die rissige Rinde einer vom Blitz verkohlten Eiche.

Die Nachtluft beizte meine Lungen mit Eis. Die Sterne der Sieben Schwestern funkelten wie die Augen von Drachen. Der letzte Nachklang der Traumbilder vor meinem inneren Auge erstarb, und Stille zog in mein Herz. Da dachte ich, wie schön die Welt doch sein könnte, wäre nur einmal ein Gott oder Mensch stark genug, sie unter die Füße zu nehmen und ihr den Frieden zu schenken. Assur war tot, untergegangen das Reich, das doch an Willen und Waffen so stark war. Würde es bald einen besseren Weltherrscher geben?

Während ich so sann, hörte ich plötzlich hinter mir ein Geräusch. Schnell wandte ich mich um und sah die Sauromatin durch den Schnee auf die Eiche zustapfen. Ein großer Schafspelz hüllte sie ein, und eine wollene Mütze schütze ihr Haupt vor der Kälte. Die Atemluft formte sich vor ihren Lippen zu kleinen Wolken, als sie leise sagte:

»Verzeihe mir, wenn ich es noch einmal wage, ein Wort der Bitte an dein Herz zu richten. Ich flehe nicht um mein Leben. Aber bevor ich sterbe, sollst du erfahren, was wirklich geschah.«

Ich war auf der Hut und versetzte: »Ich werde dich nicht daran hindern, zu sagen, was du begehrst. Aber vergeude unsere Zeit nicht mit Lügen!«

»Nein«, antwortete Tomyris. »Du sollst nun alles wissen. Bilde dir selbst ein Urteil, ob ich es verdiene, als Mörderin hingerichtet zu werden.«

»Du hast in Arachot viel für uns gewagt«, erwiderte ich. »Sprich! Ich will dich anhören, solange du nicht versuchst, vom Weg der Wahrheit abzuweichen.«

Die Sauromatin blickte mich traurig an. Das Licht der fremden Sterne spiegelte sich in ihren Augen. »Damals am schneebedeckten Berg Hermon«, begann sie, »sagte ich euch, daß meine Ahninnen sich niemals einen Mann mit Gewalt untertan machten. Für ihre Nahrung, Kleidung und Unterkunft sorgten sie selbst. Um Nachkommenschaft zu gebären, bedurften sie nicht der erzwungenen Liebe. Denn sie übertrafen an Schönheit alle anderen Frauen der Welt.«

Ich betrachtete die Bögen ihrer Brauen, den schmalen, geraden Rücken der Nase, die straffen, wohlgeformten Wangen und die vollen, zierlich geschwungenen Lippen der Sauromatin und dachte bei mir, daß sie in diesem Punkt recht haben mochte. Tomyris fuhr fort:

»Ja, die Kunde von unserer Schönheit war bei allen benachbarten Völkern verbreitet. Jedes Frühjahr wanderten die mutigsten Männer tief in Sauromatiens Birkenwälder, um sich dort mit den freien Frauen heimlich zu verbinden. Niemals wurde von den Vätern verlangt, bei den Müttern zu bleiben. Im Gegenteil: die Haut der Amazonen, wie uns der Luwier nennt, duftete den Fremden so gut, daß die Liebhaber oft nicht mehr zu ihren eigenen Weibern zurückkehren wollten. Manche mußten am Ende sogar mit Steinen und Pfeilen davongejagt werden, so unstillbar schien ihre Sehnsucht nach sauromatischen Schößen.«

Sie lockerte ihre Mütze. Blonde Locken fielen darunter hervor, und ihre milchweiße Haut wetteiferte mit dem schimmernden Schnee. Nach einer Weile erzählte sie weiter:

»Umgekehrt aber wurde so manche Unglückliche unseres Volkes von fremden Kriegern entführt und zur Sklavin gemacht. Denn so sind nun einmal die Männer, daß sie oft einen besonderen Reiz verspüren, wenn sie sich stolze, freie Frauen mit Gewalt gefügig machen und mit ihrer Männlichkeit demütigen dürfen. Darum wurden immer wieder Mädchen aus Sauromatien von Räubern gefangen, verschleppt und in die Fremde verschachert. In den Lusthäusern von Elam und Babel, Medien oder Phönizien konnten sich dann die schlechtesten Männer an diesen wehrlosen Frauen ergötzen, die niemals einen Herrn dulden wollten und nun den erniedrigendsten Wünschen nachkommen mußten.«

Ich schwieg unbehaglich, denn ich begann zu ahnen, was ich nun hören sollte. Mit sehr leiser Stimme, doch ohne Tränen, fuhr Tomyris fort:

»Ehe ihr mich erschlagt, sollst du erfahren, daß dieses Schicksal auch mir nicht erspart blieb. Denn in unserer letzten Schlacht gegen Gauratar und seine Skythen traf mich ein Streitkolben und ich verlor das Bewußtsein. Als ich wieder erwachte, fand ich mich in Gauratars Zelt auf einen Balken gefesselt. Die Stricke waren so fest um meine Hände und Füße, aber auch um meinen Nacken und meine Hüften geschlungen, daß ich mich nicht rühren konnte. Als der Skythenfürst bemerkte, daß meine Sinne zurückgekehrt waren, öffnete er die Riemen meiner Rüstung, bis mein Rücken nackt vor ihm lag. Dann hob er sein Gewand und vergewaltigte mich. Dabei geißelte er mich, bis er sein Feuer an meinem wehrlosen Fleisch gelöscht und seine gemeinsten Gelüste befriedigt hatte.«

Beschämt dachte ich an jene Nacht am brausenden Balikh, als auch ich mit einer wehrlosen Frau meinen Mutwillen getrieben hatte.

»Später gab Gauratar mich wie die anderen Gefangenen auch seinen Heerführern preis. Selbst unsere jüngsten Mädchen weckten die unersättliche Gier jener Männer und mußten mit ihren keuschen Körpern der Wollust ihrer Bezwinger willfahren.« Tomyris stockte und zog angewidert die Nase kraus. »Du sollst alles erfahren«, sagte sie dann. »Als die Skythen erschöpft waren, hetzte Gauratar große, zu der gemeinsten Gewalttat abgerichtete Rüden auf uns, die uns wie Hündinnen besaßen. Solche Verbrechen begingen die Skythen an uns, und die Meder sahen lachend zu.«

Ich schwieg erschüttert und schämte mich meines Geschlechts. Nach einer Weile fuhr die Sauromatin fort:

»Damals wollte ich sterben. Später aber erwies sich der Wunsch nach Rache als stärker. Gauratar ließ mich nach Arachot schaffen. Dort sperrten mich seine Wächter in ein Verlies. Meine Leidensgefährtinnen sah ich nie wieder. Sie sind wohl alle längst tot.«

»Wie aber konntest du, eine Frau, aus dem Gefängnis entfliehen«, fragte ich heiser. »Niemand ist je aus den Händen von Medern und Skythen entronnen. Selbst die besten Krieger Assyriens mußten in ihren Ketten elend verfaulen.«

»Nicht obwohl, sondern gerade weil ich eine Frau bin, entkam ich«, erklärte Tomyris. »Denn eine Woche später übertrug Gauratar seinem Enkel die Aufsicht über die schwarze Burg. Der Fürst wollte einen neuen Feldzug unternehmen. Alle sechs Söhne hat Gauratar in seinen zahllosen Schlachten verloren. Nun sollte sein Kindeskind Arachot erben. Als der Jüngling das Gefängnis überprüfte, kam mir der Gedanke, seine Unerfahrenheit zu nutzen. Ich legte mich nackt auf mein Lager und warf ihm begehrliche Blicke zu. Er tat, als ob er nichts gesehen hätte, und schritt mit seinen Begleitern davon. Spät in der Nacht kehrte er zurück. Als er am Gitter stand, kniete ich vor ihm nieder, schob meine Hand an seinen Schenkeln empor, streichelte sein Geschlecht und tat, als ob ich auf ihn brünstig sei. Anfangs schien er damit zufrieden, seine Männlichkeit durch die ehernen Stäbe zu stecken und sich von meinen Lippen liebkosen zu lassen. Von da an kam er jede Nacht. Drei Tage später jedoch ging ich nicht mehr zum Gitter, sondern legte mich mit geöffneten Schenkeln auf meine Decken und stellte mich, als suche ich im Schlaf mein hitziges Geschlecht mit den Fingern zu kühlen. Da konnte er nicht länger widerstehen. Er schloß die Kerkerpforte auf und legte sich zu mir. Als er in mich drang und dabei alle Vorsicht vergaß, zog ich ihm den Dolch von der Hüfte und stach ihm den Stahl in den Rücken. Dann zog ich seine Kleider an, schlich ins Wachhaus, fand Waffen und Gold, kletterte über die Mauer und fuhr in einem Streitwagen davon.«

Die Sauromatin seufzte, dann schloß sie: »Nun habe ich alles berichtet, was du von mir wissen mußt, und nichts verschwiegen, weder von meinem Schicksal noch von meiner Schande. Prüfe mich! Du wirst in meinen Worten nicht die geringste Unwahrheit finden. Tötet mich, wenn ihr damit Recht zu tun meint! Ich aber sterbe frei von Schuld.«

»Hat Mago das alles gewußt?« fragte ich.

Tomyris nickte. »Ich merkte, daß ich ihm gefiel«, gestand sie. »Eines Nachts, als er meine Fesseln überprüfte, schlang ich die Arme um seinen Hals und zog ihn zu mir herab. Als er zwischen meinen Schenkeln lag, tastete ich nach dem Dolch an seinem Gürtel. Aber die lederne Scheide war leer, und plötzlich fühlte ich den Stahl an meiner Kehle. Mago aber lachte und riet mir, einen Betrug zu ersinnen, der für Männer und nicht nur für Knaben tauge. Da ich, wenn schon nicht sein Begehren, doch wenigstens sein Mitleid wecken wollte, erzählte ich ihm die ganze Geschichte. Es schmeichelte ihm zu hören, daß ich dem Kerker Arachots mit eben jener List entronnen war, die er so leicht durchschaute. Seitdem hat Mago mich so manches Mal vor euch in Schutz genommen.«

»Ich ahnte schon, daß etwas zwischen euch war«, gab ich zur Antwort. »Mago hat recht: wir sind keine Jünglinge mehr. Spare also den Schmelz deiner Schönheit und handle lieber aufrichtig. Denn Ehrlichkeit steht Leuten, die Gerechtigkeit suchen, besser an als Täuschung.«

»Gerechtigkeit«, murmelte die Sauromatin.

Nachdenklich sah ich sie an. »Dir ist Schlimmes geschehen«, gab ich zu. »Kein Mann von Ehre wird dir ein Recht auf Rache absprechen. Doch auch ich bin, wie du weißt, begierig, Gauratars Blut zu vergießen. Zwar weiß ich nicht genau, ob er selbst es war, der meinen Vater umbrachte. Aber es waren jedenfalls seine Krieger, für deren Taten der Skythe Verantwortung trägt. Dennoch will ich nicht Hand an ihn legen. Denn Reguël ist es, dem Gauratars Leben gehört.«

Ich schilderte der Sauromatin nun die Ereignisse im büffelreichen Baschan und fuhr fort:

»Darum soll der Midianiter entscheiden, wann, wo und wie der Skythe für seine Verbrechen bestraft wird.«

Die Sauromatin blickte mir ernst in die Augen und antwortete:

»Ich habe meine Rache schon vollzogen! Gauratars Enkel, der letzte männliche Sproß seines Hauses, ist tot. Meinetwegen mag dieser schreckliche Midianiter nun also tun, was er will! Wie aber wird der Luwier handeln? Glaubst du, daß er mich vielleicht doch verschont, wenn ich dir helfe, am König der Meder Rache zu nehmen?«

»Ich sehe nicht, was du dazu beitragen könntest«, erwiderte ich. »Allerdings hätte ich auch nicht erwartet, daß du uns in Arachot so nützlich werden würdest. Arnuwan aber stammt aus einer älteren Zeit. In seinem Herzen ist für Vergebung kein Platz. Auch wird er niemals vergessen, was ihm sein Himmel befiehlt. Doch vielleicht hilft dir ein Schicksalszeichen, ändern am Ende sogar alarodische Götter ihr Wollen. Noch ist Zeit, darauf zu hoffen. Wenn du aber zu fliehen versuchst, wird dich Arnuwan finden und töten. Nicht einmal ich kann dich dann vor ihm retten.«

»Ich gebe dir mein Wort, daß ich bei euch bleibe, bis dein Rachewerk an Huwaksatara erfüllt ist«, versprach Tomyris. »Ich werde alles tun, was ich vermag, um dir dabei zu helfen. Danach soll zwischen Arnuwan und mir geschehen, was immer die Götter mir zumessen wollen. Ich ängstige mich nicht vor meinem Geschick — weiß ich doch in meinem Innersten, daß ich mir nichts vorzuwerfen habe.«

Ihre Augen erbaten Zustimmung, aber ich verhärtete mein Herz und schwieg. Da wandte sie sich um und schritt zur Höhle zurück.

Plötzlich ertönte ganz aus der Nähe das Fauchen eines hungrigen Schneeleoparden. Einen Wimpernschlag später schnellte der nächtliche Räuber von einem Felsen herab. Die Sauromatin versuchte, dem Tier zu entkommen, doch die gefleckte Katze schnitt ihr den Weg ab. Ich zog mein Schwert und eilte Tomyris zu Hilfe, aber ich wäre wohl zu spät gekommen. Hell blitzten die Fänge im aufgerissenen Maul des mächtigen Raubtiers, und seine Augen leuchteten grün wie die eines Todesdämonen. Die Sauromatin blieb stehen und blickte die geifernde Raubkatze unverwandt an. Der Schneeleopard peitschte mit seinem Schweif den Boden. Dann wandte er sich plötzlich um und verschwand in der Nacht.

Arnuwan stand im Eingang der Höhle. Die Sauromatin lief auf ihn zu und drängte sich an ihm vorbei an das schützende Feuer.

Langsam schritt der Luwier auf mich zu. Ich schilderte ihm mein Gespräch mit Tomyris. Arnuwan blieb eine ganze Weile stumm. Dann legte er mir die Hand auf die Schulter und sagte:

»Da du nun einmal beschlossen hast, Dagon, daß diese Frau uns auf dem Feldzug nach Medien folgt, will ich mich fügen. Wer weiß, vielleicht war es Tawanna selbst, die Herrin der Wildflur, die mir in ihrer Katzengestalt auf diese Weise kundtun wollte, daß die Rache noch zu warten habe. Hätte denn ein gewöhnlicher Leopard auf eine so leichte Beute verzichtet? Ich achte auf die Winke der Götter. Sei also unbesorgt! Wenn die Zeit für meine Rache reift, wirst du es erfahren.«

Ich nickte ihm zu, überließ ihm die Wache und kehrte in unsere Höhle zurück. Mago, Reguël und Myron waren durch das Fauchen des Leoparden erwacht und blickten mich fragend an. Ich berichtete ihnen, was geschehen war. Mago schien erleichtert. Myron machte ein gleichgültiges Gesicht. Reguël aber erklärte unwirsch:

»Im Frieden bringt das Weib Wonne, im Feldlager aber Wunden, so sagt man bei uns in der Wüste. Ich habe damals zwar keinen weißen Kiesel geworfen. Laßt euch von dieser Sauromatin nun aber nicht alle den Kopf verdrehen, wenn ihr nicht wollt, daß er euch am Ende abgeschlagen vor die Füße rollt!«

Alle Gebirge im Westen und Norden lagen nun unter einem schier undurchdringlichen Panzer aus Eis. Eine Woche lang folgten wir einem niedrigen Hügelzug ostwärts. Dann fiel das Hochland in mächtigen Stufen zum Industal ab. Wir durchquerten trockenes Land, ritten in einer Furt durch den wandernden Strom und lagerten dort am Rand einer Düne in einer sandigen Öde, in der nur die weißgraue Salzmelde wuchs.

Am Abend stieg ein rötlicher Mond am Himmel empor. Reguël legte sich einige Stricke um die Schultern, steckte Hammer und Holzpflöcke in seinen Gürtel, trat dem gefesselten Skythen in den Leib und erklärte: »Du, Gauratar, hast mich einst den Bestien der Berge ausgeliefert. Lasse uns nun sehen, welche Wesen in der Wüste auf dich warten.«

Gauratar erwiderte stolz: »Erwartest du jetzt etwa, daß ich um mein Leben flehe, du stinkendes Stück Hundekot? Wie kann ein kläffender Köter wie du ernsthaft hoffen, den Löwen in Furcht zu versetzen! Mithra ruft mich an seine Tafel, wo wackere Helden einander zutrinken. Bringen wir es hinter uns! Du aber, dreckiger Midianiter, wirst bald an einem eisernem Haken nach Arachot geschleift!«

Reguël lachte grimmig und rief: »Jetzt denkst du noch, du seist tapfer. Bald aber wirst du vor kleineren Tieren erbeben, als Hunde es sind! Genug geschwatzt, du Mörder. Jetzt geht es ans Sterben.«

Mit diesen Worten packte er den Skythen am Bart und zerrte ihn hinter die Düne. Kurz darauf vernahmen wir Hammerschläge.

Die Sauromatin blickte uns mit aufgerissenen Augen an. »Was meint denn euer Gefährte für Tiere?« fragte sie schaudernd. Wir gaben ihr keine Antwort. Auch verschwieg ich den Gefährten, daß ich zuvor durch Zufall beobachtet hatte, wie der Midianiter in unseren Vorräten kramte und sich dabei heimlich einen Topf mit Honig in die Tasche schob.

Es dauerte nicht lange, da kamen plötzlich erschrockene Schreie hinter der Düne hervor. Immer heftiger hallten sie uns in den Ohren. Nach einer Weile gingen die schrecklichen Laute in ein verzweifeltes Winseln über, steigerten sich zu einem schaurigen Schluchzen und schwollen dann schließlich zu einem grausigen Geheul. Tomyris kauerte sich voller Entsetzen in ihre Decken. Auch von uns dachte keiner an Schlaf, solange der Beduine dort in der Nacht einsam seine Rache genoß.

Als wir am nächsten Morgen weiterritten, sahen wir in der Ferne zwischen vier Holzpflöcken, was von dem Skythen übriggeblieben war. Seine Reste waren über und über von wimmelnden roten Ameisen bedeckt. Reguël aber blieb zwei Tage verschwunden. Erst als wir nach der Adlerburg Agalassa, der Hauptstadt der Maller am Fluß Hydraotes, gelangten, stieß der Einarmige wieder zu uns. Niemals erfuhr ich, was er in der Zwischenzeit getan hatte.

Die Maller sind sonnenverbrannte, hochgewachsene Krieger mit Turbanen und krummen Schwertern. Sie zählen sich zu jener aryischen Völkerfamilie, die seit Urzeiten das Innere Asiens beherrscht und zu der auch Skythen und Saken, Meder und Massageten, Perser und Paktyer und viele andere Stämme gehören. In Agalassa tauschten die Maller Waren mit ihren Vettern, die noch viel weiter in die heißen Südländer gedrungen waren. Aber auch aus dem Osten des Erdteils floß ein schier endloser Strom von Handelszügen herbei. So klein uns die Mallerstadt auch erschien, ihre Schatzhäuser und Scheuern bargen Reichtümer sonder Zahl. Dieser Fülle entsprach auch die Stärke und Bewaffnung der mallischen Krieger, so daß selbst die Skythen nicht wagten, dieses Land zu überfallen.

Die Kaufleute erklärten uns, daß mindestens drei Monate vergehen würden, ehe die Gebirge im Norden wieder zugänglich würden. So blieb uns nichts anderes übrig, als in der Stadt ein geräumiges Haus zu erwerben und auf den Frühling zu warten.

Gewöhnlich tut die Rast dem Krieger wohl. Denn sie

erquickt nicht nur den Körper, sondern reinigt oft auch den Geist, so daß man Irrtümer einsehen, Pläne verändern und sich neue Listen ausdenken kann. So ging es auch uns.

Myron lief jeden Tag durch die Straßen und suchte Händler und Karawanen aus Babel. Von ihnen erfuhr er Nachrichten aus dem Westen. Es hieß, daß Huwaksatara all seine Fürsten und Lehnsleute mit ihren Scharen nach Ekbatana gerufen habe. Das Ziel des Feldzugs wurde geheimgehalten. Aber fast alle Kaufleute zeigten sich überzeugt, daß die Meder von neuem gegen die Lyder antreten wollten – diesmal mit allem, was ihr gesamtes Reich aufbieten konnte.

»Wenn König Alyattes besiegt ist«, sagte der Grieche dazu, »wird auch Milet wieder frei. Wollen wir hoffen, daß Huwaksatara die Lyder noch schnell erledigt, ehe wir ihm den Garaus machen.«

Arnuwan litt unter der drückenden Luft des Tieflands. Tagsüber schlief der Luwier, nachts aber wanderte er ziellos durch die Stadt und ihre Umgebung. Nach zwei Wochen ertrug er die Wärme nicht mehr und sattelte sein Pferd, um nordwärts in die baktrischen Berge zu reiten. »Wenn der Schnee schmilzt, kehre ich wieder zurück«, sprach er zu mir. »Hüte inzwischen die Sauromatin für mich!«

Doch es war Mago, der diese Aufgabe übernahm. In den folgenden Wochen schienen der Tyrer und die Gefangene unzertrennlich. Die meiste Zeit verbrachten sie auf dem hochwogenden Fluß Hydroates, dem sie mit einem Kauffahrer abwärts zu seiner Mündung in den gewaltigen Indusstrom folgten. Denn Mago wünschte zu erkunden, ob es möglich wäre, Schiffe von Phönizien durch das ägyptische und äthiopische Meer bis zu den Häfen des Südlands und vielleicht sogar noch weiter bis nach der

Edelsteininsel Taprobane zu segeln. Als er mittags zurückkam, zeigte er sich sehr zufrieden und erklärte: »Tyros hat seinen Blick stets nach Westen gerichtet. Ich denke es wird Zeit, daß wir uns endlich auch mit dem Osthandel befassen.«

Reguël schien nach seiner grausamen Rachetat wie verwandelt. Nur noch sehr selten fluchte er bei seinem seltsamen Götzen. Statt dessen sprach er immer öfter von dem geheimnisvollen Priester Zarathustra. Fast täglich suchte der Beduine turanische Kaufleute auf, die den Propheten des Nordens verehrten. Reguël erlernte sogar ihre Sprache. In vielen Unterhaltungen stellte der Midianiter seltsame Übereinstimmungen zwischen den Lehren des turanischen Verkünders und den Erkenntnissen der Weisen von Judäa fest.

»Obwohl diese Leute aus ganz verschiedenen Weltteilen stammen und sicher noch nie miteinander verkehrten«, erklärte der Beduine, »glauben doch beide Völker an einen einzigen Gott, auch an ein Jüngstes Gericht und schließlich an einen Erlöser. Ist das nicht der Beweis, daß diese wundersamen Männer die Wahrheit wissen?«

Ich aber saß jeden Tag im Garten und grübelte immer nur über drei Fragen: Wer von meinen vier Gefährten war der Verräter? Wie konnte ich ihn erkennen, ohne daß er mir zuvorkam? Würde es mir gelingen, das Blut meines Sohnes an Huwaksatara zu rächen?

Myron mochte nach dem Untergang des Reiches vielleicht geglaubt haben, Huwaksatara werde ihm helfen, sein geliebtes Milet von dem Tyrannen Thrasybulos zu befreien. Ja, möglicherweise hoffte der Grieche noch heute auf eine solche Wende seines Geschicks. Aber hatte er uns damals bei Harran nicht aus der Gewalt der Ägypter gerettet? Kein wirklicher Verräter hätte so gehandelt, dachte ich bei mir. Denn wer seine Freunde den Feinden ausliefert, kann seines Lebens nicht sicher sein, solange die Verratenen noch atmen. Damals am Tigrisufer hätte Myron die giftige Schlange mit seinem Messer verfehlen oder nach meinem Hals zielen können. Wer von den anderen Gefährten hätte dann seiner Erklärung mißtraut, daß ein Unfall meinen Tod verursacht habe? Nur ich allein wußte doch von dem Verrat an den letzten Assyrern. Meine getreuen Gefährten hätten mir wohl ein Grabmal errichtet und wären umgekehrt, ein jeder zurück in seine Heimat. Doch Myron hatte nicht mich, sondern die Schlange getroffen. War das nicht Beweis genug, daß er nichts Böses gegen mich im Schilde führte?

Arnuwan! Nicht einmal im Traum hätte ich an deiner Treue gezweifelt. Dennoch weiß ich: der Gehorsam, mit dem du den Göttern von Alarod dienst, übersteigt selbst die Liebe, die du für deine Gefährten empfindest. Hast du damals vielleicht geglaubt, daß es für Luwien besser wäre, wenn du die letzten Assyrer an Huwaksatara und die Ägypter verrietest? Als wir bei Harran gefangengenommen wurden, standest du nicht an unserer Seite. Dachtest du vielleicht, die Nilleute würden uns töten, und du wärst dann sicher vor uns? Hofftest du gar, auf diese Weise den Schatz zu gewinnen und mit dem Gold den König der Meder dazu bewegen zu können, Luwien zu verschonen? Damals am schneereichen Hermon prüfte ich dich. Du hast mich vor dem Skythen gerettet, obgleich es für dich ein leichtes gewesen wäre, den Gefährten vorzulügen, du seist zu spät gekommen. Aber du hast nicht zugelassen, daß mich der Krieger erschlug. Als ich so dachte, schämte ich mich, daß ich den Luwier einer solchen Niedertracht verdächtigte. Aber hatte ich am Hermon nicht auch einen Zug in Arnuwans Wesen kennengelernt, den ich bei ihm nicht vermutet hatte? Deutete der unbändige Haß, den mein Gefährte gegen die Sauromatin empfand, nicht auf Abgründe in seiner Seele, von denen ich nichts wußte?

Als nächster geriet Mago ins Mahlwerk meiner Gedanken. Auch den Phönizier konnte damals die Sorge um seine Heimat dazu verleitet haben, das Reich und seine letzten Recken preiszugeben, um so das Wohlwollen des Pharao zu gewinnen. Ließ er sich dann mit uns fesseln, damit er Arnuwan später Wundmale an den Gelenken vorweisen und das Mißtrauen des Luwiers besänftigen konnte? Um dann den Riesen vielleicht hinterrücks zu töten und den Schatz Assurs zu erbeuten? War das damals sein Plan? In jenem Lusthaus hätte Mago versuchen können, mich beim Liebesspiel mit den zwei Schwestern oder auch hinterher mit seinem Dolch zu erstechen. Hatte er gezögert, weil Arnuwan und Reguël stets in der Nähe weilten? Doch in Tyros hätten weder der Luwier noch der Midianiter mein Blut zu rächen vermocht. Es wäre dem Phönizier im Gegenteil ohne weiteres möglich gewesen, beide Gefährten und Myron dazu von den Stadtwachen niedermachen zu lassen. Früher hatte ich an Magos Treue nicht gezweifelt. Jetzt aber zeugte auch seine Neigung zu der Sauromatin von Untiefen in der See seines Wesens, die mir bis dahin unbekannt geblieben waren.

Und Reguël? Er verachtete alle Ägypter. Die Nilleute aber haßten ihn. Gewiß galt das auch für die Meder, und was der Beduine für Skythen empfand, hatte Gauratars gräßlicher Tod zur Genüge gezeigt. So mochte Reguël damals bei Harran kein höherer Zweck, sondern allein das Gold Assyriens gelockt haben. Sah der Midianiter nun plötzlich eine Möglichkeit, doch noch die Hand auf Assurs Schatz zu legen? In den reißenden Strudeln des Tigris hatte er sein eigenes Leben gewagt, um das meine zu retten. Handelt, dachte ich, so ein Verräter? Vielleicht aber wurde der Beduine bei dieser mutigen Tat nur von dem brennenden Wunsch nach Rache an Gauratar getrieben, die er ohne mich und die Gefährten kaum hätte vollziehen können. Die Wüste kennt die Treue nicht, sie gibt stets dem Stärkeren recht. Würde Reguël nach diesem Wort an mir handeln, wenn ich in seine Gewalt geriet?

Myron hoffte noch heute auf medische Hilfe gegen den Herrscher Milets. Wie vorteilhaft, wenn er mich Huwaksatara als Geschenk darreichen konnte! Arnuwan und Mago dagegen mochte es nunmehr als günstiger erscheinen, wenn der Mederkönig starb, ehe er seine Heere gegen Luwien oder Phönizien zu führen vermochte. Also würde keiner der drei etwas gegen mich unternehmen, ehe wir Huwaksataras Hof oder Feldlager erreichten. Wenn der Verräter damals im heiligen Harran aber nur aus Gier nach Gold gehandelt hatte, würde er sich zurückhalten, bis er wußte, wo der Schatz verborgen lag.

Hatten am Nilgraben bei Bubastis wirklich alle Gefährten von den fünf Adlern geträumt? Ich mußte die Schlange entdecken, ehe sie mich in die Ferse biß. Denn mit einer solchen Gefahr im Rücken konnte ich mein Rachewerk wohl kaum vollenden. Aber es gab nur ein einziges Mittel, die Viper aus dem Versteck zu locken, ohne sie zugleich zu warnen: Ich mußte den Gefährten zeigen, wie sie das Gold finden konnten. Ich durfte sie dabei jedoch nicht betrügen. Denn wenn das Schicksal wollte, daß mich der Verbrecher erschlug, mußten die anderen Gefährten ja wissen, wo sie mein Blut an dem Verräter rächen konnten. Und wenn sie dieses Werk vollbracht hatten, mußten sie für den Hort einen neuen Hüter bestimmen. Denn der Schatz gehörte nicht uns, sondern dem Reich.

Der Spruch des Gottes von Delphi ging mir durch den Sinn. Würde ich den Mörder meines Sohnes auch dann töten können, wenn ich zuvor den Verräter von Harran richtete und mir danach nur noch drei Gefährten zur Seite standen? Oder war die Weissagung dieses Apoll nur ein Schwindel? Hatte vielleicht auch Nergal-Sarezer gelogen? Doch aus welchem Grund sollte der Babylonier versuchen, mich zu täuschen! Wenn er mir schaden wollte: vor Jerusalems Mauern stand ich gefesselt vor ihm. Warum ließ er mich frei? Warum auch hatte er danach Kambyses, den Fürsten der Perser, um Unterstützung für uns gebeten? Freilich, auch der Chaldäer konnte auf das assyrische Gold nur hoffen, solange ich am Leben war.

Im letzten Wintermonat Adar, ein Jahr nach dem Tod meines Sohnes, zeichnete ich die Nordküste Zyperns aus der Erinnerung auf ein Stück Papyros. Dann trug ich auf der Karte die Lage des Ischtartempels und der Schatzhöhle ein, rollte den Papyros zusammen und barg ihn in meinem Gürtel. Einen Tag später kehrten Tomyris und Mago von einer Fahrt auf dem Fluß Zaradrus in die Adlerburg Agalassa zurück. In den Gebirgen des Nordens setzte die Schneeschmelze ein. Als auch Arnuwan wieder unter uns weilte, wartete ich eines Abends, bis die Sauromatin schlief. Dann versammelte ich die Gefährten und erklärte:

»Im schwarzen Arachot sind wir nur knapp den Schwertern und Speeren der Skythen und Meder entkommen. Es hätte nicht viel gefehlt, und meine abgeschnittene Kopfhaut zierte nun Gauratars Zügel. Wie hättet ihr dann erfahren, wo der Schatz Assyriens liegt? Wir haben niemals darüber gesprochen. Es wagte wohl keiner von euch, mich danach zu fragen. Denn welcher ehrbare Krieger will als goldgierig gelten! Aber ihr habt euch gewiß längst gedacht, daß Ninives Kleinodien nicht mehr am brausenden Balikh liegen. Schon vor fast zwanzig Jahren, als offenbar wurde, daß alles Land diesseits des Euphrat den Babyloniern zufallen würde, barg ich den Schatz und brachte ihn in Sicherheit.«

Meine Gefährten blickten mich voll Spannung an. Keiner von ihnen sagte ein Wort. Ich berichtete weiter:

»Nun ist die Zeit gekommen, da ich das Geheimnis mit euch teilen will. Wenn ich sterbe, sollt ihr unter euch einen neuen Hüter für den Schatz wählen. Das Gold mag dann dazu dienen, Myrons Vaterstadt zu befreien oder Magos Heimat vor Unfreiheit zu bewahren. Haltet damit die Horden Huwaksataras von Luwiens Grenzen fern oder wässert damit meinetwegen auch Reguëls Wüste! Nehmt es nur nicht als Zeichen mangelnden Vertrauens, wenn ich bisher davon schwieg.«

Reguël fuhr sich mit der Zunge über die Lippen. »Genug der Vorrede«, ließ sich der Midianiter vernehmen. »Ich verzeihe dir dein Mißtrauen, hätte ich doch selbst kaum anders gehandelt! Nun aber heraus mit der Sprache — wo liegen denn die königlichen Steine? Wie gern würde ich mir das Geschmeide wieder einmal durch die Finger gleiten lassen, die seit so vielen Jahren nur schlechtes Kupfer und wertlosen Tand greifen durften!«

»Hört alle gut zu«, fuhr ich fort. »An der Nordostspitze Zyperns erhebt sich ein Heiligtum Ischtars. Rudert von seinem Anlegeplatz zwei Stunden lang nach Südwesten! Unter einem Vorgebirge, das wie ein Eselshuf geformt ist, liegt unter Wasser eine Höhle. Taucht dort hinab! Der Schatz befindet sich in einem Schacht am hinteren Ende der Grotte. Ein Felsblock verbirgt seinen Einstieg. Rollt ihn beiseite! Unter ihm findet ihr Ninives Gold.«

Arnuwan schien gar nicht zuzuhören. Auch Mago zeigte nur wenig Aufmerksamkeit. Reguëls Augen aber glänzten, und Myron fragte begierig:

»Kannst du uns diesen Ort nicht genauer bezeichnen? Ein starker Mann rudert in zwei Stunden weiter als ein schwacher. An diesem Strand stehen noch mehr Berge, die wie Eselshufe geformt sind. Wer kann die gesamte Küste entlangtauchen? Wir sind keine Fische!«

»In meinem Gürtel steckt ein genauer Plan«, erwiderte ich. »Mit ihm läßt sich der Schatz leicht finden. Sollte ich fallen, nehmt die Karte an euch!«

Ich lächelte meine Gefährten an und fuhr fort, als ob ich scherzen wollte: »Solange ich aber noch lebe, will ich die Zeichnung lieber behalten. Sonst vergißt noch einer von euch, daß ihr mir geschworen habt, mir bei meinem Rachewerk zu helfen.«

Reguël lachte ein wenig unsicher. Myron hüstelte. Mago und Arnuwan schwiegen. Schließlich sagte der Grieche: »Es soll geschehen, wie du befiehlst. Denn du bist unser Führer. So wie es damals war, sei es noch heute. Nun wissen wir, daß du uns noch immer vertraust, obwohl doch schon so viele Jahre vergingen, seit wir einander die Leber beschützten.«

Der Grieche wandte sich nun den Gefährten zu. »So wollen wir den alten Bund erneuern«, sprach er mit feierlicher Stimme, »mit rotem Blut, wie es einst auch unsere alte Gefährtschaft auf der Kriegsschule zu Ninive begoß.«

Er zog sein medisches Messer. Wir ritzten uns Wangen und Stirn, faßten uns an den Händen und drückten unsere Gesichter gegeneinander, so daß sich unser Lebenssaft vermischte. Aber mein Herz empfand dabei keine Freude, sondern aus meiner Galle floß Grimm. Denn ich mußte stets daran denken, daß ein Glied in unserer Kette aus verworfenem Silber bestand.

XVI Das Stierland

Wir rüsteten uns wieder nach Art von Händlern mit Wagen und Waren aus. Dann stießen wir westwärts zum Indusstrom vor und folgten dem weichenden Winter in die baktrischen Berge. In den schmalen Tälern unter den felsigen Flanken der himmelhoch ragenden Riesen aus Stein blühten Myriaden von Blumen und Gräsern, so daß es erschien, als habe ein jonischer Wollfärber all seine Tiegel und Töpfe verschüttet. Die Hänge waren mit Blauastern, Krokussen und Hyazinthen besetzt. Wir wateten durch weiche Wiesen von weißem Schafklee und blauem Wiesensalbei, gelbem Hahnenfuß und rotem Natternkopfkraut, violetten Veilchen und schwarzem Haferwurz. Weichhaariges Labkraut und knollige Flammenlippe, nußblättriges Riedgras und sonnenwendige Wolfsmilch bogen sich unter unseren Tritten, so daß es uns erschien, als schritten wir auf einem weichen Teppich einher.

So gelangten wir schließlich ans Ufer des Oxus. Dieses breit strömende Wasser ist Teil einer Schiffahrtsverbindung, die von Indien bis nach Griechenland reicht. Die Händler der schwarzhäutigen Äthiopen fahren auf ihren flachbordigen Frachtern den birkengesäumten Fluß Baktrus durch das Gebirge hinab. Dann reisen sie auf dem Oxus durch die sogdianische Wüste in die hyrkanische See bis nach Kolchis. Dort werden die Waren, vor allem Gewürzrohr, auf Ochsenkarren verladen und drei Tagesreisen weit über Land bis an die Küste des Schwarzmeers gebracht. Danach verstauen Griechen das Handelsgut auf ihren Seglern und befördern es durch die Dardanellen bis nach Milet, Athen und Korinth.

Der Oxus wallt fast so wogenreich dahin wie der Nil. Sein Wasser ergießt sich in vierzig Mündungen. Zwischen seinen Ufern heben sich manchmal Inseln empor, die Lesbos oder Chios übertreffen. Darum nennen die Völker der Steppe den Strom seit ältesten Zeiten Waxcu, den Schwellenden.

Wir folgten dem Fluß, bis er das Hochgebirge verließ. Dort, an seinem nördlichen Ufer, begann die unendliche Steppe, die das gesamte Innere Asiens bedeckt, jener verschwenderische Völkerschoß, der seit undenkbar vielen Jahren stets und ständig die stärksten Stämme gebiert und in alle anderen Weltteile ausschwärmen läßt.

Fünf Wochen nach unserem Aufbruch fanden wir den Berg des Propheten, der sich selbst »Zaotar«, Priester, nennt.

Dieser heilige Hügel hob sich über der ebenen Steppe hervor wie eine Insel über den Spiegel der See. Sein Haupt war wie die Kappe des Pilzes gerundet. Sein Fuß maß wohl zehn Stadien im Umfang. Grünes Gras bedeckte ihn vom Scheitel bis zur Sohle. Auf seiner Spitze ragten seltsame weiße Steine empor. An seinem Ostrand stand ein schlichtes Zelt aus schwarzem Ziegenhaar. Ein Quellbach floß daran vorbei. Hundert turanische Reiter mit Lanzen von zwei Klaftern Länge hielten an dem Heiligtum Wache. Ihre Unterkünfte und die Koppeln ihrer Pferde erstreckten sich in der Steppe an einem Teich, der das Bergwasser auffing.

Reguël erklärte den Wächtern, wir seien Kaufleute aus Babylon und befänden uns auf dem Rückweg von Indien. Nun wollten wir unser Glück in Hyrkanien versuchen. Daher erbäten wir die Erlaubnis, an dem Gewässer zu lagern.

Die Lanzenreiter antworteten uns, von einem Land Babylon hätten sie noch nie gehört. Da wir aber weder Meder noch Skythen seien, dürften wir vorläufig bleiben. Wir sollten uns aber noch vor der Nacht bei ihrem Anführer melden.

Als wir unser Gepäck abgeladen und unsere zottigen Zugochsen ausgeschirrt hatten, sattelten wir unsere Pferde und ritten zu dem größten Zelt an dem See. Bunte Wimpel wehten an seinen Schnüren. Alle Stangen waren von goldenen Spitzen gekrönt. Den Eingang verhängten die Felle hyrkanischer Tiger und Schneeleoparden.

Wir stiegen ab. Die beiden Wachposten vor der Behausung kreuzten klirrend die Lanzen. Kurze Zeit später trat aus dem Zelt ein zierlicher Mann in Hosen aus weichem Hirschleder hervor. Er trug eine kostbare, mit Gold und Perlen bestickte Wollweste. Der Fürst fuhr sich mit der Hand durch das ergrauende Haar, musterte uns mit freundlichen Blicken aus wachen Augen und fragte uns schließlich nach dem Woher und Wohin.

Der Beduine gab ihm in der Sprache des Steppenvolks Auskunft. Da erschien ein Lächeln auf dem Gesicht des Turaners. Er lud uns in sein Zelt, das von der wärmenden Glut eines silbernen Kohlebeckens beheizt war. Behaglich streckten wir uns auf bequeme Polster, tranken entrahmte Milch und erfuhren schließlich, daß wir Fürst Frasaostra gegenübersaßen. Er war einer der ältesten Anhänger Zarathustras und zugleich der höchste Heerführer König Vistaspas. Dieser Herrscher gebot über ein großes Reich zwischen den Strömen Jaxartes und Oxus. Ich berichtete dem Herrn des Zelts von meinem Gespräch mit Kambyses und dem Rat des Persers, zu dem Propheten der Steppe zu gehen. »Aber wir wissen von Zarathustra nur wenig«, erklärte ich. »Einzig unser Gefährte Reguël hat sich schon mit eurer Lehre befaßt. Willst du uns davon erzählen?«

Mit diesen Worten wickelte ich das rote Wollband des

Persers von meinem Handgelenk und reichte es Frasaostra. Das Gesicht des Fürsten leuchtete auf. Er schaute uns freundschaftlich an und erwiderte ohne zu zögern:

»Natürlich werde ich euch vom Heiler des Lebens erzählen, und zwar mit dem größten Vergnügen! Denn so spricht der Prophet: ›Wer den Gastfreund im Guten belehrt, der erfüllt den Wunsch des Herrn und handelt zum Gefallen des Weisen.‹«

Danach begann der Turaner uns von dem Verkünder zu berichten. Und obwohl mir so manches, was er erzählte, sonderbar und unglaublich erschien, wurden wir doch für Stunden Gefangene seiner Worte. Denn seine Kunde erfüllte unsere Sinne mit einer seltsamen Art von Erwartung, wie sie nur Menschen mit hungrigen Seelen empfinden.

»Dreizehntausend Jahre vor der Erschaffung der Welt«, erzählte uns Frasaostra, »saß Zarathustras Seele schon zu Füßen des ›Einen Gottes‹. Dieser ließ Sonne und Sterne erstrahlen, sorgte auch für den wachsenden und den schwindenden Mond und festigte den Wolkenhimmel, damit er nicht auf die Erde herabfiel. Dann erzeugte der ›Eine Gott‹ die Wasser und Pflanzen, schirrte dem Wind und den Wolken die Rennpferde an, schuf das Licht und die Finsternis, ebenso auch den Schlaf und das Wachen und schließlich auch Morgen, Mittag und Abend, die den verständigen Menschen an sein Tagwerk gemahnen sollten.«

Der alte Turaner trank einen Schluck Stutenmilch und fuhr dann fort:

»Gut und Böse teilten sich die Herrschaft über die Erde. Der Geist des Guten, Ahuramazda, herrschte mit sieben himmlischen Wesen: Mit dem Guten Sinn, der Besten Wahrheit, der Wünschenswerten Herrschaft, der Heilverschaffenden Frömmigkeit, der Wohlfahrt, dem Nicht-

Sterben und dem Segenbringenden Geist. Ahriman aber, der Vater des Bösen, haust in der lichtlosen Tiefe mit sieben Dämonen. Sie heißen: Böser Geist, Schlechtes Denken, Lüge, Fehler, Tod, Unterdrückung und Laster. Jeder Mensch, sagte Zarathustra, muß sich entscheiden, ob er Ahuramazda oder Ahriman folgen, nach den Geboten des Guten oder nach den Begierden des Bösen leben will.«

Reguël übersetzte uns die Worte des Turanerfürsten und fügte hinzu: »Merkt ihr? Auch die Judäer kennen nur einen Gott. Eine ganze Schar Engel umgibt ihn. Über die Kräfte des Bösen aber herrscht Satan.«

»Leider folgten bald immer weniger Menschen dem Guten«, berichtete Frasaostra. »So gewann das Böse allmählich Gewalt über die ganze Welt. Unrecht und Neid, Zorn und Begierde, Leidenschaft, Ausschweifung, Eifersucht, Haß, schließlich auch Unflätereri und Gewalttätigkeit breiteten sich überall aus. Schließlich wurde das Leben selbst krank. Da beschloß Gott, ihm einen Heiler zu senden und Zarathustra in Menschengestalt auf der Erde wandeln zu lassen. Als der Prophet den Schoß seiner Mutter verließ, flammte die Sonne zehnmal heller auf. Ein Stück von ihrem unendlichen Licht flog zum Mond, zu den Sternen, schließlich in das Herdfeuer der Wöchnerin und von dort in den Körper des Kindes. Strahlen aus Zarathustras Leib erhellten die Nacht. Da eilte Ahriman mit seiner Schar herbei, das Kind zu töten. Doch zur gleichen Stunde erschienen auch die unbesiegbaren Streiter des Himmels und trieben die dunklen Dämonen davon.«

»Aber wer sind dann die anderen Götter auf unserer Erde«, fragte Tomyris. »War es nicht Mithra in seinem goldenen Panzer, der einst den Urstier erlegte und damit den Menschen das Heil gab?«

Fürst Frasaostra lächelte voller Nachsicht und antwortete:

»Du stammst wohl selbst von einem Volk, das Mithra anbetet! Nun, Zarathustra sagt dazu: ›Wer seine Übeltaten nicht durch gute Werke ausgleicht, der sei zu den Dienern der Lügengötzen gerechnet. Wer aber seine Seele dem Guten Denken weiht, der soll der Labung des Lichts und der Gemeinschaft des Gottesreichs teilhaftig werden!‹ Schuld kann also durch Verdienst und Reue aufgewogen werden. Nun aber hört: Mithra und alle anderen Götter, zu denen die Priester in so vielen Ländern die Hände erheben, sind nichts als böse Geister in mannigfacher Verkleidung.«

Reguël erklärte dazu: »Früher haben die iranischen Völker allesamt Mithra verehrt. Zarathustra bekämpft diese irrige Lehre, aber die Meder und Skythen hängen ihr weiterhin an.«

Der Turanerfürst blickte uns der Reihe nach in die Augen und erklärte mit erhobener Stimme: »Ahriman stachelte die bösen Menschen auf, den Gottgesandten zu verfolgen. So mußte Zarathustra die baktrische Heimat als Flüchtling verlassen. Viele Fürsten bat er um Schutz. Überall aber wurde dem Heiler das Gastrecht verweigert. Einer der schlechten Herrscher trieb den Verkünder sogar vom Hof, ohne dessen vor Kälte zitternden Zugtieren wenigstens Futter zu geben. Niemals zuvor hat die Steppe so etwas vernommen. Darum verfluchte der Heiler den ehrlosen Mann. Aber für unseren König Vistaspa erbitten wir, daß das Gute Denken Vieh und Menschen seines Reichs fördert und er am Ende Aufnahme findet im Hause des Lobs.«

Reguël lauschte unserem Gastgeber voller Andacht. Auch Tomyris schien von Frasaostras Erzählung bewegt. Selbst Mago zügelte seine Spottlust und hörte aufmerksam zu. Arnuwan aber blickte den frommen Turaner feindselig an, als fühle sich der Luwier in die Pflicht genommen, den Thron seiner alarodischen Götter vor dem Ansturm eines neuen Glaubens zu schützen. Myrons Miene schließlich ließ keinen Zweifel daran, daß er auch Zarathustras Gott für das Gebilde eines überspannten Geistes hielt. Ich fragte den Fürsten:

»Wenn euch die Meder ob solcher Glaubensdinge bekriegen, wißt ihr doch sicherlich auch, wo sich ihr König derzeit befindet. Geschäftsfreunde in Babylon erzählten uns, Huwaksatara plane im Frühling einen Feldzug gegen das Stierland Sogdiana. Hier aber herrscht tiefster Friede. Hat euer Gott seine Macht bewiesen und den Feind von euren Grenzen verjagt?«

Frasaostra lächelte und gab zur Antwort: »Darüber soll euch der Heiler selber berichten. Da ihr von Kambyses kommt, wird Zarathustra euch gewiß zu sprechen wünschen. Seht, die Sonne neigt sich schon dem Himmelsrand entgegen. Wollt ihr morgen nicht unserem Opfer beiwohnen? Kehrt in euer Lager zurück. Ich will euch Festgewänder senden. Sobald der Tag beginnt, steigt zu den Steinen auf der Hügelkuppe empor! Dort sehen wir uns wieder.«

Nach diesen Worten geleitete uns der Fürst aus dem Zelt. Wir ritten in unser Lager zurück und reinigten uns vom Staub der Steppe. Kurze Zeit später erschien ein turanischer Jüngling mit kostbaren Kleidern aus zweifach gekämmter Wolle. Sie waren mit goldenen Borten bestickt und von silbernen Spangen gehalten. Während wir sie überzogen, fragte Mago den Midianiter:

»Ich hätte nicht gedacht, daß mich die Kunde von dem Gott Turans so fesseln würde. Ist dieser dem judäischen wirklich so ähnlich? Ich hörte schon manches von Jahwe, habe mich aber noch niemals näher mit ihm befaßt. Wenn es tatsächlich so wäre, daß Jeremia und Ezechiel denselben Himmelsbeherrscher verehren wie dieser Zarathustra – wahrlich, dann überstiege die Macht dieses Einen und Einzigen Gottes wohl selbst die versammelten Kräfte aller übrigen Götter der Welt.«

»Es gibt keine Götter außer dem Einen«, antwortete der Beduine. »Die Heilslehren der Judäer und der Turaner stimmen in so vielen Punkten überein, daß kein vernünftiger Verstand an ihrem gemeinsamen Ursprung zweifeln kann. Wie anders sollte man zum Beispiel erklären, daß man sowohl in Jerusalem als auch hier draußen am Ende der Welt glaubt, die ersten Menschen hätten einst ohne Sorge und Not, Alter, Krankheit und Tod in einem göttlichen Garten gelebt? Und seien dann daraus vertrieben worden, weil eine böse Macht, hier Satan, dort Ahriman, sie mit List zu Lüge und Frevel verführte? Jahwe wollte die sündhaften Menschen vertilgen und schickte eine große Flut. Nur der gerechte Noah durfte in seiner Arche entkommen. So steht es in der heiligen Schrift der Judäer. Diese Turaner aber erzählen: Ahuramazda ließ einen tapferen Helden mit Namen Yima einst wissen, daß die bösen Wesen der Welt in allen Bergen und Tälern von Schnee verschüttet werden sollten. Auf Rat des guten Geistes hin baute sich Yima eine feste Umwallung und rettete dort auch die Tiere und Pflanzen vor der Vernichtung.«

Der Midianiter entwand dem staunenden Tyrer den Becher, trank einen Schluck Wein und fuhr fort:

»In Jerusalem und im Turan gelten Leichen und menschlicher Unrat als die bevorzugte Wohnstätte böser Dämonen. Hier wie dort verachtet man das Schweinefleisch. Meder wie Judäer verheiraten ihre Töchter sehr früh, meist schon nach der ersten Monatsblutung. Bei beiden Völkern vermeidet man es, nachts Wasser zu trinken, weil man glaubt, daß dabei Dämonen ungesehen in den Körper eindringen können. Wenn ein Mann im Schlaf seinen Samen ergießt, glaubt der Turaner, daß ihm eine Dämonin mit Namen Druj heimlich beigewohnt habe. Bei den Judäern jedoch sagt man, Lilith, jene dämonische Erstfrau des menschlichen Stammvaters Adam, habe den Ruhenden mit ihren Schenkeln lüstern umklammert. Freilich, es gibt auch Unterschiede: Ehen oder auch nur Verkehr zwischen Geschwistern zum Beispiel gelten allen Judäern als schwere Sünde. Bei den Persern jedoch sind solche Heiraten durchaus üblich. Die medischen Könige halten ihr Blut für so heilig, daß sie ihr Geschlecht am liebsten nur durch schwesterliche Schöße fortpflanzen und meist ihre Töchter mit ihren Söhnen vermählen. Darum bedeutete es in Huwaksataras Augen tatsächlich eine große Auszeichnung für Kambyses, daß er dem Perser trotz dessen minderen Blutes die Prinzessin Mandane zur Frau gab. Noch viele andere Abweichungen trennen den Glauben des Steppenvolks von den Anschauungen der Wüstenbewohner: Für die Judäer erscheint Satan in der Gestalt einer Schlange, während nach Meinung der Turaner Ahriman lieber die Form einer Echse annimmt. Doch sind die beiden Schuppentiere nicht nahe genug miteinander verwandt?«

Diese Worte gemahnten mich an jenes unheilvolle Zeichen der doppelköpfigen Echse auf der Stirn meines toten Sohnes. Ich dachte bei mir, es wäre gewiß von Nutzen, wenn ich mehr von dieser Glaubenswelt erfuhr. »Sprich weiter«, bat ich daher den Midianiter. »Deine Erinnerung hält viel Wissenswertes bereit.«

»So?« fragte Reguël überrascht. Myron meinte verwundert: »Ich dachte, der Tod Assurs hätte dich für alle Zukunft vom Glauben an solchen Unsinn geheilt!«

»Mir geht es nicht um Glauben, sondern um Wissen«,

gab ich zur Antwort. »Wer etwas von den Gedanken anderer Menschen erfährt, muß sich diese deshalb ja nicht selber zu eigen machen! Vielleicht hilft es uns im Kampf gegen Huwaksatara, wenn wir mehr von seinen Feinden hören.«

»Auch die Turaner hassen die Schlange«, fuhr Reguël fort. »Sie glauben, daß sie aus dem Rückgrat von Menschen entsteht, die sich in ihrem Leben niemals zur Anbetung Gottes bückten. Sieben abtrünnige Sterne, so meinen die frommen Judäer, übertraten einst Gottes Befehl und wurden deswegen gebunden in einen feurigen Abgrund gestoßen. Auch der Turaner kennt sieben dämonische Himmelslichter, die einst die Ordnung der Nacht zu stören versuchten. Selbst manche Geschöpfe Satans und Ahrimans tragen ähnliche Namen: ›Khos‹ heißt der Dämon des Aussatzes bei den Judäern, ›Kasvis‹ bei den Turanern. Und die Dämonin des Schlafs heißt in Jerusalem ›Usah‹, in Sogdiana ›Busyasta‹. Um sich vor Verfluchung zu schützen, pflegen die Angehörigen beider Völker abgeschnittene Haare und Fingernägel sorgfältig zu verbrennen. Einem Hochzeitspaar bitten sie Kinderreichtum herbei, indem sie es mit Körnern überschütten.«

Als ich in Assur noch für die Beschaffung von Nachrichten über die Meder und ihre Verwandten zuständig war, hatte ich viel Seltsames über die Völker des Ostens gehört: Daß sie sich niemals mit Wasser, sondern stets nur mit Fruchtsäften oder Rinderharn wuschen. Daß sie allen Ernstes glaubten, früher habe jeder Mensch nach dem ersten Niesen sterben müssen. Und daß medische Häuptlinge nach jedem Erdbeben sieben Knaben lebendig begraben ließen, um die Götter der Tiefe zu versöhnen.

»Auch ich kann mich noch recht gut an manche Merkwürdigkeit erinnern«, unterbrach ich den Beduinen. »Zum Beispiel weiß ich noch genau, welche Furcht die medischen Gesandten zeigten, als sie in Ninive zum ersten Mal in ihrem Leben Katzen sahen. Sie hielten unsere wackeren Mäusejäger wegen ihrer hellen Stimmen für Hexen, wißt ihr noch? Doch diese abergläubischen Vorstellungen schienen mir damals in der Weltferne und Rückständigkeit der Meder begründet. Nun höre ich, daß ihre Gedankenwelt auf der anderen Seite der Erde, in Judäa, ein Gegenstück findet!«

»Auch du als einstiger Führer der Kundschafter weißt eben doch nicht alles«, lächelte der Beduine. »Doch wie pflegt der Prophet bei solchen Anlässen zu sagen: ›Selbst das schärfste Messer braucht den Schleifstein, selbst der weiseste Mann die Belehrung.‹ Nun also: Es gibt noch viele andere Gemeinsamkeiten. Zum Beispiel denken beide, Judäer und Turaner, daß der Himmel aus einem sehr harten Stein bestehe und von mächtigen Säulen getragen werde. Ahuramazda erschuf der Legende nach einen riesigen Fisch namens Ariz. Jahwe ließ den gewaltigen Leviathan über das Wasserreich herrschen. Schließlich ziehen die Gläubigen beider Gemeinschaften bei ihren Opfern die Schuhe aus. Sie unterhalten ein ewiges Feuer, opfern die Erstlingsfrüchte und stellen Knabenliebe unter schwere Strafen. Ihr seht, die Lehren der Hirten des Westens und Ostens gleichen einander in so vielen Dingen, daß man wohl kaum von Zufall sprechen kann.«

»Dagegen ist nichts zu sagen«, erwiderte Mago. »Doch warum nimmt sich ein so großer Gott nur so geringer Völker an, statt sich im mächtigen Medien oder im herrlichen Babel verehren zu lassen?«

»Vielleicht, weil er weder Krieger noch Schätze benötigt«, gab der Midianiter zur Antwort. »Denn was bedeutet Gold dem, der selbst der Sonne gebietet? Was helfen Streitwagen dem, der die Sturmwinde lenkt? Welcher von

Menschen gefertigte Mauerbrecher vermöchte feindliche Festungen kraftvoller zu erschüttern als die mit donnerndem Grollen erbebende Erde? Welche über die Grenzen des Gegners gesandten Raubscharen könnten der Ernte schlimmeren Schaden zufügen als Heuschrecken oder Hagel? Nein, meine Gefährten — Gott ist so mächtig, daß selbst die stärksten Heere der Welt vor seinen Füßen wie Ameisen erscheinen.«

»So etwas habe ich schon einmal gehört«, bemerkte ich zweifelnd. »Waren es nicht Assurs Priester, die uns erzählten, ihr großer Gott werde alle Feindscharen zerstampfen? Sie faselten vom Sieg, bis ihre Tempel verbrannten und ihre abgehauenen Köpfe über die Pflaster der heiligen Höfe rollten.«

»Bin ich etwa ein Priester oder gar ein Prophet?« fragte der Beduine unmutig. »Ich kann nur wiedergeben, was ich auf meinen judäischen Reisen und kürzlich in der Adlerburg Agalassa erfuhr. Macht euch gefälligst selbst euren Reim! Vielleicht gelingt es Zarathustra, eure verstockten Herzen aufzuschließen.«

Wir wunderten uns über diese Worte und Reguëls plötzlichen Glaubenseifer. Auch fiel mir auf, daß der Beduine nun schon seit geraumer Zeit nicht mehr von seinem Götzen Asasel gesprochen hatte. Ich wußte nicht, ob er erst jetzt, etwa aus heimlicher Reue über die Grausamkeit seiner Rache, für einen neuen Glauben empfänglich geworden war, oder ob ihn schon länger eine bisher unerkannte Sehnsucht seiner Seele trieb. Aber ich ahnte, daß Reguël sein Herz allmählich von irdischen Dingen abzuwenden begann.

XVII Der Heiler

Während der Tagesstern am nächsten Morgen mit seinen Feuerfingern nach dem Himmelsrand griff, zogen wir sechs inmitten der Schar der Anhänger Zarathustras den Hügel empor. Saftiges Gras dämpfte unsere Schritte. Wir traten auf gabelästiges Sandkraut und dornigen Bockshorn. Unsere Augen genossen den Anblick von gelben Tulpen und blauen Schwertlilien. Der Duft von gelbem Ruchgras und schwarzbrauner Segge, Windhalm und tausend anderen Gräsern dazu erquickte unsere Nasen. Auch Quecke und Fingerkraut rochen wir, und die Radmelde, deren Duft Flöhe tötet und deren Samen darum in vielen Ländern als Mittel gegen Ungeziefer benutzt wird. So reich an allen Schätzen der Natur war diese Wiese, daß der Weg zum Gipfel wie ein Fest für unsere Sinne war.

Auch alle Gläubigen trugen langwallende, weiße Gewänder. Während sie immer höher emporschritten, tönte aus ihren geschlossenen Mündern ein lautes, wohlklingendes Summen. So stimmten die Turaner ihre Seelen ein, um später ihrer Gottheit preiszusingen.

Auf der Spitze des Hügels umzäunten Stangen aus Holz den Opferplatz der Turaner. In seiner Mitte stand ein steinerner Altar, von einer ehernen Schüssel gekrönt. In diesem schlichten Gefäß brannte das von Sandelholz gespeiste Feuer.

Vor diesem Heiligtum betete ein zierlicher Mann mit vollem, goldglänzendem Haar, wettergegerbter Haut und tiefblauen Augen. Seine fast noch jünglingshafte Gestalt erweckte einen Eindruck von Kraft und Ungestüm. Sein blondbärtiges Antlitz jedoch zeigte die Würde des Alters, denn der Priester mochte wohl schon siebzig Jahre zählen. Sein weißes Opfergewand wallte bis auf den Boden. Sein Haupt war von einer Mütze aus Wolle mit seitlichen Klappen bedeckt. Diener umsorgten ihn voller Ehrfurcht, und wir erkannten, daß wir den großen Zarathustra selbst sahen, den die Turaner »Heiler des Lebens« nannten.

Langsam band der Prophet die Klappen vor seinen Mund, damit das heilige Feuer nicht durch den Hauch seines Atems verunreinigt werde. Dann brachte er, das Angesicht der Sonne zugewandt, seinem Gott auf großen, feingoldenen Platten Früchte des Feldes und Gaben des Gartens dar. Dazu opferte der Priester auch, was Viehzüchter stolz macht: Fettreiche Milch und goldgelbe Butter, dazu die Wolle von Ziegen und Schafen, kurz: die Beweise für den Reichtum dieses Landes, dessen Bewohner die Geschenke der Natur im höchsten Maß zu verwerten verstanden.

Der Gottesdienst des Heilers bestand aus einem Gebet mit neun Strophen. Vor jedem Vers schritt der Priester im Kreis um seinen Altar, hob seine Hände zum Himmel, streckte dabei neun geheiligte Zweige des Baresmanbusches empor und verneigte sich tief. Während dessen beugten sich auch alle Gläubigen bis zum Boden.

»Horchet nun auf, ihr von nahe und ferne«, begann der Prophet mit hallender Stimme. »Hört, was ich sage! Denn vom ersten Leben will ich euch künden, als das Gute zu dem Bösen sprach: Nicht unser beider Denken noch unsere Werke, nicht unser Wille noch unsere Wahl, nicht unser Sprechen noch unsere Seele gehen zusammen.«

Reguël übersetzte uns flüsternd. Der Heiler vollendete wieder eine Umschreibung und fuhr dann fort:

»Aber die Worte der Wahrheit werden von jenen, die

von der Lüge gefangen sind, nicht vernommen. Darum komme ich zu euch allen, um euch zu lehren, der göttlichen Weisheit zu folgen.«

Nach einer dritten Umkreisung streckte der Priester die Arme zum Himmel und betete laut:

»Allen, die es zu hören begehren, sage ich, was der Fromme tun soll: Preiset den Herrn und verehrt ihn. Kämpft überall auf der Welt gegen den Mordgrimm des Bösen!«

»Wir wollen es tun«, antworteten nun die Turaner wie mit einer Stimme. Daraufhin streute der Zaotar all seine Gaben ins Feuer, das zischend aufloderte. Nach einer Weile fuhr der Priester fort:

»Vor dir, o Herr, verneigen wir uns mit unserer Opferspende. Möge das Feuer deiner Wahrheit ewig so kraftvoll brennen!«

Danach goß Zarathustra aus einem Tongefäß Milch auf den Boden und fügte hinzu:

»Feindselig wollen wir allen Schädlingen, Göttern wie Menschen, sein, all jenen Ungeschöpfen, die sich der Lüge ergeben. Deine Lehre soll auf der Welt die Wahrhaftigen von den Verlogenen scheiden, wie in der Milch das Lab den Rahm von saurer Molke trennt.«

»Wir sind bereit!« riefen die Gläubigen. Wieder schritt Zarathustra mit ausgebreiteten Armen im Kreis um die heiligen Gruben. Dann neigte er sich von neuem voll Demut zur Erde, erhob sich wieder und rief in bittender Beschwörung:

»Lasse ihn zu uns gelangen, den Mann, der uns die rechten Pfade zum Heil weisen soll, sowohl durch unser knochenhaftes Dasein auf Erden als auch dereinst durch das geistige Leben in jenen Gefilden, die du, o Herr, selber bewohnst! Sehnsüchtig warten wir auf den Erlöser, der dir gleicht.«

Reguël fügte leise hinzu: »Die Turaner glauben, eines Tages werde ein Heiland, genannt Saosyant, auf Erden erscheinen und die Menschheit von Lüge und allen Sünden befreien. Dieser Mann wird einem gotterwählten Geschlecht entstammen. Sein Körper wird einen Lichtschein aussenden, der dem Sonnenfeuer gleicht und selbst noch in den fernsten Ländern sichtbar wird.«

Zum achten Male umrundete der Zaotar den Opferplatz, verneigte sich und hob die Hände zum Himmel. Dann folgte der vorletzte Vers seines frommen Gebets. Die Größe seiner Geheimnisse fesselten meinen Geist, so wie ein Beet bunter Blumen das Auge anzieht und ein Lächeln von freundlichen Lippen das Herz hüpfen läßt.

»Wer an der Wahrheit festhält, dem wird am Ende Erwünschtes zuteil«, sagte der Priester. »Doch wer der Lüge dient, dem droht Verderben, wenn das geschmolzene Erz die Welt überflutet. Mit den Getreuen des Guten Sinns will ich die Brücke des Scheiders betreten.«

Nach dieser Strophe des heiligen Sprechlieds verneigte sich Zarathustra erneut. Dann schickte der Heiler des Lebens sich an, den Rundpfad zum neunten Male zu umschreiten. In der Zwischenzeit erklärte uns der Beduine:

»Auf der Scheidebrücke begegnet jeder Mensch drei Tage nach seinem Tod dem Gericht des Einzigen Gottes. Sie spannt sich über einen stinkenden, düsteren Abgrund, der Hölle genannt wird. Der Seele des Frommen erscheint die Richterbrücke breit und bequem. Er wird von einer himmlischen Jungfrau, die seine guten Taten im Leben verkörpert, hilfreich hinübergeleitet. Vor dem Gottlosen aber schrumpft die Brücke zu einem Steg, schmal und scharf wie die Schneide des Messers, mit dem man den Bart schabt. Und eine häßliche Hexe stößt den Frevler von hinten, so daß er unrettbar hinabstürzt.«

Nun hatte Zarathustra die letzte Umschreitung des Opferplatzes vollendet. Nach tiefer Verbeugung sprach er den letzten Teil der Verkündigungsworte. Sie lauteten:

»Wer sich dem wahren Gott zugesellt, herrlich ist dessen Besitz: In einem sonneblickenden Reich schmaust er die Frühlingsbutter der Unsterblichkeit. Wer aber die Lüge liebt, den hüllt am Ende Finsternis ein. Schlechte Speisen und üble Gerüche füllen seine Stunden aus, und er klagt mit Wehruf in der Stimme. Niemals bekommt er zu sehen, was der Gerechten Heimat wird: die von zehntausend Lichtern erhellten Stätten der Seelen, die glänzenden Gefilde des anderen Reichs.«

Reguël erläuterte: »In der Hölle wehen nach dem Glauben dieser Turaner stinkende Winde durch eine bedrückende Dunkelheit. Ihre Bewohner erhalten nur giftige Speisen und werden mit geschmolzenem Metall gebrannt, so daß sie große Schmerzen erleiden. Neben der unerträglichen Glut warten auch Schnee und eisige Kälte auf die Sünder. Gute Menschen jedoch dürfen im Himmel fortleben, an einem Ort, den man in der turanischen Sprache ›Paradies‹ nennt: ein gewaltiger Garten, den fünfhunderttausend verschiedene Wohlgerüche durchströmen. Vier Flüsse ziehen hindurch: einer aus Milch, einer aus Wein, einer aus Balsam und einer aus Honig. In der Mitte des Paradieses wächst der Baum des Lebens. Seine Früchte dienen dem Seligen als Speise. Auch die Judäer glauben übrigens an einen solchen Ort und an ein solches Gewächs. Erinnert euch nur einmal daran, was der Prophet Jeremia uns in Jerusalems Wachhaus erzählte.«

Der Gottesdienst ging zu Ende. Die Gläubigen stiegen mit ihrem wohltönenden Summen wieder zur Steppe hinab.

Fürst Frasaostra hieß uns warten. Dann schritt er auf den Priester zu. Die beiden Männer wechselten einige Worte.

»Nun«, fragte Reguël begierig. »Haben auch eure Seelen die Kraft dieses Mannes gespürt? War es nicht auch euch, als spräche ein Gott aus seinem Mund?«

Myron erwiderte spöttisch: »So scheint es bei manchem, der sich so lange in sich selbst versenkte. Sagtest du nicht, Zarathustra habe zwanzig Jahre lang in einer Einöde gelebt? Wenn ich das getan und mich dabei nur von Käse ernährt hätte wie er, würde auch ich seltsame Dinge daherreden. Das kannst du mir glauben.«

»Lästerer!« rief der Midianiter. »Ist euch Griechen denn gar nichts heilig? Hast du nicht die Gesichter dieser frommen Männer und Frauen gesehen? Glaubst du, ein verwirrter Geist könnte so viele Menschen begeistern, wie sie hier von nah und fern zum Opfer herbeigeströmt sind?«

»Diese Leute kamen doch nur, weil sie sich von dem neuen Glauben mehr Wohlstand erhofften«, versetzte Myron. »Pflegen die Magier Vieh für die Mithra-Opfer nicht kurzerhand ihren Untertanen wegzunehmen? Damit sind die Hirten Turans nun wohl nicht länger einverstanden. Deshalb scharen sie sich um diesen sogenannten Propheten. Denn wenn sich Zarathustras Lehre durchsetzt, ist es mit dem heiligen Viehraub ein für allemal vorbei.«

Reguël setzte zu einer heftigen Erwiderung an. Da hörten wir plötzlich einen Ruf. Zarathustra winkte uns zu.

Der Midianiter trat mit einer tiefen Verbeugung vor den Priester. Auch wir anderen fühlten uns in der Gegenwart des Propheten seltsam beklommen. Der Heiler sah jedem von uns lange und tief in die Augen. Dann sprach er:

»Seid mir willkommen, Fremdlinge. Sagt mir eure Namen und euer Begehr!«

Reguël dolmetschte, und ich gab höflich zur Antwort:

»Die Gewalt deiner Gedanken hat unser Wissen erweitert und unsere Herzen erhöht. Wunderbar ist die Welt dieser Verheißung, und deine Rede war Labsal für unsere Seelen. Mögen alle Menschen deinen Erkenntnissen folgen! Wir aber wollen nicht himmlische, sondern irdische Geheimnisse mit dir besprechen, die nicht für jedermanns Ohren bestimmt sind.«

Zarathustra erwiderte lächelnd: »Ich besitze keinen treueren Freund und Gefährten als Fürst Frasaostra. Er und sein Bruder Jamaspa haben mir einst die Gunst ihres Königs Vistaspa gewonnen, als ich vor den Rinderschlächtern floh. Frasaostra gab mir sogar seine Tochter zur Frau; ich aber habe mein Kind Puruzista dem Fürsten Jamaspa vermählt.«

»Das wußte ich nicht«, erwiderte ich. »Darum haben wir uns vor dem Fürsten verstellt und getan, als ob wir Kaufleute wären. Ich glaube allerdings, daß er uns durchschaute.«

Zarathustra schmunzelte. Ich fuhr fort:

»Wir sind die letzten Assyrer und in den Osten gereist, um einen Racheschwur zu erfüllen. In Babylon erfuhren wir, daß Huwaksatara, der König der Meder, mit seinem Lehnsmann Gauratar in diesem Weltteil einen Kriegszug vorbereitete. Da diese Rindertöter und Haomatrinker eure Feinde sind, müßte man nun eigentlich vermuten, daß ihr es wärt, auf die ihr Angriff zielte.«

Zarathustra spielte nachdenklich mit meinem wollenen Faden. »Du hast recht, sie wollten uns überfallen«, erwiderte der Prophet. »Unsere Späher erfuhren im vorigen Herbst, daß der Herrscher der Meder zu seinem blutrünstigen Skythenfreund gezogen sei, um mit ihm im Frühjahr nach dem Stierland Sogdiana auszurücken. Dann erhielt er jedoch eine Nachricht aus dem Land Lud. Wir kennen den Inhalt der Botschaft nicht, doch brach der

Meder noch am selben Tag gen Westen auf. Könnte es sein, daß jener Herrscher von Lud Huwaksataras Sohn Istewegu die Hand seiner Tochter versprach, um endlich Frieden zu finden, dann aber sein Angebot plötzlich zurückzog? Etwas Genaueres vermochten unsere Getreuen am Hof des Königs leider nicht in Erfahrung zu bringen. Gauratar ist seitdem verschwunden. Angeblich hat ihn eine verwegene Schar von Söldnern nach Indien entführt. Hoffentlich ist der Verbrecher schon von der Brücke des Scheiders gestürzt! Schon viel zu oft hat er Turan verwüstet. Immer wieder plünderte er mit seinen wandernden Horden die Gehöfte der seßhaften Viehzüchter. Wenn ihn dann unsere Bewaffneten verfolgten, floh er in seine Gebirge. Jetzt erst, mit der Völkerflut der Meder, wollte er es wagen, Vistaspa im offenen Kampf gegenüberzutreten.«

Ich sagte: »Dein Herr wird keine Gelegenheit mehr bekommen, diesen Räuber zu züchtigen. Gauratar ist tot. Reguël, der hier vor dir steht, hat ihn im Land der Maller gerichtet.«

»Ihr also wart diese wagemutigen Krieger!« rief der Prophet überrascht. »Und diesem Skythen galt euer Rachezug! Welch eine glückliche Fügung. Wir stehen tief in eurer Schuld.«

»Ja, wir wollten Gauratar töten«, erklärte Reguël. »Aber den Feldzug begannen wir aus einem anderen Grund.« Dann stellte der Midianiter uns der Reihe nach vor und erklärte:

»Dagon beschützte einstmals die Leber des Königs von Assur. Er hat seine alten Gefährten noch einmal um sich versammelt, weil er das Blut seines Sohnes rächen will — an einem Mann, den ihr wohl kennt: Der Mörder ist niemand anders als Huwaksatara.«

»Huwaksatara!« entfuhr es Frasaostra. »Mehr als die

Dürre, mehr als Tod und Seuche haßt die Steppe diesen Namen!«

Ich berichtete den beiden Turanern nun von den Ereignissen auf Zypern, in Delphi und in Milet, auch in Ägypten, Jerusalem und Chaldäa. Mit ziemlicher Verwunderung nahm Zarathustra die Worte Jeremias und Ezechiels auf. Er wollte alles von den Lehren der beiden Judäer und ihren Verheißungen wissen. Am Ende sprach er:

»Wahrlich, diese Propheten sind vom Geist des Einen Gottes beseelt und meine Brüder im Glauben. Doch in einem irren sie: Nicht zu ihnen wird Gott den Erlöser senden, sondern zu uns. Nicht in den Westländern wird dieser Heiland wirken, sondern im Osten der Welt. In Feuerglanz wird er geboren – vielleicht in Turan, vielleicht auch in Indien, wer weiß? Und er wird nicht nur über ein einziges Volk von Auserwählten herrschen, sondern seine Sendung für alle Menschen, gleich welcher Sprache und welchen Stammes, erfüllen.«

Frasaostra beklagte danach, daß Huwaksatara uns im schwarzen Arachot entkommen war.

»Wir werden ihm bis zum Rand der Erdscheibe folgen«, tröstete Mago den Fürsten. Myron fragte mit praktischem Sinn: »Welche Wege führen aus eurem Land hier nach Westen? Wo ziehen Heere, wo Händler, wo wandernde Hirten entlang?«

»Ich sehe schon, das wird ein längeres Gespräch«, erwiderte Frasaostra. »Die Sonne sticht mich in den Nakken, und mein leerer Magen mahnt mich, daß bald Mittag sei. Folgt mir in mein Zelt. Dort wollen wir reden.«

In der Behaglichkeit seiner Behausung sprachen wir dann viele Stunden. Zarathustra berichtete uns von seinen Verbindungen zu Kambyses. Der Perser habe den blutigen Schlachtopfern abgeschworen und sich zum Guten Sinn bekannt. Seitdem, erzählte der Turaner, werde der Parsumaschfürst von seinem königlichen Schwiegervater mit größtem Mißtrauen behandelt. Darum wollte Kambyses sich nun auch nicht mehr an seinen Lehenseid halten. Noch aber seien die Perser zu schwach, um sich gegen die Meder und Skythen erheben zu können. »Eines Tages jedoch«, sprach der Prophet, »werden die Perser ganz Asien beherrschen. Mit ihrer Macht wird sich auch unser Glaube verbreiten.«

Danach erklärte der Priester uns alle Geheimnisse seiner Lehre. Und so wie damals bei meinen Gesprächen mit Thales und Anaximander, Jeremia und Ezechiel glaubte ich einen Wimpernschlag lang jenen Gott zu erahnen, der sich in unserer Zeit vor den Menschen allmählich enthüllte — jenes Schöpfers, der alle lebenden Wesen und auch alle Geister erzeugte und die Welt nun durch den Mund der Propheten seine Einzigartigkeit erkennen ließ.

»Gebt nicht euren Gefühlen nach«, rief der Prophet, »sondern handelt stets so, wie es für die Gemeinschaft der Menschen am nützlichsten scheint. Einmal muß sich jeder Mensch zwischen Gut und Böse entscheiden — und von da an immer wieder. Darin besteht seine Freiheit — und zugleich seine Pflicht.«

Dann folgten Zarathustras Worte einander wie Hammerschläge:

»Zehntausendmal verdient Huwaksatara den Tod«, rief der turanische Heiler. »Denn er erschlug für die Götzen zehntausend unschuldige Rinder. Zehntausendmal soll der Mederfürst sterben. Denn er berauschte sich zehntausendmal am Blut des Bösen, an dem verbotenen Harn der Haomapflanze, der das Beste im Menschen verdirbt und das Schlechteste aus den Abgründen seiner Seele emporsteigen läßt. Zehntausendmal soll der gekrönte Diener Ahrimans leiden. Denn er warf sich zehntausendmal vor der grausigen Echse zu Boden und huldigte ihrem dämonischen Glanz. Zieht also auch als meine Gesandten nach Ekbatana, ihr Männer des Westens! Ewiges Heil sei euer Lohn, wenn ihr den irdischen Platzhalter Ahrimans tötet und so der wahrhaftigen Lehre den Weg bahnt. Steigt als die Boten aller guten Menschen in den Born der Medermacht! Euch winkt unermeßlicher Ruhm, wenn ihr das Böse dort tilgt und seinen Nachbarn im Umkreis endlich den Frieden beschert. Folgt als die Diener des Einen Gottes dem sündhaften Ungeschöpf in seinen Pfuhl! Wenn es euch dort gelingt, den Feind der Welt und Mörder ganzer Völker zu vernichten, dann ist euch die Unsterblichkeit gewiß.«

Als Zarathustra geendet hatte, blieben wir lange Zeit stumm und horchten auf den Nachhall seiner Worte in unseren Herzen. Erst nach einer geraumen Weile brach ich das Schweigen und fragte:

»Wenn wir Huwaksatara nicht allein unserer Rache wegen, sondern auch für dich und deinen Gott erschlagen wollen — kannst du den Einen dann nicht befragen, ob uns das Werk gelingen wird?«

Der Zaotar blickte mich durchdringend an und antwortete:

»Eine Weissagung möchtest du von mir hören, ähnlich deinem heidnischen Orakel in Delphi? Hat es der Schöpfer nicht mit Bedacht so gefügt, daß Menschen nichts von ihrer Zukunft erfahren sollen? Denn wenn ein jeder wüßte, was ihm bevorsteht, wer vermöchte das Leben dann noch zu ertragen? Aber da ihr den verbrecherischen Gauratar erschlagen und unsere Gemeinde dadurch von einer großen Gefahr befreit habt, will ich eine Ausnahme machen. Die Federn sollen fliegen, wie Ahuramazda mich es einst lehrte.«

Mit diesen Worten schritt der Prophet zu einer ganz aus Eichenholz gezimmerten Truhe und holte ein aus Elfenbein geschnitztes Kästchen hervor, das die Federn verschiedenster Vögel enthielt: sie stammten aus den starken Schwingen von Adlern und Falken, dem bunten Balzkleid von Birkhahn und Pfau, dem fettigen Flaum von Wildgans und Ente, dem glatten Gefieder von Trappe und Storch und noch von vielen anderen Lebewesen der Luft. Lange beschwor Zarathustra den Geist des Guten, opferte Wohlgerüche und sprach Gebete zu ihm. Dann endlich drang ein göttlicher Windhauch durch das Zelt und wirbelte die Federn empor. Sie tanzten eine Weile, wie von unsichtbaren Händen bewegt, vor unseren Augen. Als Zarathustra gebietend die Finger nach ihnen ausstreckte, sanken sie plötzlich, wie an magischen Schnüren gezogen, zu Boden und formten dort ein verwirrendes Muster.

Nun nahm der Priester jede Feder einzeln in die Hand und steckte ihren Kiel dort, wo sie zur Ruhe gekommen war, in die Erde. Reguël und Frasaostra sahen ihm in atemloser Spannung zu. Auch Mago und Tomyris verfolgten jede Bewegung des Heilers mit höchster Aufmerksamkeit. Selbst Arnuwan konnte sich dem Zauber des Zaotar nicht ganz entziehen. Nur Myron blieb gelassen, und auf dem Gesicht des Griechen erschien ein Ausdruck von heiterem Spott.

Als die heilige Handlung vollendet war, kündete uns Zarathustra von der Zukunft der Menschen und aller Reiche, die es auf Erden gibt und noch geben wird. Vieles, was der Turäner vorhersagte, stimmte auf wundersame Weise mit den Verkündigungen der judäischen Propheten überein. Doch davon will ich später berichten. Über unseren Plan, Huwaksatara zu töten, sagte der Heiler am Ende:

»Vier graue Handschwingen von Adlern stecken zwischen der schwarzen Deckfeder des Raben und der weißen Daune des Schwans. Sechs Vögel ziehen am Himmel, doch nicht alle sind vom gleichen Schlag. Rot lag des Neuntöters Brustflaum auf der Steuerfeder des aasverzehrenden Bussards. Krähe und Kormoran kreuzen sich. Leben für Leben, Tod für Tod! Blut muß fließen, wenn Blut fließen soll. Feuer reinigt die Welt von Sünde. Der weise Ibis zeigt sich spät. Schaden und Nutzen, welcher Nichtgläubige könnte sie trennen? Nur der Sehende erkennt den Unterschied. Ihr aber wißt wenig. Darum droht euch von allen Seiten Gefahr, am meisten aber von dort, wo ihr euch Hilfe erhofft. Traut niemandem! Verlaßt euch nur auf euch selbst! Das Rachewerk wird nur gelingen, wenn ihr von dem Willen gelenkt seid, Gutes zu tun und das Böse mitleidlos auszumerzen. Dann, nur dann, werdet ihr das Richtige tun.«

XVIII Die Nachtkämpfer

Noch viele Stunden sprachen wir mit den Turanern von der Welt und tauschten unser Wissen über irdische und himmlische Dinge aus. Spät am Abend legte der Heiler jedem von uns eine dreifach geflochtene goldene Schnur um den Hals und sagte dazu: »Ahuramazda soll der Herr sein! Möge Ahriman geschlagen und entmachtet werden! All ihr Dämonen, böse Geister, Magier und Übeltäter, Sünder, Ketzer und Verbrecher, seid vertrieben!«

Am nächsten Morgen brachen wir, von zwölf turanischen Kriegern begleitet, in Richtung Norden auf, um weit von Medien entfernt nach Sonnenuntergang zu reisen. Vier Tage später erreichten wir den breiten, schiffbaren Jaxartes und folgten seinem Wogenschwall nach Nordwesten. Die Turaner nennen diesen Fluß Silis. Sie behaupten, er sei so reich an Wasser, daß das Meer, in das er mündet, nicht salzig, sondern süß schmecke. Der Strom durchzog ein welliges Gelände, wie ich es aus Kimmerien kannte: Die langen Grannen des Pfriemengrases kitzelten unsere Waden, und in den wenigen Buschinseln dieses ozeangleichen Graslands blühten Geißklee und Erbsen gelb zwischen den weißen Dolden der Spierstaude und dem rotglühenden Mandelstrauch. Über dem Weideland lag herber Wermutgeruch.

Als die Steppe noch trockener wurde, breitete sich der weißfilzige Beifuß aus. Dort begann das Land der mordgierigen Massageten. Wir wandten uns daher nach Westen. Nach zweiwöchiger Reise durch flache, trockene Ebenen fuhren wir in einer Furt durch den Oxus. Wieder begann eine öde Wildnis mit wenig Wasser. Erst zwölf Tage später sahen wir die sanften Hügel über den Himmelsrand wachsen, hinter denen das Hyrkanische Meer beginnt.

An den baumbestandenen Ufern dieses Gewässers leben wildere Völker als an sonst einem Ort auf der Welt. Diese Menschen lassen, so sagt man, ihre Toten von wilden Tieren zerfleischen. Sie kämpfen mit doppelschneidigen Beilen und trinken aus den Schädeln ihrer Gegner. Diese Waldmenschen teilen sich in drei Stämme: die kriegsgewohnten Kadusier, die menschenopfernden Marder und die rauhhäutigen Hyrkanier. Niemand hat sie je unterworfen. Denn kein noch so wohlgerüstetes Heer vermochte bisher in ihre Bergschluchten zu dringen. Doch die hyrkanischen Krieger reihten sich häufig aus Kampfeslust freiwillig unter die medischen Feldzeichen ein. Auf diese Weise brachten sie Beute aus Ländern, die ihnen sonst unerreichbar geblieben wären, nach Hause.

Das Hyrkanische Meer erstreckt sich ostwärts bis zu den Wohnsitzen der Steppenkrieger, wird im Süden von den Gebirgen der Marder umsäumt und spült dann im Westen gegen die Klippenküste der Kaspier. Unser Rastplatz lag an diesem Abend nur einen knappen Tagesritt vom medischen Machtbereich entfernt. Die zwölf Turaner lagerten an einer Quelle, die von behauenen Quadern eingefaßt war und seit alters her »Brunnen der Haarschur« hieß. Dort soll einst der machtgewährende Mithra als Kind zum ersten Mal die Locken unter dem Messer verloren haben. Diese Stelle erschien uns zu wenig geschützt. Wir lenkten unsere Fuhrwerke daher vier Stadien weiter zu einigen Felsen, die eine sandige Kuhle umwallten. Die Reiter Frasaostras aber wollten uns nicht dorthin folgen. Ihr Führer beschied uns: »Seit wir durch dieses Land streifen, wagen sich die Meder nicht mehr hierher.«

Der Beduine übernahm die erste Wache. Mago löste ihn ab. Nach Mitternacht hörte ich von der Quelle her plötzlich den Schrei eines Käuzchens. Ein anderer Nachtvogel antwortete von einem Berg über uns.

Arnuwan rüttelte mich an der Schulter.

»Ich habe es gehört«, flüsterte ich.

Zwanzig Schritte vor uns sah ich im Sternenlicht Myron über den Rand eines großen Granitbrockens spähen. Atemlos warteten wir.

Nach einer Weile ertönten am Brunnen zwölf Käuzchenschreie. Mago tauchte neben uns auf. Sein Gesicht war weiß wie Kreide.

Myron flüsterte: »Wo steckst du, verfluchter Tyrer? Auf, wir haben keine Zeit zu verlieren!«

Ich raunte dem Phönizier zu: »Sei unbesorgt – ich werde mich um die Sauromatin kümmern!«

Arnuwan warf mir einen finsteren Blick zu und kroch wie ein gewaltiger Drache an die nördliche Seite des Felswalls. Am Ostrand unserer von der Natur erbauten Burg entdeckte ich Reguëls Schatten.

Ich glitt durch den Sand und weckte Tomyris. Vorsichtshalber legte ich ihr eine Hand auf den Mund. Sie verstand sogleich, daß wir in Gefahr schwebten. »Wie viele sind es?« fragte sie mit belegter Stimme.

»Ich weiß es nicht«, gab ich zur Antwort. »Vielleicht drei oder vier.«

»Wo ist Mago«, wollte sie wissen.

»Mit Myron auf dem Weg zur Quelle«, erwiderte ich leise.

»Um die Turaner zu holen«, fragte die Sauromatin.

»Hast du die Käuzchenschreie nicht gehört?« versetzte ich. »Die Turaner sind tot.«

Ihr Atem ging schneller. »Aber du sprachst doch nur von drei oder vier Feinden«, flüsterte sie zweifelnd, »und die Turaner sind zwölf Krieger!«

»Wir haben es nicht mit gewöhnlichen Männern zu tun«, erklärte ich, »sondern mit Xrafstra!«

»Xrafstra?« staunte Tomyris. »Von solchen Menschen habe ich noch niemals gehört.«

»Sie sind keine Menschen in unserem Sinne«, berichtete ich, »denn sie leben nur nachts. Darum sind sie in der Dunkelheit allen anderen Kriegern so überlegen wie Sehende den Blinden. Sie trinken das Blut und essen die Herzen ihrer getöteten Feinde. Nur der Mond kann uns retten.«

»Aber warum geht Mago dann diesen schrecklichen Männern entgegen?« fragte die Sauromatin voller Furcht.

Ich antwortete: »Weil er und Myron so gute Augen besitzen, daß sie auch in der Finsternis etwas zu sehen vermögen — wenn auch bei weitem nicht soviel wie die Xrafstra. Außerdem sind Magos Ohren besser als die aller anderen Menschen, die ich kenne. Myron wiederum ist ein Meister des Messers und vermag einen Gegner nur nach dessen Geräuschen zu treffen. Darum haben die beiden sich schon in unseren alten assyrischen Tagen oft vor unserem Lagerplatz auf die Lauer gelegt und so manchem vorüberkommenden Nachtkämpfer den Hals durchgeschnitten.«

»Woher sollen die Xrafstra denn wissen, wo wir uns verbergen?« fragte Tomyris. »Ihr habt doch gestern abend kein Feuer angezündet – jetzt erst verstehe ich den Grund.«

»Die Xrafstra werden uns finden«, erwiderte ich. »Wir können nur hoffen, daß die Wolke vor dem Mond verschwindet, ehe es soweit ist.«

Mit diesen Worten reichte ich ihr einen Dolch. Sie steckte die Waffe in ihren Gürtel und kroch hinter mir durch den Sand zu den westlichen Felsen. Besorgt spähte ich zum nächtlichen Himmel empor. Immer mehr Gewölk schob sich vor die Sterne. Bald konnten wir die Hand nicht mehr vor Augen sehen.

Zwanzig Schritte neben uns prallte plötzlich klirrend ein Kiesel gegen die Felsen. Tomyris fuhr erschrocken zusammen. Ich packte die Sauromatin am Arm und raunte ihr ins Ohr: »Das war Reguël. Die Xrafstra sind da. Machen wir, daß wir fortkommen!«

Ich schlängelte mich zwischen Steinen hindurch auf die Steppe hinaus. Tomyris folgte dichtauf. Aus den Felsen, zwischen denen Arnuwan lag, tönte ein Schleifen zu uns herüber. Mago und Myron blieben verschwunden.

Zwei Stunden lang arbeiteten wir uns auf allen vieren durch das hüfthohe Gras. Zweimal fand ich die Stengel vor uns geknickt und wußte, daß wir die Spur eines Nachtkämpfers kreuzten. Einmal ertastete ich auf der Erde sogar den Abdruck eines Xrafstra. Das Unwesen mochte dort wohl eine Stunde lang gelauert haben und war dann nach Osten aufgebrochen, in Richtung auf Reguëls Felsen.

Alle zehn Ellen verharrte ich, um zu lauschen. Ein sanfter Nachtwind strich über das Land. Aber das Rascheln in unserem Rücken stammte von einem lebenden Wesen.

Ich hielt geradewegs auf das Turanerlager zu. Denn ich meinte, dort würden uns die Xrafstra zuallerletzt vermuten. Plötzlich ertasteten meine Finger etwas Weiches. Die Sauromatin kroch an meine Seite. Ich nahm ihre Hand und ließ sie den Körper vor uns erfühlen, damit sie verstand. Der Schuppenumhang des Toten verriet, daß hier ein Xrafstra seinen Meister gefunden hatte.

Schnell kroch ich südwärts davon, Tomyris an meinen Füßen. Doch nach einer Bodenwelle stieß ich auf schwammige Flechten. Beunruhigt wandte ich mich zur Seite, denn diesen Untergrund liebten die Xrafstra besonders. Nirgends nämlich kann ein Mann sich so lautlos anschleichen wie in einer moosigen Mulde.

Plötzlich vernahm ich zu meiner Rechten ein Schaben. Dann trieb der Wind die Wolke vom Mond. Im Licht des Nachtgestirns entdeckte ich hinter uns, kaum noch zehn Schritte entfernt, einen Xrafstra.

Der Unhold hatte die gezackte Sichel schon zum Schlag erhoben. Die schmalen Augen des Nachtkämpfers unter der enganliegenden schwarzen Kappe leuchteten in einem bläulichen Weiß. Unter der stumpfen Nase funkelten gelbliche Zähne, die er mit einem zornigen Zischen entblößte. Denn solange der Schein des Mondes anhielt, war er mit seiner Sichel gegen die lange Sarpedonklinge im Nachteil. Schnell zog ich das Schwert und schritt auf das Nachtwesen zu. Mit einem schaurigen, knurrenden Laut der Enttäuschung warf der Xrafstra die Ärmel seines schwarzen Umhangs wie einen Fledermausflügel vor sein fahles Gesicht und floh in die Dunkelheit.

Kurze Zeit später öffneten sich die Wimpern des Frührots. Myron und Mago kehrten zurück. »Einen haben wir erwischt«, berichtete der Grieche. »Aber Mago ist verwundet.«

»Halb so schlimm«, erklärte der Tyrer. »Ich kam leider von der falschen Seite, und so schnitt der Xrafstra mir mit seiner Sichel in die Hand, ehe Myron und ich die Messer in seinen Hals stoßen konnten. Er liegt da drüben bei einem kleinen Ginstergebüsch.«

»Ich weiß«, erwiderte ich, »Tomyris und ich fanden ihn heute nacht.«

Reguël lief von der anderen Seite herbei. Auch Arnuwan kroch unversehrt aus seinen Felsen empor. Das schleifende Geräusch hatte ein toter Weidenstamm verursacht, mit dem der Luwier in der Nacht eine Lücke zwischen zwei Felsen versperrt hatte, um sich den Rücken zu decken. Drei der glatten Äste waren von Sicheln angesägt. »Bei Tarhu, dem Tagbringer«, knurrte der Riese, als er uns die Spuren zeigte, »hätte die Finsternis noch eine Stunde länger gedauert, wäre ich diesen Ungeheuern zum Opfer gefallen.«

Später berichtete Mago der staunenden Sauromatin: »Xrafstra heißen die alten Dämonen der Erde. Für Zarathustra sind sie böse Geister. Den Anhängern des alten Glaubens aber helfen diese Wesen als Genossen, indem sie nachts zu ihren Feinden schleichen und die Schlafenden erwürgen. Xrafstra nennen sich darum auch einige geheimnisvolle Männer, die, wie bereits ihre Väter und Vorväter, schon als Kinder daran gewöhnt worden sind, die Tage schlafend zu verbringen und erst in der Nacht zu leben. Während der Dunkelheit tun sie dann, was alle anderen Menschen bei Sonnenlicht machen: Sie essen und trinken, reden und wandern umher, üben sich in den Waffen, beten zu ihrem Echsengott Dayu-Vahak, feiern mit ihren Frauen und spielen mit ihren Kindern. Sie können nachts so gut sehen wie Katzen und Eulen. Tagsüber aber irren sie wie geblendet umher, und die Sonne schmerzt in ihren Augen. Man weiß nicht, ob sie zu den Medern gehören. Manche Leute behaupten, daß die Xrafstra einer weit älteren Rasse entstammen. Jedenfalls kämpfen sie für Huwaksatara. In seinem Auftrag meucheln sie seine Gegner.«

»Doch woher wußtet ihr, daß diese schrecklichen Männer euch jagen?« fragte Tomyris. Der Tyrer antwortete:

»Diese Nachtkämpfer sind Mediens wertvollste Krieger. Wenn das Heer Huwaksataras auszieht, reisen die Xrafstra stets in schwarzen Sänften beim Troß. Diese verdunkelten Tragstühle können sie erst zur Nachtzeit verlassen. Darum werden sie niemals weiter als einen Tagesritt von ihrem Stützpunkt entfernt eingesetzt. Denn wenn der Morgen sie auf freiem Feld überrascht, könnte es leicht geschehen, daß die Xrafstra erblinden. Fackelschein und Mondlicht dagegen machen ihnen nichts aus. Es hätte daher keinen Sinn, zu versuchen, sie mit Feuer zu vertreiben. Denn die Helligkeit der Flammen macht die Nacht für unsere Augen noch dunkler, die Xrafstra aber blendet ihr Licht ebensowenig wie uns ein Brand bei Tag. Wenn wir ein Lagerfeuer entzündet hätten, wären wir aus der Dunkelheit mit Pfeilen erschossen worden.«

Reguël untersuchte indessen die Spuren im Gras und erklärte: »Es waren drei. Offenbar liegt hier im Norden nur ein kleiner medischer Stützpunkt. Oder die Nachtkämpfer werden jetzt alle im Westen gegen die Lyder gebraucht. Wir haben noch einmal Glück gehabt — am meisten aber du, Dagon: Zum Schluß stand der Xrafstra nur noch zehn Schritte von dir entfernt.«

»Der Wind trieb die Wolke vom Mond«, erklärte ich. »Darum konnte ich den Schwarzen eben noch rechtzeitig sehen. Er floh vor meinem Schwert. Bald darauf dämmerte der Morgen.«

Wir machten uns auf die Suche nach den schwarzen Sänften, in denen die Xrafstra zu reisen pflegten. Doch wir verloren die Spuren der Nachtkämpfer bald in einem Bach. Arnuwan grollte:

»Einmal nur möchte ich diese Ungeheuer bei Sonnenlicht zwischen die Finger kriegen! Aber schon damals im Krieg waren die Xrafstra bei Tag unauffindbar. Selbst Assurs Priester konnten den Zauber nicht brechen.«

Myron meinte: »Wir hätten damit rechnen müssen, daß die Meder auch bei den Turanern Zuträger besitzen. Anhänger des alten Glaubens wohl, die mit der neuen Lehre nichts zu schaffen haben wollen.«

»Vermutlich Freunde des schmackhaften Rinderbratens beim Opferfest Mithras«, fügte Mago hinzu. »Sie sind offenbar nicht damit einverstanden, daß sie nach dem Gebot dieses Heilers fürderhin nur noch Fladenbrot essen und Sauermilch trinken sollen. Ich kann's verstehen. Wie können wir Zarathustra und Frasaostra vor diesen Verrätern warnen?«

»Die wissen das doch längst«, versetzte Myron. »Sagte uns Zarathustra denn nicht nach diesem reichlich kindischen Spiel mit den Vogelfedern, uns drohe von allen Seiten Gefahr? Damit konnte er wohl kaum etwas anderes meinen, als daß wir uns auch vor unseren Freunden und deren Helfern in acht nehmen sollen.« Der Grieche biß sich auf die Lippen. »Dieser Heiler«, fuhr er fort, »war sich wohl zu heilig, sein Wissen in verständliche Worte zu kleiden. Da lobe ich mir unsere jonischen Weisen, die so etwas selbst kleinen Kindern deutlich erklären können.«

»Immerhin, hier an dem Brunnen ist schon ein Teil dessen eingetroffen, was uns Zarathustra geweissagt hat«, versetzte Reguël. »Deinem berühmten Thales dagegen ist noch nie eine Deutung der Zukunft gelungen!«

»Was weißt denn du«, versetzte Myron zornig. »Die Weisheit meines Lehrers wird für diese Welt noch von Bedeutung sein, wenn Zarathustras Sprüche längst vergessen sind!«

»Machen wir, daß wir hier fortkommen«, riet der Luwier. »Ziehen wir nordwärts um dieses Meer! Medien sollten wir nur betreten, wenn es nicht zu vermeiden ist.«

»Warum ein Meer mit Wagen umfahren?« meldete sich der Tyrer. »Wo immer Wellen schlagen, liegt meist auch ein schwimmendes Gefährt. Wir müssen es nur finden.«

Kurze Zeit später erreichten wir die Küste des großen Hyrkanischen Meeres, dessen Flut wie Greisenhaar am Ufer wogte. An seinem öden Strand zogen wir einige Stadien nach Norden. Auf den Dünen wuchs die rote Steppendistel. Es dauerte nicht lange, da stieß der Phönizier einen Freudenruf aus und zeigte auf zwei Masten, die hinter einer felsigen Landzunge auftauchten. Als wir das kleine Vorgebirge umfuhren, sahen wir an dem sandigen Gestade einen kaspischen Kauffahrer liegen. Die Segel waren aufgerollt, die Ruder eingezogen. Zwei starke Taue hielten das Handelsschiff im seichten Wasser.

Mago kletterte als erster an Bord, gefolgt von Myron. Arnuwan und Reguël durchforschten die Höhlen am Ufer. Erst in der letzten fanden sie, was sie suchten: die Leichen von zwölf kaspischen Seeleuten, denen offensichtlich im Schlaf die Kehlen durchgeschnitten worden waren.

»Seeräuber?« fragte ich Mago.

Der Tyrer zuckte die Schultern. »Die Waren des Schiffs sind gestohlen«, stellte er fest. »Aber die Meerwölfe machen sich sonst doch kaum die Mühe, ihre Opfer zu verstecken!«

»Xrafstra«, murmelte Reguël.

Arnuwan folgte mir unter Deck in den düsteren Laderaum. Dort standen Truhen und Kisten in großer Zahl. Die meisten waren aufgebrochen. Ihr Inhalt lag verstreut umher. Der Luwier öffnete mit einer Eisenstange die noch verschlossenen Behälter. Sie enthielten allerlei Tuchwaren, aber auch Kupfergeschirr, lederne Stiefel und andere Handelsgüter.

Reguël kam mit einer Fackel herab. Wir leuchteten alle Ecken und Winkel aus. Dann stiegen wir auf einer Holztreppe wieder an Deck.

»Die Nachtkämpfer waren heute nacht hier«, stellte Arnuwan fest. »Und zwar vor ihrem Überfall auf uns. Seht, das Blut auf den Planken ist schon eingetrocknet.«

»Sie rechneten wohl nicht damit, daß wir ihnen entkommen könnten«, meinte Myron. »Sonst hätten sie das Schiff gewiß versenkt. Ich möchte nur wissen, warum sie die ganze Besatzung umgebracht haben.«

»Kann sein, daß diese Kaspier dem neuen Glauben anhingen«, ließ sich Reguël vernehmen. »Vielleicht sollten sie Zarathustra sogar Nachrichten über den Feldzug Huwaksataras in den Westländern überbringen. Denn hinter Kaspien beginnen die alarodischen Berge. Ihre Ausläufer wiederum reichen bis nach Lydien, wenn die Karten in der Kriegsschule nicht trogen.«

»Dennoch«, zweifelte ich und rieb meine Narbe, »irgend etwas stimmt hier nicht. Aber wir haben ja schließlich alles durchsucht. Bringen wir also nun unsere Wagen an Bord! Mit etwas Glück können wir in drei Tagen nach Kaspien segeln.«

Auf breiten Bohlen rollten wir die Fuhrwerke über die Schiffswand. Danach führten wir auch Pferde und Ochsen die Planken empor und banden sie an die Masten. Myron und Arnuwan rollten die beiden viereckigen Segel auf. Reguël kappte die Taue. Ich lotete die Wassertiefe aus. Mago übernahm das Ruder. Ein sanfter Ostwind griff in unser Tuch und trieb das Schiff langsam vom Ufer fort. Auf dem Meer kräftigte sich die Brise, und der Frachter gewann an Fahrt. Der breite Bug durchbrach die Wogen wie der Rücken eines Wals. Hinter unserem Heck schlug das Wasser schäumend zusammen wie an der Mündung zweier Wildbäche, die sich beim Sturz aus schneereichen Bergen am Boden eines engen Tales begegnen. Die Segel wölbten sich im Wind wie die Bäuche von zwei Prassern, die sich bei einem Gelage gemeinsam die Wänste vollschlagen. Die Seile aber knarrten wie trockene Achsen von Fuhrwerken, die mit Mühlsteinen beladen sind.

Um die Mittagsstunde frischte der Wind weiter auf und sprang nach Norden um. Mago begann besorgt zum Himmel zu blicken, auf dem die Wolkenfetzen sich nach und nach zu einer grauen Gewitterwand vereinten. Der Vordersteven des Kauffahrers tauchte bei jeder Woge tiefer ins Wasser. Gischt sprühte über unsere Gesichter. Schließlich refften Myron und Arnuwan auf Magos Geheiß das größere der beiden Segel. Reguël und ich schlangen inzwischen weitere Taue um unsere Wagen. Auch fesselten wir den Zugtieren die Beine, damit sie in ihrer Angst nicht einander mit den Hufen verletzten.

Diese Arbeit war kaum getan, als der erwartete Sturm über uns hereinbrach. Schnell bargen wir nun auch das kleinere Segel. Dann griffen Arnuwan, Myron und ich nach den Rudern. Mago stemmte seinen gedrungenen Körper unter das Steuer, um uns auf Westkurs zu halten. Reguël und Tomyris wachten über die Ladung und unsere Tiere. Das Heulen der wildgewordenen Winde betäubte unsere Ohren. Wir schlangen uns Seile um die Hüften, um nicht über Bord gespült zu werden. So ritten wir viele Stunden lang auf den scheuenden Rossen des Meeres, und ihre schaumigen Mähnen schlugen uns wie mit Geißeln, bis die Kraft des Sturms allmählich wieder erlahmte.

Eine ganze Weile lehnten wir alle erschöpft an der Bordwand. Mago raffte sich als erster auf. Der Tyrer kletterte den Mast empor, um vielleicht eine Landmarke zu erblicken. Aber wir segelten viel zu weit von der Küste entfernt. Reguël reichte den Zugtieren einen Eimer Wasser. Arnuwan und Myron zogen die Segel auf. Ich hielt solange das Steuerruder. Tomyris stieg unter Deck, um den Zustand der Ladung zu überprüfen und uns trockene Gewänder zu holen. Sie blieb lange fort. Die rote Sonnenscheibe berührte den westlichen Himmelsrand und begann in die See einzutauchen, so wie ein gelber Eidotter in einen Milchbecher tropft.

Plötzlich hörte ich das Trappeln eiliger Füße. Dann grub Tomyris mir schmerzhaft die Fingernägel in den Arm. Ihr Gesicht war weiß. »Xrafstra«, stieß sie hervor.

Ich starrte die Sauromatin ungläubig an. Mago eilte besorgt herbei. »Wo?« fragte er.

Tomyris deutete nach unten. Die Sonne war bereits zu einem Drittel im Wasser versunken. »Eine der Kisten wurde wohl durch den Sturm gegen die Vorderwand geschleudert«, flüsterte die Sauromatin. »Dabei durchbrach sie die Bretter und landete in einem zweiten Raum, der sich im Bug befindet. Es gibt keine Tür. Doch durch das Loch sah ich im Dunkeln zwei schwarze Kästen.«

Mago schlug sich mit der flachen Hand gegen die Stirn. »Ein Schmugglerschiff«, rief der Tyrer halblaut. »Mit geheimen Räumen und Türen, um die Hafenwächter zu täuschen! Ich hätte nicht gedacht, daß auch die Kaspier solche Schliche kennen. Schnell, Fackeln her! Wir dürfen keine Zeit verlieren.«

Myron entzündete zwei Kienspäne. Arnuwan ergriff eine Bronzeharpune und stieg noch vor dem Mileter hinab. Ich folgte dem Griechen, das Sarpedonschwert in der Hand. Mago und Reguël bildeten den Schluß, jeder mit einem großen Messer bewaffnet. Tomyris rief angstvoll: »Beeilt euch! Die Sonne wird gleich verschwunden sein!«

In der vorderen Wand des Frachtraums klaffte ein Loch. Daneben lag eine Kiste mit Hemden und Hosen nach skythischer Mode. Gebückt stiegen wir durch die Öffnung in das verborgene Gelaß. An seinem hinteren Ende standen zwei große, mit dunklen Tüchern verhängte Kisten. Ihre verlängerten Fußleisten waren mit Tragegriffen versehen. An ihren Dächern prangten die Hörner von Stieren. In die schwarzen Tücher aber war mit silbernen Fäden das alte, unheilige Zeichen der doppelköpfigen Echse Vayu-Dahak gewebt.

»Endlich!« stieß der Luwier hervor und hob seinen Fischspieß. Mit gezückter Sarpedonklinge stellte ich mich rechts neben die Tür des vorderen Kastens. Myron schlich sich an die linke Seite. Mago und Reguël aber behielten den anderen Tragstuhl im Auge.

Ich nickte. Im gleichen Moment riß der Grieche die Tür auf und stieß seine Fackel hinein. Arnuwan sprang hinzu. Ich spähte in das Innere der schwarzen Sänfte. Sie war leer.

In diesem Augenblick ertönte ein entsetzliches Geräusch, ein gellendes Kreischen, ein schrecklicher Laut des Irrsinns, so daß uns fast das Blut in den Adern gerann. Es klang wie das Geheul gepeinigter Dämonen, gemischt mit dem schrillen Pfeifen blutgieriger Ratten, dem Zischen mordlustiger Vipern und dem grellen Geschrei nächtlicher Aasvögel, die sich auf einem Schlachtfeld mit Schakalen und Füchsen um die Knochen toter Krieger streiten. So laut und grausig schallte der furchtbare Ton, daß er uns für einen Herzschlag lähmte. Und nur um Haaresbreite entging ich der Sichel eines Xrafstra, der aus dem anderen Kasten hervorgestürmt kam.

Als der Nachtkämpfer zum zweiten Male zuschlug, hielt ich die Sarpedonklinge gegen die Sägewaffe. Klirrend schlug Eisen gegen Stahl. Dann rammte Arnuwan dem Xrafstra den schweren Bronzespieß in die Brust, so wie ein Kind mit spitzer Nadel den Käfer durchbohrt, um das zappelnde Tier durch die Lüfte zu schwenken.

Blut schoß aus dem bleichen Mund des grausigen Geschöpfs. Die bläulichen Augen des Xrafstra traten aus ihren Höhlen. Immer wieder schlug er mit seiner gezackten Sichel nach uns. Arnuwan aber drückte den Körper des Nachtkämpfers langsam zu Boden. Dann stellte er dem Schwarzen den Fuß auf den Hals und zertrat ihm den Nacken, so wie ein Jäger den Kopf einer giftigen Natter unter der schützenden Ledersohle auf steinigem Boden zermalmt.

Doch noch bevor der Luwier seine Harpune aus dem Körper des dämonengleichen Ungeschöpfs ziehen konnte, gellte ein zweiter furchtbarer Schrei in unseren Ohren, und dieser klang noch entsetzlicher als der erste. Fast im gleichen Augenblick schleuderten Mago und Reguël ihre Dolche auf den letzten Xrafstra. Er war durch die geheime Tür des Schmugglers in unsere Rücken gelangt und hieb dem luwischen Riesen die Sichel tief in die rechte Schulter.

Ich drehte mich mit erhobenem Schwert um die Achse und schlug dem Nachtkämpfer die Klinge quer über die Brust. Aber der Stahl vermochte das Panzerhemd unseres furchtbaren Feindes ebensowenig zu durchdringen wie die beiden Wurfmesser meiner Gefährten. Schon holte der Angreifer wieder aus. Arnuwan stieß ein Gebrüll des Schmerzes und Zorns hervor, das ebenso schreckenerregend klang wie die Kampfschreie seines Feindes. Dann stieß der Riese dem schuppengepanzerten Unhold krachend die linke Faust vor die Brust, so daß das fledermausähnliche Wesen rückwärts taumelte und mit ausgebreiteten Armen gegen die Zedernholzbretter des Laderaums prallte.

Doch selbst die Wucht dieses Schlags konnte die Mordlust des Xrafstra nicht dämpfen. Schon einen Herzschlag später stürzte er mit dem schrillen, nervenlähmenden Kreischen eines Zwielichtwesens der Zwischenwelt auf uns zu. Myron warf sich vor Arnuwan, um den verletzten Riesen zu decken. Mago riß die Bronzeharpune aus dem Leib des toten Nachtkämpfers, ich aber zielte mit der Sarpedonklinge nach des Lebenden Hals. Da ertönte plötzlich ein dumpfes Geräusch, und aus der Brust des Xrafstra drang die bronzene Spitze eines Pfeils, der von dem Antilopenhornbogen der Sauromatin geschnellt war.

Das Nachtgeschöpf schwankte und stieß von neuem gellende Schreie aus. Funkensprühend klirrte seine Sichel gegen die Lanze, die Mago mit beiden Fäusten umfaßte. Dann traf mein Schwert die Linke des Xrafstra und trennte dort drei Finger mit zugespitzten Nägeln ab.

In rasender Wut hieb das Unwesen nun die Sichel im Kreis. Aus so vielen Wunden der Xrafstra schon blutete, seine Kraft schien ungebrochen, als ob er nicht eines, sondern nach Art von Dämonen sieben Leben besaß.

Ein zweiter Pfeil der Sauromatin traf den Hals des grauen Geschöpfs und blieb im Nackenmuskel stecken. Schwarzroter Lebenssaft quoll hervor und rann über wachsbleiche Haut. Der Xrafstra öffnete die dünnen Lippen zu einem weiteren Schrei irren Hasses. Seine Sichel schnitt mir quer über die Brust in die Haut. Myron packte die blutende Linke des Nachtwesens an den verstümmelten Fingern. Reguël unterlief einen weiteren Hieb der furchtbaren Sichelsäge und warf sich mit seinem Körper gegen die Rechte des Gegners. Und als der Xrafstra mit ausgebreiteten Armen vor Mago stand, stieß der Tyrer dem Schreckenswesen den Bronzespieß durch den Magen und heftete ihn an die hölzerne Wand.

Immer noch schrie der Xrafstra und stieß mit den Füßen nach uns. Unter den spitzen Nägeln an seinen Zehen schimmerte gelbliches Gift. Arnuwan hob die Eisenstange, mit der wir am Morgen die Kisten aufgebrochen hatten. Mit einem furchtbaren Hieb brach der Luwier dem Xrafstra die Rippen.

Aber der Nachtkämpfer ließ in seiner Mordgier nicht nach. Der einarmige Beduine konnte die Sichelhand unseres Gegners nicht länger halten und sprang beiseite. Da griff der Luwier zu. Die Arme des Xrafstra und seines riesigen Gegners klammerten sich ineinander, wie sich die würgende Ranke mit einem Eichenstamm verschlingt. Dann lief Myron von hinten hinzu und schnitt dem Nachtgeschöpf mit seinem medischen Messer die Kehle durch.

Die Sonne war untergegangen. Im Licht der Fackel zogen wir den beiden Xrafstra die schwarzen Lederkappen ab und schauten in ihre fahlen Gesichter. Mit ihren wimpernlosen Lidern, hohlen Wangen und papyrusdünnen Lippen glichen sie einander wie Vater und Sohn. Beider Gesichtshaut war von unzähligen Narben verunziert. Bleigewichte, die sie schon seit ihrer Kindheit zu tragen gewohnt waren, hatten ihre Ohren so in die Länge gezogen, daß sie mehr als doppelt so groß wirkten wie bei anderen Menschen. Als wir den Nachtkämpfern die Kleider auszogen, sahen wir, daß ihnen an keiner Stelle des Körpers Haare wuchsen. Zwischen ihren Brustwarzen aber breitete sich das Brandmal des doppelköpfigen Drachen aus, dessen gefürchtetste Diener sie waren.

Das unheilverkündende Zeichen weckte eine grausige Erinnerung in mir, und der Gram über den Tod meines Sohnes erwachte von neuem in meinem Herzen.

Wir trugen die Leichen an Deck und warfen sie in das nächtliche Meer. Dann sagte ich zu Tomyris:

»Wir haben dir zu danken. Hättest du das Loch nicht bemerkt, wären wir den beiden Ungeheuern wohl in die Falle gegangen, und sie hätten in der Dunkelheit über uns herfallen können. Nur weil wir den Xrafstra noch bei Licht entgegentraten, konnten wir sie besiegen, und deine Pfeile haben dazu nicht wenig beigetragen.«

Im Licht der Fackel sah ich, wie die Wangen der Sauromatin vor Freude erglühten. Dann aber überlief sie ein Schaudern, und sie fragte mit leiser Stimme: »Auch wir Frauen haben gegen die Meder schon Kriege geführt, niemals aber begegneten wir Männern wie diesen. Über wie viele solche Ausgeburten der Schattenwelt mag Huwaksatara gebieten?«

»Die Xrafstra werden nur sehr selten eingesetzt«, erklärte Myron, »und dann nur gegen Feinde, mit denen es die Meder nicht ohne Hilfe der Nachtkämpfer aufnehmen wollen. Ansonsten läßt Huwaksatara diese Schreckenswesen lieber in ihren Behausungen. Denn wenn die Ungeschöpfe unterwegs sind, fürchten sich selbst des Königs eigene Krieger, und das zu Recht: Sind die Xrafstra in Blutrausch geraten, dann unterscheiden sie nicht mehr zwischen Freunden und Feinden.«

»Vor fünfundzwanzig Jahren«, fügte Mago hinzu, »dienten rund hundert Xrafstra dem Herrscher von Medien. Ebenso viele dürften es auch heute noch sein.«

»Und einen Mann, den solche Schreckenswesen schützen, wollt ihr töten?« fragte Tomyris verwundert. Wir schwiegen, und ich sah den Gefährten an, daß auch sie wie die Sauromatin dachten: Unsere Aussicht, Huwaksatara inmitten des medischen Heeres zu töten und danach lebend zu entkommen, erschien nicht viel größer, als die Möglichkeit, daß eine blinde Maus unversehrt eine Schlangengrube durchquerte.

XIX Der Götterturm

Mago reichte Arnuwan einige Krüge Wein, der mit betäubender Mandragora vermischt war. Dann nähte der Tyrer dem Luwier mit Nadel und Faden die klaffende Schulterwunde zusammen, damit sie schnell wieder verheilte und kein wildes Fleisch wuchs. Einen Tag später erblickten wir die kaspische Klippenküste, ein hohes, von zahllosen Schluchten und Spalten zerrissenes Waldgebirge. Der Phönizier steuerte unser Schiff nach Norden in die Mündung des starken Stroms Araxes. Das Schmelzwasser der Gebirge toste mit solcher Macht durch das schmale Bett dieses Flusses, daß wir die Fahrt auf hölzerner Planke bald nicht mehr fortsetzen konnten. Daher ließen wir den Segler zurück und zogen mit unseren Wagen am nördlichen Ufer stromaufwärts. Bald kamen wir durch das Gebiet des einstigen Reichs Urartu, das erst vier Menschenalter zuvor unter den Schlägen Sargons des Zweiten zusammengebrochen war. Damals waren die Ebenen zwischen den himmelhoch ragenden Bergen von grünenden Gärten bedeckt, und an den Ufern des Oberen Meeres von Naïri breiteten sich blühende Städte aus. Jetzt aber weideten magere Ziegen und Schafe auf spärlichem Gras, und ihre Hirten verbargen sich furchtsam in Büschen und Höhlen vor uns.

Höher und höher wuchsen die eisigen Gipfel an dieser

Schulter der Erde empor. Die schmerzend kalten Wasser der Gletscher tosten durch Schluchten, die keine Sonne beschien. Wir folgten den salzigen Triften der Steinböcke bis zu den himmelhoch ragenden Horsten der Adler. Riesige Tannen wuchsen wie trutzige Türme bis zu den Wolken. Die von Menschen nicht zu bezwingende Macht der Natur gemahnte mich an jene Worte, die Sargon der Zweite, der sich mit Recht den Bedränger der Weltteile nannte, nach seinem Feldzug durch die Naïri-Länder vor einhundertdreißig Jahren in das Buch seiner Taten eintragen ließ.

»Zwischen den hohen Bergen, die vollständig mit Wäldern bekleidet sind, schritt ich hindurch«, lauteten diese erhabenen Sätze, »zwischen den Felsen, deren Eingang furchtbar ist, unter denen Schatten liegt wie unter Zweigen von Zedern, wo man die Strahlen des Tagesgestirns nicht mehr findet. Gipfel ragten wie Lanzenspitzen empor. Sie reichten mit der Stirn an den Himmel und mit ihren Wurzeln bis in die Mitte der Unterwelt. An ihren Abhängen krümmten sich Höhlen, Vorsprünge und Geröll, nur mit Schaudern zu sehen...«

Immer und immer höher hinauf wand sich der steinige Weg, und die Räder unserer Wagen knirschten über gefrorenen Firn. Eisbrocken prasselten von den Wänden auf unsere Köpfe herab, so daß wir die Helme aufsetzen mußten. Ein schneidender Wind trieb uns dichte Schneeschleier entgegen. Die weißen Körner peitschten unsere Haut wie Ruten von Reisig, und wir mußten unsere Schritte mit zusammengekniffenen Augen ertasten. Arnuwan aber ging uns wie ein Gott des Frostes voran und führte uns sicher über die Straßen und Steige seiner ureigenen Welt.

Am dritten Tage stapften wir auf einem wie eine Schlange gewundenen Pfad durch knietiefen Schnee dem

Kamm einer steilen Bergkette entgegen. Nur mit Schlägen konnten wir unsere Ochsen und Pferde vorantreiben. Immer öfter mußten wir in die Speichen der Räder greifen, um die Fuhrwerke aus hüfthohen Wehen zu schieben. »Gleich sind wir im Himmel«, vermutete Mago. »Doch wenn es dort genauso aussieht wie hier, glaube ich nicht, daß es mir sehr gefallen wird.«

Auch ich hielt es kaum noch für möglich, daß es noch höhere Berge geben konnte als jenen, mit dem wir jetzt rangen. Aber als wir endlich den Grat überquerten, sahen wir einen Erdriesen vor uns, neben dem alle anderen Gipfel nur wie die niedrigen Kuppen von flachen Hügeln erschienen. Denn dieser steinerne Gigant blickte auf seine Nachbarn herab wie ein Hirte auf seine Lämmer, wie ein Vater auf spielende Kinder und wie ein König auf Bettler, die sich vor seiner Herrlichkeit demütig in den Staub geworfen haben. So hoch reckte sich dieser Fürst aller Felsen empor, daß sein Anblick uns den Atem stocken ließ und wir vermeinten, eine Säule des Himmels zu schauen. Arnuwan aber sprach: »Das ist der Turm der alarodischen Götter. Niemand, nicht einmal ein Luwier, hat jemals seinen Gipfel erklommen. Auf seiner Spitze wohnt der tagbringende Tarhu. Jeder Abhang dieses Berges ist einer anderen Gottheit geweiht. Laßt uns am Fels Tawannas, der Reinen Würgerin, rasten. Vielleicht gönnt uns die Göttin ein Zeichen, das uns verrät, wie wir unser Ziel am besten erreichen können.«

Ich aber ahnte, daß der König von Luwien bei diesen Worten nicht nur an unseren Wunsch dachte, Huwaksataras Blut zu vergießen, sondern genauso an seine Pflicht, die Sauromatin Tomyris zu töten.

Spät am Nachmittag querten wir endlich die südliche Flanke des Alarodturms. An der Baumgrenze stellten wir unsere Fuhrwerke in einen Kreis und entflammten ein wärmendes Feuer. Arnuwan opferte der Würgenden Göttin einen von unseren Ochsen, und wir labten uns am heißen Fleisch und Fett. Dann legten wir uns zur Ruhe.

Aber ich konnte nicht schlafen, denn ein Strom der seltsamsten Gedanken durchflutete meinen Kopf. Meine Vernunft drohte in Strudeln von Zweifeln und Sorgen, Ängsten und Befürchtungen unterzugehen. Darum erhob ich mich leise, verließ unser Lager und stieg ein Stück den Berg empor.

Tief sog ich die reine Nachtluft in meine Lungen und hoffte, auf diese Weise die Schwäche aus meinem Geist vertreiben zu können. Schon nach kurzer Zeit gelangte ich an einen tiefen Riß, der zwischen schroffen Schründen klaffte und bis in die Eingeweide der Erde zu reichen schien. Ich folgte ihm eine Weile bergaufwärts. Da hörte ich plötzlich meinen Namen. Als ich mich umwandte, sah ich den Luwier auf einem Felsvorsprung sitzen. Seine Füße baumelten über dem Abgrund, und mit seiner tiefen Stimme fragte er mich:

»Suchst du nach einer Eingebung, Dagon? Was ist es, das dich bedrückt? Komm, setze dich zu mir. Ja, ich weiß, ich bin nur ein Überbleibsel aus einer vergangenen Welt, und die Tage meiner Zukunft drücken nicht einmal mehr die Feinwaage nieder. Aber vielleicht vermag ich dir trotzdem zu raten. Dieser Berg zählt zu den Quellen unseres Seins. Seine Wahrheiten gelten ewig.«

Wortlos ließ ich mich neben dem Riesen nieder. Schweigend starrten wir eine Weile in die schwarze Kluft hinab. Dann sagte ich:

»Ewig? Einst glaubte ich auch von Assur, daß ihm die Zeit nichts anhaben könne. Doch dann schritt sie über den Gott hinweg wie über den Dung eines Ochsen. Assurs Standbilder sind zerbrochen, alle Mauern seiner Festungen geschleift. Auch von den Werten, die dieser Weltenherrscher verkörperte, blieb nichts übrig. Wird es in Zukunft auch anderen Göttern und ihren Geboten so ergehen? Wird das, was wir heute als richtig empfinden, morgen vielleicht schon falsch sein?«

Arnuwan schaute mich nachdenklich an. Ein Rudel Wölfe heulte in den Wäldern unter unseren Füßen. Da sprach der König Luwiens zu mir:

»Von allen Pflichten, die uns von den Tieren unterscheiden, ist die Liebe die schönste, die Treue die schwerste, die Rache aber die edelste. Denn sie beschützt das Gute vor dem Bösen. In alten Zeiten, als die Sterblichen Gemeinschaft mit den Göttern pflegten, da ordnete die Rachepflicht das Leben auf der Erde so: Wer fremdes Blut vergoß, der mußte auch sein eigenes verströmen. Wer fremdes Leben nahm, der verlor das seine dafür. Gleich, ob er die Mordtat mit Absicht oder nur aus Versehen, unter dem Zwang eines Schicksals oder durch göttliche Fügung beging: Der Rächer war stets Henker, die Strafe stets der Tod. So wurde die Rache der Stolz der Starken und des Schwachen Schutz. Sie war der Mörtel der Menschen, der aus Steinen der Streitsucht die Säulen der Sicherheit fügte. Sie war der Grobschmied der Götter, der aus dem Erz der Erkenntnis den Stahl der Strafe schlug. Sie war die Labsal der Lebenden und der Trost der Toten.«

Ich blickte in das flackernde Licht der Sterne und fragte:

»Einst unterlagen sogar Götter dem harten Gesetz der Vergeltung. Nun aber scheinen selbst die Sterblichen den Blutbann nicht mehr zu fürchten. Wie konnte das geschehen?«

Der luwische Riese musterte mich und gab ernst zur Antwort:

»Die Menschen wurden zu reich und zu stolz auf ihr

Wissen. Daher dünkten sie sich erhaben über die Sitten der Väter und achteten ihrer nicht mehr. So sanken sie von halben Göttern zu halben Tieren herab. Der Menschengarten besteht nicht länger, wie einst, aus einsamen Eichen, sondern nur noch aus geschmeidig sich biegenden Gräsern. Windumbrauste Gebirge zerfielen zu kläglich klirrendem Geröll. Machtvoll rauschende Ströme verliefen sich zu geschwätzig plätschernden Bächen im Sumpf. So wich die Kraft der Natur aus den Herzen der Menschen. In eurer Welt, Dagon, ist Mut zum Makel geworden, nennt man Stolz eine Sünde, wird Treue als Torheit belächelt. Die Liebe weicht dem Laster, Großmut gereicht zum Gespött, und Ehrgefühl entartete zu Eitelkeit. Güte gilt als Gebrechen, statt Größe wird Gehorsam gefeiert, Glück gründet sich auf Gold. Sieh dir die Menschen doch an! Zu weich für den eigenen Willen, zu kleinmütig für die eigene Kraft, zu zaghaft für ihre eigenen Ziele.«

Arnuwan schwieg, hob einen tönernen Krug und trank. Ich sagte zu dem Gefährten:

»Meinen nicht Drakon und Solon und auch die Schöpfer der neuen Gesetze bei anderen Völkern, die Rachepflicht des einzelnen verhindere den Aufstieg aller? Die Weisen behaupten doch, eine Stadt könne nur dort entstehen, wo die Bürger ihre Rechte der Gemeinschaft unterordnen. Darum solle nicht mehr der Verwandte den Tod des Erschlagenen rächen, sondern den Mörder mit Hilfe der Nachbarn ergreifen und das Gericht dann den Ältesten überlassen. Dadurch gewinne jeder Mann, sei er nun jung oder alt, stark oder schwach, arm oder reich, den Schutz der gesamten Gemeinschaft.«

Arnuwan lauschte dem Nachtwind, der sich nun klagend erhob. Nach einer Weile erwiderte der Riese:

»Nein, Dagon, im Gegenteil! Durch die von Menschen

erlassenen Gebote sinkt der Freie zum Sklaven herab, weil er verlernt, seiner eigenen Kraft zu vertrauen. Und wenn der einzelne sich nicht mehr wehren kann – wer soll dann für das Volk zur Waffe greifen? Eine Stadt, in der sich jeder auf den anderen verläßt, ist dem Untergang geweiht. Wenn Menschenhochmut Gottesrecht verändern will, herrscht Willkür statt Gerechtigkeit. Wenn Schuldige Gnade finden, gewinnen bald Mörder die Macht. Nein, Dagon, zweifle nicht: Dein Wunsch nach Rache ist der Wunsch des Himmels.«

»Und doch gibt es einen Gott, der von seinen Dienern verlangt, die Rache ihm zu überlassen«, wandte ich ein.

Der Riese von Luwien blickte in weite Fernen. Sein Antlitz war wie aus Stein. In seinen Augen glomm der Glanz äonenalter Gedanken. Nach langem Schweigen erwiderte er:

»Ohne die Rache wäre der Mensch wie ein Lamm in den Klauen des Löwen, der mit seinem Opfer verfährt, wie es ihm beliebt. Ohne die Pflicht zur Rache liegt der Mensch entblößt vor seinen Feinden, hilflos jenen preisgegeben, die ihm Böses tun. Wer wollte in einer solchen Welt leben?«

Noch lange saßen wir beieinander. Schließlich stand Arnuwan auf und schritt den Hang hinab. Ich wartete, bis der rotglühende Stern, den man den Boten der Unterwelt nennt, seinen nächtlichen Lauf vollendet hatte und unter den Himmelsrand sank. Dann kehrte ich in unser Lager zurück. Dort tastete ich vorsichtig nach meinem Gürtel, den ich mit dem Sarpedonschwert bei meiner Decke zurückgelassen hatte. Der zusammengefaltete Lageplan des Schatzes steckte noch an seinem Platz. Aber das Haar, das ich so in die Karte gelegt hatte, daß es beim Öffnen herausfallen mußte, war verschwunden.

XX Die Festung

Eine Woche später gingen wir im tulpenreichen Thogarma über den Quellfluß des Euphrat. Westlich davon stießen wir auf die uralte Handelsstraße von Sardes nach Susa, auf der schon seit der Frühzeit der Warenstrom aus den Reichen des Westens ins Zweistromland fließt. Dieser fast fünfzehntausend Stadien lange Karawanenweg durchquert östlich von Lydien das Kernland des einstigen Phrygerreichs und dann das Gebiet von Kammanu, das bei den Griechen Kappadokien genannt wird. Hinter dem Tulpenland biegen die tief in Sand und Felsen gegrabenen Wagenspuren nach Süden. Sie folgen dem östlichen Ufer des Tigris bis nach Babel. Bei Arbela zweigt jetzt eine neue Straße ostwärts ab und windet sich durch das Gebirge nach Ekbatana. Seit die Meder das Innere Asiens beherrschen, wirkt der Fernweg durch diese Nordländer wie eine Schnur, die alle westlichen Teile des jungen Großreichs verknüpft. Man nennt die Straße deshalb auch die Achse Asiens.

Als wir über einen kahlen Hügel rollten, erblickten wir zehn Stadien entfernt ein Wachhaus der Meder. Diese befestigten Posten wurden an jener Straße in Abständen von je einer Tagesreise errichtet. Ihre Besatzungen schützen die reisenden Händler vor Räubern. Sie treiben auch Tribute von den Bergvölkern ein und versorgen die Pferde, auf denen die Melder des Königs reiten, wenn sie Botschaften vom Heer zur Hauptstadt oder umgekehrt befördern. Auf der Koppel hinter der mannshohen Lehmmauer tummelten sich etwa sechzig thogarmische Rosse mit hoher Kruppe und kräftigen Keulen. Auf dem von schattigen Buchen bestandenen Hof zählten wir vierzig Krieger. Eine Staubwolke in der Ferne verriet, daß dort wohl eine weitere Abteilung auf einem Erkundungsritt weilte.

Da wir dringend Nachrichten über den Aufenthalt Huwaksataras benötigten, schlug Mago vor, wir sollten uns am Hügel auf die Lauer legen und einen Meldereiter abfangen. Der Tyrer schnitt dabei ein Gesicht, denn er wußte so gut wie wir: Es mußte schon mehr als nur ein Meder befragt werden, ehe wir ein Bild von den Ereignissen besaßen. Doch schon das Verschwinden eines einzigen Melders würde die Meder veranlassen, überall im Gebirge nach ihm zu suchen. Daher entschlossen wir uns zu einer List.

Als die Dämmerung hereinbrach, näherte sich Arnuwan gemessenen Schrittes der kleinen Festung, pochte mit seiner gesunden Linken heftig an das hölzerne Tor und rief mit barscher Stimme:

»Öffnet, ihr müden Krieger, die ihr euch hier weit vom Schuß an unterschlagenen Abgaben mästet, während eure Gefährten im Vorderkampf darben! Wir sind mit Sonderaufgaben aus Ekbatana ins Einsatzgebiet unterwegs und benötigen Unterkunft für ein paar Tage.«

»Oho!« machte der Wächter. »Gleich für ein paar Tage! Ihr scheint es ja nicht besonders eilig zu haben, die westlichen Schlachtfelder zu erreichen. Aber du irrst, wenn du dieses Gebäude für eine Gastwirtschaft hältst, in der jeder hergelaufene Tagedieb für ein paar Kupferstücke Zimmer und Bett, Wein und Braten und vielleicht noch eine willige Bettwärmerin finden kann! Du stehst vor einem Stützpunkt des Heeres, und wenn du nicht alsbald verschwindest, hetze ich die Hunde auf dich. Die braven Tiere wissen, was sie mit Leuten zu tun haben, die in stockdunkler Nacht um fremde Häuser schleichen!«

Statt zu antworten, griff der Luwier mit seiner Linken

über das mannshohe Tor, packte den medischen Wächter am Harnisch, hob den überraschten Krieger spielerisch über die Mauer und stellte ihn vorsichtig auf die Füße. Dann beugte sich Arnuwan zum rechten Ohr des fassungslosen Postens hinab und sprach mit freundlicher Stimme: »Du hast mich wohl nicht recht verstanden, du wackerer Türsteher! Wir sind keine Händler oder andere Herumtreiber, sondern wir haben, wie du, die Ehre, dem medischen Heer anzugehören, das unter Führung des gottgleichen Huwaksatara den Erdkreis unterwirft!«

»Warum hast du das nicht gleich gesagt«, antwortete der Wächter. »Wahrlich, bei deinen Kräften glaube ich gern, daß du mit Sonderaufgaben betraut bist! Dennoch muß ich erst den Befehlshaber fragen. So schreibt es die Wachregel vor. Nur, das Tor ist verschlossen — wie komme ich jetzt in die Festung zurück?«

»Nichts leichter als das«, versetzte der Luwier, griff den kleinen Krieger am Gürtel und warf ihn mit mächtigem Schwung über die Mauer zurück, so daß der Meder auf der anderen Seite zu Boden stürzte.

Fluchend rappelte sich der Wachposten auf und stolperte in das vorderste der drei niedrigen Häuser. Nach einer Weile flammte dort ein Licht auf. Das Geräusch schneller Schritte erklang. Dann wurde der Riegel des Tores zurückgeschoben, und der Hauptmann des Postens erschien, eine rauchende Fackel in seiner Rechten. Wir setzten unsere Zugtiere in Bewegung, doch der Befehlshaber stellte sich uns in den Weg und herrschte Arnuwan an:

»Kennt ihr denn nicht die Befehle? Außerhalb Mediens dürfen die Posten des Heeres nachts keine Durchreisenden aufnehmen! Es sei denn, diese können sich durch ein königliches Begleitschreiben ausweisen. Damit aber ist bei euch wohl kaum zu rechnen, abgerissen wie ihr seid. Und mit so was sollen wir die Welt erobern!«

Arnuwan tätschelte dem Befehlshaber tröstend die Wange. Der Hauptmann wich erbost zurück. »Nimm deine Pratzen fort, Fettwanst!« schalt er. »So weit ist es in Mediens Heer noch nicht gekommen, daß seine Krieger sich miteinander vertraulich machen wie schnüffelnde Straßenköter!«

»Gemach«, beruhigte ihn der Luwier. »Gehe nicht so streng mit uns um, du tüchtiger Feldherr und Stützpfeiler medischer Macht! Niemand will dir die schuldige Achtung verweigern. Sprich aber auch nicht zu unfreundlich zu uns. Nicht alle meine Begleiter verfügen über soviel Geduld wie ich.«

»Was schert mich, ob ihr Geduld besitzt oder nicht!« rief der Befehlshaber zornig. »Packt euch fort! Ohne Begleitschreiben nehme ich euch hier nicht auf.«

Arnuwan lächelte. »Ganz wie du willst, werter Waffenbruder«, versetzte er. »Doch erweise mir den Gefallen und sage das unserem Anführer dort auf dem vordersten Wagen. Er ist ein mißtrauischer Mensch und wird mir nicht glauben, daß uns die eigenen Gefährten schnöde abweisen wollen.«

»Dem werde ich schon Bescheid stoßen«, knurrte der Hauptmann grimmig. Von vier Kriegern gefolgt, schritt er streitlustig auf mich zu. Als er mich im Schein der Fackel erblickte, rief er mit herrischer Stimme: »Bist du der Befehlshaber dieses erbärmlichen Haufens? Nimm zur Kenntnis, daß hier kein Platz für euch ist. Schlaft bei den Olmen und Salamandern! Morgen dürft ihr euch dann meinetwegen etwas von unseren Küchenabfällen holen.«

Ich zuckte bedauernd die Achseln und antwortete: »Du irrst dich, hoher Herr. Nicht ich befehlige diesen Trupp — ich bin nur der Kutscher unseres Gebieters.«

Bei diesen Worten deutete ich mit dem Daumen nach hinten. Der verwirrte Befehlshaber leuchtete mit seiner

Fackel. Plötzlich zuckte er zusammen, wurde weiß wie der Unschlitt des Hammels, rang nach Luft und ließ vor Angst fast den Kienspan fallen. Denn der Lichtschein hatte den Tragstuhl des Xrafstra erhellt, aus dem in diesem Moment ein gefährlich klingendes Zischen ertönte.

Wir konnten uns nur mit Mühe das Lachen verbeißen, als wir nun sahen, wie der Befehlshaber vor dem verhangenen Kasten zu dienern begann und allerlei Entschuldigungen stammelte. Die Furcht vor dem in dem Tragstuhl vermuteten Unwesen fuhr dem Hauptmann so tief in die Glieder, daß er sich ohne Rücksicht auf seine Würde mehrere Male zu Boden warf. Erst nach einer ganzen Weile gewann der Befehlshaber wieder Gewalt über sich. Er schlug mit seiner Fackel auf die überraschten Krieger ein, weil sie nicht schnell genug die Stützen des Tragstuhls ergriffen, und war nicht eher zu beruhigen, bis die schwarze Sänfte in seinem eigenen Haus stand. Tomyris aber, die in dem Kasten saß, hielt den Hauptmann und seine Krieger mit allerlei Unmutsgeräuschen so lange in Gang, bis wir alle im Wohngebäude untergekommen waren. Dann nahm ich den Hauptmann zur Seite und sprach:

»Unser Herr läßt dir für deine Gastfreundschaft danken. Fürchte dich nicht! Er kam nicht, um euch zu strafen, sondern nur, um Nachrichten zu sammeln. Im Auftrag des Kronprinzen Istewegu, der, wie ihr wißt, in Ekbatana zurückblieb, um die Geschicke des Landes zu lenken, solange sein hehrer Vater weitere Ruhmestaten zu vollbringen begehrt. Darum berichtet meinem Herrn nunmehr alles, was ihr von den durchreisenden Meldern erfuhrt. Schickt auch alle Botenreiter herein, die in den nächsten Tagen erscheinen! Großes ist in Vorbereitung, worüber ich dir aus Gründen der Geheimhaltung nichts berichten darf. Doch wenn sich deine Hilfe als nützlich erweist, werden wir dafür sorgen, daß du bald nicht mehr nur einen so traurigen Posten in dieser von allen Göttern verlassenen Gegend befehligst, sondern eine ansehnliche Heeresabteilung, die reiche Hafenstädte plündern darf.«

Die Augen des Meders leuchteten auf. Mit größter Bereitwilligkeit verriet er uns, was er wußte. Auf diese Weise erfuhren wir, welche Ereignisse Huwaksatara damals zu seiner eiligen Abfahrt aus dem schwarzen Arachot bewogen hatten.

Nach dem Untergang des assyrischen Reiches besaßen die Länder der westlichen Weltgegenden keinen Herrn mehr, der sie beschützte. Der König der Lyder, Alyattes, nutzte die günstige Lage. Er schob die Grenzen seines Reichs bis zum salzreichen Halys vor und bedrängte danach auch Kilikien. Im größten Teil dieses Landes, dem kleesatten Kuë, wurde darauf ein Heerführer der Hethiter namens Syennes aus dem benachbarten Gerstenland Gurgum zum König gewählt. Die Hethiter geboten zu dieser Zeit nur noch über klägliche Reste ihres einstigen Reichs. Dennoch konnte der tapfere Syennes mit seinen wenigen eisengepanzerten Kriegern Kilikien nicht nur retten, sondern sogar noch erweitern. Er schlug einen Überraschungsangriff der Lyder auf seine Hauptstadt Tarzi, die von den Griechen Tarsos genannt wird, zurück und befestigte die Pässe im turmhohen Taurusgebirge. Dann schuf sich Syennes im Osten ein größeres Hinterland, indem er einstige assyrische Gebiete eroberte: das salzfördernde Samal und das roggenreiche Kumuchu.

Dennoch blieben die Lyder ein gefährlicher Gegner. Denn die Krieger des Königs Alyattos sind fast so gut ausgebildet wie einst die Assyrer, außerdem tapfer und reich an Zahl. Ihre Waffenschmiede fertigen alle Schwerter und Lanzen aus zweifach gehärtetem Stahl. Auch das Großgerät der Krieger von Sardes — die Schleudern,

Rammböcke und Belagerungstürme – bezeugten die hohe Kunstfertigkeit ihrer Erbauer. Sie bestanden aus haltbarem Zedernholz, trugen an allen Kanten Bronzebeschläge und die Verschleißteile waren fast durchweg aus Eisen gegossen, so daß es in der Schlacht auch bei stärkster Beanspruchung nur selten Ausfälle gab.

Die Hauptlast des Kampfes lag stets auf der lydischen Reiterei, die in der Welt ihresgleichen nicht findet. Zwar kennen auch Skythen und andere Reiter der Steppe die Kunst, ein Pferd mit den Schenkeln zu lenken, schon von klein auf. Aber die lydischen Hengste sind ungleich größer und stärker als alle anderen Pferde. Außerdem galoppieren sie mit gepanzerter Brust in die Schlacht und scheuen darum weder vor Lanzen noch Spießen.

Die Kämpfer von Sardes tragen allesamt kunstvoll gefertigte Rüstungen aus bestem Erz. Der Lyderharnisch wird von Handwerkern geschmiedet, die sich zu den besten der Welt rechnen dürfen. Der Reichtum des Landes besteht nicht nur im Gold seiner Bergwerke, sondern mehr noch im Können und Gewerbefleiß der Meister, die feinste Teppiche und Gewänder, Ton-, Leder- und Metallwaren erzeugen: der Wollweber, Kunstfärber, Eisengießer und Edelschmiede sowie der Hersteller von Bildwerken aus gebranntem Ton und farbig glasierten Ziegeln, mit denen die Wohlhabenden aller Weltgegenden ihre Wände verzieren.

Schon vor hundert Jahren ließ Lydiens König Gyges Goldsand aus dem flachen Paktolosfluß mit Silber einschmelzen und aus diesem neuen Metall, das man in Griechenland Elektron nennt, die ersten Münzen schlagen. Seine Heerführer hatten sich nämlich darüber beklagt, daß sie zu viel Zeit damit verlören, den Kriegern ihren Sold in Goldstaub abzuwiegen. Seither gilt der lydische Stater als bevorzugtes Zahlungsmittel in Sardes und bei allen Nachbarvölkern.

Gyges herrschte in Sardes mit starker Hand. Doch dann fiel er im Abwehrkampf gegen ein kimmerisches Heer. Um nie wieder fremden Mächten zu unterliegen, besolden die Lyder seither eine gewaltige Menge von Kriegern. Und diese fallen, um in Übung zu bleiben, immer wieder über schwächere Nachbarn her.

Dann aber erwuchs den Lydern im Osten ein Gegner, dessen Name selbst im stolzen Sardes bald nur noch voll Schrecken ausgesprochen wurde: Huwaksatara.

Nach der Eroberung des heiligen Harran hatte der König der Meder seinen Machtbereich zunächst im Norden und Osten vergrößert. Zwanzig Jahre vergingen, bis das neue Großreich Huwaksataras gefestigt erschien. Dann machte sich der König mit seinem Heer auf den weiten, gefahrvollen Weg in die reichen Westländer. Hinter Urartu schlug er die eisenschmelzenden Chalyber und die Bewohner des kieferndunklen Kolchis. Er nahm die Quelle des Euphrat und beide Meere Naïris in seinen Besitz und führte die Meder schließlich zum salzreichen Halys.

Dort prallten die beiden Riesen des Nordens mit ihren Heeren zusammen. Wie Wolf und Wildeber, Bär und Büffel, Löwe und Leopard rangen die beiden Könige an den flachen Ufern des Flusses, doch keiner vermochte den anderen zu bezwingen.

Da rieten die Magier Huwaksatara zu einer List. Sie sagten, er solle für seinen Sohn Istewegu, den künftigen Erben von Medien, um Prinzessin Aryenis werben, die einzige Tochter des lydischen Königs. Anfangs schien Alyattes geneigt, dem Ansinnen des Feindes zuzustimmen. Denn sein Volk sehnte sich nach Frieden.

Der wackere König Kilikiens, Syennes, schloß inzwischen mit Babel ein Schutzbündnis ab. Denn den Chaldäern war daran gelegen, den so gewinnbringenden Handel des Zweistromlands mit den Reichen des Westens wieder zu beleben. Darum trat auch Nebukadnezar für Friedensschluß und Hochzeit ein. Die Herrscher von Babel und Tarsos schickten Gesandte zu Alyattes, um den Lyder zu einer Vereinbarung mit Huwaksatara zu überreden.

Ich schüttelte den Kopf, als ich das hörte. Hatte nicht schon Phraortes auf Rat seiner Priester dreißig feindliche Fürsten an eine Festtafel geladen, betrunken gemacht und dann unter schändlichem Bruch des geheiligten Gastrechts erschlagen? Ich war sicher, daß auch sein Sohn Huwaksatara die Absicht verfolgte, den lydischen Gegner bei der Hochzeit heimtückisch zu ermorden.

Nach den Berichten des Festungsbefehlshabers war der Vertrag über die Eheschließung im Ajjar, dem mittleren Frühlingsmonat des vergangenen Jahres, geschlossen worden — etwa zu jener Zeit, in der ich nach Milet gereist war, um Myron zu finden. Die Hochzeit wurde auf die Mitte des Monats Ab im folgenden Sommer festgesetzt. Danach wandte sich Huwaksatara beruhigt nach Osten, um Zarathustras Anhängerschaft im Stierland Sogdiana zu zerschlagen — der Preis, den seine Magier für ihren Ratschlag gefordert hatten.

Doch während der Meder im schwarzen Arachot weilte, hatte der Lyder Alyattes die Abmachung plötzlich für ungültig erklärt. Als Huwaksatara an Gauratars Festtafel von dem Vertragsbruch erfuhr, eilte er unverzüglich nach Ekbatana, um einen neuen Feldzug vorzubereiten.

Diesmal begleiteten ihn Kriegsvölker sonder Zahl: Außer Medern, Skythen und Persern auch die menschenopfernden Marder, die kriegsgewohnten Kadusier und die rauhhäutigen Hyrkanier aus den Waldgebirgen; die skalpraubenden Saken und die mordgierigen Massageten aus der asiatischen Steppe; Krieger aus dem kalten Karmanien; zierliche Parikanier aus den Wüsten im Süden; pfeilkundige Paktyer, breitschultrige Baktrier und sogar Krieger aus dem sandreichen Sagartien. Im Schein der ersten Frühlingssonne zogen sie durch den schmelzenden Schnee der Gebirge zum Tigris und auf der Achse Asiens nach Westen.

An den Euphratquellen stießen die Meder auf lydische Fernspäher. Nun ließ Huwaksatara sein mehr als hunderttausend Krieger starkes Heer nur noch langsam vorrücken. Jetzt stand er bei der uralten Stadt Mazaka. Sie liegt nur einen Tagesmarsch von jener Stelle entfernt, an der im Halys, dem Salzquellenfluß, die Grenze der beiden Reiche verlief.

Auch König Alyattes hatte, den Nachrichten der medischen Melder zufolge, alles aufgeboten, was er zur Heeresfolge verpflichten konnte: Neben vierzigtausend zu allem entschlossenen Lydern auch kampflustige Bebryken vom Nordrand Kleinasiens; ledergepanzerte Pamphylier von der südlichen Küste; kriegerische Karer aus dem Südwesten und von den ägäischen Inseln. Das Herz seines Heeres aber bildeten zehntausend schwerbewaffnete Fußsoldaten aus den jonischen Städten Halikarnassos, Milet, Kolophon und Priene, die unter dem Befehl seines Schwiegervaters Thrasybulos standen.

XXI Das Felsenturmland

»Thrasybulos!« stieß Myron hervor, als er das hörte. »Endlich kreuzen sich unsere Wege!«

Arnuwan mahnte: »Erst geht es gegen Huwaksatara. So haben wir es Dagon gelobt. Halte dich an diesen Schwur!«

Myron nickte, aber der Ausdruck des Hasses wich nicht von seinen Zügen. Ich begann mich zu sorgen, ob der Grieche sich beherrschen konnte, bis unser Ziel erreicht war.

Noch viele andere wichtige Neuigkeiten erfuhren wir von den Boten des Königs. Jeden Tag wurden zwei oder drei Meldereiter nach Ekbatana geschickt, um den Kronprinzen über alle Ereignisse im Feld zu unterrichten. Wenn die Boten die Festung betraten, in der wir uns niedergelassen hatten, wurden sie stets sogleich vor den Tragstuhl des Xrafstra geführt. Wir bewunderten die Kunst der Sauromatin, in dem verhüllten Kasten so schreckenerregend zu zischen, daß die medischen Melder sich allesamt zitternd zu Boden warfen und ihre geheimsten Nachrichten preisgaben, ohne auch nur im geringsten zu zögern.

Auf diese Weise erfuhren wir auch etwas über den wackeren Syennes: Der König von Kilikien war mit zwölftausend Männern nach Norden gezogen, um den Kampf zwischen Medern und Lydern zu beobachten. Der vorsichtige Hethiter befürchtete wohl, daß der Sieger des Kampfes versuchen wolle, schnell auch Kilikien zu erobern. Noch weit mehr überraschte uns die Mitteilung, daß auch der höchste Heerführer Babels zum Schauplatz der Auseinandersetzung geeilt war: Nergal-Sarezer, der Fürst von Sin-Magir.

Der Chaldäer stand mit angeblich achttausend Kriegern am reißenden Pyramos, wo mein Vater einst mit seinen letzten Recken gefallen war. König Nebukadnezar hatte Nergal-Sarezer mit der ausgesuchten Schar nach Norden geschickt, um seinem Bündnisgenossen Syennes im Notfall beistehen zu können.

Die Lyder lagerten am südlichen Bogen des Halys, nur zwei Tagesmärsche von der medischen Vorhut entfernt.

Dort durchströmt der salzreiche Fluß eine Landschaft, wie sie sonst nirgends auf der Welt zu finden ist. Soweit das Auge reicht, heben sich felsige Türme empor. Sie sind wie Pilze geformt und stehen so dicht beieinander wie Bäume des Waldes. Der Stein, aus dem sie geschaffen sind, leuchtet zu jeder Stunde des Tages in einer anderen Farbe, so daß es erscheint, als ändere dort ein göttlicher Maler immer wieder ein noch nicht vollendetes Bild: Am frühen Morgen liegt ein zartroter Ton auf den seltsamen Spitzen und steinernen Stangen. Um die Mittagszeit verblassen die Farben der felsigen Flächen zu Ocker und Gelb. In den Abendstunden schließlich fließt ein bläulicher Schein wie ägyptische Tusche über die rundlichen Klippen und Klötze. Aus den zahllosen Höhlen und Durchbrüchen, Schluchten und Klüften tönt Tag und Nacht ein Brummen und Brausen, Kichern und Keuchen, Wispern und Weinen, so daß die umwohnenden Völker das Felsenturmland seit jeher als eine Heimstatt von Geistern ansehen und es vermeiden, in seine Nähe zu kommen. Darum wagt kein Mensch, in diesen geräumigen Höhlen zu wohnen. Niemand pflügt dort den fruchtbaren Boden, niemand treibt seine Herden durch das saftige Gras. Und wenn einmal fremde, ortsunkundige Kaufleute alle Warnungen der Einheimischen in den Wind schlagen und quer durch das Land ziehen, kehren sie meist schon nach der ersten Nacht um und preisen ihr Glück, wenn sie gesund wieder unter Menschen gelangten.

Dieses dämonische Land war vom Schicksal zum Schlachtfeld des großen Krieges im Norden erkoren. Als wir es sieben Tage später auf Wegen abseits der Achse von Asien erreichten, standen die Spitzen des medischen Heeres den Lydern am Ufer des Halys schon fast auf Sichtweite gegenüber. Der wackere Syennes hatte sich den beiden feindlichen Scharen bis auf einen Tagesmarsch genähert. Nergal-Sarezer eilte dem König Kilikiens an dessen rechter Flanke sogar noch voraus: Der Babylonier lagerte an einer Quelle auf einem Abhang südöstlich des Felsenturmlands, von dem er das Gebiet bis zum Halys zu überblicken vermochte.

Wir gaben es auf, uns als Kaufleute zu verstellen. Denn unsere Handelswaren waren geeignet, die Begehrlichkeit der überall streifenden Reitertrupps zu wecken. Um uns nicht unnütze Kämpfe aufzubürden, verbargen wir unsere Wagen in einer Höhle. Dann legten wir Rüstungen an und ritten wie babylonische Späher zwischen den Hügeln umher. Da uns vor Geistern nicht bangte, lagerten wir uns des Nachts in den Grotten dieses verrufenen Landes. Denn die gespenstischen Stimmen, die manche Leute in diesen Hügeln zu hören glaubten, stammten von den Winden, die durch alle Spalten pfiffen. Und manchmal auch von Tauben und anderen Vögeln, die in dieser zauberischen Welt einen vor menschlicher Nachstellung sicheren Zufluchtsort fanden.

Wir wärmten uns an einem kleinen Feuer, stärkten uns mit Brot und Fleisch und ließen einige Weinkrüge kreisen. Als wir gesättigt waren, entließ Reguël nicht ganz geräuschlos Luft aus seinem Rachen und sagte:

»Wir haben eine recht erlebnisreiche Reise hinter uns gebracht und dabei viel von der Welt gesehen. Jetzt aber wird es allmählich Zeit, daß wir uns ein paar Gedanken um die Zukunft machen. Schließlich sind wir ja nicht ausgezogen, um irgendwo einem Bauernmädchen die Röcke zu lüften, sondern wir wollen dem mächtigsten Herrscher der Welt den Lebensfaden abschneiden. Ich weiß nicht, wie ihr darüber denkt, Gefährten. Ich aber würde jetzt gern erfahren: Wie wollen wir es denn eigentlich anstellen, Huwaksatara zu töten? Hast du dir darüber denn schon Gedanken gemacht, Dagon?«

Ich gab ihm einen strafenden Blick und versetzte: »Jede Nacht, während du deinen brünstigen Träumen von jungen Weibern mit weißen Armen und fetten Schenkeln nachhingst, lag ich wach und grübelte! Aber vorher will ich erst eure Meinung hören.«

»Das kannst du haben«, erwiderte Arnuwan. »Wir gehen zu den Lydern, lassen uns in die vorderste Schlachtreihe stellen, brechen durch und hauen Huwaksataras Leibwache zusammen. Der Rest dürfte nicht schwer sein.«

»Welch feine List«, höhnte Myron. »Wo aber willst du die hunderttausend Krieger auftreiben, die zur Durchführung dieses Plans erforderlich sind? Ich sehe hier nur fünf, und von denen wird keiner weit genug kommen, Huwaksatara auch nur aus der Ferne zu sehen!«

»Hast du etwa Angst?« spottete der Luwier. »Früher, in Assyrien, warst du noch ein ganzer Kerl!«

»Angst!« schnaubte der Grieche erbost. »Welcher wirklich erfahrene und verständige Krieger verspürte nicht dieses Gefühl, wenn es gegen einen solchen Gegner geht? Was du uns vorschlägst, ist ein Sturmlauf in das sichere Verderben. Vielleicht ist das luwische Art. Aber sehr lange könnt ihr euch das nicht mehr leisten. So viele seid ihr ja auf eurem Drachenberg nicht mehr.«

»Ich führte lieber eine kleine, verwegene Schar richtiger Männer als ein noch so gewaltiges Heer von Memmen und Hasenfüßen«, versetzte der Luwier verächtlich. »Zertritt denn nicht auch der Stier mit zornigem Huf das lästige Emsengewimmel, so zahlreich die bissigen Schadtiere auch aus ihren Erdlöchern quellen? Im Krieg zählt der Mut, nicht die Menge! Und wir besitzen das Sarpedonschwert.«

»Das heilige Sarpedonschwert!« höhnte Myron. »Das ist doch weiter nichts als ein Stück Eisen! Glaubt ihr luwischen Hinterwäldler in euren Bergen denn immer noch an Zauberer und Hexen?«

»Und ihr Griechen?« gab Arnuwan unwirsch zurück. »Hängt nicht im Tempel zu Sparta ein Ei von der Decke, das eure Gläubigen für eine Leibesfrucht der Leda halten? Jener Schönen, die euer tugendreicher Göttervater Zeus in Schwanengestalt geschwängert haben soll? In Wirklichkeit handelt es sich natürlich um ein Straußenei. Aber da man diesen Vogel in Hellas nicht kennt, glaubt man an einen göttlichen Ursprung. In Lindos auf Rhodos brachte man mir einen Becher aus Elektron und behauptete, er sei nach dem Busenmaß der schönen Helena gefertigt. In Phokis hütet man, wie ich gehört habe, sogar Reste des Lehms, aus dem einst Prometheus den Menschen formte!«

»Was kann ich dafür, wenn manche Wanderer so dumm sind, sich für solche Märchen Kupfer aus der Tasche ziehen zu lassen«, versetzte Myron. »Das ist in allen Ländern gleich. In Memphis zeigt man Haare, die sich einst die Göttin Isis ausgerissen haben soll, aus Schmerz über den Tod ihres geliebten Gatten. In Japho in Palästina machen die Fremdenführer gute Geschäfte, indem sie staunende Reisende am Gestade zu riesigen Knochen geleiten. Sie stammen angeblich von jenem Ungeheuer, das Andromeda verschlingen wollte und von Perseus erschlagen wurde. In Wirklichkeit mag dort vor Zeiten einmal ein Wal gestrandet sein.«

Mago sagte versöhnlich: »Auch die Schläue gehört zu den Tugenden eines Kriegers. Warum ein Wagnis anstreben, das sich mit Überlegung vermeiden ließe? Einmal nur ist uns das Leben gegeben, und aus dem Totenreich kehrte noch niemand zurück.«

»Noch so ein verweichlichter Städter«, spottete der Luwier. »Bangst wohl um deinen mit Leckerbissen gemästeten Wanst?«

Reguël mischte sich ein. »Bisher stimmte ich mit deinen Ansichten meist überein, Arnuwan«, meinte der Midianiter. »Aber gegen hunderttausend Meder hilft eine auch noch so gewaltig geschwungene Eisenkugel nicht weiter. Außerdem ist deine Schulterwunde noch nicht verheilt. Darum wäre es wohl vernünftiger, wenn wir uns überlegten, ob wir den König vielleicht von seinen Scharen fortlocken können.«

»Und zwar so weit, daß wir es nur noch mit seiner Wache zu tun haben«, fügte der Tyrer hinzu. »Wie ich Dagon kenne, ist ihm schon etwas eingefallen.«

Alle Gefährten schauten mich nun erwartungsvoll an. Ich mußte lächeln und antwortete: »Ja, ich habe schon einen Plan. Habt ihr den kleinen Tempel gesehen, unten im Tal? Er scheint schon lange Zeit verlassen und verfallen. Zwischen Dornen und Nesseln finden sich nur noch die Spuren von Ratten und Wüstenhunden. Der Kot von Käuzen und das Gewölle von Eulen füllt die Risse der steinernen Platten. Einstmals erhoben sich seine Säulen so weiß wie Wolken, und sein Dach spannte sich wie der blaue Himmel zwischen den Bergen. In diesem Heiligtum wurde vor Zeiten ein Sonnengott namens Schuriasch verehrt. Ich weiß das, weil ich in Kimmerien geboren wurde. Dort, aber auch in anderen Ländern des Nordens, gilt diese Gottheit als höchster Himmelsbeherrscher. Ich werde zu Huwaksatara gehen – allein. Widersprecht mir nicht! Ich werde ihm erzählen, daß im Boden dieses Tempels der Schatz Assyriens vergraben liegt. Nordische Söldner in Assur-Uballit des Letzten Diensten hätten das Gold nach dem Untergang Harrans mit sich genommen und unter dem Heiligtum ihrer obersten Gottheit vergraben. Dann seien sie von lydischen Streifscharen niedergemetzelt worden. Ich sei als einziger entkommen und nach Phönizien entflohen. Dort hätte ich es zu Ansehen und

Reichtum gebracht. Nun aber, so werde ich dem König sagen, sei ich zurückgekehrt, um meine alten Gefährten mit seiner Hilfe zu rächen. Ob er diese Geschichte glaubt oder nicht – er wird sie in jedem Fall nachprüfen wollen. Ich führe ihn und seine Wachen hierher. Dann machen wir es wie bei Gauratar.«

»Aber hier gibt es kein Wasser«, wandte Reguël ein.

Arnuwan sagte: »Das klingt zwar nicht schlecht, aber mein Vorschlag gefällt mir besser. Ich finde meine Lösung sauberer und klarer. Denken wir auch an die Götter, die Treue und Tapferkeit ganz gewiß höher einschätzen als Trug und Tücke. Nur wenn wir ehrenhaft handeln, können wir ihrer Hilfe gewiß sein.«

»Bei Gauratar hattest du keine solchen Bedenken«, sagte der Grieche. »Überhaupt, was soll denn dieses dauernde Gerede von den Göttern!« Er tippte sich an die Stirn. »Auf die Kraft des reinen Verstandes kommt es an«, sprach er dabei, »nicht auf das gedankenlose Glosen von stummen Götzen und das von Goldgier bestimmte Gefasel der Priester!«

Der Luwier erwiderte mit großer Bestimmtheit: »Was vermag schon der menschliche Geist, verglichen mit der Gewalt der Götter! Wenn du über die Macht verfügtest, die Erde erbeben zu lassen, wäre es dir denn dann nicht ein leichtes, Huwaksatara und sein gesamtes Heer mit Felsbrocken zu zerschmettern? Doch du besitzt diese Fähigkeit nicht; sie ist nur den Himmlischen zu eigen. Wenn du die Wogen von Flüssen und Meeren nach deinem Willen schwellen oder schwinden lassen könntest, fiele es dir dann schwer, Huwaksatara und sein ganzes Heer entweder zu ertränken oder verdursten zu lassen? Doch du vermagst weder dem Wasser noch den Wolken oder dem Wind zu gebieten; nur die Götter sind dazu imstande. Wenn es dir möglich wäre, die Glut der Sonne nach deinem Gutdünken zu verwenden, könntest du dann nicht Huwaksatara und seine Meder mühelos unter feuriger Lohe verbrennen? Aber das Tagesgestirn gehorcht nicht den Befehlen von Menschen; es ist nur den Unsterblichen ergeben. Wenn die Götter wollen, daß wir siegen, können uns auch die Tausendschaften der Meder nicht schaden. Wünschen die Himmlischen aber unseren Tod, wie wollen wir dem zugedachten Schicksal dann entgehen? Götter beherrschen die Welt.«

Als ich über diese Worte nachdachte, kam mir plötzlich wieder in den Sinn, was mir der Philosoph Thales vorausgesagt hatte. Ich sprach zu Myron: »Da fällt mir ein: Dein alter Lehrer in Milet erzählte mir, daß sich in genau einem Jahr über Asien die Sonne verdunkeln werde. Am dreizehnten Tag des Monats Siwan; ich weiß es noch wie heute. Wäre das nicht übermorgen?«

Der Grieche blickte mich sonderbar an und versetzte: »In der Tat. Daran habe ich gar nicht mehr gedacht. Lasse mich mal überlegen: Wenn dieses Himmelsereignis zufällig während des Kampfes eintreten sollte, werden die abergläubischen Meder darin gewiß ein Götterzeichen vermuten. Vielleicht können wir daraus einen Vorteil ziehen.« Er wandte sich zu Arnuwan und fuhr fort: »Himmelswesen sind wir nicht – dennoch haben wir bei Arachot ein hübsches Bächlein fließen lassen, Gauratars Krieger darin zu baden. Wer weiß, vielleicht gelingt es uns auch, ein wenig Sonnengott zu spielen!«

»Wie lange«, fragte ich, »wird die Verfinsterung dauern, und was wird dabei geschehen?«

»Wenn sich der Mond am Nachmittag vor die Sonne schiebt«, antwortete der Hellene, »wird das Tageslicht langsam verblassen, bis es auf der Erde so dunkel wird wie in einer sternklaren Nacht. Nach einer Weile wandert der Mond weiter, und an seinem Rand blitzt der Sonnenschein wieder hervor. Alles in allem dürfte darüber vielleicht eine Stunde vergehen.«

Mago fragte: »Glaubst du, daß die medischen Magier von dem Ereignis wissen?«

»Nein«, erwiderte Myron. »Aber die Babylonier haben ganz sicher die gleichen Berechnungen durchgeführt wie wir in Milet. Auch die Lyder dürften, dank Thrasybulos, etwas ahnen. Vielleicht verhält sich Alyattes gerade deshalb so zurückhaltend. Er will wohl die Schlacht erst übermorgen beginnen, um dann den Schrecken der Meder über die Finsternis auszunutzen.«

»Dann«, versetzte Reguël, »wäre es in den Augen Huwaksataras sicher verdienstvoll, wenn ihn jemand vor dieser gefährlichen Überraschung warnte. Einem solchen Mann würde der Meder gewiß vertrauen.«

»Vor allem, wenn ihm dazu noch der Schatz Assyriens winkt«, fügte Mago hinzu.

Arnuwan sagte nachdenklich: »Haben die Magier Huwaksatara nicht einstmals geweissagt, die Sonne selbst werde ihn eines Tages gen Himmel entführen?«

Ich blickte zu Myron. »Gauratar hast du durch Wasser besiegt«, erklärte ich. »Kennst du nun vielleicht einen Weg, der Huwaksatara ins Feuer führt?«

Myron starrte mich verwundert an. Nach einer Weile begann er zu lächeln und antwortete: »Du errätst meine geheimsten Gedanken. Ja, ich glaube, wir können dem Meder eine ähnliche Falle stellen wie damals dem Skythen. Ich muß aber erst zusehen, ob ich die Stoffe auftreiben kann, die man dazu benötigt.«

»Sage mir, wenn du soweit bist«, meinte ich. »Dann will ich zu Huwaksatara gehen und versuchen, ihn in den verfallenen Tempel zu locken. Daß dieses Heiligtum einst dem Gott Schuriasch geweiht war, wird meine Glaubwürdigkeit nur erhöhen. Wenn die Sonnenfinsternis wirklich zur vorhergesagten Zeit beginnt, wird der König nicht zögern, mir zu folgen. Hier wollen wir dann unser Rachewerk vollenden, mögen sich dann auch noch hundert oder gar zweihundert Schutzwachen um Huwaksatara scharen.«

»Mago! Erinnerst du dich an jene übelriechende Quelle, deren Gestank dir gestern das Abendessen verdarb?« fragte Myron. »Fahre dorthin und hole mir Schwefel, soviel die Ochsen zu ziehen vermögen! Außerdem brauche ich Naphtha und Steinöl, wie es die Babylonier in ihren Lampen verwenden. Bringe mir auch Asphalt und Pech!«

»Reguël und ich werden dir heute nacht beim Troß der Chaldäer alles besorgen«, versprach ich.

»Gut«, erwiderte der Grieche. »Schafft auch Steinsalz und Sykomorenharz, Olivenöl und Essig herbei! Arnuwan bleibt am besten bei mir. Wir müssen ziemlich viel graben und allerhand Baulichkeiten errichten. Schließlich willst du doch wohl kaum zusammen mit Huwaksatara verbrennen, nicht wahr? Die Sauromatin soll Reisig und dürres Holz sammeln.«

Reguël erhob sich. »Wieder einmal eine Nacht ohne Schlaf«, seufzte er.

»Sobald wir Huwaksatara gerichtet haben«, tröstete Mago den Midianiter, »kannst du die Beine langmachen und den gesamten Rest deines Lebens schlummernd verbringen. Brauchst dann nicht einmal mehr mitzukommen, um den Schatz Assyriens zu teilen.«

Reguël gab dem Phönizier einen giftigen Blick und folgte mir wortlos zu unseren Wagen. Wir rollten auf dem größten der Fahrzeuge zu dem chaldäischen Lager. Etwa zehn Stadien vor den Zelten hielten wir an. Dann schlichen wir uns hinter zwei Wachposten, schlugen sie nieder, fesselten und knebelten sie und zogen ihnen die Rüstungen aus. Als Babylonier verkleidet, fuhren wir dann wenig später mitten in ein kleines, gut geschütztes Tal, in dem sich der Troß der Chaldäer verbarg.

Die Wachposten ließen uns ohne Anstände passieren. Denn Nergal-Sarezers Heeresabteilung zählte noch nicht zu den kriegführenden Mächten und mußte deshalb kaum Überfälle befürchten. Um seine Männer nicht vorzeitig zu ermüden, hatte der Fürst von Sin-Magir nur die nötigsten Vorsichtsmaßnahmen getroffen. Vor Überraschungen schützten ihn seine Späher, die sowohl das Lager der Meder als auch die Feuerplätze der Lyder und selbst die mit Babel verbündeten Krieger Kilikiens Tag und Nacht im Auge behielten.

Der Troß der Chaldäer enthielt reiche Vorräte an allen Waren, die ein Heer im Feld benötigt: Waffen, Schilde und Rüstungen, allerlei größeres Kriegsgerät, Fuhrwerke, Arbeits- und Küchenwerkzeuge, Zelte und die verschiedensten nützlichen Stoffe.

In großen Fässern lagerte Asphalt vom Euphrat. Die Chaldäer benutzen die graue Masse als Mörtel zum Bau ihrer Häuser. Sie streichen damit auch Türen und andere Holzteile. Gärtner verreiben es auf der Rinde ihrer Bäume, um sie so gegen Ungeziefer zu schützen. Auf Kriegszügen benötigt man Asphalt vor allem, um hölzerne Teile von Wagen und Großgerät regenfest zu machen, auch, um die Achsen zu schmieren und bronzene Waffen vor Rost zu bewahren. Außerdem wird dieser Stoff gern zum Ausräuchern der Wanzen aus den Zelten und zur Anfertigung von Fackeln benutzt.

Das weiße, manchmal sogar ganz farblose Steinöl, das unweit Babylons der Erde entströmt und bei den Griechen Naphtha heißt, wird in großen Krügen befördert und mit Olivenöl in Lampen verbrannt. Denn diese Flüssigkeit entzündet sich so leicht, daß man sie nicht unvermischt gebrauchen kann. Manchmal genügt ein Blitz, um eine Naphthaquelle in Brand zu setzen. Dann flackert das Feuer oft monatelang, und Fremde kommen von weit her, um das Wunder zu bestaunen. Auch am Tigris und in Elam wird dieses gefährliche Stein- oder Erdöl gewonnen. Kürzlich hat man sogar in Kilikien und bei Karthago einige kleinere Ölquellen entdeckt.

Das schwarze Pech schließlich, das die Chaldäer wie alle anderen Völker aus dem geschwelten Holz immergrüner Bäume gewinnen, wird wie das Sykomorenharz zum Verpichen von Booten, Fässern und Schöpfvorrichtungen benötigt. Es dient aber auch als Anfachmittel bei Feuerbränden, und die Ägypter durchtränken ihre Toten damit.

Ich lenkte unser Fuhrwerk vor das von Fackeln beleuchtete Zelt des Troßverwalters. Reguël rief ihm vom Kutschbock aus zu:

»Holla, du wackerer Held der Tiegel und Pfannen! Wir sind geschickt, Wagenschmiere für die verlausten Hethiter zu holen. Diese Faulpelze haben nämlich ihre Kampffahrzeuge verrotten lassen, statt sie anständig zu pflegen. Jetzt vermögen sie ihre Räder kaum noch zu bewegen, diese erbärmlichen Käseköpfe.«

Der Troßverwalter zeichnete sich, wie es bei seiner Aufgabe nicht anders zu erwarten war, durch ungeheure Leibesfülle aus. Er stemmte plumpe Fäuste in die feisten Hüften und versetzte:

»Und mit solchen Pfeifen sind wir verbündet! Jetzt sollen wir diesen kilikischen Schlampladen wohl auch noch unterstützen! Bei Marduk, warum lassen wir diese Knallschoten nicht in ihrem eigenen Unrat verfaulen, statt noch kostbare Kriegsgüter an sie zu verschwenden?«

»Frage das den Feldherrn«, versetzte ich barsch. »Wir haben keine Zeit, uns dein Gerede anzuhören. Zwölf Fässer Pech und zwanzig Krüge Naphtha her, aber schnell! Außerdem Olivenöl, soviel du auf Lager hast. Auch Harz für Fackeln und Steinsalz werden in großen Mengen benötigt. Spute dich! Die Kilikier wollen sämtliche Streitwagen noch heute nacht instandsetzen. Damit sie rechtzeitig abhauen können, sobald sie den ersten Meder erblicken.«

Der Lagerverwalter lachte. Dann aber zog er sein Gesicht in Falten und fragte: »Schmiermittel und Fackeln für nächtliche Arbeit, ja, das verstehe ich. Doch wozu, bei Marduk, benötigen die Hethiter soviel Salz?«

Reguël sagte trocken: »Um es ihren Pferden auf der Flucht in den Hintern zu reiben. Dann galoppieren sie nämlich doppelt so schnell!«

Der fette Verwalter ließ ein schrilles Gelächter hören, hielt sich den bebenden Bauch und stieß am Ende schweratmend hervor: »Das scheinen ja wackere Bündnisgenossen zu sein! Man weiß wahrlich nicht, was man mehr bestaunen soll – ihre Frechheit oder ihre Faulheit. Unser Feldherr wird wohl allmählich alt. Er verliert den Blick für die Wirklichkeit. Hält diesen König Syennes wohl für einen Adler, wo der Hethiter doch nichts weiter als ein Hühnchen ist.«

Wir lachten wieder. Da ertönte plötzlich neben uns eine Stimme, und fast hätte ich mich verschluckt. Auch Reguël verstummte sogleich. Der Troßverwalter jedoch richtete sich mit ängstlicher Miene zu strammer Haltung auf und meldete in dienstlichem Ton:

»Alles in Ordnung, fürstlicher Herr und Löwe Chaldäas! Keine besonderen Vorkommnisse. Ich vollziehe soeben die Übergabe von einigen Fässern Schmiermittel an unsere Waffenbrüder aus Kilikien.«

»Dann lasse dich dabei nicht stören«, antwortete die Stimme, und einen Wimpernschlag später trat Nergal-Sarezer in das Licht der Fackeln.

Als der Beduine den Fürsten erkannte, griff er nach dem Dolch in seinem Gürtel. Ich aber packte Reguëls

Arm. Ich war mir sicher, daß der chaldäische Feldherr uns ungehindert davonfahren lassen würde – so wie er mich damals vor Jerusalem ziehen ließ.

Verwundert hielt Reguël inne. Nergal-Sarezer blickte uns aufmerksam an. Nach einer Weile sprach der Fürst von Sin-Magir:

»Soso, euch ist also befohlen, Kilikiens Krieger mit Naphtha und Pech zu versorgen. Von wem stammt dieser Auftrag, wenn ich fragen darf?«

»Von dir selbst, o Feldherr!« rief der Troßverwalter erstaunt. »Jedenfalls haben das diese beiden wackeren Waffengefährten behauptet. Haben sie etwa gelogen?«

»Nein, nein«, lächelte Nergal-Sarezer. »Es war mir nur im Augenblick entfallen. Nun denn, worauf wartet ihr noch? Holt euch, was ihr benötigt. Ich wünsche euch gutes Gelingen!«

Ich dankte ihm. Der Troßverwalter stieg eilig zu uns auf den Wagen, und Reguël trieb die Zugtiere an. Der Fürst von Sin-Magir blickte uns nach, bis wir zwischen den Zelten verschwanden. Der Midianiter entließ erleichtert den Atem aus seiner Lunge. Der Babylonier grinste und sprach: »Habe ich es nicht gesagt? Jetzt vergißt unser glorreicher Feldherr schon seine eigenen Befehle.«

Wir hielten am Warenlager. Der Troßverwalter rief einige Männer herbei, und wir beluden mit ihrer Hilfe unser Gefährt, bis sich die Achsen bogen. Dann winkten wir den Chaldäern zum Abschied zu und rollten unbehelligt davon.

In sicherer Entfernung von den Babyloniern sprach Reguël mit einem Seufzer der Erleichterung:

»Bei Asasel! Ich dachte schon, der Feldherr hätte Verdacht geschöpft und wolle gleich die Wachen rufen! Wahrscheinlich ist es wirklich so, daß das Gehirn des Menschen im Alter wie Käse verschimmelt.«

Erst nach Mitternacht kehrten wir zu unserer Höhle zurück. Mago stand Wache. Der Tyrer empfing uns mit ernster Miene. »Myron ist schwer verletzt«, sagte er. »Er hat Versuche mit Steinsalz, gebranntem Kalk, Schwefel und Essig angestellt. Plötzlich verwandelte sich die Masse in Blitz, Donner und Rauch. Ich glaube, Myron hat das Augenlicht verloren.«

XXII Die Schlacht

In der Höhle saß die Sauromatin. Sie stampfte einige Schafgarbeblätter und Natternkopffrüchte in einem Mörser und vermengte sie mit Balsamöl zu einer Salbe. Arnuwan kniete über Myron, spülte dem Hellenen mit verdünnter Milch die Augen aus und sagte leise: »O ihr Götter! Wie grausam straft ihr den, der es wagte, gleich euch den Elementen befehlen zu wollen!«

»Unsinn«, versetzte der Grieche mit gepreßter Stimme. »Nicht wegen eifersüchtiger Götter, sondern wegen meiner eigenen Dummheit ist mir das Zeug um die Ohren geflogen. Ich hätte wissen müssen, wie schnell sich ungelöschter Kalk mit Essig verbindet! Nächstes Mal bin ich schlauer.«

Er stöhnte vor Schmerz, als ihm die Sauromatin ihre Salbe auf die schwarzverbrannten Lider strich. Ich sagte:

»In diesem Zustand kannst du nicht kämpfen. Ohne dich und dein Wissen aber sind unsere Aussichten zu gering. Wir wollen daher mit unserer Rache warten, bis du wieder gesund bist.«

»Nichts da!« rief Myron. »Hier wird nichts verschoben! Unser Plan bleibt in Kraft. So eine günstige Gelegenheit kommt nicht wieder!« Der Grieche tastete nach den Armen der Sauromatin, die einen Leinenverband um sein Gesicht wickelte. »Tomyris besitzt recht geschickte Finger«, fuhr Myron fort. »Sie soll mich und meine Hände führen.«

Wir verbrachten eine unruhige Nacht. Am Morgen erhob ich mich und färbte mir Haare und Bart mit Henna. Dann zog ich eines von Magos phönizischen Gewändern an und schmückte meine Finger nach Art der Tyrer mit goldenen Ringen. Schweigend drückte ich die Handwurzeln meiner Gefährten. Das Sarpedonschwert legte ich in Arnuwans Hände. Dann stieg ich auf einen Rappen und ritt davon.

Von einem Hügel aus beobachtete ich, daß westlich von unserer Höhle nun auch die letzten Teile des lydischen Heeres über den salzreichen Halys zogen und auf einem Höhenzug südlich des Stroms in Stellung gingen. Am vordersten Abhang der niedrigen Bergkette warteten die ganz in Eisen gerüsteten Schwerbewaffneten Joniens. Hinter ihnen standen die lydischen Fußkämpferscharen mit frisch geölten Schilden. Links von ihnen, zum Fluß hin, gingen die Karer unter ihrem Anführer Melas in Stellung. Auf der rechten Seite sah ich die Scharen der anderen Hilfsvölker, die der Bebrykenkönig Amyntas führte. Hinter den drei Heeresteilen lauerte die gefürchtete lydische Reiterei.

Huwaksataras Heer nahm, kaum eine halbe Stunde entfernt, auf einer grünen Ebene östlich von unserer Höhle Schlachtordnung ein. Ihrer Gewohnheit folgend hatten die Meder die Scharen ihrer Verbündeten in das erste Treffen gestellt. Die medischen Kerntruppen standen nur wenige Stadien dahinter. Am rechten Flügel tränkten die Skythen, die sakischen Skalpjäger und die mordgierigen Massageten ihre struppigen Pferde im

Strom. Die Steppenreiter wurden von dem tocharischen Fürsten Shunkha befehligt. Ihnen zur Seite ritten der Skythe Toxar, wegen seines Blutdursts »Händler des Todes« genannt, und dessen Bruder Saxis. Den linken Flügel bildeten persische Panzerreiter. Ich erstaunte nicht wenig, als ich dort die Feldzeichen des Kambyses, des Herrschers von Parsumasch, sah.

Noch schien keines der beiden Heere zum Schlagen bereit. Auf der medischen Seite wimmelten Reiter und Fußkämpfer in großer Unordnung durcheinander. Der Lyderkönig Alyattes wiederum schien den Vorteil seiner Stellung vorerst noch nicht aufgeben zu wollen.

Während vorgeschobene Kundschafter beider Seiten einander argwöhnisch beäugten, ritt ich im Bogen um die Perser herum. Dann näherte ich mich aus rückwärtiger Richtung den medischen Zelten, die sich auf einem kleinen, von Eichen bestandenen Hügel erhoben.

Ich schob mir zwei kleine Schwämme in die Backen, die mein Aussehen vollends veränderten. Die Feldposten, bei denen ich mich meldete, brachten mich zum Anführer der königlichen Wache, Arsakes, einem Neffen Huwaksataras. Im schwarzen Arachot hatte er zur Rechten seines Onkels gesessen.

Arsakes trug eine kostbare, silbern schimmernde Rüstung mit Bildern von Hengsten und Hirschen. Er durchsuchte mich eigenhändig nach Waffen und Gift, zog mir die Ringe ab und forderte mich auf, zu warten. Nach einer Weile kehrte er zurück und winkte mir, ihm zu folgen. An zahlreichen Posten vorbei traten wir in das Zelt des Königs, in dem ich meinem Todfeind nun zum zweiten Mal gegenüberstand.

Huwaksatara saß, in einen Harnisch aus schwarzem Eisen gehüllt, auf einem ganz aus Eichenholz geschnitzten Stuhl mit Bildern seiner unheiligen Echse. Ein spitzer

Helm aus funkelndem Erz bedeckte sein mächtiges Haupt. Der Kopfschutz war mit einem Purpurband umwunden. Er verbarg Stirn, Wangen, Nase und Kinn und ließ nur die blaßblauen Augen und den schmallippigen Mund des Mederkönigs frei. Ein Hemd aus Panzerringen umspannte die breiten Schultern, die muskelstarken Arme und die wie ein Schiffsbug gewölbte Brust des Herrschers von Asien. Ein breiter Ledergürtel mit den von den Magiern für diesen Tag bestimmten Glückszeichen umschloß Huwaksataras Hüfte. In seinem Wehrgehenk steckte ein Schwert, das meiner Sarpedonklinge gleichkam. Eherne Schienen schützten die Schenkel des Königs. Sein Schlachtroß mußte ein Gewicht zu tragen haben, das dem Arnuwans nur wenig nachstand.

Um Huwaksataras Herrschersitz standen die obersten Heerführer seines Reichs. Der Todeshändler Toxar und sein Bruder Saxis trugen die leichten Lederpanzer der Steppe. Von ihren Gürteln baumelten die abgetrennten Kopfhäute ihrer berühmtesten Feinde. Sie blickten mir entgegen wie hungrige Bussarde einem Widder, dessen Aas sie zu verschlingen trachten. Aber auch sie erkannten mich nicht wieder.

Artadates, der oberste Magier, starrte mich ebenfalls feindselig an. Der Perser Kambyses jedoch verzog keine Miene, als er mich sah. Seine Beherrschung verriet den erfahrenen Kriegsmann.

Huwaksatara sandte einige Meder mit neuen Befehlen hinaus. Dann blickte mich der König lange an. Ich verneigte mich und sagte auf Akkadisch:

»Niemals werde ich diese Stunde vergessen, göttergleicher König der Meder, in der mir vergönnt war, den Glanz deiner Herrlichkeit zu sehen. So wie ein Wurm zum starken Adler aufschaut, wage auch ich es nun, zu dir emporzublicken. Niemals sah ein Mensch solche Macht, wie du sie in den Händen hältst, niemals auch einen solchen Adel, wie er aus deinem Angesicht leuchtet. Die Sonne selbst...«

»Genug, du phönizischer Kriecher!« unterbrach mich der König. Seine Stimme klang wie das Reiben der Feile auf Fels. »Ich habe nicht den weiten Weg in die Westländer auf mich genommen, um plumpen Schmeicheleien zu lauschen. Wenn du mir Zeit stiehlst, wirst du dein armseliges Krämerleben unter der Geißel verhauchen. Also heraus mit der Sprache — wo liegt der Schatz von Assyrien versteckt? Führst du mich zu ihm, so sei dir der verdiente Lohn gewiß!«

Toxar und Saxis lächelten grimmig. Sie ahnten wohl, an welche Art von Bezahlung ihr König dachte. Ich verneigte mich von neuem und erzählte:

»Als Assyriens Lebensbaum unter den Schlägen deines gewaltigen Schwertes zersplitterte, brachten meine Gefährten und ich das Gold des Reiches nach Norden und bargen es hier in einem verfallenen Tempel aus uralter Zeit. Er liegt in einem der zahllosen kleinen Täler, die das Land südlich des salzreichen Halys durchziehen wie Falten das Gesicht eines Greises. Nach dem Tod meiner Freunde und Waffengenossen bin ich der einzige Mensch, der dich zu dieser Stelle zu führen vermag.«

»Das habe ich bereits vernommen«, versetzte der König ungeduldig. »Nenne mir nun deinen Preis!« Er hielt einen meiner Ringe, die vor ihm auf einem Eichenholztisch lagen, prüfend gegen das Licht. »Du scheinst kein armer Mann zu sein«, stellte Huwaksatara fest. »Wenn es nicht Gold ist, was du begehrst — welchen Beweis meiner Gnade erhoffst du dann?«

Ich beugte wieder das Haupt und erklärte:

»Es waren Lyder, die einst meine alten Gefährten erschlugen. Allein vermochte ich die Waffenbrüder nicht zu rächen. Du sollst mein Verbündeter sein. Wenn du Alyattes oder andere Männer aus seinem Haus lebend fängst, sollst du sie mir überlassen. Ich werde meine Rache vor deinen Augen vollziehen, und du wirst daran deine Freude haben.«

Huwaksatara begann zu lachen, und seine Heerführer stimmten ein. »Bündnisgenossen sollen wir werden, du und ich?« rief der Meder nach einer Weile. »Der Löwe soll sich mit der Ratte verbrüdern, der starke Stier mit dem Käfer des Mistes, die unbesiegbare Echse mit dem summenden Fliegengeschmeiß? Noch ein solcher Vorschlag, und du dienst heute nacht zur Unterhaltung meiner Xrafstra!«

Ich erwiderte mit fester Stimme: »So ist nun einmal mein Plan. Glaube mir, König, ich habe alles in meinem Leben genossen, woran ein Mann sich erfreuen kann – nicht aber die Rache, die ich mehr als alles andere begehre. Wenn mir das Schicksal die Vergeltung verweigert, liegt mir nichts mehr an meinem Leben. Du magst dann mit mir tun, was du willst.«

»Daran könntest du mich ohnehin nicht hindern«, versetzte Huwaksatara. Sein Blick bohrte sich wie mit Messern in meine Augen. Er entblößte die gelben Zähne, so wie ein Raubtier den Fang zeigt, ehe es zubeißt. Ich aber wußte, daß mir keine Gefahr drohte, solange der König der Meder nicht wußte, wo der Schatz vergraben lag.

Lange starrte mein Todfeind mir ins Gesicht. Ich hielt seinem Blick stand, und nach einer Weile fragte der König:

»Woher soll ich wissen, daß du nicht lügst? Vielleicht bist du ein Verräter in Diensten der Lyder, die mich von der Schlacht ablenken möchten. Wenn das so ist, hast du nichts zu erhoffen. Denn dieser Kampf ist mir mehr wert als alles Geschmeide Assurs! Oder gehörst du etwa zu jenen Menschen, denen irgendein Schicksalsereignis den Verstand verwirrte?«

»Ich werde dir beweisen, daß ich die Wahrheit spreche«, gab ich zur Antwort. »Und daß ich bei klarem Verstand bin, sollst du daran erkennen, daß ich dir etwas mitteilen kann, was selbst deine Magier nicht wissen.«

Der Priester Artadates stieß ein empörtes Zischen aus. Huwaksatara nickte dem dürren, scharfnasigen Priester zu und sprach: »Besänftige deine Galle, Gefährte der Götter! Du wirst schon bald Genugtuung für diese Frechheit finden.« Zu mir gewandt, fuhr der König dann fort: »Was soll das sein, das du im Gegensatz zu unseren heiligsten und klügsten Männern wissen willst? Stelle meine Geduld nicht auf die Probe, damit der Zorn mich nicht dazu hinreißt, dich zu erschlagen, Schatz von Assyrien hin oder her!«

Ich blickte ihm ruhig entgegen und antwortete: »Es liegt mir fern, deinen Langmut zu versuchen, und deinen Zorn fürchte ich nicht weniger als alle anderen Menschen der Welt.« Huwaksatara lächelte grausam, als er das hörte. Ich fuhr fort:

»Wenn du morgen die Schlacht beginnst, wird sich die Sonne verdunkeln. Es sind die alten Götter Assyriens, die am Himmel wider dich streiten. Denn sie wünschen nicht, daß du siegst. Doch deine Unsterblichen, König, sind stärker! Sie werden Assur endgültig besiegen und das Tagesgestirn wieder aus seinen Händen befreien, damit es von neuem erstrahle und deinen Kriegern die Sicht zur Verfolgung der Feinde zurückgibt. Das werden die Himmlischen aber nur tun, wenn du ihnen dafür den Schatz Assyriens weihst, der im Tempel des machtgewährenden Mithra zu Ekbatana für alle Ewigkeit aufbewahrt werden soll. Wenn also morgen der Tag unversehens zur Nacht wird, folge mir zum Versteck des assyrischen Goldes! Sobald du es den Magiern übergeben hast, wird die Sonne von neuem erstrahlen. Dann wirst du die Lyder vor dir hertreiben wie ein Hirte mit seinem eisernen Stachel die Herden der Kühe und Ochsen.«

Huwaksatara blickte zweifelnd zu Artadates. Der Magier schaute mich verwundert an. Dann aber handelte er so, wie ich erwartet hatte. »Mithra!« rief er aus, und Goldgier funkelte in seinen Augen, »groß sind deine Wunder! Ja, hehrer König: Der Fremdling hat recht. Der tausendäugige, zehntausendohrige Gott wird in seinem goldenen Panzer auf seinem von vier weißen Pferden gezogenen Streitwagen für dich kämpfen. Zeige dem machtgewährenden Menschenschöpfer ein weiteres Mal deine Treue! Lege ihm Assurs Hort zu Füßen! Dann fällt dir ein weiteres Reich in den Schoß, und deine Macht wird größer sein als die irgendeines anderen Königs seit Anbeginn aller Zeiten.«

Huwaksatara blickte zu Toxar und Saxis. Die beiden Fürsten der Steppe zuckten unentschlossen mit den Achseln. Da sprach der König der Meder:

»Nehmt diesen Mann in Haft! Es soll ihm nichts geschehen, bis sich herausstellt, ob er lügt oder nicht. Dann wollen wir über ihn richten. Arsakes! Halte ihn stets in meiner Nähe! Wenn er wirklich die Wahrheit spricht, dürfen wir morgen keine Zeit verlieren.«

Der Führer der Leibwache packte mich am Arm und zog mich aus dem Zelt. Als ich an Kambyses vorüberkam, nickte der Perser mir fast unmerklich zu. Aber ich wußte, daß er mir in dieser Lage kaum helfen konnte, ebensowenig wie meine Gefährten.

Am Abend ließ mir Arsakes ein Essen reichen und ein Lager in einem Vorraum seines Zeltes bereiten. Zwei seiner Krieger bewachten mich. Sie folgten mir selbst zum Abtritt. Ich schlief fest und traumlos. Alles war nun getan. Die Stunde meiner Rache stand bevor, und die Anspannung der letzten Wochen fiel von mir ab wie der Lehmpanzer nach dem Guß eines bronzenen Standbildes. Mochte, so dachte ich, nun das Schicksal über meine Sache entscheiden!

Arsakes ließ mich noch vor Sonnenaufgang wecken. Der Führer der Leibwache trug statt des prachtvollen, silberdurchwirkten Harnischs vom Vortag nun einen schmucklosen ehernen Panzer mit zahlreichen Beulen und Scharten, die beredter als jedes Wort von seiner Tapferkeit zeugten. Der Meder reichte mir ein Kettenhemd und eine Haube aus Erz. Denn er wollte nicht, daß ich durch einen zufälligen Pfeilschuß verwundet oder gar getötet würde, ehe ich mein Wissen um das assyrische Gold preisgeben konnte. Dann befahl mir Arsakes, mein Pferd zu besteigen, schwang sich gleichfalls in den Sattel und ritt mit mir zum König.

Huwaksatara blickte vom Rücken eines starkknochigen Rappen auf die weite Ebene hinab, auf der nun seine Scharen vorzurücken begannen. Skunkha, Toxar und Saxis am rechten Flügel schienen Mühe zu haben, ihre zügellosen Reiterhorden in Schritt zu halten. Immer wieder preschten ihre Melder vor, um allzu kampfesdurstige Steppenkrieger zu langsamer Gangart zu mahnen. Auf der anderen Seite zeigte Kambyses die hohe Zucht der persischen Panzerreiter. Denn trotz des schwierigen, von Gräben durchzogenen und von Gehölz bestandenen Geländes hielten die Männer aus Parsumasch ihre Reihen geschlossen.

Als die Reiter fünf Stadien zurückgelegt hatten, setzte sich auch das Fußvolk in Bewegung. Als erste traten die menschenopfernden Marder, die kriegstüchtigen Kadusier und die rauhhäutigen Hyrkanier an. Sie trugen Ärmelröcke mit eisernen Schuppen, kurze Speere, Rohrpfeile, Dolche am Gürtel und statt des Schildes ein Geflecht, unter dem der Köcher hing. Rechts von ihnen schoben sich dann bunte Haufen von pfeilkundigen Paktyern, breitschultrigen Baktriern und sturmerprobten Sattagyden voran, meist mit Bogen von Rohr und kurzen Lanzen ausgerüstet. Abteilungen kältegewohnter Karmanier mit schweren Eisenrüstungen deckten die leichtbewaffneten Kaspier von der Klippenküste.

Links von der Mitte des Heeres schritten die zierlichen Parikaner einher. Die Lederpanzer dieser Wüstenkrieger waren mit kupfernen Scheiben verstärkt, die im Licht der aufgehenden Sonne wie Schuppen von Drachen zu funkeln begannen. Ihnen folgte eine Abteilung Äthiopen auf Kampfwagen mit Sicheln an den Achsen. Die dunkelhäutigen Krieger trugen als Schild einen Kranichbalg und als Helm die Stirnhaut eines Pferdes mit aufrecht stehenden Ohren und fliegender Mähne. Auch die Reihen der Lyder gerieten nun in Bewegung. Melas ordnete seine kriegerischen Karer mit ihren leuchtenden Helmen aus Bronze in drei starke Staffeln. Die Krieger des Westmeers streckten ihre langen Speere vor, um die Steppenreiter damit aus den Sätteln zu heben. In der Mitte schickte König Alyattes einige hundert leichtbewaffnete Plänkler von seiner Hügelkette hinab, um den Feind zum Angriff zu reizen. Die Hilfstruppen auf dem rechten Flügel des lydischen Heeres schienen unter dem Befehl des Bebryken Amyntas vorerst weiter in ihrer vorteilhaften Stellung bleiben zu wollen.

Die Meder und ihre Verbündeten beschleunigten ihre Schritte, als sie das Zögern der Lyder bemerkten. Helle Schlachtrufe hallten empor, und überall erklangen die Namen des Gottes Mithra und seines Vertreters auf Erden, Huwaksatara. Lauthals schworen die medischen Reiter, sie wollten nicht eher absitzen, als bis ihre Pferde im

Westmeer gebadet hätten. Andere gelobten, Sardes wie einen Haufen Dung zu verbrennen und das Land Lydien zur Wüste zu machen, in der nur noch Gewürm gedeihen könne. Wieder andere schrien, sie wollten Sardes zertreten, so wie ein Töpfer den Ton stampft. So machten sie einander Mut. Die Lyder aber warteten ab.

Nach einer Viertelstunde hatten die Spitzen des medischen Heeres die Mitte des flachen Landes erreicht. Die Skythen, Saken und Massageten am rechten Flügel schienen es nun kaum noch erwarten zu können, sich auf die Karer am Berghang stürzen zu dürfen. Die Perser dagegen ritten in Ruhe und guter Ordnung voran, Kambyses mit einem blauen Helmbusch an ihrer Spitze. Die Marder, Kadusier und Hyrkanier beschleunigten ebenfalls ihren Vormarsch. Die Paktyer, Baktrier und Sattagyden nördlich von uns zogen die ersten Pfeile aus ihren Köchern. Mit einem Schenkeldruck setzte nun auch Huwaksatara seinen Rappen in Bewegung, gefolgt von den besten Kriegern des medischen Heeres. Denn wenn der Angriff begann, wollte der Herrscher des Großreichs nach seiner Väter Sitte im Vorderkampf fechten. Wir hatten noch nicht den Fuß des kleinen Hügels erreicht, da tönte plötzlich Hörnerschall zu uns herüber. Der nördliche Teil der lydischen Reiterei brach aus der Lücke zwischen den Karern und Joniern hervor und warf sich mit der Wucht einer brandenden Woge gegen die Krieger der Steppe.

Ich bewunderte den Mut des lydischen Königs, der den Kampf gegen die Übermacht mit solcher Entschlossenheit aufnahm. Die Skythen, Saken und Massageten mit ihren spitzen Mützen zeigten sich nicht feige, sondern spornten ihre Pferde und stürmten den Feinden mit hoch erhobenen Äxten entgegen. An einem kleinen Bachlauf prallten die Recken der Lyder und Steppenvölker zusammen wie Bär und Eber, die an dem gleichen Tümpel zu trinken gekommen sind. Die Angreifer aus dem Westen erwiesen sich dabei trotz ihrer Minderzahl als überlegen, denn sie fochten Schulter an Schulter, während ihre Gegner in schlechter Ordnung umherritten und so ihre Kräfte nur unzureichend entwickeln konnten.

Kambyses hielt seine Perser weiter zurück. Er wußte, daß der zweite Teil der lydischen Reiter unter dem in vielen Schlachten erprobten gordischen Fürsten Magog nur darauf wartete, die Krieger aus Parsumasch in ähnlichen lückenhafter Schlachtreihe zu überraschen. Huwaksatara stieß seinem Rappen jetzt die Sporen in die Weichen und raste mit der medischen Reiterei über das Flachland wie der Dämon des Sturmwinds, der mit der Kälte des Frostes die jungen Triebe des Ackers vernichtet.

Arsakes hielt sich mit seinen Leuten dicht hinter dem König. Denn den medischen Leibwächtern war es verboten, Huwaksatara in der Schlacht von vorn zu decken. Sie durften nur die Seiten und den Rücken ihres Herrschers schützen.

Wir überquerten die kleine Ebene im Galopp so schnell, wie Schwäne den Jaxartes überfliegen. Schon wenige Minuten später überholten wir die Bergstämme, die nun im Laufschritt hinter uns herstürmten. Danach dauerte es nur noch wenige Atemzüge, dann hatte Huwaksatara die vordersten Stellungen seiner lydischen Feinde erreicht.

König Alyattes hatte den Abhang mit in die Erde gerammten Pfählen und hölzernen Hindernissen befestigt. Dahinter standen die stärksten Fußkämpfer des Westens mit ihren Lanzen. Doch die schweren, an Hals, Brust und Bauch gepanzerten Schlachtrosse Mediens brachen durch diese Sperren, wie sich ein wildes Schwein im Wald den Weg durch dürres Gestrüpp bahnt, und trampelten die Verteidiger mit ihren Hufen nieder. Schon nach kurzer

Zeit nahm Alyattes darum seine Scharen zurück und baute höher am Berg eine zweite Abwehrreihe auf. Nur die jonischen Schwerbewaffneten hielten dem Ansturm der Meder stand, und kurz darauf auch dem Angriff der Bergstämme aus Hyrkanien.

Von weitem sah ich im Schlachtgetümmel den roten Helmbusch des Tyrannen Thrasybulos leuchten. Der Mileter widerstand dem Anprall der Marder, Kadusier und Hyrkanier in ihren Hirschlederstiefeln, so wie ein kraftstrotzender Eichbaum in einer Bergschlucht den tosenden Fluten des Wildwassers trotzt. Die starken Krieger der Berge hieben mit Beilen und Streitkolben auf ihre jonischen Gegner ein, als wollten sie auf einer Tenne Stroh dreschen. Doch die hervorragend ausgebildeten Männer Milets und der anderen Hafenstädte des Westens fochten mit weit größerem Geschick und trafen die wilden Waldleute Hyrkaniens immer wieder in Hals, Achsel, Weich- und andere schlecht geschützte Körperteile. So behaupteten die Jonier trotz ihrer Minderzahl das Feld.

Die anderen medischen Hilfsvölker wandten sich hinter dem Rücken ihrer hyrkanischen Kampfgefährten nach links und begannen, die Stellungen der Krieger des Amyntas zu berennen. Der riesige Bebrykenkönig trug ein Löwenfell um seine Schultern und schien stark wie Herakles selbst. Denn er warf die Karmanier vor sich nieder, so wie ein Wolf spielende Welpen abschüttelt, wenn sie ihm lästig werden.

Kambyses wich mit seinen Persern gleichfalls nach links und suchte das lydische Heer zu umgehen. Sein Gegner Magog aber handelte sogleich und schwenkte mit seinen lydischen Reitern hinter den Abschnitten des Bebryken nach Süden. Dort prallte der Gordier mit dem Parsumaschfürsten zusammen wie ein Wildstier mit einem fremden Bullen, der ihm die Herrschaft über die Herde streitig zu machen versucht.

Die Skythen, Saken und Massageten hatten sich inzwischen auf ihre Überzahl besonnen, die trotz der hohen Verluste noch immer beträchtlich erschien. Getrieben von ihren Fürsten Skunkha, Toxar und Saxis begannen sie nun, den Nordteil der lydischen Reiter unter dem Sarder Toron zu umzingeln. Der erfahrene Lyder erkannte die Gefahr, wendete seine Scharen nach Süden und fiel den Hyrkaniern in den Rücken. Darum mußten die Waldleute mit den Fuchsbälgen auf den Köpfen an diesem Tag den höchsten Blutzoll von allen Völkern entrichten. Die Steppenkrieger trennten sich daraufhin: Die Skythen unter Skunkha verfolgten die Lyder Torons und schufen den Fußkämpfern aus Hyrkanien dadurch Entlastung. Die Saken und Massageten unter dem Todeshändler Toxar und seinem Bruder Saxis jedoch stürzten sich nun, von paktyschen und baktrischen Bogenschützen unterstützt, auf die Karer des Melas am Ufer des Stroms und brachten die Verteidiger ins Wanken.

Als Thrasybulos das bemerkte, ließ er den Großteil seiner Jonier bei Alyattes zurück. Mit den Miletern eilte der Grieche nach Norden und traf dort eben noch zur rechten Zeit ein, um den Durchbruch der Steppenreiter zu verhindern. Damit waren nun alle Kräfte des sardischen Heeres gebunden. Wenn eine weitere Lücke aufriß, mußte das lydische Bollwerk einstürzen wie eine Brücke, der man den tragenden Pfeiler zerschlägt.

Dank der Tatkraft des Thrasybulos drohte diese Gefahr am nördlichen Flügel nicht mehr. Die Karer und Jonier gewannen das verlorene Gelände sogar Fußbreit um Fußbreit zurück und drängten die Saken und Massageten wieder in die Ebene hinab. In der Mitte der beiden Schlachtreihen wogte das Treffen unentschieden hin und her. So heftig auch Huwaksatara stürmte, König Alyattes focht auf der anderen Seite nicht weniger kühn, und seine Lyder hielten die Stellung, soviel Blut sie dabei auch vergießen mußten.

Es war Kambyses, der um die Mittagsstunde schließlich das entscheidende Gewicht in die Waagschale Mediens warf: Elle um Elle, Klafter um Klafter drängten die persischen Panzerreiter die Lyder des Magog zurück und schlugen sich danach auch durch die Scharen des Bebrykenkönigs, die vor der Übermacht langsam zu weichen begannen.

Verzweifelt warf sich Amyntas mit seinen besten Gefährten den Persern entgegen. König Alyattes blickte vergeblich nach Kriegern, die er dem rechten Flügel zu Hilfe senden konnte. Jedem seiner Männer standen bereits zwei Feinde gegenüber. In seiner Not sandte der Lyder Reiter zum Fluß, um seinen Rückzug über den Halys vorzubereiten. Da spürte ich plötzlich einen kühlen Hauch, und als ich zum Himmel blickte, sah ich, daß sich die schwarze Scheibe eines lichtlosen Mondes vor die Sonne zu schieben begann.

Arsakes neben mir folgte erstaunt meinem Blick und starrte mit offenem Mund auf das Wunder. Dann schauten immer mehr Meder, schließlich auch Lyder und alle Verbündeten voller Verblüffung auf dieses rätselhafte Ereignis, das sie sich nicht zu erklären vermochten.

Das Tageslicht verlor schnell seine Kraft. Ein böiger Wind strich über das Schlachtfeld. Von fern flogen Aschewolken herbei. Da wandte Huwaksatara sein Pferd und schrie Befehle. Melder preschten nach allen Seiten, und die Meder lösten sich vom Feind. In breiten Wogen fluteten sie die Hügel hinab und über das Flachland zu ihrem Lager zurück. Ihre Sterbenden ließen sie liegen. Die Lyder aber stießen nicht nach, sondern gingen in großer

Hast über den salzreichen Halys und nahmen alle ihre Verwundeten mit.

Nach kurzer Zeit war die Sonne hinter der schwarzen Scheibe verschwunden, und über das ganze Land brach tiefste Finsternis herein. Die Böen verbanden sich zu einem Sturm, der wie ein riesiger Besen über die Ebene fegte. Sein Zorn ließ Staub und Erde bis zum Himmel wallen. Dort wogte die flüchtige Krume in dunklen Wolken dahin wie der schwarze Schleier Ereschkigals, der Göttin des Todes. Ich machte mich bereit, meinen Plan zu Ende zu führen.

Huwaksatara ritt an meine Seite. Seine Rüstung glänzte rot, doch nicht vom eigenen Lebenssaft, sondern vom Blut der zahllosen Feinde, die der König erschlagen hatte. Wild blitzten seine Augen unter dem Helm. »Schnell, Phönizier!« rief er mit hallender Stimme. »Führe mich zu dem Schatz, auf daß ich den Göttern das ihre gebe, ehe uns diese lydischen Memmen entweichen!«

Arsakes sammelte vierzig von seinen Wächtern, um seinen König auf unserem Zug zu beschützen. Ich frohlockte innerlich über diese geringe Zahl, denn mit Hilfe der Überraschung mochte es gut möglich sein, sie in unserem Hinterhalt allesamt zu erschlagen. »Folge mir!« rief ich und wandte mein Pferd.

Da flog plötzlich eine Schlinge um meinen Hals und schnürte mir den Atem ab. Als ich mich umdrehte, blickte ich in die bläulichen Augäpfel eines Xrafstra.

XXIII Der Tempel

Der Nachtkämpfer hielt das Ende der Schlinge in seiner knochigen Hand und stieß einen heiseren Schrei aus. Zwei weitere Xrafstra stiegen aus ihren schwarzverhangenen Stühlen. Sie starrten mit ihren schrecklichen Augen prüfend zum Himmel. Dann musterten sie mich voller Mißtrauen und näherten sich mit ihren gezackten Sicheln. Huwaksatara nickte den Schattenwesen beruhigend zu. Der Oberpriester Artadates erklärte hastig: »Die Sonne wird erst dann wieder scheinen, wenn sich der Schatz Assyriens in den Händen Mithras und seiner Diener befindet.« Aber die Xrafstra trauten selbst dem Magier nicht, sondern bestanden darauf, daß ihre drei Sänften auf einem Wagen hinter uns hergebracht wurden.

Nun blieb mir nur die Hoffnung, daß es Myron trotz seiner Verletzung gelungen war, die Falle für den König wie verabredet zu stellen.

Im Galopp eilten wir durch das von einem schwachen, geisterhaften Licht beschienene Felsenturmland. Der schwarze Umhang des Xrafstra, der neben mir ritt, wölbte sich im Wind wie die Flossenflügel des giftigen Rochen. Der Nachtkämpfer hielt die Schnur zu meinem Nacken straff gespannt, bereit, mich jederzeit aus dem Sattel zu reißen und mir mit der Sichel den Kopf abzuschlagen. Ich aber richtete alle meine Gedanken nur auf den Moment, in der sich mein Schicksal und das meines Feindes entscheiden mußten.

Schon nach kurzer Zeit erreichten wir den Eingang des kleinen Tals mit dem verfallenen Schuriaschtempel. Als wir zwischen den Felsen hindurchritten, verdunkelte sich der Himmel noch mehr. Nun ritt einer der Xrafstra voraus. Die Meder zündeten Fackeln an. Die beiden anderen Nachtkämpfer blieben an meiner Seite. Huwaksatara und Artadates folgten, von zwanzig Leibwächtern gedeckt. Arsakes, der Führer der Königsgarde, trabte am Schluß unseres Zuges.

Einige Atemzüge später erreichten wir die Senke, in der jetzt meine Gefährten mit Bogen und Schleuder hinter den Felsen liegen mußten. Die zerbrochenen Säulen des uralten Heiligtums zeigten wie drohende Finger zum Himmel.

Kurz bevor wir den Tempel erreichten, nahm ich plötzlich einen leichten Geruch von Steinöl und Schwefel wahr. Der vorderste Xrafstra zügelte zischend sein Pferd und redete rasend schnell auf die beiden anderen Nachtkämpfer ein. Huwaksatara ritt an mir vorbei und wechselte einige Worte mit den unheimlichen Geschöpfen. Dann kam er auf mich zu, leuchtete mir mit einer Fackel ins Gesicht und herrschte mich an:

»Was ist das für ein Gestank, Phönizier? Glaubst du, wir wüßten nicht, wie leicht sich solche Stoffe wie Naphtha und Erdpech entzünden?«

»Als ich vorgestern hier vorüberritt, habe ich davon nichts bemerkt«, erwiderte ich. »Wer weiß, vielleicht hat sich hier durch den Sturm eine Schwefelquelle geöffnet. Was kann ich dafür? Dies ist dein Land, nicht meines!«

Huwaksatara blickte mich zweifelnd an. Dann gab der König den Xrafstra ein Zeichen. Schmerzhaft spürte ich wieder die schneidende Fangschnur um meinen Hals.

Vorsichtig ritten die Meder näher an das verfallene Bethaus heran. Dann gab Arsakes seinem Fuchs die Sporen und ritt einen Kreis um das Bauwerk. Gespannt wartete ich, ob es ihm gelingen würde, einen der Gefährten aufzuspüren. Aber die fünf hatten sich gut versteckt.

Langsam trabte der Führer der Königswache wieder zu seinem Herrscher zurück. In diesem Wirrwarr von Höhlen und Spalten, Klippen und Klüften, Schluchten und Schründen und Felsen in allen erdenklichen Formen mußte es selbst bei hellem Tageslicht schwierig sein, so gut ausgebildete Krieger zu finden.

Oder hatten die Gefährten mich etwa im Stich gelassen? Waren sie dem Verräter zum Opfer gefallen? Plötzlich krochen Zweifel in mein Herz. Dann aber schüttelte ich meine Befürchtungen ab, so wie ein Hund das schmutzige Wasser des Weihers aus seinem Fell schüttelt. Denn der Naphthageruch bewies, daß die Falle vorbereitet war.

Im Schritt ritten wir nun bis auf wenige Klafter an das Heiligtum heran. Der Ölgestank wurde immer stärker. Als wir eine kleine steinerne Brücke erreichten, die über einen mit Reisig gefüllten Ringgraben führte, sagte der König:

»Irgend etwas stimmt hier nicht. Vielleicht tritt in der Nähe Erdpech aus! Löscht die Fackeln, bevor das Zeug in Flammen aufgeht! Die Xrafstra werden uns führen.«

Ich schielte zum Himmel. Noch immer verbarg sich die Sonne hinter der dunklen Scheibe des Mondes. Die Meder warfen die Fackeln zu Boden und scharrten mit den Füßen Sand über sie. Nun konnte ich nur hoffen, daß der Ersatzplan gelang.

Der Xrafstra zog an der Schnur. Gehorsam stieg ich vom Pferd. Auch die Meder gingen nun zu Fuß weiter. Der Wagen mit den Tragstühlen hielt hinter uns an.

Die beiden Nachtkämpfer vor mir verschwanden in dem zerfallenen Tempel. Nach einer Weile erschienen sie wieder und winkten dem König zu. Huwaksatara zog sein Schwert aus der Scheide, gab mir einen Wink und folgte den Xrafstra in das Innere des unheimlichen Bauwerks.

Unmittelbar hinter dem Herrscher schritt sein Neffe

Arsakes, auch er das Schwert in der Hand. Zwanzig Leibwächter folgten ihm mit erhobenen Schilden. Ich ging am Schluß. Der dritte Xrafstra verkürzte die Fangschnur und führte mich so eng, daß ich seinen heißen Atem im Nakken spürte.

Als wir die Brücke zur Hälfte überquert hatten, blieb der Mederkönig plötzlich stehen. Der Wind flaute ab. Drückende Stille lag über dem düsteren Tal. Unruhig blickte Huwaksatara zu den umliegenden Felsen empor. Dann befahl er mit lauter Stimme: »Arsakes! Du bleibst draußen. Von diesen Abhängen droht uns mehr Gefahr als aus dem traurigen Steinhaufen hier.«

Der Führer der Leibgarde nickte, kehrte zu den zwanzig restlichen Medern zurück und stellte sie im Kreis um das Heiligtum auf. Zwei Krieger sandte er als Beobachter auf die umliegenden Bergspitzen. Die andere Gruppe der Leibwächter schritt in zwei Reihen links und rechts von uns vorwärts.

Vorsichtig schob sich Huwaksatara hinter den beiden Nachtkämpfern in das Innere des aus großen steinernen Quadern errichteten Tempels. Die schweren Balken, die einst das Dach gestützt hatten, waren zum größten Teil zerbrochen und herabgestürzt. Sie lagen zwischen zerborstenen Säulen und Trümmern der einstigen Wandverkleidung auf den marmornen Fliesen. Spinnen und Skorpione flüchteten vor unseren Schritten in Lücken und Löcher. Draußen frischte der Wind wieder auf und griff mit luftigen Fingern in das dürre Reisig, das überall um den Tempel Gruben und Gräben bedeckte. Auch der Boden der düsteren Halle war mit trockenen Ästen übersät, die krachend unter unseren Füßen zerbrachen. In der hintersten Ecke des Raumes gewahrte ich ein vermodert aussehendes Seil, das sich zwischen einer steinernen Platte und einem Deckenbalken spannte.

An diesem Tau hing mein Leben.

Als die Meder die Mitte der Halle erreichten, verhielt der König den Schritt und drehte sich nach mir um. Der Xrafstra zog an der Schnur, und ich blieb stehen.

Huwaksatara starrte mich an. »Wo ist der Schatz?« fragte er. »Wo habt ihr ihn vergraben?«

Ich wußte, daß ich für den König nicht mehr von Wert war, sobald er das Versteck des Goldes kannte. Gespannt spähte ich durch die Risse der Mauer nach draußen. Noch immer lag tiefste Finsternis über dem Land. Alles hing davon ab, ob es mir gelang, Huwaksatara lange genug hinzuhalten.

Ich blickte zur Decke und tat so, als forschte ich nach einem geheimen Wegweiser. Dann deutete ich zum Altar. »Dort, wo die Krieger des Nordens einst ihrem Gott Opfer darbrachten«, sagte ich, »werden wir finden, was ich dir versprach.«

Huwaksatara blickte mich mißtrauisch an. Er gab dem letzten Xrafstra einen Wink, und die Fangschnur lockerte sich.

Langsam schritt ich auf den Opferstein zu. Zehn Schritte vor dem Ziel sah ich ein Loch in der Decke. Zwischen den Rändern der Lücke hing die schwarze Scheibe am Himmel, die noch immer die Sonne verdeckte.

Plötzlich ließ der vorderste Xrafstra wieder ein grausiges Zischen hören und zeigte auf einen der Pfeiler vor uns. In Augenhöhe war dort das Abbild des breitgefiederten Adlers in Stein gehauen, jenes Beherrschers der Lüfte, den die alten Nordvölker einst als die Verkörperung ihres strahlenden Himmelsbeherrschers verehrten.

»Schuriasch!« rief das Ungeschöpf mit lauter Stimme. Huwaksatara zuckte zusammen. Dann packte er mich mit seiner mächtigen Hand an der Schulter. Tief krallten seine hornigen Finger sich in mein Fleisch.

»Welcher Gottheit ist dieser Tempel geweiht, Phönizier«, fragte der König mit furchtbarer Drohung. »Sprich, ehe ich dich wie einen tollen Hund erschlage!«

Es hatte nun keinen Zweck mehr, zu leugnen. »Das Heiligtum gehört der Sonne«, gab ich zur Antwort. »Einst wurde der strahlende Schuriasch in ganz Asien verehrt, bevor ihn Mithra verdrängte.«

Huwaksatara starrte mich an, und meine Narbe begann so heftig zu brennen wie niemals zuvor. Wie ein Wetterleuchten zog die Spur erst verwirrter, dann aber haßerfüllter Gedanken über das verwitterte Gesicht des Meders. Jetzt kam ihm wohl die alte Prophezeiung seiner Magier in den Sinn, und er begann die schreckliche Wahrheit zu ahnen, die in dem Orakel lag. Zornig erhob er sein riesiges Schwert. »Verräter!« schrie er. »Tötet den Fremdling! Er hat uns in eine Falle geführt!«

Die bläulichen Augen der Xrafstra weiteten sich. Doch ehe sie mit ihren Sicheln zuschlagen konnten, schob sich die Sonne hinter der schwarzen Scheibe hervor. Ein gleißender Strahl durchschnitt die Finsternis um uns her, so wie ein glühendes Messer durch einen Flocken von Schafwolle fährt.

Die drei Nachtkämpfer stießen gellende Schreie aus und warfen die Umhänge vor die empfindlichen Augen. Schnell riß ich die Schnur aus der Faust des Xrafstra und lief auf das Tau zu. Huwaksatara schrie: »Stehe, Verräter! Du sollst mir nicht entkommen!« Das Schwert in der Hand, stürzte er hinter mir her. Die zwanzig Leibwächter stürmten von den Seitenwänden der Halle her auf mich zu.

Schnell gab der Mond nun immer mehr strahlendes Sonnenlicht frei, und der Glanz des Tagesgestirns durchflutete die Halle bis in die verborgensten Winkel. Die drei Xrafstra wandten sich um und versuchten, die rettenden

Tragstühle zu erreichen. Aber das grelle Licht verätzte ihre Augen wie gebrannter Kalk.

Hilflos stolperten die Nachtkämpfer zwischen den Trümmern umher. Ihre schrecklichen Schreie gellten in meinen Ohren. Dann stieg aus einem Reisigbündel plötzlich Rauch hervor, und als ich nach oben blickte, sah ich das doppelt geschliffene Glas, das Myron dort angebracht hatte, für den Fall, daß der Plan mit den Fackeln versagte.

Der Splitter war wie eine Linse geformt. Die babylonischen Priester benutzten solche Scherben, um geheime Botschaften zu schreiben, deren Buchstaben so winzig sind, das sie mit bloßem Auge nicht gelesen werden können. Damals in Assyrien hatte Myron oft versucht, mit solchen Glasstücken Sonnenstrahlen zu bündeln, um ihre Wirksamkeit zu steigern. Wenn es gelingt, die Finger des Tagesgestirns auf einen Punkt zu vereinen, so wird dort eine Hitze erreicht, die Werg und Zunder in Gedankenschnelle Feuer fangen läßt.

So geschah es auch in dem Schuriaschtempel: Aus dem mit Naphtha getränkten Reisig schossen sogleich hohe Flammen empor. Huwaksatara fuhr herum, als er das Prasseln des Feuers vernahm. Auch seine Leibwächter blieben unschlüssig stehen. Der Magier Artadates starrte mich fassungslos an.

Einen Herzschlag lang schien der König der Meder zu überlegen, ob er sich jetzt retten oder mich zuvor noch niederhauen solle. »Wer bist du?« schrie er zornig. »Wer hat dich gesandt?«

In den mit Naphtha, Pechöl und anderen brennbaren Stoffen gefüllten Gruben breitete sich das Feuer schneller aus, als ein Mensch zu laufen vermag. »Ich bin Dagon, der letzte Assyrer«, rief ich meinem Todfeind zu. »Du zahlst jetzt für den Tod meines Sohnes Nadin!«

Huwaksatara starrte mich überrascht an. »Assyrer!«

brüllte er voller Haß. Zwischen den Bränden lief er auf mich zu. Ich löste den Knoten, der das Seil mit dem Steinklotz verband. »Assyrer!« schrie der Meder wieder, »wenn ich hier sterbe, stirbst du mit mir!«

Der Knoten ging auf. Das Gegengewicht, das Myron am anderen Ende des Taus festgemacht hatte, zog mich über den Balken nach oben. Meinem Verfolger mußte es erscheinen, als führe ich gleich einem Dämon durch die Luft davon.

Mit einem schrecklichen Schrei schleuderte Huwaksatara sein Schwert. Es zerschellte hinter mir am Altar. Dann schlug der König der Meder die mächtigen Hände vor das Gesicht. Die Flammen hatten ihn erreicht, und seine Kleider fingen Feuer.

Einen Atemzug später stand die ganze Halle in Flammen. Alle Leibwächter, der Magier Artadates und auch die Xrafstra brannten lichterloh. Wie lebende Fackeln tasteten sie sich die Wände entlang und suchten verzweifelnd schreiend nach einem Ausweg. Ich kletterte über die Balken des Dachs und dann an der Außenmauer herab.

Als das Sonnenlicht wieder zurückgekehrt war, hatten meine Gefährten begonnen, aus ihren Verstecken mit Pfeilen nach Arsakes und den restlichen zwanzig Medern zu schießen. Zwölf Leibwächter lagen schon tot auf der Erde. Dann schleuderte Reguël einen faustgroßen Stein gegen den Helm des feindlichen Anführers, so daß Arsakes bewußtlos zu Boden stürzte.

Nun wandten sich die anderen zur Flucht — nicht, um ihr Leben zu retten, sondern um Verstärkung zu holen und den Tod ihres Königs zu rächen. Doch keiner von ihnen entkam. Der letzte, der noch lebte, kletterte hastig an einem Felsen empor. Da trat Arnuwan aus seinem Versteck hervor und schlug dem Meder das Beil in den Rükken.

Der alte Tempel brannte nun wie ein riesiger Scheiterhaufen. Immer noch tönten Schreie aus seinem Innern. Bald aber war das Tosen der Flammen der einzig vernehmbare Laut. Wie zuvor die Sonne, half nun der Wind unserem Werk. Unter seinem Atem schlugen die Flammen fast bis zum Himmel empor.

Ich hob die Hände vor das Gesicht, um meine Haut vor der Hitze zu schützen. Zwischen den Fingern sah ich, wie die Gefährten auf mich zueilten. Arnuwans Antlitz strahlte froh. Auch Reguël und Mago verhehlten ihre Freude nicht. Am glücklichsten aber schien Myron, den Tomyris an der Hand führte.

Ich wandte mich nach ihnen um. Da hörte ich plötzlich einen grausigen Schrei. »Dagon!« rief Huwaksatara mit furchtbarer Stimme. Dann erschien die Gestalt des Meders am Eingang des Tempels. Von allen Männern, die in der Halle verbrannten, hatte nur er die Kraft aufgebracht, den Weg durch die Hölle der Flammen ins Freie zu finden.

Der König bot einen entsetzlichen Anblick. Fetzen von Kleidern und verbrannter Haut hingen von seinem Körper. Bart, Brauen und Haupthaar waren versengt, und seine Augen sahen nichts mehr. Schwankend drehte er sich im Kreis, die Finger wie Raubvogelklauen nach vorn gestreckt. Er kam immer näher. Arnuwan hob sein Beil. Doch wenige Schritte vor mir brach Huwaksatara in die Knie, stürzte zu Boden und starb.

Ich dachte an meinen toten Sohn und atmete tief. »Nun ist dein Blut gerächt, Nadin«, rief ich in das Knistern und Krachen der Flammen. »Jetzt magst du endlich Ruhe finden, mein geliebter Sohn! Gerechtigkeit ist dir und mir zuteil geworden. Die Schuld ist bezahlt, die Rechnung Leben für Leben beglichen, wie es das Gesetz befiehlt.«

Schweigend traten meine Gefährten zu mir. Alle, auch

Tomyris, umfaßten der Reihe nach meine Handgelenke. Da hörten wir plötzlich ein Stöhnen. Als wir uns umdrehten, sahen wir, daß Arsakes wieder erwacht war.

»Nadin? Rache? Was redest du da?« fragte der Meder und rieb sich die schmerzende Stirn. »Wer seid ihr? Warum habt ihr das getan?«

»Ich bin Dagon, ein Assyrer«, gab ich zur Antwort. »Einst schwor euer Herr, unser Volk vom Antlitz der Erde zu tilgen. Nur wenige von uns überlebten die letzte Schlacht. Wir flohen nach Zypern. Da uns dein König dort nicht mit Heeresmacht angreifen konnte, suchte er nach anderen Wegen. Seine Häscher fanden meinen wehrlosen Sohn. Der Name des Jungen war Nadin.«

»Wann und wo soll das geschehen sein«, fragte der Meder erstaunt. »Ich weiß nichts davon, und ich bin schließlich der Führer der Wache des Königs. Seit vielen Jahren zählte ich zu Huwaksataras engsten Vertrauten!«

Ich zuckte die Achseln. »Vor Jahresfrist, vermutlich in Lydien«, erwiderte ich. »Vielleicht hielt dein Herr nichts davon, dich zum Mitwisser dieser Schandtat zu machen. Er sandte mir des Toten Haupt, verunstaltet mit dem Unheilszeichen der doppelköpfigen Echse, das ihm als Siegel dient.«

»Diente, meinst du wohl«, erwiderte der Meder. »Vor zwei Jahren änderte Huwaksatara sein Siegel. Auf Bitten des Magiers Artadates wählte er die Strahlenkrone Mithras, des Menschenschöpfers, zu seinem neuen Herrschaftszeichen. Auf diese Weise sollte allen Bürgern Mediens deutlich gemacht werden, daß Zarathustra als Gegner Mithras zugleich auch ein Feind des Königs und Reichs ist. Das Abbild der heiligen Echse führt jetzt nur noch Kassandane, die Königin Mediens, im Siegel. Du hast den Falschen ermordet!«

Nemesis

I Die Flucht

Als ich die Worte des Meders vernahm, war mir, als wollte die Sonne ein zweites Mal an diesem Tag verschwinden, diesmal aber für immer. Die Enttäuschung ließ mich schwanken, so wie der gefährliche Treibsand den Hufen des Hengstes den Halt nimmt. Bitterkeit beschwerte mein Herz, Tränen des Zorns drangen in meine Augen, meine Hände begannen zu zittern und meine Kehle verengte sich wie von einer ledernen Würgeschlinge umschlossen. »So viele Mühen und Gefahren haben wir auf uns genommen, um einen Unschuldigen zu töten«, dachte ich in meinem Herzen. »Jetzt sind wir selbst zu Mördern geworden. Welcher Gott hat uns getäuscht, welcher Wahn verblendet, welche Schicksalsmacht auf diesen Irrweg geführt?«

Mago starrte mich fassungslos an. Der blinde Myron stand wie versteinert. Tomyris hielt den Blick gesenkt. Reguël rieb sich verwundert das Kinn. »Jetzt verstehe ich«, murmelte der Midianiter, »was Jeremia meinte, als er uns in Jerusalem riet, die Rache Gott zu überlassen.«

Zornig packte ich den Beduinen am Gewand, schüttelte ihn und schrie wie von Sinnen: »Höre mir endlich auf mit deinen Judäern! Ich glaube nicht an Götter! Nichts als Lüge tropft von den Lippen der Seher! Täuschung ist ihr Beruf! Und ihre Götzen sind nur Gebilde aus totem Holz, unbelebtem Gestein und seelenlosen Metallen, die man an jeder Straßenecke kauft!«

»Nicht Jahwe«, sagte der Beduine bestimmt. »Von diesem Gott gibt es kein Bildnis. Niemand sah je sein Antlitz. Denn kein Sterblicher könnte den Anblick des Herrn der Heere ertragen.«

»Dummes Gefasel!« rief ich in rasender Wut. Reguël schwieg betroffen. Die anderen blickten den Beduinen unmutig an. Als einziger behielt der Luwier die Ruhe.

»Lüge, Betrug oder Täuschung – was ficht uns das an«, brummte der Riese. »Haben wir nicht geschworen, den Mörder und sein ganzes Haus zu vernichten? Nun ist es eben eine Mörderin. Huwaksatara war ihr Gemahl. Also mußte er sterben. Laßt uns nach Ekbatana ziehen und dort den Rest erledigen: Die blutige Kassandane und auch ihr Sohn Istewegu sollen für Nadins Tod mit ihrem Leben bezahlen.«

Aber ich achtete nicht auf die Worte des Riesen; ja, ich verstand kaum ihren Sinn. Denn meine Gedanken rasten umher wie lose Latten in einem Strudel und meiner Verwirrung bot sich kein rettendes Ufer. Gab es noch Götter? Hatte sich Assur gerächt, weil ich nicht mehr an ihn glaubte? Wollte mich Babylons Marduk vernichten? War der Medergott Mithra mächtig genug, mir eine solche Falle zu stellen? Hatte Apollo gelogen? Nein, dachte ich – das delphische Orakel hatte den Namen des Mörders ja gar nicht genannt: »Wer deinen Sohn erschlug, die Krone Mediens trug«, lautete die Weissagung der Pythia – und nicht nur Huwaksatara, sondern auch seine Gemahlin saß nach gültiger Sitte stets mit dem goldenen Kopfschmuck der Herrscher auf ihrem Thron.

Nicht Apoll hatte mich in die Irre geleitet, sondern mein Haß. Der Zorn auf Huwaksatara, den Sieger über Ninive und Zerstörer Assyriens, hatte mich für Zweifel blind gemacht. Jetzt endlich erkannte ich meinen Fehler und sagte in meinem Innern zu mir: Du hast dich vor dir selbst und vor den anderen als Rächer ausgegeben. In Wirklichkeit aber hast du diesen Mann nicht getötet, weil du Gerechtigkeit üben wolltest, sondern um dein heißes Blut an ihm zu kühlen. Nicht Rechtsempfinden, sondern Mordlust trieb dich. Du hast nicht edel, sondern eigensüchtig gehandelt, nicht den Göttern, sondern dir selbst zu Gefallen. Bei der Frage nach der Schuld wägtest du nicht wie ein Richter ab, sondern du folgtest allein deiner Abneigung gegen die Meder. Und obwohl es nicht an Warnungen fehlte, gingst du auf deinem falschen Weg weiter bis zum verhängnisvollen Ende.

Die Worte des Jeremia kamen mir in den Sinn: ». . . denn allzu oft wird menschliche Gerechtigkeit von Haß und Eigensucht verfälscht . . .«

Auch Ezechiel ahnte wohl, was in meinem Inneren vorging, als er sagte: »Schon manchen ließ nicht Pflichtgefühl, sondern nur Haß das Schwert ergreifen.« Nur Zarathustra hatte mich gedrängt, den König der Meder zu töten. Dachte der Heiler dabei aber nicht vor allem an seinen eigenen Nutzen?

So grübelte ich, und ich empfand keine Freude mehr an dem Gelingen unseres Anschlags. Da fühlte ich auf einmal einen harten Griff an meiner Schulter, und Arnuwan sprach mit beschwörender Stimme:

»Du machst ja ein Gesicht, als hättest du aus Versehen deinen eigenen Vater oder unschuldigen Bruder getötet! König Huwaksatara hat hundert-, ja tausendmal den Tod verdient.«

Mit diesen Worten gab Arnuwan mir die Sarpedonklinge zurück. Myron, Reguël und Tomyris schwiegen noch immer. Mago trat zu Huwaksataras Leichnam, hob den Kopf des Königs empor, zog ihm die Kette mit dem Siegel vom Hals und hielt die bronzene Rolle prüfend ans Auge. Dann reichte der Phönizier mir das Schmuckstück, und ich erkannte, daß Arsakes uns nicht belogen hatte: Das Herrschaftszeichen des medischen Königs trug nicht das Bild der doppelköpfigen Echse, sondern die Strahlenkrone des Gottes Mithra.

»Nun siehst du es selbst«, sprach Arsakes und erhob sich. »Hätte der König deinen Sohn umbringen lassen und dir sein Zeichen übermitteln wollen, so hätte er doch gewiß sein eigenes Siegel gewählt! Ich glaube, Huwaksatara wußte gar nichts von dir und deinem Sohn. Kassandane ließ diese Mordtat gewiß hinter dem Rücken des Herrschers begehen. Wer weiß, welche finsteren Pläne sie mit dem Anschlag verfolgte! Vielleicht kennst du wirklich den Ort, an dem der Schatz der Assyrer liegt, und die Blutige wollte dich deshalb nach Ekbatana locken!«

Ich holte eines von den Goldstücken hervor, die wir der Sauromatin am schneereichen Hermon abgenommen hatten. Arsakes warf einen Blick darauf und erklärte: »Ja, die sind echt. Huwaksatara veränderte nur sein Siegel – seine Münzen tragen noch immer das Bildnis der göttlichen Echse.«

Dann kratzte sich Arsakes den grauen Bart, spie zu Boden und knurrte: »Was starrt ihr mich alle so an? Ich weiß sehr wohl, daß ich jetzt sterben muß, damit ich eure Pläne nicht gefährde. Mit Lügen hätte ich mich retten können. Aber das Andenken meines Herrn ist wichtiger als mein Leben. Huwaksatara war ein harter Mann. Nie scheute er das Blutvergießen. Seine Faust lastete schwer auf den eroberten Ländern. Aber er war ein Krieger, kein Mörder. Er meuchelte nicht, sondern er kämpfte stets in offener Schlacht. Nach seinem Tod sollen die Menschen nicht anders über den König sprechen als zu den Zeiten, da er noch lebte.«

Ich schaute die Gefährten der Reihe nach an. Myron lauschte mit gespannter Miene. Alle anderen, bis auf Arnuwan, wichen meinem Blick aus. Da setzte der luwische Riese den Hörnerhelm ab, reichte ihn mir und brummte: »Die Götter sollen entscheiden.«

Ich kniete zu Boden und warf erst drei weiße Kiesel, dann einen schwarzen Stein in den ehernen Kopfschutz. Als ich mich wieder erhob, klirrte es noch ein weiteres Mal. Die Sauromatin hatte einen fünften Kiesel hineingeworfen.

Arnuwan blickte stirnrunzelnd auf Tomyris herab. Ich aber holte den letzten weißen Stein wieder heraus, warf ihn zu Boden und sagte: »Weiberhand mag vielleicht Kleinvieh oder Geflügel abtun. Dieser Mann aber hat es verdient, durch einen Krieger zu sterben.«

Der Luwier nickte. Die Sauromatin rief mit Tränen des Zorns in den Augen: »Ich habe schon mehr als einen Mann für dich getötet, Dagon. Wenn du nicht willst, daß ich dir meine Treue beweise, sage es mir wenigstens nicht auf so verletzende Weise!« Dann wandte sie sich ab und lief davon.

Ich schüttelte Arnuwans Sturmhaube. Dann schob der Luwier seine mächtige Faust in den Helm. Er holte einen hellen Kiesel hervor.

Reguël tat es ihm gleich.

Mago preßte die Lippen zusammen und senkte die Linke langsam in das schwarze Eisen. Dann zog er sie zurück, hielt sie ins Licht und stieß einen zornigen Laut aus: Zwischen seinen Fingern glänzte der schwarze Stein, der ihm befahl, Arsakes zu erschlagen.

Der Tyrer warf mir einen finsteren Blick zu. »Hättest du vorher nachgedacht«, grollte er, »müßte dieser tapfere Mann jetzt nicht sterben.«

Arnuwan gab an meiner Stelle zur Antwort: »Erinnere dich an Assyrien, Mago! Haben Huwaksatara und seine Krieger in Assur und Ninive nicht Ströme unschuldigen Blutes vergossen? Denke auch an unseren Schwur!«

»Arnuwan hat recht«, erklärte Reguël. »Was ist mit dir, Mago? Auch mir behagt es nicht sonderlich, daß sich die Dinge jetzt so drehen. Aber nicht, weil ich Mitleid mit Huwaksatara empfinde, sondern weil ich schon ahne, daß uns die Reise nach Ekbatana nun doch nicht erspart bleibt.«

Myron schwieg noch immer. Arsakes begann auf einmal zu lachen und sagte:

»Ihr seid merkwürdige Männer! Eben noch hielt ich euch für Helden, weil ihr den mächtigsten König der Welt inmitten seiner Wache überrumpelt habt. Und nun, wo es darum geht, einen gewöhnlichen Krieger zu töten, zankt ihr wie Kinder! Gebt mir mein Schwert! Ich ziehe es vor, von eigener Hand zu sterben. Schwört mir aber, daß ihr meinen Leichnam nicht den Bussarden überlassen, sondern zu Asche verbrennen werdet. Wenn ihr mir das versprecht, will ich beruhigt von dieser Welt scheiden. Vom Feuermachen scheint ihr einiges zu verstehen.«

Reguël bückte sich, hob das Schwert des Meders auf und reichte es ihm. Arsakes blickte uns spöttisch an. Dann packte er den Griff der kurzen Eisenwaffe mit beiden Händen, setzte die Spitze auf seine Brust und stieß sich die Klinge zwischen zwei Rippen ins Herz.

Der Neffe des Königs starb, ehe er den Boden berührte. Arnuwan packte den Leichnam und warf ihn in die noch immer hoch lodernden Flammen des Tempels.

»Ich weiß, die Frömmigkeit erforderte jetzt ein Gebet«, sagte der Luwier grimmig. »Aber wir haben leider keine Zeit. Die Meder werden bald erscheinen, um ihren König zu suchen.«

Der Riese blickte mich forschend an. Da fielen Schwäche und Enttäuschung von mir ab wie Schlacke von geläutertem Silber. Neue Entschlossenheit zog in mein Herz, und ein Gedanke ließ alle Gefühle verblassen, so wie die Sonne morgens Mond und Sterne überstrahlt: Niemals,

niemals würde ich meine Rache vergessen. Meine Kraft kehrte zurück, mit jedem Atemzug sog ich neue Zuversicht ein, und schließlich sagte ich: »Vorwärts! Nach Ekbatana!«

»Nach Ekbatana!« rief Arnuwan freudig.

Die anderen Gefährten schwiegen, aber sie folgten uns ohne Zögern, und im Galopp ritten wir nach Süden davon.

Wegen Thrasybulos durften wir uns bei den Lydern im Norden und Westen ebenso wenig sehen lassen wie bei den Medern im Osten. Von den Chaldäern drohte noch die geringste Gefahr. In wilder Flucht hetzten wir durch das Felsenturmland. Arnuwan und ich ritten an der Spitze. Hinter uns führte Tomyris das Pferd des erblindeten Myron. Mago und Reguël folgten am Schluß.

Die Sonne brannte längst wieder mit alter Kraft, aber wir spürten die Hitze kaum. Durch einen ausgetrockneten Bachlauf zog sich der Weg einem Berghang entgegen, den zahllose Schluchten durchzogen. Auf halber Höhe folgten wir einem von Höhlen gesäumten Einschnitt, der zu einem kleinen Paß führte. Als wir um eine scharfe Biegung galoppierten, sahen wir plötzlich einen Zug von Reitern vor uns. Sofort rissen Arnuwan und ich die Pferde zurück. Aber die Fremden hatten uns bereits bemerkt.

Myron, Tomyris, Mago und Reguël hielten neben uns an. Zwölf in schwarzes Eisen gepanzerte lydische Krieger streckten uns drohend die Lanzenspitzen entgegen. Vor ihnen saßen vier chaldäische Kundschafter auf etwas kleineren Pferden. Zwischen den Reitern leuchtete ein roter Helmbusch, und ich vernahm die fette Stimme, die mir aus Milet noch so gut in Erinnerung war.

»Wer kommt denn da?« rief Thrasybulos mit breitem Lächeln. »Ist das nicht Myron, der verräterische Hund?«

II Die Todesschlucht

Langsam ritt der Tyrann von Milet auf uns zu. Ein eherner Harnisch umschloß seine breite Brust. Die ledernen Schulterstücke waren mit Silber umrandet; sie wurden von goldenen Klammern gehalten. Ein Kettenpanzer aus schwarzen Ringen spannte sich über dem üppigen Bauch des Hellenen. Unter dem Gürtel aus kräftigem Kalbsleder reichte ein Wams aus braunem, gekämmtem Filz schützend über die Schenkel hinab. Eiserne Schienen bedeckten die Beine vom Knie bis zum Knöchel. An der Hüfte des Thalassokraten steckte ein doppelschneidiges Breitschwert mit goldenem Bügel in einer Scheide, deren Kuppel mit kostbaren Blausteinen ausgelegt war. Die fleischigen Arme des fetten Mannes waren nackt. Die Rechte hielt einen runden Schild, die Linke ruhte auf dem goldenen Knauf seiner Waffe.

Arnuwan band sich die Kette mit der Kugel um das Handgelenk. Reguël schob unauffällig einen Kiesel in die Tasche seiner Schleuder. Ich lockerte mein Schwert im Wehrgehenk. Mago zog einen Pfeil aus seinem Köcher. Tomyris hob ihren Halbmondschild, um den blinden Myron zu decken.

Thrasybulos blickte uns spöttisch an. »Ihr zieht es also vor, mit diesem Verräter zu sterben«, sagte er und gab seinen Begleitern einen Wink. Die Lyder fächerten sich sofort auf und bildeten einen Halbkreis, um uns von drei Seiten angreifen zu können. Auch die vier Chaldäer legten die Lanzen ein.

Myron befühlte vorsichtig die Binde an seinen Augen und drehte den Kopf in die Richtung, aus der er die Stimme des Thalassokraten vernahm. »Bist du es, Thrasybulos, du Verbrecher?« fragte der Grieche mit zorniger Stimme. »Ich kann nicht mehr sehen. Dennoch sollst du meiner Rache nicht entgehen!«

»Haben dich die Götter für deinen Verrat mit Blindheit bestraft?« höhnte Thrasybulos und ritt näher. »Nun hoffst du wohl auf mein Mitleid? Aber du täuschst dich! Es ist meine Pflicht gegenüber Milet und all seinen Bürgern, daß ich dir jetzt das Haupt abschlage, damit die Stadt künftig in Frieden lebt und vor deinen Umtrieben sicher ist!«

Mago drückte den hölzernen Schaft seines Pfeils mit dem Daumen gegen das Auflager seines Bogens und spannte spielerisch die Hörner. Arnuwan ergriff mit seiner Linken das Beil, befreite es aus einer Lederschlaufe und legte es vor sich auf den Sattel. Reguël packte die wollenen Enden der Wurfschleuder fester. Ich zog das Sarpedonschwert aus der Scheide, ritt dem Tyrannen in den Weg und sagte:

»Nicht weiter, Thrasybulos! Zügle dein Pferd und rufe deine Reiter zurück! Wir wollen keinen Streit mit dir.«

»Oho!« rief der Thalassokrat. »Jetzt erst erkenne ich dich. Warum hast du dich denn mit Henna beschmiert? Suchst du einen Buhlen?«

Zwei der Lyder, die Griechisch verstanden, lachten laut. Die Chaldäer blickten einander unschlüssig an. Der Thalassokrat fuhr fort: »Bist du nicht Ariston, der nicht weiß, ob er aus Naukratis oder aus Babylon stammt?«

»Und den du in Milet umbringen lassen wolltest«, gab ich zur Antwort. »Ganz recht! Zum Glück mißfiel dein Mordplan selbst deinen eigenen Göttern. Gib uns den Weg frei! Denn deine Sache ist heute nicht gerechter als damals.«

»Wer entscheidet darüber?« fragte Thrasybulos grinsend. »Du etwa, der du mich in Milet mit Trug und Lüge zu täuschen versuchtest? Aber ich trage dir deine Vergehen nicht nach. Gebt mir nur Myron heraus! Dann dürft ihr unbehelligt weiterziehen.«

»Ich warne dich«, sagte ich. »Treibe es nicht zum Äußersten, Herrscher Milets! Wir sind Gastfreunde desselben Fürsten, zu dem du jetzt die Schritte deines Pferdes lenkst. Nergal-Sarezer wird es dir nicht verzeihen, wenn du Männer angreifst, die er an seine Tafel lud! Ganz gleich, was du von dem Chaldäer begehrst – nach solchem Frevel wirst du seine Gnade nicht gewinnen!«

Thrasybulos hielt sein Pferd zurück und starrte mich überrascht an. »Kommst du am Ende doch aus Babel?« fragte er halblaut. Dann aber besann sich der Tyrann und rief: »Nein, das kann nicht sein. Dann hättest du wohl in Milet nicht gleich zum Schwert gegriffen, als dich der tapfere Hauptmann Ephoros bei deinem Gespräch mit Thales belauschte! Ja, ich weiß von deinem Besuch im Tempel Athenes und auch von der Verschwörung dieser sogenannten Philosophen! Glaubtest du etwa, du könntest als Fremder in meiner Stadt Ränke schmieden, ohne daß ich nicht von all deinen Schritten erfuhr?«

»Ich kam, um Myron zu suchen«, erwiderte ich, »und nicht, um für ihn zu kundschaften. Hätte ich sonst in der ›Räudigen Robbe‹ Myrons Namen genannt? Du warst es, der mit den Feindseligkeiten begann. Ich wehre mich nur. Wenn du nun für das Blut des Ephoros und deiner anderen Männer Genugtuung suchst, so wollen wir das Schwert entscheiden lassen. Myron aber, hilflos und blind wie er ist, soll nicht in deine Hände gelangen – jedenfalls nicht, solange meine Gefährten und ich noch am Leben sind.«

»Nun«, versetzte Thrasybulos spöttisch, »das wird vermutlich nicht mehr lange dauern. Was aber habt ihr mit Nergal-Sarezer zu schaffen?«

»Er ist schon seit vielen Jahren mein treuer Freund und

Gefährte«, sagte ich mit Betonung. »Wir stehen einander nahe wie Onkel und Neffe. Zweimal rettete er mir das Leben. Daran magst du ersehen, wieviel ihm an mir liegt. Was aber führt dich in das Lager der Babylonier? Und warum wirst du nicht von Miletern, sondern von Lydern begleitet? Reitest du für dich selbst oder für König Alyattes?«

Thrasybulos blickte mich nachdenklich an. »Um dir mein Wohlwollen zu beweisen«, antwortete er nach einer Weile, »will ich dir den Grund meines Ausritts verraten. Wenn du dich besinnst und mir Myron zur gerechten Bestrafung überantwortest, sollst du an meiner Seite reiten. Weigerst du dich dann aber noch immer, so werden wir euch alle töten. Und dann schadet es wohl kaum, wenn ihr von unseren Plänen erfahrt. Ja, mein Schwiegersohn Alyattes bat mich, zu Nergal-Sarezer zu reiten. Denn der Chaldäer soll zwischen den Lydern und Medern vermitteln. Auch mein Freund Balsar, der Oberhofmeister Mediens, wird uns dabei unterstützen. Wir wollen diesen Krieg beenden. Denn weder Alyattes noch Kyaxares — oder Huwaksatara, wie ihr ihn im Zweistromland nennt — kann diesen Kampf gewinnen. So wie zwei Eichbäume nebeneinander emporwachsen, ohne daß der eine den anderen vom Licht zu verdrängen vermag, so streben auch Lydien und Medien nach Größe, ohne dem Nachbarn Gebiete entreißen zu können. Wir wollen darum in Asien eine Grenze zwischen den Reichen festlegen und ihre Einhaltung mit heiligen Eiden beschwören. Nergal-Sarezer soll im Namen Babylons dafür bürgen, daß der Vertrag erfüllt wird. Schon vor der Schlacht schickte er uns diese vier Boten ins Feldlager.«

Ich wollte versuchen, Thrasybulos so lange hinzuhalten, bis er sich nicht mehr von Haß gegen Myron, sondern von vernünftigen Gedanken leiten ließ. Darum entgegnete ich dem Tyrannen:

»Es ehrt dich, daß du so selbstlos denkst, du wackerer

Friedensstifter. Wie aber wollt ihr Huwaksatara dazu bewegen, seiner Raubgier zu entsagen? Kannst du der Hyäne verbieten, dem neugeborenen Lamm nachzustellen? Willst du dem Geier befehlen, das Aas zu meiden?«

Thrasybulos lächelte überlegen. »Die Lyder sind weder Lämmer noch Leichen«, sagte er dann. »Und wenn die Meder das bisher nicht glauben wollten — nach dieser Schlacht wissen sie es wohl. Doch nun genug mit dem Gerede!« Eine steile Falte erschien auf der Stirn des Tyrannen. »Gebt Myron heraus!« forderte er. »Sonst seid ihr alle des Todes!«

Ich antwortete: »Kämpfe mit uns oder lasse uns ziehen — unseren Gefährten wirst du jedenfalls nicht bekommen.«

Arnuwan rief unwillig: »Worauf wartest du denn noch, du Fettwanst! Sind wir denn zankende Knaben, die einander nur mit Worten verletzen?«

»Wie ihr wollt«, antwortete Thrasybulos ruhig, nahm seinen Helm vom Sattelknauf und stülpte ihn über. Die lydischen und chaldäischen Reiter taten ihm gleich.

Ich rief den Babyloniern auf Akkadisch zu: »Seht ab von diesem Streit! Ihr habt damit nichts zu tun.« Die Chaldäer aber gaben keine Antwort.

Der Tyrann von Milet zog das doppelschneidige Schwert, stieß seinem Bronzefuchs die Sporen in die Weichen und sprengte, von Lydern und Babyloniern gefolgt, mit lautem Schlachtruf auf uns zu.

Arnuwan ließ die Kugel um seinen Kopf kreisen, trieb seinen Apfelschimmel an und warf sich den Lydern entgegen, so wie sich ein Bär in einer Felsschlucht der Meute der kläffenden Hetzhunde in den Weg stellt. Doch noch bevor die Schar der Feinde den Riesen erreichte, tönten zwei dumpfe Schläge, und zwei der Lyder stürzten aus ihren Sätteln. Magos Pfeil steckte in der Kehle des einen.

Den anderen aber hatte Reguëls Schleuderstein an der Schläfe getroffen.

Die anderen Reiter schlossen einen Ring um uns und stießen mit ihren Lanzen zu. Mago und Tomyris deckten Myron von beiden Seiten und wehrten sich mit ihren kurzen Schwertern. Der einarmige Reguël zog ein Seil unter seinem Sattel hervor, warf die Schlinge geschickt um den Hals eines Lyders und riß ihn vom Pferd. Die Hauptlast des Kampfes aber ruhte auf Arnuwans Schultern. Der luwische Riese hauste mit Kugel und Beil unter den Angreifern, wie ein Hagelsturm unter den stolz aufragenden Ähren des Kornfeldes wütet.

Thrasybulos führte seinen ersten Hieb nach meinem Hals. Ich deckte meine Kehle mit dem Schildrand und schlug nach dem entblößten Arm des Tyrannen. Zweimal klirrte sein Schwert gegen meine Sarpedonklinge, und es war, als stießen zwei Blitze zusammen. Funken sprühten aus dem gehärteten Erz, doch an den Schneiden entstand keine Scharte. Dann ritt der Mileter an mir vorüber.

Ich wandte mein Pferd. Auch Thrasybulos griff jetzt nicht Myron an, wie er ursprünglich beabsichtigt haben mochte, sondern drehte sich nach mir um. Er glaubte wohl, den Mord an seinem Todfeind leichter vollziehen zu können, wenn er mich aus dem Weg geräumt hatte. Vielleicht trieb ihn auch Kampfeswut zurück. Denn nun handelte er wie ein Wildeber, der in der Wut jede Vorsicht vergißt. Mit weit ausholenden Schlägen kerbte er meinen Schildrand, so daß das Metall an dieser Stelle erschien wie von eisenfressenden Drachen zerbissen. Zweimal drang seine Schwertspitze durch meine Deckung und traf mich schmerzhaft am Schultergelenk. Ich durchtrennte mit meiner Sarpedonklinge den wallenden Filzschurz des Griechen und schnitt ihm schmerzhaft in den rechten Oberschenkel, so daß rotes Blut hervorquoll und der Tyrann vor Zorn und Schmerz brüllte.

Thrasybulos wandte sein Reittier von neuem und raste wie ein Gott des Todes auf mich zu. Diesmal schlug sein Schwert wie ein Hammer gegen mein Schild, und fast wäre mir die eherne Wappnung entglitten. Ich zielte nach seiner Kehle, traf aber nur den Helm. Die Spitze der Sarpedonklinge löste das lederne Kinnband des Thalassokraten, und der Kopfschmuck mit dem roten Helmbusch flog im hohen Bogen zur Erde.

In höchster Wut ließ Thrasybulos nun sein Schwert fallen, riß einem lydischen Reiter den Spieß aus der Hand und ritt zum vierten Mal gegen mich an, die mehr als zwei Klafter lange Lanze auf meine Brust gerichtet. Die eiserne Spitze durchstieß die Leder- und Zinnplatten meines Schilds wie einen aus Wolle gewirkten Teppich. Dann drang das zweischneidige Metall in meine Achselhöhle, so daß ich die Wappnung loslassen mußte.

Schnell griff ich mit der Linken an den Schaft der Lanze. Thrasybulos, der mir den Spieß nicht überlassen wollte, packte noch fester zu. Dabei vergaß er für einen Moment seine Deckung. Mein Sarpedonschwert fuhr durch die Luft und trennte ihm die linke Hand vom Arm.

Laut schrie Thrasybulos auf. Aus seinem Armstumpf schoß Blut, wie Milch aus einem Euter gemolken wird. Rasch ließ der Jonier den Schild aus seiner Rechten gleiten und umklammerte mit den Fingern die Adern an dem zerstörten Gelenk. Der Lebenssaft quoll ihm zwischen den Fingern hervor. Ich aber packte nun ungehindert den Spieß und stieß die Waffe dem Tyrannen durch das Kettenhemd in den Magen, so daß die Spitze am Rücken wieder hervortrat. Mit einem gurgelnden Schrei stürzte der Thalassokrat auf die Erde und starb.

III Der Anschlag

Als die Lyder den Fall ihres Anführers sahen, wandten sie ihre Pferde zur Flucht. Doch nur ein einziger konnte entkommen. Unter den anderen hielt Arnuwan grausige Ernte. Auch die vier Babylonier fielen. Mit zerschmetterten Schädeln und abgehauenen Gliedern lagen sie auf der Erde, so daß selbst mich das Grauen packte, obwohl ich doch einst in Assurs Diensten gewohnt war, bis zu den Knien im Blut getöteter Feinde zu waten.

So und nicht anders, edle Richter des Areopag, verlor Thrasybulos sein Leben. Nicht feige Mörderhand führte den tödlichen Stoß: Der Tyrann von Milet fiel im Kampf, in einem ehrenvollen Gefecht mit Kriegern, die er selbst herausgefordert hatte. Er starb nicht wehrlos, sondern mit der Waffe in der Hand. Der Schlag, der ihm das Leben raubte, traf nicht seinen Rücken. Der Mann, der Thrasybulos überwand, sah seine Augen, nicht seinen Nacken. Er handelte nach den Gesetzen des Krieges. Nicht Myron, ich war es.

Ich weiß nicht, wer dir, Periander, einst die Nachricht vom Tod deines Vetters nach Korinth gebracht hat. Der Lyder, der uns in der Todesschlucht entkam, zählte jedenfalls nicht zu den beiden Griechisch verstehenden Reitern, die ich erwähnte. Er hat uns wahrscheinlich verwechselt und nach seiner Rückkehr im lydischen Lager erzählt, Thrasybulos sei von einem Mileter namens Myron umgebracht worden. König Alyattes kannte gewiß die Feinde seines Schwiegervaters in Milet. Darum mußte der Herrscher aus dem Bericht des Entflohenen schließen, Myron habe Thrasybulos aufgelauert und ihn mit Hilfe gedungener Mörder erschlagen. Du, Periander, der du dort auf dem Fels der Unversöhnlichkeit stehst, glaubtest diese Erzählung und dachtest daher, du habest das Blut deines Vetters an Mördern zu rächen. Sieh diesen Irrtum jetzt ein! Denn wir sind keine Verbrecher, sondern wir handelten nach Geboten, die in deinem Land ebenso gelten wie in dem Reich, das einstmals das unsere war.

Räche Thrasybulos, wenn du willst, doch räche ihn im Kampf! Gürte deine Lenden mit einem Schwert und hebe den Schild gegen mich. Ich bin bereit! Da du schon alt an Jahren bist, magst du auch getrost einen deiner Gefährten für dich fechten lassen. Rufe den tapfersten Helden von Hellas herbei! Ich werde mich stellen. Doch höre endlich damit auf, Myrons Verwandte und Freunde in Milet zu verfolgen! Denn dazu besitzt du kein Recht.

Aber ich bin noch Rechenschaft über den Tod eines anderen Menschen schuldig. Nachdem ich euch, edle Areopagiten, schon soviel von jenen Tagen berichtet habe, sollt ihr nun auch das Ende meiner Geschichte erfahren. Dann werdet ihr erkennen, daß ich mich vor einem Größeren als Periander zu verantworten habe — vor einer Macht, neben der Milet und Korinth, auch Athen, ja selbst Lydien, Babylon oder Medien schwach und gering sind wie ein Baum gegen einen Berg, ein Kind gegen einen König, ein Weiler gegen die ganze Welt.

Als der Tyrann seinen letzten Atem verhaucht hatte, ritt ich an Myrons Seite. »Thrasybulos ist tot«, berichtete ich. »Nach Reguël hast nun auch du das Ziel deiner Rache erreicht.«

Myron aber zeigte keine Freude, sondern er fluchte laut und nannte dabei die Namen aller griechischen Götter, die er sonst doch so tief zu verachten vorgab. Denn er war zornig, weil ihm vom Schicksal verwehrt worden war, den Thalassokraten mit eigener Hand zu erschlagen.

Reguël wollte dem fliehenden Lyder nachsetzen, aber ich sagte: »Nein, dazu haben wir keine Zeit. Ich fürchte, nun können wir uns auch bei den Chaldäern nicht mehr blicken lassen. Laßt uns also so schnell wie möglich nach Osten reiten. Vielleicht gelingt es uns, durch die Reihen der Meder zu schlüpfen, ehe sie vom Tod ihres Königs erfahren und überall nach uns fahnden. Am besten, wir versuchen es bei den Persern, die wohl am wenigsten Grund haben, uns zu zürnen. Sie müssen irgendwo dort drüben lagern.«

»Thrasybulos!« rief Myron voller Wut. »Welcher grausame Geist entzog dich mir? Ach, diese verfluchten Augen! Am liebsten risse ich sie mit den Händen heraus!«

»Sei still«, sagte ich. »Es hilft ja doch nichts. Wenn du wieder sehen kannst, wirst du nach Milet zurückkehren und die Helfer des toten Tyrannen ihrer gerechten Strafe zuführen.«

Der Grieche beruhigte sich ein wenig. »Erst wollen wir deine Rache vollenden«, erwiderte er. »Kein Gott, kein Feind, kein Unglück soll mich hindern, Nadins Mörderin zu richten!«

Die Ränder der Felsenschlucht flachten bald ab. Wir verließen den Weg und ritten nach Osten. Eilig trieben wir unsere Pferde zwischen niedrigen Hügeln hindurch. Wir rasteten auch dann nicht, als die Dunkelheit niederfiel. Erst nach dem Aufgang des Arjesterns hielten wir an. Vor uns lag eine weite, von niedrigen Salzsteppensträuchern bestandene Ebene. Zahllose Lagerfeuer brannten auf ihr.

»Meder?« fragte Reguël flüsternd.

»Ich weiß nicht«, gab ich zur Antwort. »Was meinst du, Mago? Du hast doch die schärfsten Augen!«

»Das sind keine Meder«, erklärte der Tyrer sogleich, »sondern Perser. Seht ihr das Zelt dort drüben? Ich gehe jede Wette ein, daß es Kambyses gehört.«

Die persischen Wachposten blickten aufmerksam in die

Runde, so daß wir uns nicht aus der Deckung wagen durften. Mago spähte angestrengt nach vorn. »Da!« rief er plötzlich. »Die Zeltbahn bewegt sich! Ein Mann kommt heraus. Kambyses! Ich hatte recht. Seht ihr den blauen Helmbusch?«

»Was tut er«, fragte ich aufgeregt.

»Warte«, murmelte Mago. »Er steht nur einfach so da. Halt – jetzt bewegt er sich wieder. Er schaut in unsere Richtung. Bei Baal, er muß Augen haben wie eine Eule, wenn er uns aus solcher Entfernung nachts in diesem Dikkicht wahrnehmen kann.«

Reguël meinte: »Wahrscheinlich sieht er uns überhaupt nicht, sondern ahnt nur, daß wir hier liegen.«

»Ja«, stimmte ich zu. »Schließlich weiß er ja ganz genau, warum wir an den salzreichen Halys reisten. Inzwischen erfuhr er wohl auch, daß Huwaksatara tot ist und kann sich denken, daß wir Hilfe brauchen. Was macht er denn jetzt?«

»Er steigt auf sein Pferd«, berichtete Mago.

Myron, Arnuwan und Tomyris drängten sich nun ebenfalls an den Rand der hartholzigen Saxaulstauden. Mago schwieg einige Augenblicke, dann schilderte er verblüfft:

»Kambyses reitet aus dem Lager. Ganz allein. Ohne Leibwache. Er kommt geradewegs auf uns zu.«

»Er ist sehr schlau«, sagte ich. »Los, versteckt euch! Wir wollen ihn hier empfangen.«

Die Gefährten traten rasch hinter einige Sträucher und kleinere Felsen. Kurze Zeit später ertönte das Trappeln von Hufen, und hinter einem kleinen Hügel bog ein Reiter hervor. Es war Kambyses.

Ich trat aus dem Schatten meines Verstecks auf die Lichtung und sprach: »Ich grüße dich, Fürst der Perser! Nun kannst du das Versprechen einlösen, das du uns damals in Parsumasch gabst.«

»Dagon!« rief Kambyses erfreut. »Ihr habt es also tatsächlich geschafft! Als ich heute nachmittag hörte, Huwaksatara sei vom Sonnengott heimgeholt worden, wußte ich gleich, daß ihr es wart, die unserem Herrn zu dieser Himmelfahrt verhalfen! Und daß ihr mich danach aufsuchen würdet. Wie konntet ihr den König in die Falle locken, mitten in einer Schlacht, in der wir schon zu siegen begannen? Ich glaube fast, euch ist Macht über die Gestirne gegeben, und ihr habt heute die Sonne gestohlen, so daß es mitten am Tag finster wurde wie in der Nacht.«

Ich winkte den Gefährten und schilderte dem Fürsten, was sich zugetragen hatte. Kambyses hörte staunend zu. Am Ende erklärte er: »Nergal-Sarezer sagte mir schon, daß ihr gefährliche Krieger seid. Niemals aber hätte ich geglaubt, daß es Männer gibt, die so etwas vollbringen können. Hättet ihr Assyrer euch damals nicht die ganze Welt zu Feinden gemacht, wärt ihr niemals besiegt worden.«

»Assyrien besteht nicht mehr«, sagte ich. »Wir aber wollen noch eine Weile leben. Denn wir haben noch einiges vor.«

»Ganz recht«, versetzte Kambyses. »Nach Huwaksatara muß nun auch Istewegu fallen! Der Kronprinz wird schon in wenigen Tagen Nachricht vom Tod seines Vaters erhalten. Dann zieht er ganz gewiß zum Halys, um das Heer zu übernehmen. Wenn ihr euch beeilt, begegnet ihr dem Prinzen vielleicht auf dem Weg. Dann ist die Gelegenheit günstig. Aber ich sehe, einer von euch ist erblindet. Auch du, Dagon scheinst verwundet zu sein. Das Blut läuft dir ja in Strömen über die Rüstung!«

»Mir hat nur ein Spieß die Haut vom Oberarm geschürft«, gab ich zur Antwort. »Ich werde die Wunde nachher verbinden. Schlimmer ist, was Myron widerfuhr: Er mischte Steinsalz, Öl und Essig mit gebranntem Kalk, da brannte ihm ein Blitz die Augenlider fort. Vielleicht kann er nie wieder sehen.«

Kambyses musterte Myron mitfühlend und sagte: »Ich will zu Ahuramazda beten, daß er deinem Gefährten die Sehkraft wieder zurückgibt.«

Myron zischte verächtlich. Schnell sagte ich zu dem Perser: »Lasse uns lieber darüber sprechen, wie wir am besten nach Osten kommen, ohne uns mit medischen Reitern schlagen zu müssen.«

»Sie suchen schon nach euch«, berichtete Kambyses. »Die medischen Heerführer verbreiten die Legende, daß der König vom Sonnengott selbst abberufen worden sei. In Wahrheit wissen sie natürlich genau, daß ihr Herr einem Anschlag zum Opfer fiel. Immerhin wurden dabei vierzig Wächter mit ihrem Anführer Arsakes niedergemacht. Ich würde zu gern wissen, wie ihr das fertiggebracht habt. Selbst Artadates, der mächtige Magier, konnte euch nicht entkommen.«

»Magier fürchtet nur, wer an Zauberei glaubt«, erwiderte ich. »Für uns bestand Artadates wie alle Menschen nur aus Fleisch und Blut. Wie übrigens auch die Xrafstra, die uns in diesen Schuriaschtempel führten.«

»Unglaublich«, murmelte der Perser. Dann fuhr er fort: »Aber ihr seid gewiß nicht gekommen, um mit mir ein Plauderstündchen zu halten, sondern weil ihr Hilfe benötigt. Ich sah das voraus und versteckte einige persische Rüstungen und Gewänder in diesem Wald. Sie liegen dort bei dem Felsen, der wie ein Hundezahn aussieht.«

Wir schritten zu dem seltsamen Steingebilde. Aus einer Höhlung am Fuß des Felsens zog Arnuwan Panzer und Kleider hervor. Wir legten sie an. Sie paßten wie für uns gemacht.

Neben dem steinernen Hundezahn floß ein kleiner Quellbach vorüber. Ich wusch mir Bart und Haare. Dann faßte Kambyses mich an den Handgelenken und sagte:

»Ich werde Zarathustra berichten, was ihr vollbracht

habt. Wenn ihr jetzt auch noch den Kronprinzen Istewegu erlegt, werdet ihr als die größten Helden und Förderer unseres Glaubens in die Geschichte der Völker Asiens eingehen. Ihr werdet die reichsten Opfer erhalten und selbst wie Götter angebetet werden.«

»Davon kehrt mein Augenlicht nicht zurück«, murmelte Myron bitter. Die Sauromatin legte ihm tröstend die Hand auf den Arm.

Der Perser drückte mir eine Schriftrolle in die Hand und erklärte: »Nehmt diese Botschaft für meine Gemahlin und meinen Sohn Kurasch mit euch nach Anschan. Reitet als meine Boten über die Achse von Asien. Dann werden euch die Meder nicht behelligen. Wenn ihr Istewegu begegnet, tötet ihn ohne Gnade!«

Wir drückten die Fersen in die Bäuche unserer Pferde. Kambyses führte uns durch die persischen Posten. Auf der anderen Seite des Lagers blieb der Fürst zurück, und wir ritten nach Osten davon.

Wir blieben die ganze Nacht über im Sattel. Am nächsten Morgen erreichten wir wieder den Fernweg nach Susa. Vorsichtig blieben wir in der Deckung des Waldes und ritten neben der Straße nach Osten. Nach zwei Stunden fragte Myron ungeduldig:

»Wann gedenkst du denn wieder auf ebenem Boden zu reiten, Dagon? Die Meder suchen uns hier wohl zuletzt! Sonst hättet ihr doch schon längst einige ihrer Streifscharen sehen müssen. Ich bin es allmählich leid, dauernd Spinnweben ausspucken zu müssen und mich in diesem verfluchten Dickicht von Ästen schlagen zu lassen!«

»Still!« warnte Mago. »Ich höre Hufgetrappel!«

Wir hielten unsere Pferde an. Einige Herzschläge später vernahmen wir ein Geräusch in der Ferne. Es kam schnell näher. »Mindestens dreißig Rosse«, flüsterte Mago. Hinter einigen Felsen stieg eine gelbe Staubwolke empor.

Dann erblickten wir eine starke Abteilung medischer Panzerreiter. Sie galoppierten mit freiem Zügel nach Osten.

»Bei Baal mit seinen Donnerkeilen!« entfuhr es dem Tyrer. »Sie sperren den Paß!«

Der Beduine machte ein bedenkliches Gesicht. »Wenn das so ist«, riet er, »sollten wir vielleicht besser einen anderen Weg suchen. Dieser Verkleidung traue ich nicht so recht. Außerdem spricht keiner von uns Persisch!«

»Umkehren wäre noch gefährlicher«, meldete sich der Luwier. »Wer weiß, was dieser Horde noch alles folgt! Ich habe keine Lust, dort oben etwa Skunkha mit seiner Skythenbrut zu begegnen. Oder den Xrafstra mit ihren Sicheln.«

»Arnuwan hat recht«, entschied ich. »Reiten wir weiter! Vielleicht wollen die Meder die Enge gar nicht besetzen, sondern sind zu einem ganz anderen Ziel unterwegs. Wir wissen ja nicht einmal, ob sie uns suchen.«

»Uns vielleicht nicht«, versetzte Reguël, »dich aber ganz bestimmt!«

Mago erklärte: »Die wissen längst, wie viele wir sind. Sie brauchen doch nur die Verletzungen ihrer toten Leibwächter zu überprüfen!«

Wir ritten im Schritt durch das Dunkel des Waldes, immer im gleichen Abstand zur Straße, die sich in zahlreichen Biegungen durch das kleine Tal wand. Nach einer Stunde zügelte der Tyrer sein Pferd, hob die Hand und raunte uns zu:

»Da vorn fährt ein einzelner Wagen. Ich höre auch Pferde. Ihr Hufschlag klingt ziemlich leicht. Ich glaube nicht, daß es sich um Reiter handelt. Eher um einen reisenden Händler mit einem Ochsengespann, der ein paar Pferde an seinen Wagen gebunden hat, um sie auf dem nächsten Markt zu verkaufen.«

»Der kommt wie gerufen«, sagte ich leise. »Wir wollen ihn überholen und näher in Augenschein nehmen.«

Der Phönizier nickte. Wir bogen nach Süden, fielen in leichten Trab, schlugen einen Bogen und kehrten nach zehn Stadien wieder zur Straße zurück. Dort warteten wir in einem Gebüsch.

Nach einer Weile glitt der Tyrer aus dem Sattel und schlich an den Waldrand. Wir hörten das Rumpeln von eisenbeschlagenen Rädern.

Auf einmal verstummten diese Geräusche. Halblaute Stimmen ertönten. Nach einer Weile rief Mago: »Dagon! Komm her! Es gibt Neuigkeiten!«

Wir ritten zur Straße hinab. Neben der tief in den Boden gegrabenen Spur stand ein zweiachsiges Fuhrwerk mit scheibenförmigen Rädern, wie sie nur noch im Land Naïri verkehren. Denn in den Ebenen des Südens siegte das leichtere Speichenrad schon vor fünfhundert Jahren. An den Wagenkasten war ein leichter Streitwagen aus Bronze gebunden, wie sie die Fürsten der alten Nordländer einst zu ihren Raubfahrten in die Südreiche benutzten. Zwei schöne, aber schon bejahrte Pferde aus urartäischer Zucht folgten dem Fuhrwerk.

Auf dem Kutschbock saßen ein Jüngling und ein Greis. Mago winkte uns näher heran. »Diese Männer wurden vor drei Stunden von rund dreißig Medern überholt«, erklärte der Tyrer. »Die Reiter suchen uns. Auch diese beiden hier wissen Bescheid. Sie haben mich gleich als Phönizier erkannt.« Mago lächelte ein wenig. »Sie fragten mich, ob ich es gewesen sei, der Huwaksatara zur Strecke brachte«, fuhr der Phönizier fort. »Sie scheinen den Tod des Königs nicht sehr zu bedauern.«

»In der Tat«, bestätigte der Jüngling. »Denn wir gehören zum Stamm der Mannäer, denen dieses Land seit alter Zeit gehört. Leider zählt unser Volk nur noch wenige Krieger. Darum vermochten wir uns der Mederflut nicht zu erwehren. Nun aber ist der Zwingherr tot. Vielleicht vermögen wir jetzt die Freiheit zurückzugewinnen!«

»Träume«, sagte Reguël nüchtern. »Was der Meder einmal erobert hat, gibt er nicht wieder her.«

Ich musterte die Ladefläche des Wagens. Sie enthielt große hölzerne Kisten, dazu auch Waffen, sorgsam in wollene Decken gehüllt, und alte, einst wohl sehr kostbare Prunkgewänder. »Wir sind keine Freunde Huwaksataras«, erklärte ich. »Sagt mir, wer ihr seid, wohin ihr fahrt und was ihr gesehen habt! Wägt eure Worte gut ab! Jede Lüge oder Ungenauigkeit könnte euch und uns großen Kummer bereiten!«

»Das brauchst du mir nicht auseinanderzusetzen«, erwiderte der Jüngling. »Wissen wir Mannäer doch schon seit alters her nicht nur Pflug und Hacke, sondern auch Schwert und Lanze zu führen! Ich bin ein Krieger wie ihr, auch wenn ihr mich auf diesem Kutschbock für einen gewöhnlichen Krämer ansehen mögt. Mein Name ist Darban. Mein Haus steht unter den Ahornbäumen von Arabkir im Mandelland Meliddu. Wie ich, führt auch mein Onkel Zamua neben mir sein Blut auf die ältesten Fürsten Mannäas zurück.«

Ich hob die Hand und sagte beschwichtigend: »Ich wollte euch nicht kränken. Die ruhmvolle Vergangenheit eures Volkes ist jedem Kriegsmann bekannt. Boten nicht eure Vorfahren selbst dem sonst stets siegreichen Salmanassar die Stirn? Auch haben die alten Mannäer viele Male den Herrschern Urartus mit großer Tapferkeit widerstanden, wie ich in den Büchern der Geschichtsschreiber von Ninive las.«

»Ninive?« fragte Darban erstaunt. »Seid ihr am Ende Assyrer? Ich dachte, ihr wärt alle längst tot!«

»Wir leben noch, und zwar ziemlich heftig!« rief Reguël ungehalten.

Ich fragte den Fremden: »Wohin seid ihr unterwegs?«

»Nach Palu, der Stadt auf dem Purpurfelsen«, antwortete der Jüngling. Er kratzte sich die nachtschattigen Wangen, fuhr sich durch das schwarzglänzende Haar und fügte hinzu: »Kennt ihr die alte Hauptstadt Mannäas? Niemals wagten sich Assyrer bis an ihre Mauern.«

Mago mischte sich ein. »Wir wollen nicht über so ferne Ereignisse streiten«, meinte der Tyrer. »Seid nun so freundlich und wiederholt vor meinen Gefährten, was ihr von den Reitern erfuhrt.«

Der junge Darban blickte uns der Reihe nach an. Dann berichtete er: »Es handelt sich um zweiunddreißig Meder und zwei massagetische Spurenleser. Ihr Anführer fragte mich nach einem Phönizier, der versucht haben soll, den König Mediens zu betrügen. Wie das vonstatten gegangen sein soll, verriet mir der Meder nicht. Er erzählte, inzwischen sei Huwaksatara in Mithras glühender Hand zum Himmel emporgefahren. Vor seinem Abschied habe der König seinen Dienern befohlen, den Phönizier zu bestrafen. Der Frevler habe möglicherweise vier oder fünf Helfer. Als dieser Mann hier uns jetzt anhielt und nach dem Weg fragte, hielt ich ihn für den Gesuchten und sagte ihm, wie wir Mannäer über die Meder denken. Da lachte er und rief nach euch.«

Der Jüngling verstummte und starrte überrascht die Sauromatin an. »Bist du auch ein Assyrer?« fragte er verwundert. »Wahrlich, ich habe schon viel von Ninives Kriegern gehört und weiß, daß sie schon in sehr jungen Jahren zu Kämpfen auszogen. Dir aber wächst ja noch nicht einmal ein Bart!«

»Das soll dich nicht weiter kümmern«, erwiderte ich. »Antworte nur auf unsere Fragen. Wohin wollten die Meder reiten?«

Darban konnte seinen Blick kaum von Tomyris lösen.

Erst nach einer ganzen Weile antwortete er: »Zum Paß der Tannen von Topzawa, zehn Stadien von hier im Osten. Dort verengt sich das Tal so sehr, daß die Felswände senkrecht neben der Straße emporragen. Die Gebirgszüge nördlich und südlich von diesem Durchlaß kann man weder überqueren noch umgehen.«

»Da kommen wir wohl kaum so ohne weiteres durch«, meinte Myron mißmutig.

»Nein«, bestätigte der Mannäer. »Vor allem nicht mit dir. Die Brandwunden in deinem Antlitz verraten, daß auch du Mithras glühenden Händen zu nahe gekommen bist. Kehrt lieber um!«

»Kommt nicht in Frage«, brummte Mago. »Dann kriegen wir es vielleicht nicht mit dreißig, sondern mit dreihundert oder dreitausend Medern zu tun. Das wäre selbst für uns ein wenig reichlich.«

Darban schaute uns unsicher an. »Ihr liebt seltsame Scherze«, meinte er. »Doch wenn ihr versuchen wollt, die Meder bei den Tannen von Topzawa zu überlisten, will ich euch gern dabei helfen. Sagt mir aber zuvor: Wer von euch hat Huwaksatara getötet? Und aus welchem Grund? Aus Rache für Assyrien? Euer Reich ist doch schon so lange vergangen! Wahrlich, ihr kommt mir vor wie Wesen aus einer versunkenen Welt.«

»Wir sind keine Untoten oder Gespenster, falls du das meinst«, versetzte Reguël unwirsch.

Ich legte dem Midianiter besänftigend die Hand auf die Schulter und berichtete dem Mannäer:

»An Huwaksataras Tod waren wir alle beteiligt. Mehr brauchst du darüber nicht zu wissen. Wenn du uns namens der Mannäer Dankbarkeit bezeugen willst: Du siehst ja, wir tragen persische Kleidung. Wir wollen den Medern an diesem Tannenpaß weismachen, daß dieser Wagen jetzt mit Beutestücken des Fürsten Kambyses beladen sei und ihr uns nach dem wandernden Anschan begleiten sollt. Traust du dir diese Rolle zu? Vergiß nicht, du wagst dein Leben dabei.«

Darban blickte mich unwillig an. »Hältst du mich für einen Feigling?« fragte er säuerlich. »Doch welcher Fürst würde seine Habe einem Blinden anvertrauen?«

»Wir werden Myron auf deinem Wagen verstecken«, erklärte ich dem Mannäer. »Wenn die Meder ihn allerdings finden, geht es für euch wie für uns um Leben und Tod.«

»Reitet nur hinter mir her«, erwiderte Darban grimmig. »Dann werdet ihr schon sehen, wie wir Mannäer mit diesem Gesindel umspringen.«

»Oho«, machte Arnuwan anerkennend. Mago lächelte. Reguël blickte mich belustigt an. Ich sagte: »Also gut. Versuchen wir es mit List! Kämpfen können wir dann immer noch.«

Darban öffnete die Kisten. Sie waren mit tönernen Tafeln gefüllt, auf denen seltsame Schriftzeichen standen. Wir breiteten Stoffe darüber. Myron legte sich in einen schmalen Hohlraum zwischen den Kästen und der Bordwand des Wagens. Wir deckten ihn mit Fellen zu. Das Pferd des Mileters trieben wir in den Wald. Dann leerte ich unsere Satteltaschen und legte unser Gold und Geschmeide in die hölzernen Kästen, so daß es aussah, als seien sie bis obenhin mit Schätzen gefüllt.

Arnuwan band die Eisenkette an seine Rechte. Mago und Tomyris spannten ihre Bogen. Reguël schob einen Stein in seine Schleuder. Der Jüngling sah uns staunend zu. Der alte Zamua stieß ihn an und rief aufmunternd: »Los, Darban! Du hast die Assyrer überredet!«

Der Mannäer schlug die Zügel, und das Fuhrwerk rollte hinter uns dröhnend über Stock und Stein. Kurz darauf sahen wir den Engpaß vor uns und fielen in Schritt. Darban lenkte seinen Wagen an die Spitze unseres Zuges. Wenige Herzschläge später ritten uns die Meder in den Weg.

»Da seid ihr ja wieder, ihr Geröllbeißer«, rief der Anführer des Wachtrupps den beiden Mannäern entgegen. »Wen habt ihr denn da mitgebracht?«

Darban sagte entschlossen: »Da staunst du, wie? Besser ein Geröllbeißer als ein medischer Pferdeschänder wie du! Siehst du nicht, daß uns persische Reiter begleiten? Wir sind jetzt nämlich zu Fahrhelfern des hochedlen Fürsten Kambyses ernannt. Ich rate euch, uns nicht zu belästigen, wenn ihr nicht mit meinen Freunden Ärger kriegen wollt!«

»Oha!« rief der Meder verblüfft. »Besitzen die Perser denn keine eigenen Wagen, daß sie solches Gesindel anstellen müssen, um ihre Schätze heimwärts zu karren?«

»Unserem Fahrzeug brach vor zwei Stunden die Achse«, erklärte ich. »Wir hatten eine Abkürzung durch das Gelände genommen. Das war ein Fehler. Also trugen wir unsere Güter zur Straße zurück. Die Zugtiere stehen noch dort, du magst sie dir holen. Wir haben es eilig. Im wandernden Anschan wartet die Fürstin schon ungeduldig auf unser Kommen.«

Ich zeigte ihm die Schriftrolle mit dem Siegel des Parsumaschherrschers. Der Meder nickte. »Ja, die Weiber«, brummte er, wobei er offenbar an seine eigene Ehe dachte. »Inbrünstiger als die Heimkehr des Gatten ersehnen sie stets die Ankunft der Güter.«

»So ist es«, erwiderte ich. »Zu unserem Glück kamen bald diese wackeren Gebirgler vorüber.« Ich öffnete die größte Kiste und ließ den Meder einen Blick hineinwerfen. Dann holte ich einen kleinen Rubin heraus, warf ihn dem Anführer zu und sagte: »Hier – ein kleines Andenken an unsere Begegnung! Du kannst es ruhig nehmen – wir haben das alte Mazaka tüchtig geplündert.«

»Ihr Perser habt immer ein Glück«, seufzte der Meder

neidisch. Er hauchte erfreut auf den kostbaren Stein und putzte ihn dann an seinem Ärmel. Ich zwinkerte dem Reiterführer zu. »Diese Männaer sind tüchtige Leute«, sagte ich verschwörerisch zu ihm. »Sie leerten sogar ihre Kisten für unser Geschmeide. In Anschan winkt ihnen reicher Lohn.«

Der Meder grinste. »Das kann ich mir gut vorstellen«, erwiderte er.

Dann aber erlosch sein Lächeln. Er ritt näher heran und faßte mich scharf ins Auge. »Habt ihr auf eurer Fahrt vielleicht einen Phönizier gesehen? Er ist ein wenig kleiner als du, mit rotem Bart und Haar. Huwaksatara, der jetzt zur Rechten Mithras thront, wünscht, daß wir das Blut dieses Mannes vergießen. Denn der Phönizier hat den König schändlich getäuscht und belogen.«

»Wir haben von diesem Mann schon gehört«, gab ich zur Antwort. »Aber gesehen haben wir den Frevler nicht. Wenn der Kerl nicht vollkommen wahnsinnig ist, ritt er gewiß zu den Kriegern von Babel, wo er sich wohl sicher fühlen kann. Gibt es doch kein verräterischeres Pack als die verhurten Chaldäer!«

»Du sagst es, Waffenfreund«, stimmte der Meder grimmig zu. »Doch eines Tages werden wir auf das stolze Babylon steigen wie auf einen Abtritt. Zieht nur weiter! Wenn ihr aber einen Verdächtigen seht, dann kehrt sofort um und bringt ihn zu mir! Unser Herr, der glorreiche Istewegu, wird euren Schätzen noch weitere hinzufügen.«

»Wir werden daran denken«, versprach ich. Langsam ritten wir an den Medern vorüber. Hinter einer Biegung entschwanden wir ihren Blicken.

Ich lenkte mein Pferd an den Wagen und legte dem jungen Männaer die Hand auf die Schulter. »Du verfügst über gute Nerven, Darban«, lobte ich. »Nenne uns nun den Lohn, den du für deinen Mut erwartest! Willst du Gold?

Edle Steine? Du sollst dieses Wagnis nicht umsonst auf dich genommen haben.«

»Du schuldest mir nichts«, sagte der junge Mannäer. »Es war mir ein Vergnügen.«

Danach befreiten wir Myron. Im nächsten Dorf erstanden wir ein neues Pferd für den Griechen. Wir reisten noch eine Weile mit den Mannäern weiter, und ich erfuhr dabei manches von ihrem Land. Nur eins verriet Darban mir nicht: Was ihn zur Stadt des Purpurfelsens zog. Ich fragte auch nicht danach.

Am Abend schlugen wir in einem Wäldchen unser Lager auf. Die beiden Mannäer wollten nicht mit uns rasten, sondern so schnell wie möglich weiterreisen. »Wir sind in großer Eile«, erklärte Darban. »Wenn mein Onkel noch auf einem Pferd sitzen könnte und wir nicht soviel mitzuschleppen hätten, wären wir sicher geritten und bräuchten uns nicht mit diesem langsamen Fuhrwerk zu plagen. Die Götter mögen euch beschützen! Wir werden uns kaum wiedersehen. Doch kommst du je zu den Ahornbäumen von Arabkir, so gehört dir mein Haus.«

Dann schnalzte er mit der Zunge, und seine Ochsen zogen an.

Am nächsten Tag ritten wir durch den Quellfluß des Euphrat. An seinem östlichen Ufer reckten sich wieder die Riesen der alarodischen Bergwelt empor. Auf halber Höhe eines steilen Abhangs schlugen wir ein Lager auf, um auszuruhen und unsere Wunden frisch zu verbinden. Auch Arnuwan und Mago hatten mehrere Verletzungen zu pflegen. Reguël und Tomyris sammelten Kräuter und strichen auch wieder Salbe auf Myrons verbrannte Lider.

»Dem Himmel sei Dank, daß du trotz deiner Blindheit diese gefährlichen Stoffe im Tempel zusammenmischen und anzünden konntest«, sagte der Beduine dabei.

»Wahrlich, als ich die Xrafstra erblickte, dachte ich schon, wir würden Dagon niemals wiedersehen!«

»Den Himmel brauchst du dafür nicht zu loben«, versetzte Myron verächtlich. »Höchstens die Sonne, und diese besitzt nicht mehr Verstand als ein Stück Kohle. Es kommt nur darauf an, wie Menschen die Natur zu nutzen verstehen. Wenn man erst einmal herausgefunden hat, wie man sich ihre Kräfte erschließt, dann ist alles möglich: Man kann erbauen und zerstören, entstehen und vergehen lassen, erschaffen und vernichten, als wäre man selber ein Gott.«

»Das traute sich schon mancher zu«, versetzte Arnuwan, »und mußte dann erkennen, daß er den Mächten, die er zu beherrschen meinte, nicht gewachsen war. Steckte denn nicht Phaëton, der Sohn des Helios, Himmel und Erde in Brand, weil er sich vermaß, den Wagen seines göttlichen Vaters zu lenken? Zeus mußte ihn mit einem Blitz erschlagen, ehe die ganze Welt zerstört wurde. So heißt es jedenfalls in euren Legenden.«

»Das sind doch nur Märchen«, erwiderte Myron gelassen. »Stellt euch das doch einmal vor: Rosse aus Feuer! Die Sonnenscheibe als Wagen, der über den Himmel rollt! Was für ein Unsinn! Die Sonne ist, wie ich schon sagte, nichts weiter als ein Stück Glut, wenn auch ein ziemlich großes. Wer mit ihm umzugehen weiß, kann seine Wärme nutzen, ohne sich zu versengen.«

»Leute wie du«, sprach der Luwier ernst, »werden ihre Wissenschaft noch so weit treiben, bis Himmel und Erde wirklich verbrennen. Das wird die Strafe dafür sein, daß Menschen nach göttlichen Kräften streben. Und handeln, als seien sie nicht Geschöpfe sondern Schöpfer, nicht Kinder sondern Väter, nicht Gäste sondern Herren der Welt.«

So stritten sie noch eine Weile. Erst spät legten wir uns zur Ruhe. Ich übernahm die Mitternachtswache. Das Sarpedonschwert an der Hüfte schritt ich im hellen Mondlicht ein Stück den Berghang hinauf, bis das Lager unter meinen Füßen lag. Ein böiger Wind rauschte in den Wipfeln der Rottannen. Plötzlich klaffte vor meinen Füßen ein tiefer Schacht, der senkrecht in den Felsen hinabfuhr. Ich starrte in das schwarze Loch. Strudelnd kreisten plötzlich seltsame Gedanken in meinem Kopf. Ich dachte an unsere Tat und an unser nächstes Ziel, aber auch an die Gefährten und meine Pflicht, den Verräter zu finden. Da stieß mich plötzlich eine Faust kräftig in den Rücken. Ehe ich mich umdrehen oder festhalten konnte, stürzte ich in den finsteren Abgrund.

IV Der Zeitstrom

Ich stürzte durch den düsteren Schacht, schlug gegen Felsvorsprünge und dornige Zweige und griff vergeblich nach einem Halt. Wenn ein Baummarder bei einer Hetzjagd in seinem Blutdurst die Eichkatze bis in den höchsten Wipfel verfolgt und die dünnen Äste unter seinen Krallen zerbrechen, dann fällt das Raubtier hilflos der harten Erde entgegen, und weder seine Kraft noch seine Geschicklichkeit können es retten. So schien auch mir nun das Ende gewiß. Ich flog immer weiter, so wie ein Stein, den ein spielender Knabe über die Felsklippe schleudert, um seinen Aufprall zu hören, und der dann doch bald den Blicken des Werfers entschwindet, lange bevor er am Boden zerschellt. Mich aber hatte kein Kind auf diese rückkehrlose Reise geschickt, sondern ein Verräter.

Ich konnte nicht daran zweifeln, daß meine Knochen in tausend Stücke zersplittern würden, sobald ich den Grund der Grotte erreichte. Aber mehr als die Furcht vor dem Tod beherrschte hilfloser Zorn meine Gedanken.

Während ich stürzte, zog mein Leben in rasenden Bildern vor meinem inneren Auge vorüber. Wieder erblickte ich mich auf dem Schoß meiner Mutter in der kimmerischen Steppe, sah mich von Gauratar aus ihren Armen gerissen und dann von Nergal-Sarezer gerettet. Haß erfüllte mein Herz, als ich noch einmal an der Richtstatt meines Vaters stand. Wieder verspürte ich die Erleichterung, die ich damals empfunden hatte, als mich der chaldäische Fürst zum zweiten Mal vor dem Skythen beschützte. Ich sah den steinernen Sinschum, den alten Lehrer. Von neuem erlebte ich unsere Schlachten gegen die Meder, Chaldäer und anderen Völker. Wieder sah ich mich auf Zypern zu neuer Kriegsfahrt gefordert. Die Heiligtümer von Delphi, Milet und Naukratis ragten vor den Blicken meines Herzens empor, und ich erlebte noch einmal das Wiedersehen mit meinen alten Gefährten. Die aber, die mir die Treue gehalten hatten, würden, so dachte ich bitter, nun niemals erfahren, was mir an diesem Berg zugestoßen war.

Wenige Herzschläge später schien die Haut meines Körpers zu platzen. Seltsame Stoffe umschlangen mich. Sie verschlossen mir Augen und Ohren, verwirrten meine Sinne und raubten mir jede bewußte Empfindung. »So also ist es, wenn man stirbt«, dachte ich. Denn ich glaubte, daß die fremdartige Feuchte, die mich umfing, von meinem Blut herrührte. Die Flüssigkeit drang mir in Ohren, Nase und Rachen. Erst nach einer geraumen Weile gewahrte ich, daß sie sich nicht warm wie roter Lebenssaft anfühlte, sondern im Gegenteil kalt wie der Gießbach eines Gletschers. Da endlich merkte ich, daß ich in einen unterirdischen See gestürzt war. Ich schlug mit Händen und Füßen, bis ich die Oberfläche erreichte und wieder

Luft schöpfen konnte. Hoch über mir leuchtete ein winziges Stück des Sternenhimmels.

Es dauerte nicht lange, dann hatten sich meine Augen an die Finsternis gewöhnt, und ich schwamm ans Ufer. Dort enthüllte das schwache Licht kantige Klötze und zackige Zinnen, bucklige Blöcke und seltsam geformte Gebilde von losem Geröll, so daß es schien, als sei ich auf einen Spielplatz von Riesen gelangt. Die spitzen Felsnadeln wie auch die ebenen Flächen der Bruchstücke leuchteten weiß wie die mit Kalk getünchten Häuser der jonischen Küste. Über ihnen sah ich Tausende von Fledermäusen hängen. Zwischen den großen Versturzblöcken und ihren vielfach zersplitterten Trümmern funkelten die versteinerten, von Kristallen bedeckten Gebeine von Menschen, die schon vor Urzeiten gestorben sein mußten. Das Licht aus dem Loch an der Decke der Grotte, die den Turm von Babel an Höhe wohl mehr als um das Doppelte übertraf, warf auf die Klippen und Knochen einen gespenstischen bläulichen Schein.

Als ich mich im weichen Lehm des Ufers ein wenig ausgeruht hatte, tastete ich meinen Körper vorsichtig nach Verletzungen ab. Doch ich erfühlte nur die Wunde, die mir Thrasybulos mit seiner Lanze am Oberarm zugefügt hatte. Sonst fand ich Haut und Knochen unversehrt. Auch meine Sarpedonklinge hatte keinen Schaden genommen. Ich erhob mich und machte mich auf die Suche nach einem Ausweg aus dieser Höhle.

Es schien völlig unmöglich, zum Loch in der Decke emporzuklettern. Die Felsen erhoben sich ebenso steil und glatt wie die mit genauer Berechnung errichteten Mauern von Assur. Außerdem rann von der Decke der Grotte ein steter Strom Wasser nieder und tränkte schlüpfrige Algen und Flechten, die an den Wänden wuchsen und jeden Klettergriff abrutschen ließen.

Wenn es einen Ausgang gab, so mußte ich ihn dort finden, wo das Wasser des unterirdischen Teiches entwich. In der Ferne hörte ich ein leises Plätschern.

Ich trat mit den Füßen auf schleimige Kröten und glitschige Würmer. An manchen Stellen watete ich bis zu den Knien im weichen, jahrhundertealten Kot der Flattertiere an der Decke. Dennoch verging nur kurze Zeit, bis ich den Abfluß des Teiches erreichte. Dort öffnete sich ein niedriger Gang, den das Wasser in reißenden Strudeln durchströmte. Ich mußte mich bücken, um nicht an die Steine der Decke zu stoßen. Das Wasser reichte mir bis zur Brust. An den Wänden des steilen, abschüssigen Schachts zogen sich Adern von leuchtenden Erzen entlang. Ich beschloß, mein Glück auf diesem Weg zu versuchen. Ich wußte zwar, daß es schwer, ja fast aussichtslos sein würde, bei einer plötzlichen Gefahr in dieser starken Strömung umzukehren. Doch ich sah keine andere Möglichkeit, aus dem natürlichen Gefängnis zu entkommen.

Ich ließ mich langsam in die nasse Rinne gleiten, hielt mich mit den Händen an eckigen Vorsprüngen fest und stemmte meine Füße gegen die Steine am Grund des unterirdischen Wasserlaufs. Zweimal reichte das tosende Naß so nahe an die Decke der rissigen Röhre heran, daß ich untertauchen mußte. Dann rutschte ich über einen niedrigen Wasserfall in eine moosige Bucht.

Als ich den Kopf aus den Fluten hob, sah ich, daß ich mich in einer zweiten Höhle befand, die sich jedoch viel höher und weiter erstreckte als die Grotte mit dem See. Das Dach dieses riesigen unterirdischen Saals bestand aus dem Eis eines Gletschers. Bläuliches Licht drang vom Himmel hindurch.

Am hinteren Ende der Grotte öffnete sich ein weiterer Schacht. Seine weichen Wände bestanden aus Mergel und Schlier. Schäumend wirbelte das Wasser in dieses Loch.

Ohne Zögern stieg ich in die Gischt, und die starke Strömung trug mich in die irdene Röhre.

Diesmal fand ich kaum noch Gelegenheit, Atem zu schöpfen, so tief drang die Decke zur Oberfläche des Wildbachs herab. Ich glaubte schon fast, ertrinken zu müssen, da spie mich der Wasserlauf plötzlich aus. Ich öffnete die Augen und sah, daß ich in eine dritte Halle gelangt war. Der mürbe Lehm am Ufer war von versteinerten Nadeln und Nägeln, Würfeln und Walzen, Ringen und Rosenblüten bedeckt, die aber unter meinem Fuß sogleich zerbrachen. Vom Boden ragten mächtige Säulen empor, denen andere vom Dach entgegenwuchsen. Wasser sickerte unaufhörlich von den felsigen Spitzen herab. In der gewaltigen Kuppel hoch über mir klaffte ein kreisrundes Loch, dessen Durchmesser auf wenigstens zehn Stadien zu schätzen war. Da dachte ich, daß ich mich nun unter dem Gipfel jenes gewaltigen Berges befinden mußte, den man den alarodischen Götterturm nennt.

Das Wasser des Unterweltstroms sammelte sich schäumend in einem Teich, der flach wie eine Pfanne erschien. Als ich in die Gischt watete, reichte mir das Naß bis zur Hüfte. In der Mitte zwischen den Ufern jedoch öffnete sich auf dem Boden des Weihers plötzlich ein Loch, und ein heftiger Sog riß mich in die Tiefe. Mein Körper drehte sich in den Strudeln wie dürres Laub im wirbelnden Herbstwind, so daß ich bald nicht mehr wußte, wo oben oder unten war.

Als mir die Atemnot die Lungen zu zerreißen drohte, schlug ich mit Händen und Füßen um mich und stieß plötzlich gegen feingeschliffenen Kies. Ich stellte mich auf die Füße und hob das Haupt. Hinter meinem Rücken ergoß sich ein mächtiger Wasserfall von steiler Höhe. Der Schwall seiner Flut riß mir die Füße vom Grund, und erst in einiger Entfernung fand ich sicheren Stand. Dort begegnete ich der schönsten Frau, die ich, wach oder träumend, jemals erblickte. Sie schwamm im Wasser des Stroms auf mich zu, und ihre Süße war zauberischer als Honig im Mund des Hungernden, Wein am Gaumen des Dürstenden und Dunkelheit für die Augen des Müden.

Als ich ihr Haupt auf den Wellen entdeckte, hielt der Boden meine Füße wie mit Eisenketten fest, und ich konnte den Blick nicht mehr von ihr wenden. Ihre Anmut erfüllte meine Lippen und Lenden mit sehnsuchtsvollem Verlangen. Erregender als selbst die apfelbrüstige Aphrodite, doch reiner als die keusche Artemis, begehrenswerter als die stolze Ischtar, doch sanfter als die glatthäutige Nephthys, verführerischer als die engelgleiche Ereschkigal, doch ehrbarer als die getreue Isis, herausfordernder als Tawanna in ihrer Leopardengestalt und hingebungsvoll wie die an Liebeskünsten reiche Hathor Ägyptens erschien diese Frau.

Die hohe, glatte Stirn der Fremden wölbte sich wie ein elfenbeinerner Schild des frommen, aufrichtigen Denkens. In ihren grauen Augen leuchteten die Sterne der Vollkommenheit. Ihr Blick ließ Geheimnisse ahnen, die Götter den Menschen verschweigen. Ihre Brauen schwangen sich wie die Hörner des göttlichen Bogens, mit dem die immerwährend fruchtbare Inanna, die Mutter der Schöpfung, die Wälder beherrscht. Ihre ebenmäßigen Züge strahlten zugleich Stolz und Demut, Sicherheit und Befangenheit, Lust und Zurückhaltung aus. Ihre straffen Wangen schimmerten wie Alabaster, und ihr köstlich geschwungener Mund öffnete sich wie eine zarte Eibischblüte. Blauschwarzes Haar wallte auf ihren Nakken wie Wolken des Sturms, und ihre Zähne funkelten zwischen den Lippen wie Blitze. Doch ihre Stimme klang demütig, als sie mich bat: »Komme zu mir, Dagon von Assyrien! Denn hier ist deine Reise zu Ende. Mir ist befohlen, dich in die Welt der Menschen zurückzugeleiten.«

Ich traute dem Geistwesen nicht und versetzte: »Komme erst noch ein wenig näher, damit ich erkenne, was für ein Dämon du bist. Deine Schönheit ist nicht die eines irdischen Weibes!«

Sie lächelte. Dann seufzte sie und sagte: »Nun gut. Wenn du es wünschst, will ich es tun. Doch fürchte ich, daß der Anblick meines Leibes dein Mißtrauen nicht besänftigen wird.«

Sie trat nun ein wenig näher ans Ufer, und die Wellen des Unterweltstroms enthüllten eine Gestalt, wie sie so vollendet nur von einem göttlichen Künstler geformt sein konnte. Ihr schlanker, biegsamer Hals erhob sich wie der Kelch einer Tulpe auf zierlichen Schultern. Der Ansatz ihrer Brust wölbte sich sanft und weich wie die Kruppe der trächtigen Hindin. Von den malvenfarbenen Spitzen ihres zarten Busens perlte das Wasser wie aus dem Gefieder des Schwans. Blut dröhnte in meinen Ohren, meine Kehle trocknete aus und meine Stimme erklang wie die eines Fremden in meinen Ohren, als ich befahl:

»Nein, das genügt mir noch nicht. Komme ganz an Land, damit ich sehen kann, ob du nicht doch ein Fischgeschöpf oder sonst ein verfluchtes Unwesen bist.«

Sie lächelte wieder. »Und wenn es so wäre?« fragte sie wie im Scherz. »Aber ich will dir gehorchen.« Dann kam sie langsam auf mich zu, und bei jedem Schritt enthüllten die Wellen des Flusses mehr von ihrer göttlichen Gestalt. Ihre Hüften rundeten sich wie die Hügelkuppen der Steppe. Ihr Schoß lag zwischen langen, marmornen Schenkeln wie ein stiller Hain in einem lieblichen Tal. Ja, sie war schöner noch als Naomoh, die Schwester Tubal-Kains, von der sich selbst Jahwes Engel zum Laster verführen ließen.

Rasch trat die Fremde auf mich zu, faßte mit schlanken,

kühlen Fingern meine Hand, küßte sie und sprach: »Schnell nun, mein Gebieter! Wie lange soll ich noch auf dich warten? Wenn dir jemand in dieser Welt Böses tun wollte, hätte er dich doch schon längst zu Tode kommen lassen.«

Dabei schaute sie mich bittend an und legte meine Hand auf ihre Brust. Ich dachte, daß sie wohl recht haben mochte. Auch meine Sarpedonklinge hätte mich nicht davor bewahrt, in diesen vielen Strudeln zu ertrinken, hätte mich dort nicht die Hand eines Höheren festgehalten. Die Berührung ihrer weißen Haut machte mich ein wenig verlegen. Die Fremde lächelte wieder. Dann stellte sie sich auf die Zehenspitzen und führte ihre Lippen an meinen Mund. Ich roch ihren frischen Atem, und ihre Zunge schmeckte nach Geheimnissen, wie ich sie nie zuvor gekostet hatte. Dann zog sie mich an der Hand, und ich folgte ihr schließlich ins Wasser.

Eine Weile schwammen wir nebeneinander dahin. Dann steuerte sie eine Sandbank an. Das Wasser wurde so flach, daß wir mit Bauch und Knien den Boden berührten. Die Fremde erhob sich jedoch nicht, sondern blieb in dem warmen Strom liegen, so wie eine Schlange träge in seichter Bucht badet. Ich versuchte nicht, ihr zu entkommen, sondern ließ mich langsam in ihre Arme sinken. Sie umschlang mich, nannte mich ihren Geliebten, bedeckte mein Gesicht mit Küssen und schenkte mir ihre Zärtlichkeit.

»Wer bist du?« fragte ich später. »Eine Göttin oder nur eine Spukgestalt, geschaffen, mich zu täuschen? Niemals verspürte ich solche Liebe.« Sie aber lachte und gab keine Antwort.

Dann glitten wir wieder in die Fluten und schwammen weiter. Nach einigen Dutzend Atemzügen rissen uns Stromschnellen fort, und wir trieben immer schneller zwischen Felsen hindurch. Ich faßte die Fremde erschrocken am Arm. Sie blickte mich beruhigend an und erklärte mit großer Bestimmtheit:

»Keinem von uns wird etwas geschehen. Denn ich bin Ardisura, die Göttin des Zeitstroms, in dem du schwimmst. Man nennt ihn auch den Fluß der Gegenwart, denn seine Fluten tragen dich von der Vergangenheit in die Zukunft. Anderen heißt er auch der Strom des Vergessens, denn er verknüpft den Wunsch mit der Wahrheit. Sein Wasser verbindet die Sehnsucht des Menschen mit dem, was tatsächlich geschieht. Es führt das Wollen mit der Wirklichkeit zusammen, so daß man nicht mehr unterscheiden kann, ob man Ereignisse erhofft oder bereits erlebt hat.«

Ich starrte sie ungläubig an und wollte weiter fragen, aber die Strudel packten mich plötzlich mit Urgewalt und zogen mich neben der Göttin in einen finsteren Schacht.

Diesmal dauerte meine Fahrt unter Wasser länger als jemals zuvor. Das Wasser stach schmerzend in meine Ohren. Wogenschwall spülte durch meine Nase und griff wie mit Fingern in meine Augen. Vergeblich tastete ich nach einem Halt, und als das Wasser schließlich in meinen Mund drang, vermeinte ich, sterben zu müssen. Dann aber schimmerte plötzlich ein Lichtschein durch die reißende Flut, und eine feste Hand zog mein Haupt an den Haaren empor.

Ardisura blickte mich forschend an und lächelte. Ich hustete, rang nach Atem und hielt mich nur mit Mühe an der Oberfläche. Da legte die Göttin mir ihre kleine, kraftvolle Hand unter das Kinn und zog mich schwimmend an Land.

Als ich das Ufer erreichte, blickte ich auf meine Retterin und öffnete den Mund, um ihr zu danken. Aber ihr vorher blauschwarzes Haar schimmerte plötzlich wie Gold, und die Farbe ihrer Augen hatte sich von Grau in Grün gewandelt. Auch sah ich ihren herrlichen Leib nicht mehr nackt, sondern in ein Lederkleid gehüllt, und endlich erkannte ich, daß mich nicht eine Göttin in den Armen hielt, sondern Tomyris, die schöne Sauromatin.

V Der Purpurfelsen

Ich starrte die blonde Kriegerin ungläubig an. »Wo bin ich?« fragte ich dann. »Was ist geschehen? Wie hast du mich gefunden? Wie kommst du überhaupt hierher?«

Tomyris rief voller Freude: »Dagon! Endlich! Schon vor Stunden zog ich dich aus jenen Strudeln. Erst fürchtete ich, du seist ertrunken. Dann merkte ich, daß du noch lebtest und nur dein Geist zu schlafen schien. Was habe ich nicht alles versucht, um dich zu wecken! Fast hätte ich die Hoffnung aufgegeben.«

»Schlafen? Wecken? Was redest du da?« fragte ich unwirsch. »Ich habe keineswegs geschlummert, sondern in diesem Mahlstrom um mein Leben gekämpft, und dabei nicht wenig Wasser geschluckt, das kannst du mir glauben! Jetzt sage mir aber endlich: Wie kommst du überhaupt hierher, zum Götterturm von Alarodien? War das nur Zufall? Oder welche Götter lenkten dich?«

Die Sauromatin beugte sich besorgt vor, strich mir mit der Hand behutsam über die Stirn und versetzte: »Du scheinst ein wenig verwirrt zu sein, Dagon. Was redest du da? Wir sind doch nicht in Alarodien, sondern noch immer am Euphrat! Blicke dich einmal um! Erkennst du denn den Berg nicht mehr, an dem wir unser Lager aufschlugen? Alle seine Hänge und Höhlen suchten wir nach dir ab. Deine Gefährten schworen, nicht weiterzuziehen, ehe dein Schicksal aufgeklärt sei. Das haben sie mit den heiligsten Eiden bekräftigt.«

Dann seufzte Tomyris und fügte hinzu:

»Hätten sie deinen Leichnam gefunden, wäre es wohl auch mir ans Leben gegangen. Denn wer hätte mich dann noch vor dem Luwier beschützt? Ja, ich gebe es zu: Nicht nur um deinetwillen bin ich glücklich, dich gefunden zu haben. Denn deine Rettung bedeutet, daß nun auch ich noch nicht verloren bin.«

Ich hörte nur mit halbem Ohr zu und richtete meine Sinne darauf, die Umrisse des Berges über uns zu mustern. Dabei erkannte ich, daß wir uns in der Tat nahe an dem Lagerplatz befanden, den wir drei Tage zuvor ausgewählt hatten. Der Bach, in dem ich geschwommen war, sprang wenige Schritte oberhalb unseres Platzes schäumend zwischen zwei grauen Felsen aus dem Inneren des Felsens hervor. Fünf oder sechs Stadien entfernt mündete er in den Euphrat.

Verwundert fragte ich: »Ich kann mich doch genau daran erinnern, daß ich den Turm von Alarod durchschritt! Und eine Göttin sprach mit mir, als ich im Zeitstrom dahintrieb.«

Die Sauromatin blickte mich aufmerksam an. Ihr Lächeln schien unergründlich. »Es war ein Traum«, sagte sie nach einer Weile.

Ich schüttelte beharrlich den Kopf. »Nein«, erwiderte ich und legte die Finger fest an den Griff des Sarpedonschwerts. »Sieh nur! Die Klinge ist so rostig, wie Eisen nur nach häufigem Wasserbad wird!«

»Wer weiß! Vielleicht lagst du die ganze Zeit hilflos und ohne Bewußtsein in einer Höhle«, meinte Tomyris, »und dieses Flüßchen trug dich erst hinaus, als es durch das Gewitter heute nacht stark angeschwollen war! Was ist dir eigentlich auf deiner Wache widerfahren? Aber dort höre ich schon den Luwier kommen. Ich bitte dich: Sage ihm, daß ich dich gerettet habe! Vielleicht vermag das seinen Haß zu lindern.«

»Ich glaube nicht«, versetzte ich, noch ein wenig benommen. »Arnuwan handelt, wie es die Pflicht gebietet, die er gegenüber den luwischen Gottheiten fühlt. Ich möchte in dir keine falschen Hoffnungen wecken. Weiß ich doch nicht einmal, ob du die Wahrheit sprichst! Doch wenn es nicht die Hände einer Göttin waren, die mich ans Ufer zogen, so mußt es du gewesen sein. Das werde ich dem Luwier sagen.«

Die Sauromatin lächelte dankbar, ergriff meine Rechte und wollte sie küssen. Ich zog die Hand rasch fort. Wenige Herzschläge später stürmte Arnuwan mit gewaltigem Krachen aus dem dichten Unterholz. Mit wackeligen Knien versuchte ich mich zu erheben. Der Riese packte mich an den Achseln, hob mich wie eine Puppe aus Stroh in die Luft und preßte mich an seine Brust, bis meine Rippen bedrohlich knackten.

»Dagon«, brüllte der Luwier voller überschäumender Freude, »so bist du doch noch am Leben! Dem Tagbringer Tarhu sei Dank! Ich glaubte schon, wir hätten dich an medische Dämonen verloren und dürften noch nicht einmal deinen Leichnam bestatten!«

Hinter ihm stand Reguël. Der Midianiter drosch mir mit seiner einzigen Hand so mächtig auf die Schulterblätter, daß die letzten Reste von Luft pfeifend aus meinen Lungen entwichen.

»Bei Asasels mit Widerhaken bewehrter Lustwurzel«, schrie der Beduine begeistert. »Ich sage doch stets, daß mehr als nur ein Berg dazu gehört, um so ein kräftig stinkendes Stück Mist wie unseren Dagon zuzudecken! Der Fehler war, daß wir nur unseren Augen und nicht auch unseren Nasen vertrauten. Stimmt es nicht, Arnuwan? Nun aber lasse Dagon los, er wird ja schon blau im Gesicht!«

Der Luwier stellte mich vorsichtig auf die Füße, trat

auf Armeslänge zurück und schaute mich aufmerksam an. Ich zwinkerte ihm zu und fragte den Beduinen:

»Seit wann verstehst du etwas von Körperpflege, du dreckiger Hammeltreiber? Ausgerechnet du wirfst mir vor, daß ich schlechte Gerüche verbreite? Mit geschlossenen Augen könntest du nicht unterscheiden, ob deine Nase in meiner Achselhöhle oder in einer Rosenblüte steckt. Sofern ich dich überhaupt so nahe an mich heranließe, mit diesem grindigen Riechkolben, den du in deinem Gesicht trägst.«

Reguël lachte fröhlich, und nur weil ich mich schnell duckte, entging ich einem weiteren Hieb. Dann schallten vertraute Stimmen von einem Felsvorsprung zu uns herab.

»Sind die indischen Schweinsaffen denn so weit nach Norden gedrungen, daß man sie jetzt schon am Euphrat umherhüpfen sieht?« hörten wir Mago spotten. Und einen Augenblick später vernahm ich auch Myrons Stimme. Zu meiner nicht geringen Überraschung rief er: »Oh, meine armen Augen! Kaum wieder genesen, müssen sie solchen Anblick ertragen! Wahrlich, was für eine Welt, in der sich erwachsene Männer wie Kinder benehmen!«

Dann sprangen die beiden Gefährten über die Felsen zu uns herab, so wie sich ein Rudel hungriger Steinböcke eilig dem saftigen Futterklee nähert. Magos Antlitz leuchtete wie eine Wolke in der Abendsonne, als er mir die Wangen küßte und voller Dankbarkeit rief: »So hat Baal mein Flehen doch noch erhört! Dagon! Mein Herz steigt wie ein Falke zum Himmel!«

Myron aber legte die Hand auf meinen Arm, blickte mich aus wundroten Augen an und erklärte mit leiser Stimme: »Wahrlich, als ich gestern das Augenlicht wiedergewann, freute ich mich nicht so sehr wie jetzt, da ich dich lebend vor mir sehe. Was ist geschehen?«

Ich schaute sie der Reihe nach an, und in den Blicken jedes einzelnen von ihnen lag so viel Zuneigung, daß ich fast nicht mehr an Verrat zu glauben vermochte. Wer, dachte ich, konnte sich derart verstellen? Wer konnte Liebe und Treue heucheln, wenn er in Wirklichkeit Haß und Mordlust empfand? Dennoch wußte ich: einer von diesen Männern, die jetzt so froh das Glück und ihre Götter priesen, hatte mich drei Tage zuvor in die Tiefe gestoßen. Nun mußte der Verräter in seinem Innern Wut und Enttäuschung verbergen, Zorn auf das Schicksal, das mich aus der Kluft entkommen ließ, und Furcht vor Entdeckung.

Wer aber, fragte ich mich, war dieser Treulose? Sollte ich nun den Gefährten mein Wissen von dem Hinterhalt im heiligen Harran enthüllen? Doch dann, so dachte ich, würde ein jeder den anderen verdächtigen. Dann mußte unsere Aussicht, das Blut meines Sohnes an Mediens Fürstin zu rächen, schwinden wie Wasser in einem Sieb. Darum beschloß ich, weiter so zu tun, als wüßte ich nichts von Verrat. Ich blickte zum Himmel, ballte die Fäuste und sprach in gespieltem Zorn:

»Der Menschenschöpfer Mithra selbst scheint den König der Meder rächen zu wollen. Denn als ich mir bei meiner Mitternachtswache ein wenig die Beine vertreten wollte, lockte mich ein geheimnisvolles Geräusch bergan bis zu einer Spalte im Fels. Ich sah mich um, doch kein Mensch war zu sehen. Nur Götter können sich unsichtbar machen. Mithra muß gleich neben mir gestanden haben. Denn als ich mich über die Kluft beugte, gab mir der Gott einen Stoß, so daß ich in die Finsternis stürzte. Aber es gibt wohl auch noch gerechte Himmelsbeherrscher. Sie beschützten mich. Meine Knochen zerschellten nicht auf steinigem Grund, sondern ich stürzte in einen Weiher unter der Erde. Dennoch verlor ich dabei das Bewußtsein. Die Sauromatin sagte mir, daß es erst gestern stark geregnet habe. Dabei bin ich wohl vom Ufer des Teiches fortgespült und von den

Wassern wieder aus dem Berg getragen worden. Tomyris fand mich und zog mich ans Ufer. Ohne sie wäre ich ertrunken.«

Dabei blickte ich Arnuwan an. Der Luwier erwiderte meinen Blick mit großem Ernst und versetzte: »Selbst wenn ich wüßte, daß sie dein Leben gerettet hat, muß ich doch meine Verpflichtung erfüllen. Du machst es mir nur noch schwerer.«

Ich schaute zu Reguël. Der Beduine sprach zweifelnd: »Wenn Mithra seinen treuen Diener an dir rächen wollte, hätte er doch nur eine stattliche Zahl von medischen Reitern auf unsere Spur führen müssen. Vielleicht bist du ganz einfach ausgerutscht?«

Mago räusperte sich unter meinem fragenden Blick verlegen und erklärte: »Ich freue mich, daß es Tomyris war, die dich aus dem Bach barg. Doch wenn Götter einen Sterblichen umbringen wollen, handeln sie meist mit Erfolg!«

Zuletzt sah ich Myron an. Der Grieche schien zu zögern. Dann aber zuckte er die Achseln und meinte: »Du wirst es mir wohl nicht verübeln, wenn ich dir klipp und klar die Meinung sage. Ich dachte, seit Assurs Ende glaubtest du nicht mehr an Götter und Überwesen. Wenn sich das jetzt geändert haben sollte, so gebe ich daran nicht einem Himmelsgeschöpf die Schuld, sondern ganz schlicht einem irdischen Stein. Es ist ja bekannt, welchen Sinnestäuschungen Menschen erliegen, denen man gegen den Schädel klopft. Du bist ausgerutscht und hast jetzt eine weiche Birne!«

Ich beschloß, den Gefährten nun auch von meinen Abenteuern unter der Erde zu berichten. Denn obwohl ich nun selbst nicht mehr wußte, wieviel davon ich wirklich erlebt und was ich dort nur geträumt hatte — es gab kein besseres Mittel, den Argwohn des Verräters zu besänftigen. Denn je mehr er aus meinem Mund von Wundern im Inneren des Berges hörte, desto eher mußte er denken, daß ich wirklich an eine göttliche Feindeshand glaubte und keinen Verdacht gegen den wirklichen Täter hegte.

Arnuwan lauschte meinem Bericht wie gebannt. In seinen Augen schimmerte kein Zweifel. Mago und Reguël wechselten Blicke, aber sie schwiegen. Auch Tomyris schien nicht recht zu wissen, was sie denken sollte. Myron jedoch verhehlte seinen Unglauben nicht.

Als ich geendet hatte, sprach Arnuwan in tiefem Staunen: »Wahrlich, ob du das nun alles wachend oder nur träumend erlebtest – deine Reise durch diesen Berg scheint mir ein mächtiges Götterzeichen zu sein. Und daß du lebend aus seinem Schoß zurückkehren durftest, kann nichts anderes bedeuten, als daß die Himmlischen auch weiterhin auf unserer Seite stehen. Ja, Dagon: Wenn Huwaksatara am Tod deines Sohnes selbst vielleicht völlig unschuldig war – als wir den König töteten, handelten wir im Einvernehmen mit göttlichen Mächten. Wir vollzogen das Geschick, das dem Meder zugedacht war. Nun aber lasse uns nicht noch mehr Zeit verlieren. Eilen wir, an der blutigen Königin Kassandane Rache zu nehmen!«

Der Oberlauf des Euphrat fließt kaum fünfzig Klafter breit dahin und wird von seinen Anwohnern Arsanias genannt. Hinter ihm wandelt das Waldland sich langsam zur Weide, und blühende Dörfer reihen sich aneinander. Denn vor noch nicht langer Zeit hatte der segnende Schatten Assurs auch diese grüne Ebene bedeckt.

Einen Tag später ragten die Mondberge von Mazara vor uns auf. Aus ihren Schluchten flossen viele kleine Bäche hervor und führten ihr Wasser in zahllose winzige Weiher. Einige dieser kleinen Gewässer lagen so hoch, daß sie noch immer unter einer Eisschicht ruhten, obwohl der Frühling längst begonnen hatte. An einem dieser zugefrorenen

Tümpel wurden wir Zeugen eines höchst seltsamen Schauspiels.

Jedermann weiß, daß Schwäne und Gänse einander mit Gleichgültigkeit, ja mit Verachtung begegnen. Sie leben in den den gleichen Ländern, aber als schlechte Nachbarn. Denn sie beachten einander kaum, und wenn, dann höchstens in feindlicher Weise, indem sie einander von ihren Gelegen verjagen. Die Gänse sind als die besten Flieger an allen Himmeln des Nordens bekannt. Die Schwäne wiederum herrschen über die Wasser: Kein anderer Vogel schwimmt so erhaben durch die Wellen wie dieser weißgefiederte Riese unter den Tieren der Luft.

Wir rasteten an einer steilen Klippe. Als wir uns um ein kleines Feuer scharten, rief Reguël plötzlich nach uns. Wir liefen zu dem Beduinen an den Rand des Abhangs und folgten seinem Finger mit unseren Blicken, bis wir drei Stadien vor uns etwas zappeln sahen: es war eine Gans, deren Füße an einem kleinen See festgefroren waren, als sie über Nacht dort ruhte. Das Eis hatte auch ihre Flügel verklebt, so daß die Graugans dem Tod geweiht schien.

Hilflos wandte das Tier den Kopf nach links und rechts und schaute ängstlich zum Himmel empor. Dort entdeckten wir nun eine weiße Wolke, die sich rasch näherte: es waren sechs Schwäne. Sie bildeten über der festgefrorenen Gans einen Kreis und stießen plötzlich auf den gefangenen Vogel herab.

Die Graugans begann in höchsten Tönen zu schreien. Wir meinten, daß die Schwäne das wehrlose Tier jetzt gleich zu Tode hacken würden. Wenige Augenblicke später sahen wir auch, wie die schneefarbenen Wasservögel auf die Gans zuwatschelten und ihre langen Hälse reckten. Doch ihre scharfen Schnäbel trafen nicht die wehrlose Gans, sondern das Eis um den gefangenen Vogel. Splitter stoben empor. Schon nach kurzer Zeit verriet uns ein dunkler Ring von Wasser auf der gefrorenen Oberfläche des Teichs, daß es den Schwänen gelungen war, die Gans von ihren eisigen Fußfesseln zu befreien.

Danach erhoben sich die weißen Flieger wieder in die Luft und schwebten hoch oben im Kreis, um den Erfolg ihres Werks zu beobachten. Aber die Gans flog nicht fort, denn ihre Flügel lagen noch immer festgefroren an ihrem Leib.

Als die Schwäne das merkten, ließen sie sich von neuem zur Erde gleiten, umringten die Gans und zupften ihr mit den Schnäbeln Eisstücke aus den Federn. Es dauerte nicht lange, da konnte die Befreite endlich die Fittiche wieder ausbreiten. Mit einem jubelnden Schrei stieg die Graugans zum Himmel empor. Die Schwäne aber spreizten ebenfalls die großen Schwingen und zogen, ohne sich noch einmal umzusehen, nach Norden davon.

Als wir das gesehen hatten, schwiegen wir lange Zeit. Tomyris war es schließlich, die sagte: »Schwäne wie Gänse gelten den Völkern der Steppe als heilig. Denn diese Vögel sind es, mit deren Hilfe die Götter den Menschen oft ihren Willen kundtun. Gewiß besaß auch dieses Ereignis eine Bedeutung, die sich uns noch enthüllen soll.«

Wir ritten aus dem Gebirge heraus und stießen am Fuß der Felsen von neuem auf den Arsanias. Das Land fällt dort in großen Stufen zum Ufer des reißenden Flusses hinab. Eisschollen trieben auf dem Strom, der vom kalten Blut der wandernden Gletscher Naïris gespeist wird. Hinter einer Biegung des schäumenden Flusses sperrte eine niedrige Mauer den schotterbedeckten Weg. Dahinter ragten die Türme einer aus rohen Steinen errichteten Festung empor. Die tief herabgezogenen Dächer waren mit Erde bedeckt, die kleinen Fenster mit Eichenbohlen gegen Schnee und Stürme verschalt. Aus den gemauerten Kaminen qualmte der Rauch der Kochfeuer.

Die Zinnen der Burg wurden von hochgewachsenen Männern in wollenen Mänteln und gelben Schafspelzen bewacht. Ihr Anführer, ein vierschrötiger Riese mit rotblondem Haar, rief uns zuerst in mannäischer Sprache an. Als er erkannte, daß wir ihn nicht verstanden, sagte er in schlechtem, mit vielen medischen Brocken durchsetzten Akkadisch:

»Woher, wohin? Seid auch ihr zum Hochzeitsfest der zederngleichen Zirina geladen? Oder zieht es euch etwa in die alte Heimat zurück?«

Wir fragten nicht, wie er das meinte, denn wir fürchteten, uns durch unsere Unwissenheit verdächtig zu machen. Darum antwortete ich dem Wächter: »Ja, wir wollen nicht versäumen, dem glücklichen Paar ein Geschenk zu überreichen.«

Der grobschlächtige Mannäer begann dröhnend zu lachen und rief:

»Du scheinst ja mehr zu wissen als wir! Der Bräutigam steht doch noch gar nicht fest! Nur der Krieger, der alle anderen Freier besiegt, darf die Prinzessin in sein Haus führen. Der Kampf beginnt morgen mittag. Willst du nicht auch dein Glück versuchen? Deine Nase verrät mir, daß du im Streit nicht ungeübt bist. Wer hat dich denn so zugerichtet?«

»Meine Nase wirkt nur deshalb ein wenig eingedrückt«, antwortete ich, »weil ich gewohnt bin, auf dem Gesicht zu schlafen.«

Der Torwächter lachte schallend. Ich fuhr fort: »Überdies befindet sich unter meinen Gefährten einer, der wohl bessere Aussichten hätte als ich, das Gefecht zu gewinnen.«

Arnuwan zog eine Braue hoch und winkte ab. Die Mannäer schauten den Luwier voller Bewunderung an. Dann aber sagte der Führer der Wache:

»In diesem Treffen kommt es nicht so sehr auf Kraft, sondern vor allem auf Geschicklichkeit an. Der Wettkampf beginnt mit einem Wagenrennen. Welche Achse trägt das Gewicht deines Freundes, wenn es über Stock und Stein geht? Dann folgen Schwimmen und Bogenschießen. Ich sehe keine Schußwaffe am Sattel deines Gefährten. Nichts für ungut, Freunde! Euer Riese versteht es gewiß zu kämpfen. Aber der Pfeil gehorcht nicht der kräftigsten, sondern der geübtesten Hand. Und im Wasser enteilt der flinke Otter selbst dem gewaltigen Bär.«

»Da hast du recht, Mannäer«, erwiderte Arnuwan lächelnd. »Zum Glück kam ich nicht in diese schöne Stadt, um hier auf Freiersfüßen zu wandeln. Nicht ein Bei-, sondern ein Nachtlager suchen wir. Wie heißt denn diese glückliche Gemeinde, und wer befehligt in ihr?«

»Wie?« fragte der Mannäer verwundert. »Nicht einmal das ist euch bekannt? Ihr steht vor den Toren von Palu. Seht ihr denn nicht den Purpurfelsen? Unser Fürst Gilzan der Gutmütige herrscht nun schon seit zwölf Jahren. Seinen Namen kannte man selbst in Babylon!«

»Gilzan«, rief ich mit gespielter Überraschung. »In der Tat, auch wir haben schon von diesem machtvollen König gehört. Doch um die Farbe dieses Felsens dort als purpurn zu bezeichnen, dazu bedarf es der Gabe des Dichters, die mir leider fehlt. Für mich sieht er ganz einfach dunkelbraun aus.«

»Nun ja«, gab der Mannäer zu. »Er leuchtet jetzt noch nicht so recht. Man sieht die Farbe erst bei Sonnenuntergang. Aber ihr seid gewiß nicht so weit gereist, um die Schönheiten der Landschaft zu genießen, sondern nach unseren jungen Mädchen schweift euer lüsternes Auge. Leugnet nicht!« Der Hüne lächelte uns fröhlich zu. »Eine Unterkunft für Reisende haben wir leider nicht anzubieten«, fuhr er dann fort. »Doch unser Fürst führt ein gastfreies

Haus und nimmt gern Fremde auf, um Neuigkeiten zu erfahren. Begebt euch also zur Burg! Dort werdet ihr einen warmen Lagerplatz und nahrhafte Mahlzeiten finden.«

Wir dankten dem Wächter, ritten durch das niedrige Tor und trieben die Pferde den steilen Berg zur Festung hinan. Auch dort ließen uns die Wächter ohne Umschweife ein. Das Land der Mannäer, so dachten wir, erlebte offenbar eine friedliche Zeit.

Wir gaben unsere Tiere in die Obhut von Stallknechten, wuschen uns die Gesichter, Hände und Füße und wechselten die Gewänder. Denn möglicherweise mochten wir an diesem Fürstenhof Persern begegnen, die uns dann schnell entlarven konnten.

Als wir uns gereinigt hatten, schritten wir hinter höflichen Dienern in einen großen, steinernen Saal, den mehrere Feuer erwärmten. Auf seinen roh gezimmerten Eichenholzbänken saßen allerlei Reisende aus allen Ländern entlang der Achse von Asien: Melder des medischen Heeres, die uns sogleich mißtrauisch musterten, speisten neben Kaufleuten aus dem tulpenreichen Thogarma. Fahrende Sänger aus dem Gerstenland Gurgum stießen an kräftige Fuhrleute aus dem salzfördernden Samal. Wandernde Handwerker aus dem Mandelland Meliddu teilten den Tisch mit Viehtreibern aus dem kleesatten Kuë. Auch einige Phönizier und Griechen saßen unter ihnen. Mago und Myron gaben sich jedoch nicht als Landsleute dieser Männer zu erkennen. Wir sprachen nur Akkadisch und taten, als ob wir Kaufleute aus Babel seien. Wenn man uns fragte, antworteten wir, daß wir unsere Waren und selbst die Fuhrwerke günstig an das chaldäische Heer in Kilikien losgeschlagen hätten und uns nun auf der Heimreise befänden.

Einer der Eichenholztische stand erhöht. An ihm saßen vornehme Herren. Einer von ihnen, ein großgewachsener Jüngling, zeigte ständig große Heiterkeit. Er trug ein kostbares, mit Silberfäden durchwirktes Gewand und einen purpurnen Gürtel. Um seine Schultern lag ein Zobelfell. An seiner Hüfte steckte ein Dolch mit goldenem Griff. Wir setzten uns an einen leeren Tisch in der Nähe der Fürstentafel. Als der Jüngling uns bemerkte, zog er die kostbare Waffe, schnitt ein paar Stücke von einer Ochsenrippe ab und warf sie uns auf die hölzerne Platte. »Labt euch daran!« rief er dazu übermütig. »Heute sollt auch ihr nicht leben wie die Hunde. Denn dies ist mein Glückstag!«

»Was will dieser Affe?« knurrte Reguël. Arnuwan machte Anstalten, sich zu erheben, um dem jungen Mann das Fleisch samt seiner frechen Worte in den Mund zu stopfen. Ich mahnte den Luwier mit einem Blick, verneigte mich dann höflich und versetzte:

»Habe Dank, verehrter Fürst, für deine Gastfreundschaft! Wir werden den Ruhm deines Namens in allen Städten verbreiten, die wir auf unseren Fahrten betreten.«

»Nennt ihn aber nicht zu oft!« schrie der Jüngling ausgelassen. »Sonst kommen nach euch auch noch alle anderen Hungerleider des Stromlands in unsere Berge gekrochen. Ich feiere nicht alle Tage Hochzeit!«

»Dich habe ich nicht gemeint, junger Freund«, sagte ich mit so viel Würde, wie mir zur Verfügung stand, »sondern den Mann, zu dessen Rechten zu sitzt: unseren edlen Gastgeber, König Gilzan den Großen.«

Der Fürst von Palu nickte mir lächelnd zu und erwiderte:

»Nicht König, nur Fürst! Und nicht den Großen – den Gutmütigen nennt man mich. Mit diesem Titel bin ich vollauf zufrieden. Nehmt diesem Jüngling die Freude nicht übel! Er freit um meine Tochter, Prinzessin Zirina. Und noch hat sich kein anderer Bewerber gemeldet, der bereit wäre, mit Prinz Kasir aus Kelisch, dem Land der Kohlenmeiler, zwischen die Schranken zu treten!«

»Aus gutem Grund«, fügte der junge Fürstensohn mit eitler Miene hinzu. »Manch einer bleibt lieber Junggeselle, statt sich in einem Kampf beschämen zu lassen, den er nicht gewinnen kann.«

Arnuwan kräuselte spöttisch die Lippen. Myron blickte den Luwier sorgenvoll an. Der Grieche fürchtete, unser großer Gefährte könne sich jetzt zu einer unbedachten Herausforderung hinreißen lassen. Diese kam jedoch von ganz anderer Stelle. Denn der Prinz aus Kelisch, dem zerklüfteten Land der Kohlenbrenner, hatte kaum geendet, als eine helle Stimme vom Eingang her rief:

»Jubele nicht zu früh, Kasir! Nicht alle weichen vor dir! Ich bin gekommen, mich mit dir zu messen. Nur wenn du mich besiegst, darfst du Zirinas Hand erhoffen. Doch das wird nie geschehen!«

Arnuwan fuhr herum und schaute verblüfft zu der geöffneten Pforte. Auch Myron, Reguël und Tomyris blickten dem Neuankömmling verwundert entgegen. Mago aber lächelte breit. Denn der zweite Bewerber um die Prinzessin war niemand anders als Darban, der uns vier Tage zuvor geholfen hatte, die Meder am Tannenpaß von Topzawa zu überlisten.

VI Die Herausforderung

Der Mann aus dem Mandelland von Meliddu trug einen ledernen Harnisch und einen Nackenschutz aus Leopardenfell. Sein Onkel Zamua war in ein schlichtes Gewand aus grauer Wolle gekleidet. Darban bemerkte uns nicht, denn er richtete seinen Blick auf den Gegner und schritt mit hocherhobenem Haupt auf den Fürstentisch zu. Zamua folgte dem Neffen dichtauf. Mit scharfen Augen suchte der Alte den Festsaal nach möglichen Feinden ab. Als er uns entdeckte, gab er schnell ein verstohlenes Zeichen. Im übrigen aber tat Zamua so, als ob wir ihm völlig unbekannt seien.

Prinz Kasir starrte seinen Feind finster an. Das dunkle Gesicht des Mannes von Kelisch färbte sich rot. Er griff nach seinem goldenen Dolch und rief voller Zorn:

»Du wagst es, dich mir in den Weg zu stellen, du Kind armer Leute? Mit deinen klapprigen Mähren und rostigen Waffen willst du gegen mich kämpfen? Keine Stunde wird es dauern, bis dein Nacken unter meinem Fuß zerbricht, du Sohn eines stinkenden Schweinehirten!«

Fürst Gilzan hob gebieterisch die Hand. »Der Kampf geht nicht um Tod und Leben«, rief er mit lauter Stimme. »Die Götter wünschen nicht, daß Eheglück auf Blut gegründet werde. Bezähmt also eure Gefühle! Doch wenn du um Zirina freien willst, Fürst Darban, so nehme ich deine Bewerbung an. Morgen, wenn die Sonne am höchsten steht, wird euer Wettstreit beginnen. Bis dahin haltet Frieden!«

Prinz Kasir starrte seinen Nebenbuhler wütend an. Fürst Gilzan winkte Darban an die Tafel zu seiner Linken, wo er mit dem Rücken zu uns saß.

Wir labten uns an heißem, fettem Schafsfleisch und warmem, mit lydischem Kümmel gewürztem Brot, tranken dazu unvermischten samischen Wein und schlossen unsere Mägen am Ende mit schmackhaftem Ziegenkäse. Nach einer Weile zogen sich die ersten Gäste zurück. Wir dankten dem Fürsten des purpurnen Palu mit einer Verneigung und verließen den Saal, ohne einen Blick mit Darban gewechselt zu haben.

Über dem riesigen Stall standen mehrere Räume als Unterkünfte bereit. Da wir als letzte eingetroffen waren, blieb uns nur der kleinste, der überdies an der kalten Nordseite lag. Myron und Tomyris legten sich ohne Umschweife auf die frischen Strohballen nieder. Arnuwan aber hob einen steinernen Weinkrug, den er in seinen Riesenhänden unauffällig aus dem Festsaal hatte mitgehen lassen, brach den Wachsverschluß auf und suchte sich einen ruhigen Sitz auf dem hölzernen Vorbau der Burg, an deren Fuß der nächtliche Arsanias plätscherte. Mago, Reguël und ich folgten dem Luwier. Nach einer Weile hörten wir leise Schritte. Aus dem dunklen Burghof trat der alte Zamua auf uns zu.

Vorsichtig stieg der Mannäer die knarrende Stiege empor. Dann setzte er sich wortlos an unsere Seite. Arnuwan reichte ihm den Krug. Zamua nahm einen kräftigen Schluck. Er fuhr sich mit dem Handrücken über den Mund, seufzte und erklärte schließlich: »Ja, der Wein von Samos ist die beste Labsal in kühlen Nächten. Er taut selbst gefrorenes Knochenmark wieder auf.«

»Warum bist du allein gekommen?« fragte ich. »Hat Darban uns nicht erkannt?«

Zamua blickte mich sonderbar an. »Wie sollte Darban Männer wie euch je vergessen?!« erwiderte er. »Er sah euch schon, als er den Saal betrat. Aber er war nicht sicher, ob Fürst Gilzan schon von unserer Bekanntschaft weiß, oder ob der Herrscher vielleicht besser nichts davon erfährt. Ihr tragt eure persischen Kleider nicht mehr. Wir wissen nicht, als wen ihr euch hier ausgegeben habt.«

»Als babylonische Händler«, antwortete ich. »Wir ritten erst ein einziges Mal durch das wandernde Anschan und wissen viel zuwenig von dieser Stadt, um uns mit Erfolg verstellen zu können. In Babylon aber kennen wir uns recht gut aus.«

»Kann man wohl sagen«, bestätigte der Luwier. »Ich selbst bin mindestens fünfmal mit dem assyrischen Heer durch Chaldäa gezogen.«

»Assyrische Krieger, die als chaldäische Kaufleute reisen!« staunte der alte Mannäer. »Wie sonderbar! Wo doch alle glauben, daß Ninives Helden längst tot sind.«

Reguël sagte unwirsch: »Wir sind nicht nur noch am Leben, sondern gedenken es noch eine ganze Weile zu bleiben, ob es euch gefällt oder nicht!«

»Gemach«, sprach Zamua beruhigend. »Ich wollte euch nicht kränken. Es ist nur so, daß ihr eigentlich nicht mehr so recht in diese Welt paßt... wollte sagen, ihr kommt so überraschend... ich meine, die Zeiten haben sich geändert...«

Reguël blickte ihn unheilverkündend an. Schnell sagte ich: »Wir wissen, was du uns sagen willst, alter Mann: Daß wir eigentlich kein Recht mehr haben, immer noch über diese Erde zu reiten und Unruhe zu stiften, nicht wahr? Du verzeihst uns wohl nicht, daß wir deinen Neffen am Tannenpaß für unsere Zwecke einspannten. Aber die Sache ging ja gut aus. Mit Worten haben wir uns schon bedankt. Dürfen jetzt Taten folgen?«

Reguël entspannte sich ein wenig. Mago nahm einen kräftigen Schluck, bis Arnuwan aufbegehrte und ihm den Krug entriß. Zamua blickte uns forschend an. Nach einer Weile erwiderte er:

»Ich wüßte nicht, wie das geschehen könnte. Freilich, Darban schwebt in großer Gefahr. Doch glaube ich nicht, daß ihr etwas zu seiner Rettung tun könntet, ohne ihn dabei noch mehr zu verletzen als seine Feinde.«

»Am besten«, schlug Reguël vor, »sagst du uns erst einmal, was hier überhaupt los ist.«

Zamua schien ein wenig zu zögern. Dann gab er sich einen Ruck und erklärte: »Ihr sollt alles erfahren, mag mich auch Darban später dafür schelten. In diesem Wettstreit morgen zur Mittagsstunde wird nicht nur über das Leben der zederngleichen Zirina entschieden, sondern es geht zugleich um die Herrschaft über das Land der Mannäer. Denn Gilzan zeugte keinen Sohn. Zirina ist sein einziges Kind. Nach dem Gesetz wird sein Enkel den Thron besteigen – wenn so ein Enkel je geboren wird.«

»Aber es leben doch noch viele andere Edelleute in diesem Land«, wandte Arnuwan ein. »Besitzt dieser Gilzan nicht einen jüngeren Bruder, oder auch einen Neffen, der ihm nachfolgen könnte? Vorhin beim Gastmahl hat euer Herrscher doch sogar Darban einen Fürsten genannt!«

»Bei uns Mannäern«, erläuterte Zamua, »kommt für die Erbfolge stets nur der älteste Ast eines Adelsgeschlechts in Frage. Zuletzt wurden in der Burg von Palu vier Brüder geboren. Gilzan, der älteste, sitzt auf dem Thron. Der zweitälteste gebietet heute über das Köhlerland; Prinz Kasir ist sein Sohn. Die Fürsten von Kelisch waren die ersten aus unserem Volk, die sich den Medern unterwarfen. Der dritte dieser Brüder dachte anders über Freiheit und Ehre: Er zog dem mächtigen Huwaksatara mit einer winzigen Schar entgegen und fiel nach tapferem Kampf. Dieser edle Krieger war der Fürst des Mandellandes Meliddu, und Darban ist sein Erbe. Der vierte von diesen Brüdern bin ich selbst.«

»Darum also hat uns Darban geholfen«, murmelte Mago, »aus Zorn gegen die Meder, die seinen Vater erschlugen.«

»Und aus Dankbarkeit euch gegenüber, die ihr das Blut seines Vaters gerächt habt«, fügte Zamua hinzu. »Aber hört weiter: Wenn Gilzan ohne Enkel stirbt, wird Kasir nicht nur über Kelisch herrschen, sondern dann erbt der Prinz die Krone des Mannäerlands. Doch wenn Prinzessin Zirina heiratet und einen Sohn zur Welt bringt, dann steigt ihr Kind auf den Thron. Nur darum freit Prinz Kasir um die Fürstentochter.«

»Was sagt eigentlich die Prinzessin dazu?« fragte Mago. »Oder werden Frauen bei euch nicht um ihre Meinung gebeten?«

»Die zederngleiche Zirina liebt Darban schon seit ihrer Kindheit«, gab Fürst Zamua zur Antwort. »Doch als gehorsame Tochter tut sie, was ihr Vater verlangt. Fürst Gilzan der Gutmütige will das Gesetz der Mannäer erfüllen.«

»Finde ich ganz richtig«, ließ sich nun plötzlich Myron vernehmen. Wir blickten auf und sahen den Griechen am Türbalken stehen.

»Die Beute soll stets dem Besten gehören«, stellte der Grieche fest. »Das haben wir selbst nicht anders gehalten. Was gibt es darüber so lange zu reden? Ich war schon eingeschlafen, doch euer Gewäsch weckte mich wieder. Legt euch jetzt lieber aufs Ohr. Wir müssen morgen schon früh in den Sattel!«

Zamua fragte überrascht: »Bist du von deinem Leiden schon genesen? Wahrlich, dich müssen mächtige Götter beschützen. Vor ein paar Tagen dachten deine Gefährten doch noch, du könntest vielleicht nie wieder sehen!«

»Als ich jetzt euer Gefasel hörte«, versetzte Myron, »kamen mir die Tränen und schwemmten das ganze Gift fort.«

Mago sah den Griechen mißbilligend an. »Statt eines Herzens trägst du wohl einen Stein in der Brust!« meinte der Tyrer vorwurfsvoll. »Spürst du denn gar kein Gefühl für Freundschaft und Liebe?«

Myron blickte spöttisch auf den Phönizier herab. »Du wirst allmählich morsch«, höhnte er. »Ich sah schon manchen alten Zausel, der ganz versessen darauf war, sich angeblich ganz selbstlos mit den Nöten hübscher Mädchen zu befassen. Jünger ist dadurch keiner geworden!«

Mago versetzte säuerlich: »Du scheinst aus Erfahrung zu sprechen, Hellene! Obwohl ihr Griechen dafür bekannt seid, daß ihr im Alter weniger an Mädchen als vielmehr an wohlgestalteten Knaben Gefallen findet.«

Myron lachte höhnisch. Ich fragte den alten Mannäer:

»Wenn es so ist, wie du sagst, liegt es allein in Darbans Hand, seinen Vetter zu besiegen und die Frau seines Herzens an seinen Herd zu führen. Was können wir dabei tun?«

»Tun? Wir wollen etwas tun?« fragte Myron überrascht. »Mir scheint, ich bin gerade noch zur rechten Zeit gekommen. Seid ihr denn von Sinnen?«

Der alte Zamua tat, als habe er Myrons Bemerkung überhört, und antwortete:

»Im Grund hast du recht, Dagon. Aber der Kampf wird sehr einseitig sein. Ihr habt wohl schon gehört, daß die beiden Vettern erst mit ihren Gespannen wettfahren sollen. Dann werden sie schwimmen. Am Ende folgt ein Bogenschießen. Euch als Kriegsleuten brauche ich ja nicht zu erklären, wie sehr es bei solchen Wettkämpfen auf Wagen und Waffen ankommt. Darbans Streitwagen wurde einst von den besten Stellmachern Asiens gefertigt. Doch seither sind schon mehr als hundert Jahre vergangen. Auch seine Pferde sind alt. Und Darbans Bogen stammt noch aus den Tagen, da man solche Waffen nur aus Holz und Horn zusammenbaute. Denn der junge Fürst des Mandellands ehrt die Sitte seiner Väter über alle Maßen.«

»So ist es«, meinte Myron mit einem Seitenblick auf Arnuwan, der eben seinen Weinkrug hob, »wer sich der neuen Zeit verschließt, verliert eines Tages den Anschluß und muß mit dem zufrieden sein, was andere übriglassen.«

Arnuwan verschluckte sich, hustete und antwortete grimmig: »Wer seine Väter nicht ehrt, wird von seinen Söhnen verachtet.«

»So er welche besitzt«, bemerkte Myron anzüglich.

Ich sagte: »Schade, daß dir der Kalk nur die Augen und nicht auch die Zunge verbrannte!«

Myron verneigte sich spöttisch. Der alte Mannäer blickte von einem zum andern und fuhr dann fort:

»Im Gegensatz zu Darban verfügt der reiche Kasir über die besten Mittel. Das Streitgefährt erhielt er vom medischen König geschenkt. Ihr könnt euch wohl denken, daß die Achse dieses Wagens auch auf der holprigsten Strecke nicht bricht. Prinz Kasirs Pferde wurden mit dem Gold, das er von Huwaksatara für seinen schnellen Fußfall bekam, im kleesatten Kuë gekauft. Nirgendwo auf der Welt werden so schnelle, ausdauernde Pferde gezüchtet wie dort. Und Kasirs Bogen stammt von skythischen Schmieden. Seine Hörner bestehen aus Eisen. Außerdem wird Prinz Kasir von sechzig gepanzerten Reitern begleitet. Ihr seht: Es ist, als kämpfe ein schwergewappneter Mann gegen einen Nackten.«

»Warum läßt Fürst Gilzan diese Ungerechtigkeit geschehen?« fragte Mago entrüstet. »Zählt auch er zu den Freunden der Meder?«

»Ganz im Gegenteil«, erwiderte Zamua traurig. »Aber er wagt nicht, sie zu erzürnen. Denn er fürchtet, daß dann ein eisernes Rad aus Ekbatana über uns alle hinwegrollt. Darum hat Fürst Gilzan sogar zugestimmt, daß die übliche Entfernung beim Bogenschießen um dreißig Schritte erweitert wird.«

Mago richtete sich auf und erklärte: »Wenn Darban hier Unrecht geschehen soll, werden wir nicht tatenlos zusehen.«

»Also doch!« entfuhr es Myron. »Ihr wollt euch wieder mal einmischen! Seid ihr denn alle wahnsinnig geworden?«

»Nun ja«, versetzte der Tyrer beharrlich. »Diesen einen Tag holen wir leicht wieder auf.«

»Ist dir das Hirn im Schädel gefroren?« fragte Myron

erbost. Der Grieche wandte sich zu Arnuwan und mir. »Sagt doch auch etwas!«

Als wir schwiegen, schien Myron vor Zorn fast zu platzen. »Ihr seid ja besessen!« wütete er. »Hier euer Leben aufs Spiel zu setzen! In dieser Einöde! Für irgendwelche Bauern, die keine anderen Sorgen haben, als sich um Weiber zu prügeln! Sollen sie doch einander den Schädel einschlagen! Oder seid ihr etwa ausgezogen, künftig jeden Streit auf dieser Erde zu schlichten?«

Wir schwiegen noch immer. Myron begann, uns mit Leidenschaft zu beschimpfen, wobei er sich ausgiebig mit den Geschlechtsteilen Magos befaßte. Er schloß diesen Teil seiner Rede, indem er die Ansicht vertrat, daß die Männlichkeit des Phöniziers bereits steil aufgerichtet darauf warte, den Schoß der Mannäerprinzessin zu durchbohren, nachdem er wohl bei dem Versuch gescheitert sei, in sauromatisches Schamhaar zu dringen.

An diesem Punkt seiner Ausführungen griff Mago zum Dolch. Arnuwan packte die Hand des Tyrers mit eisernem Griff, um Schlimmeres zu verhüten. Reguël erklärte entschieden:

»Wir können abstimmen, Myron. Aber auch ich bin der Meinung, daß wir den Mann, der uns am Tannenpaß half, nicht im Stich lassen dürfen. Mich wundert nur, daß du darüber so anders denkst. Schließlich warst du es doch, der ängstlich schnaufend wie ein Kälbchen zwischen Pelzen lag, als Fürst Darban die Meder täuschte.«

Myron beruhigte sich ein wenig. Schweratmend starrte er uns an. »Nun ja, ihr habt so unrecht nicht«, gestand der Grieche nach einer Weile. »Wir haben diesem Mannäerprinzen tatsächlich einiges zu verdanken. Ich ärgere mich nur, daß wir dauernd anderen Pflichten nachkommen als jener, deren Erfüllung uns zuallererst am Herzen liegen müßte!«

Ich sagte: »Es ist meine Sache, darüber zu entscheiden.«

»Fragen wir Zamua«, schlug Arnuwan vor. »Er muß doch am ehesten wissen, wie Darban zu helfen wäre.«

Der alte Mannäer blickte uns zweifelnd an. »Ich zermartere mir schon seit langem den Kopf«, gestand er nach einer Weile. »Aber mir ist noch nichts eingefallen. In den alten Schriften der Mannäer steht vermerkt, der würdigste unter mehreren Freiern solle in einem dreifachen, unblutigen Gefecht ermittelt werden. Leider kann Darban weder im Wagen noch im Wasser noch gar beim Wettschießen gegen Prinz Kasir gewinnen. Denn das Kohlenmeilerland grenzt an das Obere Meer von Naïri. Dort schwimmt schon jeder Knabe wie ein Fisch.«

»Kann Darban nicht verlangen, den Wettstreit in anderen Übungen auszutragen?« fragte Myron. »Wo steht das denn, daß er unbedingt fahren, schwimmen und schießen muß?«

»In unseren heiligen Schriften«, erwiderte Fürst Zamua bedrückt. »Es gab schon lange keinen solchen Streit mehr. Darum berieten unsere Weisen die Sache besonders gründlich. Ich brachte sogar unsere alten Gesetzestafeln aus dem Mandelland mit nach Palu, um sie mit den Aufzeichnungen des Fürsten Gilzan vergleichen zu lassen. Sie stimmen wörtlich überein. In ihnen heißt es ausdrücklich: Nur wer alle drei Kämpfe siegreich besteht, darf die Hand der Fürstentochter in die seine legen. Das aber kann nur Kasir sein. Darum war der Prinz von Kelisch wohl heute abend auch so überrascht, daß es überhaupt jemand wagt, sich ihm in den Weg zu stellen.«

»Sagte der Torwächter nicht, daß sich an diesem Wettstreit auch Fremde beteiligen dürfen?« fragte ich den Mannäer. Als Zamua nickte, fuhr ich fort:

»Dann wäre es vielleicht ganz gut, wenn einer von uns sein Glück versuchte. Wir verfügen ja über genügend

Gold, das beste Gespann zu erwerben, das es in dieser Stadt gibt, stamme es selbst aus dem Marstall des Herrschers! Arnuwan ist unser bester Schwimmer, doch für ein Wagenrennen viel zu schwer. Myron leidet noch immer an seiner Verletzung. Reguël scheidet ebenfalls aus ...«

»Wie auch du, Dagon!« unterbrach mich Mago. »Hast du etwa schon vergessen, daß du erst vor vier Tagen von einem hohen Felsen gestürzt bist? Also werde ich mir diesen Kasir vornehmen. Im Wagenfahren und Schwimmen fühle ich mich jedem Gegner gewachsen. Im Bogenschießen aber bin ich diesem Gebirgler über, wäre seine Waffe selbst von einem Zauberer geschmiedet.«

»Aber was soll das nützen?« fragte der alte Mannäer bedrückt. »Selbst wenn es dir wirklich gelingt, Prinz Kasir zu besiegen — willst du dann etwa im Mannäerland bleiben, die Prinzessin zum Eheweib nehmen und unser Fürst sein?«

»Und was wird dann aus der Sauromatin?« stichelte Myron.

Der Phönizier lächelte grimmig. »Ihr werdet schon sehen, wer diesen Kampf gewinnt«, sagte er geheimnisvoll. »Jedenfalls wird der Sieger nicht Kasir heißen, das verspreche ich euch.«

»Gut«, meinte ich. »Dann wollen wir uns zu Gilzan dem Gutmütigen begeben. Mal sehen, ob er seinen Namen zu Recht trägt und uns einen Streitwagen und ein paar tüchtige Renner verkauft.«

»Es ist wohl besser, ich warne ihn vor«, wandte Fürst Zamua ein. »Mein Bruder hält es in dieser Lage gewiß für günstiger, euch im geheimen zu empfangen. Laßt mich das Treffen vorbereiten!«

Nach diesen Worten blickte der alte Mannäer vorsichtig in den Hof, stieg dann behende die hölzerne Treppe hinab und verschwand wie ein Schatten im Dunkel.

Reguël wiegte bedenklich den Kopf und brummte: »Wer weiß, was diese Brüder bereden! Ich traue diesem heruntergekommenen Zwergkönig nicht, der seine Tochter aus lauter Angst vor den Medern einem solchen Schurken wie Prinz Kasir überlassen will.«

»Du sagst es«, stimmte Myron zu. »Wer weiß, wozu Fürst Gilzan sich von seiner Furcht noch treiben läßt, wenn er erst einmal hört, daß wir seinen Lehnsherrn Huwaksatara als Kohlenstück gen Himmel sandten! Es würde mich nicht wundern, wenn er sogleich versuchte, uns den Medern auszuliefern, um in Ekbatana gut Wetter für sich zu machen.«

»Das Gastrecht ist diesen Bergvölkern heilig«, ließ sich der Luwier vernehmen. »Solange wir in Gilzans Burg weilen, wird uns nichts geschehen. Haben wir diese Mauern aber wieder verlassen, dann heißt es Augen auf! Die Mannäer gleichen den Medern. Bei den Völkern des Ostens gelten Eide nur, solange sie nützen. Verträge werden so lange eingehalten, wie sie von Vorteil sind. Und der Weg der Wahrheit wird nur so weit beschritten, bis eine Lüge als Abkürzung winkt.«

»Ihr richtet einen Angeklagten ohne Beweise«, erwiderte Mago, »und schließt von einem einzigen Verbrecher auf ein ganzes Volk. Auch ich weiß die Vorsicht zu schätzen und kenne die Gefahren des Leichtsinns genau. Aber man darf doch nicht jedem Menschen mißtrauen!«

»Doch«, beharrte Reguël. »Dann lebt man nämlich länger.«

»Still«, sagte Mago. »Ich höre Schritte. Zamua kommt zurück. Es ist jemand bei ihm.«

Wir warteten gespannt. Dann trat der Mannäerfürst aus dem Dunkel. Hinter ihm folgte sein älterer Bruder, der Herrscher des Purpurfelsens. Die beiden hasteten unsere Stiege empor und verbargen sich in einer Mauerecke, so daß sie von außen nicht gesehen werden konnten.

Wir wollten uns erheben und dem Burgherrn von Palu mit einer Verneigung unsere Achtung bezeugen. Doch Gilzan der Gutmütige winkte ab und erklärte:

»Nicht doch! Ihr habt mir ja erst vorhin gehuldigt. Einmal am Tag ist genug. Sagt mir lieber, wer ihr seid und was ihr vorhabt! Mein Bruder hat mir Dinge über euch erzählt, die mich an seinem Verstand zweifeln lassen. Ich bin begierig zu hören, ob seine Worte jetzt etwa Bestätigung finden!«

Ich nannte ihm unsere Namen und berichtete ihm, wie König Huwaksatara im Felsenturmland sein Ende gefunden hatte. Fürst Gilzan schaute mich mit runden Augen an. Nach einer Weile fragte er: »Und ihr seid wirklich Assyrer? Ich dachte, ihr wärt alle längst tot!«

»Sind wir aber nicht, bei Asasel!« rief Reguël aufgebracht. »Es geht mir langsam auf die Nerven, daß uns hier jeder für Gespenster hält!«

»Verzeih mir, es war nicht so gemeint«, sprach Fürst Gilzan versöhnlich. »Es ist nur, weil ... nun, man hat euch Assyrer eigentlich ja nicht mehr auf der Rechnung ... will sagen, es ist für jeden sehr überraschend, euch noch einmal zu begegnen ... es ist, als stünde man ... nun ...«

Er rang nach Worten und verstummte. Ich sagte: »Als stünde man plötzlich einem Fabeltier gegenüber. Das wolltest du doch sagen, nicht wahr? Aber beruhige dich: Auch wir sind Menschen von Fleisch und Blut.«

»Wenn auch ein wenig angejahrt«, fügte der Luwier gutgelaut hinzu.

»Nun aber laßt uns vom Geschäft reden«, fuhr ich fort. »Nenne den Preis, den du für deinen besten Streitwagen und deine beiden schnellsten Hengste verlangst! Denn unser Gefährte Mago will morgen versuchen, Hand und Herz deiner Tochter zu gewinnen.«

»Also doch!« stieß Gilzan der Gutmütige voller Staunen hervor. Er gab seinem Bruder Zamua einen Verzeihung erheischenden Blick. »Du willst dich mit Prinz Kasir messen?« fragte der Herrscher dann den Tyrer. »Weißt du, worauf du dich einläßt? Der Fürst des Köhlerlandes ist ein unbezwingbarer Gegner!«

»Dann macht es ja wohl keinen Unterschied, ob er einen oder zwei Widersacher besiegt«, versetzte ich. Mago lächelte fein.

»Aber was bezweckt ihr mit dieser Tat?« fragte der Herrscher von Palu verwundert. »Haltet ihr den Wettstreit etwa für ein Spiel oder denkt ihr am Ende, er sei eine bloße Probe des Mutes? Dieser Dreikampf gilt uns als heilige Handlung, und wer die Hand meiner Tochter gewinnt, muß sie ein Leben lang in Ehren halten. Sonst schmäht er unsere Götter und verwirkt sein Leben.«

»Ich weiß«, versicherte Mago. »Du kannst sicher sein, daß ich dem Gesetz eures Volkes gehorche. Kasir fürchte ich nicht. Aber ich habe so ein Gefühl, daß es mir nicht gelingen wird, Prinz Darban zu bezwingen.«

Die beiden Männer wechselten einen Blick. »Nun gut«, erklärte der Herrscher schließlich, »ihr sollt den Wagen und die Pferde haben. Doch gebt mir kein Gold! Wenn Istewegu in Ekbatana jemals erfährt, daß ich euch half, wird er mir nach Skythenart die Haut vom Kopf ziehen lassen und mit meinem Haar seinen Zeltpfosten schmücken. Ich kann nur dann auf Gnade hoffen, wenn ich ihm zu schwören vermag, daß ich euch nicht die Hand geliehen habe. Stehlt euch, was ihr benötigt, doch laßt es mich nicht erfahren!«

»Wie du befiehlst«, antwortete ich. »Ziehe aber zuvor deine Wächter zurück, damit wir nicht unschuldiges Blut vergießen, wenn wir uns holen, was wir brauchen.«

Fürst Gilzan blickte mich erschrocken an. Dann schaute er bedrückt zu seinem Bruder. »Was hast du mir da für

Gäste gebracht, Zamua«, meinte er vorwurfsvoll. »Und das ausgerechnet jetzt, wo uns der Oberhofmeister von Medien ins Haus steht!«

Meine Narbe begann zu brennen. »Zamua hat uns nicht eingeladen«, berichtete ich. »Auch Darban trägt keine Verantwortung für unseren Besuch, sondern wir kamen aus freien Stücken. Doch was erzählst du da vom medischen Oberhofmeister? Ist es noch immer der bucklige Balsar, der Fürst von Rhagae, der den Palast des Königs verwaltet? Was sucht er in eurem Land?«

»So so, ihr kennt ihn«, erwiderte Gilzan der Gutmütige voller Sorge. »Dann wißt ihr ja wohl auch um seine Grausamkeit. Ließ er nicht seinen eigenen Schwiegersohn pfählen, weil dieser es wagte, ohne Handschuhe vor Huwaksatara zu treten? Uns allen graut vor diesem schrecklichen Mann. Man sagt, er sei schon fast so grausam wie die blutige Kassandane, diese Ausgeburt des Bösen. Wißt ihr, daß diese Frau kleine Knaben schächtet, um aus dem Blut der unschuldigen Kinder einen wirksamen Liebeszauber zu gewinnen? Einem Richter, der ihrem Wunsch nicht willfahrte, ließ sie bei lebendigem Leibe die Haut abziehen und damit einen Stuhl bespannen. Der Sohn des Unglücklichen mußte sich darauf setzen und als Nachfolger seines Vaters das von der Königin gewünschte Urteil sprechen. Ja, im Osten lebt die Menschlichkeit nur als verachtetes Waisenkind, die Grausamkeit aber trägt Kronen. Allein, es hilft nichts: wir müssen Balsar nächste Woche empfangen. Denn gestern schickte er uns Boten mit der Nachricht, daß er in die Westländer aufbricht, um das Heer der Meder in die Heimat zurückzuführen. Istewegu will die Hauptstadt nämlich nicht verlassen – aus Gründen, die ich nicht kenne.«

»Das medische Heer wurde noch niemals vom Oberhofmeister befehligt«, meinte Myron mißtrauisch. »Da steckt doch etwas anderes dahinter!«

Zamua hob beschwichtigend die Hand. »Ist das für euch so wichtig?« fragte er. »Nun, wir haben kein Geheimnis zu verbergen: Der Fürst von Rhagae soll seinem Herrn nicht nur als Heer-, sondern zugleich auch als Brautführer dienen. Wie mir der bucklige Balsar mitteilen ließ, haben die Lyder mit Istewegu Frieden geschlossen. Die Freundschaft zwischen Sardes und Ekbatana soll mit einem Ehebund besiegelt werden: Aryenis, die Tochter des lydischen Herrschers, wird Istewegus Gemahlin. Der Oberhofmeister eilt, um die Prinzessin abzuholen.«

VII Der Wettkampf

Als Myron den Namen der Lyderprinzessin vernahm, stieß er überrascht die Luft aus. Reguël murmelte mitfühlend: »Das arme Kind!« Arnuwan fügte voller Bedauern hinzu: »Ob sie wohl ahnt, was ihr bevorsteht?«

»Kein Wort mehr davon!« rief Myron gequält. Mago seufzte: »Warum siegt in dieser Welt stets das Böse?«

»Das können wir kaum ändern, jedenfalls soweit es die Lyderprinzessin betrifft«, erklärte ich schließlich. »Aber was Darban angeht, wollen wir doch einmal sehen, ob wir das Schicksal nicht wenden. Du brauchst uns nicht zu helfen, Fürst — lasse uns nur gewähren!«

Gilzan der Gutmütige nickte. Dann raffte der Herrscher den wollenen Mantel, erhob sich und sprach:

»Wenn ihr morgen beim Wettkampf erscheint, muß ich so tun, als würde ich euch nicht kennen. Ihr könnt jedoch darauf vertrauen, daß euch in meiner Burg kein Leid geschehen wird.«

Sein Bruder blieb bei uns zurück. Wir warteten eine

Weile. Dann winkte der alte Zamua Mago und mir. Er führte uns zu den Ställen, die jetzt unbewacht waren. Wir fanden einen bronzenen Streitwagen mit starken Speichen und widerstandsfähiger Achse. Dann schlichen wir zu den Hengsten des Herrschers. Wir suchten uns zwei Tiere mit breiter Brust, hoher Kruppe, großem Widerrist und guter Flankentiefe aus.

»Versteckt sie im Stall der Reisenden«, flüsterte Zamua. »Seid morgen pünktlich zur Stelle! An dem Wettkampf darf sich nur beteiligen, wer bis zur Mittagsstunde auf dem Platz erscheint.«

Wir dankten dem alten Mannäer und kehrten leise in unseren Schlafraum zurück. In der Wärme des Strohs verbrachten wir eine ruhige Nacht. Am Morgen frühstückten wir kräftig, sattelten unsere Pferde und legten unsere Waffen bereit. Als die Sonne höherstieg, schirrten wir die Zugpferde an und zogen zum Kampfplatz. Das sandige, leicht gewellte Gelände erstreckte sich vor der Stadt am Rand einer lichten Ebene, deren Südseite der Fluß Arsanias begrenzte.

Zwischen den Ufern des Stroms und der Mauer der Festung erhob sich ein großes Gestell aus Eichenbalken. Auf dem von farbigen Bahnen aus Wolle verhängten Brettergerüst stand Fürst Gilzan der Gutmütige. Er war von den mannäischen Großen und von den Priestern der Götter Naïris umringt. Mehrere hundert Bewaffnete hielten die Zuschauer in guter Ordnung. Auf einem hohen Altar aus steinernen Quadern loderte ein Opferfeuer. Gerüche von gebratenem Fett und verbranntem Unschlitt drangen in unsere Nasen. Alle Mannäer trugen Festgewänder. Die Wachleute waren in Leder gepanzert und mit langen eisernen Spießen bewehrt.

Wenige Schritte vor dem hölzernen Aufbau saß ein kaum mehr als zwölfjähriges Mädchen auf einem rotbraunen Zelter mit zierlich geflochtener Mähne. Ein Kranz aus weißblühenden Maiglöckchen krönte die kräftigen, kastanienbraunen Locken der schönen Prinzessin. Sie trug ein langes Gewand aus reinstem Byssusgewebe, darüber einen Umhang aus den gefleckten Fellen von Hermelinen, ein von kunstvollen Knoten gehaltenes Hüfttuch aus doppelt gekämmter und dreifach gebleichter Wolle und schließlich Reitstiefel aus weißem Leder. Auch Sattel und Zaumzeug leuchteten hell, so daß es erschien, als warte ein himmlisches Lichtwesen auf seinen Gott. Doch in den Augen der blutjungen Fürstentochter las ich kaum verhohlene Furcht, denn sie bangte um das Leben ihres Geliebten.

Als die Sonne ihren höchsten Punkt erreichte, trat ein buntgekleideter Ausrufer vor den Herrscher von Palu. Fürst Gilzan nickte dem Boten befehlend zu. Darauf verließ der Mann das Gerüst und stieg auf einen kleinen Holzturm, der sich am Rand der Ebene erhob.

Mit feierlichen Worten verkündete der Herold den Mannäern und ihren Gästen nun die Gesetze des Wettstreits. Dann forderte er alle Freier auf, ihren Anspruch bekanntzugeben.

Als erster meldete sich Kasir. Der hochgewachsene Mannäer stand in einem prächtigen Streitwagen mit vergoldetem Kasten und silbernen Speichen. Zwei schwarze Hengste zogen das Gefährt. Herausfordernd blickte der junge Prinz in die Runde. Auf seinem grimmigen Gesicht standen Kampfeswut und finstere Entschlossenheit zu lesen. In lauten, anmaßenden Worten schilderte er seinen Adel. Dann verwies er auf seine Verdienste, beschrieb voller Stolz seine Macht und drohte jedem Gegner mit bitterster Feindschaft. Die meisten Männer schwiegen zu den überheblichen Worten des Prinzen. Einige aber jubelten laut. Als ich sie näher betrachtete, fiel mir auf, daß sie ebenfalls Lanzen trugen, aber anders gekleidet waren als die Krieger Fürst Gilzans.

Arnuwan schaute streitlustig zu den Schreihälsen hinüber. »Krieger aus Kelisch«, erklärte der Riese. »Ich will sie im Auge behalten.«

Als der Beifall der sechzig Köhlerlandleute allmählich wieder verebbte, fuhr auch der junge Darban unter den Holzturm. Da brachen alle anderen Mannäer in lautes Gebrüll aus. Darbans Blick suchte die Augen der schönen Zirina. Die kindliche Prinzessin aber neigte ihr Haupt, und ihre schmalen Hände preßten ein Götterbildnis aus schwarzem Obsidian. Denn als Tochter eines Fürsten vermochte sie Pferde wohl einzuschätzen. Und wer die braven Braunen des Mannes aus dem Mandelland mit den feurigen Rappen des Prinzen von Kelisch verglich, mußte sogleich erkennen, daß Darban seinem Rivalen ebensowenig davonfahren konnte, wie ein vom Hunger geschwächter Steinbock im knietiefen Schnee dem Rudel der hungrigen Wölfe entkommt.

Der Herold hob seinen Stab. Gilzan der Gutmütige gab dem Opferpriester ein Zeichen. Der heilige Mann warf Weihrauch ins Feuer, um die mannäischen Götter günstig zu stimmen. Der Ausrufer verkündete pflichtgemäß: »Da sich kein weiterer Teilnehmer meldet, mag das heilige Spiel nun beginnen.«

»Irrtum, Herold!« rief da eine laute Stimme, und durch die Reihen der verblüfften Mannäer rollte Mago herbei. Seine aschfarbenen Hengste wieherten laut.

Kasir und Darban fuhren herum und starrten ihren Mitbewerber staunend an. Auf den Zügen des Prinzen vom Mandelland zeigte sich höchste Verwirrung. Prinz Kasir aber blickte Mago mit bohrenden Blicken entgegen.

»Wer bist du?« fragte der Herold den Tyrer. »Nenne uns deinen Namen und dein Geschlecht! Wir wollen prüfen, ob du würdig bist, an diesem Wettkampf teilzunehmen.«

Mago erwiderte lächelnd: »Es genügt wohl, wenn ihr meinen Namen erfahrt, sobald der Siegespreis in meinem Sattel sitzt! Kennt ihr denn eure eigenen Regeln nicht?«

Der Herold öffnete den Mund. Dann fing er einen Blick des Fürsten Gilzan auf und verstummte. Der alte Zamua aber rief laut:

»Der Fremde hat recht. Das Gesetz stellt es allen Teilnehmern frei, ihre Namen zu nennen. Erst der Sieger muß sich zu erkennen geben.«

Gilzan der Gutmütige nickte. Der Herold verneigte sich ehrerbietig. »Wie aber«, fragte er Mago dann, »soll ich dich anreden, Fremder? Ich bin der Schiedsrichter dieses Streits. Es mag erforderlich sein, daß ich dir einiges erkläre.«

»Ich kämpfe nicht zum ersten Mal«, erwiderte der Tyrer, »und weiß auch gut, welche Gebräuche bei euch gelten. Aber ich will dir dein Amt nicht erschweren: Nenne mich einfach ›Assyrer‹, denn zu den letzten Rittern dieses Reiches zähle ich.«

»Du bist ein Assyrer?« entfuhr es dem Herold. »Ich dachte, die sind längst alle tot!«

Reguël knurrte hinter mir voller Grimm: »Bei Asasels kupfernen Zeugungskugeln, jetzt reicht es mir aber! Der nächste, der uns zu Geistern erklärt, geht uns in die Unterwelt voran!«

»Beruhige deine Leber«, befahl ich. Der Herold winkte Mago in eine Reihe mit Kasir und Darban. Dann hob er eine hölzerne Lanze, von deren Schaft ein weißer Wimpel wehte. »Wenn diese Waffe in die Erde fährt«, erklärte der Ausrufer, »dann laßt die Zügel schießen und umrundet den Baum des Blitzes! Wer mir die Lanze zurückgibt, der soll als Sieger des Rennens anerkannt sein.«

Als der Herold geendet hatte, schwang er die Waffe hoch über den Kopf. Fürst Gilzan der Gutmütige hob die Hand. Einen Augenblick später steckte die Lanze zitternd im Boden. Ein Schrei aus tausend Kehlen erschallte. Dann rasten die drei Gespanne davon, so wie die Zinken der Forke nebeneinander das Erdreich durchpflügen.

Die ersten drei Stadien hielt Darban gut mit. Er suchte den kürzesten Weg zu der geschwärzten Eiche, die als Wendemarke diente. Dann aber fiel er allmählich zurück. Nach vier Stadien lag Prinz Kasir an der Spitze. Mago folgte dichtauf.

Als die drei Wagen dem Wendepunkt nahten, sahen wir, daß Darban schon die Peitsche hob. Seine Braunen kämpften mit großem Eifer. Aber sie mußten dem Alter Tribut zollen, und ihre Schritte wurden kürzer. Prinz Kasir dagegen vermochte die Kraft seiner Rappen kaum zu erschöpfen, und auch Magos Aschfalben flogen mit ausgreifenden Sätzen dahin.

Nach sechs Stadien umrundete Kasir als erster den toten Baum. Knapp hinter ihm zog auch Mago sein schnelles Gespann in die Kurve. Darban folgte vier Längen danach.

Um seinen Sieg nicht durch zuviel Ungestüm zu gefährden, wendete der Prinz aus dem Köhlerland in einem weiten Bogen. Er fürchtete wohl, auf dem weichen Sand ins Schleudern zu geraten. Mago aber riß seine Pferde fast auf den Hufen herum, kürzte auf diese Weise den Weg ab und fuhr an die linke Seite des Gegners.

Eine gewaltige Staubwolke wallte empor. Einige Zeitlang konnten wir nichts mehr erkennen. Als sich die Luft wieder klärte, drang ein Schrei der Überraschung an unsere Ohren. Denn es war weder Kasir noch Mago, der sich als erster aus dem gelben Schleier löste, sondern Prinz Darban mit seinen Braunen.

Der Mann aus dem Mandelland trieb seine Pferde zum

Äußersten an. Immer wieder wandte er sich nach den Gegnern um. Die tauchten erst nach einer ganzen Weile auf. Der Fürstensohn aus dem Köhlerland hieb mit der Peitsche wie besessen auf die Rappen ein, Mago hielt sich dicht hinter ihm.

Beide Gespanne kamen dem führenden Darban rasch näher. Doch mit der letzten Kraft seiner Pferde preschte der Mann aus Meliddu bis zu der Lanze. Er riß sie aus dem Boden und schleuderte sie dann so kraftvoll durch die Luft, daß sie mit einem dumpfen Schlag im Holz des Turms steckenblieb.

Ein lauter Jubelschrei ertönte. Die Mannäer warfen die Arme hoch und brüllten voller Begeisterung Darbans Namen.

Wenige Herzschläge später brachte Prinz Kasir sein Fahrzeug mit kreischender Achse zum Stehen. »Das Rennen ist ungültig!« schrie er erbost. »Dieser verfluchte Assyrer hat mich behindert!«

»Ach was«, rief Mago, der kurz nach ihm eintraf. »Auf dem sandigen Boden geriet mir die Kurve zu eng, und meine wackeren Rößlein kamen ein wenig ins Schleudern. Da habe ich diesen braven Mann hier gestreift. Aber so ist das nun einmal in einem Rennen: Zum Sieg gehört auch ein bißchen Glück!«

Arnuwan lächelte breit. Reguël stieß mir die Faust in die Rippen und gluckste. Myron und Tomyris blickten Mago belustigt an. Der Herold schaute gespannt zu Fürst Gilzan. Der Herrscher des purpurnen Palu gab ihm einen Wink, und der Ausrufer erklärte: »Sofern du uns beschwören kannst, Assyrer, daß du Prinz Kasir nicht mit Absicht behindert hast, soll das Ergebnis gelten.«

»Ich schwöre es«, rief Mago laut, »bei Assur und allen Göttern Ninives!«

Die Männer jubelten von neuem. »Das ist wohl das erste

Mal«, spottete Myron, »daß ein fremdes Volk beim Namen dieses Gottes Freudenschreie ausstößt.«

Ich blickte den Gefährten mißbilligend an. »Hoffentlich habe ich dich nicht verstimmt«, grinste der Grieche. »Aber du wirst zugeben müssen, daß man in diesen Bergen früher nur Heulen und Wehklagen hörte, wenn man den glorreichen Namen Assurs erwähnte!«

Prinz Kasir stieg von seinem Wagen und stampfte zornig mit dem Fuß auf die Erde. »Man hat mich um den Sieg betrogen!« wütete er. »Nie hätte mich Darban mit seinen lahmen Mähren geschlagen, wäre mir nicht dieser dumme Assyrer dazwischengekommen, der heute wohl zum ersten Mal einen Streitwagen lenkte! Ich verlange, daß das Rennen wiederholt wird!«

Der weißbärtige Zamua erhob sich und schwenkte eine tönerne Tafel. »Das verstieße gegen unser Gesetz«, verkündete er. »Die Götter würden uns zürnen, wenn wir versuchten, die Entscheidung des Schicksals rückgängig zu machen!«

Fürst Gilzan nickte mit besorgter Miene. Prinz Kasirs sechzig Krieger aus Kelisch begannen drohend zu murren. Der Fürstensohn aus dem Köhlerland spie Sand und Erde aus. Wie wir später erfuhren, hatte Mago ihn so kräftig gerammt, daß er aus seinem Wagen gestürzt war.

»Diesmal hast du noch Glück gehabt«, sagte Kasir giftig zu Darban. »Sieger aber wird nur, wer alle drei Wettbewerbe gewinnt. Sonst wird der Kampf wiederholt, und zwar nur zwischen den beiden Besten. Auch das steht im Gesetz. Ein zweites Mal fährst du mir ganz gewiß nicht davon!«

Ich schaute verstohlen zu der Prinzessin. Die zederngleiche Zirina hatte nur Augen für Darban. Sie blickte den Geliebten ihres Herzens mit solcher Zuneigung an, daß ich ein Gefühl des Neides empfand. Dann aber meldete sich mein Verstand, und eine innere Stimme sagte zu mir: Was starrst du auf das junge Ding, du alter Trottel? Sie könnte deine Enkeltochter sein! Setze hier nicht die Würde deines Alters aufs Spiel!

Aus dieser Abschweifung meiner Gedanken weckte mich die Stimme des Herolds, der nun die Regeln des Schwimmens bekanntgab. Mit einiger Mühe zog er die Lanze aus dem hölzernen Balken, schwang sie ein zweites Mal über den Kopf und schleuderte die Waffe dann von neuem zur Erde.

Unter lauten Anfeuerungsrufen der Zuschauer rannten die drei Wettkämpfer zum Ufer des reißenden Flusses. Kasir und Darban achteten in ihrem Eifer nicht auf die spitzen Steine, die ihre Füße verletzten. Mago folgte den beiden Prinzen mit langsamen Schritten, indem er vorsichtig jedem Felsbrocken auswich und angestrengt versuchte, möglichst auf weichen Rasen zu treten.

Die Mannäer begannen zu lachen, und einer der Köhler rief laut: »Seht den Assyrer, wie er zierlich die Füßchen zu setzen weiß! Freilich, in seinem Alter wachsen Knochen nicht mehr so leicht zusammen.«

Doch als die drei Gegner das Wasser erreichten, verstummten die Schmährufe schnell. Denn mit kraftvollen Zügen schwamm Mago erst an Prinz Darban und bald auch an Kasir vorbei.

Durch Schmelzwasser aus dem hohen Gebirge stark angeschwollen, strömte der schnelle Arsanias breit wie der Tigris zwischen erzfarbenen Felsen hindurch. Die Entfernung zum gegenüberliegenden Ufer mochte an dieser Stelle drei Stadien betragen. In einem See oder selbst in den Wellen des Meeres kann eine solche Entfernung dem einigermaßen geübten Krieger kaum Mühe bereiten. In der reißenden Strömung und den gefährlichen Strudeln des tückischen Bergflusses aber mußte selbst der tüchtigste Schwimmer all seine Kräfte aufbieten, wenn er nicht gegen scharfkantige Steine geschleudert oder in schwarze Tiefen hinabgezogen werden wollte.

Der junge Darban schlug das Wildwasser wie einen Feind und kämpfte sich durch den Strom wie ein hungriger Wolf, der einem fliehenden Edelhirsch nachsetzt. Alle Mannäer aus Palu riefen in immer schnellerer Folge den Namen des jungen Prinzen vom Mandelland. Kasir dagegen griff nach den Wellen wie nach den Händen von Dienern, die ihn voranziehen sollten, und wirklich schien das Wasser seinem Wunsch zu willfahren. In seiner Schwimmweise ähnelte der Fürst von Kelisch dem Otter, der mit seinem langen, geschmeidigen Körper im Wasser nur auf wenig Widerstand stößt und sich dort dank der Haut zwischen seinen Zehen schneller fortzubewegen versteht als alle anderen Tiere des Landes. Darum hatte er Darban schon in der Mitte des Flusses drei Klafter hinter sich gelassen.

Mago aber streichelte die Fluten des Arsanias wie einen Freund, und es war, als ließe der Strom ihn voll Dankbarkeit auf seinem Rücken reiten. So wie ein starker Lachs ganz ohne Mühe jenes Element durchquert, in dem zu leben er geboren wurde, so teilte auch der Tyrer scheinbar ohne jede Anstrengung die Wogen und schwamm den anderen ein gutes Stück voraus.

Vier Körperlängen vor Kasir erreichte unser Gefährte das jenseitige Gestade. Gemächlich stieg der Tyrer zu dem größten Steinblock empor und legte die Hand um den Speer, der dort steckte. Während der Prinz aus dem Köhlerland keuchend als zweiter das Wasser verließ, glitt der Phönizier schon wieder in das kalte Naß und strebte mit ruhigen Zügen den Mauern von Palu entgegen.

Unter dem lauten Gebrüll der Männer aus Kelisch warf sich nur wenig später auch Kasir wieder in den Strom, gefolgt von Darban, der nun schon am Ende seiner Kräfte schien.

Die Zurufe der Mannäer wurden allmählich leiser, denn an Magos Sieg war bald nicht mehr zu zweifeln. Doch plötzlich schien der Tyrer langsamer zu werden. Sein Gesicht zeigte deutliche Zeichen von Schmerz. Er griff sich an den linken Unterschenkel. In der Mitte des Stroms schien er sich kaum noch über Wasser halten zu können. Die beiden anderen Schwimmer kamen allmählich näher.

Kasir bemerkte als erster, daß sich Mago in Schwierigkeiten befand. Die Aussicht, das schon verlorengeglaubte Rennen nun doch noch gewinnen zu können, beflügelte den Prinzen von Kelisch. Er durchpflügte das Wasser, so wie der gefleckte Jagdleopard das hohe Gras der Steppe durcheilt. Auch Darban erkannte, was vor ihm geschah, und holte das Letzte aus seinem Körper heraus.

Mago befand sich offenbar in ernster Not. Der Phönizier schlug mit den Armen und öffnete den Mund, als wolle er um Hilfe rufen. Mit schadenfroher Miene schwamm Kasir an dem Tyrer vorbei. Da blieb der Prinz plötzlich im Wasser hängen wie ein Boot, dessen Ruderer beim Ablegen vergessen haben, ein Haltetau zu lösen.

Mago tauchte gurgelnd unter. Dann hob er den Kopf aus den schäumenden Wogen und rief mit halberstickter Stimme: »Hilfe, ich ertrinke! Ich habe einen Krampf im Bein! Hilf mir doch, edler Prinz!«

Kasir aber schrie erbost: »Lasse mich sofort los, du verdammter Assyrer, sonst schlage ich dir den Schädel ein!«

Doch Mago dachte nicht daran, den Fürstensohn freizugeben, sondern hielt ihn fest wie mit einer ehernen Zange. Kasir ballte die Fäuste und schlug nach dem Tyrer, ohne ihn aber zu treffen.

Darban kam heran. Trotz seiner großen Erschöpfung schlug der Prinz von Meliddu rasch einen Bogen um seine strampelnden Gegner und ging auf diese Weise in Führung.

Die Männer aus dem Kohlenmeilerland brachen in ein wildes Wutgeheul aus, als sie nun sahen, daß Mago ihren Prinzen mit der Linken untertauchte. Während der Fürstensohn wild um sich schlug, stieß sich der Tyrer von seinem schreienden Gegner ab und schwamm mit schnellen Stößen davon.

»Danke, mein Freund!«, rief er dabei über die Schulter zurück. »Den Rest schaffe ich allein.«

Kasir spie Wasser und setzte Mago nach. »Verfluchter Hund von einem Assyrer!« schrie der Prinz dabei voller Wut. »Warte, dich kriege ich noch!«

Mago schwamm nicht auf dem kürzesten Weg zum Ziel, sondern ließ sich ein wenig flußabwärts treiben, als ob er noch nicht wieder im Vollbesitz seiner Kräfte sei. Kasir dagegen hoffte wohl, Darban trotz allem noch vor dem Ufer abfangen zu können. Doch als der Fürstensohn von Kelisch endlich das trockene Land erreichte, packte sein Gegner gerade den Speer. Dann schleuderte Darban die Waffe zum zweitenmal gegen den Turm.

Die Mannäer jubelten auf. Mago lief vom Strand herbei, klopfte Darban auf die Schulter und sagte: »Meinen Glückwunsch! Du schwimmst zwar nicht so schnell wie ich, hast deine Kräfte aber klüger eingeteilt!«

Hinter ihm kam Kasir gelaufen. Der Prinz von Kelisch bebte vor Zorn. Er zeigte mit dem Finger auf Mago und rief: »Du hast mich nun schon zweimal um den Sieg gebracht, du dreckiges Assyrerschwein!« Er wandte sich den Zuschauern zu. »Ihr alle könnt es bezeugen«, schrie er mit sich überschlagender Stimme. »Als ich schon den Sieg vor Augen hatte, hielt dieser Fremdling mich im Wasser fest. Nur dadurch konnte Darban gewinnen!«

»Aber nein doch«, sprach Mago und legte Prinz Kasir begütigend eine Hand auf die Schulter. Der Fürstensohn fuhr zurück. »Bringt mir mein Schwert!« rief er seinen

Männern zu. »Jetzt wird nicht mehr mit Worten, sondern mit blankem Eisen gestritten!«

Der Herold starrte den Prinzen erschrocken an. Der Oberpriester hob abwehrend beide Hände. Fürst Gilzan sprang auf, faßte den wütenden Jüngling ins Auge und rief mit hallender Stimme: »Mäßige dich, Prinz von Kelisch! Dieser Wettstreit wurde der Geschicklichkeit und nicht der Grausamkeit geweiht. Wer es wagt, hier Blut zu vergießen, wird vom Männervolk verstoßen und für immer geächtet. So befiehlt es das Gesetz!«

»So!« schrie Kasir wie von Sinnen. »Was aber sagen die alten Gebote über Täuschung und Betrug? Seht ihr denn nicht, wie dieser Fremde Darban in die Hände spielt?«

»Aber was!« versetzte der Tyrer entrüstet. »Warum in aller Welt sollte ich so etwas tun?« Dann deutete Mago auf die Prinzessin und fuhr mit noch lauterer Stimme fort: »Siehst du denn diesen Siegespreis wirklich als so gering an, daß du unterstellst, es könne jemand freiwillig auf ihn verzichten? Wahrlich, hätte nicht dieser Krampf meine Wade befallen, wäre ich weder von Darban noch von dir, Kasir, eingeholt worden.«

Zustimmendes Gemurmel erklang. Da trat Darban vor Mago, blickte den Tyrer mißtrauisch an und fragte: »Hast du den Schmerz wirklich nicht nur vorgetäuscht?«

Mago grinste. Dann aber wurde er ernst und versetzte: »Glaubst du, du könntest von mir jetzt etwas anderes hören, als ich soeben zu Kasir sagte?«

Darban blickte den Tyrer unsicher an. »Ich brauche deine Hilfe nicht«, sagte er störrisch.

Sein Gegner aus Kelisch schrie: »Die beiden stecken unter einer Decke!«

»Nun ist es aber genug!« rief Mago in gespieltem Zorn. »Ich achte deinen Adel, Prinz vom Köhlerland. Doch Beleidigungen vertrage ich schlecht. Schweigst du jetzt nicht auf der Stelle, schnalle ich deinen Kopf unter den Schwanz meines Pferdes. Damit du lernst, daß man als Jüngling den Mund hält, wenn die Erwachsenen reden.«

Kasirs Hand fuhr zum Gürtel. Neben mir rieb sich Myron unauffällig den Nacken und schloß die Finger um den Griff des im Gewand verborgenen Messers. Gilzan der Gutmütige aber rief: »Besinne dich, Prinz von Kelisch! Du aber, Assyrer, halte deine Zunge im Zaum! Benehmt euch nicht wie streitende Knaben!«

Kasir ließ die Hand sinken. Myron lächelte und kratzte sich am Genick. Der Herrscher vom Purpurberg aber fuhr fort:

»Noch ist der Wettkampf nicht entschieden. Denn das Bogenschießen steht noch aus. Nach den Regeln muß Darban beginnen. Denn er hat schon zweimal gesiegt. Nach ihm kommt Kasir. Der Assyrer schießt zum Schluß. Denn er war schon zweimal letzter.«

»Wenn auch mit sehr viel Pech!« rief Mago munter.

Fürst Gilzan gab dem Ausrufer einen Wink. Der Herold hob nun einen Silberring empor, dessen Durchmesser kaum mehr als einen Fuß betrug. Der schwere Reif wurde wohl schon seit alters für solche Wettkämpfe benutzt. Denn der Lederriemen, an dem er hing, schien schon brüchig zu sein. Der Ausrufer band die Schnur an die Brüstung des Turms. Dann ließ er den Ring in die Tiefe fallen. Der silberne Kreis schwang etwa drei Fußlängen unter dem Herold vor der mit Brettern verkleideten Wand hin und her.

Die drei Wettkämpfer holten ihre Waffen. Dann traten sie achtzig Schritte entfernt hinter ein weißes Seil. Eilig kletterte der Herold von seinem Turm herab. Tomyris fragte leise: »Wenn nun aber alle drei Pfeile durch diesen Reif fliegen!«

»Zamua sagt«, gab ich zur Antwort, »daß dann der beste Treffer gewinnt – jener Pfeil also, der sich am weitesten in der Mitte des Ringes befindet.«

»Dann siegt Mago«, sagte die Sauromatin. »Aber was soll das nutzen? Da er im Fahren und Schwimmen verlor, scheidet er ohnehin aus. Wenn der Wettkampf aber zwischen Darban und Kasir wiederholt wird, hat unser Freund doch keine Aussicht mehr zu siegen!«

In diesem Moment hob Darban den Bogen. Die Hörner der wertvollen Waffe waren aus Walnußholz geschnitzt. Die goldgelbe Sehne stammte vom Hinterlauf eines Hirschs. Blaue Federn von Eisvögeln zierten den Schaft des Pfeils, dessen bronzene Spitze im Sonnenlicht glänzte.

Myron pfiff durch die Zähne, als er das sah. »Eine wundervolle Waffe«, meinte der Grieche bedrückt. »Aber leider völlig veraltet.«

»Was ist das für eine Zeit«, seufzte Arnuwan bedauernd, »in der nicht mehr die Treffkunst des Kriegers entscheidet, sondern nur noch die Geschicklichkeit seines Schmieds!«

Darban spannte seinen Bogen und führte die rechte Hand mit der Sehne ans Auge. Lange stand er in scheinbar vollkommener Ruhe, den Blick auf das Ziel gerichtet. Dann schwirrte das Geschoß durch die Luft, fuhr durch den pendelnden Ring und schlug mit dumpfem Klang in das Holz.

Einen Wimpernschlag später klirrte der untere Rand des Reifs gegen den Pfeilschaft. Die Mannäer brüllten begeistert auf.

Tomyris fragte: »Wer zieht denn das Geschoß heraus, damit der Ring von neuem pendeln kann?«

»Niemand«, antwortete ich. »Die anderen schießen nun auf einen ruhenden Reif.«

»Wirklich?« sagte die Sauromatin erstaunt. »Findet man das gerecht?«

»So sind nun einmal die Regeln«, erwiderte ich. »Wer die Krone der Mannäer nicht durch seinen Adel, sondern durch Geschicklichkeit erringen will, muß beweisen, daß er seinen Gegnern auch dann überlegen ist, wenn er sich im Nachteil befindet.«

Die Mannäer begannen zu zischen. Als wir zu dem Seil blickten, sahen wir Prinz Kasir den Bogen spannen. Die Waffe war aus Eisen, Leder und dem Gehörn von Gazellen gefertigt. Ihr skythischer Schmied hatte die Pfeilauflage mit Schildpatt verkleidet. Rote Neuntöterfedern schmückten das Geschoß des Fürstensohns. Eherne Drähte zierten den hölzernen Schaft, und die Spitze des Pfeils gleißte wie reines Gold.

Reguël stieß mich an und erklärte: »So wie dieses Ding aussieht, trifft es von allein!«

Tomyris nickte heftig. Arnuwan grollte: »Das ist kein ehrlicher Kampf. Es müßte schon ein Gott dazwischenfahren, wenn Kasir jetzt nicht siegen sollte!«

Der Prinz von Kelisch blickte sich drohend um. Das Zischen verstummte allmählich. Dann hob Kasir seine Waffe und zielte. Schon einen Herzschlag später löste sich sein funkelnder Pfeil von der Sehne, fuhr genau durch die Mitte des silbernen Rings und blieb dann zitternd in den Bohlen stecken.

Kasir stieß einen wilden Schrei aus und blickte Darban triumphierend an. Die Krieger vom Köhlerland jubelten laut. Denn dieser Schuß schien unübertrefflich.

Die anderen Mannäer aber schwiegen bedrückt. Denn nun schien es völlig gleichgültig zu sein, wie Mago schoß. Ob der Tyrer nun besser oder schlechter traf als seine Gegner: Wie konnte er es bewerkstelligen, daß Darban als Sieger feststand?

Ich schaute zu Mago. Der Phönizier blinzelte mir zu und schritt langsam zum Seil. Atemlose Stille breitete sich aus.

Mago griff seine Waffe fester und zupfte spielerisch an der Sehne. Ein dumpfer Klang ertönte, wie man ihn nur von assyrischen Langbogen kannte. Das starke, geschmeidige Eibenholz glänzte in der dunklen Farbe geronnenen Blutes. Der Tyrer legte einen Pfeil auf, dessen Schaft mit schwarzem Eisenblech verkleidet war. Am Ende des Geschosses standen die schwarzen Federn des Raben hervor. Die silbernen Spitzen des Bogens aber erbebten, als sei die Waffe selbst begierig, ihre besonderen Eigenschaften unter Beweis zu stellen.

Die Sauromatin neben mir atmete schneller, als der Phönizier nun den Bogen erhob und dann mit kraftvollen Fingern die Sehne an sein Gesicht zog. Darban und Kasir sahen ihm voller Spannung zu.

Endlich ließ Mago das Erzgeschoß fahren. Mit einem Sausen schnellte es durch die Luft. Dann schlug der Pfeil mit einem hohlen, hallenden Klang in das Holz. Nur einen Wimpernschlag später ertönte ein helles Klirren, und alle Zuschauer schrien auf.

Ungläubig starrten die beiden Prinzen zum Ziel. Gilzan und Zamua sprangen von ihren Sitzen und blickten Mago kopfschüttelnd an. Die Männer aus dem Köhlerland standen mit offenen Mündern. Die anderen Mannäer jubelten laut.

Denn Mago hatte nicht auf den Ring, sondern auf den Lederriemen gezielt. Die Eisenspitze zerschnitt die Schnur, der Silberreif löste sich, fiel nach unten — und blieb an Kasirs Pfeil hängen.

Dadurch aber steckte nun nicht mehr Kasirs, sondern Darbans Geschoß in der Mitte des Rings. Nach den Regeln des Wettkampfs hatte daher der Jüngling vom Mandelland den Wettkampf gewonnen.

Kasir starrte in tödlichem Haß auf den Rivalen. Die Männer von Kelisch hoben die Lanzen. Mago stieg über das Seil, um sich aus der Reichweite der Köhler zu bringen.

Myron und ich griffen zu unseren Schwertern. Die Sauromatin legte einen Pfeil auf ihre Bogensehne. Arnuwan befestigte die Kette mit der Kugel an seiner Rechten. Reguël legte einen Stein in seine wollene Schleuder. Da stieß der Beduine plötzlich einen gellenden Schrei aus.

Ich schaute Reguël überrascht an und sah, daß sich der Körper des Midianiters in wilden Zuckungen wand. Dann stürzte unser Gefährte zu Boden und wälzte sich mit Schaum auf den Lippen im Gras.

VIII   Die Hochzeit

Arnuwan sprang von seinem Falben, packte Reguëls Kopf und riß dem Midianiter das Kinn nach unten. »Schnell!« rief der Luwier. »Ein Stück Holz her, damit er sich nicht die Zunge zerbeißt!«

Die Sauromatin drückte ihrem Pferd die Fersen in die Flanken, sprengte zu dem verdutzten Herold und riß ihm den Stab aus der Hand. Einen Augenblick später kauerte sie neben dem liegenden Midianiter und schob ihm den Stecken zwischen die Zähne. Arnuwan löste seinen Griff. Reguël biß mit solcher Gewalt in das weiche Holz, daß die Muskeln an seinen Kinnladen hervortraten wie gebirgige Inseln aus dem Meer.

Wenige Herzschläge später eilte Mago keuchend herbei, von den Kriegern Prinz Kasirs verfolgt. Als er Reguël am Boden liegen sah, fluchte der Tyrer: »Bei Baal, haben diese Verbrecher ihn verwundet?« Dann hob der Phönizier den Bogen ans Auge und zielte auf den vordersten seiner Verfolger.

Auch die Sauromatin begann nun zu schießen. Arnuwan

ließ den Midianiter liegen und stürzte sich mit seiner Kugel in das Gewühl der Feinde.

Ich stach den ersten Mannäer mit meinem Sarpedonschwert zu Boden und nahm dem Toten den Schild. Mit der in Bronze gefaßten Ochsenhaut stellte ich mich vor Reguël und deckte ihn gegen die Hiebe der Feinde. Während wir so mit den Angreifern rangen, dachte ich: Wenn uns der Beduine so etwas Wichtiges wie diese Krankheit verschwiegen hatte — was hielt er dann noch alles vor uns geheim?

Ein hochgewachsener, gelbbärtiger Mannäer drang mit erhobenem Schwert auf mich ein. Im gleichen Moment griff mich ein zweiter Krieger von der anderen Seite an. Ich mußte mich daher entscheiden, ob ich zuerst mein oder Reguëls Leben schützen wollte. Doch noch ehe ich einen Entschluß fassen konnte, sank der zweite Angreifer vor mir zu Boden. Myron hatte ihn niedergestoßen.

Ich dankte dem Griechen mit einem Blick. Er lächelte nur. Dann duckte ich mich unter dem weit ausholenden Arm des blonden Kelischkriegers und stieß dem Riesen dann von unten meine Klinge in den Leib.

Arnuwan wütete unter den Feinden, so wie ein fleißiger Landmann die Disteln des Ackers beseitigt. Mago und Tomyris ließen ihre Bogen fallen und schlugen mit kurzen Schwertern nach unseren Gegnern. Doch die Kämpfer aus dem Kohlenmeilerland schlossen ihren Kreis um uns immer enger, und Kasir drang wie ein wütender Wildeber auf den Phönizier ein.

Aus den Augenwinkeln sah ich, daß nun auch Darban sein Schwert zog, um uns zu Hilfe zu eilen. Aber noch ehe der junge Prinz sich ins Getümmel stürzen konnte, tönte ein herrischer Ruf über den Kampfplatz. Einen Augenblick später stürzten sich die Wächter der Burg auf die Männer aus Kelisch und trieben sie mit langen Spießen zurück.

Schweratmend ließen wir die Waffen sinken. »Verzeiht mir, daß ich so spät eingriff«, rief Darban. »Ich dachte nicht, daß es Prinz Kasir wagen würde, den Frieden des Wettkampfs zu stören. Fürst Gilzan war wohl ebenso überrascht wie ich.«

»Zum Glück seid ihr beide rechtzeitig wieder erwacht«, brummte Mago.

Die Kelischkrieger wichen vor der Übermacht bis zum Ufer des Flusses. Dort stellten sie sich zum Gefecht auf, Kasir an ihrer Spitze. Gilzan der Gutmütige aber ließ seine Männer nicht weiter vorrücken, sondern er rief dem Fürstensohn zu:

»Du hast trotz meiner Warnung das heilige Gastrecht verletzt und unsere Götter beleidigt. Darum sollst du Palu nie wieder betreten! Niemand reiche dir Salz und Brot, niemand verkaufe dir Vieh oder vermähle dir seine Tochter! Kehrst du dennoch wieder, wird dein Kopf auf einem Spieß die Mauer krönen!«

Kasir aber spuckte aus und rief in glühendem Zorn: »Du schreckst mich nicht, alter Mann! Das Recht ist auf meiner Seite. Du hast geduldet, daß der Assyrer den Willen der Götter verfälschte. Du bist der Frevler, nicht ich! Noch hältst du die Macht in Händen, bald aber siehst du mich wieder!«

Dann stieg der Fürstensohn auf einen schwarzen Hengst, stieß dem Tier die Sporen in die Weichen und sprengte davon. Seine Männer folgten ihm.

Arnuwan kniete neben dem liegenden Reguël nieder. »Der Anfall ist überstanden«, meinte der Luwier, »aber unser Gefährte ist noch immer ohne Bewußtsein.«

Myron musterte den Midianiter mit kundiger Miene. »Fallsucht«, stellte er fest.

»Wir brauchen viel heißes Wasser«, rief Mago, »auch Tollkirschensaft sowie etwas Kupfer und Zink.«

Tomyris nickte. Fürst Gilzan und sein Bruder Zamua schritten durch die Reihen ihrer Krieger auf uns zu. Voller Mitgefühl blickten sie auf Reguël hinab. »Schrecklich«, murmelte der Herrscher von Palu. »Wußtet ihr denn nicht, daß euer Freund an dieser Krankheit leidet?«

»Natürlich«, log ich. »Die Anfälle treten zum Glück nur selten auf.«

Zamua drängte: »Ihr solltet so schnell wie möglich verschwinden. In Palu kann euch zwar nichts geschehen. Aber wenn euch Kasir außerhalb unserer Stadt überrascht...«

»Zamua hat recht«, bestätigte Fürst Gilzan. »Nicht alle meine Landsleute werden Verständnis dafür aufbringen, daß ich einen Assyrer gegen Mannäer beschützte. Schließlich wart ihr Männer vom Tigris einst unsere schlimmsten Feinde. Man könnte von mir verlangen, euch auszuliefern.«

Mago schüttelte den Kopf. »Reguël muß jetzt mindestens eine Woche lang ruhen«, sagte der Tyrer, »damit sich der Anfall nicht allzu schnell wiederholt.«

»Dann seid meine Gäste«, bat Prinz Darban. »Ihr sollt an meiner Hochzeitstafel auf dem Ehrenplatz sitzen!«

»Sorgen wir erst einmal für Reguël«, befahl ich. Gilzan winkte seinen Wächtern. Doch Arnuwan gestattete den Männern nicht, unseren Gefährten zu berühren. Der Riese nahm Reguël selbst auf die Arme und trug ihn wie ein Kind zurück in die Festung.

Darban schritt zu der Prinzessin, nahm die Zügel ihres Zelters in die Hand und führte die zederngleiche Zirina unter den Freudenrufen der Männer und Frauen von Palu den Burgberg empor.

Mago und Tomyris wachten die ganze Nacht an Reguëls Lager. Sie behandelten den Beduinen mit allerlei Arzneien, wuschen ihm den Leib und wickelten ihm heiße Tücher um den Rücken. Als der Midianiter am nächsten Morgen wieder erwachte, riefen sie mich. Ich schickte die beiden aus dem Zimmer, faßte Reguël scharf ins Auge und fragte: »Warum hast du mir verschwiegen, daß du unter Fallsucht leidest?«

Der Beduine schaute mich kummervoll an. »Ja«, gestand er mit leiser Stimme, »das war falsch von mir. Dir als unserem Anführer hätte ich sagen müssen, wie es um mich steht. Aber hättest du mich dann mit auf die Reise genommen? Wohl kaum! Und wie hätte ich dir dann meine Treue beweisen können?«

»Und deine Rechte am Schatz Assyriens!« versetzte ich grob.

Der Beduine lächelte schwach. »Wer denkt schon an Gold«, sprach er im Brustton der Überzeugung, »wenn es um wahre Freundschaft geht!«

Um seine Augen bildeten sich kleine Fältchen. Ich mußte lachen. Reguël hustete ein wenig. Ich wurde wieder ernst, setzte mich auf das Lager, legte dem Beduinen die Hand auf die Brust und fragte: »Hast du auch schon in Assyrien unter der Krankheit gelitten?«

»Ja«, erwiderte der Midianiter. »Doch früher kamen die Anfälle nur sehr selten und wirkten sich auch bei weitem nicht so stark aus.«

»Du durftest mir dein Leiden nicht verheimlichen«, sagte ich vorwurfsvoll. »Hätten Arnuwan und Tomyris nicht so geistesgegenwärtig gehandelt, hättest du dir selbst großen Schaden zufügen können. Hast du denn kein Vertrauen zu deinen Gefährten?«

Der Beduine musterte mich spöttisch. »Und du?« gab er zurück. »Verschwindest einfach für drei Tage und tischst uns dann ein solches Märchen auf!«

Meine Narbe begann zu brennen. »Willst du damit etwa sagen, daß ich euch belogen habe?« fragte ich. »Hast du in jener Nacht etwa selbst an diesem Erdspalt gestanden?«

»Nein«, antwortete Reguël ruhig. »Ich schlief ganz fest und träumte süß. Dich aber haben nicht etwa himmlische Hände berührt – du hast im Suff das Gleichgewicht verloren und bist dann über die Felsen hinuntergepurzelt wie ein Sack Bohnen, der auf holpriger Strecke vom Fuhrwerk fällt. Warum gibst du es nicht zu?«

Ich holte tief Luft und entgegnete: »Wie du wohl weißt, gehört es nicht zu meinen Gewohnheiten, mich zu betrinken, bis mir die Füße nicht mehr gehorchen.«

»Schon mancher alte Kämpe«, stichelte der Beduine, »glaubte schon, er könne immer noch soviel vertragen wie zu seiner Jünglingszeit. Und sah seinen Irrtum erst ein, wenn er am nächsten Tag in seinem eigenen Auswurf erwachte. Aber vielleicht bist du auch nur im Liebesringkampf mit der Sauromatin ausgeglitten, die dir ja auch lange genug schöne Augen macht. Denkst du, wir merken das nicht?«

»Ich habe diese Frau nicht angerührt!« wehrte ich mich.

»Na ja«, sprach Reguël zweifelnd. »Wie sie dich nach der Rettungstat am Fluß in ihren Armen hielt ... ich muß sagen, einen Geliebten kann man kaum enger an sich drücken. Wer weiß, was da noch alles geschah, ehe wir euch störten.«

»Du bist ja bloß neidisch«, entgegnete ich, »weil deine Verführungskünste nur bei Weibern mit dicken Bäuchen anschlagen und du dich vergeblich danach sehnst, auch einmal von schlanken Schenkeln umschlungen zu werden!«

»Meine Liebesgewohnheiten lasse bitte aus dem Spiel, denn darin bin ich sehr empfindlich«, versetzte der Beduine ein wenig verstimmt. »Wenn ich zum Weibe gehe, folge ich nur einem Ruf meiner Lenden. Es ist also das Natürlichste auf der Welt. Wie du jedoch nach dieser Sauromatin schielst, zeigt mir, daß du dich weniger nach Zärtlichkeit sehnst als vielmehr nach prickelnden Abenteuern!«

»Wenn du damit meinst, ich neige dazu, die Gefahr herauszufordern«, erwiderte ich, »dann irrst du dich schon wieder. Zum Beispiel hätte ich mich niemals auf deine Treffkunst verlassen, wenn ich gewußt hätte, daß du gelegentlich geifernd mit Gliederzucken zu Boden stürzt.«

»Schon gut«, meinte der Beduine. »Wie geht es nun weiter?«

»Mago meint, du solltest diese Woche nicht reisen«, erklärte ich. »Da ich dich noch eine Weile brauche, werden wir den Rat des Tyrers befolgen.«

»Danke, danke«, murmelte der Midianiter. »Du bist ein wahrhaft guter Mensch.«

»Spotte nur«, versetzte ich. »Jedenfalls darfst du hier nun gemütlich auf dem Strohsack liegen, während wir uns morgen frischgewaschen zum unbequemen Dienst an Darbans Hochzeitstafel einfinden müssen. Wir sollen ihm nämlich dort unsere Aufwartung machen, langweiligen Opferriten beiwohnen und dem Geschwätz Betrunkener lauschen.«

»Ach, ihr Armen«, höhnte der Beduine. »Müßt ihr euch dabei etwa auch mit fettem Ochsenfleisch vollstopfen und dazu diesen schrecklichen Samoswein trinken? Vielleicht auch dieses gräßliche Bier, das diese Bergbauern brauen? Da lobe ich mir doch das Schälchen Wasser, mit dem mich Mago vorhin erquickte!«

»Es soll auch dir an nichts fehlen, Gefährte«, versprach ich und ging hinaus. Mago und Tomyris blickten mich fragend an. »Es geht ihm schon besser«, erklärte ich.

Mago nickte. »Ich weiß«, sagte der Tyrer. »Dennoch muß Reguël noch mindestens sechs Tage lang liegen. Wenn er seinen Körper zu früh von neuem belastet, könnte sein Herz zerplatzen.«

»Zerplatzen?« fragte ich erschrocken. »Wirkt sich die Fallsucht denn so schlimm aus?«

»Reguël hatte schon immer ein schwaches Herz«, erklärte Mago bedrückt. »Wenn er sich nicht schont, wird er nicht mehr lange leben.«

Tomyris suchte meine Augen, aber ich wich ihrem bittenden Blick mit Bedacht aus. Denn ich wollte keine Hoffnung in ihr erwecken. Sie hatte Reguël geholfen, so wie sie zuvor mir und auch den anderen Gefährten manchen Dienst erwiesen hatte. Doch nichts von dem, was sie tat, konnte sie vor Arnuwan bewahren. Niemals würde der Luwier einen Befehl seiner Götter mißachten.

Die Hochzeitsfeier begann am nächsten Morgen mit allerlei seltsamen Bräuchen. Mannäische Mädchen führten die junge Braut in einem feierlichen Zug an einen heiligen Born. Nackt, aber durch die dichten Reihen der Brautjungfern allen neugierigen Blicken entzogen, tauchte die zederngleiche Zirina dann dreimal bis zum Scheitel in das kalte Wasser des Quellteichs. Dann wurde die Fürstentochter in ein besonders wertvolles Gewand gehüllt. Das dunkelrote Gewebe aus feinstem achäischen Byssus reichte bis auf den Boden. Sein unterer Teil war über und über mit silbernen Monden und Sternen bestickt. Von den Schultern fiel ein kurzer Umhang herab, den goldene Sonnen verzierten. Rubine leuchteten auf dem goldenen Gürtel, der einen Dolch mit schillerndem Perlmuttgriff hielt. Spangen aus Bernstein formten die Flut der braunen Locken zu einer überaus reizenden Haartracht. Um den schlanken Nakken der zederngleichen Zirina wand sich ein breites Band aus lydischen Münzen, so dicht und reich an Zahl, daß sie den Hals der Prinzessin vom Kinn bis zu den Schultern verhüllten. So schritt sie dem Opferpriester entgegen, vor dem schon ihr Bräutigam stand.

Darbans Gewand wirkte bescheidener, aber nicht weniger edel. Denn sein Fürstenkleid war ganz aus gelber, indischer Wolle gewebt. Abbilder bunter Vögel prangten auf seinen Schultern. Auf seiner Brust öffnete ein Löwe mit goldener Mähne drohend das Maul, und auf den Hüften senkten schwarzglänzende Stiere die spitzen Hörner. Im Wehrgehenk des Prinzen sah ich ein breites Schwert aus Eisen. Seine Füße steckten in Stiefeln aus Schlangenleder.

Vor den Augen der Priester, Fürsten, Edelleute und anderer Gläubigen opferten die Brautleute dann gemeinschaftlich einen schneeweißen Widder. Die Fürstentochter stieß dem gefesselten Tier mit fester Hand den Dolch in die Kehle. Jubel hallte empor. Alle Mannäer riefen mit lauten Gebeten den Segen der Götter herab. Danach zerteilte Darban mit seiner Klinge den Widder. Der Opferpriester entflammte das heilige Feuer, und bald zog Bratenduft über das freie Feld.

Alle Männer, Frauen und Kinder von Palu durften sich nun Fleisch von diesem Hochzeitsopfer holen. Die Brautleute und ihre Ehrengäste aber stiegen unter frommen Gesängen den Burgberg empor und ließen sich in einem Festsaal an langen Tischen mit feinsten Speisen bewirten. Drei Tage lang wurden dort gewaltige Mengen von Ochsen- und Lammfleisch verzehrt, so daß die abgenagten Knochen weithin den Hof des Palastes bedeckten. Die Hunde streunten mit Bäuchen umher, als ob sie allesamt trächtig seien. Schmackhafte Birkhühner und Fasane, auch würziges Wildbret von Mufflon und Eber lag auf den bronzenen Platten, denn das Mannäerland wimmelt von jagdbaren Tieren verschiedenster Art. Dazu tranken die Festgäste Bier, das sie mit Kellen aus Holzfässern schöpften, und unterhielten sich durch allerlei Kurzweil. Eines ihrer beliebtesten Spiele wurde die »Pusteblume« genannt. Es gab einen besonderen Eindruck von der rauhen Herzlichkeit dieser Gebirgler.

Bei diesem Wettkampf traten zwei Männer aufeinander zu, die in der Linken eine Federblume hielten; sobald die beiden sich Brust an Brust gegenüberstanden, versuchte jeder, die weißen Haare von der Dolde des anderen fortzublasen. Wer als erster die Blüte des Gegners vollständig entblößte, erwarb sich dadurch das Recht auf einen Fausthieb, dem der andere nicht ausweichen durfte. Vermochte sich der Getroffene aber trotz der Wucht des Schlags auf den Beinen zu halten, dann war die Reihe an ihm, nach dem Kinn seines Partners zu zielen.

Als Arnuwan sah, wie die Mannäer sich mit ihren Federblumen vergnügten, juckte es ihn in den Fäusten. Der Luwier erhob sich, eilte zu einem Korb voller Blüten, zog eine weiße Dolde heraus und spähte nach einem Gegner. Während er sich noch umsah, sprach ein blonder, breitschultriger Mannäer zu ihm: »Vorsicht, Freund! Achte auf deine Blüte!« Dabei blies er so kräftig, daß Arnuwans Dolde schon kahl war, ehe der Luwier seinen Mund zum Gegenangriff spitzen konnte.

Den Regeln entsprechend streckte nun unser Gefährte das Kinn vor. Grinsend nahm der Mannäer Maß. Dann versetzte er Arnuwan mit seiner Rechten einen gewaltigen Hieb. Es klang, als treibe ein Zimmermann mit einem ehernen Hammer den Eckpfosten eines neuen Hauses in lehmigen Boden.

Niemand unter den Bergkriegern schien zu erwarten, daß ein Mann nach einem solchen Schlag noch immer auf den Beinen stehen konnte. Arnuwan aber wankte nicht, sondern rieb sich lächelnd die Zähne und sagte anerkennend: »Du bist ein achtbarer Gegner!« Dann drosch der Luwier dem blonden Hünen seinerseits die Rechte an den Kiefer, daß der listige Mannäer wie vom Blitz getroffen niederfiel und für längere Zeit das Bewußtsein verlor.

Danach mochte allerdings niemand mehr mit unserem Gefährten »Pusteblume« spielen.

Mago wurde von den Mannäern immer wieder für seinen Pfeilschuß gelobt. Prinz Darbans Anhänger glaubten den Beteuerungen des Tyrers nicht, er habe ebenfalls auf die Mitte der Scheibe gezielt. Sie priesen seine Treffsicherheit in höchsten Maßen und tranken ihm so oft zu, daß sich Mago bald nur noch mit Mühe auf den Beinen halten konnte.

Tomyris saß meist neben Myron und zeigte bei diesem Gelage, daß sie nicht nur Männerkleider zu tragen, sondern auch wie ein Krieger zu zechen vermochte.

Myron redete die ganze Zeit von unserer angeblichen Verpflichtung, uns als Lyder zu verkleiden und den medischen Oberhofmeister Balsar zu töten. Nur dadurch, erklärte der Grieche, könnten wir die anmutige Prinzessin Aryenis vor dem Schicksal bewahren, das ihr in Ekbatana bevorstand. Wenn es gelang, die Meder glauben zu machen, ihr Oberhofmeister sei einem lydischen Anschlag erlegen, würde der Krieg am salzigen Halys sogleich von neuem entflammen.

»Es ist bestimmt nicht schwer, den buckligen Balsar zu überfallen«, meinte der Grieche. »Der Oberhofmeister reist gewöhnlich nur mit wenigen bewaffneten Begleitern. Wenn wir Gauratar und sogar Huwaksatara überlisten konnten, sollte uns das bei Balsar noch leichter gelingen.«

»Oder gar nicht«, gab ich zu bedenken. »Denn nach dem Tod ihres Königs und seines getreuesten Lehnsmanns werden die Meder doppelt vorsichtig sein, wenn es um ihre künftige Königin geht.«

Arnuwan wiegte bedenklich das Haupt und erklärte: »Wenn jetzt auch noch der Oberhofmeister ums Leben kommt, wird unsere Aufgabe in Ekbatana noch schwerer.«

Mago fügte hinzu: »Außerdem haben wir schon Prinz Kasir mit seinen Kohlenbrennern im Nacken.«

Myron aber beharrte: »Wenn uns das Rachewerk gelingen soll, dann müssen wir auch sonst stets als Gerechte handeln und dürfen einem solchen Unrecht, wie es sich jetzt vor unseren Augen anbahnt, nicht tatenlos zusehen.«

Da kam mir plötzlich wieder in den Sinn, was mir der weise Thales damals in Milet berichtet hatte, von Myrons unglücklicher Liebe zu Damalis, der Tochter des Tyrannen Thrasybulos. Ich dachte: Da die anmutige Aryenis die Tochter jener Hellenin war, mochte Myron wohl besondere Verantwortung für dieses Mädchen spüren. Der Grieche fuhr fort:

»Nein, Gefährten – Gerechtigkeit ist weder teilbar noch veränderlich. Wir können nicht ehrliche Bluträcher sein und gleichzeitig dulden, daß ein Verbrechen geschieht, das zu verhindern uns ein leichtes wäre.«

»Ein leichtes!« wiederholte Mago. »Du bist wohl nicht recht bei Trost!« Arnuwan aber nickte nachdenklich. Und ich sann schon nach einem Weg, zwei Ziele zu verbinden.

Vielleicht, so fragte ich mich, war es möglich, mit einer List Prinz Kasir zu entgehen und zugleich die Fahrt des Oberhofmeisters nach Westen vorzeitig zu beenden? Wenn das gelang, würde dann Istewegu nicht selbst die Achse von Asien bereisen, um seine Braut in Empfang zu nehmen? Dann würde es viel leichter sein, die blutige Kassandane in ihrem Palast zu Ekbatana heimzusuchen und das Blut meines Sohnes an Mediens Königin zu rächen. In meinem Kopf formte sich allmählich ein Plan, und ich befahl der Sauromatin, sich von Prinzessin Zirina heimlich einige Kleider zu borgen.

Nach dem dreitägigen Fest pflegten wir unsere Waffen, erwarben neue Pferde und kauften auch einen Wagen mit einem Leinenverdeck, um Reguël schonend befördern zu können. Doch als der Beduine das Gefährt gewahrte, schäumte er vor Wut und rief, er wolle nicht wie ein schwangeres Weib durch die Berge geschaukelt werden. Er beruhigte sich erst, als auch er ein Reitpferd erhielt.

Als die Sonne aufging, erschien Prinz Darban, um uns Lebewohl zu sagen. Später kamen auch Gilzan der Gutmütige und sein Bruder Zamua herbei. Der Herrscher von Palu meinte besorgt:

»Ich habe Nachricht erhalten, daß Kasir mit zweihundert Reitern zum Tigris aufbrach. Vielleicht will er seine Sache vor den Oberhofmeister bringen. Zum Glück habe ich meinen Tribut stets pünktlich und überreichlich nach Ekbatana gesandt. Seid auf der Hut!«

»Wenn der bucklige Balsar in Palu erscheint«, erwiderte ich, »sagst du am besten, wir seien aus deinem Kerker geflohen. Den Rest seines Zorns mögen dann deine Geschenke besänftigen.«

IX DER OBERHOFMEISTER

Wir wandten die Pferde, winkten den Mannäern Lebewohl und ritten den Burgberg hinab.

Am Abend sahen wir die kleine Stadt Mazara vor uns, die mitten in einer schönen, grünenden Ebene liegt. Dort bog die Achse Asiens nach Südosten. Einen Tag später zogen wir an den Ufern des spiegelnden Quellsees entlang, aus dem der Tigris entspringt. Wir folgten dem Lauf des Stroms fast eine Woche lang. Als wir eine kleine Schlucht durchquerten, sahen wir eine riesige Staubwolke vor uns, und eine zweite stieg in unserem Rücken empor. Ich sagte zu den Gefährten:

»Dort vorn kommt uns der bucklige Balsar entgegen. Bei den Reitern dort hinten kann es sich nur um Prinz Kasir und seine Kohlenbrenner handeln.«

»Dann«, meinte Reguël, »ist jetzt der richtige Moment gekommen, sich seitwärts in die Büsche zu schlagen.«

»Ja«, gab ich zu. »Aber wenn Kasir dem Oberhofmeister begegnet, wird er ihm gewiß erzählen, wen er hier mit zweihundert Reitern sucht. Dann wird der bucklige Balsar sogleich Melder nach Ekbatana schicken, um dort vor uns zu warnen.«

»Fein!« rief Reguël spöttisch. »Dann wollen wir mal wieder losen! Drei von uns machen Kasir und die zweihundert Reiter aus Kelisch nieder, die anderen drei den Oberhofmeister mit seinem Heer. Mir ist egal, zu welcher Abteilung ich gehöre.«

Myron blickte den Midianiter mißmutig an. »Schwarzseher!« schalt der Grieche. Reguël rang nach Worten. Ich nickte Tomyris zu und sagte: »Schnell!« Die Sauromatin kletterte auf den Wagen und rollte die Leinenbahnen herab, so daß der Stoff sie vor unseren Blicken verbarg. Dann erklärte ich den Gefährten:

»Wenn man ein Steppenfeuer löschen will, zündet man am besten ein zweites an. Auch mißfällt mir der Gedanke, daß dieser Kerl aus dem Köhlerland unseren Darban mit Hilfe des buckligen Balsar erschlagen und auf diese Weise doch noch Herrscher der Mannäer werden könnte. Du hast ganz recht, Reguël: Drei von uns müssen Kasir aufhalten. Am besten von dort oben auf dem Felsen. Ich reite mit den anderen zu Balsar. Ich werde dem Meder erzählen, wir seien Lyder und hethitische Söldner, als Ehrengarde der schönen Prinzessin Aryenis entsandt. Die liebreizende Lyderin habe ihre Ungeduld, den künftigen Gemahl zu sehen, nicht länger zügeln können.«

»Sehr überzeugend«, höhnte der Beduine.

»Da der König von Kilikien geholfen hat, Frieden zwischen Medern und Lydern zu stiften, dürfen doch wohl auch Hethiter zu Seiten der Prinzessin reiten!« erklärte ich. »Wir werden behaupten, daß ein Stamm mannäischer Räuber über uns hergefallen sei. Wenn Balsar das hört, wird er nicht zögern anzugreifen. Dann können wir zusehen, wie unsere Gegner einander erschlagen.«

Arnuwans Augen leuchteten auf. Auch Myron erhob keine Einwände. Magos Blicke verrieten dagegen erhebliche Zweifel.

Reguël aber klagte: »Ich weiß, wir müssen alle einmal sterben – doch könntest du unseren Tod nicht ein wenig sinnvoller gestalten?«

Mago fragte: »Wie willst du Balsar davon überzeugen, daß Aryenis mit uns reitet? Außer Myron spricht doch keiner von uns lydisch!«

Ich deutete mit dem Kopf auf den Wagen. Die Leinenbahnen glitten auseinander, und auf den Gesichtern meiner Gefährten erschien der Ausdruck ungläubigen Staunens. Denn vor ihren Augen lag auf weichen Kissen Tomyris in einem Seidengewand, das ihre ganze Schönheit enthüllte.

Goldene Ringe schmückten die bloßen Arme der Sauromatin. Eine aus Edelsteinen gefügte Kette schloß sich um ihren schlanken Hals, und zierliche Spangen teilten ihr blondes Haar, so daß Tomyris uns schöner als Ischtar erschien.

Reguël starrte die Sauromatin fassungslos an. Mago schnappte hörbar nach Luft. Myron kratzte sich hinter dem Ohr. Arnuwan gab mir einen argwöhnischen Blick. Dann nickte der Luwier und brummte:

»Handeln wir also! Mago und Reguël bleiben am besten bei mir. Von diesem hohen Felsen aus sind Fernwaffen nützlicher als Schwerter!«

Myron und ich bestiegen den Kutschbock. Mit schlagenden Rädern rollte das hohe Fuhrwerk die holprige Straße hinab. Wenige Stadien später hörten wir hinter uns lautes Geheul und wußten, daß die Krieger Prinz Kasirs unsere drei Gefährten bedrängten.

Als die ersten medischen Reiter uns in wilder Flucht auf

sich zupoltern sahen, öffneten sie eine Gasse. Der bucklige Balsar richtete sich mit einem Ausruf der Überraschung in seinem silbernen Tragsessel auf. Dann öffnete er die seidenen Vorhänge, streckte den kahlen Schädel heraus und blickte uns unwirsch entgegen. »Wer seid ihr«, rief er. »Was rast ihr wie die Dämonen des Windes auf dieser schmalen Straße entlang?«

Myron brachte den Wagen mit kreischenden Achsen zum Stehen und schrie auf lydisch:

»Schnell, edler Fürst! Ich heiße Atys und führe die Wache der edlen Prinzessin Aryenis. Räuber haben uns überfallen. Sie metzeln unsere Begleitmannschaft nieder! Wenn du uns nicht hilfst, ist die Prinzessin verloren!«

»Wie«, rief der Oberhofmeister. »Die Prinzessin ist hier?«

Statt einer Antwort zog Tomyris die Leinenvorhänge auf ihrem Wagen zur Seite. Die Augen des Buckligen weiteten sich. Myron fuhr mit einem Gemisch aus lydischen und medischen Worten fort:

»Handele endlich! Die Geschenke, die wir eurem König überbringen sollen, liegen dort hinten auf anderen Wagen!«

Der bucklige Balsar stieß laute Befehle hervor. Seine dreihundert Reiter spornten sogleich ihre Rosse, zogen die Schwerter und sprengten mit gellendem Schlachtruf voran. Nur zwanzig Meder blieben zurück, um ihren Herrn zu beschützen.

»Ich habe nur wenige Leute bei mir«, erklärte der Oberhofmeister. »Wie viele Räuber sind es denn?«

»Ungefähr zweihundert«, erwiderte Myron.

»Was? So viele?« fragte der bucklige Balsar bedenklich. »Warum habt ihr das nicht gleich gesagt?« Der Oberhofmeister blickte sich um. »Und wieso«, fuhr er fort, »wagt sich eure Prinzessin mit so wenigen Begleitern auf diese gefahrvolle Reise?«

Myron erwiderte aufgebracht: »Es ist eure Sache, auf diesen Straßen für Ordnung zu sorgen!«

»Vielleicht ist es besser«, schlug ich auf medisch vor, »wenn wir ein wenig abseits fahren. Falls diese Räuber deinen tapferen Scharen entkommen und nach Süden durchbrechen, könnten sie uns auf dieser Straße leicht über den Haufen reiten.«

Balsar der Bucklige blickte uns betreten an. Wir lenkten den Wagen seitwärts zwischen zwei niedrige Hügel in einen kleinen Tamariskenhain. Die zwanzig Leibwächter des Oberhofmeisters sicherten das Wäldchen nach allen Seiten. Balsar fragte:

»Aber wie kommt es, daß ihr schon hier seid? Sardes liegt sechs Wochen von hier entfernt!«

»Unser König«, erwiderte Myron, »führt seine wichtigsten Waffen stets bei sich. Hat weibliche Schönheit nicht schon manchen Krieger besiegt? Darum nahm Alyattes seine Tochter mit an den salzreichen Halys. Hätte Lydiens Heer die Schlacht verloren, dann wäre Lydiens schönste Blume ausgezogen, um mit Liebreiz zurückzugewinnen, was durch das Schwert verlorenging.«

Balsar der Bucklige blickte voller Bewunderung zu der verkleideten Sauromatin. Dann verneigte er sich vor Tomyris und sagte höflich zu Myron: »Wahrlich, es ist, wie du sagst. Wer könnte bei soviel Anmut an Blutvergießen denken!«

Aus der Ferne tönte Kampfgeschrei. Der Lärm schien langsam näherzukommen. Balsar griff in den Kasten seines Tragstuhls und holte eine Sturmhaube hervor.

Myron und ich wechselten einen Blick. »Kommen deine Reiter denn nicht einmal mit ein paar mannäischen Wegelagern zu Rande?« fragte der Grieche.

Der Oberhofmeister lächelte grimmig. »Ich werde mich gleich selbst um diese Strolche kümmern«, erklärte er, hob einen bronzenen Brustpanzer auf seine Schultern und schnürte die Riemen um seine Rippen.

Ich gab dem Griechen einen Wink — der bucklige Balsar durfte Prinz Kasir ja nicht begegnen, ehe unsere Gefährten in Sicherheit waren. Myron nickte und näherte sich dem Fürsten.

Der Oberhofmeister zog unter den seidenen Kissen in seiner Sänfte ein ehernes Schwert hervor und gürtete sich den mißgestalteten, doch muskelstarken Leib. »Wollt ihr nicht mitkommen und helfen, eure Gefährten herauszuhauen?« fragte er dann. »Meine Wache wird eure Prinzessin mindestens ebenso gut beschützen wie ihr.«

»Wir dürfen unsere Herrin nicht verlassen«, entgegnete Myron bestimmt.

Balsar blickte uns nachdenklich an. Dann zuckte er mit den Achseln und stieg auf ein Reitpferd, das blaue Decken und silbernes Zaumzeug trug. Ich spannte die Muskeln zum Sprung. Da hörten wir plötzlich Hufgetrappel. Einen Augenblick später bogen drei medische Reiter in unseren Hain. Laut riefen sie nach ihrem Fürsten.

»Ich bin hier, ihr Dummköpfe!« schrie Balsar.

Die Krieger brachen durch dürre Zweige und rissen vor uns die Pferde zurück, so daß sie wiehernd auf die Hinterhand stiegen. Die Rüstungen der drei Männer waren blutüberströmt. Der vorderste von ihnen hielt voller Stolz einen Gegenstand hoch, von dem er offenbar erwartete, sein Anblick werde den Oberhofmeister erfreuen. »Die Räuber fliehen«, keuchte er. »Unsere Leute verfolgen sie. Ihren Anführer haben wir schon erwischt. Hier ist sein Kopf!«

Mit diesen Worten schleuderte der Meder dem Oberhofmeister ein abgehauenes Haupt vor die Füße. Es rollte durch den Sand und blieb drei Schritte vor uns liegen. Schweigend starrten wir in die aufgerissenen Augen Prinz Kasirs.

Der Bucklige fuhr zurück. Ein Ausdruck höchster Überraschung erschien auf seinem schiefen Gesicht. »Das ist ja der Sohn des Fürsten von Kelisch!« rief der Oberhofmeister verblüfft. »Sein Vater zählt zu den besten Stützen des Throns!«

Die Reiter starrten ihren Herrn verwirrt an. »Das ist der Häuptling dieser Räuber«, wiederholte ihr Anführer mürrisch. »Als er uns erblickte, floh er sogleich. Ich traf ihn mit der Wurflanze im Rücken. Von diesen Lydern fanden wir nur drei. Von Wagen war nichts zu sehen.«

Balsar blickte uns fragend an. Wir taten, als ob wir den Grund seiner Erregung nicht verstünden.

»Ihr lügt!« schrie der Oberhofmeister seine Männer an. Dann fuhr er herum — er hatte begriffen, daß er getäuscht worden war. Aber noch ehe er einen Befehl ausstoßen konnte, klang von neuem Hufschlag an unsere Ohren. Einige Herzschläge später brachen unsere drei Gefährten, Arnuwan an der Spitze, durch das trockene Gestrüpp, so wie sich ein angriffslustiger Keiler krachend den Weg durch das Unterholz bahnt.

»Wir sind verraten!« schrie Balsar und zog sein ehernes Kurzschwert.

Arnuwan hielt sich nicht mit Erörterungen der Lage auf, sondern warf sich mitsamt seinem Gaul gegen die medischen Reiter und riß alle drei zugleich aus den Sätteln.

Die Leibwächter des Oberhofmeisters stürmten mit lautem Schlachtgebrüll herbei. Tomyris holte rasch einen Bogen unter den Decken zu ihren Füßen hervor und traf den vordersten Angreifer in die Brust. Fassungslos starrte der bucklige Balsar die schöne Sauromatin an. Mago und Reguël schossen vier weitere Leibwächter nieder, der Tyrer mit Pfeilen, der Midianiter mit Steinen aus seiner Schleuder. Myron zog sein Schwert und stellte sich auf dem Kutschbock den übrigen Medern entgegen. Ich ließ die

Sarpedonklinge blitzen und wehrte mich gegen den buckligen Balsar, der nun mit einem Wutschrei vorwärtsstürmte und in rasendem Zorn auf mich einhieb.

»Ihr seid die Mörder, die meinen Herrn Huwaksatara gemeuchelt haben!« schrie der Oberhofmeister. »Auch meinen Freund Thrasybulos habt ihr heimtückisch erschlagen! Jetzt ist eure letzte Stunde gekommen!«

Die Hiebe des Meders folgten einander so schnell, wie sich die Äste des Blitzes über den Nachthimmel strecken. Ich begnügte mich zunächst damit, seine Schläge abzuwehren, und spähte nach einer Lücke in seiner Deckung. Hörnerschall in der Ferne verriet, daß die Meder die letzten Mannäer niedergehauen hatten und sich nun zum Rückzug sammelten. Wenn sie uns dann noch in dem Tamariskenhain fanden, waren wir verloren.

Darum setzten wir alles daran, den Kampf möglichst schnell zu beenden.

Doch in diesem Augenblick begann die Erde zu beben.

X Die Nachricht

Der Boden zitterte wie das gespannte Fell einer Trommel, die unter dem hölzernen Schlegel zu dröhnen beginnt. Die Berggipfel über unseren Häuptern schienen sich plötzlich vor uns zu verneigen und sich uns zu Füßen zu werfen. Das Erdreich unter uns tauschte den Platz mit dem Himmel, und wir rollten zwischen den schwankenden Tamarisken hilflos dahin, wie Erbsen über die Tischplatte kugeln, wenn sie ein Kind versehentlich von seinem Löffel fallen läßt. Die Stöße aus dem Inneren der Erde erschütterten das Land so stark, daß viele Bäume entwurzelt wurden. Felsblöcke, groß wie Häuser, rollten von den umliegenden Bergen herab. Die Hänge der Hügel bewegten sich und schlugen Falten, als bestünden sie nicht aus Fels, sondern aus flatterndem Tuch. Dann öffneten sich zahllose Spalten. Die schwarzen Schründe schienen bis zum Grund der Unterwelt zu reichen. Die Achse Asiens war verschwunden. Auch der Tigris wurde von klaffenden Klüften verschluckt. Zum Schluß veränderten Berge und Bäume ihre Gestalt, als schlüge ein Gott in blinder Zerstörungswut mit einer Riesenfaust wahllos auf alle Erhebungen ein. Am entsetzlichsten aber erschien uns das ohrenbetäubende Grollen, das aus der Tiefe der Erde heraufdrang. Es klang wie das grausige Knurren aufrührerischer Dämonen, die dort in der Dunkelheit schon seit Äonen gefesselt verharrten und nun eine letzte Anstrengung unternahmen, zur Lichtwelt zurückzukehren.

Die Erde bebte wie das Dach eines Kerkers, das Ausbrecher mit einem schweren Hammer zerschlagen. Wir fanden uns in der Lage von Ameisen, denen der achtlose Wanderer mit seinem stampfenden Fuß die kunstreich aus Nadeln gefertigten Nester zertritt. Vergeblich spähten wir nach einem Ort, an dem wir uns in Sicherheit bringen konnten.

Die Pferde schrien wie Kinder, wälzten sich auf der Erde und keilten vor Angst mit den Hufen. Die abergläubischen Meder brüllten vor Furcht und flehten den Sonnengott an, sie vor dem Sturz in die Unterwelt zu bewahren. Viele von ihnen wurden schon wenige Herzschläge später von rutschendem Sand in die Tiefe gezogen. Ihre verzweifelten Hilferufe gellten in unseren Ohren. Andere Meder wurden von stürzenden Bäumen getroffen oder von rollenden Felsen zerschmettert. Wieder andere fanden im Wasser des Tigris ihr Ende. Der junge Fluß schien zu kochen und schoß als gischtsprühender Sturzbach über die Buckel und felsigen Vorsprünge nieder, bis er als donnernder Wasserfall in einem riesigen Erdspalt verschwand.

Es war, als hätten zornige Götter beschlossen, das sündige Menschengeschlecht für immer vom Antlitz der Erde zu tilgen. Auch ich machte mir keine Hoffnung, dem Untergang zu entrinnen. Während ich zwischen den Stämmen entwurzelter Bäume, Rädern zerbrochener Wagen und Schilden zermalmter Krieger über den Erdboden rollte, dachte ich nicht an Rettung. Zu meinem eigenen Erstaunen grübelte ich nur immer über die Frage, welche gewaltigen Mächte es sein mochten, die selbst die Erde erbeben ließen, um mich an meiner Rache zu hindern.

Im tiefsten Schmerz dachte ich: Also ist es dir doch nicht vergönnt, Nadins Blut an seiner Mörderin zu vergelten. Auch den Verräter von Harran wirst du niemals entlarven. Statt dessen werden wir allesamt in die Unterwelt fahren.

Bei diesen trüben Gedanken packte mich erst die tiefste Verzweiflung. Dann aber stieg wilder Trotz in mir auf. Ja, in meiner Verblendung empfand ich Haß gegen die Schicksalsmächte, die sich mir auf meiner Rachefahrt nun schon so oft in den Weg gestellt hatten. Wenn ich schon sterben mußte, wollte ich auch alle Feinde mit in den Tod reißen. Wie aber kämpft man gegen Steine? In meiner sinnlosen Wut griff ich nach meiner Sarpedonklinge und hieb damit wie rasend auf die Erde ein, als könne ich ihr Blut vergießen. Da merkte ich plötzlich, daß die Berge nicht mehr wankten. Auch das schreckliche Dröhnen war verklungen. Statt dessen breitete sich tiefe Stille aus.

Mühsam erhob ich mich und spähte nach den Gefährten. Arnuwan lag leblos über den drei Reitern, die er durch seinen Anprall aus den Sätteln geworfen hatte. Dem ersten war beim Sturz das Genick gebrochen. Dem zweiten hatte der Luwier durch sein Gewicht den Brustkorb eingedrückt. Dem dritten hatte Arnuwans eiserne Kugel den Schädel zerschmettert. Schnell lief ich hinzu und rüttelte den Riesen an der Schulter. »Arnuwan!« rief ich besorgt. »Bist du noch am Leben?«

Als sich der Luwier nicht bewegte, kniete ich neben ihn nieder und drehte mit großer Anstrengung seinen Riesenleib auf den Rücken. Da wandte Arnuwan endlich das mächtige Haupt, schaute mich aus zusammengekniffenen Augen an und fragte benommen: »Ist es vorbei? Stehen die Berge wieder lotrecht? Wahrlich, niemals zürnte der tagbringende Tarhu seinen Dienern so wie heute!« Er spuckte aus. »Was ist denn mit den anderen Gefährten?« wollte er wissen.

Myron kroch aus einem Haufen von vier toten Medern hervor, wischte sich Blut von den Händen, steckte sein Messer zurück und sagte: »Das war verflucht knapp. Fast hätten sie mich erwischt. Die Erde bebte gerade zur rechten Zeit.«

»Du meinst, du hast sie erstochen, während die Berge in Trümmer fielen?« fragte Arnuwan staunend.

»Natürlich!« erwiderte der Hellene. »Das war doch nur ein kleines Wackeln. Die Götter waren wohl wieder einmal betrunken und haben beim Tanz zu fest mit den Füßen gestampft.«

Hinter einem zertrümmerten Felsblock entdeckten wir die Sauromatin. Sie kauerte noch immer am Boden, den Kopf zwischen den nackten Armen verborgen. Myron lief zu ihr, sprach ein paar beruhigende Worte und half ihr wieder auf die Beine. »Was war das?« fragte Tomyris entsetzt. Aus ihrem Antlitz war alles Blut gewichen. »Welcher Gott wollte uns zerschmettern?«

Mago kletterte zwischen den Ästen einer zerbrochenen Föhre hervor. Der Tyrer legte Tomyris den Arm um die Schultern und sagte: »Es war ein Erdbeben.« Sein Gesicht war bleich, und seine Hände zitterten. Er musterte uns der Reihe nach. »Wo ist Reguël?« fragte er dann.

»Hier!« rief der Midianiter aus einem Gehölz. »Kommt schnell her!«

Wir hasteten durch den zerstörten Wald. Überall lagen medische Leibwächter auf dem zerwühlten Boden. Die meisten von ihnen waren tot. Die wenigen, die noch lebten, hatten so schwere Verletzungen erlitten, daß sie uns nicht mehr gefährlich werden konnten. Von den Reitern, die das Beben bei der Verfolgung der Kelischkrieger in der kleinen Schlucht überrascht hatte, hörten wir nichts. Soweit sie noch am Leben waren, mochten sie jetzt wohl versuchen, Verschüttete aus den Gesteinstrümmern zu befreien und ihre Waffen zu bergen.

»Wo bleibt ihr denn so lange«, hörten wir Reguël rufen. »Beeilt euch!«

Wir bogen um eine Felsnase. Dort bot sich uns ein seltsames Bild. Reguël saß unverletzt auf einem umgestürzten Stamm. Auf einem kleinen Hügel neben ihm lag der bucklige Balsar. Das Schwert des Oberhofmeisters steckte bis zum Heft in seiner Hüfte. Den Griff hielt der Fürst mit verkrampften Händen umfaßt. Der Schatten des Todes lag über dem dunklen Gesicht des Meders. Als wir vor ihm standen, öffnete er die Augen und starrte uns an.

»Als das Beben begann, fiel er vom Pferd und stürzte in sein eignes Schwert«, erklärte der Beduine.

Der Oberhofmeister hustete. Seine Lippen bewegten sich mühsam. Wir beugten uns zu ihm hinab. »Wer seid ihr?« fragte der Fürst von Rhagae mit vor Schmerz gepreßter Stimme. »Seid ihr von der verfluchten Kassandane als Söldlinge gedungen? Ach, warum hat Istewegu die Blutige nur aus der Hauptstadt verbannt, statt sie gleich hinrichten zu lassen, wie ich ihm riet! Hätte er auf mich gehört, müßte ich jetzt nicht in dieser verdammten Einöde den Geiern zum Fraß dienen! Möge Mithra euch dafür verbrennen!«

»Wir handeln nicht im Auftrag deiner Königin«, gab ich zur Antwort, »sondern aus eigenem Recht.«

Der Bucklige blickte mich ungläubig an. Ich fügte hinzu: »Da du gleich tot sein wirst, sollst du auch ruhig erfahren, daß wir nach Ekbatana ziehen, um die Blutige zu erschlagen. Das sei dir ein Trost!«

»Lügner!« stöhnte der Oberhofmeister. »Habt ihr nicht auch den tapferen Fürsten Arsakes, den Führer der Leibwache Huwaksataras, in jenem Felsenturmland aus dem Hinterhalt überfallen und niedergemetzelt? Alle bewunderten seinen Mut und seine Treue — nur Kassandane haßte ihn. Deshalb mußte er sterben!«

»Warum sollte die Königin denn den edelsten Diener des Herrschers verfolgen?« fragte Myron. »Mir scheint, du weißt nicht mehr, was du redest!«

»Glaubt ihr denn, ihr könnt mich täuschen?« stieß der Meder hervor. Ein Blutfaden rann aus seinem verzerrten Mund. »Verstellt euch doch nicht!« Dann beruhigte er sich ein wenig, schaute uns nachdenklich an und fuhr fort: »Aber vielleicht hat man euch wirklich nicht verraten, was bei Hof schon seit Jahrzehnten als Geheimnis gehütet wird: Der tapfere Arsakes war Huwaksataras leiblicher Sohn, geboren von seiner Geliebten und späteren Nebenfrau, der Perserin Parysatis. Kraft seiner Abstammung hätte er eines Tages die Krone des Reichs aufsetzen können. Dann aber machte der König die blutige Kassandane, seine eigene Schwester, zu seiner Gemahlin. Diese schenkte ihm ebenfalls einen Sohn: Istewegu. Dadurch verlor der edle Arsakes die Thronrechte. Dennoch diente der Fürst seinem Herrscher weiter mit großer Treue. Aber aus Angst vor ihm und seinem Anspruch versuchte die blutige Königin immer wieder, Arsakes zu ermorden. Auch mich wollte Kassandane dabei zu ihrem Handlanger machen. Ich aber weigerte mich. Nun hat die Blutige ihr Ziel erreicht und durch eure Hand zugleich ihre Rache an mir vollzogen. Dafür sollt ihr in der Hölle frieren, ihr gemeines Mordgesindel!«

»Beruhige dich«, erwiderte ich. »Willst du so haßerfüllt sterben? Wir frevelten nicht wie Verbrecher, sondern wir fochten wie Krieger. Du aber fielst nicht als Wehrloser, sondern als Heerführer in einer Schlacht, nicht durch Verrat überwältigt, sondern durch List.«

Der Meder betrachtete uns zweifelnd. »Wenn ihr nicht im Auftrag der Blutigen kamt«, fragte er schließlich, »wer seid ihr dann?«

»Wir sind die letzten Assyrer«, gab ich zur Antwort, »und ziehen nach Ekbatana als Bluträcher für meinen Sohn.«

Balsars Augen weiteten sich. »Assyrer?« stieß er hervor. »Ich dachte, ihr wärt schon längst alle tot!«

Reguël starrte den Buckligen finster an. Der Oberhofmeister bäumte sich auf. Dann fuhr das Leben aus seiner Brust.

»Laßt uns verschwinden«, rief Myron.

Wir luden unsere Vorräte auf die überlebenden Pferde, stiegen in die Sättel und galoppierten nach Westen davon. Niemand folgte uns.

Einige Zeit später schlugen wir südliche Richtung ein und wandten uns nach den Quellen des Chabur, um den Euphrat und Babylon zu erreichen. Denn auf der Achse von Asien drohte uns stets die Gefahr, daß uns Meder einholten oder entgegenritten. Nach den Ereignissen am Halys und am Tigris durften wir nicht damit rechnen, daß sich die Krieger des Königs ein weiteres Mal an der Nase herumführen ließen – weder von Männern in persischen Gewändern noch von angeblichen Lydern. In Chaldäa wollten wir uns wieder als babylonische Händler verkleiden und den friedlichen, vielbefahrenen Weg durch die Zinnen des Zagrosgebirges nach Ekbatana einschlagen.

Nach Sonnenuntergang lagerten wir am Rand eines Hochmoors am Masiusberg, der die Zuflüsse des Euphrat und des Tigris voneinander trennt. Wir entzündeten ein kleines, gut gedecktes Feuer. Als wir Hunger und Durst gestillt hatten, sprach Arnuwan:

»Schade, daß Balsar uns nicht mehr mitteilen konnte, aus welchem Grund Istewegu die blutige Kassandane verstieß. Immerhin ist sie doch seine leibliche Mutter!«

»Vielleicht gerade deshalb«, vermutete Myron. »Der Jüngling will wohl allein über Medien herrschen und seine Macht mit niemandem teilen.«

Reguël fügte nachdenklich hinzu: »Noch viel wichtiger wäre es zu erfahren, wo sich die Königin jetzt aufhält.«

»Vielleicht bei ihrer Tochter Mandane in Parsumasch«, sagte ich. »In Babel werden wir gewiß von ihr hören.«

»Parsumasch wäre gut«, meinte Mago nachdenklich. »Denn auf Kambyses, den Fürsten der Perser, können wir jederzeit zählen.«

Tomyris zitterte vor Kälte. Der Tyrer legte der Sauromatin eine Wolldecke um die Schultern und fuhr fort: »Vielleicht gereicht es uns sogar zum Vorteil, wenn König Istewegu glaubt, daß sein Halbbruder Arsakes und sein Oberhofmeister Balsar auf Befehl seiner Mutter ermordet wurden.«

Myron erklärte: »Noch besser wäre es, wenn alle Meder, die das Erdbeben überlebten, schnurstracks nach Ekbatana zurückkehrten und ihrem König erzählten, Lyder und Mannäer gemeinsam hätten den Oberhofmeister erschlagen.«

»Ich achte deine Sorge um Milet«, entgegnete ich. »Doch Istewegu wird den Zusammenhang zwischen dem Tod des Tyrannen Thrasybulos und dem Ende des buckligen Balsar wohl kaum übersehen. Bei beiden Kämpfen überlebten Krieger, die uns dem Mederkönig beschreiben können.«

»Im Felsenturmland entkam nur ein Lyder«, widersprach Mago. »Selbst wenn sein König Alyattes nun den Bericht dieses Zeugen nach Ekbatana übermitteln ließe – würde man am medischen Hof nicht glauben, die Lyder lügen?«

»Nun, wir werden ja sehen«, schloß Arnuwan das Gespräch. »Was auch geschieht, eines dürfen wir niemals vergessen: Nicht Istewegu, auch nicht das medische Reich ist unser Gegner. Es geht nicht um Luwien, Tyros oder Milet, auch nicht um Ninives Schatz. Und erst recht sind wir nicht gekommen, um die Assyrer zu rächen, sondern wir wollen Nadins Tod vergelten, an Kassandane, seiner Mörderin.«

Drei Tage später kreuzten wir den oberen Teil der Masiusberge und lenkten unsere Reittiere in den kleinen Flecken Marida. Auch hier stießen wir auf viele Spuren des Bebens: eingestürzte Häuser, zusammengefallene Ställe. Auch viele Backöfen waren zerstört. Dann folgten wir einem Quellfluß des fischreichen Chabur nach Süden. Durch die fast menschenleere, verödete Steppe, in der nur ein paar Aramäer ihre Schafherden weideten, zogen wir in den Norden des Zweistromlands ein.

Eine Woche später, im Linsenland Laqê, standen wir am breitfließenden Euphrat, dem großen Strom, der dort den Westen vom Osten Asiens teilt.

Jetzt, im Sommer, rollten die Wogen des göttergleichen Gewässers nur langsam und träge dahin, und seine Ufer waren so nahe zusammengerückt, daß wir den Fluß von ebener Erde aus zu überblicken vermochten.

In Terqa, der Hauptstadt der von aramäischen Bauern besiedelten Flußaue von Chindanu, hörten wir, daß Nergal-Sarezer mit dem chaldäischen Heer aus Kilikien zurückgekehrt war. Der Feldherr hatte zwei Tage zuvor seine zwölftausend Krieger und das gesamte Gerät auf Schiffe verladen, die ihm vom stromumflossenen Sippar entgegengeschickt worden waren.

Auch wir verspürten wenig Neigung, dem Stromufer im Sattel nach Süden zu folgen. Daher erwarb Mago einen geräumigen Kahn mit starkem Mast und zweifach genähtem Segel. Wir luden unsere Besitztümer ein, verkauften die Pferde und vertrauten uns dem Wasser an.

Der große Strom fließt hier sehr träge dahin. Er liegt auf dem Land wie eine Python, die sich ein Zicklein einverleibt hat und nun in der Sonne verdaut. Der Wind flaute ab. Eine Weile lang überließen wir uns den Wellen. Dann aber meinte Arnuwan, die Muße schade seinen Muskeln, packte ein Ruder und drückte es in die Flut.

Ich tat es ihm gleich. Später lösten uns die Gefährten ab. So kamen wir rasch vorwärts. Als es Abend wurde, sahen wir vor uns im Dämmerlicht Schiffe.

»Das sind die Chaldäer!« rief Myron. »Die faulen Kerle lassen sich einfach treiben!«

»Tatsächlich«, bestätigte Reguël. »Ob Nergal-Sarezer sie noch führt?«

»Bestimmt«, sprach Arnuwan überzeugt. »Er zählt nicht zu jenen feinen Fürsten, die das Unbequeme eines Feldzugs scheuen und das Fußvolk die Strapazen allein ertragen lassen.«

»Wäre es«, fragte Mago, »dann nicht von Nutzen, Nergal-Sarezer auszuhorchen? Vielleicht hat er etwas über die blutige Kassandane erfahren. Du besitzt doch beste Beziehungen zu dem Chaldäer, Dagon! Wenn er für dich sogar an Kambyses schrieb und euch mit Naphtha aus seinem Heerlager abziehen ließ, wird er dir auch gewiß nicht verheimlichen, was er über die neuesten Vorgänge in Ekbatana weiß.«

»Also gut«, stimmte ich zu. »Heute nacht gehe ich zu ihm.«

Wir warteten, bis es dunkel wurde. Dann folgten wir der Nachhut der babylonischen Flotte zu ihrem Lagerplatz. Dort zogen wir unser Boot vorsichtig an Land. Ich schlich durch die Feuer, vorbei an lärmenden und schmausenden Kriegern, bis ich das Zelt des Feldherrn erreichte.

Dort stellten sich mir zwei schwerbewaffnete Wächter entgegen. Ich hob den Finger an die Lippen, beugte mich zum Ohr des Älteren hinab und flüsterte auf akkadisch: »Ich bin ein geheimer Bote. Melde mich sofort deinem Herrn!«

Der Krieger musterte mich mißtrauisch: »Erst muß ich den Führer der Wache verständigen«, erwiderte er zögernd. »So befiehlt es die Vorschrift.«

»Dann spute dich!« fuhr ich ihn an. »Ich will nicht, daß mich das halbe Lager hier sieht!«

Der Babylonier nickte eingeschüchtert und verschwand. Sein Gefährte hielt mir indessen wachsam den Spieß vor die Brust. Schon nach kurzer Zeit kehrte sein Gefährte zurück, gefolgt von einem noch sehr jungen Krieger in prächtiger Rüstung aus Bronze und Zinn.

»Was willst du hier«, fragte der Jüngling. »Ich bin Schumukin, der Führer der Wache, und kenne dein Gesicht nicht.«

»Ich war schon ziemlich lange nicht mehr in Chaldäa«, antwortete ich. »Sage Nergal-Sarezer, ein Freund aus dem Felsenturmland wolle ihm seine Aufwartung machen.«

»Warte hier!« befahl der Wachführer und trat in das Zelt. Ein Ausruf der Überraschung ertönte. Die Decke aus doppelt gekämmtem Filz wurde vom Eingang zurückgeschlagen, und der Fürst von Sin-Magir erschien. Seine Augen traten fast aus den Höhlen, als er mich sah.

Ohne ein Wort zu sagen, packte mich Nergal-Sarezer am Arm und zerrte mich in das Zelt. Dann drückte er mich an seine Brust und rief: »Dagon! Du bist noch am Leben! Wie hast du es nur geschafft, Huwaksatara mitten in seinen Heerscharen zu töten! Und dann auch noch unversehrt zu entkommen! Wahrlich, ich wußte, daß du die Kunst des Krieges besser als alle anderen Menschen beherrschst. Aber so einen verwegenen Streich hätte ich selbst dir nicht zugetraut.«

Der junge Schumukin sah seinem Feldherrn staunend zu. Ich lächelte und antwortete: »Die Götter standen uns bei.« Dann blickte ich über Nergal-Sarezers Schulter, trat verblüfft zurück und fragte: »Wer aber sind die Jungfrauen dort? Ich weiß, auch Heerführer sind nicht gegen die Gelüste des Fleisches gefeit – aber benötigst du wirklich gleich sechs? Und hast du keine Angst, daß diese Mädchen hier zuviel erfahren?«

Nergal-Sarezer lachte. »Du irrst dich«, entgegnete er. »Das sind nicht meine Beischläferinnen, und sie verstehen auch kein Wort Akkadisch. Es handelt sich um Lyderinnen aus Sardes. In ihrer Mitte siehst du die Tochter des Königs Alyattes, die anmutige Aryenis.«

XI Die Prinzessin

Die Überraschung traf mich, wie der im Wald umgebogene Zweig dem unaufmerksamen Wanderer in das Gesicht schlägt. Ich verneigte mich höflich. Die lydische Königstochter, die erst dreizehn Jahre zählte, dankte mir mit einem hoheitsvollen Nicken. Ihre Begleiterinnen lächelten und verbargen ihre Gesichter rasch hinter kostbaren Fächern aus Perlmutt und Elfenbein. Dann sprach Aryenis einige Worte auf lydisch, die ich jedoch nicht verstand. Nergal-Sarezer klopfte mir auf die Schulter und sagte lächelnd:

»Gedulde dich einen Moment. Gleich kommt ein Dolmetscher. Denn die Prinzessin wird von ihrem Bruder, dem Kronprinzen Kroisos, begleitet, der sehr gut griechisch spricht. Dann können wir uns unterhalten.«

Festlich gekleidete Sklaven reichten uns Becher mit kühlem, schäumendem Bier. »Auch Lydiens Kronprinz reist mit dir?« fragte ich den chaldäischen Feldherrn. »Die Lyder scheinen ja viel Vertrauen in ihre neuen Freunde zu setzen. Haben sie nichts vom Schicksal der skythischen Edlen gehört, die einst beim Gastmahl in Ekbatana ihr Zutrauen mit dem Leben bezahlten?«

»König Alyattes besitzt noch sechs jüngere Söhne«, antwortete der Chaldäer. »Der Thron gerät also nicht in Gefahr, selbst wenn der Kronprinz ermordet wird. Doch was könnte Istewegu mit so einer Schandtat gewinnen? Ja, wenn der Lyderkönig so dumm wäre, selbst zur Hochzeit nach Ekbatana zu reisen! Kroisos wird nichts geschehen. Zudem ist es stets von Vorteil, wenn ein Thronfolger in der Welt herumkommt und andere Länder besucht.«

Ich nickte. Dann betrachtete ich nachdenklich die Prinzessin. Trotz ihrer Jugend wich sie meinem Blick nicht aus, sondern sah mir freimütig ins Gesicht, und ich kam nicht umhin, über den Schmelz ihrer außergewöhnlichen Schönheit zu staunen.

Die lebhaften, haselnußbraunen Augen der Königstochter glänzten unter seidigen Wimpern, und ihre Lippen verrieten, daß sie gern lachte. Die hübsche kleine Nase der Prinzessin erinnerte an ihre Ahnfrau Omphale, die einst selbst Herakles in ihren Bann schlug, so daß der Held zu ihren Füßen Wolle spann. Das feste Kinn der Lyderin bezeugte, daß sie auch von der Entschlußkraft ihres gekrönten Vaters geerbt haben mochte. In ihrer äußeren Erscheinung atmete Aryenis noch die Unbefangenheit des Mädchens, dessen Leben erst beginnt. In ihrem Innern aber ahnte ich die Spur eines Schmerzes, dessen Ursache ich allerdings erst viel später erfuhr.

Das reiche Haar der jungen Fürstin schimmerte in der Farbe hellen Honigs, und ihre reine Haut war von der ägäischen Sonne gebräunt. Die Prinzessin trug ihr aus Leinen geschnittenes, weites Gewand nach lydischer Sitte gefältelt und über den Schultern mit schweren, rotgoldenen Broschen befestigt. Der leichte Stoff verhüllte einen noch fast kindlich geformten Körper. Was ich von den schlanken Armen und Fesseln des Mädchens erspähte, machte mir deutlich, daß sie sowohl mit Pferden als auch mit Pfeil und Bogen umzugehen verstand.

»Dort oben im Norden trafst du wohl nur alte Vetteln?« erkundigte sich der chaldäische Feldherr. »Du starrst die Blüte Lydiens ja an wie ein Ochse den saftigen Klee. Gib acht, daß dir nicht gleich der Geifer von den Lefzen rinnt!«

»Du hast leicht reden«, erwiderte ich mit gespielter Empörung. »Reist mit solchen Schönheiten durch die Lande, faul auf Daunen gestreckt und fröhlichem Wohlleben hingegeben! Und machst dich dann über die Regungen tapferer Kriegsleute lustig, die nur den harten Dienst im Feldlager kennen!«

Der Fürst von Sin-Magir lachte schallend und antwortete:

»Nun, die Unbequemlichkeiten eines Heerzugs sind auch mir nicht ganz fremd. Die hohe Ehre, Prinzessin Aryenis ihrem Gemahl Istewegu zuführen zu dürfen, wurde mir zwar hauptsächlich als Anerkennung meiner Verdienste um den Friedensschluß zwischen Lydien und Medien zuteil. Aber ich verstehe das Vertrauen der Lyder zugleich auch als Lob babylonischer Kriegstüchtigkeit. Denn hinter meinem Schild weiß König Alyattes seine Tochter sicher wie im Vierergespann des lodernden Marduk.«

»Die Lyder ahnten wohl nicht«, scherzte ich, »daß die größte Gefahr nicht dem Leben, sondern vielmehr der Tugend ihrer Königstochter gilt. Jedenfalls solange du in ihrer Nähe weilst.«

»Du schmeichelst«, versetzte Nergal-Sarezer belustigt. »Ich bin ein alter Mann und längst nicht mehr fähig, eine so jugendstarke Festung zu erobern. Überdies kehrt Kroisos gewiß gleich zurück. Die Lyder sind unser babylonisches Bier nicht gewohnt. Doch nun berichte mir: Was ist dort oben im Felsenturmland geschehen? Die Meder teilten uns lediglich mit, ihr König Huwaksatara sei plötzlich in greller Lohe zum Himmel gefahren, wo er jetzt an Mithras Seite sitze.«

»In der Tat«, erwiderte ich. »Die Sonne stand uns bei, und eine alte Weissagung wurde erfüllt.«

»Mit babylonischem Naphtha«, lächelte Nergal-Sarezer. »Ein großartiger Einfall. Leider sind unsere besten Köpfe noch nicht dahintergekommen, wie ihr all diese Stoffe ohne Fackeln entflammt haben mögt.« Er blickte mich fragend an.

»Wie ich schon sagte«, meinte ich, »der Tagesstern hat uns geholfen.«

»Der alte Dagon!« brummte der Fürst von Sin-Magir erheitert. »Immer noch verschlossen wie eine Muschel! Schon in Jerusalem ahnte ich, daß du nicht nur wegen eines Schatzes aus deiner Verbannung auf Zypern zurückgekehrt warst. Wirst du mir verzeihen, wenn ich dir gestehe, daß ich euch damals ein wenig beobachten ließ? Du wolltest mir deine Pläne ja nicht verraten, als wir uns an der Terebinthe trafen!«

»Dann«, sagte ich vorwurfsvoll, »traf der vergiftete Skythenpfeil Myron also auf deinen Befehl!«

»Skythenpfeil?« fragte Nergal-Sarezer verdutzt. »Damit habe ich nichts zu tun. Ich wollte euch nicht umbringen lassen! Als ich aus Tyros erfuhr, daß ihr mit großen Vorräten nach Osten aufgebrochen wart, ahnte ich gleich, daß ihr nach Medien reisen wolltet. Ich vermutete, ihr wolltet nicht sterben, ehe das Blut eures letzten Herrn Assur-Uballit an Huwaksatara gerächt war. Darum gab ich dem Fürsten der Perser, Kambyses, Nachricht von euch. Der Herrscher von Parsumasch teilte mir später mit, ihr hättet auch den Skythen Gauratar erschlagen.«

Er lächelte wieder. »Außerdem ließ mich Kambyses auch wissen«, fuhr er fort, »daß aus den fünf Assyrern plötzlich sechs geworden seien. Es reise ein wohlgeformtes Frauenzimmer mit euch. In Männerkleidern.«

Ich schwieg. Der Feldherr sah mich ein wenig sonderbar an. Dann fragte er: »Wo sind deine Gefährten? Seid ihr noch vollzählig?«

»Ja«, gab ich zur Antwort. »Sie lagern ein Stück von hier.«

»Dann hast du den Verräter von Harran also noch nicht entlarvt«, stellte Nergal-Sarezer fest. »Was hast du jetzt vor?«

Ich blickte angelegentlich in meinen Becher. Nergal-Sarezer tat, als sei er entrüstet, drohte mir mit dem Finger und rief: »Dagon, Dagon! Mißtraust du mir noch immer? Nun, wenn du nicht mit der Sprache herausrücken willst, so lasse mich raten: Ihr habt es jetzt auf Istewegu abgesehen, nicht wahr? Ja, ich kann mich noch gut an Assurs Gebote erinnern!«

Nergal-Sarezer blickte mich forschend an und fuhr fort: »Ihr wollt nicht nur Huwaksatara, sondern sein ganzes Haus auslöschen. Habe ich recht? Vielleicht planst du sogar, den König an seiner Hochzeitstafel zu töten, wenn Istewegu sich schon auf das Beilager freut!«

Ich blickte zu der Lyderin. Sie schaute mich fragend an. Ich kratzte mir nachdenklich das Kinn. Dann sagte ich zu dem Chaldäer:

»Kein übler Gedanke. Aber du weißt, daß mich die Pflicht gegenüber meinen Gefährten daran hindert, dir etwas über unsere Absichten zu verraten. Auch wenn du mir schon zweimal das Leben gerettet hast«.

»Aber gewiß doch!« erwiderte er gekränkt. »Teile deine Geheimnisse statt dessen mit dem Verbrecher, der euch bei Harran verriet!«

Ich wollte ihn mit einem freundlichen Wort wieder versöhnen, da rief eine helle Jünglingsstimme auf griechisch: »Dürfen auch wir erfahren, was unser edler Gastgeber mit einem Fremdling bespricht?«

Wir drehten uns um. Am Eingang des Zeltes stand Kroisos, der Kronprinz von Lydien. Ein Dutzend adeliger Jünglinge seines Volkes umgab ihn. Die bleichen Gesichter der Lyder verrieten, daß sie dem babylonischen Bier allesamt kräftig zugesprochen hatten. Die heftige Wirkung des starken Getränks wunderte mich nicht, nachdem ich nun sah, daß der Kronprinz höchstens sechzehn Sommer zählte.

Ich verneigte mich vor dem Lyder. Kroisos starrte mich feindselig an. Dann richtete er einen fragenden Blick auf den Feldherrn. Nergal-Sarezer lächelte Kroisos beruhigend an. Dann berichtete der Chaldäer in fließendem Griechisch:

»Wir unterhielten uns nur über alte Zeiten. Denn dieser Krieger ist ein guter Freund von mir. Ich habe ihn viele Jahre lang nicht gesehen und jetzt hier durch Zufall getroffen. Früher kämpften wir Schulter an Schulter. Er heißt Dagon und stammt aus Akkad.«

»Dagon?« fragte Aryenis, die nichts verstand. Kroisos übersetzte seiner Schwester die Worte des Feldherrn. Inzwischen fragte ich Nergal-Sarezer erstaunt: »Ich wußte gar nicht, daß du so gut griechisch sprichst! Wo hast du das gelernt?«

»Ach«, wehrte der Babylonier bescheiden ab. »Es reicht gerade aus, über das Wetter zu reden.«

»Trotzdem«, beharrte ich. »So eine seltene Sprache, die nur in einer so fernen Weltgegend gesprochen wird!«

»Jetzt schon«, entgegnete der Chaldäer. »Aber das wird nicht immer so bleiben. Diese Griechen sind ein bemerkenswertes Volk. Schon heute sitzen sie am Nil und an der Tyrerküste. Man findet sie auch am Kaukasos und in Kilikien. Eines Tages werden sie in das Innere Asiens ziehen. Die Frage ist nur, ob sie dann als Krieger oder als Kaufleute kommen.«

»Du redest irre«, meinte ich zweifelnd. »Wie sollte ein so kleines Volk erreichen, was selbst uns Assyrern nicht gelang, nämlich zugleich gegen Meder und Babylonier zu siegen!«

»Ich spreche ja nicht von morgen«, beharrte der Fürst. »Wer weiß, wie lange Medien noch besteht! Auch Babylon wird nicht ewig leben.«

»Dagon!« rief die Prinzessin erneut. Nergal-Sarezer und ich verstummten und wandten uns Aryenis zu. Die junge Lyderin errötete ein wenig. Dann sprach sie einige Worte zu ihrem Bruder. Kroisos zeigte auf mich und erklärte:

»Meine Schwester meint, daß dein Name, Akkader, eine unklare Erinnerung in ihr weckt. Warst du vielleicht einmal in Sardes?«

»Nein«, erwiderte ich. »Aber Dagon ist unter den Nordvölkern eurer Weltgegend kein ungewöhnlicher Name. Zum Beispiel bei den Kimmeriern.«

»Kimmerier?« fragte Kroisos überrascht. Die Augenbrauen des Jünglings senkten sich drohend. Mit mühsam beherrschter Stimme fragte er: »Gehörst du etwa zu jenen Räubern, die vor fünfzig Jahren mordend durch unser Heimatland zogen?«

Der junge Wachführer Schukin blickte gespannt zu dem Prinzen und legte die Hand auf den goldenen Griff seines Schwertes.

»Nein«, antwortete ich schnell. »Ich trage meinen Namen nach einem Geschäftsfreund meines Vaters, der aus dem Philisterland stammt. Dort wird ein Gott namens Dagon verehrt. Er ist ein guter Himmelsherr. Zum Beispiel behütet er das Getreide.«

»Damit wir Bier daraus brauen können«, fügte Nergal-Sarezer hinzu. Der Scherz löste die Spannung. Die jungen Lyder begannen zu lachen, und auch der Kronprinz konnte sich nun eines Schmunzelns nicht länger erwehren.

»Dann wollen wir auf deine Gesundheit trinken, Namenskind des Biergottes«, rief Kroisos laut und griff nach einem neuen Becher, um ihn mit einem einzigen Zug zu leeren.

Danach erschienen einige babylonische Heerführer, und wir begannen zu speisen. Spielleute ließen Trommeln, zehnsaitige Harfen und kreischende Flöten ertönen. Als ich das Gesicht verzog, raunte Nergal-Sarezer mir auf akkadisch zu: »Sei nicht so undankbar! Ich habe die Musik nur bestellt, damit meine vornehmen lydischen Gäste nicht hören, wie du schmatzt, und dich trotz deiner Lügen als rohen Nordmann entlarven!«

»Du selbst bist roh«, versetzte ich ebenso leise. »Wie kannst du dich nur dazu hergeben, dieses bezaubernde Mädchen einem so schrecklichen Schicksal zuzuführen!«

»Schrecklich? Wieso?« wunderte sich der Chaldäer. »Sie wird die Herrin eines der mächtigsten Reiche der Welt. Welches Mädchen wäre da nicht froh?«

»Ich kann mir nicht vorstellen«, sagte ich zweifelnd, »daß Aryenis sich darauf freut, in einem medischen Frauenhaus zu verschwinden.«

»Was redet ihr da über meine Schwester?« fragte Kroisos, der plötzlich hinter mir stand.

»Wir sprachen von der Hochzeit in Ekbatana«, antwortete der chaldäische Feldherr statt meiner. »Mein Freund Dagon meint, Aryenis müsse so glücklich sein wie Hera, als Zeus sie erwählte, oder wie Aphrodite, als sie der schöne Adonis umwarb.«

»Das sind keine lydischen, sondern griechische Götter«, sagte Kroisos belehrend.

Nergal-Sarezer lächelte nachsichtig. »Ist eure Mutter nicht eine Griechin?« fragte er sanft.

»Ja«, bestätigte Kroisos. »Wisse, Fürst von Sin-Magir: Meine Schwester ist sehr stolz auf den Dienst, den sie ihrem Land erweisen darf.«

»Stolz?« fragte ich. »Dienst? Mehr ist es nicht?«

Der Kronprinz blickte mich ungehalten an. »Wir können sie ja selbst fragen«, schlug er vor.

Nergal-Sarezer nickte ermunternd. Der Kronprinz beugte sich zu seiner Schwester und erklärte ihr unsere Reden. Die anmutige Aryenis blickte uns forschend an. Dann aber stieß sie in rascher Folge so viele lydische Worte hervor, daß ihr Bruder kaum mit seiner Übersetzung folgen konnte.

»Soll ich nicht glücklich sein«, fragte die schöne Prinzessin, »wenn mich der mächtigste König der Erde umwirbt? Soll ich nicht glücklich sein, wenn ich mithelfen darf, Kummer in Freude, Krieg in Frieden, Haß in Liebe zu verwandeln? Welche süßere Pflicht gibt es für eine Frau, als erst dem Vater und dann ihrem Mann zu gehorchen? Welche schönere Aufgabe kann ich mir wünschen, als zwei Völker zu verbinden, die sich mit Waffen bekämpften? Welchen höheren Ruhm kann eine Frau sich erwerben, als Gegner zu versöhnen und den Hader für immer aus ihrem Herzen zu tilgen? Nenne es einen Dienst, wenn du willst – ich nenne es eine Wonne.«

Nergal-Sarezer blickte mich an. »Bist du nun überzeugt?« fragte er.

»Ich habe etwas von Macht und Gehorsam, auch von Aufgabe und Pflicht gehört«, entgegnete ich beharrlich, »aber noch nichts von Liebe.«

Kroisos holte tief Luft. Seine Schwester blickte ihn fragend an. Zögernd übersetzte der Kronprinz meine Worte. Da schaute mich die anmutige Aryenis mit funkelnden Augen an und sagte wieder zahlreiche Worte. Kroisos starrte finster zu mir herüber. Dann dolmetschte der Kronprinz, während seine Schwester mit immer lauter werdender Stimme sprach:

»Liebe?« fragte die schöne Prinzessin. »Müßte ich sie in Ekbatana entbehren, wäre das dann nicht meine eigene Schuld? Kann Liebe denn nicht nach der Hochzeit wachsen? Jetzt schon schlägt mein Herz in froher Erwartung, denke ich an meinen Gemahl! Jetzt schon erschauert mein Herz vor Istewegus Heldenkraft, und ich verehre den Adel seiner Gesinnung. Wenn ich ihm gegenüberstehe, wie sollte aus solcher Zuneigung nicht sogleich Liebe erwachsen! Auch König Istewegu verehrt mich schon so lange, daß ich mir seines Herzens sicher bin.«

Die anmutige Prinzessin wartete, bis ihr Bruder mit seiner Übersetzung gefolgt war. Dann fuhr die Lyderin fort:

»Liebe verbindet den Seefahrer mit der Nachbarstochter. Also heiraten sie. Fortan bleibt die junge Frau allein. Lebt sie dann ein glückliches Leben? Liebe vereint auch den Landflüchtigen mit einem Mädchen in der Fremde. Doch wenn er eines Tages in seine Heimat zurückkehren darf, weint sich die Verlassene die Augen aus. Liebe verführte Medea, Jason zu folgen. Die Kolcherin half dem Argonauten, das Goldene Vlies zu stehlen. Sie erschlug sogar ihren eigenen Vater. Was war ihr Lohn? Der treulose Jason heiratete die junge Creusa. Wenn Liebe den Verstand besiegt, läßt sie Vater und Tochter, Mutter und Sohn, Bruder und Schwester in blutschänderische Frevel versinken. Meine Liebe aber wird auf reinem Boden wachsen, auf einer Scholle, die bereit ist, Frucht zu tragen, so wie das schönste lydische Feld. Meine Liebe wird so licht sein wie ein Edelstein, den Meister der Schmiedekunst in Gold und Silber faßten und so rein wie der Schnee eines niemals erstiegenen Berges.«

Wir schwiegen. Die anmutige Aryenis blickte uns der Reihe nach an. Ein leichter Schatten zog über ihr strahlendes Antlitz, so wie eine Wolke plötzlich das grelle Licht der Sonne verhüllt. Dann fuhr die Prinzessin fort:

»Doch nicht nur Liebe soll mein Herz erhöhen — mein Glück gründet sich noch auf andere Pfeiler! Seid ihr Könige oder die Kinder von Herrschern? Nein, ihr seid nur Fürsten und Heerführer. Doch würdet ihr auch Kronen tragen — könntet ihr euch mit Istewegu vergleichen? Ich aber werde hoch auf dem Thron von Medien sitzen, mit den stärksten Völkern der Erde zu meinen Füßen. Könnt ihr denn euren Kindern Macht vererben? Nein, denn ihr besitzt ja nur Lehen. Meine Söhne aber werden ein Weltreich beherrschen. Wenn ihr einst sterbt, werden die Völker dann eure Namen bewahren? Nein, denn Fürsten und Heerführer gibt es viele. Ich aber werde nie vergessen sein. Noch in den fernsten Tagen werden die Menschen meiner gedenken — nicht nur in Lydien und Medien, sondern überall auf der Welt. Wer also zweifelt noch an meinem Heil? Es gibt keine Glücklichere als mich!«

»Du lügst!« schrie da plötzlich eine Stimme auf griechisch. »Du willst dich nur opfern!« Lydische Worte folgten, und als ich herumfuhr, sah ich zu meinem Erschrecken Myron im Zelteingang stehen.

»Dieser Narr«, murmelte Nergal-Sarezer.

Alles Weitere geschah so schnell, daß ich nicht mehr eingreifen konnte.

Kroisos sprang auf. Sein Stuhl fiel nach hinten. »Ich kenne diesen Mann!«, rief der Kronprinz aufgeregt und zeigte auf den Hellenen. »Lasse ihn festnehmen, Nergal-Sarezer! Er ist ein Verräter und Feind des lydischen Reiches!«

Der Feldherr Chaldäas starrte Kroisos verwundert an. Der junge Schumukin zog sein Schwert und gab den Wachen ein Zeichen.

»Das ist nicht wahr!« schrie Myron wie von Sinnen. »Nicht mit Lydien bin ich verfeindet, sondern mit Thrasybulos, der meine Heimatstadt Milet unterdrückt!«

»Da hört ihr es selbst!« rief Kroisos dem Babylonier zu. »Er war es, der unseren Großvater dort im Felsenturmland umgebracht hat!« Dann fiel das Auge des Prinzen auf mich. »Und dieser Dagon«, rief der Lyder erregt, »hat ihm gewiß bei diesem Verbrechen geholfen!«

»Wie kommst du denn darauf!« antwortete ich. »Ich kenne diesen Kerl überhaupt nicht!«

Myron merkte, was es für ein Fehler gewesen war, mir nachzukommen. Nun versuchte der Grieche, mich zu retten. »Dieser Mann hat nichts mit meiner Rache an Thrasybulos zu tun!« rief er laut. »Ich sehe ihn zum ersten Mal. Das schwöre ich!«

»Glaubt nicht den Eiden eines Griechen!« schrie Kroisos mit sich überschlagender Stimme. »Sie müssen beide sterben!«

Gespannt schaute ich zu Nergal-Sarezer. An ihm lag es nun, mich zu verraten oder in Schutz zu nehmen. Der Chaldäer blickte Myron mit hochgezogenen Brauen an. »Verdammter Grieche!« stieß er hervor und nickte dem jungen Schumukin zu.

Die babylonischen Wachen stürmten von allen Seiten

herbei und packten Myron an den Armen. Der Mileter wehrte sich nicht – er wußte, daß er dadurch alles nur noch schlimmer machen konnte. Denn wenn es zum Kampf gekommen wäre, hätte ich dem Gefährten zu Hilfe eilen müssen – und dadurch meine Freundschaft zu ihm vor aller Augen offengelegt.

Grob zerrten die Wachen Myron vor ihren Feldherrn. Kroisos zog sein Schwert, um es dem Griechen in den Leib zu stoßen. Nergal-Sarezer packte den Lyder am Arm und hielt ihn zurück. »Jetzt noch nicht«, sagte der Fürst von Sin-Magir. »Erst wollen wir alles hören, was dieser Mann über den Tod deines Großvaters weiß.«

Kroisos starrte den Griechen haßerfüllt an. Dann nickte er und stieß die Waffe in das Wehrgehenk zurück. »Nehmt auch den anderen fest!« forderte der Kronprinz dann. »Diesen Dagon! Ich habe ihm mit Recht mißtraut!«

Nergal-Sarezer blickte mich an. Er sann wohl nach einer Möglichkeit, mich entrinnen zu lassen.

»Was zögerst du, Chaldäer?« rief da eine laute Stimme auf akkadisch. »Dieser Mann trägt am Tod des Thrasybulos ebenso schuld wie an der Ermordung unseres Königs, des glorreichen Huwaksatara!«

Ich wandte mich um. Gefolgt von zehn Panzerreitern, drängte Toxar, der Händler des Todes, ins Zelt, der in der Schlacht am Halys den rechten Flügel des medischen Heeres befehligt hatte.

»In ganz Asien suchen wir nach euch, ihr ruchlosen, feigen Mörder!« stieß der Skythe grimmig hervor. »Damals, am Salzquellenfluß, als du dich in das Vertrauen unseres Herrn schleichen wolltest, hast du dir Bart und Haare mit Henna gefärbt. Doch ich erkenne dich trotzdem, verfluchter Sklave Assurs!«

XII Der Zwist

Nergal-Sarezer trat auf mich zu, schaute mich bedauernd an, streckte die Hand aus und forderte mit fester Stimme: »Dein Schwert, Dagon! Ich bewirtete dich als alten Gefährten. Daß du ein Mörder bist, wußte ich nicht. Das hast du mir verschwiegen. Darum gilt das Gastrecht nicht mehr. Erweisen sich die Vorwürfe der Lyder und Meder als wahr, sollst du der Vergeltung nicht entgehen!«

Ich zuckte die Achseln und reichte dem Feldherrn die Sarpedonklinge. »Du fügst mir großes Unrecht zu«, sprach ich dabei.

Ich erwartete nun in Nergal-Sarezers Auge ein Zwinkern oder ein anderes Zeichen zu sehen. Doch es blieb aus. Dennoch empfand ich keine Furcht. Wenn uns der Fürst von Sin-Magir den Feinden auslieferte, mußte er ja befürchten, daß ich dem Skythen von Nergal-Sarezers Mithilfe bei unserem Anschlag auf Huwaksatara erzählte. Davon, daß das tödliche Naphtha aus babylonischen Vorräten stammte. Und von den Verbindungen des Persers Kambyses nach Babel. Auch durfte der Fürst von Sin-Magir uns nicht etwa heimlich umbringen lassen, ohne Verdacht zu erwecken. Denn nach dem Gesetz mußte er uns, sobald unsere Schuld erwiesen war, lebend den Angehörigen des Mannes übergeben, den wir erschlagen hatten. Darum ließ ich mich von den chaldäischen Wächtern ohne Gegenwehr binden.

Als wir aus dem Zelt geführt wurden, wandte ich noch einmal den Blick. Nergal-Sarezers Augen blieben kalt. Kroisos starrte uns haßerfüllt nach. Toxars Mund murmelte Flüche. Die anmutige Aryenis aber schaute uns nachdenklich an. Mir war, als könnte ich auf ihrem schönen Antlitz plötzlich eine Spur des Bedauerns erkennen.

Die Schildwachen brachten uns in ein leeres Zelt, das dicht am Flußufer stand. Dort schickte der junge Schumukin die anderen Chaldäer fort. Dann nahm uns der Wachführer die Fesseln ab, reichte uns einige Kellen Bier und flüsterte: »Wartet hier. Der Feldherr wird kommen, sobald er das Festmahl verlassen kann, ohne den Argwohn der Gäste zu wecken. Laßt euch aber auf keinen Fall außerhalb dieses Zeltes erwischen! Die Wachen wissen von nichts und würden euch niederhauen!«

»Wir sind nicht lebensmüde«, grollte Myron. Schumukin nickte und verließ unser Gefängnis. Wir hörten, wie er den Posten mit lauter Stimme Anweisungen gab.

Wir spähten durch die Ritzen unserer Behausung. Als der Wachführer zwischen den Reihen des Lagers verschwand, sagte ich zu Myron: »Was fällt dir eigentlich ein? Du hättest warten sollen, bis ich zurückkam!«

»Hab dich nicht so!« antwortete der Hellene. »Ich fragte in der Zwischenzeit ein paar Chaldäer aus. Sie hielten mich für einen phönizischen Söldner. Als ich von ihnen erfuhr, daß Lyder im Lager weilten, hielt es mich nicht länger. Kannst du das nicht verstehen? Schließlich geht es doch um Milet, meine Heimat!«

»Thrasybulos ist tot«, erwiderte ich. »Was hindert dich also daran, nach Hause zurückzukehren?!«

»Nichts«, seufzte Myron. »Nun gut, ich will dir etwas verraten. Vor vielen Jahren liebte ich die Tochter des Thrasybulos. Sie hieß Damalis. Ihr Vater versprach mir ihre Hand. Dann aber vermählte er sie mit Alyattes, dem König der Lyder. Deshalb verließ ich damals die Heimat und zog nach Assyrien, wo ich dich und die anderen Gefährten kennenlernte.« Der Grieche schüttelte versonnen den Kopf. »Doch auch in Assur und Ninive konnte ich dieses

Mädchen niemals vergessen«, sagte er leise. »Die anmutige Aryenis aber ist die Tochter meiner Damalis. Darum fühle ich mich verantwortlich für ihr Glück ... Wir müssen unbedingt verhindern, daß sie dem Ungeheuer Istewegu ausgeliefert wird!«

»Jetzt geht es erst einmal darum, unsere eigenen Hälse zu retten«, versetzte ich.

»Ich gebe es ja zu, es war ein Fehler, daß ich mich bei den Lydern sehen ließ«, meinte Myron. »Aber auch wenn ich nicht erschienen wäre — dieser Skythe hätte dich in jedem Fall entlarvt. Wollen wir gleich verschwinden?« Er ballte die Fäuste. »Oder willst du zuvor erst noch diesem Chaldäer den Truthahnhals brechen?«

»Ganz gewiß nicht«, erwiderte ich. »Nergal-Sarezer ist unser Freund. Von ihm haben wir nichts zu befürchten.«

»Hoffentlich täuschst du dich nicht«, erwiderte Myron. »Nun, dann wollen wir erst einmal schlafen. Morgen erwartet uns gewiß ein anstrengender Tag!«

Wir betteten uns auf zwei Lager aus Fellen, tranken das Bier aus und ruhten. Kurz nach Mitternacht erhellte der Schein einer Fackel die Zeltbahn, und Nergal-Sarezer trat ein.

»Das haben wir gern!« schalt der Feldherr. »Ich zermartere mir den Kopf, um euch zu helfen, und ihr liegt einfach da und schnarcht.«

»Was hätten wir denn anderes tun sollen?« fragte Myron. »Herumrennen wie Hähne im Käfig?«

Der Babylonier stieß die Luft aus. »Hört zu«, sagte er. »Die Sache ist ziemlich verfahren. Am liebsten wäre es mir, ihr würdet jetzt auf der Stelle verschwinden. Aber das geht jetzt leider nicht mehr. Nicht wegen Kroisos. Aber dieser verfluchte Skythe! Toxar ist gefährlich wie eine Schlange. Er merkt sofort, wenn ihr mit meiner Hilfe entschlüpft. Dann haben wir Krieg. Rücken die Meder aber erst einmal gegen Babylon vor, wie wollt ihr dann nach Ekbatana kommen?«

»Du hast recht«, erwiderte ich. »Was schlägst du also vor?«

Nergal-Sarezer faßte mich fest ins Auge und sagte: »Ihr bleibt ganz einfach meine Gefangenen, bis wir die Hauptstadt erreichen. Für eure Sicherheit wird Schumukin sorgen. Er ist noch jung, aber schon ein tüchtiger Krieger!« Nergal-Sarezer lächelte kurz, dann fuhr er fort: »Außerdem ist er der Sohn meiner Nichte. Also hört: Ich habe Toxar erklärt, daß mein König Nebukadnezar euch an Istewegu ausliefern wird — als Hochzeitsgeschenk. Babel ist eine große Stadt. Dort kann viel geschehen. Wahrscheinlich tun wir so, als wärt ihr an lydischem Gift gestorben. Oder wir sagen, ihr hättet euch selbst das Leben genommen, um nicht euren schlimmsten Feinden in die Hände zu fallen. Dann schicken wir ein paar Köpfe nach Ekbatana. Außer euch beiden haben die Meder niemanden von eurer Gruppe gesehen, oder?«

Ich erzählte ihm von den Ereignissen im schwarzen Arachot und am salzreichen Halys. Der Fürst von Sin-Magir hörte mir aufmerksam zu. Dann rief er aus:

»Bei Marduks sieben Stürmen! Ihr habt Erstaunliches vollbracht, nicht zuletzt auch zu Babylons Segen. Nebukadnezar wird euch gewiß dafür danken. Seid unbesorgt! Euer Auftritt in Arachot war viel zu kurz, als daß euch einer der medischen oder skythischen Heerführer wiedererkennen könnte. Am Halys tratst nur du in Erscheinung, Dagon. Und hier hat Toxar außer dir nur den Griechen gesehen. Für euch zwei werden wir schon die passenden Doppelgänger auftreiben! In Babylon leben so viele Menschen, daß jeden Tag wenigstens hundert von ihnen sterben. Notfalls helfen wir unter den judäischen Kriegsgefangenen nach. Ihr verschwindet — und auf uns fällt nicht der geringste Schatten eines Verdachts, ehe ihr auch Istewegu erwischt habt.«

»Das klingt ganz gut«, versetzte Myron. »Hoffentlich klappt es auch.«

»Was ist mit euren Gefährten?« fragte der Feldherr. »Wenn ihr nicht wiederkommt, werden sie bestimmt versuchen, euch zu befreien! Am besten, einer von euch geht schnell hin und sagt ihnen, daß sie sich keine Sorgen machen sollen!« Nergal-Sarezer lächelte fein. »Ich würde euch diesen Weg gern abnehmen«, fuhr er fort. »Aber ihr werdet mir wohl kaum verraten, wo sich eure Gefährten befinden, nicht wahr? Außerdem würden eure Freunde mir oder meinem Boten kaum ein Wort glauben.«

»Auf keinen Fall«, bestätigte Myron. »Ich werde gehen. Ist es dunkel genug?«

»Neumond«, antwortete der Feldherr. »Wolkiger Himmel. Schumukin hat die Zahl der Wachen verringert. Beeile dich aber, Grieche! Am Morgen mußt du wieder zurückgekehrt sein. Sonst bringst du Dagon und mich in eine ganz üble Lage!«

»Bis dahin bin ich längst wieder da«, versprach Myron. Dann schob sich der Mileter vorsichtig unter der hinteren Zeltwand hindurch und kroch wie eine große Raupe durch das Gras.

Nach kurzer Zeit hatte die Dunkelheit den Hellenen verschluckt. Einen Herzschlag lang durchzuckte mich der Gedanke: Was, wenn Myron der Verräter war?

Nergal-Sarezer packte mich am Arm, zog mich in die Mitte des Zelts und drängte: »Nun erzähle mir von deinem Treffen mit dem buckligen Balsar. Warum hast du mir diese Sache verschwiegen?«

»Ich fand sie nicht so wichtig«, gab ich zur Antwort. »Es war eigentlich eher ein Zufall, daß wir ihm am Tigris begegneten. Wir hörten, daß er nach Westen geschickt worden sei, um das medische Heer heimzuführen und die Prinzessin Aryenis zu holen. Offenbar gab es ein Mißverständnis zwischen Sardes und Ekbatana. Sonst hätten die Lyder die Königstochter doch kaum mit dir auf die Reise geschickt!«

»Ja, die Meder wollten Aryenis gern selbst nach Ekbatana führen«, lächelte Nergal-Sarezer. »Doch dieser Vorschlag gefiel dem Lyderkönig nicht. Alyattes fand es sicherer, wenn seine Tochter mit dem chaldäischen Heer zog. Zu Recht, wie sich jetzt herausstellt, nachdem der Bucklige nicht einmal sich selbst beschützen konnte!«

»Er hatte ein wenig Pech«, meinte ich.

»Pech!« schnaubte der Feldherr. »Die Lyder staunten wie Kinder, als Toxar ihnen davon erzählte. Kroisos konnte nicht begreifen, wie man mit nur sechs Leuten zwei Heere aufreiben und dabei auch noch ungeschoren davonkommen kann.«

»Beruhige deine Leber«, erwiderte ich. »Einige glückliche Umstände kamen uns damals zu Hilfe. Übrigens: Ehe der Bucklige starb, berichtete er uns von einem Streit zwischen dem medischen König und seiner Mutter. Offenbar spielte dabei auch Arsakes eine Rolle, den du wohl ebenfalls kennst.«

»Natürlich«, erwiderte Nergal-Sarezer. »So hieß doch der Führer der medischen Leibwache. Er kam mit seinem Herrn Huwaksatara im Felsenturmland um. Was war denn mit ihm?«

»Der Bucklige«, erklärte ich, »verriet uns, daß dieser Arsakes nicht nur der treueste Diener seines königlichen Herrn war, sondern viel mehr: nämlich Huwaksataras leiblicher Sohn. Arsakes hätte sogar Anspruch auf den Thron erheben können, wenn die blutige Kassandane später nicht Istewegu zur Welt gebracht hätte.«

Der Fürst von Sin-Magir schaute mir forschend ins Auge. »Ja, das ist richtig«, sprach er nach einer Weile. »Mich wundert, daß der Bucklige euch davon erzählte!«

»Ich glaube, er war mit Arsakes eng befreundet«, erwiderte ich. »Balsar glaubte, daß Arsakes sterben mußte, weil es die blutige Kassandane so wünschte. Der Oberhofmeister verdächtigte uns, im Dienst der Königin zu handeln!«

»Tatsächlich?« lächelte Nergal-Sarezer. »Das ist wirklich gut! Aber gar nicht so abwegig, wenn man weiß, was in Medien vorgeht.«

Ich seufzte. »Nun gut«, sagte ich. »Du bist der weiseste, klügste, gescheiteste und am besten unterrichtetste Feldherr der Welt. Ich verneige mich voller Ehrfurcht vor dir. Genügt dir das?«

»Jaja!« antwortete der Babylonier schnell. »Sei doch nicht immer so ungeduldig! Hinter dem Streit steckt ein Kampf zwischen den Medern und ihren Vettern, den Persern. Am Hof zu Ekbatana ringen derzeit zwei Gruppen um Einfluß. Die einen wollen, daß die Perser bleiben, was sie sind: Vasallen der Meder. Die anderen aber wollen sich mit den Leuten aus Parsumasch wieder versöhnen. Weißt du nicht, daß Meder und Perser in alten Zeiten einträchtig nebeneinander lebten? Erst König Deiokes, Huwaksataras Großvater, zwang seine persischen Untertanen unters Joch und erniedrigte sie zu Dienern der Meder. Inzwischen sind die Perser aber so stark geworden, daß sie den Medern wohl nicht mehr lange widerspruchslos die Steigbügel halten werden.«

»Und was wird deiner Ansicht nach jetzt geschehen?« fragte ich. »Es gibt doch nur zwei Möglichkeiten: Aussöhnung oder Bürgerkrieg!«

»Du sagst es«, antwortete der Chaldäer und strich sich mit der Hand über den kahlen Schädel. »Huwaksatara konnte sich zeitlebens nicht entscheiden. Der alte Menschenschlächter hätte wohl die Perser ganz gern von seinen

Heerscharen ausrotten lassen. Aber er brauchte die persischen Panzerreiter. Hast du am Halys nicht selbst gesehen, wie diese Parsumaschkrieger kämpfen? Arsakes trat ganz offen dafür ein, den Persern wieder die gleichen Rechte wie den Medern einzuräumen. Kein Wunder, denn Huwaksataras unehelicher Sproß entstammte dem Schoß einer Perserin, einer sehr schönen Frau. Sie hieß Parysatis und starb schon vor zwanzig Jahren.«

»Auch davon erzählte der Bucklige«, meinte ich. »Wo aber steht Istewegu?«

»Langsam«, mahnte der Feldherr. »Immer der Reihe nach. Auch der Oberhofmeister Balsar setzte sich für die Aussöhnung zwischen den beiden Reichsvölkern ein. Er und Arsakes fanden dabei die Unterstützung Mandanes, der Tochter Huwaksataras. Die Prinzessin verliebte sich in Kambyses und überredete ihren Vater, sie dem Perser zur Frau zu geben.«

»Ich dachte, diese Heirat sei die Folge eines bösen Traums?« fragte ich.

»Ja, so erzählt es Kambyses«, lächelte Nergal-Sarezer. »Hast du diesen Unsinn von der Überschwemmung aus dem Leib der Königstochter wirklich geglaubt? Huwaksatara hat seine Tochter nur deshalb aus Ekbatana verbannt, damit die Perserfreunde nicht zuviel Gewicht gewannen. Der alte Massenmörder achtete stets mit besonderer Sorgfalt darauf, daß sich an seinem Thron kein Bündnis formte, das ihm selbst gefährlich werden konnte.«

»Und wer sind die Gegner des Friedens mit Parsumasch?« fragte ich. »Die Königin? Aber sie ist doch Mandanes Mutter!«

»Na und«, entgegnete der Chaldäer. »Die beiden sind nicht die ersten Frauen aus gleichem Fleisch, die einander tödlich hassen. Ja, die blutige Kassandane will die Perser vernichten. Denn sie glaubt, Kambyses könne eines Tages ihrem Sohn Istewegu gefährlich werden. Ihre Helfer sollen vor allem die Fürsten der Skythen sein, Toxar, Saxis und Skunkha. Sie hoffen nämlich, dann an Stelle der Perser als zweites Reichsvolk anerkannt zu werden.«

Ich setzte mich auf einen Stuhl und sagte: »Daß Arsakes starb, war nicht zu verhindern. Aber den buckligen Balsar hätten wir unter diesen Umständen wohl besser am Leben gelassen.«

»Du sagst es«, versetzte Nergal-Sarezer. »Istewegu scheint ebenfalls zu einer Aussöhnung mit den Persern bereit. Der junge König steht nämlich stark unter dem Einfluß seiner Schwester Mandane. Darum befanden sich die Verfechter der friedlichen Lösung nach dem Ende Huwaksataras im Vorteil. Balsar bewog Istewegu sogar, die Königin aus Ekbatana zu verbannen. Jetzt aber ist der Bucklige tot, und niemand weiß, ob es der blutigen Kassandane gelingt, wieder Einfluß auf ihren Sohn zu gewinnen.«

»Da du sooft von der Blutigen sprichst«, sagte ich, »gib mir doch möglichst bald mein Schwert zurück! Nur für den Fall, daß Toxar nicht wartet, bis wir nach Babylon kommen.«

»Du sollst die Klinge haben«, erwiderte Nergal-Sarezer. »Schwinge sie aber nicht gegen meine Chaldäer!«

»Nein«, versprach ich. »Übrigens: Wo stehst du in diesem Zwist? Für wen bist du?«

Nergal-Sarezer musterte mich eine Weile. »Für Babylon«, sagte er dann.

»Also auch für die Perser«, meinte ich. »Das wundert mich nicht.«

»Natürlich nicht«, antwortete der Chaldäer. »Schließlich kennst du ja mein Verhältnis zu Kambyses.« Der Feldherr trat zur Wand des Zeltes und spähte suchend nach draußen. »Wo bleibt denn nur dein Gefährte?« fragte er besorgt. »Bald wird es hell!«

»Myron kommt gewiß gleich«, beruhigte ich.

»Nun, ich werde jedenfalls nicht auf ihn warten«, erklärte der Fürst von Sin-Magir. »Ich bin ein alter Mann und brauche meinen Schlaf. Morgen fahren wir schon in aller Frühe weiter. Ihr werdet auf meinem Schiff reisen. Die Lyder besitzen ein eigenes Boot, und Toxar zieht als Skythe einen Pferderücken vor. Auf diese Weise können wir ungestört über alte Zeiten reden. Braucht ihr noch etwas für die Nacht? Bier? Oder Mädchen?«

Ich schüttelte den Kopf. »Ich bin auch nicht mehr der Jüngste«, erwiderte ich. »Bringe mir lieber mein Schwert.«

»Morgen bekommst du es zurück«, versprach der Chaldäer. »Sorge dich nicht wegen Toxar. Ich werde den Todeshändler im Auge behalten. Und natürlich auch Kroisos, diesen lydischen Heißsporn.«

»Auf den brauchst du nicht zu achten«, antwortete ich. »Den erledige ich mit der flachen Hand.«

»Ich weiß«, lächelte der Chaldäer. »Aber ich kann es mir nun mal nicht leisten, unterwegs einen lydischen Königssohn zu verlieren.«

Der Feldherr wandte sich um und bückte sich in den Ausgang des Zeltes.

»Eins habe ich noch vergessen«, rief ich ihm nach. »Du sagtest, Istewegu habe seine Mutter aus Ekbatana vertrieben. Wohin ist die blutige Kassandane denn geflohen?«

Nergal-Sarezer blickte mich merkwürdig an. »Hast du das nicht gewußt?« fragte er verblüfft. »Die Königin weilt bei meinem Herr Nebukadnezar in Babel. Du wirst ihr schon bald begegnen!«

XIII Der Todeshändler

Im Leben eines jeden Menschen kann es geschehen, daß er auf einmal die Zukunft erkennt. Dann sieht er das, was ihm bevorsteht, plötzlich so deutlich, als sei er seiner Zeit durch Zauberei vorausgeeilt. Es ist dazu gar nicht erforderlich, daß er den Geist eines Propheten besitzt: Auch jedem gewöhnlichen Sterblichen wird diese göttliche Gabe manchmal zuteil. So erging es auch mir. Als mir Nergal-Sarezer von der blutigen Kassandane erzählte, wußte ich, daß ich in Babel Rache an Mediens Königin nehmen würde. Ich war mir dessen so sicher, daß ich den leblosen Leib meiner Todfeindin schon zu meinen Füßen liegen sah.

Nergal-Sarezer schaute mich aufmerksam an. Ich aber tat, als sei seine Nachricht nicht weiter wichtig und sagte nur: »Seltsam, daß sich die Königin ausgerechnet zu euch nach Babylon flüchtet. Ich dachte, ihr streitet noch immer um Harran, die Stadt des Mondgottes, und seid einander Feind!«

»Wir sind nicht mehr verbündet«, gab der Chaldäerfeldherr zu. »Aber noch stehen wir uns nicht im Feld gegenüber. Nebukadnezar, der Herrscher der Weltviertel, hat Kassandane in Gnaden an seinem Hof aufgenommen. Immerhin ist sie nicht nur eine Königin, sondern zugleich auch eine hohe Dienerin Ischtars. Sie verehrt die immergeliebte Göttin fast so sehr wie ihren scheußlichen Drachenwurm Vayu-Dahak. Das kann für Babel noch sehr wichtig werden. Mein König bot der Blutigen sogar an, sich bei ihrem Sohn für sie zu verwenden. Wahrhaft große Menschen flüchten stets lieber zu ihren Feinden, als sich von ihren Freunden oder Verwandten demütigen zu lassen. Und ein

Mann von adeliger Gesinnung wird einen Feind, der zu ihm kommt, nicht fortweisen, sondern ihm Schutz gewähren. Gefährten sind oft wie schwankende Bretter. Bei einem Gegner aber weiß man stets, woran man ist.«

»Dann wollen wir hoffen«, erwiderte ich, »daß wir uns nicht zu eng miteinander befreunden.«

Nergal-Sarezer lachte, drehte sich um und verschwand.

Der weiße Arjestern ging auf. Noch zwei Stunden bis zur Dämmerung. Dann würde ich wissen, ob Myron am Ende doch der Verräter war.

Es erfüllte mich mit hilflosem Zorn, stets daran denken zu müssen, daß ich zugleich als Jäger und Gejagter nach Babylon reiste. Ich folgte der Fährte einer gefährlichen Feindin, die auch noch den Schutz Nebukadnezars, des Völkerwürgers, genoß. Gleichzeitig suchte ich nach einem Verräter – und war bei allem auch noch ein Gefangener des besten Feldherrn von Babel. In meiner Jagd auf die blutige Kassandane glich ich einem Fuchs, der durch ein Rudel von Hütehunden zum Hühnerstall vordringen will. Bei meiner Suche nach dem Verbrecher von Harran jedoch ähnelte ich einem Blinden, der einen Wald nach Räubern durchsucht.

Während ich so grübelte, ertappte ich mich bei dem Wunsch, daß Myron nicht zurückkehren möge. Dann, so dachte ich, wäre wenigstens eines der Rätsel erhellt, von deren Lösung mein Leben abhing. Da hörte ich plötzlich ein Rascheln in meinem Rücken. Als ich mich umwandte, sah ich Myron unter der Zeltwand ins Innere kriechen. Sein Gewand war vom Tau des Morgens durchnäßt.

»Myron«, sagte ich halblaut. »Ich bin froh, daß du wieder da bist.«

»Das glaube ich gern«, antwortete der Hellene. »Allein ist es hier ganz hübsch langweilig, nicht wahr?« Er lächelte schief. »Diese Chaldäer sind ausgeschlafene Burschen«, sagte er dann. »Einer der Posten starrte mindestens eine halbe Stunde lang auf die Stelle, an der ich lag. Ich machte mich schon bereit, ihn umzubringen. Da tauchte zum Glück dieser Schumukin auf und pfiff den Kerl ordentlich an. Ob er im Stehen schlafe oder schon Gespenster sehe. Da ging der Mann endlich weiter.«

»Hast du von den Gefährten etwas Neues gehört?« fragte ich den Griechen.

»Nein«, erwiderte Myron. »Sie waren nicht sehr erbaut von meinem Bericht. Arnuwan hätte am liebsten das Lager gestürmt und diesen Skythen erschlagen. Das habe ich ihm aber ausgeredet.«

»Hoffentlich«, versetzte ich. »Sonst verbaut er mir noch den einfachsten Weg, meinen Schwur zu erfüllen.«

Ich erzählte dem Gefährten, was ich von Nergal-Sarezer erfahren hatte. »Soso«, lachte Myron am Ende, »dann führt dich der wackere Feldherr Chaldäas also, ohne es zu ahnen, selbst deiner Jagdbeute zu. Na, der wird sich freuen, wenn unser Anschlag geglückt ist und er sich dann vor dem Völkerwürger dafür verantworten muß!«

»Spotte nicht!« versetzte ich. »Nergal-Sarezer ist unser Freund. Sollten wir wirklich Erfolg haben, werden wir seinen Herrn wissen lassen, daß der Fürst keine Verantwortung für den Tod der Königin trägt.«

»Wie edel!« höhnte Myron. »Hauptsache, du richtest es so ein, daß wir unsere Schuld erst dann bekennen, wenn wir nicht mehr zur Rechenschaft gezogen werden können.«

»Das habe ich vor«, erklärte ich. Der Grieche zuckte gleichmütig mit den Achseln. Dann warf er sich auf sein Lager und schlief sofort ein.

Am nächsten Morgen führten uns Wachen zum Schiff des Feldherrn. Das mehr als dreißig Klafter lange, flachbordige Fahrzeug aus Zedernholz trug ein rot-weiß gestreiftes Segel und ein Dach aus frischen Palmenzweigen.

Zwanzig Sklaven ruderten an jeder Seite. Vierzig gepanzerte Krieger standen auf den mit Pech abgedichteten Planken. Der Skythe Toxar starrte uns finster nach, als wir den schmalen Steg überquerten. Nergal-Sarezers Leibwächter ketteten uns an den Mast. Der Todeshändler rief seinen Reitern einen Befehl zu und preschte am Ufer davon.

Als er verschwunden war und wir abgelegt hatten, löste der Feldherr mit eigener Hand unsere Fesseln, ließ uns an seiner Seite auf weichen Kissen lagern und schob uns Schüsseln voller Feigen zu.

Wir stärkten uns mit den köstlichen Früchten. Nergal-Sarezer lächelte mich listig an und schaute dann angelegentlich auf einen Teppich zu meiner Linken. Ich folgte seinem Blick. Unter dem Rand der farbenprächtigen Sitzmatte lugte der goldene Griff meiner Sarpedonklinge hervor.

»Lasse das Schwert an seinem Platz, solange es nicht gebraucht wird«, sagte der Babylonier.

Auf dem breiten Wasser herrschte starker Verkehr. Denn der Euphrat näherte sich nun allmählich der schilfreichen und dicht besiedelten Landschaft Sinear. Wir sprachen über Assyrien. Myron aber schien mit den Gedanken fern, denn er hörte kaum zu.

Die Lyder folgten mit ihrer Prinzessin auf einem prächtigen Akkadschiff. Wenn ich mich umdrehte, sah ich die finsteren Blicke des Kronprinzen Kroisos auf mich gerichtet.

Unsere Flotte fuhr langsam am rechten Flußufer entlang, immer weiter nach Süden, bis die Wüste allmählich grünenden Wiesen wich. Am gegenüberliegenden Ufer des Euphrat treidelten halbnackte Sklaven Frachter stromaufwärts. Ihre lauten Lieder schallten bis zu uns herüber. Plötzlich lächelte Nergal-Sarezer und deutete mit einem Nicken seines haarlosen Schädels zur Mitte des Wassers. Dort schob sich in flotter Fahrt das kleine Boot eines

Händlers an uns vorbei. Selbst aus dieser Entfernung war nicht zu übersehen, daß es sich bei dem Riesen, der seinen mächtigen Leib vergeblich unter der niedrigen Bordwand zu verstecken versuchte, um keinen anderen als Arnuwan handeln konnte.

»Du besitzt treue Gefährten«, meinte Nergal-Sarezer. »Das ehrt dich. So gute Freunde findet nur ein Mann, der selbst etwas taugt.«

»Na ja«, erwiderte ich, »leider kenne ich auch Leute wie Myron.«

»Sehr lustig«, bemerkte der Grieche, der ausnahmsweise zugehört hatte.

So reisten wir, in Gespräche vertieft, viele Stadien weit auf dem ewigen Strom. Nergal-Sarezer bemühte sich sehr, unsere Fahrt so angenehm und bequem wie möglich zu machen. Aber trotz aller Kurzweil verrannen die Stunden nur langsam. Denn ich konnte es kaum mehr erwarten, endlich zu vollbringen, was mir vom Schicksal aufgetragen war.

Das Schiff der Lyder, gesteuert von tüchtigen Bootsleuten aus dem stromumflossenen Sippar, blieb stets in unserer Nähe. Auf den sandigen Hügeln zu unserer Rechten sah ich immer wieder die Skythen. Sie zogen neben uns nach Süden, so wie ein Rudel Wölfe in der Steppe lauernd die Herde der wandernden Antilopen begleitet.

Drei Tage später näherten wir uns dem Kap von Akkad, jenem niedrigen Hügelzug, der das Ahnenland schon seit alters her im Norden begrenzt. An dieser Stelle teilt sich das breite Wasser in zwei unterschiedliche Arme. Der schmalere rollt am Rand der aramäischen Wüste entlang. Schwerfällig bahnt er sich den Weg durch einen Urwald aus Schilf. Schwimmende Inseln treiben dort auf dem Euphrat. Seine sumpfigen Ufer werden von Marschen gesäumt, die nur der Vogeljäger betritt. Die Fracht- und Handelsschiffe biegen am Kap fast sämtlich in den östlichen der beiden Flußläufe ein, der sich wie ein silbernes Band durch das fruchtbare Ackerland windet und nach Babylon führt.

Die Hügel der Landzunge zwischen den Flußarmen sind von dichten Mischwäldern bedeckt. Da die Sonne schon hinter den Hügeln im Westen versank, ließ der chaldäische Feldherr zum Kap steuern, um dort zu lagern. Wandernde Sandbänke schieben sich dort durch die Fahrrinnen. Unsere Bootsleute bargen das Segel und hielten die Ruder gegen die Strömung, bis wir nur noch langsame Fahrt machten. Dadurch verringerte sich der Abstand zu dem Schiff der Lyder, und ich fühlte plötzlich Blicke im Rücken. Ich wandte mich um und sah in die Augen der anmutigen Aryenis. Die Prinzessin schaute mich drängend an. Dann zeigte sie einen Herzschlag lang mit dem Finger auf ihre Lippen. Ich nickte. In diesem Moment trat Kroisos hinter dem Mast hervor. Der Kronprinz starrte mich haßerfüllt an.

Die skythischen Reiter waren verschwunden.

Nergal-Sarezer ließ das Schiff anlegen. Dann befahl der Feldherr seinen Unterführern, hinter ihm längs des Ufers zu lagern. Die babylonischen Krieger sprangen erfreut auf die fette Erde, vertäuten das Schiff, richteten das runde Zelt für ihren Anführer auf und streiften dann an den Waldrändern umher, um Feuerholz zu sammeln.

Ich tat, als müsse ich meine Notdurft verrichten, und schritt allein der Mitte des Waldes entgegen. Als ich nicht mehr gesehen werden konnte, wandte ich mich nach links, dorthin, wo das Schiff der Lyder am Ufer lag. Nach kurzer Zeit vernahm ich das Knacken von trockenen Ästen. Ich stellte mich hinter den Stamm einer riesigen Ulme. Vom Flußufer kam mir ein junges Mädchen entgegen. Es war Aryenis.

Ich trat hinter dem Baum hervor. Die Prinzessin eilte sogleich auf mich zu und sprudelte zahllose Worte in ihrer fremdartigen Sprache hervor.

»Halte ein, ich verstehe kein Lydisch«, sagte ich lächelnd. Sie aber wollte nicht hören, sondern redete nur noch nachdrücklicher auf mich ein, und mir war, als hörte ich im Schwall ihrer Worte mehrere Male den Namen meines ermordeten Sohnes.

Ich antwortete in dem Griechisch, das ich auf Zypern erlernt hatte, aber sie beherrschte diese Sprache nicht. Ebensowenig konnte ich mich mit ihr auf Medisch oder Akkadisch verständigen. »Was willst du denn sagen, Prinzessin?« rief ich nach einer Weile. »Hat es am Ende mit Nadin zu tun, meinem Sohn? Weißt du vielleicht auch etwas über die Mörderin, die ihn erschlug?«

Als ich Nadins Namen ausgesprochen hatte, faßte mich die Prinzessin erregt am Arm. Ich ergriff ihre kleinen, festen Hände, zog sie von meinen Schultern und fragte erneut: »Hat es mit Nadin zu tun?«

Die anmutige Aryenis nickte heftig und stieß wieder zahlreiche lydische Laute hervor. Ich schüttelte enttäuscht den Kopf. Die Prinzessin blickte mich nachdenklich an. Dann bückte sie sich plötzlich zu Boden und winkte mir mit der Hand. Ich ließ mich neben ihr auf die Knie nieder.

Die anmutige Aryenis glättete mit der Rechten ein Stück der schwarzen Erde, brach einen Zweig ab und ritzte dann seltsame Zeichen in den weichen Boden. Erst konnte ich nicht erkennen, was ihre Striche bedeuten sollten. Dann aber sah ich, daß es sich um assyrische Buchstaben handelte. Es war Nadins Name, der dort in der Erde stand.

»Nadin!« stieß ich hervor. Dann zeigte ich auf die Königstochter. »Nadin — du?« fragte ich. Sie nickte noch heftiger als zuvor und preßte beide Hände auf ihr Herz.

»Aber was soll das bedeuten?« fragte ich und sah der

Lyderin forschend ins Antlitz. »Ich weiß, du willst mir helfen, doch wie kann ich verstehen, was du mir mitteilen willst?«

»Wie wäre es, wenn ich dolmetschte?« rief in diesem Moment eine grimmige Stimme. Hinter einer Buchsbaumhecke trat Kroisos hervor, ein ehernes Schwert mit silbernem Griff in der Rechten.

»Ich wäre dir dafür sehr dankbar, Kronprinz von Lydien«, erwiderte ich.

»Mörder!« schrie der junge Lyder in äußerstem Grimm. »Du wagst es auch noch zu spotten? Jetzt ist die Stunde der Rache gekommen!«

»Gib acht mit dem Pferdemesser!« entgegnete ich. »Das Ding ist scharf. Du wirst dich schneiden!«

Rasend vor Zorn hob der Lyder die Klinge und drang auf mich ein. Aryenis stürzte ihm entgegen und klammerte sich mit aller Kraft an die Schwerthand des Bruders. Dabei rief sie wieder viele lydische Worte. Der wutentbrannte Kroisos rang mit ihr, um sie abzuschütteln, und schleuderte die Prinzessin schließlich mit einer rohen Bewegung zu Boden. Dann kam er langsam auf mich zu.

»Nun ist es aber genug, du Bengel«, sagte ich auf griechisch zu ihm. »So behandelt man kein Mädchen, und schon gar nicht seine eigene Schwester. Ich glaube, dir fehlt das rechte Benehmen.«

Blind vor Wut hieb Kroisos nach mir. Ich unterlief seine Klinge und trat ihm gegen das Bein, so daß der Kronprinz schmerzerfüllt aufschrie.

Schon war er wieder hinter mir her. Diesmal verbarg ich mich hinter der Ulme, ließ ihn herankommen und stellte ihm ein Bein, so daß er polternd zu Boden stürzte. Dann packte ich den Prinzen am Nacken und schüttelte ihn wie einen jungen Hund. »Kinder wie du«, sagte ich, »sollten lieber zu Hause beim Buttern helfen.«

Plötzlich ertönte lautes Wiehern. Erschrocken rollte ich hinter den umgestürzten Stamm einer riesigen Eiche in Deckung. Aber es war schon zu spät. Die Skythen hatten mich bereits umringt.

»Sieh da!« rief Toxar vom Sattel zu mir herab. »Schon wieder auf Blut aus, Assyrer? Mediens König hast du gemeuchelt, willst du nun auch den lydischen Erben ermorden?«

Ich schwieg und spähte nach einem Fluchtweg. Aber die Strecke zum Schiff war viel zu lang, als daß ich, selbst im dichten Wald, Skythen zu Pferd entkommen konnte.

Der Todeshändler verschränkte die Finger in seinen Lederhandschuhen und ließ die Gelenke knacken. Dann wandte er sich zu Kroisos, der sich schnell wieder aufgerappelt hatte. »Am Salzquellenfluß kämpften wir als Feinde gegeneinander«, sagte er zu dem Prinzen. »Heute retteten wir dein Leben. Erzähle das deinem Vater!«

»Ihr braucht euch nicht einzumischen«, rief Kroisos trotzig. »Ich werde auch allein mit diesem Verbrecher fertig. Das Recht ist auf meiner Seite!«

»Gegen Assyrer nützt das Recht nicht viel«, brummte Toxar. Ein flüchtiges Lächeln erschien auf seinem zernarbten Gesicht. Dann fuhr er fort: »Halte dich da raus. Das ist eine Sache zwischen Männern.«

Der Steppenreiter schnalzte mit der Zunge und drückte die Schenkel zusammen. Gehorsam setzte sein Pferd sich in Bewegung.

Die anmutige Aryenis sprang auf und stellte sich dem Skythen in den Weg. Verwundert lauschte der Todeshändler der Flut ihrer Worte. Dann stieß er einen barschen Befehl hervor. Einer seiner Reiter sprang vom Pferd, packte die Prinzessin um die Hüfte und zerrte sie beiseite.

Die Königstochter wehrte sich und schlug dem Skythen ins Gesicht. Der lachte nur. »Sage dieser kleinen Wildkatze, daß ihr nichts geschehen wird!« rief Toxar Kroisos zu. »Wir wollen euch nur vor diesem Mörder beschützen!«

Kroisos nickte und redete auf seine Schwester ein, die sich nicht beruhigen wollte. Der Skythenfeldherr hob seine eisenbeschlagene Keule und ritt auf mich zu. Die anderen Steppenkrieger legten Pfeile auf ihre Bogen, um mich wie einen Hasen zu erschießen, wenn ich aus meiner Deckung sprang.

Kroisos sah mit dem Ausdruck großer Genugtuung zu. Ich lächelte ihn freundschaftlich an. Dann hieb ich dem Prinzen den Arm in die Kniekehlen, so daß er wie vom Blitz getroffen neben mir zu Boden fiel, zog ihn hinter den Eichenstamm und riß ihm das Schwert aus der Scheide.

»Nicht schlecht!« lobte Toxar. »Nun trägst du wenigstens eine Waffe. Nützen wird sie dir freilich nichts. Denn jetzt mußt du nicht gegen Knaben, sondern gegen Erwachsene kämpfen.«

»Ihr seid schnell geritten«, bemerkte ich, »und eure Pferde scheinen wie Fische zu schwimmen.«

»Dort hinten ist eine Furt«, antwortete der Skythe. »Breit genug, ein ganzes Heer hindurchzuführen. Sonst noch Fragen? Mache dich nun bereit, zur stinkenden Hölle zu fahren!«

Er stieß seinem Hengst die Sporen in die Weichen. Der prächtige Rappe wieherte auf und sprang auf mich zu. Ich hob das Schwert, um ihm die Vorderbeine abzuschlagen. Ein zweiter, noch ziemlich junger Skythe trieb sein Pferd neben das schwarze Roß seines Herrn, bereit, mit der Lanze nach mir zu stoßen. Da ertönte plötzlich ein dumpfes Geräusch.

Der junge Lanzenträger starrte mich aus aufgerissenen Augen an. Sein Mund öffnete sich, aber kein Schrei drang hervor. Dann erst entdeckte ich die blutige Spitze eines Pfeils, der neben dem Brustbein des Jünglings hervordrang. Das Eisengeschoß hatte den Skythen zwischen die Schulterblätter getroffen.

Ein gurgelndes Geräusch tönte aus dem Hals des Steppenkriegers. Dann beugte sich der Jüngling langsam nach vorn und fiel aus dem Sattel. Er starb, bevor er die Erde berührte.

Toxar und seine Krieger fuhren herum. Hinter ihnen standen meine Gefährten. Mago schob einen neuen Pfeil auf das Lager. Tomyris zog die Sehne ihrer Hörnerwaffe ans Auge. Arnuwan aber stürmte mit einem mächtigen Schlachtruf auf die überraschten Mordreiter zu.

Ehe die Skythen ihre Geschosse absenden konnten, hatten der Tyrer und die Sauromatin bereits zwei weitere Gegner aus den Sätteln geholt. Einen Augenblick später erreichte der Luwier den vordersten Steppenreiter und tat, was selbst ich noch nie gesehen hatte: Er packte das Reittier des Skythen mit einer Hand an den Nüstern, mit der anderen an der Mähne und zog mit solcher Kraft am Kopf des Hengstes, daß Roß und Reiter zu Boden stürzten.

Toxars Augen traten aus den Höhlen. Im schwarzen Arachot hatte der Todeshändler zur Linken Huwaksataras gesessen. »Der Sieger über das indische Einhorn!« schrie der Skythe nun und zeigte auf Arnuwan. »Macht sie nieder! Sie haben Gauratar und den König ermordet!«

Die Steppenreiter schossen nach meinen Gefährten, aber sie trafen nur Stämme von Bäumen. Arnuwan schlug mit dem Beil schon auf den nächsten Reiter ein. Ich aber sprang auf Toxar zu und riß den Todeshändler aus dem Sattel.

Der Skythe stieß mit Knien und Ellenbogen nach mir. Sein Helmband löste sich. Ich packte sein gelbes Haar. Toxars knochige Finger krallten sich um meine Kehle. Mit der anderen Hand zog der Skythe den Dolch. Da mir das lange Schwert nichts mehr nutzte, ließ ich die lydische Klinge los und hieb dem Todeshändler die Faust auf den Kiefer. Blut spritzte von Toxars Lippen. Noch zweimal traf ich ihn mit voller Wucht. Da lockerte sich endlich sein Griff. Ich entriß dem benommenen Skythen das Messer und stieß es ihm durch Zunge und Gaumen in das Gehirn.

Dann schob ich die Leiche des Skythen von mir und hob das Schwert, um mich dem nächsten Gegner zu stellen. Aber meine Gefährten hatten die anderen Reiter schon überwunden. Die Skythen lagen neben ihren Pferden wie Garben nach einem Sturm.

Arnuwan reinigte die Schneide seiner Axt am Wams eines toten Reiters. Mago und Tomyris traten auf mich zu.

Ich umfaßte erfreut die Handgelenke des Tyrers. Doch Mago schaute mich vorwurfsvoll an und sagte: »Du hättest das Lager der Babylonier nicht ohne Waffen verlassen sollen, solange diese Mörderbande in der Nähe streifte! Fast wären wir zu spät gekommen!«

»Zum Glück«, fügte die Sauromatin hinzu, »fuhren wir euch voraus. Dadurch sahen wir eben noch, wie die Skythen durch die Furt ritten, um dir in diesem Wald aufzulauern.«

»Aber wo ist Reguël?« fragte ich und blickte mich suchend um. »Ich hätte nicht gedacht, daß er sich eine Gelegenheit entgehen läßt, mit Skythen abzurechnen!«

Mago und Tomyris blickten einander betreten an. Arnuwan richtete sich auf, steckte das eherne Beil in seinen Gürtel und sagte:

»Auch wir hätten so manches nicht geglaubt — zum Beispiel, was die Treue von alten Gefährten betrifft. Reguël hat uns im Stich gelassen. Seit gestern ist er spurlos verschwunden. Trägst du eigentlich noch die Karte in deinem Gürtel, Dagon? Der Beduine hat wohl beschlossen, den Schatz Assyriens ohne uns zu heben.«

XIV Der Sänger

Reguël! Unter den Söldnern Assyriens warst du als Spieler und Zänker berühmt. Zahllose Schliche erlaubten es dir, den Lauf der Würfel zu lenken. Dein schnelles Messer entzog dich danach der Rache der Betrogenen und Geprellten. Niemand legte Gesetze großzügiger für sich aus als du. Niemand glitt so mühelos durch alle Maschen der Vorschriften. Niemand verstand sich besser darauf, Freund und Feind an der Nase herumzuführen. Dennoch vertraute man dir, Mann aus dem Mittagsland Midian. Denn deine List siegte stets ohne Tücke. Deine Kniffe riefen Bewunderung, nicht Verachtung hervor. Selbst auf den verschlungensten Wegen kamst du doch stets zum richtigen Ziel. Niemals hätte man dich für fähig gehalten, solchen Verrat zu begehen. Niemand im Heer der Assyrer hätte geglaubt, daß du Gefährten im Stich lassen würdest. Was konnte einen Mann wie dich vom Pfad der Ehre führen?

So dachte ich in meinem Herzen, und die Trauer überstieg den Zorn in meiner Brust. Reguël! Ja, es steht dem Wolf der Wüste wohl an, sich das Leben durch Raub zu verdienen. Doch selbst dieses reißende Untier teilt seine Beute stets mit dem Rudel. Niemals verscharrt der graue Jäger sein Wildbret, um sich danach allein am Aas zu mästen, sondern er teilt das Reh stets mit den anderen Wölfen, selbst mit den Welpen. Reguël! Glänzte Assyriens Gold denn so hell, daß es dein Gewissen betäubte und deinen Kriegerstolz untergrub? Oder erlagst du der Angst, daß der Verrat von Harran aufgedeckt werden könnte? Flohst du aus Furcht vor Entdeckung und Strafe? Hast du uns vielleicht gar verlassen, um noch andere Verbrecher zu versammeln und uns dann aus einem Hinterhalt zu überfallen? Dann mußt du dich beeilen, Beduine. Das Tor der Götter liegt vor uns. Dort wird sich unser Schicksal entscheiden.

Die anmutige Aryenis erhob sich und klopfte Erde von ihrem Kleid. Kroisos trat zu seiner Schwester, um sie zu stützen. Doch die Prinzessin schüttelte den Bruder unwillig ab und redete wieder auf mich ein.

Diesmal war mir, als würde ich Myrons Namen hören. Fragend sah ich Kroisos an. Der Kronprinz schüttelte trotzig den Kopf. Als ich auf ihn zuschritt, besann er sich jedoch und sprach mit unterdrückter Wut:

»Nun gut! Ehe ihr Mörder auch mich noch erschlagt, will ich euch übersetzen. Meine Schwester meint, es seien mehr als vier Männer gewesen, die unseren Großvater Thrasybulos überfielen. Wo sind die anderen geblieben?«

Ich wollte die Hilfsbereitschaft der Prinzessin nicht durch eine schroffe Antwort vergelten. Doch Kroisos durfte ja nicht erfahren, daß Aryenis dieses Treffen herbeigeführt hatte. Darum versetzte ich mit kalter Stimme:

»Es zählt nicht zu den Gepflogenheiten von Kriegsleutenn, Fremden über sich zu berichten. Aber da uns der Zufall nun einmal zusammengeführt hat und ihr uns kaum gefährlich werden könnt, will ich euch eine Antwort geben: Der Beduine eilte mit dem Schiff voraus, um meine Befreiung vorzubereiten.«

»Befreiung?« fragte der Kronprinz erstaunt. »Wer hindert dich denn daran, jetzt sogleich das Weite zu suchen?«

»Mein Ehrenwort«, erwiderte ich. »Ich gab es Nergal-Sarezer.«

»Das Versprechen eines Meuchelmörders!« schnaubte der Lyder verächtlich. Auf seinem glatten Gesicht erschien ein Ausdruck von Hohn.

Ich herrschte ihn an: »Dolmetsche, sonst lege ich dich übers Knie!«

»Ihr seid vier, und ich bin unbewaffnet!« gab der Jüngling trotzig zurück.

Ich ging auf ihn zu, warf ihm sein Schwert vor die Füße und sagte: »Da hast du deinen Zahnstocher. Hebe ihn auf! Meine Gefährten werden sich nicht einmischen, wenn ich dir eine Tracht Prügel verabreiche. Auch darauf mein Ehrenwort!«

Kroisos starrte mich an, aber er war noch ein halber Knabe und hielt meinem Blick nicht stand. Er schlug die Augen nieder und übersetzte meine Worte.

Als der Kronprinz geendet hatte, schüttelte die anmutige Aryenis heftig den Kopf und sprach wieder viele lydische Worte. Kroisos hörte ihr schweigend zu, dann erklärte er: »Meine Schwester meint nicht den Beduinen, sondern diesen Griechen. Wo steckt er?«

»Myron?« fragte ich. »Der blieb bei den Chaldäern – als Pfand für meine Rückkehr.«

Meine Narbe begann zu brennen. Wußten die beiden Königskinder etwa, wie sehr mein jonischer Gefährte ihren Vater haßte? Ahnten Kroisos und Aryenis vielleicht sogar Myrons Wunsch, daß Lydien besiegt werden möge, damit Milet wieder frei sei? Würden sie König Nebukadnezar in Babel bitten, Myron zu töten, damit ihre Heimat nicht länger Umtriebe aus Jonien zu fürchten habe? Ich beschloß, das Gespräch vorsichtshalber erst einmal zu beenden, und sagte barsch: »Nun ist es genug! Macht euch davon und kommt uns nicht noch einmal in die Quere!«

Aryenis wollte etwas erwidern. Ich machte einen schnellen Schritt auf sie zu und schrie: »Seid ihr noch nicht verschwunden?« Da wandten sich Bruder und Schwester erschrocken um und liefen durch das Dickicht davon, so wie die Ricke mit dem Rehbock flüchtet.

Arnuwan lachte schallend. »Du bist ja ein richtiger Kinderschreck!« prustete er. Dann fragte er: »Sollen wir jetzt gleich versuchen, Myron zu befreien? Oder ziehst du es vor, Babel auf warmem Lager an Nergal-Sarezers üppiger Tafel entgegenzuschwimmen?«

Ich erzählte den Gefährten, was ich über die medische Königin wußte, und erklärte dann: »Es gibt keinen leichteren Weg, an die blutige Kassandane heranzukommen. Nergal-Sarezer hält seine schützende Hand über Myron und mich. Ihr aber sollt jetzt in die Dienste Babels treten. Ich werde dafür sorgen, daß man euch zu den Wachtruppen befiehlt. Dann reisen wir zusammen. In Babel sehen wir weiter.«

Arnuwan nickte. »Ein guter Einfall«, meinte der Riese. »Aber was macht dich so sicher, daß Nergal-Sarezer zu trauen ist?«

»Der Schatz Assyriens«, erwiderte ich.

»Ein guter Grund«, brummte der Luwier. »Dieses verfluchte Gold hat unseren Gefährten zum Verräter gemacht — es mag uns nun wohl ebensogut einen Chaldäer zum Freund werden lassen.«

»Wenigstens, bis wir in Babylon sind«, sagte ich. »Bleibt in der Nähe!« Dann drehte ich mich um und kehrte zum Schiff des Chaldäerfeldherrn zurück.

Nergal-Sarezer stand unter dem Vordach seines Zelts und spähte suchend am Ufer des Euphrat entlang. Als er mich erblickte, schritt er mir eilig entgegen. »Wo hast du so lange gesteckt?« fragte er säuerlich. »Plagt dich die rote Ruhr? Oder hast du dich am Ende wie ein Kind im Wald verlaufen? Ich machte mir schon Sorgen!«

»Das war unnötig«, gab ich zur Antwort. »Deine Feigen waren wohl noch nicht ganz reif.«

»Ein Glück, daß dich nicht die verfluchten Skythen aufspürten, als du da über deiner Notdurft hocktest«, versetzte der Babylonier grob. »Meine Kundschafter meldeten mir vorhin, daß Toxar mit seinen Leuten in der Nähe herumschleicht. Du bist zu kostbar, um unter Skythenpfeilen zu sterben!«

Ich lächelte und erwiderte: »Mache dir darüber keine Gedanken. Der Todeshändler und seine Steppenkrieger sind tot.«

»Tot?« rief der Chaldäer verblüfft. Er wechselte einen erstaunten Blick mit seinem Neffen Schumukin. Auch Myron sah mich verwundert an. »Aber das ist ja unglaublich!« sagte Nergal-Sarezer. »Zwölf Reiter! Du hattest doch nicht einmal ein Schwert bei dir!«

»Kroisos war so freundlich, mir seine Waffe zu borgen«, erklärte ich.

»Der Lyder?« fragte der Feldherr verdutzt. Auch Myron schien in höchstem Maße überrascht.

»Aber Kroisos haßt dich doch wie die Pest«, meinte Nergal-Sarezer. »Ich hätte nicht geglaubt, daß er dir so eine Bitte erfüllt!«

»Ich habe ihn nicht gebeten«, antwortete ich.

»Ach so. Ich verstehe«, sagte der Feldherr. »Doch wie besiegt man als einzelner Mann mit einem Schwert ein Dutzend eisengepanzerter Reiter, die über Bogen und Lanzen verfügen?«

»Ich kämpfte nicht allein«, berichtete ich. »Meine Gefährten standen mir bei.«

Nergal-Sarezer und Myron starrten mich an. Ich erzählte ihnen, was sich im Wald ereignet hatte. Nur mein Gespräch mit der anmutigen Aryenis verschwieg ich, um Myron nicht zu gefährden.

Als ich von Reguël berichtete, stieß der Mileter zischend die Luft aus. Dann wandte er sich um und schritt zum Vorratsschiff, um einen gefüllten Krug Wein zu holen. Als Myron weit genug entfernt war, packte Nergal-Sarezer mich an der Schulter. In seinen Augen glomm ein düsteres Feuer. »Glaubst du, daß es der Beduine war, der euch damals in Harran verriet?« fragte er.

»Das wäre gut möglich«, antwortete ich. »Nichts blüht in der Wüste so prächtig wie die Distel und der Verrat. Aber vielleicht will Reguël auch nur den Schatz von Assyrien heben.«

»Ich werde ihn verfolgen lassen«, sagte der Babylonier. »Wo liegt das Gold versteckt?«

»Auf Jatnan«, erwiderte ich, »der grünen Insel im Oberen Meer.«

»Genauer!« drängte der Feldherr. »Jatnan ist groß!«

Ich lächelte ein wenig. »Von hier führt nur ein einziger Weg zu der Kupferinsel«, erklärte ich. »Befehle deinen Männern, Reguël auf jeden Fall am Leben zu lassen. Ich wünsche ihn noch einiges zu fragen.«

»Kann ich mir lebhaft vorstellen«, antwortete der Chaldäer mit grimmigem Lächeln. »Was aber soll mit deinen anderen Gefährten geschehen?«

»Die«, sagte ich, »wirst du als Söldner aufnehmen. Und dann gleich zu den Wachmannschaften stecken. Jetzt, da Toxar tot ist, gehst du damit ja kein Wagnis mehr ein. Ich aber schlafe ruhiger, wenn ich weiß, daß meine Freunde auch beim nächsten Mal in der Nähe sind, wenn deine Gastfreunde mir die Kehle durchschneiden wollen.«

»Traust du meinen Wächtern so wenig?« fragte Nergal-Sarezer mißmutig.

Myron kehrte zurück und hüstelte. Der Feldherr blickte den Griechen unmutig an. »Gut«, meinte der Babylonier dann, »wenn du unbedingt willst, soll es geschehen. Den Lydern werde ich nahelegen, niemandem zu erzählen, was sie am Kap von Akkad erlebten. Kroisos und Aryenis werden meinen Rat gewiß befolgen, wenn ich ihnen berichte, daß Toxar ein Verräter war. Ich werde behaupten, daß der

Todeshändler König Istewegu haßte und hinterging, um der blutigen Kassandane zur Macht zu verhelfen. Daß ich davon erfuhr und darauf von Nebukadnezar den Auftrag erhielt, den Skythen im Wald erschlagen zu lassen. Ich werde die Lyder bitten, nicht über Toxars Tod zu sprechen, bis die Sache geklärt ist. Denn auch Medies Botschafter in Babel, Bigtan der Beleibte, zählt zu den Verbündeten der verbannten Königin. Weder Kroisos noch gar Aryenis werden einen Feind Istewegus warnen wollen. Außerdem hassen die Lyder die Skythen schon seit jeher.«

»Wie aber willst du verhindern«, fragte ich zweifelnd, »daß die anmutige Aryenis später in Ekbatana ihrem Gemahl die Wahrheit erzählt?«

»Wer weiß – vielleicht eröffne ich ihr bei ihrer Abreise, es sei alles ein schrecklicher Irrtum gewesen«, antwortete der Chaldäer mit einem Lächeln. »Dann wird es die Prinzessin kaum noch wagen, ihrem Herrn zu gestehen, daß sie die Meder zum Vorteil Babels belog.«

Als er meinen Blick bemerkte, fügte er rasch hinzu: »Nun ja, vielleicht fällt mir auch noch etwas Besseres ein. Bis dahin fließt noch viel Wasser den Euphrat hinunter. Wo warten denn deine Gefährten?«

»Ich werde sie holen«, erwiderte ich.

Der Babylonier nickte. »Es wäre aber nicht gut«, meinte er dann, »wenn du an ihrer Seite zurückkehrst. Sonst merken die Meder am Ende doch noch, daß sie hinters Licht geführt werden sollen. In Ekbatana gibt es viel Gold, und nicht alle von meinen Männern sind unbestechlich.«

»Wir werden uns vorsehen«, versprach ich. Dann lief ich wieder in den Wald, um die Gefährten zu unterrichten.

Wenig später schwelgten Myron und ich an Nergal-Sarezers Tafel. Wir schmausten Gesottenes und Geselchtes. Da ließ sich der Führer der Lagerwache melden. In knappen Worten teilte der eisgraue Krieger seinem Feldherrn mit, daß sich bei ihm drei Fremdlinge in einem Boot eingefunden hätten: zwei Hethiter — ein schon älterer, der ein wahrer Riese sei, und ein noch ziemlich junger — sowie ein Phönizier. Sie hätten erklärt, den Sold der Babylonier nehmen zu wollen.

Nergal-Sarezer befahl, die Fremden in die Heeresliste einzuschreiben und dann dem Befehl Schumukins zu unterstellen. »Danach«, erklärte er dem Hauptmann, »werde ich mir die Kerle selbst einmal näher anschauen.«

Der alte Wachführer grüßte mit Marduks Namen und schritt davon.

Nergal-Sarezer hob seinen Becher und trank uns zu. Auch der junge Schumukin tat uns Bescheid. Ich blinzelte Myron zu, der schon den ganzen Tag über griesgrämig dreinsah, und fragte: »Was schaust du denn so grimmig, alter Knasterbart! Trinke lieber mit uns und sei fröhlich — bald sind wir am Ziel unserer Reise!«

Da lächelte Myron, packte sein Trinkgefäß und versetzte: »Feuer und Wasser sind Eltern des Weins. Danken wir den beiden Elementen, die uns schon so oft erfreuten!«

»Ein schöner Trinkspruch«, lobte Nergal-Sarezer, der den Hintersinn des Satzes offenbar nicht verstand.

Myron zwinkerte mir zu. Ich dachte an die Klamm bei Arachot und an den Brand im Felsenturmland und erwiderte: »Laßt uns dabei nicht die Luft und die Erde vergessen, Gefährten. Noch ist mein Rachewerk nicht erfüllt, und wir können jede Hilfe gebrauchen.«

»Auf mich kannst du zählen«, versprach Nergal-Sarezer. »Nieder mit den Medern! Ihr Reich soll vergehen, damit das unsere lebe!«

In der Nacht träumte ich von einer alten Winterlinde, aus der sieben junge Äste sprossen. Der erste stieß voller Macht aus dem borkigen Mutterstamm in die Höhe, durchströmt von Saft und Kraft. Bald aber schwand seine Fülle, er wurde zusehends dürrer und kahler. Schließlich endete er als totes Holz, aus dem kein Leben mehr wuchs. Der zweite und der dritte hoben sich ebenfalls strotzend vor Stärke empor, schmückten sich mit schimmerndem Laub und schwangen sich hoffnungsvoll in die Lüfte, als wollten sie den Himmel erstürmen. Aber auch diese Zweige büßten schon bald ihr Ansehen ein. Ihre Knospen verkümmerten, und häßliche Flechten wucherten auf ihrer Rinde. Am Ende gerieten sie zu schwärzlichen Stümpfen, von Blitzen zerschmettert. Die vier anderen Äste aber, anfangs allesamt klein und fast zierlich, rankten sich nebeneinander empor wie die Halme eines Feldes. Schließlich verbanden sie ihre Zweige und strebten gemeinsam in feinsten Verästelungen dem Himmel entgegen. Sattes Grün färbte ihre Blätter, und je höher sie stiegen, desto kräftiger wurden sie, bis sie die ganze Linde wie eine Krone bedeckten.

Am letzten Tag vor unserer Ankunft in Babel reinigte ich meinen Geist und bereitete meine Seele auf meine Rachetat vor. Nergal-Sarezer brachte dem babylonischen Reichsgott Marduk ein Dankopfer dar und ließ mir einen weißen Widder mit prachtvoll gedrehtem Gehörn als Weihegabe bringen. Da ich nicht mehr an Himmelsbeherrscher glaubte, tötete ich das makellose Tier zum Andenken an meinen Vater. Nergal-Sarezer half mir mit eigener Hand, das Fleisch zu zerteilen. Am Ende des Opfers umarmten und küßten wir uns. Myron jedoch hielt sich abseits. Auf den Zügen des Griechen lag heimlicher Spott, als er die frommen Verrichtungen des Chaldäers verfolgte.

Eine Wegstunde vor der Riesenstadt fuhr die Flotte ans Ufer. Die Krieger luden Waffen und Geräte aus, denn sie sollten an dieser Stelle ein Lager errichten. Nur Nergal-Sarezer und seine Wachen blieben auf dem Schiff. Gemeinsam mit den Gefährten legten wir nun auf dem Euphrat die letzten Stadien zurück.

Dann fuhren wir, zum zweitenmal auf unserer Kriegsfahrt, in das Göttertor ein, und immer stärker durchdrang mich die Ahnung, daß sich hier endlich mein Schicksal erfüllen sollte.

Unser Schiff steuerte durch das Gewimmel der runden Gufas zur Euphratbrücke mit den sechs steinernen Pfeilern. Neben dem kühnen Bauwerk, das den Wassern des Stroms nun schon seit drei Jahrhunderten widerstand, hob sich der heilige Mardukturm in die Höhe. Aus der Nähe sahen wir, daß die schier himmelhohen Wände der Zikkurat seit dem vergangenen Jahr um mehr als zwölf Klafter gewachsen waren. Nur zwei Geschosse fehlten noch, um die gewünschte Siebenzahl der Stockwerke zu erreichen.

Hinter der Euphratbrücke kreuzte die Mardukstraße die Palmenallee des Mondgottes Sin. Dort ragte der neue Palast des Völkerwürgers empor. Auf jeder der beiden Mauern, die das gipfelgleiche Gebäude umgaben, konnte ein Vierspänner fahren. Zu Füßen der Wälle glänzten die Ziegel schwarz, denn sie waren mit Asphalt bestrichen, um sie vor dem Zerfall durch Grundwasser und Überschwemmungen zu bewahren. Darüber bezauberten bunte Bilder aus vielen Myriaden glasierter Ziegel das Auge des Betrachters. Die Vielfalt der Wunderpflanzen und Fabeltiere hörte nicht auf, bis die Krone der äußeren Mauer erreicht war, so daß es uns erschien, als führen wir am Rand eines dichten, von überirdischen Wesen bewohnten Urwalds daher.

Babel erstreckte sich damals wohl zehnmal so weit über das Land wie Milet, war um das Vierfache größer als Tyros und zählte doppelt so viele Bewohner wie selbst das neiderweckende Ninive in seiner Glanzzeit, und immer noch wuchs die Euphratstadt wie ein Ameisenbau im Frühling. Denn König Nebukadnezar wünschte nicht nur als Sieger in vielen Schlachten, sondern mehr noch als größter Bauherr seiner Zeit in die Geschichte einzugehen. Hochbepackte Händlerwagen, schwerbeladene Kamele, lange Züge von Lasteseln in allen Straßen, dazu dichtgefüllte Läden, überquellende Vorratshäuser und lärmende Märkte auf allen Plätzen kündeten von dem Geschick, mit dem der König der Chaldäer den Reichtum seiner Hauptstadt mehrte.

Unkluge Herrscher versuchen stets die Schatzkammern zu füllen, indem sie die Steuern erhöhen. Dadurch aber schaden sich die Fürsten selbst. Denn jeder Mensch verliert die Freude an der Arbeit, wenn der Ertrag zum größten Teil in fremde Taschen fließt. Nebukadnezar ging den umgekehrten Weg: Weil der König von Babel die Zölle und Abgaben senkte, glaubte jeder seiner Diener, nun noch schneller reich werden zu können, und arbeitete doppelt so viel. Dadurch erhielt Nebukadnezar am Ende trotz niedrigerer Steuern mehr Gold von seinen Bürgern als zuvor.

Den Hauptteil dieser Einkünfte verwandte der König, um den Göttern seine Frömmigkeit zu bezeugen. An den Straßen, die allesamt Namen von Himmelsbeherrschern trugen, standen allein fünfhundertfünfzig Altäre für Marduk, den Reichsgott. Je fünfundsechzig Tempel waren dem edelmütigen Enki, dem die Sturmflut erhebenden Enlil, dem schimmernden Sin und dem strahlenden Schamasch geweiht. Die immergeliebte Ischtar fand an hundertachtzig Opferstätten Verehrung. Ebenso viele Weiheplätze gehörten dem nachtdunklen Nergal und Adad mit dem azurblauen Haar. Dazu gesellten sich dreihundert Bethäuser für die niedrigeren Götter der Erde und doppelt so viele für die des Himmels. Denn Nebukadnezar hatte befohlen, daß es in ganz Babylon keinen Ort geben solle, von dem aus man nicht wenigstens einen Tempel erblickte.

Kurz bevor wir von Bord gingen, faßte Nergal-Sarezer Myron und mich an den Armen und erklärte leise:

»Ich lasse euch jetzt in ein Wachhaus bringen. Wir haben mehrere Gefängnisse – ich schlage vor, ihr bezieht das kleinste, das am weitesten vom Eingang des Palasts entfernt liegt. Dann bleibt euch stets genügend Zeit, ins Eisen zu schlüpfen, wenn der beleibte Bigtan erscheint, um sich von der Festigkeit eurer Ketten zu überzeugen. Mein Neffe Schumukin wird für eure Sicherheit sorgen. Eure Gefährten und zwölf meiner besten Krieger sollen über euch wachen. Ich aber werde Nebukadnezar um eine geheime Anhörung bitten und unsere Pläne mit ihm besprechen. Nieder mit Medien!«

Wir ließen uns eherne Fesseln anlegen. Nergal-Sarezer reichte Schumukin mein Sarpedonschwert. Einen Augenblick schien es, als wolle uns der Feldherr umarmen. Dann aber straffte sich seine Gestalt, er maß uns plötzlich mit verächtlichen Blicken und sagte viel lauter, als notwendig war:

»Vorwärts, ihr Verbrecher! Bald fressen euch die Löwen, sofern nicht selbst den Bestien vor euch ekelt!«

Wir wandten uns um und sahen an der Kaimauer einen dicken Mann in Hosen stehen. Mit großen Schritten trat der Feldherr auf den Fremden zu. »Sei mir gegrüßt, edler Bigtan«, rief der Chaldäer dem Meder entgegen. »Was zieht den geehrten Gesandten von Ekbatana zur Ankunft eines geringen Dieners, wie ich es bin?«

»Der Wunsch nach Gerechtigkeit«, erwiderte der Meder knapp. »Sind das die beiden Verbrecher, die unseren König erschlugen?«

»Du wirst sie schon bald selbst befragen dürfen«, antwortete der Chaldäer. »Zuerst aber muß ich die Mörder zu meinem Herrn bringen. So lautet mein Befehl.«

»Dann führe ihn aus«, versetzte der beleibte Bigtan. Er starrte uns haßerfüllt an. »Vergiß aber nicht«, fuhr der Meder dann fort, »wieviel meinem Herrn Istewegu an den Köpfen der Männer liegt, die seinen Vater meuchelten!«

»Ich bin sicher, der König von Babel wird dessen eingedenk sein«, erwiderte Nergal-Sarezer beruhigend. »Es ist eine reine Formsache. In ein paar Tagen kannst du über diese gottlosen Mordbuben nach deinem Belieben verfügen.«

»Hoffentlich«, versetzte der Meder mißtrauisch. »Wo ist Toxar? Er sandte mir doch einen Boten, daß er die zwei Gefangenen nicht aus den Augen lassen wolle!«

»Ich habe den Skythen seit dem Kap von Akkad nicht mehr gesehen«, berichtete Nergal-Sarezer wahrheitsgemäß. »Wer weiß, vielleicht zog er es vor, sich nach dem langen Ritt erst einmal in der Umarmung einer Ischtardienerin zu erfrischen?«

Bigtan blickte den Feldherrn unmutig an. Nergal-Sarezer klopfte dem fetten Mann freundschaftlich auf die Schulter und zog ihn davon, ehe der Meder uns noch genauer in Augenschein nehmen konnte.

Als die beiden im Tor des Palastes verschwanden, wagte sich Arnuwan aus der Deckung des zusammengerollten Segels, hinter dem er sich verborgen hatte. Denn seine chaldäische Rüstung konnte niemanden täuschen, der davon wußte, was für ein Riese bei den Kämpfen im Felsenturmland und am Tigris beobachtet worden war.

Mago pflanzte sich neben mir auf. »Los, ihr Hurensöhne!« herrschte er uns an. »Schiebt eure Kadaver vorwärts, sonst mache ich euch Beine!«

Tomyris fügte mit ihrer hellen Stimme hinzu: »Und wagt nicht zu fliehen, sonst machen wir Hackfleisch aus euch!«

»Sehr echt!« höhnte Myron. »Sehr überzeugend!«

Auch der junge Schumukin beschimpfte uns aus Leibeskräften. Dann suchte er aus der Leibwache seines Herrn zwölf Krieger aus, die uns bewachen sollten. Unsere kleine

Schar zog quer über den Hof zu den vielen Wachhäusern. In ihnen harrten Verräter und Mörder, Räuber und Diebe, Betrüger und Meineidige, Unruhestifter, Ehebrecher und andere Übeltäter, wie sie sich in der Großstadt tummeln, ihrer Strafen.

Das kleinste der Gefängnisse stand leer. Im Vorraum legten die Chaldäer ihre Waffen ab und richteten sich häuslich ein. Die Gefährten und mich aber führte Schumukin in die hinteren Räume. Durch ein kleines, vergittertes Fenster hoch über unseren Köpfen drang das letzte Licht des Tages in die kleine Zelle.

»Ihr befindet euch hier in der äußeren der beiden Mauern«, erklärte der junge Wachführer. »Diese Wand grenzt an den großen Weg des Gottes Enlil, dort, wo der Fleischmarkt beginnt. Auf der anderen Seite stehen die Buden der Metzger. Nachts ziehen Streifen durch die Straße. Auf den Zinnen über euch sind Posten aufgezogen. Ich werde mich, wie es dem Wachführer zukommt, im Vorraum aufhalten. Eure drei Gefährten können bei euch bleiben. Ihr seid hier sicher wie in Hammurabis Schoß.«

Myron und Arnuwan blickten den jungen Chaldäer nachdenklich an, aber sie schwiegen. Schumukin lächelte uns aufmunternd zu. Ich streckte die Hand aus. »Ach so!« rief der Chaldäer lächelnd und gab mir das Sarpedonschwert. Dann grüßte er und schritt hinaus.

Nach einer Weile meinte Myron: »Nachdem wir mal wieder unter uns sind — was gedenkst du nun zu tun, Dagon? Laß uns so schnell wie möglich verschwinden! Gefängnisse schätze ich nicht besonders, und wir haben noch allerhand vor. Dieses lachhafte Gitter bläst Arnuwan mit dem ersten Wind seines Darmes davon. Und dann nichts wie weg!«

Tomyris blickte den Griechen mißbilligend an.

»Wir warten, bis es dunkel wird«, entschied ich. »Dann

sollst du mit Mago erkunden, wo sich die blutige Kassandane befindet. Der fette Bigtan läßt den Eingang des Wachhauses sicher beobachten. Steigt also durch das Fenster. Gebt aber acht, daß ihr den Streifen nicht auf die Helme tretet!«

Wenig später brachten Diener des Palastes große silberne Platten mit Hammelkeulen und Fladenbrot; Äpfel, Pfirsiche, Trauben und Feigen säumten das schmackhafte Fleisch. In tönernen Krügen schäumte gekühltes Bier. Schumukin prüfte sorgfältig den Zustand der Speisen, kostete sie vor unseren Augen, nippte auch an dem Bier, nickte dann und sagte: »Ja, das kann man euch ruhigen Gewissens vorsetzen, Freunde. Das kommt aus der besten Küche des Palastes. Sonst noch etwas gefällig?«

»Nach Bier und Braten wären wohl ein paar Beischläferinnen angebracht«, grinste Myron.

Tomyris schnaubte empört. Der junge Wachführer blickte mich fragend an. Ich sagte: »Sorge dafür, daß wir nicht mehr gestört werden. Wir brauchen unseren Schlaf.«

Als wir uns gesättigt hatten, pflegten wir unsere Waffen mit Öl und hingen unseren Gedanken nach. Mago und Tomyris unterhielten sich flüsternd über den Midianiter. Sie konnten Reguëls Verrat noch immer nicht fassen.

Myron und Arnuwan stritten halblaut über Toxar. Der Grieche warf dem Luwier vor, er hätte den Skythen gleich umbringen sollen, noch ehe dieser einen Boten nach Babel senden konnte. Arnuwan aber versetzte: »Den Reiter schickte Toxar los, nachdem ihr in das Wachzelt gebracht worden wart. Ich erfuhr davon doch erst nach Stunden!«

So haderten sie miteinander, und es fielen bald immer stärkere Worte. Da rief Mago plötzlich: »Still! Hört doch mal! Was ist das für ein seltsames Lied?«

Die beiden Streithähne verstummten. Hinter dem Fenster strahlte der rote Nergalstern. Angestrengt lauschten wir. Dann vernahmen wir eine ferne Stimme, die zu den Klängen einer zehnsaitigen Laute sang:

»Ein böses Schicksal hält das Land gefangen.
Sturm tilgte das Gesetz und worfelte die Zeit.
Die alte Ordnung Sumers ist vergangen.
Die Jahre guten Herrschens sind vorbei.«

Ich erkannte den Sänger sofort, aber ich war zu überrascht, um etwas zu sagen. Die Stimme fuhr fort:

»Die Könige des Landes sind nur Narren.
Die Hürden sind verwaist, die Pferche leer.
Hinter den Gattern brüllen keine Farren.
Auch Schaf und Lamm erblickt man jetzt nicht mehr.«

Ich kannte das berühmte Lied vom Untergang des uralten Landes Sumer, jenes ersten Reichs in der Hochsteppe Eden, das nur glückliche Bewohner kannte. Die Strophen erinnerten mich aber auch an Assyrien, und Wehmut zog in mein Herz. Meine Gefährten schwiegen und hörten voll Andacht zu, als die nächsten Verse erklangen:

»Das Wasser unserer Flüsse schmeckt nun bitter.
Auf dem Getreidefeld wächst nur noch Kraut.
Die Herrschaft üben fremde Ritter,
Auf die man mit gebeugtem Rücken schaut.«

Assyrien! Auch du bist nun ein Sklave fremder Herren. Auch du mußt nun das Brot der Knechtschaft verzehren. Auch deine Felder bedeckt nur noch schütteres Gras! So dachte ich in meinem Herzen. Der Fremde aber sang weiter:

»Tot ist das Wild, verstummt der Schwäne Chor.
O Sumer, Land der Angst, in dem die Menschen zagen!
Sogar die Fische starben. Kein Vogel schwirrt im Rohr.
Der König ging, und seine Kinder klagen.«

»Adar!« rief ich. »Sänger des Stromlands! Was für eine seltsame Fügung!«

»Du kennst diesen Mann«, fragte Arnuwan verwundert.

»Es ist niemand anders als Adar, der Dichter von Akkad«, erklärte ich. »Mit der zehnsaitigen Laute zieht er durch alle Länder. Wir müssen unbedingt mit ihm sprechen. Zuletzt sah ich ihn beim Ischtarfest in meinem Haus auf Zypern, damals, als . . .«

Die Gefährten blickten mich voller Mitleid an. »Dann begegnet der Sänger dir hier nicht durch Zufall«, meinte der Luwier bewegt. »Gewiß haben ihn die Götter gesandt. Damals wurde Adar Zeuge deiner Trauer. Nun soll er wohl auch deine Rache sehen.«

Myron sagte nüchtern: »Wenn du mit diesem Sänger so vertraut bist, kannst du von ihm ja wohl alles erfahren, was wir Nergal-Sarezer nicht fragen durften.«

Arnuwan nickte. Der Luwier schob einen festen Eichenholztisch an die Wand, stieg auf die daumendicke Platte und packte die ehernen Stäben mit nervigen Händen. Seine Muskeln schwollen an wie Weinschläuche, die man am Faß füllt, und seine Sehnen traten unter der Haut hervor wie Stricke unter den Bahnen des Zeltes. Die Gitter bogen sich langsam und schließlich klaffte zwischen ihnen eine Lücke, durch die ein Mann leicht schlüpfen konnte.

Myron holte ein Seil aus seiner Truhe und verknotete es am Tisch.

»Mago geht mit mir«, befahl ich. »Ihr anderen wartet hier. Haltet euch aber bereit, mir zu Hilfe zu kommen!«

Die Gefährten nickten. Ich kletterte an der Wand empor

und spähte aus dem Fenster. Auf der nachtdunklen Straße war kein Mensch zu sehen. Ich wartete, bis sich die Schritte der Wachen auf den Zinnen über mir entfernten. Dann warf ich das dunkle Hanfseil hinaus und ließ mich zur Straße hinab.

Mago folgte dichtauf. Wir überquerten die Enlilallee und spähten durch die Fenster einer Schenke. Adar saß mit seiner Laute auf einem hohen Stuhl, von fast hundert fröhlichen Zechern umringt.

Ich lief zum Eingang, schob mich durch die Tür und schritt in den von tausend Gerüchen erfüllten Raum. Mago sicherte meinen Rücken. Ich drängte mich durch die Menge, bis Adar mich erblickte. Dann wandte ich mich um und ging langsam wieder hinaus. Als ich die Tür schloß, hörte ich den Sänger sagen: »Nun laßt mich doch erst einmal Wasser abschlagen, Leute! Dann singe ich euch noch ein Lied!«

Ich bog um die Ecke des Hauses. Dort mündete eine schmale Gasse. Mago beobachtete die gegenüberliegende Seite der Straße. Eine Doppelstreife schritt vorbei. Die Wächter übersahen uns — und auch das Seil, das über ihren Köpfen an der Mauer hing.

»Dagon?« fragte eine leise Stimme.

»Adar! König der Lieder!« rief ich erfreut und umarmte den Sänger. Wir küßten uns nach babylonischer Sitte auf beide Wangen. Dann faßten wir einander an den Handgelenken und blickten uns an.

»Führt deine Rache dich etwa nach Babel?« fragte der Sänger. »Eure Ischtarpriesterin Serenit sagte mir, ein Orakel habe dir verraten, daß der arme Nadin von Medern ermordet worden sei!«

Ich nickte. »Das stimmt«, erwiderte ich.

Adar schaute mich verwundert an. »Ich verstehe«, meinte er nach einer Weile. »Du willst von hier nach Ekbatana schleichen. Wie kann ich dir dabei helfen?«

Dann zeigte der Akkader auf Mago. »Wer ist dieser Mann?« fragte er.

»Einer meiner Gefährten«, antwortete ich. Adar nickte beruhigt. Ich legte ihm die Hand auf die Schulter und sagte: »Ich werde dir später alles erklären. Jetzt drängt die Zeit. Auch du kehrst besser zu deinen Zuhörern zurück, ehe sie ungeduldig werden und dich hier mit mir finden. Was weißt du von Kassandane? Wo wohnt sie, und wer bewacht sie?«

Adar stieß einen Pfiff aus. »Die blutige Königin ist dein Wild?« fragte der Sänger erstaunt. »Bist du von Sinnen?« Er blickte sich vorsichtig um. »Niemand kommt an sie heran«, berichtete er dann. »Sie wohnt im Ischtartempel, gleich neben dem Palast Nebukadnezars!«

»Das dachte ich mir«, erwiderte ich. »Doch vor dem Völkerwürger müssen wir uns nicht sorgen. Wenn wir die Königin töten, wird Nebukadnezar uns nicht bestrafen, sondern sogar noch belohnen.«

»Das mag schon sein«, entgegnete Adar unruhig. »Doch Nebukadnezar befindet sich derzeit gar nicht in seinem Palast. Der König ist nach dem ehrwürdigen Borsippa gereist.«

Magos Kopf fuhr herum. »Warum hat Nergal-Sarezer uns das verheimlicht?« fragte der Tyrer.

Ich winkte ihm zu schweigen. Adar fuhr fort: »Als die blutige Kassandane nach Babylon floh, wollte Nebukadnezar sich wohl nicht der Peinlichkeit aussetzen, dieser Frau das Gastrecht anbieten zu müssen. Schließlich ist die Königin zugleich die Mutter und Todfeindin eines Mannes, der bisher als Nebukadnezars Verbündeter galt, aber vielleicht bald zu seinen Gegnern zählt. Wie soll man sich da verhalten? Der Völkerwürger, wie du ihn nennst, zog es jedenfalls vor, sich rechtzeitig zu Opfern in die Tempel von Borsippa zu begeben. Dort wird er abwarten, ob sich

Istewegu entschließt, die Auslieferung seiner Mutter zu fordern.«

»Und wer beschützt die Königin hier?« fragte ich.

»Du hast wirklich Glück, daß du mich trafst«, antwortete der Sänger. »Denn ich soll heute nacht vor Kassandane singen.«

»Ausgezeichnet!« sagte ich erfreut. »Dann gib meine Gefährten und mich als deine Begleiter aus!«

Adar schüttelte heftig den Kopf. »Nein«, erwiderte er. »Das geht auf keinen Fall. Die Wachen lassen niemanden vor, den sie nicht ganz genau kennen.«

Ich lächelte und dachte an Nergal-Sarezer. »Ich glaube, das kann ich einrichten«, beruhigte ich den Sänger. »Ich kenne ein paar Chaldäer...«

»Das kann ich mir denken«, erwiderte der Akkader. »Aber im Ischtartempel wird dir das nicht viel nutzen.«

»Steht die blutige Kassandane etwa unter dem Schutz der Göttin?« spottete ich.

»Das wirst du gleich hören«, versetzte Adar. »Die Königin wird nicht nur von Babyloniern bewacht, die draußen vor dem Heiligtum stehen, sondern auch von einer eigenen Garde.«

»Kassandane durfte mit medischen Reitern nach Babylon kommen?« fragte ich staunend. »Das können dann aber nur äußerst wenige sein. Nebukadnezar traut den Medern so wenig, wie ein Bauer die Schlange des Ackers in seinem Arm birgt.«

»Du irrst dich«, entgegnete Adar. »Es sind dreihundert Krieger. Ich habe sie gesehen, als sie in den Tempel einrückten. Die blutige Kassandane hat den Priestern dreißig Talente Gold als Geschenk für die immergeliebte Göttin gegeben.«

Ich wechselte einen Blick mit Mago. Der Tyrer sah den Sänger zweifelnd an. »Das ist ja kaum zu glauben«, sprach er nach einer Weile.

»Und doch ist es so«, beharrte Adar.

»Dreihundert Meder«, stöhnte Mago. »Mitten in Babel!«

»Meder? Das habe ich nicht gesagt«, erklärte der Akkader. »Die Krieger der Königin stammen nicht aus Ekbatana, sondern aus Parsumasch. Sie sind Perser. Ihr Anführer heißt Kambyses.«

Mago und ich blickten uns überrascht an. »Kambyses?« fragte der Tyrer. »Bist du sicher?« Er lächelte. »Nun, auch da wird uns etwas einfallen. Nicht wahr, Dagon?«

Der Akkader schaute Mago ärgerlich an. »Dich scheint man ja leicht erheitern zu können«, sagte er grimmig. »Was gibt es da denn zu lachen? Niemals sah ich schärfere Wachen als diese Parsumaschkrieger! Kambyses schützt die Königin, als wäre sie seine eigene Mutter. Ich weiß, die Perser sind den Medern nicht grün. Hier aber spielt das keine Rolle. Man munkelt sogar, Kambyses habe gesagt, wenn Kassandane sterbe, sei auch sein eigenes Leben verwirkt und das seines Sohnes dazu.«

XV Der Plan

Aus der Schänke schob sich eine schwankende Gestalt. »Wo bleibst du, Sänger«, rief ein betrunkener Chaldäer mit schwerer Stimme. »Ich gab dir Kupfer, das Klagen der Steppe zu hören!« Er begann, die Melodie des Liedes zu summen.

»Gehe nur wieder hinein«, antwortete Adar. »Ich komme sofort. Es fängt gleich an zu regnen.«

Der Betrunkene lehnte sich gegen die Mauer und ließ geräuschvoll sein Wasser rinnen.

Adar flüsterte mir zu: »Es ist der reine Wahnsinn, wenn sich ein Sänger zu Kriegstaten locken läßt. Aber ich sehe in deinen Augen, daß mir wohl kaum eine Wahl bleibt.«

»Ich will dich zu nichts zwingen«, entgegnete ich.

»Hör schon auf«, murmelte der Akkader, während die ersten Regentropfen fielen. »Ich lebe schon so lange, daß es allmählich langweilig wird. Außerdem bin ich ein treuer Diener Ischtars und schätze es nicht, daß diese Priester den Tempel der Göttin entweihen, indem sie eine solche Verbrecherin aufnehmen. Auch wenn sie es mit ihrem Geld geschafft hat, den Rang einer hohen Priesterin zu erwerben. Auf in den Kampf! Wie viele Männer folgen dir?«

»Drei«, antwortete ich.

»Und eine Frau«, fügte Mago hinzu.

»Soso«, sprach Adar mit etwas gedämpfter Begeisterung. »Und wo befinden sie sich jetzt?«

Ich zeigte über die Straße. »Dort«, erklärte ich. »Im Gefängnis.«

Der Sänger sah mich ein wenig merkwürdig an. »Nun, du wirst wohl wissen, was du tust«, meinte er nach einer Weile. »Na, auch egal! Was schert es den Stummen, wenn seine Braut taub ist! Treffen wir uns hier in zwei Stunden – sagen wir: wenn der Nergalstern verlischt.«

Ich dankte dem Sänger. Adar lächelte unfroh und kehrte in die Schenke zurück.

»Sage den Gefährten Bescheid!« befahl ich Mago. »Ich werde mich inzwischen am Heiligtum etwas umsehen.«

»Nein«, widersprach der Tyrer. »Das übernehme ich. Meine Augen sind besser als deine.«

Ich nickte. Der Phönizier verschwand.

Es tröpfelte stärker. Ich wartete, bis die Wächter auf der Mauer weitergegangen waren. Dann eilte ich über die Straße, zog mich rasch am Seil empor und ließ mich in die Zelle fallen.

Myron sah mir mit hochgezogenen Brauen entgegen. Arnuwan lächelte breit. Tomyris schaute mich sorgenvoll an. Hinter ihnen stand Nergal-Sarezer.

»Nun?« fragte der Feldherr. »Warst du ein wenig frische Luft schnappen? Auch dem kleinen Tyrer scheint es in diesem gastlichen Haus nicht sonderlich zu gefallen!«

Ich faßte den Chaldäer ins Auge und fragte schroff: »Warum hast du uns verschwiegen, daß dein König gar nicht in Babylon weilt?«

Nergal-Sarezer lächelte schwach. »Tut mir leid«, antwortete er. »Ich wußte es selbst nicht. Als ich davon erfuhr, kam ich sogleich hierher. Du warst nicht da, doch deine Gefährten können bezeugen, daß ich die Wahrheit spreche.«

»Er hat recht«, sagte der Luwier. Auch Myron nickte.

»Die Lage ist ziemlich verworren«, fuhr Nergal-Sarezer fort. »Mein König in Borsippa, Kambyses in der Stadt! Ich wäre besser in Kilikien geblieben.«

Ich spielte den Erstaunten. »Kambyses weilt in Babylon?« fragte ich. »Wie kommt denn das? Ich dachte, eure Verbindungen sind geheim und sollen es auch bleiben!«

»Ja, diese Verbindungen«, seufzte der Feldherr. »Jetzt können sie uns Kopf und Kragen kosten. Denn die blutige Kassandane ist im Besitz dreier Briefe, die mir der Perserfürst schrieb. Die Botschaften sind schon zwei Jahre alt. Ich hatte längst befohlen, sie zu vernichten. Aber einer von meinen Leuten schaffte die Papyrosrollen heimlich beiseite. Daß mir ein solcher Fehler unterlaufen konnte! Ich werde wohl allmählich alt. Ich weiß noch nicht einmal, wie Kassandane an diese Schriftstücke kam!«

»Vermutlich durch Gold«, meinte Arnuwan finster.

Der Babylonier nickte. »Wahrscheinlich«, erklärte er. »Ich lasse meine Schreiber gerade foltern. Vielleicht erfahre ich noch heute nacht, wer mich verriet. Jedenfalls kann die

Königin mit diesen Briefen beweisen, daß der Fürst von Parsumasch mit mir schon seit langer Zeit geheime Absprachen trifft. Wenn Istewegu diese Botschaften erhält, wird er Kambyses töten. Und meine Tage sind dann ebenfalls gezählt.«

Draußen rauschte ein heftiger Regenguß nieder. Nergal-Sarezer lauschte. »Ziemlich ungewöhnlich, daß es im Sommer so schüttet«, meinte er.

»Gibt es denn keinen Weg, der Königin die Briefe wieder abzuluchsen?« fragte Myron.

»Mir ist noch nichts eingefallen«, erwiderte Nergal-Sarezer. »Die Blutige ist schlauer als ein Dämon. Sie band Bronzehülsen an die Beine von zwanzig Botentauben, die sie aus Ekbatana mitbrachte. Seither läßt sie die Vögel nicht mehr von ihrer Seite. In drei Behältern befinden sich unsere Briefe. Die anderen Röhrchen sind leer. Wenn wir der Königin zu nahe kommen, läßt sie die Tauben fliegen. Es genügt ja, wenn eine einzige von ihnen mit dem Beweis Ekbatana erreicht. Zwei oder drei könnten wir vielleicht abschießen. Aber zwanzig? Das Wagnis wäre viel zu groß.«

»Botentauben fliegen nicht bei Nacht«, wandte Myron ein, »und auch nicht bei Regen.«

»Diese schon«, erwiderte Nergal-Sarezer. »Die Meder richteten die Vögel schon vor Jahren ab, bei Mondlicht aufzusteigen. Denn ihr Reich ist mittlerweile so gewachsen, daß keine Taube an einem Tag von einem Grenzposten bis zur Hauptstadt zu fliegen vermag. Auch wenn Wolken alles Himmelslicht verschlucken und die Tropfen dicht an dicht fallen, flattern die Tiere doch zumindest aus ihren Käfigen und setzen sich dann irgendwo auf das Dach. Wie soll man sie in dunkler Nacht von dort herunterschießen? Sobald es hell wird, rauschen sie davon. Es wird ja nicht die ganze Nacht gießen! Ohnehin sind Gewitter um diese Jahreszeit äußerst selten.«

»Wie aber«, fragte ich, »kommt Kambyses nach Babel?«

»Das ist ja eben das Verrückte«, stieß der Feldherr hervor und tupfte sich mit einem weißen Tuch ein wenig Schweiß von der Stirn. »Zu ihren medischen Wachen hatte die Blutige wohl nicht genügend Vertrauen. Sie fürchtete wahrscheinlich, daß ihre Männer für Gold schwach werden könnten. Auf die chaldäischen Krieger, die mein Herr Nebukadnezar der Königin anbieten ließ, mochte sie sich ebensowenig verlassen. Offenbar glaubt sie, wir wären notfalls bereit, unseren Bündnisgenossen Kambyses zu opfern. Dann aber wären seine Briefe für Kassandane wertlos. Ich kann mir gut vorstellen, wie sie grübelte, um einen Ausweg zu finden. Oh, sie ist schlau — doch einen derart abwegigen Einfall hätte ich selbst von ihr nicht erwartet. Stellt euch vor: Kassandane ließ Kambyses bestellen, daß sie die Briefe besitze, und forderte den Fürsten auf, zu ihrem Schutz nach Babel zu eilen.«

»Die Königin läßt sich von ihrem erbittertsten Feind bewachen?« fragte Arnuwan staunend. »Auf so etwas kann nur ein Weib kommen.«

»Ja«, bestätigte Nergal-Sarezer. »Eine sehr launige Lösung, aber höchst zweckvoll. Natürlich nahm ich gleich Verbindung mit Kambyses auf. Doch im Moment sind uns beiden die Hände gebunden. Also hält Kambyses mit dreihundert Männern das ganze obere Stockwerk des Tempels besetzt, in dem die Blutige wohnt.«

Der Regen fiel immer stärker, und in der Ferne erklang Donner. Der Feldherr packte einen Krug Bier, goß sich einen kräftigen Schluck in den Schlund und fuhr fort:

»Es ist natürlich unerhört, daß fremde Krieger sich in unserer Hauptstadt solche Rechte anmaßen. Aber Kambyses weiß: Vorerst muß ich mich damit begnügen, den Tempel von außen bewachen zu lassen. Die Perser belauern uns, und wir belauern die Perser. Kassandane aber zieht alle Vorteile aus dieser Lage. Eben fingen meine Leute einen Boten ab, der eine Nachricht der Königin an ihren Sohn in Ekbatana befördern sollte.«

Der Feldherr faßte in seinen Ärmel und zog ein Stück Papyros hervor. »Ihr werdet es nicht glauben«, berichtete er. »In diesem Brief schreibt Kassandane ihrem Sohn, sie sei verleumdet worden. In Wirklichkeit sei sie keine Feindin, sondern die beste Freundin der Perser. Deshalb lasse sie sich in Babylon von Kambyses beschützen. Ich muß sagen, diese Frau nötigt mir Bewunderung ab. Zum Beweis mußte Kambyses mit eigener Hand hinzufügen, daß er die Unschuld seiner Schwiegermutter bestätigen könne.«

»Der Perser wird nicht schlecht mit den Zähnen geknirscht haben«, meinte ich. »Was willst du jetzt tun?«

Das Gewitter stand nun über der Stadt. Blitze zuckten und Donnerschläge hallten in unseren Ohren.

»Ich habe natürlich gleich Leute nach Ekbatana geschickt«, schilderte der Babylonier. »Sie sollen einen von den Männern bestechen, die beim medischen Nachrichtendienst die Taubentürme bewachen. Wenn das geschafft ist, können die Vögel fliegen — die Briefe werden dennoch nicht zu Istewegu gelangen. Ebensowenig wie diese Botschaft.« Er schob das Pergament wieder in sein Gewand.

»Aber bis dahin«, fuhr der Chaldäer fort, »werden mindestens noch drei Wochen vergehen. Inzwischen reise ich nach Borsippa und werfe mich vor Nebukadnezar zu Boden, daß es nur so staubt.«

»Und diese Natter Kassandane läßt du so lange im Tempel?« fragte der Grieche. »Warum wohnt sie nicht gleich im Palast, da ihr doch allesamt wie Hunde vor ihr kuscht?«

»Im Ischtartempel findet sie es wohl bequemer«, seufzte Nergal-Sarezer. »Denn dort kann sie sich die Langeweile mit Dienern der Göttin vertreiben. Soviel ich hörte, bevorzugt sie kräftige Lastträger aus dem Hafen. Aber auch Mädchen und junge Frauen verschmäht sie nicht.« Der Babylonier verzog das Gesicht. »So ist das nun einmal«, murmelte er. »Zum Bösen gehört das Laster wie zur Viper das Gift.«

»Hast du noch nicht daran gedacht, einen deiner Krieger zu der Königin hineinzuschmuggeln?« fragte Myron. »Wenn sie ihn dann umarmt, sticht er sie ab, und die Sache ist erledigt.«

»Das wäre viel zu gefährlich«, winkte der Feldherr ab. »Die Tauben stehen dicht neben dem Fenster, von Dienern bewacht. Ein Stoß mit dem Fuß, und die Käfigtüren fliegen auf. Nein, das darf ich nicht wagen. Überdies würde Kambyses es gar nicht zulassen, daß einer meiner Männer eine solche List versucht. Falls es schiefgeht, verliere ich den Kopf — der Perser aber muß damit rechnen, daß dann auch sein kleiner Sohn Kurasch zu Tode gefoltert wird.« Der Babylonier schüttelte das kahle Haupt. »Ihr kennt den Knaben ja wohl«, schloß er. »Soll ein ganz reizendes Kind sein.«

»Ich kann mich dunkel erinnern«, meinte Myron und rieb sich den Daumen.

Nergal-Sarezer lächelte fein. »Aber warum erzähle ich euch das eigentlich?« fragte er dann. »Ihr habt ja ganz andere Sorgen.«

Myron lächelte anzüglich. »Vielleicht erwartest du, daß wir dir helfen?« fragte der Grieche.

Der Babylonier erstarrte. »Nein!« rief er erschrocken. »Untersteht euch! Ich weiß, was für tüchtige Krieger ihr seid. Doch dieser Dämonin kommt selbst ihr nicht bei. Ich verbiete euch, irgend etwas zu unternehmen, was mein Leben gefährdet! Wenn meine Wachen euch beim Tempel erwischen, nehme ich keine Rücksicht mehr!«

»Du machst uns angst«, spottete Myron.

Nergal-Sarezer packte mich an der Schulter und sah mich durchdringend an. »Lasse die Finger von dieser Frau«, sprach er mit großem Nachdruck. »Kümmere dich nicht um sie, hörst du! Du weißt längst noch nicht genug!«

Diesmal krachte der Donner so laut, als sei ein Blitz in das Dach des Palastes gefahren. »Was du gesagt hast, genügt mir bereits«, erwiderte ich beruhigend. »Du brauchst mir nichts mehr zu erzählen. Myron scherzte nur. Wir haben nicht die Absicht, uns hier einzumischen. Unser Wild wartet in Ekbatana!«

»Das ist gut«, meinte der Feldherr erleichtert. »Bleibt ein paar Tage hier und sammelt eure Kräfte. Ich kann den König gewiß überreden, euren Plan zu unterstützen.«

»Und wenn du nicht zurückkommst?« fragte Myron mißtrauisch.

»Dann seht zu, daß ihr so schnell wie möglich aus Babel verschwindet«, riet der Chaldäer. »Mein Neffe Schumukin wird euch helfen. Die Götter mögen euch beschützen.«

Wir faßten einander an den Handgelenken. Dann drehte sich der Feldherr um und verschwand.

Wir blieben eine Weile stumm. Arnuwan war es, der schließlich unser Schweigen brach. »Diese Nacht haben die Götter zur Zeugin deiner Rache bestimmt«, sagte der Luwier mit düsterer Entschlossenheit. »Bei einem Ischtarfest hat dein Feldzug begonnen. Bei einem Ischtarfest wird er enden.«

Myron lächelte grimmig. Tomyris blickte mich ermutigend an. Mir aber kamen Reguël und das Orakel von Delphi in den Sinn. Der Beduine hat uns verraten, dachte ich in meinem Herzen, dennoch sind wir nun fünf, wie es Apollo befahl.

»Also los!« rief Myron ungeduldig. »Wie willst du vorgehen, Dagon? Kambyses weiß wohl von Nergal-Sarezer, daß wir in Babylon sind. Der Perser wird versuchen, uns kaltzumachen, um seine Haut zu retten. Ich finde, wir sollten keine Rücksicht auf ihn nehmen. Wir gehen hin und schlagen der Königin das Haupt ab, mögen die blöden Tauben auch fliegen!«

»Ohne mich!« entgegnete Arnuwan. »Der Perser hat uns zweimal geholfen. Hast du das etwa vergessen?«

»Dennoch«, erklärte ich, »in einer Beziehung hat Myron recht: Kambyses wird alles tun, um unser Vorhaben zu vereiteln. Wir können den Perser nur retten, wenn wir ihn hintergehen. Und ich weiß auch schon, wie.«

Dann erzählte ich den Gefährten von meiner Begegnung mit Adar, dem Sänger von Akkad.

»Du wußtest also schon von Kambyses?« fragte Myron verblüfft. »Dein Erstaunen vor Nergal-Sarezer wirkte aber sehr echt, das muß der Neid dir lassen.«

»Zum Glück«, sprach Arnuwan mit seiner tiefen Stimme. »Wenn der Chaldäer ahnte, was wir vorhaben, würde er sein ganzes Heer am Ischtarturm versammeln.«

»Der Sänger von Akkad erwartet uns in einer Stunde«, berichtete ich den Gefährten. »Wir ziehen als Musikanten mit ihm. Mago erkundet bereits die Lage am Tempel. Er kann dann auf der Flöte pfeifen. Myron, du nimmst die Trommel.«

»Ich will die Harfe«, sagte Arnuwan.

»Und wer von uns«, fragte Myron höhnisch, »soll als glatthäutiger Jüngling Begehrlichkeit in Kassandane erwekken? Ich will euch nicht zu nahe treten, Gefährten, aber besonders frisch seht ihr alle nicht mehr aus.«

Ich blickte Tomyris an. »Einen Jüngling haben wir nicht«, sagte ich, »aber ein Mädchen.«

Arnuwan kratzte sich unbehaglich den Bart. Tomyris sah mich lange aus ihren grünen Augen an. »Ich werde tun, was du von mir verlangst«, sagte sie dann.

Myron deutete zum Fenster. Im Schein der kleinen Öllampe sah ich, daß sich das Seil an der Wand bewegte. »Mago kehrt zurück«, sagte ich. »Schnell, Arnuwan, ziehe ihn herein!«

Der Luwier packte das Tau mit den Händen und stemmte sich gegen die Wand. Plötzlich ertönte ein Zischen und dann ein entsetzlicher Schrei, wie wir ihn aus unseren schlimmsten Alpträumen kannten.

Einen Herzschlag später stürzte, den Umhang wie zwei schwarze Schwingen ausgebreitet, ein Xrafstra mit seiner Sichel auf uns herab.

XVI Die Rache

Die gelben Zähne des Xrafstra schimmerten wie die Fänge des Wolfs. Sein Kampfschrei klang wie das Zischen der schwarzgeschuppten Wüstenkobra Arabiens. Auf der Brust des Nachtkämpfers blinkte das Zeichen der doppelköpfigen Echse. In seiner Rechten schwang der Angreifer eine gezackte Sichel. Ich stieß einen Warnruf aus, aber es war schon zu spät: Mit schrecklicher Wucht hieb das Ungeschöpf seine entsetzliche Waffe so tief in Arnuwans linke Schulter, daß das dunkle Blut des Riesen bis zur Decke spritzte.

Der Luwier schrie in furchtbarem Schmerz. Seine Rechte schoß vor, um den Gegner zu packen. Doch der Xrafstra entwich dem Griff und schnitt Arnuwan mit der Sägeklinge in die linke Hüfte. Dann hatte ich endlich die kleine Lampe erreicht. Ich schleuderte den Leuchtkörper gegen die Wand, so daß sich das brennende Öl über den Boden ergoß und es in unserer Zelle plötzlich taghell war.

Der Xrafstra schrie gellend auf und stürzte mir halbblind

entgegen. Myron warf sein medisches Messer. Die Klinge traf den Nachtkämpfer zwischen die Schulterblätter. Gleichzeitig rammte ich dem Unwesen mein Sarpedonschwert durch den Magen. Ich spürte den Luftzug der Sichel, die dicht an meinem Ohr vorüberfuhr. Dann hatte der Luwier den Gegner erreicht. Mit seiner mächtigen Faust schlug er dem Xrafstra so heftig gegen den Nacken, daß ich den Hals des Nachtkämpfers wie dürres Holz brechen hörte.

Ich drehte die Leiche auf den Rücken und riß dem Xrafstra das Schwert aus dem Körper. Myron wischte mit zitternden Händen sein Messer am Umhang des Xrafstra ab. Tomyris riß Streifen von ihrem Leinengewand und wickelte sie um Arnuwans Schulter. Der Riese blutete wie ein Stier, dem man zum Opfer des neuen Jahres den Stahl in die Kehle gestoßen hat. Zum ersten Mal in meinem Leben sah ich den Luwier wanken. Myron und ich sprangen eben noch rechtzeitig hinzu, um den Gefährten vor einem Sturz auf den Erdboden zu bewahren. Nur unter Aufbietung aller Kräfte gelang es uns, Arnuwans mächtigen Leib so lange zu stützen, bis wir ihn auf ein Lager betten konnten.

Der junge Schumukin eilte herbei. »Was war das für ein Lärm?« fragte der Babylonier. »Was ist geschehen?« Als er den Nachtkämpfer sah, weiteten sich seine Augen. »Xrafstra!« stieß der Jüngling entsetzt hervor.

»Ja!« schrie Myron zornig. »Fast wären deine dicken Mauern uns zur Todesfalle geworden!«

»Zum Glück«, fügte ich hinzu, »wußte der fette Botschafter Bigtan nur von Myron und mir. Darum dachte er wohl, einer der Xrafstra würde genügen, um uns den Garaus zu machen.«

»Und so wäre es wohl auch gekommen«, sprach Myron, »hätten wir nicht Arnuwan. Kein anderer Mann kann mit solchen Wunden noch kämpfen. Haben deine Wachen denn sämtlich geschlafen?«

Schumukin schluckte, brachte aber keinen Ton hervor. Ich löschte das Feuer mit einer wollenen Decke. »Bringe uns ein paar neue Lampen«, befahl ich dem jungen Chaldäer.

Schumukin stand wie angewurzelt vor dem schwarzen Leichnam. Die Lippen des Jünglings bebten. »Wie hätte ich denn ahnen können, daß die Meder es wagen, Xrafstra nach Babel zu bringen?« rief er erschüttert. »Mitten im tiefsten Frieden!«

»Was schert das die Meder«, stieß Arnuwan mit schmerzerfüllter Stimme hervor. »Seit wann hält man sich in Ekbatana an Verträge, du junger Narr? Aber wir hätten selbst wissen müssen, daß wir hier nicht sicher sind. Nicht, nachdem dieser Bigtan euch an der Kaimauer sah!«

»Als der medische Botschafter durch Toxars Reiter von uns erfuhr«, erklärte ich dem Chaldäer, »meldete er unser Kommen sicher nach Ekbatana. Meder kümmern sich nicht um Recht und Verträge, wenn es um ihren Vorteil geht.«

»Aber daß sie es wagten, euch hier anzugreifen«, stammelte Schumukin fassungslos. »Schließlich befinden wir uns doch im Palast Nebukadnezars, des Völkerwürgers!«

»Auf Titel geben die Xrafstra nicht viel«, sagte der Grieche trocken.

»Aber kein Sterblicher kann solche Gitter verbiegen!« staunte der junge Wachführer. »Diese Xrafstra müssen Dämonen sein!«

Arnuwan schnaufte und hob die Augen anklagend zur Decke.

»Solche billigen Drahtgeflechte sind doch kein Hindernis für einen Nachtkämpfer«, grollte der Luwier.

Der Babylonier starrte ihn ungläubig an.

»Verdopple die Wachen!« befahl ich Schumukin. »Löse deine Männer stündlich ab! Sie dürfen nicht ermüden. Sobald es dunkel wird, solltest du auf der Straße und auf der Mauer zwei große Feuer anzünden lassen. Und nimm diesen Gast mit — er hat keine Einladung.«

Der Wachführer schluckte. Dann nickte er hastig und schleifte den toten Xrafstra hinaus.

»Jetzt müssen wir den Besuch bei Kassandane verschieben«, meinte Myron. »Ohne Arnuwan sind wir nur die Hälfte wert!«

»Wartet hier«, erwiderte ich und packte das Seil, »ich will erst Mago suchen. Der Xrafstra muß ihm aufgelauert haben. Wie hätte dieses Ungeheuer sonst so schnell erfahren, durch welches Fenster er zu uns eindringen kann!«

»Ich werde dich sichern«, erklärte Myron. Die Sauromatin lief in den Vorraum, um Verbände für Arnuwan herbeizuschaffen.

Ich kletterte an dem Tau empor und sprang auf die Straße. »Bleib im Fenster«, rief ich dem Griechen zu. »Mago ist gewiß verletzt. Dann mußt du ihn hochziehen.«

Im Schatten der Mauer schlich ich die Straße entlang. Schon nach wenigen Schritten vernahm ich ein leises Stöhnen. Mago lag mit blutüberströmtem Gesicht unter dem Rest einer hölzernen Bude. Regenwasser umspülte den Leib des Gefährten.

»Die Xrafstra sind hier!« stieß der Tyrer hervor, als er mich sah. »Einer von ihnen hat mich erwischt. Ich hörte ihn zu spät.«

»Kannst du laufen?« fragte ich den Gefährten.

Vorsichtig betastete Mago die Wunde an seiner Stirn. »Im allerletzten Moment vernahm ich ein leises Geräusch«, berichtete der Phönizier. »Da ließ ich mich sofort fallen. Das rettete mir das Leben. Das Sichelschwert traf meinen Kopf und nicht meine Kehle. Dann prallte ich mit dem Schädel gegen einen Stein und verlor das Bewußtsein. Ich frage mich nur, warum der Xrafstra nicht ganze Arbeit machte!«

»Er war allein«, klärte ich Mago auf, »und hatte es eilig. Er hielt dich für Myron und dachte, daß ich jetzt ganz allein in dieser Zelle säße.«

»Habt ihr ihn erwischt?« fragte Mago begierig.

»Ja«, erwiderte ich. »Doch Arnuwan ist schwer verletzt.«

Die schweren Schritte einer Streife erklangen. »Wir haben keine Zeit«, drängte ich. »Kannst du laufen?«

»Mal sehen«, antwortete der Tyrer. Mühsam erhob er sich. Dann schwankte er mit zusammengebissenen Zähnen durch den Wolkenbruch die Mauer entlang. Ich stützte ihn, so gut es ging.

Unter unserem Fenster band ich Mago das Seil um die Hüfte und flüsterte: »Myron zieht dich hinauf. Bleibe bei Arnuwan. Deckt euch, so gut es geht! Myron und Tomyris sollen mir folgen.«

»Das ist Wahnsinn«, knirschte Mago. »Zu dritt schafft ihr das nie!«

»Keine Widerrede!« herrschte ich ihn an. »Wenn die beiden nicht in einer Minute kommen, gehe ich allein!«

Mago klammerte sich an das Seil und wurde langsam nach oben gezogen. Die Posten auf der Mauer kamen näher. Ich verbarg mich unter dem Palmendach einer Bude. Als die Schritte der Wächter wieder verhallten, kletterten erst Myron und dann Tomyris die Mauer herab.

»Du brauchst mir nichts zu erklären«, sagte der Grieche. »Ich weiß, daß du wahnsinnig bist.«

Geduckt liefen wir über die Straße. Adar wartete schon auf uns.

»Ihr seid überpünktlich«, lobte der Sänger. »Doch warum keucht ihr so?«

Ich wollte den Mut des Akkaders nicht noch mehr auf die Probe stellen und erzählte daher nichts von dem Xrafstra.

»Alte Männer laufen nicht gern so schnell«, schnaufte Myron.

»Alt«, klagte Adar. »Was soll denn ich sagen! Aber nun folgt mir. Wenn wir uns verspäten, werden die Wachen mißtrauisch.«

Ich erklärte dem Sänger unseren Plan. Adar faßte die Sauromatin ins Auge und meinte dann anerkennend:

»Ein schönes Weib habt ihr euch da zur Helferin erkoren. Ja, ich bin sicher, daß Kassandane eure Gefährtin kennenzulernen wünscht, wenn es gelingt, den Reiz dieser jungen Frau noch ein wenig — nun, zu verfeinern. Mädchen, die zum Liebesopfer in den Ischtartempel schreiten, tragen gewöhnlich nicht Waffen und Männerkleider, sondern Seide auf der Haut und Schminke auf den Lippen.«

»Wo kriegen wir das Zeug jetzt her?« fragte ich. »Auch wir selbst sollten unser Aussehen etwas verändern, falls dieser fette Botschafter hier herumschleicht.«

»Kommt mit«, forderte Adar uns auf. »Ich kenne einen Meister der Schönheit, der am Tempel sein Brot verdient. Vor allem nachts, wenn sich die vornehmen Frauen ungesehen von ihren Männern zum Ischtardienst wagen. Denn diese welken Blüten sind es, die am meisten auf hilfreiche Hände von solchen Künstlern angewiesen sind.«

Der Regen ließ ein wenig nach. Wir folgten dem Sänger durch ein Gewirr belebter Gassen bis zu dem Platz, an dem sich der größte Ischtartempel des Stromlands erhob. Jedes seiner drei Stockwerke ragte zwölf Manneslängen empor. Farbige Bilder an seinen Wänden stellten Ereignisse aus dem Wirken der göttlichen Fruchtbarkeitsspenderin dar. An den drei anderen Seiten des Platzes reihten sich die Häuser reicher Kaufleute aneinander, aus gebrannten Ziegeln um geräumige Innenhöfe errichtet, deren Palmen sich im Nachtwind wiegten.

Adar führte uns schnurstracks zum größten und schönsten der Häuser. Er pochte gegen das hölzerne Tor und nannte dann einem Sklaven, der sofort erschien, seinen Namen. Der Diener verneigte sich und verschwand. Wenig später vernahmen wir eine krächzende Stimme, die sprach:

»Adar! Du alter Foltermeister der Töne! Bist du noch immer begierig, Ischtar ein Opfer zu bringen? Und das in deinem Alter! Man weiß nicht, was man mehr bewundern soll — deine Frömmigkeit oder dein Selbstvertrauen! Glaubst du, daß du noch in der Lage bist, zu Ehren der Göttin die Lanze zu heben?«

Wir blickten überrascht nach unten. Vor uns stand ein Zwerg, dessen Scheitel kaum unsere Hüfte erreichte.

Der Meister der Schönheit trug seinen mißgestalteten Leib in ein Gewand aus purpurner Seide gehüllt. Die Last der goldenen Ketten um seinen Nacken schien ihn noch weiter niederzudrücken. An seinen fleischigen Fingern blitzten Ringe mit kostbaren Steinen, als er die Fackel erhob, um uns zu mustern.

»Im Gegensatz zu dir, Zimri-Lim, habe ich stets vernünftig gelebt und mich aller Ausschweifungen enthalten«, versetzte der Sänger. »Nun aber lasse uns ein! Wir haben Bedarf an deinen Salben.«

»Oho!« versetzte Zimri-Lim. »Es wundert mich, daß du nicht schon früher kamst, um dich von mir ein wenig auffrischen zu lassen. Wie sagt man doch: Je schlechter der Sänger, desto wichtiger die Maske!«

»Es geht nicht nur um mich«, erklärte Adar, »sondern um meine Gefährten, die mich in den Ischtartempel begleiten sollen. Sie brauchen neue, festliche Gewänder.«

»Soll ich mal wieder eine Ente in einen Schwan verwandeln?« fragte der Zwerg belustigt. »Ich ahne schon, was mich erwartet! Schließlich heißt es bei uns Schönheitspflegern: Je später der Abend, desto häßlicher die Gäste! Denn in der Nacht kommen gewöhnlich diejenigen unter den Ischtarverehrern, die es tagsüber nicht wagen, sich in der Öffentlichkeit zu zeigen.«

Zimri-Lim kicherte. »Tretet also ein ins Haus der künstlichen Schönheit«, sagte er dann. »Von mir erhält jeder ein neues Gesicht, und wenn es sein muß, auch einen anderen Körper! Kein junges Mädchen, keine Frau, die je mein Haus verließen, mußte länger als ein Wimpernzucken warten, um im Heiligtum einen Partner zum Opfern zu finden. Ja, selbst alten Vetteln verlieh ich oft soviel Reiz, daß ihnen manchmal schon auf dem Platz vor dem Tempel die Kleider vom Leib gerissen wurden.«

»Du nimmst das Maul ziemlich voll, Zwerg«, murrte Myron und trat als erster durchs Tor. Adar, Tomyris und ich folgten ihm.

Der Pfleger der Schönheit leuchtete erst dem Sänger ins Antlitz und sagte dann: »Da steht mir ja ein gehöriges Stück Arbeit bevor, werter Freund. Für dich benötigen wir mindestens ein Log Seife, dazu dann ein Kab feinsten Öls, aber auch ordentlich Bleiglanz.«

Adar hob abwehrend die Hand, doch Zimri-Lim hielt seine Fackel schon Myron vor das Gesicht und sagte: »Oh, oh! Was haben wir denn da? Und es lebt! Ihr habt Glück, daß ich selbst hoffnungslose Fälle nicht abweise, Fremdling.«

»Du schwatzt zuviel, Alter!« erboste sich Myron. »Bin ich ein Weib, daß es bei mir auf Anmut ankäme?«

Dann wurde auch ich von dem Schöpfer der schönheitverleihenden Schminken betrachtet. Diesmal blieb sein Mund stumm. Nur ein gequältes Stöhnen entrang sich den Lippen des Zwergs. Dann schüttelte Zimri-Lim entmutigt den Kopf. »Du brauchst nicht nur eine neue Nase, mein

Freund«, sagte er, »sondern dein ganzes Gesicht sieht aus, als wären mehrere Wagen mit schlagenden Achsen darübergerollt.«

Der Zwerg wandte sich Adar zu. »Das sollen Musikanten sein?« fragte er zweifelnd. »Diese Leute sehen eher aus wie Meuchelmörder und Frauenschänder, und zwar von der übelsten Sorte — wobei ich euch«, fügte er schnell hinzu, als Myron ihn am Gewand packte, »keineswegs beleidigen wollte... der äußere Eindruck täuscht ja oft, und in Wahrheit seid ihr gewiß friedliche Männer.«

»In keiner Weise!« versetzte Myron grimmig. »Vom Frieden halten wir nicht viel. Sondern wir hauen gern dazwischen und schlagen Nasen platt — am liebsten in den Gesichtern von Leuten, die glauben, daß sie etwas von Schönheit verstehen.«

»Gut, gut«, stieß Zimri-Lim ängstlich hervor. »Ich wollte euch nicht kränken. Ich bin nun einmal ein Künstler, und mein... äh, ästhetisches Auge... Aber sagt mir, wo ist denn nun diese Schreck..., ich meine die edle Frau, die ich behandeln soll?«

Myron legte dem Zwerg die Hand auf den lichten Schädel und drehte Zimri-Lims Kopf nach rechts. Der Meister der Schönheit hob seine Fackel. Sein Unterkiefer fiel herab, und er gaffte Tomyris an, so wie die Kinder des Dorfes den Zug des durchreisenden Fürsten bestaunen.

»Aber du bist ja eine wirkliche Schönheit«, sagte der Zwerg verwirrt zu der Sauromatin. »Warum kommst du zur Nachtzeit hierher? Du brauchst das Tageslicht ebensowenig zu scheuen wie die herrliche Hindin der Wildflur!«

»Verschöne unsere Gefährtin!« befahl ich dem Schminkmeister barsch, »aber beeile dich! Wir werden draußen warten.«

»Wie?« fragte Zimri-Lim aufs äußerste erstaunt. »Ihr, die ihr meine Künste viel nötiger hättet, wollt euch nicht in meine Hände begeben – diese aber, die mich gar nicht braucht, soll ich behandeln? Seht doch selbst! Diese Frau besitzt soviel Anmut wie die Immergeliebte selbst!«

»Das ist schon richtig«, antwortete ich. »Doch unsere Gefährtin braucht etwas anderes anzuziehen, siehst du das nicht? Wir haben eine lange Reise hinter uns.«

»Es ziemt sich nicht, zum Ischtaropfer zu schreiten, wenn man noch Eselskot zwischen den Zehen umherträgt«, näselte der Zwerg. »Laßt euch doch wenigstens ein Bad bereiten! Ich werde inzwischen sehen, was ich in meinen Schränken für euch finde.«

»Einverstanden«, erwiderte ich. »Aber länger als eine halbe Stunde darf es nicht dauern!«

Zimri-Lim pfiff seine Sklaven herbei. Sie geleiteten uns in das Innere des Hauses. Tomyris ließ sich im vordersten Zimmer auf einer Fußmatte nieder. Wir anderen folgten den Dienern in einen der hinteren Räume.

Dort zogen wir uns aus und setzten uns vor zwei große Becken aus brauner, gebrannter Erde. Eines dieser Gefäße enthielt dampfend heißes, das andere aber eiskaltes Wasser. Diener gossen uns das erquickende Naß mit Schöpfkellen über die Leiber. Wir rieben uns mit Seifenpaste ein, die den Schmutz schnell von der Haut löste. Dann ließen wir uns spülen, trockneten uns mit Leinentüchern ab und griffen nach Salben und Öl.

Myron färbte sich Bart und Haare mit Rötel. Ich strich mir schwarze Tönung auf Kopf und Kinn, so daß ich wie ein Araber aussah. Danach erschienen andere Diener mit bunten Kleidern aus leichten wollenen Stoffen. Als wir sie angelegt hatten, trat Zimri-Lim herein. Der Zwerg musterte uns von oben bis unten. Dann erschien ein zufriedenes Lächeln auf seinem Gesicht und er sagte zu mir:

»Ein guter Einfall, Fremder, daß du dir Bart und Haare färbtest. Kämme deine Locken nach unten, dann sieht man noch weniger von deinem Gesicht.«

Myron machte einen Schritt nach vorn, um den Schönheitsmeister zu packen. Zimri-Lim wich mit einem erschrockenen Quieken zurück. Ich gürtete mich mit der Sarpedonklinge und wickelte einen wollenen Netzrock um meine Hüften, der die Waffe vollständig verdeckte. Myron schob das medische Wurfmesser in den Ärmel seines neuen Gewandes. Der Zwerg schaute uns verblüfft zu. »Adar!« fistelte er dann. »Was immer ihr plant — wenn es mißlingt, sagt nicht, ihr wärt bei mir gewesen!«

»Du brauchst dir keine Sorgen zu machen«, beschwichtigte ich. Myron fügte mit grimmigem Lächeln hinzu: »Wenn uns mißlingt, was wir vorhaben, sagen wir gar nichts mehr. Denn dann sind wir tot.«

»Huch!« entfuhr es dem Zwerg. Er starrte Myron erschrocken an. Erst als Adar dem Schönheitsmeister beruhigend zulächelte, gewann Zimri-Lim die Fassung zurück. »Nun aber seht«, sprach der kleine Chaldäer, »was meine freilich bescheidenen Künste bei eurer Gefährtin vermochten!«

Wir folgten dem Zwerg in das nächste Gemach. Dort stand Tomyris, von Dienerinnen umgeben, und zum erstenmal wurde mir der Reiz der schönen Sauromatin voll bewußt.

Bunte Bänder schmückten das blonde, mit Silbernadeln hochgesteckte Haar der Gefährtin. Ein Puder der feinsten Sorte verlieh der hellen Haut ihrer Stirn und Wangen den Schimmer des Wintermonds. Ihre herrlich geschwungenen Brauen und ihre Wimpern waren mit Kohle und Tusche geschwärzt. Auf ihren Lidern glänzte grüner Malachit, und ihre vollen Lippen leuchteten wie Blut. Auf ausgefallene Weise verknotete Tücher schlangen sich um den festen Busen der Sauromatin. Ein funkelnder Glasstein verzierte den flachen

Nabel, und von den geschwungenen Hüften baumelten seidene Bänder herab, die bei jeder Bewegung wie Espenlaub bebten. Goldene Schnüre umwanden die langen Schenkel unserer Gefährtin, und ihre Haut verströmte den Duft von Rosenöl und Jasmin.

Mir war, als säße ein Kloß in meiner Kehle. Ich räusperte mich. »Du bist schön, Tomyris«, sagte ich. Myron nickte stumm.

Die Sauromatin lächelte scheu. »Es wurde allmählich Zeit, euch daran zu erinnern, daß ich eine Frau bin«, versetzte sie. »In letzter Zeit hatte ich das Gefühl, ihr hieltet mich wirklich für einen Jüngling!«

»Jetzt könnte selbst ein Blinder deine Weiblichkeit nicht mehr verkennen«, lächelte Adar. Höflich trat der Sänger vor und reichte Tomyris den Arm. »Gehen wir! Deine Schönheit soll meiner Stimme helfen, Ischtar und ihre Anbeter zu erfreuen.«

Myron blickte mich mit hochgezogenen Brauen an. Ich zuckte die Achseln. Tomyris lächelte mir zu und streckte fordernd die Hand aus. Ich gab ihr meinen Dolch. Die Sauromatin schob die Waffe durch ein wollenes Band an ihrem linken Schenkel. Zimri-Lim machte große Augen.

Dann hüllte Tomyris ihren fast nackten Leib in einen groben Umhang, der sie vom Scheitel bis zu den Fersen bedeckte, und zog nach chaldäischer Sitte einen Schleier vor das Gesicht. Ich drückte dem Zwerg inzwischen einige lydische Münzen in die geöffnete Hand. Dann traten wir ins Freie.

Vor dem Haus der Schönheit warteten schon zahlreiche andere Frauen und Mädchen, um sich auf das Ischtaropfer vorbereiten zu lassen. Hinter ihnen standen Adars Gefährten mit allerlei Klanggeräten.

Myron ergriff eine Trommel. Ich hängte mir eine Harfe über die Schulter und hielt mich am Ende unseres kleinen

Zuges. So konnte ich unbemerkt den Schallkörper des Musikgeräts öffnen und meine Sarpedonklinge in den Hohlraum schieben.

Dann verschloß ich die Harfe wieder und beschleunigte meinen Schritt, bis ich mich in der Mitte der sechs Musikanten befand.

So näherten wir uns den babylonischen Wachen, die den Tempel in dichten Reihen umstanden.

Der vierschrötige Wachführer blickte uns aufmerksam an. »Du bist es, Adar«, sagte er, als er den Sänger erkannte. »Gehören diese Leute alle zu dir?«

»Natürlich«, versetzte der Akkader. »Sieh sie dir nur ganz genau an.«

»Das werde ich tun«, erklärte der Wächter. Er nahm eine Fackel und leuchtete uns in die Gesichter. Als er mich erblickte, sagte er zu dem Akkader:

»Seit wann spielen denn auch die Söhne der Wüste mit dir, Akkader? Ich dachte immer, Araber wissen gar nicht, was Musik ist!«

Statt einer Antwort nahm ich die Harfe von meiner Schulter und schlug ein paar Dreiklänge, wie sie mich Arnuwan einstmals gelehrt hatte. Die Babylonier lauschten versonnen. »Klingt ganz gut!« lobte der Vierschrötige. »Also dann — viel Vergnügen!«

Adar dankte und trat an den Wachen vorbei.

»Einen Augenblick noch«, rief der Babylonier plötzlich. Wir blieben stehen und meine Narbe begann zu brennen.

»Was ist?« fragte Adar ungeduldig. »Wir haben es eilig! Königin Kassandane wartet schon auf uns.« Der Regen wurde wieder stärker.

»Nur einen Moment«, meinte der Wachführer und hob die Fackel. »Unser glorreicher Feldherr Nergal-Sarezer hat angeordnet, ihm deine Ankunft zu melden, sobald du erscheinst.«

»Nergal-Sarezer?« fragte der Sänger erstaunt. »Warum?«

»Ich habe keinen blassen Schimmer«, antwortete der Vierschrötige. »Soviel ich weiß, gab er nie viel auf Musik.«

»Der Feldherr ist wohl alt und wunderlich geworden«, vermutete Adar. »Oder fromm. Soll vorkommen, wenn einer schon mit einem Bein im Grab steht.«

»Da hast du wohl recht«, grinste der Wächter. »Jedenfalls muß ich den Befehl befolgen. Wartet hier!« Der Vierschrötige wandte sich um.

Ich gab dem Sänger einen Stoß. »Aber nicht doch!« rief Adar dem Wachführer nach. »Die Königin wird vor Zorn außer sich geraten, wenn wir nicht bald erscheinen. Mache doch nicht soviel Aufhebens um diese Formsache, Landsmann, ich bitte dich! Außerdem werden wir naß wie die Katzen. Wie sollen wir dann vor die Blutige treten!«

Die Tropfen fielen nun dicht an dicht. »Na gut«, rief der Chaldäer über die Schulter zurück. »Geht schon mal hinein. Wenn Nergal-Sarezer dich zu sprechen wünscht, weiß ich ja, wo ich dich finde.«

»Ich danke dir«, sagte Adar erleichtert und trat mit Tomyris in das Innere des Tempels.

In großer Eile drängten wir uns durch Priester und Betende im Großen Saal, den zahllose Fackeln erhellten. Die Wände waren mit bunten Ziegeln verkleidet. Die Darstellungen von Göttern und Königen wirkten so echt wie die Standbilder des berühmten Atheners Dädalos, die man der Sage nach anketten mußte, wenn sie nicht davonlaufen sollten. In den Mauern öffneten sich zahlreiche Türen. Sie führten zu den Opferräumen, in denen die Babylonier den Dienst an der Göttin vollzogen.

Am hinteren Ende des Raums begann eine steinerne

Treppe. Auf ihren Stufen gelangten wir unbehelligt zum Mittelgeschoß des Tempels. Dort befand sich der Hohe Saal, der allein den Priestern vorbehalten war.

Das von bronzenen Lampen taghell beleuchtete Gemach stand voller kostbarer Möbel. Die aus Elfenbein geschnitzten Liegen mit ihren goldenen Löwenfüßen und silbernen Kopfstützen waren so hoch mit Polstern bedeckt, daß man sie nur über Leitern besteigen konnte. Geschnitzte, mit Gold überzogene Lehnstühle boten besondere Bequemlichkeit durch geflochtene Sitzflächen und dicke, lederne Kissen. Neben ihnen trugen runde, goldüberzogene Tische riesige Körbe mit prächtigen Früchten. Schränke aus kostbarem Zedernholz bargen die zahllosen Schätze des Tempels. Matten aus grünen Binsen verbargen den Boden. Bunte Behänge aus zierlich geknüpfter Wolle verschönten die Wände.

In diesen Raum pflegten die Ischtarpriester die schönsten der betenden Frauen zu führen, um dort selbst mit ihnen das Opfer zu vollziehen. Denn wie in allen anderen Ländern sind es auch in Babylon die Priester, welche sich von allen dargereichten Gaben die besten Stücke vorbehalten — vom gebratenen Fleisch der Farren ebenso wie vom erhitzten der Frauen.

Am entgegengesetzten Ende des Saals standen drei Dutzend Perser. Sie riegelten den Weg zu den hinteren Räumen und zu der Treppe in das dritte Stockwerk ab. Viele weitere Panzerreiter lagerten in den Gemächern seitlich unseres Weges. Auch auf der Stiege zum Obergeschoß hörten wir ihre Waffen klirren.

Adar hielt mutig auf die Panzerreiter zu. Wir folgten ihm. Ein Gefühl der Spannung durchzog mich, als ich zwischen den Kriegern aus Parsumasch plötzlich das edle Gesicht des Fürsten Kambyses gewahrte.

Als wir die hintere Pforte des Hohen Saales erreichten,

kreuzten zwei Perser klirrend die kurzen Stoßlanzen vor Adars Brust. Einer der Wächter fragte in schlechtem Akkadisch:

»Halt, Chaldäer! Wer seid ihr, und wo wollt ihr hin?«

»Ich bin Adar, der Sänger der Göttin«, antwortete der Akkader. »Königin Kassandane von Medien befahl mich zu ihrer Kurzweil. Diese Männer sollen mich auf ihren Trommeln, Flöten und Harfen begleiten. Das Mädchen wird dazu tanzen. Laßt uns durch, wir sind schon spät!«

Kambyses saß ein paar Schritte abseits auf einem Polsterstuhl. Der große Perser wandte den Kopf und sah uns nachdenklich an. Wir verneigten uns tief. Die Musikanten schlugen die Augen nieder, als der Fürst uns betrachtete. Myron und ich taten es den anderen gleich.

Kambyses lehnte sich ein wenig zurück. Dann erhob sich der Perser und trat mit dem Schritt eines Raubtiers auf Adar zu.

»Wie, sagtest du, war dein Name?« fragte er den Akkader. »Und für welche Zeit bist du bestellt?«

Leises Donnergrollen drang durch die dicken Wände des Tempels. »Ich bin Adar«, wiederholte der Sänger und fügte hinzu: »Die Königin, auf der das Wohlgefallen Ischtars ruht, erwartet uns um Mitternacht. Sende ihr einen Boten, wenn du mir nicht glaubst. Doch eile dich, Fürst, ich bitte dich sehr! Geduld ist nicht die Stärke Kassandanes. Sie wird uns für unser Säumen bestrafen!«

Kambyses musterte uns der Reihe nach mit bohrenden Blicken. »Durchsucht sie!« befahl er.

Die Perser packten uns und tasteten unsere Körper ab. Adar ließ die Griffe der Krieger nur mit dem Ausdruck größten Widerwillens über sich ergehen. Nach ihm kamen seine fünf akkadischen Musiker an die Reihe. Dann wandten sich die Wächter Myron zu. Ich rätselte, wo der Grieche sein Messer versteckt haben mochte. Myron sah mich beruhigend an und richtete dann den Blick auf die Trommel. Seine Augen schienen zu lächeln.

»Was trägst du unter dem Netzrock, Schwarzbart?« herrschte mich einer der Parsumaschkrieger an. »Wickele ihn auf – dieses Ding ist so dick, daß man ein Schwert darunter verstecken könnte!«

Der Donner dröhnte immer lauter. Adar blickte mich atemlos an.

Gehorsam öffnete ich die Klammer, die den Überrock hielt. Adar schloß entsetzt die Augen. Der Sänger mußte ja erwarten, daß jetzt meine Sarpedonklinge zum Vorschein kam. Als der Akkader aber keinen Zornesruf vernahm, öffnete er die Lider. Ich zwinkerte ihm zu und schaute auf meine Harfe. Adar verstand sofort. Seufzend hob er die Augen gen Himmel.

Kambyses zeigte auf mich: »Ist dieser große Schwarzbart etwa auch ein Chaldäer?« fragte der Perser. »Er sieht wie ein Araber aus.«

Ich verneigte mich. Adar erklärte: »Du hast recht, edler Fürst. Dieser Mann entstammt dem Schoß der Wüste. Sein Spiel vereint die Pracht der südlichen Sterne mit der Macht der Mittagssonne.«

»Dann soll er mir etwas vorklimpern!« befahl Kambyses.

»Nicht doch, edler Herr!« wehrte der Sänger ab. »Wir müssen schon jetzt befürchten, daß die Königin uns den Lohn kürzt, weil wir zu spät kommen. Hört sie dort oben jedoch, daß wir hier unten spielen, kennt ihr Zorn keine Grenzen. Sie wird mein Fell auf eine Trommel spannen lassen!«

Kambyses lachte. »Nun gut, ihr Hasenfüße«, meinte der Perser. »Aber wenn ihr zurückkommt, tragt ihr auch mir etwas vor! Babels Nächte sind heiß. Ich habe Ablenkung nötig.«

»Gewiß, edler Fürst«, versprach Adar mit tiefer Verbeugung. »Allerdings: die Stunde kostet zehn Kupferstücke. Vom Klang der Musik allein wird kein Künstler satt!«

Ich begann zu schwitzen. Auch Myron schien den Sänger innerlich zu verfluchen, daß dieser in solcher Lage auch noch zu feilschen begann. Adar zwinkerte mir zu. Dann schaute der Sänger angelegentlich auf meine Harfe, und mir wurde klar, daß er mir den Schrecken von vorhin vergelten wollte.

Kambyses lächelte und versetzte: »Jetzt weiß ich, daß ihr die Wahrheit sprecht. Dreht sich doch bei den Chaldäern alles stets nur ums Geld! Aber zehn Kupferstücke sind wohl ein wenig reichlich, nicht wahr? Für fünf bekommt man ein Pferd!«

»Dann«, erwiderte Adar beleidigt, »lasse doch deinen Gaul singen!«

Kambyses brüllte vor Lachen. Als er sich wieder beruhigt hatte, befahl er: »Also zieht schon hinauf und spielt der Blutigen etwas vor! Falls ihr danach noch in der Lage seid, auch etwas zu meiner Unterhaltung zu tun, sollt ihr die zehn Kupferstücke bekommen!«

Adar wandte sich grußlos um und schritt stolz die Treppe empor. An ihrem Ende öffnete sich der oberste Raum des Tempels, genannt der Heilige Saal. Dort warteten fünf schwerbewaffnete Meder aus Kassandanes Gefolge. Sie musterten uns mit wachsamen Blicken und durchsuchten uns ebenfalls sehr genau.

Dann führten uns zwei Wachen in jenen Teil des Tempels, der seit alters nur Besuchern aus edlem Geblüt offensteht. Denn chaldäische Fürsten opfern Ischtar nur mit ihresgleichen. Auch die Hohenpriester, die den Heiligen Saal verwalten, stammen stets von Königinnen und anderen Frauen des Adels ab.

In dem Saal waren nicht nur die Wände, sondern sogar

die Decken mit farbigen Ziegeln geschmückt. Auf blauem Hintergrund zeigten die Bilder die höchsten Götter, aber auch andere Lichtwesen, Sphingen und Fabeltiere, Sonne, Mond und die wandernden Himmelslichter, so daß es erschien, als blicke man vom Dach eines Hauses auf das Gewölbe der Nacht. Mannshohe Ständer aus Kalkstein trugen Schalen von brennendem Öl. Ihr Schein fiel in alle Winkel. Auf dem Boden dämpften Bahnen aus blauem, gekämmtem Filz den Schritt. Reich gekleidete Sklavinnen scharten sich um große Schüsseln mit Speisen. Andere Dienerinnen schöpften mit goldenen Bechern schäumendes Bier aus hüfthohen Tonbehältern. Sie reichten das berauschende Getränk Mädchen und Jünglingen dar, die sich fast nackt auf weichen Polstern räkelten und sich dabei allen Blicken darboten, bereit, der Göttin immer wieder zu opfern. Prinzen und Prinzessinnen aus den berühmtesten Fürstenhäusern aller chaldäischen Städte widmeten sich diesem heiligen Dienst.

An der rückwärtigen Wand öffnete sich ein gewaltiges Fenster, groß wie ein Stadttor. Dahinter begann der göttliche Steig der immergeliebten Ischtar, auf dem nur die Himmelsbeherrscherin selbst schreiten konnte. Steil wie eine Felswand im Kaukasos fiel diese Stiege dreißig Klafter tief bis zum Boden der Erde hinab. Ihre Stufen, für göttliche Füße gefertigt, waren so groß, daß ein sterblicher Mensch, der es wagte, vom Fenster auf diese Treppe zu treten, zu Tode stürzen mußte.

Neben der himmlischen Pforte erblickten wir eine mit roten Stoffen verhüllte Sänfte. Kostbares Schnitzwerk verzierte das Holz ihrer Stangen. Auf ihrem Dach aber prangte das unheilverkündende Zeichen der doppelköpfigen Echse.

Meine Narbe brannte schlimmer als jemals zuvor. Ich wußte, daß ich nun an das Ziel meiner Reise gelangt war.

Zwischen dem Tragstuhl und dem Fenstertor standen in vier Reihen übereinander zwanzig hölzerne Kästen mit blaugrauen Tauben. Alle Vögel trugen gehämmerte Hülsen an den kurzen Läufen mit den gefiederten Fersen. Die bronzenen Behälter waren mit schmalen Lederriemen befestigt. Die Wände der Vogelbauer bestanden aus dünnen Stäben. Die Türen waren mit hölzernen Haken gesichert, so daß man sie im Nu öffnen konnte — wenn man es nicht in der Eile vorzog, die Käfige mit einem Schlag zu zerschmettern.

Vor den Botentauben saßen mit untergeschlagenen Schenkeln drei junge, kräftige Meder in scharlachroten Gewändern. In ihren goldenen Gürteln steckten geschliffene Dolche.

Die finsteren Mienen der Wächter verrieten geschärfte Aufmerksamkeit, als wir nun näherträten. Sobald es ihre Königin befahl, würden die drei Diener alle Tauben fliegen lassen. So wie die Käfige gebaut waren, konnte es nur wenige Herzschläge dauern, bis die Vögel befreit und durch das Fenster entschwunden waren, um ihre tödliche Botschaft nach Ekbatana zu tragen.

Hinter den schweren Vorhängen der Sänfte erklang eine herrische Stimme:

»Ihr wagt es, mich warten zu lassen, Chaldäer? Sollen wir Ischtars Fest etwa in Stille verbringen und die Göttin durch Trübsal verärgern? Habe ich dir nicht ausdrücklich befohlen, daß du pünktlich um Mitternacht erscheinen sollst, du ungehorsamer Akkader? Ich sollte dir die Nase abschneiden lassen!«

Adar verneigte sich tief und erklärte feierlich:

»Dein erhabener Unwille, Fürstin, ähnelt dem Zorn der Göttin selbst, so wie auch deine Schönheit der ihren gleicht! Ja, die Anmut deines Antlitzes und die Herrlichkeit deiner Hüften blendet die Augen der Frommen. Jede sterbliche Frau muß vor dir wirken wie eine räudige Eselin neben der prachtvollen Stute! Darum, denke ich, fällt es dir manchmal schwer, Gespielinnen zu finden, die es wirklich wert sind, deine Gebete an Ischtar zu teilen. Und mit denen du zu opfern vermagst, ohne befürchten zu müssen, daß die Gefährtin durch ihren mangelnden Reiz die Göttin verärgert. Darum erlaube ich mir, dir eine Sklavin zu schenken, die alle anderen Frauen von Babel an Schönheit weit übertrifft.«

Mit diesen Worten löste der Akkader den Umhang der Sauromatin, und Tomyris trat unter die anderen Frauen, so wie der strahlende Abendstern die anderen Sterne beschämt.

Alle Mädchen und Jünglinge starrten die Sauromatin verwundert an. Ein Flüstern und Raunen erhob sich. Dann standen zwei Prinzen auf und knieten vor Tomyris nieder. Mit streichelnden Händen tasteten sie sich an den bloßen Schenkeln der Sauromatin empor. Eines der Mädchen, wohl kaum fünfzehn Jahre alt und aus dem höchsten Adel des Meerlands, trat hinter Tomyris und umspannte mit den zierlichen Händen zärtlich die fast nackten Brüste unserer Gefährtin. »Lasse mich mit dir opfern«, bat die Chaldäerin dabei mit flehender Stimme, »laß uns gemeinsam von den Wonnen Ischtars kosten!«

»Hört auf damit!« befahl die scharfe Stimme der Königin. Die beiden Jünglinge und das Mädchen zogen sogleich gehorsam die Hände zurück.

Adar gab den Musikern ein Zeichen. Seine Gefährten begannen, die Flöten zu blasen und ihre Lauten zu zupfen. Myron schlug den Takt mit der Trommel. Ich ließ die Harfe erklingen. Gespannt betrachteten wir den Vorhang der Sänfte, und endlich geschah, worauf wir gehofft hatten: Die schweren, rubinroten Stoffe wurden für einen Moment auseinandergeschoben. In der schmalen Lücke erschien eine weiße, schlanke Hand mit purpurn gefärbten Nägeln und winkte Tomyris einladend zu.

Die Sauromatin blickte mich fragend an. Ich nickte. Die Königin mußte abgelenkt sein, wenn unser Plan gelingen sollte.

Tomyris straffte ihre makellose Gestalt und schritt mit erhobenem Haupt dem Tragstuhl entgegen. Der Vorhang wurde noch weiter zurückgeschlagen, und unsere Gefährtin wand sich geschmeidig in zwei helle Arme, die sie zärtlich umschlangen.

Die Flöten erklangen nun immer lauter, und Adar begann, in hohen Tönen ein Festlied zu Ehren der Immergeliebten zu singen. Dabei tänzelte der Akkader, von uns gefolgt, allmählich näher zu der roten Sänfte. »Wir müssen uns beeilen«, raunte Myron mir zu, »jeden Moment wird Nergal-Sarezer erscheinen!«

»Gib Tomyris noch etwas Zeit«, antwortete ich ebenso leise.

Adar stand nur noch zehn Schritte von den Käfigen entfernt. Als sich der Sänger noch weiter heranpirschen wollte, stießen die drei scharlachroten Wächter ein warnendes Zischen aus, zogen die Dolche und legten die Linke auf die Käfigdächer. Adar nickte, zeigte den Medern ein um Verzeihung bittendes Lächeln und tanzte ein paar Schritte zurück.

Der Regen ließ langsam nach. Aus der Sänfte drang ein leises Seufzen und Stöhnen.

»Wie lange willst du noch warten?« fragte Myron flüsternd.

Ich antwortete, kaum die Lippen bewegend: »Wir schlagen erst zu, wenn unsere Gefährtin die Blutige überwältigt hat, so daß Kassandane nicht mehr um Hilfe rufen kann. Vorher ist es zu gefährlich. Wer weiß, welche Teufelei sich die Königin sonst noch ausgedacht hat! Ein Ruf, und die

Tauben sind fort. Dann kommen wir hier nicht mehr lebend heraus.«

Adar sang immer besser. Seine schöne Stimme schien mühelos in jeden Winkel des Heiligen Saales zu dringen. Alle chaldäischen Mädchen und Jünglinge lauschten verzückt. Die Meder aber schienen völlig unbeeindruckt, und die Wachsamkeit der drei Wächter ließ keinen Augenblick nach.

In diesem Moment drang plötzlich ein halberstickter Laut aus dem Tragstuhl. Sogleich begann Myron wie in Verzückung zu schreien. Sein Mund stieß schrille Laute hervor, und seine Hände schlugen wie rasend die Trommel, so daß ihr Dröhnen alle anderen Geräusche übertönte.

Die Köpfe der drei roten Wächter fuhren herum. Der älteste von ihnen legte die Hand an den Gürtel. Die beiden anderen waren wohl zu verblüfft, um an ihre Waffen zu denken. Sie starrten den Griechen an wie ein Gespenst. Myron sprang wie ein Ziegenbock hoch und schlug mit klatschenden Sohlen die Füße gegeneinander. Die Scharlachroten stießen einander an und begannen zu lachen. Ich öffnete meine Harfe, zog das Sarpedonschwert hervor und lief auf die Meder zu.

Ein Schrei ertönte aus der Sänfte. Die Köpfe der Wächter fuhren herum. Ihre Hände zuckten zu den Dolchen an ihren Hüften und zu den Türen der Käfige.

»Die Tauben!« schrie Kassandane mit sich überschlagender Stimme.

Im gleichen Augenblick hatte ich den ältesten Wächter erreicht. Der Stahl meiner Klinge fuhr dem Meder seitlich in den Nacken und trennte ihm den Kopf vom Rumpf.

Was nun folgte, dauerte nur wenige Herzschläge lang. Doch in dieser kurzen Zeit wurde entschieden, was mir das Schicksal zugedacht hatte, und ich tat alles, um zu erfüllen, was mir vom Himmel aufgetragen war.

Der zweite Meder stach mir mit dem Dolch in den linken Schenkel. Der dritte und jüngste riß schon den ersten Käfig an sich. Ich stieß dem Angreifer mein Schwert durch den Leib. Röchelnd sank er zu Boden. Im Fallen packte der Meder das Schwert, und im Sterben verkrampften sich seine Hände, so daß ich die Klinge nicht schnell genug aus seinem Körper ziehen konnte.

Blitze erhellten das Dunkel über dem Göttertor. Das Rad des Donners rollte dröhnend durch das Zelt des Himmels. Der Vorhang der Sänfte bewegte sich. Kassandane erschien, einen blutigen Dolch in der Rechten.

»Laßt die Tauben fliegen!« schrie sie mit mörderischer Stimme. In ihrem weißen Gesicht funkelten schwarze Augen wie Kohlen. Dunkles Haar wallte auf ihrem Haupt wie Wolken des Sturmwinds am Gipfel des Berges. Zwischen den bläulichen Lippen ihres verzerrten Mundes blitzten raubtierhafte Zähne, als sie ihre Befehle hinausschrie.

Mit bloßen Händen stürzte ich mich auf den jüngsten Wächter. Der Käfig fiel aus seinen Händen und zerbrach. Ich packte mit der Linken die Messerhand des Meders und mit der Rechten seine Kehle. Der Krieger wehrte sich verzweifelt und trat mit den Füßen nach mir.

Aus den Augenwinkeln sah ich, daß nun auch Myron auf die Käfige zueilte. Adar und seine Musiker flüchteten vor den medischen Wachen, die vom Eingang her durch den Saal auf uns zustürzten.

Ich löste meine Finger von der Gurgel des Gegners und schlug ihm die Faust ins Gesicht. Der Griff des Wächters lockerte sich. Ich wand ihm den Dolch aus der Hand und stieß ihm den Stahl in die Kehle. Die Taube aber kroch zwischen zerborstenen Stäben hindurch und flatterte zum Fenster.

Am Boden liegend, versuchte ich mit der Rechten, den

Vogel zu fangen. Doch die Taube entwischte mir und strebte der lichten Öffnung entgegen.

Von der Treppe her ertönte das Klirren von Waffen. Schwarzgepanzerte Perser stürzten in den Saal.

Die blutige Kassandane lief auf mich zu und hob ihren Dolch. Hinter ihr sah ich Tomyris. Die linke Körperseite der Sauromatin glänzte blutrot. Sie konnte sich kaum auf den Beinen halten. Doch sie folgte der Königin, so wie auch ein von Bissen verletzter Hirtenhund einem raubenden Wolf auf der Spur.

Auch mir lief der Lebenssaft aus dem Körper. Ich stemmte mich mühsam empor. Beides zugleich konnte ich nun nicht mehr schaffen: entweder wich ich dem Angriff der Blutigen aus und ließ die Taube entkommen — oder ich versuchte, den Vogel noch zu erhaschen, selbst wenn Kassandanes Messer dabei meinen Rücken durchbohrte. Ohne weiter nachzudenken, reckte ich mich kniend empor und bekam eben noch den Schwanz der fliegenden Taube zu fassen.

»Du hast es geschafft!« schrie Myron.

Die Königin stieß ein schreckliches Zischen aus. Das zu Tode erschrockene Tier flatterte aus Leibeskräften. Die Schwanzfedern lösten sich und blieben in meiner Hand zurück. Die Taube aber strebte befreit dem offenen Fenster entgegen.

Die Königin schrie in wildem Triumph. Da schwirrte plötzlich ein blinkendes Stück Stahl durch die Luft.

Einen Wimpernschlag später fuhr ein Messer durch den Leib der Taube und heftete das Tier an einen Pfosten der blutroten Sänfte.

Der Vogel schlug noch einmal mit den Flügeln und starb.

Verwundert starrte Kassandane auf die Waffe. »Das ist das Wurfmesser eines Meders!« rief die Königin überrascht.

»Ja«, sagte Myron düster. »Jetzt ist es aus mit dir, du Ungeheuer!«

Aber der Grieche war zu weit entfernt, um Kassandane aufhalten zu können. Die Königin schrie gellend auf und hob den Arm, um mich zu erstechen und dann die anderen Käfige zu öffnen.

Tomyris hinter ihr taumelte und stürzte vor Schwäche zu Boden. Noch im Fallen versuchte die Sauromatin, die Königin an den Füßen zu halten, doch es war zu spät.

Ich stützte mich auf mein gesundes Bein, griff nach dem medischen Messer und zog es mit einem Ruck aus dem Balken. Die tote Taube fiel zu Boden.

»Halte ein!« schrie eine laute Stimme. »Tu's nicht!«

Ich wandte mich um und sah, daß Kambyses und seine Perser die medischen Wachen niedergehauen hatten. Der Fürst von Parsumasch stand nur noch zwanzig Schritte von uns entfernt. Das breite Schwert in seiner schwarzbehaarten Hand troff von Blut. Erregt starrte er zu den Käfigen mit den Tauben, die angstvoll gurrten.

Doch nicht Kambyses hatte mich gerufen, sondern Nergal-Sarezer, der Feldherr von Babel. Er drängte sich an dem Perser vorbei. »Tu's nicht!« rief er noch einmal.

Als die Königin die beiden Fürsten erblickte, stieß sie einen gellenden Schrei aus. Ihr Arm stieß herab, und ihr Dolch drang tief in meine rechte Seite.

Der Schmerz durchzuckte mich wie ein glühender Pfeil. Ich packte Kassandane an den Haaren und riß ihren Kopf zurück. »Tu's nicht!« rief Nergal-Sarezer noch einmal. Ich aber sah das Antlitz meines ermordeten Sohnes vor mir. Das Messer in meiner Hand bewegte sich, als ob es eigenes Leben besäße. Ich schloß die Finger fest um den Griff und stieß der Königin dann den Stahl in die Brust.

Ein Gurgeln drang aus Kassandanes Hals. Sie wand

sich in meinem Griff und riß ihren Dolch aus meinem Leib, um noch ein zweites Mal zuzustechen.

»Nein! Dagon! Nein!« schrie Nergal-Sarezer. Der Babylonier stürzte auf mich zu.

Blitz und Donner folgten nun Schlag auf Schlag. Auch der Perser Kambyses eilte mit Riesenschritten herbei. Ich aber achtete auf keinen von beiden, sondern zog das medische Messer quer durch den Leib meiner Feindin, bis ich das Herz durchschnitt.

Kassandanes Gesicht lag dicht vor meinem. »Dagon?« fragte sie, »Dagon?« Ein Ausdruck der Verwunderung erschien in ihren Augen. Dann trübten Todesschleier ihren Blick. Leblos sank sie zu Boden.

Ich hob zwei der Käfige hoch und hielt sie aus dem Fenster. Sofort blieb Kambyses stehen. Auch Nergal-Sarezer verhielt seinen Schritt.

»Kommt nicht näher!« befahl ich. Dann atmete ich tief und schaute auf meine tote Feindin.

Der Tod ließ Kassandanes Züge weicher erscheinen, und plötzlich erschien es mir, als hätte ich diese Frau schon einmal gesehen.

Nergal-Sarezer starrte mich fassungslos an. »Dagon!« rief der Feldherr entsetzt. »Weißt du, wen du getötet hast?« Myron blickte erstaunt vom einen zum andern. Auch der Perser Kambyses schien den Sinn dieser Worte nicht zu verstehen.

»Ich ahne, was du sagen willst«, antwortete ich erschüttert. »Als die Königin fiel, erkannte ich es: Sie war nicht nur Nadins Mörderin, sondern zugleich seine Mutter.«

Myron stieß überrascht die Luft aus. Kambyses schaute betroffen zu Nergal-Sarezer. Der Fürst von Sin-Magir aber schüttelte entsetzt den Kopf. »Nein«, erklärte er dann, »Kassandane trug keine Schuld am Tod deines Sohnes. Sie wußte nicht einmal, wo er lebte und wie er hieß.«

Ich sah den Chaldäer verwundert an. Verwirrte Gedanken stoben durch meinen Kopf wie Böen des Windes durch ein verlassenes Haus. »Du lügst!« schrie ich in plötzlichem Entsetzen. »Ich sah doch Kassandanes Mal auf Nadins Stirn!«

Müde fuhr Nergal-Sarezer mit der Hand über die Augen. »Ich werde dir alles erzählen«, sagte der Feldherr. »Doch warum nennst du diese Frau die Mutter deines Sohnes?«

»Weil ich sie nach dem Untergang von Ninive in ihrem Zelt überfiel und entführte«, gab ich zur Antwort. Müdigkeit kroch in mein Herz. Am liebsten hätte ich aufgegeben. Nur der Gedanke an die Gefährten hielt mich zurück.

»Ja, Nergal-Sarezer«, berichtete ich. »Ich raubte diese Frau, um sie im heiligen Harran unserem neuen Herrn Assur-Uballit zu übergeben. Doch unterwegs, am brausenden Balikh, spottete die Gefangene über unsere Toten. Da geriet ich in Zorn und fügte ihr zu, was ihre Krieger unseren Frauen angetan hatten. Ich kannte ihren Namen nicht, und später vermied ich es, mit ihr zu sprechen. Denn ich schämte mich meines Verbrechens. Zehn Monate später brachte mir Myron ihr Kind. Die Fremde wurde gegen zwei assyrische Prinzen ausgetauscht. Erst jetzt erkannte ich sie wieder.«

Nergal-Sarezer starrte mich an wie einen Geist. Er schluckte, und nur mit äußerster Mühe vermochte er wieder zu sprechen. »Unglücklicher!« rief er aus. »Könnte ich dir doch ersparen, zu hören, daß dein Verbrechen noch schlimmer ist, als du jetzt ahnst!« Der Feldherr schlug die Hände vor das Gesicht.

Als er mich wieder ansah, sah ich das Grauen in seinen Augen. »Höre, was ich dir zu sagen habe«, stieß er mit heiserer Stimme hervor. »Sammle alle Kräfte deines Geistes in der Festung deiner Seele! Jetzt wirst du etwas erfahren, das schrecklicher ist als alles andere, was du jemals vernahmst. Denn ich kenne die Königin noch aus einem anderen Leben und einer anderen Zeit.«

Meine Narbe brannte wie Feuer. Ich blickte auf das medische Messer in meiner Hand. Die Tauben stießen unruhig gegen die Käfigstäbe. Myron sah mir in die Augen. Kein Muskel regte sich in seinem Gesicht, als er mein Sarpedonschwert aus dem Leichnam des roten Wächters zog und sich dann entschlossen an meine Seite stellte.

Nergal-Sarezer gab sich einen Ruck. »Töte mich, wenn du willst«, rief er, »aber ich darf nicht schweigen.« Langsam schritt er auf uns zu, bis er vor der toten Königin stand. Wir hielten ihn nicht auf.

Der Feldherr bückte sich und zog an dem blauen Fürstengewand, das ich mit meinem Messer durchschnitten hatte. Der Stoff klaffte auf, und an der Schulter der Toten erblickte ich voller Entsetzen das Zeichen des Sonnenrads.

Ein furchtbarer Schrei hallte in meinen Ohren. Erst später merkte ich, daß dieser Laut aus meiner Kehle stammte. Nun wußte ich endlich, was mir das Schicksal zugedacht hatte: Nicht zum Rächer war ich geworden, sondern zum Mörder. An den Flüssen von Babylon hatte ich nicht Schuld getilgt, sondern neue auf mich geladen. Nicht Vergeltung hatte ich bewirkt, sondern ein Verbrechen begangen, für das es keine Vergebung gibt.

»Ja«, sagte Nergal-Sarezer. »Diese Frau folgte einst deinem Vater in die kimmerische Steppe. Sie war es, die dir das Leben schenkte. Du hast nicht nur die Frau, die deinen Sohn gebar, getötet, sondern zugleich deine eigene Mutter.«

XVII Die Erklärung

Der Regen hatte aufgehört. Myron legte die Hand auf die Käfige mit den Tauben, hob die Sarpedonklinge und sagte zu Nergal-Sarezer: »Das hättest du uns früher erzählen sollen, Chaldäer. Jetzt ist es zu spät. Kehre um zu deinen Männern, wenn du nicht willst, daß diese Vögel nach Medien fliegen!«

Nergal-Sarezer nickte und trat ein paar Schritte zurück. »Ich bin euer Freund«, rief der Feldherr beschwörend. »Bei mir seid ihr sicher!«

»Wir trauen niemandem«, antwortete der Grieche. »Sieh zu, daß deine Männer das Stockwerk sofort verlassen! Auch die Perser will ich hier nicht mehr sehen. Schicke uns Ärzte! Kambyses mag die Königin mitnehmen. Schließlich ist er ihr Schwiegersohn. Komme uns aber nicht zu nahe, Perser!«

»Ich werde tun, was du befiehlst, Hellene«, stieß Kambyses mit gepreßter Stimme hervor. Der Parsumaschfürst legte sein Schwert auf den Boden, griff vorsichtig nach den Füßen der toten Königin und zog sie zu sich. Auf dem blauen Boden blieb eine rote Blutspur zurück.

Myron wartete, bis sich die Perser und Babylonier fünfzig Schritte entfernt hatten. Dann legte er mir den Arm um die Schulter, führte mich zum nächsten Lager und bettete mich auf die Kissen. Danach hob er die bewußtlose Sauromatin empor und legte sie auf das benachbarte Bett. Nergal-Sarezer und Kambyses beobachteten uns gespannt.

Vorsicht und Wachsamkeit meines Gefährten verdienten Bewunderung, doch ich war zu keinem anderen Gedanken fähig als zu Selbstvorwurf und zu keinem anderen Gefühl als Lebensüberdruß. Denn nun hatte ich endlich erkannt, daß ich ein Spielball des Schicksals gewesen war und gehandelt hatte wie eine Puppe, die man an Fäden lenkt. Welcher Sinn verbarg sich hinter meinen Taten? Welche Mächte hatten gewollt, daß ich meine Mutter erschlug? Welche Kräfte hatten bewirkt, daß aus der Frau, die mein Vater so liebte, später das Ungeheuer wurde, das man »die Blutige« nannte? Warum verwickelten mich die Schicksalslenker in ein solches Verbrechen? Wer führte meine Hand, daß sie mit dem verfluchten medischen Wurfmesser zustach? Um diese Fragen kreiste mein ganzes Denken.

Durch das Dröhnen hallender Anklagen in meinem Geist tönte die Stimme Nergal-Sarezers, der nach einem prüfenden Blick auf Myron zu mir sprach:

»Du sollst auf der Stelle alles erfahren, was du zu wissen begehrst. Lasse aber zuvor deine Wunden verbinden. Auch deine Gefährtin soll versorgt werden, ehe ihr Leben fortblutet. Ich schicke euch Ärzte — alte Männer, vor denen ihr euch nicht sorgen müßt. Sei beruhigt, Dagon! Ich bin dein Freund.«

Wirklich? dachte ich bitter. Sprichst du die Wahrheit, Feldherr von Babel? Aber ich schwieg. Ehe ich Nergal-Sarezer anklagte, wollte ich erst alles wissen.

»Bevor ich beginne«, erklärte der Chaldäer, »muß ich erst einen Boten zu Schumukin senden. Ich werde Botschafter Bigtan erzählen, daß unsere Wächter euch im ersten Zorn über den Tod Kassandanes niedergehauen hätten. Die babylonischen Zeugen hier werden schweigen — dafür verbürge ich mich. Zum Beweis werde ich dem Meder die Häupter eurer Doppelgänger vorlegen. Die müssen aber dann schon ausgeblutet sein.«

»Einverstanden«, antwortete Myron.

Nergal-Sarezer erteilte rasch seine Befehle. Die babylonischen Wachen liefen hinaus, gefolgt von den Ischtarverehrern, die kaum begriffen hatten, was geschehen war. Adar warf mir einen fragenden Blick zu. Ich nickte. Der Sänger sammelte seine Begleiter und eilte davon.

Kambyses starrte Myron drohend an und sprach mit mühsam beherrschter Stimme:

»Noch liegt der Vorteil auf deiner Seite, Hellene. Doch dein Würfel gewinnt nur, wenn er nicht rollt! Sobald du diese Tauben fliegen läßt, trennt dir mein Schwert das Haupt vom Rumpf. Denn dann habe ich nichts mehr zu verlieren. Überlege dir also, was du tust!«

»Nachdenken gehört zu meinen liebsten Gewohnheiten«, versetzte der Grieche kalt. »Und nun mach, daß du fortkommst.«

Kambyses wandte sich um und schritt mit seinen Kriegern zur Tür. Als er den Saal verlassen hatte, traten zwei Ärzte ein. Der ältere befühlte die Stichwunde der Sauromatin und stillte das Blut mit Salben und einem Verband. Der jüngere versorgte meine Verletzungen. Myron stand die ganze Zeit über am Fenster, die Hand auf die Käfige mit den zwei Tauben gelegt. Schweigend tauschte er Blicke mit Nergal-Sarezer.

Als ich verarztet war, humpelte ich zu der toten Taube, die noch immer vor dem Tragsessel lag. Ich öffnete die Bronzehülse und zog daraus einen Papyrus hervor.

»Das war wohl ziemlich knapp, wie?« murmelte Nergal-Sarezer.

Ich griff in einen der Käfige, öffnete einen weiteren Briefbehälter, fand ihn leer und schob den Papyrus hinein. Nergal-Sarezer verfolgte jede meiner Bewegungen mit großer Spannung. »Du wirst die Tauben nicht fliegen lassen«, meinte der Feldherr, »ehe du weißt, was ich dir zu berichten habe. Und wenn du das erfahren hast, wirst du einsehen, daß du die Tauben gar nicht mehr brauchst.«

Ich setzte mich neben der Sauromatin auf einen Polsterstuhl, nahm eine Kanne vom Tisch und stärkte mich mit einem Schluck gewärmten Weins. Tomyris seufzte und schlug die Augen auf. »Was ist geschehen?« fragte sie mit schwacher Stimme.

Ich erklärte ihr, daß im Augenblick keine Gefahr drohe. Die Sauromatin senkte den Blick. »Es tut mir leid, daß ich versagte«, flüsterte sie. »Die Königin verbarg ein Messer unter ihrem Kissen. Als ich sie ergriff und ihr den Mund zuhielt, stieß sie mir den Dolch in die Schulter. Wo ist Kassandane? Ist dein Rachewerk gelungen?«

Ich brachte nicht die Kraft zu einer Antwort auf. Myron berichtete statt meiner: »Dagon hat die Königin getötet. Aber Nergal-Sarezer behauptet, daß Kassandane gar nicht Nadins Mörderin war. Wir werden gleich mehr davon hören.«

»Allerdings!« rief Nergal-Sarezer. »Kassandane war nicht nur die hohe Gemahlin des grausamen Huwaksatara, sondern zugleich seine Schwester. Beide entstammten dem Blut des Königs Phraortes, der vor einem Menschenalter durch Verrat die Skythen besiegte und Medien dadurch zur Weltmacht erhob.«

Myron lauschte den Worten des Feldherrn mit zusammengekniffenen Augen. Die schöne Sauromatin hing wie gebannt an den Lippen des Babyloniers. Nergal-Sarezer blickte mich voller Mitgefühl an und fuhr fort:

»Du weißt ja, Dagon, daß dein hehrer Vater Tugdamme einst als Gastfreund am Hof des Königs Phraortes weilte und sich dabei in eine edle Prinzessin verliebte. Zur Strafe ließ der Meder ihm ein Auge ausstechen. Dann banden die Knechte des Königs den Schwerverletzten auf sein Pferd und trieben es davon. Doch Tugdamme kam bald wieder zu sich. Er kehrte um, entführte die Prinzessin und machte sie am Schwarzmeer zu seiner Frau.«

»So war es«, bestätigte ich mit leiser Stimme. Wieder

zogen Bilder aus meiner Kindheit vor meinem inneren Auge vorüber.

»Diese Prinzessin«, fuhr Nergal-Sarezer fort, »war niemand anders als Kassandane – das edelste Juwel, das Medien zu verlieren hatte. Phraortes hätte alles darum gegeben, seine Tochter zurückzugewinnen. Doch damals reichten Mediens Kräfte nicht zu einem Feldzug an das Schwarzmeer aus. Also sandte der König den Skythen Geschenke. Die Steppenreiter sollten euch verfolgen. Darum kam es zum Krieg in Kimmerien, und dein Volk mußte fliehen.«

Draußen begann es von neuem zu regnen. Tomyris schaute mich von der Seite an. »Heißt das, die Blutige war deine Mutter?« fragte die Sauromatin verstört. Ich nickte, und neue Qualen zerfraßen mein Herz.

Tomyris legte ihre Hand auf meinen Arm. »Und du hast nichts davon gewußt?« fragte sie leise. »Oh, wie grausam sind deine Götter!«

»Nicht Götter, ich selbst bin schuld«, antwortete ich verzweifelt. Wieder gingen mir, wie damals nach dem Anschlag auf Huwaksatara, die Worte der judäischen Propheten durch den Sinn, und ich dachte: Ja, du hattest recht, Jeremia, als du mir rietst, die Rache deinem Gott zu überlassen. Nun habe ich ein zweites Mal in Verblendung gehandelt und dadurch schwerste Schuld auf mich geladen. Auch du, Ezechiel, warntest mich. Aber in meiner Hoffart hielt ich eure Worte für Zeichen von Feigheit und Jahwe für einen stummen Götzen, so wie Assur es war. Nun ist eingetroffen, was ihr damals ahntet. Zu spät erkenne ich die Macht eures Gottes!

Ich schlug die Hände vor das Gesicht und kämpfte mit den Tränen. Erst nach einer ganzen Weile gewann ich die Fassung zurück. Nergal-Sarezer schaute mich mitleidig an und berichtete weiter:

»Du erinnerst dich gewiß noch gut an euren Zug durch das westliche Asien. Als Phraortes gestorben war, ohne seine Tochter zurückerhalten zu haben, schickte sein Nachfolger Huwaksatara von neuem Boten und Geschenke – diesmal aber zu Reitern, die den Westen des Erdteils kannten. Denn sie streiften als Söldner Assyriens oft bis zum salzreichen Halys und in das turmhohe Taurusgebirge. Der Führer jener Krieger hieß Gauratar.«

Myron hob verwundert den Kopf. Auch Tomyris sah den Feldherrn voller Spannung an. Der Babylonier tupfte sich mit seinem weißen Tuch über die schweißnasse Stirn. Dann erzählte er weiter:

»Wie du wohl weißt, Dagon, diente ich früher als Leiter des Nachrichtenwesens in der assyrischen Hauptstadt – lange vor deiner Zeit. Gauratar zählte zu meinen Kundschaftern. Eines Tages schlug mir der Skythe einen Streifzug nach Kilikien vor. Da ich noch neu auf meinem Posten war, wollte ich die Gelegenheit nutzen, den Westen aus eigener Anschauung kennenzulernen. Gauratar schien nicht glücklich über meinen Entschluß, ihn zu begleiten. Aber er wagte nicht, mir zu widersprechen. So ritt ich mit ihm nach Kleinasien. In einer Höhle des Taurus spürten seine Skythen ein paar versteckte Frauen auf, deren Männer auf Raub ausgezogen waren. Die schönste von ihnen entführten sie, wie es nun einmal Skythenart ist. Ein kleiner Junge schlang seine Arme um die Unglückliche. Die Reiter wollten das Kind mit Pfeilen erschießen. Ich aber sorgte aus Mitleid dafür, daß sie den Knaben in eine verschneite Schlucht warfen, wo ihm nichts geschehen konnte, bis sein Vater wiederkam. Damals, Dagon, rettete ich dir zum ersten Mal das Leben.«

Ich nickte, und die Erinnerung an meine Mutter beschwerte mein Herz. Die Sauromatin schaute mich mitleidig an. Myron murmelte: »Warum hast du mir das nie erzählt, Gefährte? Ich hatte keine Ahnung!«

Ich erhob mich, wankte mühsam zum Fenster, gab dem Mileter sein Messer zurück und nahm die Sarpedonklinge. Die Regentropfen fielen wieder dichter.

Nergal-Sarezer blickte mir aus müden Augen ins Gesicht. Nach einer Weile fuhr er fort:

»Im Gegensatz zu ihren sonstigen Gepflogenheiten zwängten die Skythen ihrer schönen Gefangenen nicht die Schenkel auseinander, sondern behandelten die Fremde mit großer Ehrerbietung. Das weckte meine Neugier. Nach unserer Rückkehr ließ ich Gauratar überwachen. Auf diese Weise fand ich heraus, daß er seine Beute heimlich nach Medien brachte. Und daß die schöne Fremde niemand anders als die einst entführte Kassandane war. Der Skythe berichtete in Ekbatana auch von dem Knaben. Aber die heimgeführte Prinzessin behauptete, der kleine Junge in der Schlucht sei nicht ihr Sohn, sondern das Kind einer verstorbenen Freundin gewesen.«

»Also hat Kassandane Dagon verleugnet«, stellte Myron nüchtern fest. »Damit hat sie jedes Recht verwirkt, als seine Mutter zu gelten!«

»Aber sie war es, die ihn gebar«, antwortete der Chaldäer. »Sie log nur, um Dagon zu schützen! Denn sie wußte, in welcher Gefahr ihr kleiner Sohn schwebte: Dagon war immerhin Huwaksataras Neffe und damit der Erbe des Reichs, solange der König kinderlos blieb.«

Myron starrte den Feldherrn überrascht an. »Das stimmt«, meinte der Grieche nachdenklich. »Wären später nicht Arsakes und Istewegu geboren worden, hätte Dagon die Krone Mediens beanspruchen können.«

»Um zu verhindern, daß Huwaksatara Dagon vorsorglich umbringen ließ, tat Kassandane so, als sei sie nie Mutter geworden«, schilderte Nergal-Sarezer. »Zugleich zeigte sich die Prinzessin nicht etwa glücklich über ihre Heimkehr — sie erklärte, daß sie ihren Entführer liebe und zu Tugdamme zurückkehren wolle. Huwaksatara warf seine Schwester daraufhin in ein Verlies, um ihren Sinn zu erweichen. Zwei Jahre vergingen, doch die Prinzessin blieb ihrem Ehemann treu. Darauf beschloß der grausame Huwaksatara, nunmehr noch größere Anstrengungen zu unternehmen, um den verhaßten Tugdamme endlich zur Strecke zu bringen.«

Ferner Donner erklang. Es war nicht zu unterscheiden, ob er von dem vorübergezogenen Unwetter stammte oder von einem neuen Gewitter, das erst noch heranflog.

Nergal-Sarezer seufzte. Auch ihn schienen diese Erinnerungen tief zu bewegen. Nach einer Weile erzählte der Babylonier weiter:

»Gauratar fühlte sich zu schwach, um mit seinen Skythen allein gegen die Kimmerier zu kämpfen. Daher versuchte Huwaksatara, die besten Krieger der Welt zu einem Angriff gegen die Nordleute zu bewegen: die Assyrer. Der König der Meder sandte eine Botschaft an König Assurbanipal den Starken. Im Kriegsrat zu Ninive schilderte Gauratar dann mit beredten Worten die angebliche Gefahr, die dem Reich von Westen her drohe. Eindringlich warnte ich den König davor, den Medern und Skythen zu helfen. Denn ich wußte: Wenn sie erst einmal ihrer Feinde ledig waren, würden die beiden Völker bald stark genug werden, um schließlich ihre assyrischen Wohltäter angreifen zu können. So ist es ja dann auch gekommen.«

Der alte Feldherr unterbrach sich und fuhr sich mit der Hand über den kahlen Schädel. »Dann aber trafen plötzlich Meldungen aus Kilikien ein«, fuhr er fort. »Wir vernahmen, daß sich kimmerische Scharen der Westgrenze des Reichs näherten. Ich weiß es nicht genau, Dagon — doch ich vermute, dein Vater wollte sich in seiner Wut und Verzweiflung einfach quer durch Assyrien schlagen, um Ekbatana anzugreifen. Er muß von Sinnen gewesen sein. Da wollte Assurbanipal nicht länger auf mich hören: Der König beschloß, Krieger gegen die Kimmerier zu schicken. Nun mußte ich das Geheimnis verraten: Unter vier Augen erzählte ich Assurbanipal, was ich von dir, Dagon, wußte. Daraufhin befahl mir der Herrscher, das Heer zu begleiten und dafür zu sorgen, daß du wohlbehalten nach Ninive kämst. Der König glaubte, er könne dich vielleicht eines Tages als Faustpfand gegen die Meder benutzen.«

»Warum hat denn bis heute niemand davon erfahren?« fragte mich Myron erschüttert. »Kämpften wir nicht lange genug im assyrischen Heer gegen Meder und Skythen? Wie konnte uns diese Geschichte so lange unbekannt bleiben?«

»Am medischen Hof zog man es vor, nicht über die Sache zu reden«, antwortete der Chaldäer statt meiner. »Nach zwei Jahren entließ Huwaksatara seine Schwester aus ihrem Kerker, sperrte sie aber in ihre Gemächer. Er wollte Gras über die Entführung wachsen lassen, um Kassandane später mit einem seiner Lehnsleute zu vermählen. Mein König Assurbanipal wiederum befahl größte Geheimhaltung, weil er dich in seine Gewalt bringen wollte, ehe das Geheimnis bekannt wurde. Die Kimmerier aber konnten nichts verraten, weil sie schon wenige Tage danach allesamt fielen.«

»Ja«, sagte ich bitter, »am reißenden Pyramosfluß. Sie waren wenige, ihr aber viele. Dennoch: die Assyrer kämpften ehrenvoll.«

»Als unser Feldherr Sadannu die Feinde besiegt hatte«, berichtete der Babylonier, »ließ er die Gefangenen, auch deinen Vater, am Leben. So hatte Assurbanipal es ihm befohlen. Sadannu zog mit seinen Kriegern nach dem heiligen Harran. Sein Fehler war, daß er die Skythen und Meder auf deren Wunsch zur Bewachung der Gefangenen zurückließ. Gauratar tötete deinen Vater und hätte danach wohl auch dich umgebracht, wäre ich nicht dazwischengetreten. Damals rettete ich dich zum zweiten Mal.«

»Jetzt wäre es mir lieber, du hättest Gauratar gewähren lassen«, versetzte ich bitter, »dann wäre es mir wenigstens erspart geblieben, zum Mörder meiner Mutter zu werden.«

Nergal-Sarezer musterte mich schweigend. Er schien zu überlegen, womit er seine Erzählung fortsetzen sollte. Myron blickte mich düster an. Die Sauromatin schien kaum zu atmen.

»König Assurbanipal«, meinte der Babylonier dann, »entbrannte in Zorn gegen Gauratar. Der Skythe floh nach Ekbatana. Dort kämpfte er fortan an Huwaksataras Seite als Assurs erbittertster Feind. Kurz darauf starb Assurbanipal. Ich war nun der einzige außerhalb Mediens, der von Kassandanes Entführung wußte – und der einzige Mensch auf der Welt, der sagen konnte, was aus dem Sohn der Mederin geworden war. Huwaksatara glaubte schließlich seiner Schwester, die nach wie vor behauptete, sie habe niemals einen Sohn geboren. Gauratar nahm wohl an, du seist in jener Taurusschlucht erfroren. Am reißenden Pyramosfluß erkannte er dich nicht wieder. Sonst hätte er sich wohl auch durch mich nicht davon abhalten lassen, dich entweder zu töten oder nach Ekbatana zu schaffen. Ich kannte als einziger deinen Namen. Ich allein wußte, wer der kleine Junge, der bei dem Leibwächter am Königspalast aufwuchs, in Wirklichkeit war.«

Am Himmel zuckten Blitze. Der Donner rollte immer näher.

»Warum hast du dein Wissen nicht mit König Sinschar-Ischkun dem Stolzen geteilt?« fragte ich. »Das wäre doch deine Pflicht gewesen!«

»Die habe ich auch erfüllt«, antwortete der Chaldäer.

»Als Sinschar-Ischkun erfuhr, wer du in Wirklichkeit warst, reihte er dich in die Schar seiner obersten Heerführer ein. Doch wir beschlossen, dir zunächst nichts von deiner Abstammung zu verraten. Der König befürchtete nämlich, du könntest sonst in Gewissensnöte geraten — war deine Mutter doch die Schwester des feindlichen Herrschers! Als Assyrien dann Krieg mit Babylon begann, schied ich mit Sinschar-Ischkuns Erlaubnis aus Assurs Dienst. Danach habe ich bis heute nicht mehr von deiner Herkunft gesprochen.«

»Dennoch hat Gauratar etwas geahnt«, sagte ich zögernd. »Denn als wir ihn aus Arachot entführten, suchte er sein Leben zu erkaufen, indem er behauptete, etwas Geheimnisvolles über mich zu wissen. Ich glaubte damals aber, er wolle nur Zeit gewinnen, und achtete nicht auf seine Reden.«

»Das war ein Fehler«, bemerkte Myron. »Sonst wäre das hier wohl kaum geschehen.«

»Ja«, sagte ich. »Selbst wenn Kassandane die Mörderin meines Sohnes gewesen wäre, hätte ich meine Mutter nicht töten können. Warum hast du mir das alles nicht früher verraten, Chaldäer?«

Nergal-Sarezer blickte bedrückt zu Boden. »Ich mache mir selbst Vorwürfe«, erwiderte der Feldherr nach einer Weile. »Aber ich dachte doch nicht, daß du das Blut der Königin vergießen wolltest! Ich war fest davon überzeugt, ihr wolltet gegen König Istewegu ziehen. Hättest du das getan, wenn du gewußt hättest, daß er dein Halbbruder ist? Höre mich zu Ende an, ehe du mich verurteilst! Nach dem Tod deines Vaters änderte sich Kassandanes gesamtes Wesen. Ihr Herz zerbrach und wurde zu einer faulenden Wunde. Wo einst Liebe gewohnt hatte, hauste jetzt Haß. Ihre Sanftmut wich steinerner Härte, und aus der vom Volk verehrten Prinzessin wurde ein Weib, das man bald in ganz Medien zu fürchten begann. Denn fortan sah Kassandane in ihrem Leben nur noch ein Ziel: den Tod ihres geliebten Gatten Tugdamme zu rächen. Gauratar log ihr vor, die Assyrer hätten den König Kimmeriens gepfählt. Seitdem haßte Kassandane die Männer vom Tigris. Auf ihr Drängen brach Huwaksatara den Lehenseid und zog gegen Assur. Kassandane ritt an der Seite des Bruders. Alle Assyrer sollten eines grausamen Todes sterben. Die Prinzessin wollte die Foltern und Hinrichtungen mit eigenen Augen verfolgen.«

»Wie furchtbar«, flüsterte die Sauromatin entsetzt. Myron murmelte: »Wenn Frauen hassen, schonen sie weder ihr Leben noch ihr eigenes Fleisch und Blut, und am wenigsten ihre Würde.«

Nergal-Sarezer schüttelte den Kopf und erklärte: »Auch Kassandane wußte nicht, daß ihr Sohn in assyrischen Diensten kämpfte. Sonst hätte sie ihm gewiß eine Botschaft gesandt und versucht, ihn aus der belagerten Hauptstadt zu retten. Doch nichts dergleichen geschah. Oder irre ich mich etwa?«

»Nein«, erwiderte ich, »natürlich nicht! Hätte ich denn sonst nicht erkannt, wer es war, den wir drei Tage später nach unserem Überfall auf das medische Lager entführten? Wir wußten ja nicht einmal, daß wir die Schwester Huwaksataras gefangengenommen hatten — noch viel weniger konnte ich ahnen, daß diese Frau meine Mutter war!«

Ich verfluchte meine Augen, die damals blind, und meine Sinne, die so taub gewesen waren. Nergal-Sarezer blickte mich besorgt an. »Mache dir nicht zu schwere Vorwürfe, Dagon«, suchte er mich zu trösten. »Sind wir Menschen doch allesamt Narren, nur zur Erheiterung grausamer Götter geschaffen! Jeden Tag denken die Himmelsbeherrscher sich Neues aus, um uns zu quälen und zu verhöhnen. Wie könnten wir ihrer Bosheit jemals entkommen? Gräme dich nicht zu sehr! Deine Schuld wiegt schwer, aber noch bist du am Leben. Vielleicht kannst du wieder gutmachen, was du verbrachst.«

»Wie denn«, fragte ich zornig. »Kann ich denn meine Mutter zum Leben erwecken?«

Nergal-Sarezer senkte den Blick. Barsch befahl Myron: »Sprich weiter, Chaldäer! Was geschah dann?«

»Ihr wißt ja selbst gewiß noch gut, daß ihr die geraubten Frauen ins heilige Harran zu Assur-Uballit, dem letzten König Assyriens, brachtet«, berichtete der Feldherr. »Ihm erst nannte Kassandane ihren Namen. Der Herrscher nahm sofort Verbindung zu den Medern auf. Ich erfuhr erst viel später durch unsere Kundschafter in Ekbatana davon. Die Austauschverhandlungen wurden wie gewöhnlich streng geheimgehalten. Ihr Krieger hattet damals wohl ohnehin etwas anderes zu tun, als euch um solche Geschäfte zu kümmern.«

»In der Tat«, versetzte Myron. »Auf einen von uns kamen hundert von euch. Es war kein Heldenstück, was euer König Nabopolassar damals am brausenden Balikh vollführte.«

»Erst nach fast einem Jahr wurde Kassandane schließlich den Medern zurückgegeben«, fuhr der Feldherr unbeeindruckt fort. »Auch diesmal verschwieg sie ihrem Bruder, daß sie nach ihrer Entführung Mutter geworden war. König Huwaksatara fühlte sich an der Gefangenschaft seiner Schwester mitschuldig. Denn im Rausch des Sieges hatte er versäumt, Kassandanes Lager ausreichend zu sichern. Der alte Groll des Herrschers gegen die Schwester wandelte sich erst in Mitleid und dann in Liebe. Außerdem bewunderte Huwaksatara wohl auch die Erbarmungslosigkeit, mit der die Prinzessin alle Assyrer verfolgte. Zwei Jahre nach dem Sieg heiratete der König seine Schwester. Kassandane schenkte ihm bald einen Sohn: Istewegu.«

»Dann hat diese Frau drei Kinder geboren«, sprach Myron staunend, »Dagon, Nadin und Istewegu.«

»Vier«, verbesserte Nergal-Sarezer. »Vergiß Mandane nicht, die von ihrem Vater mit Kambyses vermählt wurde. Ja, Dagon: Du bist ein Neffe Huwaksataras, zugleich ein Halbbruder Istewegus und der Prinzessin Mandane. Mit Kambyses bist du verschwägert – und der Onkel seines Sohnes Kurasch.«

Ich fuhr mir langsam über die Stirn, hinter der nun die verwirrtesten Gedanken flogen. Nergal-Sarezer sprach weiter:

»Vom Schicksal ihres Sohnes Nadin wußte Kassandane nichts. Erst war sie viel zu sehr damit beschäftigt, sich durch Massenhinrichtungen von gefangenen Assyrern den Beinamen ›die Blutige‹ zu erwerben. Wahrscheinlich glaubte sie, der Säugling sei beim Fall von Harran umgekommen. Meines Wissens stellte sie jedenfalls niemals Nachforschungen an, um das Schicksal des Jungen zu klären. Es wäre für sie auch viel zu gefährlich gewesen. Außerdem kannte Kassandane ja Nadins Namen nicht.«

Ich wollte den Babylonier fragen, wer denn nun der Mörder meines Sohnes sei. Da eilte mit lautem Keuchen ein Läufer der Wache die Treppe empor und stürzte auf Nergal-Sarezer zu. »Der medische Gesandte ist im Tempel eingetroffen«, stieß der Chaldäer aufgeregt hervor. »Er will sofort mit dir sprechen, Fürst von Sin-Magir!«

»Bei Marduk!« entfuhr es dem Feldherrn. »Jetzt schon? Dieser Hund von einem Meder besitzt noch bessere Zuträger, als ich glaubte! Wo ist Schumukin?«

»Der Führer der Wache zeigt dem Meder gerade die Köpfe der Mörder«, antwortete der Bote.

»Sehr gut«, lobte Nergal-Sarezer. Er wandte sich zu uns und sagte: »Ich darf Bigtan nicht warten lassen, sonst wird der Kerl noch mißtrauischer, als er ohnehin ist. Ich komme gleich wieder.« Er musterte uns besorgt. Dann eilte er hinaus.

»Einen Augenblick noch!« rief ich ihm nach.

Nergal-Sarezer drehte sich um. »Ja?« fragte er. »Schnell, die Zeit drängt!«

»Wir bleiben bis auf weiteres hier«, erklärte ich. »Sorge also dafür, daß auch die anderen Gefährten, Mago und Arnuwan, zu uns geführt werden. Sie bedürfen gleichfalls ärztlicher Pflege.«

»Ich weiß schon«, versetzte der Feldherr finster. »Diese verfluchten Xrafstra! Alles wird so geschehen, wie du es willst. Hüte nur die Tauben gut!«

»Darauf kannst du dich verlassen«, erwiderte Myron grimmig. Ein wilder Funke glomm in den Augen des Griechen.

Nergal-Sarezer verschwand schnellen Schrittes. Der Melder und die Ärzte folgten ihm auf den Fersen, und wir blieben allein zurück.

Ich blickte zu Tomyris. Die Sauromatin war eingeschlafen, vom Blutverlust geschwächt. Myron stand noch immer am Fenster. Langsam stellte der Mileter die beiden Käfige mit den Tauben an ihren alten Platz. Dann ging er zum nächsten Tisch und goß sich einen Schluck Wein ein.

Ich trat zum Fenster und blickte auf Babel hinab. Zuckende Blitze erhellten die riesige Stadt. »Nun weißt du, was du bist«, sagte ich bitter zu mir, »ein gemeiner Verbrecher, der schlimmsten Schandtaten schuldig, die ein Mensch zu begehen vermag. Was bleibt dir nun noch? Deinen Sohn zu rächen? Wer sagt dir denn, daß dir das Werk der Vergeltung nicht wieder mißlingt? Und du nur weitere Schuld auf dich lädst? Das delphische Orakel hat gelogen. Unbegreifliche Mächte müssen es sein, die dich mit ihrem Haß verfolgen!«

Da war mir plötzlich, als hätte ich aus der Tiefe eine

Stimme vernommen, die meinen Namen rief. Überrascht beugte ich mich aus dem Götterfenster. Im gleichen Moment fuhr eine Messerklinge in meine linke Schulter. Hätte ich mich nur einen Wimpernschlag später gebückt, so hätte der Stahl mein Herz durchbohrt.

Rasender Schmerz durchfuhr meinen Körper. Myron aber ließ den Griff des Medermessers los und stieß mich mit beiden Händen gegen die Brüstung. »Stirb, Dagon!« rief der Grieche dabei. »Stirb, damit ich leben kann!«

Ich wehrte mich mit der Kraft der Verzweiflung. Doch Myron drückte mich immer weiter hinaus. Menschen, winzig wie Ameisen, liefen tief unter mir mit ihren Fakkeln entlang. Ihr Schreien tönte als schwaches Brausen empor.

Weiter und weiter schob mich Myron aus dem Fenster. »Warum?« rief ich verzweifelt. »Was habe ich dir denn getan?«

»Das Schicksal hat uns zu Feinden gemacht!« stieß der Hellene hervor. »Gern töte ich dich nicht, doch nun muß es sein.« Der Grieche verdoppelte seine Anstrengungen. Blut floß aus meiner Schulter. Auch die Wunde an meinem Bein brach wieder auf.

Mir wurde schwarz vor Augen. Schon begannen sich meine Hände von den Ziegeln der Brüstung zu lösen, und ich meinte, daß mein Körper in wenigen Augenblicken auf der Erde zerschellen werde. Da ließ der Druck plötzlich nach, und ein grausiges Gurgeln drang aus Myrons Mund.

Ich war wieder frei. Mit zitternden Fingern zog ich mich über die Brüstung zurück in den Saal. Was ich dort sah, ließ mein Blut stocken.

Arnuwan war es, der mich gerettet hatte. Mit seinen mächtigen Armen hielt er den Griechen umschlungen. Myron schrie in höchster Todesnot. Das Gesicht des Mileters färbte sich purpurn. Den eisernen Griffen des Luwiers konnte er nicht entrinnen. Arnuwans Muskeln schwollen wie Ströme im Frühjahr, und mit einem schrecklichen Knirschen brach Myrons Rückgrat entzwei.

XVIII Der Verräter

Arnuwan ließ den Griechen zu Boden gleiten. Hinter dem Luwier eilte Mago herbei. Der Tyrer rang nach Luft. »Den Göttern sei Dank!« rief er aus, als er mich sah, »du bist noch am Leben!«

Ich taumelte vor Müdigkeit und Schwäche. Der Riese fing mich auf und setzte mich in den Polsterstuhl. Mago zog mir vorsichtig das medische Messer aus der Schulter und preßte ein Stück Stoff auf die Wunde. »Was ist geschehen?« fragte er.

»Arnuwan! Mago!« rief ich aus. »Wie kommt ihr denn so schnell hierher? Ich habe doch erst vor einer Minute zu euch geschickt!«

»Glaubst du etwa, wir benötigen eine Einladung von dir, wenn wir den Tempel Ischtars aufsuchen wollen?« fragte der Luwier grimmig. »Als Nergal-Sarezers Bote zu Schumukin kam und ihm befahl, abgeschnittene Köpfe herbeizuschaffen, kriegten Mago und ich ganz große Ohren. Also fragten wir den Chaldäer, was es mit dieser Sache für ein Bewenden habe. Schumukin berichtete uns, Nergal-Sarezer habe ihm Nachricht geschickt, daß euer Anschlag gelungen sei. Doch sei Kassandane gar nicht die Mörderin deines Sohnes. Nun wolle man die Meder mit toten Doppelgängern von uns täuschen, damit wir nach Ekbatana gehen und auch noch Istewegu umbringen könnten.«

Arnuwan unterbrach sich, um zu verschnaufen. Statt seiner erzählte Mago weiter:

»Schumukin sagte auch, du seist verletzt. Das genügte uns. Arnuwan und ich machten uns sogleich auf den Weg. Vor dem Tempel trafen wir auf einen weiteren Boten. Er teilte uns mit, du befändest dich im dritten Stockwerk und hättest nach uns geschickt. Ich schaute nach oben – und sah gerade, wie Myron sich hinter dir anschlich. Ich schrie, um dich zu warnen. Arnuwan lief inzwischen wie ein Wiesel die Treppen hinauf. Ich dachte immer, ich sei schnell, aber gegen den Riesen kam ich mir wie eine Schildkröte vor. Was ist mit Tomyris?«

»Sie hat viel Blut verloren«, gab ich zur Antwort, »aber sie wird überleben. Gleich kommen Ärzte, um euch zu versorgen.«

Arnuwan schaute nachdenklich auf seine Hüfte. Die Binden waren blutdurchtränkt. Auch aus der Sichelwunde an seiner Schulter drang wieder roter Lebenssaft hervor. »Warum wollte der Grieche dich töten?« fragte er.

»Myron war ein Verräter«, antwortete ich. »Schon einmal, am Euphrat, versuchte er mich umzubringen. Diesmal wäre es ihm fast gelungen.«

»Ja, zweimal wollte ich dich ermorden«, flüsterte da eine leise Stimme, »dreimal aber rettete ich dir das Leben. Denn ich haßte dich nicht, sondern ich liebte dich und tue es immer noch.«

Unsere Köpfe fuhren herum. Myron war aus seiner Ohnmacht erwacht. Der Grieche stöhnte vor Schmerz. Ich kniete mich neben ihn. »Du hast nur noch wenig Zeit, Verräter«, sagte ich.

»Ich weiß«, erwiderte Myron und blickte mich aus schon getrübten Augen an. »Ich will euch mein Verbrechen schildern. Verzeihen werdet ihr mir nicht, aber ihr sollt mein Handeln wenigstens verstehen. Ja, Dagon: Ich habe euch in Harran den Ägyptern ausgeliefert. Ohne mich aber wäre wohl keiner von euch noch am Leben.«

Arnuwan starrte düster auf den Hellenen hinab. Mago saß bei der schlafenden Tomyris und hörte uns aufmerksam zu.

»Erzähle!« befahl ich. »Jetzt, da du im Sterben liegst, willst du uns wohl nicht mehr hintergehen.«

»Nein«, sagte Myron. »Hört zu: Ihr wißt ja, daß ich Milet aus unglücklicher Liebe verließ. Aber nur Dagon verriet ich bisher, wem damals mein Herz gehörte: der schönen Damalis, der Tochter des Thrasybulos. Vor ihrem Liebreiz verblaßten alle anderen Mädchen Milets. Thrasybulos versprach mir ihre Hand, wenn ich mit ihm gegen Lydien zöge. Ich focht an seiner Seite, und wir hielten der Übermacht stand. Nach einem Jahr gab König Alyattes die Angriffe gegen unsere Stadt auf und schloß Frieden. Nun bat ich den Tyrannen um den versprochenen Lohn. Thrasybulos aber lachte mich aus und hetzte seine Wachen auf mich. Denn er wollte seine Tochter lieber mit Alyattes vermählen, damit sie Königin werde. Was konnte ich dagegen tun? Ich zog nach Ninive und trat als Söldner in die Dienste Assurs. Ich hoffte, ich könne die Assyrer überreden, das Lyderreich zu vernichten und damit Thrasybulos seine wichtigste Stütze zu rauben. Was ich von dem weisen Thales erlernt hatte, half mir, am Hof Sinschar-Ischkuns des Stolzen schnell Ansehen zu gewinnen. Helfen aber konnte der König mir nicht. Denn bald darauf begann der Angriff der Meder und Babylonier.«

Ich konnte meine Ungeduld nicht zügeln und sagte: »Das weiß ich längst! Erzähle uns lieber, was damals in Harran geschah!«

»Als Assyrien besiegt war«, fuhr Myron mit verzerrter Stimme fort, »gab es nur noch einen einzigen Mann, der mir helfen konnte, Milet zu befreien und Damalis doch noch für mich zu gewinnen: Huwaksatara. Heimlich nahm ich Verbindung mit dem Meder auf. Huwaksatara verhandelte damals schon im verborgenen mit dem Pharao von Ägypten — zum Schaden der Babylonier. Der Meder wollte das heilige Harran seinem Reich einfügen. Pharao Necho wiederum wünschte die Babylonier aus Syrien fernzuhalten. In mir sahen beide ein nützliches Werkzeug. Huwaksatara versprach mir einen Feldzug gegen Lydien. Dafür verlangte der Meder den Tod Assur-Uballits des Letzten, damit Assyrien niemals wieder auferstehen könne. Der Pharao aber schielte nach dem Schatz. Ich lockte Assur-Uballit und euch in die Falle der Ägypter. Ganz aber vergaß ich die Treue nicht: Ich war bereit, euch euren Feinden auszuliefern — aber ihr solltet nicht sterben.«

»Wie gnädig!« stieß Arnuwan zornig hervor.

Myron hustete halberstickt. Ein Blutfaden rann aus seinem Mund. Nur mit äußerster Mühe konnte er weitersprechen:

»Der ägyptische Feldherr«, erzählte der Grieche, »schwor mir die heiligsten Eide, daß euch kein Leid geschehen solle. Ich wußte, daß er zu seinem Wort stehen würde, solange er den Schatz noch nicht besaß. Ihr durftet natürlich nicht wissen, wer euch verraten hatte. Darum ließ ich mich mit euch fesseln. Meine Bande wurden jedoch nur locker geknüpfte. So konnte ich in der Nacht einen Wachposten überfallen und euch befreien.«

»Den Schatz hättest du nicht bekommen«, grollte Arnuwan.

Mago fragte den Sterbenden: »Dennoch zog Huwaksatara danach nicht gegen Lydien, sondern erst gegen ganz andere Länder.«

»Das stimmt«, fuhr Myron fort. »Der Meder vertröstete mich immer wieder. Dann wurde Pharao Necho bei Karkemisch von den Chaldäern geschlagen. Nebukadnezar eroberte Syrien. Ich eilte an den brausenden Balikh, um den Schatz zu retten. Aber das Gold war verschwunden.«

»Ich kämpfte in Nechos Heer«, erklärte ich ihm. »Nach der Niederlage Ägyptens brachte ich das Geschmeide nach Zypern.«

»Ich dachte mir damals schon, daß du das warst«, murmelte Myron. Ein schwaches Lächeln glitt über die angespannten Züge des Griechen. Er atmete schwer. Dann erzählte er weiter:

»Es blieb mir nichts anderes übrig, als ohne Schatz und deshalb natürlich auch ohne Söldner nach Milet zurückzukehren. Dort versuchte ich viele Jahre lang, den Tyrannen vom Thron zu stürzen. Thales, Anaximander und andere Weise kämpften mit mir für die Freiheit. Als König Huwaksatara dann endlich doch noch den Krieg gegen Lydien begann, hofften wir auf einen baldigen Sieg der medischen Scharen. Aber Alyattes hielt stand, und als der Kampf ins dritte Jahr ging, beschloß ich, auch mit dem Pharao Verbindung aufzunehmen. Hophra hatte gerade den Thron bestiegen. Ich sandte ihm eine Botschaft. Der Pharao versprach mir, Milet mit seiner Flotte anzugreifen. Vorher aber sollte ich ihm einen Graben vom Nil zum Roten Meer bauen. Hophra fürchtete nämlich, wenn die Chaldäer erst einmal Judäa erobert hätten, könnten sie den alten Hafen von Ezion-Geber wieder eröffnen. Dort baute einst ein judäischer König namens Salomo mit phönizischer Hilfe zahlreiche Schiffe und sandte sie in das Goldland von Ophir. Durch diese Reisen häufte Jerusalems Herrscher riesige Reichtümer auf. Wenn nun auch Nebukadnezar Schiffe für Fahrten nach Punt oder Ophir auf Kiel legen ließ, wollte Hophra die Chaldäer mit seiner Flotte angreifen und vernichten.«

»Warum erzählst du uns das alles?« fragte Mago verwundert. »Hast du etwa noch weitere Verbrechen begangen?«

Myron blickte ihn an. Tiefe Traurigkeit schimmerte in seinen Augen. »Ich habe euch verraten«, erklärte der Grieche leise, »aber das ist noch nicht alles.« Er schloß gepeinigt die Lider. Als er sie wieder öffnete, war sein Blick klar. Er schaute mir ins Gesicht und sprach mit fester Stimme:

»Dein Rachewerk ist vollbracht. Der Mörder deines Sohnes liegt vor dir. Ich habe Nadin erschlagen. Die Meder hatten nichts damit zu tun.«

»Du warst es?« rief ich erschüttert. »Warum hast du das getan?«

Auch Arnuwan und Mago starrten den Griechen verwundert an.

»Schnell!« befahl ich. »Ich will alles wissen!«

»Du sollst es erfahren«, murmelte Myron. »Damalis schenkte erst einem Sohn und dann einer Tochter das Leben. Ihr kennt sie beide: Kronprinz Kroisos und die anmutige Aryenis. Thrasybulos empfahl mich seinem Freund Alyattes als Waffenmeister. Er glaubte wohl, auf diese Weise könne er mich besser beobachten. Ich willigte ein, in die Dienste des Königs zu treten. Denn dadurch hoffte ich, die Schwächen der Feinde besser auskundschaften zu können. Der junge Kroisos erlernte bei mir die Fechtkunst. Die anmutige Aryenis folgte mir mit Vater und Bruder einige Male zur Jagd in die Wälder um Sardes. Die Prinzessin wuchs heran und wurde ebenso schön wie ihre Mutter. Seit Jahren hatte es mich immer wieder nach Sardes gezogen. Denn wenn ich die Geliebte schon verloren hatte, wollte ich sie doch wenigstens aus der Ferne sehen — bei Tänzen, Ausflügen, Jagden und Feiern im Garten des Königspalastes. Damalis bemerkte mich nie. Doch ihre Tochter erspähte mich eines Tages, als ich mich hinter Buchsbaumhecken verbarg. Plötzlich stand die Prinzessin vor mir. Sie glich ihrer Mutter vor zwanzig Jahren. Von neuem entbrannte Liebe in mir, und wieder träumte ich Frevler von einem Glück, das mir längst nicht mehr zustand.«

»Was hat denn das alles mit Nadin zu tun?« fragte ich böse. »Sprich mir von meinem Sohn, du Mörder, nicht von deinen Leidenschaften und verirrten Gefühlen!«

»Wie ein Tölpel stand ich vor der anmutigen Aryenis«, flüsterte der Grieche mit kaum noch hörbarer Stimme, und wieder drang ein Blutstrom aus seinem Mund. »Ich glaubte schon, die Prinzessin werde die Wachen rufen. Doch Aryenis lächelte mir zu und verriet mich nicht. Ich Narr! In ihren Augen glaubte ich zu sehen, daß sie etwas für mich empfand. Doch ihr Herz war schon vergeben — nicht an einen alten Mann wie mich, sondern an einen Jüngling, der ihrer würdig war: Nadin!«

»Nadin?« rief ich verblüfft. Jetzt ahnte ich, was mir die lydische Prinzessin am Kap von Akkad sagen wollte. Und nun wußte ich auch, wer sie gelehrt haben mußte, den Namen meines Sohnes mit akkadischen Zeichen in weichen Boden zu ritzen. »Was geschah weiter?« drängte ich. »Sage es mir! Ich muß es wissen!«

»Sie hatten sich bei Thales kennengelernt«, berichtete Myron mit spröder Stimme. »Lydiens König hatte den Weisen gebeten, einige Wochen in Sardes zu lehren, damit auch Kinder vornehmer Lyder in den Genuß seines Wissens gelangen könnten. Thales forderte Nadin auf, ihn zu begleiten. Denn dein Sohn, Dagon, war der beste seiner Schüler. Ja, Nadin war klug und schön wie ein Prinz aus assyrischem Adel. Einen Mond später kehrte dein Sohn mit dem Philosophen zurück. Danach ritt Nadin häufig heimlich nach Sardes, um die Prinzessin zu treffen. Die Lyder leben freier als wir Griechen, und erst recht viel ungezwungener als die Assyrer. Es gilt in Sardes keineswegs als Sünde, wenn sich ein Mädchen von vornehmer Abkunft mit einem Jüngling aus gutem Haus verabredet. Nadin und

Aryenis trafen sich im großen Garten des Palastes, wo sie sich vor den Blicken anderer sicher wähnten.«

»Woher weißt du das alles?« fragte Mago mit Verachtung in der Stimme. »Hast du die jungen Leute etwa belauscht?«

Myron schlug die Augen nieder. »Ich war krank vor Eifersucht«, gestand er. »Ich wußte damals noch nichts davon, daß König Alyattes erwog, seine Tochter mit dem Erbprinzen von Medien zu vermählen. Ich sah nur immer, wie die Prinzessin sehnsüchtig auf Nadin wartete und dabei oft den Namen des Geliebten in den Sand schrieb. Sollte meine Sehnsucht auch diesmal unerfüllt bleiben? Zorn zog in mein Herz. Hinter einer Eiche lauerte ich Nadin auf. Als er vorüberkam, schlug ich mit einem Steinbrocken zu. Er war sofort tot. Ich aber eilte nach Milet zurück. Was weiter im Garten des Königspalastes geschah, weiß ich nicht. Ich bereute mein Verbrechen, empfand tiefste Verachtung vor mir und haßte mich für meine Tat. Ich wollte auch gar nicht versuchen, die Früchte meines Verbrechens zu ernten. Aber ich wagte auch nicht, dir, Dagon, unter die Augen zu treten — weder mit einer Lüge noch gar mit der Wahrheit. Darum schiffte ich mich nach Ägypten ein. Ich hoffte, du würdest denken, ein anderer habe Nadin nach meiner Abreise ermordet.«

Der Blick des Griechen trübte sich. »Es ist gleich aus mit mir«, stieß er mühsam hervor. »Höre nun also das Ende meiner Geschichte. Niemand vermag zu beschreiben, wie ich erschrak, als du am Nilgraben plötzlich mit Arnuwan vor mir standst! Im ersten Moment glaubte ich, du seist gekommen, das Blut deines Sohnes an mir zu rächen. Dann aber merkte ich, daß du den Mederkönig für den Täter hieltst. Ich wunderte mich sehr und konnte mir keine Erklärung dafür denken. Trotzdem wäre ich nicht mit dir nach Osten gezogen. Denn der Unbekannte, der dir das

Haupt deines Sohnes geschickt hatte, konnte mich ja bei meiner Mordtat beobachtet haben und dir jederzeit davon berichten. Ich hoffte, du würdest Ägypten schnell wieder den Rücken kehren. Doch in der Nacht las ich die Botschaft des Thales, die du mir brachtest. Du kanntest ihren Inhalt nicht: Der Philosoph berichtete mir, Lydien habe mit Medien Waffenstillstand geschlossen. Der Friede solle durch eine Hochzeit gesichert werden — zwischen der anmutigen Aryenis und diesem Hund Istewegu! Da brach die alte Leidenschaft wieder hervor. Ich beschloß, dir zu helfen. Denn ich glaubte: Wenn es uns glückte, Huwaksatara zu töten und den Verdacht auf die Lyder zu lenken, würde von Hochzeit keine Rede mehr sein. Ich machte mir allerdings Sorgen, ob euch mein plötzlicher Sinneswandel nicht mißtrauisch machen würde. Aber am Morgen erzähltet ihr mir von einem Traum mit fünf Adlern. Da behauptete ich, auch ich hätte dieses Nachtbild gesehen und nur deshalb meine Meinung geändert.«

»Du warst die Schlange!« grollte Arnuwan voller Haß. »Ich hätte es wissen müssen. Einem Mann ohne Götter ist so wenig zu trauen wie einem Hund ohne Hirten!«

»Ja, ihr anderen tapptet wie Blinde in meine Falle«, erzählte Myron weiter. »Aber bei dir, Dagon, hatte ich stets das Gefühl, daß du die Wahrheit ahntest. Vor allem nach jenem Auftritt am Tigris, als du mich ansahst, als hättest du mein Geheimnis entdeckt. Ich folgte dir in das Dickicht. Dort standest du mit deinem Schwert, als wolltest du mich erschlagen. Damals rettete ich dich zum zweiten Mal. Den Biß der Uräusschlange hättest du kaum überlebt.«

»Aber warum hast du das getan?« fragte ich. »Wäre es denn für dich nicht besser gewesen, wenn ich gestorben wäre?«

»Dann«, gab Myron zur Antwort, »wären die Gefährten doch sogleich in ihre Heimat zurückgekehrt, ohne Huwaksatara zu töten! Das wollte ich nicht. Es war schon eine Qual für mich, daß wir erst den Umweg nach dem schwarzen Arachot machten, um Reguëls Rachegelüste zu stillen. Außerdem wußte ich damals noch nicht, wo der Schatz lag, mit dem ich Söldner anwerben wollte.«

»Also warst du es, der am alarodischen Götterturm den Lageplan des assyrischen Goldes aus meinem Gürtel nahm«, stellte ich fest.

»Ja, ich tat es«, erwiderte Myron mit immer schwächerer Stimme. »Woher wußtest du das? Ich habe den Papyros doch hinterher wieder genauso gefaltet wie vorher!«

»In dem Plan lag ein Haar«, erklärte ich. »Als du den Plan öffnetest, fiel es heraus, ohne daß du es bemerken konntest.«

»Ich ahnte, daß ein Kniff dabei war«, gestand der Grieche erschöpft. »Aber ich mußte das Wagnis eingehen. Hinterher gabst du nicht zu erkennen, daß du etwas gemerkt hattest. Darum fühlte ich mich sicher. Dabei warst du mir die ganze Zeit auf der Fährte! Nun, eines wußte ich jedenfalls: daß die Gefahr, als Verräter entlarvt zu werden, jeden Tag wuchs. Aber mit dieser Unsicherheit mußte ich mindestens so lange leben, bis Huwaksatara in seinem Blut lag. Wir erreichten dieses Ziel, obwohl ich durch den Unfall im Felsenturmland erblindet war. Doch ich gewann das Augenlicht schneller zurück, als ihr dachtet.«

»Dann hast du dich also getäuscht, Dagon, als du erzähltest, ein Gott habe dich am Euphrat in diesen Abgrund gestoßen«, meinte Mago. »In Wirklichkeit war es Myron.«

»Ja«, gab der Grieche zu. »Darum erschrak ich fast zu Tode, als ich dich, Dagon, drei Tage später wiedersah. Aber dann merkte ich, daß der Sturz deine Sinne verwirrt hatte. Oder hast du uns nur belogen, um uns zu täuschen? Wußtest du etwa damals schon von dem Verrat im heiligen Harran?«

»Nergal-Sarezer berichtete mir davon, als wir Jerusalem verließen«, erzählte ich nun den erstaunten Gefährten. »Den Namen des Verräters aber konnte oder wollte mir der Chaldäer nicht nennen.« Ich schilderte mein Gespräch bei der Terebinthe und schloß: »Ich wollte lange nicht glauben, daß einer von uns ein Verräter sein sollte. Darum schwieg ich. Sonst hätte einer den anderen verdächtigt. Und mit Gefährten, die einander mißtrauen, kann man keinen Feldzug gewinnen.«

Arnuwan nickte. Myron fuhr fort: »Danach aber habe ich dir noch ein drittes Mal das Leben gerettet: am Purpurfelsen von Palu, als ich den Mannäer erwischte, der dir gerade sein Schwert ins Genick hauen wollte.«

»Aber warum hast du das getan?« fragte ich verwundert. »Huwaksatara war doch schon tot. Auch kanntest du inzwischen die Lage des Schatzes!«

Ein schwaches Lächeln flog über Myrons Gesicht. Der Grieche schloß einen Moment lang die Augen. Dann blickte er mich wieder an und sprach weiter:

»Ich wußte doch inzwischen von Fürst Gilzan dem Gutmütigen, daß die Hochzeit zwischen der anmutigen Aryenis und dem verfluchten Mederhund Istewegu nun doch noch vollzogen werden sollte. Ich hoffte, dich überreden zu können, mit den Gefährten und mir nach Ekbatana zu ziehen und dort das Blut deines Sohnes auch an dem neuen König der Meder zu rächen. Danach hätte ich versucht, das Herz der Prinzessin für mich zu gewinnen. Ich hoffte, als einem ihrer Retter würde mir das gelingen. Dann wollte ich nach Milet zurückkehren und meine Heimat befreien. Wer weiß, vielleicht hätte Alyattes mich als seinen Schwiegersohn dabei sogar unterstützt! Im Lager der Babylonier am Euphrat erfuhr ich dann aus dem Mund eines schwatzhaften Postens, daß die lydische Prinzessin schon auf dem Weg nach Medien sei. Da konnte ich mich nicht länger zurückhalten. Ich schlich in das Zelt des Feldherrn, um zu erfahren, ob Aryenis soviel für mich empfand, daß sie mich nicht verriet. Wirklich schwieg die Prinzessin, als unsere Blicke sich kreuzten. Dann aber begann sie euch vorzulügen, wie glücklich sie über die Hochzeit sei. In meiner Enttäuschung vergaß ich, daß mich ja auch Kroisos, der Kronprinz, gut kannte.«

Der Grieche hustete. Blut rann nun in stetigem Strom aus seinem Mundwinkel. Sein Kopf sank zurück, doch seine Lippen bewegten sich noch immer. Ich beugte mich hinab, bis mein Ohr vor seinen Lippen lag.

»Liebe hat mich zu dem gemacht, was ich bin«, flüsterte der Hellene mit kaum noch vernehmbarer Stimme. »Sage mir nur eins: Als du Aryenis im Wald am Akkadkap trafst — wollte sie mich da verraten?«

Ich blickte meinen sterbenden Gefährten an. »Nein«, log ich. »Es war reiner Zufall, daß wir uns begegneten.«

Myron atmete tief. Seine kalten Finger klammerten sich um meine Rechte. »Wenn du mich jemals gern gehabt hast, so erfülle den letzten Wunsch eines vom Unglück verfolgten Mannes«, bat er. »Verweigere meinem Leib nicht die Bestattung. Auch wenn es weder Himmel noch Hölle gibt und erst recht keine Götter — lasse mich auf einem Scheiterhaufen verbrennen. Ich will nicht, daß mein Blut von Babels Hunden aufgeleckt wird.«

Der Grieche bäumte sich auf. Einen Herzschlag später fuhr das Leben aus seiner Brust.

Als ich mich wieder erhob, stand Arnuwan vor mir. Der Riese von Luwien blickte mich an und streckte dann fordernd die Hand aus. Ich zog das Sarpedonschwert aus dem Gürtel und wog es in der Rechten. Die kostbare Klinge begann zu beben wie damals in Delphi, als ich den Stahl aus dem Eisenwürfel befreit hatte. Ich reichte dem Gefährten das Schwert und sagte: »Du hast meine Rache erfüllt. Nun soll diese Klinge wieder dir und deinem Volk gehören.«

Der Luwier nickte, nahm die Waffe ehrfürchtig in die Rechte und trat zum Tor der Göttin. Da fuhr plötzlich eine bläuliche Flamme über das edle Metall. Das Feuer leckte an Spitze und Schneide des Schwertes entlang. Am Ende umgab der himmlische Schein den goldenen Greifen wie eine flammende Krone.

»Tarhu!« schrie Arnuwan mit aller Kraft, und seine Stimme schallte wie Donner aus dem von Blitzen durchzuckten Himmel, »dein Wort ist erfüllt!«

In diesem Moment erhellte ein Wetterleuchten, das noch gewaltiger strahlte als alle Blitze zuvor, die Riesenstadt zu unseren Füßen. Eine dichtgedrängte Menge von zahllosen Menschen füllte den Platz vor dem Tempel. Die weißen Gesichter der Babylonier, die durch den Gewittersturm zu uns emporstarrten, wirkten wie Masken von winzigen Maden.

Plötzlich polterten hastige Schritte die Innentreppe empor. Dann eilte Nergal-Sarezer herbei, von vier Ärzten und zwei Wächtern gefolgt.

Mit einem Knurren hob Arnuwan sein Schwert. Mago packte zwei Taubenbehälter und stellte sie auf die Brüstung der Götterpforte.

»Ich will euch doch nur helfen!« rief der Chaldäer erregt. »Eben erfuhr ich von meinen Wachen, was hier geschah. Dagon! Wie bin ich froh, daß du noch lebst!«

»Das verdanke ich nicht dir«, erwiderte ich. »Hast du gewußt, daß Myron der Verräter war?«

Nergal-Sarezer nickte und hob die Hand. »Laß mich erklären«, bat er.

»Warum hast du uns das nicht gesagt?« fragte Mago erbost. »Fast hätte dein Schweigen Dagon das Leben gekostet!«

Der Babylonier fuhr sich mit der Linken müde über die Augen. »Was hätte ich denn tun sollen?« entgegnete er leise. »Myron hielt doch die ganze Zeit über die Tauben! Hätte ich vorhin von seinem Verrat berichtet, hättest du, Dagon, ihn doch sogleich zur Rechenschaft gezogen. Du handelst ja auch sonst im Zorn recht unüberlegt, nicht wahr? Nein, die Gefahr für Kambyses und mich war viel zu groß. Ich wollte warten, bis du deiner Sinne wieder mächtig warst.«

Mago und Arnuwan blickten mich fragend an. Sie hätten sich wohl am liebsten auf den Chaldäer gestürzt.

Nergal-Sarezer aber schien keine Furcht zu empfinden. Der Regen ließ allmählich nach. Nur ab und zu verhallte Donner in der Ferne.

Ich nickte den Gefährten zu und erklärte: »Nergal-Sarezer hat recht. Ich habe viele Fehler gemacht.«

»Aber nur, weil dich dein eigener Gefährte täuschte«, schränkte Arnuwan ein.

Mago fügte hinzu: »Und wahrscheinlich hat dich auch dieser Chaldäer die ganze Zeit hintergangen.«

Nergal-Sarezer schwieg. Ich trat auf ihn zu und befahl: »Lasse die Leiche fortschaffen! Wir werden noch eine Weile hier bleiben.«

»Hat euch der Grieche alles gestanden?« fragte der Feldherr von Babel.

»Ja«, erwiderte ich. »Myron erzählte uns alles, was damals in Harran, Milet und an den anderen Orten, die wir gemeinsam bereisten, geschah. Nur eines konnte er uns nicht sagen: Wer es war, der mir das Haupt meines toten Sohnes nach Salamis sandte.«

Nergal-Sarezer blickte von einem zum anderen. Dann gab er seinen beiden Wächtern einen Wink. Die Chaldäer traten zu Myron, hoben den Leichnam des Griechen an Armen und Beinen empor und trugen ihn aus dem Saal. Als sie verschwunden waren, sagte der Babylonier:

»Alles soll so geschehen, wie du es wünschst, Dagon. Meine Ärzte werden jetzt eure Verletzungen versorgen, damit ihr nicht befürchten müßt, an Wundfieber zu sterben. Laßt die Heiler sogleich mit ihrer Arbeit beginnen! Während sie euch pflegen, sollst du das letzte Geheimnis um den Tod deines Sohnes erfahren. Du ahnst wohl schon, was in Sardes geschah. Myron erschlug deinen Sohn – ich aber wurde Zeuge dieses Verbrechens. Ja, Dagon: Der dir Nadins Haupt sandte, war niemand anders als ich.«

XIX Der Puppenspieler

Mago starrte den Babylonier fassungslos an. Arnuwan legte die Hand auf sein Sarpedonschwert. Nergal-Sarezer aber sagte mit großer Ruhe:

»Laßt euch erst von meinen Ärzten behandeln. Wenn das geschehen ist, sollt ihr alles erfahren, was ihr zu wissen begehrt. Verfahrt dann mit mir, wie ihr wollt! Nicht für mich selbst handelte ich, sondern allein für Babylon, das ich liebe.«

Ich wechselte einen Blick mit den Gefährten. »Ein paar blutstillende Mittel und ein neuer Wundverband könnten nicht schaden«, meinte Mago, während er vorsichtig seine Kopfverletzung befühlte. Arnuwan nickte. Beständig sikkerte Blut aus der Schulterwunde des Riesen. Zuerst aber führte Mago die Ärzte zu der Sauromatin, die noch immer in todesähnlichem Schlaf lag. Die babylonischen Heiler werkten mit flinken Fingern und großem Geschick. Zudem vermochten sie aus einem reichen Vorrat von Salben und Pasten, Ölen und Tränken, Wundpflastern und Verbänden zu schöpfen. Denn nirgends steht die Heilkunst in so hoher Blüte wie im Land der Zwei Ströme.

Als die Ärzte ihre Arbeit verrichtet hatten, verneigten sie sich vor Nergal-Sarezer und liefen dann in großer Eile aus dem Saal. Der Feldherr musterte uns zufrieden und setzte sich dann neben mich in einen Polsterstuhl. Er goß sich aus einer silbernen Kanne Wein in einen vergoldeten Becher, und seine Hand zitterte nicht. Dann trank der Chaldäer mit kräftigen Schlucken und bot auch uns davon an.

Der Luwier lehnte unwirsch ab, stapfte durch den Saal und holte sich von einem anderen Tisch einen Humpen mit Bier. Mago und ich ließen uns von dem Rebensaft geben, verdünnten ihn aber mit Wasser. Als wir unseren Durst gestillt hatten, lehnte sich Nergal-Sarezer zurück und begann seinen Bericht. Endlich erfuhr ich, welch ausgeklügelter Plan mich auf meinen Rachefeldzug geführt hatte. Und wer mich zu all meinen Taten im schwarzen Arachot und im Felsenturmland, am Tigris und schließlich in Babel geleitet hatte, so wie ein Puppenspieler sein Geschöpf aus Holz und Leinen lenkt.

»Ihr wißt ja, daß Huwaksatara und mein edler Herr Nebukadnezar nur nach außen hin Bündnisgenossen waren«, erzählte der Chaldäer. »In Wirklichkeit haßten die beiden Herrscher einander. Huwaksatara lauerte stets auf eine Schwäche Babylons, um die Stadt überfallen und plündern zu können. Nebukadnezar wiederum zürnt den Medern, weil sie das heilige Harran besetzt hielten. Als unsere Könige sich vor dreißig Jahren mit den Medern verbanden, glaubten wir noch, die Männer des Ostens besäßen Ehre und würden sich nicht der Schande aussetzen, vor der ganzen Welt als Lügner und Betrüger dazustehen. Später aber erkannten wir, daß die Meder Verträge nur so lange einhalten, wie sie selbst Vorteile daraus ziehen. Wenn ihnen aber eine Vereinbarung nicht mehr günstig erscheint, so brechen sie die Abmachung ohne Reue. Und tun dann auch noch so, als seien die anderen schuld. Wenn die Krieger des Ostens etwas erobert haben, geben sie es nie wieder her – es sei denn, sie treffen auf einen Gegner, der stärker ist als sie. Ja, Dagon: Mit Lügnern kann nur verhandeln, wer gute Schwerter besitzt.«

Arnuwan nickte ernst. Der Regen hatte endgültig aufgehört. Myriaden Sterne streuten ihr zitterndes Licht über die große Stadt. Nergal-Sarezer seufzte und fuhr fort:

»Babylons Kräfte sind schon seit langem im Kampf gegen die Ägypter gebunden. Denn mein Herr Nebukadnezar wünscht sich nichts sehnlicher als einen Sieg über das Nilland. Dort warten ja auch weit größere Schätze auf uns als in den kargen Bergen und Steppen des Ostens! Solange wir in Syrien siegen, halten die Meder Frieden. Doch wehe, wenn einmal eine Schlacht gegen Ägypten mit großen Verlusten verlorengegangen wäre und Babel dann nicht mehr genügend Krieger besessen hätte! Dann hätte der grausame Huwaksatara sogleich seine Scharen versammelt, um an den Euphrat zu ziehen, Bündnisvertrag oder nicht! Huwaksatara war ein gewaltiger Kriegsmann; die Meder folgten ihm blind. Darum sann ich nach einem Weg, ihn zu töten. Sein Sohn Istewegu ist noch sehr jung und, wie man weiß, längst nicht so unternehmungslustig wie der Vater. Nach Huwaksataras Tod, das wußte ich, würde Babylon eine Weile keine Angst mehr vor den Medern haben müssen.«

»Darum also hast du dich mit den Persern verbündet«, sagte ich.

Ein kleines Lächeln erschien auf den Zügen des Babyloniers. »Ganz recht«, erklärte er. »Aber Kambyses wagte es nicht, sich gegen seinen Lehnsherrn zu erheben. Denn noch sind die Meder viel stärker und zahlreicher als ihre persischen Vettern. Ebensowenig aber war der Fürst von Parsumasch bereit, Huwaksatara aus dem Hinterhalt zu überfallen. Denn dann, so sagte mir Kambyses, sei er für alle Zeiten entehrt. Weder er selbst noch seine Erben könnten dann je den Thron besteigen.«

»Was für eine Narretei!« murmelte Mago. »Die Herrscherstühle der Welt sind voller Verbrecher!«

Ich starrte den Babylonier an. »Also suchtest du einen weniger edlen Mann«, sagte ich, »einen, der keine Bedenken verspürte, heimtückisch zu morden.«

»Auch du bist von edlem Geblüt«, antwortete der Chaldäer. »Auch du bist ein Krieger von Ehre. Aber du warst dem König der Meder nicht durch heilige Eide verpflichtet. Außerdem: Der Perser hatte eine Zukunft zu verlieren. Du nicht.«

Ich schwieg. Wein und Worte begannen zu wirken, und immer deutlicher erkannte ich, wie recht der Babylonier hatte.

»Doch woher wußtest du, wo ich war?« fragte ich. »Und warum hast du mich nicht um Hilfe gebeten, statt ein so grausames Spiel mit mir zu treiben?«

Nergal-Sarezer schlug die Augen nieder. »Ich weiß«, erwiderte er schuldbewußt, »mein Handeln war nicht ehrenhaft. Aber ich sah keine andere Möglichkeit, deinen Arm für Babel zu gewinnen. Du bist nicht nur furchtlos, sondern auch kalt im Herzen, weil du nicht an Götter glaubst und dir dein Leben nichts mehr bedeutet. Zugleich warst du, das wußte ich, der einzige, dem deine Gefährten aus den assyrischen Tagen noch einmal folgen würden — die besten Krieger, die die Welt je sah.«

Nergal-Sarezer blickte uns der Reihe nach an. Dann berichtete er weiter:

»Durch Zufall stieß ich auf deine Spur, Dagon. Skythen, die für Gold gegen jedermann kämpfen, berichteten mir vor Jahren, sie hätten sich am Schwarzmeer mit einem Mann in assyrischen Waffen geschlagen. Als sie deine Narbe beschrieben, wußte ich Bescheid. Aus den Worten der Reiter ersah ich, daß du nichts verlernt hattest. Du hast dort eine Siedlung namens Jasion beschützt, von Auswandern aus Phokaia gegründet. Danach kämpftest du auch in Tyras am Höhenufer der nördlichen Steppe und in Sesamos an der paphlagonischen Küste. Ich ließ deine Fährte verfolgen. Als meine Späher dich Jahre später auf Zypern gefunden hatten, berichteten sie mir, du habest dich inzwischen dem Wohlleben ergeben. Dabei erfuhr ich auch von Nadin. Über deine alten Gefährten aber wußte ich damals so gut wie nichts. Mago scheint ständig auf Reisen gewesen zu sein. Reguël war in der Wüste verschwunden. Bis nach Milet oder gar in die Berge von Luwien reichten meine Verbindungen damals noch nicht. Also beschloß ich, erst einen anderen Plan zu verfolgen und Lydien zum Krieg gegen Medien zu reizen. Dadurch, so hoffte ich, würde der grausame Huwaksatara für eine Weile abgelenkt sein. Ich steckte Chaldäer in medische Rüstungen und ließ sie ein paar Lyderdörfer plündern. Darauf begann im Norden der Krieg, und mein Herr Nebukadnezar konnte in aller Ruhe Palästina erobern.«

»Ein schlauer Plan«, brummte Mago. Arnuwan schaute den Feldherrn verächtlich an. »Es hätte euch besser angestanden, die Entscheidung mit der Waffe zu suchen, als andere für euch kämpfen zu lassen«, murrte der Riese.

Nergal-Sarezer schüttelte den Kopf. »Die Meder haben uns seit jeher hintergangen«, antwortete der Chaldäer. »Durften wir ihnen nicht Gleiches mit Gleichem vergelten? Wer sich gegenüber einem Betrüger stets ehrlich verhält, zieht schnell den kürzeren, sei er auch noch so tapfer und stark! Hätten wir aus lauter Edelmut zulassen sollen, daß diese medischen Mörder uns schließlich besiegten und Babel verbrannten? Nein, Arnuwan. Auch ich bin ein Mann von Ehre und liebe Verstellung nicht. Aber es gibt einen Unterschied zwischen Heimtücke und einer Kriegslist!«

Arnuwan zog die Augenbrauen hoch. Mago rieb sich nachdenklich das Kinn. Nergal-Sarezer fuhr fort:

»Als die Meder merkten, daß sie die Lyder nicht besiegen konnten, strebten sie einen Friedensschluß an. Denn viel lieber als Sardes wollten sie ja das um vieles reichere Babel erobern. Huwaksatara erklärte sich sogar bereit, seinem Gegner Alyattes eine Entschädigung für die verbrannten Dörfer zu zahlen, obwohl die Meder doch daran unschuldig waren. Den Friedensschluß sollte die Heirat zwischen der Lyderprinzessin Aryenis und Huwaksataras Sohn Istewegu besiegeln. Als ich davon erfuhr, eilte ich sofort nach Westen. Als Leiter des Nachrichtendienstes war es zwar nicht meine Aufgabe, selbst in feindliche Länder zu reisen. Aber ich wußte, daß von dieser Hochzeit das Schicksal Babylons abhing. Als Kaufmann aus Akkad verkleidet, fuhr ich nach Sardes, um dort zu prüfen, wie ich die Heirat verhindern konnte. Als ich die anmutige Aryenis beobachtete, fand ich heraus, daß sie sehr häufig Besuch von einem jungen Mileter erhielt. Ich folgte dem Jüngling heimlich in seine Stadt. Zu meinem großen Erstaunen stellte ich fest, daß er in einem Haus wohnte, das einem gewissen Myron gehörte. Von diesem Griechen erzählte man sich, er habe früher in der Fremde viele Heldentaten vollbracht. Sein jugendlicher Gast aber sei der Sohn eines alten Gefährten aus Assyriens letzten Tagen. Da wußte ich Bescheid.«

Als ich das hörte, vermochte ich den Schmerz kaum noch zu ertragen. Schwankend erhob ich mich, schritt zur Pforte Ischtars und starrte durch meine Tränen hinaus. Der Himmel im Osten färbte sich fahl. Nergal-Sarezer blickte mich mitleidig an und erzählte weiter:

»Ich will ehrlich sein, Dagon: Ich plante, Nadin zu entführen, um dich zu erpressen. Mit deinem Sohn in meiner Hand hätte ich dich zwingen können, gegen Huwaksatara zu ziehen. Sofern ich dir bewies, daß Nadin noch lebte. Ohne Zweifel hättest du den Meder getötet, um deinen Sohn zu retten. Aber das Schicksal wollte es anders: Ich verbarg mich im Garten des Königspalastes von Sardes, um Nadin aufzulauern. Da tauchte plötzlich Myron auf und versteckte sich hinter einer Eiche. Ich ahnte nicht, was der Grieche vorhatte. Sonst hätte ich den Mord verhindert. Als Nadin vorbeikam, sprang der Grieche hinter dem Baumstamm hervor und schlug deinem Sohn einen Stein auf den Kopf. Nadin brach zusammen. Er war sofort tot. Myron aber lief davon, als hetzten ihn tausend Hunde.«

Nergal-Sarezer verstummte. Als ich mich nach ihm umwandte, biß sich der Babylonier auf die Lippen und fuhr fort:

»Es hilft ja doch nichts — ich muß dir alles sagen, auch wenn du mir das, was jetzt folgt, niemals verzeihen wirst. Ich sah, daß Nadin tot war und mein Plan nicht mehr durchgeführt werden konnte. Da beschloß ich, dich glauben zu machen, Huwaksatara habe deinen Sohn umbringen lassen. Natürlich wußte ich, daß der König kurz zuvor sein Siegel geändert hatte. Huwaksatara wollte damit seinen Magiern einen Gefallen erweisen, die fern in Turan einen weisen Propheten mit Namen Zarathustra bekämpften. Aber ich hatte das neue Siegel bis dahin nur wenige Male gesehen. Auch fürchtete ich, du würdest es noch gar nicht kennen. Daher beschloß ich, das alte zu verwenden, das ich mit geschlossenen Augen zu malen verstand. Ich trennte dem Leichnam das Haupt ab und brannte ihm dann später das alte Herrschaftszeichen Huwaksataras ein — das Bild Vayu-Dahaks, der doppelköpfigen Echse. Nadins Leib aber begrub ich mit eigenen Händen. Seither ließ ich dem Schatten deines Sohnes jede Woche die reichsten Opfer darbringen.«

»Du hast mich also gelenkt, als wäre ich eine Puppe«, rief ich zornig. »Wie aber konntest du die Pythia in Delphi dazu bewegen, mich zu belügen? Strahlt der Glanz deines Goldes bis zu den Griechen und ihren Himmelsbeherrschern?«

»Jedes Volk besitzt die Götter, die es verdient«, antwortete der Chaldäer. »Die Olympier der Hellenen sind ebenso habgierig und verlogen wie ihre Anbeter. Aber am schlimmsten betrügen die Priester, die ja von ihrer Falschheit und Untreue leben. Die Pythia nehme ich aus, denn diese Frau war in der Tat mit besonderen Kräften begabt. Vielleicht diente sie einem Gott, der sich der Hülle Apollos bediente und in Wahrheit weit mächtiger ist. Doch diese selbsternannten Heiligen von Delphi treiben schon seit langer Zeit Schindluder mit der Prophetin: Sie legen die Orakel im vorhinein fest, damit die Antworten recht günstig klingen und sich die glücklichen Frager danach um so dankbarer zeigen. Thrasybulos berichtete mir, daß in Delphi schon seit Jahren kein Götterspruch mehr erklinge, den er und Periander, auch so ein Zwergtyrann in einer Stadt namens Korinth, nicht vorher kennen würde. ›Wenn‹, sprach der Herrscher Milets voller Stolz, ›uns als den beiden mächtigsten Fürsten aller Hellenen der Schutz dieses Heiligtums anvertraut ist, finde ich es nur recht und billig, daß wir Einfluß darauf behalten.‹«

»Du sprachst mit dem Tyrannen von Milet?« fragte ich. »Woher kanntest du ihn? Warum vertraute er dir ein solches Geheimnis an?«

Ein flüchtiges Lächeln teilte das dunkle Gesicht des Chaldäers. »Ein tüchtiger lydischer Handwerker fertigte mir eine Kiste an, wie man sie sonst nur in Ekbatana zu schreinern versteht«, berichtete der Feldherr. »Als ich erfuhr, daß dir das Entsetzen die Sinne geraubt hatte, suchte ich nach einem Weg, dich zu heilen und dabei zugleich auf die richtige Fährte zu bringen. Denn ich wollte auf keinen Fall, daß du in deinem Zorn loszogst, ohne dich zuvor der Hilfe deiner alten Kampfgefährten zu versichern. Denn allein hättest du es niemals geschafft.«

»Da magst du recht haben«, räumte ich ein. »Also hat mich auch Venes, mein Hausverwalter auf Zypern, verraten!«

»Nein«, entgegnete der Feldherr bestimmt. »Venes hielt dir die Treue. Er ahnte nicht, daß ich sein Handeln lenkte. Durch meine Kundschafter hatte ich von der Frömmigkeit deines Verwalters vernommen. Ich beschloß, sie für meine Zwecke zu nutzen. Ich wußte ja nicht, daß du den Glauben an alle Götter verloren hattest. Also versuchte ich, dich durch Himmelswinke zu lenken. Ich meldete mich als chaldäischer Botschafter bei Alyattes in Sardes und bot dem Lyder ein Bündnis mit Babylon an. Dabei verriet ich, ein Mann namens Dagon sei ausersehen, den grausamen Huwaksatara zu töten. Der Attentäter, sagte ich, stamme aus Zypern. Er sei zwar kein Grieche, doch äußerst abergläubisch. Er wolle bald nach Delphi reisen, um dort vom Orakel zu erfahren, ob es Apollo wohlgefällig sei, wenn er den Meder ermorde. Daraufhin brachte mich König Alyattes mit seinem Schwiegervater Thrasybulos zusammen. Der Lyder wußte natürlich, welchen Einfluß der Tyrann von Milet auf die Priesterschaft Delphis besaß. Thrasybulos lachte sehr, als er von meinem Plan erfuhr. Der Thalassokrat erklärte mir, er werde seinem Freund Periander sogleich Nachricht senden, damit der Korinther das Notwendige mit den Priestern von Delphi bespreche. Dann mußte ich nur noch dem braven Venes auf Zypern von einem bestochenen Priester einreden lassen, er solle dich sofort nach Delphi schaffen. Es war nicht schwer, Venes zu überzeugen. Dein Diener schmückte die Geschichte später wohl noch ein wenig aus und behauptete, ein Gott habe ihm im Traum den rettenden Gedanken eingegeben. Das ist nun einmal die Art frommer Menschen. War es nicht so?« Ich nickte. Der Fürst von Sin-Magir lächelte freudlos. Dann fuhr er fort:

»Die Pythia wagte nicht, sich den Wünschen der Priester zu widersetzen. Denn was vermag eine Frau gegen Männer, noch dazu gegen Tyrannen wie Thrasybulos und Periander? Doch irgend etwas an dir veranlaßte sie, nicht ohne weiteres zu gehorchen. Ich hätte nicht gedacht, daß du trotz deiner Narbe und der gebrochenen Nase noch so anziehend auf Frauen wirkst! Jedenfalls versuchte die Priesterin, dich vor dem falschen Orakel zu warnen — ganz unauffällig, damit die Priester nichts merken. Nach der Verabredung hätte die Pythia sagen sollen, der grausame Huwaksatara habe deinen Sohn Nadin erschlagen. Doch in dieser Schwefelgrotte verkündete sie: ›Der deinen Sohn erschlug, die Krone Mediens trug!‹ Du hättest doch wissen müssen, daß bei den Medern sowohl der König als auch die Königin gekrönt werden. Diese zweideutige Antwort hätte dich stutzig machen sollen.«

»Ja«, gab ich zerknirscht zu, »wenn ich nur nicht so verblendet gewesen wäre!«

»Außerdem«, fuhr der Chaldäer fort, »sollte die Pythia auch die Rede auf deine Gefährten bringen. Aber sie blieb stumm, als habe sie die Absprache vergessen. Sie hoffte wohl, dich auf diese Weise von deinem Racheplan abbringen zu können. Aber du fragtest sie trotz des Verbots ein zweites Mal. Da blieb ihr nichts anderes übrig, als zu sagen, was ihr aufgetragen war. Sie fügte noch eine weitere Warnung hinzu: ›Die Rache für den Samen trifft den Baum dort, wo die Wurzel ist.‹ Du hast diesen Spruch wohl so verstanden, daß du den Mörder und seine ganze Familie mit Stumpf und Stiel ausrotten würdest. Erst hier in Babylon hat sich herausgestellt, daß mit der Wurzel Nadins Mutter gemeint war. Ja, immer mehr glaube ich, daß die Pythia damals wirklich einer göttlichen Eingebung teilhaftig war: Was Periander und Thrasybulos ihr zu sagen befahlen, erwies sich als Lüge und Täuschung. Doch was sie aus freien Stücken hinzufügte, das wurde wahr. Nur den Sinn ihrer dritten Antwort habe ich noch nicht verstanden: Was meinte die Pythia mit der Prophezeiung, angesichts deiner Rache würden die Götter verstummen?«

Ich schüttelte langsam den Kopf. »Ich weiß es nicht«, sagte ich. »Da die Priesterin tot ist, werden wir es wohl nie erfahren. Wer hat sie ermordet?«

»Periander sandte den Dolch«, antwortete der Chaldäer. »Wie alle Tyrannen kennt auch der Fürst von Korinth als einzige Strafe für Ungehorsam den Tod. Dann setzte er eine neue, willfährige Priesterin auf den delphischen Dreifuß.«

»Warum aber versuchte Sostrates, der Führer der Wächter von Delphi, mich in Milet umzubringen?« fragte ich. »Auch Thrasybulos schien nicht zu wissen, daß wir Verbündete waren.«

»So?« erwiderte Nergal-Sarezer. »Hat der Tyrann dich nicht eine ganze Weile frei herumlaufen lassen? Dieser Wächter Sostrates wußte nichts von der Verschwörung. Und auch die Priester in Delphi gestanden natürlich nicht ein, was in Wahrheit geschehen war. Sondern sie taten, als habe ihr Gott Apoll die Priesterin hingerichtet — wegen dir. Kein Wunder, daß der Haß des Wächters gegen dich entflammte!«

Ich starrte den Babylonier ungläubig an. Nergal-Sarezer schnitt ein Gesicht. »Ja, ich weiß«, erklärte er dann, »du fragst dich nun natürlich, warum Thrasybulos dann seine Schergen auf dich hetzte. Nun, die Pläne mancher Menschen ändern sich wie das Wetter. Wie ihr wißt, erhielt der lydische König durch einen medischen Gesandten plötzlich ein sehr günstiges Friedensangebot von seinem Feind Huwaksatara. Darüber war Alyattes so glücklich, daß er dem Boten vorschlug, die anmutige Aryenis mit Istewegu zu vermählen. Von einem Anschlag auf Huwaksatara wollte der Herrscher von Sardes danach natürlich nichts mehr wissen: Alyattes gab seinem Schwiegervater in Milet sogleich Bescheid und bat ihn, den geplanten Mord zu verhindern. Es wäre dem König wohl gar zu peinlich gewesen, wenn dein Anschlag geglückt und er vielleicht als dein Wegbereiter entlarvt worden wäre! Wohl gar noch, während er gerade in Ekbatana an der Hochzeitstafel schmauste! Thrasybulos beschloß sofort, dich sicherheitshalber für immer verschwinden zu lassen. Er wußte nicht, daß du in Wahrheit ein Assyrer warst. Sonst hätte er wohl kaum nur drei Leute auf dich angesetzt.«

»Wie hast du das alles erfahren?« fragte Mago verwundert. »Warst du zu dieser Zeit etwa selbst noch in Milet?«

»Allerdings«, erwiderte der Chaldäer. »Und ich hätte Dagon gern noch ein Stück weiter begleitet. Aber mein Herr Nebukadnezar berief mich nach Jerusalem, damit diese trotzige Stadt endlich erobert werde. Ein paar Wochen danach hörte ich, daß einige Fremde am Hof des Pharao von assyrischen Goldschätzen sprachen. Bis nach Ägypten ließ euch Thrasybulos durch seinen Freund Periander verfolgen! Schließlich meldeten mir meine Kundschafter, daß euch der Feldherr Amasis befohlen habe, in die belagerte Hauptstadt Judäas zu dringen.«

Der Babylonier wandte sich Mago und Arnuwan zu. »Dagon hat euch wohl schon berichtet, daß ich ihn damals an der Terebinthe traf«, erzählte er. »Ich hatte ihn ja vor dem Verräter zu warnen. Aber ihr durftet nicht erfahren, daß ich hinter der Sache steckte. Sonst hättet ihr vielleicht nachgeforscht und den Betrug mit dem falschen Siegel entdeckt.«

»Wenn du mich schon warnen wolltest«, fragte ich, »warum hast du mir dann nicht gleich gesagt, wer uns in Harran hinterging?«

»Der Urartäer Argistes, den ich nach dem Untergang Assyriens in einem Gefangenenlager am Tigris verhörte, wußte sehr wohl, wer euren letzten König Assur-Uballit an die Ägypter verraten hatte«, antwortete Nergal-Sarezer. »Davon aber durfte ich dir in jener Nacht an der Terebinthe nichts sagen. Denn hättest du gewußt, daß Myron der Verräter war, so hättest du den Griechen doch gewiß sogleich gerichtet! Und wenn du dabei auch noch erfahren hättest, daß Myron deinen Sohn auf dem Gewissen hatte — wärst du dann noch gegen Huwaksatara gezogen? Nein, für Babylon hätte wohl keiner von euch sein Leben aufs Spiel gesetzt. Myron war ein wichtiger Mann. Ohne ihn hättet ihr weder Gauratar noch Huwaksatara töten können.«

Ich blickte den Chaldäer an, und die seltsamsten Gedanken stoben hinter meiner Stirn umher, so wie die Flocken des Schnees im Wintersturm tanzen. »Wiederum hast du recht«, gestand ich nach einer Weile. »Myron war der Schlüssel, der die Tür zu meiner Rache öffnete.«

»Er war der geschickteste Fallensteller, der je eine Rüstung trug«, sagte der Babylonier voller Achtung. »Darum bedauere ich, daß seine Knochen nun zwischen den Zähnen streunender Hunde zernagt werden sollen. Aber das ist deine Entscheidung.«

»Ich habe gelernt zu vergelten«, versetzte ich, »nicht zu vergeben.«

Der Chaldäer zuckte die Achseln. »Am meisten«, erklärte er, »staunte ich, als du damals mit diesem Reguël in unser Feldlager gefahren kamst, um Erdpech und Naphtha zu holen. Huwaksatara mit Feuer zum Himmel zu schikken, wie es ihm einst von den Magiern vorausgesagt worden war! So etwas konnte nur diesem Griechen einfallen.«

»Der Pfeil, der Myron bei Jerusalem traf, stammte also nicht von einem deiner Krieger?« fragte Mago.

»Ja und nein«, antwortete Nergal-Sarezer. »Als du mich auf dem Euphrat danach fragtest, Dagon, konnte ich es noch nicht zugeben: Einer unserer skythischen Söldner war dieser tückische Schütze. Übrigens wollte der Steppenreiter auch dich ermorden, Dagon. Aber weil ich dich so lange zurückhielt, glaubte der Skythe, er habe dich verpaßt, und gab sein Vorhaben auf. Meine Leibwächter stellten den Mann, als er nach Norden davonreiten wollte. In seinem Gürtel fanden wir lydische Münzen. Als wir den Skythen folterten, gestand er uns, er sei von Thrasybulos zu dem Anschlag angestiftet worden. Der Tyrann wußte wohl von Kundschaftern in Ägypten, daß euch Amasis nach Jerusalem geschickt hatte. Ich sagte dir ja schon, Dagon: Die Wände in den Gemächern des Pharao sind so löchrig wie ein Sieb!«

»Alles sehr schlau eingefädelt«, brummte Arnuwan. »Wenn Babel doch einmal erobert wird, dann sicherlich nur deshalb, weil seine Feldherrn nicht auf den Mut und die Kraft ihrer Krieger, sondern nur auf Hinterlist und Tükke vertrauen.«

Nergal-Sarezer blickte den Luwier unmutig an. »Babel wird noch bestehen, wenn dein Bergreich längst erloschen ist«, versetzte der Feldherr.

Arnuwan lächelte grimmig und legte die Hand auf sein Sarpedonschwert. »Warum«, fragte er den Chaldäer, »hast du dann später doch wieder mit diesem untreuen Lyderkönig zusammengearbeitet, der doch in seinen Entschlüssen schwankt wie ein Schilfrohr im Wind? Warum erklärtest du dich sogar bereit, seine Tochter nach Ekbatana zu führen?«

»Nach Huwaksataras Tod hatte sich die Lage doch völlig geändert«, gab der Fürst von Sin-Magir zur Antwort. »Und wenn ihr auch noch Istewegu erschlagen hättet, wäre Medien führerlos und keine Gefahr mehr für Babel gewesen. Ich ahnte doch nicht, daß ihr es in Wirklichkeit auf Kassandane abgesehen hattet! Ich dachte nicht daran, daß sie, anders als ihr Gemahl Huwaksatara, noch immer den doppelköpfigen Drachen im Siegel führte. Ich gebe zu, Dagon: Ich handelte nicht immer aufrichtig gegen dich. Aber daß du ein solches Verbrechen begingst, habe ich nicht gewollt.«

»Du hast mich die ganze Zeit über getäuscht, Chaldäer«, versetzte ich zornig. »Woran sollte ich erkennen, wann du logst und wann du die Wahrheit sprachst? Aber genug geredet! Mit Worten warst du mir stets über. Jetzt soll das Schwert zwischen deiner und meiner Sache entscheiden. Auf, gürte dich mit einer Waffe!«

»Ich habe dich niemals gehaßt, noch wollte ich dich verderben«, antwortete der Feldherr bewegt. »Manchmal wünschte ich sogar, du wärst mein Sohn, denn ich liebe dich wie ein Vater. Alle Zeit handelte ich nur zum Wohl meines Landes. Doch wenn du unbedingt mein Blut vergießen möchtest, so will ich dir dazu das passende Schwert überreichen. Denn ich sehe, daß die Klinge Sarpedons nun an der Hüfte des Luwiers steckt.«

Der Feldherr klatschte in die Hände. Sogleich erschien einer der Wächter. Er eilte die Treppe empor und schritt durch den Saal auf uns zu. Auf seinen Armen trug der Krieger einen länglichen Kasten aus feinstem Zypressenholz. Seine Fugen waren mit Pech abgedichtet; an seinen Kanten glänzten Beschläge aus Silber und Gold. Nergal-Sarezer nahm den kostbaren Behälter in die knochigen

Hände und legte ihn auf einen Eichenholztisch. »Schon einmal sahst du in einen Kasten, den ich für dich anfertigen ließ«, sagte der Babylonier ruhig. »Öffne nun auch diesen!«

Ich trat zu dem Tisch und schaute dem Feldherrn ins Auge. Nergal-Sarezer hielt meinem Blick stand. Da packte ich die hölzerne Lade und riß mit einem Ruck den Deckel auf.

Uraltes, edelstes Eisen schimmerte in dem Behälter, und ich erkannte eine Klinge, die mir ebenso herrlich erschien wie das Sarpedonschwert.

Staunend nahm ich den Griff in die Hand. Auf dem Knauf thronte ein goldener Löwe. Mit ausgestrecktem Fechtarm wog ich das schwere Metall. Nergal-Sarezer nickte beifällig und sprach:

»Stoße diese Waffe in dein Wehrgehenk, Fürst von Kimmerien! Sie gehört dir. Denn dies ist das Schwert Taskupiman, das einst dein Vater in den reißenden Fluten des Flusses Pyramos verlor. Als ihn die assyrischen Krieger bewußtlos an Land schleppten, suchte ich heimlich im Wasser nach dieser herrlichen Waffe. Ich barg sie in meinem Mantel, um sie dir eines Tages zu geben.«

»Taskupiman«, flüsterte Arnuwan voller Ehrfurcht. »Das Schreien der Kehle!«

»Ja«, erklärte Nergal-Sarezer. »Nun liegen die besten Schwerter der Welt in euren Händen.«

»Ich danke dir«, sagte ich. »Einmal hast du dich ehrlich gezeigt. Doch deine Untreue ist dir damit nicht vergeben. Wappne dich also!«

»Ihr seid zu dritt«, wandte der Chaldäer ein.

»So umgebe dich noch mit zwei Gefährten«, befahl ich ungeduldig. »Dann werden wir sehen, wem das Schicksal den Lebensfaden abschneidet.«

»Ihr seid verwundet«, meinte der Babylonier.

»Ja«, versetzte Arnuwan spöttisch, »aber du bist ein alter Mann!«

Nergal-Sarezer wandte sich um und lief die Treppe hinab. Kurze Zeit später kehrte er zurück. Auch jetzt trug er weder Helm noch Rüstung. Um seine Hüften aber spannte sich ein breiter Ledergürtel, an dem das mit leuchtenden Edelsteinen geschmückte Schwert des Feldherrn hing.

»Fandest du keine Gefährten, die sich mit uns schlagen wollen?« fragte Mago mit spöttischem Lächeln. »Deine Chaldäer zeigen sich wohl nur dann als mutige Krieger, wenn sie dank ihrer Übermacht schon von vornherein als Sieger feststehen!«

»Das wirst du gleich sehen!« antwortete eine helle Stimme. Hinter Nergal-Sarezer stiegen zwei weitere Männer empor. Als erster trat der Perser Kambyses zu uns in den Saal. Dann folgte der junge Schumukin, der Neffe des Feldherrn.

»Nun?« fragte der Jüngling grimmig, als er uns gegenüberstand. »Seid ihr mit uns zufrieden?«

Wir stellten uns nebeneinander auf. Arnuwan zu meiner Rechten, Mago zu meiner Linken. Nergal-Sarezer stand in der Mitte unserer Gegner. Zur Rechten des Feldherrn musterte sein junger Neffe den Tyrer mit zornigen Blicken. Auf der anderen Seite reckte sich der gewaltige Perser empor, um sich mit Arnuwan zu messen.

»Ich hätte dich lieber als Kampfgefährten an meiner Seite gesehen, König von Luwien«, rief der Parsumaschfürst. »Aber wie es das Schicksal nun einmal will, fechten wir nun als Gegner auf Leben und Tod. Wir stehen beide für eine gerechte Sache — du für deine Gefährten, ich für meinen Sohn. Darum stellt unser Treffen nicht einen Kampf zwischen Gut und Böse dar, den vielleicht Götter beeinflussen wollen, sondern allein einen Streit um die Frage, wer von uns beiden der Stärkere ist.«

Arnuwan lächelte grimmig und hob das Sarpedonschwert in der gesunden Rechten. »Wir sind schon einen weiten Weg gegangen, Perser«, erwiderte er. »Durch eure Listen verloren wir einen Teil unserer Würde. Möge nun wenigstens das Ende unseres Rachezugs ehrenvoll sein.«

Mit diesen Worten schlug der Luwier sein Sarpedonschwert heftig gegen die Waffe des Persers. Ein helles Klirren dröhnte durch den Saal. Dann brachten die beiden gewaltigen Recken ihr Eisen zum Singen.

Mago rief, als er das sah: »Nun also, Schumukin, sei nicht faul! Daß wir keine Riesen sind, soll uns nicht hindern, Tapferkeit zu bezeugen.«

»Du forderst mich auf, etwas zu tun, wozu mein Herz mich ohnehin antreibt«, antwortete der Chaldäer mit seiner Jünglingsstimme. »Auch wenn ich keinen Haß gegen dich empfinde, Phönizier, so gebietet es doch meine Pflicht gegenüber dem Onkel, daß ich dich töte.«

Mit einem lauten Kampfschrei stürzte Schumukin sich nun auf Mago. Aber der Tyrer wich den Hieben des Jünglings mühelos aus.

»Nun, Nergal-Sarezer?« fragte ich. »Wie lange wollen wir noch zusehen, wie sich andere unseretwegen schlagen?«

»Du Narr!« versetzte der Feldherr und zog sein Schwert. »Ihr werdet alle sterben!«

Die Sonnenscheibe erhob sich über das Ende der Erde. Ich hob das Schwert Taskupiman und drang in wilder Wut auf Nergal-Sarezer ein. Der Feldherr wehrte sich mit großem Geschick. Meine Verletzungen behinderten mich stärker, als ich geglaubt hatte. Der Luwier begann ebenfalls wieder heftig zu bluten. Auch aus Magos Kopfverband rann roter Lebenssaft. Dennoch hätten wir unsere Gegner wohl bald bezwungen. Denn so wie der Feldherr zum Fechten zu alt war, schien sein Neffe für einen solchen

Kampf noch zu jung. Dem Luwier aber konnte selbst Kambyses auf Dauer nicht widerstehen.

Doch ehe das Gefecht entschieden war, tönte plötzlich eine hallende Stimme durch den Heiligen Saal. Ihr Ton klang so gebieterisch, daß unsere Gegner sofort die Waffen sinken ließen.

Dutzende von chaldäischen Wachen in prächtigen bronzenen Rüstungen drangen an den Wänden des Saals auf uns zu und hoben die kurzen Lanzen zum Stoß. Arnuwan, Mago und ich stellten uns mit erhobenen Schwertern vor die Käfige mit den Tauben. Die Wächter versuchten uns zu umzingeln, aber ein scharfer Befehl hielt sie zurück. Dann öffnete sich eine Gasse in den dichten Reihen der Babylonier. Eine ehrfurchtgebietende, hohe Gestalt schritt auf uns zu.

»König!« rief Nergal-Sarezer und beugte das Knie. Schumukin und Kambyses taten es dem Feldherrn gleich. Doch Nebukadnezar, der Völkerwürger, achtete nicht auf die drei. Der Herrscher faßte mich mit dem Blick eines Löwen ins Auge. Hinter ihm schritt ein noch junger Judäer mit langem, schwarzlockigem Bart und einem knotigen Hirtenstab aus dem Ast einer Weide. Neben dem Jüngling erblickte ich das vertraute Gesicht Reguëls, des Beduinen.

XX DER RICHTER

Deshalb also mußte die Pythia sterben, edle Richter des Areopag. Ja, Periander: Du selbst bist der Mordtat schuldig, die du uns vorwirfst und wegen der du Myrons Freunde in Milet so grausam verfolgst. Thrasybulos half dir bei dem Verbrechen. Als ich den Tyrannen Milets damals im

Felsenturmland erschlug, handelte ich als Rächer eures eigenen Gottes. Myron trägt keine Schuld daran.

Aber da ihr meiner Erzählung nun schon so lange gefolgt seid, ihr Hüter des Rechts auf dem ehrwürdigen Areopag, sollt ihr nun auch das Ende meiner Geschichte erfahren. Denn wenn ihr hört, was mir offenbart wurde, werdet auch ihr erkennen: So viele Völker auch nach den verschiedensten Gesetzen leben, so viele Weise stets neue Ordnungen suchen und so viele Könige über bessere Rechtsformeln grübeln: unvollkommen bleibt ihr Denken, Menschenwerk ihr Tun. Denn die Welt gehorcht seit Urzeiten nur einem einzigen Richter, und die Gebote Gottes gelten für ewig.

Als König Nebukadnezar auf mich zuschritt, fühlte ich mich wie ein Wolf, dem sich ein Löwe entgegenstellt, um ihm den Riß zu rauben. Doch schon die ersten Worte des Völkerwürgers verrieten, daß er nichts Böses gegen uns im Schilde führte. Denn Nebukadnezar blickte mich ohne Zorn an und sprach mit freundlicher Stimme:

»Du also bist der Krieger, der mein Reich von so gefährlichen Feinden befreite! Du sollst sehen, daß ich derart wertvolle Dienste nicht nur mit Worten zu belohnen pflege.«

Dann wandte sich der König zu Nergal-Sarezer und befahl mit barscher Stimme: »Du aber verrate mir, was meinen obersten Feldherrn dazu verleitet, gegen diese Stützen meines Throns das Schwert zu erheben!«

»Es entsprach nicht dem Wunsch deines Dieners, daß wir hier fochten«, sagte ich schnell. »Ich war es, der Nergal-Sarezer aufforderte, sich mit der Waffe zu wehren.«

Der König schaute mich verwundert an, strich sich über den gestutzten Bart und setzte sich schließlich in einen bequemen Stuhl. »Wein und Braten herbei!« forderte er. Sogleich eilten Diener hinaus.

Nebukadnezar winkte mich an seine Seite. Arnuwan und Mago blieben kampfbereit bei den Käfigen mit den Tauben.

Der Völkerwürger begann zu lächeln. Dann fiel der Blick des Königs auf Kambyses, und zornig senkte der Babylonier die Brauen. »Auch du hast versucht, meine Freunde zu töten!« rief er mit scharfer Stimme. »Verlasse mein Königreich, Perser, und kehre niemals zurück, wenn dir dein Leben lieb ist!«

»Wir Perser gehen«, versetzte Kambyses trotzig, »doch eines Tages kommen wir wieder.« Ich reichte ihm die Papyrosrolle, die er mir im Felsenturmland gegeben hatte. »Ich danke dir«, sprach ich, »auch wenn wir schließlich Feinde wurden.« Kambyses lächelte grimmig. Babylonische Wächter umringten den Fürsten und führten ihn hinaus.

»Soll auch ich gehen?« fragte Nergal-Sarezer.

»Du bleibst!« befahl der König und streckte die Füße auf einen Schemel. »Das könnte dir so passen, jetzt zu verschwinden und abzuwarten, bis alles vorbei ist! Hättest du mich rechtzeitig von diesen Vorgängen hier unterrichtet, wie es deine Pflicht gewesen wäre, so hätte ich nicht durch die Nacht fahren müssen, um tödliche Zweikämpfe zwischen meinen getreuesten Dienern zu beenden!« Er zeigte auf Reguël und den Judäer. »Nur diesen beiden Männern verdankst du, daß du noch lebst, Nergal-Sarezer«, fuhr der Völkerwürger fort. »Hätte sich Reguël nicht bis zu meinen judäischen Ratgebern durchgefragt und sie beredet, mich wecken zu lassen, flösse dein Blut jetzt wohl längst auf dem Boden!«

»Reguël!« rief ich vorwurfsvoll. »Warum sagtest du mir nicht, daß du die Weisen Judäas aufsuchen wolltest? Durch deine Heimlichtuerei brachtest du mich in größte Gefahr! Denn als du plötzlich verschwunden warst, glaubte ich, du seist der Verräter von Harran. Da ich deshalb die anderen

Gefährten für unschuldig hielt, wäre ich fast dem Dolch Myrons zum Opfer gefallen!«

»Verräter?« fragte Reguël verdattert. »In Harran? Was ist hier eigentlich los?«

Ich erzählte ihm die Geschichte. Auch Nebukadnezar lauschte mit großer Aufmerksamkeit. Zwischendurch warf er Nergal-Sarezer aus Augen unter buschigen Brauen heftige Blicke zu.

»Jetzt verstehe ich deinen Vorwurf, Dagon«, erklärte der Midianiter, als ich geendet hatte. »Aber ich wußte doch nichts von diesem Verrat! Höre: Durch unseren jungen Freund Darban, dem wir die Hand der Mannäerprinzessin verschafften, erfuhr ich dort oben am Purpurfelsen wichtige Neuigkeiten über die Judäer. Der Prinz vom Mandelland verriet mir, daß er von einer Israelitin abstamme. Diese Leute sind Brüder der Judäer. Sie lebten einstmals in dem Land, das heute Samaria heißt. Ihr Reich wurde vor vier Menschenaltern von König Sargon dem Zweiten, dem Bedränger der Weltteile, unterjocht. Der Sieger hat die Bewohner nach Norden ... nun ja, umgesiedelt.« Der Beduine warf einen vorsichtigen Blick auf Nebukadnezar. »Ein Teil der Verbannten wohnte danach in der Gegend von Gosan«, berichtete er weiter. »Viele Israeliten vermischten sich dort mit ihren Nachbarn. So kam auch Darbans Vater, der Fürst von Meliddu, zu einer israelitischen Frau. Durch sie erfuhr er vom Einzigen Gott. Auch sein Sohn Darban wurde in dieser Lehre erzogen. In all den Jahren seither bestanden geheime Verbindungen zwischen den Israeliten und den Judäern. Denn den Gläubigen beider Stämme gilt Zion als die Burg Gottes. Darum zogen die Israeliten aus der Fremde immer wieder zum Großen Tempel nach Jerusalem.«

Nebukadnezar räusperte sich. Reguël blickte den König an, doch der Völkerwürger schwieg. Der Beduine fügte hinzu: »Diese Verbindungen blieben auch nach dem Fall Jerusalems bestehen.«

»Woran hast du gemerkt, daß Darban an den Einzigen glaubt?« fragte Mago verwundert.

»Man erkennt die Anbeter Jahwes vor allem an der Art, wie sie ihre Opfer darbringen«, antwortete der Midianiter. »Auch beugen sie sich nicht, wie andere, vor stummen Götzen aus Holz oder Stein. Als ich erkannte, daß Darban dem Einen Gott huldigte, sprach ich ihn darauf an.« Der Beduine blickte von Mago zu mir. »Ich brauche euch ja wohl nicht mehr zu sagen«, sprach er, »daß auch ich meinen Kinderglauben an Asasel längst begrub.«

»Aber warum«, wollte Mago wissen, »hast du uns nicht gesagt, was du plantest?«

»Das wirst du gleich verstehen«, erwiderte Reguël. »Darban berichtete mir, daß einige Judäer am Hof König Nebukadnezars in hohem Ansehen stünden. Ein gewisser Daniel zum Beispiel habe Träume des Herrschers gedeutet und sogar eine Nacht in einer Löwengrube ohne Schaden überstanden.«

»Ja, diese Wunder vollbrachte Daniel vor meinen Augen«, ließ sich nun Nebukadnezar vernehmen. »Seitdem weiß ich, daß sein Gott mehr Macht besitzt als alle anderen zusammen. Ich aber bin Jahwes Werkzeug, dazu erkoren, sein unbotmäßiges Volk zu bestrafen. Erst wenn die Schuld der Judäer gesühnt ist, dürfen sie wieder in ihre Heimat zurück. So künden es Jahwes Propheten.«

Ich mußte an Myron denken. Im Geist sah ich das spöttische Grinsen, das jedesmal auf den Lippen des Griechen erschien, wenn jemand Himmelsbefehle vorschützte, um sich irdische Vorteile zu verschaffen. Reguël fuhr fort:

»Als ich sah, daß du zusammen mit Myron in die Gewalt Nergal-Sarezers geraten warst, suchte ich nach einem Ausweg, um euch zu retten. Der Feldherr wird mir gewiß verzeihen, wenn ich hier offen erkläre, daß ich ihm nicht traute — es hat sich ja inzwischen gezeigt, daß er uns alle für seine Machenschaften ausnutzte. Da fiel mir ein, was Darban mir am Purpurfelsen berichtet hatte. Ich eilte euch nach Babylon voraus, um den Propheten Ezechiel aufzusuchen. Dieser gab mir ein Empfehlungsschreiben an Daniel. Daniel aber bewies mir sogleich, daß er wirklich hoch in der Gnade des Herrschers steht: Nachdem der Judäer meine Geschichte angehört hatte, setzte er beim Haushofmeister des Palastes von Borsippa durch, daß der König sofort geweckt wurde — mitten in der Nacht!«

»Es lagen gute Gründe vor«, lächelte Nebukadnezar. »Und wie ich nun sehe, hat es sich gelohnt. Den Schlaf kann man nachholen. Wie aber hätte ich wiedergutmachen können, wenn ihr hier unter den Schwertern meiner Krieger verblutet wärt?«

»Nergal-Sarezer hätte uns von seinen Scharen nicht angreifen lassen«, wandte ich ein, »solange wir Zugriff auf diese Botentauben besaßen.« Ich erzählte dem König, was sich in den bronzenen Hülsen verbarg.

»Nun, jetzt braucht ihr die braven Vögel nicht mehr zu hüten«, meinte Nebukadnezar und blickte streng auf seinen Feldherrn herab. »Ihr steht unter meinem Schutz«, sagte der König dann zu uns. »Nehmt mein königliches Wort, daß euch kein Leid geschehen soll, solange ihr in meinem Reich weilt. Seid meine Gäste, solange ihr wollt! Ich werde euch mit Gold und Ehren überhäufen.«

»Ich danke dir«, erwiderte ich. Arnuwan und Mago blickten mich fragend an. Reguël nickte mir beruhigend zu. Da gab ich den beiden Gefährten ein Zeichen. Der Tyrer öffnete alle Hülsen, zog die drei Briefe heraus und reichte sie Nebukadnezar. Der König las sie und schaute Nergal-Sarezer unmutig an. »Du bist ein unverbesserlicher Ränkeschmied«, erklärte er dann. »Aber in diesen bewegten Zeiten braucht man Leute wie dich.«

Nergal-Sarezer lächelte dünn. Der König reichte ihm die Papyrosrollen. »Lasse sie dir nicht noch ein zweites Mal abjagen«, sagte er. Der Feldherr erhob sich und warf die Papyrosrollen in das Feuer einer Öllampe. Wir sahen zu, wie sie verbrannten.

Dann öffnete Nergal-Sarezer die Taubenkäfige. »Fliegt, meine Vögel«, rief er dazu: »Hier in Babylon seid ihr mir zu gefährlich!«

»Mir hättest du aber doch anvertrauen können, daß es dich zu den Judäern zog, Reguël«, brummte Arnuwan verstimmt. »Wahrlich, ich beschwor Tarhus Zorn auf dein Haupt, und wenn ich dich in die Finger bekommen hätte, hätte ich dich erwürgt. Ich glaube doch, du hättest dich davongemacht, um dir den Schatz Assyriens zu holen!«

Der Beduine lächelte schief. »Als ich beschloß, euch auf diesen Feldzug zu folgen, hatte ich das auch tatsächlich vor«, sagte er leise. »Heute jedoch bedeutet mir Besitz nicht mehr als der Kot unter meinen Sohlen, den ich am nächsten Stein abstreife. Nehmt meinen Anteil zu euren! Dem Gläubigen ist Gold nur eine Last. Was hätte ich dir denn sagen sollen, Arnuwan? Wißt ihr nicht mehr, wie ihr mich damals im Felsenturmland beschimpft habt, als ich euch wieder einmal von Jahwe erzählte? Ich höre noch heute, wie Dagon schrie: ›Dummes Gefasel!‹ Nein, Gefährten. Hätte ich euch damals von meinem Vorhaben erzählt, hättet ihr mich bestenfalls ausgelacht.«

»Du hast recht«, gestand ich. »Ich verachtete die Judäer ob ihrer Schwäche. Niemals hätte ich geglaubt, daß ausgerechnet sie mich retten könnten!«

»Nicht wir vermögen dir zu helfen«, sagte der junge Judäer, »sondern der Herr des Himmels allein. Wir sind nur seine Diener. Nur Gott besitzt wirkliche Macht. Er schaut in die Herzen der Menschen. Er richtet über Leben und Tod. Er bestraft, doch er verzeiht auch. Recht und Unrecht wägt er in seinen Händen, und er vergißt die Gnade nicht.«

»Du sprichst erstaunliche Worte«, erwiderte ich, und ein seltsames Sehnen zog plötzlich durch meine Brust. »Ich würde gern mehr davon hören. Du bist gewiß Fürst Daniel! Verrate mir: Kann dein Gott auch Taten ungeschehen machen?«

»Ich bin nicht Daniel«, antwortete der Judäer, »sondern nur einer seiner Schüler. Auch ist mein Herr, der weiseste unter Judäas Verkündern, kein Fürst. Daniel liegt im Fieber. Er sandte mich statt seiner in den Palast. Man nennt mich Jesaja.«

»Noch kennen wenige diesen Namen«, fügte Reguël voller Achtung hinzu, »doch eines Tages wird er allen Frommen vertraut sein. Jetzt schon zählt man Jesaja zu Judäas größten Propheten. Denn er wurde von Jahwe erleuchtet. Wie Daniel, Ezechiel und Jeremia, sieht auch Jesaja bis in die fernste Zukunft der Menschen.«

Ein leises Klatschen ertönte, und weißgekleidete Diener strömten nun in den Saal. Sie trugen Krüge, Platten und Schüsseln mit den erlesensten Weinen und Speisen. Der Duft der gebratenen Steiße von Fettschwanzschafen stieg uns in die Nasen. Auch geröstete Zicklein mit Zwiebeln, gekochte Kalbszunge in Kresse und fünfzig verschiedene Arten von Fischen wurden gereicht. Dazu tischten die Sklaven uns Erbsen, Linsen und Bohnen, Gurken, Porree und grüne Salate auf. Kostbar gekleidete Jungfrauen traten zu uns. Ihre Leinengewänder dufteten nach Myrrhe, Aloe und Kassia. Die Mädchen bestäubten uns mit Zimt, Galbanum und Stakte. Dann brannten sie Weihrauch ab, so daß es uns erschien, als speisten wir im Himmel bei Göttern. Tomyris erwachte und trank ein wenig Brühe. Als wir den ersten Hunger gestillt hatten, befahl König Nebukadnezar:

»Berichte uns nun alles, was wir noch nicht wissen, Dagon, und lasse nichts aus. Fürchte dich nicht! Ich weiß von meinen judäischen Freunden, daß du ein Krieger von edler Gesinnung bist. Solltest du auf deinem Rachefeldzug Taten begangen haben, die nicht zum Besten Babylons gerieten, so spreche ich dich schon jetzt von jeder Verantwortung frei.«

Ich dankte dem König und erzählte ihm, was meine Gefährten und ich seit dem Ischtarfest auf Zypern erlebt hatten. Nebukadnezars Blicke ruhten die ganze Zeit unverwandt auf meinem Gesicht. Aber auch Arnuwan, Mago, Reguël und Tomyris hörten mit höchster Spannung zu. Denn sie erfuhren nun manches, was ihnen bisher verborgen geblieben war.

Am eifrigsten aber lauschte Jesaja, der junge Erleuchtete der Judäer. Seine Sinne zeigten sich stets dann besonders wachsam, wenn ich von Überirdischem erzählte: von dem Orakel in Delphi, von Thales und Zarathustra, aber auch von Ezechiel und Jeremia, schließlich von meinen Träumen und anderen Schicksalszeichen. Immer wieder unterbrach mich der Judäer mit Fragen und ließ sich das Geschehene bis in die kleinsten Einzelheiten erklären.

»Der Gott von Delphi hat mich belogen«, sagte ich schließlich, »und die judäischen Propheten behielten recht: Der Zorn ist der schlimmste Feind des Gerechten. Ich suchte nicht Recht, sondern Rache. So fiel ich in Verblendung und beging am Ende ein größeres Verbrechen, als mir selbst angetan worden war; Ezechiel und Jeremia haben mich davor gewarnt. Sie forderten mich auf, die Rache ihrem Gott zu überlassen. Ich aber achtete nicht auf sie. Denn ich hielt Jahwe für schwach und gering, weil er zuließ, daß sein auserwähltes Volk besiegt und in die Fremde verschleppt wurde.«

»Hieltest du auch Assur für schwach und gering?« fragte

Jesaja. »Nein, ganz im Gegenteil: Du glaubtest, der Zerstampfende sei mächtig und unbezwingbar. Dennoch ging Assyrien unter. Das Volk Judäas aber lebt, auch wenn es in Verbannung leiden muß, bis der Herr seinen Dienern verzeiht. Ja, die Propheten warnten dich. Es war ja auch ihre Pflicht: Sie sind die Augen und Ohren der Menschheit. Doch auch die Priesterin in Delphi sprach nicht ohne Sinn. Wie sagte sie damals zu dir? ›Wenn du dein Rachwerk vollendet nennst, verstummen alle Götter, die du kennst!‹ Du dachtest wohl, das solle bedeuten, daß du im Einverständnis mit dem Himmel handeln würdest. In Wahrheit aber meinte der Spruch, du würdest am Ziel deines Weges erkennen, daß die alten Götter in Wirklichkeit niemals lebten. Sprechen würde zu dir dann nur noch einer: Jahwe, den du damals noch nicht kanntest.«

»Woher aber sollte die Pythia etwas von eurem Gott wissen?« fragte ich zweifelnd. »Sind doch Griechenland und Palästina durch weite Meere und große Reiche getrennt!«

»Gottes Wege sind unbegreiflich«, antwortete der Judäer. »Wenn er es wollte, genügte ihm ein bloßer Gedanke, um die Zunge der Priesterin Worte sprechen zu lassen, deren Sinn sie selbst nicht verstand.«

»Jahwe ist ein sehr alter und zugleich ein sehr junger Gott«, fügte Reguël hinzu. »Alt, weil er die Welt und alle Wesen erschuf. Jung, weil er sich erst jetzt in seiner Allmacht und Allwissenheit offenbart. Abraham kannte ihn schon vor zweitausend Jahren. Wir Menschen von heute jedoch dürfen beginnen, sein wirkliches, wunderbares und einzigartiges Wesen ganz zu erfassen.«

»Hatte dann Zarathustra unrecht, den du so tief verehrtest?« fragte ich den Beduinen erstaunt. »Sagte uns nicht der Heiler des Lebens einst in Sogdiana, das irdische Dasein bestehe aus einem beständigen Kampf des Guten gegen das Böse? Wenn es aber nur einen einzigen, gütigen Gott gibt — wie kann denn dann das Böse soviel Gewalt über die Menschen gewinnen?«

Statt des Gefährten antwortete der Erleuchtete, und seine Stimme klang nun nicht mehr sanft, sondern schroff und streng. »Hütet euch vor falschen Propheten!« rief Jesaja. »Zarathustra hat unrecht. Es gibt nicht zweierlei Formen des göttlichen Seins, sondern nur einen Gott. Von ihm kommt auch das Böse. Indem er es schuf, machte er uns erst zu Menschen. Denn könnten wir nicht zwischen Recht und Unrecht wählen, worin unterschieden wir uns dann von Tieren? Damit wir unsere Gerechtigkeit immer wieder aufs neue beweisen, schickt Gott den Menschen Leid, sie zu läutern, Pein, sie zu prüfen, Sorge, sie zu stählen.«

»Und meine Träume?« fragte ich staunend. »Waren sie Zeichen, um mir zu raten, oder Täuschungen, mich zu verwirren?«

»Wer rechten Glaubens ist«, antwortete der Prophet, »dem erschließen sich Gottes Gedanken. Dem Zweifler aber bleibt selbst die einfachste Wahrheit verborgen. Der Traum von den fünf Adlern und der Schlange sollte, wie du leider zu spät herausfandst, nicht ein Ereignis der Zukunft anzeigen, sondern eine schon längst geschehene Tat: den Verrat des Griechen in Harran. Hättest du damals mit mehr Überlegung gehandelt und die Gefährten später einzeln befragt, hättest du sehr schnell herausgefunden, daß die Treuen mit dir träumten, der Verräter aber nicht.«

»Doch damals«, wandte ich ein, »ahnte ich doch noch gar nichts davon, daß einer der Gefährten ein Verräter war!«

»Der Weise handelt immer so, daß ihn kein Unheil überrascht«, antwortete der Judäer. »Das aber gelingt nur dem gläubigen Menschen. Denn Weisheit und Glaube sind unzertrennliche Zwillinge. Du hättest nicht nur in deine

Gefährten Vertrauen setzen sollen, sondern vor allem in Gott. Dann wäre dir erspart geblieben, in diesem Götzentempel ein so schreckliches Verbrechen zu begehen. Dein Erlebnis mit den Vögeln in den verschneiten Mondbergen von Mazara war noch leichter zu enträtseln: So wie die Schwäne die in dem Eis festgefrorene Graugans retteten, habt ihr danach am Purpurfelsen dem Prinzen Darban geholfen. Jetzt macht sich diese gute Tat bezahlt.«

Jesaja verstummte und trank einen Becher Wein. Statt seiner fuhr Reguël fort:

»Dein Traumbild von der Winterlinde mit den sieben Ästen aber versinnbildlicht die Propheten unserer Zeit: Die Lehre Zarathustras wird verkümmern wie ein Baum, dem ein Gärtner die Wurzel abschlägt. Denn dieser falsche Prophet bejaht die Gewalt, um sein Ziel zu erreichen – darum wird sein Werk auch durch Gewalt enden. Thales und Anaximander wiederum fanden eine Art von Wissen, die den Menschen klüger, aber nicht weiser macht: Die Philosophen Joniens glauben zwar, das Wesen der Welt und die Natur aller Dinge zu kennen – doch sie wissen keine Antwort auf die wichtigste Frage des Lebens, die lautet: Warum? Denn dafür gibt nur der Glaube eine wirkliche Erklärung – so, wie sie Jahwe durch die Münder Jeremias, Ezechiels, Daniels und jetzt auch des jungen Jesaja erteilt.«

»Aber warum geschah mir das alles?« fragte ich.

»Du warst ein Brandpfeil Gottes«, antwortete Jesaja, »der das Licht seiner Wahrheit in die Burg des Unglaubens trug. So nützlich dieses Geschoß auch sein mag, am Ende muß es zu Asche zerfallen. Du warst das Schwert Gottes, geschmiedet, die Bösen zu schlagen. Doch in deiner Hoffart merktest du nicht, daß du nur ein Werkzeug warst. Ein Weiser darf sich nicht vom Trug der Welt zum Narren halten lassen! Jeder, der künftig von dir vernimmt, soll sagen: ›Wenn es selbst Dagon, dem mutigsten und erfahrensten

Krieger der alten Welt, nicht gelang, ohne den Glauben gerecht zu bleiben – wie können dann wir Schwächeren es wagen, Jahwe in den Arm zu fallen?‹ Alle Elemente unterstützten dich und deine Gefährten: Mit Luft habt ihr in Naukratis den Pharao getäuscht, mit Wasser beim schwarzen Arachot den Skythen Gauratar überlistet. Im Feuer verbranntet ihr Huwaksatara. Ein Erdbeben half euch, den buckligen Balsar zu töten. Dennoch habt ihr, bis auf Reguël, die Ursache eurer Siege nicht in der Gnade Gottes erblickt, sondern in eurer eigenen Tüchtigkeit. ›Ein Tor, wer nur auf seinen eigenen Verstand vertraut‹, heißt es in unseren heiligen Sprichwörtern, ›doch wer in Weisheit seinen Weg geht, wird gerettet‹.«

»Aber warum gerade jetzt?« fragte ich erschüttert. »Gab es nicht früher andere Krieger, die dein Gott ins Unheil stürzen konnte, den Menschen zur Mahnung?«

»Du wurdest erwählt«, erwiderte der Prophet, »weil wir an einen Wendepunkt der Menschheitsgeschichte gelangt sind. Ja, der Allmächtige gibt uns in diesen Jahren seine größten Geheimnisse preis. Nicht nur wir Judäer, sondern auch alle anderen Völker sollen davon erfahren: Gott allein ist der Richter, der Wohltaten belohnt und Verbrechen bestraft. Nur weil uns Gott das offenbarte, können wir Menschen uns nun als Wesen mit eigenem Willen begreifen. Endlich vermögen wir zu verstehen, daß wir nicht hilflose Puppen sind, sondern für unser Tun selbst Verantwortung tragen. Wir sind ohnmächtig gegen Gott, mit seiner Hilfe aber können wir unsere Erlösung bewirken.«

In den Augen des jungen Propheten erschien ein Leuchten. »Vor dieser Zeit«, berichtete der Judäer weiter, »wand sich der Mensch in einem schlimmen Traum. Jetzt aber ist er erwacht und beginnt klar zu denken. Vor dieser Zeit war er ein hilfloses Kind. Jetzt fängt er an, erwachsen zu werden. Vor dieser Zeit lallte er wie ein hirnloser Narr. Jetzt aber schreitet er auf dem Weg, der ihn zur Weisheit führt. Ja, Dagon: Diese Zeit, in der wir leben, bezeichnet den Wendepunkt in der Entwicklung der Menschen. Um diese Jahre dreht sich die ganze Geschichte, so wie ein Rad sich um die Achse dreht.«

»Wenn mich dein Gott wirklich zu seinem Werkzeug erkor«, sagte ich, »wie hätte ich mich dann gegen ihn wehren können?«

Abwehrend hob Jesaja die Hand. »Schiebe nicht Gott die Verantwortung für deine Tat zu!« rief er warnend. »Ja, der ewige Richter stellte dein Herz auf die Probe. Wie du dich aber in deiner Lage verhieltest, blieb deinem eigenen, freien Entschluß überlassen. Gott schlug Hiob mit Unheil — trotzdem sang der Weise das Lob seines Schöpfers. Du aber hast nicht in Weisheit gehandelt, sondern im Zorn. Hättest du dich vom Glauben leiten lassen statt vom Haß, so wärst du nicht in Sünde gefallen. In einem unserer frommen Lieder singen wir: ›Ich sah einen Frevler, bereit zur Gewalttat; er reckte sich wie eine grünende Zeder gegen den Himmel. Doch als ich eines Tages wieder vorbeikam, stand er nicht mehr an seinem Platz und war nirgends zu finden‹. Du, Dagon, hütest in deiner Brust das Herz einer Zeder: Unbeugsam vor der himmlischen Macht, unduldsam gegen die irdische Schwäche, zeigtest du weder Achtung vor deinem Schöpfer noch Mitleid für deinen Nächsten, sondern du beharrtest nur immer auf deinem vermeintlichen Recht, gingst deinen Weg und dachtest niemals an Gnade. So ist deine Kälte und Härte dir schließlich selbst zum Verhängnis geworden.«

»Ja«, sprach ich sinnend, während die Hitze der Sonne mir wärmend die Glieder durchtränkte. »Ja, wir waren wie Zedern, wir Krieger Assurs. Unsere Wipfel wetteiferten mit den Wolken. Alle anderen Bäume ließen wir unter unseren Ästen zurück. Uns gehörte das Licht. Unsere höchsten Zweige stießen ans Zeltdach des Himmels. Niemand sonst wuchs so hoch, weder Eiche noch Esche, Pappel noch Palme, Tanne noch Tamariske. Wer glich uns an Stolz, Schönheit und Stärke? Ja, wir Assyrer erhoben uns über die Welt wie Zedern über verkrüppelte Kiefern. Wer hätte damals vermocht, uns die Sonne streitig zu machen?«

»Das Herz einer Zeder ist stolz«, antwortete Jesaja. »Der Bannstrahl des Blitzes trifft stets das am höchsten erhobene Haupt. Ninive, das einst Kronen verschenkte — wo liegt es begraben? Ja, ihr erhobt euch wie Zedern, jetzt aber sind eure Wurzeln zerschlagen, eure gewaltigen Stämme geborsten, eure zahllosen Nadeln zerstreut. ›Der Zornige handelt töricht‹, sagt unser Sprichwort, ›und in den Zelten der Toren wohnt Schuld‹.«

Als der junge Judäer so redete, stand mir auf einmal mein ganzes Elend vor Augen, und bitter erwiderte ich:

»Meine Schuld wiegt schwer, und ich habe Strafe verdient. Möge das Schwert des Schicksals mich treffen! Mir bangt nicht vor ihm. Denn Schlimmeres, als ich mir selber zufügte, kann mir durch keine Macht auf der Welt mehr geschehen.«

Der junge Prophet blickte mich tief bewegt an. Nach einer Weile erklärte er:

»Bereue deine Werke, laß ab von deinem Stolz! Gott blickt in die Herzen der Menschen. Nicht nur die Tat, auch ihre Ursache zählt vor seinem prüfenden Auge. Immer ist er bestrebt, uns seine Gnade zu beweisen. So wie mancher Gerechte später in Sünde fällt, kann sich umgekehrt auch der Frevler von seiner Blutschuld befreien. Denn der Herr spricht: ›Deine Vergehen, Mensch, fege ich fort, so wie der Wind eine Wolke hinwegtreibt, und deine Sünden sollen verschwinden wie Nebel unter der Sonne, so du nur zu mir umkehrst‹.«

Ich atmete tief, als ich diese Worte vernahm, und plötzlich keimte Hoffnung in meinem Herzen. Reguël und Tomyris blickten mich aufmunternd an. König Nebukadnezar lauschte den Worten Jesajas mit geschlossenen Augen. Arnuwan und Mago blickten gespannt auf mich, als warteten sie darauf, daß ich etwas sagte. Da fragte ich schließlich:

»Wie aber, Erleuchteter, soll das geschehen? Welche Opfer habe ich darzubringen, welche Gebete zu sprechen? Womit soll ich die Priester belohnen, die mich von meinen Sünden befreien?«

»Der Erlaß von Sünden gleicht nicht dem Geschäft auf dem Markt!« gab Jesaja unmutig zur Antwort. »Willst du mit dem Weltenrichter handeln, wenn er die Erde zerbersten läßt und selbst die Sterne zur Rechenschaft zieht? Nicht nach dem Geldsack werden die Sünden vergeben, sondern allein nach der Reinheit des Herzens. Nicht kämpferischer Trotz gegen das Schicksal, sondern duldsame Unterwerfung unter den Willen des Höchsten weckt die Barmherzigkeit des Herrn. Darum auch wird das Böse in der Welt nicht durch einen göttlichen Krieger vernichtet, sondern durch einen demütigen Knecht. Dieser Erlöser nimmt alle Sünden der Welt von den Seelen der Menschen, die guten Willens sind — auch deine, Dagon.«

»Und was muß ich tun«, fragte ich nun wieder voll Hoffnung, »um die Verzeihung Gottes zu erlangen?«

Der Erleuchtete sah mir nachdenklich in die Augen. Lange Zeit verging, ohne daß ein Wort fiel. Reguël und Tomyris schienen kaum zu atmen, Mago und Arnuwan starrten Jesaja unverwandt an. Auch König Nebukadnezar blickte forschend zu dem Propheten. Da öffnete der Judäer den Mund und mahnte mit erhobener Stimme:

»Verzeihe deinen Feinden, Dagon! Erst dann wird auch dir vergeben. Meide das Böse und tue das Gute! Suche den Frieden und jage ihm nach! Ja, die Rache Gottes wird kommen, und seine Vergeltung wird alle Frevler vernichten. Die aber ihre Herzen durch Reue gereinigt haben, fallen nicht der Verdammnis anheim, sondern auf sie wartet Gnade.«

Nach diesen Worten schwiegen wir lange. Schließlich erwiderte ich:

»Ich bin zu alt, um mich jetzt noch zu ändern. Wenn mein zorniges Zeitalter untergeht, werde ich mit ihm sterben. Aber wenn ich für mich auch keinen Nutzen mehr aus deiner Weisheit zu ziehen vermag, sehe ich doch ein, daß du recht hast, Prophet. Darum will ich hier vor dem König und dir als meinen Zeugen erklären: Nergal-Sarezer, der Feldherr, der mich in diese Falle lockte — ich will seine Schuld vergessen. Meinem Gefährten Myron aber, der meinen Sohn erschlug, werde der letzte Wunsch erfüllt: Verbrennt seinen Leichnam auf einem Scheiterhaufen, so wie es die griechische Sitte gebietet.«

Nergal-Sarezers Gesicht leuchtete auf, als er das hörte. Arnuwan aber blickte mich unwillig an. »Du vergibst dem Mörder deines Sohnes?« fragte der Luwier. »Wahrlich, du hast dich verändert. Damals auf dem Drachenberg führtest du eine andere Sprache.«

»Myron tötete meinen Sohn, seinen Gastfreund«, erwiderte ich, »ich aber erschlug meine eigene Mutter. Wenn ich ihm nicht verzeihe — wie könnte mir dann je vergeben werden?« Der junge Judäer erhob sich, trat auf mich zu und legte mir seine Hand auf die Schulter. »Die Zeit heilt alle Wunden«, sprach er bewegt. »Auch wenn du jetzt noch zu aufgewühlt bist, um dich Gott ganz zu unterwerfen, so zeigen mir doch deine Worte, daß du dich auf dem rechten Weg befindest. Gott gebe dir Kraft! Nun aber folgt uns in den Palast! Dort könnt ihr ruhen. Reguël und ich werden über euch wachen.«

»So sei es«, befahl der König, stemmte seinen massigen Rumpf aus dem Sessel und streckte die Arme der Sonne entgegen. »Der Tag wird heiß«, fügte er hinzu. »Verbringt ihn am besten schlafend! Ich lasse das Leichenbegängnis zu Ehren deines Gefährten für morgen abend vorbereiten. Dann werden wir uns wiedersehen.« Und so geschah es.

Ich ruhte den ganzen Tag und die folgende Nacht. Als ich erwachte, stand die Sonne am höchsten Himmel. Meine Wunden schmerzten. Ärzte erschienen, um meine Verbände zu wechseln. Auch Arnuwan und Mago litten große Pein. Am schlechtesten ging es Tomyris, die erst am Nachmittag wieder zu sich kam. Wir flößten ihr heiße Fleischbrühe ein und nahmen auch selbst von der labenden Suppe. Da fragte die Sauromatin mit leiser Stimme:

»Wenn dieser Gott Schuld so großmütig vergibt, wird er mich dann vielleicht vor Arnuwans Verfolgung retten? Euch sind eure Taten verziehen — mir aber droht der Tod, obwohl ich kein Verbrechen beging.«

Ich schaute sie voller Mitgefühl an und erklärte: »Arnuwan dient nicht Jahwe — der Himmelsherr von Luwien heißt Tarhu, und dieser kennt die Vergebung nicht. Du hast viel für mich getan, Tomyris — doch Arnuwan vollbrachte noch mehr: Er rächte das Blut meines Sohnes, als der Mörder auch mich töten wollte. So hat der Gefährte nicht nur meinen Schwur eingelöst, sondern dabei auch mein Leben gerettet. Wie kann ich ihn daran hindern, nun auch sein eigenes Gelübde zu erfüllen?«

Da traten Tränen in die grünen Augen der Sauromatin, und traurig erwiderte sie: »Mit Stolz schaut ihr auf eure Männerfreundschaft. Aber die Welt wäre menschlicher, wenn die Frauen gleiches Recht besäßen! Ihr denkt nur an Tod, Gehorsam und Ehre. Doch was die Menschen glücklich macht, sind Liebe, Barmherzigkeit und Verständnis.«

Ich blickte den Luwier an. Arnuwan schwieg. Düster

starrte der Riese aus dem Fenster im Obergeschoß des Palastes. Die Finger seiner Rechten schlossen sich um den Griff des Sarpedonschwerts.

Als die Dämmerung niedersank, stellten wir uns an dem großen Scheiterhaufen auf, der auf dem Vorplatz des Palastes errichtet worden war. Nur der Luwier blieb zurück, denn sein Haß gegen Myron war unversöhnlich. Mago, Reguël und Tomyris standen neben mir, als ich den Holzstoß entflammte. Der Tyrer reichte mir das medische Messer. Ich warf die Waffe in die Flammen. Der Wind frischte auf, blies in das Feuer und entfachte bald einen lodernden Brand. Reguël betete für Myrons Seele. Ich aber blieb stumm, und mit dem Leichnam des alten Gefährten zerfiel auch mein Herz zu Asche.

Nach dem Leichenbegängnis stand plötzlich Adar, der Sänger, vor mir. Ich faßte seine Handgelenke und lobte seinen Mut. Doch der Akkader antwortete betrübt: »Nein, Dagon, danke mir nicht. Hätte ich dir nicht geholfen, wärst du nicht zum Mörder deiner Mutter geworden.«

»Vielleicht doch«, entgegnete ich. »War es nicht Gottes Wille? Wie können Menschen die Pläne des Schöpfers durchkreuzen? Du dientest nur als Werkzeug, wie ich.«

Der Sänger blickte mich verwundert an. Plötzlich trat Nergal-Sarezer zu uns. »Unsere Wege trennen sich nun«, meinte der Feldherr. »Die List mit den Köpfen der Doppelgänger gelang. Botschafter Bigtan brach heute früh mit den eingesalzenen Häuptern nach Norden auf. Da die Meder glaubten, daß ihr tot seid, werden euch auch die Xrafstra nicht mehr verfolgen.«

In meiner Kehle steckte die Trauer wie ein Kloß. »Und meine Mutter?« fragte ich.

Nergal-Sarezer senkte den Blick. »Ihr Leichnam wurde einbalsamiert«, berichtete er leise. »Bigtan bringt die tote Königin in ihre Heimat zurück. Und du? Was wirst du jetzt tun, Dagon? Nimrods letzte Jagd ist zu Ende. Das Reich Assyrien, das er einst gründete, vergeht mit euch und wird nie wieder auferstehen.«

»Assyrien lebt«, erwiderte ich, »solange es noch den Schatz von Ninive gibt.«

Nergal-Sarezer schaute mich nachdenklich an. »Vielleicht hast du recht«, meinte er nach einer Weile. »Noch etwas: Nebukadnezar hat mir befohlen, die anmutige Aryenis und ihren Bruder Kroisos schnellstens nach Medien zu geleiten. Morgen früh brechen wir auf.«

»Gute Reise«, sagte ich. Der Babylonier wandte sich um und verschwand.

Der Sänger Adar fragte: »Warum bleibst du nicht bei uns in Babel? Ich weiß, daß unser Herr Nebukadnezar dich sehr bewundert. Sicherlich könntest du in unserem Heer bald in eine hohe Stellung aufsteigen. Gewiß müssen wir bald Krieg gegen Medien führen. Dann kannst du noch mehr von den verhaßten Reitern des Ostens erschlagen!«

Ich schüttelte den Kopf. Reguël gab statt meiner zur Antwort: »Nein, Sänger! Die Zeit des Zorns ist vorüber. Die Zukunft gehört den Männern des Friedens.«

»Hoffentlich«, murmelte der Akkader.

»Und du, Reguël?« fragte ich. »Kehrst du nun wieder in deine Wüste zurück?«

»Vorerst nicht«, erwiderte der Beduine. »Ich will noch eine Zeitlang bei den Judäern bleiben und von den Propheten lernen. Eines Tages werde ich dann meinen Stab nehmen und die Weltenscheibe durchwandern, um überall das Wort des Gottes zu verkünden, der nicht Haß, sondern Liebe verlangt. Und ihr?«

»Wir wollen erst einmal wieder gesund werden«, erklärte Mago und legte schützend den Arm um die Schultern der Sauromatin. »Dann werden wir weitersehen.«

»Gottes Segen ruhe auf euch«, sagte der Midianiter. Mit

einem Blick auf Tomyris fügte er hinzu: »Wer weiß, vielleicht erweicht der Allmächtige doch noch Arnuwans Herz. Ich werde darum beten.«

Die Sauromatin sah den Midianiter dankbar an und küßte ihn sacht auf die Wange.

»Was...!« rief Reguël überrascht und rieb sich den Bart. »Gib die Hoffnung nicht auf, meine Tochter. Man soll die Totenklage erst anstimmen, wenn man den Leichnam erblickt... wollte sagen...«

»Ich weiß schon«, erwiderte Tomyris sanft. »Jedenfalls danke ich dir.«

Sie wandte sich um und schritt, von Mago gefolgt, in unsere Gemächer zurück.

Ich dachte an den Luwier, und plötzlich wußte ich, daß ich die tödliche Feindschaft zwischen Arnuwan und Tomyris nicht mehr ertragen konnte. Zum ersten Mal seit langer Zeit verspürte ich Angst — nicht um mein eigenes Leben, sondern um das der Gefährtin, die uns so tapfer die Treue gehalten hatte. Das Schicksal, das ihr bevorstand, schien mir zu grausam. Ich packte Reguël grob am Bart und schrie ihn an: »Bringe mich zu deinem Gott! Ich habe ihm etwas zu sagen!«

»Bist du verrückt?« rief der Midianiter erschrocken und wehrte sich mit seinem einzigen Arm gegen den Griff meiner Hand. Doch nach einer Weile gab er seinen Widerstand auf und erklärte:

»Schon gut! Wahnsinnigen soll man nicht widersprechen. Ich will dich in unser Heiligtum führen. Es liegt nicht weit von hier. Ja, ich verstehe. Bete zu Gott! Vielleicht zeigt er dir einen Ausweg.«

Gemeinsam eilten wir durch immer engere Straßen, bis wir an einen kleinen Platz gelangten. An seinem hinteren Ende duckte sich ein niedriges Haus unter Palmen. Einen Augenblick lang wollte ich über mich lachen, weil ich in meiner Not Hilfe bei einem Gott suchte, dessen Tempel kleiner als selbst das Haus eines einfachen Bauern erschien. Aber als ich ins Innere des Heiligtums trat, spürte ich plötzlich zum dritten Mal einen Hauch des allmächtigen Gottes. Von diesem Moment an wußte ich, daß Jahwe lebt und niemals, so wie Assur, sterben wird.

Jesaja empfing uns am Opferaltar und las uns aus heiligen Schriften vor. Der Erleuchtete schien über meinen Besuch nicht besonders erstaunt. Ich betete viele Stunden lang um das Leben der Sauromatin. Reguël kniete zu meiner Linken, der junge Prophet zu meiner Rechten. Und wie zuvor Jeremia und Ezechiel, enthüllte mir nun auch Jesaja die Zukunft der Völker.

Als der Morgen graute, reichten wir drei einander die Hände. »Ziehe in Frieden«, sagte Jesaja, »und denke immer daran: Der böse Trieb ist die Hefe im Teig, aus dem das Brot der Trauer gebacken wird. Doch wer nach dem Gesetz lebt, wird Gast in Gottes Zelt.«

Durch die Kühle des Morgens wanderten Reguël und ich zurück zum Palast. Als wir unsere Gemächer betraten, stürzte uns Mago entgegen.

»Wo wart ihr so lange?« schrie der Phönizier erregt. »Wahrlich, am liebsten wäre ich aufgebrochen, ohne auf euch zu warten, auch wenn ich weiß, daß ich dem Luwier allein nicht gewachsen bin!«

Wieder begann meine Narbe zu brennen. »Was redest du da?« fragte ich. »Was ist geschehen?«

Mago blickte uns voller Verzweiflung an. »Weißt du nicht mehr, was du Tomyris sagtest?« fragte er bitter. »Aus Furcht um ihr Leben entfloh sie. Arnuwan aber ist hinter ihr her, um sie zu töten.«

XXI Die Jagd

Als ich diese Nachricht vernahm, stand ich wie betäubt vor dem Gefährten. Wild rasten die verschiedensten Gedanken durch mein Gehirn, doch ich vermochte sie ebensowenig in Taten umzusetzen, wie ein Gelähmter die Glieder zu rühren vermag. Reguël aber wurde rot vor Zorn und schrie den Tyrer an:

»Bei As ... ich meine, beim Himmel, Mago, wie konnte das denn passieren? Solltest du nicht darauf achten, daß Arnuwan und Tomyris Frieden hielten, solange wir im Tempel weilten? Auf unserem Feldzug ist doch nun schon genug Schlimmes geschehen. Wie sollen wir jetzt verhindern, daß sich noch mehr Blutschuld auf unsere Häupter häuft?«

»Indem wir uns beeilen«, versetzte der Tyrer. »Vorhaltungen könnt ihr mir später machen. Ich bin ganz einfach eingeschlafen, das ist alles! Tomyris ist schwer verletzt und wird nicht weit kommen. Auch Arnuwan kann mit seinen Wunden gewiß nicht so ausdauernd reiten wie sonst.«

Endlich legte sich mein Entsetzen, und vernünftige Überlegung kehrte zurück. »Die Sauromatin ist bestimmt nach Norden zum Kap von Akkad geflüchtet«, meinte ich. »Dort will sie wohl durch die Euphratfurt reiten und dann in Richtung Sonnenuntergang durch die Wüste entkommen. Erzählte sie uns nicht damals am schneereichen Hermon, Libyen sei ihr Ziel? Arnuwan weiß das ebensogut wie wir. Wieviel Vorsprung hat er?«

»Keine Ahnung«, erwiderte Mago. »Mindestens vier Stunden, schätze ich.«

»Wenn Tomyris wirklich nach Libyen möchte«, sagte

der Midianiter, »biegt sie hinter dem Schwemmland bestimmt nach Südwesten, um auf dem kürzesten Weg durch das Land der Araber nach Ägypten zu reisen. Wenn wir von hier geradewegs zum Sonnenuntergang reiten, schneiden wir ein gutes Stück ab.«

»Und wie kommen wir über den Strom?« fragte Mago. »Der Nebenarm des Euphrat ist zu breit und tief, als daß man ihn ohne Schiff überqueren könnte.«

»Bei dem Dorf Apli-Marduk verkehrt eine Fähre«, antwortete der Beduine. »Auf der anderen Seite beginnt die kleine Handelsstraße nach dem von Dünen beschatteten Duma, neun Tagesreisen von hier. Anfangs reitet man durch flaches Land, dann beginnen zerklüftete Berge. Von Duma aus braucht man noch eine Woche zum Nil.«

»Zu den Pferden!« befahl ich. »Den Rest erzähle uns unterwegs!«

Wir eilten zum Marstall des Königs. Reguël forderte die Wachen auf, uns drei Reitpferde zu überlassen. »Wollt ihr eurem großen Gefährten folgen?« fragte der Aufseher lächelnd. »Ich gab diesem Riesen den stärksten Gaul, als er mir sagte, er habe von Nebukadnezar Befehl, auf Kundschaft in die Westländer reiten. Ein gewöhnliches Roß bräche unter einem solchen Reiter wohl bald zusammen!«

»Und was gabst du unserer Gefährtin?« fragte ich.

»Sonst war niemand hier«, erwiderte der Stallverwalter verblüfft. »Schickt denn der König neuerdings auch Frauen auf Spähdienst?«

Kurze Zeit später preschten wir über die Euphratbrücke und dann durch die noch menschenleeren Straßen im Westteil der Stadt. Wir ritten mit verhängten Zügeln, so daß wir den seitlichen Stromarm schon nach einer knappen Stunde erreichten. Kurz vor dem Fluß überholten wir zwei ägyptische Händler auf hochbordigen Wagen. In vollem Galopp lenkten wir unsere Pferde auf die aus dicken

Schilfbündeln gefertigte Fähre und lösten die Leinen, noch ehe der Ferge selbst Hand anzulegen vermochte.

»Holla«, rief der Besitzer des Fahrzeugs erstaunt. »Ihr habt es aber eilig!«

Die ägyptischen Kaufleute schrien: »Wartet auf uns!«

Reguël aber rief unmutig: »Bei Asasel, ihr bewegt euch ja langsam wie Schnecken! Bis ihr ans Ufer gelangt seid, kommt dieser wackere Fährmann längst wieder zurück!«

Mago und ich blickten den Midianiter verwundert an. Reguël biß sich auf die Lippen und sagte: »Das kommt nur, weil ich so aufgeregt bin. Ich wollte natürlich sagen: Beim Herrn der Heere!«

»Ist die Tünche deines neuen Glaubens noch so dünn?« fragte Mago mit sanfter Stimme, »oder blättert deine Überzeugung schon wieder ab?«

Der Beduine warf dem Tyrer einen giftigen Blick zu und schwieg. Wir griffen in die Ruder, um dem Fährmann zu helfen. Als wir das andere Ufer erreichten, warf ich dem Chaldäer ein paar Kupferstücke zu. Dann ritten wir wie von Dämonen verfolgt in die Wüste davon.

Der steinige Weg wand sich zwischen Salzsträuchern durch welliges Land. Aufmerksam spähten wir immer wieder zum westlichen Ende des Himmels, doch wir vermochten keine Staubwolke zu entdecken.

Als es dunkel wurde, rasteten wir an einer kleinen Quelle. Reguël kroch auf dem Boden umher und befühlte mit den Fingern die Erde. Dann stieß er einen leisen Pfiff aus.

»Diese Abdrücke hier stammen von einem Pferd, das eine sehr schwere Last trug«, berichtete er. »Und hier hat dieses Roß geäpfelt.« Mit spitzen Fingern betastete der Beduine den Kot. »Mindestens drei Stunden alt«, befand er enttäuscht. »Arnuwans Vorsprung muß größer gewesen sein, als du glaubtest, Freund Mago.«

Der Phönizier zuckte die Achseln.

»Es hat keinen Sinn, in der Nacht zu reiten«, entschied ich. »Wir würden nur die Spur verlieren. Warten wir bis zum Morgen. Bete zu deinem Gott, Reguël, daß Tomyris dann noch lebt!«

Beim ersten Tageslicht ritten wir weiter. Schier endlos zog sich der schmale Weg durch eine kahle, ausgedörrte Ebene. Reguël hielt die Spitze, die Augen unverwandt auf den schon sandigen Bogen gerichtet. Mago stellte sich immer wieder in die Steigbügel und starrte nach Westen.

An einem schwarzen, vor Hitze geborstenen Felsen teilte sich der Weg wie die Streben einer Deichsel. Die tief in den Boden gegrabenen Spuren der Wagen führten zumeist nach Nordwesten. »Dort stößt man auf die große Karawanenstraße nach Tadmor«, erklärte der Midianiter. »Tomyris und Arnuwan aber sind nach Südwesten geritten.«

Wir folgten der Spur durch Ketten steiniger Hügel, die sich immer höher auftürmten. Nach wenigen Stunden erreichten wir die östlichen Ausläufer jener Berge, die das gesamte Innere Arabiens bedecken. Unter einem steilen Hang lagerten wir. »Ich werde mal auf den Berg steigen«, erklärte Mago. »Vielleicht entdecke ich ein Lagerfeuer!«

»Bei Asasels dreifache ge ... ich wollte sagen, beim Bart des Einzigen Gottes«, entgegnete Reguël unmutig. »Glaubst du im Ernst, die Sauromatin oder der Luwier wären so leichtsinnig? Spare lieber deine Kräfte, du wirst sie noch brauchen!«

Mago aber wollte nicht hören. Mit großer Mühe kletterte er auf einen steilen Felsen. Als er zurückkam, schwieg er und setzte sich mit finsterer Miene zu uns. Reguël reichte dem Tyrer kopfschüttelnd Wasser aus dem mit Pech abgedichteten Balg einer Ziege und meinte tröstend: »Wir werden die beiden schon noch kriegen.«

»Was macht dich denn so sicher?« gab Mago verbittert

zurück. »Etwa dein neuer Gott? Dieser Jahwe hat doch schon ganz andere Verbrechen zugelassen!«

»Nur weil du geschlafen hast, konnte Tomyris entfliehen«, rief der Beduine erbost. »Lästere nicht meinen Herrn und nimm gefälligst Rücksicht auf meinen Glauben!«

»Ach was!« schrie Mago wütend. »Dein Gott ist auch nicht besser als alle anderen Götzen! Warum rufst du ihn jetzt nicht an und sagst ihm, er solle uns auf den Flügeln des Windes zu unserem Ziel tragen?! Dann würden wir sehen, ob dieser Jahwe wirklich mehr vermag als unsere Götterbilder aus Holz oder Stein.«

Reguël konnte sich nun nicht mehr beherrschen. Der Zorn seines Herzens geriet in Fahrt wie ein Wagen hinter scheuenden Rossen. »Bei Asasels mit tausend Hämmern gehärtetem Hodensack!« brüllte er. »Was kann ich denn dafür, wenn du dummer Hammel...« Dann schlug er sich die Hand vor den Mund und schaute schuldbewußt zum Himmel empor.

Ich mußte lächeln. Auch Mago begann zu grinsen. »Tünche«, stellte der Tyrer fest. »Alles nur Tünche!«

Am dritten Tag verloren wir die Spuren der Verfolgten. Auf einer steinigen Hochebene ritten wir eine Stunde im Kreis, ehe wir die Hufabdrücke endlich wieder fanden. Sie führten nun schnurgerade nach Westen, wo sich in der Ferne ein mächtiger Berg mit schroffen Flanken und felsigem Gipfel erhob. Über seiner Spitze stand eine Säule aus Wolken. Mago kniff angestrengt die Augen zusammen. Dann rief er: »Seht nur! Da reiten sie!«

Wir folgten seinem ausgestreckten Arm mit den Augen. Etwa zehn Stadien vor uns hingen zwei Staubfahnen über dem öden Land.

»Das müssen sie sein«, sprach Reguël aufgeregt. »Schnell, damit wir sie einholen, ehe sie in den Schluchten des Berges verschwinden!«

Wir gaben den Pferden die Sporen und ritten nun in gestrecktem Galopp über das dürre Land. Als wir den Fuß des Bergriesen erreichten, konnten wir die beiden Reiter erkennen.

Die Sauromatin hetzte ihr offenbar schon stark erschöpftes Pferd hoch über unseren Köpfen die steilen Felsen hinauf. Sie ritt einen alten Schimmel ohne Sattel — offenbar ein Wagenpferd, wie sie nachts vor den Herbergen fahrender Händler stehen. Arnuwan aber verfolgte Tomyris auf einem riesigen Rappen, der mit kraftvollen Sprüngen über die Felsbrocken setzte.

Kurz vor dem Grat schnitt der Luwier seinem Opfer den Weg ab. Tomyris riß ihr Pferd zurück. Der alte Klepper taumelte und brach in die Knie. Die Sauromatin ließ sich vom Rücken gleiten und zog ihr Schwert.

Arnuwan zügelte seinen Hengst und stieg ebenfalls ab. Ein Sonnenstrahl brach sich auf seiner Sarpedonklinge.

»Arnuwan!« schrie ich. »Warte!«

Der Riese wandte den Kopf und beschattete mit der Hand die Augen. Dann wandte er sich Tomyris entgegen und schlug mit kraftvollen Hieben zu.

Die Sauromatin wehrte sich mit großem Geschick, mußte aber immer weiter zurückweichen, bis sie am Ende mit dem Rücken gegen eine Felswand prallte.

Mago stieß einen schrecklichen Schrei aus und trieb seinen Rotfuchs rücksichtslos eine Geröllhalde hoch. Reguël folgte dem Tyrer. Doch es bestand keine Aussicht, daß die Gefährten den Luwier rechtzeitig erreichten. Denn der Riese war viel zu stark, als daß Tomyris ihm lange Widerstand leisten konnte.

Ich formte meine Hände zu einem Trichter und schrie aus Leibeskräften: »Arnuwan! Hörst du mich nicht? Halte ein!«

Der König von Luwien wandte den Kopf und starrte

über die Felsen zu uns herab. Als er die beiden Reiter erblickte, die sich langsam emporkämpften, drang er mit noch größerer Wucht auf seine Feindin ein.

Mit letzter Kraft hielt Tomyris ihr Schwert über den Kopf, um die gewaltigen Hiebe des Luwiers abzuwehren. Da ertönte plötzlich ein lautes Klirren: Die Klinge der Sauromatin war zerbrochen. Wehrlos stand sie vor ihrem Gegner.

»Nein!« schrie Mago in höchster Verzweiflung. Reguël rief: »Arnuwan! Tu es nicht!« Ich aber ließ die Hände sinken. Nun konnte keiner den Riesen mehr daran hindern, den Willen seines Gottes zu erfüllen.

Langsam trat Arnuwan auf Tomyris zu. Die Sauromatin sank erschöpft auf die Knie. Der Luwier packte sie an ihren langen, goldenen Haaren und hob die Sarpedonklinge. Tomyris hob den Kopf und sah den Riesen an. Ihre Lippen bewegten sich. Doch sie war zu weit entfernt, als daß ich hätte verstehen können, was sie zu Arnuwan sagte.

Reguël und Mago sahen ein, daß sie zu spät kommen würden, und verhielten die Pferde. Ihre bis aufs Äußerste geforderten Tiere blieben mit bebenden Flanken stehen. Atemlos starrten wir zu dem Berggrat empor, an dem sich das Schicksal der Sauromatin erfüllen sollte.

Arnuwan packte Tomyris mit seiner Linken am Hals und schüttelte sie, so wie ein Hund ein Kaninchen umherschleudert. Die Sauromatin schlang ihre Arme um die Knie des Riesen. Ihr schönes Gesicht reckte sich Arnuwans düsterem Antlitz entgegen, so wie sich eine Mandelblüte dem Gewittersturm entgegenhebt. Arnuwan schwang das Schwert hoch in die Luft. Wieder bewegte die Sauromatin die Lippen. Was aber konnte das Herz dieses Mannes erweichen?

Ich wandte die Augen ab, denn ich wollte nicht sehen, wie sich Tomyris' Blut über die Felsen ergoß. Da hörte ich plötzlich einen erstaunten Ruf. Schnell blickte ich wieder in die Höhe, und was ich nun sah, trieb mir Tränen der Erleichterung in die Augen.

Denn Arnuwan ließ das Schwert sinken und stieß es dann mit einer heftigen Bewegung in das Wehrgehenk zurück. Dann bückte sich der Riese, hob Tomyris auf und trug sie wie ein Kind zu ihrem Pferd.

XXII Die Prophezeiung

Arnuwan stieg in den Sattel, nahm die Zügel der Sauromatin und führte die erschöpfte Tomyris langsam den Berg hinab. Schweigend ritt er an Mago und Reguël vorüber. Erst vor mir verhielt er sein Pferd. »Nun gehört sie dir«, sagte der Riese. »Die Zeit des Zorns ist zu Ende.«

»Warum hast du das getan?« fragte ich fassungslos. »Niemals hätte ich geglaubt, daß du von deiner Rache ablassen würdest.«

Arnuwan gab keine Antwort.

Wir lagerten in einer sandigen Kuhle. Rachsucht und Mordlust, Verwirrung und Feindseligkeit hatten unsere Herzen verlassen. Statt ihrer zogen Freundschaft und Liebe ein.

Mago zündete ein Feuer an. Reguël erlegte zwei Hasen. Ich brach das Brot. Wir reichten einander Speise und Trank. Tomyris saß in unserer Mitte. Ein neues Bündnis vereinte uns, doch diesmal nicht zu einer Gemeinschaft der Gewalt, sondern zu einem frohen Fest des Friedens. Während die Sterne gemessen den Himmel durchstreiften, sagte ich zu den Gefährten:

»Fünf waren wir, als wir den Schatz Assyriens verbargen. Fünf sind wir auch jetzt. Laßt uns Tomyris Myrons Anteil geben! Sie hat mehr als einmal für uns ihr Leben gewagt.«

Mago und Reguël nickten sogleich. Auch Arnuwan stimmte zu. Die Sauromatin aber erwiderte:

»Nein, Dagon. Ich will nichts von eurem Gold. Ihr habt mir damals am schneereichen Hermon das Leben gerettet. Nun bin ich euch nichts mehr schuldig – und frei von jeder Verpflichtung. Daran allein ist mir gelegen.«

Ich bewunderte sie für diese Worte, und plötzlich kam mir in den Sinn, wie traurig es war, daß diese freien, stolzen Frauen so unbarmherzig verfolgt worden waren. Mit dem Abschied der Sauromatin, dachte ich, war der unheilvolle Kampf der Geschlechter für immer entschieden. Niemals wieder würden Frauen es wagen, sich gegen Männer zu erheben. Niemals wieder würde es Frauen geben, denen die Freiheit kostbarer war als das Leben.

»Wie du willst, Tomyris«, erklärte ich schließlich. »Hier, nimm wenigstens deine Goldstücke wieder. Den Schatz teilen wir dann eben nur durch vier.«

»Ich sagte dir schon in Babel«, meinte der Midianiter nun, »daß mir an den Juwelen von Ninive nichts mehr liegt. Nehmt also meinen Teil zu den euren!«

»Ebenso den meinen«, brummte Arnuwan. »Was soll ich auf dem Drachenberg mit Gold! Sarpa-Eddins Schwert war der Schatz, nach dem ich jagte!«

»Bin ich nicht reich genug?« ließ sich nun Mago vernehmen. »Am besten ist es, Dagon, du hütest das Gold, solange Assyrer auf Zypern leben. Dann dient das Gold wenigstens einem vernünftigen Zweck.«

Am nächsten Morgen sattelte Reguël sein Pferd, faßte mich am Handgelenk und sagte: »Ich kehre jetzt zu den Judäern zurück, um dort ein Leben nach Gottes Geboten zu führen. Später werde ich überall seine Lehren verkünden. Vielleicht komme ich auch einmal nach Zypern.«

»Ich rechne fest damit«, antwortete ich lächelnd. Dann ritt der Midianiter der Sonne entgegen, ohne sich noch einmal umzusehen.

Wir anderen reisten nach Westen. Acht Tage später erreichten wir Tyros. Mago bezähmte den Wunsch, sofort nach Hause zu eilen. Er geleitete uns zum Hafen, um einen Libyensegler für die Sauromatin zu suchen.

Als wir am Ufer entlangwanderten, fiel unser Blick auf ein prächtiges Schiff, das größer und schöner als alle anderen Frachter erschien. Seine Planken waren aus hohen Zypressen des Senirgebirges gezimmert. Als Mast diente der Stamm einer Zeder vom Libanon. Die Ruder waren aus Eichen des büffelreichen Baschan geschnitzt, das Deck aus dem Holz kretischer Eschen gebaut und mit Elfenbeinstäben verziert. Das Segel war aus buntem ägyptischen Leinen genäht, die Zeltbahnen leuchteten purpurn, und an den Bordwänden hingen die Schilde von Lydern, Philistern und Inselbewohnern, die auf diesem reichen Kauffahrer als Wachmannschaft dienten.

»Das ist genau das richtige Schiff«, stellte der Luwier fest. Er nahm Tomyris an der Hand und strebte mit mächtigem Schritt dem Fernsegler zu. Er hatte den Landesteg noch nicht erreicht, als ihm vom Deck eine Stimme entgegenscholl. In einem Entsetzen, von dem man nicht wußte, ob es gespielt oder ernst gemeint sei, rief ein Mann: »Nein! Bitte nicht! Mein schönes Schiff!« Und nach so vielen rätselhaften Schicksalswendungen auf dieser seltsamen Reise war ich nicht mehr sonderlich überrascht, als ich hinter der Bordwand das Gesicht des Chiers Archilochos sah.

Arnuwan stemmte die Fäuste in die Hüften und begann, brüllend zu lachen. Dann rief er: »Beruhige dich, Einauge — diesmal wollen nicht Dagon und ich auf deinem hübschen Boot reisen — unsere reizende Freundin ist es, die eine Überfahrt begehrt!«

Der Chier sprang wie ein Jüngling von Deck, umarmte uns voller Freude und führte uns dann in ein prachtvolles Handelshaus, das sich unmittelbar am Hafen erhob. Mago bestaunte es sehr und meinte: »Du wohnst fast so schön wie ich. Ich wußte gar nicht, daß ihr Inselgriechen soviel Geschmack besitzt!«

Archilochos antwortete aufgeräumt: »Nicht ich bin der Besitzer, sondern mein guter Freund Hiram, den Dagon mir einst auf Zypern als Partner empfahl. Vor einigen Monaten starb Hirams Vater, und mein Gefährte kehrte in seine Heimat nach Tyros zurück, um die Leitung des Handelshauses zu übernehmen.«

Der Schiffer schaute mich voller Dankbarkeit an und fuhr fort: »Du weißt nicht, was du für mich getan hast, Dagon! Seit ich mit Hiram zusammenarbeite, läuft mir das Glück hinterher. Seht nur mein Schiff!«

Dann erzählte er uns von seinen Geschäften, bis uns vor Zahlen fast schwindlig wurde. »Seid heute nacht meine Gäste«, rief Archilochos schließlich begeistert. »Ich will euch meine Dankbarkeit beweisen!«

»Daraus wird leider nichts«, erklärte der Luwier entschieden. »Wenn überhaupt, hätten wir Magos Einladung angenommen. Aber wir müssen heim. Dennoch kannst du deine Dankesschuld abtragen: Indem du diese Frau nach Libyen übersetzt. Wage nur nicht, mir etwas von Seeräubern vorzujammern, wenn du nicht wünschst, daß ich die Festigkeit deiner Bordwand mit einem Tritt meines Fußes erprobe!«

»Nein, nein«, rief Archilochos hastig. »Vor Seeräubern bangt mir schon lange nicht mehr. Schließlich besolde ich auf meinem Schiff mehr als dreißig kampferprobte Krieger. Wann soll ich fahren?«

»Sofort«, befahl Arnuwan. Tomyris nickte.

»Gut«, erwiderte der Grieche. »Doch soll ich euch nicht vorher schnell nach Zypern bringen?«

»Nein«, sagte Arnuwan. »Ich gehe über Land nach Luwien zurück.«

»Und mich«, erklärte ich, »kannst du nach deiner Rückkehr einmal in Salamis besuchen.«

Archilochos verschwand, um die Abfahrt vorzubereiten. Am späten Nachmittag kehrte der Chier zurück. »Hiram wird gleich erscheinen, um euch seine Aufwartung zu machen«, verkündete er.

»Bei Baal«, seufzte Mago. »Da werde ich mir wieder etwas über Isebel anhören müssen!«

Wir begleiteten Tomyris bis zum Schiff. Am Landesteg drückte die Sauromatin unsere Handwurzeln, wünschte uns Glück und ging an Bord. Archilochos rief Befehle. Ruder tauchten ins Wasser. Das Boot legte ab.

»Übrigens, Dagon«, rief Tomyris vom Deck herab, »wie kommst du eigentlich zu dieser schiefen Nase?«

»Die hat mir ein Bebrykenfürst gebrochen«, gab ich zur Antwort, »bei einem Faustkampf.«

»Dann ist es ja gut«, lächelte die Sauromatin, »ich dachte schon, du hättest sie von deinem Vater und sie wäre erblich!«

Wir blickten ihr nach, bis das Schiff aus der Hafeneinfahrt verschwand. Dann räusperte sich der Luwier und sagte: »Du wolltest wissen, Dagon, warum ich diese Frau verschonte. Nun darf ich es dir verraten: Ich habe die Sauromatin am Leben gelassen, weil ich nicht zum Mörder deines Sohnes werden wollte.«

»Meines Sohnes?« fragte ich verblüfft. »Was redest du da? Nadin ist tot. Du selbst hast sein Blut gerächt!«

»Du wirst einen anderen Erben erhalten«, erklärte der Luwier. »Tomyris bat mich, dir nichts davon zu verraten, ehe sie abgereist sei. Sie trägt einen Sohn von dir unter dem Herzen.«

Ich starrte auf das Meer hinaus. Arnuwan legte mir

schwer die Hand auf die Schulter. »Hätte ich Tomyris getötet, wäre ich zum Mörder deines ungeborenen Kindes geworden«, sprach der König von Luwien. »Das war es, was sie mir damals am Grat des Wüstenbergs sagte. Das war das Zeichen Tarhus, auf das ich gewartet habe.«

»Woher will Tomyris wissen, daß es ein Junge wird?« fragte Mago, der offenen Mundes neben uns stand.

»Die Amazonen kennen mehr Geheimnisse der Empfängnis als alle anderen Frauen«, berichtete Arnuwan. »Durch den Zeitpunkt, an dem sie sich mit einem Mann vereinen, können sie das Geschlecht von Kindern im voraus bestimmen. So geschah es wohl damals am Euphrat. Du, Dagon, hast davon nichts bemerkt, weil du noch von deinem Sturz benommen warst.«

»Aber warum«, fragte ich, »tat sie das?«

»Sie liebte dich«, antwortete der Luwier. »Genügte das nicht?«

»Aber warum«, fragte ich wieder, »blieb sie dann nicht bei mir?«

»Noch mehr als dich«, erwiderte der Luwier, »liebt diese Frau die Freiheit. Du, Dagon, ziehst in eine neue Zeit — ob du willst oder nicht. Tomyris aber kehrt in die Vergangenheit zurück. Sie wird in Libyen leben wie einst in der Sauromatensteppe: Niemals wird sie einem Mann untertan sein.«

»Und ich dachte«, ließ sich nun Mago vernehmen, »daß ich bei ihr vielleicht Aussichten hätte!« Der Tyrer blickte verlegen zu Boden. »Meine Isebel«, sagte er schließlich, »ist eine großartige Frau. Und ich bin ein großartiger Narr.«

»Stimmt genau«, rief Arnuwan fröhlich.

Mago lächelte schief. »Lebt wohl«, sagte er. »Du aber, Dagon, tue mir einen Gefallen: Wenn du mal wieder in Schwierigkeiten gerätst — vergiß, wo ich wohne!«

Ich nickte lächelnd. Mago drehte sich um und ging davon.

Der Tyrer war kaum verschwunden, als Hiram auftauchte.

»Archilochos erzählte mir, daß du nach Salamis willst, Dagon«, rief er. »Dort drüben liegt eins meiner Schiffe. Sei mein Gast!«

Ich musterte seine in kostbaren Purpur gehüllte Gestalt und erwiderte: »Wacker, Freund Hiram! Ja, gutes Futter verschafft selbst dem räudigen Bock wieder einen ansehnlichen Pelz!«

»Hier ist eben mehr los als in einer Wechselstube auf Zypern«, gab Hiram zur Antwort, obwohl er ja auch in Salamis nicht schlecht gelebt hatte. »Dieser Archilochos, den du mir damals schicktest, ist ein tüchtiger Mann. Unsere Geschäftsbeziehung hat sich bezahlt gemacht.«

»Das freut mich«, erwiderte ich.

»Eigentlich dachte ich, hier auch Mago begrüßen zu können«, meinte Hiram und blickte sich suchend um. »Er ist doch nicht etwa . . .?«

»Nein«, beruhigte ich ihn. »Er ging ganz brav nach Hause, zu seiner Isebel. Er hat mir versprochen, daß er jetzt erst einmal eine Weile daheim bleiben will.«

»Soso, eine Weile«, sagte Hiram gedehnt. »Hat er vielleicht auch mitgeteilt, wie lange?«

»Nein«, antwortete ich. »Aber ich schätze, so ungefähr dreißig bis vierzig Jahre.«

Hirams Gesicht hellte sich auf. Dann beugte er sich ein wenig vor und raunte: »Übrigens: Das ist ja ein prächtiges Weib, das Archilochos für euch nach Libyen bringt. Wart ihr Freunde?«

»Ja«, sagte ich. »Ich habe sie gut gekannt.«

Beim Abschied fragte ich Arnuwan: »Und du? Willst auch du mich nicht mehr wiedersehen?«

»Unsinn«, lächelte der Riese. Dann wurde er ernst. »Wer weiß, ob uns das Schicksal noch einmal zusammenführt«, murmelte er. »Noch gehorcht diese Welt den Göttern. Bald aber wird sie den Menschen gehören. Dann gilt ein Huhn mehr als ein Adler, und man wird sagen: Ein lebender Hund ist besser als ein toter Löwe.«

Auf Zypern stieg ich sogleich in die Höhle des Schatzes hinab. Dann wartete ich auf Archilochos. Wieder zeigten mir Träume das Künftige. Wie die Propheten es künden, so wird es geschehen:

Die anmutige Aryenis wird ihrem Gatten Söhne schenken, doch keiner von ihnen wird jemals die Krone des Mederreichs erben. Denn noch zu Lebzeiten Istewegus erheben sich die Perser wie eine Sturmflut gegen Ekbatana. Ihr Anführer wird nicht Kambyses sein, sondern sein Sohn und Nachfolger Kurasch, den die Griechen Kyros und die Judäer Kores nennen. Er wird seinen Onkel besiegen und über die Länder des Nordens und Ostens gebieten. Dann wird man wissen, warum Huwaksatara einst träumte, daß Wasser aus dem Leib seiner Tochter ganz Medien überschwemmten. Auf diese Weise wird dann auch der Spruch in Erfüllung gehen, daß sich die Meder einem Maulesel beugen. Denn wie dieses Tier aus der Verbindung von Stute und Esel entsteht, so stammt auch Kyros von Eltern ungleichen Ranges, da seine Mutter eine Prinzessin, sein Vater jedoch nur ein Heerführer war.

Auch das Herrscherhaus Nebukadnezars wird untergehen. Dann setzt sich Nergal-Sarezer auf Babylons Thron. Der Feldherr wird dann fast hundert Jahre alt sein. Unter ihm erlebt Chaldäa seine letzte Blüte. Nergal-Sarezers Nachfolger aber wird von den Persern besiegt. Dann herrscht Kyros in jener Stadt, aus der sein Vater einst fortgejagt wurde.

Danach wird Kyros auch Lydiens König Kroisos den

Reichen besiegen und endlich der mächtigste Herrscher der Welt sein. Gott hält seine schützende Hand über ihn, weil er den Völkern ihren Glauben läßt und die Judäer am Ende in ihre Heimat zurückschickt.

Später werden die Perser auch Phönizien und Ägypten erobern. Ja, sie werden sogar gegen Griechenland ziehen und Delphi angreifen. Dann wird die Erde erbeben. Danach wird die Orakelgrotte für immer verschwunden sein.

Ich aber, Richter des Areopag, werde dann schon lange nicht mehr auf Zypern wohnen.

Aus modriger Tiefe stiegst du hervor, grausamer Geist der Rache, und lenktest meine Schritte ins Unheil. Als ich den Glauben an Assur verlor, machte ich statt seiner die Rachsucht zu meinem Gott. Mit Hilfe meiner Gefährten vollzog ich meine Vergeltung. Ich handelte dabei aus eigenem Recht, denn ich gehöre zur alten Welt. Hat der weise Hesiod in seinen Liedern recht, wenn er meint, daß sich seit dem Ende des goldenen Zeitalters nur die Götter zum Guten, die Menschen aber zum Bösen verändern?

Laßt mich nun euren Schiedsspruch hören, Richter von Athen! Myron ist tot, doch Periander lebt. Zeigt ihm Gerechtigkeit! Mir aber meßt weder Schuld noch Unschuld zu. Menschen sollen nicht über mich richten — das Urteil über meine Taten gebührt Gott allein. Wenn ich gelernt habe zu bereuen, wird er mir vergeben.

›Man sieht, daß Weise sterben‹, heißt es bei den Judäern, ›ebenso gehen Toren und Narren zugrunde.‹ Der Osten birgt Erinnerungen, die ich nicht ertrage. Ein Stamm meines kimmerischen Volkes zog schon vor einem Menschenalter nach Westen, auf eine neblige Insel am Rand eines unendlichen Ozeans. Ich will versuchen, sie dort zu finden.

Das Schiff des Archilochos wartet dort unten am Strand auf meinen Befehl. Seht ihr die Krieger aus Lydien und dem Philisterland? Sie beschützen mich, nicht meinen Schatz. Das Gold Assyriens liegt noch immer in seiner Höhle. Den Lageplan wird Reguël wohl längst gefunden haben. Denn in der Nacht unseres Abschieds in der Wüste steckte ich den Papyros heimlich in seinen Gürtel. So weiß der Beduine, wo er Gold findet, wenn Kyros den Judäern die Heimkehr gestattet. Dann wird der Tempel Gottes in Jerusalem wieder aufgebaut, und aus den Schätzen von Ninive wird Gutes für die ganze Welt wachsen.

Der Helm des stolzen Sinschar-Ischkun, das Halsband der schönen Semiramis, der Ring des gerechten Hammurabi und der Pfeil des göttlichen Nimrod aber liegen in einer Truhe im Bauch meines Schiffes.

Denn diese waren die Insignien des Reichs.

ZEITTAFEL

Griechenland und Kleinasien	Ägypten und Palästina	Assyrien und Babylon	Meder und Perser
	722 Zerstörung Israels durch den assyrischen König Sargon II. Umsiedlung zahlreicher Israeliten nach Mesopotamien	König Sargon II. (722-705) von Assyrien besiegt Urartu, Medien, Babylon und Ägypten	
Der lydische König Gyges (680-652) führt gegen jonische Städte Krieg und fällt im Abwehrkampf gegen die Kimmerier	Pharao Psammetich (663-609) befreit Ägypten von den Assyrern	701 König Sanherib (704-681) unterwirft Juda und zerstört Babylon. Ninive wird neue Hauptstadt Assyriens	
		Der Assyrer Asarhaddon (680-669) baut Babylon wieder auf und erobert Ägypten	Der medische König Phraortes (647-625) kämpft gegen Kimmerier und Skythen
ca. 630 in Lydien werden die ersten Münzen geprägt		639 König Assurbanipal (668-626) zerstört Susa	
Thales (624-544) und Anaximander (611-546) begründen die jonische Naturphilosophie		614 Meder und Babylonier erobern Assur	Zarathustra (630-553) reformiert die altiranische Religion
		612 Ninive fällt	
621 Drakon schafft in Athen die Blutrache ab	Pharao Necho II. (610-595) kämpft erfolglos gegen die Babylonier; er wird 605 am Euphrat vernichtend geschlagen. Erste Umsegelung Afrikas durch phönizi-	608 Harran fällt Ende Assyriens	König Kyaxares (625-585) begründet die medische Großmacht
König Alyattes (605-560) dehnt Lydien bis zum Halys aus		Nebukadnezar (604-562) führt Babylonien zu neuer Blüte. Bau des Turms von Babel und der	

Griechenland und Kleinasien	Ägypten und Palästina	Assyrien und Babylon	Meder und Perser
	sche Seeleute im Auftrag des Pharao. Bau eines Kanals vom Nil zum Roten Meer	Hängenden Gärten der Semiramis	
ca. 600 Erstes Auftreten von Tyrannen in Griechenland: Thrasybulos in Milet, Periander In Korinth		597 Nebukadnezar erobert Jerusalem. König Jojachin von Juda und der Prophet Ezechiel werden nach Babel verschleppt	585 Die Schlacht zwischen Lydern und Medern am Halys endet durch eine Sonnenfinsternis
594 Solon erneuert die Rechtsordnung in Athen	Pharao Hophra (589-568) kämpft erfolglos in Palästina und wird von seinem General Amasis entmachtet	587 Zweite Eroberung Jerusalems durch die Baby-Ionier. Judas König Zidkija wird geblendet. Beginn der babylonischen Gefangenschaft. Der Prophet Jeremia entkommt nach Ägypten	
Lydiens König Kroisos (560-546) unterwirft alle griechischen Städte Kleinasiens außer Milet. Er wird 546 bei Pteria von den Persern unter Kyros besiegt	Pharao Amasis (569-525) macht Ägypten zur Seemacht. 525 wird sein Reich von den Persern erobert		Der medische König Astyages (585-555) wird von seinem Vasallen Kyros entthront
			539 Kyros erobert Babylon

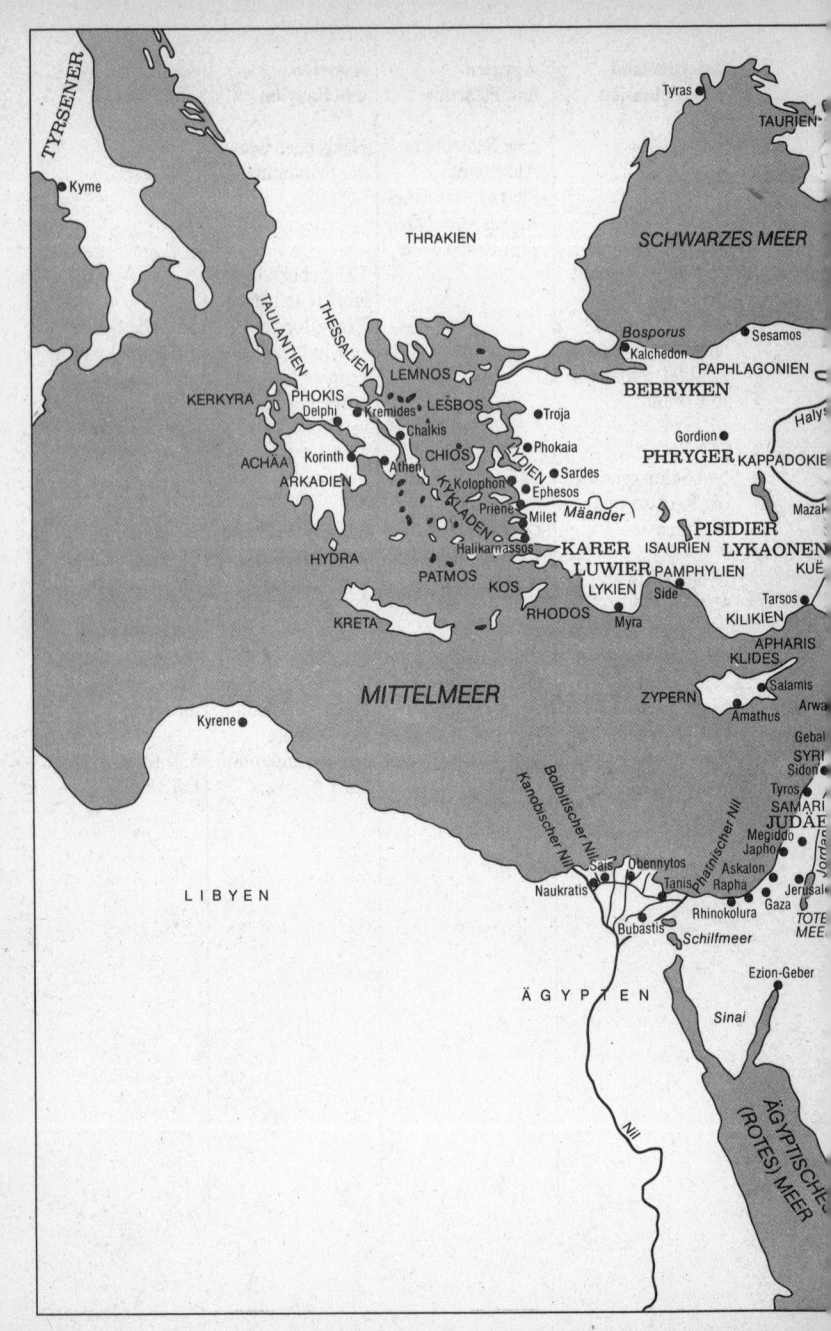

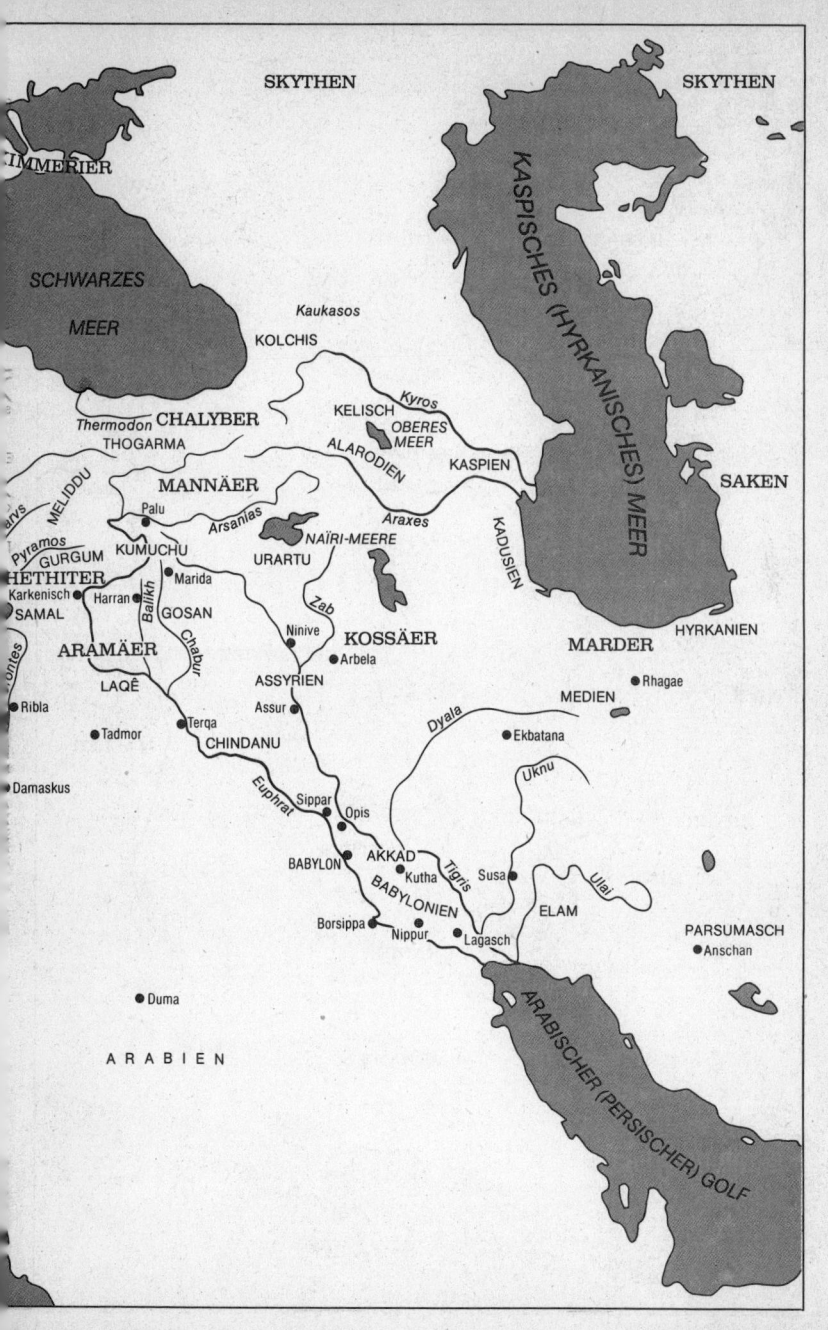

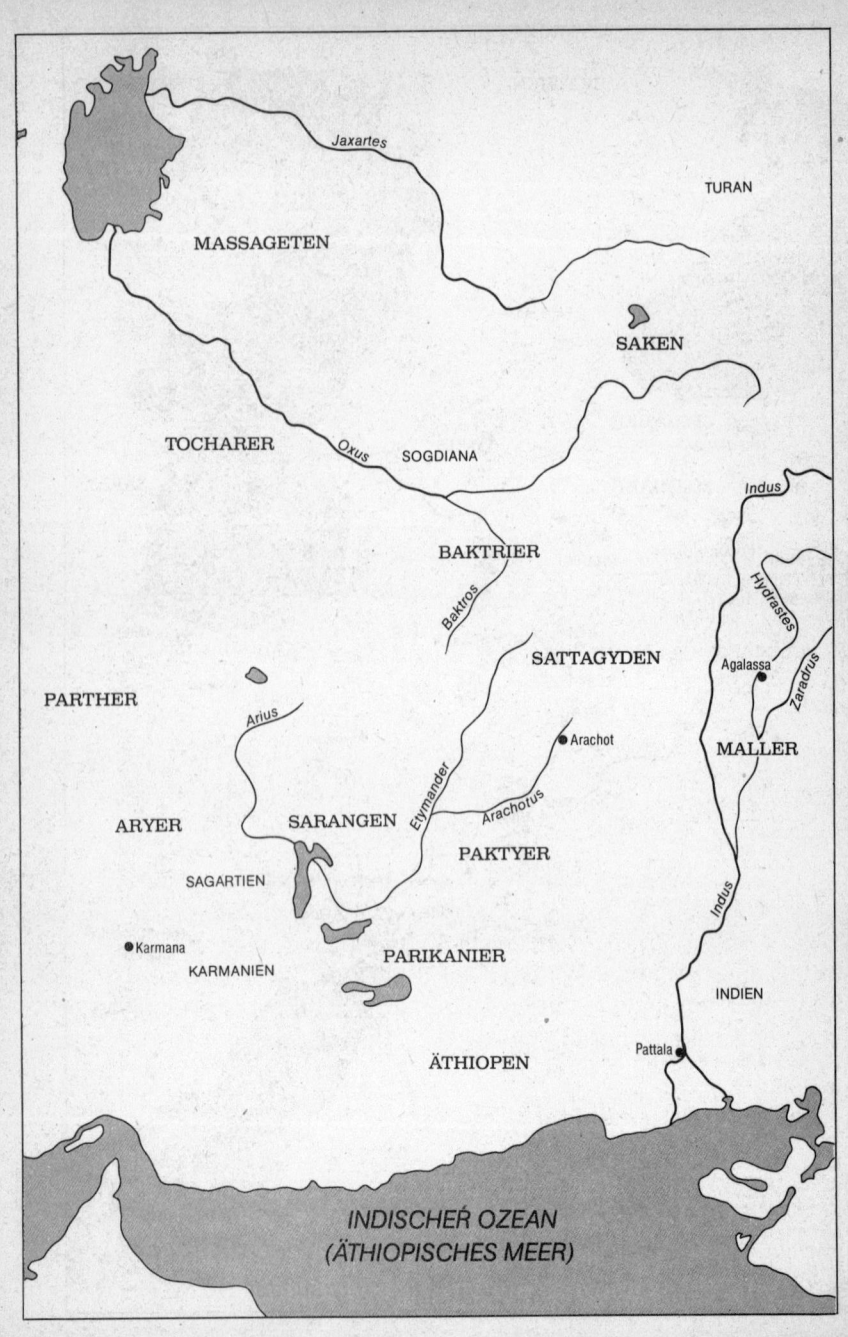

Ein historisch präzise recherchiertes Zeitportrait des ausgehenden 15. Jahrhunderts

edition meyster

Zwischen glänzender Machtentfaltung des spanischen Königreichs und der grausigen Schreckensherrschaft des Großinquisitors Torquemada wird die Geschichte der jüdischen Familie Marco erzählt, deren wechselvolles Schicksal uns Augenzeugen bei der Eroberung der neuen Welt werden läßt.

Band 12050

Josef Nyáry
LUGAL

Ein farbenprächtiger Roman über das Weltreich Mesopotamien

Sargon von Sumer und Akkad herrschte im Jahr 2400 v. Chr. über eines der ersten Weltreiche. Er trug den Titel LUGAL und ernannte sich selbst zum Gott.
Daramas, oberster Feldherr des Landes, erzählt Sargons Geschichte. Ränke und blutige Racheakte begleiten seinen Weg zur Macht. Frauen buhlen um die Gunst des Herrschers. Doch mitsamt seinem Hofstaat erweist er sich des hohen Amtes unwürdig. Geblendet von Machtgier, getrieben von Leidenschaft und Gewalt, steuern alle auf ihr unausweichliches Schicksal zu...